HEYNE ‹

AF177081

Das Buch

Lisa gilt als die kritische Journalistin im südafrikanischen Fernsehen. Als ihr vorgehalten wird, dass ihr geliebter Vater Bill einer der schlimmsten Menschenjäger im Apartheidsstaat gewesen sein soll, glaubt sie kein Wort. Auch nicht, als er beschuldigt wird, Angehörige seines Nachbarn und Freundes, des Zulus Amos Nyathi, ermordet zu haben. Doch dann wird Lisas Mutter gekidnappt, und ihr Vater behauptet, dass Amos' Bruder Vusa – ein zwielichtiger Sangoma – dahintersteckt. Mit der Pistole in der Faust bedroht Bill den Zulu. Im Handgemenge erleidet er einen Herzinfarkt, ein Schuss fällt … und löst eine Katastrophe aus, die auch Lisa an den Rand des Abgrunds bringt.

»Ein Mix aus Familiengeschichte, Liebesroman und gesellschaftspolitischem Thriller, der für durchgelesene Nächte sorgt.«
Neue Osnabrücker Zeitung

Die Autorin

Stefanie Gercke wurde auf einer Insel des Bissagos-Archipels vor Guinea-Bissau/Westafrika als erste Weiße geboren und wanderte mit 20 Jahren nach Südafrika aus. Politische Gründe zwangen sie Ende der siebziger Jahre zur Ausreise, und erst unter der neuen Regierung Nelson Mandelas konnte sie zurückkehren. Sie liebt ihre regelmäßigen kleinen Fluchten in die südafrikanische Provinz KwaZulu-Natal und lebt sonst mit ihrer großen Familie bei Hamburg.

Lieferbare Titel

Feuerwind – Über den Fluss nach Afrika – Jenseits von Timbuktu – Ich kehre zurück nach Afrika – Nachtsafari – Junigewitter

Stefanie Gercke

SCHWARZES HERZ

Roman

WILHELM HEYNE VERLAG
MÜNCHEN

Verlagsgruppe Random House FSC-DEU-0100

3. Auflage
Vollständige Taschenbuchausgabe 10/2010
Copyright © 2009 by Stefanie Gercke
Copyright © 2009 by Wilhelm Heyne Verlag, München in der
Verlagsgruppe Random House GmbH
Printed in Germany 2010
Umschlagfoto: © Art Wolfe / GettyImages
Umschlaggestaltung: Eisele Grafik-Design, München
Druck und Bindung: GGP Media GmbH, Pößneck

ISBN: 978-3-453-40636-0

www.heyne.de

1

Israel Mabaso war glücklich. Er raste mit seinem Motorrad über die gewundene Küstenstraße am Fuß des Tafelbergmassivs. Der Himmel leuchtete wie aus blauem Kristall, das Meer schimmerte, und Kapstadts Silhouette flimmerte im Licht der aufgehenden Sonne. Israel hatte die Straße für sich allein und gab Vollgas. Neunzig ungezügelte Pferdestärken röhrten auf, die Tachonadel schnellte auf 150 Stundenkilometer. Überschäumend vor Lebensfreude, schrie er sein Glück in den starken Südoststurm, der über Nacht aufgekommen war – jener Sturm, den die Kapstädter den Kap-Doktor nannten.

Tief über den Lenker geduckt, nahm Israel eine scharfe S-Kurve, verlagerte dabei mit Schwung sein Gewicht nach rechts, wobei sich die schwere Maschine gefährlich schräg legte, so dass zwischen seinen jeansbehosten Beinen und der Straßenoberfläche nur wenige Zentimeter Luft blieben. Israel besaß das Motorrad erst seit zwei Tagen und hatte zuvor auch noch nie auf einem gesessen. Als ihm der Kap-Doktor jetzt jählings eine tückische Orkanbö in die Seite schleuderte, verlor er die Kontrolle. Der Metallkoloss bockte unter seinen Händen, kam ins Schlingern, kippte um und begrub dabei sein rechtes Bein unter sich. Unrettbar festgeklemmt, schlitterte Israel über den Asphalt. Metall kreischte, Funken sprühten, der Motor heulte, und Sekunden später krachte die Maschine in die Felswand, die die Straße begrenzte.

Der linke Handgriff des Lenkers bohrte sich durch die viel zu dünne Lederjacke tief in Israels Brust, brach ihm etliche Rippen und drückte sie nach innen, wo sie mehrere große Blutgefäße zerrissen. Der Motorengeräusch stoppte abrupt, nur das Ticken der überhitzten Maschine war noch zu hören. Israel lag als blutiges Bündel eingeklemmt zwischen der Felswand und dem zerfetzten Metall und gab keinen Laut mehr von sich.

Aber Israel Mabaso starb nicht. Jedenfalls nicht gleich, nicht hier auf der Straße. Er schaffte es, lange genug am Leben zu bleiben, um auf seinem Weg in die Hölle eine Lawine von Ereignissen loszutreten, die ihre Opfer so gierig verschlang wie ein Löwe seine Beute.

Nachdem er Israel zur Strecke gebracht hatte, fegte der Kap-Doktor durch die Vororte der Stadt, wo er Lisa Darling erfasste, die eben aus der Haustür trat, bereit, auch mit ihr seinen Schabernack zu treiben. Sie allerdings verlor nicht die Balance, sondern lachte und breitete ihre Arme aus, nutzte den Schwung und wirbelte in einer Pirouette über den schmalen Gehweg. Sekundenlang hatte sie das berauschende Gefühl, fliegen zu können, dass der Sturm sie mit sich tragen würde, hinauf in die funkelnde Freiheit des Himmels. Für Lisa Darling gehörte der Kap-Doktor zu Kapstadt wie der Nebel zu London.

Begonnen hatte alles etwa zwei Wochen zuvor in den Brüllenden Vierzigern, den sturmgepeitschten subantarktischen Breiten, wo die eisigen Wasser des Südatlantiks auf die wärmeren des Indischen Ozeans prallten. Dort war das Zuhause des Kap-Doktors. Meist vergnügte er sich damit, um die Felsspitzen der kargen Inseln zu fegen, die wie Fliegenkot die Landkarte sprenkelten, die Wellenkämme zu weißem Schaum zu schlagen und das Gefieder der Pinguine zu zerzausen.

In den im Hochsommer vorherrschenden Wetterverhältnissen seiner Heimat jedoch gelang es ihm in regelmäßigen Abständen, sich zu einem Sturm aufzublähen. Gierig verschlang er dann die Energie, die sich aus dem Temperaturunterschied zwischen den zwei Ozeanen ergab, wuchs, wurde stärker und immer ungestümer, bis ihn der Übermut packte und er sich auf den Weg nach Norden zum Südzipfel Afrikas machte, um dort als Kap-Doktor sein Unwesen zu treiben. In der »Mother-City« Südafrikas angekommen, heulte er durch die Häuserschluchten, fuhr bis in die kleinsten Ecken und trug den Schmutz fort ins Meer, bis die Luft wieder kristallklar war.

Heutzutage war es der stinkende Smog, den er wegblies, früher beseitigte er den Pesthauch, der aus den mit Fäkalien verseuchten Straßen aufstieg und Krankheit und Tod verbreitete, und das brachte ihm seinen Namen ein.

Im Januar 2009 waren die Verhältnisse über der Île de la Possession, die ungefähr dreitausendfünfhundert Kilometer südsüdöstlich des Kaps der Guten Hoffnung im frostigen Süden des Indischen Ozeans wie ein Trutzturm aus den Wellen ragte, ideal. Noch allerdings war der Kap-Doktor nur ein harmloser Wind, noch ging seine Stimme in dem brüllenden Chaos unter, das im Elefanten-Teich herrschte, wie Wissenschaftler die seichte Meerwasserlagune nannten, die sich im Laufe der Jahrtausende zwischen den schroffen Klippen an der nördlichen Küste der Insel gebildet hatte.

Hunderttausende von Pinguinen schnatterten aufgeregt durcheinander, Möwen flatterten in kreischenden weißen Wolken über der Insel, See-Elefantenbullen trieben röhrend ihren Harem zusammen. Die Paarungszeit lag hinter ihnen, und sie waren ausgehungert und übellaunig. Der Alpha-Bulle – der Sultan, dessen Harem fünfundzwanzig Kühe und fast die doppelte Anzahl glänzend schwarzer Jungtiere umfasste – maß über sechs Meter. Vor der Paarungszeit hatte er noch dreieinhalb Tonnen gewogen. Jetzt waren seine sonst so prachtvoll glänzenden Speckfalten verschwunden. Die Flanken waren eingefallen und das Fell mit einer rostig braunen Kruste seiner Exkremente überzogen. Während er bei seinen Kühen emsig für Nachwuchs sorgte, hatte er es nicht gewagt, sie auch nur für einen einzigen Tauchgang im Meer den jüngeren Bullen, die ihm ständig brüllend den Anspruch auf den Thron streitig machten, preiszugeben. Seit Beginn der Saison hatte er deshalb nichts mehr gefressen und auch keine Gelegenheit gehabt, sein Fell im Wasser zu säubern.

Jetzt endlich, nach getaner Arbeit, robbte er müde ins eisige Meer, tauchte ab in die klaren Tiefen und machte sich hungrig auf die Suche nach Fischschwärmen und Tintenfischen.

Über den Wellen aber brodelte die Wetterküche. Der Wind schwoll zu einem ausgewachsenen Sturm an und drehte nach Nordwest, wobei sein Hunger immer größer wurde, seine Gewalt sich mit jeder Meile steigerte, bis er seine zerstörerische Stärke erreicht hatte. Der Kap-Doktor war geboren.

Der erschöpfte Sultan, der gerade ein paar saftige Tintenfische verschlungen hatte und sich treiben ließ, spürte davon nichts, auch nicht, dass sich die Strömung stetig verstärkte und er mit unwiderstehlicher Kraft zu den südlichen Küsten des dunklen Kontinents mitgerissen wurde.

Seine verhängnisvolle Reise ins ferne Kapstadt hatte begonnen.

Zwei Wochen später näherte sich der Kap-Doktor der Küste. Im Sturmschritt überquerte er den Agulhasstrom und saugte sich über den warmen Gewässern der False Bay mit Feuchtigkeit voll. Über der Millionenstadt am Kap herrschte an diesem Februartag das gefürchtete Inversionsklima. Die Rauchschwaden der Holzfeuer, die von den Slums von Khayelitsha herüberdrifteten, die Abgasfahne der nahe gelegenen Raffinerie und die bläulichen Wolken von Auspuffgasen der Autoschlange, die sich durch die Innenstadt wälzte, vereinigten sich zu einem übelriechenden Smog, der unter der mörderischen Hitzeglocke in den Häuserschluchten gefangen lag.

Energiegeladen marschierte der Kap-Doktor an der Ostflanke des Tafelbergs hoch und spuckte die weiße Wolke aus, die sich als das berühmte Tischtuch über das Plateau legte. Derart erleichtert, pumpte er sich zu einem ernsthaften Sturm auf, fegte um den Devil's Peak herum, wühlte das Meer auf, schlug die Wellenkronen zu weißer, schaumiger Gischt und trieb sie wie Schneeschleier über die schwarze Wasseroberfläche, ehe er sich über die Hang-Klippen hinab auf Kapstadt stürzte und mit urgewaltiger Kraft durch die Straßenschluchten brandete, wo er im Nu den klebrigen braunen Schleier, der die Stadt zu ersticken drohte, zerriss. In seiner Raserei warf er Bäume um, verwüstete Gärten, kippte Busse auf die Seite, deckte Dächer ab – und schleuderte Israel Mabaso mit seinem Motorrad in die Felswand.

Während der Sturm wie ein betrunkener Schläger durch die Straßen randalierte, zurrten und nagelten die Einwohner eilig alles fest, was davonzufliegen drohte. Diejenigen, deren Häuser am Strand standen, sicherten obendrein ihre Terrassen mit Sandsäcken. Wie immer ertrugen die Kapstädter das Ganze mit gelassener Heiterkeit. Sie wussten, dass der Kap-Doktor die Stadt blitzsauber fegen würde, ehe er seiner Spielchen müde wurde und irgendwann gelangweilt über den südlichen Horizont in die endlosen Weiten des Ozeans verschwand.

In seinem Sog erreichte auch der Sultan die südliche Spitze des Kaps. Bald kitzelte ein Geruch seine Nüstern, den er erst wenige Male zuvor gerochen hatte, trotzdem wusste er instinktiv, dass hinter dem Horizont eine immense Landmasse lag. Trockene Erde, von der Sommersonne aufgeheizt. Er sog die Luft tief in sein groteskes Riechorgan, spürte, dass es Zeit für ihn war, an Land zu gehen. Die Dreckkruste auf seinem Fell war im Wasser aufgeweicht, und schon lösten sich ganze Haarbüschel. Seit Tagen juckte ihn seine vernarbte Haut unerträglich. Die Mauser hatte begonnen, und für die nächsten Wochen brauchte er einen ruhigen Platz. Mit kräftigen Schwanzschlägen steuerte der Sultan auf die Küste zu.

Israel Mabaso ahnte natürlich nichts davon. Allerdings wäre er beruhigt gewesen, hätte er gewusst, dass der Kap-Doktor, der für sein Sterben verantwortlich war, jetzt eine Kettenreaktion ausgelöst hatte, die dafür sorgen würde, dass sein letzter Wunsch, nicht allein zur Hölle zu fahren, erfüllt werden würde.

Auch Lisa Darling erhielt keine Warnung, nicht den kleinsten Hinweis, dass der bizarre Vorgang, durch den ihr Leben für immer aus den Fugen geraten würde, soeben begonnen hatte.

Im Krankenhaus in der Innenstadt wachte Israel Mabaso von seinem eigenen Gestank auf und wurde sich mit brutaler Klarheit bewusst, dass sein Ende nahe war. Würde es nicht so höllisch wehtun, wann immer die Wirkung der Betäubungsmittel nachließ, hätte er vielleicht darüber gelacht, dass er – nach dem Leben, das er geführt hatte – ausgerechnet in einem Krankenhausbett starb. Durch Verletzungen, die er bei einem banalen Motorradunfall erlitten hatte.

Wie lächerlich und stillos das doch war. Keine Kugel aus dem Hinterhalt, kein Messerstich hatte ihn getroffen, nicht einmal die Sexseuche hatte er sich eingefangen. Er hatte immer angenommen, dass er mit einem Trommelwirbel und einer Verbeugung abtreten würde, ein spöttisches »so long« auf den Lippen. Aber jetzt verfaulte er bei lebendigem Leib und verwandelte sich in ein stinkendes Stück Aas. Was genau ihm den Brustkorb zerfetzt hatte, hatte ihm niemand erklärt, auch nicht, warum das Loch immer größer wurde. Im Grunde kümmerte es ihn nicht mehr. Meist trieb er auf den warmen Wellen eines Morphiumrauschs dahin, was ihm gelegentlich ein amüsiertes Kichern entlockte. Früher hatte er für einen solch herrlichen Rausch viel zahlen müssen. Nun aber genügte ein Druck auf die Klingel, und Schwester Paulina erschien mit der magischen Spritze in der Hand. Er stöhnte leise. In der Mitte seines Körpers brannte ein Höllenfeuer, und das Atmen fiel ihm immer schwerer. Automatisch tastete er nach der Klingel, doch nach kurzem Zögern ließ er seine Hand zurückfallen.

Seit er in einem klaren Augenblick den Doktor, der versucht hatte, ihn wieder zusammenzuflicken, erkannt hatte, beherrschte ihn nur ein einziger Gedanke: Er wollte das, was er in seinem Gedächtnis bisher an der tiefsten Stelle vergraben hatte, nicht mit hinübernehmen. Er wollte es loswerden. Es drückte ihm die Luft ab. Im übertragenen Sinn, denn noch hing er am Beatmungsgerät und konnte nicht sprechen. Bis er diesen verdammten Schlauch los war, musste er sich gedulden. Abgesehen davon, hätte er – wenn er wirklich ehrlich gegen sich selbst war – gerne Gesellschaft auf seinem Weg zur Hölle. Die Vorstellung, dass die anderen ihr Dasein unbehelligt und in bequemem Wohlstand genossen, das mit seinem Dahinscheiden obendrein noch deutlich sorgloser werden würde, wurmte ihn. Er gönnte es ihnen nicht, so einfach war das. Wenn er daran dachte, wie sie ihn behandelt hatten, fing der Monitor, der seinen Herzschlag überwachte, hektisch an zu piepen. Im Grunde war er ihnen nicht mehr wert gewesen als eine Fußmatte, über die man täglich hinwegtrampelte.

Ganz praktisch, oft unentbehrlich, aber eben doch etwas, an dem man sich die Füße abtrat.

Die Kraft, seinen Vorfahren eine Ziege als Opfer darzubringen, damit sie ihm erlaubten, sich zu ihnen zu gesellen, und nicht dazu verdammten, ruhelos bis in alle Ewigkeit durch die Hügel seines Heimatlandes zu geistern, hatte er nicht mehr. Aber das, was er dem Doktor mitzuteilen hatte, war besser als eine gewöhnliche Ziege. Seine Ahnen würden ihn mit offenen Armen empfangen, dessen war er sich sicher. Ziemlich, zumindest.

Mühsam wandte er den Kopf zum Fenster. Der Himmel, vom Rahmen in ein säuberliches Viereck geschnitten, flimmerte im Sonnengefunkel, eine Möwe wurde vom Sturm wie ein Papierfetzen durch sein Blickfeld gewirbelt, wurde immer kleiner, bis sie schließlich im schimmernden Blau verschwand. Israel spürte, dass seine Seele sich von seinem zerbrochenen Körper befreien wollte, spürte den Wind der Freiheit, der die Möwe davongetragen hatte. Ein Schluchzen stieg ihm in die Kehle, aber es blieb im Beatmungsschlauch hängen. Bittere Tränen rannen ihm den Hals hinab ins Kissen, das schon vollkommen schweißdurchtränkt war. Seine Poren sonderten unglaubliche Mengen Flüssigkeit ab. Die Klimaanlage war wieder einmal ausgefallen, und die Februarhitze strömte ungehindert durch die weit geöffneten Fenster. Wie eine schwere Decke lastete sie auf den Kranken, die mit Israel in dem Sechsbettzimmer dem Tod entgegendämmerten.

Obwohl draußen blendende Helligkeit herrschte, kam es Israel so vor, als würde das Licht allmählich schwächer werden. Angestrengt starrte er in das gleißende Himmelsviereck, als ob er das Licht festhalten wollte, während seine Gedanken ziellos durch sein vergangenes Leben wanderten. Das Abbild der strengen Schwestern der Missionsstation, wo er seine ersten Schuljahre verbracht hatte, schwamm aus den trüben Tiefen seiner Erinnerung an die Oberfläche, gleichzeitig hörte er den dünnen Rohrstock durch die Luft zischen, mit dem die Nonnen mit großem Eifer danach trachteten, ihm seinen Glauben an die Macht der Ahnen auszutreiben. Oft hatten Striemen ein blutiges Gitter auf sein Hinterteil gezeichnet, oft hatte er für Tage nicht sitzen können. Auch auf seinen Handflächen bildeten sich im Laufe der Jahre dort, wo der Rohrstock sich tief ins Fleisch gebissen hatte, lange, wulstige Narben.

Plötzlich stieg ihm der Geruch von Kernseife in die Nase, jener an Gestank grenzende Geruch, der seine Jahre auf der Mission durchdrungen hatte. Die Brustwunde brannte, er knurrte vor Schmerz, das helle Viereck verdunkelte sich, und die Bilder lösten sich in Nebel auf.

Als er wieder klarer denken konnte, beschloss er, Schwester Paulina zu bitten, für ihn eine Kerze in der Kirche an der Ecke anzuzünden. Vielleicht war er jetzt doch zu weit von seinen Vorfahren entfernt, als dass sie ihn hören konnten. So genau wusste er das nicht. Die Missionsschwestern hatten ihm eingebläut, dass

12

ihr Gott überall sei und alles sehe. Die Vorstellung hatte ihn früher in seinen Albträumen verfolgt, später hatte er darüber gelacht. Aber vielleicht stimmte das ja tatsächlich. Schaden konnte die Kerze auf jeden Fall nicht.

Ermattet vom Denken, schloss Israel Mabaso die Augen und fiel in einen unruhigen Schlaf.

Als Lisa Darling an diesem flirrenden Hochsommertag aus der Tür ihres Apartmenthauses auf die Straße trat, war sie bester Stimmung. Die Hitze, die auf der Stadt lastete, machte ihr nichts aus. Ihr blaues Kleid – ein kniekurzes, ärmelloses Nichts aus hauchdünnem Flatterstoff – war bestens für das Kapstädter Sommerwetter geeignet. Im Sturm, der von den sonnenheißen Hängen des Tafelbergs herunterfuhr, wirbelte sie übermütig über den schmalen Bürgersteig. Der Tag versprach perfekt zu werden. Schon zeigte der Smog, der ihre Sicht trübte, fransige Löcher im Schwefelgelb. Der Himmel darüber glühte in sattem Kobaltblau, Bougainvilleen leuchteten vor weißen Häuserwänden, und Brigitte Tshayimpi würde heute nicht im Studio sein und sie schikanieren können.

Lisa sah sich um. Ihr Auto stand fünfzig Meter weiter auf der gegenüberliegenden Straßenseite. Die Tiefgarage des Apartmenthauses war bei einem Unwetter überflutet worden und sollte erst in einigen Tagen wieder zur Benutzung frei gegeben werden. Während sie auf eine Möglichkeit wartete, durch den Strom von Autos, der sich über die Beachroad wälzte, zu ihrem Fahrzeug zu gelangen, begaben sich ihre Gedanken auf Höhenflug.

Das Beste an diesem perfekten Tag war, dass sie sich beruflich dem Gipfel näherte. Schon schimmerte er durch die Wolken. Die Reportage, die sie in einigen Tagen in Khayelitsha drehen würde, hatte sie wie immer akribisch vorbereitet. Es war eine engagierte Dokumentation über junge schwarze Unternehmerinnen und deren schwierigen Weg zum Erfolg, über die Probleme, die sie in der afrikanischen Männerwelt meistern mussten. Die Frauen hatten sie tief beeindruckt. Ihr Kampf für gleiche Chancen, um Achtung und Erfolg, unterschied sich durch nichts von dem gnadenlosen Überlebenskampf im Dschungel. Das war das Thema ihres Films.

Sie war angekommen, ganz ohne Zweifel. Endlich hatte sie den Sprung von der einfachen Reporterin, die in jeder wachen Minute den Polizeifunk abhörte, um ja keinen Unfall, kein brennendes Haus zu verpassen, zur Autorin von aufsehenerregenden Reportagen geschafft.

Nachdem sie vor wenigen Monaten einen prestigeträchtigen Preis gewonnen hatte, war Lisa Darling auf dem besten Weg, der Markenname für engagierte, bestens recherchierte politische Dokumentationen zu werden. Seitdem bewegte sich etwas in der obersten Etage des Senders. Gestern war ihr endlich der Sendeplatz unmittelbar nach den Abendnachrichten zugesichert worden. Zwar noch inoffiziell, wie ihre Kontaktfrau in diesem exklusiven Club ihr zuflüsterte, aber die offizielle Bekanntgabe würde wohl in den nächsten Tagen folgen. Für Brigitte Tshayimpi, die ihr von den neuen Herren des Senders vor ein paar Monaten als Studioleiterin direkt vor die Nase gesetzt worden war und die seither mit allen Mitteln versuchte, sie aus dem Studio zu mobben, bedeutete das einen Tritt in ihr bemerkenswertes Hinterteil.

Geschieht ihr recht, dachte Lisa. Bob Wilson, ihr bisheriger Boss, war mit Leib und Seele ein leidenschaftlicher Journalist gewesen. Im Zuge des Black Empowerment – der erklärten Politik der Regierung, sämtliche Schlüsselstellungen in allen Bereichen mit Schwarzen zu besetzen – hatte er seinen Posten an Brigitte Tshayimpi abgeben müssen. Sie war schwarz, eine Frau und hatte sich im Freiheitskampf als eine der profiliertesten Aktivistinnen hervorgetan – im heutigen Südafrika die beste Qualifikation für eine Position auf höchster Ebene. Häufig landeten auf diese Weise Leute an der Spitze großer Unternehmen, die von der Materie nicht die geringste Ahnung hatten.

Bob Wilson war mit seiner Familie desillusioniert nach Australien ausgewandert, wodurch Lisa ihren Mentor und einflussreichen Freund verlor, was sie schnell zu spüren bekam. Zum Beispiel hatte Miss Tshayimpi einen Doktortitel in Tourismus und wurde fuchsteufelswild, vergaß man, sie damit anzureden. Lisa hatte das mehrmals vergessen, worauf die Studioleiterin subtile Rache nahm.

Es hatte damit angefangen, dass sie aus ihrem Büro, das zwar nicht groß war, aber eine Traumaussicht auf Kapstadt und das Meer bot, in ein Kabuff auf der Rückseite des Gebäudes umziehen musste. Als einzige Tageslichtquelle diente hier ein verdrecktes, schmales Fenster zum Hinterhof. Vorübergehend, nur für ein paar Tage, während ihr Büro renoviert werde, hieß es, keine Veranlassung für sie, ihre persönlichen Sachen auszupacken und sich häuslich einzurichten. Aber aus Tagen wurden Wochen, und als dann immer wieder Unterlagen verschwanden, ihre Anfragen und Aufträge nicht oder nur verzögert ausgeführt wurden, hatte Lisa endlich kapiert, dass Brigitte Tshayimpi es auf sie abgesehen hatte.

Das würde sich nun aber in Kürze drastisch ändern. Triumph floss schon wie süßer Honig durch ihre Adern, aber noch war sie vorsichtig. Ihre Reportage *Verlorene Seelen* über die verschwundenen Opfer der Apartheid lag bereits wieder ein Jahr zurück, der zweite Teil war noch nicht ganz fertig, und nach dem kürzlichen Fiasko mit ihrer Dokumentation über Muthi-Morde, die die Tshayimpi als imageschädigend für Südafrika gekippt hatte, hatte sie dieses Erfolgserlebnis dringend nötig.

Tief in Gedanken, trat sie unvorsichtig ein paar Meter auf die Fahrbahn, als am unteren Ende der Straße gleichzeitig eine Ampel umsprang. Wie eine Herde durchgehender Büffel donnerten die Fahrzeuge auf sie zu. Ein Lieferwagen streifte sie fast, und während sie dem Fahrer wütend Beleidigungen nachrief, sprang ihr Blick frustriert über ihre Umgebung. Dabei fiel ihr ein Wahl-plakat mit dem Abbild des Präsidentschaftskandidaten des ANC, Tom Zulu, auf. Der Anblick ließ sie sofort an einen weiteren Be-richt denken, an dem sie in letzter Zeit mit Hochdruck gearbeitet hatte, einen über die Wahlkampfmoral der Parteien.

Sie war stolz darauf, dass es ihr gelungen war, kompromisslos herauszuarbeiten, mit welchen demagogischen Finessen die Par-teifürsten ihre Anhänger aufhetzten, die sich infolgedessen seit Monaten mit den gegnerischen Sympathisanten immer wieder blutige Kämpfe lieferten. Es hatte mehrere Tote gegeben, und sie vertrat die Meinung, dass besonders der charismatische Tom Zulu, der mit seinen siebenundsechzig Jahren mit unglaublicher Vita-lität und Kraft seine Zuhörer mitriss, gefährlich war für das Land. Brandgefährlich.

Der Machtkampf, der zwischen seinen Anhängern und denen des Präsidenten tobte, eskalierte täglich und war so bösartig ge-worden, dass es den ANC gespalten hatte. Abtrünnige hatten eine neue Partei gegründet.

Das Wort Bruderkrieg stand wie eine drohende Wolke hinter dem Horizont.

Lisa musterte das Plakat. Tom Zulu war ein Bulle von einem Mann, strahlte eine düstere, unwiderstehliche Stärke aus. Auf allen Versammlungen tanzte er auf der Bühne und stimmte irgendwann »Ushimi Wami« an, seine alte Kriegshymne aus den Zeiten seines Kampfes gegen den Apartheidstaat. »Ushimi Wami« – »bring mir meine Maschine«. Alle Welt, auch seine Genossen, interpretierte es so, dass er nach seinem Maschinengewehr rief. Dann schwang er im Rhythmus des Gesanges mit, beide Fäuste erhoben, ein Leuchten auf dem runden Gesicht, röhrte seine Parolen und brachte die Menge zum Kochen.

Ein teuflischer Verführer der Massen. So beschrieb sie ihn.

Der Wahlkampf brodelte Woche für Woche stärker hoch und war mittlerweile schon derart überhitzt, dass jeden Augenblick eine größere Explosion stattfinden konnte. Die Gewaltausbrüche hatten ihr eine derartige Angst eingejagt, dass sie zum ersten Mal für einen kurzen schwachen Augenblick erwogen hatte auszuwandern. Sowohl ein englischer als auch ein australischer Sender hatten ihr Angebote gemacht, die höchst verlockend waren. Sie hatte sich vorgestellt, wie ihr Leben wohl aussah, wenn nicht unausweichlich mit jeder Nacht auch die Angst kam, diese Urangst, die einen flackernden Rand von Panik trug und die jeder weiße Bürger dieses Landes mit der Muttermilch eingesogen hatte. Diese unkontrollierbare Angst, die schon längst die Schutzbarriere des Bewusstseins überwunden hatte und immer mehr ans Tageslicht drängte.

Sie hatte sich vorgestellt, wie es wäre, wenn nicht vor jedem Fenster schwere Gitter den Himmel in kleine Stückchen schneiden würden. Wie das Leben aussehen würde, in dem sich niemand hinter hohen Mauern und elektrischen Zäunen zu verschanzen brauchte. Es war ihr nicht wirklich gelungen. Wie alle Südafrikaner hatte sie sich zu sehr an die Beschränkungen, die die extreme Kriminalität des Landes notwendig machte, gewöhnt.

Aber letztlich war es ihr Stolz gewesen, der nicht zugelassen hatte, dass sie sich davonmachte. Gelbbäuchige Feiglinge, so nannten die, die blieben, trotzig jene, die das Land verließen, und feige war sie noch nie gewesen.

Ihre Analyse über diese erschreckende Gewaltbereitschaft war so gut wie fertiggestellt. Die würde sie sofort nachschieben, sobald die Reportage über die Unternehmerinnen von Khayelitsha im Abendprogramm gelaufen war. Im Schneideraum würde sie allerdings noch einige Kanten abschleifen müssen, ehe sie das Ergebnis im Sender präsentierte, sonst würde die Tshayimpi gleich wieder ihre Krallen hineinschlagen und ihr Werk mit dem gleichen Vergnügen auseinanderreißen wie eine spielende Katze ein Wollknäuel. Diese Frau zu unterschätzen, konnte sie sich nicht erlauben.

Aber abgesehen davon war der Bericht ein Knaller, dessen war sie sich sicher. Ihre überschwängliche Laune kehrte zurück.

»Primetime«, sang sie und hüpfte ein paar Schritte wie ein übermütiges Kind, fühlte sich leicht wie eine Feder und ein wenig albern, so als hätte sie Champagner auf nüchternen Magen getrunken.

Selbst Brigitte Tshayimpi würde ihr bald nichts mehr anhaben können. In Zukunft würde die ihre Finger von ihr lassen und ihre giftige Zunge im Zaum halten müssen. Gute Einschaltquoten waren die beste Garantie dafür.

»Primetime«, trällerte sie noch einmal. »Primetime, primetime, primetime …«

Als Sahnehäubchen auf diesen Traumtag hatte Brian, der Mann, den sie in zwei Monaten zu heiraten vorhatte, eben angerufen und sie zum Essen ins Jardine eingeladen. Es war das erste Mal, dass Brian sie in ein Restaurant dieser Preisklasse ausführte. Vor dem Essen hatten sie vor, mit Freunden dem Mondaufgang vom Lion's Head aus zuzusehen. Es versprach eine klare Vollmondnacht zu werden, und der Blick über die Zwölf Apostel bei Mondlicht war einfach unvergleichbar. Und unglaublich romantisch.

Und nach dem Essen dann Dessert in Brians neuem Apartment. Ihre Nervenenden prickelten, und eine wohlige Trägheit machte ihre Glieder schwer. Brian. Intelligent und zielstrebig. Tennisgestählte Muskeln, dunkelbraunes Haar, jungenhaftes Grinsen, warme, geschickte Hände. Etwas leichtsinnig vielleicht, aber aufregend.

Ihre Freundin Hillary, die ihn als »absolutes Heiratsmaterial« einstufte, hatte sie und Brian einmal zum Abendessen eingeladen. »Damit du Appetit aufs Familienleben bekommst.«

In ihrem sonnendurchfluteten Haus mit großem Garten, inmitten des kreativen Chaos, das drei kleine Kinder, zwei Hausangestellte, zwei Hunde und drei Katzen anrichten konnten, führte sie mit ihrem Mann offenbar ein restlos glückliches Leben. Während des Abendessens hatte Lisa sich dabei erwischt, dass sie Hillary beneidete, was sie selbst am meisten überraschte, denn sie hatte sich nach der Scheidung von Scott für immer immun gegen die Sirenenklänge von Familienleben und Mutterschaft gehalten.

Unbewusst leckte sie sich über die Lippen. Den heutigen Tag würde sie sich nicht verderben lassen, auch nicht von dieser Hexe Tshayimpi. Schon gar nicht von dieser Hexe! Wieder ballte sich ein heißer Knoten aus Wut und Frustration in ihrem Magen, aber das Klingeln ihres Handys lenkte sie von diesem unerfreulichen Thema ab. Energisch schob sie jeden weiteren Gedanken an ihre Studioleiterin beiseite und nahm das Telefon aus der Umhängetasche. Die Nummer auf dem Display war die ihres Kameramannes. Sie nahm den Anruf an.

»Andy, was gibt's?«

Andy Willems war ein schmaler, sanfter Mann, dessen Vorfahren von den weißen Siedlern als Sklaven aus Malaysia nach Südafrika gebracht worden waren. In ihm mischten sich alle Bevölkerungsgruppen dieses Landes. Sogar ein Koi-San gehörte zu seinen Ahnen, wie seine hohen Wangenknochen bezeugten. Er war ein absoluter Künstler hinter der Kamera, aber sensibel und in sich gekehrt, ziemlich depressiv, wie so viele Kap-Farbige. Brigitte Tshayimpi hatte auch ihn auf dem Kieker, und einer kampfgewohnten ANC-Frau wie ihr war er nicht gewachsen. Seitdem sank er täglich tiefer in ein seelisches schwarzes Loch.

Lisa seufzte. Andy war eigentlich viel zu zartbesaitet für das Mediengeschäft. »Worum geht's?«

Andys leise Stimme träufelte aus dem Hörer. Wie immer holte er weit aus, um sich auf großen Umwegen dem zu nähern, was er eigentlich sagen wollte. Sie lauschte ungeduldig. Ihre Gedanken zerfaserten. Unkonzentriert schweifte ihr Blick über die Straße hinüber zum Strand vom Mouille Point, verfolgte die Kapriolen einer Möwe, die einem Obdachlosen, der im Schatten einer windzerzausten Palme am Strandweg sein Zuhause aufgeschlagen hatte, das Brot zu stehlen versuchte. Auf einmal drang das, was Andy stockend berichtete, in ihr Bewusstsein. Er redete über Brigitte Tshayimpi. Sie erstarrte.

»Sie will was?«, schrie sie auf. »Diese verdammte …!« In letzter Sekunde verschluckte sie ein saftiges Schimpfwort. »Das kommt gar nicht infrage! Ich brauche dich, das weißt du! Du bist *mein* Kameramann. Wir arbeiten doch schon seit Jahren zusammen! Mit wem sollst du denn ihrer Meinung nach drehen? Nein, sag's gar nicht erst. Ich will es nicht wissen. Du drehst für mich. Basta!«

Aber Andy redete einfach weiter. Langsam und zögernd stolperte er von Wort zu Wort, redete um den heißen Brei herum, ließ seine Sätze unfertig in der Luft hängen. Mit steinernem Schweigen hörte sie ihm zu, wusste aus Erfahrung, dass er, dadurch verunsichert, über kurz oder lang mit der Wahrheit herausplatzen würde. Sie behielt Recht.

»Ich soll mit Linda drehen«, quiekte er.

Lisas Laune kippte augenblicklich. »Linda! Vergiss es«, fauchte sie. »Sag der Tshayimpi das!«

Gequält stotterte Andy seinen Protest. In diesem Augenblick klopfte ein anderer Anrufer an, und sie unterbrach ihren Kameramann. »Ich muss Schluss machen. Die Tshayimpi soll einen anderen für den Dreh einteilen. Du machst meine Reportage, verstanden? Sag's ihr, und zwar gleich!«

Ein Jaulen drang aus dem Hörer. Lisa verdrehte gereizt die Augen himmelwärts. Oft genug hatte sie erlebt, dass Andy Willems in Gegenwart von Brigitte Tshayimpi in hilflose Schreckensstarre verfiel, nicht anders als das sprichwörtliche Kaninchen vor der Schlange. Ihr würde wohl doch nichts anderes übrigbleiben, als selbst mit der Studioleiterin zu reden, eine Aussicht, die ihr augenblicklich den Tag zu verhageln drohte. Sie knirschte mit den Zähnen.

»Okay, okay, ich sag's ihr selbst … Nein, du brauchst dich nicht darum zu kümmern. Bye.«

»Totsiens«, verabschiedete sich Andy erleichtert.

Missgelaunt legte Lisa auf. Ein Blick zeigte ihr, dass der andere Anrufer ihr Vater war. Nach kurzem Zögern drückte sie ihn weg. Im Moment war sie einfach zu aufgebracht, um mit ihm reden zu können. Er würde sofort merken, dass etwas nicht stimmte, und gnadenlos nachbohren, würde sie gekonnt mit Worten vor sich hertreiben, ihr jeden Ausweg verstellen, bis sie in der Falle saß und ihm alles erzählte, vor allen Dingen auch Sachen, über die sie mit ihm auf keinen Fall diskutieren wollte. Sie hatte gelernt, diese Fähigkeit von ihm als ein verstörendes Überbleibsel seines Berufes zu hassen.

Bis vor sieben Jahren war er bei der Polizei gewesen. Als Kind, auch später noch als Jugendliche, hatte sie sich kaum Gedanken gemacht, was er dort tat. Erst während ihres Studiums war ihr immer klarer geworden, dass er politisch noch in der Schwarzen Zeit verwurzelt war, wie sie die Zeit der Apartheid in ihren Reportagen immer nannte. Ihr Bild von ihrem Vater, der Lichtgestalt, dem festen Anker ihrer Kindheit, geriet immer mehr ins Wanken, je älter sie wurde.

Während ihres Jurastudiums, Anfang der neunziger Jahre, brach das Apartheidregime zusammen, und nachdem Nelson Mandela 1994 als Staatspräsident vereidigt wurde, gelangten täglich neue Verbrechen ans Tageslicht. In den Zeitungen und im Fernsehen war von unvorstellbaren Grausamkeiten die Rede, die die Polizei verübt habe. Ihr wurde übel davon, sie konnte nichts essen, lag nächtelang wach. Bald schob sich für sie über den Ausdruck »Polizei« die Bezeichnung »mein Vater«, ohne dass sie sich dagegen zu wehren vermochte. Als sie es nicht mehr ertragen konnte, hatte sie endlich den Mut gefunden, ihn zur Rede zu stellen.

Der Streit hatte auf Lalisa stattgefunden. Kühl berechnend hatte sie einen Tag gewählt, an dem ihre Mutter nicht im Haus war. Sie war entschlossen gewesen, am Ende des Tages zu wissen, welche Stellung dieser Mann, der ihr Vater war, im Polizeidienst wirklich bekleidet hatte, und vor allen Dingen, welch ein Mensch er heute war. Dass es einen Streit geben würde, hielt sie für unausweichlich. Aber sie musste ihm die Wahrheit entlocken, um endlich inneren Frieden zu finden.

Zu dieser Zeit arbeitete sie bereits als Reporterin, und wie für ein wichtiges Interview bereitete sie sich sorgfältig vor, durchforstete alle Archive, deren sie habhaft werden konnte. Das Internet befand sich erst in den Kinderschuhen, und Suchmaschinen wie Google gab es noch nicht, weshalb sie hauptsächlich auf die Zeitungsarchive angewiesen war. Wenigstens bestanden die aus Mikrofilmen und nicht aus Stapeln von staubigem Papier.

Aber sie fand nichts außer einem verschwommenen Foto, das ihn in voller Uniform im Hintergrund irgendeiner Festivität zeigte. Der Eindruck, dass er nicht sehr wichtig gewesen sein konnte, verstärkte sich, was sie auf gewisse Weise beruhigte.

Wie vorausgesehen, entwickelte sich das Gespräch mit ihrem Vater innerhalb von Minuten zu einem Duell. So wie er es bei ihr sonst tat, jagte sie nun ihn mit Worten, versperrte ihm jeden Ausweg, stocherte in seinem Innersten herum, bis er explodierte. Nach dem kurzen, lauten Wortwechsel schwieg er plötzlich und starrte sie mit versteinertem Gesicht an. Sie hielt es für einen seiner Polizeitricks und schwieg ebenfalls. Ihre Blicke verkrallten sich ineinander. Schließlich gab er als Erster nach und brach das Schweigen. Er wirkte gefasst.

»Damals habe ich das System nicht hinterfragt«, begann er mit ruhiger Stimme, sein Blick offen und aufrichtig. »Ich diente dem Staat, war wie du Jurist, arbeitete in der Verwaltung bei der Polizei, nicht im aktiven Dienst.« Sein Ton setzte hier ein Ausrufezeichen. »Die Entwicklung war schleichend, jeden Tag wurde mein Urteilsvermögen ein wenig mehr getrübt, und als sich die Apartheid in ihrer ganzen Hässlichkeit entfaltete, konnte ich das nicht mehr erkennen. So war es.«

Und da hatte er wieder vor ihr gestanden. Ihr Vater. An diesen Augenblick würde sie sich immer erinnern. Das kantige, vertrauenerweckende Gesicht, sein Lächeln, das gleichermaßen verwegen wie siegessicher wirkte, die blitzenden blauen Augen. Sein Geständnis riss die Barriere nieder, die sie um ihre Gefühle zu ihm errichtet hatte. Es übertraf alles, was sie erwartet hatte.

Unwillkürlich schossen ihr jetzt wie damals die Tränen in die Augen. Sie blinzelte sie weg. Den Rest dieses Tages hatten sie geredet, ihr Vater und sie. Über alles, auch darüber, wie froh er war, eine Laufbahn im aktiven Dienst abgelehnt zu haben.

»Mein Arbeitsplatz in der Logistik war zwar wenig aufregend, um nicht zu sagen langweilig, aber wenigstens konnte ich ruhig schlafen. Aber natürlich sind wir im Rückblick alle schuldig gewesen«, hatte er hinzugesetzt, reuevoll und offensichtlich betroffen von der Erinnerung.

In einer spontanen Gefühlsaufwallung war sie ihm um den Hals gefallen. Sie glaubte ihm. Er hatte keinen Grund mehr, etwas zu verbergen. Im Gegenteil. In ihr kroch die unbehagliche Vorstellung hoch, wie sie wohl selbst geworden wäre, wäre sie in der Schwarzen Zeit aufgewachsen. Diese Erkenntnis half ihr, ihn und seine Generation zumindest ansatzweise zu verstehen. Er hatte inmitten jener Gesellschaft gelebt und war den Vorurteilen von klein auf ausgesetzt gewesen. Warum er den Polizeidienst gewählt hatte, war ihr nicht klargeworden. Es war ihr auch nicht mehr wichtig. Jetzt hatte er ihr gezeigt, dass er fähig war, seine Rolle kritisch zu sehen. Das war ihr genug. Sie hatte den Vater wiedergewonnen, der er einst für die kleine Lisa gewesen war. Groß, stark, beschützend und immer ehrlich zu ihr, und es hatte sie seelisch völlig aus der Bahn geworfen, wie sehr sie das alles aufwühlte.

Später hatte sie erkannt, dass dieser Streit ihre Berufswahl bestimmt hatte. Als Anwältin oder Richterin wäre sie auf die Fälle beschränkt gewesen, die zufällig auf ihrem Tisch landeten, hätte sie nur in sehr kleinem Rahmen dafür sorgen können, dass den Opfern Gerechtigkeit widerfuhr.

Als Journalistin dagegen konnte sie der Welt vor Augen führen, wie es in ihrem Land gewesen war, konnte sie den Opfern Gehör verschaffen, konnte dafür sorgen, dass sie nicht vergessen wurden. Sie konnte aber auch zeigen, was daraus geworden war, konnte zeigen, welche Kraft in den Menschen dieses herrlichen Landes steckte und welcher Wille zur Wahrheit und zur Veränderung.

Sie hatte nicht lange auf den ersten Erfolg zu warten brauchen. Bei der Erinnerung an jenen wunderbaren Moment, als ihr erstes Honorar für einen Bericht ins Haus flatterte, musste sie unwillkürlich lächeln. Es hatte süßer geschmeckt als Manna vom Himmel. Eine Kopie des Schecks hing noch immer gerahmt an ihrer Schlafzimmerwand.

Ein Windstoß fuhr ihr durchs Haar, und eine hellblonde Haarsträhne kitzelte sie an der Nase. Sie nieste und kehrte in die Gegenwart zurück. Das Rauschen des Verkehrs mischte sich mit dem Wellenschlag des Atlantiks. Die hartnäckige Möwe hatte es geschafft, den Obdachlosen, eine bizarre Erscheinung mit grellbunter Rastamütze und einem knöchellangen Hemd aus Sackleinen, zu überlisten, und flog mit dem Brot im Schnabel davon. Der Mann sprang mit rudernden Armen empört umher und erinnerte sie damit an die Abbildung von Rumpelstilzchen in einem uralten Kinderbuch ihrer Mutter.

Prompt überfiel sie das dringende Bedürfnis, mit ihr zu sprechen. In einem Monat würde sie ihren sechzigsten Geburtstag begehen, und nach anfänglichen Versuchen, die deprimierende

Wahrheit zu ignorieren, hatte sie sich dann doch dazu durchgerungen, dieser Zahl mit einer üppigen Party die Stirn zu bieten. Impulsiv wählte Lisa die Mobil-Nummer ihrer Mutter.

Melly meldete sich fast sofort. »Lisa, mein Schatz. Das muss Gedankenübertragung sein. Ich wollte dich gerade anrufen. Stell dir nur vor, was passiert ist!« Aufgeregt sprudelten die Wörter aus dem Hörer. »Im Gästehaus ist mir aus der Wohnzimmerlampe Wasser entgegengelaufen. Wie ein Sturzbach! Ich war so verdattert, dass ich eine ganze Zeit gebraucht habe, um mir bewusst zu machen, dass Wasser und Elektrizität nicht gut zusammenpassen. Natürlich habe ich dann sofort die Sicherungen ausgeschaltet und deinen Vater geholt. Als der endlich festgestellt hat, dass im Dach ein Rohr gebrochen ist, war er klitschnass – und sehr schlechter Laune. Kein Wunder, wir haben nämlich schätzungsweise dreitausend Liter im Gebäude. Es stinkt widerlich, der Fußboden ist aufgequollen, schwarzer Schimmelrasen wuchert über die Wände und Decken, die Möbel sind tropfnass und von allen möglichen Viechern bewohnt. In einem hat sich bereits ein quakender Frosch breitgemacht, stell dir das nur vor!«

Melly rang hörbar nach Atem.

»Wir werden alles wegwerfen müssen, und dein Vater überlegt sogar, das Haus einfach abzureißen und ein neues bauen zu lassen. Aber das schaffen wir natürlich nicht bis zur Geburtstagsfeier«, jammerte sie.

Lisa krümmte sich vor Lachen. »Frag doch Jill, ob du auf Inqaba feiern kannst. Ihr habt doch eine ziemlich gute Verbindung zueinander«, schlug sie vor, nachdem sie sich erholt hatte. Jill Rogge, ihre ziemlich entfernte Cousine, besaß die Farm Inqaba, eine der schönsten Gästefarmen KwaZulu-Natals und gleichzeitig eine der ältesten Farmen überhaupt in Zululand. »Ihr Koch ist klasse, und du hättest überhaupt keine Arbeit.«

»Mein Kind, das ist eine blendende Idee. Warum bin ich nicht gleich darauf gekommen«, seufzte ihre Mutter erleichtert.

»Ich habe auch Neuigkeiten.« Schnell erzählte Lisa ihr von dem neuen Sendeplatz. »Es ist zwar noch nicht ganz offiziell, aber das ist nur noch eine Formsache, denke ich. Daran kann auch die Tshayimpi nichts mehr ändern!«

»Lisa, das ist ja absolut phänomenal! Gratuliere … ich bin so stolz auf dich! Welches Outfit hast du vor der Kamera getragen?«

Lisa lachte auf. »Schlicht, aber todschick. Einen Hosenanzug, naturfarbenes Leinen mit genügend Kunststoffanteil, dass er nicht so grässlich zerknittert wirkt.«

Vor ihr tat sich eine Lücke im Verkehr auf. Leichtfüßig schlängelte sie sich zur anderen Straßenseite hindurch. Dann schlenderte sie über den geteerten Weg am schmalen Strand entlang, während sie sich weiter mit ihrer Mutter angeregt über die neueste Mode, Durbaner Klatsch und die ständigen Stromausfälle unterhielt.

Bei diesem Thema seufzte Melly dramatisch. »Ohne Generator ist man ja verloren. Bill hat gerade einen zweiten gekauft, falls der erste ausfällt und sein kostbarer Wein zu warm wird.«

Lisa kicherte. »Na, das wäre natürlich eine wirkliche Katastrophe.«

Ihr Vater hatte den großen Raum neben der Küche, der eigentlich als Billardzimmer geplant gewesen war, in einen kühlen Weinkeller verwandelt, wo Hunderte von Weinflaschen in exakt der richtigen Temperatur gelagert wurden. Gute Bordeaux leicht über 16 Grad, leichte Weißweine und Champagner bei 8 Grad, Sherry und Portweine bei 10 Grad. Auch seine beachtliche Sammlung von Hochprozentern wie Whisky, Gin oder Wodka bewahrte er hier auf. Im afrikanischen Hochsommer stieg der Stromverbrauch der Farm zwar ins Astronomische, aber das interessierte Bill Darling nicht im Geringsten.

»Du kannst dir das Theater nicht vorstellen, wenn sich einer seiner Rotweine in der Sommerhitze beim Dekantieren zu schnell erwärmt. Er treibt mich mit Eismanschetten und Tauchthermometern zum Wahnsinn …« Melly schnaubte spöttisch. »Als Nächstes wird er ein Extrazimmer nur zum Trinken seines Weins bauen.«

»Papa wäre das zuzutrauen.« Lachend verabschiedete Lisa sich. Ihre gute Laune war wieder restlos hergestellt. Ein Blick auf die Armbanduhr sagte ihr allerdings, dass sie sich sputen musste, ins Studio zu gelangen. Mit schlechtem Gewissen lief sie eilig zu ihrem Wagen.

Der Wind hatte aufgefrischt und spielte mit ihrem hellblonden Haar. Ihr blaues Kleid flatterte. Eine Bö griff unter den federleichten Rock, wirbelte ihn zu einem Kelch hoch und entblößte ihre eleganten langen Beine. Sekundenlang verwandelte sich Lisa Darling in eine schimmernd blaue, langstielige Blüte mit goldener Krone. Übermütig tanzte sie über den Strandweg hinauf zu ihrem Auto, schloss es auf, warf ihre Tasche auf den Beifahrersitz und fädelte sich kurz darauf in den morgendlichen Verkehr ein. Es würde ein guter Tag werden. Vielleicht sogar einer, den sie im Kalender anstreichen würde.

Abends, als die drückende Smogdecke aus der Stadt vertrieben war, ruhte sich der Kap-Doktor aus und schwächte sich vorübergehend zu einem kräftigen Wind ab. Es war heiß, und die Luft funkelte. Die Kapstädter atmeten tief durch, räumten auf und machten sich mit fröhlicher Energie auf die Partytour durch Kapstadts In-Lokale. Für das Essen im Jardine schlüpfte Lisa Darling in ein kniefreies Hängerkleid in leuchtenden Grüntönen, das sie sich gekauft hatte, weil die Restaurants im Zuge der Stromsparmaßnahmen ihre Klimaanlagen deutlich wärmer einstellten, wenn nicht gar ganz abschalteten.

Sie schloss die Wohnungstür ab und stieg in den Lift. Zwar

hatte es heute keine offizielle Entscheidung über den Sendeplatz gegeben, aber sonst war der Tag, den sie hauptsächlich im Schneideraum verbracht hatte, gut verlaufen. Nun lag ein herrlicher Abend vor ihr.

2

Am nächsten Morgen strahlte die Sonne aus dem porzellan-
blauen Himmel, die Luft war wie Champagner, der Kap-
Doktor noch friedlicher Laune, und an der Victoria & Albert
Waterfront schoben sich breite Touristenströme durchs edle Einkaufszentrum. Die Menschen waren bestens aufgelegt, das Geld
saß locker, die großen Jachten wagten sich bereits zu einer Ver-
gnügungstour aus dem sicheren Hafen, und die schwarze Rauch-
decke, die oft über Khayelitsha lag, konnte man nicht einmal riechen. Nichts trübte den schönen Morgen.

Einem Menschen jedoch hatte der Kap-Doktor keine Erleichterung gebracht. Israel Mabaso schnappte rasselnd nach Luft.
Das Fenster des Sechsbettzimmers war weit geöffnet, aber die
dumpfe Hitze im Raum wich nur langsam. Trotzdem fror er, obwohl er von innen glühte, außerdem fühlte er seine Beine nicht
mehr. Die Taubheit kroch stetig höher, und er wünschte, sie würde die obere Hälfte seines Körpers schnell erreichen. Der Schmerz,
der in seiner Brust brannte, schoss ihm im Takt seines flatternden Herzens wie flüssiges Feuer in die kleinsten Nervenveräste-
lungen. Er bestand nur noch aus diesem Schmerz. Irgendwann
während der letzten Stunden hatte sich die Gewissheit, dass er
gerade Glied für Glied starb, immer nachdrücklicher in sein Bewusstsein gedrängt. Er fand nicht mehr die Kraft, sich dagegen
aufzulehnen.

Eine Weile lag er so da, driftete immer wieder in die Bewusstlosigkeit ab, bemühte sich in seinen lichten Augenblicken, einen
Gedanken festzuhalten, der ab und zu durch den dichten Nebel
in seinem Hirn geisterte. Aber das erwies sich als unmöglich, so

als wollte er eine vorbeischießende Schwalbe einfangen. Er sank tiefer zurück in die weiche, warme Dunkelheit.

In letzter Sekunde, ehe die dunkle Welle für immer über ihm zusammenschlug, schickte der Kap-Doktor ihm wie zum Abschied einen letzten Windstoß, der die offen stehende Tür seines Zimmers zuschlug. Der Knall fuhr ihm in die Knochen und stieß ihn zurück ins Leben, für eine kurze Zeitspanne jedenfalls.

Er hörte Schwester Paulina auf dem Gang mit den Metalltabletts klappern, die im Krankenhaus verwendet wurden. Das Geräusch verriet ihm, dass es früher Morgen sein musste, denn um diese Zeit teilte die Schwester die Medikamentenrationen ihrer Patienten ein. Jetzt brach das Klappern abrupt ab, und die Tür wurde wieder aufgestoßen.

»Alles in Ordnung?«, fragte eine weibliche Stimme.

»Nein, absolut nicht. Ich sterbe«, wollte Israel rufen, bekam aber nur ein schwaches Gurgeln heraus. Verzweifelt schnappte er nach Luft. Schon wurde es wieder dunkel um ihn, als er hörte, wie die Schwester mit einem Fußtritt den Hebel der Tür feststellte und sich energische Schritte seinem Bett näherten. Gleich darauf fühlte er eine warme Hand auf seiner Schulter.

Seine Lider flatterten, und nach ein paar angestrengten Atemzügen gelang es ihm, die Augen noch einmal zu öffnen. Das Gesicht einer älteren Frau in Schwesterntracht schwebte wie ein lächelnder brauner Mond über ihm. Sein Blick klammerte sich an ihr fest.

»Israel, können Sie mich hören?« Die Hand schüttelte ihn sanft.

Es tat weh. »Wa…«, machte er und versuchte, sich die rissigen Lippen zu lecken.

»Wasser?«, fragte die Krankenschwester.

Israel grunzte zustimmend.

Schwester Paulina stützte ihm den Kopf, ergriff die Schnabeltasse, die auf seinem Nachttisch stand, und hob sie an seine Lippen. Das meiste lief ihm aus den Mundwinkeln heraus, aber es belebte ihn so weit, dass er die Kraft fand, ein paar zusammenhängende Worte herauszupressen.

Der teilnehmende Ausdruck auf dem braunen Mondgesicht verwandelte sich unvermittelt in blankes Entsetzen.

»Mord?«, wisperte die Schwester schockiert.

»Versprechen Sie es, Schwester Paulina?«, krächzte Israel eindringlich und brachte es fertig, den Kopf anzuheben. »Sie müssen alles … aufschreiben. Sofort, damit Sie nichts vergessen … und es dann dem Doktor sagen …« Seine Stimme verlor sich in unverständlichem Röcheln.

»Versprochen«, flüsterte sie, »… aber wo ist das Tal, und wer liegt …?«

»Krokodil«, sagte Israel Mabaso, laut und klar. Dann fiel er zurück in die Kissen, die Taubheit erreichte seine Brust, die Welle rauschte heran und schlug über ihm zusammen. Alle Gedanken machten sich auf leisen Schwingen davon.

Israel lächelte. Er hatte keine Schmerzen mehr.

Die Schwester, die dem Tod schon unzählige Male ins Gesicht geblickt hatte und sofort erkannte, dass der Mann vor ihr aus dem Leben gegangen war, suchte mit geübten Fingern den Puls an seinem Hals, fand ihn nicht mehr, horchte an seinem Herzen, vernahm aber nur Stille und drückte ihm dann sanft die Augen zu. Anschließend zog sie ihm das Laken über das Gesicht und schob eine Trennwand um das Bett, um den übrigen Patienten den Anblick zu ersparen. Dabei wiederholte sie in Gedanken unablässig, was Israel Mabaso ihr anvertraut hatte. Hastig verließ sie das Zimmer.

Draußen auf dem Gang fischte sie einen Bleistift aus der Tasche ihrer Schwesternuniform, notierte einige Stichworte auf der Rückseite einer Medikamentenschachtel und steckte sie ein. Der Doktor würde erst in rund zwei Stunden seinen Dienst antreten, und sie befürchtete, dass sie sonst irgendeine der grausigen Einzelheiten vergessen könnte.

Das, was ihr Israel Mabaso auf seinem Sterbebett anvertraut hatte, beschäftigte sie so sehr, dass sie die Oberschwester um eine Pause bat und ihre erste Zigarette seit Jahren rauchte. Aber auch die konnte ihre tiefe Unruhe nicht vertreiben.

Sie erwischte den Doktor gerade, als er mit ausgreifenden Schritten an ihr vorbei zum Operationstrakt eilte, um sich für die Transplantation vorzubereiten. Schüchtern berührte sie ihn am Arm.

Etwas unwirsch schaute er auf sie hinunter. »Was ist, Schwester? Ich bin im Stau aufgehalten worden und habe es verdammt eilig. Mein Patient liegt schon in der Narkose.«

»Es betrifft Israel Mabaso ...«

»Gibt es Schwierigkeiten mit der Medikation? Geben Sie ihm Morphium, sooft er es braucht. Mehr können wir für ihn nicht mehr tun«, unterbrach er sie. Seine Konzentration war schon auf seinen Patienten gerichtet.

Es würde seine vierte Herztransplantation sein. Die anderen beiden hatte der Professor noch selbst durchgeführt, aber immer wieder zwang ihn die Arthrose in seinen Händen, Jüngeren das Operieren zu überlassen. Was der Professor sicherlich als Schicksalsschlag empfand, war für ihn ein Glücksfall. In den anderen Krankenhäusern würde er für die nächsten Jahre allenfalls Blinddärme und Gallen entfernen. Die prestigeträchtigen Transplantationen behielten die Professoren als saftige Brocken für sich.

Die Aussichten auf Erfolg bei diesem Fall waren gut. Der Spender war bei seinem Unfalltod erst zwanzig Jahre alt gewesen. Der Empfänger, ein durchtrainierter Mann, der nach einer besonders schweren Virusgrippe eine Herzbeutelentzündung bekommen hatte und innerhalb kürzester Zeit an die Spitze der Empfängerliste geklettert war, würde zwei Tage nach der Transplantation seinen vierzigsten Geburtstag feiern. Voraussichtlich jedenfalls. Er zumindest würde alles dafür tun, um ihm das zu ermöglichen.

»Nein, es gibt keine Schwierigkeiten mit der Medikation, das heißt nicht mehr ...« Die Schwester war ins Stottern geraten, fing sich aber wieder. »Israel ist vor zwei Stunden verstorben, aber vorher hat er mir noch etwas anvertraut, und er hat mich schwören lassen, dass ich es nur Ihnen persönlich mitteilen soll.«

Ungeduldig wandte der Arzt sich zum Gehen. »Begleiten Sie mich zum OP, dabei können Sie es mir erzählen, obwohl ich Israel Mabaso nur als Patienten hier kenne. Kannte. Vorher habe ich ihn noch nie gesehen, und ich kann mir nicht vorstellen, dass ich der richtige Adressat bin.«

»Doch, doch«, keuchte die Schwester, während sie ihm hinterherhastete. »Ich soll Ihnen sagen, dass die drei ermordet wurden und unter dem Isivivani vergraben sind ... Er murmelte dann noch etwas von einem Tal und einer Kuh, aber das habe ich eigentlich nicht verstanden. Er ist immer wieder vom Englischen in seine Sprache abgerutscht.« Sie benötigte ein paar tiefe Atemzüge, ehe sie weiterreden konnte. »Isivivani – das ist doch so ein Steinhaufen, nicht wahr? Wunschsteine oder so, hab ich mal gelesen. Jeder, der vorbeigeht, legt einen Stein auf den Haufen ... Warum, weiß ich allerdings nicht.« Angestrengt runzelte sie die Stirn. »Wo der Haufen sein soll, hat er nicht mehr sagen können ... und auch nicht, wer die Ermordeten sind, die da begraben liegen.«

Erst jetzt verstand der Doktor, was sie gesagt hatte, und blieb so abrupt stehen, als wäre er gegen eine Wand gelaufen. »Sagen Sie das noch einmal«, flüsterte er heiser.

Schwester Paulina wiederholte die Sätze. »Das ist, soweit ich mich erinnere, ziemlich wortgetreu das, was Israel gesagt hat ... Ist Ihnen nicht gut?«, setzte sie mit besorgter Stimme hinzu.

Der Doktor spürte, wie ihm bei ihren Worten alles Blut aus

dem Gesicht wich. Er war nicht imstande, ihr zu antworten, sondern hob nur abwehrend die Hände.

Schwester Paulina sah ihn eindringlich an. »Wissen Sie, was er meint? Ich habe ihn noch gefragt, wo genau das ist und wer da wen ermordet hat und wo die Opfer begraben sein sollen, aber er hat es nicht mehr geschafft ... Es ging dann sehr schnell ... Zum Schluss hat er noch was von einem Krokodil gesagt ...«

Der Doktor fuhr zusammen und starrte an ihr vorbei auf einen Punkt im Nichts, und was er sah, war grauenvoll. Seine Muskeln verkrampften sich, er atmete heftig. Als Schwester Paulina mit allen Anzeichen von Furcht vor ihm zurückscheute, wurde ihm bewusst, welchen Eindruck er ihr vermitteln musste. Er kam mit einem Ruck zu sich.

»Es tut mir leid, ich hätte damit warten sollen ...«, stammelte die Schwester und legte ihm impulsiv die Hand auf den Arm. »Ich habe ja nicht geahnt, dass die Nachricht Ihnen so nahegehen würde ... Die Operation ... sie ist hoch kompliziert ...«

Der Doktor zwang sich zu einem beruhigenden Lächeln. »Es ist gut, Schwester, machen Sie sich keine Sorgen. Ich bin fit, und meine Hände sind ruhig. Sehen Sie ...« Zur Demonstration streckte er die Hände mit gespreizten Fingern von sich.

Es waren schöne Hände, vertrauenswürdige Hände, muskulös und sehnig mit langen, empfindsamen Chirurgenfingern, und zittern taten sie absolut nicht.

Das stellte offenbar auch die Schwester fest, denn sie schaute jetzt etwas beruhigter drein und gab ihn frei.

»Es war richtig, dass Sie es mir jetzt gesagt haben«, fuhr der Doktor fort. »Ich habe sehr lange darauf gewartet, und es bedeutet mir ungeheuer viel.« Ein abwesender Ausdruck trat in seine dunklen Augen. »Sie können gar nicht ermessen, wie viel es mir bedeutet«, sagte er leise.

Inzwischen waren sie im Bereich vor den Operationssälen angekommen, und der Chirurg drückte auf den Türöffner. »Danke noch einmal. Schreiben Sie alles auf, und legen Sie den Zettel bitte auf meinen Schreibtisch. Mein Team wartet, ich muss mich beeilen, sonst hüpft uns der Patient vom Tisch«, sagte er lächelnd und sah ihr nach, wie sie sich mit allen Anzeichen von Erleichterung in Richtung seines Zimmers entfernte. Dann fiel die schwere Tür zu den Operationssälen schmatzend hinter ihm zu, und er verbannte rigoros alle Gedanken an Israel Mabaso und das, was der ihm hatte ausrichten lassen. Die nächsten Stunden erforderten seine vollste Konzentration.

Erst als draußen schon die Dämmerung übers Meer zog, lockerte sich die angespannte Atmosphäre im Operationssaal merklich. Die Transplantation war ohne Schwierigkeiten verlaufen, und das neue Herz schlug kräftig und regelmäßig in der Brust seines Patienten. Als der Chirurg gerade die letzten Stiche setzte, flackerten auf einmal alle Lichter, und für Sekunden erstarrte das Operationsteam. Dann sprang das große Notstromaggregat an, und Erleichterung rauschte wie eine Welle durch den Saal. Der Chirurg beendete seine Arbeit zügig. Danach wurde der Patient auf die Intensivstation gebracht.

Der Doktor streifte Handschuhe und Gesichtsmaske ab, dankte dabei dem glücklichen Umstand, der ihn an diese Klinik geführt hatte, die zu *Crosscare,* einer der renommiertesten privaten Krankenhausketten Südafrikas, gehörte und wo es eine Notstromversorgung gab, die auch noch reibungslos funktionierte. Sonst hätte die Transplantation in einer Katastrophe enden können. Er presste beide Hände ins Kreuz, bog den Rücken durch und dehnte sich, dass die Knochen knackten. Nach der stundenlangen Operation in vornübergebeugter Haltung fühlte er sich zwar wie gerädert, war aber trotzdem in Hochstimmung. Er beschloss, Vivi heute zu einem späten Dinner bei Kerzenlicht ins Mount Nelson einzuladen. Er hatte es sich weiß Gott verdient, eine kleine Party zu veranstalten. Außerdem war er das auch Vivi schuldig, die bisher mit lächelnder Geduld seine Überstunden ertrug und sich selten beklagte, wenn er zu müde war, um irgendetwas anderes zu machen, als sich ins Bett fallen zu lassen und sofort einzuschlafen. Keine seiner bisherigen Freundinnen hatte das länger als ein paar Monate mitgemacht. Aber noch hielt Vivi durch. Sie hatte sich den Abend ebenso verdient.

Fröhlich vor sich hin pfeifend, duschte er in dem winzigen Badezimmer, das zu seinem Büro gehörte, zog sich dann von Kopf bis Fuß frisch an und ging zu seinem Schreibtisch, um Autoschlüssel und Mobiltelefon zu holen. Dabei fiel sein Blick auf den Zettel, den Schwester Paulina dort hingelegt hatte. Erst jetzt erinnerte er sich wieder an die Botschaft, die ihm Israel Mabaso mit seinem letzten Atemzug geschickt hatte.

Wie ein Stein stürzte er aus seinen gedanklichen Höhenflügen ab in die raue Wirklichkeit, fiel auf seinen Drehsessel und zog den Zettel heran. »Die Drei«, stand da, »Mord« und »Isivivani«. Leise sprach er die Worte aus, wiederholte sie immer wieder. Etwas in ihm weigerte sich, wirklich zu akzeptieren, was das alles bedeutete.

Schon hatte er die Hand in die Hosentasche gesteckt und sein Mobiltelefon ergriffen, da zögerte er. Über die Jahre waren seine Nachforschungen immer ohne Ergebnis geblieben. Bevor er seine gesamte Familie in Aufruhr versetzte, musste er sich vergewissern, wer Israel Mabaso im Leben gewesen war, ob er dessen Behauptung Glauben schenken konnte oder ob es wieder einmal eine falsche Fährte war, die sich im Nichts verlor. Er wählte eine interne Nummer und wartete ungeduldig.

Die Stationsschwester meldete sich, und nach einem kurzen Gespräch hatte er die genauen Personalien des Verstorbenen. Jetzt würde er Vincent anrufen, von dem er wusste, dass er oft bis in die Nacht an seinem Computer saß, und auch, dass auf dessen Festplatte Informationen verborgen waren, für die gewisse Leute töten würden. Er tippte die Nummer ein.

Kurz darauf dröhnte Vincents Stimme durch den Hörer. »Hallo, Jackoboy, ich grüße dich.«

Der Doktor zog ein Gesicht, als hätte er auf eine Zitrone gebissen. Sein Name war Jackson, genannt wurde er Jack, aber im Laufe der Zeit hatte er sich daran gewöhnt, von einigen Witzbolden Jacko genannt zu werden, die Variante Jackoboy allerdings hasste er aus tiefstem Herzen. Trotzdem ließ er sich jetzt nichts anmerken. Immerhin wollte er etwas von Vincent.

»Wie geht's? Was machen die Kinderchen?«, setzte Vincent in abwesendem Ton hinzu.

»Ich hab keins ... zumindest soweit mir bekannt ist«, erwiderte der Doktor trocken. »Eine Ehefrau habe ich auch nicht. Für private Daten hast du offenbar nur einen geringen Speicherplatz in deinem Hirn ...«

Vincent kicherte zustimmend. Für ein paar Minuten tauschten sie Familienneuigkeiten aus, und nachdem der Doktor geduldig eine Beschreibung von Vincents neuester Freundin hatte über sich ergehen lassen, erklärte er ihm, was er von ihm wollte.

»Israel Mabaso«, sagte er und buchstabierte den Nachnamen. »Beeil dich ein bisschen. Wenn ich heute wieder so spät nach Hause komme, massakriert mich meine Freundin, oder, viel schlimmer, sie verlässt mich.«

»Hör mal, das dauert so lange, wie es dauert. Mein Computer ist eine Primadonna. Sie heißt Maria Callas und will hofiert werden.« Ein fröhliches Glucksen kam durch die Leitung.

»Vielleicht erinnerst du dich daran, dass meine Freundin Vivian heißt und noch wesentlich anspruchsvoller ist als eine einfache Operndiva.« Der Doktor grinste.

Für einige Zeit war nichts als das gedämpfte Staccatogeräusch der Anschläge zu hören, während die Finger seines Freundes über die Computertasten flogen. Nur mühsam seine Ungeduld bezähmend, drehte Jack seinen Sessel zum Fenster. Die Elektrizität war inzwischen zurückgekommen, und draußen blinkten die Lichter in den Zimmern der anderen Krankenhaustrakte. Im trüben Schein der einzelnen Straßenlaterne, die vor seinem Gebäude noch funktionierte, sah er, dass die Blätterwedel der Dattelpalme am Weg noch heftig hin und her schlugen. Noch hatte sich der Wind nicht völlig gelegt, aber er registrierte dankbar, dass der Sturm seine Schuldigkeit getan hatte. Die Dreckwolke, die sonst ständig über der Stadt hing, seine Lunge strapazierte und nachts den Blick auf die Sterne verdeckte, war verschwunden. Er stellte das Telefon auf Lautsprecher, stand auf und öffnete das Fenster. Ein Schwall salzig-würziger Luft strömte herein, und er atmete tief durch. Unter ihm gingen schwatzend ein paar Krankenschwestern vorbei, draußen auf dem Gang quietschten Gummisohlen auf dem Linoleum, und aus der Ferne näherte sich eine Ambulanz mit heulenden Sirenen. Arbeit sicherlich, aber heute nicht mehr für ihn. Aufseufzend warf er sich wieder in seinen Schreibtischsessel und nahm den Hörer hoch. »Wird's was, Vincent?«

»Bingo!«, hörte er in diesem Augenblick seinen Freund rufen.

Unwillkürlich setzte er sich auf. »Du hast tatsächlich etwas gefunden?«

»Oh, Bingo, Bingo!«, schnurrte es als Antwort aus dem Hörer. »Welch ein erstaunlicher Schweinehund unser Israel doch im Leben war. Weißt du, mit wem er Tango getanzt hat?«

Der Doktor musste schmunzeln. Vincent liebte amerikanische Gangsterfilme aus den vierziger Jahren und benutzte Ausdrücke daraus, die so altmodisch waren, dass sie kaum jemand verstand. »Na, rück schon damit heraus!«

Sein Freund gluckste aufgeregt. »Mit dem Vice-Colonel«, rief er triumphierend. »Mister Trevor Scheißkerl Pryce höchstpersönlich!«

Der Vice-Colonel! Der Chirurg zuckte unwillkürlich zusammen. Der Mann war vor Jahrzehnten aus England eingewandert, hatte bald die südafrikanische Staatsangehörigkeit angenommen und war in den Achtzigern bei der Staatssicherheit gelandet. Seinen Namen verdankte er der Tatsache, dass er einen Schraubstock – im Englischen Vice genannt – einsetzte, wenn er seine Opfer zu umfassenden Aussagen bewegen wollte. Erst vor zwei Jahren war er endlich unter falschem Namen gefasst worden und nach den präzisen Aussagen einer jungen Frau, die als Kind Zeugin gewesen war, wie er ihre Mutter gefoltert hatte, und die ihm selbst in letzter Sekunde verletzt entkommen war, zu einer mehrfach lebenslänglichen Haftstrafe verurteilt worden. Der Fall hatte monatelang die Fernsehnachrichten und Schlagzeilen der Zeitungen beherrscht.

Und sein Patient Israel Mabaso war ein Handlanger des Vice-Colonel gewesen! Sein Puls beschleunigte sich. Was hatte er mit dem Verschwinden der drei zu tun? Würde seine Familie endlich Gewissheit über ihr Schicksal bekommen? Er musste an seine Mutter denken, die gestorben war, ohne zu erfahren, was mit ihren beiden ältesten Söhnen geschehen war, und an seinen Vater, der außer seinen Söhnen auch noch seinen Bruder verloren hatte.

»Dann hat Mabaso tatsächlich genau gewusst, wovon er redete«, sagte er leise.

»Allerdings«, bestätigte Vincent. »Genauestens.«

»Bist du dir ganz sicher?«

»Also, Jacko, hör mal …«

»Ist ja gut, entschuldige, dass ich deine Kompetenz infrage gestellt habe. Aber ich muss wirklich sicher sein, bevor … bevor … nun, bevor ich die Pferde scheumache. Bevor ich meinen Vater anrufe. Er ist auch nicht mehr so belastbar wie früher. Dieser Mabaso war also bei der Polizei? Steht da noch Genaueres?«

»Er hat alles das für den Vice-Colonel erledigt, womit der sich die Hände nicht beschmutzen wollte, wenn du weißt, was ich meine. Müllabfuhr, sozusagen. Für andere wohl auch. Und einmal ist er nur knapp dem Schicksal entgangen, von den Bewohnern im Township als Polizeispitzel mit dem Halsband hingerichtet zu werden.«

»Oh.« Dem Arzt stellten sich die Nackenhaare auf. Hinrichtung mit dem »Halsband« bedeutete, dass dem Opfer bei lebendigem Leib ein mit Benzin gefüllter Autoreifen um den Oberkörper gelegt und dann angezündet wurde. In den achtziger und den frühen neunziger Jahren wurden Dutzende, die vermeintlich Polizeispitzel oder der Hexerei verdächtig waren, auf diese Weise getötet. Neuerdings waren auch einige Vergewaltiger mit dieser Methode von den aufgebrachten Verwandten des Opfers, denen die Polizei zu langsam arbeitete, ins Jenseits befördert worden. »Wieso ist er nicht von der Truth Commission erfasst worden?«

»Er ist untergetaucht und hat seinen Namen und Wohnort vermutlich wesentlich öfter gewechselt als sein Hemd. Wie so viele. Wobei ich glaube, dass er Hilfe vom Vice-Colonel hatte, der ein starkes Interesse daran gehabt haben dürfte, dass Israel Mabaso die Klappe hält. Jetzt, wo sie den Colonel eingebuchtet und den Schlüssel zu seiner Zelle weggeworfen haben, kann es ihm ja wohl egal sein. Leider gibt es bei uns die Todesstrafe nicht mehr«, bemerkte Vincent mit deutlichem Bedauern. »Woran ist Mabaso denn gestorben? Hat ihm jemand ein Messer zwischen die Rippen gejagt? Ich kann mir vorstellen, dass es außer dem Vice-Colonel noch ein paar Dutzend Leute gibt, die das gerne getan hätten.«

»Er hatte einen Motorradunfall.«

»Hoffentlich hat er was davon gehabt …«

»Hat er«, erwiderte der Doktor, der seine Brüder und seinen Onkel sehr geliebt hatte. »Aber sag jetzt nichts weiter. Er war ein Mensch, und ich bin Arzt.«

»Ach, ich bekomme gelegentlich archaische Anwandlungen, wenn dieser Dreck aus der Vergangenheit wieder hochgespült wird. Was wirst du jetzt tun?«

»Das muss ich jetzt erst einmal verdauen. Aber ich lasse es dich wissen, sobald ich mich entschieden habe. Vorerst vielen Dank für alles. Pass auf dich auf, hörst du. Werde nicht leichtsinnig.«

Der letzte Satz war sehr ernst gemeint. Der Inhalt von Vincents Festplatten war hochbrisant, und schon mehr als einmal hatte es Anschläge auf ihn gegeben.

»O Jackoboy, das tue ich, das kann ich dir versichern. Seit dem letzten Mal habe ich alle Festplatten gespiegelt und nach Übersee geschafft, wo sie an einem bombensicheren Ort liegen.« Vincent prustete. »Das ist wörtlich zu nehmen. Falls mir etwas passiert, wird der Inhalt veröffentlicht, und das habe ich überall verbreitet.« Wieder lachte er vergnügt. »Du wirst es nicht glauben, aber die erstaunlichsten Leute sind jetzt sehr um mein Wohlergehen bemüht.«

Sie verabschiedeten sich, und der Doktor blieb an seinem Schreibtisch sitzen. Ihm fiel ein, dass Schwester Paulina etwas von einem Krokodil erwähnt hatte, konnte sich aber nicht mehr daran erinnern, was genau es gewesen war. Krokodil. Er malte mit dem Finger die groben Umrisse einer Panzerechse in die glänzende Schreibtischoberfläche und überlegte, ob er Vincent noch einmal anrufen sollte, um herauszufinden, ob das Wort Krokodil irgendwo in dessen Daten vorkam. Grübelnd stützte er den Kopf in die Hände. Vielleicht hatte er sich verhört. Er malte noch eine Echse. Rief Vincent nicht an. Überlegte, ob er überhaupt seinen Vater anrufen sollte. Malte weiter, bis eine ganze Herde von Krokodilen über seinen Schreibtisch marschierte.

Schließlich richtete er sich auf, wischte die Echsen weg und zog sein Handy hervor. Eine konkretere Spur hatte es bisher noch nicht gegeben. Es war an der Zeit, seinem Vater Bescheid zu geben. Er hatte ein Recht darauf zu wissen, was sich ereignet hatte.

Mit einem Tastendruck rief er die Nummer aus dem Telefonspeicher auf, wählte und wartete, hoffte, dass sein Vater das Mobiltelefon, das er ihm geschenkt hatte, eingeschaltet hatte. Meist lag es irgendwo im Schrank, weil sein Vater ein tiefes Misstrauen gegen alles Technische hegte. Obendrein hasste er jede Veränderung in seinem Leben.

Wie seine Mutter, fuhr es ihm durch den Kopf. Sie war nicht anders gewesen. In dem Haus, das er seinen Eltern vor einiger Zeit gebaut hatte, befand sich neben einem modernen Badezimmer auch eine blitzende Küche mit allen technischen Neuheiten, unter anderem auch ein nagelneuer Elektroherd mit Cerankochfeld. Bei einem Überraschungsbesuch hatte er seine Mutter dabei erwischt, wie sie ihre Suppe wieder auf dem alten Kohleherd kochte, so wie sie es von klein auf gewohnt war. Er hatte mit ihr geschimpft, dass sie seine Geschenke nicht annahm, hatte ihr vorgeworfen, dass sie den neuen Herd nur benutzte, wenn er zu Besuch kam. Dann war er gekränkt abgefahren.

Es war das letzte Mal gewesen, dass er sie gesprochen hatte. Wenige Tage später war sie an einem Schlaganfall gestorben, und bis an sein Lebensende würde er sich sein kindisches Verhalten nicht verzeihen, würde damit fertigwerden müssen, dass unter Umständen die Aufregung über den Streit mit ihm den Schlaganfall verursacht hatte.

Unbewusst krampfte sich seine Hand so fest um den Hörer, dass die Knöchel weiß hervortraten. Das Telefon klingelte unablässig, und der Ton verwandelte sich in seinen Ohren zu einem Schrei. Jäh überfiel ihn eine entsetzliche Sehnsucht an die Zeit, als er ein Kind war, die Familie sich Abend für Abend vollzählig um die gemeinsame Abendmahlzeit scharte und er noch glaubte, dass das Leben warm und hell und voller Liebe sein würde.

Bei der Vorstellung schossen ihm die Tränen in die Augen. Verwirrt wischte er sie weg. Seine Konzentration wanderte. Bleierne Müdigkeit drückte ihm auf die Lider und machte es ihm unmöglich, sie offen zu halten. Mit Daumen und Zeigefinger seiner freien Hand massierte er sanft die zarte Haut. Manchmal half das. Gleichzeitig war er in gewisser Weise erleichtert, eine Erklärung für die jähe Gemütsaufwallung gefunden zu haben. Es war normal, dass ihn die Anstrengung der stundenlangen Konzentration auf eine komplizierte Operation einholte, ihn anfällig für schwarze Gedanken machte. In letzter Zeit geschah das allerdings öfter.

Draußen fauchte der Kap-Doktor mit erneuter Heftigkeit durch Bäume und Büsche. Irgendwo schlug ein Fensterladen. Sein Telefon sandte noch immer vergeblich seinen Ruf in den Äther. Er wollte schon auflegen, da dröhnte auf einmal die Stimme seines Vaters in seinem Ohr.

»Wer will was von mir?«

»Ich bin's …«, sagte er erleichtert.

»He, mein Sohn, ich hab mich schon gefragt, ob du mich vergessen hast! Wie geht es dir, und was willst du? Du willst doch was, oder? Sonst würdest du wohl nicht anrufen.« Das warme Lachen, das durch die Leitung kam, nahm der Frage ihren Stachel.

Auch der Chirurg lachte leise. Er liebte seinen Vater. Wenn er recht darüber nachdachte, war er nach wie vor der weitaus wichtigste Mensch in seinem Leben. Lange vor der jeweiligen Freundin.

»Ich habe Neuigkeiten«, sagte er und wiederholte Wort für Wort das, was Israel Mabaso hinterlassen hatte, nannte aber weder dessen Namen noch seine Verbindung mit dem Vice-Colonel. Die Einzelheiten würde er ihm erzählen, wenn er ihn sah. Er hatte schon entschieden, ein paar Tage freizunehmen, um nach Hause zu fliegen.

Für geschlagene zwei Minuten waren nur leise Hintergrundgeräusche zu hören. Das Blöken einer Kuh, der klagende Ruf irgendeines Nachtvogels, eine Frauenstimme.

»Wer war er?«, fragte sein Vater nach dieser langen, konzentrierten Pause.

»Einer, der für andere … den Schmutz weggeräumt hat. Ich vermute sogar, dass er es war, der … dass er …« Er brachte es nicht fertig, das Schreckliche auszusprechen.

»Der sie ermordet hat … und dann vergraben wie ein Stück Abfall?« Für Sekunden klang die Stimme seines Vaters schwer von Tränen.

Der Doktor schwieg hilflos, wusste nicht, wie er ihm Trost spenden sollte.

»Schade, dass er tot ist«, flüsterte sein Vater. Sein Ton ließ absolut keinen Zweifel daran, wie gern er diesen Mann in die Finger bekommen hätte, auf welche Weise er den Tod seiner Lieben gerächt hätte.

Sein Sohn zwang sich, die Bemerkung zu überhören, und gab sich Mühe, ihn mit der Frage abzulenken, ob der letzte Regensturm sein Haus und Grundstück verschont habe.

Nach einer angespannten Pause antwortete sein Vater: »Der Weg ist in den Fluss geschwemmt worden, und das Dach ist undicht. Aber das sind Kleinigkeiten. Andere hat es schlimmer getroffen. Mach dir keine Sorgen. Nicht darüber.«

Jack wechselte das Thema, fragte ihn, ob alle in der weiteren Familie gesund seien und was es sonst an Neuigkeiten in der Gegend gebe. Ein schneller Blick auf die Uhr zeigte ihm, dass er sich beeilen musste, wollte er noch mit Vivi essen gehen.

»Ich muss Schluss machen. Aber ich werde zusehen, dass ich in den nächsten Tagen nach Hause kommen kann. Wenigstens für ein paar Tage. Wir müssen den Ort finden, den dieser Mabaso gemeint hat. Wir müssen sie endlich finden, damit das alles ein Ende hat. Ich rufe dich morgen an und sage Bescheid.«

Damit hängte er ein, rannte hinaus zu seinem Wagen und machte sich auf den Weg zu Vivi.

3

Im heißen Herzen von Zululand hatte dieser Sommertag, an dem Israel Mabaso zu seinen Ahnen gegangen war, wie immer begonnen. Um halb fünf lärmten die Hadidah-Ibisse mit der Pünktlichkeit eines Weckers, und die ortsansässige Affenherde antwortete ihnen mit hungrigem Gekreisch. Ihre Kundschafter, zwei ältere, grauhaarige Männchen, begaben sich umgehend zum Haupthaus, um zu sehen, ob jemand versehentlich ein Fenster aufgelassen hatte und was für sie zum Frühstück abfiel. Wie jeden Morgen.

Bill Darling öffnete die Augen. Er schlief wie eine Katze, einen Augenblick tief und fest, und im nächsten Augenblick war er hellwach. Automatisch drehte er den Kopf in den Kissen und schaute hinüber zu Amelia. Sie lag auf der Seite, der Puls in ihrer Halsgrube klopfte regelmäßig, aber ihre Lider bebten. Offensichtlich war das Vogelgeschrei bis in ihre Träume gedrungen. Wachte sie jetzt auf, würde ihm die Stunde Alleinsein nicht gegönnt sein, die er morgens so liebte, diese Zeit zwischen Traum und Wirklichkeit, wenn die Natur erwachte und die ersten Strahlen der aufgehenden Sonne den neuen Tag ankündigten. Er grunzte gereizt und tastete automatisch nach seinem Gewehr, das wie immer schussbereit neben seinem Bett am Nachttisch lehnte. Er würde den Viechern ein für alle Mal den Garaus machen.

»Gib's auf, du triffst sie doch nicht«, murmelte Amelia schlaftrunken. »Die lachen dich nur aus. Steck dir Ohropax in die Ohren, das ist wirksamer. Außerdem, seit wann stören dich die Hadidahs?« Sie hob den Kopf und schob sich das sonnengesträhnte Haar aus den Augen.

»Ha-ha-ha-di-dah«, lachten die großen Vögel zufrieden und strichen mit langsamen Flügelschlägen über die Baumkronen.

»Schlaf weiter. Die Sonne ist noch nicht aufgegangen.« Er beugte sich vor, küsste ihre schlafwarme Wange und schwang die Füße aus dem Bett auf die Fliesen, die jetzt im Sommer selbst über Nacht die Sonnenwärme speicherten.

Mit einem wohligen Stöhnen drehte sie sich um. »Weck mich rechtzeitig, bitte.«

»Mach ich«, flüsterte er. Er schaute auf sie hinunter, und für einen flüchtigen Augenblick verlockte es ihn, bei ihr zu bleiben und eingehüllt in ihre Wärme den Geräuschen des erwachenden Morgens zu lauschen, aber dann stand er doch auf. Später würde er mit ihr frühstücken, gemeinsam mit ihr den Tag planen und vielleicht ein Abendessen in dem neuen Restaurant am Meer vorschlagen, das Angelica Ferguson in der Zeitung so gelobt hatte, aber diese erste Stunde war seine, die er wie einen kostbaren Schatz hütete. Leise verließ er das Zimmer, ergriff im Vorbeigehen seine Badehose, öffnete die Tür, glitt hinaus und lief die Steintreppe ins Erdgeschoss hinunter zur Gästetoilette, wo er die Badehose anzog. Seine Schlafshorts ließ er auf dem Boden liegen. Bongi würde sie später wegräumen.

Im Erdgeschoss duftete es nach Blumen und frischem Brot. Immer duftete Mellys Haus nach Blumen und frischem Brot. Eines der vielen Dinge, für die er sie liebte. Es vermittelte ihm die Illusion, in einer besseren Welt zu leben als der, in der er die meiste Zeit seines Erwachsenenlebens verbracht hatte.

Die beiden Flügel der Wohnzimmertür standen offen, und sein Blick wurde durch die Glasfront am anderen Ende auf die riesige überdachte Terrasse gelenkt, auf der sich das Leben der Familie hauptsächlich abspielte. Einen Augenblick blieb er stehen, um die Schönheit seines Familienanwesens zu genießen. Das erste Morgenrot floss herein und tauchte den luftigen Raum in zartes Pfirsichgold, goldfarbener Staub tanzte vor der Bücherwand, die die

Länge des Raums einnahm. Auf der Terrasse glühten die Bougainvilleen, die aus Kübeln rechts und links in üppiger Fülle die Pfeiler emporrankten, in märchenhaftem Farbenspiel. Von Kupfer bis zum leuchtendsten Rosa schillerten die Blüten. Melly konnte sich daran nicht sattsehen, ihm dagegen war die prunkende Pracht zu grell. Trotzdem freute er sich jeden Morgen über diesen Blick. Melly wusste das und ließ aus diesem Grund im Sommer die schweren Vorhänge immer offen. Nur im Winter, wenn die Nächte deutlich kühler waren, wurden sie geschlossen.

Bill Darling strich über den blanken Messingtürgriff und wandte sich ab. Er überquerte mit wenigen Schritten den Eingangsbereich und schloss die Tür zu seinem Weinkeller auf. So bezeichnete er den kavernenartigen Raum, in dem er seine flüssigen Schätze wohltemperiert aufbewahrte. Kühle Luft schlug ihm entgegen, die Klimaanlage summte leise. Wohlgefällig glitt sein Blick über die deckenhohen Regale, ehe er die Temperatur kontrollierte. Zufrieden, dass alles genau richtig war, verschloss er den Raum wieder und ging hinüber in sein Herrenzimmer, um sich zu vergewissern, dass er sein Ersatzmobiltelefon aufgeladen hatte. Leise öffnete er die Tür.

Auch hier war es kühler als im Rest des Hauses. Die Luft roch ein wenig abgestanden, weil er die Vorhänge meist geschlossen hielt. Jetzt zog er sie zurück und ließ das Tageslicht ins Zimmer fluten. Von den Wänden beobachteten ihn Dutzende von Tierköpfen mit starren gläsernen Augen. An einer der Wände hingen die Warzenschweine, Kudus mit gewundenen Hörnern, zwei Säbelantilopen, unzählige kleinere Antilopen und die Haut eines sechs Meter langen Felspythons. Die gegenüberliegende Wand schmückten die großen Fische. Ein blau glänzender Marlin, die zähnestarrenden Kiefer mehrerer Haie und der elegante Körper eines Segelfischs.

Auf der Stirnwand gegenüber dem bodentiefen Fenster prangten die Krönungen seiner bisherigen Jagdlaufbahn. Zwei zähnefletschende Löwen flankierten einen Elefanten mit riesigen, schimmernden Stoßzähnen. Darüber starrte ein Leopard blicklos ins Nichts.

»Hi, Jungs.« Bill grinste und tätschelte einem der Löwen die ausgestopfte Nase. Jedes einzelne der Tiere hatte er selbst geschossen, zu jedem konnte er eine Geschichte erzählen. Melly hatte ihm vehement verboten, sie an die Wände eines der anderen Zimmer zu hängen. Sie würde davon Albträume bekommen, hatte sie ihm kategorisch mitgeteilt. Außerdem würden sie stinken. Aber das stimmte eindeutig nicht. Staubfänger waren sie, natürlich, aber so war das eben. Er seufzte. Die Wände des Raums, in dem er gern im Schaukelstuhl seines Großvaters saß und Zeitung las, waren so gut wie voll. Sein Taxidermist hatte noch mehrere Trophäen in Arbeit. Einige von denen, die hier schon seit Jahren hingen, würde er einmotten müssen.

Er öffnete den Safe, der unter einem der Kuduköpfe verborgen war, nahm das Ersatztelefon heraus und stellte es in die Aufladestation. Das elektronische Auge am Apparat leuchtete rot auf. Es war nicht voll aufgeladen gewesen. Er sah auf die Uhr. Es wurde höchste Zeit für sein morgendliches Schwimmtraining, aber erst musste er etwas trinken. Er machte sich auf den Weg in die Küche.

Bongi, das Hausmädchen, war noch nicht erschienen, aber später würde sie die Küche mit appetitanregenden Gerüchen und topfklapperndem Leben erfüllen, wobei sie oft laut sang. Wie alle Schwarzafrikaner hatte sie eine wunderbare Singstimme. Er hörte ihr gern zu. Es erinnerte ihn an die ferne Zeit, als er noch ein Kind gewesen war. Jetzt war das einzige Geräusch in dem langgestreckten Raum das leise Summen des riesigen zweitürigen Kühlschranks. Er zog eine Tür auf und nahm eine Flasche Mineralwasser heraus.

Während er sich ein Glas eingoss, fiel sein Blick auf ein Foto von Lisa, das Melly mit Klebeband an der Glastür des Geschirrschranks befestigt hatte. Gleichzeitig entdeckte er sein Spiegelbild neben Lisas Gesicht. Mit Genugtuung stellte er fest, wie ähnlich sie ihm doch war. Das gleiche Lächeln, die gleiche selbstbewusste Kopfhaltung. Bei ihm wirkte sie arrogant, das hatte man ihm oft gesagt, bei Lisa aber nicht. Schweigend hob er sein Glas und lächelte ihr zu. Lisa. Seine Tochter, das Beste, was er je zustande gebracht hatte.

Erst gestern Abend hatte er sie im Fernsehen gesehen. Sie hatte von einem neuen Schulprojekt aus Khayelitsha berichtet, dem Moloch aus Wellblechhütten und Plastikplanen, der vom Südosten unaufhaltsam auf Kapstadt zukroch. Sie war inmitten einer Horde aufgeregter schwarzer Schulkinder in die Hocke gegangen und hatte mit ihnen gescherzt und gelacht. Mit einer Hand hielt sie ihr üppiges Haar, das ihr der steife Südostwind um den Kopf peitschte, aus dem Gesicht zurück, mit der anderen streckte sie einem kleinen Mädchen mit abstehenden Rattenschwanzzöpfchen das Mikrofon hin. Wie ein Lichtstrahl richtete sich Lisas gebündelte Aufmerksamkeit in diesem Augenblick nur auf das Mädchen, das sie wie hypnotisiert aus riesigen schwarzen Augen ansah.

Das machte sie zur Spitzenjournalistin, zur begnadeten Interviewerin, dachte er. Der Sender hatte keine bessere. Jedem Gesprächspartner vermittelte sie das Gefühl, dass gerade er von ungeheurer Wichtigkeit sei, sein Schicksal sie persönlich berührte, gewann so sein Vertrauen und entlockte auch dem Schüchternsten eine Antwort. Selbst die, die unwillig waren, auch nur ein Wort zu sagen, öffneten sich ihr gegenüber. Das hatte er oft beobachtet. Aber das hauptsächliche Geheimnis ihres Erfolges war natürlich, dass ihre Anteilnahme nicht gespielt war und dass sie Informationen nie missbrauchte.

Er prostete ihrem Bild wieder zu. Sie war die Summe aller guten Eigenschaften von Melly und ihm. Glücklicherweise überwiegend der von Melly. Allerdings konnte Lisa genauso hartnäckig sein wie er. Auch sie ließ nie locker, wenn sie sich in ein

Thema verbissen hatte. Stur wie ein Esel konnte sie sein, seine Lisa, und wie er hatte sie in jeder Situation eine Antwort parat. Sie war sehr eloquent und schlagfertig. Ein großer Pluspunkt als Fernsehjournalistin.

Kein Wunder, dachte er, sie hatte ein abgeschlossenes Jurastudium hinter sich, und seiner Erfahrung nach hatten Juristen auf alles eine Antwort. Es war ein Genuss, mit Lisa die verbalen Klingen zu kreuzen, auch wenn sie die Auseinandersetzung dann gewann. Vielleicht gerade deswegen. Ihm hatte die gleiche Charaktereigenschaft meist den Vorwurf eingetragen, aus dem Stegreif immer eine druckreife Rechtfertigung für seine Handlungen formulieren zu können. Er grinste ironisch. Nun, auch in seinem Beruf war das eine Voraussetzung gewesen.

In Erinnerungen versunken, nahm er eine reife Mango aus dem Früchtekorb, schälte sie über der Spüle und schnitt ein großes, von Saft tropfendes Stück herunter. Es war köstlich.

Während er langsam die Frucht verspeiste, wanderte sein Blick zurück zum Bild seiner Tochter. Außer dem Lächeln und der Kopfhaltung war sie äußerlich das Abbild ihrer Mutter, so wie er Melly vor vielen Jahren kennengelernt hatte. Genauso hellblond, die gleichen leuchtenden Augen in einer sensationellen Farbmischung aus Grün und Oliv, wie Moos mit hellgrünen Spitzen oder, wie jemand einmal etwas kitschig, aber treffend Lisas Augenfarbe beschrieben hatte: Goldreflexe in einem klaren Teich. Beide hatten die eleganten Bewegungen einer guten Tennisspielerin – was sie auch waren – und die gleiche anziehende Art, mit Menschen umzugehen. Gott sei Dank hatte Lisa weder seine massige Gestalt noch einige seiner anderen Eigenschaften geerbt, die er vorzog, nicht genauer zu analysieren. Jedenfalls nicht im Augenblick. Leider ging sie derart in ihrem Beruf auf, dass ihre Eltern sie fast nur noch im Fernsehen zu sehen bekamen. Melly und er waren mehrere Male nach Kapstadt geflogen, um sie zu treffen, aber wenn er sich recht erinnerte, war es fast zwei Jahre her, dass sie zu Hause auf Lalisa gewesen war. Wenn Mellys sechzigster Geburtstag nicht in drei Wochen wäre, würde es vermutlich noch einmal ein Jahr dauern, ehe Lisa sich frei machen konnte. Heute Abend würde er sie anrufen und ihr vorschlagen, schon ein paar Tage vor der großen Party zu kommen. Als Überraschung für Melly.

Bestens gelaunt durch diese Überlegung, wusch er sich die Hände, zertrat eine Kakerlake, die sich unvorsichtigerweise hervorgewagt hatte, und begab sich durch die Tür in den von einer Mauer umgebenen Küchengarten, wo Melly Würz- und Heilkräuter angepflanzt hatte. Eine Duftwolke schlug ihm entgegen, die ihn an jenen heißen Sommer in der Provence erinnerte: Es war ihre Hochzeitsreise gewesen, und Melly und er waren zwei herrliche Monate lang durch Europa gefahren.

Er bückte sich, rupfte ein Salbeiblatt ab, zerrieb es und sog den Duft tief in jedes Nasenloch. Sofort fühlte er sich frisch und munter. Melly hatte ihm das beigebracht. Ihr Wissen um die Heilkraft von Pflanzen konnte sich locker mit dem der erfahrensten Inyangas der Zulus, der Kräuterheiler, messen. Die Trockenheit liebenden Kräuter wie Thymian und Rosmarin gediehen in einem Hochbeet, das Melly auf einem Sockel aus aufgeschichteten Feldsteinen angelegt hatte, andere wie Koriander und ein kleiner Baum mit Curryblättern in einer sonnigen Ecke.

Eine massive geschmiedete Eisentür schützte diese Oase. Er schloss sie auf und schlenderte in den Garten. Kaum hatte er zwei Schritte getan, fegte Mac lautlos um die Ecke. Der massige Rottweiler schien einen inneren Peilsender eingebaut zu haben. Wo immer Melly oder er sich aufhielten, war Mac zur Stelle, auch ohne dass er gerufen worden war. Mac würde er nie enttäuschen können, der Hund würde ihm alles verzeihen, egal, was machte. Für Mac war er das Universum, die Sonne, der Mond und die Sterne. Er verzog das Gesicht. Vielleicht sollte er das als seine Grabinschrift festlegen.

Leise schnalzte er mit den Fingern. Sofort schmiegte sich der große Hund fest an sein Bein, und er spürte die stahlharten Muskeln unter dem dichten, glänzenden Fell. Gemeinsam spazierten sie über den mit Platten ausgelegten Pfad durch den blühenden Garten hinüber zum Swimmingpool, der von italienischen Terracottafliesen eingefasst war. Am oberen Ende, neben einem riedgedeckten Häuschen, in dem es eine Dusche gab und Gerätschaften und Liegen aufbewahrt wurden, fast versteckt unter dem schäumenden Rosa von Bougainvilleenranken, lag der Rest einer uralten Steinmauer aus faustgroßen, von Wind und Wetter rundgeschliffenen Steinbrocken, in deren Schutz Bill Darlings Großmutter ihren ersten Gemüsegarten angelegt hatte. Der Bougainvilleabusch war verholzt, sein Stamm armdick. Er musste uralt sein, der Mutterstrauch aller anderen Bougainvilleen auf dem Grundstück. Nirgendwo sonst gab es diese Farbe.

Mac warf sich wohlig grunzend auf die warmen Fliesen, ließ den Kopf über den Rand des Schwimmbeckens hängen, schlabberte ein paar tiefe Schlucke und fischte anschließend geschickt eine ertrunkene geflügelte Termite heraus, die er schmatzend verspeiste. Bill Darling sprang kopfüber ins Wasser.

Kraftvoll kraulte er eine Länge, wobei er zu seinem Entsetzen ziemlich außer Atem geriet. Das Herz schien ihm in der Brust zu flattern, wie sonst nicht nach fünfzig Längen. Ein ungewohntes Gefühl. Schuldbewusst dachte er an die vielen Gläser Wein, die er täglich in sich hineinschüttete. Zum Mittagessen, als Sundowner, zum Abendessen und als Betthupferl. Offenbar forderten sie jetzt ihren Tribut. Er nahm sich vor, seinen Konsum sofort zu halbieren und regelmäßig zu trainieren. In seinem Alter musste man auf so etwas schließlich achten.

Auf dem Rücken im klaren Wasser driftend, die Augen geschlossen, das Gesicht in den rosafarbenen Himmel gewandt, wartete er, bis sich Herz und Atem beruhigt hatten und seine Gedanken in angenehmere Bahnen flossen. Anschließend streckte er sich wohlig neben Mac auf den warmen Fliesen aus und ließ sich von den ersten Sonnenstrahlen trocknen, bis die Zeit gekommen war, Melly aus den Federn zu holen. Begleitet von Mac, wanderte er, noch immer etwas außer Atem, zurück ins Haus und stieg langsam die Treppe hinauf ins Schlafzimmer. Der Rottweiler baute sich auf Mellys Seite vor dem Bett auf und fiepte leise.

»He, Schlafmütze«, flüsterte Bill und küsste seine Frau, die sich verschlafen aus dem Bett rollte und ihn wiederküsste. Während sie gähnend im Badezimmer verschwand, zog er sich an. Im Spiegel prüfte er gewohnheitsmäßig Bügelfalte und tadellosen Sitz der khakifarbenen Baumwollhose und knöpfte die Schulterklappen des Khakihemdes fest. Ein Ritual, das er von seiner Dienstzeit übernommen hatte. Er wählte bequeme Laufschuhe aus Wildleder und begab sich hinunter auf die Terrasse.

Bongi hatte bereits den Frühstückstisch gedeckt, hübsch, wie es Melly ihr beigebracht hatte, mit frischer Tischdecke, blitzendem Silber und einer kleinen Vase mit frischen Blumen. Stehend goss er sich seine erste Tasse Kaffee ein.

»Morgen, Boss«, grüßte ihn die Zulu.

Er wandte sich um. »Morgen. Was macht dein Bein?«, setzte er automatisch hinzu.

Bongi hatte vor einer Woche eine Abkürzung durch den Busch von Lalisa genommen, statt auf der schmalen Straße zu bleiben, die zur Hauptstraße führte, und war in ein Warzenschweinloch getreten, wobei sie sich die Sehne gezerrt hatte. Auf dem Weg zum Haus hatte er sie mit schmerzverzerrtem Gesicht am Wegesrand sitzend vorgefunden. Sein Angebot, sie ins Krankenhaus zu fahren, hatte sie entschieden abgelehnt, und ihm war nichts anderes übriggeblieben, als sie stattdessen zum örtlichen Inyanga zu bringen. Aus Neugier war er heimlich geblieben. Der Kräuterheiler hatte irgendwelchen geheimnisvollen Humbug gemurmelt und ihr einen Umschlag aus breiig gestampften Wurzeln und

Blättern verpasst, dessen besonderer Wirkstoff die Galle einer Puffotter sei, wie Bongi später behauptete. Geglaubt hatte er das natürlich nicht und hatte sie ausgelacht. Vermutlich verwende der Inyanga Hühnerdreck, hatte er gemutmaßt. Der sei leichter zu beschaffen, und wie wolle sie das schon kontrollieren? Diese schwarzen Hexenmeister benutzten doch die unappetitlichsten Zutaten und machten damit einen dicken Profit. Bongi war beleidigt in ihre Hütte gehumpelt. Gegen die Schmerzen hatte sie allerdings Aspirin geschluckt, Puffottergalle hin oder her.

»Es hat sich entschieden, wieder zu laufen.« Die Zulu strich über ihr Bein, wobei ein ironisches Lächeln in ihren schwarzen Augen funkelte.

Bill Darling lächelte nicht. Bongi brachte es offensichtlich diebischen Spaß, gelegentlich die einfache, unwissende Schwarze zu mimen. Das beherrschte sie noch immer perfekt, und noch immer störte es ihn. Selbst nach neun Jahren, und das wusste sie sehr wohl.

Als sie damals, nur zwei Tage nachdem Mellys bisheriges Hausmädchen ohne Erklärung verschwunden war, vor Lalisas Hintertür aufgetaucht war und verkündet hatte, dass die Darlings ein neues Hausmädchen brauchten, war ihr Englisch noch das einer ungebildeten Schwarzen vom Land gewesen. Außerdem erfüllte sie auch äußerlich das Bild, das ein Weißer von einem Hausmädchen erwartete: blauer Kittel und gleichfarbiges Kopftuch, ausgetretene Schuhe. Ihre Papiere schienen in Ordnung zu sein, und Melly war froh gewesen, überhaupt ein Mädchen zu bekommen, das einigermaßen vertrauenswürdig wirkte. Sie hatte Bongi sofort eingestellt.

Sein Blick streifte die Zulu, die eben das Kaffeepulver in den Filter füllte. Ein sorgfältig gebügeltes dunkelgrünes Kleid hing locker um die hagere Gestalt, und ihre Füße steckten in neuen weißen Sneakers, die an ihren Streichholzbeinen klobig wirkten. Bongi war spindeldürr, mit Armen und Beinen wie vertrocknete Zweige und verhuschtem Blick, machte den Eindruck, als würde

54

sie ein leiser Windhauch umpusten können. Aber das täuschte, wie er herausgefunden hatte. Kein Sturm würde Bongi Rampedi je erschüttern, weder körperlich noch seelisch. Sie war eine äußerst zähe, resolute Person mit stahlhartem Willen.

Das hatte sie gleich an ihrem ersten Arbeitstag im Hause Darling zur Genüge bewiesen. Vergeblich hatte er sich bemüht, diese Szene zu vergessen.

Obwohl die Hausangestellten eigentlich Mellys Sache waren, ließ er sich es nicht nehmen, den Neuankömmlingen gleich zu zeigen, wer der Herr im Hause war.

»Unsere Hausmädchen heißen alle Maggie, das ist leicht zu behalten«, hatte er der Schwarzen bei ihrem Arbeitsantritt mit gönnerhaftem Grinsen mitgeteilt. Dann wollte er ihr gewohnheitsmäßig aufzählen, welche Arbeiten sie zu erledigen hatte, wie ihre Arbeitszeiten sein würden und welchen Lohn er ihr zahlen würde. Zu seinem maßlosen Erstaunen hatte sie das Kinn gehoben und ihm geradewegs in die Augen geschaut. Schwarze Frauen taten das nicht. In ihrer Kultur war es verboten, einem Höherstehenden ins Auge zu sehen, einem Mann schon gar nicht.

»Maggie ist ein weißer Name. Ich bin schwarz. Mein schwarzer Name ist Sibongiseni«, hatte sie ihn ungerührt unterbrochen.

»Das ist mir zu lang, ich nenne dich Bongi!«, hatte er sie angeherrscht.

Es sollte eine der wenigen Niederlagen seines Lebens werden. Nannte er sie Bongi, behandelte sie ihn wie Luft und tat, als hätte sie ihn nicht gehört. Es nutzte ihm nichts, wenn er sie anbrüllte oder ihr den Lohn kürzte. Nur wenn er sie mit ihrem vollen Namen ansprach, was er allerdings nur tat, wenn es sich nicht vermeiden ließ, antwortete sie, und jedes Mal war er sich bewusst, dass sie sich dabei auf seine Kosten amüsierte. Bis heute. Lediglich Lisa erlaubte sie, sie Bongi zu nennen.

Aber das war noch nicht alles. Sibongiseni Rampedi hatte sich an jenem Tag auch rundheraus geweigert, die nagelneue königsblaue Hausmädchenuniform anzuziehen, die ihr Melly gekauft hatte.

»Bin kein Diener«, hatte sie auf Mellys verblüffte Frage geantwortet. Dabei war der Ausdruck ihrer schwarzen Augen alles andere als verhuscht gewesen.

»Ich verlange, dass du die Uniform anziehst«, hatte er geraunzt.

Wortlos hatte die Schwarze Schürze und Kopftuch in den königsblauen Kittel gewickelt und das Bündel in den Mülleimer gestopft. »Dann gehe ich.«

Und dann hatte sie sich tatsächlich umgedreht und war zur Tür hinausmarschiert. Melly war trotz seiner Proteste hinter ihr hergelaufen und hatte anschließend alle ihre Überredungskünste gebraucht, um sie zum Bleiben zu bewegen. Und versprechen müssen, dass sie keine Uniform tragen musste.

Wütend hatte er die Zähne zusammengebissen, um einem Streit mit Melly aus dem Weg zu gehen. Im Gegensatz zu ihr hatte er das triumphierende Lächeln auf dem mageren Gesicht der Schwarzen sehr wohl bemerkt, und dieses Verhalten war es, was bei ihm alle Alarmglocken läuten ließ. Bei einer Schwarzen in Bongis Alter, einer, die noch traditionell aufgewachsen war, war das damals mehr als ungewöhnlich. Er war Polizist. Misstrauen war eine Voraussetzung für seinen Beruf, war ihm in Fleisch und Blut übergegangen. Dieses herausfordernde Benehmen hatte er bei festgenommenen Untergrundkämpferinnen kennengelernt, die im Ausland – zum Beispiel der Sowjetunion, Mosambik oder der DDR – eine Ausbildung durchlaufen hatten. Der Rang eines Brigadiers erlaubte ihm Zugriff auf sämtliche Datenbanken der Polizei, und er hatte ihren Namen sofort durch die Computer laufen lassen. Schnell hatte er festgestellt, dass es eine Sibongiseni Rampedi nicht gab. Beunruhigt hatte er sie umgehend zur Rede gestellt.

»Bin ich ein Geist?«, hatte die Schwarze gespottet. »Hier ...«

Bevor er reagieren konnte, hatte sie ein Küchenmesser gepackt und die Haut auf ihrem Handgelenk angeritzt, bis Blut hervorquoll und auf den Boden tropfte.

Sie streckte ihm den Arm entgegen. »Hier, ich blute. Ich bin ein Mensch wie Sie.« Während sie ihn unverwandt fixierte, hatte sie die Hand zum Mund geführt und das herunterrinnende Blut langsam abgeleckt. Dabei hatte sie ihn ausgelacht und ihre blutverschmierten Vorderzähne gezeigt.

Die Demonstration hatte etwas erschreckend Animalisches, und unwillkürlich überfiel ihn ein diffuses Gefühl der Bedrohung. Es beruhte nicht auf ihrer ohne Zweifel richtigen Feststellung, dass sie ein Mensch war wie er. Das, was ihm eine Gänsehaut über den Rücken gejagt hatte, war die Tatsache, dass vom selben Augenblick an das Englisch der Sibongiseni Rampedi fehlerlos in Aussprache und Grammatik und ihr Wortschatz erstaunlich gewesen war.

Schwarze Frauen, die wie Bongi Rampedi mitten in der schlimmsten Zeit der Apartheid zur Welt gekommen waren, hatten für gewöhnlich nur eine sehr lückenhafte Schulbildung, sprachen selten ein auch nur einigermaßen verständliches Englisch. Von diesem Augenblick an konnte man ihre Art zu sprechen kaum von der einer gebildeten Weißen unterscheiden.

Alarmiert hatte er seine Informationsquellen angezapft. Aber auch die hatten ihm nicht weiterhelfen können.

»Unter dem Namen Sibongiseni Rampedi bist du nirgendwo registriert, auch nicht unter Bongi Rampedi«, hatte er ihr erneut vorgehalten. »Niemand kennt dich.«

Ein Schleier schien vor ihre dunklen Augen zu fallen. Ausdruckslos hatte sie ihn gemustert, bevor sie antwortete. »Ist das meine Schuld? Die Behörden sind schlampig.«

Aber er hatte nicht aufgegeben. »Rampedi. Das ist kein Zulu-Name, aber du sprichst Zulu.« Er beobachtete ihre Reaktion auf seine Worte scharf.

Aber ihre Miene blieb weiter unbeweglich wie aus Stein gehauen. »Mein Mann war aus dem Norden«, war die lakonische Antwort. »Vielleicht war sein Pass falsch. Was weiß ich. Er ist tot. Ich kann ihn nicht mehr fragen. Ein Pass ist nur Papier.«

»Wie war der Name deines Vaters?«

Wieder hatte sie laut gelacht. »Den kenne ich nicht. Der war eben da und gleich wieder weg. Wie ein Straßenkater.« Damit hatte sie ihn aus dem Weg geschoben, um den Küchentisch zu schrubben.

Und das war es gewesen. Mehr hatte er aus ihr nicht herausbekommen. Er hatte Melly nahegelegt, sie rauszuwerfen.

»Mit dieser Bongi stimmt was nicht. Ich glaube, dass ihre Papiere gefälscht sind«, warnte er sie. »Such dir eins der Mädchen von den Farmarbeitern aus, und erzieh sie zur Haushälterin.«

Aber er stieß auf eisernen Widerstand, als er ihr keinen stichhaltigeren Grund nennen konnte.

Melly war sichtlich aufgebracht. »Du bist ja paranoid! Woher willst du das wissen? Und was soll schon mit ihr sein? Was macht es schon aus, ob sie Zulu ist oder nicht? Und wenn sie gefälschte Papiere hat, ist mir das auch egal. Sie ist das beste Hausmädchen, das wir je hatten, und sie klaut nicht«, beschied sie ihm. »Sie bleibt.«

Und Sibongiseni Rampedi blieb.

Er konnte seiner Frau nicht gut erklären, dass er von Berufs wegen so misstrauisch war, weil sie keine Ahnung hatte, was seine Arbeit bei der Polizei wirklich umfasste. Nur ein oder zwei Mal in all den langen Jahren hatte sie nachgefragt.

»In der Verwaltung, zum Heulen langweilig, wenn man's bedenkt«, hatte er ihr erklärt und dabei ein treuherziges Gesicht gezogen. »Logistik, weißt du. Sachen von hier nach da transportieren, dafür sorgen, dass immer genug von allem überall vorhanden ist. Kannst du dir vorstellen, wie viele Socken zum Beispiel die gesamte Polizeitruppe pro Monat benötigt?«

Diese Frage hatte er mit gespielter Verzweiflung hervorgebracht, dabei die Hände gehoben, gelacht und gleichzeitig den Kopf geschüttelt. Sich verstellen zu können war eine weitere Voraussetzung in seinem Beruf, und er konnte das gut, das wusste er.

»Meine Güte, das klingt ja öde, du Armer«, hatte Melly gelangweilt kommentiert und nicht weiter gefragt.

Er verlegte sich darauf, Bongi und ihr Umfeld genau zu beobachten. Aber die Schwarze machte ihre Arbeit, und die machte sie gut, daran gab es nichts auszusetzen. Sonst bemerkte er nichts. Es gab keine verdächtigen Vorfälle. Jeden Sonntag legte sie ein wallendes grünes Gewand an und begab sich zu einem Treffen ihrer örtlichen Kirchengemeinde. Er war ihr einmal gefolgt, konnte sich aber von der Harmlosigkeit ihres Tuns überzeugen. Gemeinsam mit ihren Glaubensgenossen traf sich Bongi auf einem bestimmten entlegenen Feld, wo sie zum Rhythmus einer Trommel sangen und tanzten. Donnerstags, der Tag, an dem alle Hausmädchen in Südafrika traditionell freihatten, besuchte sie eine Freundin auf dem Land bei Ngoma.

Eines Tages folgte er ihr, konnte sich aber auch da davon überzeugen, dass es sich nicht um ein konspiratives Treffen handelte. Es frustrierte ihn fürchterlich, weil ihm seine sonst so untrügliche Nase sagte, dass etwas mit Bongi Rampedi nicht so war, wie es erschien. Selbst bekam die Schwarze nie Besuch, jedenfalls hatte er nie jemanden gesehen. Über die Jahre hatte sich sein Misstrauen allmählich abgeschwächt. Ein wenig jedenfalls, denn seine Instinkte waren noch nicht abgestumpft, obwohl er seit Jahren aus der Polizei ausgeschieden war.

Bongis Stimme unterbrach seine Erinnerungen. »Soll's heute Rühreier geben? Würstchen? Oder was wird gewünscht?« Sie öffnete den Kühlschrank und spähte hinein. »Steak ist auch da«, rief sie über die Schulter.

»Rühreier mit Schinken, bitte. Ich habe heute viel vor und

brauche eine gute Grundlage.« Melly trat eben aus dem Wohnzimmer auf die Terrasse und strebte zum Frühstückstisch.

Bill drehte sich zu ihr um. Strahlend blondes Haar locker um ihr gebräuntes Gesicht gebürstet, die hellen Jeans bis zum Knie aufgekrempelt, die Leinenbluse, die moosgrün war wie ihre Augen, lässig über die Hüften hängend, kam sie auf ihn zu. Dieser ungewöhnlich zwischen hellem Grün und Oliv changierende Farbton ihrer Iris war das Erste, was ihm an ihr aufgefallen war, damals, als sie beide noch jung und sorglos waren, ihre Welt noch sauber in »wir« und »die« aufgeteilt war und ihre Zukunft lichtdurchflutet vor ihnen lag. Bei dieser gedanklichen Formulierung grinste er selbstironisch in sich hinein. Zu solch blumiger Ausdrucksweise neigte er sonst nicht.

Die Augenfarbe einer Person bemerkte er sofort. In seinem Beruf hatte er in viele Augen geschaut, hatte versuchte zu lernen, in ihnen zu lesen, auf den Grund der Persönlichkeit des Menschen zu gelangen. Ihm die Wahrheit zu entreißen, die er verbarg. Er war gut darin geworden, aber immer gelang es ihm beileibe nicht.

Er zog ihr den Stuhl zurecht und schob dabei die mit rosa Blütenbüscheln übersäte Ranke einer Bougainvillea zurück, die über dem Tisch wippte. »Bald wuchern die hier alles zu«, murmelte er, mehr für sich selbst. »Du siehst gut aus …«, meinte er dann.

»Wage ja nicht, ›für dein Alter‹ hinzuzufügen«, fiel sie ihm ins Wort und ließ sich auf den Sitz fallen.

Die ersten Sonnenstrahlen, die durch die Palmen blitzten, blendeten sie so stark, dass sie ihre Sonnenbrille aufsetzte. Mit einem Lächeln nahm sie Bongi die Teekanne ab, goss sich ein und fügte einen guten Schuss Milch dazu. Dann steckte sie eine Scheibe Weißbrot in den Toaster und hob den Deckel von der Kaffeekanne. »Fast leer. Soll Bongi noch Kaffee aufbrühen?« Als er verneinte, machte sie sich voller Appetit über die Rühreier mit krossen Speckstreifen her.

Versonnen kauend, ließ sie ihren Blick durch den Garten schweifen. Das Gelände erstreckte sich von der Terrasse bis an das von Palmen gesäumte Ufer eines steinigen Bachlaufs, der in der Hitze der vergangenen Wochen ausgetrocknet und kaum noch zu erkennen war. Großblättrige Pflanzen wiegten sich im sanften Wind, dazwischen leuchteten Blumenbeete in glühenden Farben wie Juwelen auf grünen Samtpolstern. Rosa Bougainvilleakaskaden, alles Ableger der ursprünglichen Pflanze, ergossen sich über Mauern und Hauswände.

Aber eine gewisse Verwahrlosung war unübersehbar. Melly verzog das Gesicht. Die meterlangen Bougainvillearanken wucherten unkontrolliert, auf dem Rasen zeigten sich kreisrunde kahle Flecken neben frisch aufgeworfenen Maulwurfshügeln, und die Spitzen fast aller Hibiskusbüsche waren braun verfärbt und welk. Sie schluckte ihren Bissen herunter.

»Der Bohrwurm wütet in den Hibiskusbüschen, die Blattschneiderameisen fressen den Rasen auf, und die Maulwürfe werden größenwahnsinnig. Sie scheinen den Garten in eine Gebirgslandschaft verwandeln zu wollen. Wir brauchen unbedingt einen neuen Gärtner.«

Bill Darling setzte seine Kaffeetasse ab. »Wo steckt der letzte? Jeremy, oder wie hieß er?« Um Gartenboys kümmerte er sich nicht. Das war Mellys Zuständigkeit. Er hatte mit den Farmarbeitern, die das Areal von Lalisa instand hielten, gelegentlich das Unterholz lichteten und das erledigten, was sonst noch anfiel, genügend um die Ohren. Als Gärtner waren diese Männer nicht zu gebrauchen.

»Jeremy? Der hat doch ständig in einem Haschrausch geschwebt. Als ich entdeckt habe, dass er die neuen Setzlinge mit den Wurzeln nach oben in die Erde gepflanzt hat, habe ich ihn rausgeworfen.« Sie seufzte verhalten. »Ich wünschte, Amos' Jüngster wäre noch hier. Unter seinen Händen war der Garten ein Schmuckstück. Kein Bohrwurm hat sich in seine Nähe gewagt,

61

und die Maulwürfe haben vor ihm gezittert. Selbst die Bougain-villeen haben sich zivilisiert benommen.«

»Der? Das war doch ein undankbarer Kerl!«, rief er impulsiv. »Ich hab ihm Schule, Schulbücher und Fahrgeld bezahlt und wollte ihn sogar eine Zeit lang zu einem Gärtnerbetrieb schicken, damit er die letzten Feinheiten lernt. Das wäre doch eine tolle Chance für einen simplen Gartenboy gewesen. Aber nein, er wollte nicht. Er war genau so, wie die alle sind. Stinkend faul, aber mit riesengroßen Rosinen im Kopf. Er wollte seinen Schulabschluss machen! Weißt du, dass er mir mal erzählt hat, dass er sogar studieren wollte?« Er prustete empört. »Wozu, frag ich mich. Gärtner ist doch ein solider Beruf. Na ja ...« Er wischte mit einem Stück Brot den letzten Rest seines Rühreis vom Teller. »... aus dem wäre ohnehin nichts geworden. Ständig hat er morgens verschlafen, ohne Zweifel weil er die Nacht immer mit seinen Kaffernfreunden durchgesoffen hat ...«

Melly fuhr jäh hoch und schlug so hart mit der Handfläche auf den Tisch, dass die Tassen tanzten und er verdattert seine Gabel fallen ließ.

»William Edmund Darling, du sollst nicht Kaffer sagen! Das ist deiner nicht würdig. Außerdem hast du dir mit dem Schulgeld keinen Leibeigenen gekauft.« Ihr Ton war scharf, und es war unüberhörbar, dass sie ehrlich böse war.

Bill machte eine wegwerfende Handbewegung. »Unsinn. Zu viel Bildung ist nicht gut für simple Geister. Sie halten sich schnell für etwas Besseres ...« Er hielt inne, als er ihren Blick auffing. Zu spät wurde er sich bewusst, dass er besser den Mund gehalten hätte.

Seine Frau nahm ihre Sonnenbrille ab. Ihre Augen blitzten eisig. »Ganz ehrlich gesagt, mag ich dich nicht besonders gut leiden, wenn mal wieder die Gene deiner Kolonialherren-Vorfahren durchschlagen. Mit solchen Sprüchen würde ich heutzutage im neuen Südafrika etwas vorsichtig sein.« Sie musterte ihn aufgebracht, aber dann beugte sie sich auf einmal besorgt vor. »Oder hast du wieder einen deiner Albträume gehabt? Danach erkenne ich dich manchmal kaum wieder. Es ist, als hättest du eine Glasmauer um dich gebaut ... Ich kann dich sehen, aber nicht berühren ...« Sie streckte ihre Hand nach ihm aus. »Ich wünschte, du könntest mit mir darüber reden, was damals passiert ist, was dir noch immer so nachhängt, dass du davon Albträume hast.«

Unwillkürlich zuckte er zurück. Das Letzte, was er vorhatte, war, ihr das zu erzählen. Aber er fing sich schnell. »Okay, tut mir leid, du hast Recht. Ich sollte so etwas nicht sagen, und es sind auch nicht die Gene meiner Vorfahren, die aus mir sprechen, sondern der Jargon, der damals bei der Polizei geherrscht hat. Der steckt offenbar noch in mir drin und kommt eben manchmal wieder hoch. Es war nichts als eine dumme, eingefahrene Floskel, die mir herausgerutscht ist. Verzeih, bitte.« Um Vergebung heischend, lächelte er sie an. »Natürlich weiß ich, dass Amos' Jüngster ganz clever war, aber er hat zum Schluss seine Arbeit vernachlässigt – das konnte ich ihm nicht durchgehen lassen. Das lasse ich keinem durchgehen. Wenn er nicht von allein gegangen wäre, hätte ich ihn rauswerfen müssen.«

Melly trank schweigend ihren Tee, und als sie dann die Tasse absetzte, tat sie es so hart, dass diese auf der Untertasse klirrte. »Du hättest ihn doch fragen können, um herauszufinden, was los war. Aber das ist jetzt zu spät«, murmelte sie mehr zu sich selbst. »Ich werde mich um einen neuen Gärtner kümmern müssen.« Sie verstummte, brach eine rosa Bougainvilleablüte ab und begann sie geistesabwesend zu zerpflücken. Aber sie sagte nichts. Der Toast sprang aus der Maschine, sie schnippte die rosa Blütenschnipsel übers Geländer und legte die Scheibe auf ihren Teller.

»Ich will gleich auf den Wochenmarkt fahren«, sagte sie, während sie das Brot butterte. »Die Affen haben mal wieder die Avocadobäume heimgesucht. Sie haben praktisch alle Früchte abgerissen, sie angefressen und den Rest ausgespuckt. Es ist kaum eine übrig geblieben, auch nicht von den Butterbirnen, also muss ich welche kaufen. Es ist wirklich ein Skandal.«

»Ich muss mal wieder ein paar von ihnen abschießen, dann haben wir einige Zeit Ruhe«, murmelte er. »Wenn ich das Alpha-Männchen erwische und möglichst viele von den Weibchen, wandern sie vielleicht sogar ab.«

»Aber nicht die Babys, hörst du, die sind so niedlich«, mahnte ihn Melly.

Bill verkniff es sich, sie darauf hinzuweisen, dass aus niedlichen Affenbabys große, gefräßige und gar nicht mehr niedliche Affen wurden. Stattdessen wechselte er das Thema. »Wie weit bist du mit deinen Geburtstagsvorbereitungen?«

Melly vergaß die Affenbabys. »Es ist noch unglaublich viel zu tun, aber ich hoffe, eine rauschende Party wird mir die Jahreszahl etwas versüßen. Sechzig! Ich dachte immer, dass nur andere Leute sechzig werden.« Sie kicherte und zog eine komische Grimasse. »Im Augenblick kann ich mich übrigens noch nicht entscheiden, ob ich eine Jazzband oder einen DJ engagieren soll … Ich finde nur, die reden meist zu viel dummes Zeug, was meinst du?«

Eigentlich war es ihm herzlich egal, aber natürlich sagte er ihr das nicht. »Ich würde für die Jazzband votieren. Aus den gleichen Gründen wie du. Im Übrigen wirst du nicht allein auf den Markt gehen. Entweder du schickst Bongi, oder ich begleite dich.«

»Ich brauche keinen Wachhund!«, unterbrach ihn Melly hitzig. »Es ist heller Tag, und mir ist noch nie von einem Menschen mit brauner Haut ein Leid zugefügt worden.«

»Sei nicht kindisch«, fuhr er sie an. »Du wirst die einzige Weiße dort sein, du weißt genau, wie gefährlich das heutzutage ist. Die sind wie Raubtiere.«

»Bill, jetzt halt aber an dich. Wer ist die? Was soll das? In dieser Gegend wird mir nie etwas passieren. Jeder kennt mich …«

»Das Argument gilt nicht, auch das sollte dir bekannt sein …

Die bringen jeden um, egal, ob sie ihn kennen oder nicht.« Er versuchte, ihr beruhigend die Hand auf den Arm zu legen.

»Hör auf!« Melly stieß seine Hand zurück. »Ich will das nicht hören. Auf Lalisa ist das anders … Die meisten hier sind als Kind auf meine Schule gegangen … Sie würden nie … Keiner von ihnen …« Ihre Stimme verrann.

Für einen langen Augenblick schwiegen beide. Melly malte abwesend mit dem Fingernagel Kringel auf die Tischdecke, wobei sie betont seinen Blick vermied.

»Bitte, Schatz«, sagte er sanft. »Ich weiß das doch alles. Ich weiß, was dir die Schule bedeutet, aber ich bitte dich, wenigstens die elementarsten Vorsichtsmaßregeln zu beachten. Auch Kinder wachsen manchmal zu Kriminellen heran, egal, wie viel Mühe du in ihre Erziehung gesteckt hast.«

Melly hielt weiter die Augen gesenkt. Ein Kringel entstand neben dem anderen, bis das Gebilde auf der Tischdecke wie ein Schaumteppich aussah. »Na gut«, sagte sie nach einer Weile niedergeschlagen.

Bill lehnte sich erleichtert zurück. Sie tat ihm leid, aber diese Auseinandersetzung war nötig gewesen. »Wir können das Nützliche mit dem Angenehmen verbinden und nach dem Markt bei Jill vorbeifahren. Ich will mir ihre Welpen ansehen. Es ist Zeit, dass ich mir zwei aussuche.«

Abgelenkt warf sie ihm einen kritischen Blick zu. »Zwei neue Welpen? Auch noch Dobermänner – ich hoffe nur, du weißt, was du tust! Mac wird die beiden Jungen massakrieren, ehe sie eine Chance haben, groß und bissig zu werden, wie es sich für ihre Rasse gehört.«

Bill lachte. Mac, der innerhalb des eingezäunten Bereichs des Hauses frei herumlief, war aggressiv wie alle Rottweiler und auf Lalisa der absolute Herrscher. Er gehorchte nur ihm, beschützte aber Melly und Lisa, als wären sie seine Jungen. Aber der Rüde war schon sieben Jahre alt, und Jill Rogges preisgekrönte Dobermannhündin hatte gerade zum ersten Mal geworfen. Es war gut, rechtzeitig für Nachwuchs zu sorgen. In diesen Zeiten brauchte man gute Wachhunde, und diese Welpen waren von höchstem Hundeadel.

»Keine Sorge, ich werde Mac schon erklären, dass er sie nicht zum Frühstück verspeisen darf. Vielleicht werde ich selbst eine Zucht anfangen.«

Der Gedanke gefiel ihm. Gute Wachhunde hatten in Südafrika Hochkonjunktur, und es wurden Höchstpreise für Dobermänner bezahlt. Auch ihm setzte die Finanzkrise zu. Ein schmerzhafter Teil seines Vermögens hatte sich an der Börse in Luft aufgelöst. Er hatte sich seinen Anlageberater vorgeknöpft, der wie eine aufgespießte Fliege vor ihm gezappelt hatte, aber keine plausible Erklärung für das Desaster liefern konnte. Er hatte ihm unmissverständlich mitgeteilt, dass er Schadenersatz erwartete. Wenige Tage später war ihm zu Ohren gekommen, dass der Mann fluchtartig das Land verlassen hatte. Bis heute hatte sich der Kapitalmarkt von dem Blutbad noch nicht erholt, und wenn er die Zeichen korrekt interpretierte, würde das auch noch ein paar Jahre dauern. Auch in Südafrika war die Immobilienblase geplatzt, allerdings nicht mit einem lauten Knall wie in den USA. Die Luft war einfach entwichen, der Ballon zusammengefallen. Die Häuserpreise waren abgestürzt, und haufenweise wurden Anwesen zwangsversteigert. Die zwei Penthouse-Apartments, die er in Umhlangas neuestem Prestigeobjekt am Strand gekauft hatte, waren nur noch die Hälfte wert, und Touristen als Mieter blieben aus. Ein netter Nebenverdienst konnte also nicht schaden. Er beschloss, zwei weibliche Welpen von einem anderen Züchter zu kaufen, um zwei gute Blutlinien vereinigen zu können.

Melly schaute noch immer zweifelnd drein, zuckte dann aber ergeben die Schultern. »Na gut. Ich wollte mich ohnehin mit Tita auf Inqaba treffen. Ich habe mit ihr und Jill noch einiges zu besprechen.«

Tita Robertson war ihre älteste und vertrauteste Freundin. Es verging kaum eine Woche, in der sie sich nicht sahen. Neil, Titas Mann, ein sehr renommierter Journalist und ANC-Mitglied der ersten Stunde, und Bill kannten sich seit ihrer frühesten Jugend. Noch heute spielten sie regelmäßig gemeinsam Tennis. Trotzdem waren sie keine engen Freunde, eine Tatsache, die Melly eigentlich nicht verstehen konnte. Ihre einzige Erklärung war, dass die beiden Männer zu unterschiedlich waren, ihre politischen Ansichten zu gegensätzlich. Sie erinnerte sich an Zeiten, da hatten die beiden nicht einmal mehr Tennis gespielt, und ihre Beziehung hatte prekär am Abgrund von Feindseligkeit balanciert. Seit Bill den Polizeidienst quittiert hatte, hatte sich das Klima zwischen ihnen glücklicherweise deutlich gemildert.

»Außerdem will ich Jill fragen, ob ich meinen Geburtstag auf Inqaba feiern kann. Nach der Überschwemmung ...« Sie machte eine unbestimmte Handbewegung. »Obendrein treffe ich mich mit Jills Koch, um die Speisenfolge festzulegen«, fuhr sie fort. »Er ist ein fürchterliches Sensibelchen und hat ein bisschen herumgezickt, aber er hat sich dann doch herabgelassen und nimmt Rücksicht auf meine Wünsche. Es wird ein Buffet geben, kalt und warm, mit zwei Suppen, Salaten, Vorspeisen und mindestens zwei Hauptgerichten ...«

»... und hoffentlich gibt es einen schönen, altmodischen Sherrytrifle hinterher«, warf er ein, weiterhin bemüht, das Gespräch in ruhige Bahnen zu lenken.

Versöhnlich strich sie ihm über die Wange. »Eine ganze Schüssel werde ich nur für dich reservieren.« Sie fuhr sich mit beiden Händen durchs Haar. »Es wird heute brüllend heiß werden«, stöhnte sie und fächelte sich mit der Serviette Kühlung zu. »Ich hätte Lust, auf Inqaba Mittag zu essen. Jills Salate sind ein Traum, und von der Veranda aus könnten wir Tiere beobachten und so tun, als wären wir in Urlaub. Letztes Mal hat direkt vor uns eine entzückende Mungo-Familie Haschen gespielt.«

Froh, dass sich ihre Verstimmung gelegt hatte, willigte er ein. »Gute Idee. Dann habe ich genug Zeit, mir die Hunde in Ruhe anzusehen.«

Melly schob ihren Stuhl zurück und stand auf. »Sagst du bitte Bongi, dass wir zum Mittagessen nicht hier sind? Wir treffen uns gleich am Auto.«

Bill folgte ihr ins Haus. Im Schlafzimmer schloss er seinen Gewehrschrank auf und holte eine handliche Pistole heraus, die er in das eigens auf jeder seiner Hosen dafür aufgenähte Holster steckte. Er nahm seine Autoschlüssel und die verspiegelte Sonnenbrille vom Nachttisch und ging hinunter, um Bongi Bescheid zu sagen. Er fand sie beim Staubwischen im Wohnzimmer und gab ihr Mellys Nachricht.

Die Schwarze polierte gerade den Schrank aus blondem Stinkwood mit solchem Schwung, dass ihr magerer Körper hin- und herwippte. »Okay, Boss, kein Mittagessen. Wie ist das mit Dinner?«, erwiderte sie, ohne ihre Arbeit zu unterbrechen.

»Da müssten wir zurück sein. Bereite auf jeden Fall etwas vor.« Er wandte sich zum Gehen.

Bongi ließ das Staubtuch sinken. »Wir haben Ratten«, rief sie hinter ihm her. »Tokoloshe hat welche am Komposthaufen beobachtet, und heute war eine in der Küche. Wir haben sie gefangen. Es ist ein Riesenbiest, fett, mit glänzendem Fell. Sie sitzt in dem Eimer draußen.« Sie zeigte auf einen Blecheimer, der auf der Terrasse stand und dessen Öffnung mit einem mit Steinen beschwerten Brett verschlossen war.

Bill fluchte im Stillen. Er sah auf die Uhr. Bei Melly war der Begriff »gleich« dehnbar. Irgendwo zwischen fünf und fünfundvierzig Minuten, je nachdem. Aber das hier war eine wichtige Sache. Ratten vermehrten sich mit rasender Geschwindigkeit. Sie waren lebende Zeitbomben, was Krankheitserreger anging. Widerstrebend traf er eine Entscheidung. »Wo ist Tokoloshe?«

Bongi wandte sich zu ihm um. »Bei der Garage, glaube ich.«

»Gut. Sag meiner Frau, dass ich in ein paar Minuten am Auto bin, falls sie vorher fertig ist. Sag ihr nicht, wo ich bin und was ich vorhabe.«

Melly war manchmal ein bisschen zimperlich, und in diesem Fall rechtfertigte das Ergebnis die etwas drastische Methode. Gefühlsduselei war hier nicht angebracht. Fette Ratten zogen Schlangen an, hauptsächlich Mambas, die bei dieser Ernährungsweise prächtig gediehen und besonders zahlreiche Nachkommen produzierten. Mambas besaßen ein bösartiges Temperament und furchterregend lange Giftzähne. Sie bewegten sich blitzschnell, und ihr Biss war tödlich. In freier Natur begegnete er immer wieder Schlangen, und meist ging das Zusammentreffen für die Reptilien schlecht aus. Manchmal, wenn er rechtzeitig merkte, dass es sich um eine harmlose Schlange handelte, ließ er sie in Frieden ziehen.

Aber dann, vor zwei Jahren etwa, war jener Tag gekommen, der ihm noch jetzt das Blut in den Adern gerinnen ließ, wenn er daran dachte. Er hatte in seinem Schaukelstuhl gesessen und Zeitung gelesen, als er ein merkwürdig schabendes Geräusch und eine muskulöse Bewegung an seinem Gesäß wahrnahm. Erst glaubte er, er hätte sich geirrt, und wollte gerade das Sitzkissen zurechtrücken, als sich zu seinem blanken Entsetzen ein smaragdgrüner Schlangenkopf hinter seinem Rücken hervor auf den Oberschenkel schob. Es war eine ausgewachsene Grüne Mamba, das erkannte er sofort. Sie züngelte und versuchte in den warmen, dunklen Spalt zwischen den kurzen Hosenbeinen seiner Shorts und der Innenseite seiner Schenkel zu kriechen. Ihm blieb buchstäblich fast das Herz stehen. Er spannte die Beinmuskeln an, um die Öffnung zu verkleinern, wagte kaum zu atmen aus Furcht, dass die Bewegung seines Zwerchfells die Mamba reizen könnte. Eine Ewigkeit später hörte er Mellys leise Stimme, die ihm befahl, sich nicht zu rühren, einfach nur still zu sitzen.

Aus den Augenwinkeln sah er, dass sie, an einen Kudukopf gelehnt, das Jagdgewehr ihres Vaters auf die Schlange gerichtet hatte, aber auch, dass sie nicht schießen konnte, ohne ihn zu treffen.

Quälende Minuten verharrten sie so, bis die Mamba von seinem Oberschenkel auf die Seitenlehne des Stuhls glitt.

»Jetzt, Melly«, ächzte er, und in derselben Sekunde krachte der Schuss.

Das Reptil bäumte sich auf und fiel auf den Boden, wo es mit zerschmettertem Kopf noch eine Zeit lang zuckend umhersprang.

Nein, Gefühlsduselei war hier wirklich nicht angebracht. Ratten gehörten ausgerottet.

Mit langen Schritten lief er über den Innenhof zur Garage, wo ein mittelgroßer, kräftiger Zulu mit glänzend kahlgeschorenem Kopf dabei war, die Garagenmauern zu weißeln. Er trug wie alle Farmarbeiter einen dunkelblauen Overall, hatte aber das Oberteil heruntergerollt. Seine schokoladenbraune Haut glänzte vor Schweiß.

»Tokoloshe, wir haben Ratten«, sagte Bill und wies ihn an, den Eimer mit der Ratte von der Terrasse zu holen und damit zum Komposthaufen zu kommen, der weit außer Sichtweite des Hauses in der Nähe der alten Pferdeställe unter ein paar Bäumen lag. »Hamba shesha, ich warte dort auf dich«, befahl er.

Tokoloshe verschwand im Laufschritt und erschien etwas außer Atem nur wenige Minuten später am Komposthaufen. In seiner linken Hand wand sich eine glänzend braune Ratte, die er im Nacken gepackt hatte. Sie war tatsächlich ziemlich groß und fett.

Bill hatte inzwischen ein paar trockene Zweige unmittelbar neben dem Komposthaufen aufgeschichtet, bis ein anständiger Scheiterhaufen entstanden war, und zündete ihn jetzt an. Als das Feuer am heißesten war, hob er die Hand, und Tokoloshe schleuderte das Tier mitten hinein in die Flammen.

Die Ratte stieß einen schrillen, langgezogenen Schrei aus, durchdringend wie der eines Babys, das schlimmste Schmerzen litt. Sie wand sich verzweifelt und schrie unablässig, ein Geräusch, das selbst Bill das Blut in den Adern gerinnen ließ. Diese Methode, Ratten zu bekämpfen, widerte ihn an. Er bevorzugte Gift. Da legte er lediglich den Köder aus, die Ratte fraß ihn, gierig, wie sie war, und der Sterbevorgang fand dann tief unten im Rattenbau statt. Er brauchte weder zuzusehen noch hinterher die Kadaver zu vergraben. Aber die Feuermethode war und blieb die beste. Die Tiere waren intelligent. Alle Ratten im Umkreis von mindestens hundert Metern mussten das Geschrei hören können. Sie würden erkennen, dass es der Todesschrei eines ihrer Genossen war, und auf der Stelle die Gegend verlassen. Das hatte er schon häufiger erlebt. Für viele Monate würde die Gegend jetzt rattenfrei sein.

Er warf einen schnellen Seitenblick auf Tokoloshe. Der Zulu schien von dem Geschrei und dem Gestank nach verbranntem Fleisch, der sich jetzt breitmachte, völlig unberührt zu sein. Mit weiten Augen starrte er ins Feuer. In seinen Pupillen tanzte ein Abbild der Flammen und der schemenhaften, sich immer noch windenden Tiergestalt, während er die Zunge langsam über seine volle Unterlippe wandern ließ.

Bill Darling überfiel die unbequeme Frage, was hinter der breiten Stirn wohl vor sich ging, welche Gemütsregungen den Mann bewegten. Fühlte er mit dem Tier? Oder spürte er eine Art Vergnügen, einem anderen Lebewesen bei seinen Qualen zuzusehen?

Er musste sich mit einigem Unbehagen eingestehen, dass er keinen Schimmer hatte. Die Gedankengänge der Schwarzen waren ihm schon immer ein Rätsel gewesen, obwohl er mitten unter ihnen aufgewachsen war und während seiner Zeit bei der Polizei genügend von ihnen verhört hatte.

Die Schreie, die aus den Flammen kamen, wurden immer schwächer und hörten schließlich ganz auf, bis der Körper der Ratte nur noch ein lebloser Schatten war und nichts mehr als das Knistern und Knacken des brennenden Holzes zu hören war.

»Lösch das Feuer, aber sorgfältig, keine Glut darf nachbleiben, und dann mach weiter in der Garage«, befahl Bill Darling dem Schwarzen knapp und machte sich eilig auf den Weg zum Auto. Wenn er Glück hatte, war Melly noch nicht nach unten gekommen. Er hatte nicht die geringste Lust, ihr zu erklären, was er gerade getan hatte.

Er hatte Glück, Melly lief just in dem Augenblick aus dem Haus, als er das Auto aufschloss.

»Hast du Bongi wegen des Mittagessens Bescheid gegeben?«, fragte sie, als sie einstieg.

»Hab ich, auch dass wir zum Dinner wieder da sind.« Er wendete, und sie fuhren durchs Tor von Lalisa auf die Hauptstraße.

Der Markt fand, wie jede Woche, vor einem ländlichen Einkaufszentrum statt. Das Gebäude war in U-Form um einen weiten Innenhof gebaut, auf dem lautstarkes, buntes Menschengewimmel herrschte. Die meisten schwarzen Marktfrauen hatten ihre Stände unter dem tief heruntergezogenen Vordach aufgebaut, einige aber hatten in die pralle Sonne ausweichen müssen. Pfützen durchzogen den Platz wie eine Seenkette, und dichte Mückenwolken tanzten über dem Schlamm. Offenbar hatte es hier vor kurzem geregnet, möglicherweise war aber auch nur ein Wasserrohr geplatzt. Zahllose gelbe Hunde, die alle so dünn waren, dass man ihre Rippen zählen konnte, trieben sich herum, schnüffelten hier, schnappten sich dort einen Leckerbissen, und die Rüden markierten fleißig die hölzernen Stände mit Urin und bedrängten die Weibchen. Gelegentlich wich einer, von einem Fußtritt getroffen, jaulend zurück, ließ sich aber nicht lange vertreiben.

Die meisten Frauen trugen bunte, weite Kleider und kunstvoll gewundene Kopftücher und hatten Früchte und Gemüse in vielfarbigen Pyramiden vor sich aufgebaut.

»Es ist wie ein wunderschönes Gemälde«, sagte Melly und

deutete auf die Stapel roter Kürbisse, grüner Avocados und goldgelber Mangos, die vor dem ockerfarbenen Sand und den bunten Kitteln der Marktfrauen in der gleißenden Sonne leuchteten.

Eine junge Frau, die ihr Baby im Tuch auf dem Rücken trug, sang ein Wiegenlied der Zulus, während sie Tomaten aufschichtete. Melly summte leise mit. »Wie friedlich alles wirkt. Wie ich dir prophezeit habe«, flüsterte sie Bill zu und schlenderte lächelnd durch die durcheinanderquirlende Menschenmenge.

»Sawubona, Pretty«, grüßte sie eine grimmig dreinschauende, unförmig dicke Frau, die in ihrem abgetragenen zeltartigen Kittel wie ein blauer Felsbrocken zwischen zwei Säulen aus gelbroten Mangos und grünen Avocados hockte.

»Sawubona, kunjani«, brummte die Frau barsch, allerdings mit einem Lächeln in den Mundwinkeln.

»Yebo. Was machen deine Kinder?«, fragte Melly, während sie die Avocados auf ihre Reife prüfte.

Die Marktfrau seufzte auf und begann laut über den kriminellen Sohn zu jammern, über die Tochter, die schon das dritte Kind erwartete, alle drei von verschiedenen Männern, und ihren Mann, der nur soff und ihr die ganze Arbeit überließ. Dabei strömten ihr die Tränen aus den Augen.

»Eh«, schluchzte sie. »Das Leben ist schwer.«

Melly, die sich jedes Mal dieselbe Geschichte anhören musste, machte mitfühlende Geräusche, während sie zehn Avocados auswählte und in den Korb legte, den Bill für sie hielt. Sie wechselte noch einige tröstende Worte mit der Frau, bezahlte dann, ohne zu feilschen, und ging weiter.

»Du lässt dich von der schlauen Alten über den Tisch ziehen. Die hat dir pro Avocado zwanzig Cent zu viel abgenommen. Selbst ich kenne ihre Geschichte bis in die kleinsten Einzelheiten. Seit Jahren bekommt ihre Tochter das dritte Kind.« Bill verdrehte in komischer Verzweiflung die Augen. Melly wusste immer, wer wie viele Kinder hatte und welche Probleme am meisten drückten. Sie zog flügellahme Kreaturen – menschliche und tierische – geradezu magisch an.

Sie drehte sich zu ihm um und schob ihre Sonnenbrille auf die Stirn. Ihre Augen blitzten kriegerisch. »Sie hat sechs Kinder, und ihr Mann ist dabei, sich totzusaufen. Was für sie ehrlich gesagt ein Segen wäre, weil er ihr so gut wie alles Geld abnimmt. Außerdem kann sie kaum laufen. Ihre Knie machen nicht mehr mit.«

»Sie ist zu fett. Was ja auch darauf hinweist, dass von ihrer Sippe zumindest sie genug zu essen hat.«

»Ach.« Melly hieb mit der Handkante durch die Luft. »Wir haben doch genug. Uns geht es doch wegen der paar Cent nicht schlechter. Also hör auf zu nerven.«

Bill verkniff sich eine Antwort. Auf diesem Gebiet verstand Melly wenig Spaß, und Melly in Rage, das war ein Zustand, den er tunlichst vermied. Verdrossen marschierte er hinter ihr her, wobei er feststellte, dass sie erwartungsgemäß die einzigen Leute mit weißer Haut auf dem Markt waren. Sein Blick flog über die Menge. Im Schatten auf den Stufen der Veranda lungerten vier kräftige junge Männer herum. Zwei rauchten, ein weiterer – ein Kraftprotz von einem Kerl in grauem T-Shirt mit abgeschnittenen Ärmeln, auf dem das Abbild von Tom Zulus Gesicht langsam abblätterte – stocherte sich mit einem dünnen Stock zwischen den Zähnen herum, der vierte kratzte sich energisch im Schritt. Sie wirkten völlig unbekümmert, aber alle vier folgten ihnen mit den Augen. Unverwandt, lauernd.

Wie Raubtiere vor dem Angriff, dachte Bill und legte automatisch die Hand auf seine Pistole.

Unglücklicherweise erkannte der Schwarze im T-Shirt die Geste und stieß seine Freunde an. Schlagartig spannten sie ihre Muskeln, was Bill nicht entging. Es war höchste Zeit, das Feld zu räumen.

Alarmiert berührte er Melly an der Schulter. »Lass uns jetzt bitte gehen.« Er sprach leise, aber seine eigene Spannung schwang deutlich in seiner Stimme mit.

Melly überhörte das geflissentlich. Sie schob ihn beiseite. »Wir haben noch Zeit, und ich bummle gern über den Markt. Er ist so schön authentisch, wie in alten Zeiten.«

»Zu authentisch. Wir gehen, und zwar pronto.« Sein Ton war scharf. Er packte sie am Arm und stieß sie förmlich vor sich her zu ihrem Wagen. Melly protestierte lautstark. Immer mehr Augenpaare folgten ihnen. Ein Raunen wie ein Wellenrauschen lief über den Innenhof. Einer nach dem anderen drehte sich zu ihnen um und starrte sie an. Unerträgliche Spannung vibrierte in der Luft, kaum gezügelte Gewalt.

Jetzt endlich erfasste auch Melly die Situation. Erschrocken blieb sie stehen. Plötzlich fühlte sie sich an jenen Tag erinnert, als sie einmal einer Herde Büffel begegnet war, die sie auf dieselbe Art angestarrt hatten – bevor sie in einer donnernden Lawine auf sie zugaloppiert waren und versucht hatten, sie unter ihren Hufen zu zermalmen. Damals war es ihr gelungen, sich auf den nächsten Baum zu retten.

Einen solchen Ausweg gab es hier nicht. Sie beschleunigte ihre Schritte, aber eine Frau trat ihr in den Weg und rempelte sie an, dann eine weitere, mit viel mehr Kraft, so dass sie stolperte und gefallen wäre, wenn Bill sie nicht aufgefangen hätte. Er packte sie am Arm, und beide rannten, so schnell sie konnten, und hielten nicht an, bis sie den Jeep erreicht hatten.

Bill riss die Tür auf, schob sie auf den Beifahrersitz und sprang dann selbst hinein. Hinter ihm klappte die Tür des Geländewagens mit einem satten Schmatzer zu, er schlug auf den Knopf der Türverriegelung, die sofort hörbar einrastete.

Schwarze Gesichter tauchten vor dem Fenster auf, Fäuste hämmerten dagegen, aber die wütenden Stimmen drangen nur noch gedämpft zu ihnen durch. Bill ließ den Motor an, trat aufs Gas und fuhr auf die Menschenmauer zu, die sich vor ihnen aufgebaut hatte.

»Bill, pass auf, verdammt!«, schrie Melly entsetzt und warf die Arme vors Gesicht.

Aber er bremste nicht ab. Die Menge wich laut schimpfend zurück, und eine Minute später hatten sie die Straße erreicht, wo er so schnell beschleunigte, wie der Motor es hergab. Er schwor sich, dass er sich gleich morgen einen Hummer kaufen würde, ein dreieinhalb Tonnen schweres, benzinfressendes Monster mit den Ausmaßen eines Panzers, das nicht nur die steilsten Steigungen, sondern auch Schlammlöcher, die tief genug waren, um einen Elefanten darin zu begraben, mit größter Leichtigkeit bewältigte. Für solch ein Fahrzeug gab es keine Hindernisse, und allein durch sein Aussehen wirkte der Koloss furchteinflößend. Genau das Richtige für ihn. Genau das Richtige, um sich diese schwarze Meute vom Hals zu halten.

Er überholte hupend einen Lieferwagen, verlangsamte seine Geschwindigkeit auch nicht, als die Ampel zwanzig Meter vor ihnen auf Rot sprang. Am Straßenrand der Kreuzung lungerte eine Handvoll junger Schwarzer herum, mitten am Tag, was immer ein Gefahrenzeichen war. Hier gab es keine Läden, in denen sie vielleicht beschäftigt sein könnten, keine Bushaltestelle, keine Farmen, nichts. Er war davon überzeugt, dass die Kerle sich hier aus einem einzigen Grund herumtrieben: um leichter nach Beute Ausschau halten zu können, zum Beispiel leichtsinnigen Frauen, die im Auto ihre Handtaschen auf den Vordersitzen deutlich sichtbar liegen ließen, oder jemandem, der mit dem Handy telefonierte oder in der Hitze das Fenster öffnete, weil er keine Klimaanlage besaß. Hielten sie an der Ampel, war die Gefahr groß, dass sie überfallen wurden. Er dachte nicht daran, das Risiko einzugehen.

Melly hatte nicht reagiert, auch nicht, als er gegen den Verkehr über die Kreuzung raste und haarscharf einem voll besetzten

Bus die Vorfahrt nahm. Mit verschlossenem Gesicht, ihre Augen weit offen, starrte sie ins Leere.

»Es ist nicht der eigentliche Vorfall auf dem Markt, nicht dass wir nur knapp einem Überfall entkommen sind, was mir zu schaffen macht«, sagte sie unvermittelt. »Es ist die Tatsache, dass du Recht hast. Die Zeiten haben sich unwiderruflich geändert. Ich bin nicht mehr immun, egal, welches Verhältnis mich mit vielen der Zulus verbindet, und – glaub mir – es fällt mir ungeheuer schwer, das zuzugeben.« Eine Träne tropfte ihr auf die Wange. Verstohlen wischte sie sich über die Augen.

Bill Darling bemerkte es, schwieg aber taktvoll. Stattdessen fing er ihre Hand ein und führte sie zu den Lippen. »Es hat nichts mit dir zu tun, das weißt du doch. Es ist nur …«

»… weil wir weiß sind und die schwarz und weil wir in der Schwarzen Zeit getan haben, was wir getan haben«, flüsterte sie. »Ich weiß.«

Du hast nichts getan, dachte Bill. Nie. Du nicht.

4

Die Straße, die die Wildreservate Hluhluwe und Umfolozi voneinander trennte, war staubig und von ausgefahrenen Rinnen und Löchern durchzogen. Eine Gruppe goldbrauner Impalas beobachtete sie kauend durch den Drahtzaun von Hluhluwe, zwei Geier hatten sich auf den Pfosten niedergelassen, spreizten ihre mächtigen Flügel und beäugten den Geländewagen mit weit vorgerecktem Hals. Ein halbwüchsiger Zulu, der barfüßig war und nur Shorts von einer unbestimmten Farbe trug, trieb drei magere Rinder außen am Maschendraht entlang. Der Schweiß rann ihm über den schokoladenbraunen Rücken, das T-Shirt hatte er sich als Sonnenschutz um den Kopf gewickelt. Die Kühe hörten das Motorengeräusch, blieben stehen und glotzten. Der Junge stieß einen gellenden Pfiff aus. Die Impalas schwangen herum und verschwanden im flimmernden Grün, die Geier erhoben sich in die Luft und segelten davon. Die Kühe trotteten, hier und da das spärlich wachsende Gras rupfend, gemächlich weiter.

Durch einen Tunnel aus wucherndem Buschwerk führte die sonnengesprenkelte Sandstraße bis ans Eingangstor von Inqaba. Zwei ebenerdige Wachhäuschen mit dickem Rieddach flankierten das gemauerte Tor auf beiden Seiten. Bill steckte den Kopf aus dem Wagenfenster und grüßte den Wachmann mit militärischem Gruß. Der hob lässig zwei Finger an sein Käppi, ließ die Schranke hoch, und sie rollten langsam auf das Gebiet der Gästefarm.

»Halt bitte einmal«, sagte Melly plötzlich. »Ich muss kurz frische Luft schnappen.« Es war das erste Mal, dass sie mit ihm redete, seit sie vom Markt weggefahren waren.

Ohne darauf zu warten, dass er bremste, öffnete sie die Wagentür und sprang hinaus. Ein Schwall glühender Hitze brandete ins Innere. Seufzend stellte Bill den Motor ab. Er stieg ebenfalls aus und zog seine Baseballkappe gegen die grelle Helligkeit tiefer ins Gesicht. An den Wagen gelehnt, sah er ihr nach.

»Soll ich dich begleiten?«, rief er.

Melly schüttelte den Kopf, drehte sich aber nicht zu ihm um. »Ich möchte eine Weile allein sein. Es wird nicht lange dauern.« Sie hörte ihn erneut seufzen, wusste aber, dass er ihrer Bitte entsprechen und sie allein lassen würde, schon deshalb, weil er es hasste, sich mit ihr zu streiten.

Mit gesenktem Kopf und fest verschränkten Armen ging sie hinüber zu den Zulufrauen, die in einem luftigen Gebäude, das weiter nichts als ein Rieddach auf Pfählen war, Schnitzereien aus ganz Afrika und die traditionellen Perlengehänge der Zulus verkauften. Die meisten Familien der Umgebung lebten vom Geschäft mit diesen kunsthandwerklichen Gegenständen, und sie kaufte hier regelmäßig Geschenke für ihre Freunde, besonders die in Übersee. Mit einem Lächeln grüßte sie die beiden Frauen, die unter dem Vordach auf dem Boden hockten, und trat ein.

Unter dem Schattendach zog sich ein vier Meter breiter Betonsockel um das Rund, auf dem Herden von geschnitzten Elefanten, Flusspferden und Giraffen aufmarschiert waren, die auf Käufer warteten. Die Mitte des Bauwerks bildete ein offener Sandplatz, der ungeschützt in der glühenden Mittagssonne lag. Unzählige hölzerne Warzenschweinfamilien tummelten sich im spärlichen Gras. Melly konnte deren Verwandte aus Fleisch und Blut sehen, die draußen grasend vorbeizogen.

Die Hitze stieg in Schwaden von dem hartgebackenen Boden auf. Sie spürte, dass ihr bereits der Schweiß aus den Haaren lief. Die Arme noch immer fest verschränkt, wanderte sie an den ausgestellten Sachen vorbei. Gelegentlich bückte sie sich, um ein besonders hübsches Stück genauer anzusehen, und atmete dabei das vertraute süßliche Geruchsgemisch aus trockenem Ried, Holz und dem Bohnerwachs ein, mit dem die Frauen den Beton zu einem tiefen Rotbraun poliert hatten. Es war der Duft Zululands. Sie füllte ihre Lunge damit und spürte, wie er seine Wirkung tat. Allmählich senkte sich Ruhe über sie, und ihre Schultermuskeln entkrampften sich, während sie weiterschlenderte. Fliegen summten laut, über ihr huschten Geckos durch die offenen Dachsparren, Schwalben schossen lautlos über den Platz. Über allem schwebte der rhythmisch gurrende Ruf der Lachtaube, die ewige Melodie des afrikanischen Buschs, die sie sofort in die schimmernden Tage ihrer sorglosen Kinderzeit zurückversetzte, als sie nichts von der Hölle unter der unbeschreiblich schönen Oberfläche ihres Landes ahnte. Sehnsüchtig schaute sie zurück in diese Zeit, aber es war, als müsste ihr Blick erst eine düstere Landschaft durchqueren, ehe weit entfernt am Horizont eine kleine, bunte Welt zu erkennen war. Ihr Kindheitsparadies. Natürlich war auch das eine Illusion gewesen, aber das hatte sie damals nicht gewusst, erst jetzt wurde ihr das allmählich klar. Ein Schluchzer fing sich in ihrer Kehle. Sie schluckte ihn hinunter und ging weiter.

Die Lachtaube gurrte und gluckste, Zikaden sangen ihr eintöniges Lied, und der Wind ließ die trockenen Grashalme rascheln. Wie ein klingender Wasserfall umfloss sie die Buschmusik und spülte auch die letzte Anspannung weg. Dankbar spürte sie, wie sie sich allmählich beruhigte. Sie blieb stehen und schaute auf eine geschnitzte Warzenschweinfamilie zu ihren Füßen. Schnell wählte sie ein großes Weibchen, erkennbar an den warzenähnlichen Auswüchsen unter den Augen, und zwei kleinere der putzigen Tierchen. Nach kurzer Überlegung nahm sie noch eines, das auf den Vorderbeinen kniete.

Sie zählte das Geld aus ihrer Börse und reichte es der Frau, die die Kasse verwaltete und es sofort in einer Metallkassette verschwinden ließ. Melly schob die Sonnenbrille hoch und wischte sich mit dem Handrücken den Schweiß ab, der ihr in die Augen lief.

»Aii, Ma'am, zu heiß heute, nicht wahr?« In sich hineinglucksend, wickelte die andere Frau die Figuren in Zeitungspapier ein.

»Yebo«, antwortete Melly auf Zulu. »Zu heiß zum Arbeiten.«

Die beiden Frauen lachten sie an. Ihre weißen Zähne blitzten in den dunklen Gesichtern, die schwarzen Augen funkelten, und gleich darauf war Melly in ein lebhaftes Gespräch verwickelt.

Bill, der noch immer mit gekreuzten Beinen am Wagen lehnte, beobachtete sie. Melly gestikulierte mit den Händen, der heiße Wind trug ihre Lachsalven und Fetzen der munteren Unterhaltung zu ihm herüber. Erleichtert atmete er auf. Minuten später kam sie entspannt lächelnd auf ihn zu, und auch als sie längst die schmale asphaltierte Straße hinunterfuhren, die zum Zaun führte, der das Gebiet unmittelbar um die Farmgebäude und Gästebungalows vom Rest Inqabas abtrennte, blieb ihre Miene heiter.

Bill warf ihr einen kurzen Blick zu. Bisher hatte er sich nie eingestanden, dass er sie um ihr instinktives herzliches Verhältnis zu den Zulus beneidete. Vermutlich lag es daran, dass Mellys Mutter früh gestorben war und sie von ihrer Nanny – einer gemütlichen dicken Zulu – aufgezogen worden war.

Aber eigentlich konnte das nicht der alleinige Grund sein, fuhr es ihm durch den Kopf. Auch er hatte eine gemütliche dicke Zulu als Nanny gehabt, und trotzdem traute er den Schwarzen nicht. Kein Stück. Keinem. Außer Amos natürlich. Der war anders. Bisher zumindest.

Doch bevor er tiefer in das Labyrinth seiner Erinnerungen eindringen konnte, zeigte Melly auf eine Gruppe Geier, die auf der Spitze eines Tambotibaumes saß. Die Vögel hatten den nackten Hals mit dem hässlichen Kopf vorgereckt und starrten unverwandt auf den Erdboden unter ihnen. Der leichte Wind trug das hohe aufgeregte Jaulen von Hyänen zu ihnen herüber.

»Sie streiten sich um einen Kadaver«, sagte er, während er ein Schlagloch umfuhr.

»Löwen?« Melly ließ ihren Blick über den Busch laufen. »Nichts zu erkennen«, murmelte sie.

»Vermutlich. Ein Leopard wird ihnen nichts übrig lassen, der verstaut die Reste in seinem Vorratsbaum.« Er verlangsamte das Tempo, um besser sehen zu können.

»Ich habe lange keinen Leoparden mehr gesehen.« Melly spähte aufmerksam in die Baumkronen, aber es war Februar, und die Äste waren zu dicht belaubt, um eine der schönen Großkatzen entdecken zu können, geschweige denn ein in eine Astgabel geklemmtes Beutetier.

Sie näherten sich jetzt dem inneren Bereich von Inqaba, und bald ratterte der Geländewagen über das Bodengitter aus rollenden Eisenstäben, das Wildtiere davon abhalten sollte, es zu überschreiten. Der Zaun, der rechts und links im Busch verschwand, war nicht sehr hoch und schützte nur das Haupthaus, wie Bill wusste, nicht den Rest des Camps. Während er im Schritttempo weiterfuhr, sann er darüber nach, ob Besucher aus Übersee sich bewusst waren, dass Huftiere von diesem Bodengitter zwar behindert wurden und auch die Großkatzen nur ungern den unsicheren Übergang betraten, dass sie diese Sperre aber, wenn Hunger oder Neugier größer waren als der Respekt vor dem Gitter, ohne weiteres überschreiten würden.

Bald erreichten sie den Parkplatz, der nichts als eine größere Lichtung im dichten Busch war. Ein kräftiger Zulu in kurzen Hosen trat lächelnd an ihr Auto. Auf der Brusttasche und dem linken Ärmel seiner Khakiuniform prangte die aufgestickte Silhouette eines Nashorns mit dem Namenszug INQABA. Er beugte sich zum Fenster herab. Seine braunen Augen blitzten freundlich durch dicke Brillengläser.

»Willkommen auf Inqaba ...« Er stockte, grinste breit und legte zwei Finger an sein dunkelgrünes Barett. »Ah, Sir, ich habe Sie nicht gleich erkannt ... Ma'am!«, grüßte er dann Melly. »Jill ist auf der Terrasse, Gäste mit Schlangengeschichten erschrecken.« Er lachte ein fettes, honigdickes Lachen und trat vom Wagen zurück.

»Sawubona Ziko, kunjani«, grüßte Melly. Ein Widerschein seines Lächelns glänzte auch auf ihrem Gesicht. »Schlangengeschichten!« Sie gluckste in sich hinein. »Typisch Jill.«

Bevor Bill ihr die Tür öffnen konnte, war sie schon ausgestiegen. Sie bückte sich, krempelte die Hosenbeine ihrer Jeans herunter und schob dann die Sonnenbrille ins Haar. Über ihr wölbten sich die dornenbewehrten Zweige einer Süßdornakazie, die zu dieser Jahreszeit mit gelben Pomponblüten übersät waren. Sie bog einen Zweig zu sich herunter und atmete mit geschlossenen Augen den süßen Blütenduft ein.

»Es hat nur kurz geregnet, die Bäume sind sehr durstig.« Ziko war neben sie getreten.

Bill grüßte den Zulu nur kurz mit einem Kopfnicken, schloss den Wagen mit dem elektronischen Schlüssel und folgte dann Melly, die gerade ins grüne Dämmerlicht des Blättertunnels verschwand, der zum Haupthaus führte.

Hier und da malte ein Sonnenstrahl goldene Flecken auf den Waldboden. Nicht weit entfernt von ihnen, scharrte eine winzige goldfarbene Antilope im Unterholz. Als sie die Menschen witterte, hob sie den schönen Kopf, äugte mit feuchten schwarzen Augen in ihre Richtung, flüchtete aber nicht, sondern äste dann ruhig weiter. Das Laub unter den zierlichen Hufen raschelte, Zweige knackten im Dickicht, im Geäst hüpfte ein Hornschnabel herum und pfiff Melly gellend nach. Als sie hochschaute, legte der Vogel den Kopf schief und klapperte mit dem riesigen gebogenen Schnabel.

»Ungezogenes Vieh.« Melly gluckste.

Aber Bill fand das alles nicht besonders komisch. »Hier ist es ja langsam wie im Zoo. Das sind Wildtiere, die sollten sich eigentlich vor uns fürchten«, knurrte er. »Gleich trottet ein Löwe vorbei und macht Männchen.«

»Bevor er dich anschließend frühstückt. Gib die Hoffnung nicht auf«, spottete Melly und ging weiter.

Der Weg stieg leicht, aber stetig an, und kurz darauf erreichten sie das Ende des Buschtunnels, der auf einer Hügelkuppe mündete. Vor ihnen lag ein sonnenüberstrahlter Platz, dessen rote Erde von der Tageshitze zu einer harten Kruste getrocknet worden war. Bunte Blumenbeete und Gruppen von Schattenbäumen schwammen wie Inseln in dem roten Sandmeer, und in der Mitte verströmten die rosa Blütendolden eines uralten Frangipanis ihr berauschendes Parfüm.

Melly legte träumerisch den Kopf in den Nacken. »Wenn man diesen Duft in eine Flasche füllen könnte, würde man ein Vermögen daran verdienen. Weißt du, dass dieser Baum schon hier stand, als ich noch klein war?«

Bill brummte. Solche Sachen merkte er sich nicht, obwohl auch er den Duft des herrlichen Baumes als schön empfand.

»Guten Morgen, Madam, guten Morgen, Sir! Jill ist auf der Veranda.« Ein Mann in frisch gebügeltem weißem Hemd lehnte aus dem Bürofenster auf der Rückseite des Haupthauses.

»Oh, guten Morgen, Jonas.« Melly winkte dem Zulu zu, der seit dem ersten Tag Herr über die Rezeption von Inqaba war. »Netter Kerl«, sagte sie leise zu Bill. »Sehr kompetent. Er hat eigentlich Brückenbau-Ingenieur studiert, wusstest du das? Finde ich beeindruckend.«

Bill hatte es nicht gewusst, aber es interessierte ihn auch nicht. Überhaupt nicht. Schwarzen, die studierten, stand er misstrauisch gegenüber. Im Leben würde er keinen schwarzen Ingenieur engagieren, um auch nur eine winzige Brücke über das dünne Rinnsal zu konstruieren, das sich in nassen Monaten über die

Straße auf Lalisa schlängelte, genauso wenig, wie er je einen schwarzen Doktor konsultieren würde.

»Ach, tatsächlich?«, antwortete er ausweichend.

Melly nahm das mit ärgerlich gerunzelten Brauen auf, kommentierte es aber nicht. Sie durchquerten den tiefen Schatten eines mächtigen Baumes, der das Haupthaus vor der Sonnenhitze schützte, und betraten die gut fünfundzwanzig Meter breite Veranda aus dicken Holzbohlen, die sich um das gesamte Haus zog. Sie war um bestehende Bäume und Felsauswüchse herumgebaut worden und sah aus, als wäre sie ebenfalls natürlich gewachsen. Im flimmernden Schatten der Bäume saßen ein Dutzend Touristen um die mit weißem Leinen und feinem Porzellan eingedeckten Tische und lauschten den Ausführungen einer sonnengebräunten Frau mit kurzen, glänzend schwarzen Haaren, deren Inqaba-Uniform wie maßgeschneidert auf der gertenschlanken Gestalt saß.

»Jill sieht umwerfend aus«, murmelte Melly. »Beneidenswerte Figur.«

»Du brauchst die Konkurrenz nicht zu fürchten.« Bill beeilte sich mit der Antwort, die von ihm erwartet wurde. Erstens musste er um gut Wetter bitten, außerdem entsprach es der Wahrheit. Melly war in letzter Zeit etwas kräftiger geworden, war aber immer noch wunderbar proportioniert. Zufrieden bemerkte er, dass sie sein Kompliment mit einem winzigen Lächeln quittierte. Die Wolken verzogen sich, ihr Stimmungshimmel schien sich aufzuklaren. Er schickte einen dankbaren Blick nach oben.

Jill Rogge war auf einen Hocker gestiegen, damit jeder ihrer Gäste sie sehen konnte. Ihr breitkrempiger Safarihut hing ihr an einer Lederschnur über den Rücken. Sie hielt eine Broschüre in der Hand, und ihre klare Stimme klang deutlich durch die schläfrige Stille der Mittagshitze zu den Darlings herüber.

»Meiden Sie hohes Gras«, rief sie. »Meiden Sie es, sich unter tief herunterhängenden Baumkronen aufzuhalten, über Baumstämme zu steigen …«

»Warum denn das?«, rief eine hagere, weißhaarige Frau dazwischen. Auf ihrer tiefbraunen Haut, die wie narbiges Leder wirkte, blitzte viel Gold.

Jill schmunzelte, ihre dunkelblauen Augen funkelten. Offensichtlich hatte sie diesen Zwischenruf erhofft. »Schlangen lieben schattige Bäume. Außerdem lieben sie es, sich unter Baumstämmen oder Steinen zu verstecken. Das bedeutet, dass man im Feld und im Busch nie einfach so über einen Baumstamm hinübersteigen darf, sondern sich immer erst vergewissern muss, ob sich auf der anderen Seite nicht zum Beispiel eine Puffotter sonnt. Bitte prägen Sie sich das ein!« Sie machte eine Kunstpause und ließ den Blick über die erschrockenen Gesichter laufen. »Mit einer Puffotter ist überhaupt nicht zu spaßen. Sie verlässt sich voll auf ihre hervorragende Tarnung und reagiert äußerst schlecht gelaunt, wenn man sie stört. Das heißt, sie beißt zu.«

Die Hagere verzog den Mund, als hätte sie auf eine Zitrone gebissen. »Na, ich hoffe, Sie haben Vorkehrungen getroffen, falls einer von uns gebissen wird.« Ihre Stimme bebte vor Aufregung.

»Worauf Sie sich verlassen können«, antwortete Inqabas Eigentümerin und lächelte beruhigend. »Wir haben Gegengift im Eisschrank, und unsere Ranger sind bestens dafür ausgebildet, es im Notfall fachgerecht anzuwenden. Obendrein haben wir natürlich die Möglichkeit, einen Rettungshubschrauber anzufordern, der den Gebissenen kurzfristig ins nächste große Krankenhaus bringen würde.«

»Na, das ist ja wohl das mindeste, würde ich denken«, schnaubte die hagere Dame und blickte dabei auffordernd in die Runde. »Ich meine …«

»Jetzt gib doch endlich Ruhe, Helga«, fuhr ihr ihre dunkelhaarige Nachbarin dazwischen. »Hör auf, über alles zu meckern. Du bist im Urlaub und sitzt nicht vor deiner Schulklasse. Die Leute werden schon wissen, was sie tun. Wir sind nicht ihre ersten Gäste.«

Die Frau, die Helga hieß, würgte eine Erwiderung herunter und nahm mit säuerlichem Gesicht einen Schluck aus ihrer Teetasse. »Na gut, aber ich habe eine weitere Frage.« Umständlich fummelte sie ein Stück Papier aus der Hosentasche, entfaltete es und setzte sich eine Lesebrille auf die Nase. »Diese Notiz hat an unserem Kühlschrank geklebt. Ich lese vor.« Ihre Stimme stieg anklagend. »Dieses Camp ist nicht umzäunt. Wilde Tiere laufen frei durch das Camp, besonders nachts. Bleiben Sie immer in unmittelbarer Nähe Ihrer Unterkunft. Die Elefanten in diesem Park sind sehr gefährlich. Halten Sie sichere Distanz.« Mit einem Blick über den Rand ihrer Lesebrille spießte sie Jill auf. »Was, bitte, nennen Sie eine sichere Distanz? Und was meinen Sie damit, dass wilde Tier hier nachts frei herumlaufen?«

Jill zwang sich sichtlich, ruhig Luft zu holen und dabei zu lächeln. »Elefanten sind immer gefährlich, aber solange sie weiter friedlich fressen und sich um ihre Jungen kümmern, besteht keine unmittelbare Gefahr. Sollten sie allerdings unruhig werden, die Ohren aufstellen oder sogar Scheinangriffe starten, sollte man sofort den Rückwärtsgang einlegen und sich schleunigst entfernen. Und ja, wilde Tiere laufen durch unser Camp. Wenn Sie Ihre Unterkunft verlassen wollen, um zum Haupthaus zu kommen, rufen Sie bitte an, dann wird Sie einer unserer Ranger abholen.«

»Und dann? Soll er die Löwen erwürgen oder sich als Köder anbieten?« Helgas Stimme wurde schrill.

»Er hat immer ein Gewehr bei sich und kann bestens damit umgehen. Bei ihm sind Sie sicher«, presste Jill zwischen den Zähnen hervor.

»Die würde ich nach fünf Minuten aus dem Haus werfen«, flüsterte Bill.

»Würdest du nicht, wenn du das Geld, das diese Touristen bringen, nötig brauchst«, konterte Melly gedämpft und winkte Jill zu.

»Ich komme gleich, setzt euch so lange irgendwohin«, rief Jill. Sie winkte einer dottergelb gekleideten Serviererin, deutete auf die Darlings und wandte sich dann wieder ihren Gästen zu.

Melly wählte einen Tisch, der direkt am Geländer im tanzenden Schatten einer Palme stand, und setzte sich. Ihr Blick wanderte von Inqabas Terrasse über den dichten Busch, der in weichen Wellen hinunter zum Krokodilfluss abfiel, dessen mit Palmen und Schilf bewachsener Lauf sich als sattgrünes Band durch das blassgold flimmernde Grasmeer schlängelte, bis zu den fernen Hügeln, deren Konturen im bläulichen Hitzedunst verliefen. Silberreiher schimmerten in einem Uferbaum, schwarze Witwenvögel mit langer Schwanzschleppe flatterten im Rhythmus einer unhörbaren Melodie aus den Halmen. Es war wie ein Blick in den verlorenen Garten Eden.

Die Geschichte dieser Gegend kannte sie genau. Wann immer sie Besuch aus Übersee bekam, nahm sie ihre Gäste mit auf eine unvergessliche Safari in diese längst versunkene Welt, die in einer anderen Zeit zu existieren schien. Seit Urzeiten war diese Landschaft nur durch die Naturgewalten verändert worden, und in dem Gebiet von Inqaba und den angrenzenden Wildparks Hluhluwe und Umfolozi hatten ursprünglich allenfalls eine Handvoll Ngunis gesiedelt, bis Shaka, der große Zulukönig, diese idyllische Ecke seines Reiches zu seinem Jagdgebiet erklärte. Anfang der zweiten Hälfte des 19. Jahrhunderts aber fielen weiße Jäger über die riesigen Wildherden her und schossen alles ab, was ihnen vor die Flinte kam. Sie schnitten den toten Elefanten und Nashörnern das Elfenbein heraus, nahmen die Hörner der großen Antilopen als Trophäe mit und ließen den Rest verrotten. 1895 wurden Hluhluwe, Umfolozi und das am Meer liegende St.-Lucia-Reservat in letzter Sekunde zu Wildschutzgebieten erklärt. Es waren heute die ältesten Wildparks Afrikas.

Verträumt schaute sie über diese verzauberte Landschaft. Das

Herz klopfte ihr bei dem Gedanken, dass sie genau das sah, was die ersten Siedler, die es bis in diese Wildnis geschafft hatten, gesehen hatten. Nach dem mörderischen Treck über die fast senkrechten Flanken der zerklüfteten Drakensberge mussten sie bei diesem lieblichen Anblick geglaubt haben, geradewegs im Paradies gelandet zu sein.

Zu ihrem Geburtstag erwartete sie mehrere Freunde aus dem Ausland. Wie die ersten Menschen wollte sie mit ihnen diese grandiose Landschaft zu Fuß erkunden und zu den Fallgruben Shaka Zulus wandern, die in der Südostecke Umfolozis, wo sich der Schwarze und Weiße Umfolozi gabelten, noch heute gut zu erkennen waren. Dieser Bereich, der auch das Rückzugsgebiet der Big Five – Elefant, Löwe, Büffel, das schwarze Nashorn und der Prinz der Nacht, der Leopard – darstellte, war für Touristen nur zu Fuß unter der Führung von bewaffneten Wildhütern zugänglich. Dadurch war es eines der unberührtesten Gebiete Südafrikas geblieben.

Melly seufzte tief. Sie war süchtig nach diesen berückenden Augenblicken, wo Afrika sie mit seiner Magie einhüllte, alle Sorgen vertrieb, sie sogar die harte Realität des südafrikanischen Alltags, mit der sie zuvor auf dem Wochenmarkt konfrontiert worden war, vergessen ließ. Augenblicke, in denen ihre Sinne vibrierten, sie sich federleicht fühlte, wie berauscht, und meinte, mit ihrer Haut riechen und schmecken und mit den Fingerspitzen sehen zu können. Einer dieser Augenblicke, in denen sie sich sicher war, dass sie dieses Land nie verlassen könnte. Nie. Eine Taube gurrte zärtlich in der Palme. Sie schloss die Augen. Tiefe Ruhe senkte sich über sie.

»Möchten Sie etwas essen?«

Die Stimme der Serviererin war hell und laut. Melly öffnete widerwillig die Augen und richtete sich auf. »Danke, ja. Ich nehme Jills Spezialsalat. Gibt es heute geräucherte Krokodilfiletstreifen? Sonst nehme ich geräuchertes Hähnchen. Und

Orangensaft, frisch gepresst.« Sie wandte sich an Bill. »Für dich auch?«

Bill nickte. »Auch Krokodil, aber ein Bier.«

»Pfui Teufel«, murmelte die hagere Helga am Nebentisch mit angeekelter Miene. »Krokodil!«

»Schmeckt sensationell. Sie sollten es probieren. Sehr afrikanisch. Sonst kann ich Ihnen auch die gerösteten Mopaniraupen empfehlen«, sagte Melly mit boshaftem Lächeln. »Mit Erdnussbutter sind sie besonders delikat. Schmecken ein wenig nussig, wie frittierte Scampi. Lediglich optisch ist da ein leichter Unterschied.«

Ein Schatten fiel über ihren Tisch. Sie sah hoch. Jill war erschienen, und das amüsierte Glitzern in ihren Augen zeigte, dass sie den Menüvorschlag für die hagere Helga mitbekommen hatte.

»Guten Morgen, Jill. Ihr habt doch Mopaniraupen im Angebot?«

»Das wäre kein Problem.« Jill lachte. »Morgen, Melly. Bill. Wie geht's? Ich hoffe, du hast heute gute Nerven, Melly«, fuhr sie übergangslos fort. »Marios Lover hat ihn wegen eines anderen verlassen, und er hat blutige Rache geschworen. Im Augenblick weigert er sich zu kochen. Für Inqaba, für dich, für sich, für alle. Stattdessen rennt er mit einem scheußlich großen Messer durch die Gegend und murmelt sizilianische Flüche. Hoffentlich hat sein Freund mit dem Neuen das Land verlassen«, setzte sie vergnügt hinzu. »Sonst macht er Hackfleisch aus ihnen.«

»Brutales Weib, hast du denn kein Mitgefühl?«, tadelte Melly sie zwinkernd. »Stell dir vor: Nils verlässt dich wegen einer anderen!«

»Die würde ich in den Krokodilfluss werfen oder ihr eine Giftnatter ins Bett legen.« Jill kicherte. »Aber nun sag schon, wie es euch geht. Kommen die Vorbereitungen für deinen Geburtstag gut voran?«

»Wie man's nimmt. Setz dich doch ein paar Minuten zu uns. Darüber wollte ich gerade mit dir reden«, antwortete Melly mit schiefem Lächeln und erzählte ihrer Freundin dann von dem Wasserschaden.

»Ach je, du Arme!«, rief Jill aus. Sie sank in einen Stuhl, stützte das Kinn auf eine Handfläche und sah Melly besorgt an. Nach einem kurzen Augenblick des Nachdenkens hellte sich ihr Gesicht auf. »Das ist gar kein Problem: Du wirst deinen Geburtstag bei mir feiern, wir können ja nicht im Taucheranzug bei dir aufkreuzen. In der jetzigen Hitze würden wir alle wie die Wurst in der Pelle gekocht werden.«

Melly quittierte das Angebot mit einem Lächeln, das von einem Stirnrunzeln begleitet wurde. »Danke, das ist wirklich mehr als großzügig. Ich wollte mich an die Frage, ob ich die Feier vielleicht bei dir veranstalten kann, eigentlich vorsichtig herantasten, und jetzt fällt es mir umso schwerer, ein weiteres Problem anzuschneiden. Ich brauche Unterkunft für eine Nacht für rund sechsunddreißig Gäste, die von auswärts anreisen. Es sind alles liebe Freunde, denen es nichts ausmachen wird, wenn man sie so eng packt wie Sardinen in der Dose.«

»Du hast Glück. Die vier Bungalows auf den Felsen sind noch leer. Wir haben sie gerade renoviert, aber bisher noch nicht neu vermietet. Wenn es deinen Gästen nichts ausmacht, auf Feldbetten zu campieren, könnten sie dort übernachten. Für die Feier selbst ist die Terrasse von unserem Privathaus ganz wunderbar geeignet. Und das größte Problem dürfte damit auch gleich erledigt sein: Mario wird mitmachen. Allein die Aussicht, in einer fremden Küche arbeiten zu müssen, egal, wie gut die ausgerüstet ist, hat bei ihm schon im Vorfeld eine Megakrise ausgelöst, und die pflegen bei ihm laut und anstrengend zu sein. Das und dann jetzt noch die Sache mit seinem Lover würde den Supergau bedeuten, versichere ich dir.« Ihre tiefblauen Augen tanzten.

Melly strahlte. »Also tue ich dir damit sogar einen Gefallen. Das ist wirklich ganz wunderbar.« Sie lehnte sich vor und drückte Jill einen Kuss auf die Wange. »Danke, meine Liebe.«

»Schick mir eine saftige Rechnung«, bemerkte Bill mit schwachem Lächeln. »Aber jetzt etwas anderes: Nach dem Essen möchte ich mir die Hunde ansehen. Wie machen sie sich? Wachsen sie ordentlich?«

»Prächtig. Sie sind gefräßig, rauflustig und völlig respektlos. Gestern hat der älteste Rüde Pongo angefallen. Dabei ist Pongo mittlerweile ein robustes Warzenschwein mit aufbrausendem Temperament und unangenehm spitzen Hauern geworden. Hat dem kleinen Dobermann überhaupt nicht imponiert. Er hat Pongo tatsächlich in die Flucht geschlagen.«

»Klingt gut. Den will ich haben.« Bill grinste erfreut. »Je aggressiver die Welpen sind, umso besser. Mac wird sich sein Revier nicht so leicht streitig machen lassen.«

Die Serviererin erschien mit dem Salat und stellte das Bier und den Orangensaft dazu. »Genießen Sie es«, wünschte sie, ehe sie dem gebieterischen Ruf der hageren Helga folgte.

Jill schenkte Bill Darling das Bier ein, als eine dunkelhaarige junge Frau in butterblumengelbem Top und weiten schwarzen Leinenhosen die Veranda betrat. »Oh, da ist Benita. Ihr seid euch, glaube ich, noch nicht begegnet, oder?« Sie hatte sich halb aus ihrem Stuhl erhoben und winkte dem neuen Gast zu.

Melly drehte sich um. »Deine ehemals verschollene Cousine? Nein. Als die Sache mit ihrer Mutter und dem Vice-Colonel passiert ist, waren wir auf einer Kreuzfahrt. Wie geht es ihr? Es muss ja der pure Horror für sie gewesen sein.«

»Ohne Roderick hätte sie es wohl auch nicht durchgestanden. Ihr könnt sie ja gleich selbst fragen, aber geht bitte behutsam mit ihr um. Die seelische Wunde ist noch nicht verheilt. Für sie ist immer noch jede Berührung sehr schmerzhaft, auch wenn sie versucht, es nicht zu zeigen.«

Bill musterte Jills Cousine eingehend. »Ihre Mutter war eine geborene Dunn, oder?«, sagte er mit hochgezogenen Brauen.

Jill Rogge funkelte ihn an. »Willst du damit fragen, ob sie farbig ist?« Ihre Stimme kletterte gefährlich nach oben.

Bill hob abwehrend die Hände und bemühte sich, beschwichtigend zu lächeln, was ihm jedoch zu einem Zähneblecken geriet. »Ach was. Das ist ja wohl offensichtlich ... ihre Haut ...«

»William!« Mellys Ton war leise, aber von schneidender Schärfe.

Er runzelte die Stirn. »Nun kriegt euch aber wieder ein. Das war reines Interesse. Mein Ururgroßvater Edmund war mit John Dunn befreundet. Vielleicht weiß Benita ja irgendetwas über ihren prominenten Vorfahren, was mit meinem Ururgroßvater zu tun hat. Seit Jahren versuche ich, mehr über ihn zu erfahren. Fast alle seine Unterlagen sind 1878 im Zulu-Krieg verschwunden. Über John Dunn ist unendlich viel mehr bekannt. Als weißer Zuluhäuptling mit über sechzig Zulufrauen und mächtigster Mann nach König Cetshwayo hat sein Ruf weit über Afrika hinausgereicht. Vielleicht hast du selbst ja auch noch irgendwelche Papiere, Jill. Wie du weißt, kannte mein Vorfahr auch die Steinach-Familie von Inqaba.«

Äußerlich entspannt, lehnte er sich zurück. Seine Züge verrieten nichts als Aufrichtigkeit. Insgeheim jedoch hätte er sich dafür treten können, dass er so unbedacht dahergeredet hatte. Glücklicherweise kam ihm seine Fähigkeit, sich schnell herausreden zu können, auch jetzt zu Hilfe.

Melly war noch immer sehr aufgebracht. »Reiß dich ja zusammen!« Sie gab sich nicht die Mühe, die Stimme zu senken.

»Melly, ich hab's doch nicht so gemeint ...«

»Hast du, und du weißt es«, fauchte sie leise. Dann drehte sie ihm demonstrativ die Schulter zu und lächelte Benita an, die gerade ihren Tisch erreichte.

Jill stand auf und zog die junge Frau an sich. »Hallo, Cousinchen, was machst du denn hier? Ist Roderick mitgekommen?«

Benita schüttelte ihre dunkle Lockenpracht, dass sie ihr nur so ums Gesicht flog. »Nein, der schreibt wie besessen und ist nicht ansprechbar. Ich lechze nach menschlichen Wesen, die mit mir reden. Ich bin auf unseren Hund und die Katzen angewiesen, aber die sind leider wenig kommunikativ.« Sie zog ein drolliges Gesicht. »Ich hoffe, dass er das Buch noch in diesem Leben vollendet.«

»Buch?«, sagte Bill, stemmte sich aus dem Stuhl hoch und verbeugte sich leicht. »Ich bin Bill Darling.« Er wies mit der Hand auf Melly. »Das ist Melly, meine Frau.«

Benita neigte lächelnd den Kopf. »Nett, Sie kennenzulernen. Ich bin Benita Ashburton, Jills Cousine aus England.«

Melly reichte ihr die Hand. »Wir sind uns noch nie begegnet, aber natürlich habe ich von Ihnen gehört. Ich glaube, wir sind entfernt verwandt …« Sie legte den Kopf schräg und kniff die Augen zu Schlitzen zusammen. »Ich müsste Ihre Großtante einmal um die Ecke sein … oder zwei Mal? Die Familie meiner Mutter ist in den dreißiger Jahren des letzten Jahrhunderts ans Kap gezogen. Die Reise nach Zululand war beschwerlich, Telefone gab es kaum, die Post brauchte ewig, und so ist die Verbindung zu Inqaba mehr oder weniger abgebrochen.«

»Eine Tante! Das ist ja wunderbar!« Benita sah ehrlich erfreut aus. »Egal, um wie viele Ecken, ich finde es herrlich, neue Verwandte zu entdecken. Tante Melly und Onkel Bill!« Sie strahlte erst Melly und dann Bill dabei an.

»Hallo, Benita.« Bill lächelte zurück und ließ währenddessen einen schnellen, geübten Blick über Benitas Erscheinung laufen, über die karamellfarbene Haut, die schlanken Glieder, bis hin zu dem klassisch schön geschnittenen Gesicht. Überrascht bemerkte er, dass sie grüne Augen hatte. Nicht oliv oder ins Braun changierend, sondern wirklich grün. Er betrachtete sie genauer. Eine grünäugige Nofretete, fuhr es ihm durch den Kopf. Bildschön. Fast hätte er gelacht. Diese Erkenntnis überrumpelte ihn nun wirklich. Das Adjektiv war ihm vorher nie zu einer Person von nichtweißer Hautfarbe eingefallen. Aber er fasste sich schnell.

»Buch«, wiederholte er. »Du sagtest, du schreibst ein Buch?«

Benita ließ sich aufatmend in einen der Stühle fallen und rieb sich dabei verstohlen die Magengegend. »Kann ich ein Wasser haben, Jill? Ein stilles, bitte. Zu viel Kohlensäure bekommt mir im Augenblick nicht. Ich hab mir wohl einen Virus oder so eingefangen.«

»Du siehst aber aus wie das blühende Leben«, meinte Jill und hob die Hand, um die Serviererin heranzurufen.

»Das war schon immer mein Problem. Mir geht's schlecht, und keiner glaubt es.« Sie zog eine komische Grimasse. »Als ich in England noch auf der Schule war, musste ich mir immer grauen Lidschatten unter die Augen malen und weißliches Make-up auflegen. Damit sah ich dann allerdings so ergreifend leidend aus, dass ich sofort nach Hause geschickt wurde.« Sie kicherte vergnügt. Dann beugte sie sich zu Bill. »Nein, ich schreibe kein Buch. Ich bin eher in der trockenen Welt der Finanzen zu Hause. Es ist Roderick, der ein Buch schreibt ...«

»Roderick ist dein Mann?«, fragte Bill, biss sich aber sofort auf die Zunge. Das hörte sich schon wieder nach Inquisition an. Sein alter Beruf brach durch. Außerdem entsann er sich, dass er damals nach seiner Rückkehr von der Kreuzfahrt im Zusammenhang mit der Festnahme des Vice-Colonels in einer älteren Zeitung gelesen hatte, dass dieser Roderick, ein reicher Banker aus England, Jills Cousine kurz danach geheiratet habe.

Aber Benita schien seine Ausfragerei nicht zu stören. Sie streckte ihre Hand mit dem breiten, gehämmerten Goldring aus und betrachtete ihn mit glänzenden Augen. »Ja. Mein Mann.«

»Entschuldige, ich wollte natürlich nicht neugierig sein«, sagte Bill schnell. »Aber jemand, der ein Buch schreibt, fasziniert mich. Ich finde es schon bewundernswert, wenn jemand mehr als zwei Seiten zu Papier bringt. Worüber schreibt dein Mann denn?«

»Afrika«, antwortete Benita. »Über seine Erlebnisse in Afrika. Sie belasten ihn sehr, und er will sie sich von der Seele schreiben.

Mehr weiß ich nicht, ich durfte noch nichts lesen. In dieser Beziehung ist er schrecklich sensibel.«

»Dein Mann ist Banker, nicht wahr? Wie kommt es, dass er Afrika so gut kennt? Von Safaris?«

Benita sah auf ihre Hände. Roderick hatte ihr während einer langen, schlaflosen Nacht beschrieben, was er in Afrika erlebt hatte und warum er darüber ein Buch schreiben musste. Seine Stimme war trocken und brüchig gewesen, er hatte viele Pausen gemacht und dürre Worte gewählt, um das Grauen erträglicher zu machen. Bei ihr erreichten sie das Gegenteil.

Sie riss sich aus der Vergangenheit los und hob den Blick zu Bill Darling. »Mein Mann war ein Abenteurer, ein reicher, wurzelloser Abenteurer. Auf der Suche nach sich selbst hat er Afrika in jeder Richtung durchquert. Dabei ist er ständig zwischen Steinzeit und Computerzeitalter hin- und hergewechselt. Er war in die protzigen Häuser der feisten, vollgefressenen Offiziellen eingeladen, die ihr Land ausbluten und ihre Schweizer Geheimkonten mit Entwicklungshilfegeldern füllen, und gleich daneben hat er Dörfer gesehen, wo es nur noch Kinder gab. Ihre Eltern waren an AIDS gestorben, und sie lebten von dem, was sie mit bloßen Händen aus dem Boden kratzen konnten. Es … hat ihn furchtbar erschüttert.«

Roderick hatte ihr die aufgetriebenen Bäuche und trüben Augen geschildert, die dünnen Arme und Beine, den Mantel von Hoffnungslosigkeit, der alle umgab. Er war überzeugt gewesen, dass keines dieser Kinder bei seinem nächsten Besuch noch am Leben sein würde. »Er hat ein Dorf für die Kinder gegründet und für jedes ein Konto eingerichtet, bezahlt Hausmütter, einen Lehrer und eine Krankenschwester …«

Ihre Stimme verlor sich. Was Roderick dazu veranlasst hatte – der von ihm verschuldete Tod Tricias, seiner ersten Liebe, und ihres gemeinsamen, ungeborenen Kindes –, ging diesen Mann vor ihr, dessen Augen, auch wenn er lächelte, so kalt wirkten, dass es sie fröstelte, nichts an. »Darüber will er ein Buch schreiben.«

Kräftige Schritte ließen die Terrassenbohlen erbeben. Jill drehte sich um. Ein groß gewachsener, breitschultriger Mann mit raspelkurzem blondem Haar bahnte sich, hier und da die Gäste grüßend, den Weg zwischen den Tischen hindurch. Jill winkte ihm erfreut zu, zog aber angesichts seines schreiend rot-grün-blauen Hawaiihemds, das offen über die knielangen Khakishorts flatterte, eine Grimasse.

»Demjenigen, der die Hawaiihemden erfunden hat, würde ich gern den Kragen umdrehen«, murmelte sie. »Als ich ihn kennengelernt habe, ist er in schwarzen Hemden und Jeans herumgelaufen. Das hatte wenigstens Charakter.«

Benita lachte leise. »Ich mache sofort mit. Das scheint ansteckend zu sein. Roderick hat neuerdings auch welche, eins schrecklicher als das andere. Aber ich habe mich durchgesetzt. Zu Hause beim Schreiben kann er anziehen, was er will. Aber wenn er sich mit mir sehen lassen will, bleiben derartige Scheußlichkeiten im Schrank.«

»Honey, ich muss zum Flughafen. Die haben irgendwelchen Bockmist mit unseren Tickets gemacht.« Nils Rogge nahm seine Sonnenbrille ab und küsste erst seine Frau und dann Benita. »Hallo, ihr beiden Schönen.« Er legte den Arm um Jills Schultern, die er um Haupteslänge überragte, obwohl sie selbst einen Meter fünfundsiebzig maß. Er lächelte die Darlings an.

»Hallo, Melly. Bill. Geht's gut?« Ohne auf eine Antwort zu warten, sah er auf seine Armbanduhr. »Tut mir leid, ich kann nicht bleiben. Ich muss mich beeilen, sonst erwische ich am Flughafen niemanden mehr. Die nächsten Wochen sind mit Terminen vollgestopft, da werde ich keine Zeit mehr finden. Und ich habe keine Lust, das Ganze am Abflugtag mit quarrigen Kindern und einer genervten Ehefrau im Schlepptau zu klären. Jill, es kann übrigens etwas später werden, weil ich mich anschließend noch mit einem Typen treffe, der mir ein paar heiße Informationen für meinen nächsten Bericht versprochen hat, den ich bereits an einige Sender verkauft habe. Wir sind in der Bar vom Beverly Hills verabredet.«

»Muss das sein?« Jill stöhnte. »Derartige Bar-Sitzungen ziehen sich doch meist in ungeahnte Längen. Bist du denn vor Einbruch der Dunkelheit zu Hause?«

»Bin ich«, antwortete er, wobei er ihren missmutigen Blick auffing, mit dem sie sein Hemd musterte, dessen schreiende Farben in der Sonne förmlich aufglühten. Grinsend fuhr er sich mit der Hand über sein sonnengebleichtes Stoppelhaar. »Und, ja, ich werde mich umziehen. Sonst lässt mich der Zerberus, der den Eingang vom Beverly Hills bewacht, gleich ins Meer werfen. Und bevor du fragst – auch auf dem Flug werde ich etwas anderes tragen. Ich will ja weder hier noch bei unserer Ankunft in Europa als Drogenkurier oder so festgenommen werden. Abgesehen davon, dass wir angesichts der Jahreszeit vermutlich im Tiefschnee landen werden und ich in so einem Hemd erfrieren würde. Zum Abendessen bin ich wieder da. Bis dann!« Mit einem kurzen Winken wandte er sich um und lief hinüber zu ihrem Privathaus.

Amüsiert beobachtete Jill, dass alle Frauen auf der Terrasse ihm nachsahen, selbst die hagere Helga. Es machte ihr nichts aus. Sie war derartige Reaktionen gewohnt. Aber sie sorgte immer dafür, dass ihre weiblichen Gäste wussten, woran sie waren. Manche von ihnen benahmen sich schamlos wie läufige Hündinnen, als würden die Hitze, die ungezähmte Natur, die wilden Tiere, Lagerfeuer und muskulöse Game Ranger sie völlig enthemmen. Bevor Nils jetzt im Haus verschwand, drehte er sich in der Glastür noch einmal um, hob eine Hand und warf ihr einen Luftkuss zu. Strahlend erwiderte sie ihn.

»Wann fliegt ihr?«, unterbrach Melly die Szene. »Wirst du zu meiner Geburtstagsfeier noch hier sein?«

Jill riss ihren Blick von ihrem Mann los und wandte sich Melly zu. »Aber natürlich. Wenn nicht etwas völlig Unvorhergesehenes dazwischenkommt, fliegen wir zwei Tage danach. Abgesehen davon wäre das auch kein Problem. Benita wird den Laden hier in meiner Abwesenheit schmeißen. Sie ist ein Naturtalent, Mario frisst ihr aus der Hand, wie alle Männer.« Sie lachte vergnügt. »Und die Zulus auf Inqaba lieben sie ohnehin. Außerdem wird Tita sie unterstützen, und die kann, wie du zweifelsohne weißt, mühelos Partys von dreihundert Leuten arrangieren und gerät dabei nicht einmal ins Schwitzen.«

Melly schaute erleichtert drein. »Das beruhigt mich. Nicht, dass ich dein Organisationstalent anzweifle, Benita, aber ich musste die Feier kurzfristig von unserem Haus nach Inqaba verlegen.« Mit wenigen Worten berichtete sie Benita von dem Wassereinbruch. »Und deswegen bin ich ziemlich nervös.«

Benita lächelte aufmunternd. »Mach dir keine Sorgen, das wird schon alles klappen. Ist es ein runder Geburtstag? Wie viel …« Sie brach abrupt ab, ihre Hand flog zum Mund. Sie würgte, presste ihre Hand fester auf den Mund und versuchte hinunterzuschlucken, was ihr hochkam, aber vergeblich. Geistesgegenwärtig konnte sie den Kopf noch übers Terrassengeländer hängen, ehe sie sich in hohem Bogen erbrach. Schwer atmend, lehnte sie sich zurück, schnappte sich Bill Darlings Serviette, die noch unbenutzt neben seinem Teller lag, wandte sich ab und wischte sich über den Mund.

»Entschuldigung. Es tut mir leid«, japste sie. »Ich konnte einfach nicht … Es ging so schnell.« Sie sprang auf, ließ sich aber gleich wieder auf den Stuhl zurückfallen. »Verdammt, was ist nur mit mir los? Gestern habe ich mich auch schon übergeben. Offenbar habe ich mir diesen scheußlichen Virus eingefangen, der im Augenblick überall sein Unwesen treibt. Die Krankenhäuser sollen ja voll sein. Na, das hat mir gerade noch gefehlt.«

»Bleib einfach sitzen, das bringen wir schnell in Ordnung. Thabili!« Jill winkte einer drallen Zulu, die aber nicht eine dottergelbe Uniform wie die anderen Serviererinnen trug, sondern einen weinroten Rock, gleichfarbige Weste und weiße Bluse. Es war offensichtlich, dass sie die Aufsicht hatte. Jill sprach kurz mit ihr, Thabili nickte, und gleich darauf erschienen zwei Gärtner mit Spaten, die das Malheur schnell untergruben.

»Ich glaube, ich fahre nach Hause, lege mich ins Bett und kuriere diese Sache aus.« Benita sprang so heftig auf, dass ihr Stuhl nach hinten flog. Und wieder fiel sie zurück. Diesmal drückte sie eine Hand auf den Bauch. »Verdammt«, knirschte sie. »Das tat jetzt weh.«

Jills Gesicht war um ein paar Schattierungen bleicher geworden. »Egal, was es ist, du fährst jetzt nicht nach Hause. Auf keinen Fall. Du legst dich bei mir auf die Couch, und ich rufe deinen Liebsten an, damit er dich abholt und zum Arzt bringt. Einen Widerspruch dulde ich nicht.«

Fürsorglich legte sie einen Arm um Benita und führte sie über die Terrasse zum Privathaus, das, unter flammenden Blütenkaskaden versteckt, durch die Bäume leuchtete. Im Gehen zog sie ihr Handy hervor und drückte die Kurzwahltaste für Rodericks Nummer.

»Roderick, hier ist Jill. Du, Benita ist ein bisschen schlecht geworden. Kannst du sie abholen? Ich kann im Augenblick nicht weg.«

Als Antwort ergoss sich ein erregtes Staccato aus dem Hörer. Sie wartete, bis Roderick verstummte.

»Nein, nein, beruhige dich. Es ist nichts Schlimmes … nur eine kleine Magenverstimmung, da bin ich mir sicher. Gut, in einer halben Stunde also. Hier«, sie reichte Benita den Hörer, hielt aber die Hand über die Muschel. »Er ist schrecklich aufgeregt. Sag ihm bloß, dass du noch lebst …«

Benita nahm das Telefon. »Hi, Liebling. Es ist nur ein klitzekleines bisschen Bauchweh. Du brauchst also nicht den Ritter in weißer Rüstung zu spielen und mich hoch zu Ross zu retten!« Sie lachte leise und klang schon wieder völlig erholt. »Ich kann ihn nicht aufhalten. Er kommt gleich angaloppiert«, sagte sie und gab Jill das Telefon zurück.

Jill schob sie durch die gläserne Terrassentür in ihr großes, luftiges Wohnzimmer. »So, hier wären wir. Leg dich am besten auf die Couch. Sie ist sehr bequem. Nun komm schon!«

Nach einigem Sträuben tat Benita dann doch, was Jill ihr verordnete, und streckte sich auf der mit weißem Leinen bezogenen Couch aus.

»Ich lass dir gleich ein neues Wasser bringen. Willst du auch etwas zu essen haben?«

»Ich mag nicht einmal an Essen denken.«

Jill legte ihr prüfend die Hand auf die Stirn. »Wenn du Fieber hast, ist es nicht sehr hoch. Aber du lässt dich von deinem Mann jetzt gleich zum Arzt bringen und dich gründlich untersuchen, und dann rufst du mich sofort an und erzählst mir, was los ist. Versprochen?«

»Versprochen. Wo sind Kira und Luca? Deine Kinder sind einfach zum Fressen niedlich.«

»Manchmal«, schränkte Jill ein und lachte dabei strahlend. »Sie sind noch in der Schule. Bis gleich.«

Als sie auf die Veranda zurückkehrte, winkte ihr Melly heftig zu. »Ist alles in Ordnung mit Benita? Kommt ihr Mann?«

Jill trat zum Tisch der Darlings, setzte sich aber nicht. »Im Augenblick geht es ihr gut. Roderick kommt und bringt sie zum Arzt.« Abwesend wischte sie einen Krümel von der Tischdecke. »Gott, wie ich hoffe, dass es nur ein blöder kleiner Virus ist. Sie hat so viel durchgemacht.«

»Wenn das, was ich über die Vorgänge gehört habe, auch nur annähernd wahr ist, wundert es mich, dass sie es offensichtlich seelisch unbeschadet überstanden hat. Sie wirkt ... so zerbrechlich.«

Jetzt lachte Jill. »Benita? Vergiss es, Melly. Sie ist stark und außerordentlich widerstandsfähig. Bestes Pionierblut. Und sie hat Roderick.«

Ihre Vermutung, dass es sich unter Umständen um etwas Erfreulicheres als einen Virus handeln könnte, behielt sie lieber für sich, bis es eine ärztliche Bestätigung gab. Vor Jahren hatte sie ihr erstes Kind durch einen grausigen Unfall verloren. Der Arzt hatte ihr damals nach einigen Tests mit einer kalten lateinischen Redewendung erklärt, dass sie nach ihrem Treppensturz keine Kinder mehr bekommen könne.

Heute fiel es ihr schwer, sich an die nachfolgenden Tage zu erinnern, in denen sie wie betäubt umhergelaufen war, nichts fühlte, nichts wahrnahm, nur noch mechanisch funktionierte. Mit keinem Menschen hatte sie darüber sprechen können, jahrelang nicht. Doch dann war Nils Rogge in ihr Leben getreten, der harte, zynische Kriegsreporter. Anfänglich hatte sie ihn nicht ausstehen können, aber eines Tages, noch ganz am Anfang ihrer Liebesgeschichte, hatte er sie zur Rede gestellt, und an diese Szene erinnerte sie sich Wort für Wort. Es war der Beginn der schönsten Zeit ihres Lebens.

Er hatte ihr die Hände ums Gesicht gelegt und sie gezwungen, ihm in die Augen zu sehen. »Also, Jill, was ist los? Versuche gar nicht erst, mir weiszumachen, dass alles in Ordnung ist. Also, raus mit der Sprache!«

Sie war nicht in Tränen ausgebrochen, und darauf war sie noch heute stolz. Automatisch schwenkte ihr Blick jetzt über die Baumkronen hinüber zu der Anhöhe, auf der die Gräber all derer lagen, die auf Inqaba gelebt hatten. Ein rosa Tibouchina leuchtete wie ein Fanal im sonnenverbrannten Grün. Dort, auf dem kleinen Hügel unter dem Tibouchina, gab es ein Grab. Der Name, der auf dem Stein stand, war Christina, auch das Datum war eingemeißelt. Der 22. Januar 1996. Das Geburtsdatum ihrer Tochter und ihr Todestag. Das Grab war leer. Ohne Jill zu fragen, hatte man den Fötus verbrannt wie ein amputiertes Glied.

»Ich habe ein Kind verloren, und jetzt kann ich keins mehr bekommen«, war alles, was sie ihm erzählt hatte. »Ich will nicht darüber reden. Es geht nur mich etwas an, und ich muss damit allein fertigwerden.« Damit hatte sie die Hände über der Brust verschränkt, die Beine übereinandergeschlagen und sich in sich selbst zurückgezogen.

Bis heute erinnerte sie sich an seinen Gesichtsausdruck. Da war nichts mehr von dem harten Kerl, der mitten in den schlimmsten Katastrophengebieten kaltschnäuzig seinem Beruf nachging. Ihm hatten die Tränen in den Augen gestanden, als er sie in die Arme nahm und festhielt. Schweigend. Lange. Als er wieder sprach, war es dieser Satz gewesen, der ihr Herz geöffnet hatte.

»Wir könnten ein Kind adoptieren ...«

Erst da konnte sie weinen, und ein paar Tage später hatten sie geheiratet. Zwei Jahre später war Kira auf die Welt gekommen und noch einmal zwei Jahre danach Luca. Der Arzt hatte sich geirrt.

Sie blinzelte in die Sonne. Das Leben war schön.

103

5

Das Klingeln eines Mobiltelefons riss sie aus ihrem Ausflug in die Vergangenheit. Sie schaute hoch. Der Klingelton war der eines alten englischen Telefons, und sowohl die Darlings als auch sie tasteten automatisch nach ihren Geräten.

»Es ist deins, Bill«, sagte Melly. »Ich sollte wohl mal meinen Klingelton ändern.«

Bill nickte, zog seines aus der Hemdtasche und warf einen kurzen Blick auf das Display. »Unbekannt« war dort angezeigt.

Er zögerte. Diese Nummer hatten nur wenige Menschen, und die pflegten ihre Nummer nicht zu unterdrücken. Ein ungutes Gefühl verdichtete sich in seiner Magengegend.

»Entschuldigt mich«, murmelte er und ging die paar Schritte bis ans andere Ende der Terrasse. Hier saß niemand, der das Gespräch mit anhören konnte. Mit einem Knopfdruck nahm er den Anruf an. »Ja?«

»Bist du ungestört?«, sagte der Anrufer, ohne sich mit Namen zu melden.

Es war nicht nötig. Bill erkannte ihn sofort an der Stimme. Die kurze Unterhaltung, die dann folgte, brannte sich Wort für Wort in sein Gedächtnis ein.

Ohne Umschweife kam sein Freund zur Sache. »Sie wissen es«, murmelte er. »Oder werden es in Kürze wissen. Sie wissen, wo, ungefähr jedenfalls, aber noch nicht, wer … Glaube ich zumindest.«

Die Aussage versetzte Bill Darling einen Schlag, dass er taumelte. Auf der Stelle begriff er, wovon sein Freund sprach. Nach all diesen Jahren war sein schlimmster Albtraum Realität geworden. Er begann zu schwitzen.

»Verdammt, wie …?«, brüllte er. Hauptsächlich war er wütend darüber, dass er so naiv gewesen war zu glauben, dass es vorbei wäre. Dass mit den Jahren Gras darüber gewachsen wäre. Bildlich gemeint.

Als er der erschrockenen Gesichter Mellys und Jills gewahr wurde, dämpfte er seine Stimme, machte eine beruhigende Geste in ihre Richtung und wandte ihnen den Rücken zu, damit sie sein Gesicht nicht sehen konnten. »Wie konnte das passieren?« Mit einem Finger lockerte er seinen Hemdkragen, der sich ihm wie eine Garotte immer fester um den Hals schloss.

Die Antwort kam prompt. »Einer von Trevor Pryce' Meute hat sich, kurz bevor er gestorben ist, dazu entschlossen, alles auszuplaudern.«

»Wie konnte es passieren, dass dieser Mann dazu die Möglichkeit bekam? Du hattest doch alle Vorkehrungen getroffen.« Was er damit sagen wollte, brauchte er seinem Freund nicht zu erklären. Tote konnten nicht reden, anderen hatten sie das Maul mit Geld gestopft.

»Es war Israel Mabaso …«

Bill Darling zuckte zusammen. »Wer?«

»Israel Mabaso. Du hast ihn gekannt.«

»Ein Kaffer mit Rattengesicht und weißblond gefärbtem Haar?«

»Genau der. Konnte mit den Fingern erstaunliche Dinge anstellen. Der brauchte Informationen nicht aus den Leuten herauszuprügeln.«

»Möge er in der Hölle schmoren«, knurrte Bill böse.

Sein Freund stieß einen harschen Laut aus, halb Schnauben, halb Lachen. »Das wird er, darauf kannst du dich verlassen. Da, wo es am heißesten ist. Pass nur auf, dass du dich nicht bald zu ihm gesellst … Du weißt, was ich meine.«

Bill Darling wusste genau, was sein Freund damit andeutete. Er stieß einen unterdrückten Fluch aus. Israel Mabaso! Ihn hatte er damals beauftragt, dafür zu sorgen, dass keine Spuren zurückblieben. Zwar war er nur ein Handlanger gewesen, aber eben einer von ihnen. Der Mann würde nicht reden, dessen war er sich sicher gewesen. Er hätte sich damit selbst in den Dreck geritten. Obendrein hatte er ihm zusätzlich unmissverständlich klargemacht, dass seine Vergeltung schnell und endgültig sein würde.

Aber mit dem Tod vor Augen verlor wohl auch die schlimmste Konsequenz ihren Schrecken. Vermutlich hatte es Mabaso einen letzten Kick beschert, mit dem Finger auf ihn zu zeigen. Scheißkerl.

»Wie habt ihr das erfahren?«, fragte er.

»Du weißt doch, Wände haben Ohren, und Derartiges verbreitet sich schneller als der Gestank von Aas. Mabaso hat es buchstäblich mit seinem letzten Atem einer Krankenschwester erzählt, mit dem Auftrag, seinen Bericht an irgendjemanden weiterzugeben. Anschließend hat sich die Schwester wichtiggemacht und die Sache herumgetratscht, und ein ehemaliger Kollege, der mit einem durchgebrochenen Blinddarm im Krankenhaus lag, hat es gehört. Der hat mich dann angerufen. Wir haben die Schwester noch ein wenig intensiver befragt – diskret natürlich –, an wen sie die Nachricht weitergeben sollte. Aber es war nichts aus ihr herauszubekommen. Am nächsten Tag war sie verschwunden, ohne eine Adresse zu hinterlassen.«

Bill Darling gab erneut ein saftiges Schimpfwort von sich und öffnete die zwei obersten Hemdenknöpfe.

Sein Freund räusperte sich. »Glücklicherweise ist Mabaso verreckt, bevor er in die unerfreulichen Details gehen konnte. Allerdings bin ich der Ansicht, dass es nur eine Frage der Zeit ist …« Er ließ den Satz in der Luft hängen.

Für ein paar Sekunden hing er dort, bevor Bill Darling die brutale Wahrheit mit der Gewalt eines Keulenschlages traf. Ein Eisenband legte sich um sein Herz und schnürte es ab, bis er rote Funken vor den Augen sah. Er schnappte nach Luft. Sein Freund sprach leise weiter, aber die Worte gingen im Dröhnen in seinen Ohren unter. Er hörte auch schon längst nicht mehr zu. Es gab nichts mehr hinzuzufügen. Die Tatsachen waren unumstößlich.

Es war keine Frage der Zeit mehr. Es war schon zu spät. Auch für jegliche Schadensbegrenzung. Eine derartige Nachricht verbreitete sich wie ein Flächenbrand in zundertrockenem Gras, und den aufzuhalten war unmöglich. Automatisch tastete er nach seinem Pistolenhalfter, ehe er sich daran erinnerte, dass er pensioniert war und seine Pistole in der Nachttischschublade lag. Es war ohnehin unsinnig, da es niemanden gab, den er hätte erschießen können. Außer sich selbst.

Ohne sich von seinem Freund zu verabschieden, unterbrach er die Verbindung. Er wollte zurück an den Tisch gehen, als sich unvermittelt ein dumpfer Druck in seiner Brust ausbreitete. Direkt hinter dem Brustbein, groß wie ein Felsbrocken. Ächzend blieb er stehen und fasste sich an die Brust. Eine Riesenfaust drückte ihm das Herz zusammen, gleichzeitig wurde er schlagartig von einem Schweißausbruch durchnässt. Der Druck wurde gigantisch und steigerte sich zu einem unerträglichen Schmerz, der über die Schulter bis in die Fingerspitzen ausstrahlte. Ein Gefühl unmittelbarer Bedrohung überfiel ihn. Von Todesnähe.

Sein Herz begann zu hämmern. Er rang nach Luft. Ihm dämmerte, dass er womöglich kurz vor einer Herzattacke stand, eine Erkenntnis, die eine eiskalte Panikwelle auslöste. Um nicht in die Knie zu gehen, musste er sich am Terrassengeländer festhalten. Mit gesenktem Kopf zwang er sich, der Welle zu trotzen, zwang sich, ruhiger zu atmen. Wie viel Zeit vergangen war, bis er sich umdrehen und zurück an seinen Tisch gehen konnte, wusste er nicht. Die wenigen Schritte kosteten ihn seine ganze Kraft.

Glücklicherweise hatte Melly den Tisch verlassen und verschwand eben ins Haupthaus, wohl um die Toilette aufzusuchen. Ihrer unnachgiebigen Fürsorge wäre er jetzt nicht gewachsen. Kraftlos fiel er auf den Stuhl, schloss die Augen und stützte den Kopf in die Hände. Er war schon oft in gefährlichen, schier ausweglosen Situationen gewesen, aber immer hatte er einen kühlen Kopf bewahrt. Eine derartige körperliche Reaktion, die ihn so völlig hilflos machte, war ihm noch nie widerfahren. Zu seiner immensen Erleichterung schienen die Symptome langsam abzuklingen. Allmählich beruhigte sich sein Herzschlag, das Atmen fiel ihm leichter, der Druck wich stufenweise. Erst jetzt wagte er es, tief durchzuatmen, fühlte sich aber schlapp wie nach einer schweren Grippe.

Nach einer Weile war er sich sicher, noch einmal an einer Katastrophe vorbeigeschrammt zu sein. Vor Erleichterung stiegen ihm die Tränen in die Augen. Entsetzt wischte er sie sofort weg. Herrgott, wenn er nicht achtgab, würde er bald weinerlich und selbstmitleidig werden wie sein Vater kurz vor dessen Tod. Dieser Gedanke jagte ihm von neuem einen fürchterlichen Schreck durch die Glieder. Dem Tod war er in seinem Leben oft begegnet, aber immer waren andere betroffen gewesen. Über seinen eigenen hatte er nie nachgedacht. Nun hatte er einen Vorgeschmack davon bekommen, wie es einst sein würde. Wieder musste er nach Luft ringen.

Leichte Schritte auf den Terrassenbohlen meldeten ihm, dass Melly an den Tisch zurückkehrte. Er setzte sich aufrecht hin und bemühte sich, entspannt zu wirken, obwohl er immer noch mit einer beängstigenden Übelkeit zu kämpfen hatte.

Seine Frau rückte ihren Stuhl zurecht und ließ sich nieder. Gleichzeitig erschien Thabili mit dem Essen. Sie stellte die Teller, Salz- und Pfeffermühle und eine Vase mit zwei scharlachroten Hibiskusblüten vor ihnen ab und schwatzte dabei mit Melly. Dadurch verschaffte sie Bill ein paar zusätzliche Sekunden, um sich zu fassen. Thabili schob den Teller mit Salat vor Bill, arrangierte Messer und Gabel und reichte ihm die entfaltete Serviette.

Bill griff automatisch danach. Der grüne Blätterberg auf seinem Teller war mit glasig weißen Krokodilfleischstücken gekrönt, und prompt wurde ihm so schlecht, dass er würgen musste. Die Serviette fiel ihm aus der Hand auf den Boden. Melly bückte sich, hob sie auf und legte sie neben seinen Teller auf den Tisch.

»Ist was mit dir?«, fragte sie mit offensichtlicher Besorgnis. »Du siehst krank aus. Ganz grau bist du geworden …« Sie strich mit den Fingerkuppen über sein Gesicht. »Und dir steht kalter Schweiß auf der Stirn. Hat dich etwa auch dieser Virus erwischt, den sich Benita offenbar eingefangen hat? Was ist nur los mit dir, du bist doch sonst nie krank? Und von deinen üblichen Rückenschmerzen kann so eine massive Reaktion nicht herrühren.«

Bill war unfähig, einen Laut herauszubekommen. Er brauchte seine Kraft, um gegen die erneute Welle von Todesangst anzukämpfen, die über ihm zusammenzuschlagen drohte.

Melly beugte sich vor. »Hat dich der Vorfall auf dem Markt so mitgenommen? Oder ist es die Hitze? Hast du Kreislaufprobleme? Soll ich dir ein Elektrolytgetränk holen? Ich rufe Thabili. Sie wird dir eins bringen.« Sie winkte die Zulu heran. »Oder soll sie dir einen starken Kaffee für den Blutdruck machen? Mit viel Zucker?« Sie verhaspelte sich und verstummte. Die Angst um ihn stand ihr ins Gesicht geschrieben. »Ich will doch nur einen plausiblen Grund finden, der deinen Zustand erklären könnte. Du wirkst, als würdest du gleich zusammenbrechen«, setzte sie leise hinzu.

»Ach was«, ächzte er. »Ich hab nur das Bier zu schnell getrunken.« Er wischte sich mit dem Handrücken den Schweiß von der Stirn und hoffte inständig, dass Melly ihm die Lüge glauben würde. »Thabili, bring mir ein stilles Wasser, bitte. Eiskalt.« Seine Stimme war kraftlos wie die eines alten Mannes.

Melly zuckte sichtlich zusammen, sagte aber nichts.

»Yebo, sonst noch etwas?« Thabili schien nichts bemerkt zu haben. Sie rückte die Vase mit den Hibiskusblüten zurecht und wischte mit einer Serviette imaginäre Krümel von der Tischdecke. »Ma'am, auch ein Wasser für Sie?«

»Danke, ja«, antwortete Melly fahrig und ließ ihren Mann dabei nicht aus den Augen. »Du machst mir Angst … Mehr, als ich zugeben möchte.« Sie klammerte sich am Tischrand fest, als suchte sie Halt.

Bill antwortete nicht. Er wusste, dass er für sie der Inbegriff von Kraft und Ausdauer war, körperlich und psychisch. Ihr Fels in der Brandung, so nannte sie ihn immer. Er war stolz darauf. Umso mehr konnte er nachvollziehen, dass ihr sein offensichtlicher Schwächeanfall Angst einjagte, versetzte der ihn doch selbst geradezu in Panik.

»So, und nun raus mit der Sprache!«, fuhr Melly ihn an. »Was ist los? Du gefällst mir gar nicht … Was für eine Untertreibung«, setzte sie leise hinzu und legte ihm erneut prüfend die Hand auf die Stirn. »Kein Fieber, aber kalter Schweiß. Das ist ein alarmierendes Zeichen.«

Er stieß ihre Hand weg und fächelte sich mit der Serviette Kühlung zu, ließ es dann aber, weil er unvermittelt zu frösteln begann. »Ach, Melly, ich bitte dich. Red mich hier nicht krank. Mir geht es bestens, ich sollte nur kein eiskaltes Bier auf nüchternen Magen trinken. Du weißt, dass ich das noch nie vertragen habe. Ich bin also selbst schuld.«

Seine Antwort war absichtlich grob geraten, in der Hoffnung, dass sie das Thema nun ruhenlassen und nicht darauf bestehen würde, dass er zum Arzt ging. Er hasste Ärzte, hielt sie alle für aufgeblasene Quacksalber. Wenn sein Rücken sich aufspielte, ließ er sich von seinem Tierarzt Pferdesalbe verschreiben. Die fühlte sich angenehm an und half meistens. Sonst hielt er einen anständigen Whisky für das beste Heilmittel bei Unpässlichkeiten. Aber

110

im Augenblick fehlte ihm einfach die Kraft, sich lange gegen sie zu wehren. Da half nur noch Grobheit.

Aber auch die schreckte Melly nicht ab. »Das glaube ich dir nicht. Ich kenne dich gut genug. Du bist krank, richtig krank, und wenn du keinen Termin bei Dr. Macintosh machst, mach ich es, und dann schleif ich dich dorthin, ob du willst oder nicht, das weißt du. Also mach es lieber gleich und freiwillig.«

Zornig kapitulierte er. »Ja, ist ja gut, ist ja gut. Ich rufe ihn an.« Dem Streitmarathon, der sonst unweigerlich folgen würde, fühlte er sich nicht gewachsen. Melly würde nicht aufgeben. Lisa hatte ihre Hartnäckigkeit nicht nur von ihm geerbt.

»Gleich morgen!« Ihr Ton war der einer Mutter, die mit ihrem ungezogenen Sohn redete.

»Ja!«, raunzte er unwirsch, obwohl ihm klar war, dass sie nur versuchte, ihre eigene Furcht zu kaschieren. Aber ihm war speiübel, und der Schreck saß ihm noch in den Gliedern. Natürlich wusste er, dass mit einem solchen Anfall in seinem Alter nicht zu spaßen war, so gern er den Vorfall auch ignoriert hätte. Aber schon seit einiger Zeit litt er unter einer Kurzatmigkeit bei körperlichen Anstrengungen, wie er es noch nie vorher erlebt hatte. Bill Darling war fit und durchtrainiert. Immer gewesen. Dass er auf dem letzten Loch pfiff, wenn er Treppen hinaufstieg, erschreckte ihn bis ins Mark. Bis heute hatte er es vor Melly verbergen können. Er wischte sich mit der Serviette den Schweiß vom Gesicht.

Also würde er Dr. Macintosh aufsuchen, ihn allerdings nachdrücklich daran erinnern, dass er als sein Arzt verpflichtet war, auch gegenüber Melly seine Schweigepflicht einzuhalten. Melly neigte dazu, ihn schon wie einen Schwerkranken zu behandeln, wenn er nur eine Erkältung hatte, und das ging ihm fürchterlich auf die Nerven. Nicht auszudenken, was sie anstellen würde, falls herauskommen sollte, dass er wirklich etwas am Herzen hatte. Ihn vermutlich ans Bett fesseln oder Ähnliches.

»Hm«, machte sie jetzt mit schmalen Lippen und stocherte abwesend in ihrem Salat. Es war unübersehbar, dass sie das Thema noch nicht abgeschlossen hatte.

Er spießte ein Stück Krokodilfleisch auf und steckte es in den Mund. Eigentlich schmeckte es sonst wie sehr zartes, geräuchertes Hühnchen. Heute erschien es ihm wie nasse Pappe. »Schmeckt gut«, murmelte er und kaute mühsam darauf herum.

»Also, abgemacht. Morgen gehst du zu Dr. Macintosh«, sagte Melly.

»Jaja«, knurrte er verdrießlich, war aber froh, dass er sich allmählich ein wenig besser fühlte. Zwar war er noch immer erschreckend schlapp, aber sein Herzschlag galoppierte nicht mehr wie ein durchgegangenes Pferd, und er rang nicht mehr nach Luft. Eine Bewegung am Rand seines Blickfelds ließ ihn aufschauen.

Ein hochgewachsener, tief gebräunter Mann in Jeans und flatterndem rotbuntem Hawaiihemd stürmte auf die Terrasse und lenkte sogar Melly zu Bills Erleichterung vorläufig von ihm ab. Sie hatte sich umgedreht und musterte den Neuankömmling neugierig.

Der Mann sah sich mit allen Anzeichen von Panik um. Als er Jill entdeckte, die an der Bar etwas mit Thabili besprach, war er mit wenigen Schritten bei ihr.

»Wo ist sie? Um Himmels willen, Jill, was ist los?« Seine kräftige Stimme war für die Darlings deutlich zu verstehen.

Jill lächelte ihm beruhigend zu. »Hi, Roderick. Keine Sorge, es ist alles in Ordnung. Benita geht es gut. Sie hat sich in meinem Haus einen Augenblick hingelegt. Es sieht aus, als hätte sie sich irgendeinen Virus eingefangen. Ihr ist schlecht, und ich wollte nur nicht, dass sie in diesem Zustand Auto fährt.«

»Danke. Ich habe schon beim Arzt Bescheid gesagt. Er wartet schon auf sie, und im Krankenhaus hat er bereits ein Bett reserviert, falls es benötigt wird.« Damit schwang er herum und verschwand im Laufschritt in Richtung des Privathauses der Rogges.

Während sie ihm neugierig nachsah, winkte Melly Jill an ihren Tisch. »War das Benitas Mann?«

»Roderick, ja. Gut aussehender Kerl, was? Sieh dich mal um, welche Wirkung er hat.«

Melly tat es. Alle anwesenden weiblichen Gäste reckten den Hals und schauten Roderick Ashburton nach.

Jill schmunzelte. »Die Frauen fallen ihm noch immer reihenweise vor die Füße, aber er hat nur Augen für Benita. Früher soll er wie ein Haifisch unter den internationalen Schönheiten gewütet haben. Er hatte einen sagenhaften Ruf. Als ich noch jung und romantisch veranlagt war, habe ich mir Piraten so vorgestellt«, griente sie. »Groß, dunkles Haar, blaue Augen und ein Lächeln, das einem die Knie weich werden lässt.«

Melly, zu Bills maßloser Erleichterung inzwischen völlig von seinem Zustand abgelenkt, drohte mit dem Finger. »Lass das bloß nicht Nils hören. Aber dieser Ashburton ist doch Banker, habe ich gehört, nicht Pirat!«

Jill hob belustigt die Brauen. »Nun, das ist doch heute fast das Gleiche, oder? Aber du hast Recht. Der Ashburton-Familie gehört die gleichnamige Bank. Also könntest du ihn als Banker bezeichnen, auch wenn er sich von dem Geschäft zurückgezogen hat. Die Bank leitet sein Bruder.«

Bill, der froh war, einen Augenblick Ruhe zu haben, um sich zu erholen, hatte anfänglich der Unterhaltung der beiden Frauen nur mit halbem Ohr zugehört, hatte auf den ersten Blick den Engländer als Playboy eingestuft, den man nicht ernst zu nehmen brauchte. Aber dann hatte er doch genauer hingesehen. Unter den gegebenen Umständen war es wichtig für ihn zu wissen, wer sich in seinem Umkreis bewegte, mit wem genau er es zu tun hatte. Er würde sich bei seinen alten Freunden über Roderick Ashburton erkundigen.

»Ach, Melly, ich habe gerade kurz mit Mario gesprochen«, sagte Jill. »Er hat mir mit tränenumflortem Blick zugesichert, dass er für dich kochen wird. Bete nur, dass sein Lover bis dahin wieder aufgekreuzt ist, sonst grillt er die Mousse und kocht die Steaks. Oder so etwas Ähnliches. Da könnte selbst Benita kaum noch etwas ausrichten.« Sie gluckste fröhlich.

»Meine Güte«, platzte Bill unbedacht heraus, »müssen die denn immer …«

»Bill!«

Mellys Stimme traf ihn wie ein Peitschenschlag, und er verschluckte, was er über Homosexuelle hatte sagen wollen. Sein angeschlagener Zustand hatte ihn seine guten Vorsätze vergessen lassen. Er musste seine Reaktionen wirklich in den Griff bekommen, sonst würde er noch in eine Ehekrise schlittern.

»Danke, Jill, das sind wunderbare Neuigkeiten.« Melly warf ihr ein Lächeln zu, das deutlich machte, dass sie mit ihrem Mann zu reden hatte. Unter vier Augen.

Jill Rogges Blick flog von ihr zu Bill. Dann nickte sie. »Wir sehen uns.« Damit zog sie sich diskret zurück.

»Wollen wir eine Fahrt durchs Gelände machen?«, warf Bill hastig ein, bevor Melly über ihn herfallen konnte. »Jetzt gleich, nach dem Essen. Nur wir beide? Das haben wir schon lange nicht mehr gemacht.« Es war ein Friedensangebot. Er wusste, dass es für Melly das Schönste war, mit ihm allein durchs Wildreservat zu fahren. Er fühlte sich zwar zu schwach und ausgelaugt, um zu fahren, aber er würde Melly das Steuer überlassen und sich einfach bequem im Autositz zurücklehnen.

Mellys Augen leuchteten kurz auf, dann senkte sie die Lider und spielte einen Augenblick lang mit ihrer Gabel, ohne ihn dabei anzusehen. Bill kannte sie gut genug, um zu wissen, dass sie sein Friedensangebot sehr wohl verstanden hatte, aber erst ihren Ärger über seine dumme Bemerkung herunterschlucken musste. Er wartete schweigend.

Endlich nickte sie. »Das wäre schön. Ich muss eben noch etwas mit Jill besprechen. Du kannst inzwischen die Rechnung bezahlen.« Sie stand auf und stakste, die Schultern gestrafft, das Kinn vorgeschoben, zwischen den Tischen vorbei und verschwand im Haupthaus.

Bill lehnte sich befreit zurück. Obwohl ihre Körpersprache ihm deutlich sagte, dass noch längst nicht alles wieder gut war, war er sich sicher, dass er das wieder würde hinbiegen können. Mit geschlossenen Augen gönnte er sich ein paar tiefe Atemzüge, einen kurzen Moment, in dem er seinem Herzschlag lauschte, dem steten Rauschen seines Blutes, sammelte seine ganze Kraft, um diesen wahnsinnigen Albdruck niederzukämpfen. Es gelang ihm nicht ganz. Die Angst zog sich hinter seinem Brustbein zu einem eiskalten schwarzen Stein zusammen, und er erkannte, dass er mit dieser Angst würde leben müssen, solange sein Herz schlug.

Er schüttelte sich unwillkürlich und stürzte den Rest seines Wassers hinunter. Es war warm geworden. Mit dem Handrücken wischte er sich über den Mund und winkte dann Thabili herbei.

6

Schon nach wenigen Tagen hing die schwefelgelbe Dunstglocke wieder über Kapstadt. Die Menschen stöhnten unter der Hitze, die auch jetzt am Abend kaum abgenommen hatte. Feuerkränze loderten am Tafelberg und am Lion's Head die Hänge hoch, zu ihren Füßen glitzerten die Lichter an Kapstadts Küste wie eine kostbare Diamantkette. Die Restaurants waren voll, Gelächter und leise Musik schwebten in der Luft, und niemand bemerkte das missgestalte Ungeheuer, das im Sog des Kap-Doktors in die unmittelbare Nähe der Küste gedriftet war und jetzt eine Möglichkeit suchte, sich an Land auszuruhen.

Lautlos schwamm es durch die Wellen, fand mit unfehlbarem Instinkt einen Weg durch die Felsen und glitt schließlich auf den flachen Strand vor Mouille Point. Auf der dicken Matte aus getrocknetem Seetang blieb es für längere Zeit schnaufend liegen, während es mit allen Sinnen die Umgebung wahrnahm. Der Strand war schmal und bot keinerlei Schutz. Seine Suche war also noch nicht zu Ende. Kurz orientierte es sich an den Gerüchen, die der Wind ihm zutrug, und warf sich gleich darauf vorwärts in die Dunkelheit. Sein lautes Grunzen ging im Seufzen des Meeres unter.

Lisa Darling war kaum hundertfünfzig Meter entfernt und hörte nichts. Sie saß im überfüllten Le Bougainville und stritt sich mit dem Mann, den sie in ein paar Wochen heiraten wollte.

Eben hatten sie noch miteinander gelacht. Brian hatte ihr mit einem zweideutigen Grinsen zugeflüstert, was er jetzt gern mit ihr machen würde, am besten gleich hier, auf dem Restaurantboden, und dabei hatte er seine Lippen so wollüstig über ihre Hand-flächen wandern lassen, dass ihr der Kopf schwamm. Träge Hitze überschwemmte ihren Körper und konzentrierte sich zwei Hand-breit unter ihrem Nabel. Unwillkürlich hatte sie leise gestöhnt. Doch dann merkte sie, dass sein Blick auf Abwege geriet und in den abgrundtiefen Ausschnitt der üppigen Blondine am Neben-tisch fiel. Und dort liegen blieb. Die Frau, deren Begleiter sich eben zwischen den Tischen in Richtung der Toiletten hindurch-schlängelte, merkte es offenbar und lächelte ihm lasziv zu. Dabei lutschte sie weiter hörbar an ihrem Langustenschwanz. Es war eindeutig. Brians Reaktion auch.

Später war es für sie diese unheilvolle Sekunde, in der sie der Zufall hochschauen und Brians wandernden Blick abfangen ließ, diejenige, in der ihr Leben ins Taumeln geriet.

Jetzt packte sie die Wut. Pechschwarze, glühend heiße Wut. Es war das eine Mal zu viel. Immer wieder hatte sie in den vierzehn Monaten, die sie sich kannten, erleben müssen, dass er wie ein lüsterner Straßenkater anderen Frauen nachrannte, immer wie-der hatte sie versucht, es zu ignorieren, obwohl es nicht zu über-sehen war, dass keine gut aussehende Frau vor ihm sicher war. Sie hatte ihm Vorwürfe gemacht, natürlich, aber Brian hatte sie aus-gelacht und sie geküsst, dass ihr der Kopf wirbelte. Und sie hatte die Augen fest geschlossen und ihm geglaubt. Wollte ihm so sehr glauben.

Jetzt war sie nur noch wütend. Es war nicht zu fassen, dass sie immer wieder auf ihn hereinfiel. »Brian!«, sagte sie, ihr Ton scharf wie eine frisch geschliffene Klinge.

Obwohl sie leise gesprochen hatte, genügte es, die intime Stimmung zwischen ihnen so plötzlich umschlagen zu lassen wie das Wetter auf dem Tafelberg. Brian richtete sich ruckartig auf und ließ Lisas Hand fallen.

»Ach, jetzt stell dich doch nicht so an. Ich hol mir doch nur Appetit! Hör mal, Honey, ich hoffe doch nicht, dass du plötzlich zur Spießerin wirst? Du erinnerst mich langsam an eine besonders unangenehme Lehrerin, die mich an der Grundschule drangsalierte hat.« Er lächelte und drohte ihr schelmisch mit dem Zeigefinger.

»Wir wollen in ein paar Wochen heiraten …«, brach es aus ihr heraus. Prompt ärgerte sie sich darüber, dass eine bittende Note in ihren Ton gekrochen war, dass er nur auf den Knopf zu drücken brauchte und sie dahinschmolz.

»Honey, natürlich wollen wir das … das ist doch keine Frage. Deswegen wollen wir uns doch jetzt nicht streiten, oder?« Er nahm ihre Hand, drehte sie um und küsste die Handfläche.

Und wieder floss Wärme wie warmer Honig durch ihre Adern und trug allen Zorn mit sich fort. Hilflos ließ sie es geschehen, dass er jeden ihrer Finger genüsslich in den Mund nahm und mit der Zunge bearbeitete. Als er mit dem kleinen Finger fertig war, legte er ihre Hand auf den Tisch und lächelte siegessicher.

»Außerdem, meine Süße, habe ich eine Überraschung für dich. Sieh mal.« Er schwenkte einen Autoschlüssel vor ihrer Nase.

Der Schlüssel trug ein Wappenschild, der Namenszug darüber war deutlich zu erkennen. Sie sah ihren Verlobten verblüfft an. Ein Porsche? Brian?

»Seit wann fährst du einen Porsche?«, rief sie.

Brian antwortete nicht, sondern lächelte ein fettes, selbstgefälliges Lächeln und strich seine glänzend gestylten, dunkelbraunen Haare zurück. Die Geste war ihr unangenehm. Es schien ihr, als streichelte er sich selbst.

Sie zog die Brauen hoch. »Hast du den Jackpot geknackt oder so was?«

»So was. Sozusagen.« Immer noch dieses fette Grinsen.

Ihre rosarote Stimmung verflog auf der Stelle. Sie lehnte sich zurück und ballte unterm Tisch die Hände zu Fäusten, wobei sie ihn unverwandt ansah. Brian war der zweite Mann in der Baubehörde. Sein Boss war ein schweigsamer Schwarzer, der ziemlich hoch in der ANC-Hierarchie stand und die teuerste Limousine von BMW fuhr.

»Was ist so was?«

Das Grinsen wurde breiter. »Sagen wir mal so – jemand hat etwas gebraucht, und ich konnte es beschaffen.«

Beunruhigt von dieser Formulierung, machte sie eine kurze Bestandsaufnahme von Brians Besitztümern. Das Apartment, nun der Porsche und, wie sie jetzt bemerkte, auch ein neuer Anzug. Er hatte die Jacke so über den Stuhl gehängt, dass das Armani-Logo unübersehbar war. Einen Armani-Anzug hatte er sich bisher bei weitem nicht leisten können. Er war eigentlich ein Hemd-und-Jeans-Mann, und das zu jeder Gelegenheit und Tageszeit. Fürs Büro hatte er zwei normale Hosen, dazu trug er wie die meisten südafrikanischen Geschäftsleute ein Hemd mit Schlips. Langsam glitt ihr Blick über ihn, und zum ersten Mal registrierte sie wirklich, was sie sah. Seine Brille trug protzig und breit den Schriftzug von Dolce & Gabbana. Was an seinem Handgelenk funkelte, war nicht eine billige Rolex-Imitation, wie sie bisher angenommen hatte. Bei näherem Hinsehen war es tatsächlich das Original mit Diamanten. Ihr ging auf, dass Brians Outfit, den Porsche eingeschlossen, ein Vermögen repräsentierte. Und das Le Bougainville war, wenn nicht das teuerste, so doch eines der teuersten Restaurants.

»Was hast du getan, das dir so viel Geld einbringt?« Misstrauen machte ihren Ton scharf. »Dich für eine Baugenehmigung bestechen lassen?« Sie hatte es als bösen Scherz gemeint, aber die Wirkung auf Brian änderte alles. Treffer, dachte sie entsetzt, als sie das kurze Aufflammen seiner Augen bemerkte. Er hatte sich noch nie verstellen können. Ihr wurde kalt.

Unwillkürlich senkte sie ihre Stimme zu einem Flüstern. »Hat es etwa etwas mit der Lagune beim Noordhoek-Strand zu tun? Und dem Containerhafen?«

Noordhoek war ein kilometerlanger idyllischer Strand von

Karibikqualität, der schönste der Kap-Halbinsel. Wie ein schützender Arm lag er vor einer Tiden-Lagune, die von einer Vielzahl seltener Pflanzen und Tiere besiedelt wurde. Es war ein Naturschutzgebiet, für das höchstens eine Strandmöwe eine Baugenehmigung bekommen würde, und auch das nur mit Auflagen. Vor Tagen war ihr ein Gerücht zu Ohren gekommen – nichts Konkretes, nur ein Hauch von Gestank –, das sie sofort als völlig unwahrscheinlich abgetan hatte. Jetzt fiel es ihr wieder ein. Das Gerücht besagte, dass die Chinesen am Noordhoek einen Containerhafen bauen wollten. In der Lagune.

Ihr Blick klebte an Brians Gesicht fest. Würde dieses Paradies Bauland werden, wäre es mit einem Schlag Millionen im obersten dreistelligen Bereich wert. Aber es würde nur Bauland werden können, wenn jemand, der in der Baubehörde ganz oben saß, alle Bestimmungen umging. Bestechung. Im großen Stil. Wie viel kostete ein Gewissen?

Bitte, lass das nicht wahr sein, dachte sie. Mit so einem Mann kann ich nicht verheiratet sein. Mit so einem kann ich keine Familie gründen. Sie schluckte die aufsteigenden Tränen hinunter und wartete, bis sie sich wieder völlig gefasst hatte.

»Brian, antworte mir, hat es etwas damit zu tun?« Jetzt war sie so erregt, dass sie ihn am liebsten am Hals gepackt und geschüttelt hätte.

Brian hielt seinen Blick gesenkt und studierte schweigend seine Fingernägel, einen nach dem anderen. Die Bestätigung ihrer Befürchtungen stand ihm ins Gesicht geschrieben.

Sein Schweigen erstickte sie fast. Buchstäblich nach Atem ringend, lehnte sie sich weit über den Tisch. »Nicht Noordhoek … Das könnt ihr doch nicht machen! Ein Containerhafen! Sieh mich an, verdammt!« Sie war so laut geworden, dass sich die Leute am Nebentisch umdrehten und sie neugierig anstarrten.

Brian zog den Kopf zwischen die Schultern und stieß einen

Knurrlaut aus. »Es bringt Jobs und Geld ins Land«, verteidigte er sich. »Es gibt ja noch mehr Strände.«

Das brachte das Fass zum Überlaufen. »Bist du so blöd, oder bist du einfach gierig und korrupt?«, schrie sie los. »Seit wann bringen die Chinesen Jobs? Die fliegen ihre eigenen Leute ein, und unsere werden bestenfalls als Kettenhunde eingestellt. Sieh dir doch an, was sie in Lesotho gemacht haben. Textilien aus Lesotho wurden in den USA nicht mit Importzöllen belegt, der Rand war niedrig, und schwupp, hat der chinesische Tsunami Lesotho überrollt.«

Sie schlug mit der Hand auf den Tisch, dass ihre Weingläser tanzten.

»Nein, lass mich weiterreden«, unterbrach sie seinen Versuch, ihr das Wort abzuschneiden. »Sie haben riesige Textilbetriebe hochgezogen, das absolute Minimum an einheimischen Arbeitern beschäftigt, und als der Rand stieg und der Dollar fiel und die Märkte sich für China öffneten, sind sie über Nacht abgehauen, ohne ihre Arbeiter zu bezahlen. Die suchen jetzt wieder ihre Nahrung auf den Müllkippen! Sag mir, dass das nicht stimmt, sag mir, dass du nichts damit zu tun hast!«

Ihre Stimme war schrill geworden. Schwer atmend, funkelte sie ihn an. Sie war so wütend, dass ihr glatt die Worte versiegten.

»Scheiß auf Lesotho!«, raunzte Brian mit einem bösartigen Grinsen.

Danach brach ein Wortgewitter los, so schlimm, wie es zwischen ihnen noch nie geschehen war. Die Heftigkeit traf Lisa völlig unvorbereitet. Ihre Rage steigerte sich mit jedem Wort. Dem Gefühlssturm, der sie unaufhaltsam wie ein ruderloses Schiff auf die Klippen trieb, war sie wehrlos ausgeliefert.

Als Rettungsanker umklammerte sie ihren Verlobungsring, den ihr Brian im Jahr zuvor an den Finger gesteckt hatte. Der scharfkantige Diamant schnitt ihr ins Fleisch. Sie drehte den Ring und rieb sich das Fingerglied, in dem sich der Abdruck des

Einkaräters zornig rot eingekerbt hatte. Tief im Herzen des Steins sah sie jenen kleinen Einschluss, den sie erst nach Wochen entdeckt hatte, ein winziges Körnchen Dreck, vor Jahrmillionen eingeschlossen. Ein schwarzer Fleck im funkelnd klaren Kristall. Ein Makel. Bisher war sie davon fasziniert gewesen, hatte sich ausgemalt, wie es wohl geschehen war, aus welchem Material dieser Einschluss bestand. Jetzt kam er ihr wie ein unheilvolles Omen vor.

Wie durch Watte drang Brians Stimme an ihre Ohren. Sie hob den Blick und beobachtete sein verzerrtes Gesicht mit immer größer werdendem inneren Abstand. Sein Mund öffnete und schloss sich, ein Strom unverständlicher, harscher Laute ergoss sich über sie, die sie nicht mit sich in Zusammenhang bringen konnte. Kälte sickerte bis zum Kern ihres Seins.

Es war ein furchtbarer Streit, und er wurde mit jeder Sekunde hässlicher. Und lauter. Keiner von ihnen nahm Rücksicht auf die übrigen Gäste. Er schrie, sie schrie, und so hörten sie nicht, wie die Türen des Restaurants mit einem Knall aufflogen. Auch die entsetzten Ausrufe der Gäste, die in der Nähe des Eingangs saßen, nahmen sie nicht wahr. Erst als wie auf einen Schlag jedes Geräusch erstarb, selbst das Gläserklirren, und nur noch Brians wütende Stimme den Raum füllte, fuhr Lisa herum, um zu sehen, was los war. Was sie sah, ließ ihr das Blut in den Adern gefrieren.

Im Eingang stand ein riesiges Wesen, ein Mann mit einer grotesk grinsenden, grünlich fluoreszierenden Löwenkopfmaske, neben ihm ein zweiter, nur wenig kleiner, der sein Gesicht hinter einer identischen Maske verbarg. Ein dritter war bereits dabei, dem Paar, das am nächsten saß, den Schmuck herunterzureißen. Mit harscher Stimme verlangte er Mobiltelefone und alle anderen Wertsachen. Eine männliche Stimme, fehlerhaftes Englisch im breiten, gutturalen Akzent der schwarzen südafrikanischen Landbevölkerung. Die Begriffe Vergewaltigung und AIDS schossen ihr durch den Kopf, und mit aufsteigender Panik lief ihr Blick durch den Raum. Überall traf er nur auf schreckverzerrte Mienen, auf nackte körperliche Angst. Niemand machte auch nur Anstalten, sich zu wehren.

Der Riese am Eingang wandte sich um. Lisa starrte in seine Augen, die durch die Schlitze der Maske glühten. Sie waren so schwarz, dass sie ihr wie bodenlose Löcher erschienen. Der Mann ging auf sie zu. Als sie reflexartig aufsprang, flackerte die Beleuchtung, glühte noch einmal auf und erlosch dann ganz. Lisa gefror in ihrer Bewegung. Die Blondine am Nebentisch heulte los wie eine Feuersirene und löste damit einen Tumult aus. Schreie gellten durch das Restaurant, raue Männerstimmen brüllten Kommandos, Möbel wurden umgeworfen, Porzellan und Gläser zersplitterten auf dem Fliesenboden, und dann knallte ein Schuss.

»Runter mit dir unter den Tisch«, zischte Brian und zog Lisa so heftig herunter, dass sie sich in der Dunkelheit den Kopf an der Tischkante stieß.

Mehr überrascht als vor Schmerz, schrie sie auf. Sie fiel auf etwas Weiches, spürte Haare, dünnen Stoff und heiße Haut. Fingernägel kratzten über ihre nackten Oberarme. Es brannte und stach so heftig, dass sie vor Schreck um sich schlug und wieder losschrie. Eine große Hand packte sie mit hartem Griff grob am Arm, und gleichzeitig ging das Licht wieder an. Sie starrte aus kürzester Entfernung in die dämonisch schwarzen Augen, die ihr aus dem gespenstisch leuchtenden Löwenkopf entgegenfunkelten.

Sie verschluckte den Schrei, der ihr in der Kehle saß, und zwang sich, genauer hinzusehen. Vielleicht konnte sie irgendein Merkmal an ihrem Angreifer entdecken, das später zu seiner Identifizierung führen könnte. Immer wieder hatte sie sich genau ein solches Szenario vorgestellt, hatte sich geschworen, nicht in Panik zu verfallen, weil sie ohnehin nichts ändern konnte, hatte sich selbst eingetrichtert, dass ihre einzige Waffe eine genaue Beschreibung der Gangster wäre.

Aber es war unmöglich. Außer Augen und Mund ließ die Maske nichts frei. Der Mann trug ein langärmeliges graues T-Shirt ohne Aufdruck. Dunkle Haut hatte er, das zumindest war an seinen Händen offensichtlich, aber nicht gerade aufschlussreich. Er war nicht tätowiert, soweit sie das überhaupt erkennen konnte. Es gab nichts, woran sie ihn hätte wiedererkennen können. Vehement wehrte sie sich gegen seinen Griff. Vergeblich.

Der Mann schüttelte sie, dass ihr Kopf vor- und zurückflog. »Schmuck, Geld und Handy«, brüllte er. »Alles!«

»Lass mich los, du Mistkerl«, fauchte sie und streckte den anderen Arm nach Brian aus, der neben ihr unter dem Tisch lag. »Brian, hilf mir … Hilfe …!«, ächzte sie, als der Mann ihr den Arm umdrehte, dass sie glaubte, ihre Knochen würden brechen.

Aber ihr Verlobter sah sie nicht an, sondern kroch weg von ihr, seitwärts wie ein Krebs, hin zu einer Gruppe Palmenkübel, hinter der sich die Tür zu den Toiletten verbarg.

»Brian …!«, schrie sie entsetzt hinter ihm her.

Ihr Ausruf wurde abrupt abgeschnitten. Der Angreifer hatte ihr an den Hals gegriffen und ihr dabei seine Fingerkuppen hart in den Kehlkopf gerammt. Sie würgte und hustete. Der Mann packte ihren Halsschmuck – eine schmale Gliederkette aus matt gebürstetem Gold mit einem Jugendstilanhänger aus emailliertem Gold, die sie zur Sicherheit erst im Schutz des Restaurants angelegt hatte – mit der anderen Hand und riss ihn mit einem Ruck ab. Es tat höllisch weh. Ihre Hände flogen zum Hals. Sie spürte eine lange Schürfwunde, aus der warmes Blut quoll.

»He, du … Arschloch!«, brach es aus ihr heraus. Instinktiv trat sie zu und erwischte ihn im Unterleib. Mit den Stilettohacken ihrer neuen Schuhe.

Der Mann jaulte auf wie ein abgestochenes Schwein, fasste sich zwischen die Beine und tanzte wie ein Derwisch im Kreis.

»Du weißes Miststück, du gottverdammtes weißes Stück Dreck!«, stöhnte er. Noch immer beide Hände zwischen die Beine gepresst, sah er sie genauer an. »Du bist doch diese TV-Scheiß-reporterin ... diese Schmeißfliege, die in den Townships nach Dreck wühlt ...« Er holte mit dem Fuß aus. »So, jetzt will keiner mehr deine Fratze im Fernsehen sehen!«

Der Tritt, der sie darauf oberhalb der Schläfe traf, löste einen Sternschnuppenregen vor ihren Augen aus. Etwas Warmes lief ihr übers Gesicht, und die Kampfgeräusche und Schreie der anderen Gäste drangen nur noch wie durch Watte an ihr Ohr. Sie lag einfach nur mit geschlossenen Augen am Boden, unfähig, sich zu wehren, und musste geschehen lassen, dass er noch einmal zutrat, dieses Mal gegen ihr Kinn. Sein Fuß rutschte ab und traf ihre Unterlippe, die sofort aufplatzte. Ihre Wirbelsäule knackte von der Wucht des Aufpralls, ein heißer Schmerz schoss ihr in den Kopf, aber alles, was sie denken konnte, war, lieber Gott, mach, dass er kein Messer nimmt.

Ihr Gebet wurde erhört. Er nahm kein Messer. Er entwand ihr die Tasche, riss ihr die Uhr vom Arm, packte dann ihre Hand und zerrte am Verlobungsring.

Doch der saß fest. Sie schlug die Augen auf. Immer noch betäubt von dem Schlag, konnte sie sich ihm nur schwach widersetzen. Der Mann versuchte, den Ring mit heftigen Drehbewegungen herunterzuziehen, und riss ihr dabei den Finger fast aus dem Gelenk.

»Scheißkerl«, keuchte sie. Es gelang ihr, sich aufzusetzen. Der Raum verschwamm vor ihren Augen.

Plötzlich aber blitzte doch ein Messer in seiner Hand auf, und im selben Augenblick erkannte sie, dass der Mann vorhatte, ihr den Finger abzuschneiden. Der Löwenkopf war nur Zentimeter von ihrem Gesicht entfernt. Aus seinem grinsenden Maul entwich eine Atemwolke, geschwängert mit Knoblauch und Alkohol, die bei ihr einen heftigen Würgereiz auslöste. Doch der Schreck riss sie aus ihrer Lähmung und verlieh ihr die Kraft, ihre Hand aus seinem Griff zu winden. Mit kräftigen Fußtritten hielt sie sich den Löwenmann vom Leib, ließ dabei das Messer nicht aus den Augen. Gleichzeitig lutschte sie an ihrem Finger und speichelte ihn ein, um den Ring leichter abziehen zu können. Während sie noch versuchte, den Ring über ihren Fingerknöchel zu schieben, zog eine Bewegung hinter den Palmenkübeln ihren Blick an. Sie verdrehte die Augen, um erkennen zu können, was es war.

Erst wusste sie nicht, was sie da sah, dann erkannte sie jedoch Brians Gesicht, das wie eine bleiche Frucht zwischen den grünen Palmwedeln hing. Er hatte sich hinter die Kübel gezwängt und so klein gemacht, wie es seine Größe von einem Meter siebenund-achtzig erlaubte. Ihre Blicke trafen sich durch das Grün.

»Brian«, schrie sie durch blutende Lippen. »Bitte ...!«

Aber Brian machte sich noch kleiner, bis sie sein Gesicht nicht mehr sehen konnte. Der Löwenkopf über ihr knurrte drohend und hob das Messer. Verzweifelt ruckte sie an ihrem Ring, und endlich glitt er über den Knöchel.

»Fang ihn, Schweinebacke!« Mit Wucht schleuderte sie den Ring dem Löwenkopf in die grinsende Fratze. Er prallte von der Maske ab und rollte funkensprühend unter den Tisch. Der Mann bückte sich blitzschnell, grabschte danach und steckte ihn ein. Er versetzte Lisa noch einen weiteren Fußtritt, so dass sie zur Seite fiel, und wandte sich dann der Blondine zu, die panisch versuchte, auf allen vieren davonzukriechen. Die schwarzen Augenschlitze glitzerten, als der Gangster die Hand mit dem Messer hob.

Die Frau sah es und kreischte in nackter Todesangst, hatte da-bei aber genug Atem, um Beschimpfungen auszustoßen, die Lisa in dieser Eindeutigkeit bisher nur von wütenden Nutten im Slum gehört hatte. Der Löwenkopf brüllte etwas, hinter ihm tauchte einer seiner Kumpane auf, ein Schuss knallte, die Blondine griff sich an die Kehle, gurgelte und verstummte. Zwischen ihren Fin-gern sprudelte eine rote Fontäne aus ihrem Hals. Ihre weit aufge-rissenen Augen fest auf Lisa gerichtet, verfärbte sie sich bläulich weiß und kippte zeitlupenlangsam in die Blutlache.

Lisa, halb liegend, sah wie versteinert zu. Gleichzeitig wurde sie gewahr, dass ihr Blut in den Ausschnitt lief und sich auf ihrem grünen Kleid ausbreitete wie eine aufblühende Blume. Wie in Trance betastete sie ihre Schläfe und danach das Kinn, fühlte starke Schwellungen, aber auch, dass die Blutung fast versiegt war. Das Blut stammte nicht von ihr. Der Raum begann sich wie ein rasendes Kaleidoskop vor ihren Augen zu drehen, und als ihr aufging, dass es entweder das der Blondine sein musste oder dass einer der Gangster blutete, würgte sie erneut. Sie hatte offene Wunden davongetragen, und die letzten grauenvollen AIDS-Statistiken waren ihr nur allzu gegenwärtig. Sie hatte eine Reportage darüber gemacht. Offiziell war jeder dritte Südafrikaner verseucht. Kinder, Frauen, Männer, Junge und Alte. Reiche und Arme.

Irgendwann war es vorbei. Die drei Löwenköpfe bahnten sich ihren Weg über die sich am Boden windenden Gäste, traten auf diesen Arm oder jenes Bein, bis sie den Ausgang erreichten.

Aus den Augenwinkeln sah Lisa, wie der Wirt, ein kahlköpfiger, heißblütiger Sizilianer, eine abgesägte Schrotflinte aus einem Palmkübel zog.

Eine Lupa, dachte Lisa. Die Waffe der Mafia.

Doch dem Größten der Löwengangster, der Lisas Halskette noch in der Faust hielt, war das nicht entgangen. In der Tür drehte er sich blitzschnell noch einmal um und feuerte dem Sizilianer eine Kugel ins Gesicht. Der Kopf des Wirts platzte wie eine überreife Wassermelone. Der Gangster steckte seine Pistole wieder in den Gürtel, sprang über mehrere der geschockten Gäste hinweg, hob erfreut grinsend die Schrotflinte auf und verschwand mit seinen Kumpanen in die Nacht.

Lisa übergab sich. Flüchtig wunderte sie sich darüber. Nach Jahren im Tagesfernsehen hatte sie sich für zu abgebrüht für eine derartige Reaktion gehalten.

Nach dem Abgang der Löwen-Gang herrschte Totenstille. Für

lange Minuten wagte niemand, sich zu rühren. Lisa, die mit dem Arm in ihrem Erbrochenen lag, war die Erste, die sich zögernd erhob. Danach kamen auch die anderen Überfallenen langsam auf die Beine. Viele hatten Blut auf der Kleidung, viele weinten, allen stand der Schock ins Gesicht geschrieben.

Lisa lehnte sich über die Blondine, die mit verrenkten Gliedern absolut still dalag, um zu sehen, ob sie ihr helfen konnte. Aber ihr war sofort klar, dass diese Frau nicht mehr am Leben war. Ohne sie zu berühren und nach ihrem Puls zu tasten, wusste sie es einfach. Ihre Kopfhaut prickelte, ihr wurde schlagartig kalt, und erneut drohte eine Welle von Übelkeit sie zu überwältigen.

Direkt neben ihr hatte ein Mensch sein Leben verloren. Für einen irrsinnigen Augenblick flog ihr Blick suchend durch den Raum, in der Hoffnung, etwas zu finden, was zurückgeblieben war. Ein Duft, ein Klang, ein Lichtbogen vielleicht. Ein winziges Erzittern der Luft. Das, was den Menschen ausgemacht hatte.

Aber da war nichts. Was sie roch, war ihr eigenes Erbrochenes, was sie hörte, war das Stöhnen der Verletzten, und außer dem gedämpften Licht der Pendelleuchten über den Tischen gab es keine Lichterscheinungen. Sie sah hinunter auf die Tote. Die starren Augen waren blicklos ins Leere gerichtet. Spontan beugte sie sich vor und schloss die Lider sanft. Dabei entdeckte sie ihre eigene Handtasche, die der Gangster hatte fallen lassen. Sie ragte unter einem Bein der Blondine hervor.

Schaudernd wich sie zurück, aber dann biss sie die Zähne zusammen und zwang sich, die Tasche hervorzuziehen. Das Bein der Toten fiel mit einem dumpfen Laut zurück auf den Boden. Lisa zuckte zusammen und musste tief Luft holen. Der Taschenverschluss war mit dem Blut der Blonden verschmiert. Sie nahm einen Zipfel des weißen Tischtuchs und rieb den Verschluss wieder blank. Trotzdem scheute sie sich, immer das Wort AIDS im Hinterkopf, ihn anzufassen. Mit einer Gabel hebelte sie ihn auf und schaute hinein.

Bis auf ein Taschentuch war die Tasche leer. Sie fiel auf einen Stuhl, während langsam in ihr Bewusstsein sank, was das zu bedeuten hatte.

Den Gangstern war außer der handlichen digitalen Videokamera, die sie immer bei sich hatte, den Schlüsseln zu ihrem Auto und ihrer Wohnung auch noch ihr Ausweis in die Hände gefallen, auf dessen Rückseite ihre Hausadresse verzeichnet war. Allerdings trug sie Kopien der Schlüssel für ihren Wagen und ihre Wohnung sowie ihren Personalausweis und eine ihrer zwei Kreditkarten zusammen mit dem kleinsten, flachesten Handy, das auf dem Markt zu finden war, immer in einer versteckten Tasche am Körper. Und keiner der Kerle hatte die gefunden. Zugang zu ihrem Auto – falls es noch da stehen sollte, wo sie es abgestellt hatte – und ihrer Wohnung war also nicht das Problem. Was ihr drohte, war ein nächtlicher Besuch der Gangster. Der war ihr so gut wie sicher. Außerdem war sie erkannt worden. Die wussten, dass sie Lisa Darling war, die bekannte Fernsehreporterin. Ihr lief eine Gänsehaut über den Rücken.

»Verdammt«, flüsterte sie, fragte sich einerseits, wo sie sich vor den Kerlen verstecken sollte, und zum anderen, wo sie jetzt mitten in der Nacht einen Schlüsseldienst auftreiben konnte, der auf der Stelle die Schlösser zu ihrer Wohnung auswechselte.

»So eine Scheiße«, fluchte Brian, der hinter dem Palmenkübel hervorgekrochen war, sobald er sicher sein konnte, dass die Verbrecher nicht zurückkommen würden. Mit Daumen und Zeigefinger zog er sein Hemd aus dem Hosenbund und inspizierte es mit allen Anzeichen von Ekel. Auf dem weißen Baumwollstoff leuchtete ein regelmäßiges Muster aus Blutspritzern. »Sieh dir die Schweinerei an. Muss vom Wirt stammen. Hier, auch das rechte Hosenbein ist voller Blut.« Er war sichtlich wütend.

Fassungslos starrte sie ihn an. »Ist das alles, was du dazu zu sagen hast? Hier gibt es Tote!«

»Ja, nun …« Er beugte sich vor und betrachtete die Blonde

aus sicherer Entfernung. »Der kann man nicht mehr helfen, oder?«

Ihr blieb die Antwort in der Kehle stecken. Immer stärker wurde sie sich des abgrundtiefen Abstandes zwischen ihnen bewusst. Wieder sah sie sein Gesicht hinter den Palmwedeln vor sich, wieder durchlebte sie das Entsetzen, als er ihr nicht zu Hilfe kam, sondern sich selbst in Sicherheit brachte. Es half auch nicht, sich vorzuhalten, dass auch er sich in großer Gefahr befunden hatte, vermutlich immer noch unter Schock stand und deswegen so abgebrüht reagierte. Das Gefühl der Hilflosigkeit kam tief aus ihrem Innersten.

Er war weggekrochen, er hatte sie alleingelassen. Das war, was zählte. Jetzt stand er unmittelbar vor ihr, die Hände in den Hosentaschen vergraben, die Schultern abweisend hochgezogen, und war doch so weit von ihr entfernt, dass sie ihn kaum noch erkennen konnte. Sie wandte sich wortlos ab und durchwühlte noch einmal ihre Tasche, aber wieder vergebens.

»Mist, verdammter«, knirschte sie.

»Was ist?«, fragte Brian.

Sie erklärte es ihm. »Ehrlich gesagt, habe ich ziemliche Angst, dass die Gangster heute Nacht bei mir auftauchen.«

»Davon kannst du wohl ausgehen, aber einen Schlüsseldienst wirst du jetzt kaum finden. Verbarrikadier die Tür, und leg dir das Handy neben das Bett.« Sein Ton war schroff, seine Haltung kühl, unbeteiligt.

Sie setzte zu einer heftigen Erwiderung an, wurde aber von Sirenengeheul unterbrochen. Blaulicht flackerte über die Wände, und kurz darauf stürmten mehrere Polizisten mit gezogenen Waffen ins Restaurant.

Nachdem sie sich einen ersten Überblick verschafft hatten, deckten die Uniformierten die Leichen der Blondine und des Wirts mit Tüchern ab. Dann trieben sie alle Gäste, die noch laufen konnten, in einer Ecke des Restaurants zusammen. Die Verletzten und zwei Frauen, die nachträglich in Ohnmacht gefallen waren, wurden in die wartenden Krankenwagen verladen. Lisa wurde gefragt, ob sie auch ins Krankenhaus gefahren werden wolle. Sie lehnte ab.

Mit angehaltenem Atem stieg sie über die blutverschmierten Beine der Blondine, die unter dem Leichentuch hervorragten. Die knallroten Schuhe, die noch an den wohlgeformten Füßen saßen, wirkten obszön. Unwillkürlich strich sie über ihr Kleid. Das Blut war inzwischen zu steifen braunen Flecken getrocknet. Sie würde es wegwerfen. Keine noch so gründliche Reinigung würde die Erinnerung an diesen Abend entfernen können. Plötzlich war sie bleiern müde, hatte das Gefühl, sich keine weitere Minute mehr auf den Beinen halten zu können. Sie fragte eine dralle, kraushaarige Polizistin, wann sie nach Hause gehen dürfe.

»Später«, war die Antwort. Dann wurde sie beiseitegeschoben.

Es dauerte noch bis drei Uhr morgens, ehe den Gästen nach eingehendem Verhör erlaubt wurde, das Restaurant zu verlassen. Lisa erhob sich wortlos und ging mit schleppenden Schritten nach draußen. Brian folgte ihr.

Er streifte die Leiche der Blonden unter dem blutgetränkten Tuch mit einem flüchtigen Blick, während er Lisa die Tür nach draußen offen hielt. »Sie hätte lieber ihren Mund halten sollen. Es war ausgesprochen dämlich von ihr, die Kerle so zu beschimpfen«, sagte er, als sie auf die Straße traten.

Lisa öffnete den Mund zu einer scharfen Antwort, wollte ihm gerade von dem Fußtritt erzählen, den sie dem Gangster verpasst hatte, hielt dann aber den Mund. Brian hatte die Szene offensichtlich nicht mitbekommen, und sie war einfach zu erledigt, um jetzt noch mit ihm zu streiten.

Aber Brian ließ nicht locker. »Du allerdings warst ja sehr kooperativ, nicht?«

Grob ergriff er ihre linke Hand und hielt sie hoch. An ihrem blutunterlaufenen Ringfinger zeugte ein breiter weißer Streifen in der Bräune, wo der Verlobungsring gesessen hatte. »Du hast dem Kerl den Ring ja förmlich aufgedrängt …«

Sie fuhr zurück und entriss ihre Hand seinem Griff. »Wie bitte?« Das konnte sie nicht richtig verstanden haben. Ein glühender Schmerz fuhr ihr vom Kinn durch den Kopf. Sie verschluckte einen Schmerzenslaut.

»Ich habe es genau gesehen. Du hast den Ring freiwillig hergegeben, so als könntest du ihn nicht schnell genug loswerden. Du hast ihn dem Gangster zugeworfen.« Brian stand unter einer defekten Straßenlaterne. Im schwachen Schein der Außenlampen des Restaurants leuchtete sein Gesicht gespenstisch weiß.

Der Wind war stärker geworden und peitschte Lisa das Haar ums Gesicht. Sie hielt es mit beiden Händen zurück, spürte, wie die blutverkrustete Haarsträhne leise knisterte. Völlig überraschend wurde sie so heftig von Zorn geschüttelt, dass ihr der Schweiß ausbrach.

»Sag mal, spinnst du?«, schrie sie. »Das kannst du doch nicht ernsthaft meinen. Oder hast du was am Kopf abgekriegt? Du hast dich doch hinter den Kübeln versteckt und hast mir nicht geholfen … du hättest doch …« Ihre Stimme brach. »Feigling«, flüsterte sie endlich. »Du gottverdammter, jämmerlicher Feigling!«

Das schien seine Wut erst recht anzustacheln. »Weißt du, was dieser Diamant mich gekostet hat?«, brüllte er.

»Mich hat er ein Jahr meines Lebens gekostet«, schrie sie zurück und presste dabei ihre Hände an die Schläfen, weil das rasende Pochen kaum zu ertragen war. »Ein ganzes Jahr, so lange sind wir nämlich verlobt. Ein Jahr meines Lebens! Das kann man nicht in Geld aufrechnen!«

Wieder brach ein Wortgewitter los, schlimmer und verheerender als das vorherige. Sie schleuderten sich Worte ins Gesicht, die immer mehr zu Geschossen wurden. Geschosse, die Wunden schlugen, die, wie Lisa genau wusste, nie wieder würden heilen können.

Schließlich konnte sie es nicht mehr aushalten. Abrupt hob sie die Hand, um einzulenken, konnte es aber nicht, wollte es auch eigentlich gar nicht. Stattdessen drehte sie sich um und ging in die Nacht. Ohne ein weiteres Wort, ohne sich umzusehen, verließ sie ihn, ging für immer aus seinem Leben. Wütende Tränen strömten ihr aus den Augen, als sie über die Straße rannte. Das Schlimmste war, dass sie auf sich selbst zornig war. Wie hatte sie sich nur so von ihm täuschen lassen können? Wie hatte sie sich nur von seinem Lächeln, seinem Aussehen, seinen glatten Worten so verführen lassen, dass ihr Verstand ausgesetzt hatte?

Glücklicherweise stand ihr Wagen noch da, wo sie ihn geparkt hatte. Mit fliegenden Händen schloss sie ihn auf, stieg ein und fuhr los. Sie bog in eine kleine Seitenstraße ein und raste auf der Straße hinter dem Restaurant entlang zu ihrer Wohnung, die nur wenige Hundert Meter entfernt lag. Es wäre ihr nie in den Sinn gekommen, zu Fuß zu gehen. Nachts fuhr man in diesem Land auch die kleinste Strecke mit dem Auto.

Die Tachonadel sprang höher. Die Reifen quietschten protestierend. Die Scheinwerfer schnitten Lichtschneisen in die Nacht, streiften mit gespenstisch weißen Fingern über Häuserwände, erleuchteten immer wieder blitzlichtartig Ansammlungen von dunkelhäutigen Menschen am Straßenrand und gab ihnen dadurch etwas Unheimliches, Drohendes.

Glücklicherweise fand sie direkt vor ihrem Apartmenthaus auf der gegenüberliegenden Straßenseite einen freien Parkplatz. Sie atmete auf und wischte sich die Tränen ab, die ihr während der ganzen Fahrt über die Wangen geströmt waren. Nur die paar Meter über die Straße und über den schmalen Bürgersteig bis zu dem hell erleuchteten Hauseingang lagen vor ihr. Sie tastete nach ihrem Pfefferspray und stellte mit Entsetzen fest, dass sie es verloren hatte. Vermutlich war es aus ihrer Handtasche gefallen, als der Gangster diese durchsucht hatte.

Sie hatte immer eines dabei, denn der Überfall heute war nicht der erste gewesen, den sie erlebt hatte. Überlebt hatte, korrigierte sie sich schweigend. In Südafrika schätzte man sich glücklich, wenn man nur seine Wertsachen verlor, aber selbst mit dem Leben davonkam. Immer noch bis ins Mark geschockt von den Szenen im Restaurant, ließ sie jetzt allein die Erinnerung an den Vorfall derart zittern, dass ihr die Zähne klapperten. Wütend presste sie sie aufeinander.

Damals hatte sie noch in einem anderen Stadtteil gewohnt. Nach einer Konferenz war sie zu spät aus dem Studio weggekommen, und es war schon dunkel gewesen, als sie vom Auto zum Haus ging, das nur etwa fünfzig Meter entfernt war. Sie hatte sich sehr unbehaglich gefühlt, daran konnte sie sich genau erinnern, als hätte ihr sechster Sinn versucht, sie vor der Gefahr zu warnen. Ständig hatte sie sich umgedreht, um zu sehen, ob ihr jemand folgte, hatte aber niemanden gesehen. Als sie den Schlüssel ins Schloss steckte, hatte sie geglaubt, es geschafft zu haben. Aber dann war es geschehen.

Im Schatten des Eingangs hatte einer gelauert, sie längst als leicht zu überwältigendes Opfer ausgemacht und war über sie hergefallen. Er hatte sie geschlagen und gewürgt, dass ihr die Sterne vor den Augen tanzten, aber sie hatte sich gewehrt und geschrien, bis ein Nachbar mit seiner Pistole im Anschlag am Fenster erschienen war, einen Warnschuss abgegeben und den Angreifer damit vertrieben hatte.

Obwohl sie gleich am nächsten Tag einen Selbstverteidigungskurs belegt hatte, machte sie sich nichts vor. Gegen einen kräftigen Mann, der womöglich auch noch bewaffnet war, hätte sie keine Chance. Kapstadt war, wie alle südafrikanischen Großstädte, ein sehr gefährliches Pflaster. Die Wahrscheinlichkeit eines weiteren Überfalls war jederzeit gegeben.

Ungebeten schossen ihr die neuesten Kriminalstatistiken des Landes durch den Kopf. Die Prozentzahlen setzten Südafrika an die Weltspitze in Sachen Mord, bewaffnetem Raub, Vergewaltigung und Entführung. Sie waren so erschreckend hoch, dass sie jeden vernünftigen Menschen dazu bringen müssten, auf der Stelle das Land zu verlassen. Die Zeitungen quollen mittlerweile mit verlockenden Anzeigen über, die lukrative Jobs auf anderen Kontinenten und Hilfe bei der dortigen Einwanderung boten. Der Kreis ihrer Freunde und Bekannten, die es satthatten, ihre Häuser wie ein Hochsicherheitsgefängnis mit Gittern und elektrischen Zäunen schützen zu müssen, hatte sich in den letzten Jahren merklich vergrößert.

Sie lebten heute auf der ganzen Welt verstreut in den USA, in Europa und Australien. Zu oft hatte sie sich auf dem Flughafen schon von Menschen verabschiedet, die bisher zu ihrem Leben gehört hatten, und jedes Mal, wenn sie danach allein nach Hause fuhr, schien ein kühler Wind aufzukommen, der sie frösteln ließ. Die begeisterten Briefe, die von Sicherheit, Wohlstand und Glück sprachen, warf sie inzwischen ungeöffnet weg. Sie konnte diese Schilderungen nicht mehr ertragen.

Die Beule an ihrem Kopf pulsierte, und die Wunde am Kinn brannte. Ein ungewohntes Gefühl von Schutzlosigkeit beschlich sie, und für einen Moment musste sie gegen das Aufsteigen einer knochenkalten Panik ankämpfen.

Dafür hasste sie diese Verbrecher am meisten: dass sie es fertiggebracht hatten, ihre unbekümmerte Furchtlosigkeit zu zerstören. Sie war nie ängstlich gewesen, nicht einmal als Kind. Wagemutig war sie auf die höchsten Bäume geklettert, war in den wildesten Wellen geschwommen, war später bei ihren Reportagen bis ins gewalttätige Herz der schwarzen Townships vorgedrungen – sie allein, weil ihr Kameramann ein Angsthase war –, hatte mehrfach die berüchtigsten Gangleader interviewt und keine Furcht dabei gespürt. Vielleicht, fuhr es ihr jetzt durch den Kopf, war das der Grund gewesen, warum sie unbehelligt geblieben war. Mut erkannten diese Kerle an. Aber wie heute im Restaurant überfiel sie neuerdings bei wirklich bedrohlichen Situationen dieses dumme, erniedrigende innerliche Zittern. Es war eine körperliche Reaktion, die sie nicht verhindern konnte und die sie hilflos machte. Es ärgerte sie maßlos.

Entschlossen schaltete sie die Scheinwerfer aus, wartete, dass sich ihre Augen an die Dunkelheit gewöhnten, und reckte dabei den Hals, um zu erkennen, ob jemand auf der Straße zu sehen war. Aber es war eine mondlose Nacht, und bis auf zwei waren alle anderen Straßenlaternen, die ohnehin nur in großen Abständen standen, ausgefallen. Bei manchen waren die Birnen durchgebrannt und nicht ersetzt worden, die anderen waren mutwillig zerstört worden. Auf jeden Fall konnte sie nichts erkennen. Erneut lief ihr ein Schauer über die Haut, aber gleichzeitig flammte ihre Wut auf Brian wieder auf.

Mistkerl, dachte sie, verdammter, verdammter Mistkerl. Abwesend rieb sie die nackte Stelle auf ihrem Ringfinger. Welchen Knopf hatten Scott und Brian bei ihr gedrückt, dass sie sich blindlings in ihre Arme gestürzt hatte? Wie hatte sie nur zum zweiten Mal auf die gleiche Art Mann hereinfallen können? Nie wieder würde sie es zulassen, dass ein Mann ihr Urteilsvermögen so auszuhebeln vermochte. Nie wieder, schwor sie sich. Ganz bestimmt nie wieder. Männer waren für sie ein abgeschlossenes Thema. Zumindest für die voraussehbare Zukunft.

Sie angelte ihre Tasche vom Beifahrersitz, stieg aus und verschloss das Auto mit dem elektronischen Schlüssel. Es zwitscherte seine Antwort, und nach einem schnellen Blick in ihre unmittelbare Umgebung lief sie los.

Doch bevor sie nur zwei Schritte tun konnte, erlosch alles Licht, und es wurde schwarz um sie, als wäre sie jäh erblindet. Abrupt blieb sie stehen. Es dauerte einige schreckerfüllte Sekunden, bis sie begriff, dass schon wieder, zum vierten oder fünften Mal in dieser Woche, der Strom ausgefallen war. Ein massiver und offenbar flächendeckender Ausfall, denn nirgendwo konnte sie ein Licht erkennen, selbst der Widerschein der Innenstadt, der sonst die nächtlichen Wolken erhellte, war erloschen.

Die häufigen Stromausfälle hatten zur Folge, dass sich nicht nur Überfälle häuften und Dutzende von Menschen für Stunden in Aufzügen festsaßen, sondern überall in der Stadt Autos an ausgefallenen Ampeln ineinanderkrachten und der Inhalt von Eisschränken und Tiefkühltruhen in der drückenden Hochsommerhitze zu übelriechendem Matsch schmolz.

Mit einem Schlag hatte sich die Stadt in einen unheimlichen schwarzen Steindschungel verwandelt, in dem sie den herumstreifenden Nachträubern schutzlos ausgeliefert war. Der Wind zerrte an ihrem Kleid, ließ Fensterläden klappern, fauchte in den Baumkronen. Die vertrauten Geräusche wurden lauter im Dunklen, drohender, Gerüche veränderten sich, wurden schärfer, fremdartiger, und sie meinte die Anwesenheit eines anderen zu spüren, der dicht an ihr vorbeistrich. Tausende eisiger Ameisenfüßchen trippelten ihr über den Rücken, und sie wagte nicht, sich zu rühren, wagte kaum, zu atmen.

Vorsichtig streckte sie die Arme weit vor, um Hindernisse rechtzeitig erfühlen zu können, und tastete sich blindlings auf Zehenspitzen Schritt für Schritt weiter. Nach etwa zwanzig Schritten stolperte sie über die Bordkante der gegenüberliegenden Straßenseite und atmete auf. Zwischen dem Straßenrand und dem Haus gab es keine Hindernisse mehr. Nur noch vier oder fünf Meter, und sie würde in Sicherheit sein.

Ganz schwindelig vor Erleichterung, streckte sie wieder die Arme wie Antennen von sich und eilte los. Aber kaum hatte sie einen Teil der Strecke hinter sich, als ihre Hände auf etwas klebrig Warmes trafen, etwas Lebendiges mit borstigem Fell, das sich bei ihrer Berührung heftig schüttelte und ein Geräusch ausstieß, das sie an den Dampfstoß einer Lokomotive erinnerte.

Sie fuhr zurück. Ihr Herz setzte einen Schlag aus, und der Schrei blieb ihr im Hals stecken. Lediglich ein Wimmern drang aus ihrer Kehle, das sie schleunigst herunterschluckte, während sie jede Sekunde erwartete, dass ein Monstrum über sie herfallen würde. In diesem Augenblick näherte sich ein Auto aus der Seitenstraße. Grelles Scheinwerferlicht huschte über sie hinweg, und für den Bruchteil einer Sekunde füllte eine gelblich braune, atmende Wand ihr Sichtfeld, dann entfernte sich das Licht, und wieder umschloss sie dichte Finsternis.

Ihr Puls jagte. Was ihr den Weg versperrte, musste ein Tier sein. Aber welches Landtier hatte derartige Ausmaße? Ein Elefant? Ein Nashorn? Die hätten sie längst zu Brei zerstampft.

In diesem Augenblick bäumte sich das Untier auf und brüllte. Lisa schrie vor Schreck und hielt sich nicht länger mit Spekulationen auf, was da ihren Weg blockierte, sondern rannte in die Nacht davon. Nach mehreren Metern streiften ihre Handflächen noch einmal über hartes, feuchtes Fell. Wieder zuckte sie kurz entsetzt zurück, rannte dann aber weiter. Irgendwann kollidierte sie mit einer Hausmauer und schlug so hart mit dem Kopf dagegen, dass sie Sterne sah.

Keuchend stützte sie sich an der rauen Mauer ab und wartete, bis die Sterne verblassten. Hastig kalkulierte sie dann, dass ihre Haustür weiter rechts liegen müsste, und lauschte angestrengt, ob das Ungeheuer sich rührte. Dabei schickte sie ein Stoßgebet zum Himmel, dass sie vorher nur eine Halluzination gehabt haben möge, dass da in Wirklichkeit nichts sei und sie sich alles nur eingebildet habe. Vielleicht hatten die Fußtritte des Löwengangsters doch mehr Schaden angerichtet, als sie gedacht hatte.

Meter für Meter tastete sie sich nach rechts, befürchtete dabei jede Sekunde einen erneuten Zusammenstoß mit dem Monster, bis sie endlich den Rücksprung im Mauerwerk spürte, der die Eingangstüröffnung bildete. Schnell liefen ihre Finger über den Türrahmen hinunter, bis sie das Schlüsselloch fand. Irgendwie gelang es ihr, ihren Haustürschlüssel ins Schloss zu stecken. Sie drehte ihn, die Tür schwang auf, und eine Sekunde später fiel sie hinter ihr ins Schloss.

Kraftlos vor Erleichterung, sank sie gegen die Tür, brauchte anschließend Minuten, ehe sie ihre Beherrschung so weit wiedergewann, dass sie sich entlang der Wand zur Treppe vortasten konnte.

Ihre Wohnung befand sich im sechsten Stock, und der Weg durch die totale Finsternis war lang. Vorsichtig zog sie sich am Geländer hoch, zählte dabei Stufe für Stufe von einem Treppenabsatz zum nächsten. Eine Vielzahl von Geräuschen aus unterschiedlichen Richtungen hallte durchs Haus und störte ihren Orientierungssinn. Körperlose Stimmen schwebten im Dunkel, ein Geräusch, als schlüge jemand Metall auf Metall, ließ sie zusammenfahren, und irgendwo schrie ein Kleinkind. Aber sie schaffte es. Endlich erreichte sie das sechste Stockwerk und ließ ihre Handfläche in der Stockfinsternis über die Wand gleiten, bis sie auf ihre Wohnungstür traf. Umständlich bugsierte sie den Schlüssel in Schloss, stieß die Tür auf und trat sie von innen sofort wieder zu, drehte den Schlüssel zweimal um, schob die massiven Sicherheitsriegel davor und aktivierte den Türalarm, hoffte, dass die Batterien noch nicht erschöpft waren. Mit weit von sich gestreckten Armen tappte sie an der Wand lang zur Kommode, in der sie ihre Kerzen und die Streichhölzer aufbewahrte. Sie fand ein Zündholz, riss es an, und bald wich die beklemmende Schwärze sanftem Kerzenschein.

Erleichtert lief sie ins Schlafzimmer, holte eine Stabtaschenlampe aus der Nachttischschublade, stürzte damit zur Balkontür und riss sie auf. Der Wind fegte herein und blies die Kerze aus, die sie auf den Couchtisch gestellt hatte. Vom Geländer aus richtete sie den starken Strahl hinunter auf die Straße, um herauszufinden, was sie derartig erschreckt hatte.

Aber die Balkone der unteren Wohnungen versperrten ihr die Sicht direkt nach unten. Der Lichtstrahl huschte gespenstisch durch die vom Wind gepeitschte Krone des Baumes, der einige Meter vor dem Haus sein kümmerliches Leben fristete, war aber auf diese Entfernung doch zu schwach, um die tiefen Schatten an der Hausmauer zu durchdringen. Sie meinte, ein harsches Grunzen zu hören, war sich aber nicht sicher. Es hätte auch der Wind sein können, der mittlerweile zu Sturmstärke angeschwollen war. Ratlos schloss sie die Tür und verriegelte sie.

Eingedenk der Tatsache, dass die Gangster ihre Schlüssel mitgenommen hatten und wussten, wer sie war und wo sie wohnte, beschloss sie, die Eingangstür zu verbarrikadieren. Sie zündete die Kerze wieder an und stellte die Taschenlampe aufrecht daneben. In ihrem Licht schleppte sie einen Küchenstuhl zum Eingang und stellte ihn mit der Lehne so unter die Türklinke, dass diese blockiert war. Nach kurzem Nachdenken schob sie zusätzlich den schweren Esstisch davor und kippte ihn leicht, so dass er umfallen musste, falls jemand eindringen sollte. Sie hoffte nur, dass sie nicht erst aufwachen würde, wenn der Eindringling im Schlafzimmer stand. Keine erfreuliche Vorstellung. Flüchtige Visionen von Riesenkerlen mit grinsenden Löwenmasken, die sich über ihr Bett beugten, jagten ihr erneut Schauer über den Rücken. Aber sie rief sich barsch zur Ordnung.

Panikanfälle trübten das Denkvermögen, das hatte ihr Vater häufig genug gepredigt, und damit hatte er unzweifelhaft Recht. Trotzdem holte sie ihr Ersatzpfefferspray aus dem Nachttisch und legte ein zweischneidiges, rasiermesserscharfes Küchenmesser griffbereit neben ihr Bett. Sollte jemand in das Apartment einbrechen, würde sie sich nicht ohne Gegenwehr ergeben. Für einen flüchtigen Augenblick bereute sie es, sich doch keine Pistole zugelegt zu haben, obwohl ihr Vater sie dauernd dazu drängte.

Der Schmerz hämmerte in ihren Schläfen, und sie öffnete den Kühlschrank, um sich Eis auf die Beule zu legen, aber der Innenraum gähnte ihr dunkel entgegen. Alles war aufgetaut, aus dem Eisfach tropfte es, und es roch auch nicht gut. Offenbar war er nach dem letzten Stromausfall, der sie heute am frühen Morgen heimgesucht hatte, erst gar nicht wieder angesprungen. Blind tastete sie in der hintersten Ecke, bis sie eine eckige Flasche berührte. Der Whisky, den sie eigentlich für Brian gekauft hatte, wenn er sie hier besuchte. Es musste noch ein guter Rest vorhanden sein. Sie schraubte den Deckel auf. Der Alkoholgeruch legte sich widerwärtig auf ihre Geschmacksnerven, aber sie setzte die Flasche an. Runter damit, entschied sie, alles!

Vier, fünf tiefe Schlucke waren es noch. Mindestens ein halbes Becherglas voll, dachte sie, während der Alkohol in ihrem Magen landete und eine Feuersbrunst entfachte. An die Wand neben dem Kühlschrank gelehnt, wartete sie, bis ihr Feuerstöße in die Beine, Arme und zu guter Letzt in den Kopf fuhren und eine Zeit lang jegliche Bilder von Löwen und Gangstern vertrieben. Und von Brian hinter den Palmwedeln. Und fellbesetzten, atmenden Wänden.

Hustend schloss sie den Eisschrank wieder und entschied, ins Bett zu gehen. Sie war hundemüde, und in der Dunkelheit konnte sie ohnehin nichts anderes anfangen. Bis zum Sonnenaufgang würde hoffentlich der Strom zurück sein und dieses unheimliche Wesen vor der Eingangstür sich als lächerlicher Spuk herausstellen. Außerdem wollte sie weder darüber nachdenken, ob es den Löwengangstern gelingen könnte, sie im Schlaf zu überraschen, noch über Brian und ihre geplatzte Verlobung grübeln. Tief in ihrem Innersten hoffte sie gegen alle Vernunft, dass sich auch dieses Ereignis als Spuk herausstellen würde.

Sie zog ihr Kleid aus, wobei sie es sorgfältig vermied, die Stellen zu berühren, wo der Kerl sie getreten hatte, und warf es auf den Boden. Danach duschte sie kalt und benutzte das neue Duschgel, das so angenehm duftete, wusch sich aber nicht das Haar, weil sie bei Tageslicht erst untersuchen wollte, wie schlimm die Verletzungen am Kopf wirklich waren. Anschließend schmierte sie sich im Strahl der Taschenlampe eine antibakterielle Salbe auf die offenen Schrammen, spülte zwei Schmerztabletten mit einem Glas lauwarmem, metallisch schmeckendem Leitungswasser herunter und ließ sich in die Kissen fallen, vergaß vor lauter Müdigkeit, vorher die Vorhänge zuzuziehen.

Doch der Schlaf wollte nicht kommen. Ruhelos warf sie sich hin und her, während vor ihrem inneren Auge die Szenen im Restaurant als Endlosschleife abliefen. Sosehr sie sich auch bemühte, sie konnte sich einfach nicht entspannen. Es war eine völlig ungewohnte Erfahrung für sie. Sonst hatte sie nie Schwierigkeiten, immer und überall zu schlafen. Die Nachwirkungen des Überfalls, der Streit mit Brian, die unterschwellige Furcht davor, dass jemand, während sie schlief, in ihre Räume einbrechen könnte, hielten sie wach. Und natürlich das halbe Becherglas voll Whisky, das ihren Puls wie einen Dampfhammer in ihren Schläfen hämmern ließ und bewirkte, dass ihr Bett wie ein Boot auf hoher See schlingerte.

Ich bin betrunken, dachte sie und überlegte, ob sie obendrein eine Schlaftablette schlucken solle, verwarf den Einfall aber schnell wieder. Alkohol und Schlaftabletten waren eine gefährliche Kombination.

Es wurde eine lange Nacht, und erst als am östlichen Horizont der erste rosa Schimmer den nächsten Morgen ankündigte, schlief sie ein. Und dann geisterten riesige grunzende Ungeheuer durch ihre Träume, die grinsende Löwenmasken trugen, aber eines davon, das größte, sah aus wie Brian. Ganz genau so.

Es war ein Albtraum, ein ganz entsetzlicher, und es war der erste ihres Lebens.

7

Auf Lalisa hatte auch dieser Sommertag begonnen wie immer. Als die nächtlichen Schatten im Busch allmählich dem ersten Schimmer der Morgenröte wichen, brachten die Hadidahs den Chor der Nachttiere mit ihren rauen Schreien zum Schweigen, und die Affen kreischten herum wie Wahnsinnige, ehe sie sich zum Haus aufmachten, um zu frühstücken.

Bill Darling wurde von dem Krach aus dem unruhigen Dämmerschlaf gerissen, in den er erst gegen vier Uhr nach langen, dunklen Stunden des Wachliegens gefallen war. Sein Herzschlag dröhnte ihm in den Ohren, und er musste mehrere Minuten regungslos auf dem Rücken liegen bleiben, ehe das Dröhnen leiser wurde. Melly neben ihm murmelte Unverständliches und ruderte mit den Armen, kämpfte sich offensichtlich aus den tieferen Schichten des Schlafs ans Licht. Gleich würde sie die Augen öffnen, und ihm würde die Stunde Alleinsein, die er morgens benötigte, um sich für einen weiteren Tag zu wappnen, nicht gegönnt sein.

Einen weiteren Tag, an dem er keinen Ausweg aus dem Schlamassel finden würde, in dem er steckte. Weil es keinen gab.

In einem jähen Anfall von hilfloser Wut packte er sein Gewehr, das griffbereit neben dem Bett stand, glitt geräuschlos aus den Kissen, ging zum vergitterten Fenster und öffnete einen der Flügel. Von hier aus hatte er ungehinderte Sicht über die in sanftes, aprikosenfarbenes Licht getauchte Landschaft und die Kronen der Bäume, die jetzt wild hin und her schlugen. Die Paviane waren im Anmarsch.

Mit einer ruckartigen Bewegung legte er auf die großen Affen an, ließ das Gewehr aber gleich wieder sinken. Würde er die Störenfriede erschießen, würden morgen andere aus dem Busch auftauchen und deren Stelle einnehmen. Wie damals, fuhr es ihm durch den Kopf, als sich Ende der achtziger, Anfang der neunziger Jahre die Schwarzen in immer größerer Zahl zusammenrotteten, um das Apartheidregime zu stürzen. Egal, wie viele davon eliminiert oder ins Gefängnis geworfen wurden, es waren immer mehr geworden. Selbst er war davon überrascht gewesen, wie viele von denen in seinem Land lebten. Der Tag Ende Dezember 1989, an dem die Strände von Natal für alle Hautfarben frei gegeben wurden, hatte sich ihm unauslöschlich ins Gedächtnis gebrannt.

An jenem Sonntag wollte er mit Melly in die Stadt fahren, hatte aber einfach nicht richtig eingeschätzt, was ihn dort erwartete. Als sich sein Geländewagen auf der Marine Parade dem Zentrum der Vergnügungsmeile am Strand näherte, sahen sie sich mit einer unübersehbaren Menge dunkelhäutiger Menschen konfrontiert, die ebenfalls dorthin strebten. Ein Meer von Schwarz ohne einen einzigen weißen Fleck, und sie befanden sich mittendrin, konnten weder vor noch zurück.

Automatisch hatte er das Pistolenhalfter aufgeknöpft. Direkt vor dem Hotel Edwards war sein Auto in der quirligen schwarzen Masse einfach stecken geblieben. Wie die Brecher am Strand brandete sie gegen sein Auto, dumpfe Schläge erschütterten den Wagen, er schwankte wie im Sturm, schwarze Gesichter verdunkelten die Fenster, Münder öffneten und schlossen sich, Zähne blitzten, Augen glühten, und in diesem Augenblick war er sich sicher, geradewegs in die Hölle zu sehen. Er hatte seine Pistole hochgerissen, sie entsichert, den Motor aufheulen lassen und war ruckartig angefahren.

Melly hatte aufgeschrien. »Bist du von Sinnen? Die Leute sind doch friedlich, sie lachen, siehst du das denn nicht? Herrgott, Bill, steck deine verdammte Pistole weg! Sie wollen uns nichts tun.«

Aber selbstverständlich wusste er das besser. Sie hatte einfach nicht die Erfahrung, die er durch seinen Beruf hatte. Zentimeter um Zentimeter, den schweren Jeep mit dem Kuhfänger wie einen Eisbrecher benutzend, hatte er sich rücksichtslos durch die schwarze Flut gekämpft. Es war ihm egal gewesen, ob jemand verletzt wurde. Er wollte nur Melly und sich in Sicherheit bringen.

Nach einer Viertelstunde hatte er es endlich geschafft und war auf der North Coast Road im Höchsttempo in Richtung Lalisa gejagt.

Der Rest der Fahrt war in eisigem Schweigen verlaufen, aber er hatte das Melly nicht übelgenommen. Sie war eine weiche, gefühlvolle Frau, die als Erstes an das Gute in ihren Mitmenschen glaubte. Das war naiv, natürlich, und manchmal musste er sie auf den kalten Boden der Tatsachen zurückholen. Aber irgendwie liebte er sie dafür. Unter anderem.

Jetzt stellte er das Gewehr leise wieder an seinen Platz neben dem Bett, es verrutschte leicht, und es gab ein metallisches Geräusch. Melly nahm das anscheinend unterschwellig wahr und schnaufte. Schnell strich er ihr mit einer beruhigenden Geste das Haar aus dem Gesicht.

»Schlaf weiter. Du hast noch eine gute Stunde. Ich weck dich dann«, flüsterte er und wünschte sich, dass er bei ihr bleiben und gemeinsam mit ihr die Geburt dieses wunderschönen, sonnigen Sommertages erleben könnte. Er biss sich auf die Lippen. Es würde kein schöner Tag werden. Nicht für ihn. Nie wieder für ihn.

Angespannt wartete er neben dem Bett, bis ihre Atemzüge wieder regelmäßig kamen und er sicher war, dass sie wieder fest schlief, dann ging er lautlos zur Tür, öffnete sie, vermied durch geschicktes Anheben das Knarren und glitt hinaus. Erleichtert lief er die Steintreppe ins Erdgeschoss hinunter und stieß die Küchentür auf. Der langgestreckte, chromblitzende Raum gähnte ihm leer entgegen. Bongi würde erst kurz vor sieben Uhr kommen. Er nahm eine Mineralwasserflasche aus dem riesigen Kühlschrank, setzte sie an und trank in langen, gierigen Schlucken. Als er die Flasche zurückstellte, bemerkte er, dass das Foto von Lisa noch immer an der Glastür des Geschirrschranks klebte.

Als er sich vorbeugte, um es eingehender zu betrachten, tauchte ein geisterhaftes Bild daneben auf. Rot geäderte Augen, das Blau der Iris trübe, schwere Tränensäcke, tiefe Mundfalten, die Haut grau wie ein Putzlappen unter der Sonnenbräune und das kurzgeschnittene weiße Haar glanzlos. Das Gesicht eines Mannes, der krank war oder große Sorgen hatte. Erst beim zweiten Hinsehen erkannte er sein eigenes Spiegelbild. Selbst seine vierschrötige Gestalt schien geschrumpft zu sein.

Angewidert wandte er sich ab. Seit Tagen trank er ernsthaft. Whisky, Gin, Wodka. Was er in die Finger bekam. Heimlich, natürlich, und hinterher putzte er sich jedes Mal gründlich die Zähne, denn Melly hatte eine ausgezeichnete Nase. Aber bisher hatte er sie täuschen können. Eigentlich war es erstaunlich, dass sie noch nichts bemerkt hatte. Für gewöhnlich erkannte sie schon, dass ihn etwas plagte, bevor es ihm überhaupt selbst klar geworden war.

Seit sein Freund angerufen hatte, trank er ständig, trank, um überhaupt vergessen zu können, um wenigstens ein paar Stunden Schlaf zu bekommen, und noch hatte er keine Möglichkeit entdeckt, wie er verhindern konnte, dass Melly erfuhr, dass er etwas getan hatte, was nicht gutzumachen war, und vor allen Dingen, worum es dabei ging. Denn sollte sie es erfahren, würde sie ihn verlassen. Dessen war er sich sicher, und auch Lisa würde er verlieren. Seine Tochter. Seine Lisa.

Sekundenlang schloss er die Augen. Himmel, ohne sie und Melly würde er nicht leben können, nicht atmen. Schon ihretwegen musste er die Sache geräuschlos aus der Welt schaffen. Hastig drehte er den Wasserhahn in der Spüle auf und hielt den Kopf minutenlang unter den Strahl, um die dumpfe Schwere und das Pochen zu vertreiben, die ihm sein abendlicher Alkoholkonsum jeden Morgen unweigerlich bescherte. Das Wasser war lauwarm, aber es half. Er zog den Kopf unter dem Wasserstrahl hervor, fing etwas in der hohlen Hand auf, spülte den Mund aus und spuckte den widerlichen Geschmack in den Ausguss. Anschließend trank er einen tiefen Schluck. Es schmeckte abscheulich.

Schwerfällig richtete er sich auf. Das Wasser lief ihm in die Augen und den Rücken hinunter. Mit einem Geschirrtuch rieb er sein Haar so weit trocken, dass es nicht mehr tropfte, und warf das gebrauchte Tuch nachlässig auf den Tisch. Bongi würde es später wegräumen.

Noch immer hämmerte der Schmerz in seinem Schädel. Spontan griff er sich ans Herz. Seit dem Anfall auf Inqaba fürchtete er den nächsten umso mehr. Vorsorglich nahm er einen der Betablocker, die ihm von dem Herzspezialisten, den er nach dem Besuch bei Dr. Macintosh konsultiert hatte, verordnet worden waren, zog die schwere Kühlschranktür auf und spülte die Pille mit einem Schluck Mineralwasser hinunter, hoffte, dass der Wirkstoff sich mit dem Alkohol vertragen würde. Das eiskalte Wasser traf seinen Magen, der sich sofort im Krampf zusammenzog.

Er wartete, bis der Schmerz sich abschwächte, kippte alle Eiswürfel aus dem Eisfach in ein Handtuch, zerschlug das Eis auf den Fliesen zu Brei und legte sich das tropfende Bündel in den Nacken. Eisige Blitze schossen sein Rückgrat hinunter. Er grunzte. Es würde den letzten Rest von Schläfrigkeit vertreiben, aber das Pochen in seinen Schläfen würde bleiben. Das wusste er aus Erfahrung. Das hatte nichts mit dem Alkohol zu tun.

Kleine Pfützen auf dem Fliesenboden hinterlassend, stieß er die Tür vom Kücheneingang auf. Mac wartete schon auf ihn. Abwesend tätschelte er dem Rottweiler den massigen Kopf, fand so etwas wie Trost in der Wärme des dichten, glänzenden Fells. Dann machte er sich auf den Weg zum Swimmingpool. Freudig mit dem Stummelschwanz wedelnd, folgte ihm der Hund. Am Pool trottete er zum tiefen Ende, scharrte kurz zwischen den Steinen und streckte sich dann im Schatten einer süß duftenden Palme aus. Bill Darling zog sein T-Shirt aus und machte einen Kopfsprung ins Wasser.

Er kraulte eine Länge nach der anderen. Wie Windmühlenflügel schlugen seine Arme auf das Wasser ein, bis er endlich so ausgepumpt war, so erschreckend atemlos, dass er sich nicht mehr auf den Beckenrand stemmen konnte. Keuchend nach Luft ringend, ließ er sich ins flache Ende treiben, kroch auf allen vieren über die Treppe aus dem Pool, streckte sich neben Mac der Länge nach im Schatten aus und schloss die Augen. Sein rasendes Herz verschlang allen Sauerstoff, rote Raketen explodierten hinter seinen Augenlidern. Zum zweiten Mal in seinem Leben durchlitt er akute Todesangst, die nicht dadurch ausgelöst worden war, dass ein anderer Mensch ihn mit einer Waffe bedrohte. Es gelang ihm für exakt sechs Minuten, nicht an das zu denken, was sein Freund gesagt hatte, aber nur weil er genug damit zu tun hatte, überhaupt bei Bewusstsein zu bleiben.

Als er einigermaßen wieder zu Atem gekommen war, belehrte ihn ein Blick auf seine wasserdichte Uhr, dass es an der Zeit war, Melly zu wecken. Mac ahnte bereits, was Bill vorhatte, schoss ihm voraus ins Haus und raste hinauf ins Schlafzimmer. Seine Klauen klickten auf den glatten Fliesen, als er zu Mellys Bett lief.

Bill Darling folgte langsam. Seine Beine zitterten, und er konnte an nichts anderes denken als an ein Wasserglas randvoll mit Wodka. Aber Melly war bereits wach und stand unter der Dusche.

»Trink schon mal einen Kaffee«, rief sie durchs rauschende Wasser. »Ich komme gleich runter.«

Als sie dann auf die Terrasse trat, stand er am Geländer und hielt eine Tasse Kaffee in der Hand. Da die Hälfte des Getränks aus

Wodka bestand, hatte er eine dicke Sahnehaube daraufgesetzt, damit Melly den Alkohol nicht würde riechen können. Schnell kippte er die letzten Schlucke hinunter, schüttelte die restlichen Tropfen übers Geländer und lutschte anschließend ein Pfefferminz. Hinter Melly erschien Bongi mit zwei Tellern mit Rührei und Speckstreifen. Ihm wurde schon vom Geruch übel, obwohl das sonst sein Lieblingsfrühstück war. Aber er würde alles hinunterwürgen und die Schwarze dafür loben, dass der Speck so schön kross war, damit Melly nicht misstrauisch wurde. Mit schleppenden Schritten begab er sich zum Tisch und setzte sich. Um sicherzugehen, dass ihn kein Alkoholgeruch verriet, füllte er seine Tasse schnell wieder mit Kaffee.

Melly setzte sich und nahm ihm die Kaffeekanne ab, um sich selbst einzugießen. »Ich brauche das Koffein heute intravenös. Tee reicht da nicht«, stöhnte sie. »Ich habe eine endlose Liste, die ich heute noch abzuarbeiten habe.« Sie hob ein dicht beschriebenes Blatt Papier hoch und las vor. »Mein Kleid anprobieren, mit der Jazzband einen Preis aushandeln, mit Mario besprechen, wie viele Austern wir benötigen und woher wir genügend frische Langusten bekommen …«

Sie hielt inne. Mit dem Zeigefinger schob sie ihre Sonnenbrille herunter und musterte ihn für ein paar Sekunden prüfend über den Brillenrand. »Du siehst grässlich aus. Rote Augen und Tränensäcke. Außerdem scheinst du in letzter Zeit nicht mehr ordentlich zu schlafen. Bedrückt dich etwas?«

»Natürlich.« Er reagierte blitzschnell und schenkte ihr ein liebevoll neckendes Lächeln. »Wenn ich dir so zuhöre, befürchte ich, dass wir am Hungertuch nagen werden, wenn die Party vorbei ist. Denk an den Bankencrash. Außerdem, muss ich denn wirklich einen Smoking tragen?« Er lachte. Ein täuschend fröhliches Geräusch.

»Musst du, auf jeden Fall.« Sie ging nicht auf seinen scherzhaften Ton ein, sondern beobachtete ihn noch immer misstrauisch.

Bill Darling brach in Schweiß aus. Ihre Unterhaltung drohte, in gefährliche Gewässer zu geraten. Fieberhaft suchte er nach einem Thema, das sie nachhaltig ablenken würde. »Hat Lisa eigentlich schon ihren Flug gebucht? Wann will sie überhaupt kommen?«

Der misstrauische Ausdruck verschwand. Sie sah ihn stirnrunzelnd an. »Du hast Recht, das hat sie mir noch nicht gesagt. Ich bin einfach davon ausgegangen, dass sie am Donnerstagabend kommt, spätestens Freitagmorgen. Ich rufe sie gleich mal an.«

Sie rührte in ihrer voluminösen Handtasche herum, zog nach einer Weile ihr Handy heraus, drückte die vorprogrammierte Taste und wartete.

»Der Teilnehmer ist im Augenblick leider nicht erreichbar. Versuchen Sie es später noch einmal«, tönte eine blecherne Stimme aus dem Hörer.

Enttäuscht legte sie auf und schob das Handy in die Tasche zurück. »Sie hat das Telefon abgestellt. Vermutlich ist sie gerade auf einer Reportage oder in einer Konferenz mit dieser Brigitte Tshayimpi. Die soll ja lange Konferenzen lieben.« Sie seufzte und verdrehte die Augen.

»Lisa hat mir erzählt, dass es dabei wie bei einem Dorf-Indaba unterm Affenbrotbaum zugeht.« Bill konnte seine Erleichterung kaum verbergen, dass seine Ablenkung funktioniert hatte. »Es werden endlose Reden geschwungen, die meist bei Adam und Eva anfangen, einen stundenlangen Bogen schlagen und wieder bei Adam und Eva enden. Und jeder spreizt seine Federn wie ein Pfau, besonders Miss Tshayimpi. Sehr afrikanisch.« Er lachte dröhnend. »Stell dir nur diese Tshayimpi als Pfau vor.«

Melly prustete los. Sie hatte Lisa und Brigitte Tshayimpi nebeneinander im Fernsehen gesehen. Der Kontrast hätte nicht schärfer sein können. Lisa war groß, schlank, blond und grünäugig. An Miss Tshayimpi war alles kugelförmig. Der Kopf, ihre dicken, aufgeblähten Wangen, die Augen, die rund waren wie

Murmeln, die üppigen Brüste, der Bauch und die immensen Hinterbacken. Selbst die Beine schienen aus Kugeln zusammengesetzt zu sein. Dazu maß sie kaum einen Meter sechzig und liebte Kleidung in grellen Farben, die ihre blauschwarze Haut noch schwärzer erscheinen ließ.

»Ein Pfau ... ach je, wohl eher ein Hippo ...« Melly gluckste.

»Das aggressive Temperament dazu hat sie ja. Lisa ist ja schon ein paarmal mit ihr aneinandergeraten. Die Frau kann Weiße offenbar nicht leiden. Lisa hat gesagt ...«

Mit einer schnellen Handbewegung unterbrach ihn Melly. »Woher willst du das wissen? Sie ist schwarz, eine Frau und gehört zum inneren Kreis des ANC. Sie wird wohl ihr Päckchen aus Apartheidzeiten mit sich herumschleppen ...«

»Und das ist ihre einzige Qualifikation für diesen Job, den Bob Wilson innehatte, der jahrelange Erfahrung besaß und zu den Besten gehörte?«

Melly warf ihm erneut einen tadelnden Blick zu. »Die Tshayimpi hat sicher Schlimmes durchgemacht. Dass sie uns Weiße da nicht sonderlich liebt, finde ich nur zu verständlich. Außerdem ist sie weiß Gott nicht dumm. Angeblich hat sie in der DDR studiert und hat sogar einen Doktortitel.« Ihr Ton machte klar, dass sie nicht weiter darüber diskutieren wollte. Sie hob ihre Tasse zum Mund und trank einen Schluck.

Bevor er es verhindern konnte, platzte ihm der Kragen. »Mein Gott, Melly, sei doch nicht immer so penetrant. Auch unter Menschen schwarzer Hautfarbe gibt es welche, die nicht nur gut sind ...«

Er brach ab und verfluchte seine lose Zunge. Offenbar setzte ihm seine jetzige Lage mehr zu, als er vor sich selbst zugeben wollte. Gequält lächelte er seine Frau an, hob dabei ihre widerstrebende Hand an die Lippen und gab sie erst wieder frei, als er spürte, dass sich ihre Verspanntheit löste.

»Es tut mir leid. Ich habe es nicht so gemeint«, sagte er.

151

»Manchmal bist du eben zu gut für diese Welt. Lass uns das Thema wechseln und über deinen Geburtstag reden, einverstanden? Brauchst du Hilfe bei den Vorbereitungen?«

»Kann ich abräumen?«, fragte Bongi Rampedi dazwischen.

Melly sah hoch. »Nein, wir sind noch nicht fertig. Danke, Sibongiseni.« Sie goss sich Kaffee nach und wartete, bis das Hausmädchen wieder in die Küche gegangen war. »Bongi ist eifersüchtig, dass sie bei dem Fest nicht gebraucht wird, aber Jill hat auf Inqaba nun mal genügend geschultes Personal. Also kannst auch du dich entspannt zurücklehnen und uns machen lassen.«

Die Andeutung eines Lächelns huschte über ihr Gesicht, und Bill atmete erleichtert durch. Alles würde er unternehmen, um zu verhindern, dass Melly merkte, dass sein Leben den Bach hinunterging.

Melly biss krachend in einen Toast mit Orangenmarmelade und kaute schweigend, doch dann schien ihr etwas einzufallen. Schnell schluckte sie den Bissen herunter. »Hat Neil dir übrigens erzählt, was er neuerdings vorhat?«

»Nein.« Verblüfft sah er sie an. »Will er doch als Staatspräsident kandidieren?« Zu seinem Verdruss spürte er die feinen Nadelstiche von Neid, obwohl er in Diskussionen mit Neil immer wieder darauf beharrt hatte, dass er selbst um nichts in der Welt Politiker, geschweige denn Präsident seines Landes werden wollte.

No, Sir! Nicht in dem Land, zu dem es seit 1994 geworden war. Aber, so musste er sich eingestehen, es juckte ihn gelegentlich in den Fingern, diesen Sumpf aus Korruption und Unfähigkeit, in dem die neuen Herren des Landes sich wälzten, trockenzulegen. Abwesend strich er sich übers Kinn.

Melly schien die Geste zu bemerken und blickte ihn alarmiert an. »Was ist los? Immer wenn du im Widerstreit mit dir selbst liegst, streichst du dir so übers Kinn. Hast du etwa auch politische Ambitionen? Hoffentlich nicht! Es genügt mir vollauf, ewig in Sorge um Lisa sein zu müsssen, die ja ihre Waghalsigkeit geradewegs von dir geerbt hat. Wie du sehr gut weißt, lebt ein Politiker in diesem Land gefährlich. Das kann man täglich in der Zeitung lesen. Erst gestern haben sie den stellvertretenden Bürgermeister von Eshowe abgeknallt. Aus dem fahrenden Auto heraus, wie in einem billigen Gangsterfilm. Und vor ein paar Tagen ist ein hoher IFP-Funktionär, ein Mitglied der Königsfamilie von Zululand, im Kugelhagel einer Maschinengewehrgarbe gestorben. Ich bekomme eine Gänsehaut bei dem bloßen Gedanken.« Atemlos hielt sie inne.

Bill hob abwehrend beide Hände. »Ach, um Gottes willen, nein, nein, wirklich nicht … Beruhige dich wieder. Und was sagt Tita dazu?«, setzte er hastig hinzu und nahm sich vor, in Zukunft nicht nur seine Aussagen, sondern auch seine Gestik besser zu kontrollieren. Melly entging so leicht nichts, auch nicht seine Körpersprache.

Seine Frau schmunzelte und wedelte dabei mit den Händen. »Originalton Tita: ›Ich unterstütze alles, was Neil davon abhält, mich zu Hause in den Wahnsinn zu treiben.‹ Zitat Ende. Aber Spaß beiseite, du hast mich völlig missverstanden. Neil will nicht Staatspräsident werden. Er hat die Leitung dieser Organisation für Natal übernommen.«

»Welcher Organisation?« Er fragte mehr aus Höflichkeit denn Interesse, goss sich dabei ein Glas frisch gepressten Orangensaft ein. Innerlich atmete er auf, war sich zwar nicht ganz klar darüber, warum, aber irgendwie war er erleichtert. Es hätte ihn schon gewurmt, wenn Neil tatsächlich kandidiert hätte. Voller Genuss ließ er den Saft die Kehle hinunterrinnen.

Melly musterte ihn ungläubig. »Sag mal, ihr spielt doch regelmäßig Tennis zusammen – redet ihr nie miteinander?«

Er setzte das Glas ab und lachte. Etwas zu laut, wie er fand. »Wir sind zwei alte Säcke und haben Speck angesetzt … Da siehst du, wo dein gutes Essen bleibt.« Er klatschte sich vernehmlich auf den Bauch. »Nach dem Spiel sind wir meist so außer Atem, dass uns keine Luft mehr zum Reden bleibt. Außerdem haben wir eine Zeit lang nicht mehr zusammen gespielt.« Seitdem mein Freund bei mir angerufen und eine Bombe gezündet hat, setzte er schweigend hinzu und fuhr dann laut fort: »Von einer Organisation höre ich jetzt zum ersten Mal. Wie heißt die, und welchen Zweck verfolgt sie? Wohltätigkeit? Dafür ist er doch viel zu zynisch.«

»Neil ist alles andere als zynisch«, verteidigte Melly hitzig den Mann ihrer besten Freundin. »Er ist ein knallharter Journalist, aber als Mensch hat er ein butterweiches Herz, und das weißt du auch. Deswegen ist er auch so besonders gut für diesen Job geeignet.«

»Und welcher Job ist das nun?« Er konnte nicht verhindern, dass es etwas spöttisch klang.

Melly ging jedoch nicht darauf ein. »Ach, es sind diese Leute, die es sich zur Aufgabe gemacht haben, diejenigen ausfindig zu machen, die während der Apartheidzeit Leute umgebracht und sich nicht der Truth Commission gestellt haben ... Erinnerst du dich nicht an die Organisation, die vorletztes Jahr den Vice-Colonel aufgestöbert hat? Es ging um Benita Ashburtons leibliche Mutter. Sie war während der Apartheid vom Vice-Colonel gefoltert worden ...« Sie warf die Hände hoch. »Ach, es ist zu grauenvoll, um die Einzelheiten noch einmal ans Licht zu zerren. Abgesehen davon hat unsere Tochter eine hervorragende Dokumentation über die Verlorenen Seelen gedreht, den ersten Teil zumindest, den zweiten bereitet sie noch vor. Du hast den Film doch auch gesehen. Mit mir zusammen. Das kannst du doch nicht vergessen haben! Die Organisation hat sogar den Namen übernommen. Verlorene Seelen.«

Sie schwieg und starrte auf die Tischdecke, schob dabei Krümel hin und her, wie sie es immer tat, wenn sie auf einer Sache herumkaute. Jäh fegte sie die Krümel mit einer heftigen Geste vom Tisch. »Es wird höchste Zeit, dass diese Verbrecher gefunden werden. Wie die Angehörigen der Opfer, schwarze wie weiße, die Kraft aufbringen, alles zu vergeben und zu vergessen, ist mir schleierhaft. Ich könnte es nicht. Hätte jemand etwas Derartiges meiner Familie angetan, würde ich nicht ruhen, bis der Kerl unschädlich gemacht ist, und wenn ich es mit meinen eigenen Händen tun müsste.« Sie ballte die Hände unbewusst zu Fäusten.

Bill Darling reagierte nicht. Er saß da, äußerlich völlig entspannt, den Kopf interessiert seiner Frau zugeneigt. Nur das zuckende Pochen seiner Schläfenader verriet seinen Zustand.

Melly merkte es nicht, sondern butterte einen neuen Toast und löffelte Ananasmarmelade darauf, ehe sie weitersprach. »Vilikazi Duma, derjenige, der für den Zweig der Organisation in Natal zuständig war, hat sich nach dem Prozess gegen den Vice-Colonel im Dezember 2007 zurückgezogen. Auch schon vergessen? Seitdem wurde nach einem Mann gesucht, der ihn ersetzen kann und nicht in irgendeinem Korruptionsskandal steckt, und so fiel die Wahl auf Neil. Er macht es jetzt zusammen mit Nils Rogge. Der ist schon von Berufs wegen ein ziemlich scharfer Hund. Als Kriegsreporter wird man wohl so. Roderick Ashburton, Benitas Mann, unterstützt sie, hauptsächlich wohl finanziell, und Michael Robertson berät sie in juristischen Fragen. Die vier sind ein formidables Team, denke ich.«

Bill Darling aber hörte nicht mehr zu. In seinem Brustkorb ballte sich die gefürchtete Faust zusammen. Sein Herzschlag beschleunigte sich alarmierend, aber er zwang sich dazu, ruhig zu atmen. Unauffällig fummelte er in seiner Hosentasche eine der Herztabletten aus der Packung und spülte sie mit einem Schluck Orangensaft hinunter.

Melly war glücklicherweise zu sehr damit beschäftigt, einen halbzahmen schokoladenbraunen Hirtenstar mit Brotstücken zu füttern, um zu bemerken, wie es um ihn stand. Sie schnalzte leise, und der Vogel hüpfte mit schief gelegtem Kopf leichtfüßig auf den Tisch, machte den Hals lang und gurrte auffordernd.

Melly lachte. »Toddy wird auch jeden Tag frecher!«

Alle Hirtenstare hießen bei ihr Toddy. Behutsam streckte sie ihm auf der flachen Hand einen Brotwürfel hin. Der Vogel trippelte vorsichtig näher, packte dann blitzschnell zu und würgte den Brocken schleunigst hinunter, funkelte sie anschließend mit glänzenden Knopfaugen an.

»Nein, nun ist es genug.« Mit einem energischen Wedeln ihrer Hand verscheuchte Melly den Star, der allerdings nur ein paar Zentimeter wegtänzelte, und wandte sich wieder ihrem Mann zu. »Was meinst du?«

Er starrte sie betreten an. »Was soll ich wozu meinen?« Er hatte nicht die geringste Ahnung, wovon sie redete. Ihre Bemerkungen waren als Brei an seinen Ohren vorbeigerauscht. Auch jetzt sah er nur, dass sich ihr Mund bewegte, aber was sie sagte, begriff er nicht.

»Nun, Neil und Benitas Mann«, soufflierte sie. »Du hörst ja gar nicht zu. Du siehst aus, als würdest du mit offenen Augen schlafen. Über dieses Thema wollte ich ohnehin mit dir reden. Ich beabsichtige, bei Neil nachzufragen, ob genügend Geld vorhanden ist. Sonst könnten wir doch unseren Beitrag zu einer guten Sache leisten. Was hältst du davon?« Weil wieder keine Antwort von ihm kam, legte sie ihm die Hand auf den Arm und schüttelte ihn leicht. »Bill? Hörst du mir eigentlich zu? Was ist los? Geht es dir wieder nicht gut?«

Er fuhr zusammen. »Eh … entschuldige … ja sicher, bin ganz deiner Meinung. Kein Problem. Alles, was du willst.« Ein gehetzter Ausdruck huschte über sein Gesicht. Er hatte nicht die geringste Ahnung, welchem Vorschlag er da zugestimmt hatte.

Melly betrachtete ihn verdutzt und etwas ungläubig. Für gewöhnlich lehnte er es strikt ab, Wohltätigkeitsverbände zu unterstützen. Er habe keine Lust, diesen fetten Kerlen, die die Organisationen leiteten, dicke Gehälter zu finanzieren, war sein stereotyper Kommentar dazu. Stattdessen hatte er lieber dem lokalen Hospital einen neuen Operationssaal mit allen Geräten gekauft. Einfach so, ohne es an die große Glocke zu hängen. Es machte sie sehr stolz auf ihn, und nun stimmte er auch noch zu, die Verlorenen Seelen zu unterstützen. Vermutlich hatten die Neuigkeit, wer nun an der Spitze der Suche nach den vermissten Opfern stand, und Lisas ausgezeichneter Film ihn dazu veranlasst, von seinen Prinzipien abzurücken.

»Das finde ich wunderbar von dir. Ich werde mich sofort darum kümmern. Einen Besseren als Neil hätten die auch nicht finden können. Den kann niemand korrumpieren, mit nichts. Es muss endlich ein Schlussstrich unter diese schreckliche Zeit gesetzt werden, und das geht nicht, wenn es noch so viele ungeklärte Fälle gibt. Stell dir vor, unsere Lisa wäre damals verschwunden und wir wüssten nicht, was mit ihr geschehen ist, wüssten nicht, ob sie noch lebt, ob sie tot ist, wo ihre Leiche liegt ...«

Ihre Stimme schwankte. Sie räusperte sich und spielte geistesabwesend mit ihrem Teelöffel, merkte dabei nicht, welche Wirkung ihre Ausführungen auf ihren Mann hatten.

Bill war unter seiner sonnengegerbten Bräune fahl geworden. Er fand nichts Unverfängliches, mit dem er hätte antworten können, fürchtete, an dem zu ersticken, was Melly da sagte.

»Ich finde ihn fabelhaft«, sagte sie begeistert. »Neil, meine ich. Er ist einer, den man in einer gefährlichen Situation auf seiner Seite haben möchte. Dabei ist er doch eigentlich auf den ersten Blick ein nicht sonderlich bemerkenswerter Mann ... ziemlich farblos ...«

»Äußerlich vielleicht.« Er kaute auf den zwei Worten herum wie auf einem zähen Stück Leder.

Seine Feststellung verbarg seine wahre Ansicht über Neil Robertson. Es hatte nichts damit zu tun, dass Melly Neil bewunderte. Das taten viele, und damit konnte er gut umgehen. Aber er hatte ein weniger mildes Bild von seinem langjährigen Freund. Ihn erinnerte Neil eher an einen Pitbull. Hatte er erst einmal zugebissen, ließ er nicht wieder los. Aber äußerlich hatte Melly Recht. Alles an ihm war eher farblos. Die Haut, die Augen, das millimeterkurz geschnittene Haar. Doch der Eindruck hätte nicht mehr täuschen können. Trat Neil Robertson in einen Raum, schien er ihn zu füllen, und sprach er von seinem Land, glühten seine Augen vor Leidenschaft und Liebe. Dann strahlte er große Kraft und Entschlossenheit aus. Dann stand da ein völlig anderer Mann, ein charismatischer Redner, einer, der für Integrität und Würde stand. Eine Idealbesetzung als Leiter der Verlorenen Seelen. Aus Sicht der Organisation.

Er zwang seine Gesichtsmuskeln zu einem nichtssagenden Lächeln. In Zukunft würde er sich vor seinem Freund in Acht nehmen müssen. Sehr in Acht nehmen müssen. Er hob die Kaffeekanne. »Möchtest du noch?«, fragte er Melly.

»Danke, ich habe noch genug.« Mit abwesender Miene rührte sie Zucker in ihren Kaffee und legte dann den Löffel auf die Untertasse. »Neil sagt übrigens, wenn man diese Typen nicht aus ihren Löchern scheucht, kommt unser Land nie zur Ruhe, und wenn du mich fragst, hat er damit Recht. Sonst läuft das so wie in Deutschland. Da haben die alten Nazis auch Kreide gefressen, aber geändert haben sie sich nie, und wie ich Fernsehberichten entnehme, gehen sie heute schon wieder auf Seelenfang, ihre Söhne zumindest. Davor hatte sich mein Vater am meisten gefürchtet. Deswegen hat er Deutschland verlassen.«

Sie verstummte. Das Gesicht ihres Vaters schob sich vor ihr inneres Auge. Seine vier Kinder hatte er zu friedliebenden Menschen mit einem tiefen Sinn für Gerechtigkeit erzogen, weil er alles, was mit Gewalt und Krieg zu tun hatte, mit Inbrunst gehasst hatte. Seine Mutter war bei seiner Geburt gestorben, und er war bei Verwandten aufgewachsen. Seinen eigenen Vater, der gegen Ende des Ersten Weltkrieges gefallen war, hatte er nie kennengelernt. Als die braunen Wolken die Sonne über Deutschland verdunkelten, erkannte er trotz seiner jungen Jahre früh, wohin sein Heimatland steuern würde, und war 1936 nach Südafrika ausgewandert. Vier Jahre nach seiner Ankunft heiratete er in die Familie Harcourt ein, die seit Mitte des 19. Jahrhunderts in Durban ansässig war, und gründete seine eigene Familie.

Einen Tag nachdem die Polizei in Sharpeville 1959 friedliche Demonstranten zusammenschoss, hatte er bei einem Ausflug in die Drakensberge in einer Haarnadelkurve die Kontrolle über sein Auto verloren und war über ein Kliff in eine Schlucht gestürzt. Das Auto war explodiert und in Flammen aufgegangen, und von ihm war nichts übrig geblieben als ein winziger geschmolzener Goldklumpen, der einmal sein Ehering gewesen war. Er war erst einundvierzig Jahre alt gewesen. Es wurde vermutet, dass er während der Fahrt eine Herzattacke oder einen Schlaganfall erlitten hatte.

Heute war Melly dankbar, dass er die unheilvolle Entwicklung in seiner heiß geliebten neuen Heimat nicht mehr erleben musste. Den vagen Verdacht, dass er seinem Leben ein Ende gesetzt hatte, weil er diese Entwicklung vorausgeahnt hatte und nicht mehr die Kraft aufbrachte, erneut auszuwandern und irgendwo von vorn anzufangen, erstickte sie, wann immer er ihre Gedanken kreuzte, im Keim. Meist gelang ihr das.

»Woran denkst du? Bedrückt dich etwas?«

Bills Stimme holte sie aus der Vergangenheit zurück. »Ach, ich muss nur an meinen Vater denken. Er hätte Neil auch gemocht.«

Sie drehte ihr Handgelenk und sah auf die Uhr. »Ach je, ich habe gar nicht gemerkt, wie spät es ist.« Hastig trank sie den letzten Schluck und wischte sich den Mund mit der Serviette ab. »Ich muss wirklich in Gang kommen. Sag Bongi bitte, dass ich zum Nachmittagstee wieder da bin und dass sie das Brot aus dem Ofen nehmen soll, wenn der Wecker klingelt.«

Sie stand auf, zögerte kurz, dann lehnte sie sich vor, küsste ihn und zog ihn impulsiv an sich. »Ich liebe dich, Bill Darling«, flüsterte sie. »Diesen anderen Bill, den Brigadier, den kenne ich nicht, und ich will ihn auch nicht kennenlernen. Ihn gab es in einer Welt, die nicht meine war, in einer anderen Gesellschaft, von der ich hoffe, dass sie aufgehört hat zu existieren. Und diese Zeit ist jetzt vorbei. Jetzt bist du Bill Darling, Ehemann und Vater einer wunderbaren Tochter, Besitzer einer der schönsten Farmen in KwaZulu-Natal.«

Sanft fuhr sie mit dem Daumen über die tiefen Falten um seinen Mund.

»Pass auf dich auf, ich brauche dich«, murmelte sie. »Ohne dich ...« Sie brach ab, richtete sich auf, warf ihm noch einen Kuss zu und verschwand im Haus.

Bill Darling sah ihr nach und atmete ihren flüchtigen Duft ein, der sich mit dem des frisch gebackenen Brotes vermischte, der sich von der Küche her verbreitete. Die Last, die ihm auf die Seele drückte, war vorübergehend etwas erträglicher geworden, weil es ihm zumindest vorläufig gelungen war, alle Gesprächsklippen zu umschiffen, ohne Schiffbruch zu erleiden. In sein Gedankengewirr verstrickt, trommelte er mit den Fingern auf das Terrassengeländer. Es gab einen dumpfen, unheilvollen Ton. Melly zu belügen und zu täuschen, war nicht einfach, und wenn er nicht ungeheures Glück hatte, würde sie irgendwann alles herausbekommen, und dann würde seine Ehe am Ende sein – unausweichlich. Und damit auch sein Leben.

Blicklos starrte er über den herrlichen Garten in die Ferne. Er stand vor dem bisher größten Kampf seines Lebens. Ohne Melly konnte er nicht leben, wollte er nicht leben. So einfach war das. Also musste er einen Weg finden, diese Sache schnell und unauffällig zu erledigen. Er stützte das Kinn auf die verschränkten Hände und machte sich daran, intensiv über einen Plan nachzudenken.

8

Minuten später fuhr Melly hupend und winkend den Weg hinunter. Bill warf seine Serviette auf den Tisch und stand auf.

»Sibongiseni, wir sind fertig«, rief er ins Haus. Er nahm sich vor, die Zulu zu fragen, ob jemand von ihren Freunden ein Händchen für den Garten hatte. Das würde Melly freuen und ihr eine Sorge abnehmen, war der Garten doch ihre große Leidenschaft. Sie stöberte im Feld kiloschwere Steine auf, wuchtete sie herum und baute daraus einen Steingarten, grub mannshohe Büsche aus und schleifte sie quer durch den Garten an ihren neuen Bestimmungsort. Dabei übersah sie hartnäckig, dass ihr Rücken oft das, was sie ihm dabei zumutete, nur noch unter Protest aushielt.

»Alt sein kann ich später noch«, sagte sie immer und schluckte Schmerztabletten.

Bei dem Gedanken an diesen Ausspruch musste er lächeln. »Sibongiseni!«, rief er dann noch einmal.

Doch wieder antwortete die Zulu nicht. Aber das hatte nichts zu sagen, und es war ihm jetzt auch einerlei. Später würde er sie sicher sehen, um ihr Mellys Nachricht zu überbringen. Achselzuckend ging er über den gepflasterten Innenhof hinaus zu den Garagen, um seine Sonnenbrille aus dem Auto zu holen. Die Sonne stand schon hoch und blendete so stark, dass seine Augen tränten. Trotz des frühen Morgens schlug ihm die Hitze bereits entgegen, und es gab kaum Luftbewegung.

Er betätigte die Fernbedienung, die am Autoschlüssel hing, und wartete. Während das Tor hochrumpelte, bemerkte er aus den Augenwinkeln, wie ein Schwarzer in Richtung Bongis Unterkunft – einem kleinen, frei stehenden quadratischen Steinhaus mit Wellblechdach – strebte. Er war nur kurz zu sehen, und das nur von hinten, bevor die Sicht auf ihn von Buschwerk verdeckt wurde.

Es war das erste Mal, soweit ihm bekannt war, dass Bongi Rampedi auf der Farm Besuch bekam. Sein Bauch meldete sich mit einem leichten Flattern, und in seinem langen Leben hatte er gelernt, darauf zu vertrauen. Misstrauisch folgte er dem Mann auf dem mit Gras überwachsenen Pfad, wobei er aber die Füße in alter Gewohnheit äußerst vorsichtig aufsetzte, um sich nicht mit einem Geräusch zu verraten. Als er das Haus erreichte, klopfte der Mann an die Tür, die sich gleich darauf öffnete. Bill bekam gerade noch mit, wie er hineinschlüpfte.

Am Haus angekommen, nahm er die Sonnenbrille ab und schob sich im Schlagschatten des Dachüberstands behutsam an der grob verputzten Wand entlang, bis er neben dem Fenster stand. Aus dem geöffneten Fenster schlug ihm der unangenehme Geruch von kochendem Hammelfleisch und Kohl entgegen. Angeekelt verzog er das Gesicht. Schwarze schienen das Zeug zu lieben. Flach durch den Mund atmend, neigte er sich so nahe an das Fenster wie möglich und lauschte.

Leises Gemurmel drang aus dem Inneren. Die beiden Schwarzen sprachen Zulu, so viel konnte er ausmachen. Aber sosehr er sich auch anstrengte, die Unterhaltung plätscherte wie ein leiser Strom an ihm vorbei, ohne dass er verstand, worum es ging, obwohl er die Sprache perfekt beherrschte.

Zeitlupenlangsam beugte er sich vor und spähte ins Zimmer, in der Hoffnung, den Besucher erkennen zu können. Bongi wandte ihm ihr Halbprofil zu. Im Licht, das durchs Fenster fiel, konnte er sie gut sehen. Ihre Miene drückte gespannte Aufmerksamkeit aus, aber zu seiner Überraschung liefen ihr dabei die Tränen über die Wangen. Sein Blick schwenkte hinüber zu dem Besucher. Der jedoch stand im Hintergrund, im Dämmerlicht. Das Schokoladenbraun seiner Haut verschmolz mit den Schatten, nur das Weiß seiner Augen und Zähne reflektierte die Helligkeit. Es war unmöglich, sein Gesicht auszumachen.

Frustriert lehnte Bill sich zurück. Einmal – Monate nachdem die Zulu als Hausmädchen bei ihnen angefangen hatte – hatten einige Unterlagen in seinem Schreibtisch anders gelegen, als sie sollten, und auf einer der Akten hatte er einen kaum sichtbaren Fingerabdruck auf dem Plastikumschlag entdeckt. Aber der Schreibtisch war immer abgeschlossen, und er besaß den einzigen Schlüssel. Vielleicht war der Fingerabdruck von ihm, vielleicht hatte er selbst die Akten in Eile verschoben. Auch wenn die Zulu auf irgendeine Weise an seinen Schlüssel gelangt war und die Schubladen durchsucht hatte, hätte ihr das wenig genutzt. Über den Fall gab es keinen Vorgang. Dafür hatte er gesorgt. Außerdem konnte er sich kaum vorstellen, was eine Bongi Rampedi in seinen Akten suchen sollte.

Vermutlich also war die ganze Sache völlig harmlos. Üblicherweise ging es in den Unterkünften von Hausmädchen zu wie in einem Taubenschlag. Familie, Freunde, Freundinnen, ständig war jemand zu Besuch, und wenn man nicht aufpasste, hatte man schnell eine Großfamilie auf dem Grundstück leben. So war es auch auf Lalisa gewesen, bis Bongi Rampedi auftauchte. Es wäre also ohnehin eher verdächtig gewesen, wenn Bongi jeden Abend allein in ihrem Haus gesessen hätte. Viel wahrscheinlicher war es, dass er es schlicht nicht gemerkt hatte, wenn jemand zu ihr gekommen war. Er überlegte noch, ob er die Zulu zur Rede stellen oder seine innere Stimme einfach ignorieren sollte, da flog die Tür auf, der Mann kam heraus und lief mit eiligen Schritten den Pfad entlang, auf dem er zuvor gekommen war.

Was Bill geradewegs in die Magengrube traf, war die Tatsache, dass es sich bei Sibongisenis Besucher um Amos Nyathi handelte.

Für Sekunden war er wie gelähmt. Was zum Teufel hatte Amos mit Sibongiseni Rampedi zu tun? Seit wann kannten die beiden sich? Eigentlich hatte er gedacht, dass er jeden kannte, mit dem Amos verkehrte. Er schaute dem Zulu nach, der sich schnell entfernte. Ihn brauchte er nicht zu verfolgen. Ihm war bestens bekannt, wo Amos wohnte.

Erneut versuchte er, seinen Bauch zu beschwichtigen, sich einzureden, dass nichts dahintersteckte. Amos und Bongi waren sich sicherlich irgendwann zufällig begegnet. An der Bushaltestelle oder auf dem Markt. Vielleicht hatten sie sich sogar auf der Beerdigung von Amos' Frau getroffen, die vor nicht allzu langer Zeit gestorben war. Die Feierlichkeiten hatten Tage gedauert, und sämtliche Zulu-Familien des Landkreises hatten teilgenommen. Sibongiseni Rampedi sicherlich auch.

Er atmete tief durch. Sicher, so wird es gewesen sein, dachte er. Völlig harmlos. Es gab keine unheilvolle Verbindung zwischen den beiden. Es musste so sein.

Ein lautes Geräusch aus Sibongisenis Behausung veranlasste ihn, sich in den Busch zurückzuziehen, der hinter dem kleinen Haus wucherte. Kaum hatte er sich unsichtbar gemacht, erschien sein Hausmädchen mit einem abgenutzten hellbraunen Koffer, zog die Tür hinter sich zu, schloss ab und entschwand im Laufschritt in Richtung des schmiedeeisernen Eingangstors von Lalisa. Gerade noch konnte er erkennen, dass sie nicht mehr weinte, sondern grimmig entschlossen wirkte.

Verdutzt starrte er ihr nach, dann aber schrillten seine Alarmglocken unüberhörbar. Ihr Hausmädchen verließ die Farm an einem gewöhnlichen Werktag, während der Arbeit, ohne um Erlaubnis zu fragen. Mit einem Koffer. Eine derartige Abweichung von ihren sonstigen Gewohnheiten musste einen schwerwiegenden Grund haben. Außerdem gefiel ihm ihr Gesichtsausdruck überhaupt nicht. All das im Zusammenhang mit dem, was ihm sein Freund mitgeteilt hatte, dieser Sache, die über ihm hing wie das sprichwörtliche Damoklesschwert, jagte ihm kalte Schauer über den Rücken und versetzte seinem Herzen einen schmerzhaften Stoß.

Bongi Rampedi war längst aus seinem Blickfeld entschwunden, als er reagierte. Mit einem geknurrten Fluch sprintete er los, rannte keuchend zur Garage, sprang in seinen hochbeinigen Geländewagen, ließ den Motor aufheulen und fuhr in hohem Tempo zum Tor hinaus. Loses Geröll prasselte, und er musste hart auf die Bremse treten, um einem heruntergefallenen Ast auszuweichen. Als er dann endlich um die Ecke bog, von der aus er die buschgesäumte Straße, die zur Schnellstraße führte, für einen halben Kilometer überblicken konnte, war von Sibongiseni und auch von Amos nichts mehr zu sehen.

Während er sich noch fragte, wie sie diese Strecke so schnell hatte schaffen können, fiel ihm ein Schwarm Perlhühner auf, der eifrig im Kotballen eines großen Tieres herumpickte. Wie die meisten Südafrikaner war Bill sehr naturverbunden, und schon als Kind hatte er gelernt, das Verhalten von Tieren zu deuten. Perlhühner waren sehr schreckhaft. Wäre Sibongiseni vor kurzem die Straße hinuntergegangen, hätten sie laut gackernd das Weite gesucht. Mit Sicherheit.

Hier also war Sibongiseni nicht vorbeigekommen. Er hatte sie verloren. Erneut stieß er eine saftige Verwünschung aus, verspottete sich lauthals als einen Anfänger oder wahlweise einen alten Trottel, der sein Handwerk verlernt hatte. Eiligst wendete er und fuhr zurück zum Haus. Dort angekommen, knallte er die Wagentür zu und stürmte in sein Büro, das neben dem Wohnzimmer lag.

Ungeduldig wartete er, bis sein Computer hochgefahren war, öffnete dann seinen passwortgeschützten virtuellen Safe. Aus seiner geheimen Telefonliste wählte er eine Nummer aus und tippte sie in sein Mobiltelefon. Sie gehörte dem Mann, der mit seinem Anruf sein bisheriges Leben beendet hatte.

Während er dem Wählton lauschte, musste er sich beherrschen, dass seine Fantasie nicht verrücktspielte. Er zwang seine Aufmerksamkeit auf eine Schmeißfliege, die mit nervtötendem Gesumm immer wieder gegen die Fensterscheibe flog. Rauf und runter, immer wieder. Mit einer Hand faltete er die Zeitung, die auf dem Schreibtisch lag, schlug das Insekt auf den Boden und zertrat es. Es knirschte, und ein gelblicher, schleimiger Fleck blieb zurück.

Die tiefe Stimme seines Freundes erreichte sein Ohr. »Bill, du bist's. Also brennt's schon?«

Kurz und knapp beschrieb er, worum es ging. »Mit dieser Sibongiseni stimmt was nicht. Das habe ich schon gewusst, als sie vor Jahren bei uns aufgekreuzt ist, aber ich habe damals nichts gefunden. Jetzt könnte es lebensnotwendig für mich sein zu wissen, wer sie ist.«

»Wie heißt sie mit vollem Namen?«

»Sibongiseni Rampedi, aber ich glaube nicht, dass es ihr richtiger Name ist. Keine Beweise, nur eine Ahnung.«

»Und der andere?«

Bill nannte Amos' vollen Namen. »Über ihn brauchst du keine Auskünfte einziehen. Ich kenne ihn so gut wie einen Bruder. Nur über die Verbindung zu Rampedi weiß ich nichts. Meines Wissens hat sie nie Besuch bekommen, und ich habe sie auch nie vorher mit Amos zusammen gesehen. Da muss etwas dahinterstecken. An Zufälle glaube ich einfach nicht. Hast du jemanden, der sich darum kümmern kann? Hier auf meiner Farm kann ich es ja schlecht selbst tun. Schon allein wegen Melly. Sie würde sofort merken, dass etwas vor sich geht.«

Sein Freund lachte gemütlich. »Ich werde ein paar alte Schuldscheine einlösen. Es sollte kein Problem sein. Ich ruf dich an, wenn ich mehr weiß. Pass auf dich auf.« Damit legte er auf.

Bill fuhr den Computer herunter, stand auf und trat hinaus auf die Terrasse. Die Sonne stand hoch, ihre Strahlen brannten, das Licht war harsch. Seine Sonnenbrille lag im Wagen, aber er hatte keine Lust, sie zu holen. Stattdessen schirmte er die Augen mit einer Hand ab und ließ den Blick über das Land schweifen, das der Familie Darling seit über hundert Jahren gehörte und das er mehr liebte als jeden anderen Fleck auf dieser Erde. Jeden Baum und jeden Strauch kannte er hier, jeden Stein, alle Menschen und fast alle Tiere. Langsam überquerte er die Terrasse, bis er die warme rote Erde, die zwischen den Blumen hervorschimmerte, unter seinen Sohlen spürte. Er zog die Schuhe aus und vergrub die Zehen in dem sandigen Boden.

Und dann passierte es, wie schon so oft, wie schon ganz früher, als er noch ein kleiner Junge war. Ein warmer Strom schoss ihm die Beine hoch, breitete sich in seinem Körper aus, beruhigte sein jagendes Herz und seine wunde Seele. Er seufzte und schloss die Augen. Doch aus der Ferne drang auf einmal schwaches Motorengeräusch an seine Ohren. Erstaunt öffnete er die Augen. Er erkannte das Geräusch. Es war Mellys Wagen. Sie hatte Lalisa also noch nicht verlassen, und er fragte sich beunruhigt, warum sie so lange dazu brauchte.

Melly Darling hatte sich Zeit gelassen. Sie liebte den Weg zum Tor des Geländes der Lalisa-Farm, der von der protzigen Auffahrt vor dem Herrenhaus die Zufahrtsstraße unter dem grünen Baldachin von Avocado- und Mangobäumen entlangführte, die von beiden Seiten ihre mächtigen Äste über die Straße streckten. Sie schaltete in den ersten Gang herunter. Regelmäßig fanden sich hier kleine Antilopen ein, die die heruntergefallenen Früchte fraßen, zierliche Meerkatzen schlugen ihre putzigen Kapriolen, und manchmal konnte sie frühmorgens sogar den scheuen Serval beobachten, der vor einigen Monaten plötzlich hier aufgetaucht war. Langsam bog sie um eine langgezogene Kurve. Vor ihr öffnete sich der Blick. Sonnenüberflutet lag ein Feld mit flammend roten Fackellilien vor ihr. Auf der gegenüberliegenden Straßenseite warfen Palmen ihren sonnenlichten Schatten, und trotz der frühen Stunde tanzten schon Hitzeschlieren über der Straße.

Prächtig schillernde Nektarvögel umschwirrten die Lilienblüten, und im satten Grün einer wilden Pflaume entdeckte sie das purpurne Kopfgefieder eines Turakos. Sie hielt wenige Meter davor im Schatten und schaltete den Motor aus. Diesen Augenblick gönnte sie sich regelmäßig, auch wenn sie es eigentlich eilig hatte. Wie auf Knopfdruck fielen dann alle Alltagssorgen von ihr ab, sie fand ihr inneres Gleichgewicht, ihre Gedanken strömten ungehindert dahin.

Die Mango- und Avocadobäume waren Überbleibsel der alten Obst- und Gemüsefarm. Doch seit Jahrzehnten wurde Lalisa nicht mehr landwirtschaftlich genutzt. Seine Besitzer hatten das nicht mehr nötig. Nachdem Bills Ururgroßvater den Zulukrieg überlebt hatte, war er in dem riesigen, leeren Land umhergezogen und just zu der Zeit in Transvaal gelandet, als dort das erste Gold gefunden wurde. Er war clever und arbeitete hart und wurde steinreich. Auf einer Reise nach Natal hatte er sich in die Küste des Indischen Ozeans verliebt und darauf das Gelände gekauft, das er fortan Lalisa nannte. Kein Darling hatte sich danach die Hände mit gemeiner Arbeit schmutzig machen müssen. Die Nachfahren wurden Hobby-Farmer, Forscher oder das, was die Engländer als Gentlemen bezeichneten. Herren, die genügend Vermögen hatten, um ihr Leben einfach nur zu genießen und ihre gepflegten Hände zu keiner härteren Arbeit zu benutzen, als einen Golfschläger zu schwingen.

Bills Vater liebte das Golfspiel, die Großwildjagd – eine Leidenschaft, die sein Sohn zu Mellys Bedauern von ihm geerbt hatte – und seine Orchideenzucht. Für den täglichen Farmbetrieb hatte er nichts übrig. Scharen von schwarzen Arbeitern legten nach seinen Vorgaben den herrlichen Garten an, aber nach kurzer Zeit verlor er das Interesse daran und überließ den Rest der Farm der Natur. Und verspielte einen Großteil des Familienvermögens beim Pferderennen und Pokern. Trotzdem blieb noch genug für seinen Sohn übrig. Ihr Bill hatte keine Lust, seine gesamte Zeit damit zu verbringen, Blumen zu züchten, noch fand er großen Gefallen am Golfspiel. Aber er war mit Leib und Seele Jäger. Also wurde er Polizist.

Ein Farbblitz fesselte auf einmal Mellys Blick und riss sie aus ihrem Abstecher in die Vergangenheit. Der Turako hatte sich in die Luft geschwungen, und die scharlachrote Unterseite seiner Flügel leuchtete auf, während er direkt vor ihr über die Straße segelte. Die Nektarvögel flogen erschrocken auf. Sonnenstrahlen trafen auf ihr Gefieder, es schimmerte grün und blau und golden und war so unbeschreiblich schön, dass Melly die Tränen in die Augen stiegen. Nach einer zwitschernden Runde kehrte der Schwarm funkelnder Edelsteine wieder an die Nektarkelche der Fackellilien zurück.

Melly tupfte sich die Nässe von den Wimpern. Eine warme Zufriedenheit breitete sich in ihr aus. Ihr Gleichgewicht war wiederhergestellt. Innerlich sehr viel ruhiger, kehrte sie in Gedanken zu ihrem Mann zurück.

Vor wenigen Jahren war er vom Polizeidienst pensioniert worden. Sie hatte diesen Tag herbeigesehnt. Obwohl er nur in der Verwaltung gearbeitet hatte, hatte sie sich immer um seine Sicherheit gesorgt. Polizisten in Südafrika lebten gefährlich. Sie hatte erwartet, dass er die Orchideenzucht seines Vaters wieder aufnehmen würde, aber er konnte dem nichts abgewinnen und verkaufte alle Pflanzen.

Dafür liebte er das Meer. Häufig fuhr er mit seinem Brandungsboot hinaus zum Fischen. Allein, was ihr einiges Unbehagen verursachte. Die Wellen an dieser herrlichen Küste waren oft gewaltig, das Meer unberechenbar, und in seinen blauen Tiefen lauerten Haie von Monstergröße. Ihre ständigen Bitten, jemanden mitzunehmen, besonders wenn er nicht nur angeln wollte, sondern vorhatte, vom Boot aus zu tauchen, hatte er bisher stets mit einer Handbewegung und einem nichtssagenden Lächeln weggewischt. Ihre Sorge um ihn entwickelte sich über die Jahre zum Albdruck.

Wirkliche Freunde hatte Bill nicht, hatte er nie gehabt, und das machte ihr Sorgen. Mit drei Männern traf er sich in unregelmäßigen Abständen. Es waren ehemalige Kollegen von der Polizei, zugeknöpfte Kerle mit verschleiertem, misstrauischem Blick, die wenig redeten, ihr zwar mit der gebotenen Höflichkeit begegneten, aber sonst überdeutlich machten, dass sie in ihrem Kreis nichts zu suchen hatte. Es war offensichtlich, dass Bill mit ihnen etwas anderes als Freundschaft verband. Auf sie wirkte ihre Beziehung fast geheimbündlerisch. Sie kannte nur den Namen einer der Männer. Kobus. Mehr nicht.

Vorsichtig hatte sie bei Bill nachgefragt, aber ihre Fragen waren an einer Mauer von glatten Antworten abgeprallt, und nach einer Weile fragte sie nicht mehr, und Bill hielt die Männer von ihr fern.

Zwei- oder dreimal im Jahr trafen sich die vier, jagten mit ihren schweren geländegängigen Wagen durch ein Wildreservat, das Großwildjagd gegen teures Geld anbot, und knallten Tiere ab, die nur dafür gezüchtet wurden, um als Trophäen an der Wand zu enden. Hatten sie Huftiere geschossen, gab es für Monate Wild zu essen, bis es ihr zum Hals heraushing. Wenn die Tiefkühltruhe leer war, wurde zur nächsten Jagd geblasen, und die Wände in Bills Zimmer füllten sich.

Natürlich hatte sie Bill Vorhaltungen deswegen gemacht. Allein die Vorstellung, dass ein handzahmer Löwe nur Stunden vor der Jagd in der Nähe eines saftigen Köders ausgesetzt wurde, wo die Jäger mit Präzisionsgewehren auf ihn lauerten und ihm dann nicht einmal einen schnellen Tod gönnten, sondern auf den Körper schossen, damit der Kopf als Trophäe unverletzt blieb, trieb ihr Tränen der Empörung in die Augen.

»Das verstehst du nicht. Indem wir gutes Geld für die Jagd

zahlen und die Züchter dafür sorgen, dass eine wesentlich größere Genvielfalt unter unseren Wildtieren herrscht, fördern wir den
Tierschutz.«

Das hatte er gesagt und gelächelt und sie in den Arm genommen und geküsst, und nach einer Weile hatte sie es akzeptiert.
Diese Männer gehörten seinem vergangenen Leben an. Mit ihr
hatte das nichts zu tun. Ihr gemeinsames Leben mit Bill berührten sie nicht. Das war ihr genug.

Einen von diesen Männern mit aufs Meer zu nehmen wäre
Bill sicher nicht in den Sinn gekommen. Außerdem war es ihm
ein Bedürfnis, da draußen auf dem Meer allein zu sein, hatte er
ihr gesagt. Das konnte sie verstehen, das war in seinem Charakter
so angelegt. In der Weite des Ozeans kam er mit sich ins Reine,
konnte er sich mit seinen Problemen auseinandersetzen, wie sie
es jetzt hier im sonnengesprenkelten Palmenschatten tat.

Denn über Probleme redete Bill so gut wie nie. Offenbar
konnte er es nicht, nicht einmal mit ihr. Er zeigte der Welt eine
stets freundliche Fassade, parierte Fragen, die ihm nahegingen,
mit schlagfertigem Witz, hinter dem er sich wie hinter einer Nebelwand versteckte. Oder er schwieg. Im Laufe der Jahre hatte sie
gelernt, die Länge und die Qualität seines Schweigens zu beurteilen und daraus zu schließen, wie ihm wirklich zumute war. Und
im Augenblick quälte ihn etwas sehr, das spürte sie, auch wenn er
es abstritt.

Sie lehnte den Kopf ins Polster und starrte grübelnd ins Leere.

Erst jetzt wurde ihr bewusst, wie sehr Bill sich verändert hatte.
Er schlief schlecht und war nervös, etwas, was sie überhaupt nicht
von ihm gewohnt war. Üblicherweise schlief er wie ein Stein und
war der nervenstärkste Mann, den sie kannte. Als Mitglied der
Polizei, egal, in welcher Abteilung, war das wohl unerlässlich. Es
musste etwas vorgefallen sein, da war sie sich jetzt sicher. Heute
Abend würde sie ihn fragen, und sie würde nicht eher lockerlassen, als bis sie es aus ihm herausgekitzelt hatte.

Aber vielleicht hatte es ganz banale Gründe, versuchte sie sich zu trösten. Er hatte in Durban und Pietermaritzburg gearbeitet, da war eine tägliche Fahrt nach Lalisa ausgeschlossen. Also hatten sie in Durban North ein prächtiges zweistöckiges Haus gekauft, dessen Garten die Ausmaße eines Parks besaß und von herrlichen uralten Blütenbäumen geprägt wurde. Schnell hatten sie Freunde unter den Nachbarn gefunden, hatten es genossen, nur eine halbe Stunde von der Innenstadt Durbans entfernt zu wohnen und gute Restaurants und Kinos in der Nähe zu haben. Außerdem war es zu ihrer besten Freundin Tita Robertson nur einen Katzensprung gewesen.

Seit Bill den Dienst quittiert hatte, waren sie wieder ganz nach Lalisa gezogen. Früher waren sie allenfalls zum Wochenende mal hinausgefahren. Inzwischen hatten sie das andere Haus verkauft. Auf Lalisa waren sie weit von Freunden und Zivilisationsannehmlichkeiten wie Einkaufszentren und Restaurants entfernt. Sie fühlte sich oft einsam. Vielleicht ging es ihm nicht anders. Sie würde ihm vorschlagen, das Apartment am Strand von Umhlanga Rocks als Ferienwohnung zu nutzen. Das wäre eine gute Lösung.

Ihr Blick fiel auf die Uhr am Armaturenbrett, und sie erschrak etwas. Es war ihr nicht aufgefallen, wie lange sie hier gestanden hatte. Die Schneiderin wartete sicherlich auf sie. Hastig drehte sie den Zündschlüssel und fuhr los.

Die letzten Regengüsse, die allerdings schon Wochen zurücklagen, hatten den Asphaltbelag auf dieser Strecke an einigen Stellen unterhöhlt, und immer wieder musste sie Schritt fahren. Trotzdem landete ihr Vorderreifen mit einem dumpfen Schlag in einem Schlagloch, das Steuer bockte in ihrer Hand, der Wagen schlingerte und schleuderte sie mit dem Kopf hart gegen das Seitenfenster, dass ihr Lichtflecken vor den Augen tanzten. Hastig nahm sie den Fuß vom Gas. Sonst achtete Bill penibel darauf, dass die Zufahrtsstraße in makellosem Zustand war. Jetzt sah sie aus wie alle anderen Straßen im ländlichen Zululand. Heruntergekommen und vernachlässigt. Ein weiteres Indiz dafür, dass mit ihm etwas nicht in Ordnung war.

Doch nach einigen Hundert Metern entdeckte sie zu ihrer Beruhigung mehrere Farmarbeiter, die bereits damit beschäftigt waren, den Schaden auszubessern. Mit einem erleichterten Seufzer umfuhr sie die Baustelle langsam. Die Arbeiter, die alle die gleichen blauen Overalls mit dem Schriftzug *Lalisa* trugen, traten zur Seite, als sie sich näherte.

Sie standen da, auf ihre Schaufeln und Spitzhacken gestützt, und verfolgten sie mit dumpfen Blicken. Grüßend hob sie eine Hand und lächelte. Nur einer der Arbeiter ließ kurz eine Hand hochschnellen, um sie gleich wieder fallen zu lassen. Gelächelt hatte er nicht. Melly zuckte unbewusst mit den Schultern. Selbst ihr, die in dieser Gegend geboren und mit der Landbevölkerung aufgewachsen war und seit fast vierzig Jahren auf Lalisa lebte, blieben die Zulus oft ein Rätsel. Vielleicht hatten sie untereinander Streit gehabt.

Am Tor angekommen, drückte sie auf die Fernbedienung, die sie über dem Rückspiegel angebracht hatte, und die schmiedeeisernen Torflügel, die von goldglänzenden Spitzen gekrönt waren, schwangen langsam auf und schlossen sich unmittelbar hinter ihr wieder. Die von Gebüsch gesäumte Verbindungsstraße zur Schnellstraße erwies sich als in noch schlechterem Zustand als die Zufahrtsstraße auf Lalisa.

Der Regen hatte von der Böschung zu beiden Seiten an vielen Stellen Erdmassen heruntergespült, und die Straße war übersät mit eingetrocknetem rotem Schlamm und weißlichen Gesteinsbrocken, die wie riesige Knochen aussahen. Die Straße war staatlicher Besitz, und der Staat hatte kein Geld zum Erhalt von Zufahrtsstraßen, die einzig und allein die weißen Farmen mit der Schnellstraße verbanden. Bill würde dafür sorgen müssen, dass sie schnellstens wieder befahrbar gemacht wurde. So ging das wirklich nicht.

Endlich hatte sie die Abbiegung zur Landstraße erreicht, die sie an Mtubatuba vorbei zur Gästefarm Inqaba führen würde. Sie warf einen kurzen Blick auf die Uhr. Ihr war die Zeit davongelaufen. Tita war bestimmt schon auf Inqaba eingetroffen und wartete längst zusammen mit Jill Rogge auf sie. Darauf rief sie ihre Schneiderin an, verlegte den Termin auf den nächsten Tag und gab Gas.

Einige Hundert Meter weiter die Straße entlang entdeckte sie die hagere, schwarz gekleidete Gestalt von Amos Nyathi an der Bushaltestelle. Trotz ihrer Eile bremste sie ab, fuhr langsam links heran und ließ das Wagenfenster hinunter.

»Guten Morgen, Amos, kann ich dich mitnehmen? Wohin möchtest du?«

Doch Amos, den sie seit fast vierzig Jahren kannte, starrte sie nur sekundenlang ausdruckslos an, ehe er sich demonstrativ abwendete und in den Schatten eines Baumes trat.

»Amos ...?«, rief sie bestürzt. »Was ist los? Ich biete dir doch nur eine Mitfahrgelegenheit ... Ich will dich nicht entführen ...« Sie lachte verunsichert.

Der Zulu reagierte wieder nicht, sondern lehnte sich mit dem Rücken an den Baum, schob seinen Hut ins Gesicht und schaute geradewegs an ihr vorbei auf einen Punkt im Nirgendwo.

Aber es war unzweifelhaft, dass er sie genau verstanden hatte. Irritiert nahm Melly Darling den Fuß von der Bremse, und der Wagen rollte wieder auf die Straße. Was war nur in den Mann gefahren? So hatte sie ihn noch nie erlebt. Amos hatte zwar seine Launen, aber derart unfreundlich war er ihr gegenüber nie gewesen. Vermutlich war das wieder so ein Zulu-Ding, das sie nicht verstand, egal, wie sehr sie sich bemühte. Trotzdem brachte sie den Wagen zum Stehen und drehte den Rückspiegel so, dass sie Amos sehen konnte. Vielleicht hatten Bill und er gestritten. Das passierte häufiger. Wegen der lächerlichsten Nichtigkeiten.

Natürlich, das musste die Erklärung sein. Beide besaßen einen granitharten Dickkopf, beide waren stur wie die sprichwörtlichen Maultiere. Da blieb es nicht aus, dass sie häufiger aneinandergerieten, und keiner gab je freiwillig nach.

Der alte Zulu hatte allerdings unerhört feindselig reagiert. Nicht zornig. Feindselig. Sie nagte besorgt an ihrer Unterlippe. Mit einem unguten Gefühl im Magen dämmerte ihr, dass es dieses Mal etwas sehr Ernstes sein könnte. Bill zu fragen war nutzlos. Aus ihm würde sie nichts herauskriegen, das kannte sie inzwischen. Er schottete sich hinter versteinertem Schweigen ab, wenn er Schwierigkeiten hatte. Es war zum Erbrechen. Manchmal frustrierte sie dieses Verhalten dermaßen, dass sie ihn gegen alle guten Vorsätze mit Vorwürfen bombardierte.

Aber ebenso gut hätte sie gegen eine Festungsmauer anrennen können. Er bewegte sich nicht um einen Millimeter. Ihr würde es nur eine blutige Nase bescheren.

So ging es nicht weiter, dachte sie und nahm sich vor, statt Bill eben Amos zur Rede zu stellen. Das Umuzi des Nyathi-Clans war nicht weit entfernt. Auf dem Weg nach Hause würde sie dort vorbeifahren und Amos so lange bearbeiten, bis sie die Wahrheit gehört hatte. Sein Land grenzte an das von Lalisa. Sie waren Nachbarn. Nichts auf der Welt hasste sie so sehr wie Nachbarschaftsstreit.

Sie drehte die Klimaanlage auf die höchste Stufe, vergewisserte sich, dass die Straße frei war, und wollte eben beschleunigen, als Sibongiseni Rampedi überraschend zwischen den Büschen am Straßenrand auftauchte. Melly nahm den Fuß vom Gas. Das Hausmädchen, in ihr Ausgehkostüm aus glänzend dunkelgrünem Polyester gekleidet, ging, einen Koffer schleppend, vor dem Wagen vorbei, ohne Notiz von ihrer Arbeitgeberin zu nehmen, und strebte ohne Umwege auf Amos zu.

Während Melly sich umdrehte und die Szene mit wachsender Verblüffung durchs Rückfenster beobachtete – davon überzeugt, dass die Zulu sie sehr wohl gesehen hatte –, begrüßten sich die beiden mit dem traditionellen Dreiergriff der Afrikaner. Sibongiseni setzte ihren Koffer ab, aber bevor sie etwas sagen konnte, deutete Amos an ihr vorbei auf Mellys Auto.

Beide wandten sich ihr zu und schauten sie unverwandt an. Für einen Augenblick verhakten sich ihre Blicke. Melly verzog den Mund zu einem Lächeln, das fast flehentlich ausfiel. Aber an den verschlossenen Mienen der beiden Zulus prallte es ab. Verunsichert hob sie die Hand und winkte, lächelte breiter. Von keinem der beiden kam eine Reaktion.

Nervös fuhr sie sich durchs Haar. Was war nur in Bongi und Amos gefahren? Sie hatte noch nicht einmal gewusst, dass die sich überhaupt kannten. Vom Sehen ganz sicherlich, wie alle anderen, die hier in der Gegend lebten. Aber ihre Körperhaltung drückte große Vertrautheit aus. Sie schienen gute Freunde zu sein. Was hatte das zu bedeuten? Was hatte der Koffer zu bedeuten? Das Sonntagskleid von Sibongiseni?

Unvermittelt schoss ihr der Gedanke durch den Kopf, dass ihr Verhalten etwas mit einem Streit zwischen Bill und Amos zu tun haben könnte. Ein diffuses Gefühl von Vorahnung durchströmte sie. Sie hatte schon immer sehr empfindliche Antennen für Situationen gehabt, und selten hatte sie mit ihren Vermutungen danebengelegen.

In diesem Moment packte Amos Bongi am Arm und zog sie mit sich. Sie verschwanden zwischen den Büschen. Melly sah ihnen mit gerunzelter Stirn nach. Auch als sie schon außer Sichtweite waren, saß sie noch reglos in ihrem Auto und versuchte, ihre Gedanken zu ordnen. Eine unterschwellige Erschütterung durchlief sie, so als würde sie von einem leichten Erdbeben geschüttelt. Zwar schob sie es sofort auf den Zuckerrohrtransporter, der gerade an ihr vorbeidonnerte, dass die Straße vibrierte, aber das Unbehagen in ihr wuchs und wurde zu einem heißen, harten Ball.

Innerlich aufgewühlt, massierte sie ihre Magengegend. Erst

Minuten später hatte sie sich so weit gefasst, dass sie weiterfahren konnte. Als sie merkte, dass sie Mühe hatte, sich auf den Verkehr zu konzentrieren, ging sie mit der Geschwindigkeit herunter, hielt den Wagen auf der linken Spur, achtete auf Menschen, Kühe, Ziegen und was sonst noch aus dem niedrigen Busch springen konnte, der die Straße auf beiden Seiten begrenzte.

Die Sonne hatte das Wageninnere in der kurzen Zeit so stark aufgeheizt, dass die Klimaanlage fast wirkungslos blieb, obwohl sie fauchte wie eine wütende Katze. Ihr lief der Schweiß in Strömen hinunter, und sie richtete den kalten Strahl aus den Düsen direkt auf ihren Oberkörper. Wenn sie Pech hatte, würde das eine saftige Erkältung geben. Dafür war sie anfällig. Aber im Moment war ihr das egal. Mit scharfem Schwung wich sie einer Kuh aus, die auf der linken Fahrbahn stand und vor sich hin glotzte, und bog einen halben Kilometer weiter in die Straße ein, die nach Inqaba führte.

Wie immer, wenn sie etwas bedrückte, spürte sie das dringende Bedürfnis, mit ihrer Tochter zu sprechen. Lisa hatte eine erfrischende Art, Dinge so zu kommentieren, dass sie in die richtige Perspektive gerückt wurden. Wäre sie nicht ihre Tochter und dementsprechend viel jünger, dachte sie, wäre sie wohl ihre beste Freundin. Eine Tatsache, die ihr das Herz überlaufen ließ. Ohne die Geschwindigkeit zurückzunehmen, lehnte sie sich über den Sitz, fischte ihr Handy aus der Tiefe ihrer Tasche und drückte die vorprogrammierte Taste. Doch wieder hörte sie nichts außer der Blechstimme, die ihr monoton verkündete, dass Lisa nicht zu erreichen sei.

Plötzlich von einer unerträglichen Unruhe überfallen, fuhr sie abrupt links heran. Sie vergewisserte sich, dass ihre Fenster und Türen verschlossen waren – eine Vorsichtsmaßnahme, die jedem Südafrikaner in Fleisch und Blut übergegangen war –, und tippte eine SMS an ihre Tochter. »Versuche, Dich zu erreichen. Ruf mich an, sobald Du kannst. Kuss Mama.« Sie drückte auf »Senden«, und die Nachricht entschwand im Cyberspace.

Dann fuhr sie, so schnell der Verkehr es zuließ, in Richtung Inqaba. Jill, die eine hochklassige Gästefarm führte, war schließlich eine sehr beschäftigte Frau. Es war unfair, sie länger warten zu lassen.

Gedämpftes Stimmengemurmel erreichte Lisa in den dunklen Tiefen ihres Schlafs, und sie wachte auf. Nicht ruckartig, sondern wie eine Luftblase, die vom Grund eines Sees nach oben stieg, driftete sie langsam hinauf zum Licht, bis sie die Oberfläche durchbrach. Mit einem Seufzer öffnete sie die Augen, noch unsicher, ob sie schlief oder wachte, nicht sicher, wodurch sie geweckt worden war. Sonnenstrahlen kitzelten sie in der Nase. Sie nieste und setzte sich gleichzeitig auf, worauf ihr ein weißer Blitz durch den Schädel schoss und sie zurück ins Kissen fiel. Ächzend stemmte sie sich wieder hoch. Das Kinn in die Hände gestützt, versuchte sie, sich daran zu erinnern, warum sie jetzt rasende Kopfschmerzen hatte, warum die Vorhänge offen waren, warum das Messer neben ihrem Bett lag.

Aber es waren nur Gedächtnisfetzen, deren sie habhaft werden konnte. Eine vage Vorstellung von einem Ungeheuer. Löwenköpfe. Eine zerplatzende Melone. Hätte ihr der Kopf nicht so wehgetan, hätte sie sich über sich selbst amüsiert. Es musste ein Albtraum gewesen sein, ihr erster. All das hatte sie sich mit Sicherheit nur eingebildet.

Ihr planlos herumwandernder Blick blieb an ihrem Kleid hängen, das zerknittert auf dem Boden lag. Es hatte flächige rostrote Flecken im Grün, an die sie sich auch nicht erinnern konnte. Es dauerte, ehe sie die Flecken als getrocknetes Blut erkannte.

Blut? Von wem? Von ihr? Beunruhigt untersuchte sie ihre Arme und entdeckte, dass ihr Ringfinger blau angelaufen war. Daraufhin dehnte sie die Untersuchung auf den Rest ihres Körpers aus, fand hier keine Verletzungen, von denen das Blut hätte stammen können, stellte aber fest, dass sie außer ihrem Slip nichts anhatte. Für gewöhnlich trug sie im Bett ein T-Shirt. Schließlich ließ sie die Finger über den Kopf gleiten, bis sie eine große, verkrustete Beule an der Schläfe und eine weitere am Kinn ertastete. Hatte jemand sie geschlagen? Hatte sie einen Unfall gehabt?

Restlos verwirrt stieg sie langsam aus dem Bett, ganz vorsichtig, damit ihr Kopf keine Erschütterung erfuhr. Die Luft im Apartment war stickig und abgestanden. Anscheinend war mal wieder die Klimaanlage ausgefallen, und das Schlafzimmerfenster war fest geschlossen. Sie kräuselte die Nase. Es roch dumpf, und mit jedem Atemzug wurde das dringende Verlangen nach frischer, weicher Meeresluft unwiderstehlicher. Ohne auf ihre Kopfschmerzen Rücksicht zu nehmen, rannte sie ins Wohnzimmer, um auf den Balkon zu gelangen, von wo aus ihr Blick über die Grünanlage hinaus aufs Meer ging. Der Grund, warum sie zähneknirschend die hohen monatlichen Rückzahlungen aufbrachte. Auf dem Weg dorthin musste sie an der Eingangstür vorbei und blieb bestürzt stehen. Jemand hatte sie mit einem Küchenstuhl verbarrikadiert und anschließend den Esstisch dagegengekippt. Sie starrte die Möbel an. Sie musste das selbst gewesen sein, ohne Zweifel, aber warum? Offenbar hatte sie befürchtet, dass jemand die Tür trotz der massiven Schlösser aufbrechen könnte. Quälend langsam, nur stückweise konnte sie ihrem schmerzenden Schädel die Erinnerungsbilder des Vorabends entreißen.

Das Essen im Restaurant. Der Streit mit Brian.

Der Überfall. Männer mit Löwenmasken.

Der Tritt des Gangsters gegen ihren Kopf.

Jetzt liefen Bilder wie ein Film im Schnelldurchlauf an ihr vorbei.

Der Tod der Blondine, ihre Tasche unter der Leiche, leer. Das Blut.

Die hässlichen Worte, die sie und Brian sich danach an den Kopf geworfen hatten.

Sie strich sich ihr verschwitztes Haar aus dem Gesicht. Ein stechender Schmerz fuhr ihr durch den blau angeschwollenen Ringfinger. Sie zuckte zusammen und hob die Hand. Wo sonst ihr Verlobungsring gesessen hatte, war nur noch ein heller Streifen auf der sonnengebräunten Haut zu sehen. Einen Augenblick starrte sie die Stelle an und fragte sich verdutzt, wo ihr Ring geblieben war.

Aber dann rollte eine Lawine von Erinnerungsbrocken über sie hinweg, begrub sie fast unter sich. Die Szene im Restaurant stand ihr wieder vor Augen. Sie hörte das Gebrüll der Gangster, spürte die Tritte, sah das Aufblitzen, als der Ring ihrem Angreifer vor die Füße rollte, und hörte Brians wütende Stimme.

»Weißt du, was dieser Diamant mich gekostet hat?«

Und dann ihre Antwort.

»Mich hat er ein Jahr meines Lebens gekostet.«

Sie merkte nicht einmal, dass sie diesen Satz jetzt tatsächlich laut gesprochen hatte. Im selben Augenblick ging ihr auf, dass sie damit ihre Verlobung gelöst hatte. Verstört ließ sie sich auf den nächsten Stuhl fallen und wartete darauf, dass der Schock sie treffen würde.

Aber er kam nicht. Zu ihrer völligen Überraschung stellte sie fest, dass sie eigentlich nichts als Erleichterung verspürte. Nicht Betroffenheit oder gar Trauer. Seit fast eineinhalb Jahren war sie mit Brian zusammen, sie wollte ihn heiraten. Warum war sie jetzt nicht am Boden zerstört? Eine Weile dachte sie darüber nach. Ihr Kopf pochte vor Anstrengung. Sie konnte es einfach nicht begreifen, fand keine Erklärung. Entschlossen schob sie Brian innerlich beiseite und tastete sich vorsichtig in ihrer Erinnerung weiter vorwärts.

Die Fahrt nach Hause ... die dunkle Straße ... und dann die

atmende Wand unter ihren Händen, das borstige Fell, das Fauchen einer Lokomotive.

Sie setzte sich kerzengerade hin. Das Monster, das den Eingang versperrt hatte! Es musste ein Hirngespinst gewesen sein. Oder das Ergebnis von zu viel Wein und zu viel Aufregung. Oder der Tritt gegen ihren Kopf hatte eine Sinnestäuschung verursacht.

Sicher, das wird es gewesen sein, dachte sie und atmete tief durch, verzog das Gesicht, als sie sich selbst dabei roch. Sie musste dringend duschen, lange und ausgiebig, musste das Blut aus den Haaren waschen, alles von sich abwaschen, diesen vorigen Abend für immer tilgen. Von ihrer Haut, aus ihrem Gedächtnis und aus ihrer Seele.

Sie ließ die Barrikade stehen und ging zur Balkontür. Je mehr sie sich ihr näherte, desto mehr wurde sie gewahr, dass sich das Stimmengewirr, das gedämpft durch die Scheiben drang, zum Geschrei steigerte. Blitze zuckten vor ihren Augen, und sie fasste sich an den Kopf, überzeugt davon, dass sie von den Fußtritten der Gangster herrührten. Aber schnell wurde ihr klar, was es tatsächlich war. Kamerablitze. Irgendjemand schoss da unten ein Foto nach dem anderen. Sie entriegelte die Tür, trat ans Geländer und lehnte sich ohne Rücksicht auf ihren lädierten Kopf weit hinaus.

Vor dem Haus war ein Menschenauflauf. Sicherlich an die hundert Leute drängten sich im Halbkreis um die Eingangstür ihres Gebäudes und starrten auf etwas, was sich unmittelbar davor befinden musste. Sie lehnte sich noch weiter vor, immer weiter, musste sich am Geländer festhalten, ehe sie erkennen konnte, was die Leute so faszinierte.

Ein riesiges walzenförmiges Monstrum lag da, ohne Beine, mit tiefen Narben am ganzen Leib, und statt einer Nase hing ihm ein grotesker Rüssel herunter. Jetzt bäumte es sich auf, bog sein Rückgrat, hob Schwanz und Kopf, warf den Rüssel zurück und röhrte.

Ein Aufschrei ging durch die Menge, und die vordere Reihe wich zurück, was zur Folge hatte, dass einige der nach vorn drückenden Zuschauer stolperten und fielen. Aber darum kümmerte sich niemand. Kameras surrten, Blitze zuckten. Das Vieh brüllte. Die Menge antwortete.

Zu Lisas Freude erkannte sie einen Kameramann ihres Senders, der das Untier filmte. Sie winkte, schrie seinen Namen, winkte heftiger, schrie lauter. Aber das Röhren des Tieres und das Geschrei der Menge übertönten jedes andere Geräusch, bis auf das Sirenengeheul mehrerer Streifenwagen, das zunehmend anschwoll.

Kurz darauf bogen zwei Streifenwagen mit Blaulicht um die Ecke, die Türen wurden aufgestoßen, Polizisten sprangen heraus und trieben die Menge zurück. Vier Uniformierte postierten sich breitbeinig in sicherer Entfernung zu beiden Seiten des Tieres und knöpften ihre Pistolenhalfter auf.

Es ärgerte Lisa ungeheuer, dass sie nicht genau bestimmen konnte, welches Tier ihr gestern Abend einen solchen Schrecken eingejagt hatte. Zu ihrer Zufriedenheit fand sie nach kurzer Suche im Küchenschrank ihr altes batteriebetriebenes Radio und schaltete es ein.

»... See-Elefant, drei Tonnen schwer, fast fünf Meter lang«, schallte eine aufgeregte Stimme aus dem Lautsprecher. »Sultan haben ihn die Zuschauer getauft, und wie ein Sultan benimmt er sich auch ... Leute schleppen Eimer voll Tintenfische heran ... sein Lieblingsfressen, offensichtlich ...«

Während der Reporter seine Zuhörer informierte, dass See-Elefanten während der Mauser ab und zu an Kapstadts Küsten auftauchten, lehnte Lisa sich wieder übers Balkongeländer. Tatsächlich hatten mehrere Zuschauer Eimer in der Hand und warfen dem Vieh Tintenfische zu.

»Die Polizei wird versuchen, Sultan dazu zu bewegen, seinen Platz vor dem Apartmenthaus zu verlassen«, krähte der Reporter. »... die Bewohner sind eingesperrt, sie hängen aus den Fenstern ...« Die Kamera schwenkte hinauf zu ihr. Sie trat unwillkürlich einen Schritt zurück.

In diesem Augenblick donnerte ein Kanonenschuss ohrenbetäubend laut über die Stadt. Das Echo hallte von den Hängen des Tafelbergs wider. Sultan der See-Elefant brüllte auf, und Lisa schrak zusammen, obwohl sie das Geräusch natürlich sofort erkannte. Es war die Stimme der Mittagskanone vom Signal Hill, und das hieß, dass es zwölf Uhr war, dass sie gnadenlos verschlafen hatte und schon vor einigen Stunden im Studio erwartet worden war. Sie hatte unter anderem die geheiligte vormittägliche Besprechung im Studio versäumt, und darauf stand die Höchststrafe. Brigitte Tshayimpis Ungnade. Andere waren für ein solches Vergehen schon gefeuert worden.

Brigitte Tshayimpi würde fuchsteufelswild sein. Nervös durchwühlte Lisa ihre geräumige Handtasche auf der Suche nach dem Mobiltelefon. Ungeduldig kippte sie den Inhalt auf ihren Arbeitstisch, hielt das Telefon endlich in der Hand und schaltete es ein.

Aber nichts passierte. Der Akku von dem verdammten Ding war leer. Mit einem saftigen Fluch warf sie es unsanft auf den Tisch. Es schlitterte über die Oberfläche und fiel auf den Boden. Sie hob es wieder auf und zerrte auf der Suche nach dem Netzteil alle Schubladen ihres Schreibtisches auf. Erst als ihr Arbeitsbereich wie ein Schlachtfeld aussah, fand sie es schließlich. Aufatmend stöpselte sie den Stecker ein.

Aber das Netzteil blieb tot, und erst jetzt fielen die letzten Erinnerungspuzzlestücke an ihren Platz.

Der Strom war ausgefallen, und dieses Mal offensichtlich für längere Zeit. Vielleicht war er auch in der Nacht wieder eingeschaltet worden und erneut ausgefallen, ohne dass sie das mitbekommen hatte. Sofort standen Visionen von tropfenden Kühlschränken mit verschimmeltem, ranzigem Inhalt vor ihrem inneren Auge, von mausetoten Küchengeräten, fernsehlosen Tagen und, was am fürchterlichsten war, Tagen ohne Telefon, Fax, E-Mail und Internet.

Das schreckliche Fazit war, dass sie keine Möglichkeit hatte, die Tshayimpi zu kontaktieren, auch nicht per E-Mail natürlich, und das grenzte an eine Katastrophe. Unerlaubtes Fernbleiben würde für die Studioleiterin eine willkommene Gelegenheit sein, sie voller Genuss zur Schnecke zu machen. Sie widerstand dem Impuls, sofort wieder ins Bett zu kriechen, sich das Laken über den Kopf zu ziehen, auch wenn sie darunter gekocht werden würde, um sich einzureden, dass sich Brigitte Tshayimpi in Luft aufgelöst hätte. Aber diese Genugtuung wollte sie ihr nicht geben. Das ließ ihr Stolz einfach nicht zu. Sie machte sich eine Notiz, dass sie heute als Erstes einen Ersatz-Akku für ihr Handy kaufen wollte. Den Zettel klebte sie auf ihren Terminkalender. Als sie sich aufrichtete, wurde sie sich erneut nachdrücklich ihres ungewaschenen Zustands bewusst. Sie roch einfach nicht gut. Seufzend begab sie sich ins Badezimmer.

Es war ganz in Weiß gehalten. Die Sonnenstrahlen wurden von den glänzenden Fliesen reflektiert und lösten wieder einen Kopfschmerzanfall aus. Geblendet schloss sie die Jalousien und betrachtete sich im Spiegel.

Ihr bot sich ein niederschmetternder Anblick. Blass und übernächtigt, starrte ihr Gesicht zurück, unter beiden Augen schimmerten bläuliche Müdigkeitsringe, das rechte war blutunterlaufen, und dicht oberhalb der Schläfe wuchs eine hühnereigroße, sehr hässliche Beule, am Kinn zog sich eine längliche, verkrustete Schwellung fast bis zum Ohr.

Im Nachhinein hoffte sie inbrünstig, dass ihr Tritt mit den Stilettohacken bei dem Löwengangster einen bleibenden Schaden angerichtet hatte, damit es in Zukunft keine kleinen Nachwuchsgangster geben konnte. Deprimiert drehte sie das kalte Wasser an und schaufelte es sich mit beiden Händen ins Gesicht. Von der

Sommerhitze vom Vortag noch aufgeheizt, war es lauwarm und roch stark nach Chlor. Ihre Stimmung fiel weiter. Um sich aufzuheitern, holte sie ihren iPod aus der Handtasche, stöpselte ihn an ein externes batteriebetriebenes Lautsprechersystem und regelte Madonnas »Miles Away« auf volle Lautstärke hoch.

Sie schob die Glastür der Dusche zurück, drehte den Hahn auf, duschte lange und ausgiebig, sang allerdings nicht mit, wie sie es sonst tat – das hätte ihr Kopf nicht ausgehalten –, wusch sich das Haar, bis es sich wieder sauber und glänzend um ihr Gesicht plusterte, und schlüpfte anschließend in ein strohfarbenes, ärmelloses Oberteil mit passender schmaler Hose. Absichtlich verzichtete sie auf jegliches Make-up. Die Tshayimpi sollte ihr wenigstens ansehen können, was sie am Abend vorher durchgemacht hatte, und nicht etwa glauben, dass sie nur zu viel getrunken und daraufhin verschlafen hatte. Die Schürfwunde am Hals, wo der Gangster die Halskette abgerissen hatte, wirkte wie ein rotblauer, stark geschwollener Halsschmuck. Nach kurzer Überlegung schmierte sie Betaisodona auf die Wunden. Das gelbliche Braun der Salbe wirkte wunderbar dramatisch. Zufrieden mit ihrem Aussehen, verließ sie das Badezimmer.

Ihr nutzloses Mobiltelefon warf sie mitsamt leerem Akku in ihre Handtasche, stopfte ihren Terminkalender und die Recherche-Ergebnisse für ihre nächste Reportage dazu, schnappte sich einen geschmolzenen Schokoriegel als Frühstück und machte sich kauend daran, die Barrikade vor ihrer Tür wegzuräumen.

Die Aktion endete damit, dass sie einen Riesenflecken Schokolade auf ihrem Oberteil abbekam. Lautstark vor sich hin schimpfend, wechselte sie in eine weiße Bluse, stellte den Kragen hoch und krempelte die Ärmel auf. Das Oberteil stopfte sie in den Wäschekorb. Mimi, ihre Putzhilfe, konnte das später waschen. Aus dem Schuhschrank neben der Tür holte sie die Sandalen mit den höchsten Absätzen heraus und schlüpfte hinein. Die Tshayimpi war klein und fett und hasste es, wenn jemand auf sie hinuntersah.

Dann verließ sie ihr Apartment und schloss sorgfältig ab. Flüchtig fragte sie sich, ob die Gangster in ihrer Abwesenheit auftauchen würden. Ohne zusätzliche Hürde brauchten sie nur die Tür mit dem erbeuteten Schlüssel aufzuschließen und hineinzumarschieren.

Noch immer gab es keinen Strom, also musste sie die Treppen hinunterlaufen. Sechs Stockwerke auf zehn Zentimeter hohen Hacken. Nach einem Blick auf den Zustand des Treppenhauses verzichtete sie angeekelt darauf, barfuß zu laufen. Ihre Absätze hämmerten auf den Treppen, die gedämpften Stimmen ihrer Nachbarn begleiteten sie. Sonst zog morgens stets der appetitanregende Duft von gebratenem Speck und frisch gebrautem Kaffee durchs Haus. Jetzt roch es nur feucht und muffig.

Als sie endlich die letzte Treppe geschafft hatte und vor der verglasten Eingangstür stand, sah sie sich mit einem unerwarteten Problem konfrontiert. Der See-Elefant lehnte mit seinem ganzen Gewicht gegen das Glas und blockierte ihr fast völlig die Sicht. Sie probierte die Klinke, wusste aber schon vorher, dass es unmöglich sein würde, die Tür zu öffnen. Einen anderen Ausgang besaß das Haus nicht. Aufgebracht hämmerte sie gegen die dicke Glasscheibe, die durch das borstige, verdreckte Fell des Tieres verschmiert war. Obwohl sie zwei Fernsehkameras und mehrere Camcorder zählte, deren Linsen sich inzwischen wie Fischaugen auf sie gerichtet hatten, nutzte ihr das nichts. Sie bedeutete dem Kameramann vom Sender mimisch, dass sie telefonieren müsse. Aber er kümmerte sich nicht um ihre Verrenkungen, sondern filmte ungerührt weiter, obwohl ihr sein Grinsen bestätigte, dass er sie gesehen haben musste.

»Blöder Affe«, schrie sie.

Schnell ging sie die Möglichkeiten durch, die ihr blieben. Es war nur eine einzige, und die verwarf sie sofort. Die Fenster der Leute, die im ersten Stock wohnten, lagen zu hoch, um von dort aus auf die Straße zu springen. Der Illusion, dass jemand so hilfsbereit sein und unmittelbar neben dem See-Elefanten eine Leiter aufstellen würde, gab sie sich gar nicht erst hin.

Sie war gefangen.

Im gleichen Moment fiel ihr siedend heiß ein, welcher Tag heute war. In weniger als einer Stunde war der Dreh in Khayelitsha vorgesehen. Sie hatte das völlig vergessen. Kameramann, Aufnahmeleiter, Assistentin, alle standen sich vermutlich in diesem Augenblick bereits seit einer Stunde im Township die Beine in den Bauch. Entsetzt starrte sie nach draußen, wo sich mittlerweile immer mehr Menschen versammelt hatten. Viele hatten sie entdeckt, winkten und zeigten mit dem Finger auf sie, so dass sie sich unschwer vorstellen konnte, wie sich ein Tier im Zoo fühlen musste.

Sie schnitt eine Grimasse, zog trotz des dreckigen Treppenhauses die Schuhe aus und stieg zähneknirschend wieder die vielen Stufen zu ihrer Wohnung hinauf. Sie schloss auf und warf die Tür krachend hinter sich zu.

Herrgott, wie konnte sie nur diesen Dreh vergessen haben! In verzweifelter Wut schlug sie mit den Fäusten gegen die Wand. Die Tshayimpi würde sie mit teuflischem Vergnügen zu Hackfleisch machen. Sie brauchte jetzt ihre ganze Konzentration, die Erklärung, die sie der Studioleiterin geben musste, glaubwürdig zu gestalten. Ihr Job, ihre gesamte Karriere stand auf dem Spiel.

Das dringende Verlangen nach einem heißen, starken Kaffee überfiel sie. Um diese Zeit brauchte sie eigentlich schon ihren zweiten Schub Koffein. Ohne Hoffnung auf Erfolg probierte sie den Lichtschalter neben der Tür. Es klickte, aber die Glühbirne blieb erwartungsgemäß dunkel. Ihre Gier nach der belebenden Wirkung stieg rasant. Missmutig holte sie eine warme Cola aus dem tropfenden Eisschrank und kippte sie in einem Zug hinunter, worauf sie prompt einen Schluckauf bekam, der ihre Laune noch weiter drückte. Mit einer ausholenden Bewegung schleuderte sie die leere Dose in den Müll. Es schepperte zufriedenstellend.

Lustlos zog sie sich Bluse und Hose wieder aus, hängte die Sachen in den Schrank, stieg in Shorts, warf ein ärmelloses T-Shirt über und machte sich daran, in der Wohnung wenigstens eine oberflächliche Ordnung zu schaffen. Dabei überlegte sie, welchen Nachbarn sie bitten konnte, von seinem Mobiltelefon aus im Studio anrufen zu dürfen. Aber erstens kannte sie hier niemanden näher, und zweitens würden sie sicher auch vorsichtig mit ihren eigenen Akkus umgehen. Stromausfälle im heutigen Südafrika konnten lange dauern, und waren sie endlich behoben, drohte schon der nächste.

Nachdem ihr Arbeitsbereich und die Küche einigermaßen zufriedenstellend aussahen, nahm sie sich das Schlafzimmer vor, schüttelte das verschwitzte Kopfkissen auf, glättete das Laken, das sie als Decke benutzte, und schaute dabei sehnsüchtig durchs geöffnete Fenster hinaus in den strahlenden Sommertag. Um ihrer Unruhe Herr zu werden, joggte sie auf der Stelle, genoss den Windzug, der von draußen hereinströmte, aber das verschaffte ihr nicht die gleiche Entspannung, als würde sie am Meer entlanglaufen. Nach einer Viertelstunde gab sie auf, wischte sich den Schweiß mit einem Handtuch ab und setzte sich an den Schreibtisch. Eine Möwe segelte durch ihr Blickfeld, sie machte einen übermütigen Schnalzer und schrie dabei. Ein hoher, heller Schrei, voller Lebenslust und Freiheitsdrang. Fast hätte Lisa angefangen zu heulen.

Sie blinzelte die Nässe weg und ließ ihr Notebook hochfahren, machte dabei die unerfreuliche Feststellung, dass der Akkustand kaum mehr als ein Drittel seiner Kapazität betrug. Das bedeutete, dass sie nur noch etwa eine Stunde an der Vorbereitung ihrer nächsten Reportage arbeiten konnte. Bevor sie ein neues Dokument einrichtete, prüfte sie, ob sie ihre E-Mails empfangen konnte. Aber natürlich war auch ihr Router ohne Strom nur ein totes Stück Plastik.

Sie legte die Finger auf die Tastatur und starrte auf den leeren Bildschirm.

Ob Brian wohl ebenfalls in seiner Wohnung festsaß? Der Gedanke fuhr ihr durch den Kopf, ehe sie ihn zensieren konnte. Sie nahm die Finger von den Tasten, lehnte sich im Stuhl zurück und drehte ihn so, dass sie durch das Zimmer in das vom Fenster eingerahmte strahlend blaue viereckige Stück Himmel schauen konnte.

Konnte es wirklich sein, dass sie nach einem Jahr Verlobung, nach fast eineinhalb Jahren des Zusammenseins, nicht das geringste bisschen Bedauern empfand, dass jetzt alles vorüber war? Sie horchte in sich hinein. Nichts, kein Echo, kein Verlangen. Kein Gefühl von Verlust. Keine Liebe.

Es war vorbei. Sie überraschte sich selbst damit, dass sie laut auflachte. Meine Güte, dachte sie, das würde Brian aber ärgern. Er bildete sich sicherlich ein, dass sie jetzt jaulend in einer Ecke lag und ihm nachweinte. Ihre Laune kletterte wieder ein paar Stufen aus dem Keller hoch. Sie legte die Finger erneut auf die Tasten des Notebooks und begann zu schreiben.

Am anderen Ende der Stadt hatte der junge Chirurg die letzte Visite hinter sich gebracht, ging in sein Zimmer, zog seinen weißen Mantel aus und warf sich in seinen Drehsessel. Nach kurzem Überlegen zog er sein Notizbuch aus der Schreibtischschublade, suchte eine Nummer heraus und tippte sie in sein Handy.

Es hatte Tage gedauert, ehe er herausgefunden hatte, wer ihm helfen konnte, das Rätsel zu lösen, das ihm Israel Mabaso hinterlassen hatte. Endlich hatte ihm Vincent den Tipp gegeben, Michael Robertson anzurufen. Der Mann sei Anwalt und beschäftige sich seit Jahren damit, jedem Hinweis auf den Verbleib von verschwundenen Apartheidgegnern nachzugehen.

»Der ist wie ein Bullterrier. Wie sein Vater übrigens. Den wirst du doch sicher kennen, oder? Neil Robertson, der Journalist und ANC-Kämpfer?«

»Natürlich habe ich von ihm gehört. Ausnahmslos Positives. Scheint ein außergewöhnlicher Mann zu sein.«

»Ist er, absolut, und sein Sohn ist wie er, sag ich dir. Hat sich Michael erst mal in etwas verbissen, lässt er nicht wieder los«, hatte Vincent darauf geschwärmt. »Ruf ihn an, Doc. Er ist der Einzige, der dir helfen kann. Und grüß ihn von mir.«

Bevor er den Rat annahm, hatte der Doktor im Internet über Michael Robertson recherchiert und eine Menge Einträge über den Anwalt gefunden. Alle überzeugten ihn vollends davon, dass der Jurist derjenige war, der ihm weiterhelfen konnte. Michael Robertson lebte in Umhlanga Rocks, war ein äußerst erfolgreicher Anwalt mit einer eigenen Kanzlei, nahm sich aber nebenher noch genug Zeit, um sich ehrenamtlich um das Schicksal der verschwundenen Opfer der Apartheid zu kümmern. Inzwischen hatte er in der Kanzlei zwei Juniorpartner, die ihm den Rücken freihielten, wenn er in seiner Mission unterwegs war. Neue Fälle von Verschwundenen liefen, seit die Truth Commission ihre herzzerreißende Arbeit beendet hatte, ständig bei ihm auf. Oft genügte es, dass Michael Robertson seine Kontakte aktivierte, um den Verbleib von Vermissten zu erfahren. Kam er damit nicht weiter, wühlte er sich durch Akten und befragte Menschen im ganzen Land, bis er Erfolg hatte. Wenn der auch oft ein trauriger war, musste er die Angehörigen doch nur allzu oft zu Gräbern führen.

»Es ist meine private Wiedergutmachung an den Opfern«, war seine Erklärung auf die Fragen von Reportern gewesen. Sonst schien der Anwalt eher pressescheu zu sein, was den Chirurgen sehr angenehm berührte.

Er wählte die angegebene Nummer. Es meldete sich eine weibliche Stimme mit dem Namen von Michael Robertsons Kanzlei und teilte ihm mit, dass der Anwalt in Johannesburg und auch nicht zu erreichen sei. Erst nach langem Bitten, der Erwähnung von Vincent, der genauen Erklärung seines Anliegens, gab sie ihm zögernd und mit vielen Ermahnungen, sie an niemanden, aber wirklich niemanden weiterzugeben, Michael Robertsons Mobiltelefonnummer.

Kurz darauf hatte der Doktor den Anwalt am Hörer. Er stellte sich vor und erklärte Michael Robertson, welches Problem er hatte.

»Isivivani?«, wiederholte Michael Robertson. »Und was ist mit dem Hinweis auf die Kuh?«

Der Doktor lachte etwas hilflos. »Ich habe nicht die geringste Ahnung. Es ergibt überhaupt keinen Sinn.«

Für einen kurzen Augenblick war nur atmosphärisches Rauschen zu hören. Dann kam Mick Robertsons Stimme wieder über den Äther. In seinem Ton schwang Mitleid. »Ihnen ist doch klar, dass wir Leichen suchen?«

»Natürlich. Auch wenn ich bis jetzt gehofft habe, dass es anders sein würde. Aber ich will, dass mein Vater seinen Bruder und seine beiden ältesten Söhne endlich begraben kann. Isivivani ist Zulu, also denke ich, dass sie wohl in Zululand ... verscharrt sind. Aber Zululand hat nicht gerade die Größe eines Vorgartens, sondern umfasst, wenn ich richtigliege, ein Gebiet von ungefähr dreißigtausend Quadratkilometern. Andererseits gibt es nicht mehr viele Isivivanis. Da müsste man also ansetzen.«

»Hm. Klingt einleuchtend. Also keine Vorstellung, was das mit der Kuh soll? Klingelt da wirklich nichts?«

»Ich habe mir schon den Kopf zerbrochen, dass es raucht, aber es hat nichts gebracht.«

»Hm.«

Der Doktor musste trotz des ernsten Themas lächeln. Michael Robertson neigte offenbar zu knappen Äußerungen. Ein ökonomisch denkender Mann. »Werden Sie uns helfen, Mr. Robertson?«

»Natürlich. Ich werde wohl nach Durban fliegen und ins Dach steigen müssen ...«

»Dach?«, unterbrach ihn der Doktor und ließ seinen Stuhl vor lauter Freude, dass Hilfe winkte, einmal um die eigene Achse wirbeln. »Welches Dach?«

»Das vom Polizeihauptquartier. Da lagern alle alten Akten, und die werde ich durchstöbern müssen. Bei dieser Hitze keine verlockende Tätigkeit, aber es geht nicht anders. Geben Sie mir bitte noch die genauen Daten – soweit sie Ihnen bekannt sind –, damit ich die Suche einschränken kann. Ich habe eine Stauballergie. Nach ein paar Stunden tränen mir die Augen derart, dass ich nichts mehr sehen kann. Da helfen keine Pillen, höchstens eine Gasmaske.« Er gluckste verhalten. »Im Übrigen nennen mich meine Freunde Mick.«

»Natürlich, sicher. Wunderbar. Ich meine, ich werde alle Daten zusammenstellen und dir mailen. Und meine Freunde nennen mich Jack. Soll ich dir einen Flug buchen? Auf meine Kosten natürlich.«

Ein leises Lachen tönte über die Leitung. »Nein. Nein, danke. Das ist nicht nötig, das erledigt meine Sekretärin. Ich habe meine Arbeit hier abgeschlossen und hatte ohnehin vor, übermorgen nach Hause zu fliegen. Ich werde dich auf dem Laufenden halten.«

»Danke.« Der Arzt namens Jack fixierte einen Punkt im Nichts, dann brach es aus ihm heraus. »Finde sie, Mick. Bitte. Wir haben so lange darauf gewartet. Meine Mutter ist während dieses Wartens gestorben, und mein Vater ist auch schon alt. Wie lange er das noch durchhalten kann, weiß ich nicht.«

»Wir werden sie finden. Verlass dich drauf.«

Der Doktor lächelte unbewusst. Die Stimme Michael Robertsons war tief und rau mit einem vertrauenerweckenden Timbre. Obwohl er ihn noch nicht persönlich getroffen hatte, mochte er ihn schon jetzt. »Ich werde zusehen, dass ich am selben Tag ebenfalls nach Durban fliege. Ich lass dich dann wissen, mit welchem Flug.«

Sie tauschten ihre E-Mail-Adressen und privaten Mobiltelefonnummern aus und beendeten dann das Gespräch.

Der Chirurg blieb noch in seinem Schreibtischstuhl sitzen. Abwesend schob er ein paar Papiere auf seinem Schreibtisch herum, ließ es dann, versuchte sich zu fassen. Zu lange hatte er auf diesen Augenblick warten müssen. Er zog einen Block heran und begann Kringel zu malen. Einen Kringel neben den anderen, darüber eine etwas kürzere Reihe von Kringeln, dann noch eine und noch eine, jeweils kürzer als die vorherige, bis er am Ende eine Pyramide aus den Kringeln gebaut hatte. Er starrte die Zeichnung an. Auf dem Papier war ein Wunschsteinhaufen entstanden. Ein Isivivani.

»Wo, verflucht nochmal, steht er?«, murmelte er vor sich hin. Hatte er irgendwo eine Karte von Zululand? Er wühlte in seinen Schreibtischschubladen, bis er tatsächlich eine fand. Er faltete sie auseinander, breitete sie aus und lehnte sich vor.

Zentimeter für Zentimeter suchte er die Karte ab. Sein Finger wanderte systematisch von den Sumpfgebieten an der Grenze zu Mosambik über das weite, leere Land nach Süden, machte einen schnellen, sehnsüchtigen Abstecher an die wildromantische Küste von Sodwana Bay, obwohl er wusste, dass dort bestimmt keine Wunschsteinhaufen standen, marschierte an den Ubombo-Bergen vorbei durch die Wälder um Mkuzi zu den Hügeln im Herzen von Zululand, die nach den Frühlingsregen so grün und saftig waren, aber jetzt im Hochsommer von der unbarmherzigen Sonne zu einem blassen Graubraun verbrannten. Er schlug einen Haken um den Hluhluwe-Umfolozi-Wildpark. Dort gab es zwar einen sorgfältig von der Leitung des Parks gepflegten Isivivani, aber es war nicht sehr wahrscheinlich, dass jemand nachts ins Wildreservat eingedrungen war und in Gesellschaft von hungrigen Löwen, aggressiven Büffeln und schlecht gelaunten Nashörnern den Isivivani versetzt und ein Grab ausgehoben hatte, um anschließend darin seine Verwandten zu begraben und den Wunschsteinhaufen dann genau so wieder darüberzuschichten, wie er von unzähligen Besuchern fotografiert worden war.

Weiter kroch sein Finger. Östlich des Wildparks leuchtete der blaue Klecks, der den St.-Lucia-See darstellte. Mit Bedauern dachte er daran, wie lange er nicht mehr dort gewesen war. Weiter watete er durch die sumpfigen Randgebiete, hinunter in den Dukuduku-Staatsforst gleich nördlich von Mtubatuba. Hier trippelte der Finger auf der Stelle, und für eine Sekunde wurde Jack an ein kleines Tier mit langen, nackten Beinen erinnert, dann konzentrierte er sich wieder. Hatte es im Dukuduku nicht einen Isivivani gegeben? Irgendwann früher einmal?

Aber nirgendwo fand er eine Markierung, also ließ er den Finger quer über die Karte hinüber zu Ulundi laufen, der Hauptstadt von Zululand, die sich wie eine Amöbe über die umliegenden Hänge schob und jeden grünen Halm verschlang. Überlebte ein Büschel Grün, fraßen es die Ziegen flugs weg.

Minuten später schob er die Karte so heftig von sich, dass sie vom Schreibtisch glitt und auf den Boden segelte. Natürlich waren Isivivani nicht vermerkt. Nirgendwo. Dazu war der Maßstab der Karte zu groß, außerdem bezweifelte er ohnehin, dass so etwas wie ein Isivivani auf einer Landkarte eingezeichnet wurde. Wunschsteinhaufen gehörten zur Mythologie der Zulus. Der einzige, an den er sich erinnern konnte, war eben jener an der Wegkreuzung im Hluhluwe-Wildpark. Der Weg gehörte zu einem Geflecht von Pfaden, die wie ein Spinnennetz über Zululand ausgebreitet lagen, das bis hinunter nach Durban reichte. Damals musste fast jeder Mensch, der nach Süden oder Norden unterwegs war oder das Land vom Meer zu den Bergen durchkreuzte, diese Stelle, die heute im Wildpark lag, passiert haben. Irgendwann hatte einer von ihnen den ersten Stein dorthin gelegt und seine Ahnen gebeten, ihn auf seinem Weg zu beschützen.

Darauf hatte jeder, der hier vorbeigekommen war, es ihm gleichgetan, und allmählich war ein Isivivani, ein Berg der Wunschsteine gewachsen. Früher hatte es viele solcher Isivivani gegeben.

Er starrte ins Leere und durchforstete dabei sein Gedächtnis nach Hinweisen. Einer hatte auf der Farm gestanden, die an das Land seiner Familie angrenzte, entsann er sich endlich, aber der Farmer hatte ihn irgendwann einmal abgetragen und den Boden zu einem Weg eingeebnet. Wann genau das gewesen war, wollte ihm einfach nicht einfallen. Es musste mindestens fünfzehn oder zwanzig Jahre her sein. Wenn er sich recht erinnerte, überspülte heute allerdings ein Bach die Stelle, wenn dieser während der Regenfälle im Frühjahr anschwoll. Im Laufe der Zeit waren die meisten der Wunschsteinhaufen auf ähnliche Weise zerstört worden, nur hier und da war einer zumindest dem Namen nach noch erhalten.

Mit Schwung legte er seine langen Beine auf den Schreibtisch, lehnte sich im Stuhl weit zurück, schloss die Augen und begab sich tief in das Labyrinth seiner Erinnerungen. Minutenlang durchforschte er sein Gehirn nach irgendeinem Hinweis. Was hatte das mit der Kuh zu bedeuten? Kuh! Welch eine komische Sache. Das Tier? Ein Mensch? Oder … was?

Einen Augenblick lang murmelte er das Wort »Kuh« vor sich hin. Aber es brachte ihm keine Erleuchtung. Er bedeckte die Augen mit der Hand. Er war müde. Unbeschreiblich müde. Den ganzen Tag über hatte er operiert, und jetzt war er einfach zu ausgelaugt, um überhaupt denken zu können. Gähnend stellte er die Beine auf den Boden, steckte das Notizbuch ein und stand auf. Sekundenlang schwankte er, musste gegen das überwältigende Verlangen ankämpfen, sich einfach wieder in den Stuhl fallen zu lassen und zu schlafen. Er zwang sich zu einigen Freiübungen, bis sein Kreislauf so weit angekurbelt war, dass er imstande war, nach Hause zu fahren. Der Isivivani, das Rätsel um die Kuh, das alles musste er auf morgen verschieben. So lange hatte es gedauert, so lange hatten sie warten müssen, jetzt kam es auf einen Tag auch nicht mehr an.

Zur selben Zeit in derselben Stadt überwand sich Lisa endlich und klopfte bei ihrem nächsten Nachbarn, einer älteren Dame, an und fragte, ob sie ihr ein Handy leihen könne.

Die Dame besaß kein Handy. Sie bezeichnete es als Teufelszeug und bot ihr stattdessen einen Kräutertee an. Lisa lehnte höflich, aber bestimmt ab, lief ein Stockwerk tiefer und klopfte gleich an die erste Tür. Sie hörte Geräusche aus der Wohnung, aber erst beim dritten Versuch hatte sie Glück. Das Guckloch in der Tür verdunkelte sich. Dann klirrte eine Kette, Schlösser ratschten. Eine übernächtigt wirkende Frau in Shorts mit einem quengelnden Kind auf der Hüfte öffnete die Tür einen Spaltbreit und beäugte sie misstrauisch.

»Hallo, ich bin Lisa von oben«, stellte sich Lisa vor.

Im Hintergrund schrie das Baby, das in den letzten Monaten fast jede Nacht durchgeschrien hatte.

»Ja?«, sagte die Frau müde.

Lisa trug ihr Anliegen vor, musste dabei die Stimme heben, um sich gegen das Schreien des Babys durchzusetzen.

Die Frau nickte, schloss die Tür kurz, schob die Kette zurück und trat zur Seite. Offensichtlich erschien ihr die Besucherin harmlos.

Lisa trat ein und wiederholte, weswegen sie gekommen war. Die junge Mutter besaß nicht nur ein Handy, das sie in ihrer rückwärtigen Hosentasche mit sich trug, sondern auch noch einen voll aufgeladenen Reserve-Akku.

»Unser Kleiner hat Asthma, da muss ich ständig den Arzt erreichen können. Bei den ewigen Stromausfällen kann ich da kein Risiko eingehen«, erklärte sie und reichte Lisa das Mobiltelefon. »Machen Sie die Tür zu, sonst können Sie bei dem Radau Ihr eigenes Wort nicht verstehen«, setzte sie mit resigniertem Schulter-zucken dazu und ließ Lisa im Zimmer allein.

Erleichtert nahm Lisa das Gerät und tippte die Nummer des Studios ein. Kurz darauf meldete sich der Assistent von Brigitte Tshayimpi. Sie verlangte die Studioleiterin zu sprechen.

»Miss Tshayimpi will Sie in zwanzig Minuten in ihrem Büro sehen«, teilte ihr der Assistent in vor Schadenfreude triefendem Ton mit.

Ehe Lisa es verhindern konnte, hatte er aufgelegt.

»Mistkerl!«, murmelte sie wütend. »Blöder, arroganter, däm-licher …« Sie schluckte den Rest hinunter, als sie bemerkte, dass ihre Nachbarin von der Tür her interessiert zuhörte und sie dabei neugierig musterte.

»Sie sind doch Lisa Darling, oder? Ich habe Sie schon mal im Lift gesehen, war mir aber nicht sicher. He, das finde ich toll! Eine Fernsehberühmtheit hier in meinem Zimmer. Wollen Sie etwas zu trinken oder sonst was?«

»Das ist sehr freundlich, aber ich habe es wirklich fürchterlich eilig«, wehrte Lisa ab, dankte der Frau und verließ eiligst die Wohnung. Das Babygeschrei begleitete sie bis hinauf in ihr Wohnzimmer.

9

Es dauerte noch bis zum frühen Nachmittag, ehe der See-Elefant sich entschloss, seinen massigen Körper in Bewegung zu setzen. Langsam und schwerfällig robbte er auf die Straße, von vier Motorradpolizisten eskortiert wie Prinz Harry, wenn er seine südafrikanische Freundin besuchte. Die Polizisten fuhren ein paar Meter, dann warteten sie in Wolken von Auspuffgasen gehüllt mit brüllenden Motoren, dass die riesige Robbe ihnen folgte. Unter dem Gejohle der Zuschauer und den surrenden Kameras bewegte sich die Prozession in Richtung Meer. Lisa war endlich frei.

Erleichtert schlüpfte sie wieder in ihre Bluse und die schmale Hose, zog die hochhackigen Sandalen an, schnappte sich ihre Tasche und rannte die sechs Stockwerke hinunter. Als sie endlich die Haustür aufzog und auf die Straße trat, konnte sie nachvollziehen, wie sich ein eben entlassener Gefängnisinsasse fühlen musste. Sie lief hinüber zu ihrem Auto, schloss es mit dem Ersatzschlüssel auf und warf ihre Tasche auf den Beifahrersitz. Der Verkehr war zwar dicht, aber schon eine halbe Stunde später hechelte sie ins Studio.

Der Assistent – ein sorgfältig geschniegelter Mittzwanziger mit milchkaffeefarbener Haut, einem Helm von glänzend schwarzen Haaren und gigantischen Schulterpolstern in seiner Anzugjacke – bedachte sie kurz mit einem hochnäsigen Blick unter gesenkten Lidern und kritzelte dann eifrig einige Notizen auf ein leeres Blatt.

Lisa blieb vor seinem Schreibtisch stehen. »Ich möchte zu Miss Tshayimpi.«

»Sie ist beschäftigt«, sagte er, ohne sie anzusehen, und kritzelte weiter.

»Fragen Sie nach!«, fauchte Lisa.

Er ignorierte sie.

Brodelnd vor Wut, blieb ihr nichts anderes übrig, als sich in einen der roten Sessel zu setzen und zu warten. Sie vertrieb sich die Zeit damit, sich Möglichkeiten auszudenken, wie sie es diesem eingebildeten Typen heimzahlen konnte, kam aber zum Schluss, dass er es der Mühe nicht wert war.

Die Tshayimpi ließ sie eine weitere Dreiviertelstunde kochen. Irgendwann, ohne dass er irgendein Zeichen erhalten hatte, wies der Assistent süffisant grinsend auf die Tür. »Sie können jetzt reingehen.«

Tiefgekühlte, trockene Luft schlug ihr entgegen. Die Studioleiterin verschwand fast hinter ihrem überdimensionalen Schreibtisch. Ihr kugelförmiger Körper war in einen schreiend bunten Kaftan mit großen Puffärmeln gehüllt. Dazu trug sie einen voluminösen pilzförmigen Kopfschmuck aus demselben Stoff. Viele schwarze Frauen kleideten sich in solche Gewänder, die denen in Westafrika üblichen glichen, und die meisten wirkten spektakulär darin, wie schwarze Königinnen, aber nicht Brigitte Tshayimpi, die einfach zu klein war.

Sie war eine unförmige Frau, die keinerlei körperliche Reize besaß, die ihr den Weg nach oben hätten ebnen können. Lisa musste ihr allerdings zugestehen, dass ihr Verstand beachtlich war und zusammen mit ihrem alles verzehrenden Ehrgeiz ihre stärkste Waffe bildete. Außerdem wurde gemunkelt, dass sie akribische Dossiers über jeden anlegte, mit dem sie in Berührung kam.

Ein kleiner, schwarzer, weiblicher Machiavelli, schoss es Lisa durch den Kopf. Keine erfreuliche Kombination. Sie beschloss, auf der Hut zu sein.

Aber das erwies sich als zu spät. Die Tshayimpi ließ ihren Blick einige Augenblicke schweigend an ihr hinuntergleiten.

Und wieder hinauf, bis sie ihr in die Augen sah. »Ich will gar nicht wissen, wo Sie jetzt herkommen, so wie Sie aussehen. Offensichtlich waren Sie in eine Barschlägerei verwickelt.« Der Ton der Studioleiterin war schneidend. Als Lisa zu einer hitzigen Erwiderung ansetzte, hob sie eine pummelige Hand. »Sparen Sie sich das. Sie sind gefeuert.« Die Zähne blitzten, die schwarzen Augen sprühten Feuer, die runden Brüste wogten fast aus dem Ausschnitt.

Die glitzernde Erregung der Tshayimpi berührte Lisa außerordentlich unangenehm. Befand sich die Frau in einem Machtrausch? Ihr Herz begann zu hämmern. Allmählich dämmerte es ihr, dass für sie mehr auf dem Spiel stand als nur eine unangenehme Auseinandersetzung. Innerlich wappnete sie sich für einen harten Kampf.

»Ich bin überfallen worden.« Sie sprach langsam und sehr artikuliert, wie sie es immer tat, wenn ihr Temperament mit ihr durchzugehen drohte. »Zwei Menschen wurden dabei erschossen. Einer der Gangster hat mich getreten.« Sie zeigte auf die eindrucksvolle Beule auf der Stirn und die lange Schramme am Kinn.

Brigitte Tshayimpi spitzte die Lippen und zog die Brauen hoch. Ihre Miene drückte theatralische Ungläubigkeit aus. Die Studioleiterin amüsierte sich offensichtlich königlich.

Lisa beherrschte sich eisern. Das Problem war nur, dass sie keine Ahnung hatte, was Brigitte Tshayimpi so belustigte. Während sie noch über eine andere Gesprächsstrategie grübelte, bemerkte sie aus den Augenwinkeln auf dem riesigen schwenkbaren Flachbildschirm zur Rechten, dass in den Nachrichten ein Bericht über den Besuch des See-Elefanten lief.

»Da«, rief sie. »Das war mein Gefängniswärter. Das Vieh lag vor meinem Apartmenthaus und hat sich nicht gerührt. Ein Panzer wäre nicht an ihm vorbeigekommen. Alle im Haus waren eingeschlossen. Die ganze Nacht bis heute Nachmittag. Erst vorhin hat der Koloss sich bequemt, sich zu bewegen, und erst dann konnte ich das Haus verlassen. Das nenne ich höhere Gewalt.«

Brigitte Tshayimpi ignorierte den Fernseher. »Warum haben Sie nicht angerufen?« Ihre Finger trommelten auf die glänzende Oberfläche der Schreibtischauflage. Es klang angriffslustig.

Wieder drängte sich Lisa der Eindruck auf, dass sich die Tshayimpi amüsierte. »Sie wissen genau, dass der Strom in fast allen Stadtteilen ausgefallen ist und damit auch das Telefon.« Langsam wurde sie wirklich zornig. Meist half ihr das.

»Ach, haben Sie nicht vom Sender ein Handy gestellt bekommen, um immer erreichbar zu sein?«

Lisa starrte sie grimmig an. Für eine Sekunde war sie versucht, zu lügen und der Studioleiterin zu erzählen, dass ihr das Handy bei dem Überfall geklaut worden sei. Aber das war ihr zu billig. Sie spannte die Schultermuskeln. »Mein Akku ist leer. Ohne Strom hatte ich keine Möglichkeit, ihn aufzuladen.«

Brigitte Tshayimpi lächelte sie süß an. Ihre Zähne blitzten schneeweiß in dem schwarzen Gesicht. Ein kleines Raubtier, das dabei war, seine Beute zu schlagen. »Als unsere Reporterin sind Sie verpflichtet, ständig erreichbar zu sein. Sehen Sie in Ihrem Vertrag nach. Das ist eine klare Vertragsverletzung. Heute Mittag war der Dreh in Khayelitsha vorgesehen. Alle haben auf Sie gewartet. Was meinen Sie, was uns das gekostet hat? Packen Sie Ihre Sachen. Mein Assistent wird das überwachen.«

Damit drehte sie ihren Sessel so, dass sie aus dem Fenster schaute und Lisa nur ihr Profil zeigte. Hinter ihrem Kopf röhrte der See-Elefant in die Kamera.

»Sie wollen mir kündigen?«, flüsterte Lisa konsterniert.

Brigitte Tshayimpi streifte sie mit einem Seitenblick, ein niederträchtiges Lächeln umspielte ihre vollen Lippen, aber sie ging nicht auf Lisas Frage ein.

Lisa verstand auch so. Sie hatte soeben ihren Job verloren. Einfach so. Ohne Vorwarnung. Kochend vor Zorn, starrte sie auf das dunkle Profil. So einfach würde sie sich nicht geschlagen geben. »Es geht überhaupt nicht um irgendeine lächerliche Vertragsverletzung, und es geht auch nicht um die Kosten eines verpassten Drehs. So hoch sind die nun auch wieder nicht. Da steckt etwas ganz anderes dahinter, nicht wahr?« Sie ließ die Frau hinter dem Schreibtisch nicht aus den Augen. »Ich bin Ihnen zu weiß, ist es das?«

Wieder bekam sie keine Antwort.

Lisa unterdrückte den Impuls, über den Schreibtisch zu springen und die Schwarze zu packen. Sie hatte längst gelernt, ihren Jähzorn, der sie früher oft in Schwierigkeiten gebracht hatte, zu zügeln. Stattdessen verschränkte sie die Arme vor der Brust und richtete sich hoch auf, dass Brigitte Tshayimpi den Hals verrenken musste, um ihr in die Augen zu sehen.

»Zu weiß und zu blond«, sagte sie. »Und zu groß.« Das Letzte rutschte ihr einfach heraus. Sie hasste sich dafür, aber sie konnte nicht anders. Brigitte Tshayimpi hatte gerade ihre Zukunft zerstört. »Sie sind eine Rassistin«, flüsterte sie. »Eine lupenreine Rassistin.«

Die Studioleiterin drehte sich wieder zu ihr und ließ ihren Blick sehr langsam über Lisas hochgewachsene Figur laufen. Einmal rauf, dann runter und wieder zurück. Lisa, der es vorkam, als berührte die Frau sie körperlich, zwang sich, den Blick ausdruckslos zu erwidern.

»Sie sind gefeuert«, sagte Brigitte Tshayimpi schließlich mit einem zufriedenen Katzenschnurren und schwang vergnügt ihre kurzen Beine. »Fristlos.« Es war unübersehbar, dass ihr die Szene riesigen Spaß machte.

Lisa erkannte, dass es nutzlos sein würde, dagegen anzugehen. Sie schluckte eine heftige Antwort hinunter, drehte sich wortlos um und ging ruhig zur Tür. Die Anstrengung, die es sie kostete, war höchstens an ihrem steifen Rücken abzulesen. Leise schloss sie die Tür hinter sich, ging an den grinsenden Schulterpolstern vorbei und verließ das Studio.

Im Gang wollte sie gerade ihrer Rage freien Lauf lassen, als ihr Andy Willems entgegenkam. »Lisa, du siehst ja schrecklich aus. Hast du die Nacht durchgemacht, oder hat die Tshayimpi versucht, dich zum Frühstück zu verspeisen?« Er gluckste. »Sie ist ein gefräßiges, kleines Ungeheuer, nicht wahr?«

»Kann ich den Akku von meinem Handy bei dir aufladen? Wir hatten heute einen Stromausfall«, wich sie aus. Jetzt über das zu reden, was gerade zwischen ihr und der Studioleiterin vorgefallen war, ging über ihre Kräfte.

»Klar, komm in meinen Palast.« Ironisch grinsend, führte er sie den Gang hinunter und stieß die Tür zu einer fensterlosen Kammer auf, die so winzig war, dass sie kaum beide darin Platz hatten. Er musste die Tür offen stehen lassen. Die nackte Neonröhre an der Decke verströmte bläulich kaltes Licht und ließ ihre Gesichter blass und kränklich wirken. Auf Andys Schreibtisch flimmerte ein Bildschirm, daneben stand eine schwere Filmkamera. Kabelschlangen wanden sich über den Boden zum Monitor, seinem Computer, dem Drucker und seinem Notebook. Der Rest der Schreibtischplatte war mit farbigen Probeabzügen übersät. Die Kameratasche lag geöffnet unter dem Tisch.

Andy wies auf eine Steckdosenleiste, und Lisa stöpselte das Ladegerät ein und verband es mit ihrem Handy.

Der Kameramann schob ein paar Fotos beiseite, hockte sich auf die Schreibtischkante und musterte sie neugierig. »Also, was ist los?«

Lisa seufzte. Die Studiogerüchteküche brodelte bestimmt jetzt schon. Sie war sich sicher, dass der Kerl im Vorzimmer alles, was zwischen ihr und Brigitte Tshayimpi gesagt worden war, über die Gegensprechanlage mitgehört hatte. Andy würde ohnehin in Kürze alles erfahren, und da war es besser, er hörte es von ihr. Sie gab ihm die Kurzfassung von dem, was zwischen ihr und Brigitte Tshayimpi vorgefallen war.

»Dass der Akku leer war, war einfach Pech.«

Andy Willems legte den Kopf schräg und zog die Brauen hoch. »Ehrlich gesagt, war das kein Pech, sondern Dummheit. So hast du ihnen einen perfekten Anlass gegeben, dich aus vertragstechnischen Gründen zu feuern, egal, welche Gründe wirklich dahinterstecken. Keinen Ersatzakku zu haben ist in unserem Beruf einfach dämlich, und der verpasste Drehtag ist das Sahnehäubchen.«

»Na toll, damit baust du mich wirklich ungeheuer auf.« Sie funkelte ihn an, war aber natürlich besonders wütend, weil er Recht hatte. Es war fürchterlich dämlich gewesen.

»Lass mich doch erst mal weiterreden!« Fürsorglich legte Andy ihr den Arm auf die Schulter. »Das war nur der Anlass, sag ich dir. Eigentlich hat deine Kündigung nichts mit dir persönlich zu tun, glaub mir …«

Ein bitteres Lachen ausstoßend, entwand sie sich seinem Griff. »Ach ja? Mit meiner Arbeit vielleicht nicht, aber mit meiner Hautfarbe.«

Andy Willems verzog ärgerlich das Gesicht. »Weil du weiß bist? Red doch keinen Unsinn, Lisa. Die Rassistenkarte ist deiner nicht würdig. Die Tshayimpi und du, ihr seid wie Hund und Katze. Unvereinbarkeit der Charaktere nennt man so etwas. Wenn ihr euch begegnet, fliegen die Fetzen. Das ist alles, und jeder im Sender weiß es. Das kann überall passieren. Ehen scheitern deswegen. Das hat mit deiner Hautfarbe nichts zu tun … Komm schon, Lisa, krieg dich wieder ein.« Er versuchte, sie an sich zu ziehen, aber sie schüttelte ihn ab und trat einen Schritt zurück.

Ihr war plötzlich eine Idee gekommen. »Weißt du, wer meine Sendung übernehmen soll?«

Sein Blick streifte sie kurz, glitt dann verlegen ab und wanderte ziellos über die Wände zur Tür und hinaus auf den langen, vom kalten, schattenlosen Licht der Neonleuchten erhellten Gang. Er zuckte die Schultern und schüttelte gleichzeitig halbherzig den Kopf.

»Wer?« Lisa schob das Kinn kampfeslustig vor. »Raus damit! Du weißt es, Andy, sieh mich an!«

Andy wich unwillkürlich zurück, als befürchtete er, dass sie ihn beißen wollte. Verdrossen hob er den Blick. »Linda«, quetschte er nach ein paar Sekunden hervor.

Ihr blieb vor Überraschung der Mund offen stehen. »Aber ... aber«, stotterte sie. Jeglicher Kampfgeist wich von ihr. Ihre Schultern fielen herunter, und wie unter einer Last senkte sie den Kopf.

Andy bleckte die Zähne in einer Art Lächeln. Offenbar konnte er ihre Gedanken lesen. »Aber Linda ist groß, blond und sehr weiß, wolltest du bemerken? Ich hab dir doch gesagt, dass es nichts mit deiner Hautfarbe zu tun hat. Du bist der Tshayimpi einfach politisch zu unkorrekt, du bist zu kritisch. So einfach ist das, und auch das weiß jeder im Sender. Denk an den Beitrag mit den Muthi-Morden. Außerdem hat ihnen ein Vögelchen gesungen, dass du ihren Parteipräsidenten Tom Zulu auf dem Kieker hast. So kurz vor den Wahlen kann das großen Schaden anrichten. Die hauen sich gegenseitig die Köpfe ein, und der ANC hat schon genug damit zu tun, dass ihnen die neue Parei nicht zu viele Stimmen wegfischt. Sie werden nicht zulassen, dass du ihren Kandidaten anschießt. Ich kann dir nur raten, vorsichtig zu sein.«

»Was? Von dem Beitrag weiß doch niemand ... außer dir.« Mit wachsender Wut musterte sie ihn. »Warst du das etwa? Ich ...« Sie machte eine Handbewegung, als drehte sie einen Strick.

»Jetzt mach mal 'nen Punkt! Du solltest mich wirklich besser kennen. Das grenzt an Beleidigung.«

»Okay, tut mir leid, war nicht so gemeint. Also, wer ist das Vögelchen?«

Andy Willems hob die Schultern. »Es wird gemunkelt, dass einer von Tom Zulus Leuten, die du interviewt hast, dahintersteckt. Bekanntermaßen sind deren Verbindungen zu den Medien ziemlich direkt. Vermutlich bist du ihnen bei der Recherche zu nahe gekommen.«

Mit gerunzelten Brauen dachte Lisa an eine verhuschte, graumausige ANC-Parteifunktionärin in wallendem Lagenlook und vernünftigen Riemensandalen an den blau geäderten Füßen, die ihren Fragen mit den glänzenden Augen jenes neugierigen Nagetiers gelauscht und ihr dann so überaus eifrig zugearbeitet hatte. Es hatte ihr geschmeichelt, dass die Frau ihre Arbeit sehr schätzte, wie sie häufig betonte. Sie verzog das Gesicht, als hätte sie auf eine Zitrone gebissen. Es passierte nicht oft, dass ihre Menschenkenntnis sie im Stich ließ, aber hier war es wohl der Fall gewesen.

Andy Willems, dem ihr wechselndes Mienenspiel nicht verborgen geblieben sein konnte, wurde ungeduldig. »Herrgott, Lisa, jetzt verfall nicht gleich in Depressionen. Kapierst du denn nicht? Du bist einfach zu gut. Du hast eine verdammt gute Spürnase für soziale Missstände und kannst sie blendend filmisch umsetzen. Deine Dokus sind spannend wie Krimis, aber das passt den jetzigen Herren eben nicht. Und Damen. Du bist einfach zu gut«, wiederholte er mit schiefem Grinsen. »Ehrlich.«

»Zu gut?« Ein hysterisches Kichern kitzelte sie im Rachen. »Wie meinst du das: zu gut? Sie hat mich rausgeworfen.«

»Du bohrst deine spitzen Finger immer genau da in eine eitrige Wunde, wo es am schmerzhaftesten ist, und ziehst sie nicht eher heraus, bis du bis auf den Grund gelangt bist und der ganze Dreck herausfließt.« Er lachte über das eklige Beispiel. »Ich finde deine Dokumentationen großartig. Es ist schließlich nicht alles rosig in unserer bunten Regenbogennation. Aber die Buschtrommel besagt, dass der Beitrag über die Muthi-Morde die Toleranzgrenze unseres Vorstandes um Meilen überschritten hat. Schwarze Riten, Hexerei und Zaubermedizin passen nicht zum Image des modernen Südafrikas.« Er grinste. »Linda tut, was man ihr sagt. Sie ist jetzt die Quotenweiße.«

»Quotenweiße.« Lisa starrte ihn konsterniert an. Emotionen jagten wie Wolkenschatten über ihr Gesicht. »Also war ich die

Quotenweiße? Red keinen Quatsch! Außerdem weiß doch jeder, dass sie und die Tshayimpi …« Sie lachte böse, als sie seinen Gesichtsausdruck beobachtete. »Dämmert's langsam? Die beiden haben ein Verhältnis. Hast du das etwa nicht gewusst?« Sie sah ihn an. »Du hast es nicht gewusst!«, rief sie triumphierend. »Ausgerechnet du. Ich glaub's nicht. Das entschädigt mich fast für alles. – Nein, lass mich in Ruhe!« Mit einer schnellen Drehung entwand sie sich seinen zugreifenden Händen und rannte blindlings aus dem Gebäude. Andy Willems starrte ihr verwirrt nach.

Später konnte sie nicht mehr nachvollziehen, durch welche Straßen sie gefahren war und wie lange. Verschwommen entsann sie sich, dass sie irgendwo auf halbem Weg hoch zu ihrem Lieblingsaussichtsplatz am Lion's Head nicht mehr hatte weiterfahren können. Buschbrände züngelten wie feurige Schlangen den Berghang hoch und färbten die Unterseite der dichten Rauchwolken, die sich hinab auf die Stadt wälzten, in ein dramatisches Rot. Die Polizei hatte die Straße abgesperrt.

Eine Windbö habe die Glut einer weggeworfenen Zigarette im trockenen Gras verteilt und das sei zundertrocken, hatte ihr einer der Polizisten zugerufen. Verdammte Touristen, hatte er hinzugesetzt. Mechanisch hatte sie gewendet, war einfach die Straße hinuntergefahren, auf die Küstenstraße abgebogen, war immer weiter gefahren, und jetzt stand sie hier – am Strand, auf irgendeinem Felsen, barfuß mit ihren Sandalen in der Hand – und hatte keine Ahnung, wo sie war.

Verwirrt schaute sie sich um. Wuchtige Felsformationen ragten vor ihr ins Meer, hinter ihr schimmerte eine weite halbmondförmige sandige Bucht. Die Strahlen der rotgoldenen Nachmittagssonne glitzerten auf dem Atlantischen Ozean, zersplitterten auf den Wellen in Milliarden funkelnder Rubine. In der Ferne glitten die Silhouetten zweier Dampfer vor dem glühenden Himmel dahin. Vier Möwen standen reglos als lebende Scherenschnitte auf der Rundung eines Felsgrats, der sich wie der Rücken eines Wals aus den Wellen erhob, und jetzt erkannte sie, wo sie sich befand. Der Wal, so wurde diese Klippe tatsächlich genannt. Etwas weiter weg lag ein Fels, groß wie eine Bergkuppe, mit einem Loch in der Mitte. Der Backoven.

Sie war auf der riesigen Gesteinsplatte gelandet, die die Camps Bay vom Backoven Beach trennte. Aus den Felsspalten, in denen allerhand Treibgut hängen geblieben war, stieg ihr der durchdringende Geruch nach trockenem Seetang und angefaultem Fisch in die Nase. Doch über die glitzernde Wasseroberfläche wehte der Salzgeruch des weiten Meeres herüber, dieser unbeschreibliche Duft nach Freiheit, nach Leben und der Erfüllung aller Träume. Ihr schossen die Tränen in die Augen.

Sie blinzelte sie weg, stopfte die Sandalen in ihre Umhängetasche und kletterte über die noch sonnenwarmen Felsen, bis sie den vordersten erreichte, der ihr einen freien Blick übers Meer und die Bucht bot, ohne dass sie einen anderen Menschen sehen musste. Sie krempelte die Hosenbeine hoch und ließ sich im Schneidersitz nieder.

Quotenweiße, dachte sie. So ein verfluchter Mist. Wütend trat sie einen Stein los. Er fiel klatschend ins Wasser und sank hinunter in die lockend wehenden Arme von olivfarbenem Tang. Quotenweiße!

Ihr Adrenalinpegel hatte den Höchststand erreicht, ihr Herz klopfte hart und schnell. Bilder der Szene im Studio blitzten wie Glassplitter in einem Kaleidoskop vor ihrem inneren Auge auf. Das Gesicht der Tshayimpi schob sich in ihr Blickfeld.

»Sie sind gefeuert«, schrie der Mund.

In hohem Bogen flog der nächste Stein ins Meer. Es spritzte, dann war er verschwunden.

Gefeuert.

In diesem Augenblick traf sie die Bedeutung dieses Wortes mit voller Wucht. Sie hatte nicht nur einen Job verloren, sondern ihren Beruf, ihre Leidenschaft. Sie machte sich keinerlei Illusionen, dass sie nur mit dem Finger zu schnippen brauchte, um bei einem anderen Sender aufgenommen zu werden. So lief das heutzutage nicht mehr.

Auswandern könnte sie, aber wohin? Ihre Heimat, ihre Eltern und Freunde hinter sich lassen? In einem anderen Land, auf einem anderen Kontinent von vorn anfangen?

Ich kann das nicht, dachte sie. Ich will das nicht. Ich will nicht einmal darüber nachdenken.

Die Sonne war tiefer gesunken, das Meer schimmerte. Lisa atmete tief ein und ließ die Luft langsam wieder ausströmen. Nach und nach beruhigte sie sich, fast unmerklich floss die Anspannung aus ihr heraus wie Flüssigkeit aus einem Gefäß. Sie straffte die Schultern und machte sich daran, ihre Situation nüchtern zu analysieren.

Im letzten Monat war sie siebenunddreißig Jahre alt geworden, ihr Liebesleben war ein Trümmerhaufen, ihre Seele noch blutig von dem Streit mit Brian, sie hatte niemanden in Kapstadt, den sie wirklich als Freund bezeichnen konnte, ihr Job war weg und damit nicht nur die Arbeit, die für sie so wichtig war wie atmen, sondern auch ihr Einkommen. Ersparnisse hatte sie nicht. Letztes Jahr war das erfreuliche kleine Polster, das sie angespart hatte, in den Händen von einem smarten Investmentbanker, dem Spross einer alten britischen Familie, dessen konservatives Äußeres jeden erfolgreich darüber hinwegtäuschte, dass er spielsüchtig war, zu einem jämmerlichen Rest geschrumpft. Ihr Geld war von einem schwarzen Loch namens Wall Street verschluckt worden.

Kapstadt war kein billiges Pflaster, und wies ihr Konto einmal einen Überschuss auf, schmolz dieser schneller dahin als Butter in der afrikanischen Sonne. Dieser Wahrheit musste sie sich stellen. Ihre Schwäche waren Klamotten aus Edelboutiquen, teures Make-up und der angesagteste Friseur. Und Schuhe. Missmutig betrachtete sie das durchbrochene Muster der goldfarbenen Sandalen, die aus ihrer Tasche herausragten. Sie waren aus Italien importiert und hatten den Monatslohn eines Bauarbeiters gekostet. Gelegentliche Gewissensbisse unterdrückte sie mit dem Argument, dass sie durch großzügigen Konsum die Konjunktur ankurbelte und außerdem in ihrem Beruf immer gut aussehen musste. Auf der Straße stürzten sich oft wildfremde Leute auf sie, grüßten sie wie eine alte Bekannte und verlangten Autogramme. Andere schrieben ihr an die Adresse des Senders und gaben ihr Ratschläge, wie sie sich kleiden sollte, kommentierten ihre Frisur, ihr Make-up, ihre Figur.

Mit Schaudern erinnerte sie sich daran, wie sie einmal von einer missgünstigen Kollegin in Schlabberpulli ohne Make-up und mit strähnigen Haaren gefilmt worden war. Dass sie gerade ihre Wohnung renovierte und nur schnell eine Tiefkühlpizza aus dem Supermarkt holen wollte, hatte diese Ziege natürlich nicht erwähnt. Das war die Kehrseite ihrer Berühmtheit.

Ein dritter Stein flog ins Wasser. Er verschwand auf Nimmerwiedersehen in einer Felsspalte. Die Möwen schüttelten beunruhigt ihr Gefieder, blieben aber auf dem Felsen sitzen.

Natürlich könnte sie ihre Eltern um Geld bitten, das wäre an sich kein Problem. Man konnte ihre Familie als sehr wohlhabend bezeichnen, auch wenn sie letztes Jahr, als die Aktienkurse ins Bodenlose stürzten, viel verloren hatte. Betrachtete man allerdings den Geldwert der Familienfarm Lalisa, waren sie wohl immer noch als reich einzustufen, auch wenn das Barvermögen geschrumpft war.

Aber das ließ ihr Stolz nicht zu. Um keinen Preis würde sie ihre Eltern anpumpen, eher würde sie sich als Putzfrau verdingen. Während sie noch über diese Aussicht nachdachte, erinnerte sie ein unangenehmes Gefühl der Leere in ihrer Magengegend daran, dass ein weiterer gewichtiger Posten in ihrem Monatsbudget ihre Vorliebe für gute Restaurants war. Kochen war nicht ihr

Ding. Außerdem war es nicht sehr anregend, nur für eine Person zu kochen. Brian war das ohnehin egal gewesen. Er ging lieber ins Restaurant, je voller es dort war, desto besser. Er war der typische Partylöwe, einer, der ohne Gesellschaft in Trübsinn versank, einer, der sich am wohlsten fühlte, wenn um ihn herum das Leben tobte und er sich in den neidischen Augen der anderen spiegeln konnte. Die Qualität des Essens war für ihn absolut zweitrangig, wenn er es denn in munterer Begleitung einnehmen konnte.

Unversehens meinte sie würzigen Curry zu riechen, frisch gebackenes Brot. Den unvergleichlich süßen Duft, wenn Bongi Guavenmarmelade kochte. Es war Einbildung, Wunschdenken, das war ihr klar, aber die Sehnsucht nach ihrer Familie und der Farm überfiel sie mit großer Heftigkeit. Wie immer in ihren dunkelsten Stunden flüchtete sie sich in Gedanken nach Lalisa.

Nachdenklich tippte sie mit einem Fingernagel gegen ihre Zähne. Die Geburtstagsparty ihrer Mutter fand erst in drei Wochen statt, am Sonntag, und ihr Flug war für den Freitag davor gebucht. In einundzwanzig Tagen. Einundzwanzig leere Tage.

Einundzwanzig einsame Tage.

Ihr Blick wanderte über die Strandpromenade von Campsbay. Die ersten Lichter waren angegangen, und die Scheinwerfer der Autos, die die Uferstraße entlangrollten, bildeten eine blinkende Lichterkette. Kapstadts Nachtleben nahm Schwung auf. Die Tageszeit, die sie genoss, die Zeit, wo sich die Crème der Kapstädter Gesellschaft, zumindest die, die sich dafür hielten, in den Schickeria-Bars traf.

Aber heute war ihr Blickwinkel ungewohnt. Aus weiter Ferne. Sonst war sie mittendrin gewesen, jetzt stand sie am Rand. Abrupt drehte sie dem quirligen Treiben den Rücken zu und blickte in die untergehende Sonne. Wie ein Feuerball versank sie im Meer, der Himmel sprühte Funken, die Dämmerung senkte sich als pflaumenfarbener Schleier hernieder. Die Möwen schwangen sich eine nach der anderen vom Felsrücken in die Luft und glitten davon.

Lisa ließ ihre Sehnsüchte mit ihnen fliegen, ließ die unvergleichlich heitere Ruhe, die die Natur so großzügig verschenkte, wie einen warmen Strom durch ihre Adern fließen.

Sekunden später wurde die friedliche Stimmung jäh durch das aufdringliche Klingeln ihres Handys unterbrochen. Ärgerlich zog sie es aus der Umhängetasche und las die Nummer auf dem Display. Es war Brians. Sie drückte sie weg und starrte vor sich aufs Wasser, bis ihr Lichtreflexe vor den Augen tanzten. Dann bückte sie sich, klaubte einen Stein auf und schleuderte ihn weit hinaus ins Meer. Die Wasseroberfläche zerbarst in einem Funkenregen. Der Stein sank. Brian war Vergangenheit.

Ihr Handy hielt sie noch immer in der Hand, und erst jetzt entdeckte sie, dass ihr jemand vor einiger Zeit eine SMS geschickt hatte. Nach kurzem Zögern öffnete sie die Nachricht und sah, dass sie von ihrer Mutter stammte.

»Versuche, Dich zu erreichen«, las sie halblaut. »Ruf mich an, sobald Du kannst. Kuss Mama.«

Erfreut drückte sie die Kurzwahltaste mit der Nummer ihrer Mutter. Eine muntere Unterhaltung mit ihr würde ihr guttun. Aber selbst nach endlosem Klingeln nahm diese nicht ab. Sie seufzte. Vermutlich lag das Telefon irgendwo herum, und ihre Mutter konnte es nicht finden. Das passierte häufig. Sie rief die SMS auf und tippte schnell eine Antwort. Später würde sie es noch einmal versuchen.

Als ihr Blick wieder zum Horizont wanderte, stellte sie fest, dass es von ihr unbemerkt fast dunkel geworden war. Die Meeresoberfläche reflektierte zwar den dramatischen Abendhimmel und erweckte dadurch die Illusion von Licht, aber die Dämmerung verdichtete sich schnell zu nachtblauer Dunkelheit, so dass sie den Verlauf der Küste nur noch an den glitzernden Lichtern erkennen konnte. Es war höchste Zeit, die Felsen zu verlassen.

Im Dunkeln als Frau allein am Strand oder auf der Straße herumzulaufen hieße, das Schicksal herauszufordern. Außerdem verlangte es sie nach menschlicher Gesellschaft. Lauter, fröhlicher menschlicher Gesellschaft. Sie machte sich auf den Rückweg.

Ein paar Minuten später schlängelte sie sich zwischen den sich Stoßstange an Stoßstange vorbeischiebenden Autos hindurch zur anderen Straßenseite der Victoria Road. Ein Blick hinüber zur Terrasse vom Summerville-Restaurant zeigte ihr, dass dort kein Hering Platz gefunden hätte. Selbst auf der Treppe hockten Gäste, die auf einen Sitzplatz warteten. Sie ging weiter, kam nur langsam auf dem schmalen Bürgersteig voran, musste sogar über einen Bettler steigen, der im Weg lag und dumpf vor sich hin stierte, ehe sie zum Cafe del Mar gelangte, ihrer Lieblingsdisco, die obendrein eine der besten Pizzas der Stadt auf den Tisch brachte.

Eben trugen zwei mintgrün gekleidete Serviererinnen mehrere der Teigfladen an ihr vorbei. Der Duft kitzelte ihre Nase, und wie auf Kommando begann ihr Magen zu knurren. Ihr ging auf, dass sie den ganzen Tag noch nichts weiter zu sich genommen hatte als die lauwarme Cola und den klebrigen Schokoriegel.

Aus dem Lokal hämmerten Oldies der Achtziger in die warme Sommernacht, dass ihr fast die Trommelfelle platzten. Vor dem Eingang stand eine Gruppe Nikotinsüchtiger in bläuliche Zigarettenrauchwolken gehüllt. Drinnen war es wie immer brechend voll. Vor der Bar hing eine große Traube der auf Hochglanz lackierten Schickeria von Kapstadt. Die Schönen, die Reichen, die Jungen. Mai Thais und Caipirinhas flossen in Strömen. Auf der Tanzfläche wogte eine kompakte Masse Mensch, die nackten Arme wie züngelnde, blasse Schlangen hochgereckt. Lisa kniff die Augen zusammen. Der Effekt war psychedelisch. Im Menschenmeer entdeckte sie etliche Bekannte und wollte sich schon durchdrängen und mitten ins Getümmel stürzen, als sie unvermittelt zurückwich.

Viele Leute hatten sie erkannt und wandten sich zu ihr um. Ein Kamerablitz zuckte. Als Fernsehreporterin hatte sie Promi-Status. Jemand winkte heftig und rief ihren Namen.

»He, Lisa … Leute, Lisa, unser Darling ist da …«

»Willst du einen Caipi?«, brüllte ein Blonder mit glänzender Haartolle und ließ seine Tanzpartnerin stehen, um sich zu ihr durchzuschieben.

Lisa sah sich einer Wand von Gesichtern gegenüber. Münder öffneten und schlossen sich. Was sie von sich gaben, ertrank in der lauten Musik. Zähne blitzten zwischen rot geschminkten Lippen, als wollten sie zubeißen. Ihr wurde jäh übel. Sie wich zurück.

Auf einmal war ihr alles zuwider. Der Lärm, das zuckende Licht, die johlende Menge, der Zigarettenrauch. Der Pizzageruch. Diese schrecklich bemühte, schrecklich bunte, schrecklich grelle Fröhlichkeit.

Sie hob den Blick zu den Sternen und suchte das Kreuz des Südens am Nachthimmel. Aber sie fand es nicht. Die Lichter der Stadt ließen das Leuchten der Himmelsgestirne verblassen.

Mit jeder Faser ihres Körpers sehnte sie sich nach dem funkelnden Sternenmeer am Himmel über Lalisa, der völligen Stille, dem würzigen Geruch von warmer, feuchter Erde, dem berauschenden Nachtparfüm der Engelstrompeten. Dem melancholischen Ruf des Ziegenmelkers. Ihren Eltern. Nach sich selbst. Nach Freunden.

Wirklichen Freunden.

Ihr wurde die Kehle eng. Sie musste nach Hause. Gleich morgen. Hier hielt sie nichts mehr, jedenfalls im Augenblick nicht, und weiter als einen Augenblick im Voraus mochte sie jetzt nicht denken. Es war einfach zu deprimierend.

Eilig kämpfte sie sich durch einen Haufen grölender Hockeyspieler, die den Aufgang zum Cafe del Mar blockierten, und lief zurück auf die andere Straßenseite. Sie hatte keine Ahnung, wo sie ihr Auto geparkt hatte, aber vermutlich wohl in Fahrtrichtung. Ein dürrer dunkelhäutiger Mann mit einer gehäkelten Ballonmütze aus bunten Garnresten, der sie interessiert beobachtet hatte, schob sich dicht an sie heran.

»Hi, Lisa Darling, ich bin Lucky Luke. Ich weiß, wo Ihr Auto ist. Zwanzig Rand, und ich zeig's Ihnen.«

Verdattert beäugte sie ihn. »Danke, das finde ich auch allein«, beschied sie ihm. Angestrengt hielt sie die Luft an, als ihr intensiver Haschgeruch aus seiner Kleidung entgegenwehte.

»Aber, Ma'am, ich habe auf Ihr Auto aufgepasst, nicht einen einzigen Strafzettel haben Sie bekommen, obwohl Sie mitten im Parkverbot stehen«, jaulte der Mann und zeigte mit einem dünnen, heftig zitternden Finger auf eine Reihe geparkter Autos.

Und tatsächlich. Ihres stand unmittelbar unter dem Parkverbotsschild, und es klebte kein Strafzettel unter dem Scheibenwischer. Aber ein paar Autos weiter entdeckte sie eine Verkehrspolizistin, die eifrigst damit beschäftigt war, Strafzettel zu verteilen. Grimmig starrte sie den Typen an. Vermutlich hatte der den Zettel einfach verschwinden lassen, um von ihr Geld abzuzocken, und sie würde den Ärger bekommen, wenn sie nicht rechtzeitig bezahlte. Aber sie war zu ausgelaugt, um sich jetzt mit dem Kerl zu streiten. Nicht um die paar Kröten, auch wenn Ebbe auf ihrem Bankkonto herrschte.

»Zehn Rand, keinen Cent mehr.« Sie drückte ihm den Schein in die Hand. Es war ein angemessener Preis für die Parkaufsicht. Sie schloss den Wagen auf, warf sich auf den Sitz und verriegelte die Tür.

Der Mann mit der Ballonmütze grinste ins Fenster. »Hab's doch gesagt, mein Name ist Lucky Luke.«

Sie ignorierte ihn, zog ihr Handy heraus und wählte die Nummer der South African Airways am Flughafen. Am liebsten würde sie jetzt gleich ein Flugzeug nach Durban besteigen.

Zwei Minuten später steckte sie das Telefon desillusioniert wieder weg. Der letzte Flug war bereits in der Luft, und für morgen war alles ausgebucht. Erst für übermorgen war sie auf die Warteliste für den Flug um acht Uhr gesetzt worden. Aber je länger sie darüber nachdachte, desto besser passte ihr das eigentlich. Es ließ ihr Zeit, um morgen ihren Schreibtisch beim Sender auszuräumen, ihrer Putzfrau Bescheid zu sagen und ihren Koffer zu packen. Ohnehin musste sie noch das Kleid, das sie sich für den Geburtstag ihrer Mutter ausgesucht hatte, bei Caroline Collezione abholen. Es war ihr in der Taille zu weit gewesen, und sie hatte es ändern lassen. Übermorgen würde in Ordnung sein. Sie drehte den Zündschlüssel und reihte sich in den Verkehr ein.

10

An diesem Abend probierte sie wiederholt, ihre Mutter per Telefon zu erreichen. Jedes Mal bekam sie keine Antwort. Inzwischen ziemlich nervös geworden, rief sie ihren Vater auf seinem Mobiltelefon an, aber zu ihrem Befremden antwortete auch der nicht.

Während sie die Kleidungsstücke, die sie mit nach Lalisa nehmen wollte und die noch gewaschen werden mussten, in die Waschmaschine stopfte, versuchte sie sich mit allerlei Erklärungen zu beruhigen, warum ihre Eltern nicht zu erreichen waren.

Stromausfall, Akku leer.

Eine sehr wahrscheinliche Möglichkeit. Ihr war das schließlich ebenso gegangen.

Handy geklaut?

Unbewusst zuckte sie mit den Schultern. Das war ein alltägliches Vorkommnis in Südafrika.

Aber genau zu diesem Zweck besaß ihr Vater noch ein Ersatzgerät mit einer zweiten SIM-Karte, und diese Tatsache machte auch die Annahme, dass ihre Mutter ihr Telefon verloren oder verlegt hatte und deswegen nicht erreichbar war, zunichte.

Vielleicht aber waren auch beide im Herzen von Zululand unterwegs und saßen in einem Funkloch, die dort häufiger waren als Löcher im Käse.

Höchstwahrscheinlich? Voller Unruhe kaute sie auf ihrer Unterlippe.

Bevor sie es verhindern konnte, schossen ihr weitere Möglichkeiten durch den Kopf. Unfall oder Überfall. Beide schwer verletzt oder Schlimmeres.

Ihre Gedanken rasten im Galopp davon. Sie lief ins Wohnzimmer, suchte mit fliegenden Fingern die Nummern mehrerer Krankenhäuser zwischen Mtubatuba und Durban aus dem Telefonbuch und arbeitete sie ab. Als sie auch beim Umhlanga Rocks Hospital nur die Auskunft bekam, dass niemand mit dem Namen Darling eingeliefert worden sei, entspannte sie sich allmählich.

Doch auch jetzt wollte diese nagende innere Beklemmung nicht verschwinden. Unruhig lief sie im Wohnzimmer umher, entriegelte die Balkontür, ging hinaus und schaute in die samtene Dunkelheit. Obwohl die Nacht lauwarm war, kroch ihr so etwas wie Winterkälte durch die Adern. Ein Gefühl von Einsamkeit, Wurzellosigkeit, Ziellosigkeit. Ihr Job war weg, die Verlobung mit Brian gelöst, und ihre Eltern waren nicht zu erreichen. Sie saß fest. Ihr Flug ging erst übermorgen. Sie schlang sich die Arme um den Leib. Nur einmal, als Zwölfjährige, als ihre Eltern sie ins Internat geschickt hatten, hatte sie sich ähnlich gefühlt.

Jäh überfiel sie der unsinnige Impuls, sich auf der Stelle ins Auto zu setzen und nach Lalisa zu fahren. Einfach die Nacht durchzufahren. Das Gedankenkarussell in ihrem Kopf drehte sich schneller, immer schneller, bis sie sich am Geländer festhalten musste.

Mit aller Kraft zwang sie sich zu Vernunft und Ruhe. Weder die Tshayimpi noch ein paar dahergelaufene Gangster würden sie aus dem Gleichgewicht bringen. Sie ging zurück ins Wohnzimmer. Gleich darauf fiel ihr wieder ein, dass die Gangster im Besitz ihrer Schlüssel und Adresse waren und sie versäumt hatte, heute das Schloss austauschen zu lassen. Hinter ihr knackte es, und die feinen Härchen auf ihren Armen stellten sich auf. Sie wirbelte auf den Zehenspitzen herum.

Aber da war nichts. Ihre Nerven hatten ihr einen Streich gespielt. Eilig suchte sie die Telefonnummer vom Schlüsselnotdienst heraus. Glücklicherweise sagte der Mann zu, in einer halben Stunde bei ihr zu sein. Vorsichtshalber steckte sie das Pfefferspray griffbereit in die Tasche ihrer Bermudashorts. Sie würde mit dem Mann allein in der Wohnung sein, und man konnte nie wissen.

Der Mann vom Schlüsseldienst war ein schweigsamer, ausgemergelter Farbiger mit dunklen Ringen unter den traurigen Augen. AIDS, fuhr es Lisa durch den Kopf, und sie wurde von einer Welle des Mitleids überflutet. Sie bot ihm eine Tasse Kaffee an, aber er rieb sich die Magengegend und lehnte mit bedauerndem Kopfschütteln ab. Ein Glas Wasser nahm er dagegen an und trank es in kleinen, vorsichtigen Schlucken. Dann machte er sich an die Arbeit.

Seine Hände zitterten merklich, aber er schien zu wissen, was er tat. Innerhalb von zwanzig Minuten hatte er ein neues Schloss eingesetzt und händigte ihr die Schlüssel aus. Lisa gab ihm ein großzügiges Trinkgeld, verschloss die Tür hinter ihm und lehnte sich mit dem Rücken dagegen. Ein paar Minuten stand sie so da, dann fasste sie einen spontanen Entschluss. Sie rief einen befreundeten Makler an und beauftragte ihn, ihr Apartment zu verkaufen.

»Ja, sofort«, antwortete sie auf seine erstaunte Frage und teilte ihm ihre Preisvorstellung mit.

»Den Preis wirst du nicht bekommen«, antwortete er prompt. »Es ist gerade eine ungünstige Zeit, kein guter Verkäufermarkt. Der Rand ist im Keller, Sachwerte sind sicherer. Überleg dir das gut. Ich würde warten. Dein Apartment hat eine zukunftsträchtige Lage.«

Aber sie wollte davon nichts hören. »Danke, aber ich habe mich entschieden. Ich schicke dir meinen Hausschlüssel per Post, damit du Interessenten herumführen kannst. Ich werde einige Zeit zu Hause auf Lalisa sein. Ruf mich an, wenn sich jemand ernsthaft dafür interessiert.« Sie legte auf, bevor er noch weiter auf sie einreden konnte.

Nach dem Anruf war sie eigenartig erleichtert. Schon immer hatte sie sich auf ihr Bauchgefühl verlassen können. In ihrem Beruf war das ihr größtes Kapital. Und ihr Bauch sagte ihr jetzt deutlich, dass diese Entscheidung richtig war, auch wenn sie Geld dabei verlieren sollte. Solange es genug war, um die Hypothek abzudecken, würde sie jeden Preis akzeptieren. Sie war jung, sie hatte noch Zeit, Neues aufzubauen. Ein Gefühl von Freiheit, Ungebundenheit erfasste sie. Sie blinzelte ins Mondlicht, das durchs Fenster hereinströmte, und lächelte.

Leise vor sich hin pfeifend, schaltete sie den Dokumentarkanal im Fernsehen ein. Es lief ein Film über Giftschlangen, der sie sofort an die Tshayimpi erinnerte, aber die einlullende Stimme des Kommentators gab ihr zumindest die Illusion, nicht allein zu sein. Ein Blick in das Tiefkühlfach ihres Kühlschranks zeigte ihr, dass der Inhalt erst zu einem unappetitlichen Klumpen zusammengeschmolzen war, um später, als irgendwann der Strom wieder angeschaltet worden war, festzufrieren. Angeekelt schloss sie die Klappe.

Aber ihr Magen gab keine Ruhe und knurrte lauter. Grimmig durchsuchte sie den Kühlschrank, dessen jämmerlicher Inhalt jegliches Klischee vom Singledasein erfüllte, von der sauer gewordenen Milch über den verschimmelten Joghurt bis zum Tomatenmark, das in der geöffneten Dose zu einer rotbraunen Kruste getrocknet war. Sie räumte die Regale restlos aus und warf fast alles in den Abfalleimer.

Nur eine Dose Gulasch, ein Ei von zweifelhaftem Alter und ein paar in Plastik gewickelte Scheiben Toast behielt sie übrig. Dunkel erinnerte sie sich daran, dass ihre Mutter rohe Eier immer in kaltem Wasser prüfte. Schwammen sie oben, waren sie ungenießbar, sanken sie zum Grund, waren sie in Ordnung. Unschlüssig hielt sie das Ei in der Hand. Oder war es andersherum? Wenn sie Pech hatte, war das Ei bis zum Rand voll mit Salmonellen, die sich bei den warmen Temperaturen vermehrt haben würden, als hätte man sie in einen Brutschrank gelegt. Prompt hatte sie Visionen von Millionen wimmelnder Mikroben. Aber ihr Magen knurrte jetzt vernehmlich. Vielleicht könnte sie das Ei ins Gulasch rühren und so alles, was darin wimmeln könnte, abtöten?

Nach ein paar Sekunden der Unentschlossenheit warf sie auch das Ei in den Abfalleimer. Es landete auf der Kante, platzte auf, und eine Wolke von fauligem Gestank verbreitete sich im Raum. Sie würgte, hielt die Luft an, schlug gleichzeitig den Eimerdeckel blitzschnell zu, rannte hinaus auf den Balkon, lehnte sich weit vor und sog die köstlich frische Seeluft ein. Als sich ihr Magen beruhigt hatte und sie wieder an Nahrungsaufnahme denken konnte, öffnete sie das Gulasch, stellte es in die Mikrowelle und toastete sich zwei Scheiben des pappigen Weißbrots. Als die fertig waren, setzte sie sich an die Küchenbar und knabberte an dem trockenen Toast, der eher zäh als knusprig war. Unkonzentriert blätterte sie durch die Zeitung vom Vortag, während das Gulasch warm wurde.

Auf Seite eins prangte ein Foto von Amerikas neuer First Lady, Michelle Obama, in einem hinreißenden Kleid in Scharlachrot mit gewagtem Rückenausschnitt, direkt neben der Überschrift, dass in den letzten beiden Wochen sechzehn Menschen, die als Kriminelle verdächtigt wurden, allein in KwaZulu-Natal von der Polizei erschossen worden waren. Ohne Gerichtsverhandlung. Hastig blätterte sie weiter. Auf der zweiten Seite blieb ihr Blick an einer Meldung hängen.

»Wieder Muthi-Morde in Natal«, lautete die Überschrift. Sie hörte auf zu kauen und legte den Toast weg. Muthi war das Zulu-Wort für Medizin. Mit wachsendem Entsetzen las sie den Artikel.

Im letzten Jahr waren insgesamt elf Leichen in einem Zuckerrohrfeld in der Nähe von Durban gefunden worden. Jeder in Südafrika hatte die Berichte von den grauenvollen Funden verfolgt.

Allen Leichen fehlten Körperteile, die sauber herausgetrennt worden waren, und die Ermittler waren schnell zur Überzeugung gelangt, dass diese Menschen einem sogenannten Muthi-Mörder zum Opfer gefallen waren, einem, der aus ihren Körperteilen Zaubermedizin mit einer bestimmten Wirkung herstellte und sie verkaufte.

Den verschiedenen Körperteilen wurden unterschiedliche Wirkungen zugesprochen. Die größte Zauberkraft aber hatten Körperteile von Jungfrauen, weiblichen wie männlichen. Einem vierzehnjährigen Jungen waren Penis und Hoden abgeschnitten worden, einem sechzehnjährigen Mädchen die Brüste und die Gebärmutter, einem anderen Jungen wurden die Augen herausgeschält. Junge Augen, die scharf sehen konnten.

Dabei war es von grundlegender Wichtigkeit, dass dem Opfer die Teile bei lebendigem Leib herausgeschnitten wurden. Dem Schreien eines Kindes, während ihm die Genitalien abgeschnitten wurden, wurde die stärkste Wirkung zugeschrieben. Meist klemmten die Mörder ihr Opfer zwischen zwei Felsen fest, um dann mit ihrer grausigen Ernte zu beginnen. So hatte es einer der Mörder vor Gericht erzählt. Er hätte im Auftrag eines Umthakathis, eines Zauberdoktors, gehandelt.

Lisa, die im Gerichtssaal gesessen hatte, um für ihre Dokumentation zu recherchieren, brach der kalte Schweiß aus. Der Mann hatte keinerlei Gemütsbewegung gezeigt, während er in allen Einzelheiten beschrieb, wie er vorgegangen war. Auch die Polizeifotos seiner Opfer, die den Geschworenen auf einem Bildschirm gezeigt wurden und die von schockierender Farbigkeit waren, veranlassten ihn nur zu einem Schulterzucken. Es sei für ihn lediglich ein Geschäft gewesen, für das er gut bezahlt worden sei, gab er zu Protokoll.

Selbst heute noch, nach Monaten, wurde ihr übel bei der Vorstellung, was sie damals gesehen und gehört hatte. Unauslöschlich war ihr jedes Wort und jedes Bild ins Gedächtnis gegraben, und jede Erwähnung dieser Morde ließ sie alles erneut durchleben. Sie schob den Toast weg.

In den vergangenen Monaten hatte es mehrere Verhaftungen gegeben. Das Gerichtsverfahren war gerade angelaufen und hatte bisher das schreckliche Ergebnis gebracht, dass in Südafrika eine Körperteil-Mafia gezielt Menschen ermorden ließ, um an ihre Organe zu gelangen. Seitdem hatte es vereinzelt immer wieder Muthi-Morde gegeben, aber nie diese organisierten Mordserien. Jetzt schien es wieder loszugehen.

Ihr Blick flog zum Ende des Artikels. Als Schlusskommentar prophezeite ein sehr renommierter Professor der Universität Kapstadt, dass der Glaube der ländlichen Bevölkerung, einem Unglück nur mit Zaubermedizin vorbeugen oder abhelfen zu können, proportional mit der zunehmenden Verarmung wachsen würde.

Sie ließ die Zeitung sinken und starrte zur geöffneten Balkontür hinaus. In der Ferne blinkten die Lichter der Waterfront durch die Lücken zwischen den Häusern, chromblitzende Autos fuhren unter den Straßenlaternen entlang. Ein Kreuzfahrtschiff glitt als glitzernder Diamant durch die Nacht. Im Fernsehen lief gerade eine Serie mit schönen Menschen, die sich von weiß livrierten Kellnern blumengeschmückte Drinks an einem tropischen Strand servieren ließen.

Lisa versuchte, sich auf diese Bilder zu konzentrieren, auf das hinreißende trägerlose Kleid der schönen Hauptdarstellerin, auf die weißen Segelschiffe, die hinter ihr übers blaue Meer zogen, aber das andere, das von dem schreienden Kind, das geschlachtet wurde, schob sich davor. Sie musste sich schütteln, als hätte sie einen Schlag auf den Kopf erhalten, und für diesen kurzen Moment konnte sie sich nicht mehr zurechtfinden, schwankte zwischen der Glitzerwelt da draußen und jener, die sie damals als Überschrift für ihre Sendung »Schattenwelt« genannt hatte.

Ihr lief eine Gänsehaut über den Rücken. Ein hochrangiger

Polizeibeamter sprach von dreihundert Muthi-Morden im Jahr. Südafrika war das modernste afrikanische Land südlich der Sahara, aber ein unfassbar großer Teil der schwarzen Bevölkerung glaubte immer noch, dass Wohlstand und Macht am ehesten durch die Fürsprache eines Hexers erreicht werden konnten. Träumte einer von der großen Karriere als Filmstar oder wollte den Lotto-Jackpot knacken oder als Politiker die nächste Wahl gewinnen, wandte er sich an einen Hexer oder an eine Hexe, um seinem Glück nachzuhelfen. Selbst Gangster, die das große Ding planten, nutzten die Schwarze Kunst als Rückversicherung. Wie unzählige ihrer afrikanischen Brüder und Schwestern waren auch sie in dem archaischen Glauben verhaftet, dass es nur eine begrenzte Menge Glück für alle Erdbewohner gab. Wollte man seines vermehren, konnte das nur auf Kosten eines anderen geschehen.

Je nachdem, welches Problem bestand, entschied der Hexer, welcher Teil eines Körpers für die Bedürfnisse seines Kunden die höchste Wirkung hatte, und besorgte es. Oder ließ es besorgen. Die Körperteile wurden entweder gegessen, getrunken oder auf der Haut desjenigen verschmiert, der sich einen Vorteil davon erhoffte.

Während ihrer Untersuchungen war Lisa auf den Fall eines Mannes gestoßen, dessen Ehe kinderlos war. Darauf hatte er einen kinderreichen Nachbarn getötet, um aus dessen Genitalien eine Zaubermedizin zuzubereiten, damit auch er imstande sei, viele Kinder zu zeugen, die ihn im Alter ernährten. Der Fleischer einer Landgemeinde in Natal hatte bei seinem morgendlichen Rundgang durch seinen Laden seinen Fleischstücken mit der abgehackten Hand eines ehemals erfolgreichen Mannes einen Schlag versetzt. Das würde Kunden anlocken, so glaubte er felsenfest, und um ganz sicherzugehen, hatte er auch noch das Blut seines Opfers getrunken, um dessen Lebenskraft in sich aufzunehmen.

Von der Mikrowelle wehte intensiver Gulaschgeruch herüber. Lisa schluckte trocken, würgte, sprang auf, fegte die Zeitung vom Tisch, stieß dabei eine Glasvase auf den Boden, die in einem glitzernden Splitterregen zerbarst. Sie kümmerte sich nicht darum, sondern stürzte über die knirschenden Splitter zur Mikrowelle, schaltete sie aus und beförderte das Gulasch mit Schwung in die Mülltonne, wobei der faulige Eiergestank entwich und ihr fast den Atem nahm. Sie schlug den Deckel krachend zu, vergewisserte sich, dass er festsaß, und rannte wieder auf den Balkon, bis sie frei atmen konnte.

Anschließend drehte sie den Hahn am Spülbecken auf, hielt ihr Gesicht in den Strahl und schüttete anschließend ein ganzes Glas Wasser so hastig herunter, dass sie sich verschluckte und keuchend am Bartisch festhalten musste. Als der Hustenanfall vorüber war, rieb sie sich das Gesicht mit Küchenpapier trocken und fegte die Vasensplitter zusammen. Die Zeitung zerknüllte sie, warf sie aber nicht in den Mülleimer. Den noch einmal zu öffnen, würde sie nicht aushalten.

Plötzlich kraftlos, fiel sie auf ihren Stuhl. Grell wie Blitzlichtaufnahmen erschienen Bilder, die sie sich während ihrer Nachforschungen hatte ansehen müssen, vor ihren Augen. Eines schlimmer als das andere. Lange war es ihr gelungen, diese Bilder konsequent innerlich einzukapseln, sie wegzuschieben, irgendwo in der Tiefe ihrer Seele zu vergraben, zusammen mit anderen Erinnerungen, die sie lieber vergessen hätte. Sie drückte die Handballen auf die Lider, als könnte sie so die Bilder löschen. Aber das war natürlich ein Irrtum. Sie würden sie begleiten bis ans Ende ihres Lebens.

Ihr Blick fiel auf ihr Handy, das sie vorsorglich auflud, obwohl es fast voll war. Noch einmal wollte sie nicht mit einem leeren Akku erwischt werden. Einen neuen musste sie erst bestellen, und wenn sie Pech hatte, würde es Wochen dauern, ehe er geliefert wurde.

Sie sah auf die Uhr. Es war bereits kurz vor einundzwanzig Uhr. Ihre Mutter würde mit Sicherheit zu Hause sein. Sie drückte die Kurzwahltaste. Zu ihrer Freude meldete sich ihre Mutter sofort.

»Mama, endlich! Ich habe mir schon Sorgen gemacht, weil ich dich nicht erreichen konnte.«

»Hallo, Schatz. Wir waren auf Inqaba. Du weißt, dass sich da ein Funkloch ans andere reiht.«

Lisa fiel ein Stein vom Herzen. Es war die offensichtlichste Erklärung, und die Stimme ihrer Mutter klang beruhigend fröhlich.

»Na, Gott sei Dank. Klappt alles mit den Vorbereitungen zu deinem Geburtstag?«

»Bestens. Ich habe alles im Griff. Jill ist ein Schatz, es wird eine tolle Feier werden. Aber was ist denn so dringend? Alles in Ordnung bei dir? Oder ärgert dich die Tshayimpi wieder?«

Lisa schossen die Bilder vom Überfall, der Trennung von Brian, ihrem Rausschmiss, dem See-Elefanten Sultan wie Querschläger durch den Kopf, und unerwartet fehlten ihr die Worte. Sie sah sich nicht imstande, darüber zu reden.

»Die Tshayimpi? Ach nein, eigentlich nicht, das Übliche halt«, stotterte sie. »Ich hatte nur Sehnsucht nach einem langen Klönschnack mit dir.«

Sie liebte diesen Ausdruck. Ihre Mutter hatte ihr als Kind erzählt, dass ihr deutscher Großvater so ein gemütliches Gespräch bezeichnete. Ihr hatte der Klang des plattdeutschen Ausdrucks gefallen. Sie meinte, dabei den Apfelkuchen und Kaffee riechen zu können, den es traditionell bei ihrer Großmutter zum sonntäglichen Nachmittagskaffee gegeben hatte, und seitdem benutzte sie ihn.

»Geht es euch gut? Gibt es etwas Neues auf Lalisa?«

»Auf Lalisa ist alles beim Alten. Der Garten ist ein Blumenmeer, und Papa freut sich auf die Dobermannwelpen, die er von Jills Hündin bekommt. Ich frag mich nur, was Mac sagen wird.«

Lisa lachte. »Sorg bloß dafür, dass er gut gefrühstückt hat, bevor er die Kleinen kennenlernt.« Vor Jahren hatte Mac sich ohne ersichtlichen Grund auf den Zwergpudel einer entfernten Tante gestürzt, die auf Lalisa zu Besuch war, und ihm mit einem Biss das Genick gebrochen. »Denk an Tante Jessy.«

Durch den Telefonhörer drang das Gekreisch von aufgebrachten Pavianen, Mac antwortete mit einem Röhren, das in hohem, aufgeregtem Bellen endete.

»Jagt Mac also immer noch Affen?« Sie wurde sich bewusst, wie lange sie nicht mehr zu Hause gewesen war. Der tägliche Ablauf auf der Farm war ihr fremd geworden.

»Er lauert ihnen stundenlang auf, aber in letzter Zeit erwischt er nie einen. Sie lachen ihn aus. Sein Selbstwertgefühl ist am Boden. Es muss furchtbar frustrierend für den armen Köter sein.«

Macs Bellen überschlug sich, wurde zu einem langgezogenen Geheul. Melly kicherte. »Jetzt haben sie dem armen Hund auch noch das Fressen gestohlen. Übrigens habe ich Benita Ashburton und ihren Mann Roderick kennengelernt. Wir haben festgestellt, dass ich eine Art Tante von ihr bin. Demnach wärst du über mehrere Ecken ihre Cousine. Kennst du sie eigentlich?«

»Gugus Tochter? Aus Nachrichten im Fernsehen und in den Zeitungen natürlich, aber persönlich nicht.«

Gugu, die von dem legendären weißen Häuptling John Dunn und einer Zuluprinzessin abstammte, und ihr Mann Michael Steinach, Onkel von Jill Rogge von Inqaba, hatten im Untergrund gegen die Apartheidregierung gekämpft und dafür mit dem Leben bezahlt. Bei der Vorstellung, wie Gugu und ihr Mann getötet worden waren, richteten sich die feinen Härchen auf den Armen auf. Sie waren dem Vice-Colonel, einem der schlimmsten Folterknechte des Apartheidregimes, in die Hände gefallen. Benita hatte es geschafft, ihn zur Strecke zu bringen, und als der Mann in letzter Sekunde zu entkommen drohte, war sie mit bloßen Händen auf ihn losgegangen und hatte ihn kampfunfähig gemacht. Offenbar eine tolle Frau, ihre entfernte Cousine.

»Ihre Geschichte ist ja der Stoff, aus dem Kinohits gemacht werden. Wir Medienleute waren monatelang wie im Rausch. Man brauchte nur ihren Namen zu erwähnen, und alle haben vor Freude zu sabbern angefangen. Ich im Übrigen auch. X-mal habe ich sie zu einem Interview eingeladen und wäre auf jede Bedingung ihrerseits eingegangen, aber ihr Mann hat sie wie ein Zerberus beschützt. Der soll ja ein international berüchtigter Schürzenjäger sein.«

»Das war er wohl, bevor er Benita traf. Jetzt ist er zahm wie ein Schoßhund und hat nur noch Augen für sie. Kein Wunder, sie ist wirklich bezaubernd.«

Sie redeten noch eine Zeit lang über dies und das und ein paar andere Sachen, ehe sie sich verabschiedeten. Dass Lisa vorhatte, schon übermorgen nach Hause zu fliegen, behielt sie für sich. Es sollte schließlich eine Überraschung werden.

Fast unmittelbar nachdem sie aufgelegt hatte, klingelte das Telefon, und zu ihrer Verwunderung hörte sie die Stimme eines Mannes, den sie seit Jahren nicht mehr gesehen hatte.

»Mick, du meine Güte, es ist ja wohl Ewigkeiten her, dass wir uns gesprochen haben«, rief sie aus. Überrascht spürte sie, wie sehr sie sich über den Anruf freute.

Michael Robertson war der zweite Sohn von Tita und Neil Robertson, und wenn sie richtig nachgezählt hatte, würde er im Juni vierzig werden. Ihre Eltern waren Freunde, Tita und ihre Mutter beste Freundinnen, und die Kinder hatten immer miteinander gespielt, wenn sich die Eltern gegenseitig besuchten. Aber Micky und Dicky, wie die Brüder damals genannt wurden, konnten mit kleinen Mädchen nicht viel anfangen. Micky war drei Jahre älter als sie, Dicky sogar neun. Mit jeweils zehn Jahren wurden sie auf das Hilton College, eine der Eliteschulen Südafrikas, das in den Natal Midlands lag, geschickt, ein paar Jahre später sandten die Darlings ihre Tochter auf eine der ältesten und besten Schulen Kapstadts. Lisa und Mick verloren sich aus den Augen.

Erst im Sommer 1987, als Mick an der Universität von Kapstadt sein Jurastudium begann und Lisa, die im Januar ihren siebzehnten Geburtstag feiern würde, zur selben Zeit noch ein Jahr bis zu ihrem Schulabschluss hatte, trafen sie sich auf einer Party wieder. Für eine atemlose Minute hatten sie sich wortlos angestarrt. Freunde erzählten ihnen später, dass die Luft, die sie umgab, Funken gesprüht hätte. Dann hatte Mick ihre Hand genommen.

»Wo wohnst du?«, fragte er.

»Bei einer Freundin.«

»Wie lange dauert es, bis du deine Sachen gepackt hast?«

»Eine halbe Stunde«, hatte sie wie in Trance geantwortet.

»Gut, gehen wir. Auf dem Weg können wir einkaufen. Heute Abend gibt es Spaghetti mit frischen Tomaten. Schläfst du lieber am Fenster oder zur Wand hin?«

»Am Fenster. Ich habe eine Katze.«

»Ich liebe Katzen«, sagte Mick und zog sie aus dem Raum.

Von dem Augenblick an waren sie unzertrennlich gewesen. Mick studierte, und Lisa bereitete sich auf ihren Abschluss und das anschließende Jurastudium vor. Sie konnten es kaum ertragen, auch nur für eine Vorlesung voneinander getrennt zu sein. Die Tatsache, dass sie zusammenlebten, hielten sie vor ihren Eltern geheim. Irgendwann erfuhr Tita es von irgendjemandem und teilte es sofort Melly mit. Fortan ließen beide Mütter ständig deutliche Anspielungen auf ein mögliches Hochzeitsdatum fallen. Lisa und Mick ignorierten diese.

Sie tanzten durch ihr Leben, glücklich, sorglos, und ihre Zukunft lag vor ihnen wie ein schimmernder, unberührter Sandstrand, der auf ihre Fußspuren wartete. Es waren berauschende, wonnetrunkene Tage.

Und dann bekam Mick die Einberufung zum Militärdienst.

Zu jener Zeit starben haufenweise junge Südafrikaner an den Grenzen Angolas, des damaligen Südwestafrikas und Mosambiks in sogenannten Schussunfällen, wie es offiziell genannt wurde. Offiziell gab es keine Kriege, offiziell wurden nur die Grenzen gesichert. Und die Townships unter Kontrolle gehalten. Es gab natürlich auch keinen Bürgerkrieg. Offiziell.

Sie war dabei gewesen, als der Bescheid kam. Mick hatte ihn schweigend gelesen und danach für Minuten blicklos aus dem Fenster gestarrt. Dann hatte er ihn sorgfältig gefaltet und auf seinen Schreibtisch gelegt. In dieser Sekunde wurde er von einem sorglosen Jungen aus reichem Haus zum Mann.

»Ich kann nicht für die Apartheid kämpfen. Ich kann es einfach nicht«, sagte er. »Kannst du das verstehen?«

Sie hatten sich aneinandergeklammert, als wären sie Ertrinkende, was sie im übertragenen Sinne wohl auch waren. Lisa stürzten vor Verzweiflung die Tränen aus den Augen, aber sie war auch unglaublich stolz auf ihn.

Natürlich hatte er diesen Bescheid erwartet, und sie hatten oft darüber diskutiert, auch in einem engen Kreis von gleichgesinnten Freunden, was das für sie bedeuten würde. Die Konsequenzen waren drastisch.

Den Wehrdienst dem Apartheidstaat gegenüber zu verweigern, war gefährlich. Mick hatte die Wahl, entweder in den Untergrund zu gehen, aus dem Land ins Exil zu fliehen oder für vier Jahre – die doppelte Länge des Wehrdienstes – ins Gefängnis zu wandern. Viele Wehrdienstverweigerer hatten nicht die finanziellen Möglichkeiten, sich ins Ausland abzusetzen, und riskierten es, einfach in dem riesigen Land zu verschwinden. Mit Geschick und Glück gelang das auch einigen.

Mick riskierte es. Er trat seinen Wehrdienst einfach nicht an. Sie mussten sich auf unbestimmte Zeit trennen.

Es gelang ihm und Lisa, sich ab und zu heimlich mit Freunden zu treffen, die wie Mick der EEC, der »End Conscription Campaign«, angehörten, die dafür kämpfte, dass der Wehrdienst in Südafrika abgeschafft wurde. Es war gefährlich, aber auch aufregend. Sie waren Rebellen, Widerstandskämpfer im Untergrund. Es war eine Zeit, die wie Sekt prickelte.

Aber eines Abends hatte sie jemand verpfiffen. Sie saßen – wie immer hinter abgedunkelten Fenstern – zusammen auf der Couch eines Freundes und konnten die Hände nicht voneinander lassen. Sie redeten, tranken, streichelten sich, als Mick plötzlich den Kopf hob und wie ein Tier witterte, das Gefahr roch.

»Da ist jemand«, flüsterte er, schaltete sofort das Licht aus und schob den schweren Vorhang vor dem Fenster um ein paar Millimeter zurück.

Auf der anderen Seite der Scheibe stand ein schwer bewaffneter Polizist, der ihn offenbar nur deswegen nicht bemerkte, weil er in totaler Dunkelheit stand und der Spalt so schmal war. Mick ließ den Vorhang zurückgleiten.

»Polizei«, flüsterte er, seine Stimme jetzt nur ein Hauch.

Dann splitterte Holz, die Eingangstür flog auf, gleichzeitig die Küchentür, und ein Dutzend Polizisten stürmten das Haus.

Die Fenster schienen der einzige Weg zur Freiheit zu sein. Jemand riss das Wohnzimmerfenster auf, und alle, die an der Zusammenkunft teilgenommen hatten, sprangen in kopfloser Panik hinaus – genau in die Arme der wartenden Polizei.

Der Gastgeber aber hatte Mick und Lisa geistesgegenwärtig in eine Art Besenkammer gestoßen. Nachdem die letzten Uniformierten das Haus verlassen hatten, hatte er die beiden ins Obergeschoss gezerrt. Dort öffnete er ein Fenster und bedeutete seinen Freunden, hinaus auf den oberschenkeldicken Ast des alten Jakarandas zu klettern, der das Dach berührte. Lisa und Mick gehorchten blindlings. Zusammen kauerten sie stundenlang regungslos in einer großen Astgabel, bis sie sich sicher sein konnten, dass die Luft rein war.

Bis heute hatte sie das Trampeln der Stiefel im Ohr, das Hämmern von Fäusten an der Tür, das Splittern von Holz und Glas, die harschen Rufe der Polizisten, die Trillerpfeifen.

Über ein Jahr lang hielt Mick das Versteckspiel durch und entkam mehrfach nur in letzter Sekunde, über ein Jahr lang widerstand er dem Flehen seiner Mutter, sich in Sicherheit zu bringen. Irgendwann setzte sie sich durch, und 1989 floh er dann über einen der verschlungenen Fluchtwege, die von vielen Regimegegnern benutzt wurden, erst nach Mosambik und dann weiter mit einem Schiff nach England.

Lisa hörte erst Wochen später davon. Micks Mutter hatte gewartet, bis ihr Sohn in Sicherheit war, und es dann ihrer Freundin Melly Darling erzählt, damit sie die Nachricht an Lisa weitergeben konnte, wenn sie auf Besuch bei ihrer Tochter in Kapstadt war. Derartige Sachen gab man persönlich weiter. Das Telefon war keine sichere Art der Kommunikation in diesem Land. Auch eine Lektion, die Lisa nie vergessen hatte.

Es war ein entsetzlicher Tag gewesen. Lisa hatte sich wortlos angehört, was ihre Mutter ihr zu sagen hatte.

»Wann kommt er wieder?«, hatte sie mit tonnenschwerem Herzen gefragt.

Ihre Mutter hatte sie an sich gezogen und gestreichelt. Mit der Antwort aber hatte sie lange gezögert.

»Du bist erst achtzehn, du wirst darüber hinwegkommen«, hatte sie schließlich gesagt.

Es sollte ein Trost sein. Lisa war davon überzeugt gewesen, dass es das Ende ihres Lebens bedeutete.

Mick schloss sein Jurastudium in England ab, und sie drückte fortan allein die unbequemen Bänke in den Hörsälen der Universität Kapstadt. Mehrmals war sie in jenen Jahren nach England geflogen, um Mick zu sehen. Es war schön gewesen, aber immer zu kurz. Ihre Liebe hungerte. Unmerklich tat sich zwischen ihnen ein Abstand auf, der sich erst mit Verlangen, aber dann allmählich mit Frustration füllte.

Und dann war Scott über ihr Leben hereingebrochen wie ein Hurrikan, hatte sie herumgewirbelt und mit Haut und Haaren verschlungen. Erst nach Tagen war sie aus dem verrückten Strudel aufgetaucht.

Atemlos. Durcheinander. Berauscht.

Sie hatte sofort Mick in London angerufen, um es ihm zu sagen, und dabei geweint, als wollte ihr das Herz brechen. Und das stimmte. Ihr brach das Herz bei dem, was sie Mick antat, aber sie konnte einfach nicht anders.

Als er 1995 endgültig zurückkehrte, war sie bereits mit Scott verheiratet.

Mick bekam keine Gelegenheit, sein Territorium zurückzuerobern, denn der erste große Fall, mit dem er nach seiner Rückkehr konfrontiert wurde, war sein eigener. Das südafrikanische Verteidigungsministerium gegen Michael Robertson, Fahnenflüchtiger.

Zwar drohten ihm jetzt nur noch achtzehn Monate Haft, bestenfalls kam er sogar mit einer heftigen Geldstrafe davon. Lisa konnte sich nicht mehr genau an die Einzelheiten erinnern, aber er führte seine Verteidigung so geschickt, dass er einem Gefängnisaufenthalt entging. Ob er Strafe hatte zahlen müssen, hatte sie nie erfahren. Eine Scheu vor Intimität hatte sie davor zurückgehalten, sich bei ihm zu erkundigen. Außerdem war sie mit Scott beschäftigt gewesen.

Tita hatte am Tag, an dem ihr Sohn wieder ein freier Mann war, alle Freunde zu einer ihrer legendären Partys eingeladen. Auch sie und Scott. Mick und sie hatten sich irgendwann in einem Nebenzimmer gegenübergestanden, unbeobachtet von Scott und den anderen. Aber die Magie schien verblasst zu sein. Hölzern hatten sie sich über Belanglosigkeiten unterhalten, bis Scott ins Zimmer geplatzt war, besitzergreifend einen Arm um ihre

Schultern gelegt und dabei Mick mit einem Blick angesehen hatte, der ihn eigentlich hätte tot umfallen lassen müssen.

»Wilderer werden standrechtlich erschossen«, hatte er gesagt und Lisa aus dem Zimmer gezogen.

Ihr war schlecht geworden.

Micks leises Lachen tönte durch den Hörer und holte sie aus der Vergangenheit zurück. »Ich habe einmal nachgerechnet. Es muss vier oder fünf Jahre her sein. Auf irgendeiner der Riesenpartys meiner Eltern. Kann das sein? Allerdings warst du nicht allein und ich auch nicht, wenn ich mich nicht täusche.«

Das tat er nicht. Er hatte eine Freundin gehabt. Eine temperamentvolle Schwarzhaarige mit knallrot lackierten Nägeln und Schmollmund. Ihr fiel ein, dass sie für einen kurzen Augenblick unsinnig eifersüchtig gewesen war.

Sie schob den Gedanken an Schwarzhaarige mit Schmollmund energisch von sich. »Klingt richtig. Ich glaube, es war der fünfundsechzigste Geburtstag deines Vaters. Ich habe damals für den Sender einen Film über ihn gedreht. Er ist schließlich ein prominenter Mann.«

»Stimmt. Das hatte ich fast vergessen. Ich habe den Beitrag gesehen. Er war hervorragend recherchiert.«

»Es hat Spaß gemacht. Ich bewundere deinen Vater, und ich mag ihn sehr. Allerdings bin ich davon überzeugt, dass er mich ziemlich geschickt manipuliert hat, indem er mir ein paar interessante Geschichten und Anekdoten aus seinem Leben wie eine Karotte vor die Nase hielt, die ich natürlich sofort geschnappt und gefressen habe. Als ich aber tiefer bohren wollte, hat er abgeblockt. Da scheint noch einiges verborgen zu sein. Vielleicht sollte ich noch einen Film mit ihm machen. Wie geht es ihm?«

»Oh, ganz ausgezeichnet. Er hat keine Zeit, alt zu werden, beziehungsweise er ignoriert es einfach. Seine Altersgenossen bezeichnet er immer als alte Leute. Es ist wirklich amüsant, und meine Mutter ist da nicht besser. Sie haben sich einen Cross-Trainer gekauft, um in Form zu bleiben. Tennis war ihnen nicht genug. Weiß der Himmel, was sie noch alles anstellen werden.«

Sein vergnügtes Lachen zeigte Lisa deutlich, wie sehr er seine Eltern liebte. »Sei froh, da gibt es auch ganz andere Beispiele. Aber meine Eltern sind glücklicherweise ähnlich in ihrer Einstellung. Wo bist du gerade?«, fragte sie. »Noch in Umhlanga Rocks?«

»Im Augenblick in Johannesburg. Ich musste einen Mammutprozess vorbereiten. Das ging nicht per Telefon und E-Mail von Umhlanga aus. Aber ich rufe aus einem anderen Grund an. Seit ungefähr einem Jahr arbeite ich ehrenamtlich für die Organisation, die die verschwundenen Opfer der Apartheid aufspürt. Du hast doch die Dokumentation ›Die Verlorenen Seelen der Apartheid‹ gedreht – die ich im Übrigen großartig fand. Gratulation ...«

»Danke.« Lisa spürte, wie ihr die Röte ins Gesicht stieg. Von früher wusste sie, dass Mick Robertson nichts von Schmeichelei hielt und ein Lob nicht leichtfertig aussprach, und das war bereits das zweite in fünf Minuten. »Wie kann ich dir helfen?«

»Jetzt geht es um drei Opfer, deren letzte Spur nach Natal führt. Ich habe mir eine Kopie deiner Doku besorgt. Darin hast du ja auch über Fälle in Natal berichtet – wäre es möglich, dass ich mir deine Unterlagen ansehe?«

Schon wollte sie ablehnen, sagen, dass sie ihr Recherchematerial grundsätzlich niemandem zugänglich machte, als sie zu ihrem eigenen Erstaunen zusagte. »Natürlich. Aber ich gebe es ungern aus der Hand. Wir müssten uns also treffen.« Verwirrt stellte sie fest, dass sich ihr Puls beschleunigt hatte.

»Das ist wunderbar, danke. Ich könnte nach Kapstadt fliegen, aber erst in ungefähr einer Woche. Übermorgen fliege ich nach Durban, um mich mit einem der Angehörigen zu treffen ...«

»Na, das passt ja prima«, unterbrach ihn Lisa. »Ich fliege ebenfalls übermorgen nach Durban. Mit der ersten Maschine. Ich bin zwar nur auf der Warteliste, aber es sieht gut aus. Es ist als Überraschung für meine Eltern geplant. Ich habe sie lange nicht mehr gesehen, und sie erwarten mich erst zum Geburtstag meiner Mutter, also erzähle bitte niemandem davon. Denk daran, dass deine und meine Mutter dicke Freundinnen sind und beide eine besondere Spürnase für Neuigkeiten besitzen.«

Michael lachte. »Ich nehme an, dass deine Mutter dich ebenso über mein Leben auf dem Laufenden hält, wie meine mir akribisch jede saftige Einzelheit aus deinem Leben berichtet.«

»Aber natürlich, ich weiß alles! Ich könnte dir alle deine Freundinnen aufzählen, die du seit deiner Scheidung gehabt hast.« Sie kicherte übermütig. »Schwarzhaarige mit Schmollmund, zickige Blonde mit Geld, Blonde ohne Geld, aber bildschön und nicht so zickig ...«

»Mütter!« Michael stöhnte in komischer Verzweiflung. »Besonders meine. Irgendetwas vor ihr verbergen zu wollen, ist ein nutzloses Bemühen. Also habe ich auch alles über Brian gehört. Wie geht es ihm? Wann ist die Hochzeit?«

Der Name wirkte auf Lisa wie eine kalte Dusche. »Das geht dich gar nichts an«, antwortete sie so schroff, dass es sie selbst überraschte.

Eine lange, unangenehme Pause entstand. Schließlich räusperte sich Mick.

»Ist irgendetwas mit dir? Du ... klingst nicht glücklich.«

»Ach was, alles in Ordnung.« Ihre Stimme war belegt. Den Streit und die Trennung von Brian hatte sie wohl doch noch nicht verwunden, und sie ärgerte sich, dass sie Mick gegenüber ihre Gefühle gezeigt hatte.

»Tut mir leid, wenn ich taktlos war. Das war ziemlich dämlich«, sagte er. »Ich hab' die Frage wieder heruntergeschluckt. Ich hab Brian nie erwähnt. Ich weiß gar nicht, dass es ihn gibt. Okay?«

»Okay«, stimmte sie nach kurzem Zögern zu. Mehr nicht. »Also, wann wollen wir uns wo treffen?«

»Mein Flug landet nur Minuten vor deinem. Ich muss dann allerdings erst mit meinem Mandanten sprechen, der übrigens auch aus Kapstadt kommt und mit dem ich mich am Flughafen treffe. Es sollte nicht lange dauern. Kannst du in der Flughafenhalle auf mich warten? Beim Aquarium? Passt dir das?«

»Passt mir. Bis übermorgen dann!«

Schnell legte Lisa auf. Sie war noch immer ärgerlich über seine Bemerkung und nahm sich vor, eindringlich mit ihrer Mutter zu reden. Es ging einfach nicht an, dass sie private Dinge über sie weitererzählte. Aber eigentlich wusste sie, dass sie das nicht verhindern konnte.

»Mütter!«, seufzte sie wie Micks Echo und begann sich auszuziehen. Sie war todmüde und wollte nur noch ins Bett kriechen und schlafen. Morgen stand ihr ein unangenehmer Tag bevor. Sie musste ihren Schreibtisch im Sender räumen. Verdammte Brigitte Tshayimpi! Vermutlich würde die grinsend dabeistehen, um ihre Demütigung voll auszukosten.

Nachdem Lisa die Verbindung unterbrochen hatte, wählte Michael sofort die Nummer seines Mandanten in Kapstadt.

»Jack, hier ist Mick Robertson«, meldete er sich, als der Chirurg antwortete. »Tut mir leid, dass ich noch so spät anrufe, aber es wäre gut, wenn wir uns übermorgen am Flughafen in Durban treffen könnten. Wir müssen eine kleine Lagebesprechung abhalten. Wird nur ein paar Minuten dauern, schon allein deshalb, weil ich gleich danach eine weitere Verabredung habe. Wie kann ich dich erkennen?«

»Ich werde dich erkennen«, sagte Jack. »Ich habe dich auf Zeitungsfotos nach deinem letzten großen Prozess gesehen. Großaufnahme im *Cape Argus*. Mit Talar und so weiter. In Siegerpose. Sehr beeindruckend.«

Michael schmunzelte. »Hervorragend. Dann sehen wir uns übermorgen. Im Bistro in der Flughafenhalle.«

Der nächste Tag wurde genauso unerfreulich, wie Lisa es vorausgesehen hatte. Brigitte Tshayimpi ließ sich glücklicherweise nicht blicken, aber Linda, die große rotblonde Linda in hautengen schwarzen Jeans und ebenso enger Corsage in Leopardenfellmuster, stand schon wartend vor der Tür ihres Büros, als sie morgens mit einem großen Karton erschien, um ihre Sachen einzupacken.

»Soll ich dir helfen?« Linda blies ihren lockigen Pony aus der Stirn und lächelte dabei scheinheilig.

Lisa betrachtete nachdenklich den blühenden Hibiskusbusch, der auf ihrem Schreibtisch stand. Er war völlig verlaust. Heerscharen von giftgrünen Blattläusen saßen auf den Blättern und bevölkerten die Blütenkelche. Sie hatte vorgehabt, ihn zu entsorgen. Aber jetzt lächelte sie Linda an, keinen Deut weniger scheinheilig als diese.

»Das kannst du«, sagte sie prompt und drückte ihr die Pflanze in die Arme. »Mein Wagen steht in der Tiefgarage. Du kennst ihn ja. Stell den Topf einfach daneben ab.«

Linda starrte sie sprachlos durchs Blättergewirr an. Der Topf war groß und schwer, und wie Lisa hochzufrieden beobachtete, machten sich die ersten Läuse schon flugs auf den Weg und krabbelten in Lindas rotblonder Lockenpracht herum.

»Das ist wirklich zu nett von dir.« Sie grinste fröhlich, schob die verblüffte Linda aus dem Büro und schloss ohne jede Gewissensbisse die Tür. Kein Mensch konnte immer nur nett sein, und selbst eine so kleine, harmlose Rache schmeckte süß.

Ihre übrigen Sachen passten mühelos in den Pappkarton, und der war im Nu gepackt. Sie hörte Linda aus dem Fahrstuhl stürzen und wartete, bis sie an ihr vorbei den Gang hinunter zur Toilette gelaufen war und schimpfend die Tür zugeknallt hatte. Sie musste laut lachen. Schade, dass Blattläuse nicht stechen, dachte sie, während sie den Karton in den Lift wuchtete.

In der Tiefgarage lud sie ihn in den Kofferraum ihres Wagens und fuhr zu Caroline Collezione, um ihr Kleid abzuholen. Caroline kochte ihr einen ausgezeichneten Filterkaffee, während sie das Kleid anprobierte. Es saß perfekt, und sie fuhr zufrieden ins Einkaufszentrum in der Victoria & Albert Waterfront. Da die Gangster ihr die Videokamera gestohlen hatten, musste sie sich schleunigst eine neue kaufen. Ohne kam sie sich nackt vor. Eine Szene wirkte auf sie durch die Kamera anders als mit bloßem Auge. Konzentrierter, Einzelheiten traten hervor, die ihr zuvor nicht aufgefallen wären.

Sie wählte das neueste Modell, und ihr gemartertes Konto ächzte unter diesem neuen Schlag. Um sich zu trösten, gönnte sie sich auf der Terrasse des Belthazars einen großen Salat mit Gambas und danach eine sündhaft süße Pannacotta mit Himbeersoße. Das war zwar teuer, aber gut für die Seele.

Während sie auf den Salat wartete, rief sie ihre Freundin Hillary an, die mit den drei Kindern, zwei Hunden und drei Katzen. Die Tiefgarage in ihrem Apartmenthaus war noch immer außer Betrieb, und das Auto auf der Straße stehen zu lassen war Leichtsinn. Also fragte sie Hillary, ob sie den Wagen für die Zeit, die sie auf Lalisa sein würde, auf ihrem Grundstück abstellen könne.

Aber Hillary antwortete rasch, dass inzwischen ihre verwitwete Schwiegermutter bei der Familie eingezogen sei und es einfach keinen Winkel gebe, wo noch ein viertes Auto Platz finden könne, das müsse sie verstehen.

Sie versuchte, es zu verstehen, was ihr aber nicht ganz gelang, denn das Grundstück von Hillary war riesig. Ihr Auto hätte niemandem im Weg gestanden. Aber na ja, so waren die Leute halt.

Seufzend telefonierte sie bei ihren anderen Freunden herum. Nur wenige wohnten in einem frei stehenden Haus, und nur einer bot ihr einen Platz auf seinem Grundstück an. Erleichtert nahm sie an. Es war ein Kollege aus der Lokalredaktion, dessen Frau ihr großes Haus in ein Bread & Breakfast umgewandelt hatte, nachdem ihr die Stellung in einem Elektrokonzern gekündigt worden war. Eine neue Stellung zu finden war so gut wie unmöglich. Im neuen Südafrika stand sie in dieser Beziehung auf der untersten Stufe der Gesellschaft. Als jüngere weiße Frau musste sie allen anderen, die zu Apartheidzeiten unterprivilegiert waren, den Vortritt lassen.

Aber mit typisch afrikanischer Energie hatte sie sich und ihren Mann kurzerhand im Gartenhaus einquartiert und es in kurzer Zeit geschafft, aus den Urlaubsvermietungen ein relativ gutgehendes Geschäft zu machen. Auf ihrem Grundstück war deshalb ein ständiges Kommen und Gehen, und Lisas Auto würde da am besten aufgehoben sein.

»Ruf meine Frau an, damit du dir sicher bist, dass jemand zu Hause ist, wenn du kommst«, sagte der Kollege noch.

Lisa folgte dankbar seinem Rat. »Kann ich gleich nach dem Essen kommen?«, fragte sie, als sich die Frau meldete.

»Kein Problem, hier ist immer jemand da. Stell ihn einfach neben dem Haus ab«, war die Antwort.

Nach dem Essen kaufte Lisa eine Flasche Champagner und den neuesten amerikanischen Bestseller, den sie sich als Geschenk einpacken ließ. Der Champagner war für ihren Kollegen, das Buch für dessen Frau. Sozusagen als Anzahlung auf den Dank, den sie ihnen schuldete. Darüber hinaus war sie froh, dass sich ihr Rausschmiss durch die Tshayimpi offenbar noch nicht weiter herumgesprochen hatte. Sie machte sich nichts vor. Als eine Person des öffentlichen Interesses musste sie damit rechnen, dass diese Nachricht nicht nur in den Printmedien, sondern auch im Fernsehen gebracht wurde, und das hieß, dass sich ihre Exkollegen an ihre Fersen heften würden. Viele waren neidisch auf sie, auch wenn es die meisten bisher nicht offen gezeigt hatten. Mit dem Rausschmiss aber war sie Freiwild geworden.

Nachdem sie ihr Auto abgestellt und den Champagner und das Buch überreicht hatte, ließ sie sich von einem Taxi nach Hause bringen und machte sich daran, die Wohnung aufzuräumen. Ihre Putzhilfe kam jeden zweiten Tag, und so war das keine sehr zeitraubende Aufgabe. Bald hatte sie alles erledigt und beschloss, joggen zu gehen, um den Kopf frei zu bekommen. Die Hörer ihres iPods in die Ohren gesteckt, um den lauten Stadtverkehr mit Musik zu übertönen, machte sie sich auf den Weg.

Wie immer lief sie die Promenade entlang zum Sea Point. Das Wetter war angenehm, die Sonne strahlte, allerdings hatte der Wind wieder aufgefrischt. Trotz der Tageszeit waren mehrere Jogger unterwegs, und sie fragte sich, ob die alle ihren Job verloren hatten oder warum sie es sich leisten konnten, mitten am Tag zu joggen. Fast alle trugen Ohrknöpfe, ihr Blick war nach innen gekehrt, der Gesichtsausdruck grenzte ans Autistische. Lisa nahm den iPod herunter und steckte ihn weg. Das Rauschen des Meeres setzte ein, die hohen Schreie der Möwen schwebten über der Brandung, vom Strand drang Kindergeschrei herauf. Es tat ihr gut. Das Windgeräusch war so laut, dass der Krach des Verkehrs fast überdeckt wurde.

In der Nähe des Leuchtturms stieß sie auf eine kleine Menschenmenge, die auf den schmalen Strand hinunterstarrte. Neugierig drängte sie sich hindurch. Der See-Elefant, der ihr die ganze Misere eingebrockt hatte, lag wie ein gestrandeter Wal auf dem Sand und zeigte nur durch gelegentliches Schnaufen, dass er noch lebte.

»Blödes Vieh«, knurrte sie. Sie joggte noch bis zum Swimmingpool am Sea Point, kehrte um und lief zurück zum Mouille Point.

Angenehm ausgepumpt, setzte sie sich auf eine Bank über dem Strand, starrte für eine halbe Stunde hinaus aufs Meer und beobachtete die Kormorane, die nach Fischen tauchten, die Möwen, die sich um jeden Brocken stritten, Kiter, die schwerelos im Wind über die Wellen glitten, als hätten sie Flügel, und einen Salto nach dem anderen schlugen.

Sie dachte weder an Brigitte Tshayimpi noch daran, dass sie ab heute unfreiwillig freihatte, und zwar für unbestimmte Zeit.

Zu Hause kochte sie Spaghetti mit Tomatensoße aus der Dose, kippte eine Dose Pilze darüber, schnippelte ein daumengroßes Stück Salami hinein und machte es sich auf ihrer Couch bequem. Später sah sie sich eine Folge der *Desperate Housewives* an und fragte sich, ob die amerikanische Gesellschaft wirklich so abstoßend oberflächlich war, die Frauen tatsächlich so berechnend, die Männer alle gerissene Geschäftsleute. Sie fand keine Antwort und ging früh ins Bett.

Dieses Mal geisterten keine Monster durch ihr Traumleben.

11

Der Flug hatte eine Dreiviertelstunde Verspätung, was angesichts der üblichen Verspätungen, an die man sich in letzter Zeit auf südafrikanischen Flughäfen zu gewöhnen hatte, nicht als eine solche galt. Lisa landete ohne weitere Zwischenfälle bei strahlendem Sonnenschein in Durban. Da sie in der vorletzten Reihe saß und der Flug bis auf den letzten Platz ausgebucht war, erschien es ihr wie eine Ewigkeit, ehe sie endlich die Gangway hinunterstieg.

Feuchte Luft klatschte ihr wie ein warmer Waschlappen ins Gesicht. Der Riemen ihrer Notebooktasche schnitt ihr Furchen in die Schulter, der Koffer, der ihre kostbaren Recherche-Unterlagen enthielt, die sie nie und nimmer ins normale Gepäck stecken würde, war so schwer, dass es ihr den Arm herunterzog. Es wehte ein kräftiger Wind, und die weite weizengelbe Leinenhose flatterte ihr um die Beine, als sie mit den anderen Passagieren über das Rollfeld dem Flughafengebäude zustrebte.

Die eigentliche Ankunftshalle war klein, und es gab lediglich ein Gepäckband, das sich träge drehte. Von den Koffern war noch nichts zu sehen. Wie immer im Hochsommer herrschten in Durban tropische Temperaturen mit sehr hoher Luftfeuchtigkeit, und jegliche Hektik war den Einheimischen viel zu schweißtreibend. Also holte sie sich einen Gepäckwagen, stellte sich geduldig zu ihren Mitpassagieren ans Transportband und sah sich um. Die Menge, die mit ihr wartete, war ein Querschnitt durch das, was die Welt die Regenbogennation nannte. Sie stützte sich auf den Trolley und beobachtete die Menschen. Genaues Beobachten war eine Voraussetzung für ihren Beruf. Mit der Zeit war es ihr in Fleisch und Blut übergegangen.

Schwergewichtige Zulufrauen, deren Oberteile und Röcke stramm wie Wurstpellen saßen, wischten sich stöhnend den Schweiß von der Stirn. Eine muntere Familie von Indern, die Frauen in bunten Saris und mit Diamanten in den Nasenflügeln, ihre Männer meist in westlicher Kleidung, eng sitzenden dunklen Hosen und weißem Hemd, mit dicken goldenen Uhren und breiten Goldketten, bildete einen engen Kreis. Einige hochelegant und teuer gekleidete Schwarze liefen ruhelos hin und her, während sie ausnahmslos lautstark in ihr Mobiltelefon redeten. Weiße Südafrikaner, der Hitze entsprechend in leichten Hemden und Hosen, und weiße Frauen, die viel Haut zeigten, standen direkt neben einer Gruppe tief verschleierter Muslima in wallenden schwarzen Burkas. Lisa fing den Blick dunkler Augen auf, die hinter den Gesichtsgittern glitzerten, ab und zu blitzte schwerer Goldschmuck an den Handgelenken der Frauen, obwohl einige von ihnen auch dünne schwarze Spitzenhandschuhe trugen. Ihre Männer standen zusammen abseits. Ihre traditionellen weißen Gewänder wölbten sich über stattlichen Bäuchen, ihre Kopfbedeckung, die Topis, war reich verziert und zeugte von ihrer Wohlhabenheit.

Die Frauen unterhielten sich lebhaft und begleiteten ihre Unterhaltung mit ausholenden Gesten, wobei ihre Burkas flatterten. Lisa wurde unweigerlich an einen Schwarm schwatzender schwarzer Vögel erinnert. Etliche Kinder rannten lachend zwischen den Frauen herum. Die Jungen in kurzen Hosen und T-Shirts, die Mädchen in langen Gewändern mit Kopftuch. Sie wirkten fröhlich und unbeschwert. Über allem lag eine gelassene Heiterkeit, und als Lisa ihren Platz wechseln wollte, um näher am Transportband zu sein, lächelten die Männer in den weißen Gewändern höflich und traten beiseite.

Als die Tür zur großen Flughafenhalle kurz aufschwang, reckte sie den Kopf, um zu sehen, ob Mick schon angekommen war, konnte ihn aber nicht entdecken. Er wartete wohl schon am Aquarium. Sie stellte die Notebooktasche und ihren kleinen Koffer auf den Gepäckwagen. Zwei Hirtenstare hockten auf einer der Anzeigetafeln über dem Transportband und schäkerten leise. Von einer Nische unter dem Dach hing ein Büschel Grashalme herab. Dort hatten die Vögel offenbar ihr Nest. Sie schaute hinüber zu den spielenden Kindern.

In diesen Minuten war der Gedanke, das Land für immer zu verlassen, so weit von ihr entfernt wie der Mond von der Erde.

Ihr großer Koffer rumpelte als einer der letzten über das Förderband. Erleichtert wuchtete sie ihn auf den Gepäckwagen und machte sich auf den Weg zur Ankunftshalle. Flüsternd öffneten sich die automatischen Türen und gaben den Blick frei. Am Aquarium lehnte nur eine Gruppe junger Zulus in Machopose. Auch sie hatten alle ein Mobiltelefon am Ohr.

Ihre Augen wanderten über die farbenfrohe Menschenmenge zum Bistro, und dort entdeckte sie Mick sofort. Seine schlaksige Gestalt und die Kopfhaltung waren unverwechselbar. Die langen Beine ausgestreckt, saß er an einem der runden Tische mit bunter Mosaikoberfläche. Seine Hand ruhte auf einer dicken Notebooktasche, die auf einem Rollkoffer befestigt war, die Jacke seines dunklen Anzugs hing über dem Kofferbügel. Eine Kellnerin mit üppigem Ausschnitt servierte ihm gerade einen Cappuccino, und er hob den Kopf, um sie anzulächeln.

Lisa blieb stehen und sah ihn an. Seit sie ihn zum letzten Mal gesehen hatte, schien er sich nicht verändert zu haben. Dickes sandfarbenes Haar, das ihm bis auf die Augenbrauen fiel, ein langsames, warmes Lächeln, seine Augen irgendwie hell, mal grün wie die seiner Mutter, dann wieder grau, ein Erbteil seines Vaters. Je nach Gemütslage, wie sie sich gut erinnerte. Grün, wenn die Welt in Ordnung war, grau, wenn Sturm herrschte.

Jetzt bemerkte sie den Mann, der mit ihm am selben Tisch

saß. Er war schlank und breitschultrig, ein Zulu, wie sie aus dem satten Schokoladenbraun seiner Haut schloss. Seine Haltung und die lebhaften Gesten berührten überraschend eine Erinnerung in ihr. Sie stutzte und musterte ihn eingehend. Irgendwie kam er ihr bekannt vor.

Er hatte ein rehbraunes Leinenjackett über die Schulter geworfen und trug ein schwarzes Polo-Shirt zu Jeans. Das Gesicht konnte sie nicht erkennen. Er saß mit dem Rücken zu ihr. Schon wollte sie Michael rufen, als beide Männer aufstanden und der Schwarze ihr das Gesicht zuwandte.

Restlos verblüfft, starrte sie ihn an. Er war ein Zulu, und sie erkannte ihn sofort, aber das verwirrte sie noch mehr. Befremdet sah sie zu, wie sich Mick auf offensichtlich freundschaftliche Art von dem Mann verabschiedete, und schaute ihm nach, bis er von der Menge verschluckt worden war. Sie schüttelte den Kopf. Sicherlich hatte sie sich geirrt. Damit setzte sie sich in Bewegung und schob ihren Gepäckwagen zum Bistro.

»Mick!«, rief sie, als sie nur noch zehn Meter von ihm entfernt war. »Hallo!«

Er drehte sich um, und als er sie erblickte, breitete sich jenes Lächeln über seinem Gesicht aus, bei dem ihr damals die Knie weich geworden waren. Sie musste schlucken, und das Herz flatterte ihr im Hals.

»Lisa. Ich dachte schon, du hast den Flug verpasst.« Mit wenigen Schritten war er bei ihr, zog sie einfach in seine Arme und küsste sie auf den Mund. Seine Augen leuchteten tiefgrün.

Ganz spontan, ohne darüber nachzudenken, erwiderte sie seinen Kuss und blieb für einen kurzen, warmen Augenblick in seinen Armen. Dann machte sie sich energisch von ihm los. »Ich habe hinten gesessen und bin als Letzte ausgestiegen.«

Jetzt erst schien er ihr blaugrün angelaufenes Auge und den geschwollenen Streifen am Hals zu bemerken und erschrak sichtlich. »War das …« Er unterbrach sich, schlug dann einen bemüht leicht klingenden Ton an. »Wie hieß er doch gleich? Soll ich ihn verklagen?«

Lisa, die sein Erschrecken sehr wohl mitbekommen hatte, hatte jedoch nicht vor, ihn aufzuklären. »Nein, das war nicht Wiehieß-er-doch-gleich.« Ihre Miene war eine deutliche Warnung an ihn. Für sie war das Thema damit erledigt, und sie sah ihn neugierig an. »Sag mal, was hast du mit unserem ehemaligen Gärtner zu schaffen?«

»Wie bitte?« Mit erhobener Hand signalisierte er der Kellnerin, dass sie die Rechnung bringen solle. »Was meinst du?«, fragte er dann.

»Der Mann eben, der Zulu, der an deinem Tisch saß, das ist Jackson, unser ehemaliger Gärtner.«

Jetzt hatte sie seine volle Aufmerksamkeit. Konsterniert sah er sie erst an, dann prustete er laut los. »Das kann ich mir aber nicht vorstellen. Das war ein Herzchirurg aus Kapstadt.«

»Ein Herzchirurg?«, rief sie entgeistert aus. »Unsinn. Das war Jackson, unser Gärtner, glaub mir. Ich kenne ihn gut.«

»Du irrst dich garantiert. Das war Jackson Nyathi.«

»Jackson Nyathi«, bestätigte Lisa. »Unser Gärtner. Mein Vater hat ihn hinausgeworfen, weil er faul und versoffen war.«

»Du machst Witze.« Ungläubig musterte er sie. »Nein, offenbar nicht. Bist du dir sicher? Es ist ein Fakt, dass er Herzchirurg ist, und zwar ein ziemlich guter. Der aufsteigende Star auf seinem Gebiet.«

»Todsicher«, antwortete sie langsam. »Herzchirurg? Unmöglich.«

»Herzchirurg«, wiederholte Michael Robertson.

Lisa schüttelte wieder den Kopf. »Ich kann das kaum glauben. Jackson Nyathi, der bei uns Unkraut gejätet hat.« Ihr Blick lief ins Leere, während sie das Bild des Jackson Nyathi, den sie vor vielen Jahren gekannt hatte, vor ihrem geistigen Auge mit dem verglich, der eben noch auf diesem Stuhl gesessen hatte.

Jackson, zwischen den Beeten kauernd, seine breiten Schultern vorgebeugt, die schlanken, sehnigen Hände mit den verhornten Handflächen in der roten Erde vergraben. Intelligente dunkle Augen, klar geschnittene Züge.

Jackson vor wenigen Minuten im Bistro, in schicken Klamotten, immer noch breite Schultern, noch immer schöne, schlanke Hände, heute aber gepflegt, das hatte sie bemerkt. Immer noch klar geschnittene Züge.

Für sie gab es keinen Zweifel.

»Dann hat er es also tatsächlich geschafft«, sagte sie leise. »Weißt du, damals habe ich mich manchmal mit ihm unterhalten, wenn ich in den Semesterferien auf Lalisa war. Ich mochte ihn. Er hatte eine nachdenkliche Art. Man konnte gut mit ihm reden. Da saß er dann in seiner abgetragenen Gärtneruniform, die ihm meine Mutter gegeben hatte – kurzärmeliges Hemd und Shorts –, und fantasierte davon, dass er studieren wollte. Natürlich habe ich ihm das nicht geglaubt. Ich hab ihn damit aufgezogen, dass er in einer Traumwelt lebt. ›Ich werde es schaffen‹, hat er dann immer nur geantwortet.«

Lisa schaute zurück zu diesen Tagen, als noch niemand ahnte, wie das Leben in Südafrika wenige Jahre später aussehen würde. Mandela war zwar aus dem Gefängnis entlassen worden, bald würde er der neue Staatspräsident sein, aber kein Weißer glaubte für einen Augenblick, dass der alte Mann es schaffen würde, seine jungen Stammesgenossen, die in den gewaltdurchtränkten Jahren nach den Soweto-Aufständen erwachsen geworden waren, davon abzuhalten, ein Blutbad anzurichten. Keiner glaubte, dass es ihnen gelingen würde, sich in die weiße Welt einzufügen. Wie sollten sie auch?, war die Frage der herrschenden Klasse immer gewesen, und ihre Antwort lautete jedes Mal, dass sie nichts gelernt hatten und dumm waren, wie es eben Schwarze seien.

Das hatte sie damals so wütend gemacht, dass sie einen Brandbrief an den *Cape Argus* geschrieben hatte. Er wurde in voller

Länge gedruckt, und sie wurde für kurze Zeit zu einer Art Berühmtheit auf dem Campus, besonders unter den schwarzen Kommilitonen.

Im Rückblick ging ihr auf, dass Jackson Nyathi neben seiner Intelligenz jene Eigenschaft besessen hatte, die sie rückhaltlos bei ihren schwarzen Mitbürgern bewunderte. Diese unglaubliche Zielstrebigkeit, den unbedingten Willen zum Erfolg. Den Glauben, dass es noch Wunder auf dieser Welt gab.

Zwei Frauen in geschäftsmäßig dunklen Hosenanzügen, ihr Kräuselhaar gestylt wie das von Grace Jones, drängten sich an ihr vorbei, und sie trat einen Schritt beiseite. Die Frauen waren etwa Mitte dreißig, trugen Notebooktaschen und zogen teure Koffer hinter sich her. Lisa sah ihnen nach. Das Wunder war längst alltäglich geworden. Sie wandte sich wieder Mick zu.

»Jackson hatte nicht einmal Geld für Schuhe. Er ist immer barfuß gelaufen. Irgendwann ist er von Lalisa verschwunden, und ich hatte angenommen, dass er sich mit Gelegenheitsjobs durchs Leben schlägt, wie so viele andere. Als Kleinkrimineller, Drogendealer oder schlimmer.« Noch völlig perplex, schüttelte sie den Kopf. »Aber Herzchirurg – das hätte ich nicht erwartet. Meine Güte. Welch eine tolle Geschichte. Vielleicht sollte ich einen Bericht darüber drehen ...« Zu spät fiel ihr ein, dass sie im Augenblick ja arbeitslos war. Sie wechselte das Thema. »Was hast du mit ihm zu tun?«

»Seine Brüder und sein Onkel sind in den letzten Tagen der Apartheidregierung verschwunden. Ich will versuchen, ob ich alte Akten auftreiben kann. Vielleicht finde ich im Polizeihauptquartier einen Anhaltspunkt, an dem ich meine Recherche beginnen kann. Leicht wird es nicht sein. Es ist so viel Gras über alles gewachsen. Bildlich und tatsächlich.« Er zog ein trauriges Gesicht. »Die meisten, nach denen ich suche, tauchen letztlich als Leichen auf. Aber manchmal finde ich jemanden, den ich mit seiner Familie wiedervereinen kann, und das sind die Momente, die jede Mühe rechtfertigen.« Einen Augenblick lang betrachtete er seine Schuhe. »Obwohl ich in diesem Fall überzeugt bin, dass ich kein Glück haben werde. Aber man kann nie wissen und darf die Hoffnung nie aufgeben. Deswegen wollte ich dich bitten, mir ein wenig zu helfen. Oder hast du keine Zeit? Dann gib mir nur deine Unterlagen. Ich würde sie durcharbeiten und dir dann sofort zurückgeben, und nur ich bekomme sie zu Gesicht. Das garantiere ich dir.«

Sie stieß ein freudloses Lachen aus. »Ich habe alle Zeit der Welt.« Dann erzählte sie ihm, dass Brigitte Tshayimpi sie gefeuert hatte, und nach kurzem Zögern auch, warum.

»Offiziell, weil ich telefonisch nicht erreichbar war. Es war meine Schuld, ich weiß, ich hatte meinen Akku nicht aufgeladen. Bei vier bis fünf Stromausfällen am Tag ist das natürlich unentschuldbar«, setzte sie spöttisch hinzu. »Aber es steckt etwas ganz anderes dahinter. Ich habe einen Bericht über die Muthi-Morde in Südafrika gedreht, der der Senderleitung vermutlich zu … afrikanisch ist. Hexen, Zauberer, Menschen, denen Organe bei lebendigem Leib herausgeschnitten werden, das passt nicht zum Image des neuen Südafrikas, obwohl fast täglich etwas darüber in den Zeitungen steht. Ich befürchte, das ist der Anfang einer Pressezensur. Wenn die Regierung die Wahrheit nicht ertragen kann und versucht, sie zu unterdrücken, überfällt mich das kalte Grausen.« Erregt griff sie sich ins Haar. »Wenn wir nicht wachsam sind, werden sie unser aller Traum von der Regenbogennation zerstören …«

Sie standen dicht zusammen, die Köpfe einander zugeneigt. Um sie herum teilte sich der Menschenstrom, floss hinter ihnen wieder zusammen.

Mick wippte auf den Zehenspitzen. »Das siehst du wohl ein bisschen zu schwarz. Es gibt nicht nur die Tshayimpis.«

»Mick, du weißt genau, dass die ein anderes Verständnis von Demokratie haben … Verdammt!« Ihre Augen weiteten sich, ihre Hand flog zum Mund. »Ich habe ›die‹ gesagt. Wie in alten Zeiten. Wenn das schon mir passiert, ist das erschreckend. Lisa Darling, das Gewissen der Nation.« Sie schnaubte sarkastisch.

»Lisa, Darling.« Er trennte die zwei Worte durch eine deutliche Pause. »Sei nicht so streng mit dir. Du hast deinen Job verloren, den du leidenschaftlich liebst, deinen Lebensinhalt, du hast dich fürchterlich aufgeregt, was nun wirklich mehr als verständlich ist. Da kannst du ruhig einmal richtig politisch unkorrekt werden. Außerdem hab ja nur ich das gehört.«

Bei dem Wortspiel mit ihrem Namen war ihr ein Lächeln übers Gesicht gehuscht. »So hast du mich früher angeredet, als ich noch ein Teenager war und du schon Student.«

Er grinste fröhlich. »Du warst ein ziemlich aufsässiger Teenager, wenn ich mich recht entsinne. Kratzbürstig wie eine wütende Katze, und zumindest damals gar nicht politisch korrekt. Wenn ich behauptet habe, die Erde sei rund, hast du starrsinnig behauptet, sie hätte Ecken.«

»Hab ich nicht!«

Sein Kommentar war ein schallendes, zähneblitzendes Lachen. »Natürlich nicht, wie komme ich nur darauf? Abgesehen davon stimmt es, was du sagst. Demokratie ist nicht Teil der schwarzafrikanischen Kultur. Das Stammesgefüge ist autokratisch ...«

Lisa hob beide Hände. »Lass uns heute bloß nicht über Politik reden. Das ist einfach zu deprimierend. Sag mir lieber, warum Jack Nyathi erst jetzt mit seiner Suche anfängt.«

»Weil auch die gründlichste Recherche bislang ergebnislos war. Vor wenigen Tagen ist in Kapstadt im Krankenhaus ein ziemlich übler Kerl gestorben, der, als er merkte, dass es mit ihm zu Ende ging, das Bedürfnis hatte, vorher noch seine Seele zu erleichtern. Obwohl ich glaube, dass das weniger der Grund war, als dass er seine Komplizen in die Pfanne hauen wollte. Kurz vor seinem Tod hat er Doktor Nyathi ausrichten lassen, dass die drei unter einem Isivivani vergraben sind. Dann hat er etwas von einem Tal und einer Kuh gemurmelt.«

»Kuh?«, fragte Lisa mit abwesendem Blick. »Bist du dir sicher?«

»Das hat er gesagt.«

»Tal der Kuh? Kenne ich nicht. Soll das in Natal sein?«

»Soweit ich es verstanden habe, ja. In Zululand.«

Lisa durchforstete ihr Gedächtnis nach einem Hinweis. »Kuh, Kuh ...«, sagte sie, mehr zu sich selbst. »Rind. Ochse?« Sie schüttelte den Kopf. »Ochsental, klingt blöd und gibt es nicht.«

Michael Robertson schwieg mit gespanntem Gesichtsausdruck.

»Tal der Kuh«, fuhr Lisa fort. »Tal des Ochsen, Stier ...« Sie sah ihn triumphierend an. »Ich glaube, ich hab es. Kann er das Tal des Büffels gemeint haben?«

»Ja, das klingt plausibel. Wie bist du darauf gekommen?«

»Direkt vor unserer Haustür liegt das Tal des Büffels, Büffel heißt Nyathi auf Zulu – wie du eigentlich wissen solltest. Du sprichst doch auch Zulu. Die Sippe der Nyathis hat dort eine Landwirtschaft. Schon seit Ewigkeiten. Amos, Jacks Vater, führt die Farm. Amos und mein Vater sind seit Urzeiten befreundet, soweit das über die Rassenschranken von damals hinweg möglich gewesen ist. Seine Farm grenzt an einer Stelle unmittelbar an Lalisa.«

»Heureka.« Der Anwalt seufzte erleichtert. »Jack hat mir die gleiche Erklärung gegeben. Mir war es wichtig, dass du allein darauf kommst. Das untermauert Jack Nyathis Annahme. Sag mal, sagt dir der Ausdruck ›Krokodil‹ etwas in diesem Zusammenhang? Als Name für einen Mann?«

Lisa antwortete nicht gleich, sondern starrte konzentriert auf ihre Füße. Nach längerem Nachdenken schüttelte sie langsam den Kopf. »Klingt wie ein Zuluname für einen Weißen. Die neigen zu derart tierischen Vergleichen. Ein Freund von mir, der eine große Fabrik geleitet hat, wurde von seinen schwarzen Arbeitern ›Schnelles Mamba-Auge‹ genannt, weil ihm nichts entging.« Sie zog die Brauen zusammen. »Eigentlich kommt mir nur der Spitzname ›Groot Krokodil‹ für unseren höchst rassistischen Expräsidenten P. W. Botha in den Sinn. Sonst fällt mir im Augenblick nichts dazu ein. Tut mir leid.«

»Erinnerst du dich an einen Wunschsteinhaufen?«

»Einen Isivivani? Nein … doch, es gab mal einen. Auf Lalisa. Ob er allerdings noch auf unserem Gebiet lag oder schon jenseits des Zaunes, daran kann ich mich nicht mehr erinnern. Irgendwann war er weg. Zusammengefallen vermutlich. Ob es noch andere Isivivani im Tal gab, weiß ich nicht. Muss es wohl, wenn es dieser … Wie hieß der Mann eigentlich, der gestorben ist?«

»Israel Mabaso.«

Sie hob die Schultern. »Sagt mir nichts. Also, wenn dieser Mabaso das sagt, muss es wohl noch einen weiteren Isivivani geben oder gegeben haben. Vielleicht sind nur noch Reste davon da, dass man ihn heute nicht mehr als einen solchen erkennen kann. In Hluhluwe, im Wildreservat, gibt es einen, den man wieder aufgeschichtet hat.«

»Hluhluwe ist zu weit weg vom Tal des Büffels, außerdem ist es doch höchst unwahrscheinlich, dass jemand dort Leichen vergraben hat. Er hätte schnell interessierte Gesellschaft von hungrigen Löwen, Hyänen und Schakalen gehabt. Aber die Sache mit den Resthaufen werde ich nachprüfen. Vielleicht gibt es alte Karten aus der Gegend, wo so etwas eingezeichnet ist.«

»Mein Vater hat alte Karten von der Umgebung von Lalisa. Dort könnte ich für dich nachschauen.«

Er warf ihr ein erfreutes Lächeln zu. »Das wäre wirklich sehr hilfreich. Übrigens muss ich noch etwas beichten. Weißt du, dass wir den Namen von deiner Doku übernommen haben? Verlorene Seelen. Einen besseren Namen haben wir nicht gefunden. Hoffentlich schlägst du mir jetzt nicht das Urheberrecht um die Ohren.« Er machte Hundeaugen.

Lisa antwortete nicht gleich, sondern fragte sich, ob sie den zweiten Teil dieser Dokumentation wohl je sendefertig bekommen und welcher Sender ihn dann nehmen würde. Sie würde Klinken putzen müssen. Sie seufzte.

Mick interpretierte das offenbar falsch. »Du bist sauer ...« Die Hundeaugen wurden todtraurig.

Sie lachte vergnügt. »Das wird dich mindestens ein opulentes Abendessen kosten ... Spaß beiseite, ich fühle mich geehrt. Warum engagierst du dich eigentlich für diese Organisation, und dann auch noch ehrenamtlich? Bei Anwälten ist die Zeit doch immer äußerst knapp ... und äußerst kostbar, wenn ich an ein paar Rechnungen denke, die ich von einem deiner Kollegen bekommen habe, als mich jemand wegen Verleumdung verklagen wollte.« Ihre moosgrünen Augen funkelten spöttisch.

Er strich sich mit beiden Händen über die hellen Haare. Störrisch sprangen sie in ihre ursprüngliche Form zurück. »Also, ich könnte natürlich antworten, dass es mir ein Herzensbedürfnis ist, etwas von unserer kollektiven Schuld abzubezahlen, was natürlich auch der Wahrheit entspricht. Aber um ehrlich zu sein, mache ich es hauptsächlich, weil mein Vater mich darum gebeten hat. Er hat zusammen mit Nils Rogge, Jills Mann, die Nachfolge von Vilikazi Duma angetreten. Roderick Ashburton, ein englischer Banker, unterstützt sie. Er ist mit Jills Cousine verheiratet.«

»Ach ja, Benita. Sie ist im Übrigen entfernt mit mir verwandt, sagt meine Mutter.«

Micks Gesichtsausdruck zeigte, dass er nur mit halbem Ohr hingehört hatte. Für ein paar Schritte schwieg er, schien im Widerstreit mit sich selbst zu liegen. Dann ging auf einmal ein Ruck durch ihn. Er holte tief Luft. »Auch wenn ich mir eine Abfuhr von dir holen sollte, werde ich den Sprung ins kalte Wasser wagen und dich einfach fragen.« Er sah ihr in die Augen. »Also, wenn du jetzt ein wenig Zeit hast und vielleicht nicht weißt, was du damit anfangen sollst ... also, ich würde mich freuen, wenn du mir bei meiner Recherche helfen würdest. Du bist ein Profi ...«

Lisa stolperte ihm in die Arme und knurrte einen Kraftausdruck. Jemand hatte ihr einen hoch beladenen Gepäckwagen in die Hacken gerammt. Sie wirbelte herum.

»Passen Sie doch auf!«, fuhr sie den rotgesichtigen, fetten Mann in Bermudashorts an, dem das Hemd über der Hose hing. Sie beugte sich hinunter und betrachtete aufgebracht die lange Abschürfung, die der Wagen auf ihrer Ferse hinterlassen hatte. Das Blut leckte ihr bereits in die Schuhe.

Der Mann hob grinsend die Hände und zeigte riesige Schwitzflecken unter den Armen. »Sorry, sorry.« Seine Stimme klang milde belustigt.

»Es hat trotzdem wehgetan«, fauchte Lisa und tupfte das Blut mit einem Papiertaschentuch ab.

Das Grinsen verschwand. »Na, nun kriegen Sie sich mal wieder ein, kleine Lady, so schlimm war's ja nun auch nicht …!« Mit einem genervten Blick wollte der Mann den Gepäckwagen an ihr vorbeischieben.

Aber Lisa packte ihn am Hemdzipfel, baute sich vor ihm auf, stemmte die Hände in die Hüften und ließ ihren Blick einmal über seine schwitzende Erscheinung gleiten.

»Hören Sie mal zu, Sie unappetitlicher Fettwanst, Sie haben mir eine blutende Verletzung verpasst, ich habe starke Schmerzen, ich werde den Arzt aufsuchen müssen. Und ich bin Juristin. Das alles läuft auf eine Schmerzensgeldklage hinaus. Also, wie ist Ihr Name, oder soll ich einen Sicherheitsbeamten rufen?« Sie sah sich um und zeigte auf zwei Uniformierte, die ihre Pistolen lässig um die Hüfte geschnallt trugen. »Dahinten stehen gleich zwei.«

Sie hatte so laut geredet, dass eine Menge Leute mithören konnten. Um nicht gleich erkannt zu werden, hatte sie vorsichtshalber ihre Sonnenbrille aufgesetzt, deren riesige Gläser ihr halbes Gesicht verdeckten.

Ihr Vorschlag zeigte Wirkung. Der Mann sabberte vor Schreck.

»Aber, Lady, ich …« Er rang die Hände. »Gütiger Himmel, das wollte ich doch nicht … eine Schmerzensgeldklage … seien Sie doch nicht so …«

»Doch, ich bin so«, unterbrach ihn Lisa, der die ganze Sache anfing, ziemlichen Spaß zu machen. »Und noch viel schlimmer, als Sie sich vorstellen können. Leute wie Sie verschlinge ich zum Frühstück.« Ihr Blick fiel auf seinen gewaltigen schwabbeligen Bauch. »Obwohl das keine appetitliche Vorstellung ist.«

»Bitte, es tut mir leid …« Die in Fettrollen gebetteten blassblauen Augen des Mannes flitzten wie zwei aufgeschreckte Kakerlaken zwischen ihr und Mick hin und her. »Schmerzensgeldklage«, brabbelte er, während er hastig in seiner Tasche kramte. Schließlich zog er eine Rolle mit Geldnoten hervor. »Hier …« Er pellte ein paar Hundert-Rand-Scheine herunter. »Wie viel wollen Sie … das muss doch nicht mit der Polizei geregelt werden … ach, was soll's, hier, nehmen Sie alles!« Er versuchte, ihr das Geldbündel in die Tasche zu stopfen.

Lisa schlug seine Hand beiseite und blinzelte ihn an. »Ich denke gerade darüber nach, was Sie wohl auf dem Kerbholz haben, dass Sie sich so vor der Polizei fürchten?«

Der Mann schnaufte und sah sich entsetzt um, als erwartete er uniformierte Hundertschaften zu erblicken, die ihn festnehmen wollten.

Lisa entschied, dass es nun genug sei. Sie lächelte zuckersüß. »Kaufen Sie sich davon ein wirksames Deodorant.« Damit gab sie ihn frei.

Der Mann wurde noch röter, schoss ihr einen mörderischen Blick zu, schwang seinen Gepäckwagen herum und verschwand im Laufschritt, wobei er unterdrückte Verwünschungen murmelte.

»Blödmann, aber das hat gutgetan.« Lisa war wieder in bester Stimmung. Sie sah Mick prüfend an. »Sollte das vorhin ein Job-Angebot sein?«

Mick Robertson, der anfänglich den Impuls gehabt hatte, dem Kerl eine Faust ins Gesicht zu schlagen, hatte sich zurückgehalten und der ganzen Szene mit wachsendem Vergnügen zugesehen. Lisa Darling hatte auch früher nie eine Auseinandersetzung gescheut, auch nicht, wenn der Gegner ihr scheinbar überlegen war. Sie verteidigte ihre Überzeugung mit Leidenschaft und erheblicher Fantasie, wie er gerade feststellen konnte. Zusammen mit der Tatsache, dass sie Jura studiert, wenn auch nie praktiziert hatte, wäre sie ein Riesengewinn für seine Kanzlei. Sein Herz schaltete einen Gang höher. Er musste es wagen. Er würde die Recherchearbeit als Köder benutzen. Wenn sie erst einmal zusammenarbeiteten, konnte er sie vielleicht überreden, bei ihm zu bleiben. Dass er dabei nicht nur an die Kanzlei dachte, dämmerte ihm in diesem Augenblick.

»So ist es.« Er blickte erwartungsvoll auf sie hinunter.

»Angesichts dessen, dass ich arbeitslos bin, nehme ich mit Vergnügen an. Von irgendetwas muss ich ja leben. Aber nur für eine begrenzte Zeit natürlich. Ein paar Wochen vielleicht. Und ich bin nicht billig.«

»Natürlich.« Mick bekam glänzende Augen. »Ein paar Wochen. Das ist wirklich ganz wunderbar. Das müssen wir feiern. Lass uns heute irgendwo zusammen essen. Oder willst du sofort nach Hause?«

Fast hätte er sie geküsst, hielt sich aber im letzten Augenblick zurück. Erst musste er sich selbst darüber klarwerden, woher diese unerwartete Regung auf einmal kam. Die Scheidung von Charlene steckte ihm selbst nach über einem Jahr noch in den Knochen. Den seelischen Müll einer gescheiterten Ehe konnte er Lisa Darling nicht zumuten.

Lisa blickte unentschlossen drein. »Eigentlich wollte ich gleich nach Lalisa fahren, aber da meine Eltern ohnehin nicht ahnen, dass ich komme …« Sie ließ den Satz in der Luft hängen und hob dann die Hände. »Kommt drauf an, wie spät es wird.

Bis Lalisa sind es zwei Stunden Autofahrt ...« Wieder brach sie ab. Aus heiterem Himmel wurde sie von einem unwiderstehlichen Verlangen überfallen. »Musst du heute noch in deine Kanzlei?« Sie begleitete ihre Frage mit einem aufgeregten strahlenden Lächeln.

Mick reagierte erstaunt. »Eigentlich schon. Warum?«

»Es ist so lange her, dass ich einmal richtig freihatte, dass ich mich gar nicht mehr daran erinnern kann. Das Wetter ist herrlich, und ich habe eine unbändige Lust, nach Umhlanga Rocks zu fahren, stundenlang am Rand der Wellen entlangzulaufen, durch die Felsenteiche zu waten, in der Brandung zu schwimmen und hinterher irgendwo gut und viel zu essen. Kannst du dir nicht freinehmen und mitkommen? – Bitte«, setzte sie leise hinzu.

Ihre Blicke verhakten sich. Das Wort hing wie ein schimmernder Klangtropfen zwischen ihnen, das ohrenbetäubende Stimmengewirr der quirligen Menschenmenge in der Flughafenhalle wirkte unvermittelt leiser. Mick lächelte sein langsames, unwiderstehliches Lächeln, seine Augen leuchteten grün.

Und plötzlich war ihr, als wären sie von einem knisternden Energiefeld umschlossen. Die feinen Härchen auf ihren Armen stellten sich auf, ihr wurde heiß, ihre Haut kribbelte. Sie hatte vergessen, wie verdammt attraktiv er war, wie unglaublich intensiv seine Ausstrahlung. Schon früher hatte er Frauen angezogen wie das Licht die Motten. Auch sie.

Völlig aus dem Gleichgewicht gebracht, atmete sie tief durch. Von charismatischen Männern hatte sie die Nase voll. Brian war so, und auch Scott. Zwei Jahre hatte sie gebraucht, um sich einzugestehen, dass sie einen Mann geheiratet hatte, in dessen Wortschatz das Wort »Treue« nicht vorkam. Sie hatte nicht vor, noch einmal in dieselbe Falle zu tappen.

Sie bewerkstelligte einen unbefangen anmutenden Blick. »Was hältst du davon?«

Mick Robertson war ganz still geworden. Wortlos sah er auf sie hinunter, fast eine volle Minute. Dann warf er sein Haar mit Schwung aus den Augen und grinste, und vor Lisa stand auf einmal der unwiderstehliche Micky Robertson von früher, der ständig irgendwelche Streiche aushecke, der alle Mädchen mit einem Zwinkern seiner grünen Augen verhexen konnte. Der knochentrockene Anwalt war verschwunden.

Sie kicherte, unabsichtlich und völlig unmotiviert.

»Seit meiner Schule habe ich nicht mehr geschwänzt«, sagte er. »Meine Sekretärin wird eine Sinnkrise bekommen. Sie wird einen Suchtrupp ausschicken oder die Polizei, um uns festnehmen zu lassen.« Er lachte laut und vergnügt. »Du kannst bei mir schlafen. Im Gästezimmer, die Tür ist abschließbar«, setzte er hinzu, als er ihren Gesichtsausdruck bemerkte. »Komm, lass uns schnell fahren. Ich kann es kaum abwarten. Mein Wagen steht drüben auf dem Parkplatz. Meine Güte«, gluckste er. »Mitten am Tag im Meer schwimmen zu gehen …«

Zehn Minuten später hatte er ihren und seinen Koffer im verdeckten Kofferraum seines bulligen Rangerovers verstaut und wartete auf eine Lücke im stetig fließenden Verkehr der N2.

»Wir bringen unser Gepäck zu mir nach Hause, ziehen uns um und werfen uns in die Wogen, einverstanden?« Dabei beobachtete er den Verkehr mit großer Aufmerksamkeit.

Auf den großen Ausfallstraßen war die Unfallgefahr besonders hoch. Autos, die eigentlich verschrottet gehörten, überholten mit halsbrecherischer Geschwindigkeit von links und rechts, und manchmal überholten zwei Wagen nebeneinander. Viele Fahrer überschätzten sich und ihr Auto völlig, unzählige fuhren ohne oder mit einem falschen Führerschein. Außerdem konnte man sich nie sicher sein, dass nicht aus dem Nichts ein Mensch über die Fahrbahn lief oder ein Tier auf dem chromblitzenden Kuhfänger landete.

Lisa schwieg und schaute aus dem Fenster auf die windschie-
fen, aus Plastik und Wellblech zusammengeschusterten Hütten,
die zu beiden Seiten der Straße wie ein hungriges Rudel Raubtiere geduckt über den Abhang hinunter bis zum Straßenrand krochen. Fetzen von Plastikbahnen hingen wie bunte Riesenblüten
in dem einzigen Busch, der von der ursprünglichen Vegetation
übrig geblieben war. Barfüßige kleine Jungen kickten voller Energie und mit großem Ernst einen weich gewordenen Fußball über
das spärliche Gras.

»Die träumen alle von der großen Karriere«, murmelte sie.
»Alle wollen werden wie die Jungs von Bafana Bafana oder Bal-
lack und Beckham ...«

»Oh, der eine oder andere könnte es schaffen«, entgegnete
Mick. »Meine Mutter unterstützt einen Fußballclub, der es sich
zur Aufgabe gemacht hat, begabte Jungs aus den ärmsten Vier-
teln von der Straße zu holen. Sie bekommen regelmäßig zu essen,
werden eingekleidet, und es wird verlangt, dass sie die Schule besuchen. Jeden Tag. Als Belohnung werden sie von einem fähigen
Trainer unterrichtet. Funktioniert bestens. Meine Mutter ist sehr
streng mit ihnen.«

»Klingt typisch nach deiner Mutter. Lebensnah und praktisch.«

»Absolut. Das ist sie.« Abrupt trat er auf die Bremse und riss
das Steuer nach rechts. Ein völlig überladenes Sammeltaxi war unerwartet neben seinem Wagen ausgeschert. Schwarze Gesichter
schauten gleichgültig zu ihnen herüber, während das Heck ihres
Kleinbusses auf die Fahrbahn aufschlug und einen Funkenschweif
hinter sich herzog.

Mick stieß einen Fluch aus. »Die werden bald unsere Unfall-
statistik hochjagen. Zwanzig auf einen Streich.« Mit verdoppelter
Aufmerksamkeit fuhr er weiter.

Lisa drehte die Klimaanlage hoch und beobachtete, wie die
Vororte Durbans an ihnen vorbeiflogen. Die Gärten waren von

üppigem Grün überwuchert, dazwischen leuchteten lila und rosa die Kronen der Tibouchina. Farbkleckse, wie von Mackes Pinsel dort hingesetzt. Sie weidete ihre Seele an den leuchtenden exotischen Bäumen. »Ich hatte vergessen, wie grün es in Natal ist«, seufzte sie. Es klang zufrieden.

Ein fliegender Händler hockte in Wolken von Auspuffgasen am Wegesrand und bot zu farbenfrohen Türmen gestapelte sattgelbe Papayas, dunkelgrüne Avocados und rotbäckige Mangos feil. Ein halbwüchsiger schwarzer Junge trieb zwei Ziegen die Schnellstraße entlang, hinter ihm folgte eine Zulufrau, die ein Bündel Feuerholz auf dem Kopf zu ihrer Hütte trug. Keine fünf Meter entfernt rasten die Autos vorbei.

»Hier merkt man wenigstens, dass man in Afrika ist«, sagte sie. »Das mag ich an Natal so sehr. Das Kap ist mir oft zu europäisch, nicht wild und ursprünglich genug.«

Mick nickte, ohne den Verkehr aus den Augen zu lassen. »Du hast Recht. Hier ist Afrika. Kapstadt liegt in einer anderen Welt. Ich war mal auf der Mittelmeerinsel Mallorca«, fuhr er fort. »Die hat mich sehr an Kapstadt erinnert. Ähnliche Landschaft, ähnliche Leute. Ein Haufen lederbraungebrannter, gut betuchter, kosmopolitischer Rentner, für die immer neue Golfplätze gebaut werden, die noch den letzten Tropfen Wasser aus dem kargen Boden saugen. Wenn das auch hier so weitergeht, wird die Karoo eines nicht so fernen Tages bis ans Meer im Süden reichen. Du weißt, welche Typen ich meine? Solche, die schon mittags um zwölf in den Restaurants sitzen und mit irgendeiner knackigen, jungen Tussi Austern und Champagner schlürfen.«

»Oder mit ihren lederhäutigen, gelifteten, goldbehängten Frauen«, kicherte Lisa.

Mick grinste. »Manchmal habe ich das Gefühl, es sind dieselben Leute. Eine Karawane von braungebrannten Pensionären, die ruhelos um den Erdball ziehen und sich allmählich zu Tode langweilen.«

»Schrecklich.« Lisa vermied es, sich vorzustellen, wie sie einmal leben würde, wenn sie das Alter erreicht hatte.

Sie verließen das Stadtgebiet von Durban und bogen kurz darauf auf den Umhlanga Rocks Drive ab, der entlang dem Hügelrücken oberhalb Umhlangas verlief und mit dicht an dicht gepflanzten Fieberbäumen und Palmen gesäumt war. Luxuriöse weiße Bürobauten von oft spektakulärem Design standen in sorgfältig manikürten Rasenlandschaften. Sämtliche blühenden Büsche waren exakt beschnitten, Blumenbeete sauber begrenzt und ohne ein Unkraut. Alles wirkte sehr gepflegt und ziemlich künstlich, fand Lisa und wünschte sich das üppig wuchernde Durcheinander aus Bougainvilleen, blühenden Bäumen und Trichterwinden und die bunten Farbtupfer ungezähmter Blumenbeete zurück, die früher diese Gegend geprägt hatten.

Für ein paar Sekunden erhaschte sie einen Blick auf die schimmernde Fläche des Indischen Ozeans. Der Horizont verschwamm im Dunst der Tageshitze, schneeweiße Wolken segelten im blauen Himmelsmeer, die Sonne glitzerte auf den Wellen. Eine Herde spielender Delfine erschien aus dieser Entfernung wie eine Handvoll schwarz glänzender Apfelkerne, die in den schäumenden Brechern schwammen. Mit einem Knopfdruck ließ sie das Fenster herunter. Ein zärtlicher Wind fächelte ihr feuchtwarme Luft ins Gesicht und den Duft nach frisch geschnittenem Gras. Die schrillen Rufe der Hirtenstare schwebten über dem fernen Donnern der Brandung, die sich auf dem Riff brach.

Dann fuhr Mick den Hügel hinunter in eine Senke, und sie sah vor sich nichts als graue Straße, Autos und Häuser. Sie ließ das Fenster wieder hoch.

»Wusstest du, dass im Busch, der Umhlanga nach Norden begrenzt, auch jetzt noch Leoparden leben?«, fragte Mick und beschleunigte, als die Ampel vor ihm auf Gelb sprang. »Ein Ranger hat mir das erzählt.«

Lisa sah ihn erstaunt an. »Tatsächlich? Glaubst du das?«

»O ja. Das Buschland und die Zuckerrohrfelder fangen nur ein paar Straßen weiter an, und entlang dem Ohlanga ist es noch ziemlich wild.«

Lisa sah den verwilderten Busch von Lalisa vor sich, sah das Flusspferd, das in der Biegung eines Nebenarms des Umfolozi lebte, dort, wo der Fluss an Lalisa grenzte, die Krokodile, die sich hin und wieder auf dem sandigen Ufer sonnten, und die Pavianfamilien, die morgens in der Nähe der Hausterrasse lauerten, um in einem unbewachten Augenblick Früchte und Brot vom Tisch zu klauen. Schließlich lächelte sie.

»So muss es sein. Das ist Afrika. Ich wette, von den Touristen ahnt keiner etwas davon. Wahrscheinlich würde es sie zu Tode erschrecken.«

Über den Kreisverkehr erreichten sie die steile Zufahrtsstraße, die ins Herz von Umhlanga Rocks führte. Ein atemberaubender Panoramablick öffnete sich vor ihnen. Unter ihnen breitete sich der Indische Ozean bis zum Horizont aus, ein Dutzend Schiffe ankerten auf der sonnenglitzernden Weite, ein schneeweißes Kreuzfahrtschiff lief gerade aus der Hafeneinfahrt aus. Hügeliges sattgrünes Land erstreckte sich nach Norden, direkt vor ihnen lag der Geschäftskern des Ortes mit Einkaufszentren und Restaurants. Zum Süden hin grenzten die herrlichen Gärten des alten Umhlanga Rocks an die alte North Coast Road, in der Ferne schimmerte die Bucht von Durban mit ihren weißen Gebäuden durch den Hitzedunst.

Vor ihr aber, im flimmernden Lichtgefunkel, standen die Silhouetten der teuren Hotels und Apartmenthäuser von Umhlanga Rocks. Ein bläulich glänzendes Hochhaus überragte die umgebenden Hotelbauten um gut die dreifache Höhe, ein weiteres war noch im Bau, würde aber ebenfalls den Rest der Gebäude dominieren.

»Um Himmels willen«, rief Lisa. »Ist das der Zulu Sunrise?

Bisher habe ich nur Bilder davon gesehen. In Wirklichkeit ist es ja noch viel grässlicher. Würde besser nach Dubai passen.«

Mick musste auf der großen Kreuzung vor Umhlanga an einer Ampel halten. Dabei ließ er die beiden halbwüchsigen, in Lumpen gekleideten Schwarzen, die an der Leitplanke lehnten und sein Auto anstarrten, nicht aus den Augen. Mit einem schnellen Blick vergewisserte er sich, dass er die Zentralverriegelung betätigt hatte.

»Das ist der Zulu Sunrise, und das Geld kommt tatsächlich aus Dubai. Demselben, dem die Victoria & Albert Waterfront in Kapstadt gehört, gehören auch diese Türme.« Er fuhr wieder an. »Und einem chinesischen Multimilliardär. Der nächste Turm wird noch mehr als zehn Stockwerke höher sein.«

»Und die Einwohner Umhlangas nehmen das einfach so hin?«

»Wir haben demonstriert, sind vor Gericht gegangen und haben Einspruch erhoben, noch und noch. Es hat uns nichts genutzt. Zu viele Leute hatten zu viel zu verlieren, wenn du verstehst, was ich meine.«

»Die richtigen Leute sind geschmiert worden«, übersetzte Lisa und nickte. »So läuft es hier im ganzen Land, auf jeder Ebene. Es ist zum Kotzen. Wie soll das neue Gebäude heißen?«

»Zulu Star.«

Lisa legte die Stirn in Falten. »Na, wenigstens nichts Chinesisches. Wenn wir nicht aufpassen, wird unser Land ein weiteres Mal kolonialisiert.«

»Gekauft«, korrigierte Mick sie. »Gekauft ist der richtige Ausdruck.«

Er verringerte die Geschwindigkeit, bog rechts in eine breite, von gelb blühenden Bäumen beschattete Einfahrt ein und hielt vor einem Tor aus massiven Stahlstreben, das in eine drei Meter hohe Mauer eingelassen war, die zur Straße hin diskret hinter einer mannshohen Hecke aus blühenden, mit zentimeterlangen Dornen bewehrten Amatungulubüschen versteckt lag. Lisa bemerkte, dass sie mit dicken Rollen Natodraht und zwei parallel verlaufenden elektrischen Drähten gekrönt war.

Mick folgte Lisas Blick.

»Zwölftausend Volt«, bemerkte er trocken und ließ das Fenster herunter. Eine Wolke aus süßem Blütenduft strömte herein. »Affen überleben das meist nicht.«

»Die gleiche Spannung, die der elektrische Zaun an unseren Landesgrenzen während der Apartheidregierung hatte.«

Mick nickte nur. »Morgen, Simba«, grüßte er den Zulu in smarter dunkelgrüner Uniform, der gemächlich die Beine vom Fensterbrett seines Wachhäuschens nahm und aufstand.

Der Zulu legte zwei Finger an seine Mütze. »Morgen, Boss. Wie geht's? Danke, mir geht's gut«, leierte er herunter, ohne auf eine Antwort zu warten. Mit gleichgültigem Lächeln betätigte er den Hebel, um das Tor zu öffnen.

Das Tor rumpelte in den Schienen zurück. Mick fuhr den blumengesäumten Weg über den Innenhof des langgestreckten weißen Gebäudes hinunter in die Tiefgarage.

Ein Fahrstuhl brachte sie kurz darauf zu Micks Wohnung. Er gab einen Code ein und drückte den obersten Knopf.

»Du wohnst im Penthouse? Deine Geschäfte müssen gut gehen.« Lisa trat neugierig durch die Tür, die Mick ihr aufhielt.

»Als ich es gekauft habe, waren die Preise noch erschwinglich. Seitdem spielen die hier verrückt.«

Sonnenstrahlen fluteten durch die meterbreiten Segmente der Glasfront, die die gesamte Stirnwand des Wohnraums einnahm, und erhellten noch die kleine Eingangshalle. Lisa schob ihre Sonnenbrille aus dem Haar auf die Nase und ging weiter. Zu ihrem Erstaunen war alles in Weiß gehalten. Die großen Fliesen, die Wände, die tiefen, gemütlich aussehenden Sofas. Bilder setzten die einzigen Farbakzente, abstrakte, in kräftigen Primärfarben gehaltene Ölgemälde. Der Michael Robertson, den sie einst gekannt hatte, hätte sein Apartment nie so eingerichtet. Gar nicht eingerichtet hätte er es, dachte sie schmunzelnd. Er hätte irgendwelche zusammengewürfelten Möbelstücke irgendwo irgendwie hingestellt. Hier hatte jemand anderes gewirkt.

Sie drehte sich zu ihm um. »Wie komme ich auf die Terrasse?«

Mick hatte die Koffer in der Halle stehen lassen und war ihr gefolgt. Er drückte einen Knopf neben dem Panoramafenster, und langsam faltete sich die Glaswand zusammen und fuhr zur Seite. Er machte eine einladende Geste. »Bitte, nach dir.«

Lisa trat auf die Terrasse, an deren Ende jeweils zwei Kübel mit kupferrosa Bougainvilleen übers weiße Gemäuer rankten. Ein leichter Wind fuhr ihr ins Haar. Ihr Blick flog über einen üppigen Garten und blühende Baumkronen hinunter zum endlosen Blau des Indischen Ozeans. Der Himmel glühte tiefblau, ein Dutzend Schwalben schossen lautlos an ihnen vorüber und schnappten sich im Flug Ameisen, die auf gläsern zarten Flügeln durch die Luft flirrten.

»Hier wird es bald regnen. Die Termiten machen ihren Hochzeitsflug.« Lisa zeigte auf einen Schwarm schwirrender Insekten, die sich im Flug mit ihrer Königin paarten, darauf ihre schimmernden Flügel abwarfen und auf die Erde sanken. Ihre Flügel wurden im Sonnenlicht zu silbernem Gestöber.

Mick sah den kopulierenden Insekten nach und wurde von dem flüchtigen Gefühl überrumpelt, dass er sie beneidete. Bevor er darüber nachgrübeln konnte, redete Lisa weiter.

»Eigentum oder gemietet?«

»Eigentum.«

»Warum hast du dir kein Apartment direkt am Meer genommen? Hier bist du doch gut zweihundert Meter davon entfernt. Der Preis?«

»Ach wo. Zu viel Wind, zu feucht, zu laut. In kurzer Zeit treibt mich das Krachen der Brandung schier in den Wahnsinn. Komm, ich zeig dir den Rest meiner Behausung.«

Mick stieß die Tür zu einem Raum mit zwei überbreiten Betten auf. »Das hier ist das Gästezimmer.«

Auch von diesem Zimmer konnte man auf die Terrasse gelangen. Eine weitere Tür führte ins private Badezimmer. Sie schaute hinein. Eine weiße Orchidee hing in einem Bambuskorb von der Decke. Ihre Blätter hingen traurig herunter.

Mick folgte ihrer Blickrichtung. »Ich muss Sophie auf die Zehen treten. Sie hat vergessen, meine Orchidee zu gießen.«

»Sophie ist deine Haushaltshilfe?«

Er nickte. »Von meiner Mutter ausgebildet. Ihre Mutter wiederum war meine Kinderfrau. Sie ist ein Juwel und kocht sterneverdächtig. Nur zu Zimmerpflanzen hat sie kein Verhältnis. Wenn sie nicht essbar sind, hält sie sie für überflüssig.« Er verdrehte komisch die Augen und schloss die Badezimmertür.

Auch die übrigen Räume, das Hauptschlafzimmer mit dem daran anschließenden Bad, die Küche und das kleine Zimmer, das neben Micks Schlafzimmer lag und das er augenscheinlich als Arbeitszimmer nutzte, waren in Weiß gehalten. Überall bildeten Bilder in starken Farben den Blickfang. Alles Originale, wie Lisa sofort bemerkte.

Sie schob die Sonnenbrille auf die Nasenspitze und spähte über den Rand zu ihm hoch. »Wenn ich mich korrekt an deine Studentenbude erinnere, war die eine komplette Katastrophenzone. Chaos, wohin der Blick fiel. Wie hast du denn diese erstaunliche Wandlung vollzogen?«

Mick grinste etwas belämmert. »Meine Mutter hat das Apartment eingerichtet, und Sophie hält es in Ordnung.«

Lisa prustete los. »Köstlich! Aber das Essen musst du dir allein in den Mund schieben? Du Armer!«

Er steckte beide Hände in die Hosentaschen, wippte auf den Fußballen und starrte dabei auf den Boden. Dann zuckte er mit den Schultern. »Als Charlene und ich uns getrennt haben ... Ich hab ihr alles überlassen, das Haus, die Möbel, das Auto, den

Hund ... Mir war es einfach völlig egal, wo und wie ich leben würde ...«

Lisa empfand sich auf eigenartige Weise zurechtgewiesen. »Mitten hinein ins Fettnäpfchen ... Entschuldige. Ich habe natürlich gewusst, dass ihr euch habt scheiden lassen. Meine Mutter und deine ... Du weißt ja.« Sie hob die Schultern und sah ihn an.

»Mütter!«, riefen sie beide gleichzeitig.

»Mütter.« Mick schüttelte mit einem halben Lächeln den Kopf. »Wir bringen jetzt dein Gepäck ins Zimmer, dann können wir den restlichen Tag verplanen.« Er ging ihr voraus in die Eingangshalle, nahm ihre Koffer und trug sie ins Gästezimmer.

Lisa schwang sich die Notebooktasche auf die Schulter und folgte ihm. »Wie geht es der unvergleichlichen Tante Tita? Ich muss sie unbedingt besuchen. Wir haben uns lange nicht gesehen.«

Mick drehte sich erfreut zu ihr. »Ich müsste ihr heute noch etwas vorbeibringen. Hättest du Lust mitzukommen? Lass uns doch jetzt an den Strand gehen, irgendwo was essen und anschließend zu meinen Eltern fahren.«

»Perfekt. Gib mir zehn Minuten, dann bin ich fertig.«

Sie schaffte es in sieben und erstaunte Mick damit, der von seiner Exfrau etwas ganz anderes gewohnt war. Verstohlen musterte er sie. Über ihren grünen Bikini hatte sie ein weißes Hemd aus dünner Baumwolle gezogen und in der Taille geknotet. Dazu trug sie Shorts und Leinenschuhe. Ihre sonnengebräunte Haut schimmerte, das hellblonde Haar glänzte wie poliertes Gold, und ihre Augen leuchteten in einem dunklen Grün, wie er es noch bei keinem anderen Menschen gesehen hatte.

Ihm wurde heiß. »Lass uns gehen«, murmelte er mit belegter Stimme und hielt ihr die Tür auf.

Als sie den Geländewagen auf dem Lagoon Drive parkten, hatte der Wind auf Nord gedreht und deutlich aufgefrischt. Lisa stieg aus, bevor Mick ihr die Tür öffnen konnte, hängte sich die Strandtasche über die Schulter und sah sich um. Neben dem Bürgersteig boten Zulufrauen Schnitzereien, Perlengehänge, aus Draht gebogene Tiere und mit dünnem, farbigem Draht umwickelte Gefäße an. Kaum waren sie ausgestiegen, hatten die Frauen sie entdeckt, riefen und gestikulierten, zeigten auf ihre Waren, priesen die Vorzüge und nannten Preise.

Mick trat zu ihr und nahm eines der Gefäße in die Hand. Es war mit hübschen bunten Drahtlitzen umwickelt. »Telefonlitze«, sagte er leise. »Geklaut.«

»Wie bitte?« Lisa nahm ihm die Schale ab und drehte sie hin und her.

Mick hob die Schultern. »Diese Schale hier ist mit Telefonlitze umwickelt, und die ist geklaut, darauf kannst du dich verlassen. Die Telkom verzeichnet davon jährlich einen riesigen Schwund. Woanders bekommt man sie nicht.«

»So etwas nennt man Recycling.« Lisa kicherte. »Afrika!«

»Diebstahl«, sagte Mick der Anwalt streng. »Strafbar.«

Eine der Zulufrauen, eine untersetzte Frau in einem geblümten Kleid, das über ihrem ausladenden Hinterteil spannte, erhob sich ächzend auf die Beine. »Nehmen Sie es, Sir, nur dreißig Rand ...«

»Ich gebe Ihnen zwanzig Rand«, fuhr Lisa dazwischen. »Halt dich da raus«, flüsterte sie Mick ins Ohr, als der scharf antworten wollte.

»Siebenundzwanzig«, antwortete die Zulu wie aus der Pistole geschossen. Ihre Augen glitzerten gierig.

»Fünfundzwanzig.«

Blitzschnell streckte die alte Frau ihre Hand hin, Lisa zählte ihr fünfundzwanzig Rand auf die Handfläche und steckte die Schale in ihre Strandtasche.

»Bin ich nun ein Hehler und der Beihilfe zur Steuerhinterziehung schuldig?« Sie hob die Brauen und lachte.

»In gewissem Sinne schon ... also nach Paragraf ...«

»O Mick, sei nicht so ein Korinthenkacker. Die Leute wollen

schließlich auch leben. Sieh es so, ich kurble damit die Wirtschaft an. Laut Wirtschaftsminister ist das höchst wünschenswert. Komm, ich spendiere uns eine Ananas. Die können wir am Strand essen.« Sie zog ihn hinüber zu dem Inder, der auf dem gegenüberliegenden Bürgersteig im tiefen Schatten eines Indischen Nussbaums Obst zum Verkauf anbot. Sie wählte eine intensiv duftende Ananas und legte sie auf die eben gekaufte Schale. Mick schulterte die Strandtasche, und sie liefen den Weg hinunter zur Strandpromenade.

Wie in Kapstadt blies auch hier ein ordentlicher Wind. Aber er war warm und weich und kam stetig aus einer Richtung. Lisa liebte ihn. Je nach Wetterlage blies er ohne Umwege von Norden nach Süden oder von Süden nach Norden und lauerte nicht wie der Kap-Doktor hinter Häuserecken, noch schleuderte er Bäume herum und ließ Dächer davonfliegen.

»You said some winds blow forever and I didn't understand«, trällerte sie leise. »One way wind, one way wind, are you trying to blow my mind …«

»Mein Lieblingssong.« Mick lächelte. »Passt doch super hierher!« Er zeigte auf die dunkelgrünen Nadelbäume, die die Promenade säumten und alle stark in eine Richtung geneigt waren.

»Ach tatsächlich, dein Lieblingssong?«, sagte sie und warf ihm einen spöttischen Blick zu. »Welch ein Zufall doch.«

Er erwiderte ihren Blick. »Ich versuche nicht, dich anzumachen, wenn du das meinst.«

»Na, dann bin ich ja beruhigt.« Sie hob die Nase und schnupperte den appetitlichen Duft, der vom La Spiaggia, dem Strandrestaurant, herüberwehte. Die runde Terrasse des Restaurants war wie ein riesiger Balkon zum Strand hin vorgebaut und bis auf den letzten Platz besetzt.

»Beim La Spiaggia riecht es lecker. Da sollten wir nachher essen gehen. Wie ich sehe, ist die Terrasse schon wieder vollkommen aufgebaut worden.«

Mick schaute hinüber. »So lange ist das noch nicht her. Du hättest diese Gegend kurz nach dem Sturm vom März 2007 sehen sollen. Es war erschreckend. Die Stützmauer, die Promenade und die Terrasse vom La Spiaggia waren im Meer verschwunden, der Strandwächterturm vom Bronze Beach so unterhöhlt, dass niemand ihn betreten durfte. Man hat ihn abgerissen, inzwischen aber wieder aufgebaut. Zum Teil waren auch die Fundamente der Gebäude, die oberhalb der Promenade stehen, freigespült.« Er zeigte nach Norden auf eine Reihe weißer Apartmenthäuser. »Der Strand war nur noch eine Geröllhalde, weil die Brecher zwei Höhenmeter Sand abgeräumt und ins offene Meer gezogen hatten. Dabei wurde der felsige Untergrund bloßgelegt. Zwischen dem Geröll ist aller Unrat hängen geblieben, der an Land gespült wurde. Es war fürchterlich. Fünfzehn Meter hohe Wellen. Unvorstellbar, nicht? Und angeblich waren sogar welche bis neunzehn Meter dabei.«

Lisa stellte es sich vor, und ihr blieb die Luft weg. Ihr Blick flog über den Strand und die Promenade. »Gab es Tote?«

Mick schüttelte den Kopf. »Der Sturm war so stark, dass sich keiner hier heruntergewagt hat. Glücklicherweise. Noch hat das Meer nicht alles wieder hergegeben.« Er deutete auf den Strandabschnitt hinter den seidig schwarzen Basaltfelsen, die den Badestrand nach Norden begrenzten. Hier lag der felsige Untergrund noch frei, das Gebiet war mit Geröll übersät. »Dort fehlen noch mindestens zwei Meter Sand. Vor kurzem hat das Meer die anderen Strände – den, der zur Lagune führt, den Hauptbadestrand und den direkt vor dem Leuchtturm – wieder zurückgebracht. Ich nehme an, beim nächsten Sturm spuckt es genügend Sand aus, um auch diesen Strand wiederherzustellen. Das liebe ich so an dieser Küste. Von einem Tag auf den anderen kann sie sich völlig verändern.«

»Ich wünschte, er hätte das Monstrum mitgenommen, auf Nimmerwiedersehen.« Lisa deutete auf die Pier, die vor dem Zulu Sunrise weit ins Riff ragte, fast bis zu den meterhohen Wellen, die sich draußen an der steinernen Barriere brachen, eine hässliche Konstruktion, die ein Walgerippe imitieren sollte und genau so aussah. Sie versperrte den freien Blick auf die Küste nach Süden und das ferne Durban. Den Blick, den sie so geliebt hatte.

Ihre Augen wanderten weiter, suchten oberhalb des Leuchtturms nach dem vertrauten Glockenturm des Oyster Box Hotels. Sie konnte ihn nicht entdecken und zog die Brauen zusammen. »Was ist mit dem Oyster Box geschehen?« Dort, wo sonst das traditionelle Hotel stand, das aus dem ersten Haus an dieser Küste, einem primitiven Bauwerk aus Teak und Bambus aus dem Jahr 1869, entstanden war, stachen riesige Baukräne wie Türme in den Himmel.

»Abgerissen.« Micks Ton drückte deutlich seine Wut darüber aus. »Angeblich soll es liebevoll restauriert wiederaufgebaut werden. Wie sie das bewerkstelligen wollen, wo sie doch keinen Stein auf dem anderen gelassen haben, ist mir ein Rätsel. Kulturbanausen. Diesmal aus England übrigens.«

Lisa fröstelte, obwohl die Mittagssonne vom Himmel brannte. Ihr war so vieles fremd geworden, und das beunruhigende Gefühl von Wurzellosigkeit kehrte zurück. Ihre Sehnsucht nach Lalisa wurde fast übermächtig. Lalisa, ein Zuluwort, das übersetzt bedeutete, einem Menschen einen Ort zum Schlafen anzubieten. Ein friedlicher, ruhiger Name. Ein Ort, wo sie die glücklichste Zeit ihres Lebens, ihre unbeschwerte, behütete Kindheit verbracht hatte, wo sie jeden Stein und jede Pflanze kannte. Von den Menschen, die auf Lalisa lebten, den Farmarbeitern und Hausangestellten, ihrem Kindermädchen Happy, hatte sie nur Zuneigung erfahren, nie ein zorniges Wort gehört. Allein der Gedanke an diese heile Welt ließ ihr Herz schneller schlagen.

»Morgen werde ich nach Hause fahren«, sagte sie, wobei ihr die Stimme urplötzlich entgleiste.

Mick streifte sie mit einem schnellen Blick. Er ahnte offenbar, was in ihr vorging. »Manchmal fühle ich mich hier auch fremd. Ich kann mich noch an Umhlanga erinnern, wie es zu meiner frühesten Jugend, Anfang der siebziger Jahre, aussah. Ein verschlafenes Dörfchen an einem paradiesischen Strand. In alten Tagebüchern habe ich die Beschreibung meiner Urururgroßeltern Robertson gelesen, die um 1850 hier gelandet sind. Das heißt«, er lachte auf, »sie sind vor Durban ins Meer gefallen. Ihr Schiff wurde von einem Sturm auf die nadelscharfen Riffspitzen vor dem Bluff getrieben und ist auseinandergebrochen. Meine Vorfahren haben ihr nacktes Leben und die Druckerpresse gerettet, die Timothy Robertson mitgeschleppt hatte. Er hat im Übrigen die erste Zeitung in Natal herausgegeben.«

»Die Geschichte kenne ich. Dein Vater hat sie mir erzählt.«

Mick grinste. »Hätte ich mir denken können. Es ist eine der schönsten Geschichten unserer Familie. Stell dir doch nur vor, wie es zu der Zeit hier ausgesehen haben muss.«

Seine Hand beschrieb einen Halbkreis, der alles umfasste. Die Küste nach Süden, die mit blauen Trichterblüten bewachsenen Dünenhänge, über die Reste des Küstenurwalds hinauf nach Norden, wo der goldene Strand im flimmernden Licht verschwamm. »Kannst du die Felsen sehen?« Er zeigte auf eine Felsgruppe, die im Norden an der Mündung des Ohlanga vor dem letzten Gebäude des Ortes ins Meer ragte. »Ein Häuptling Mahakane hat dort an der Lagune mit seiner Familie gelebt. So weit, wie du blicken kannst, war der Strand sein Reich.«

Lisa folgte seinem Blick, blendete die Reihe der Apartmenthäuser, die auf dem Dünenrücken standen, eines nach dem anderen aus, bis sie zurückschauen konnte in diese Zeit, und was sie sah, musste wohl das Paradies gewesen sein.

»Grün muss es gewesen sein, so grün«, sagte sie träumerisch. »Der Küstenurwald war undurchdringlich, Vorhänge aus blühenden Schlingpflanzen wehten im Wind, Antilopen lebten dort, Mungos und Schlangen ... und in der Lagune gab es Flusspferde, Seeadler jagten nach Fischen, und Kronenkraniche stolzierten am Ufer ...«

Fasziniert hörte Mick Robertson ihr zu. Das Bild, das sie mit ihren Worten malte, entstand allmählich vor ihm, als wäre es Wirklichkeit. »... und Reiher nisteten in den Uferbäumen«, flüsterte er. »Kannst du sie sehen? Wie riesige weiße Magnolienblüten sehen sie aus.«

Ein Lächeln zog über ihr Gesicht. »... und abends kam der Leopard aus seiner Deckung, um seinen Durst aus einem Regenwassertümpel zu löschen.« Sie hob eine Hand. »Kannst du es hören? Häuptling Mahakanes Frauen singen ... Hörst du ihre strahlenden Stimmen? Den rauchigen Bass der Männer, die von der Jagd kommen?«

Mick lauschte und hörte zu seiner Überraschung tatsächlich Gesang. Er war so klar, als stünden die Sänger neben ihm. Er blinzelte und nahm gleichzeitig eine Bewegung aus den Augenwinkeln wahr. Über ihnen auf der Promenade waren Bauarbeiter damit beschäftigt, schwere Pflastersteine von einem Wagen zu laden. Einer schleuderte einen Stein von der Ladefläche, ein anderer fing ihn auf und benutzte den Schwung, um ihn in das nächste wartende Paar Hände zu werfen. So flog der Stein von Hand zu Hand, bis ihn der letzte Mann auf einen stetig wachsenden Stapel warf.

Und dabei sangen die Männer im Takt ihrer Bewegung, und die zwei Zulufrauen, die auf der Grasfläche neben der Promenade wie jeden Tag gehäkelte Mützen und Tücher anboten, begleiteten sie. Wie das Jubeln zweier Lerchen schwebten ihre hellen Stimmen über den Bässen der Männer.

Häuptling Mahakane und seine Familie verschwanden leise im schimmernden Licht. Auf dem Dünenkamm wuchsen wieder mehrstöckige Wohnblöcke, nirgendwo schillerte das Blau der Eisvögel oder die tropische Buntheit von Turakos. Nur ein paar graue Raubmöwen strichen über das braune Wasser der Lagune hinaus aufs Meer.

Einem der Arbeiter fiel ein Pflasterstein aus der Hand. Es gab einen dumpfen Knall. Lisa fuhr zusammen.

»Schade«, wisperte sie.

Beide schwiegen. Weiße Haufenwolken segelten am kristallblauen Himmel, ein Keil weißer Ibisse glitt auf dem Weg zu ihren Nistplätzen im Norden dicht über der tosenden Brandung dahin. Zikaden fiedelten, zwei Rotflügelstare balzten heftig in den Wedeln einer Palme, jemand lachte.

»Ganz schön kitschig, was?«, kicherte Lisa. »Aber herrlich. Selbst zu meiner Kindheit in den frühen Achtzigern, als ich oft mit meinen Eltern hierhergekommen bin, war es noch so idyllisch. Es gab Unmengen verschiedener Vögel, massenweise Affen und Schlangen und vereinzelt noch Antilopen im Busch. Nur wenige der Hotels und Apartmenthäuser standen schon.« Auf einmal lachte sie trocken. »Hör dir nur an, wie wir reden. Wie zwei alte Leute, die in der Vergangenheit leben und sich nicht mit dem Neuen arrangieren können.« Sie nahm seine Hand. »Komm, wir gehen schwimmen und toben uns die Frustration aus den Knochen.«

Und das taten sie. Mick kraulte mit kraftvollen Armbewegungen durch die Brandung. Wie die meisten weißen Südafrikaner war er ein hervorragender Schwimmer. Nur ab und zu tauchten seine breiten, gebräunten Schultern aus der weißen Gischt, wenn er zum Atemholen an die Oberfläche kam.

Lisa hatte mit ihm mitgehalten und tauchte neben ihm unter einer Welle durch. Der Wasserberg rauschte über sie hinweg, und sie spürte den starken Sog der Strömung. Die nächste Welle hob sie hoch, immer höher, der Kamm wurde durchsichtig, leuchtete in den Sonnenstrahlen wie goldenes Glas, und dann sah sie ihn, auf ihrer linken Seite, einen torpedoförmigen Schatten, einen Tümmler, der genau parallel mit ihr durch die Welle schoss. Keinen Meter war sein flaschenförmiger Kopf von ihr entfernt, und sie war sich sicher, dass er lachte. Rechts von ihr tauchte ein weiterer grauer Schatten auf. Sie juchzte, breitete die Arme aus, glaubte fliegen zu können.

Dann spuckte die Welle sie aus, die beiden Tümmler drehten ab, und als sie sich das Salzwasser aus den Augen wischte, sah sie, wie einer von ihnen auf seinem Schwanz übers Meer davontanzte, und sein vergnügtes, schnarrendes Kichern schwebte über der Brandung.

Mick Robertson hatte die Welle verpasst und war ins Flache geschwommen. Als er sich umdrehte, sah er sie abtauchen, blieb stehen und beobachtete ihren rasenden Ritt. Als die grauen Schatten durch die Wellen heranschossen, glaubte er, dass sein Herz stehen bleiben würde, erkannte aber ziemlich schnell, dass es Tümmler und nicht Haie waren. Er sah, wie sie ihre Arme ausbreitete, hörte ihren jubelnden Schrei, der wie der eines Vogels klang, der in die Freiheit entkommen war, und jählings schnürte sich ihm die Kehle etwas zu.

Zu verwirrt, um seine Gefühle genauer zu ergründen, wusste er nur eines: dass er nicht wieder zulassen würde, Lisa Darling aus den Augen zu verlieren. Nie wieder.

Ungefragt drängte sich die Stimme seines Vaters in seine Gedanken, etwas, was der ihm immer gepredigt hatte, als er ihm die Grundregeln des Angelns beigebracht hatte.

»Denk wie ein Fisch, wähl deinen Köder sorgfältig, und wenn der Fisch zum ersten Mal vorsichtig daran knabbert, musst du ihm genügend Schnur geben, damit er richtig zubeißen kann. Und dann brauchst du viel Fingerspitzengefühl, um ihn an Land zu ziehen. Ganz sanft musst du es tun, du darfst ihn nicht verschrecken, sonst verlierst du ihn. Eine zweite Chance gibt er dir nicht.«

Ein Fisch. Lisa? Er sah ihr entgegen. Sie tauchte gerade aus der Brandung auf und winkte ihm zu. Während sie sich durch die Brecher zu ihm kämpfte, brach sich eine Welle über ihr, das Wasser spritzte hoch und hüllte sie in einen glitzernden Tropfenschleier. Für Sekunden stand da ein silbrig schimmerndes Märchenwesen, eine Meerjungfrau mit hellblondem Haar und moosgrünen Augen.

Ihm wurde erneut die Kehle eng. Welcher Köder wäre für Lisa Darling so unwiderstehlich, dass er sie für immer damit halten konnte? Er schwor sich, alles daranzusetzen, um das herauszufinden, erinnerte sich allerdings mit Unbehagen daran, dass er sich beim Angeln immer in der Schnur verheddert und meist so tollpatschig angestellt hatte, dass ihm die fettesten Fische entkommen waren. Er sah ihr entgegen.

Das Wasser lief ihr aus dem Haar übers Gesicht. Sie strich es mit beiden Händen nach hinten. »Hast du die Tümmler gesehen? Hast du gesehen, wie der eine auf seinem Schwanz getanzt hat?«, rief sie durch das Röhren der Brandung. »Ich schwöre dir, sie haben gelacht. Ich habe es gehört.« Sie warf den Kopf zurück und lachte auch. »Welch ein Erlebnis! Ich habe Hunger«, rief sie. »Riesenhunger!«

Sie bot ein Bild purer Lebensfreude, und hätte Mick ein Talent zum Malen gehabt, hätte er dieses Bild gemalt, das Licht, das Glitzern und Gleißen, den Himmel und Lisa.

»Gehen wir essen«, sagte er stattdessen. Es kostete ihn einige Mühe.

Sie spülten das Salzwasser unter den Stranddduschen ab und zogen sich in den Toiletten um. Sie hatten Glück, dass gerade ein Paar den Tisch vorn am Geländer des La Spiaggia frei machte. Sie setzten sich und winkten den Oberkellner heran, einen korpulenten, freundlichen Zulu.

»Ma'am.« Er lächelte und wedelte ein paar Krümel mit der Speisekarte vom Tisch, die er anschließend Lisa reichte.

»Ich will etwas Ungesundes mit viel Kalorien, Hamburger mit Pommes frites, einen ganzen Berg krosser Pommes frites, mit einem Riesensalat, und hinterher bringen Sie mir bitte den größten Eisbecher, den die Küche zustande bringt.« Sie reichte dem

Kellner die Karte, lehnte sich zufrieden auf dem Stuhl zurück und lächelte Mick an. »In Kapstadt hätte ich wohl nur an einem kleinen Salat ohne Soße geknabbert, um bloß kein Gramm zuzunehmen. Höchstens einen Garnelenschwanz hätte ich mir gegönnt.« Ihr Lachen kletterte einmal die Tonleiter hinauf und wieder herunter.

Mick Robertson musste an einen Vogel im Frühling denken, an einen kleinen, vor schierer Lebenslust jubilierenden Vogel. Der Vergleich gefiel ihm sehr. Besser als der mit einem Fisch. Er grinste innerlich.

Lisa ahnte nichts von seinen Fantasien. »Hast du eine Lizenz für den Langustenfang? Früher habe ich oft welche herausgetaucht. Wenn ich mich recht entsinne, ist die Schonzeit für Langusten ab März zu Ende. Ich glaube, dann werde ich noch hier sein.«

Der letzte Satz war ihr herausgerutscht, bevor sie darüber hatte nachdenken können. Ihr fiel ein, dass sie dabei war, ihr Apartment zu verkaufen, und ihr wurde klar, dass sie frei war. Ja, dachte sie, das ist eine ganz wunderbare Idee. Ich bleibe einfach noch ein bisschen länger, sehr viel länger, wenn mir danach ist. Ein warmes Gefühl breitete sich in ihr aus. Ein verstohlenes Lächeln glänzte auf ihrem Gesicht.

Als Mick begriff, dass sie nicht vorhatte, gleich wieder abzureisen, klopfte sein Puls schneller. »Ich habe die Lizenz bereits zu Hause liegen. Ich weiß ein paar Stellen, wo man garantiert Langusten findet.« Und wenn ich sie vorher dort aussetzen müsste, dachte er.

12

Zur selben Zeit, zweieinhalb Stunden Autofahrt entfernt weiter nördlich, parkte Dr. Jackson Nyathi seinen Wagen vor
dem drahtumzäunten Hof seines Vaters. Lachend wehrte er die
stürmische Begrüßung eines struppigen gelben Hundes ab und
schob das Eingangstor auf. Amos Nyathi hatte ihn anscheinend
schon gehört und wartete vor seinem Haus. Der Chirurg erschrak
bei dem Anblick. Sein Vater hatte stark abgenommen. Der dunkle
Anzug hing in Falten um seine hagere Gestalt, die Augen waren
tief in ihre Höhlen gesunken, schwärzlich blaue Schatten lagen
darunter, und seine braune Haut zeigte einen fahlen Unterton.
Die Sache mit Israel Mabaso schien ihn ziemlich mitzunehmen,
was ja wahrlich kein Wunder war. Mit langen Schritten ging er
auf den alten Mann zu.

»Baba!« Er schloss ihn fest in die Arme und erschrak dabei von
neuem, als er die spitzen Knochen spürte. Aber er ließ sich nichts
anmerken. »Wir gehen jetzt zusammen essen, und dann können
wir reden. Du brauchst gar nicht zu protestieren, es wird dir
nichts nutzen. Ich habe nicht die geringste Lust, einem Huhn
erst den Hals umzudrehen, es zu rupfen und dann stundenlang
zu kochen, ehe ich das zähe Vieh hinunterwürgen kann. Ich habe
Hunger auf ein saftiges, zartes Steak, und deswegen fahren wir
jetzt nach Richards Bay zum nächsten Steakhouse.« Mit diesen
Worten zog er seinen widerstrebenden Vater zum Auto.

Brummelnd stieg Amos Nyathi ein und ließ es geschehen, dass
Jackson sich über ihn beugte und den Gurt festhakte.

*

Nachdem sie mit dem Essen fertig waren, bestellte Jackson noch zwei Bier, lehnte sich auf der hölzernen Bank des Steakhouses zurück, wobei er seinen Vater mit einem Seitenblick musterte. Mit Erleichterung sah er, dass der aschige Unterton von dessen Haut langsam begann, einer gesünderen Farbe zu weichen. Vermutlich hatte sein Vater einen niedrigen Blutdruck, der sich jetzt durch das Essen und seine Gesellschaft wieder normalisierte. Er nahm sich vor, das zu prüfen.

Während Amos an seinem Bier nippte, erzählte Jack seinem Vater noch einmal, dieses Mal ausführlicher, was der sterbende Gangster vor seinem Tod gesagt hatte.

Der alte Mann lauschte, ohne ihn zu unterbrechen. Er saß regungslos da. Sein Gesicht blieb völlig ohne Ausdruck.

»Der Mann hieß Israel Mabaso«, schloss Jackson seinen Bericht.

»Israel Mabaso«, sagte Amos kopfschüttelnd. »Kenn ich nicht. Wer soll das gewesen sein?«

»Erinnerst du dich an den, den man den Vice-Colonel nennt?«

Kaum hatte er den Namen ausgesprochen, als der Kopf seines Vaters ruckartig hochfuhr. Seine Augen waren schwarz und undurchsichtig wie Kiesel. »Der Vice-Colonel. Den gibt's also noch«, flüsterte Amos Nyathi mit einer schrecklichen Stimme und starrte an seinem Sohn vorbei auf etwas, was nur er sehen konnte.

Jackson versuchte, diesen Blick einzufangen, seinen Vater zu sich zurückzuholen, aber der stierte durch ihn hindurch. Ihn überlief eine Gänsehaut. »Du erinnerst dich also noch an ihn?«

Die Augen seines Vaters kehrten zu ihm zurück. »Natürlich, ich bin doch nicht senil. Dass ich diesen Sohn einer dreckigen Hyäne je vergessen könnte, ist höchst unwahrscheinlich. Warum fragst du?«

»Für den hat dieser Israel Mabaso die Drecksarbeit erledigt.«

Amos hielt es nicht auf der Bank. Er stand auf. »Ich bin gleich wieder da.« Damit marschierte er in Richtung Toiletten. Minuten später kehrte er zurück. Sein eisgraues Haar war nass, auch sein Hemdkragen hatte einen feuchten Rand. Er wirkte erfrischt.

Jackson nahm an, dass er den Kopf unter den Wasserhahn gehalten hatte. »Jetzt, wo wir in etwa wissen, wo wir suchen müssen, wird es leichter werden. Außerdem wird Mick Robertson, der Sohn des bekannten Journalisten ...«

»Ich weiß, wer Neil Robertson ist«, unterbrach ihn sein Vater.

»Ach, tatsächlich? Vermutlich aus dem Widerstand, nicht wahr? Neil Robertson ist eine Berühmtheit, nicht nur im ANC.« Er wartete auf eine Reaktion, die aber nicht kam, und fragte sich, wann der Alte ihm endlich von seinem Erlebnis in der damaligen Zeit erzählen würde. Bis heute verschloss sich sein Vater wie die sprichwörtliche Auster, wenn er ihn danach fragte. Unwillkürlich zuckte er die Schultern. »Gut, also Mick wird die alten Polizeiakten durchsehen, und ich werde mit Neil Robertson reden. Er hat die Leitung der Suchaktion von Vilikazi Duma übernommen.«

Sein Vater saß stumm da und schien tief in Gedanken versunken zu sein.

Jackson sah das Leid in seinen Augen und ergriff spontan seine Hand. »Wir werden sie finden, Baba, dieses Mal werden wir sie finden. Ich verspreche es dir.«

Amos schwieg weiter, beobachtete dabei konzentriert den Schaum seines Bieres, der an der Außenseite des Glases herunterleckte und sich in einer Pfütze auf der Tischoberfläche ausbreitete. Er gab keinerlei Anzeichen, dass er zugehört hatte.

Jack schaute ihn irritiert an. Er war sich nicht sicher, ob sein Vater überhaupt mitbekommen hatte, was er ihm erzählte. Allmählich machte ihn dessen Verhalten kribbelig. »Hörst du mir eigentlich zu?«

Langsam hob der alte Mann den Blick und sah ihn an. Seine Augen glühten tief in ihren Höhlen. »Ich weiß, wo sie liegen.«

Konsterniert starrte ihn Jackson an. »Was heißt das, du weißt es?«

Wovon redete er?

»Das, was es heißt. Ich weiß, wo sie vergraben sind. Und jetzt weiß ich auch, wer sie vergraben hat.« Wieder glitten seine Augen an Jackson vorbei. Mit versteinerter Miene fixierte er einen Punkt im Nichts.

»Dad, verdammt, wie willst du das wissen? Jetzt, auf einmal, nachdem wir schon seit Jahren nach ihnen suchen. Und rein gar nichts gefunden haben.«

»Ich weiß es.« Amos' Ton setzte ein Ausrufezeichen. Konzentriert beobachtete er eine Fliege, die auf dem Rand seines Bierglases entlangkrabbelte. Er schnippte sie weg. Sie landete auf dem Rücken, kreiselte hilflos auf der Tischoberfläche. Blitzschnell ließ er die Hand hervorschnellen und zerdrückte sie mit dem Daumennagel. Es knirschte.

Doktor Jackson Nyathi sah seinen Vater an. »Wo sind sie? Baba, was redest du da?«

Aber er bekam keine Antwort. Er hätte ebenso gut mit einer Wand reden können. Sein Vater trank sein Bier ruhig aus, stellte das Glas hin, wischte sich mit dem Handrücken den Mund ab und legte beide Hände auf den Tisch. »Ich möchte gehen.«

Jackson blieb nichts anderes übrig, als den Kellner heranzuwinken und zu zahlen. In betäubtem Schweigen begleitete er seinen Vater zum Auto und öffnete die Tür für ihn. Was war nur in den alten Mann gefahren? War er verwirrt? War das der Beginn von Altersdemenz? Verstohlen musterte er seinen Vater. Oder gar Alzheimer?

Amos Nyathi musste seinen Blick gespürt haben. Er wandte den Kopf. Ein Lächeln spielte um seine vollen Lippen. »Mach dir keine Sorgen. Ich bin nicht verrückt, mein Gehirn funktioniert bestens«, sagte er leise. »Glaub mir einfach. Ich werde es dir beizeiten erklären.«

Und damit musste sich sein Sohn zufriedengeben.

*

Lisa und Mick mussten nicht lange warten, bis der Kellner ihr Essen brachte. Für Lisa einen Hamburger von riesigen Ausmaßen und, wie versprochen, einen Berg goldbrauner Pommes frites. Hungrig machte sie sich darüber her, schielte aber dabei auf den Teller, den der Kellner vor Mick abstellte. Ein ganzer gebratener Fisch lag in einem Kranz aus duftendem Curryreis.

»Der sieht gut aus«, sagte sie kauend.

Mick lachte und hob ein Stück mit krosser Haut von der Mittelgräte, spießte es auf und hielt es ihr hin. »Probier doch einmal.«

Sie schluckte ihren Bissen hinunter, lachte und schnappte sich das Fischstück. »Lecker«, sagte sie und hob den Arm.

Der Kellner kam gemächlichen Schrittes zu ihr. »Madam?«

»Ich möchte auch so einen Fisch, bitte. Und auch noch einmal Pommes.«

»He«, grinste der Zulu. »Sie sind aber hungrig, was?« Glucksend bahnte er sich den Weg zwischen den Tischen hindurch in die Küche.

Lisa kicherte in ihren Salat.

Mick lachte auch und dachte, wie sehr er es mochte, wenn eine Frau mit Appetit aß.

Es wurde ein herrlicher Nachmittag. Nach dem Essen schlenderten sie zwei Stunden am Strand entlang, spielten in den auslaufenden Wellen, stiegen über die Felsen im Riff, beobachteten die Fischschwärme, die in den flachen Felsenteichen spielten, und retteten vier faustgroße Kauris davor, von Touristen als Trophäen getötet zu werden. Lisa sammelte bunte Glasstücke, die im groben Sand von den Wellen glattpoliert waren und wie kostbare Edelsteine leuchteten.

Als der Widerschein der sinkenden Sonne die weißen Wolkenberge über dem Indischen Ozean rosa und gold färbte, hatte sich Michael Robertson abermals in Lisa Darling verliebt. Restlos und unrettbar, und für immer.

»Was grinst du so?«, rief sie und tanzte Paso doble mit den zischenden Wellen.

»Ach, nur so«, antwortete er. »Nur so.« Er lächelte zufrieden in sich hinein.

Die Tide hatte gedreht, und die Flut lief wieder auf. Lange Wellen leckten den Strand hoch und rauschten über die mit Seepocken verkrusteten Felsen des Riffs, die allmählich in der Brandung versanken. Bald würde der Strand bis zur Promenadenmauer mit tosender, weiß schäumender Gischt bedeckt sein. Weit draußen jagte ein Schwarm Seeschwalben, die letzten Sonnenstrahlen ließen ihr weißes Gefieder glühen, wie Goldflitter wirbelten sie über das schimmernde Meer. Es war Zeit, den Rückweg anzutreten.

Lisas Haut brannte von der Sonne, ihre Lippen schmeckten nach Salz, und sie spürte jeden Muskel, aber sie fühlte sich wundervoll. Satt und zufrieden und köstlich träge.

Eine kräftige Welle schwemmte ihr einen Schwall Müll vor die Füße. Immer wieder mussten sie einen Bogen um Plastikflaschen, Gestrüpp, Holzstücke, zerschlagene Glasflaschen und Fetzen von Plastiktüten machen, Zivilisationsmüll, der regelmäßig aus den Slums, die illegal entlang den Flüssen entstanden waren, vom Regen ins Meer geschwemmt wurde.

Lisa schaute nicht einmal hin. Auch das gehörte zu Afrika. Die nächste Flut würde alles wieder hinaustragen. Sie stieg einfach über den Dreck hinweg. In diesem verzauberten Augenblick wollte sie nichts von der Welt und der Wirklichkeit wissen.

Vom Auto aus rief Mick seine Mutter an und kündigte sie beide zum Abendessen an. »In einer Stunde etwa.«

»Sag ihr bitte, dass sie es noch nicht meiner Mutter erzählen soll«, flüsterte Lisa neben ihm.

Mick tat es. Er lachte, als er auflegte. »Ich wette, sie hatte den Finger schon auf der Kurzwahltaste zu deiner Mutter.«

*

Tita Robertson hatte kupfergoldenes Haar, immer noch, blitzende grüne Augen und besaß ein Lachen, das dem ihres Sohnes ähnelte und sicherlich jedes Gewitter vertreiben konnte. In flatternden weißen Sommerhosen und einer hellen Bluse stand sie vor ihrem Haus und breitete die Arme aus. »Lisa, wie schön, dich zu sehen. Es ist ja eine Ewigkeit her.«

Sekunden später wurde Lisa in eine diskrete Duftwolke gehüllt, als Tita sie in eine herzliche Umarmung zog. »Du siehst gut aus«, sagte ihre Gastgeberin und küsste sie rechts und links auf die Wange. Dann stellte sie sich auf die Zehenspitzen und küsste auch ihren Sohn.

Mick umarmte sie kräftig und schwang sie einmal ausgelassen herum, ehe er sie wieder absetzte. Tita befreite sich lachend, schaute dabei schnell von ihm zu Lisa und dann wieder zu ihm. Ein wissendes Lächeln umspielte darauf ihre Mundwinkel und verriet, dass sie genau wusste, wie es um ihn stand. Er hatte sich ihr gegenüber noch nie verstellen können.

Sie legte Lisa die Hand auf die Schulter. »Kommt rein, Ellen wartet schon mit dem Essen. Sie hat auf der Terrasse gedeckt. Du kennst Ellen doch noch, Lisa?«

Lisa kam nicht dazu, zu antworten. Die Tür hinter ihr wurde aufgestoßen, und eine ältere Frau mit graublondem, straffem Dutt, rund wie eine Tonne, Oberarme zum Bierseidelstemmen gemacht, trug ein Tablett herein. Statt einer Begrüßung brummte sie schlecht gelaunt: »Ist reichlich spät geworden.«

Tita zwinkerte Lisa fröhlich zu. »Keine Angst, sie sieht zwar immer noch wie eine Bulldogge aus und knurrt auch wie eine, aber beißen tut sie nach wie vor nicht. Dafür ist ihr Essen die reinste Götterspeise. Aber wage ja nicht, etwas nachzuwürzen, da spielst du mit deinem Leben. Geviertteilt zu werden, wäre die mindeste Strafe.« Sie kicherte wie ein junges Mädchen.

Lisa lächelte die formidable Köchin strahlend an. »Hallo, Ellen, es riecht einfach zu verführerisch. Ich sterbe vor Hunger.«

»Hmpf«, machte die, war aber sichtlich geschmeichelt.

Das Essen war köstlich, die Gewürze perfekt aufeinander abgestimmt, und als Ellen zum Schluss Mousse au Chocolat auftrug, weiße und dunkle, entschloss Lisa sich spontan, jegliche Diätpläne in die Zukunft zu verschieben.

»Du wirst Ellen anketten müssen«, sagte sie zu Tita. »Ich werde alles daransetzen, sie abzuwerben. Sie wäre in Kapstadt der absolute Hit.«

Tita lachte mit liebevollem Spott. »Oh, die Strafe wird auf dem Fuß folgen. Sie wird dich so lange aufpäppeln und mästen, bis du ihre Figur hast.«

Später servierte Ellen noch Kaffee mit Petits Fours.

Tita nahm der Köchin die Kaffeekanne ab. »Danke, Ellen, den Rest mache ich. Mach Schluss für heute.« Sie wartete, bis Ellen ins Haus gegangen war. »Sie ist auch nicht mehr die Jüngste«, bemerkte sie, »und ich passe auf, dass sie sich nicht übernimmt. Was ich ohne sie anfangen sollte, ist mir schleierhaft.« Sie goss eine Tasse voll und schob Lisa das Silbertablett mit Zucker und Milchkännchen hin. »Nun zu dir, Lisa, was machst du in Natal? Willst du die verschlafenen Einheimischen aufscheuchen? Drehst du einen Film?«

»Lisa …«, begann Mick, verstummte aber, als er Lisas Hand auf seinem Arm spürte.

»Ferien. Ich mache so etwas wie Ferien bis zum Geburtstag meiner Mutter. Ich weiß schon gar nicht mehr, wie sich das anfühlt, einmal nicht bis zum Hals in Arbeit zu stecken. Während der Zeit helfe ich Mick vorübergehend bei einigen Recherchen.« Sie goss sich etwas Milch in den Kaffee und nahm etwas von Ellens Pralinengebäck.

»Recherchen.« Tita schaute zweifelnd drein. »Ist das nicht auch arbeiten?«

Mit einem schnellen Blick auf Lisa vergewisserte sich Mick, ob er frei reden konnte. Als sie leicht nickte, fuhr er fort. »Es sind Hinweise aufgetaucht, dass drei bisher verschollene Opfer von damals im Tal des Büffels – das ist die weitere Umgebung um Lalisa – vergraben sind. Lisa hat für ihre Dokumentation über die Verlorenen Seelen fantastisches Recherchematerial angesammelt …«

»Na, das ist ja eine Überraschung. Lisa Darling! Wie schön, dich zu sehen.« Eine neue Stimme erklang hinter ihr. Tief, kräftig und vertrauenerweckend.

Lisa drehte sich erfreut um. Ein Mann von athletischer Gestalt mit millimeterkurzem, farblosem Haar und einem herzlichen Lächeln auf dem Gesicht stand in der weit geöffneten Glastür. Sie sprang auf und ging Neil Robertson entgegen. Der nahm sie ohne Umstand in die Arme und küsste sie herzhaft auf beide Wangen. Dann sah er sie prüfend an. »Du siehst strahlend aus. Dir scheint es sehr gutzugehen.«

Lisa lachte mit einer gewissen Verlegenheit, antwortete aber nicht.

»Hallo, Mick, mein Junge«, grüßte Neil seinen Sohn, als er sie zurück zu ihrem Stuhl führte. »Entschuldigt, dass ich jetzt erst auftauche.« Er setzte sich neben seine Frau auf die andere Seite des Tisches. Sein Blick sprang zwischen den beiden jungen Leuten hin und her. »Nun erzählt mal, was macht ihr … beide hier?« Seine Zähne blitzten.

Mick verbarg ein Lächeln. Das winzige Zögern und die offene Zuneigung in den Augen seines Vaters verrieten ihm, wie gern dieser Lisa Darling hatte. Er wusste sehr wohl, wie sehr seine Eltern einst gehofft hatten, dass sie eines Tages zur Familie gehören würde. »Lisa hat Ferien und hilft mir bei Nachforschungen. Für die Verlorenen Seelen.«

Neil zog konzentriert die Brauen zusammen. »Die drei Nyathis etwa, über die wir am Telefon gesprochen haben? Wie gut, dass dieser Mann so kurz vor seinem Tod noch Gewissensbisse bekommen hat. Wir haben sofort jemanden losgeschickt, der sich den Vice-Colonel im Gefängnis vorknöpfen soll.«

»Ich werde die alten Akten im Polizeihauptquartier durchforsten, und Lisa will sich mit Hilfe alter Karten auf die Suche nach einem verschwundenen Isivivani machen. Oder fällt dir da auf Anhieb einer ein?«

Neil Robertson wiegte den Kopf. »Nein, Zululand ist groß, und diese alten Steinhaufen sind praktisch alle zusammengefallen.«

Sie redeten noch lange, und Neil holte zwei Flaschen seines besten Weins hervor. Die Sonne war längst hinter den Hügeln versunken, und am unteren Rand des gläsern türkisfarbenen Himmels zog die Nacht bereits ihren samtig schwarzen Vorhang zu. Im Norden aber, über Zululand, türmten sich lilaschwarze Gewitterwolken auf, die Schatten übers Land warfen, die schwärzer waren als die Nacht.

Lisa erschienen die Schatten plötzlich bedrohlich. Düster. Und kalt. Sie bewegte unbehaglich die Schultern. Eiskalte Ameisenfüßchen trippelten ihr über die Haut. Die Stimmen der anderen am Tisch wichen zurück, ihre Gedanken brachen aus.

In dem Land, das unter den Gewitterwolken lag, lenkten die Schatten der Toten die Geschicke der Lebenden. Die Menschen brachten ihnen Opfer dar, um sie milde zu stimmen, und sprachen mit Geistern und warfen Knochen, um ihr Schicksal zu erfahren. Sie glaubten, dass der Tokoloshe – der böse Wassergeist mit dem scharfen Kamm, der sich über seinen Kopf zog und der eine so wirkungsvolle Waffe war, dass er damit einen Ochsen niederschlagen konnte, wenn er ihn nur berührte –, dass dieser Tokoloshe für alles Schlimme in ihrem Leben verantwortlich war.

Aber in dunklen Nächten flüsterte man hinter vorgehaltener Hand noch heute von den zwei schrecklichsten aller Geister: dem Mantindane, der die Frauen mit seinem Teufelssamen schwanger machte, und dem Isidawane. Diesen Geist, der von Menschenfleisch lebte, seine Opfer in seine Höhle verschleppte und ihr Gehirn fraß, wagte niemand auch nur beim Namen zu nennen. Er würde ihre Zunge in eine schwarze Schlange verwandeln, davon waren sie überzeugt. Das hatten die alten Frauen aus den Familien der Farmarbeiter Lisa erzählt, als sie noch klein war.

Vor ihren Behausungen standen heute Autos, oft die neuesten Modelle, in ihren Wohnräumen flimmerten Fernseher und die Monitore von Computern, und in ihren Taschen trugen sie Mobiltelefone. Und das war es, was ihr zu schaffen machte. Das Dunkle, Bedrohliche unter der glänzenden Oberfläche der Regenbogennation.

Mit weiten Augen starrte sie in die Schwärze am nördlichen Horizont. Die Gewitterwolken warfen ihren unheilvollen Schatten genau über die Gegend, in der Lalisa lag.

Mick lehnte sich zu ihr hinüber. »Alles in Ordnung? Du siehst aus, als hättest du einen Geist gesehen.«

»Einen Geist?« Sie zwang ein Lachen hervor. Ihre Hände flatterten abwehrend. »Ach nein. Ich habe nur zu viel gegessen und bin müde, das ist alles.«

»Willst du jetzt noch nach Lalisa fahren?« Tita hatte den leisen Wortwechsel verstanden. »Das sind noch zwei Stunden, und es ist dunkel. Schlaf heute Nacht bei uns, dann kannst du morgen in aller Frühe losfahren.«

Mick hob die Hand. »Nein, wir fahren zu mir. Ich habe Lisa mein Gästezimmer angeboten. Es wird Zeit, dass es endlich eingeweiht wird.« Er stand auf und zog Lisas Stuhl zurück.

Ihre Fahrt zurück in Micks Wohnung dauerte kaum eine Viertelstunde. Mick hätte gerne noch lange mit ihr unter dem glitzernden afrikanischen Sternenhimmel auf der Terrasse gesessen, aber er konnte sehen, wie müde sie war. Außerdem war sie sehr still geworden, und er glaubte nicht, dass das nur von Ellens reichhaltigem Essen herrührte.

»Willst du darüber reden?«, fragte er, als er die Tür aufschloss.

Sie blieb stehen und presste die Lippen aufeinander, als wollte sie verhindern, dass ihr ein Wort entfloh. Dann sah sie ihn an.

»Ach, es ist nichts. Du wirst vermutlich darüber lachen. Es ist etwas, was ich nicht plausibel erklären könnte, aber ich habe plötzlich das Gefühl, dass ein Schatten über Lalisa und meiner Zukunft liegt …« Ihre Stimme verrann.

Er lachte nicht. Auch er war hier aufgewachsen. Er zog sie an sich. »Ich werde nicht zulassen, dass dir etwas geschieht. Nie. Das verspreche ich dir.«

Lisa nickte, lächelte ihn kurz an, und dann verabschiedete sie sich mit einem schnellen Kuss auf die Wange. Sie schloss ihre Zimmertür hinter sich, und eine halbe Stunde später waren die einzigen Geräusche, die Mick hören konnte, das Donnern der Brandung und der dröhnende Bass der Ochsenfrösche, die sich seit neuestem am Teich im Garten angesiedelt hatten. Er seufzte. Morgen würde er Jagd auf die kleinen Monster machen. Mit diesem Vorsatz ging auch er zu Bett.

Zweieinhalb Autostunden weiter nördlich saßen Jackson und Amos noch lange unter der Süßdornakazie im Hof vor dem Haus, das Jackson seiner Familie gebaut hatte. Sein Vater rauchte, sie sprachen von früher, als seine Brüder und seine Mutter noch lebten, und sahen dem Mond zu, der hinter den dunklen Wolken hervorkam und wie eine riesige Apfelsine über den Hügeln hing. Ihr Gespräch plätscherte ruhig dahin und sprang von einer Erinnerung zur anderen wie eine Bachstelze, die von Stein zu Stein hüpfte. Dazwischen legten sie lange Pausen ein, in denen jeder den eigenen Gedanken nachhing, bis einer wieder anfing. »Weißt du noch?«, sagte er dann. Gemeinsam wanderten sie dann auf diesem Pfad in die Vergangenheit.

Die schwarze Wolkenwand breitete sich aus und verschluckte bald den Mond, der Wind legte sich, Feuchtigkeit stieg auf. Sie zündeten ein Feuer an, um die Schwaden von Fiebermücken fernzuhalten, die aus dem Dickicht schwärmten. Jackson holte zwei Bier aus dem Kühlschrank in der Küche, und sie redeten weiter.

Als die Holzstücke zu einem weiß glühenden Aschehaufen heruntergebrannt waren und die Fledermäuse auf der Jagd nach Insekten durch die samtblaue Nacht schossen, gingen sie ins Haus.

Jackson lag noch über eine Stunde wach. Es roch feucht, die Luft vibrierte vom Schrillen der Zikaden, ein Gecko kicherte, und allmählich fielen ihm die Augen zu. Seine Gedanken sanken in die stille Tiefe seiner Träume, zurück in die Zeit, als er selbst noch klein war und seine Brüder noch für ihn da waren. Sie hatten ihn mit in die Zuckerrohrfelder genommen, um Rohrratten zu fangen, hatten ihm beigebracht, den kurzen Wurfspeer zielsicher zu werfen, die Nager zu häuten und auszunehmen. Auf einen Spieß gesteckt, hatten sie die Tiere anschließend über offenem Feuer geröstet. Das Fett tropfte ins Feuer, dass es zischte, das Fleisch war zart und schmeckte ein wenig süßlich. Manchmal hatten sie es mit Chili gewürzt, und sein Mund hatte daraufhin gebrannt, als hätte er Feuer verschluckt.

Unbewusst leckte er sich die Lippen, während er langsam auf den Wellen des Schlafs davondriftete, sich immer weiter von seinem Leben in Kapstadt entfernte, von seiner Arbeit im Krankenhaus, der hellen, luftigen Wohnung, bis er selbst das Gesicht von Vivian nicht mehr erkennen konnte. Es verschmolz mit den nächtlichen Schatten und verblasste dann ganz.

Er war wieder zu Hause, und seine Mutter war jung und hielt ihn in den Armen.

Glück durchströmte ihn wie warmes Wasser.

13

Als Lisa morgens aus ihrem Zimmer auf die Terrasse trat, war die Sonne schon eine Stunde zuvor aufgegangen, und es war bereits so heiß, dass Mick den Sonnenschirm aufspannte, um den gedeckten Tisch zu beschatten. Er küsste sie auf die Wange und zog ihr einen Stuhl heran. Prompt erschien seine Haushälterin Sophie, die ein fröhliches braunes Gesicht mit unzähligen Lachfalten hatte, und servierte ihnen ein Frühstück, so vielfältig, wie Lisa es lange nicht mehr gegessen hatte.

Sophie nahm Lisa wohlwollend in Augenschein, bemerkte, wie hübsch sie aussehe, und fragte sie anschließend ungeniert aus, wo sie herkomme, warum sie hier sei und ob sie verheiratet sei. Mick versuchte nervös, sie zum Schweigen zu bringen, aber Lisa lächelte in sich hinein und erzählte es ihr.

»Pass gut auf das Mädchen auf«, befahl Sophie ihm streng und warf ihm anschließend jedes Mal, wenn sie Kaffee einschenkte, vielsagende Blicke zu, die Lisa nicht entgingen. Ihr entging auch nicht, dass Mick dabei tatsächlich rot wurde.

Nach unzähligen Tassen Kaffee, als sie endlich das letzte Croissant gegessen und auch nichts von dem herrlichen Fruchtsalat übrig gelassen hatten, brachte Mick Lisa zur Autovermietung im Zentrum von Umhlanga Rocks, wo sie, ohne lange zu zögern, einen kompakten japanischen SUV wählte, einen Toyota, der ihrer momentanen finanziellen Situation angemessen zu sein schien, und ihn voll auftankte. Tankstellen waren selbst entlang den Mautstraßen selten, und auf dem Land mitten im Nirgendwo ohne Benzin dazusitzen, war der Albtraum eines jeden südafrikanischen Autofahrers.

Mick lud ihren Koffer aus seinem Wagen um, vergewisserte sich, dass er von außen nicht zu sehen war, lehnte sich vor und küsste sie auf die Wange.

»Fahr vorsichtig, und ruf mich an, wenn du auf Lalisa angekommen bist. Steck dein Handy weg, und stell dein Notebook auf den Boden, damit man es nicht sofort sieht. Leg am besten eine Jacke oder so etwas darüber.«

»Ja, Papa«, kicherte sie und stieg ein. Sie schob ihr Notebook, so weit es ging, unter den Vordersitz, warf gehorsam ihre Jacke darüber und winkte ihm zu. Dann stellte sie die Klimaanlage auf Sturm und bog auf den Zubringer für die Schnellstraße ein.

Der Verkehr war mäßig, weshalb sie an den Mautstellen kaum warten musste. Zuckerrohrfelder, Palmenhaine, glitzernde Flussbänder und öde Eukalyptusplantagen flogen an ihr vorbei. Sie kam gut voran. Nur zweieinhalb Stunden später fuhr sie durchs goldglänzende Tor von Lalisa in eine andere Welt.

Unter den überhängenden Ästen der Avocadobäume hockten Affen auf dem Weg, lausten und balgten sich. Sie kreischten, wenn ihre Genossen in der Krone des höchsten Avocadobaums die reifen, flaschengrünen Butterbirnen abdrehten, ein, zwei Mal hineinbissen und sie dann herunterwarfen, bevor sie sofort eine neue pflückten. Eine der kindskopfgroßen Früchte klatschte auf die Motorhaube des SUV und zerplatzte.

Lisa ließ das Fenster heruntersurren und schrie ein paar Unflätigkeiten. Die Affen zeigten vergnügt ihr Gebiss und mampften grinsend weiter. Lisa lachte und ließ das Fenster wieder hoch. Es war gut, wieder zu Hause zu sein.

Langsam holperte sie die von Löchern pockennarbige Straße entlang. Anfänglich wunderte sie sich, dass ihr Vater nicht längst veranlasst hatte, sie in Ordnung zu bringen, bis sie die Farmarbeiter entdeckte, die im Schatten der Mangobäume lagerten und ein spätes Frühstück zu sich nahmen. Die Arbeiter erkannten sie sofort und winkten mit breitem Lachen zurück.

Als Lisa von der Zufahrtsstraße in die Einfahrt einbog, fegte Mac röhrend um die Hausecke, sprang mit mächtigen Sätzen an der Fahrertür hoch und kratzte mit seinen Nägeln über den Lack. Als er merkte, wen er vor sich hatte, schlug sein Bellen in begeistertes Jaulen um, und Sekunden später erschien ihr Vater im Eingang. Sein kurzämeliges hellblaues Hemd hatte Achselklappen, die knielangen Shorts waren von militärischem Schnitt.

»Aus, Mac!«, röhrte er und spähte in ihren Wagen. Für einen kurzen Augenblick schien er nicht zu erkennen, wen er vor sich hatte, aber dann breitete er die Arme aus. »Donnerwetter auch, Lisa, Mädchen!« Er lachte laut und zog den jaulenden Mac an den Ohren. »Sei ruhig, dummer Hund, das ist meine Lisa!«

Lisa sprang aus dem Wagen, und nach einem winzigen Zögern warf sie sich in den schützenden Kreis seiner Arme. Für einen schwindeligen Augenblick glaubte sie, wieder Kind zu sein. So hatte er gerochen, wenn er mal zu Hause war, so hatte er sich angefühlt, wenn er ihr abends vor dem Zubettgehen Gutenachtgeschichten erzählt hatte. Damals erschien er ihr so groß und unverrückbar wie ein Berg, und sie war überzeugt gewesen, dass nicht einmal die Löwen ihm etwas anhaben konnten, mit denen Happy immer versuchte, sie zu erschrecken.

Heute war er auf menschliche Dimensionen geschrumpft, und nicht nur weil sie inzwischen nur eine Handbreit kleiner war als er. Heute sah sie ihn als Erwachsene. Aber kraftvoll wirkte er auch jetzt noch, wie ein Bollwerk. Es war ein gutes Gefühl. Sie brauchte das jetzt sehr.

Ihr Vater hielt sie eine Armeslänge von sich. »Wer hat dir das blaue Auge verpasst? Sag's mir, und ich werde mich um ihn kümmern«, knurrte er.

Lisa wedelte mit einer Hand. »Neulich saß ich in einem Restaurant, das überfallen wurde. Es hat zwei Tote gegeben, also bin ich sehr glimpflich davongekommen. Lass uns nicht darüber reden. Ich will es vergessen.«

Mit gerunzelten Brauen hatte er ihr zugehört. »Gut, wie du willst. Hat die Polizei die Gangster?«

Sie schenkte ihm ein spöttisches Lächeln und zuckte mit den Schultern. »Noch nicht.«

Seine Kinnbacken mahlten. »Mir juckt es in den Fingern, bei dem Verein mal für Ordnung zu sorgen.« Dann zwang er sich zu einem Lächeln. »Du hast Recht, wechseln wir das Thema. Wieso bist du jetzt schon hier?« Sein Blick registrierte ihr Outfit: ein eng geschnittenes, ärmelloses Oberteil, schmale Hose, beides im selben glänzenden Olivgrün. »Du siehst geschäftsmäßig aus. Wage nicht, zu erzählen, dass du wieder einen Auslandseinsatz hast und deswegen nicht zum Geburtstag deiner Mutter kommen kannst. Das würde ich nicht zulassen, und wenn ich dich anketten müsste.«

Die ganze lange Fahrt über hatte sie sich genau überlegt, was sie ihm erzählen würde. Nicht das von Brian, auf keinen Fall, auch nicht die volle Wahrheit über die Tshayimpi, nur dass sie sich eine Auszeit vom Sender genommen hatte, um sich selbst darüber klarzuwerden, wie ihr Leben von jetzt an aussehen sollte.

Das war nur haarscharf an der Wahrheit vorbei. Außerdem wollte sie so ihren Vater davon abhalten, sofort damit anzufangen, Pläne für sie zu entwerfen, ihm keine Veranlassung geben, eine seiner hinterlistigen Fragen zu stellen. Die Geschichte mit Sultan, dem See-Elefanten, die würde sie ihm erzählen und die würde ihn restlos ablenken, da war sie sich sicher. Von Mick Robertson und seiner Organisation konnte sie ihm dann anschließend berichten. Sie lächelte ihn an, dachte aber, dass er müde und abgespannt wirkte. Das Blau seiner Augen war längst nicht so strahlend wie sonst.

»Deinem Gesichtsausdruck nach zu urteilen, scheint mir die Überraschung gelungen zu sein. Keine Bange, sie ist sozusagen ein Teil des Geburtstagsgeschenks für Mama.«

Bill Darling, der ehemalige Polizist und gefürchtete Verhörtaktiker, sah sofort, dass ihre Gestik etwas anderes andeutete als das, was sie ihm tatsächlich erzählte. Aber er sagte nichts, sondern küsste sie fest auf beide Wangen. Was immer sie verbarg, würde er schon über kurz oder lang aus ihr herauskitzeln.

»Tokoloshe soll deine Koffer ins Haus bringen«, sagte er, als er sie frei gegeben hatte, und stieß einen gellenden Pfiff aus. »Tokoloshe, hierher!«

Kurz darauf kam der Zulu um die Ecke. Mac, eben noch winselnd vor Freude über Lisas Ankunft, fing an zu knurren.

»Boss?«

»Tokoloshe, hol die Koffer von Miss Lisa aus dem Wagen, und bring sie in ihr Schlafzimmer«, wies er ihn in fließendem Zulu an.

»Sawubona, Miss Lisa«, grüßte der Mann mit einem breiten Grinsen.

»Tokoloshe, usaphila na?«

»Yebo.« Der Zulu krempelte die Ärmel seines blauen Overalls über den muskulösen Armen hoch. Dann hievte er ihre Koffer aus der Heckklappe und marschierte damit ins Haus, die Treppe hoch ins Obergeschoss.

Bill Darling legte seinen Arm um Lisas Schultern, drückte sie fest an sich und führte sie ins Haus. Er freute sich mehr, als er es ausdrücken konnte, dass sie endlich einmal wieder bei ihnen war. Besonders unter den gegebenen Umständen.

Im Eingang entwand sie sich seiner Umarmung. »Ich packe schnell aus. Wollen wir dann zusammen Tee trinken? Ich habe ein paar Fragen, bei denen du mir vermutlich helfen kannst.«

Etwas in ihrem Ton ließ ihn aufmerksam werden. »Fragen? Welche?«

Sie winkte ab. »Erzähle ich dir nachher. Das dauert jetzt zu lange.«

Bill Darling nickte. »Willst du Kuchen, oder bist du auf Diät? Nötig hast du es sicher nicht.«

»Kuchen. Berge davon. Soll ich Bongi Bescheid sagen? Vielleicht hat sie ja wieder ihre leckeren Ingwerkekse gebacken.« Sie wandte sich nach links und öffnete die Küchentür. »Bongi?«

Sie bekam keine Antwort und starrte fassungslos auf einen Stapel von schmutzigem Geschirr in der Spüle, auf daumenlange Kakerlaken, die vom Geschirr auf den Boden sprangen und unter den Schrank flitzten. Mit gerunzelter Stirn drehte sie sich zu ihrem Vater um. »Bongi ist nicht da. Offenbar war sie heute überhaupt noch nicht da, nach dem Zustand der Küche zu schließen. Es sieht aus wie im Saustall. Ist sie in ihrem Khaya? Krank?«

Bill Darling räusperte sich. »Nein. Sie ist weg.«

»Was heißt weg?«, rief Lisa entrüstet. »Einkaufen? Es ist doch nicht ihre Art, in der Küche ein derartiges Chaos zu hinterlassen.«

»Weg. Seit ein paar Tagen.« Bill Darling zuckte gleichgültig mit den Schultern und betrachtete einen Gecko, der hinter einem der Bilder an der Wand hervorlugte.

Lisa warf ihm einen ungläubigen Blick zu. »Seit ein paar Tagen? Ist sie etwa weggelaufen? Doch nicht Sibongiseni Rampedi. Wohin weggelaufen? Soweit ich weiß, kennt sie hier niemanden. Das kann ich mir nicht vorstellen.«

»Ich auch nicht«, antwortete Bill Darling. Sein Gesicht drückte nichts als Besorgnis aus. »Deswegen mache ich mir auch Sorgen. Vielleicht hatte sie einen Unfall.«

»Hast du die Krankenhäuser angerufen?«

»Nein, noch nicht. Das fand ich verfrüht. Du weißt ja, wie sie sind. Kein Zeitgefühl, kein Pflichtgefühl … Meist tauchen sie so plötzlich wieder auf, wie sie verschwunden sind.« Er verzog scheinheilig das Gesicht. »Aber du hast Recht. Vielleicht sollte ich das tun.«

Sie überging seine abfällige Bemerkung, weil sie keine Lust hatte, sich schon in den ersten fünf Minuten mit ihm zu streiten. Mit einem angewiderten Blick auf eine weitere Kakerlake, die auf dem Geschirrstapel in der Spüle saß und dort ihr Mittagessen einnahm, schloss sie die Tür. Das Haus wirkte still, fast steril, und roch ein wenig ungelüftet.

Unvermittelt sprangen ihre Gedanken zurück in ihre früheste Kinderzeit. Damals stand Happy in der Tür, wenn sie heimkam, und Licht und Fröhlichkeit erfüllten das Haus. Happy Sibiya war ihre Nanny gewesen, eine junge Zulu mit praller brauner Haut, glänzend schwarzen Augen und einem Lachen, das aus ihr herausfloss wie zuckersüße Sahne. Lisa war ein Einzelkind, aber das ging ihr erst viel später auf, und gleichzeitig stellte sie fest, dass sie Geschwister nicht vermisste. Sie hatte ja Happy. Ganz für sich allein. Happy spielte und scherzte mit ihr, und als Lisa noch sehr klein war, nahm Happy sie mit zu ihrer Hütte. Mit gekreuzten Beinen saß das kleine weiße Mädchen dann am offenen Feuer, das in der Mitte der Hütte brannte, während Happy darauf in einer großen Blechdose ihr Essen kochte und ihr die Geschichten und Sagen ihres Volkes erzählte. Sie nahm sie mit in ihre Welt, in der es Geister gab und Tiere Seelen hatten und sprechen konnten und der Sangoma die Zukunft aus einem Haufen Knöchelchen, Muscheln und den Innereien einer Schlange voraussehen konnte. Ihre Stimme strömte wie dunkler Sirup, und es geschah oft, dass Lisa dabei einfach einschlief. Wenn sie die Augen dann wieder aufschlug, wusste sie nicht mehr, was sie geträumt hatte und was nicht.

Happy führte täglich angeregte Gespräche mit ihren Verstorbenen, die ihr, wie sie behauptete, zum Beispiel verrieten, dass Lisa ihr Frühstücksbrot an den Hund verfüttert hatte oder wie das Wetter morgen werden sollte. Damals hatte sie nicht den geringsten Zweifel gehabt, dass Happy Dinge sehen konnte, die Weißen verborgen blieben. Aber heute, aus der Entfernung von gut dreißig Jahren, war sie davon überzeugt, dass Happys Wahrnehmungen weniger auf hellseherischen Fähigkeiten als auf scharfer Beobachtungsgabe und ausgezeichneter Menschenkenntnis basierten.

Die junge Zulu tröstete sie, wenn ihre Eltern ausgegangen waren und sie sich im Dunkeln fürchtete. Dann wiegte Happy sie in den Armen und sang sie mit sanften Liedern in den Schlaf. Happy Sibiyas Kleidung, ihr Haar, ihre Haut waren durchdrungen vom Rauch des offenen Feuers in ihrer Hütte, und bis heute konnte der aromatische Geruch von Holzrauch Lisa beruhigen.

Später, als ihre Eltern entschieden hatten, dass sie zu groß für ein Kindermädchen geworden war, hatte ihre Mutter Happy als Hausmädchen eingesetzt. Anfänglich tanzte die Zulu beim Staubwischen singend und hüftschwingend durchs Haus. Doch mit jedem Tag verstummte sie etwas mehr, wurden ihre Bewegungen zunehmend schleppender, und weniger als ein halbes Jahr später wurde der Zulu gekündigt. Nach neunzehn Jahren.

Lisa hatte weinend protestiert, aber es hatte nichts genutzt. Happy wurde mit einem Monatslohn vor die Tür gesetzt. Das sei durchaus großzügig, hatte ihre Mutter gesagt. Lisa erinnerte sich noch genau daran, dass ihr tagelang kalt gewesen war. Mitten im afrikanischen Hochsommer.

»Ich wünschte, Happy wäre noch da. Ohne sie fehlt etwas«, sagte sie leise mehr zu sich selbst.

Bill Darling schaute unwirsch drein. »Was soll denn fehlen? Bongi kocht besser, als Happy es je konnte, und das Haus ist tipptopp.«

»Na, ich habe aber schon erlebt, dass sie das Essen anbrennen lässt und Salz in den Zuckertopf kippt«, entgegnete Lisa biestig.

Ihr Vater machte eine wegwerfende Handbewegung. »Ach, das macht sie nur, wenn sie schlechte Laune hat. Was soll's, die sind doch alle gleich. Daran muss man sich gewöhnen.«

Lisa zuckte zusammen, schluckte aber den scharfen Kommentar, der ihr auf der Zunge lag, hinunter. Bloß keinen Streit, das wäre jetzt einfach zu viel für ihre Nerven.

»Bongi ist sicherlich eine tüchtige Haushaltshilfe, aber Happy … Happy, das war Wärme und Zuflucht, wenn ich Kummer hatte … Für mich war sie das Herz und die Seele unseres Hauses.«

Flüchtig musste Bill an Goodness denken, sein eigenes Kindermädchen, und unkontrollierter Zorn wallte in ihm hoch. »Wie kannst du so etwas sagen! *Deine Mutter* ist das Herz und die Seele unserer Familie, keine primitive Schwarze. Happy hat nie unter den Betten gewischt, sie war unpünktlich und strohdumm.«

Er war laut geworden und bemerkte, dass seine Tochter ihn mit wachsender Bestürzung ansah. Er fluchte innerlich. Jetzt drohte ihm mit Sicherheit eine der nervtötenden Auseinandersetzungen über politische Korrektheit, während der Lisa nicht lockerlassen würde. Das Letzte, was er beabsichtigt hatte.

»Ach, Lisa, Mädchen, lass uns nicht streiten«, sagte er deswegen schnell, bevor sie loslegen konnte. »Mir … mir geht's nicht so gut im Moment, da ist es halt mit mir durchgegangen. Sieh es mir nach, du weißt, dass dein alter Vater politisch manchmal noch in die Steinzeit zurückfällt.«

Er zwang sich zu einem kurzen Lachen, das in seinen Ohren eher wie das Fauchen eines wütenden Krokodils klang. Hoffentlich nicht in Lisas, dachte er und wartete innerlich gespannt, ob sie seine Entschuldigung akzeptieren würde.

Wie ein Wetterleuchten spiegelte sich der Kampf, den sie schweigend mit sich ausfocht, auf ihrem Gesicht wider. Schließlich hob sie leicht die Schultern und machte gleichzeitig eine resignierte Geste. »Ist schon gut. Aber ich gebe die Hoffnung nicht auf, dich zu reformieren.«

Ein schnelles Lächeln huschte Bill Darling übers Gesicht. Er wusste, dass er gewonnen hatte. Spontan lehnte er sich vor und küsste sie auf die Wange.

Sie akzeptierte den Kuss regungslos, erwiderte ihn aber nicht. »Wo steckt denn Mama?« Ihr Ton war kühl.

»Sie ist auf Inqaba. Heute findet, glaube ich, ein Probeessen statt. Der Koch hat einen besonderen Salat und eine Suppe vorgeschlagen, die sie erst kosten will, bevor die unseren Gästen zugemutet werden.« Er schaute auf die Uhr. »Willst du sie nicht anrufen?«

»Und mir meine Überraschung verderben? Ganz bestimmt nicht. Wer kocht eigentlich hier jetzt? Mama?« Es war deutlich, dass sie noch immer aufgebracht war.

»Meistens Mario auf Inqaba, und zwar ganz hervorragend.« Bill Darling grinste. »Ich hatte vor, auch bald hinzufahren. Ich wollte mich mit deiner Mama dort treffen. Hier …« Seine Hand beschrieb einen Kreis. »… hier ist es ein bisschen ungemütlich.«

»Ihr seid doch ohne einen guten Hausgeist aufgeschmissen, was eigentlich ein Skandal ist …«

Er hob sarkastisch die Brauen. »Wieso? Machst du etwa deinen Haushalt ganz allein?«

»Ich arbeite von morgens bis abends und manchmal noch länger, das ist wohl ein Unterschied. Warum holt ihr euch nicht eine der Frauen aus dem Dorf, bis Sibongiseni wieder da ist?«

Weil die vermutlich auch schon wissen, was los ist, und unter diesen Umständen keinen Finger für uns rühren würden, egal, wie viel ich ihnen bezahle, und Bongi wird mit Sicherheit nicht wiederkommen, dachte Bill Darling, verzog aber keine Miene.

»Ja, das habe ich schon veranlasst.« Kein Schwanken in seiner Stimme verriet seine tatsächlichen Gedanken.

»Na, dann besteht ja Hoffnung«, sagte Lisa mit triefendem Sarkasmus und stieg die Treppe hinauf. »Ich pack meine Koffer aus und bin gleich wieder unten. Setz schon mal das Wasser für den Tee auf.« Ohne eine Erwiderung abzuwarten, lief sie die Treppe hinauf. Verdammt, dachte sie. Fünf Minuten im Haus, und wir streiten uns schon wieder. Sie nahm sich vor, sich zu beherrschen, so gut es möglich war.

Tokoloshe kam ihr aus dem Schlafzimmer entgegen. »Der Koffer steht neben dem Bett, Miss Lisa«, sagte er.

Sie drückte ihm einen Zehn-Rand-Schein, den sie schon bereitgehalten hatte, in die Hand. »Ngiyabonga kakhulu«, bedankte sie sich.

Sein Gesicht leuchtete auf. Die Banknote verschwand blitzschnell in der Hosentasche des Overalls. »Yebo, yabonga.« Damit drückte der Schwarze sich an ihr vorbei zur Treppe.

Mit einer Hand hielt sie ihn auf. »Tokoloshe. Wer hat dir diesen Namen eigentlich verpasst?«

Er blieb stehen und sah zu ihr hinauf. »Der Boss, Miss Lisa.«

»Das ist wirklich kein schöner Name. Wie fühlst du dich dabei? Ein Tokoloshe ist doch ein ziemlich böser Geist.«

»Eh – yebo. Ziemlich böse. Aber vorher hat er mich Kakerlake genannt.« Er zeigte seine Zähne in einem schneeweißen Wolfsgrinsen und polterte die Stufen hinunter.

Verblüfft blickte sie ihm hinterher. Für Sekunden hatte ein anderer Mensch aus seinen Augen geblitzt als der, den der Zulu sonst zu verkörpern schien. Bisher war er ihr als ein williger, fast schon unterwürfiger Mensch von eher dumpfem Geist begegnet, der tat, was man ihm auftrug. Hatte sie sich etwa geirrt?

»Tokoloshe«, hörte Lisa ihren Vater rufen. »Geh in die Küche, und wasch ab, aber vorher mach Tee für zwei. Hamba shesha! Tempo!«

Lisa verdrehte die Augen. Sie war sich sicher, dass ihr Vater noch nie selbstständig Tee gekocht hatte, geschweige denn auch nur eine Tasse abgewaschen, und auch ihre Mutter schien den Haushalt eher aus der Distanz zu betrachten. Aber das Verschwinden von Sibongiseni war das Problem ihrer Eltern, nicht ihres. Sie trat in ihr Schlafzimmer und zog die Tür hinter sich zu.

Die Luft war abgestanden und roch muffig, wie das in Häusern in dieser feuchtwarmen Küstenregion Natals üblich war, selbst wenn die Zimmer regelmäßig gelüftet wurden. Der Geruch saß in Polstern, Vorhängen, Teppichen und Büchern. Sie schob die dünnen Vorhänge beiseite und öffnete die Glastür, die auf den Balkon führte. Unter ihr glühten Bougainvilleen und

Hibiskusbüsche, die Flamboyants trugen noch vereinzelt ihre roten Orchideenblüten, und von den weißen Blüten der Amatungulus wehte der göttlichste Duft zu ihr hoch. Ein Pärchen blau schillernder Glanzstare schäkerte in den Zweigen des knorrigen Korallenbaums, und vor ihr auf der durchbrochenen Balkonbrüstung sonnte sich eine glänzend schwarze Echse.

Sie schaute hinunter. Mac hatte sich getrollt. Vermutlich war er seinem Herrchen auf die Veranda auf der anderen Seite des Hauses gefolgt. Stille lag über Lalisa, jene vibrierende Stille des afrikanischen Buschs, die eigentlich aus einer Vielzahl von Geräuschen zusammengesetzt war. Sirren von Insekten, Wind, der mit den Blättern wisperte, das Rasseln der Palmwedel, das verstohlene Scharren kleiner Tiere. All das vereinigte sich zu einem Summen, das wie eine Klangwolke in der Luft hing, nicht eigentlich wahrnehmbar. Erst ihre Abwesenheit bemerkte man.

Sie atmete tief durch. Das war ihr Afrika, hier hatten sich ihre Wurzeln tief in die warme Erde gegraben. Kapstadts Glitzerwelt, Brian und die Tshayimpi versanken hinter dem Horizont.

»Wozu brauchst du alte Karten?«, fragte Bill Darling und schnitt sich ein weiteres Stück von dem Butterkuchen ab.

Lisa erklärte es ihm. »Michael Robertson hat mich angerufen. Völlig überraschend, ich hab seit Jahren nichts mehr von ihm gehört. Er recherchiert ehrenamtlich für diese Organisation, die verschwundene Opfer des Apartheidregimes aufspürt. Sein neuester Fall betrifft die Gegend hier. Irgendwo im Tal des Büffels muss es Überreste eines alten Isivivanis geben. Es könnte sein, dass darunter drei Opfer begraben wurden. Vor Ewigkeiten. Im Augenblick kann ich mich zwar an keinen solchen Isivivani erinnern, aber ich hoffe, dass auf den alten Karten diese Steinhaufen verzeichnet sind.«

Irgendetwas hielt sie davon ab, ihm von Jack Nyathi zu berichten. Dass sie ihn gesehen hatte, wer und was er heute war und dass es sich bei ihm um den Bruder und Neffen der Verschwundenen handelte. Auch die Frage, ob ihr Vater etwas davon gewusst hatte, stellte sie nicht. Die schon überhaupt nicht.

Bill Darling hatte aufgehört zu kauen. »Da magst du Recht haben. Aber ich habe die Karten lange nicht mehr gesehen. Vermutlich sind sie irgendwann einmal im Müll gelandet.« Er hielt ihr seine Tasse hin. »Schenkst du mir bitte nach?«

»Die Kanne steht direkt neben dir«, antwortete sie mit kaum verhohlener Ironie. »Ich kann mir nicht vorstellen, dass einer von euch diese alten Karten weggeworfen hat. Sonst bewahrt ihr doch alles als antik auf, was älter als fünfzig Jahre ist. Ich werde gleich mal nachschauen.«

Sie sprang auf und durchquerte das Wohnzimmer, bis sie vor der deckenhohen Bücherwand stand. Eine hölzerne Leiter lief auf Rollen entlang einer Schiene, die sich über die ganze Breite der Regale zog. Sie stieg hinauf und begann, systematisch nach den Karten zu suchen. Ein Buch nach dem anderen nahm sie heraus, schüttelte es aus und stellte es zurück.

Bill Darling hatte sich in seinem Rattanstuhl zurückgelehnt und sah ihr von der Veranda aus mit ausdrucksloser Miene zu. Er zeigte auch keine Regung, als sie kurz darauf wieder hinunterkletterte und triumphierend mit einem Packen alter Landkarten wedelte.

Sie warf sie auf den Verandatisch. »Wusste ich's doch! Hier sind sie. Sie waren genau da, wo ich sie vermutet habe. Ich werde sie auf dem Esstisch ausbreiten. Hilfst du mir bitte, nach dem Isivivani zu suchen? Du kennst unsere Gegend doch wie deine Westentasche.« Sie hustete, als sie die erste Karte auf dem Esstisch auffaltete. »Wenn Bongi wieder auftaucht, muss sie da mal saubermachen. Hinter den Büchern leben bestimmt ganze Heerscharen von unerfreulichen Kreaturen.« Sie kicherte und schob sich mit staubverschmierten Fingern das Haar aus der Stirn, was einen schwarzen Strich hinterließ.

Bill Darling beugte sich über die verfleckte Landkarte, die Lalisa und das angrenzende Tal zeigte. Schnell lief sein Blick daüber, einmal senkrecht, einmal waagerecht und wieder zurück. Dann richtete er sich auf und schüttelte bedächtig den Kopf.

»Hier ist nichts. Das hätte ich auch gewusst. Die ist von unserer Gegend. Wir müssen die anderen Karten durchsehen. Die zeigen die angrenzenden Gebiete bis hinauf nach Hluhluwe und Inqaba. Allerdings sind diese Karten um neunzehnhundert entstanden. Natürlich sind sie nicht sehr genau.«

Sie fanden den Isivivani in Hluhluwe und noch zwei weitere. Einer davon lag auf Inqaba, der andere wesentlich weiter nördlich an der Kreuzung zweier schmaler Straßen.

Ihr Vater beugte sich über ihre Schulter. »Wusstest du, dass noch heute fast alle Straßen in Zululand den alten Elefantenwanderwegen folgen?«

Lisa, die eben die Sache mit Jack Nyathi und dem verstorbenen Israel Mabaso erzählen wollte, wurde abgelenkt. »Ach was! Tatsächlich?«

»Früher sind diese Wege Elefantenpfade gewesen, und legt man eine Karte des heutigen Straßennetzes über einen dieser Elefantenwanderwege, decken sie sich fast genau. Die Hauptverbindungen der Dickhäuter von damals sind heute Schnellstraßen. Die Elefanten kamen vom Norden durch die Sümpfe und wanderten entlang den Lebombo-Berge nach Zululand.«

Mit dem Zeigefinger verfolgte er das Netz der Linien, die die Straßen durch ihr hügeliges Heimatland darstellten. Sein Finger verharrte auf einem Punkt im Norden. »Hier schlugen manche Herden einen weiten Bogen westwärts, kreuzten den Hluhluwe, darauf den Schwarzen und Weißen Umfolozi, andere marschierten auf dem direkten Weg über die Hügel. Die meisten sind ja nicht so steil, eher sanft geschwungen.« Sein Finger sauste durch Zululand. »Hier unten am Mhlatuze trafen sie sich wieder und zogen gemeinsam nach Süden zu einer namenlosen, paradiesisch schönen Bucht, um die wie ein schützender Arm ein langgezogener Hügel lag ...«

»... die Bucht von Durban und der Bluff«, flüsterte Lisa andächtig.

Ihr Vater nickte. »Dort kalbten sie, schlugen sich die Bäuche mit saftigem Gras voll und zogen wieder nach Norden. Buschmänner, und später die Ngunivölker, wanderten auf diesen Pfaden von Siedlung zu Siedlung, um Handel zu betreiben. Noch viel später kamen wir Weißen und benutzten die alten Elefantenstraßen, um das Land zu erschließen und uns die Ureinwohner untertan zu machen. Heute fahren wir mit stinkenden Autos dort, wo einst die grauen Riesen gewandert sind.«

In der Vergangenheit versunken, starrte Lisa auf die dünnen Linien auf der Karte, die wie Adern ihr Heimatland durchzogen. »Faszinierend«, murmelte sie. Für den Augenblick hatte sie die Frage nach dem Isivivani und Jack Nyathi vergessen.

Ihr Vater warf einen Blick auf seine Armbanduhr. »Ich will deine Mutter in einer Stunde auf Inqaba treffen. Wie ist es, kommst du mit?«

Sie zögerte. Eigentlich wollte sie die Karten noch einmal Zentimeter für Zentimeter durchsehen. Aber dann nickte sie. »Gern. Ich werde mich mal bei der lokalen Bevölkerung umhören, vielleicht weiß jemand etwas über einen Isivivani.«

Ihr Vater räusperte sich. »Die Schwarzen? Glaube nicht, dass die was wissen.«

Sie faltete die Karten vorsichtig zusammen, da die Falze brüchig geworden und nicht wenige bereits eingerissen waren. »Das weiß ich erst, wenn ich nachgefragt habe. Tokoloshe ist doch hier aufgewachsen. Vielleicht weiß er es von seiner Großmutter oder so.«

Für ein paar Sekunden sah er sie unter gesträubten Augenbrauen an, dann schlug er mit der flachen Hand auf den Tisch. Mac, der sich zu seinen Füßen zusammengerollt hatte, zuckte zusammen und sprang auf. Bill beachtete ihn nicht. »Gut, wie du willst. In einer Viertelstunde fahre ich.«

»Ich folge dir in meinem Auto. Es ist mir lieber, wenn ich unabhängig bin, dann kann ich mich verabschieden, wann es mir passt.« Sie verstaute die zusammengefalteten Karten in ihrer Umhängetasche.

»In einer Viertelstunde also.« Mit langen Schritten verließ ihr Vater den Raum. Mac folgte ihm eilig.

Auf Inqaba hatte sich nichts verändert, seit sie zuletzt dort gewesen war, obwohl das Jahre her war. Jill schien sich zwei neue Safari-Landrover geleistet zu haben, die ein Schattendach und gepolsterte Sitze hatten, was auch höchste Zeit gewesen war, wenn sie an die alten Wagen dachte. Auf denen musste man sich bei Regen unter gummierten, nicht sehr gut riechenden Capes verkriechen und war sonst schutzlos der gnadenlosen afrikanischen Sonne und dem Fahrtwind ausgesetzt, was höchst unangenehm war, da alle Ranger dazu tendierten, die Buschpiste mit einer Rennbahn zu verwechseln.

Sie stieg aus und drückte den elektronischen Schlüssel. Die Türschlösser rasteten ein, und sie machte sich auf den Weg zum Haupthaus. Ihr Vater, der hinter ihr parkte, folgte ihr.

Mac hatte er natürlich auf Lalisa gelassen. In einem Wildreservat waren fremde Hunde nicht erlaubt. Obwohl sie vermutlich eher Gefahr liefen, Raubkatzen und Hyänen als willkommener Frühstückshappen zu dienen, als dass sie selbst Unheil anrichten konnten. Jill besaß jedoch seit ihrer Kindheit immer ein Paar scharfe Dobermänner, die jeweils Roly und Poly hießen. Tagsüber waren sie in einem riesigen Zwinger eingeschlossen, der auch mit einem Dach aus Maschendraht geschützt wurde, um die Paviane davon abzuhalten, die Hunde zu ärgern. Nachts liefen sie frei im Haupthaus herum und bissen sofort zu, wenn ihnen jemand nicht gefiel. Nach Dobermannart ließen sie dann nicht locker, rissen allenfalls mal einen Klumpen Fleisch aus dem Opfer. Eindringlinge verirrten sich äußerst selten nach Inqaba. Lisa hörte die Hunde in der Ferne bellen und war froh, sie hinter Gitter zu wissen.

Als sie durch den grünen Blättertunnel zum Haupthaus gelangte, entdeckte Lisa den hellen Schopf ihrer Mutter auf der gut besetzten Restaurantterrasse. Sie saß mit dem Rücken zu ihr zusammen mit Jill an einem Tisch in der äußersten Ecke am Geländer und unterhielt sich lebhaft. Lisa war nur noch wenige Meter entfernt, da drehte sich Jill um, öffnete erstaunt den Mund zu einem Ausruf, schloss ihn aber wieder, als Lisa verschwörerisch den Finger auf die Lippen legte und auf Zehenspitzen näher kam. Die Überraschung gelang ihr vollendet. Von hinten umschlang sie ihre Mutter und küsste sie auf die Wange.

»Hallo, Mama.«

Melly fuhr herum, starrte sie sekundenlang völlig konsterniert an und stieß dann einen Schrei aus. »Lisa, Darling, bist du ein Geist? Meine Güte, Liebes, wo kommst du her? Hab ich etwas nicht mitbekommen? Mein Geburtstag ist doch erst in ein paar Wochen.« Sie lachte und redete durcheinander, bekam glänzende Augen, zog ihre Tochter fest an sich und küsste sie, ehe sie sie mit einem glücklichen Seufzer wieder freigab. »Du bist kein Geist, wie wunderbar! Wieso bist du schon hier?« Jetzt erst nahm sie ihren Mann wahr, der hinter Lisa stand und grinste. »Hast du es etwa gewusst?«

»Hat er nicht. Vorgeburtstagsüberraschung«, sagte Lisa strahlend und setzte sich auf den Stuhl, den ihr Vater für sie herangezogen hatte.

Melly schaute ihre Tochter genauer an. »Mein Gott, wer hat dich denn so zugerichtet?«, rief sie entsetzt und berührte zart das Veilchen um Lisas Auge.

Lisa gab ihr die gleiche Antwort wie vorher ihrem Vater und bat auch sie, einfach darüber hinwegzusehen. »In ein paar Tagen ist es verschwunden.«

Bill Darling ließ sich neben seiner Frau nieder und schaute zu Jill hoch, die inzwischen aufgestanden war. »Jill, ich glaube, jetzt ist ein guter Tropfen zum Feiern angesagt. Bring uns bitte einen Champagner.«

»Eine schönere Überraschung hättest du mir nicht bereiten können«, sagte Melly und nahm die Hand ihrer Tochter. »Hast du Urlaub? Das wäre ja wohl das erste Mal, seit die Tshayimpi im Sender ist.«

»So ähnlich. Ich habe mir eine Art Auszeit genommen.«

Lisa erklärte ihrer Mutter so viel, wie diese wissen musste. Weder erwähnte sie die Tshayimpi noch die Sache mit Brian. Nur ihren Zusammenstoß mit dem verirrten See-Elefanten beschrieb sie. »Es war stockdunkel auf der Straße – Stromausfall mal wieder –, und plötzlich berühre ich eine klebrige, atmende Wand mit borstigem Fell, die so riesig war wie ein Mittelklasseauto ...«

Selbst die hagere Helga am Nebentisch hatte sich angestrengt zurückgelehnt, um ja jedes Wort mitzukriegen, und lachte herzhaft. Das unerfreuliche Ende der Geschichte, den Rauswurf durch Brigitte Tshayimpi, unterschlug Lisa.

»Aber ich habe noch einen Grund, hier zu sein«, fuhr sie fort. »Stell dir vor, Mick Robertson hat mich angerufen und gebeten, ihm und Neil bei der Recherche für einen neuen Fall zu helfen. Sie suchen nach drei verschwundenen Opfern der letzten Apartheidjahre, die ermordet und irgendwo verscharrt wurden, und zwar offenbar im Nyathi-Tal. Sag mal, kannst du dich an einen Wunschsteinhaufen erinnern, der irgendwo im Tal gestanden hat? Vielleicht vor langer Zeit? Dad und ich haben schon alte Karten durchforstet, aber nichts gefunden.«

Mellys Augen flammten auf. Schon öffnete sie den Mund, um etwas zu sagen, aber nach einem kurzen Augenkontakt mit ihrem Mann senkte sie schweigend den Kopf, griff nach dem gläsernen Salzfass, das auf dem Tisch stand, und schob es ruckartig hin und her. Dabei hob sie wie zur Entschuldigung die Schultern.

Lisa hatte den Blickwechsel zwischen ihren Eltern mitbekommen. »Mama, wolltest du etwas sagen? Ist dir etwas eingefallen?«

Das Salzfass kam abrupt zum Stillstand. »Ich? Nein, nichts. Ich weiß von keinem Isivivani.« Das Salzfass wanderte erneut über das Tischtuch. Hin und her.

»Schade«, sagte Lisa enttäuscht. »Ich hatte das deutliche Gefühl, dass dir etwas eingefallen ist.«

Melly sah ihr fest in die Augen. »Ich erst auch, aber ich habe mich wohl geirrt. Für einen Moment hatte ich an den Steinhaufen beim Pool gedacht, aber …«

Lisa fiel ihr ins Wort. »Du meinst die Überreste der alten Steinmauer, wo Urgroßmutter ihren Gemüsegarten hatte?«

»Eben. Das war's. Kein Isivivani. Sag ich doch. Nur eine alte, verfallene Steinmauer. Ich habe mich geirrt.« Melly stellte das Salzfass mit hörbarem Knall zurück auf den Tisch und lehnte sich zurück. Sie war blass unter ihrer Bräune geworden. Aber vielleicht war es auch nur ihr leuchtend grünes Top, das ihre Hautfarbe fahler erscheinen ließ.

Lisa trommelte mit den Fingern auf die Tischplatte. »Es muss diesen Isivivani geben. Ich muss ihn finden. Stellt euch doch nur vor, was es für Amos und Jackson bedeuten wird, wenn wir die Überreste der drei finden könnten.«

Ihre Eltern starrten sie wie vom Donner gerührt an. Melly fand als Erste ihre Stimme wieder.

»Wie bitte? Amos? Jackson?«, krächzte sie.

Lisa lächelte entschuldigend. »Tut mir leid, das hatte ich in dem ganzen Begrüßungstaumel vergessen zu erwähnen. Es handelt sich bei den Opfern mutmaßlich um die Söhne und den Bruder von Amos Nyathi …« Sie verstummte, als sie den Gesichtsausdruck ihrer Eltern registrierte.

Beide stierten sie an wie blöde Fische. Melly schnappte nach Luft und hob die Hände, als wollte sie etwas abwehren. Sie setzte an, etwas zu sagen, bekam aber keinen Ton heraus. Ihre Hände fielen zurück auf den Tisch.

Bill Darling hatte den Mund wieder geschlossen, wirkte aber, als wäre er aus Stein gehauen.

»Was?«, brachte Melly Darling endlich hervor.

»Habt ihr Jackson in letzter Zeit mal gesehen?«, fragte Lisa, statt eine Antwort zu geben.

»Meinen ehemaligen Gartenboy?«, stieß ihre Mutter hervor.

Lisa nickte. »Genau den. Gartenboy Jackson.« Die Andeutung eines sarkastischen Lächelns umspielte ihre Mundwinkel.

Ihre Mutter schien auf etwas herumzukauen, strich sich dann mit einer abwesenden Geste übers Gesicht. »Nein, Jackson habe ich seit Jahren nicht mehr gesehen. Eines Tages war er einfach verschwunden. Ich dachte, er wäre wie alle anderen, und habe Amos gar nicht erst gefragt, wo er steckt. Ich hatte nicht erwartet, von ihm eine ehrliche Antwort zu erhalten.« Sie zuckte die Schultern. »Du weißt ja, wie sie sind. Komischerweise haben Bill und ich erst vor ein paar Tagen über Jackson geredet. Er war der beste Gartenboy, den ich je hatte.« Mit plötzlichem Misstrauen runzelte sie die Stirn und blickte ihre Tochter scharf an. »Warum fragst du? Was hat das alles mit Jackson zu tun?«

»Ich habe Jack gesehen. Am Flughafen. Er hat sich dort mit Mick getroffen …«

»Mit Neils Sohn, dem Rechtsanwalt? Was will er denn mit dem?«, unterbrach ihr Vater sie in ungläubigem Ton. »Plant er etwa auch irgendeine Klage um Land?«

»Genau mit dem«, sagte Lisa. Ihre Augen blitzten auf. »Aber er will niemanden verklagen. Ihr werdet nicht glauben, welchen Beruf Jack Nyathi heute hat.« Sie blickte in die ratlosen Gesichter ihrer Eltern und lachte. »Herzchirurg!«

Ungläubiges Schweigen breitete sich aus. Melly Darling fiel die Kinnlade herunter, und Bill Darling lief langsam hochrot an.

»Du machst einen Witz, oder?«, fuhr er sie an.

Aber er hatte das Gesicht seiner Tochter gesehen und wusste, dass sie genau das meinte. Jackson Nyathi war nicht mehr der simple Gartenboy von einst. Im selben Augenblick hatte er auch begriffen, was das für ihn bedeutete. Es war viel mehr als eine Klage um ein Stück Land, über das Urgroßvater Nyathi vielleicht mal eine Ziege getrieben hatte. Der Kerl würde Himmel und Hölle und die besten Anwälte in Bewegung setzen, um die Wahrheit herauszufinden, und das wäre das Ende seines bisherigen Lebens.

Wenn nicht ein Wunder geschah.

Abwesend kratzte er sich am Kinn. Er würde alles daransetzen müssen – alles –, um dieses Wunder herbeizuführen. In Gedanken spielte er einige Varianten durch, drastische und nicht ganz so drastische. Äußerlich war ihm nichts anzusehen. Mit einem halben Lächeln musterte er dann seine Tochter.

»Also, es war ein Witz oder Versteckte Kamera, hab ich Recht?«

Sie erwiderte sein Lächeln. »Absolut nicht. Unser ehemaliger Gärtner schneidet jetzt anderen Menschen die Brust auf, holt das kranke Herz heraus und ersetzt es durch ein neues. Stellt euch das bitte nur einmal vor. Ist das nicht Wahnsinn?«

Der Ausdruck auf den Gesichtern ihrer Eltern zeigte nur zu deutlich, dass sie sich das überhaupt nicht vorstellen konnten.

»Aber … wann?«, stammelte ihre Mutter. »Arzt? Wie …?« Hilflos hob sie die Schultern. »Hat er studiert?«

Lisa spürte bei den Fragen so etwas wie jähen Ärger. »Natürlich hat er studiert, Mama«, entgegnete sie scharf. »Auf der Uni, wie jeder andere Mensch, der Arzt werden will. Anders geht das nicht. Und er muss verdammt gut sein, wenn er Herztransplantationen macht.«

»Aber … er war unser Gartenboy, um Himmels willen!« Mellys Miene drückte verständnisloses Entsetzen aus.

Lisa erschien es, als hätte sich zwischen ihr und ihren Eltern eine Erdspalte geöffnet, die zusehends breiter wurde. »Nun, das war ihm offensichtlich nicht genug.« Sie bemühte sich um einen versöhnlichen Ton. »Könnt ihr euch nicht vorstellen, dass ein ehrgeiziger, intelligenter Mensch von schwarzer Hautfarbe so hart arbeiten kann, dass er den Sprung vom ungelernten Gärtner zum Arzt schafft?«

Ihre Frage prallte gegen Schweigen, das so massiv war wie eine Wand. Die Spalte klaffte weiter auf. Vom Nebentisch kam lautes Gelächter. Es klang wie Gewieher. Die drei reagierten nicht.

Mitten in dieses meterdicke Schweigen erschien Jill mit der beschlagenen Flasche Champagner und drei Gläsern, gefolgt von Thabili, die den mit Eis gefüllten Sektkübel auf den Tisch stellte. Jill, die die negativen Schwingungen deutlich zu spüren schien, schaute von einem zum anderen.

»Ihr seht aus, als wäre zwischen euch der Blitz eingeschlagen«, sagte sie schmunzelnd, erhielt aber nur einen flackernden Blick von Bill als Antwort. »Alles in Ordnung?«, fragte sie gleich darauf mit jäher Besorgnis in der Stimme.

Melly presste so etwas wie ein Lachen hervor. Es misslang ihr gründlich. »Oh, bestens, alles in Butter. Lisa hat nur gerade erzählt, dass mein Gartenboy jetzt Herztransplantationen vornimmt.«

»Herzen? Ein Gärtner?« Jill wölbte die Brauen. »Botanische, wie in Salatherzen?« Ihr Scherz sollte offenbar helfen, die Stimmung zwischen ihren Freunden wieder zu heben.

»Menschliche. So wie deins und meins.« Melly legte eine Pause ein und fasste sich unbewusst ans eigene Herz. »Er ist Herzchirurg. Stell dir das bitte einmal vor. Herzchirurg.« Ihr Ton setzte ein dickes Ausrufezeichen.

Jill machte vor Erstaunen große Augen wie ein Kind und sank auf einen freien Stuhl. »Herzchirurg. Meine Güte, wie wunderbar – welch eine Karriere! Macht euch das nicht stolz, dass so etwas in unserem Land möglich ist?« Sie schaute Bill an.

Bill räusperte sich heftig. »Ja, natürlich. Es ist toll. Gib mir die Flasche, Jill. Wir müssen doch auf Lisas Überraschung anstoßen.«

Jill wischte das Kondenswasser mit einer Serviette von der Flasche und reichte sie ihm. Bill begann, konzentriert den Draht abzuwickeln.

Lisa, die sich des immer größer werdenden Abstandes zwischen ihr und ihren Eltern bitterlich bewusst wurde, wollte sich nicht ablenken lassen. Ihr Blick flog ungläubig zwischen den beiden hin und her. »Dad, du kennst Amos doch gut. Er muss doch mal etwas gesagt haben.«

Bill zuckte mit den Schultern, schüttelte den Kopf und zog dann den Champagnerkorken aus der Flasche. Es knallte, und das perlende Getränk schäumte über ins Glas.

Lisa hatte zu viele Interviews geführt, um nicht zu merken, wenn jemand sich um die Wahrheit herummogeln wollte. Hartnäckig, aber in bemüht gemäßigtem Ton hakte sie nach. »Dad, das glaube ich einfach nicht. Ihr seid doch uralte Freunde, oder? Amos ist ein einfacher Kleinbauer. Das muss doch unglaublich wichtig für ihn sein, dass sein Sohn so etwas geschafft hat. Hat er tatsächlich nie etwas gesagt?«

Sie verstand das nicht. Zwar hatte sie auch nie verstanden, was ihren Vater und den Zulu Amos verband, aber dass eine Bindung bestand, das hatte sie deutlich gemerkt. Die beiden Männer waren auch während der schlimmsten Apartheidzeit fast wie Gleichberechtigte miteinander umgegangen, wenn ihr Vater auch, jetzt im Rückblick gesehen, eine eher gönnerhafte Haltung gegenüber Amos an den Tag gelegt hatte. Den Zulu schien das nie gestört zu haben. Er behandelte den Weißen Bill Darling mit würdevoller Selbstverständlichkeit.

»Dad? Komm schon, es kann doch nicht sein, dass ihr nie darüber geredet habt.«

Bill vollführte eine unwirsche Handbewegung. Der Champagner schwappte aus seinem Glas. Er nahm sich Zeit, die Lache wegzuwischen. »Nicht so richtig«, raunzte er. »Vor Jahren habe ich ihn mal gefragt, wo Jackson ist, und er hat gesagt, dass der in

Kapstadt studiert. Das konnte ja alles heißen. Was, habe ich gefragt, Gärtner?« Er gluckste. »Arzt, hat Amos geantwortet. Arzt! Ich habe selbstverständlich angenommen, er macht Witze. Arzt! Unser Gartenboy! Das war ja wohl nicht sehr wahrscheinlich, oder?« Er zog ein geringschätziges Gesicht und schaute Lisa und Melly beifallheischend an.

Melly blickte verbissen drein und vermied es sichtlich, ihren Mann anzusehen. Lisa aber hatte die Bemerkung körperlich wehgetan. Benahm sich ihr Vater so, erfüllte er alle Klischees eines lupenreinen Rassisten. Mit heißem Schmerz im Herzen zwang sie sich, darüber nachzudenken, ob der Vater, den sie liebte, nicht doch ein völlig anderer war, als sie bisher geglaubt hatte. Alles in ihr sträubte sich, diesen Gedanken auch nur zuzulassen. Vielleicht sollte sie einmal mit Neil darüber reden. Ihm konnte sie bedingungslos vertrauen.

Sie hob den Blick zu ihrem Vater. »Seit wann kennt ihr euch eigentlich? Du hast mir das nie erzählt«, sagte sie, um der Sache endlich einmal auf den Grund zu gehen.

Bill aber schien sie gar nicht gehört zu haben. Noch immer vor sich hin glucksend, füllte er die beiden anderen Gläser. Dann hob er seines und strahlte seine Frau und seine Tochter an. »Prost, meine Lieben. Tolle Überraschung, Lisa, Darling!«

Melly reagierte schnell. Hastig hob sie ebenfalls ihr Glas und setzte ein Lächeln auf. Es fiel gequält aus. »Das kann man wohl sagen. Du hast mir eine ganz große Freude gemacht, mein Liebes.«

Bill und sie bleckten die Zähne in entschlossener Fröhlichkeit.

Lisa wurde an Roly und Poly, die Dobermänner, erinnert. Gleich knurren sie mich an, fuhr es ihr durch den Kopf, oder beißen mich womöglich. Ihr war unbehaglich zumute. Was war nur in ihre Eltern gefahren? Es war unmissverständlich, dass sie diese Diskussion beenden wollten, und zwar sofort. Genauso unmissverständlich war, dass da ein alter Konflikt zwischen ihren Eltern schwelte, von dem sie nichts wusste.

Schweren Herzens beschloss sie, die Sache für heute ruhenzulassen. Die gut gefüllte Veranda von Inqaba war nicht der geeignete Ort, alte Familienprobleme zu diskutieren.

Jill, die sich die ganze Zeit nicht vom Fleck gerührt hatte, stand auf und lächelte betont fröhlich in die Runde. »Lisa, möchtest du die Dobermannwelpen sehen, die dein Vater ausgesucht hat? Es sind prachtvolle Tiere. Oder willst du ihr die Kleinen zeigen, Bill?«

Bill Darling griff nach diesem Strohhalm wie ein Ertrinkender nach einem Baumstamm. »Prächtige Idee, Jill. Ganz prächtig«, rief er, »aber ich habe noch etwas mit Melly zu besprechen. Wegen der Party, weißt du. Geht ihr beiden doch schon mal voraus. Wir kommen dann später nach.«

Seine Frau begleitete seinen Vorschlag mit heftigem Nicken. »Ihr habt euch doch lange nicht gesehen. Wie lange ist es her? Fünf Jahre? Oder noch länger? Sicher habt ihr euch viel zu erzählen … die Kinder … die Kinder hast du doch auch lange nicht gesehen … Ach, die sind ja in der Schule …« Sie redete so hastig, dass sie über die eigenen Worte stolperte. Atemlos hielt sie inne und hob etwas verlegen die Schultern. »Geh nur, Liebes …«

Nach einem wortlosen Blick auf ihre Eltern schob Lisa ihren Stuhl zurück und stand auf. Es war deutlich, dass sie jetzt für sich sein wollten. Eine Sache unter Eheleuten offenbar. Da war es besser, sich herauszuhalten. Auch als Tochter. Oder vielleicht besonders als Tochter. Auf jeden Fall hatte sie das dringende Verlangen, hier so schnell wie möglich wegzukommen.

»Bis gleich dann. – Eltern!«, flüsterte sie Jill zu, während sie die Terrasse verließen.

»Sind auch nur Menschen«, flüsterte die grinsend zurück. »Die Idee mit den Welpen war nur dazu gedacht, dir Gelegenheit zu geben, ihnen zu entkommen.«

»Genialer Schachzug. Ich hoffe, die Stimmung ist besser, wenn wir zurückkommen. Ich habe das Gefühl, sie haben sich gestritten, schon vorher. Soll ja vorkommen.« Sie seufzte und dachte an Brian. Sie hoffte nur, dass die Meinungsverschiedenheit zwischen ihren Eltern nicht derart grundlegend war wie der letzte Streit zwischen ihr und Brian. Bedrückt von dieser Vorstellung, folgte sie Jill.

14

Nach ein paar Metern wieherte ein Pferd in Jills Hosentasche, und zwar so täuschend echt, dass Lisa verdutzt stehen blieb und sich umschaute.

»Mein Telefon«, erklärte Jill und fischte es seufzend heraus. »Das heißt, irgendwo gibt es Probleme. Weißt du, wie die Zulus ein Handy nennen?«, fragte sie, während sie die Nummer auf dem Display prüfte. »Umakhalekhukhwini. Geschrei in der Tasche. Passend, was?« Sie nahm den Anruf an. »Mark, was ist?«

Während sie ihrem Ranger lauschte, stieg ihre Anspannung sichtbar.

»Ich bin sofort da, wo genau ist es?« Wieder lauschte sie. »Okay«, sagte sie dann und beendete den Anruf. Sie sah Lisa an. »Unsere trächtige Nashornkuh ist wieder aufgetaucht. Wir haben sie seit Wochen nicht mehr gesehen und uns schon große Sorgen gemacht. Sie scheint sich zum Kalben in den Busch zurückgezogen zu haben. Ich muss sofort hin. Kommst du mit?«

Ohne auf ihre Antwort zu warten, eilte Jill im Laufschritt über die Terrassenstufen hinunter auf den Weg, der zum Parkplatz führte.

Lisa beeilte sich, ihr zu folgen, und Minuten später saßen sie im Geländewagen. Als sie in den Hauptweg einbogen, schaltete Jill in den dritten Gang hoch und fuhr viel schneller als die erlaubten vierzig Stundenkilometer. Lisa hoffte nur, dass hinter der nächsten Kurve nicht ein Hindernis in Form eines Elefanten oder Nashorns stand.

»Diese Geburt liegt mir besonders am Herzen«, schrie Jill begeistert gegen das Motorengeräusch an. »Die Kuh ist ein schwarzes Nashorn, das ist schon aufregend genug, weil es nur noch relativ wenige davon gibt. Wir haben nur noch zwei weitere. Aber das Aufregendste ist, dass der Vater ihres Kalbes Oskar ist. Hast du Oskar mal kennengelernt?« Sie warf Lisa einen Blick zu.

»Oskar das Nashorn? Ganz entfernt meine ich mich zu entsinnen, dass du ein zahmes Nashorn hattest, das unsterblich in dich verliebt war.«

»Genau das. Oskar war nur wenige Monate alt, als wir ihn neben seiner sterbenden Mutter gefunden haben. Eine Drahtschlinge hatte ihr Hinterbein bis auf den Knochen durchtrennt. Die Wunde sah schrecklich aus. Sie konnte nicht mehr laufen, und das fußballgroße Stück, das aus ihrem Oberschenkel fehlte, bewies, dass sie bereits von Hyänen angefallen worden war. Mein Vater musste sie erschießen, ließ sich aber breitschlagen, das Junge zu verschonen, unter der Bedingung, dass ich mich um das Tier kümmere. Die Schweine, die ihr das zugefügt hatten, haben wir leider nie erwischt. Den Kleinen nannte ich Oskar, und die ersten Monate wuchs er praktisch in meinem Schlafzimmer auf. Deswegen hat er wohl nie begriffen, dass ich keine Nashorndame bin.« Ihre Stimme war belegt. »Welch eine glückliche Fügung, dass ich die Geburt noch vor meiner Reise mitbekomme. Ich habe schon befürchtet, dass die Kuh überträgt und es passiert, während wir in Europa sind.«

»Und was ist mit Oskar?«

Ein trauriger Schatten fiel über Jills Gesicht. »Er ist tot. Im November 2006 haben Wilderer Oskar abgeschlachtet. Sie haben ihm das Horn herausgeschnitten und vermutlich für einen Haufen Geld an irgendwelche Widerlinge verkauft, die daraus ein Aphrodisiakum herstellen und nach Asien verkaufen. Die besten Fleischstücke haben sie auch mitgenommen. Den Rest haben Hyänen und Geier erledigt. Als ich den gemetzelten Kadaver fand, habe ich wie ein Schlosshund geheult, und ich kann dir versichern, so schnell heule ich dieser Tage nicht mehr.«

»Und dieses Kalb ist von ihm? Das sind …« Sie zählte die Monate an ihren Fingern ab. »... siebenundzwanzig Monate. Nashörner tragen doch nicht so lange.«

Jill verzog das Gesicht. »Nein, natürlich nicht. Das Nashornbaby ist aus der Tiefkühltruhe. Wir haben damals Oskars Sperma einfrieren lassen und Ubuhle damit künstlich befruchtet.«

»Spaßverderber!«

Beide Frauen brachen in Gelächter aus. Als es abgeebbt war, sah Jill Lisa von der Seite an. »Ich habe ehrlich gesagt deinen Lebensweg nicht sehr aufmerksam verfolgt, und es ist tatsächlich mehr als fünf Jahre her, dass wir uns auf irgendeinem Fest gesehen habe, nicht wahr? Natürlich sehe ich dich häufiger im Fernsehen, aber da ich meist keine Zeit habe, mir die neuesten Neuigkeiten aus der Welt der Promis anzuschauen, weiß ich nicht, ob du verheiratet, verlobt oder was auch immer bist.«

»Oder was auch immer«, antwortete Lisa, schaute dabei aus dem Fenster auf die vorbeifliegende Savanne und rieb die Stelle, an der ihr Verlobungsring gesessen hatte.

Jill warf ihr einen Seitenblick zu. »Aha, ich verstehe. Bist du schon in der Phase ›Ich komme auch ohne Mann aus‹, oder tut es noch sehr weh?«

Lisa antwortete nicht gleich. Ihre erste Reaktion war, Jill mit einem Scherz von dem Thema abzulenken. Bisher hatte sie noch mit niemandem über den Bruch zwischen ihr und Brian gesprochen. Es ging keinen Menschen etwas an, allein schon wegen ihrer Prominenz musste sie da besonders vorsichtig sein. Aber irgendetwas an Jill veranlasste sie zu einer spontanen Antwort.

»Nein, es tut nicht mehr weh. Er hieß Brian, und ich habe ihm den Verlobungsring ins Gesicht geworfen. Im übertragenen Sinn. Warum, erzähle ich dir ein andermal. Der Anlass hat es jedenfalls gerechtfertigt, das kann ich dir versichern. Aber noch weiß niemand außer dir, dass wir uns getrennt haben. Es wäre schön, wenn du es für dich behalten könntest. Ich habe keine Lust, die ganze Geschichte in der Klatschpresse zu lesen.«

Mit zwei Fingern vollführte Jill eine Geste, als würde sie ihre Lippen mit einem Reißverschluss verschließen. »Versprochen.« Sie lächelte die jüngere Frau an. »Du weißt, dass nach der Phase ›Wozu braucht man Männer?‹ ganz schnell die Phase ›Wieso haben alle einen, nur ich nicht?‹ folgt. Glaub mir, ich weiß das aus eigener Erfahrung. Eine nervenzermürbende Phase.«

Lisa verschluckte sich fast vor Lachen. »Nein, in dieser Phase bin ich noch nicht.« Sie warf den Kopf zurück, der Fahrtwind riss ihr die Haare nach hinten. Brians Bild verblasste um eine weitere Schattierung, und das war einfach wunderbar.

Sie sah Jill an. Ihr glänzend dunkles Haar flatterte, die dunkelblauen Augen funkelten, die sonnengebräunte Haut schimmerte. Jill Rogge war eine außergewöhnlich schöne Frau.

»Bist du glücklich mit deinem zweiten Mann?«, fragte sie. »Als wir uns das letzte Mal gesehen haben, warst du erst kurz verheiratet und gerade mit deinem ersten Kind schwanger.«

Das Lächeln, das sich über Jills Gesicht ausbreitete, sprach für sich. »Kira wird jetzt acht Jahre alt, und Luca ist fünf. O ja, ich bin glücklich.«

Lisa schien es, dass dieses Glücklichsein Jill wie ein Strahlenkranz umgab. Zu ihrem Erstaunen verspürte sie so etwas wie Neid. Micks Gesicht tauchte vor ihr auf. Gedanklich schob sie sofort einen Riegel davor.

Ich brauche keinen Mann zum Glücklichsein, dachte sie trotzig, und Kinder passen nicht in meine Karriere. Das hatte sie auch Brian von vornherein klargemacht. Dieses Gerede von der immer lauter tickenden biologischen Uhr fand sie lächerlich. Das Modell Mensch mit den klar verteilten, unveränderbaren Fähigkeiten – Mann kann Kinder zeugen, Frau muss Kinder kriegen – hatte sie schon immer als eine Fehlkonstruktion empfunden und ihre Konsequenzen daraus gezogen. Sie schaute wieder aus dem Fenster, um nicht ständig von diesem Strahlen geblendet zu werden.

Der Geländewagen holperte über eine Bodenschwelle. Lisa

wurde gegen die Seitenstreben geschleudert und stieß sich den Kopf. Fluchend rieb sie sich die Stelle, und der Schmerz vertrieb die Gedanken an die Sache mit Mann und Kindern. Die Landschaft hatte sich verändert. Die weite Savanne war dichtem Buschland gewichen. Aus dem grünen Baumkronenmeer ragte der Kopf einer Giraffe, die ihnen, ihre Blättermahlzeit mümmelnd, mit ernsthafter Würde nachschaute.

Lisa lachte herzhaft. Ihr Gleichgewicht war wiederhergestellt.

Sie waren kaum eine Dreiviertelstunde unterwegs, als sie auf einen Ranger stießen, der, seinen breitkrempigen Hut tief ins Gesicht gezogen, mit verschränkten Armen entspannt an der Motorhaube seines Geländewagens lehnte. Sobald er ihrer ansichtig wurde, stieß er sich ab, trat in die Mitte des Weges und deutete schweigend mit Handbewegungen an, dass Jill langsamer fahren solle.

»Wir müssen leise sein, die Nashornkuh ist offenbar ganz in der Nähe. Ihr Name bedeutet übrigens Schönheit.« Jill hatte ihre Stimme zu einem Flüstern gesenkt.

»Oh, so viel Zulu kann ich noch. Ich hatte eine Nanny, die mir Zulu beigebracht hat, bevor ich Englisch konnte«, flüsterte Lisa zurück.

»Tut mir leid, ich hatte vergessen, dass du ja auch in Zululand aufgewachsen bist. Mir ist es genauso ergangen. Wenn meine Eltern mit mir geredet haben, hab ich ihnen auf Zulu geantwortet. Es hat sie zeitweise zum Wahnsinn getrieben.«

»Wie heißt er?«, fragte Lisa und wies auf den Ranger.

Ein schnelles Lächeln ließ Jills dunkelblaue Augen blitzen. »Mark. Und sieh dich vor, er hat eine verheerende Wirkung auf angeschlagene Herzen.«

Mark hatte seinen khakifarbenen Hut abgenommen und wischte sich das Gesicht ab. Lisa musterte seine breitschultrige Figur, das sonnengebleichte Haar, das jungenhaft offene Gesicht.

»Hm«, meinte sie.

»Aha«, antwortete Jill, schmunzelte und parkte ihren Wagen hinter dem ihres Rangers, legte die Finger auf die Lippen und glitt aus dem Auto. Lisa tat es ihr nach. Mark sah sie, stutzte, schob seinen Hut, den er sich wieder draufgängerisch tief bis auf die Nasenspitze gezogen hatte, mit zwei Fingern hoch und musterte sie kurz. Dann verbeugte er sich mit einem zähneblitzenden Lächeln, das er offenbar für verführerisch hielt. »Miss Darling. Sie sehen genau wie im Fernsehen aus.«

Grinsrübe, dachte Lisa und nickte kühl. Obwohl er blond war, erinnerte er sie auf seine Art an Brian.

Den Ranger schien das nicht zu stören. Er fuhr fort, sie anzustrahlen, was die Eigentümerin von Inqaba dazu veranlasste, ihn ungeduldig am Arm zu packen.

»Wo?«, fragte sie lautlos.

Mark gab sich einen Ruck, wischte sich das Grinsen aus dem Gesicht und machte ihnen pantomimisch klar, dass sie ihm folgen sollten. Aus dem Schatten hinter dem Wagen löste sich eine weitere Gestalt, ein rundlicher, bebrillter Zulu, der wie Mark eine Khakiuniform mit kurzen Hosen trug. Er hob grüßend die Hand, drehte sich um und wurde in der nächsten Sekunde vom Busch verschluckt. Ohne Laut, ohne ein Blatt zu berühren. Wie eine geschmeidige braune Schlange.

Lisa fragte sich, wie er das gemacht hatte. Sie setzte ihre Füße sorgfältig auf und achtete auf Zweige, die knacken, und Blätter, die rascheln könnten. Sie wollte nicht schuld sein, dass Ubuhle bei der Geburt gestört wurde.

Nach etwa hundert Metern hielt Mark einen Arm hoch und zeigte mit dem anderen nach vorn. Jill wurde sichtlich aufgeregt. Lisa sah außer staubig grünem Busch und ein paar graubraunen Felsen gar nichts. Angestrengt suchte sie nach den Konturen von Ubuhle, aber das gleißende Sonnenlicht ließ alle Farben ineinander verschwimmen, löste die Konturen auf, täuschte ihr Auge, verwandelte ihre Umgebung in ein impressionistisches Gemälde.

Sie konnte die Nashornkuh nicht entdeckten. Vorsichtig tippte sie Jill auf die Schulter und hob fragend die Brauen. Die Eigentümerin von Inqaba streckte einen Arm aus. Lisa ließ ihren Blick an ihm entlang in den Busch gleiten, und endlich entdeckte sie, was sie längst gesehen, aber nicht erkannt hatte: einen massiven graubraunen Felsen, der am Ende ein spitzes Horn trug. Jetzt bewegte er sich. Die Kuh schnaufte, ihre Flanken bebten. Der Baum, an dem sie lehnte, wackelte heftig.

Gebannt schauten die vier Menschen zu. Die Geburt stand offenbar kurz bevor. Auf einmal packte Jill Lisa so hart am Arm, dass sie einen Aufschrei unterdrücken musste, und deutete völlig aus dem Häuschen auf einen Punkt etwa zwei Meter neben der Kuh. Vor Lisas Augen wuchsen einem vergleichsweise winzigen, ebenfalls graubraunen Felsen plötzlich vier Beine und zwei Ohren, und dann stand eine Miniaturausgabe von Ubuhle vor ihr.

Jill konnte sich kaum beherrschen und führte einen lautlosen Freudentanz auf. Mark und der Zulu grinsten von einem Ohr zum anderen. Ubuhle hatte ihr Kalb offenbar schon vor längerer Zeit bekommen, und jetzt ruhten sich beide von der Anstrengung im Busch aus. Noch etwas unsicher auf den kurzen Beinen, trippelte das Kalb zu seiner Mutter, bohrte die Schnauze in ihren Leib, bis es eine Zitze erwischte, und begann mit einem wohligen Schmatzen zu saugen. Jill verdrehte verzückt die Augen.

Erst als die Sonne schon schräg stand und die Schatten im Busch tiefer und dichter wurden, zogen sich die vier Beobachter zurück. Sie stiegen in ihre Wagen und fuhren hintereinander den schmalen Sandweg hinunter, bis Jill in rund einem Kilometer Entfernung anhielt und ausstieg. Mark und der Zulu sprangen ebenfalls aus dem Wagen und kamen grinsend auf sie zu.

»Ist das nicht einfach verdammt fantastisch?«, stöhnte der Ranger. »Unser erstes Nashornkalb. Wie nennen wir es?«

»Themba«, kam es wie aus der Pistole geschossen von dem Zulu. Seine Brillengläser blitzten. »Es ist ein Männchen.«

»Themba – Hoffnung.« Jill lächelte. »Gute Idee, Ziko. Wir werden eine ordentliche Taufe abhalten. Du darfst den Täufling dann küssen.«

Der runde Zulu brüllte vor Lachen und strahlte dabei über sein schokoladenbraunes Gesicht. »Yebo, ngiyabonga. Ich werde Themba küssen.«

Jill wurde ernst. »Mark, stell zwei unserer Leute als bewaffnete Bodyguards für Klein Themba ab. Es treiben sich schon wieder Wilderer in der Gegend herum. Ich will nicht erleben, dass sie den Kleinen umbringen oder einfangen, um ihn zu verkaufen.«

Jill und die beiden Ranger besprachen noch ein paar andere Dinge, die das Management ihres Tierbestands betrafen, dann trennten sie sich. Jill wendete ihren Geländewagen in Richtung des Haupthauses. Sie stieß eine Siegerfaust in den Himmel.

»Ja!«, schrie sie gegen das Motorengeräusch an. »Ein Nashornkalb. Wenn es groß ist, wird es ein Schweinegeld wert sein.« Sie trommelte vergnügt auf das Lenkrad. »Ich muss sofort eine Presseerklärung herausgeben. Klein Themba aus der Tiefkühltruhe wird uns neue Gäste bringen.« Vergnügt pfiff sie vor sich hin.

»Was ist ein Schweinegeld?«, wollte Lisa wissen. Von der wirtschaftlichen Seite einer Wildtierfarm hatte sie wenig Ahnung.

»Ach, so von achthunderttausend Rand aufwärts …«

»Was?« Lisa verschluckte sich und musste ihre Kehle erst freihusten. »Das ist wirklich ein Schweinegeld. Weiß Gott!«

»Sag ich doch.« Jill grinste glücklich.

Als sie auf den Weg, der geradewegs zum Parkplatz am Haupthaus führte, einbog, quakte ihr Funkgerät los. Sie löste es aus der Halterung am Armaturenbrett und hob es an den Mund.

»Ja, was ist los, Mark?«

Mark war in höchster Aufregung, das konnte Lisa hören, aber um was es ging, war für sie nicht zu verstehen.

Jill war blass geworden. »Hol alle Leute, die du kriegen kannst. Ich komme.« Mit quietschenden Reifen wendete Jill und raste den Weg wieder zurück. »Tut mir leid«, schrie sie. »Das ist verdammt eilig. Du musst mitkommen. Ich kann dich nicht zu Fuß durchs Gelände laufen lassen.«

Die Sonne hatte den Zenit längst überschritten. In etwas über zwei Stunden würde sie versunken sein und pechschwarze Nacht hereinbrechen. Lisa hatte nicht die geringste Absicht, allein in der Dunkelheit durchs ländliche Zululand zurück nach Lalisa zu fahren.

»Kann ich auf Inqaba übernachten?«, fragte sie. »In der Dunkelheit fahre ich nicht allein nach Haus.«

»Natürlich. Gern. Obendrein haben wir heute Abend Dinnergäste, die dich vielleicht interessieren. Benita und Roderick Ashburton. Sagen dir die Namen etwas?«

»Gugus Tochter! Ich hätte damals auf dem Mond leben müssen, um das nicht mitzukriegen. Ihre Geschichte hat uns Medienleute monatelang verrückt gemacht. Du hast Recht, die würde ich wirklich gerne kennenlernen. Damals hätte ich sie nur zu gern interviewt, bin aber nicht an sie herangekommen. Ich muss nur meine Eltern anrufen und ihnen Bescheid sagen. Sie warten sicher noch auf mich. Vielleicht ist es ganz gut so, dann können sie sich wieder einkriegen.«

Während sie sprach, hatte sie ihr Handy herausgezogen und prüfte nun stirnrunzelnd den Empfang.

»Nichts. Wird es irgendwo besser?«

»Wenn wir über den Hügel da vor uns fahren, solltest du auf einer kurzen Strecke eine Verbindung bekommen. Sonst ist es mit dem Handy-Empfang im Reservat ziemlich lausig bestellt«, antwortete Jill und jagte ihren Wagen noch schneller über die Sandpiste.

Lisa tippte die Mobilnummer ihrer Mutter ein und wartete mit dem Finger über dem Knopf, um sofort anrufen zu können,

wenn sich ein Empfangsbalken zeigte. Als sie den Hügel hinauf-
fuhren, bekam sie tatsächlich lange genug eine Verbindung zustande, so dass sie ihrer Mutter Bescheid sagen konnte. Zufrieden
steckte sie das Telefon wieder ein.

»Geht in Ordnung. Meine Mutter klang sogar erleichtert.
Anscheinend haben sich die beiden aussortiert. Sie fahren jetzt
nach Hause. So, und nun erkläre mir mal, was überhaupt los ist.
Warum fährst du wie eine Verrückte über diese Schotterpiste?
Hast du nicht Angst, dass wir uns bei der nächsten Bodenwelle
überschlagen? Oder gegen einen Elefanten krachen? Außerdem
schwappt mein Hirn über.«

Jill grinste schief. »Mein Mann würde jetzt fragen: Welches
Hirn? Aber mir ist nicht zum Scherzen zumute. Ein Rudel Hyänen hat es auf Themba abgesehen. Ich habe alle Leute, die sich
frei machen können, hingeschickt, um die Hyänen zu verjagen.
Hoffentlich kommen wir rechtzeitig, und hoffentlich wird Ubuhle nicht so verstört sein, dass sie ihr Kalb im Stich lässt. Gott, das
wäre wirklich furchtbar.«

Sie fuhr hoch konzentriert. Die Gefahr, dass ihnen ein größe-
res Tier in den Weg lief, war sehr real, aber das Risiko ging sie
ein. Ein Impalabock erschien am Wegesrand und witterte aufmerksam. Sofort bremste Jill ab. Der Bock war mit Sicherheit das
Oberhaupt einer zahlreichen Familie, die sich noch im Busch
hinter ihm versteckt hielt. Im ersten Gang fuhr sie an dem Tier
vorbei, und tatsächlich entdeckte sie mindestens zehn weitere Impalas in seiner unmittelbaren Nähe.

An der Stelle, an der sie vorher Mark und Ziko getroffen hatten, waren jetzt acht Ranger versammelt, darunter drei Frauen.
Alle trugen ein Gewehr, und zwei der kräftigen männlichen Wild-
hüter hielten zudem ein aufgerolltes Netz zwischen sich.

Jill bremste und sprang aus dem Auto. »Wo ist Ubuhle?«, flüsterte sie drängend.

Mark antwortete ihr ebenso leise. »Noch da, wo wir sie verlassen haben. Zwei der Hyänen hat sie bereits aufgespießt, aber es sind zu viele. Irgendwann wird sie aufgeben müssen.«

»Das müssen wir verhindern. Okay, vorwärts!«, wisperte die Eigentümerin von Inqaba und zeigte mit einer weit ausholenden Armbewegung auf den Busch.

Lisa wurde an einen General erinnert, der an der Spitze seiner Truppen zum Angriff blies. Niemand nahm irgendeine Notiz von ihr, also folgte sie Jill und den Rangern, so leise sie konnte. Schon jetzt war das hysterische Gelächter der Hyänen zu hören, in das sich die markerschütternden Schreie anderer Tiere mischten. Unwillkürlich lief ihr eine Gänsehaut über den Rücken. Hoffentlich schrie da nicht der kleine Themba.

Aber das Geschrei stammte von jagdhungrigen Schakalen, die wie Derwische das Hyänenrudel umtanzten. Ubuhle stand hundert Meter entfernt mit dem Rücken zum dichten Gebüsch. Die Nashornkuh war aufs Höchste alarmiert.

Schnaubend, wütend den Boden scharrend, den massigen Kopf zum Angriff gesenkt, stürzte sie sich immer wieder auf die Hyänen, die sie weiträumig ausgefächert umschlichen. Eine von links, eine zweite von rechts, dann sprangen eine dritte und eine vierte vor, um Ubuhles Aufmerksamkeit abzulenken. Ein kräftiges Hyänenweibchen trabte geduckt durchs Gras, um die wütende Nashornkuh ungesehen zu umgehen und in den Busch zu gelangen, wo Themba von seiner Mutter versteckt worden war.

Aber Jill und Mark verstanden ihr Handwerk. Jill hob einen angefeuchteten Finger und signalisierte ihr Okay, worauf einer der beiden kräftigen Ranger blitzschnell zehn, zwanzig Meter vom Netz abrollte und damit direkt zwischen Ubuhle und der Hyänengruppe vorbeirannte, während der andere stehen blieb und kontrollierte, dass das Netz sich nicht verhedderte. Kaum war das Netz gespannt, packten die anderen Ranger mit an, und innerhalb von Minuten befanden sich die aufgeregt jaulenden Hyänen im Kessel und wurden stetig abgedrängt.

Bis auf die eine. Vor Lisas entsetzten Augen verschwand sie gerade von den Rangern ungesehen hinter dem Rücken von Ubuhle im Gebüsch. Ubuhle musste etwas gehört haben. Sie drehte sich verwirrt hierhin und dorthin, richtete die Ohren auf das Geschrei der Treiber, auf die Hyänen, auf das jämmerliche Quieken Thembas.

Lisa sah, dass die Hyäne bis auf wenige Meter an das Kalb herangepirscht war. Jede Sekunde erwartete sie, den Todesschrei des kleinen Nashorns zu hören. Ohne zu überlegen, spurtete sie los. Im Laufen bückte sie sich, klaubte einen Stein auf, blieb stehen und zielte kurz, holte aus und warf.

Der Stein traf. Die Hyäne heulte auf und schoss winselnd mit eingekniffenem Schwanz davon. Themba blieb verängstigt stehen und schnupperte verzagt, rief dann leise fiepend seine Mutter.

Ubuhle, die Ohren hochgestellt, sog witternd die Luft ein, schwang den mächtigen Kopf herum, heftete die kleinen, halbblinden Äuglein fest auf Lisa und trabte, erst langsam, dann immer schneller, direkt auf sie zu.

Lisa blieb stocksteif stehen, während sie angestrengt die Augen verdrehte und nach einem Baum suchte, der ihr Gewicht tragen würde. Vergeblich.

In ihrer unmittelbaren Nähe wuchsen lediglich gedrungene Palmen, und hinter ihr war nur undurchdringlicher Busch mit langen, spitzen Dornen. Vor ihr erstreckte sich die offene, mit Steinbrocken übersäte Savanne, auf der sie vielleicht eine Chance gehabt hätte, hakenschlagend zu entkommen, aber der Weg übers freie Gelände wurde vom Netz mit dem Hyänenrudel und der wutentbrannten Nashornkuh versperrt. Weglaufen war sinnlos.

Sie starrte versteinert vor Schreck dem herandonnernden Tier entgegen. Der Abstand von mehr als hundert Metern zwischen ihnen verringerte sich rasend schnell. Ihr Herz schaltete mehrere Gänge hoch und flatterte wie ein panischer Vogel gegen ihre Rippen. Ihr schoss durch den Kopf, was sie über den Charakter der Schwarzen Nashörner wusste. Jähzornig. Unberechenbar. Bösartig.

»O Scheiße«, brach es laut und deutlich aus ihr heraus.

In dieser Sekunde – sie sah sich schon von dem wütenden Nashorn niedergetrampelt daliegen oder aufgespießt, auf jeden Fall blutig – hörte sie hinter sich ein fettes schwarzes Lachen. Sie fuhr herum. Ziko spazierte mit fröhlichem Grinsen und einem frisch gebrochenen Palmwedel in der Hand an ihr vorbei geradewegs auf das herangaloppierende Nashorn zu. Ihr stockte der Atem.

»Ubuhle«, flötete er. »Ubuhle, meine Kleine, benimm dich. Ganz ruhig, du Satansbraten …« Er schwenkte den Palmwedel.

Ubuhle stoppte. Staub wirbelte auf, kleine Steine wurden umhergeschleudert, aber sie stand. Ein granitgraues, schnaubendes Standbild.

Ziko näherte sich ihr behutsam, schnalzte und lockte, wobei er sorgfältig darauf achtete, dass der Weg zwischen der Nashornkuh und ihrem fiependen Kalb immer frei war.

Unschlüssig schlug Ubuhle mit dem Kopf, doch der kleine Themba hatte seine Mutter bereits gewittert und stolperte, so schnell ihn seine Stummelbeinchen trugen, auf sie zu. Ziko hatte die Nashornkuh mittlerweile umkreist und befand sich hinter ihr. Sanft klatschte er ihr die Palmwedel auf den Hintern.

»Hamba«, sagte er leise. »Hamba kahle, Ubuhle, shesha. Lauf, meine Schöne, schnell.«

Und zu Lisas grenzenloser Verwunderung folgte Ubuhle der Aufforderung mit einem tiefen Grunzen der Erleichterung und trieb ihr Junges mit sanften Kopfstößen vor sich her. Kurz darauf hatte der Busch die beiden verschluckt.

Um ein Haar hätte Lisa laut Beifall geklatscht.

Ziko kam grinsend auf sie zu und beäugte sie durch seine dicke Brille. »Sie dachten, dass Ubuhle Sie aufspießt, he?« Wieder lachte er dieses herzerwärmende schwarze Lachen, das tief aus seinem Bauch zu kommen schien und seinen ganzen Körper in Schwin-

gungen versetzte. »Ich habe Ubuhle aufgezogen. Ich bin ihr Baba!«
Immer noch in sich hineinglucksend, folgte er den Treibern, die
mit lautem Geschrei das Hyänenrudel immer weiter abdrängten.

Lisa fühlte sich wie ein Idiot. Sie bemühte sich, die Schicht
von Blättern und Staub, die ihre ehemals makellosen Hosen verdreckte, abzubürsten, gab es aber bald auf und ging verdrossen
zum Wagen.

Jill war blass geworden. Tief durchatmend, warf sie sich in den
Autositz, wo sie einen Augenblick reglos sitzen blieb und vor sich
hin starrte. Sie sah offenbar etwas, was Lisa, die auch schon einge-
stiegen war, nicht sehen konnte. Besorgt legte sie Jill die Hand auf
den Arm.

»Alles in Ordnung? Du bist ein bisschen blass. Sind Ubuhle
und ihr Kalb denn noch in Gefahr?«

Jill schüttelte den Kopf. »Nein. Die Ranger treiben die Hyänen
in eine Boma, verladen sie auf Lastwagen und fahren sie bis ans
andere Ende von Inqaba. Ubuhle ist auf dem Weg in eine Gegend, die schon immer ihr Rückzugsgebiet war. Mutter und Kalb
sind sicher.« Sie wischte sich mit dem Handrücken über die Stirn.
»Weißt du, es geht eben nicht nur um das niedliche kleine Baby-
nashorn. Natürlich hätte ich Rotz und Wasser um das arme Tier
geheult, wenn die Hyänen es erwischt hätten, aber ich muss Inqaba wirtschaftlich führen. Sentimentalität und Afrikaromantik
kann ich mir nur ab und zu leisten. Themba wird mit jedem Tag,
den er gesund aufwächst, immer wertvoller. Das ist eine Tatsache,
und das kann ich nicht ignorieren. Es steht eine ziemlich große
Menge Geld auf dem Spiel, wie ich dir vorhin erzählte, und eben
hätten wir es fast verloren. Ich werde jetzt vier Ranger als Bodyguards für die beiden abstellen, bis Themba ein Jüngling ist und
kräftig und aggressiv genug, um auf sich selbst aufzupassen.«

Sie wischte sich den Schweiß von der Stirn, drückte den Safarihut tief ins Gesicht und startete den Geländewagen.

331

15

Zur gleichen Zeit verließen Melly und Bill die Farm, so wie sie gekommen waren, in zwei Autos. Melly fuhr voraus, Bill folgte ihr, und sie bogen nach links auf die Straße ein, die die Wildreservate Hluhluwe und Umfolozi voneinander trennte. Sie kamen nur langsam voran. Es war später Nachmittag, und es wimmelte von Menschen, die sich aus den unzähligen weißen Sammeltaxis ergossen, die reihenweise am Straßenrand hielten. Immer wieder mussten die Darlings anhalten, weil ihnen eine Gruppe direkt vor den Kühler lief.

An der Abzweigung nach Mtubatuba schaltete Melly die Warnblinker an, fuhr links heran und lehnte sich aus dem Fenster heraus.

»Ich will noch zur Bibliothek«, rief sie ihrem Mann zu. »Für unseren nächsten Buchclubabend habe ich ein Buch bestellt, über das ich referieren soll. Fahr du schon nach Hause, ich bin in einer Dreiviertelstunde auch da. Du kannst uns schon mal einen Wodka Lemon eingießen … wenn du noch ein sauberes Glas findest«, setzte sie kichernd hinzu, ließ mit einem Winken das Fenster wieder hochsurren und bog in Richung Mtubatuba ab.

Auch hier war der Verkehr dicht, und es wimmelte von Leuten, die von der Arbeit kamen. Aber sie fand schnell einen Parkplatz, das Buch lag bereit, und in kürzester Zeit befand sie sich schon auf dem Heimweg.

Hinter dem Städtchen lichtete sich der Verkehr deutlich, und die Menschenmengen hatten sich bis auf wenige Nachzügler zerstreut. Melly trat aufs Gas.

Es passierte, als sie sich nur wenige Hundert Meter von Lalisa entfernt befand. Unerwartet sprangen zwei Männer aus dem Gebüsch mitten auf die Straße und blieben dort breitbeinig stehen. Um sie nicht zu überfahren, musste Melly so scharf bremsen, dass der Wagen auf der verschmutzten Straßenoberfläche ein Stück weit schlitterte.

Es war die Art Situation, die ihr sofort ein nervöses Kribbeln im Magen bescherte. Blitzschnell vergewisserte sie sich, dass die Türen verriegelt und alle Fenster geschlossen waren. Doch dann drehte sich der Ältere der beiden zu ihr. Sie erkannte ihn sofort, und dann auch den anderen. Mit einem Seufzer der Erleichterung fuhr sie näher heran und ließ das Fenster herunter.

»He!«, schrie sie den Männern zu. »Seid ihr lebensmüde? Ich hätte euch beide fast umgefahren.«

Den dritten Mann, der sich von hinten ihrem Wagen näherte, konnte sie nicht sehen. Er achtete sorgfältig darauf, dass er sich stets in ihrem toten Winkel auf das offene Fenster zubewegte.

Melly Darling entdeckte ihn erst, als er direkt vor dem offenen Fenster stand. Aber da war es schon zu spät.

Jill fuhr mit Schwung auf den Parkplatz und schaltete den Motor ab. »Es ist wirklich zu spät, um noch nach Lalisa zu fahren. Wenn du willst, kannst du in unserem privaten Gästezimmer schlafen. Ich kann dir auch eine Zahnbürste und ein T-Shirt zum Schlafen leihen.«

»Danke, gerne. Aber ich habe immer eine kleine Notreisetasche dabei. Als Fernsehjournalistin muss man mobil sein. Warte einen Augenblick, ich hole sie aus dem Wagen.« Sie ging hinüber zu ihrem SUV, öffnete die Heckklappe und kam kurz darauf mit einer Reisetasche in der Hand zurück. »Alles drin, Zahnbürste, Unterwäsche, Ersatzklamotten. Und Make-up. Sehr wichtig.« Sie lachte fröhlich.

Jill streckte ihre Hand aus. »Komm, ich zeig dir dein Zimmer. Es wird dir gefallen.«

Zusammen gingen sie am Empfangshaus vorbei über einen schmalen gepflasterten Weg, der von rosa Bougainvilleen überwuchert war, zum Privathaus der Familie. Eine Kette von winzigen Glühlampen leuchtete unter dem Blütendach. Lisa fand den Effekt zauberhaft. Vom Hof her wehte der schwere Parfümduft eines Frangipanis. Sie schnupperte.

»Steht der große Frangipani vor dem Haus noch?«

»O ja, den wird es immer geben. Er ist unser Wahrzeichen. Unsere Ururgroßmutter Catherine hat ihn vor über hundertfünfzig Jahren geschenkt bekommen. Natürlich ist das nicht mehr Catherines Frangipani. Der erste wurde im Zulukrieg zerstört, die anderen starben eines natürlichen Todes an Altersschwäche, aber es werden immer rechtzeitig Ableger genommen – auch Catherine hat von dem ursprünglichen Baum im letzten Moment welche geschnitten und später dort wieder eingepflanzt, und so ist es eigentlich doch immer noch ihr Frangipani.«

Neben Lisa raschelte es leise im Gebüsch, ein Vogel stieß einen Warnschrei aus, und ein grauer Schatten schoss an ihr vorbei. Sie fuhr zusammen.

Auch Jill hatte den Schatten bemerkt. »Affen! Lauern aufs Abendessen, die Mistviecher. Vor einer Woche haben sie das Innere eines der Bungalows völlig verwüstet. Außerdem musst du aufpassen, dass du keine Schlange überraschst.« Sie brach einen langen Stock von einem Busch und schlug damit auf die Steinplatten. »Dieser Weg mit den sonnenwarmen Platten ist ihr liebstes Nachtquartier. Mambas, Puffottern, sogar die gelegentliche Gabunotter, alle geben sich hier nachts ein Stelldichein.« Sie klang verdrossen.

»Ich bin auf unserer Farm aufgewachsen, bei uns wimmelt es von den gleichen Schlangen, und mit allen stehe ich auf Duzfuß«, erwiderte Lisa mit milder Stimme.

»Klar, dumm von mir, ich habe einfach nicht daran gedacht, aber ich muss jeden warnen, der abends hier entlanggeht. Die

Biester verlassen sich auf ihre Tarnung. Was meinst du, was ich für Ängste mit den Kindern ausstehe. Aber auf der anderen Seite sind das ohnehin kleine Buschbabys«, setzte sie mit einem stolzen Lächeln hinzu. »In der Wildnis aufgewachsen, mit jedem Tier auf Du und Du. Von denen kann ich vermutlich noch etwas lernen. Hier entlang.«

Sie führte ihren Gast über die Veranda zu einer breiten Glastür. Erst öffnete sie die Mückenschutztür, dann die gläserne Schiebetür und trat beiseite. »So, da wären wir. Komm rein.«

Lisa schlüpfte aus ihren Schuhen, bevor sie eintrat, und lief barfuß über die von der Tageshitze aufgeheizten Bodenfliesen. Das Zimmer war sehr geräumig. Sie schaute sich um. Deckenhohe weiße Schrankwand an der Stirnseite, Kingsize-Bett zur Rechten, weiße Couch neben dem bodentiefen Fenster mit Blick über die Bougainvilleen, grünen Baumwipfel und den zum Wasserloch abfallenden Busch in die blaue Ferne.

»Super«, murmelte sie und ging weiter auf Entdeckungstour.

Bis auf das warme Terracotta der Fliesen war alles in Weiß gehalten, auch das Badezimmer, das eine rekordverdächtig große Wanne hatte. Sie stellte ihre Reisetasche auf den niedrigen Sessel neben der Schrankwand.

»Es ist ein wunderschönes Zimmer«, sagte sie zu Jill. »Ich werde mich sehr wohlfühlen.«

Jill schaute auf ihre Uhr. »Wir essen um halb acht. Jetzt ist es halb sieben, da hast du genug Zeit, dich fertig zu machen. Hast du alles, was du brauchst?«

Lisa versicherte ihr, dass sie wunschlos glücklich sei. »Ist dein Mann auch da?«

»Nils kommt gleich wieder. Er holt die Kinder von der Schule ab. Zwei Tage nach der Geburtstagsfeier deiner Mutter fliegen wir nach Europa, und sie sind schon völlig überdreht, dass sie zum ersten Mal Schnee sehen werden. Wir fahren in den Bayerischen Wald, wo meine Familie, die Steinachs, herstammt. Es soll ein sicheres Schneegebiet sein.« Ihre Augen glänzten. »Unser erster richtiger Urlaub.«

»Und wer passt hier auf, dass die Gäste nicht von Löwen gefressen werden?«

Jill hob wie erschrocken die Hände. Ihr Ausdruck wurde überraschend ernst. »Gott bewahre, mach bloß keine Witze darüber. Das ist tatsächlich schon mal vorgekommen. Eine Frau ist von einer Löwin gerissen worden. Am Swimmingpool.« Ihr Blick lief ins Leere. Dann schüttelte sie sich reflexartig. »Ich darf nicht daran denken. Es war grauenvoll. Während unserer Abwesenheit passt Benita Ashburton auf. Ich bin mir sicher, dass sie mit Gästen, Löwen und anderen Katastrophen bestens fertigwird. Du wirst sie ja kennenlernen. Abgesehen davon ist Jonas da. Er hat nicht nur die Rezeption und die Buchungen fest im Griff, er kennt Inqaba fast besser als ich. Wir sind zusammen aufgewachsen.«

Lisa presste die Lippen zusammen. Allmählich gingen ihr die Lobeshymnen auf Benita Ashburton auf die Nerven. Bildschön, bezaubernd, bei allen beliebt. Zu viel. Zu gut, um wahr zu sein. Gegenüber solchen Menschen war sie grundsätzlich misstrauisch. Langsam entwickelte sie eine deutliche Abneigung gegen die Engländerin. Sie nahm sich vor, dieses Vorbild an Tugendhaftigkeit genau unter die Lupe zu nehmen.

»Gibt es Nelly noch?«, fragte sie.

Ein Lächeln zog über Jills Gesicht. Nelly Dlamini war ihre ehemalige Nanny und der gute Geist von Inqaba, die Frau, die ihr in der Kindheit nähergestanden hatte als ihre eigene Mutter. »O ja, die gibt es noch. Sie droht zwar seit Jahren, dass sie aufhören will, aber – dem Himmel sei Dank – bisher hat sie das nicht wahrgemacht. Ich weiß gar nicht, was ich ohne sie machen sollte.« Verstohlen schaute sie wieder auf die Uhr. »Ich muss dich jetzt alleinlassen. Die Kinder werden gleich hier sein. Wir reden später weiter.« Damit verließ sie das Zimmer.

Lisa hörte sie draußen einen langgezogenen Pfiff ausstoßen, und Sekunden später schossen zwei rabenschwarze Dobermänner um die Hausecke. Ihre harten Nägel klickten auf den Holzbohlen der Veranda. Mit hohem, aufgeregtem Kläffen umsprangen sie Jill und wedelten so heftig mit dem kurzen Stummelschwänzchen, dass ihr Hinterteil hin und her flog. Jill schnalzte, die beiden Hunde nahmen sie in die Mitte, und gemeinsam gingen sie Nils und den Kindern entgegen, die gerade vom Parkplatz durch den grünen Blättertunnel ihrer Mutter in die offenen Arme gerannt kamen. Ihre hellen Stimmchen klangen wie Vogelgezwitscher.

Unvermittelt spürte Lisa ein merkwürdiges Ziehen in der Herzgegend. Es nahm ihr fast den Atem, und sie wurde sich zu ihrer Verwirrung darüber klar, dass sie sich einfach entsetzlich einsam fühlte. Wie ein ruderloses Boot mitten auf dem weiten Ozean, schoss es ihr durch den Kopf, und dieses Gefühl erstaunte sie so sehr, dass sie für lange Minuten reglos am Fenster stand und hinausblickte, ohne wirklich etwas zu sehen.

Einsam. Dieses Adjektiv hatte sie noch nie mit sich selbst in Verbindung gebracht. Auch nicht, was ihr Liebesleben betraf. Sie lehnte die Stirn an das kühle Glas.

Brian. Davor David. Und ein paar andere. Und natürlich Scott. Immer auf der Pirsch. Hatte sie ihn zur Rede gestellt, hatte er sich mit einem Schwall von Ausflüchten wie ein glitschiger Aal herausgewunden, ihr das Blaue vom Himmel herunter versprochen, und sie war immer wieder darauf hereingefallen. Bis zu jenem Tag, als Scott seinen Drogenvorrat in ihrer gemeinsamen Wohnung versteckt hatte und sie nur haarscharf einer Festnahme wegen Kokainbesitzes entgangen war. Das hatte das Fass zum Überlaufen gebracht. Die Scheidung, die folgte, war eine pechschwarze Zeit gewesen, mit aller Kraft verdrängte sie jede Erinnerung daran.

Mit Lügen und Täuschungen konnte sie einfach nicht umge-

hen, und sie hatte sich geschworen, so etwas nie wieder hinzu-
nehmen. Von niemandem. Von einem Mann nicht und auch nicht
von einer Frau, egal, in welcher Beziehung sie zu ihr standen.

Das alles ging ihr jetzt durch den Kopf. Lag es an ihr, dass sie
immer den Falschen wählte? War sie auf eine bestimmte Art
Männer programmiert? Oder war das Leben so? Nichts weiter als
eine Reihe von beinharten Kompromissen? Von Irrtum und Frustration?

Restlos verunsichert, weil sie keine Antwort fand, ging sie unter die Dusche.

Als sie wieder ins Zimmer kam, entdeckte sie einen großen
Pavian direkt vor dem Fenster, der sie, auf seinen Nägeln kauend,
interessiert beobachtete. Sie streckte ihm die Zunge heraus und
zog ein kniefreies schwarzes Schlauchkleid mit schwingendem
Saum aus federleichtem Seidenjersey aus ihrer Reisetasche und
schlüpfte hinein. Es fiel mit seidigem Rascheln über ihren Körper. Ein sinnliches Vergnügen. Der Pavian grunzte.

Zusammen mit den Goldsandaletten, die jetzt im Hochsommer ebenfalls zu ihrer Standardausrüstung gehörten, und dem
glitzernden Modeschmuck, von dem sie immer eine Handvoll in
ihrer Notfalltasche mit sich führte und den sie je nach Laune va-
riierte, war sie jeder gesellschaftlichen Herausforderung gewachsen. Im Winter wurden Kleid und Sandalen durch wintertaug-
liche Sachen ersetzt. Heute wählte sie einen Halsschmuck aus
mehreren ineinandergewundenen Glasperlenketten in schillern-
den Grün- und Goldtönen. Wie sie auf Zeitungsbildern und in
Nachrichtensendungen erkennen konnte, war Benita Ashburton
eine bildschöne Frau, Jill Rogge war auch eine bildschöne Frau,
und für sie hieß das: volle Kriegsbemalung.

Sie deckte, so gut es ging, das Veilchen, das noch immer ihr
eines Auge schmückte, und den schneller verblassenden Streifen
am Hals mit Camouflage ab, umrandete ihre grünen Augen mit
einem rauchigen Kajal, bis sie den gewünschten Katzenaugen-

effekt erreicht hatte, legte goldenen Lidschatten auf, stäubte gold-glitzernden Puder über Gesicht und Ausschnitt. Zum Schluss bürstete sie ihr Haar, bis es glänzte, schlüpfte in die Sandalen und drehte sich vor dem Spiegel.

Zufrieden betrachtete sie ihr Abbild, warf sich selbst über die Schulter ein Lächeln zu und öffnete die Glastür. Der Pavian saß immer noch da und machte keine Anstalten zu verschwinden. Stattdessen bleckte er sein eindrucksvolles Gebiss und lachte sie aus.

Lisa wusste aus Erfahrung, dass ein ausgewachsener Pavian wirklich sehr gefährlich werden konnte, aber das war ihr im Augenblick gleich. Sie marschierte wieder ins Badezimmer, füllte ein großes Glas mit Wasser und schüttete es dem Affen ins grinsende Gesicht. Der Pavian schrie empört und schoss hinauf auf den nächsten Baum.

In bester Laune machte sie sich auf den Weg zur Restaurantveranda. Irgendwie hatte das gutgetan. Es stärkte das Selbstbewusstsein, wenn es auch nur ein Affe war, den sie ausgetrickst hatte.

Aus dem Küchenbereich kam gerade eine junge Frau auf die Veranda, erblickte sie und ging ihr lächelnd entgegen.

»Hi, Sie müssen Lisa Darling sein. Unverkennbar! Ich bin Benita. Benita Ashburton.« Sie reichte Lisa die Hand.

Es war eine feingliedrige Hand, aber der Händedruck war zu Lisas Überraschung erstaunlich kräftig.

Lisa erwiderte ihn. »Meine Mutter hat mir erzählt, dass wir verwandt sind. Cousinen um ein paar Ecken. Also, ich bin Lisa«, sagte sie mit ihrem Fernsehlächeln und musterte die Frau vor ihr.

Grüne Augen, eine glänzende Masse dunkler Haare, karamell-farbene Haut, eine hinreißende Figur in weiten weißen Leinen-hosen und passender Weste, am Ringfinger ein funkelnder Dia-mant, groß, aber nicht protzig, eine goldene Gliederuhr am Handgelenk. Sie fand keinen Kritikpunkt und musste zugeben, dass Benita Ashburton ohne Retusche auf die Titelseite der *Vogue* gepasst hätte.

»Stimmt, das hat sie mir auch erzählt. Aufregend, nicht wahr?« Dann wies sie auf Lisas blau angelaufenes Auge. »Ach je, bist du gegen eine Tür gelaufen?« Ihr schneller Blick erfasste die Schürfwunde am Hals und die blauen Flecken auf den Armen. »Nein«, verbesserte sie sich, »da scheint jemand nachgeholfen zu haben.«

»Stimmt. Überfall in einem Restaurant.« Lisa machte keine Anstalten, das näher zu erklären.

»Das kommt in unserem Land ja leider nicht selten vor.« Benita hatte sich durch ihre schroffe Antwort nicht beeindrucken lassen. »War das alles …? Ich meine, ist Schlimmeres passiert?«

Lisa schüttelte den Kopf. »Glücklicherweise mir nicht, aber es gab zwei Tote. Ehrlich gesagt, möchte ich nicht darüber reden.«

Benita nickte und schaute erfreut drein, als ein Mann neben sie trat und ihr den Arm um die Schultern legte.

Er war von beeindruckender Körpergröße und von ebenso beeindruckendem Aussehen. Dunkles Haar, das ihm in die Stirn fiel, hellblaue Seefahreraugen, und das Lächeln, mit dem er sie begrüßte, war genauso unwiderstehlich, wie die Klatschpresse es immer beschrieb.

Benita deutete auf ihn. »Mein Mann …«

»Sie sind Lisa Darling«, fiel der ihr ins Wort. »Ich bin ein großer Bewunderer von Ihnen.« Er zeigte auf ihre Blessuren. »Ich hoffe, der andere sieht schlimmer aus.«

Lisa dachte an ihren Tritt mit den Stilettohacken zwischen die Beine des Gangsters und nickte fröhlich. »Tut er.«

»Wie schön, Sie kennenzulernen.« Mit einer sehr altmodischen, hocheleganten Verbeugung streckte Roderick Ashburton ihr seine Hand hin.

Umwerfender Mann, umwerfende Manieren, irritierend, faszinierend europäisch, das war alles, was Lisa denken konnte, als sie ihm die Hand drückte. Warum haben nur andere Frauen so viel Glück? Nach drei Sekunden innerlichen Geflennes rief sie sich energisch zur Ordnung und lächelte ihn besonders strahlend an.

»Ich heiße Lisa. Rede ich Sie mit Sir Roderick an?«

Er warf den Kopf zurück und lachte lauthals. »Dann spielen Sie mit Ihrem Leben. Also, Lisa, ich bin Roderick.« Er lehnte sich vor und küsste sie leicht auf die Wange.

Unwillkürlich legte sie ihre Hand auf die Stelle. Mick Robertson hatte ein ähnliches Lachen. Offen, selbstsicher. Gefährlich anziehend. Die Glut stieg ihr in die Wangen. Aus den Augenwinkeln bemerkte sie das amüsierte, aber ganz und gar nicht eifersüchtige Gesicht Benitas. Eindeutig war sie sich ihres Rodericks völlig sicher.

Wieder überfiel Lisa dieses unerklärliche Einsamkeitsgefühl, das sie vorhin bei Jill empfunden hatte. Offensichtlich war sie nur von unerträglich glücklichen Menschen umgeben. Das würde sie nicht lange aushalten. Morgen würde sie Inqaba schleunigst verlassen.

»Hallo, Roderick«, murmelte sie.

Zu allem Überfluss kamen auch Jill und Nils Hand in Hand auf die Veranda geschlendert. Wie Roderick trug auch Nils helle Leinenhosen. Kein Hawaiihemd, das er offenbar sonst immer trug, wie ihr Jill geklagt hatte, sondern ein dunkelblaues Hemd mit aufgekrempelten Ärmeln. Roderick hatte ein ähnliches Hemd in Schwarz gewählt. Lisa wurde mit einem heißen Stich bewusst, dass sie die einzige Single-Frau am Tisch war. Verdrossen folgte sie den anderen zu einem festlich gedeckten Tisch, der abseits der übrigen Gäste stand und die beste Aussicht hatte. Die ausladenden Zweige eines Baums, der aus einer kreisrunden Aussparung im Holzboden wuchs, spendeten tagsüber Schatten und schützten vor neugierigen Blicken.

Mit einem gemurmelten Dank ließ sie sich auf den Stuhl fallen, den ihr Nils zurechtzog. Er ließ sich zu ihrer Rechten nieder, Benita saß auf der anderen Seite, Roderick und Jill ihnen gegenüber.

»Thabili!«, rief Jill.

Die Zulu, sehr adrett in roter Weste, weißer Bluse und engem schwarzen Rock, erschien mit dem Champagner. Ihr folgten drei dottergelb gekleidete Kellnerinnen, die verschiedene Schüsseln trugen. Jill schenkte den Champagner ein, doch als sie Benitas Glas füllen wollte, hielt diese ihre Hand darüber.

»Für mich bitte nur Wasser.« Ihre Hand tastete nach der von ihrem Mann. Ihr Gesicht schien von innen zu leuchten.

Jill ließ mit einem strahlenden Lächeln die Flasche sinken. »Es war also kein Virus. Du bekommst ein Kind. Stimmt's?« Als Benita nickte, lehnte sie sich vor und küsste sie und dann Roderick auf die Wange. »Ich habe es doch geahnt. Wie wunderbar! Herzlichen Glückwunsch, Cousinchen. Wie weit bist du?«

»Im zweiten Monat.« Benitas Augen glänzten, ihre Wangen hatten sich gerötet, und Roderick schaute sie mit einem derart anbetenden Blick an, dass Lisa wieder in den schwarzen Abgrund ihres partnerlosen Daseins stürzte.

»Herzlichen Glückwunsch«, quetschte sie lahm hervor und zwang sich zu einem Lächeln.

Der Abend drohte sich zu einer seelischen Katastrophe auszuweiten. Sie brauchte unbedingt ein paar Minuten allein, um ihr Gleichgewicht wiederzufinden. Um überhaupt dahinterzukommen, warum sie seelisch wie ein Bambus im Wind schwankte. Sie schob ihren Stuhl zurück, worauf Nils und Roderick in altmodischer Höflichkeit sofort aufsprangen.

Lisa schenkte ihnen ein brillantes Lächeln. »Bleibt bloß sitzen, und entschuldigt mich bitte für ein paar Minuten, ich habe versprochen, meine Mutter um diese Zeit anzurufen. Ich bin gleich wieder zurück.«

Fluchtartig verließ sie die Veranda und ging um das Empfangshaus herum, um ungestört zu sein. Aus den Augenwinkeln nahm sie einen breitschultrigen, muskelbepackten Zulu wahr, der regungslos im Baumschatten an der Hauswand lehnte, schenkte ihm aber weiter keine Beachtung. Vor dem Haus streckte eine Weinende Burenbohne, ein Baum, so mächtig und ausladend wie eine europäische Eiche, ihre Zweige schützend übers Haus. Auch ihr Blätterdach wurde von kleinen Glühbirnen beleuchtet, was sehr anheimelnd wirkte. Tagsüber hielt der Baum sicher sehr wirkungsvoll die Sonnenhitze ab. Mit geschlossenen Lidern schmiegte Lisa den Rücken an die warme Borke.

Kaum hatte sie die Außenwelt ausgeschlossen, sprangen ihre Gedanken unkontrolliert von Mick zu Jackson Nyathi, zu dem See-Elefanten und von dort zu Brian. Voller Schreck riss sie die Augen wieder auf. Ihr Blick fiel auf ein Plakat, das an der Frontseite des Empfangshauses klebte und den Kopf eines beeindruckend brüllenden Löwen mit zentimeterlangen Fangzähnen zeigte, und plötzlich wurde ihr einiges klar.

Die Löwenmasken. Die Gangster. Der Überfall. Natürlich! Das war es, und es war ja wirklich kein Wunder.

Vermutlich hatte die ganze Sache sie unterschwellig mehr mitgenommen, als sie zugeben wollte, und bescherte ihr jetzt diese ungewohnten Gemütsschwankungen und gelegentlichen Albträume. Auch das war schließlich kein Wunder. Aber so etwas ging vorbei. Ganz sicher. Es war nichts, worüber sie sich Sorgen zu machen brauchte.

Befreit fuhr sie mit beiden Händen in ihr Haar und schüttelte es aus. Alles war in bester Ordnung. Ihr Blick streifte ihre Armbanduhr. Es war noch nicht zwanzig Uhr. Ihre Eltern würden längst zu Hause sein, und sie hatte wirklich große Lust, mit ihrer Mutter zu reden. Sie angelte ihr Handy aus der kleinen Abendtasche, rief die Nummer auf und drückte die Kurzwahltaste.

Es klingelte.

Und klingelte. Sehr lange.

Aber endlich meldete sich doch jemand.

»Ja.« Nur das eine Wort.

Beunruhigt horchte sie auf. Es war eine männliche Stimme, nicht die ihrer Mutter. Ihr Vater?

»Daddy? Bist du das?«

Für einen Augenblick war nur leises Knistern zu hören, ein Knacken, als wäre das Telefon gegen eine Tischkante geschlagen worden, eine Person lachte, kurz und hart, und dann war die Verbindung unterbrochen, die Leitung tot.

Konsterniert starrte sie auf das Handy. Ihrer Mutter gehörte dieses Lachen sicherlich nicht, auch nicht ihrem Vater. Es war zwar deutlich die Stimme eines Mannes gewesen, ein tiefer, rauer Bass, aber gehört hatte sie die noch nie zuvor. Da war sie sich ganz sicher. Ihr Magen schlug einen Salto, für Sekunden stockte ihr der Atem.

Doch schnell hatte sie sich wieder im Griff. Die einzig plausible Erklärung war, dass jemand ihrer Mutter heute irgendwann das Handy gestohlen hatte. So etwas passierte zigmal am Tag in diesem Land. Schnell wählte sie die Nummer des Ersatzmobiltelefons von Lalisa. Aber auch hier nahm niemand ab. Ein eisiger Angstknoten bildete sich in ihrem Magen.

Vielleicht war zu allem Überfluss das Ersatztelefon kaputt, versuchte sie sich zu beruhigen, oder der Akku war leer, oder es war auch geklaut worden. Am wahrscheinlichsten war, argumentierte sie schweigend, dass die ständigen Stromausfälle dieses Mal auch die Sender lahmgelegt hatten, und dann war natürlich auch das Ersatztelefon und das vom Festnetz mausetot. Das brauchte sie also gar nicht erst auszuprobieren. Sie weigerte sich, die Möglichkeit in Betracht zu ziehen, dass ihre Eltern einen Unfall hatten.

Dann hätte niemand geantwortet, auch nicht dieser Mann, der einem eine Gänsehaut über den Rücken jagt, meldete sich ihre innere Stimme enervierend laut und hartnäckig. Etwas nervös drückte sie die Kurzwahltaste für den Festnetzanschluss auf Lalisa und wartete. Ohne es zu merken, hielt sie dabei die Luft an.

Es dauerte lange, aber dann hörte sie die ruhige Stimme ihres Vaters. Ihr fiel vor Erleichterung fast das Telefon aus der Hand. »Daddy, na Gott sei Dank!«, rief sie.

Ihr Vater hustete. »Hallo, Lisa, was gibt's?«, sagte er dann.

»Sag mal, hat jemand Mama das Mobiltelefon gestohlen? Ich habe sie angerufen, und irgendein Kerl hat sich gemeldet.«

Ihr Vater räusperte sich. »Ihr Handy? Geklaut? Nein ... doch, ja, ich glaube schon ... Melly sagte irgend so etwas.«

»Ihr müsst sofort die SIM-Karte sperren lassen. Gib mir mal Mama, bitte. Ich frag sie selber.«

»Nein ... nein ... das geht nicht. Die schläft schon.«

Verwundert zog Lisa die Brauen zusammen. Das war wirklich ungewöhnlich. Ihre Mutter war eine Nachteule, die erst abends zu voller Form auflief. »Jetzt schon? Ist sie krank?«

»Nein, ach wo ... nur müde von den Festvorbereitungen. Vergiss nicht, deine Mutter wird sechzig.«

Lisa lachte ungläubig. »Dad, Mama ist fit wie eine Vierzigjährige. Wenn wir Tennis spielen, hetzt sie mich ganz schön über den Platz. Das bisschen Party packt sie doch locker.«

Ihr Vater wirkte fahrig. »Na ja, sie hatte Kopfschmerzen, und da hat sie sich früher hingelegt.« Er räusperte sich erneut. »Wir haben uns ein bisschen gestritten ...«

Jetzt verstand Lisa und wurde gleichzeitig von einer gewissen Verlegenheit ergriffen, als hätte sie sich in den Intimbereich ihrer Eltern gedrängt. »Das tut mir leid«, sagte sie schnell. »Gib ihr ein Küsschen. Morgen Vormittag bin ich wieder bei euch.«

Für einige Minuten redeten sie noch über Belanglosigkeiten, dann legte sie auf. Das Gespräch hatte seinen Zweck erfüllt. Ihr Inneres war wieder völlig im Gleichgewicht, und um ihre Eltern machte sie sich keine Sorgen. Die würden sich bald wieder vertragen, davon war sie überzeugt.

Mit beschwingten Schritten lief sie zurück an den Tisch, wo die anderen lebhaft über die Vor- und Nachteile von Sommer- und

Winterzeit diskutierten, die in Südafrika nun auch eingeführt werden sollte. Sie setzte sich und ließ sich von Roderick Wein einschenken.

Zu ihrem Erstaunen wurde es ein wunderschöner Abend. Auch ohne Mann. Benita erzählte ihre Geschichte, Roderick seine, Nils berichtete, wie er und Jill sich gefunden hatten und von seinem Kriegsreporterdasein, Jill erzählte von den faszinierenden Frauen von Inqaba, und sie hörte zu, dachte, dass man eigentlich ein Buch über die Farm und die Menschen schreiben müsste, die über die Jahrhunderte hier gelebt hatten. Oder einen Film drehen. Sie verstaute diese Idee in ihrem Gedächtnis und beschloss, sie später herauszuholen und darüber nachzudenken.

Die Nacht zog auf, Myriaden von Sternen glitzerten wie Diamanten auf nachtschwarzem Samt, Kerzen wurden angezündet, die Ochsenfrösche stimmten den Chor der Nachttiere an. Es quakte, pfiff und schrillte, und endlich wirkte auch bei Lisa die Magie Afrikas. Mit einem genießerischen Seufzer lehnte sie sich auf dem Stuhl zurück.

»Herrlich«, murmelte sie.

Benita warf ihr einen Blick zu. »Afrika, nicht wahr?«, sagte sie leise. »Es ist ein besonderer Zauber. Erliegt man ihm einmal, lässt er einen nie wieder los. Nie wieder. Ich weiß, wovon ich rede.« Sie lächelte versonnen, schien sich aber dann aus ihren Träumen zu reißen und sah Lisa an. »Ich habe einige deiner Sendungen gesehen. Ich bin sehr beeindruckt. Aber wir haben dich überhaupt nicht zu Wort kommen lassen. Jetzt erzähl du doch einmal von dir.«

Erwartungsvoll wandten sich alle am Tisch ihr zu.

Ganz bestimmt nicht, dachte Lisa. Das ganz bestimmt nicht. Sie lächelte in die Runde, ihr routiniertes, Abstand haltendes, nichtssagendes Fernsehlächeln. »Da gibt es nicht viel. Habt ihr von Sultan dem See-Elefanten gehört?«

»In den Nachrichten lief ein Bericht über das Vieh«, sagte Jill. »Er hat es sich in Kapstadt vor dem Eingang eines Wohnhauses bequem gemacht und keinen der Bewohner heraus- oder hineingelassen. Meinst du den?«

»Den meine ich.« Lisa zog ein komisches Gesicht und erzählte nun mit viel Ausschmückungen die Geschichte über ihre Begegnung mit dem riesigen Meeressäuger, was für viel Gelächter sorgte. Über die Konsequenzen sagte sie natürlich nichts.

Aber Benita ließ nicht locker. »Und sonst? Erzähl uns von deinem Dasein als TV-Star.«

Lisa verzog das Gesicht, als hätte sie Zahnweh. Das war eine der Fragen, die sie am meisten verabscheute. Mit gespielter Gleichgültigkeit zuckte sie mit den Schultern. »Auch da gibt's nicht viel. Ich habe mir gerade beruflich eine Auszeit genommen und wollte eigentlich ein paar Wochen auf Lalisa entspannen, aber dann hat mich Mick Robertson, ein alter Freund, gebeten, ihm bei den Recherchen für die ›Verlorenen Seelen‹ zu helfen. Dem Fall der verschwundenen Nyathis.«

Das sollte alle gründlich von ihr ablenken.

Und das tat es. Beide Männer lehnten sich interessiert vor.

»Der Nyathi-Fall«, sagte Nils. »Drei Männer, verschwunden kurz vor Ende der Apartheidzeit, angeblich in dieser Gegend unter einem Isivivani verscharrt. Mick Robertson hat mir von der Aussage des Kerls, der gerade in Kapstadt gestorben ist, erzählt. Scheint glaubhaft zu sein. Hast du schon mit ihm gesprochen?«, sagte er, zu Roderick gewandt.

»Bisher nur am Telefon, und über den Nyathi-Fall noch gar nicht.«

Lisa nickte zufrieden. Die Ablenkung hatte gewirkt. »Amos Nyathi ist unser Nachbar und ein Freund meines Vaters.« Sie wandte sich der Eigentümerin Inqabas zu. »Jill, ich suche alte Karten von der Umgebung von Lalisa und dem Tal des Büffels. Es geht um diesen Isivivani. Ich will mich nicht auf das Tal des

Büffels beschränken, vielleicht kannte dieser Mabaso die Gegend ja nicht so gut und hat sich geirrt. Wir müssen das Suchgebiet deutlich ausweiten. Der Isivivani ist vermutlich irgendwann einmal zerstört worden, lebt im Sprachgebrauch aber noch weiter. Klingelt da bei dir was?«

Jill schob sich einen Bissen in den Mund und schüttelte nachdenklich den Kopf. »Überhaupt nicht ...«

»Ich habe ein paar alte Karten von meinem Vater geerbt«, sagte Benita. »Die kannst du dir ansehen.«

»Richtig, jetzt fällt es mir ein«, warf Jill lebhaft ein. »Ich habe sogar noch Karten, die Catherine oder Johann Steinach, die Gründer dieser Farm, gezeichnet haben. Die umfassen das gesamte Gebiet bis an den Indischen Ozean, also auch Lalisa und das Umland.«

»Warum holst du sie nicht? Dann können wir sie uns gemeinsam ansehen«, schlug ihr Mann vor.

Als Thabili nach dem langen, ausgedehnten Essen den Tisch abgedeckt hatte, erhob sich Jill und holte wie versprochen die alten Landkarten aus dem Safe in ihrem Arbeitszimmer. Es war ein unordentlicher Stapel Karten, vergilbt und mit Stockflecken übersät. Einige waren nur noch als Fragmente erhalten, aber eine zeigte tatsächlich den gesamten Bereich von Inqaba bis hinunter zum Meer.

»Catherine Steinach hat die mit selbst gemachter Tinte auf eine Kuhhaut gezeichnet«, erzählte Jill. »Papier und Tinte waren damals rare Kostbarkeiten.«

Benita, die sich schweigend mit der Karte beschäftigt hatte, tippte jetzt mit dem Zeigefinger auf eine Markierung, die wie eine kleine Sonne aussah. »Ist das nicht ein Isivivani?«

Fünf Köpfe beugten sich über die Karte.

»Benita hat Recht«, sagte Nils. »Es ist ein Wunschsteinhaufen. Es steht winzig klein daneben. Hier, seht.«

Lisa zog die Karte zu sich heran und studierte sie konzentriert. Die Finger ihrer linken Hand schlugen einen unbewussten Trommelwirbel auf der Tischoberfläche. »Lalisa gab es zu der Zeit noch nicht, also sind auch keine Grenzen eingetragen. Ich kann nur grob sagen, wo sie verlaufen.«

Ihre Finger marschierten über die Karte, Daumen und Zeigefinger benutzte sie, um die Entfernungen zu schätzen, dann zog sie ein zweifelndes Gesicht. »Der Steinhaufen liegt ein paar Hundert Meter außerhalb unserer Farm, wenn das Terrain einigermaßen richtig dargestellt ist. Aber wenn deinen Vorfahren, Jill, nur ein kleiner Fehler unterlaufen ist, könnte es sein, dass ... er auf Lalisas Gelände liegt ...«

Ihre Worte versickerten wie ein Rinnsal im Sand, ihre Augen weiteten sich, und sie wurde kreidebleich, als sie begriff, was das heißen könnte. Auch die anderen am Tisch waren schockiert. Keiner sprach, alle hielten die Luft an.

Endlich raffte sich Roderick auf. »Du weißt, was du da sagst?«

Unter großer Anstrengung sog Lisa Luft in ihre Lunge, als nähme ein Bleigewicht ihr den Atem. »Ich weiß es. Es könnte sein, dass die drei Leichen auf Lalisa vergraben sind.«

Ihre Stimme war zu einem Flüstern gesunken, ihre Hand zitterte, als sie fahrig über die Karte glitt. Das Kind in ihr schlug um sich, wollte weglaufen, irgendwohin, nur weg von dem Bild, das jetzt vor ihrem inneren Auge entstand.

»Das ist doch Unsinn, Lisa.« Jills Ton war harsch.

»Mein Vater war bei der Polizei«, sagte Lisa mit einer Stimme, als wäre sie in Trance. Jills Bemerkung schien sie nicht gehört zu haben.

Roderick Ashburton hob den Kopf, angespannt wie ein witterndes Raubtier. »Polizist?«

»In der Verwaltung«, stellte Lisa hastig klar. »Nachschub von frischen Uniformsocken und so. Sagt er.«

»Na, dann«, sagte Roderick. Es klang wenig überzeugt.

»Komm zu dir, Lisa!«, rief Jill. »Wer sollte sie denn auf Lalisa vergraben haben, ohne dass ihr es gemerkt hättet?«

Lisa starrte sie mit gerunzelter Stirn an. Jills Worte hatte sie nur in Bruchstücken aufgenommen. »Was?«, krächzte sie.

»Kein Mensch hätte drei Leichen unbemerkt auf eurem Land vergraben können.« Jill sprach betont klar, als redete sie mit jemandem, der entweder der englischen Sprache nicht mächtig oder schwer von Begriff war. Sie rüttelte Lisa an der Schulter. »He, hast du mich verstanden? Was ist mit dir? Du bist ganz weiß geworden.«

Lisa fröstelte so heftig, dass ihr die Zähne aufeinanderschlugen. Ihr war kalt bis ins Mark, so als hätte man ihr einen Kübel Eis über den Kopf geschüttet. Mit aller Kraft biss sie die Zähne zusammen, bis sie zu zittern aufhörte. Sie zwang sich zu einer Grimasse, die ein Lächeln werden sollte, was ihr aber nicht gelang.

»Ja, ja, natürlich … o Gott …« Für Sekunden vergrub sie ihr Gesicht in den Händen. Als sie aufschaute, hatte sie sich wieder vollkommen im Griff und schaffte jetzt sogar ein blasses Lächeln, aber in ihren Augen glitzerten Tränen. »Entschuldigt bitte, ich habe nur die Bilder aus dem Film vor mir gesehen, den ich über dieses Thema gedreht habe, und da ist die Fantasie mit mir durchgegangen.« Energisch zog sie die Karte wieder heran. »Ich brauche eine moderne Karte, um sie über diese zu projizieren. Nur so können wir Gewissheit bekommen, wo dieser Steinhaufen lag … oder liegt. Aber nicht mehr heute Abend. Heute will ich das alles vergessen und Afrika genießen. Am Kap habe ich das so lange vermisst.«

Sie kippte ihren Champagner in einem Zug hinunter und bekam prompt einen hörbaren Schluckauf, hickste, lachte und verschluckte sich wieder, was in seiner Komik die düstere Stimmung am Tisch schnell vertrieb.

Unter ihnen probierte ein Ochsenfrosch seinen dröhnenden Bass, Baumfrösche flöteten ihr ätherisches Lied, der sanfte Wind ließ die Palmwedel singen. Dann setzte das Schrillen der Zikaden wieder ein, und Afrikas Nachtmusik schwoll zum Crescendo.

Aber auch sie konnte die dunklen Schatten auf Lisas Seele nicht vertreiben. Natürlich war sie sich sicher, dass die Leichen nicht auf Lalisa lagen. Wie denn auch, dachte sie, wer sollte sie da vergraben haben, warum, wie und wann? Das wiederholte sie innerlich wie eine Gebetsmühle, so als würden die Worte durch die ewige Wiederholung an Kraft und Wahrheit gewinnen.

Aber gleichzeitig kannte sie sich gut genug, um zu wissen, dass sie nicht ruhen würde, bis sie der Sache auf den Grund gegangen war und auch den letzten Rest von Verdacht aus dem Weg geräumt hatte.

Später organisierte Jill für die Tischrunde eine Nachtfahrt. Sie selbst steuerte den Wagen, Ziko, der Beste, wenn es darum ging, in voller Fahrt und im Bruchteil eines Augenblicks im Licht eines Scheinwerfers Tiere zu entdecken, die jeder andere kaum erkannte, auch wenn er direkt davorstand, saß auf seinem Ausguck auf dem linken Kotflügel.

Der Mond floss wie ein silberner Strom den Weg entlang, der Busch lag dunkel und schweigend da, Schatten spielten im Blättergewirr, am Wasserloch glühten die Augen eines Nachtjägers.

»Leopard«, hauchte Ziko und hob die Hand.

Jill hielt unter den schützenden Zweigen einer Natalfeige und stellte den Motor aus. Die Scheinwerfer ließ sie an. Lisa, die neben ihr auf dem Vordersitz saß, gewöhnte sich allmählich an das Licht- und Schattenspiel und entdeckte die geduckten Umrisse der großen Raubkatze am flachen Ufer. Ständig die Umgebung beobachtend, trank das Tier in tiefen Zügen.

Die Luft war warm und weich, der würzige Geruch von feuchtwarmer Erde stieg Lisa in die Nase, Insekten sirrten, Motten tanzten wie kleine Ballerinas im Licht der Autoscheinwerfer. Sie entspannte sich langsam und ließ sich in die Arme Afrikas fallen.

Auch an diesem Abend saßen Amos Nyathi und sein erstaunlicher Sohn, der die gewaltig tiefe Schlucht vom Gartenjungen, der Pflanzen ausgrub und verpflanzte, zum Herzchirurgen, der mit ungeheurer Feinfühligkeit menschliche Herzen ausgrub und verpflanzte, ziemlich mühelos überschritten hatte, wieder vor ihrem Haus zusammen.

Vater und Sohn schwiegen. Über ihnen wisperte der Wind durch die Zweige einer Süßdornakazie. Jackson trug Khakishorts, aber kein Hemd. Die Schuhe hatte er ausgezogen und die nackten Füße im warmen Sand vergraben. Er liebte die Hitze in Zululand. Sie war eine andere als die in Kapstadt. Heißer oft, aber weicher, sanfter, wie körperwarmes Wasser. Auch die Luft war anders, nicht funkelnd klar, wie oft am Kap, sondern seidig. Zärtlich streichelte sie seine Haut. Aber heute konnte er das alles nicht wie sonst genießen. Hinter seiner ausdruckslosen Miene drehten sich seine Gedanken im Kreis.

Ich weiß, wo sie liegen, und ich weiß, wer sie vergraben hat. Das hatte sein Vater gesagt, und dieser Satz war alles, woran er denken konnte. Er gab sich einen Ruck und öffnete die Augen. Er musste diese Sache klären.

»Also, du sagst, du weißt, wer, und du weißt, wo.« Es war keine Frage, sondern eine Feststellung.

Amos' Blick flackerte zu ihm herüber, dann wieder weg, er kaute lange Sekunden auf seinem Pfeifenstiel herum. Schließlich nahm er die Pfeife aus dem Mund und zeigte seine gelben Zahnstummel.

»Du hast selbst mitgeholfen, sie zu verscharren.« Er blinzelte seinen Sohn an.

Jack bemerkte seine geröteten Augen, den müden Zug um seinen Mund, die Schultern, die gebeugter erschienen als sonst. Ich muss ihn mal durchchecken, dachte er, wenn ich es schaffe, ihn ins Krankenhaus zu bekommen. Er sieht mitgenommen aus.

Und erst dann traf ihn das, was sein Vater eben gesagt hatte, mit der Wucht einer Kanonenkugel.

»Was?« Sein Aufschrei hallte durch den Hof.

Ein junger Affe fiel bei diesem Aufschrei aus der Süßdornakazie ihnen direkt vor die Füße. Das Tier und Jack Nyathi starrten sich gleichermaßen erschrocken an. Der kleine Affe erholte sich als Erster und rettete sich mit einem Riesensatz aufs Hausdach, über das er panisch davonjagte.

»Was?«, wiederholte Jackson, diesmal leiser, aber mit ebenso großer Intensität. Plötzlich wurde ihm schwindelig, seine Kopfhaut prickelte, er atmete hastig. Drohender Schock, diagnostizierte er nüchtern und konnte doch nichts gegen dessen Auswirkungen tun.

Sein Vater richtete seinen Blick an ihm vorbei in die Vergangenheit. »Erinnerst du dich daran, wie Bill Darling vor sechzehn oder siebzehn Jahren einen neuen Fahrweg, der einen vorhandenen kreuzte, auf seinem Land angelegt hat? Am Bachlauf, ziemlich nah an seiner Grundstücksgrenze?«

Jack Nyathi entsann sich nur noch dunkel. Die Zeit vor sechzehn Jahren gehörte zu seinem anderen Leben, das er längst hinter sich gelassen hatte, das ihm so fern war, als wäre es das eines seiner Vorfahren in einem anderen Jahrhundert gewesen. Das Leben, in dem er die Gartenjungenkluft mit den schrecklichen knielangen Hosen tragen musste und Boy genannt wurde. Er hatte sein Bestes getan, die Erinnerung an diese Zeit aus seinem Gedächtnis zu streichen.

»Dunkel«, sagte er.

Der Blick seines Vaters kehrte zu ihm zurück. Unter schweren Lidern sah er ihn an und stocherte dabei umständlich im Pfeifenkopf herum. Schweigend. Jackson hätte ihn am liebsten gepackt und alles aus ihm herausgeschüttelt, aber er unterdrückte seine Ungeduld, weil er wusste, dass es nutzlos war, ihn zu bedrängen.

Endlich begann Amos zu sprechen.

»Unter dieser Wegkreuzung müssen sie liegen. Dort, direkt am Wasser, hat in meiner frühen Jugend ein Isivivani gestanden. Mit den Jahren zerfiel er und schrumpfte zu einem kleinen, unscheinbaren Steinhaufen, überwuchert von Gras und Gebüsch. Aber wir haben ihn immer noch den Isivivani genannt, und es ist der einzige im Tal des Büffels.«

Seine Worte lösten eine Kaskade von Bildern, Geräuschen und Gerüchen in Jackson aus. Die Erinnerung überrollte ihn. Er roch Staub, Steinstaub, hörte das Gurgeln eines Bachs, einen ratternden Schaufelbagger, Steine, die herumrollten, sah sich mit anderen Büsche herausreißen und zur Seite schaffen. Aber er sah keinen Isivivani. Keine Gräber.

»Ich habe Gebüsch roden müssen, für das Grobe gab es einen Schaufelbagger«, flüsterte der Chirurg, rutschte tiefer in den Schockzustand, fror trotz der afrikanischen Sommerhitze, dass ihm die Zähne klapperten.

»Schaufelbagger«, sagte Amos und nahm den Pfeifenstiel wieder zwischen die Zähne. »Zum Ausheben von Gruben braucht man einen Schaufelbagger«, quetschte er rechts und links an dem Stiel vorbei.

Erstickendes Schweigen senkte sich auf Vater und Sohn. Amos paffte Rauchwolken, Jackson atmete schwer. Der kleine Affe lugte hinter dem Schornstein hervor und schnatterte leise. Ein Gecko fiel mit vollgefressenem Bauch von der Hauswand und huschte eilig in Deckung, ein Baumfrosch flötete eintönig. Aus der Ferne hörten sie Kinderlachen. Lautes, fröhliches Kinderlachen.

Es trieb Jack Nyathi die Tränen in die Augen. Die Welt steht nicht still, dachte er, Gott sei Dank. Da draußen gibt es Leben und Licht. Er fragte sich, ob er es je wieder schaffen würde, dieses Licht zu erreichen. Ob er je sein Leben wiederfinden würde.

»Was soll das heißen?« Obwohl er eigentlich schon genau wusste, was sein Vater meinte. Er massierte verstohlen seine Halsschlagader, um seinen galoppierenden Herzschlag herunterzubringen. Bisher hatte diese bewährte Methode noch keine Wirkung gezeigt.

Amos stieß eine Rauchwolke aus. »Was es heißt. Um Gräber auszuheben, braucht man einen Schaufelbagger.«

»Herrgott, Baba! Willst du damit sagen, dass da unsere drei liegen? Auf Lalisa?«

»Dass sie da noch liegen? Nein. Dass sie da gelegen haben, ja. Beweise habe ich nicht, aber ich kenne Bill Darling ... Ich weiß, wer er ist ...« Seine Stimme versickerte im Sumpf seiner Erinnerungen. »Er war mein Bruder«, stieß er hervor und ballte seine großen, abgearbeiteten Hände zu Fäusten. »Ich habe ihn geliebt.«

Langsam wich die Schreckensstarre von seinem Sohn. »Wen hast du geliebt?« Er konnte doch unmöglich Bill Darling gemeint haben.

Er bekam keine Antwort. Sein Vater saß neben ihm, die Hände locker zwischen den Knien hängend, den Kopf gesenkt. Aber er war nur körperlich anwesend. In Gedanken war er weit weg, das war offensichtlich.

»Baba, klär mich auf, um Himmels willen. Wen hast du geliebt wie deinen Bruder?«

»Bill Darling. Einmal war er für mich ein Held gewesen.«

Frustriert über die Wortkargheit seines Vaters, sprang Jack auf. »Bill Darling? Ein Held? In welcher Weise? Und was heißt, du weißt, wer er ist? Ist er heute jemand anderes als damals, als er ein Held war?«

Wieder antwortete der alte Mann nicht, zeigte nicht einmal, ob er die Frage überhaupt gehört hatte.

Sein Sohn beugte sich über ihn und packte ihn an beiden Schultern. »Rede mit mir, ich kann keine Gedanken lesen!«

»Ja«, sagte Amos und versank wieder in Schweigen.

Jack lief vor ihm auf und ab, die Hände in den Taschen seiner Shorts vergraben. Der Sand spritzte unter seinen Schritten. Er ertrank fast in der Welle von Ungeduld. »Willst du etwa sagen, dass Bill Darling unsere drei auf Lalisa vergraben hat?«

»Ja.« Wieder nur das eine Wort.

Es verschlug seinem Sohn die Sprache. Ihm fiel einfach nichts ein, was er dazu hätte sagen können. Sein Vater schien sich seiner Sache so sicher zu sein, dass er keinen Zweifel zulassen würde.

»Baba«, stotterte Jackson schließlich, verstummte dann. Nach ein paar schweren Atemzügen nahm er einen neuen Anlauf. »Wie stellst du dir das vor? Dass wir mit einem Bagger auf Lalisa aufkreuzen und einfach zu buddeln anfangen? Was meinst du, was Bill Darling dazu sagt? Dass er das widerstandslos geschehen lässt? Der wird doch nie tatenlos dabei zusehen. Du forderst einen Krieg heraus!«

Amos dachte lange und ernsthaft nach, dann schwang er den Kopf langsam hin und her und hob am Ende seinen Blick zu seinem Sohn. »Nein, natürlich können wir das nicht. Wir müssen uns etwas anderes ausdenken. Etwas anderes ...« Er machte eine unbestimmte Handbewegung. »Etwas anderes ...«

Jackson beobachtete beunruhigt, wie das Gesicht seines Vaters zusammenzufallen schien, die Falten um seinen Mund sich stärker eingruben, die Haut fahler wurde und die Augen noch tiefer in ihre Höhlen sanken, bis sie nur noch ein schwaches Glitzern am Grund eines schwarzen Teiches waren.

»Baba, was ist? Woran denkst du?«, fragte er sanft und nahm die großen, rauen Hände, die jetzt wie Blätter im Sturm zitterten, in seine.

»An eine Frau namens Goodness«, flüsterte der alte Mann, »an einen brutalen Mann und an einen kleinen Jungen mit einem Herzen so tapfer wie das eines Löwen.«

Jackson musterte seinen Vater verständnislos. Er hatte keinen Schimmer, wen er meinte. »Von wem redest du?«, sagte er laut.

Mit einem Ausdruck unendlicher Traurigkeit sah ihn sein Vater an. »Er hat mich verlassen.«

Mehr sagte er nicht. Keinen Ton mehr. Der kleine Affe stieß ein paar gurrende Schnalzgeräusche aus, und bald gesellte sich seine übrige Familie zu ihm. Der Kleine schmiegte sich in die Arme seiner Mutter, die ihn liebevoll zu flöhen begann.

Dr. Jackson Nyathi war immer noch kalt, obwohl die Tageshitze vom Sand und den Hauswänden abstrahlte und die Luft noch immer fast dreißig Grad warm war. Er ging ins Haus, in die Küche, die er seiner Mutter eingerichtet hatte, um seinem Vater und sich einen heißen Rooibos-Tee mit viel Zucker zuzubereiten. Das war immer gut gegen Schock.

Durch die frisch geputzten Fenster strahlte gläsernes Mondlicht, es roch nach Erde und würzig nach Kuhmist. Er dachte über die merkwürdigen Anspielungen seines Vaters nach, die er nicht verstanden hatte. Auch jetzt ergaben sie keinen Sinn für ihn, und als er das erkannte, stieg aus der Tiefe seiner Seele ein Schluchzen. Er schluckte es hinunter, musste ziemlich daran würgen. Während er den Tee aufgoss, versuchte er zu ergründen, wem dieses Schluchzen gegolten hatte.

Den verlorenen Tagen seiner Kindheit, dachte er. Seiner toten Mutter, seinen verschwundenen Brüdern. Dieser gottverdammten Leere in seinem Bauch. Erschrocken von der Heftigkeit seiner Gefühle, zuckte er zusammen. Der brühheiße Tee schwappte über seine Hand. Die Haut brannte wie Feuer, und er stieß ein saftiges Schimpfwort hervor, das ihn wieder ins Gleichgewicht brachte. Schnell wischte er die Bescherung weg und trug das Tablett dann hinaus vors Haus.

Die Silhouette seines Vaters zeichnete sich im Mondlicht ab. Wie aus einem warmen braunen Stein gehauen saß er da, unverrückbar auf der roten Erde seiner Heimat, und rauchte seine Pfeife.

Plötzlich erkannte Jack Nyathi, woher das Schluchzen kam. Vom Verlust seiner Wurzeln. Von dem unerträglichen Spagat zwischen seinem schwarzen Herzen und der weißen Welt, in der er jetzt lebte. In der Akazie über ihm gurrte eine Taube, und im

Pferch meckerte leise eine Ziege. Er setzte das Tablett ab, goss seinem Vater eine Tasse ein und reichte sie ihm.

»Meinst du, wir sollten unseren Ahnen eine Ziege opfern? Für die wandernden Seelen unserer drei und für Umama?«

Das Strahlen, das das Gesicht seines Vaters erhellte, ließ das Mondlicht blass erscheinen. Seine Zahnstummel glänzten zwischen den Lippen.

Ich werde ihm ein neues Gebiss machen lassen, beschloss Jack Nyathi. Ein schönes, weißes, vollständiges Gebiss, mit dem er lachen konnte. Er musste endlich wieder lachen können.

16

Am nächsten Morgen stand Bill Darling auf der überdachten Terrasse seines Hauses und starrte in den Dunst des aufziehenden Tages. Aber er sah die Schönheit seines Landes nicht, spürte nicht den weichen Wind, der die Feuchtigkeit vom fernen Indischen Ozean herübertrug, und als die ersten Sonnenstrahlen Funken sprühten, erfüllte ihn das nicht mit Freude und Zuversicht. Seine Gedanken kreisten unablässig um die Frage, auf welche Weise er Lisa sagen konnte, dass ihre Mutter spurlos verschwunden war. Welche Worte er wählen sollte.

Dass er sie gestern Abend, als sie von Inqaba aus mit zwei Autos aufbrachen, zum letzten Mal gesehen hatte. Ihr Lachen, das Winken blieb ihm als letztes Bild von ihr, als sie mit ihrem Auto in Richtung der Bücherei davonfuhr.

Als sie nach einer Stunde noch immer nicht zu Hause war, hatte er sie auf ihrem Handy angerufen, aber keine Antwort erhalten. Fünf Minuten später hatte er es noch einmal versucht. Aber wieder bekam er keine Antwort und hatte sich alarmiert in seinen Wagen gesetzt. Er war die gesamte Strecke von Lalisa zur Bücherei, zum Tor von Inqaba und wieder zurück abgefahren.

Er hatte nicht die geringste Spur von Melly gefunden. Daraufhin hatte er die Polizei angerufen.

Aber wie das so war, es verschwanden täglich ungeheuer viele Menschen in diesem Land, außerdem war Melly erst ein paar Stunden weg. Ob sie sich gestritten hätten?, fragte der Polizeibeamte am Telefon und raschelte nebenbei mit Papier.

Bill verneinte das heftig. Was ging es diesen Mann an, und

was hatte das mit Mellys Verschwinden zu tun? Weglaufen war schlicht nicht ihre Art.

»Wir haben nicht genug Leute, sie zu suchen«, sagte der Polizist in einem Ton, der so gleichgültig klang, als würde er nebenbei ein Kreuzworträtsel lösen. »Die wird schon wiederkommen.«

Damit hatte der Mann aufgelegt.

Und sie ist weiß und obendrein wohlhabend, dachte Bill Darling grimmig. Das spielte im neuen Südafrika eindeutig eine Rolle.

Er hatte in dieser Nacht nicht geschlafen, war weiterhin im Auto herumgekurvt, hatte herumlungernde Männer auf der Landstraße angesprochen, natürlich nur durch einen Fensterspalt von einem halben Zentimeter, mit laufendem Motor und dem Fuß auf dem Gaspedal, und außerdem hatte er seine Pistole deutlich sichtbar auf das Armaturenbrett gelegt. Aber niemand hatte sie gesehen. Sagten die Kerle jedenfalls, während sie mit den Augen hungrig sein teures Auto, seine Armbanduhr und den breiten, goldenen Ehering an seinem Finger verschlangen.

Schließlich war er nach Hause gefahren, hatte sich geduscht, eine Tasse abgewaschen und sich den stärksten Kaffee zubereitet, den er zu schlucken vermochte, und hatte nachgedacht. Lange und konzentriert.

Es hatte überhaupt nichts gebracht.

Seine Melly war verschwunden, und bedachte man die Kriminalitätsrate in Südafrika, konnte er getrost davon ausgehen, dass sie entführt worden war. Und tot. Denn keiner der hiesigen Gelegenheitsgangster hielt sich damit auf, Lösegeld zu fordern. Ihre Gelüste waren einfacher. Die nahmen Auto, Handtasche, Handy, Schmuck und was sonst noch sofort zu holen war. Ihre Opfer erschossen sie oft erst nachträglich, einfach so, wie nebenbei. Das war bequemer. Überlebende Opfer waren Zeugen, die sie identifizieren konnten. Im Grunde erwartete er jede Sekunde den Anruf der Polizei, dass man ihre Leiche gefunden hatte.

In dieser Erwartung hatte er den Rest der Nacht auf der Wohnzimmercouch verbracht, sein Gewehr griffbereit, den Revolver in der Hand und die grauenvollsten Bilder im Kopf.

Jetzt stand er wieder hier und wusste nicht, wie es weitergehen sollte.

Zur selben Zeit schlenderte Lisa auf die Restaurantveranda von Inqaba und setzte sich an einen Tisch, der im tiefen Schatten des weit heruntergezogenen Rieddachs des Empfangshauses lag. Es war erst halb sieben, aber schon so knisternd heiß, dass es in der direkten Sonne nicht auszuhalten war. Ihre Strahlen saugten die letzte Nachtfeuchtigkeit aus Busch und Bäumen, die Luft wurde schwer, und an ihrem eisgekühlten Orangensaftglas lief das Kondenswasser in Strömen herab. In kürzester Zeit würde sie wie in einem türkischen Dampfbad schwitzen.

»Nimmst du eigentlich Malariaprophylaxe?« Jill war gerade aus der Küche gekommen.

Lisa drehte sich zu ihr. »Nein. Ich denke, die Gegend hier ist inzwischen ein Niedrigrisikogebiet?«

»Theoretisch schon. Aber ich würde mich an deiner Stelle nicht darauf verlassen. Es ist heiß, und es ist feucht. Heute Abend werden Schwärme von Mücken aus den Niederungen aufsteigen, und die Malariafälle werden sich verdoppeln.« Jill schien mehr zu sich selbst zu reden. »Das heißt, ich muss mehr Geld für Prophylaxe für meine Leute, mehr Geld für ärztliche Behandlung bereitstellen … Geld, Geld, Geld!«, murmelte sie. Als sie Lisas erstaunten Blick bemerkte, lachte sie ein wenig bitter. »Hör nicht hin. Die Sorge, dass alles von jetzt auf gleich in die Brüche geht, verlässt mich nie. Es ist noch nicht so lange her, da wusste ich nicht, ob ich am nächsten Ersten meine Leute würde bezahlen können. Aber denk an die Prophylaxe. Immer wieder reisen Malariamoskitos als blinde Passagiere in Autos, die aus den verseuchten Gebieten kommen. Mit den vielen Flüchtlingen aus Simbabwe und den anderen Staaten im Norden haben wir seit einiger Zeit eine deutlich erhöhte Menge von Malariafällen hier. Unter anderem. Du kannst Pillen von mir bekommen«, setzte sie hinzu.

»Daran hab ich natürlich überhaupt nicht gedacht. Danke für den Hinweis und das Angebot. Ich nehme es gern an. Und jetzt werde ich mich über das Frühstücksbuffet hermachen.« Lisa stand auf und machte sich auf den Weg.

»Versuch den Obstsalat«, rief Jill ihr hinterher.

Der Obstsalat war köstlich, die Croissants frisch und knusprig und der Kaffee stark. Lisa goss sich gerade die dritte Tasse ein, als ihr Handy in der Tasche ihrer Shorts vibrierte. Sie schluckte ihren Bissen herunter und fischte es heraus.

»Hallo«, meldete sie sich.

»Lisa? Dad hier. Bist du noch auf Inqaba? Gut, dass ich dich noch erwische. Hör mal, deine Mutter und ich müssen unerwartet an die Südküste … Ein alter Freund, den wir lange nicht gesehen haben, ist auf der Durchreise, ganz überraschend. Wir werden dort übernachten, sind also heute nicht da. Warum bleibst du nicht einen Tag länger auf Inqaba? Hier wärst du allein, und das ist mir einfach zu gefährlich. Lalisa ist zu groß, der Zaun zu lang. Immer wieder erwischen wir jemanden, der auf Raubzug ist. Du musst verstehen, dass ich unter diesen Umständen Angst um mein kleines Mädchen habe.« Er stieß ein angestrengt klingendes Lachen hervor. »Die verdammte Bongi ist auch noch nicht wieder aufgekreuzt, obwohl die natürlich auch kein Schutz wäre. Also, es wäre mir eine große Beruhigung zu wissen, dass du nicht allein auf Lalisa bist.«

Lisa zog ein enttäuschtes Gesicht. »Schade, ich hatte mich wirklich darauf gefreut. Aber morgen seid ihr doch sicher wieder da?« Eine kleine Pause entstand. »Dad?«, sagte sie.

»Ja, ja, natürlich«, antwortete ihr Vater.

»Gut, ich bleibe also noch eine Nacht hier. Gib mir bitte mal Mama.« Lisa sah einem winzigen grünen Chamäleon zu, das sich auf einem dicken Zweig der Bougainvillea, die wie ein kupferrosa Wasserfall aus einem hohen Pflanzenkübel floss, auf die Lauer gelegt hatte. Eine Fliege landete nichtsahnend wenige Zentimeter von ihm entfernt. Gespannt wartete sie, was passieren würde, und merkte dabei nicht, wie lange ihr Vater auch mit dieser Antwort zögerte.

»Gut, ich rufe sie«, sagte er schließlich.

Das Klappern, als er den Telefonhörer auf den Tisch legte, tat ihr in den Ohren weh. Sie hielt den Hörer etwas weiter weg. Das Chamäleon hatte inzwischen seine trichterförmigen Augen nach vorn gerichtet und fixierte die Fliege, die sich eifrig die Flügel putzte. Langsam öffnete das leuchtend grüne Reptil sein Maul, die klebrige Zunge schoss heraus, traf die Fliege, und gleich darauf schlang der gepanzerte kleine Drache das Insekt mit hörbarem Knirschen hinunter. Zum Schluss leckte er sich die schuppigen Lippen.

Im Hintergrund konnte Lisa hören, wie ihr Vater ihre Mutter rief. Aber die Antwort war nicht zu verstehen. Schritte, Klappern, Rascheln drangen durch den Hörer, und dann seine Stimme.

»Sie duscht gerade, wäscht sich die Haare oder so. Sie ruft später zurück.«

»Schade.« Lisa schob ihren Zeigefinger ganz vorsichtig an das Chamäleon heran, stupste es, bis es zeitlupenlangsam auf den dargebotenen Finger kletterte. »Aber wir können ja später telefonieren. Ich rufe euch unterwegs auf dem Handy an.«

»Mach das. Bis dann«, brummte ihr Vater.

Lisa kehrte zu ihrem Frühstück zurück. Nach einigem Überlegen rief sie Mick Robertson in seiner Kanzlei an und verabredete sich mit ihm für den frühen Nachmittag.

»Ich habe etwas auf den alten Karten gefunden, das ich dir zeigen möchte. Hast du eine möglichst aktuelle von Zululand? Gut. Dann können wir die vergleichen. Wir sehen uns also später. Ich rufe an, wenn ich hier losfahre.« Ihre brennende Sorge, dass der Isivivani tatsächlich auf Lalisas Gebiet gestanden hatte, erwähnte sie mit keinem Wort. Noch immer klammerte sie sich an die Hoffnung, dass der Steinhaufen außerhalb der Farmgrenzen angelegt worden war.

Als sie aufgelegt hatte, fiel ihr ein, dass sie außer ihrer kleinen Umhängetasche nur ihre Notausrüstung mitgenommen hatte, und sie beschloss, auf Lalisa vorbeizufahren, um ein paar Kleidungsstücke und ihre elektrische Zahnbürste zu holen und was sie sonst noch brauchte. Vielleicht dauerte das Treffen mit Mick so lange, dass es zu spät wurde, um nach Inqaba zurückzufahren, dachte sie und war auf einmal davon überzeugt, dass es ein strahlend schöner Tag werden würde. Vergnügt spießte sie ein saftiges Stück Ananas auf und steckte es in den Mund.

Hinter den Hügeln zog eine violettschwarze Gewitterwolke auf, aber man konnte sie in diesem Augenblick höchstens ahnen. Lisa bemerkte sie nicht.

Auf Lalisa hatte Bill Darling sein Handy vorsichtshalber ausgeschaltet. Er hoffte inständig, dass Lisa seinem Ton nicht entnommen hatte, wie angespannt er war, hoffte inständig, dass sie nichts von seiner Täuschung mitbekommen hatte – dass sie nicht mitbekommen hatte, dass Melly nicht hier war. Nicht in der Dusche, nicht im Haus. Nirgendwo.

Er drückte den Gedanken an das, was Lisa nicht ahnen konnte, mit Gewalt zur Seite. Irgendwann würde er es ihr sagen müssen. Irgendwann bald. Wie sein Leben danach weitergehen sollte, war ihm schleierhaft.

Wieder stand Bill Darling auf seiner Terrasse und stierte mit dem Ausdruck eines k. o. geschlagenen Boxers ins Nichts. Vor wenigen Minuten, als er, noch völlig gerädert von der schlaflosen Nacht, im ersten Licht des Morgens die Glastür geöffnet hatte, war er über einen Gegenstand gestolpert, der direkt vor der Türschwelle gelegen hatte. Für eine Ewigkeit hatte er das Ding angestarrt, während sein Gehirn dagegen rebellierte, dass er begriff, was er da tatsächlich vor sich hatte.

Es war eine Hand, die da lag – unzweifelhaft eine zur Faust geballte menschliche Hand –, aber sie war sorgfältig so hingelegt worden, dass der Zeigefinger in Richtung Haus gestreckt war. Ein breiter goldener Ring, dessen Zwilling er selbst an seiner rechten Hand trug, glänzte an dem lilaschwarz angelaufenen, aufgedunsenen Mittelfinger. Mellys Ehering.

Als er endlich begriff, was da auf der Türschwelle lag, hatte er sofort gewusst, wer es getan hatte, und vor allen Dingen wie. Hatte gewusst, dass alles Versteckspielen jetzt ein Ende hatte.

Amos Nyathi hatte den gefunden, der seine Familie zerstört hatte. Amos, den er einmal geliebt hatte, der zu einer Zeit sein bester, sein einziger Freund gewesen war.

Zwar hatte er schon geahnt, dass alles vorbei war – wenn er es auch vor sich selbst nicht zugegeben hätte –, als er nach dem Besuch auf Inqaba allein auf die Farm zurückgekehrt war und schon aus einiger Entfernung Amos Nyathi am Tor hatte stehen sehen. Den Kopf wie ein Stier zum Angriff gesenkt, Schultern hochgezogen, Hände in den Hosentaschen vergraben, hatte der Zulu ihm bewegungslos entgegengestarrt. Er hatte angehalten und das Fenster heruntergedreht und Amos angesehen, wollte ihm etwas Lockeres zurufen, aber das Wort war ihm im selben Augenblick in der Kehle stecken geblieben. Amos hatte sich nicht gerührt, aber in den granitharten Zügen seines alten Freundes hatte er lesen können, dass er Bescheid wusste. Noch jetzt meinte er den Straßenstaub, der durchs geöffnete Fenster hereingeweht war, auf der Zunge zu schmecken.

In einer unwillkürlichen Reaktion war er wie ein Besessener durchs Tor zum Haus gerast, obwohl es offensichtlich war, dass es keinen Zweck hatte. Seine Flucht war zu Ende. Es gab kein Verstecken mehr für ihn.

Von diesem Augenblick an würde Amos sein Todfeind sein.

Wortwörtlich. Seine Tage waren gezählt, denn diese Sache würde er nicht überleben. Davon war er überzeugt. Auge um Auge, Zahn um Zahn. Das Gesetz der Wildnis. So würde es sein.

Natürlich würde er sich mit allen Kräften wehren, alle Register seines Könnens ziehen, um Amos zuvorzukommen. Aber schon früher hatte er erlebt, wie gerissen der Zulu war, in seinem Zorn so unerbittlich wie der afrikanische Büffel, dessen Namen er trug. Außerdem hatte er einen Bruder, Vusa, der ein Umthakathi war, ein unheilvoller Mann, bewandert in den finsteren Riten der traditionellen Hexerei. Seit einiger Zeit hatte er Gerüchte gehört, dass Vusa für seine Zaubermedizin, deren Ruf weit über die Grenzen KwaZulu-Natals hinausging, menschliche Körperteile als Zutaten verwandte.

Sein Blick flog wieder zu der abgetrennten Hand, und prompt drehte sich ihm der Magen um. Vusa Nyathi war im letzten Jahr zu überraschendem Wohlstand gekommen, der auf den ersten Blick nicht zu erklären war. Er war Kleinbauer wie sein Bruder, besaß nur ein kleines, karges Feld und wenige Kühe. Weit und breit war keine Einkommensquelle zu erkennen, die erklären würde, wie er einen Jeep, ein Motorrad und sein neues Haus mit dem Ziegeldach hätte bezahlen können. Das hatte natürlich den glühenden Neid seiner Nachbarn erregt, aber als Umthakathi war er mehr gefürchtet als der Teufel. Trotzdem tuschelten die Leute.

Unter anderem schrieb man ihm mehrere ungeklärte Todesfälle in der Gegend zu. Seit etwa zwei Jahren tauchten in einem bestimmten Maisfeld, das unweit der Grenze von Lalisa lag, immer wieder Leichen auf. Elf waren es bisher gewesen, bis auf eine Ausnahme alles Frauen, und allen fehlten mehrere Körperteile.

Die Ermittlungen in den elf Mordfällen waren auf seltsame Weise schleppend gewesen, ziemlich schlampig, denn immer wieder gingen Beweisstücke und Unterlagen verloren, Zeugen kippten um, Termine wurden versäumt. Letztlich war das Ganze im Sande verlaufen. Die Leute machten zwar Andeutungen, aber niemand wagte es, mit dem Finger auf Vusa Nyathi zu zeigen. Einer der ermittelnden Polizisten kaufte sich kurz darauf ein schönes rotes Auto. Auf die Fragen seiner Nachbarn behauptete er, im Lotto gewonnen zu haben.

Es gab keinen Menschen auf der Welt, den Bill so verabscheute wie Vusa Nyathi. Wie ein verschlagenes, bösartiges Raubtier kam er ihm vor. Allein der Anblick dieses Mannes löste in ihm kaum bezähmbare Aggressionen aus.

Mit Grimm erinnerte er sich an einen Artikel, der im *Natal Mercury* über dieses Thema erschienen war. Dort wurde nüchtern in allen Einzelheiten erklärt, wie die Umthakathis vorgingen und welche Wirkung welche Organe und Körperteile besaßen.

Die abgetrennte Hand hatte auf sein Haus gezeigt. Die Bedeutung dieser Geste war wohl kaum misszuverstehen. Mellys Hand.

Gegen die grelle Bilderflut, die jetzt über ihn hereinbrach, war er machtlos.

Melly, die sich schreiend unter dem Messer des Mörders wand, der Mörder, der sich Zeit ließ, bedächtig vorging, keinen glatten, schnellen Schnitt machte, sondern seinem Opfer die größtmöglichen Schmerzen zufügte, damit es umso lauter schrie und die Wirkung des Muthis umso größer sein würde.

Melly ohne Hände, ohne Augen. Ohne Geschlechtsorgane.

Noch lebend.

Melly in den letzten Sekunden ihres Lebens, Melly, die bei vollem Bewusstsein mitbekommen haben musste, was mit ihr geschah.

Er spannte jeden Muskel seines Körpers an und presste die Kinnbacken aufeinander, dass die Zähne knirschten und zu splittern drohten. Das Bild verschwand nicht. Es würde vor seinen Augen stehen, bis er seinen letzten Atemzug tat. Eine grausamere Strafe gab es für ihn nicht.

Noch hatte niemand von alldem erfahren. Noch stand nichts darüber in den Zeitungen. Noch ahnte auch Lisa nichts. Er hatte keine Vorstellung, wie er ihr sagen sollte, dass ihre Mutter nicht mehr lebte. Wie er ihr sagen sollte, auf welche Weise sie zu Tode gekommen war. Und dann würde er seiner Tochter noch gestehen müssen, dass er die direkte Schuld an ihrem Tod trug. Er allein, auch wenn ein anderer der Mörder war. Für eine irrwitzige Sekunde war er dankbar, dass Melly das Ganze erspart blieb.

Fast noch schlimmer aber war, dass er seiner Tochter würde erklären müssen, wer es getan hatte und warum. Und dass er nicht würde verhindern können, dass sie nun doch alles erfuhr. Ihr dabei in die Augen zu blicken, ging über seine Kraft. Er hatte vor, es ihr am Telefon zu sagen. Zweimal hatte er schon den Hörer in der Hand gehabt, ihn gleich darauf aber wieder aufgelegt.

Zum ersten Mal in seinem Leben war er nicht imstande, sich aus einer Situation herauszureden.

Er stand noch da, als die Sonne längst aus dem Meer gestiegen war, der Dunst sich aufgelöst hatte und die stickige Hitze des Hochsommertages wie ein Leichentuch über dem Land lag. Eine Antwort hatte er nicht gefunden. Es war ihm einfach nicht möglich gewesen, die Worte zu finden.

Irgendwann wandte er sich ab, pfiff nach Mac und ging zurück ins Haus. Es war noch nicht einmal vierundzwanzig Stunden her, dass es passiert war, doch schon roch es in den Räumen dumpf nach Moder und Vergänglichkeit. Seither hatte er sich weder die Mühe gemacht, die Fensterläden zu öffnen, noch im Wohnzimmer die schweren Vorhänge zurückgezogen, wie sie es getan hätte, um Licht und Luft und Leben hereinzulassen.

Seither war kein warmer Brotduft mehr durchs Haus gezogen, niemand hatte gelacht und gesungen oder hatte die Räume mit frischen Blumen geschmückt. Die, die Melly vor Tagen gepflückt hatte, hingen tot in den Vasen, und bei ihrem Anblick wünschte er sich, dass auch er sterben könnte. Aber noch gab es etwas, was er erledigen musste.

Spontan drehte er sich um, ging durch die offen stehende Tür wieder hinaus und blickte über sein Land nach Westen. Natürlich war er zu weit weg, als dass er Amos hätte sehen können, aber das war auch nicht nötig. Er kannte Amos Nyathi so gut wie sich selbst.

Sie waren im selben Jahr am selben Ort geboren worden, er in diesem Haus, Amos in der Hütte seiner Eltern kaum fünfzehn Minuten Fußmarsch entfernt. Sie waren miteinander aufgewachsen, waren als Kinder gemeinsam durch den Busch gestreift und hatten alles geteilt, waren Freunde gewesen, beste Freunde, auch nach dem Tag, als die Sache mit Goodness Magwaza passiert war.

Bevor er es verhindern konnte, fiel er wie ein Stein zurück in die Vergangenheit.

Goodness Magwaza, seine Kinderfrau, war eine mütterlich füllige Zulu mit großen Brüsten gewesen, und er hatte sie geliebt. Sie war die Person, die er Mama gerufen hatte, sobald er sprechen konnte. Sie hatte ihn den ganzen Tag auf der Hüfte herumgeschleppt, hatte ihn gefüttert, ihm Geschichten erzählt und ihn getröstet, wenn er sich wehgetan hatte, während er seine leibliche Mutter, ein ätherisches blondes Wesen, das seine Zeit mit Kunstausstellungen, Friseursitzungen und ausgedehnten Besuchen im Country-Club verbrachte, eigentlich nur beim Frühstück und gelegentlich beim Abendessen sah. Sie war sehr schön und duftete gut, aber wenn er sie brauchte, war sie nie erreichbar.

Das Ergebnis war, dass er erst Zulu gesprochen hatte, bevor er Englisch lernte. Aber dann kam der Vorfall, der seine Liebe zu Goodness in Hass verwandelte.

An jenem Tag, er war knapp sieben Jahre alt, hatte ihn sein Pferd, ein ständig schlecht gelauntes stämmiges Pony, in einen Bougainvilleabusch abgeworfen. Ihm waren die Zügel entglitten, und das Pony war, seine plötzliche Freiheit mit fröhlichem Wiehern begrüßend, in den Busch galoppiert. Er hatte tapfer die Tränen hinuntergeschluckt, war zu den Ställen gelaufen, um Albert, einen Baum von einem Zulu, der sich um die Pferde kümmerte, zu Hilfe zu holen, aber unglücklicherweise lief er seinem Vater über den Weg.

Der schrie ihn wegen seiner Fahrlässigkeit an, den Zügel loszulassen, hatte ihn am Kragen gepackt und geschüttelt, dass seine Zähne klapperten, und ihn anschließend gezwungen, dem Tier über Stock und Stein zu folgen. Als er Stunden später, aus vielen Wunden blutend, die ihm fingerlange Dornen gerissen hatten, noch am ganzen Körper zitternd, weil er fast auf eine Puffotter getreten wäre, mit dem Pony zum Haus zurückkehrte, hatte ihm sein Vater befohlen, das Pony wieder zu besteigen. Er hatte nicht gewagt, zu widersprechen.

Noch zwei Mal landete er unsanft auf dem harten Boden, und beim zweiten Mal glitten ihm die Zügel erneut aus den schweißnassen Händen.

Da hatte sein Vater zugeschlagen, mehrfach. Und anschließend hatte er ihn in seinem Zimmer eingesperrt, blutend und dreckig, wie Bill war, ohne Abendessen, ohne seinen Durst nach dem Gewaltmarsch durch den Busch löschen zu dürfen.

Eine halbe Stunde später hörte er das Auto seiner Eltern wegfahren. Er wusste, dass sie zu einer Party eingeladen waren und nicht vor dem nächsten Morgen zurückkehren würden. Kaum waren sie außer Sichtweite, stieg er aus seinem Fenster, hangelte sich am Sims entlang zur oberen Veranda, rutschte an einem der Pfeiler hinunter auf die Terrasse und rannte den ganzen Weg zur Hütte seiner Nanny.

Goodness war gerade dabei gewesen, sich Essen zu kochen. Sie erschrak sehr, als sie ihn sah, und wollte ihn sofort zurück ins Haus bringen, doch er wehrte sich mit Händen und Füßen.

»Ich will hierbleiben«, beharrte er schluchzend.

Mit einem mitleidigen Blick auf seine blutverkrusteten Wunden holte sie aus einer schattigen Ecke der Hütte ein Ledersäckchen und befahl ihm, sich auf ihr Bett zu setzen. Es stand auf

Ziegelsteintürmchen einen Meter über dem Boden, und er musste springen, um hinaufzukommen. Goodness füllte Maisbrei mit Soße, Hammelknochen und Kohl auf einen Teller, gab ihn ihm, und während er das Essen hungrig verschlang, kniete sie auf dem Boden und leerte den Inhalt des Säckchens in einen Topf.

Bill schienen es Wurzeln, Baumborke und irgendwelche Samen zu sein, aber auch etwas, was wie eine Affenhand aussah. Aber er war sich nicht sicher. Er schlang das Essen hinunter, kratzte die Reste vom Teller und trank den Becher Dickmilch, den Goodness ihm gab. Satt ließ er sich auf die klumpige Matratze fallen und sah fasziniert zu, wie sie die pflanzlichen Zutaten sorgfältig zerkleinerte, Wasser hinzufügte und den Topf darauf aufs Feuer stellte.

Die Zulu summte leise, ein tiefes, schwingendes Summen, das bald Bills Kopf zu füllen schien und ihm die Glieder schwer machte. Seine Augen fielen zu. Nur undeutlich wurde er gewahr, dass Goodness eine warme Masse auf seine Wunden strich und anschließend eine Decke über ihm ausbreitete. Irgendwann spürte er ihren warmen, schweren Körper neben sich, schmiegte sich glücklich an sie und schlief ein.

Das Nächste, was er spürte, war, dass eine harte Hand ihn packte, hochriss und aus der Hütte zerrte. Die wütende Stimme seines Vaters brachte ihn vollends zu Bewusstsein.

Was folgte, hatte sich unauslöschlich in ihm eingeätzt.

»Goodness«, hatte er geschrien. »Hilf mir!«

Aber die Schwarze hatte sich nicht gerührt. Die anderen schwarzen Bediensteten, die in den Nachbarhütten wohnten und alles mitverfolgt hatten, verschwanden blitzartig in ihren Behausungen und ließen die Rinderhäute vor die Eingänge fallen. Wie blinde Augen starrten ihn diese verschlossenen Eingänge an.

Sein Vater holte aus und verprügelte ihn mit dem Sjambok, dieser endlos langen, schrecklich biegsamen, gleichzeitig stahlharten Peitsche aus gewickeltem Leder, die immer neben dem

Waffenschrank hing und die er mehr fürchtete als den Teufel. Als Bill wimmernd auf den Boden fiel, packte ihn sein Vater an den Ohren, hob ihn hoch und zwang ihn, ihn anzusehen.

»Jetzt wiederhole jedes Wort, das ich sage.« Seine Stimme hatte sich zu einem gefährlichen Flüstern gesenkt, sein Blick brannte ihm auf der Haut. »Das sind Kaffern ...« Er drehte an Bills Ohren, bis der aufschrie und das herunterhaspelte, was sein Vater ihm vorsprach.

»Das sind keine Menschen ...«, fuhr sein Vater fort, und der kleine Bill wiederholte es.

»Die sind nicht wie wir ... Wir sind weiß ... Vergiss das nie wieder ... Los, sag es!«

Am ganzen Körper zitternd, wiederholte der Junge das Credo seines Vaters. Als er auch diesen letzten Satz gestottert hatte, drehte ihn sein Vater herum, so dass er Goodness ins Gesicht sehen konnte.

»Siehst du, du denkst, sie liebt dich«, knurrte er, »aber diese feige Hyäne hat dir nicht geholfen. Jetzt gehst du hin und bestrafst sie. Da, geh schon!« Er drückte ihm den Sjambok in die Hand.

Und Bill nahm die Peitsche und ging mit steifen Puppenschritten hinüber zu seiner Nanny. »Warum hast du mir nicht geholfen?«, flüsterte er und hob den Sjambok.

Goodness antwortete nicht. Ihr großflächiges Gesicht war völlig ohne Regung, nur ihre Augen flackerten. Langsam hob sie die Hände und ließ sie wieder fallen, stand mit hängenden Armen vor ihm, wartete mit stumpfer Ergebenheit auf den Schlag. Verzweifelt hoffte er auf Abwehr, auf ein Aufbäumen, aber sie rührte sich nicht. Da hatte er ausgeholt und zugeschlagen, doch nur ein Mal und ganz leicht. Goodness senkte den Kopf, gab keinen Laut von sich, lief nicht weg, sah ihn nicht an.

Ihre unterwürfige Haltung löste eine jähe Wut in ihm aus, so als würde ein Topf mit Überdruck explodieren. Er wirbelte herum, starrte seinem Vater in die Augen, hielt dessen Blick stand und schleuderte ihm den Sjambok vor die Füße.

»Schlag mich nie wieder, hörst du! Nie wieder«, hatte er geschrien und war davongelaufen, begleitet von Goodness' Flehen um Verzeihung. Am folgenden Tag war die Zulu verschwunden, und er bekam ein neues Kindermädchen. Auch sie war schwarz, und er hasste sie.

Amos wartete am nächsten Tag bei den Avocadobäumen auf ihn. Er lehnte am Stamm, die Arme verschränkt, und starrte ihn mit seinen dunklen Augen an.

»Wenn du es wagst, einen Ton zu sagen, kriegst du eins auf dein dummes schwarzes Maul. Ich schlag dir die Zähne raus«, hatte Bill seinen Spielkameraden angefaucht und ihm die geballten Fäuste vors Gesicht gehalten.

Amos hatte ihn lange schweigend gemustert. »Ich habe es gesehen. Du hast keine Angst gehabt. Du hast ihm den Sjambok hingeworfen. Du warst sehr mutig«, sagte er. Dann hob er die rechte Hand. »Bayethe!«

Bill hatte ihn wie vom Donner gerührt angestarrt. »Ich grüße dich!«, hatte Amos gesagt.

Der Salut für einen König. Für einen Helden.

Er hatte trocken geschluckt, und bis heute konnte er sich selbst rational nicht erklären, was dann mit ihm geschehen war. Er sah nicht mehr den kleinen, barfüßigen Schwarzen in zerrissenen Shorts. Er sah nur noch Amos' riesige, leuchtende Augen, meinte tatsächlich strahlende Wärme zu spüren.

»Ich seh dich mit meinem Herzen«, hatte er geflüstert und nicht gewusst, woher diese Worte gekommen waren. In diesem Augenblick liebte er Amos, tief und fest und für immer.

So blieb es, und keiner erfuhr etwas davon, auch als sich ihre Wege trennten. Er wurde in ein Eliteinternat nach Kapstadt geschickt und betrat damit unwiderruflich die weiße Welt, die von der schwarzen, in der Amos zurückbleiben musste, weiter entfernt war als der Mond von der Erde. Wenn er aber in den Ferien auf das Anwesen seiner Familie in Zululand zurückkehrte, schlüpften er und Amos schnell wieder in ihre alte Vertrautheit wie in einen wärmenden Kokon.

Amos war schwarz, und schwarz war in Südafrika damals der Feind, aber selbst als er nach seinem Jurastudium in den gehobenen Polizeidienst trat, lebte seine Freundschaft zu Amos in diesem Kokon weiter. Eine absurde Sache, über die er es vorzog, nicht nachzudenken. Damals nicht und heute auch nicht.

Bis zu jenem Augenblick, als ihm an dem Ort, an dem er seinen Beruf ausübte, drei Gefangene im Gang begegneten, die er aus seinem privaten Leben nur zu gut kannte. Die auch ihn erkannten.

Im Bruchteil der Sekunde, als ihm klarwurde, dass die drei ihn identifiziert hatten, ihm klarwurde, dass sie sein Leben mit diesem Wissen zerstören würden, handelte er schnell.

Drei Kameraden halfen ihm bei der Beseitigung des Problems. Nachdem alles erledigt war, hatten sie nie wieder darüber gesprochen, ganz so, als wäre es nie geschehen.

Bis das Telefon vor ein paar Tagen geklingelt und sein Freund sich gemeldet hatte und sein Leben innerhalb von Sekunden auseinandergebrochen war.

Bill Darling starrte auf den dünnen Rauchfaden, der in der Ferne aus Amos Nyathis Dorf in den Morgenhimmel stieg, bis sich Tränen in seinen Augenwinkeln sammelten und ihm über die Wangen tropften. Energisch blinzelte er sie weg und wischte sich grob das Gesicht mit seinem Taschentuch trocken. Tränen waren für Weichlinge. Seit dem Vorfall mit Goodness hatte er nie wieder geweint. Es schwächte den Organismus und die Widerstandskraft, und das war das Letzte, was er jetzt gebrauchen konnte.

Er steckte das Taschentuch weg, ging ins Haus zurück und schlug die Tür so fest hinter sich zu, dass der Rahmen erzitterte und die Tür wieder aus dem Schloss sprang. Ab jetzt würde er seine gesamte Kraft dazu verwenden, Amos und Vusa unschädlich zu machen. Das war er Melly schuldig. Und Lisa. Nur das war noch wichtig. Er hoffte, dass ihm die Zeit dafür bleiben würde.

Er holte sein Mobiltelefon hervor und wählte. Kurz darauf meldete sich eine barsche Stimme.

»Ja?«

»Kobus, ich brauche eure Hilfe«, sagte er und erklärte dem Mann, der einer von denen war, die ihm damals geholfen hatten und mit denen er sonst nur auf Großwildjagd ging, was er von ihm wollte.

Mit zunehmend irritiertem Ausdruck hörte er sich darauf die Antwort von Kobus an.

»Der Fluss?«, sagte er dann. »Na, dann staut ihn eben auf, wie damals. Stellt euch nicht so an. Abgesehen davon ist es so trocken, dass er vermutlich von allein verdunstet ist.«

Anschließend besprach er kurz noch einige Einzelheiten. »Totsiens«, verabschiedete er sich am Schluss schroff, bevor Kobus noch weitere Einwände anbringen konnte, und legte auf.

Für eine geschlagene Minute stand er in der Mitte des Zimmers und rührte sich nicht. Er überlegte, was er jetzt als Nächstes erledigen musste. Aufgeregtes Insektengesumm lenkte seinen Blick auf die Tür, die einen Spalt offen stand. Fette Fliegen quetschten sich herein und krochen in Scharen ins Zimmer, drehten aufdringlich brummend eine Runde, knallten auf der Suche nach dem Weg nach draußen immer wieder hörbar gegen die Scheibe. Er schaute genauer hin, um zu sehen, wo die Insekten herkamen. Der Pflanzenkübel vor der Tür wurde von einem Schwarm grün schillernder Schmeißfliegen umschwirrt, und erst jetzt fiel ihm ein, dass Mellys Hand noch im Kübel lag. Im ersten Entsetzen hatte er sie dort hineinfallen lassen, und der Gestank hatte die Fliegen angelockt.

Mit wenigen Schritten war er bei der Tür, riss sie auf und verscheuchte die ekelhaften Insekten. Dann warf er sein Taschentuch über die Hand, nahm sie auf und hätte sie im selben Moment fast wieder fallen lassen. Sie fühlte sich auf eine scheußliche Art weich und schwammig an. Mit zusammengebissenen Zähnen trug er sie in die Küche, steckte sie in einen Plastikbeutel und legte den ins Eisfach des Kühlschranks. Hastig schlug er die schwere Tür wieder zu, als fürchtete er, dass ein Dämon herausspringen könnte, um ihm an die Gurgel zu gehen.

Völlig erledigt, als hätte er einen Marathonlauf hinter sich, fiel er gegen das kühle Metall und schnappte nach Luft wie ein Fisch auf dem Trockenen. Das Herz hämmerte ihm in den Ohren, der gefürchtete Schraubstock um seinen Brustkasten wurde enger. Hastig tastete er nach seinen Herzpillen, nahm eine Kapsel aus dem Medikamentenröhrchen und zerbiss sie.

Nach einer halben Ewigkeit in erstickender Angst begann die Beengung so weit zu weichen, dass er es wagte, tief durchzuatmen. Aber er musste noch warten, bis er wieder kräftig genug war, das anzupacken, was er sich vorgenommen hatte.

Sowie er sich bereit fühlte, rückte er sein Halfter mit der Pistole zurecht, die er wieder ständig trug, seit sein Freund angerufen hatte. Er holte ein weiteres Magazin aus dem Waffenschrank, steckte es in die Hosentasche und verließ das Haus.

Vusa Nyathi würde diesen Tag nicht überleben, dafür würde er sorgen, und wenn es das Letzte war, was er auf dieser Erde vollbrachte.

17

Bill Darling lenkte seinen Geländewagen bis nah an die Grenze seines Landes, parkte ihn auf dem vor Jahren neu angelegten Weg und stieg aus. Der Boden hier war karg und ausgetrocknet. Seit Monaten hatte es nie genug geregnet, um Bewuchs am Leben zu erhalten, so dass die Blechdächer der Hütten von Vusa Nyathis Hofstelle, die sonst hinter dichtem Grün verborgen war, deutlich durch den spärlich belaubten Busch schimmerten. Selbst das Ziegeldach seines Wohnhauses war zu erkennen, obwohl es mindestens hundert Meter von dem Zaun entfernt lag, der sein Land von dem der Nyathis trennte. Eine dünne Rauchfahne kräuselte sich in den tiefblauen Himmel, eine Ziege meckerte, in der Nähe rupften Kühe das dünne Gras ab.

»Vusa, komm raus, du Mistkerl!«, röhrte Bill Darling und drückte dabei lange und anhaltend auf die Hupe seines Autos. Er bekam umgehend Antwort.

Ein erstickter Schrei zitterte in der Luft, eine scharfe Männerstimme brüllte Unverständliches, Hühner gackerten aufgeregt, Hunde kläfften. Ein Schwarm Finken stob erschrocken aus einem Busch.

Bill Darling wiederholte seinen Befehl, zog seine Pistole und stieg aus. Kurz darauf bemerkte er, dass auf der anderen Seite des Zauns Zweige hin und her schlugen, so stark, dass die Finken erneut protestierten. Seine Aufforderung war gehört worden. Jemand bahnte sich in seine Richtung einen Weg durch die Büsche. Mit einem metallischen Ratschen entsicherte er die Pistole, schlich durchs kniehohe Gras, bis er den Zaun im Blick hatte, und wartete.

Dann erschien ein Zulu am Zaun. Mittelgroß, massig, ein Kopf rund wie ein Fußball, seine Bewegungen aggressiv. Sein Aufzug war furchterregend. Ein Leopardenfell fiel von seinen Schultern bis auf die Kniekehlen, schwarz-weiße Stachelschweinborsten, die in einem breiten Leopardenfellband steckten, trug er als Krone, um den Hals einen geschmiedeten Reifen mit fingerlangen Eisenstacheln. In der rechten Hand hielt er einen Revolver. Er baute sich breitbeinig in einiger Entfernung von der Grenze Lalisas auf und fixierte Bill Darling mit glühenden Augen. Der Abstand zwischen ihnen betrug etwa zwanzig Meter.

Bill Darling schwieg. Das hatte bei seinen Verhören immer den gewünschten Effekt gehabt. Der Gefangene wurde nervös und fing an zu reden, und schon hatte er verloren. Vusa Nyathis Hand mit der Waffe ließ er dabei nicht aus den Augen. Ihn zu unterschätzen wäre ein tödlicher Fehler. Seine Taktik wirkte prompt auch bei Vusa Nyathi.

»Wo hast du sie verscharrt?«, brüllte der schließlich und ließ beide Arme am Körper herabhängen, der Zeigefinger seiner rechten Hand allerdings lag auf dem Abzug der Waffe.

Bill Darling hielt seine Waffe ebenfalls dicht am Körper. Mein *High Noon,* durchfuhr es ihn, und die Strophen der Filmmusik schrillten in seinem Kopf wie das irrsinnige Gekreisch eines Derwischs: *Do not forsake me, oh my darling …*

Sein Darling. Melly.

»Wo ist meine Frau?«, knurrte er.

Vusa Nyathi, der Umthakathi, zischte wie eine Schlange und rollte die Augen, dass nur noch das Weiße zu sehen war. Dann grinste er überraschend. »Bei ihren Ahnen.«

Aus einer der Hütten von Vusas Hofstelle kamen Geräusche, die auf ein Handgemenge schließen ließen. Erneut ein unterdrückter Schrei, spitz und ziemlich hoch, dann ein dumpfer Fall. Danach Stille.

Der Schrei berührte etwas in Bill Darling, fuhr durch ihn hindurch wie ein Blitz, und in diesem Augenblick geriet sein Herz aus dem Rhythmus. Ihm schien es, als stockte es für ein paar Sekunden, käme stolpernd wieder in Gang, stoppte wieder, stolperte weiter. Die Eisenklammer legte sich um seine Brust und zog sich zu. Der Schmerz, der sich blitzartig in ihm ausbreitete, war schlimmer als alles, was er bisher erlebt hatte. In einer unwillkürlichen Abwehrreaktion flog seine Hand mit der Pistole hoch, der Finger am Abzug krümmte sich im Krampf, und ein Schuss löste sich.

Dann öffneten sich seine Finger, und die Waffe fiel ins Gras.

Dass Vusa Nyathi lautlos zusammensackte, nahm Bill Darling nicht wahr. Er warf sich herum, taumelte keuchend in Richtung seines Autos. Mit der rechten Hand zerrte er an seinem Hemdkragen, der ihm brutal wie ein Würgegriff um den Hals lag, mit der anderen versuchte er, das Medikamentenröhrchen mit den Nitroglyzerin-Kapseln aus der Tasche zu ziehen. Kurz bevor ihm schwarz vor Augen wurde, gelang es ihm, eine Kapsel zu zerbeißen. Minuten später fand er sich quer über dem Vordersitz seines Geländewagens liegend wieder. Ihm war schwindelig, die Angst saß ihm noch in den Knochen, aber er ahnte, dass er gerade noch einmal davongekommen war.

Wie in Trance startete er das Auto und lenkte es die Strecke entlang, die außen herum über den kurzen Weg zur Hauptstraße führte. Immer wieder drohte er ohnmächtig zu werden, er schwitzte wie in der Sauna, eine bleierne Schwäche lähmte seine Muskeln. Als er etwa einen Kilometer in Schlangenlinien gefahren war, war ihm klar, dass er es nicht weiter schaffen würde. Er hielt auf dem Randstreifen, zog sein Mobiltelefon hervor und wählte mit fliegenden Fingern 911, die Notrufnummer von Crosscare, einer der besten privaten Krankenhausketten Südafrikas, um sicherzugehen, dass er nicht in einem der staatlichen Krankenhäuser landete.

Er legte sich im Fahrersitz zurück und schloss die Augen. Keine Sekunde lang dachte er an Vusa Nyathi, daran, ob sein Schuss ihn getroffen hatte oder nicht. Ob er verletzt oder tot war oder zu ihm unterwegs, um ihm den Rest zu geben. Sein Universum wurde von hämmernden Herzschlägen und einer alles überwältigenden Todesangst ausgefüllt, wie er sie noch nie gespürt hatte.

Jack Nyathi hatte zwar das Gebrüll von seinem Onkel Vusa gehört, auch das Hundegekläff, hatte aber nicht weiter darauf geachtet. Vusa hatte er nie leiden können und ging ihm aus dem Weg, war seit Jahren nicht mehr auf dessen Hofstelle gewesen. Zwar hatte er Gerüchte über Vusas Tätigkeit als Zauberer gehört und dahingehend auch seinen Vater befragt, der aber hatte nur mit den Schultern gezuckt. Also hatte er es dabei bewenden lassen. Er hatte im Augenblick andere Probleme.

Er saß vor seinem Elternhaus, sah den Ziegen zu, die die letzten Blumen wegfraßen, die seine Mutter noch gepflanzt hatte, und dabei überall auf dem staubigen Hof harte Kötel fallen ließen, und überlegte, warum er eigentlich nach Zululand gekommen war. Sein Vater hatte sich zwar gefreut, aber seit ihrem Gespräch war er schier verstummt, hatte praktisch kein Wort mehr mit ihm gewechselt. Ihm war es nicht gelungen, zu dem alten Mann durchzudringen, zu erfahren, wer diese Goodness gewesen war und warum Bill Darling einmal für ihn ein Held gewesen war. Amos war noch vor Sonnenaufgang aufgestanden und hatte das Haus verlassen, bevor Jack aufgewacht war. Seitdem hatte er ihn nicht mehr zu Gesicht bekommen.

Nun saß er hier und stellte sich vor, dass er jetzt in seinem bequemen Apartment in Kapstadt oder in seinem Lieblingslokal sitzen und mit seinen Freunden die Welt geraderücken könnte. Eben überlegte er, ob er es seinem Vater gegenüber verantworten konnte, morgen wieder nach Hause zu fliegen, als er einen peitschenden Knall hörte. Die Ziegen stoben meckernd davon und hinterließen eine stinkende Staubwolke. In der Ferne, über La-lisa, flatterte aufgeschreckt ein Vogelschwarm hoch.

Alarmiert sprang er auf. Er wusste sofort, dass ein Schuss ge-fallen war. Jeder Südafrikaner würde das sofort erkennen. Das Land ertrank förmlich in illegalen Waffen. Schüsse gehörten zum Alltag. Außerdem lieferten sich jetzt so kurz vor den Wahlen die ANC-Leute mit den Vertretern der Inkatha Freedom Party bluti-ge Schusswechsel, um zu verhindern, dass die eine Partei im Ge-biet der anderen Wahlkampf machte. Es hatte bereits mehrere Tote gegeben.

Jack sah hinüber, wo der Vogelschwarm kreischend eine Run-de drehte und dann wieder in die Bäume einfiel. Dort musste der Schuss gefallen sein. Er wedelte den Staub vor seinem Gesicht weg, ging zögernd ein paar Schritte und lauschte wieder. Seine Bereitschaft, sich jemandem mit einer Waffe in den Weg zu stel-len, tendierte gegen null.

Aber zu seiner Erleichterung blieb alles ruhig. Vielleicht hatte jemand Ratten oder Tauben gejagt. Die Zeiten waren für viele Leute schlecht, und Rohrratten bedeuteten schon immer ein fet-tes, nahrhaftes Essen. Auch seine Mutter hatte sie früher oft zu schmackhaften Gerichten verarbeitet. Er wandte sich ab und ließ sich wieder auf den Stuhl fallen. Gerade wollte er seinen Gedan-kenfaden wieder aufnehmen, da bestürmte ihn eine bohrende Unruhe, für die er keine Erklärung fand. Obwohl er es versuchte, gelang es ihm nicht, sie zu unterdrücken.

Endlich stand er wieder auf und machte sich auf den Weg in die Richtung, aus der der Schuss gekommen war. Mit ausgreifen-den Schritten verfolgte er den schmalen Pfad, der vom Haus sei-nes Vaters an dem seines Onkels vorbeiführte und dann scharf nach links abbog. Durch die Büsche konnte er den chromblit-zenden Geländewagen erkennen, der bei Vusa Nyathi vor der Haustür stand. Offenbar lief dessen Geschäft als Sangoma bes-tens. Flüchtig musste er daran denken, wie er sich durch sein

Studium gehungert hatte und was er heute verdiente, fragte sich für eine kurze Sekunde, ob er die richtige Berufsentscheidung getroffen hatte. Ein solches Auto würde noch lange nur ein Traum für ihn bleiben. Aber der Gedanke verschwand so schnell, wie er aufgetaucht war. Er liebte seinen Beruf, und er hungerte auch weiß Gott nicht mehr.

Nach etwa hundert Metern erreichte er einen Zaun, und jetzt fiel ihm wieder ein, dass genau hier die Farm Lalisa an die Familiengrundstücke der Nyathis grenzte. Er war so lange nicht mehr hier gewesen, dass er das glatt vergessen hatte. Unbewusst zuckte er mit den Schultern. Bill Darling oder irgendwer sonst hatte auf Lalisa vermutlich geschossen. Auf was und warum, war nicht seine Sache. Beruhigt machte er sich auf den Weg zurück.

Wenn er nicht kurz stehen geblieben wäre, um einem grasgrünen Chamäleon, das in Zeitlupentempo über den Weg schaukelte, den Vortritt zu lassen, hätte er das erstickte Gurgeln wohl gar nicht gehört. So aber erreichte der kurze Laut sein Ohr, und er wurde aufmerksam.

»Hallo«, rief er. »Ist da jemand?«

Er bekam keine Antwort, aber er meinte schweres Atmen zu hören, etwas wie ein Husten. Angestrengt horchte er in den Busch, hörte wieder etwas, war sich aber nicht sicher, ob das Geräusch von einem Tier oder einem Menschen kam. Vorsichtig setzte er einen Fuß vor den anderen und tastete sich so durch den Busch, immer darauf gefasst, auf ein verletztes Tier zu treffen, das ihm unter Umständen gefährlich werden konnte, oder einen Menschen mit einer Waffe.

Er fand seinen Onkel in der Nähe des Zauns. Vusa Nyathi lag auf dem Rücken. Die schwarz-weiße Borstenkrone war ihm vom Kopf gerutscht, Gesicht, Hals und das Leopardenfell waren blutüberströmt, Blut sammelte sich in einer rot glänzenden Pfütze neben seinem Kopf.

Mit einem Satz war Jack Nyathi neben dem Verletzten, kniete

sich nieder und prüfte erst mit professioneller Gründlichkeit alle Lebenszeichen. Vusa lebte noch. Gerade eben noch. Dann untersuchte er die Kopfwunde direkt über dem rechten Augenbrauenwulst, die eindeutig von einem Schuss herrührte. Als südafrikanischer Arzt war er mit Schusswunden bestens vertraut. Behutsam tastete er den Oberkopf ab, um zu sehen, ob es eine Austrittswunde gab.

Aber er fand keine. Also steckte die Kugel noch im Schädel. Noch neben Vusa kniend, holte er sein Mobiltelefon heraus und betete, dass der Empfang nicht gestört war. Es erschien nur einer von fünf Empfangsbalken, aber er bekam eine Verbindung und wählte die Notrufnummer von Crosscare. Er nannte seinen Namen, seinen Beruf und was hier vorgefallen war, und bekam die Zusicherung, dass in Kürze ein Hubschrauber zu ihm unterwegs sein würde. Nachdem er genau beschrieben hatte, wo er sich befand, und zur Sicherheit noch seine Mobiltelefonnummer angegeben hatte, steckte er das Gerät wieder ein und beugte sich über den Verletzten. Von der Schusswunde konnte diese Menge Blut nicht herrühren.

Er fand die Quelle schnell. Zwei der geschmiedeten Eisenstacheln von Vusas Halsschmuck waren ihm unmittelbar unter dem Kinn ins Fleisch gedrungen und hatten mit Sicherheit eine der großen Adern zerfetzt. Mit unendlicher Vorsicht zog er die fingerdicken Eisenstacheln aus Vusas Hals, drückte sofort sein zusammengerolltes Taschentuch darauf, aber das Blut strömte weiter, und härter konnte er nicht pressen, sonst würde er seinem Onkel die Luft abdrücken.

Vusa Nyathi atmete noch, aber der Chirurg war sich ziemlich klar darüber, dass sein Onkel angesichts der enormen Menge Blut, die er verlor, nicht mehr lange würde durchhalten können, egal, welchen Schaden die Kugel in seinem Gehirn angerichtet hatte. Er wagte nicht, ihn zu bewegen, um die Bahn des Geschosses im Kopf näher zu untersuchen. Insgeheim hoffte er, dass es dem Verletzten erspart bleiben würde, noch einmal aufzuwachen. Durch den Blutverlust würde die Sauerstoffversorgung seines ohnehin verletzten Gehirns völlig unzureichend sein.

Vusa Nyathi, wie er gewesen war, gab es nicht mehr.

Bevor er es verhindern konnte, liefen seine Gedanken automatisch weiter. Als Herzchirurg fragte er sich, ob das Herz seines Onkels stark genug war, um einem anderen armen Teufel, der mit einem kranken Herzen um sein Leben kämpfte, eingesetzt zu werden. Gleichzeitig fragte er sich, ob sein Vater die Erlaubnis dazu geben würde. Die Antwort war ihm klar. Kein traditioneller Zulu würde es je zulassen, dass ein Angehöriger ohne sein Herz begraben wurde. Als er an die Reaktion seines Vaters dachte, als er ihm vorgeschlagen hatte, ihren Ahnen zu opfern, war er sich sicher, dass der niemals seine Zustimmung für eine Organspende geben würde.

Sekunden später hörte er aus weiter Ferne die harten Schläge von Hubschrauberrotoren. Aber das konnte nicht der sein, der seinen Onkel abholen sollte. Das war zeitlich einfach nicht möglich. Auf einmal erstarben die Geräusche, der Helikopter war offenbar irgendwo heruntergegangen. Vielleicht gehörte er zu einer der privaten Lodges, die überall in Zululand aus dem Boden schossen.

Gut einen Kilometer entfernt startete der Helikopter wieder und drehte in Richtung der Klinik ab, die ihn gesandt hatte. An Bord war Bill Darling, umsorgt von einem Notarzt und zwei Sanitätern. Der zweite Hubschrauber der Klinik startete vom Dach des Krankenhauses, als der, der Bill Darling brachte, gerade im Anflug war.

Lisa Darling näherte sich eben auf der Nordküsten-Straße dem Eingang von Lalisa, als sie das wummernde Geräusch eines Hubschraubers vernahm. Sie schaute aus dem Seitenfenster und sah ihn in einiger Entfernung über die Kronen der Eukalyptusplantagen davonfliegen, die meilenweit die Nordküste KwaZulu-Natals verschandelten. Schnell verwandelte er sich in einen glänzenden Punkt im endlosen blauen Himmel, Sekunden später war er außer Sichtweite.

Sie dachte sich nichts dabei, sondern bog hundert Meter weiter ab und öffnete das Tor von Lalisa mit ihrer Fernbedienung. Als sie hindurchfuhr, hatte sie wie immer das Gefühl, in eine versunkene Welt einzutauchen.

Die Luft flirrte vor Hitze, alle Konturen waren hart und klar, die Farben grell. Sie öffnete das Fenster. Es roch nach Gewitter, und das Land lechzte nach Regen.

Am Wegrand entdeckte sie eine Affenmutter, die an einer Avocado nagte, während sich ihr Junges an ihrem Bauchfell festgekrallt hatte und gierig von einer Zitze trank. Sie drosselte die Geschwindigkeit und ließ das Fenster sofort wieder hochfahren. Vor Jahren hatte sie erlebt, wie blitzartig ein Affe schon durch einen schmalen Fensterspalt ins Auto gelangen und welche Verwüstung er in Sekundenschnelle anrichten konnte. Die Erfahrung hatte sie mit Biss- und Kratzwunden, einem kurzen Krankenhausaufenthalt und schmerzhaften Tetanus- und Tollwutspritzen bezahlt.

Eine Avocado knallte auf ihr Autodach, und sie fuhr zusammen. Also saß der Rest der Affenfamilie in den Bäumen und vergnügte sich einmal wieder mit Zielwerfen. Der Zustand der Straße hatte sich noch nicht gebessert, und die Teerarbeiten waren augenscheinlich abgebrochen worden. Arbeiter konnte sie nirgendwo entdecken.

Am Haus parkte sie ihren Wagen auf der weiten Einfahrt vor dem Haupteingang und stieg aus. Lalisa lag merkwürdig verlassen da. Sie schaute sich verwundert um. Selbst wenn ihre Eltern abwesend waren, liefen hier meist Farmarbeiter herum, zumindest Tokoloshe, und Bongi sang in der Küche. Aber außer einer Maulwurfnatter, die sich sonnentrunken über den Weg schlängelte, und einer bunten Heuschrecke, die große Löcher in eine Hibiskusblüte fraß, konnte sie kein lebendes Wesen entdecken. Ihr Blick wanderte über das Haus, die Fenster starrten zurück und erschienen ihr unheimlich wie leere Augenhöhlen.

Rasch schüttelte sie das Gefühl der Beklemmung ab, schloss die Tür zum Patio auf und kurz darauf die Eingangstür. Das Haus gähnte ihr kühl und schweigend entgegen. Das Wohnzimmer war dämmrig, die Vorhänge waren vorgezogen. Es roch ungelüftet und feucht. Mit einem energischen Ruck zog sie den schweren Stoff zurück, um Licht hereinzulassen – und fuhr erschrocken zurück.

Draußen presste jemand sein Gesicht an die Scheibe und blickte suchend ins Innere des Zimmers. Die Nase war grotesk breitgequetscht, der Mund machte einen feuchtroten Fleck auf dem Glas. Lisa schrie unwillkürlich auf, und es dauerte eine Schrecksekunde lang, ehe sie erkannte, dass es das Gesicht einer Frau war. Einer sehr großen schwarzen Frau. Sie trug einen kunstvoll gewickelten Turban und auf der Nase eine riesige Sonnenbrille, die Lisa an Insektenaugen erinnerte.

Wütend, derart aus der Fassung gebracht worden zu sein, riss sie die Tür auf. »Was zum Teufel haben Sie hier zu suchen?«, herrschte sie die Frau an.

Die Frau schob die Sonnenbrille ein Stück über die Nase und fixierte sie über den Brillenrand hinweg mit einem außerordentlich unverschämten Blick. »Und wer sind Sie?« Ihre Zähne zwischen den dunkelrot geschminkten Lippen waren weiß wie Knochenporzellan und viel zu gleichmäßig.

Kronen, dachte Lisa und ließ ihre Stimme klirren. »Verlassen Sie auf der Stelle die Farm, sonst rufe ich die Polizei.«

Die Fremde war mindestens zehn Zentimeter größer als sie, hatte gut zwanzig Kilo zu viel auf den Knochen und trug einen Hosenanzug in Apfelgrün mit roter Paspelierung, der an einem superschlanken Model sicherlich sehr elegant gewirkt hätte.

Ihr geschultes Auge erkannte an den feinen Knitterfalten, dass der Anzug aus teurem italienischem Leinen geschneidert war, gleichzeitig fuhr ihr durch den Kopf, wie viel besser diese Frau ein afrikanisches Gewand gekleidet hätte als die dicke, kleine Tshayimpi.

»Lisa Darling, nicht wahr?« Die Schwarze nickte zufrieden und kratzte sich mit blutroten Nägeln unter dem Turban. Ein Diamantring von ordinärer Größe sprühte Feuer an ihrer linken Hand.

Drei Karat, schätzte Lisa, offenbar ein Verlobungsring. Unbewusst rieb sie die Stelle, an der ihr eigener Verlobungsring gesessen hatte. »Sie haben doch gehört, was ich gesagt habe. Verschwinden Sie, und zwar augenblicklich!«

Die Frau machte ein unbekümmertes Gesicht. »Ich heiße Charmaine Todd und bin eine Freundin von Sibongiseni Rampedi, die mich beauftragt hat, ihren verschwundenen Ehemann zu suchen.« Funkelnd schwarze Augen beobachteten ihre Reaktion.

Lisa bemühte sich, ihre Überraschung nicht zu zeigen. Fast akzentfreies, geschliffenes Englisch, vielleicht etwas britisch angehaucht, kultivierte volle Stimme. Eine Schwarze? Charmaine? Todd? »Wie bitte?«, sagte sie und zog die Augenbrauen hoch, was, wie sie sehr wohl wusste, ziemlich arrogant wirkte.

»Sibongiseni Rampedi. Ihr Hausmädchen. Die werden Sie doch kennen, oder? Das ist die, die in Ihrem Haus die Böden gewischt und die dreckige Wäsche gewaschen hat. – Ah, ich sehe, Sie erinnern sich. Nun, diese Sibongiseni Rampedi sucht ihren Ehemann.«

Lisa sah die Frau, die sich als Charmaine Todd vorgestellt hatte, stumm an. Sie hatte nie darüber nachgedacht, ob Bongi jemals verheiratet gewesen war, und die hatte nie etwas darüber gesagt. Bongi war ins Haus gekommen, als Lisa schon längst ausgezogen war, und bei ihren kurzen Besuchen zu Hause hatte sie nie die Zeit gehabt, lange mit der Zulu über Dinge zu reden, die über Alltagsgeschehnisse hinausgingen. Aber sie hatte nicht vor, das jetzt zu diskutieren.

»Verschwinden Sie und suchen Sie woanders! Und wagen Sie es nie wieder, Lalisa zu betreten.« Damit schlug sie der Frau die Tür vor der Nase zu und zog den Vorhang wieder vor, ließ aber einen Spalt offen, durch den sie Charmaine Todd beobachten konnte.

Die Zulu stakste ohne Eile auf schwindelerregend hohen Absätzen über den Weg, blieb gelegentlich stehen, legte den Kopf schräg und unterzog das Haus einer eingehenden Musterung, als wollte sie den Preis abschätzen, während sie sich mit einer Hand Kühlung zufächelte.

Lisa steckte den Kopf durch den Vorhang, um besser erkennen zu können, was die Frau vorhatte. Aber die strebte jetzt dem Auto zu, das sie vorher nicht bemerkt hatte. Es stand im Schatten eines Baumes, ein SUV, leuchtend rot mit einem Stern auf der Kühlerhaube. Das neueste Modell. Lisa wusste, dass es sündhaft teuer war. Noch vor zwei Wochen hatte sie selbst damit geliebäugelt.

Völlig unvorbereitet wurde sie von dem ganz und gar unemanzipierten Gedanken überfallen, ob Mister Todd wohl einer von den südafrikanischen Schwarzen war, die auf wundersame Weise in kürzester Zeit zu Multimilliardären der lokalen Währung geworden waren, jene, die unter anderem den Umsatz der Maybach-Limousinen bei Daimler ankurbelten.

Doch sofort rief sie sich beschämt zur Ordnung. Eine erfolgreiche Geschäftsfrau, besonders eine, die, wie sie nicht leugnen konnte, offensichtlich eine sehr gute Schulbildung hatte, war sicherlich imstande, sich Ring und Auto selbst kaufen zu können. Im neuen Südafrika schoss die neue Spezies der schwarzen Unternehmerinnen wie Pilze nach einem warmen Regen aus dem Boden. Ihr Hunger nach Erfolg trieb sie an. Sie waren clever und geschäftstüchtig, und einige schafften es ganz nach oben. Auf die eine oder andere Weise.

Lisa schob ihre gedankliche Entgleisung auf ihre zerbrochene Verlobung.

Charmaine Todd indes hievte ihr korpulentes Hinterteil auf den Fahrersitz, wedelte ihr fröhlich mit einer Hand zu, der Diamant glitzerte, die roten Fingernägel glänzten wie Blutstropfen im Sonnenlicht. Dann schlug sie die Tür zu, der Motor heulte auf, die Reifen drehten durch, Sand spritzte, und alsbald war sie hinter einer Staubwolke verschwunden.

Blöde Kuh, dachte Lisa. Sie verspürte plötzlich einen überwältigenden Durst, riss die Vorhänge wieder ganz auf, öffnete die Glastüren weit und ging in die Küche. Auch die wirkte auf seltsame Weise leer, so als wären ihre Eltern seit Wochen nicht mehr zu Hause gewesen. Sie zuckte mit den Achseln und zog die schwere Kühlschranktür auf. Es stand kein Orangensaft in der Tür wie sonst immer. Vermutlich hatte ihn ihr Vater ausgetrunken und war zu bequem gewesen, eine neue Flasche aus dem Vorratsraum zu holen.

Seufzend tat sie es, goss sich ein großes Glas voll ein und nahm ein paar Schlucke. Aber der Saft war mehr als lauwarm. Ungekühlt war er nicht genießbar. Sie hoffte, dass wenigstens das Eiswürfelfach gefüllt war.

Weil die Klappe des Fachs klemmte, ruckelte sie daran, bis die Tür nachgab. Um an die Eiswürfel zu gelangen, musste sie zuerst ein faustgroßes, in einer Plastiktüte steckendes Objekt herausnehmen. Dann zog sie mit der anderen Hand den Eiswürfelbehälter heraus, der erfreulicherweise gefüllt war, und schob anschließend das Paket in der Plastiktüte zurück. Gerade wollte sie die Klappe wieder schließen, als ein Sonnenstrahl durch den Zitronenbaum vor dem Fenster auf das Paket fiel und goldblitzend reflektiert wurde.

Neugierig nahm sie die Plastiktüte wieder heraus und trug sie zur Arbeitsplatte am Fenster, um den Inhalt näher zu inspizieren. Sie öffnete den Plastikbeutel und schaute hinein.

Sie schrie nicht.

Es dauerte eine Ewigkeit, ehe ihr Verstand endlich zuließ zu erkennen, dass das verfärbte Ding, das vor ihr in einer Schmelzwasserlache lag, die abgeschnittene Hand eines Menschen war. Sie schrie auch nicht, als sie registrierte, dass es eine Frauenhand war, die einen Ring am Ringfinger trug.

Erst als die Erkenntnis Tropfen für Tropfen in ihr Bewusstsein sickerte, dass der Ring, der an diesem blauschwärzlichen Klumpen gefrorenen Fleisches saß, der Ehering ihrer Mutter sein musste, und ihr endlich klarwurde, was das bedeutete, brach der Damm.

Sie stieß einen einzigen langen Schrei aus, der nicht aufhören wollte, der wie ein scharfes Messer durch die Buschgeräusche schnitt und alle Lebewesen zum Schweigen brachte. Die Zikaden verstummten, die Tauben duckten sich ins Blättergewirr, das Licht wurde trüber, die Luft kühler. Ihre Welt hörte auf, sich zu drehen, und sie wirbelte in die schwarze Weltraumkälte davon.

Wie viel Zeit verging, bis sie wieder zu sich gekommen war, sich wieder bewegen konnte, konnte sie später nicht nachvollziehen. Als ihr Bewusstsein zurückkehrte, saß sie auf dem Fliesenboden in der Küche, und einen Meter entfernt von ihr lag die schmierig glänzende Hand. Eine Fliege hatte sich bereits darauf niedergelassen und tauchte den Rüssel in die auftauende Körperflüssigkeit.

Lisa übergab sich in hohem Bogen, kroch über den Boden zur Spüle, zog sich hoch und übergab sich noch einmal und noch einmal. Am ganzen Körper zitternd, drehte sie den Wasserhahn auf und hielt den Kopf unter den Strahl, hing mit geschlossenen Augen dort, bis die kühle, seidige Berührung des Wassers, das ihr übers Gesicht floss und in einem hypnotischen Strudel unter ihr im Ausguss verschwand, und die wieder einsetzenden Außengeräusche sie endlich zur Besinnung brachten.

Schwer atmend richtete sie sich auf, nahm ein Geschirrhandtuch, trocknete sich das Gesicht ab und kippte anschließend ein Glas Wasser hinunter. Automatisch griff sie nach der Flasche Cognac, die bei den Gläsern im Schrank stand, ließ sie dann aber doch stehen. Das Letzte, was sie jetzt gebrauchen konnte, war ein in Alkohol ertränktes, benebeltes Hirn. Sie schlug die Schranktür zu. Ihr Blick fiel auf den Boden.

Auf die Hand.

Die Hand ihrer Mutter. Die abgeschnittene, vergammelte Hand ihrer Mutter.

Die folgende Minute wurde zur schwersten, die Lisa Darling in ihrem bisherigen Leben durchgemacht hatte. Sie schlüpfte mit einer Hand in eine frische Plastiktüte, die sie von der Rolle abgerissen hatte, die neben dem Eisschrank an der Wand hing. Sie bückte sich und zwang sich, die Leichenhand am ausgestreckten Zeigefinger zu packen, der stocksteif gefroren war, durchlebte eine unvorstellbar grauenvolle Schrecksekunde, als der Finger drohte, am zweiten Gelenk abzubrechen. Doch dann schaffte sie es, die Hand in einen Plastikbeutel mit Ziploc-Verschluss zu schieben und den zu schließen. Sie hielt den Beutel mit spitzen Fingern weit von sich und trug ihn mit abgewandtem Gesicht in den Vorratsraum, wo der Tiefkühlschrank stand, öffnete den, legte die eingetütete Hand in die unterste Schublade, ganz hinten, unter den Karton mit Erdbeereis.

Danach brauchte sie geschlagene vier Minuten, um genug Kraft zu sammeln, dass sie es ins Obergeschoss in ihr Badezimmer schaffte. Erst schrubbte sie sich die Hände, bis sie wund waren, zerrte sich dann die Kleidung vom Leib, warf sie in den Abfalleimer unter dem Waschbecken, stellte sich unter die Dusche und drehte den Hahn voll auf. Dabei schoss ihr durch den Kopf, dass sie für den Rest ihres Lebens einen großen Bogen um Erdbeereis machen würde.

Nach zwanzig Minuten, in denen sie reglos unter dem rauschenden Wasserstrahl gestanden hatte – die Hände gegen die Fliesenwand gestützt, den Kopf gesenkt und die Gedanken weitgehend ausgeschaltet –, hatte sie sich wieder etwas gesammelt.

Nachdem sie sich frische Kleidung angezogen hatte, stand sie, die Unterarme auf die hölzerne Balustrade gelehnt, auf dem Balkon und starrte hinaus über das Land ihrer Familie. Sie nahm nichts von dem herrlichen Sommertag wahr, weder seine Hitze noch den fächelnden Wind, noch das schläfrige Zwitschern der Vögel, die sich zum Hitzeschlaf ins kühle Grün der Büsche zurückgezogen hatten. Schweigend betete sie sich die Tatsachen vor, die ihr bekannt waren.

Eine abgeschnittene menschliche Hand lag in ihrem Tiefkühlschrank.

Es war die Hand einer Frau, einer weißen Frau. Daran gab es keinen Zweifel.

Der Ring an dem Finger gehörte ihrer Mutter.

Gehörte auch die Hand ihrer Mutter?

Auf einmal richtete sie sich wie elektrisiert auf. Das war keine zwingende Schlussfolgerung. Nur der Ring gehörte ihrer Mutter. Die Hand konnte die einer x-beliebigen Frau sein, die zufällig den Ring ihrer Mutter trug.

Was allerdings wiederum einen Haufen anderer Fragen aufwarf, zum Beispiel die, woher diese Frau den Ehering ihrer Mutter hätte bekommen sollen und warum ihr die Hand abgetrennt wurde. Wie. Und wann.

Und von wem.

Und wie sie in den Kühlschrank von Lalisa gelangt war.

Lisa zwang sich, sich die Hände ihrer Mutter vorzustellen. Es waren schöne Hände. Schlank, schmal, kräftig. Sie stellte fest, dass sie wohl das Gefühl beschreiben konnte, wenn Melly ihr übers

Gesicht streichelte, auch an den zarten Duft ihrer Seife erinnerte sie sich. Aber besondere Merkmale, die ihr absolute Gewissheit hätten geben können, fielen ihr nicht ein. Sie wäre fast in Tränen ausgebrochen, als ihr das bewusst wurde. Unter Aufbietung ihrer ganzen Beherrschung zwang sie sich in die Küche hinunter, zwang sich, den Tiefkühler zu öffnen, die Hand wieder herauszunehmen und auf die Küchenspüle zu legen. Durch das transparente Plastik hindurch tastete sie den Körperteil mit den Augen ab.

Der Schnitt, der offenbar mit einem sehr scharfen Messer ausgeführt worden war und haargenau oberhalb der Armknochen durchs Handgelenk verlief, war von schwarzem Blut verklebt. Ihr wurde ziemlich schnell klar, dass die Verwesung zu weit fortgeschritten war, um noch irgendwelche markanten Einzelheiten ausmachen zu können. Die Haut war blau-lila-schwarz angelaufen, aufgedunsen, die ursprüngliche Form verwischt. Es war ihr nicht einmal möglich zu beurteilen, ob der Ring tatsächlich passte oder ob er zu groß oder zu klein für den Finger war.

Lisa wendete die Tüte behutsam und betrachtete den Inhalt von der anderen Seite. Mit dem gleichen Ergebnis. Es konnte die Hand ihrer Mutter sein oder auch nicht. Das würde man wohl nur mit einer DNA-Probe zweifelsfrei feststellen können.

Mit angehaltenem Atem trug sie die Plastiktüte mit dem schrecklichen Inhalt wieder zurück zum Gefrierschrank. Sie schrubbte sich erneut lange und gründlich ihre Hände, verließ dann fluchtartig die Küche, lief ins Wohnzimmer und holte ihr Handy heraus, um die Polizei anzurufen. Doch auf einmal hielt sie inne, machte kehrt, ging noch einmal in die Küche, unterdrückte mit aller Macht ihren Abscheu und holte die Plastiktüte mit der Hand wieder heraus und schüttelte sie aus der Tüte auf die Spüle.

Anschließend zog sie ihr Handy hervor, aktivierte die Kamera und fotografierte den Horror vor ihr aus allen Blickwinkeln. Nachdem sie das erledigt hatte, drehte sie die Hand mit dem Stiel eines Löffels um und nahm sie auch von dieser Seite auf.

Zum Schluss verstaute sie die Tüte samt Inhalt in einer Isoliertasche, packte Eis aus dem Eisfach drum herum und zusätzlich alle Kühlelemente, die sie finden konnte. Dann wusch sie sich zum dritten Mal die Hände, obwohl sie den Fleischklumpen nicht einmal mit den Fingerspitzen berührt hatte. Am Wohnzimmerfenster stehend, wählte sie die Nummer der Polizei. Die Kühltasche stand zu ihren Füßen.

Ihr Finger schwebte sekundenlang über der Anruftaste, dann aber zögerte sie, löschte schließlich die Nummer vom Display und tippte die von Mick Robertson ein. Der Polizei traute sie nicht.

Mick war nicht in seiner Kanzlei.

»Irgendwo unterwegs, bei Richards Bay, glaube ich«, sagte seine Sekretärin. »Versuchen Sie es auf dem Handy.«

Lisa tat es, und schon nach dem ersten Klingeln meldete er sich. Sie musste sich erst räuspern, bevor sie sprechen konnte.

»Hast du einen Moment Zeit für mich, es ist ...« Ihre Stimme schwankte. »... es ist etwas passiert.«

Dann zwang sie sich, ihm möglichst ruhig zu beschreiben, was sie gefunden hatte. Als sie damit fertig war, summte schockiertes Schweigen durch die Leitung. Im Hintergrund hörte sie das Geräusch vorbeifahrender Autos.

»Das muss ich erst mal verdauen«, sagte Mick nach einer langen Pause.

»Ich habe Fotos gemacht. Soll ich sie dir schicken?«

»Nein, nicht nötig. Bleib, wo du bist, ich drehe sofort um und komme. In zwanzig Minuten etwa bin ich da. Ich wollte mich gerade auf den Weg von Richards Bay zurück nach Umhlanga machen. Glaubst du, dass du auf Lalisa sicher bist? Sonst fahr mir entgegen, obwohl ich Bauchweh bei der Vorstellung bekomme. Du hast einen massiven Schock hinter dir, da solltest du nicht Auto fahren.«

Lisa schaute sich unwillkürlich um. Der Garten lag friedlich im Sonnenlicht vor ihr, Insekten summten, ein Glanzstar pickte auf dem Boden herum, und aus den Hibiskusbüschen trippelte eine Perlhuhnfamilie. »Natürlich bin ich hier sicher. Es ist kein Mensch da.«

Den Bruchteil einer Sekunde später explodierte ihre Welt. Ein Fenster auf der Rückseite des Hauses klirrte, dann ein zweites, jemand brüllte, ein dunkler Schemen huschte draußen vorbei, dann noch einer.

Sie wirbelte herum. Das Telefon fiel ihr aus der Hand und rutschte unter die Couch, wo es aufgeregt quakend liegen blieb. Aus der offenen Küchentür schoss eine Stichflamme, im selben Augenblick zerbarst auch im ersten Stock ein Fenster, ein Geräusch wie das Ausatmen eines Drachen aus einem Horrorfilm erfüllte die Luft, und flackernder Feuerschein tanzte über die Wände.

Lisa hechelte vor Schock, meinte mit jedem Atemzug flüssiges Feuer einzuatmen, das ihr die Lunge bis in die kleinsten Verästelungen versengte. Aber erst als die Eingangstür aufgetreten wurde, das Fenster daneben nach innen zersplitterte und im Rahmen eine dunkle, hünenhafte Figur auftauchte, schrie sie gellend auf.

18

Mick Robertson erreichte dieser Schrei, und er geriet sekundenschnell völlig aus den Fugen, sah nur noch grelles Licht. Der Schrei in seinen Ohren pulsierte. Er trat das Gaspedal bis auf den Boden durch, während er ihren Namen unablässig ins Telefon brüllte. Doch es war vergebens. Er hörte sie nur noch einmal schreien, hörte Geräusche, als fände ein Kampf statt, meinte, eine männliche Stimme ausmachen zu können, danach drang nur noch stetiges Brausen wie von einem Wasserfall durch den Hörer, dumpfes Röhren und ab und zu Knattern. Lisas Stimme hörte er nicht mehr.

Lalisa brannte, da war er sich sicher. Und Lisa war mittendrin. Mit herkulischer Anstrengung kämpfte er die Panik nieder, die seine Wahrnehmung zu trüben drohte. Hupend raste er auf der äußeren rechten Straßenseite entlang, fegte ein dahinzockelndes Auto nach dem anderen auf die linke Seite, überholte dort links, wo er nicht schnell genug vorwärtskam, explodierte fast vor Frustration, als er an der letzten Mautstelle vor der Abfahrt nach Lalisa warten musste, bis der Trottel vor ihm umständlich seine Rand- und Centstücke auf die Handfläche der Kassiererin gezählt und diese endlich die Schranke geöffnet hatte. Er knallte der Frau einen Zwanzig-Rand-Schein hin, rief ihr zu, dass sie den Rest einstecken könne, und ließ den Motor aufheulen. Sie kapierte, ließ den Geldschein verschwinden und drückte gleichzeitig auf den Knopf. Die Schranke hob sich.

Zehn Minuten später bog er auf die Zufahrtsstraße zu Lalisa ein. Schon aus dieser Entfernung konnte er das Feuer sehen. Die Flammen loderten über den Kronen der Bäume, färbten die dichten Rauchschwaden an der Unterseite glühend orange. Es musste meilenweit zu sehen sein, aber niemand war bisher zu Hilfe gekommen. Von der Feuerwehr war weder etwas zu sehen noch zu hören, aber das hatte er auch nicht erwartet. Nicht hier mitten in Zululand. Nicht wenn das herrschaftliche Haus einer der größten Privatfarmen abbrannte, nicht wenn die Farm einem Weißen gehörte, einem Weißen, der früher Polizist gewesen war. Ganz sicher nicht.

Die rote Erde unter seinen Reifen spritzte nach allen Seiten, als er direkt vor dem Tor scharf auf die Bremse trat.

Das Tor war verschlossen. Natürlich besaß er keinen Schlüssel. Er sprang vom Fahrersitz, packte die massiven eisernen Torstreben mit beiden Händen und rüttelte daran, bis ihm die Zähne aufeinanderschlugen, trat dagegen, schrie Lisas Namen, rüttelte weiter.

Es half nichts. Das Tor blieb verschlossen, niemand ließ sich sehen, und er hatte nichts, womit er das Schloss aufbrechen konnte. In fliegender Eile sah er sich um. Am Straßenrand stand eine kleine Straßenwalze. Offenbar waren hier in letzter Zeit Straßenreparaturarbeiten verrichtet worden. Sonst entdeckte er nichts, was er zum Einbrechen hätte benutzen können. Den Kleinwagen, der halb verdeckt vom Busch in der Nähe des Tors geparkt war, übersah er.

Mit einem Satz war er zurück in seinem Auto, trat bei angezogenen Bremsen das Gaspedal durch, bis der starke Motor auf Hochtouren drehte, nahm dann den Fuß von der Bremse und stemmte sich gegen das Steuerrad. Der Range Rover schoss vorwärts und rammte mit dem Kuhfänger das schmiedeeiserne Tor. Mit einem Kreischen gab es nach. Mick setzte noch einmal zurück, diesmal noch weiter, um genügend Geschwindigkeit aufbauen zu können, fuhr an und rammte die Torflügel so weit auseinander, dass er den Wagen durchzwängen konnte.

Metall kratzte über Metall, sein linker Rückspiegel brach, aber

Sekunden später war er durch und prügelte sein Auto über die von Schlaglöchern durchzogene Straße, das Feuer, das wie ein Fanal am Himmel stand, immer vor Augen.

Bald konnte er das Prasseln hören, die Funkengarben sehen, die hochschossen. Er roch den Rauch und musste bald die Scheibenwischer anstellen, um die Ascheflocken beiseitezufegen, die ihm die Sicht zu nehmen drohten. Als er den Garten Lalisas erreichte, fuhr er quer über Zierbüsche und Blumenbeete, bis er nicht mehr weiterkam und festsaß. Automatisch drehte er den Zündschlüssel. Der Motor erstarb.

Fassungslos starrte Mick durch die verdreckte Frontscheibe auf die Szene vor ihm.

Lalisa brannte lichterloh. Das gesamte Haus war ein tosendes, funkensprühendes Flammenmeer, das Röhren der Feuersbrunst übertönte alle Geräusche. Und nirgendwo sah er Menschen. Keine Lisa, Bill nicht und auch keinen der Farmarbeiter.

Die feinen Härchen in seinem Nacken stellten sich auf. Eine Farm wie Lalisa war nie menschenleer. Wie betäubt tastete er nach seiner Pistole, die immer im Handschuhfach lag. Er steckte sie in den Hosenbund, öffnete die Autotür und stieg aus. Die Hitze, die ihm entgegenschlug, war so brutal, dass er die Arme vors Gesicht riss und zurückwich. Es war völlig unmöglich, auch nur in die Nähe des Hauses zu gelangen, ohne gegrillt zu werden.

Tränen stürzten ihm aus den Augen, vom Rauch und auch von der Gewissheit, dass kein Mensch dieses Inferno hätte überleben können. Heftig wischte er sie weg. Dazu war jetzt keine Zeit. Er musste Lisa finden.

Aber er konnte sich nicht rühren. Ihr Schrei gellte ihm noch jetzt in den Ohren, löste glühend heiße Blitze in seinem Kopf aus, unablässig, bis er glaubte, es nicht mehr aushalten zu können. Mit beiden Händen griff er sich an die Schläfen, warf den Kopf zurück und stieß einen Schrei aus, der den in seinem Kopf übertönen sollte. Sein Brüllen wurde vom Tosen des Feuers verschluckt, aber

Lisas Hilfeschrei schrillte in ihm fort, und er wusste, dass dieser Schrei ihn bis ans Ende seines Lebens nicht loslassen würde.

Schluchzend suchte er den Garten ab. Die sengende Feuerhitze hielt ihn auf Abstand, aber er überschritt immer wieder die Schmerzgrenze, bis Funken Brandlöcher in seine Anzughose und das hellblaue Hemd brannten und die Haut seiner Hände Blasen zog. Gegen alle Vernunft hoffte er, dass Lisa es irgendwie geschafft hatte zu entkommen. Mit aller Macht blockierte er die Bilder, die sich ihm aufdrängten.

Lisa im Haus gefangen, eingeschlossen von Flammen, jeder Fluchtweg versperrt.

Lisa als lebende Fackel.

Lisa.

Und danach nichts als das tiefe Röhren des Feuers, dieses grauenvolle Brausen, das geradewegs aus dem geöffneten Höllenschlund zu kommen schien.

Er schüttelte sich, als hätte er einen Schlag aufs Kinn bekommen, zwang sich, sich zusammenzureißen, zwang sich, nüchtern die Tatsachen zu prüfen. Vielleicht hatte er etwas übersehen. Vielleicht war doch ein Wunder geschehen.

Gleich darauf brach er innerlich wieder zusammen, weil er die Tatsachen kannte. Auch er hatte das wiederholte Splittern gehört, Sekunden bevor sie schrie, und es war sofort klar gewesen, dass mehrere Molotowcocktails oder Ähnliches ins Haus geschleudert worden waren. Es hatte mit Sicherheit gleichzeitig an mehreren Stellen zu brennen angefangen. Es gab keine Möglichkeit, dass ihr die Flucht aus diesem Inferno gelungen war. Auch wenn die Feuerwehr schnell zur Stelle gewesen wäre, Lisa hatte nie eine Chance gehabt. In einem Haus mit viel Holz, Teppichen und Vorhängen breitete sich Feuer explosionsartig aus. Selbst wenn sie nicht gleich verbrannt war, die Flammen hätten ihr keinen Sauerstoff gelassen, und der Rauch hätte ihr den Rest gegeben. Innerhalb von Sekunden.

Lisa hatte ihn für immer verlassen. Als ihn diese Wahrheit traf, platzte sein Herz, wurde zu einem heißen, schweren Klumpen, hörte buchstäblich auf zu schlagen. Seine Zukunft, die ihm eben noch so warm und leuchtend erschienen war, erstreckte sich kalt und schwarz vor ihm. Er schwankte.

Als sein Herzschlag mit harten Schlägen wieder einsetzte, schleppte er sich zu einem Felsen, der als Dekoration am Rand des Gartenwegs stand, und ließ sich darauffallen. Er wusste, dass er sich nicht von der Stelle rühren konnte, bis die letzte Flamme erloschen war. Er starrte in die tanzenden Flammen. Die Tränen strömten ihm aus den Augen. Er wischte sie nicht weg.

Irgendwann – ob Stunden oder nur Minuten vergangen waren, konnte Mick nicht sagen, auf jeden Fall war das Fauchen des Feuers etwas leiser geworden – drang ein anderes Geräusch an seine Ohren. Eine tiefe Männerstimme, ein kurzer Schmerzensschrei und kräftige Schritte. Er sprang auf.

Aus den schwarzen Rauchschwaden kam eine geisterhafte Erscheinung, ein bulliger Schwarzer, ein Klotz von einem Mann mit aschgrauer Haut und rauchgeröteten Augen. Er trug ein schwarzes T-Shirt mit abgeschnittenen Ärmeln und ein rotes Piratentuch um die Stirn. Die Oberarme hatte den Umfang von normalen Oberschenkeln, in seinen muskulösen Pranken zappelten zwei Männer, einer rechts, einer links, und beide waren von dunkler Hautfarbe, waren nicht viel kleiner als der, der sie gepackt hielt.

»Hallo, Sir«, knurrte er und bleckte seine weißen Zähne wie ein Raubtier. »Gehören Sie zur Familie?«

Mick stierte ihn sprachlos an, als sähe er eine Erscheinung aus einer anderen Welt.

»Nun?« Der Mann musterte ihn angriffslustig.

»Was?«, sagte Mick und fühlte sich wie in freiem Fall.

»Gehören Sie zur Familie? Halt still, du Sohn von Impisi, der stinkenden Hyäne«, raunzte der Schwarze den an, der von seiner rechten Faust hing, und grunzte zufrieden, als der Mann nicht mehr wagte, sich zu rühren.

Endlich kam Mick zu sich. Er sprang vom Felsen auf. »Was geht Sie das an? Wer sind Sie? Was haben Sie auf Lalisa zu suchen?«

Seine Stimme stieg und wurde zunehmend aggressiver. Rote Flecken tanzten vor seinen Augen, das Blut rauschte ihm in den Ohren. Er ballte die Fäuste, wurde von der völlig ungewohnten Lust überfallen, diesen Kerl zusammenzuschlagen, bis der sich nicht mehr rührte. Irgendwie musste er diesen furchtbaren Schock loswerden, egal, wie. Er baute sich vor dem Schwarzen auf, so dicht, dass er den Atem des Mannes auf der Haut spüren konnte.

»Antworten Sie!«, brüllte er und merkte, wie gut es ihm tat zu schreien. Ihm war es völlig gleich, dass der Schwarze vor ihm die Statur eines Schwergewichtsboxers hatte und ihn vermutlich in Sekundenschnelle fertigmachen konnte und würde. Jeder Schmerz war willkommen, wenn er nur diesen elementaren, der ihn in Stücke riss, den er nicht eine Sekunde länger ertragen konnte, auslöschte. Er zog seine Pistole aus dem Gürtel.

Der Zulu blickte zuerst auf ihn, dann auf die Pistole. Ein spöttisches Grinsen bog seine Mundwinkel hoch.

»Entspann dich, Mann. Easy. Ich hab das nicht angerichtet. Das waren diese zwei Schweinekerle hier.« Zur Demonstration schlenkerte er die Schweinekerle kräftig von einer Seite zur anderen.

Während er redete, neigte sich der Balkon des Hauptschlafzimmers nach vorn, brach von der Hausmauer und krachte in die auflodernden Flammen. Fauchend verschlang das Feuer die Balkenkonstruktion.

»Scheiße, Mann, da bleibt nichts mehr zurück«, sagte der Schwarze.

»Phika, wo bist du?« Eine raue Stimme aus dem Rauch, unterbrochen von Hustenanfällen. Die Stimme eines Jungen oder einer

Frau, die Zulu gesprochen hatte, kaum zu verstehen durch das Brüllen des Brandes.

»Auf der Rückseite«, rief der große Schwarze.

»Ich will mit den Mistkerlen reden, bevor du sie schlachtest!« Wieder dieses harte Husten, gefolgt von harschen Atemzügen und Würgegeräuschen.

»Der Boss wird bald hier sein. So lange warte ich noch«, rief der Mann, der Phika hieß, und grinste.

Mick Robertson fixierte ihn unter gesenkten Brauen. Er hatte nicht die geringste Ahnung, was hier vor sich ging. »Wer war das? Deine Komplizin? Und wer ist der Boss?«, fuhr er ihn an, ebenfalls auf Zulu.

Als Antwort zeigte der Bullige mit dem Kinn auf Micks Geländewagen, der mitten in einem Bett von üppigen rosa Fleißigen Lieschen zum Stehen gekommen war. »Ist das dein Auto? Hast du da drin was, womit wir diesen Herren die Hände und Füße festbinden können, damit sie sich nicht aus dem Staub machen? Dann fällt mir das Plaudern leichter.«

Mick trat dicht an ihn heran, hielt die Pistole mit ausgestreckten Armen in beiden Händen und zielte aus zehn Zentimetern Entfernung genau auf das grinsende schwarze Gesicht. »Ich will jetzt wissen, was hier vorgeht, Mann. Schnell, ehe mein Finger zuckt! Wer außer dir ist noch hier, und wer ist der Boss?«

Ich klinge wie ein amerikanischer Gangster, dachte er noch, als er wieder die andere Stimme hörte, diesmal auf Englisch, und diesmal war sie eindeutig weiblich.

»Mick? Dem Himmel sei Dank …!« Der Rest ging in Husten über.

Der Satz traf Mick wie ein Stromstoß. Er wirbelte herum, die Pistole unbewusst immer noch im Anschlag.

Vor dem dramatischen Hintergrund der Feuersbrunst kam ein grauer Schemen aus dem Rauch. Eine Frau. Die Haut von Ruß verschmiert, die Augen gerötet, das hellblonde Haar verdreckt, die ehemals weiße Bluse dunkelgrau. Von Brandlöchern und Blutflecken übersät, hing sie über ihre Shorts, ein Ärmel war abgerissen, der andere zerfetzt, und über Arme und Beine quoll aus mehreren Schnittwunden Blut. In einer Hand trug die Frau eine quietschrosa Kühltasche.

Aus den wirbelnden Aschewolken kam sie auf ihn zu. Ein Sonnenstrahl drang durch die Rauchschwaden und berührte ihr Haar. Es leuchtete auf, als trüge sie eine goldene Krone.

Mick Robertsons Knie gaben nach, die Pistole glitt ihm aus den Händen und fiel auf die Erde. »Lisa«, flüsterte er. Mehr bekam er nicht heraus.

Lisa ließ die Tasche fallen und war mit wenigen Schritten in seinen Armen, verbarg ihr Gesicht an seinem Hals, klammerte sich so fest an ihn, dass sie ihm glatt die Luft abschnürte. Sie sagte nichts, aber er spürte ihren warmen Atem an seinem Hals, ihr Zittern, ihren rasenden Puls.

Eine Ewigkeit standen sie so da, wagten nicht, sich voneinander zu lösen, als wollten sie diesen Moment, in dem es nur sie zusammen gab – kein Feuer, keinen Schrecken, keinen Tod –, bis ans Ende der Zeit bewahren.

»He, ist das Ihr Mann, Miss Lisa?« Der sahnige Bass des großen Zulu.

Die Worte wirkten wie ein Guss kalten Wassers. Lisa befreite sich aus Micks Armen und trat einen Schritt zurück. »Entschuldigung«, stammelte sie. »Ich wollte nicht … es ist nur …«

Und dann stürzten ihr die Tränen aus den Augen. Mick sah, wie sie dagegen ankämpfte, sah, dass sie es nicht schaffte, wollte sie wieder in seine Arme ziehen, aber sie wehrte ihn mit weit vorgestreckten Händen ab und schluchzte dabei, dass ihm fast das Herz brach. »Bleib, wo du bist … Sei nicht lieb zu mir, versuche nicht, mich zu trösten, das kann ich jetzt nicht verkraften …« Sie wurde von einem scharfen Zischen unterbrochen.

Mit einer haushohen Stichflamme brach hinter ihnen das

Dach von Lalisa ein, begleitet von einem langgezogenen Schrei, als würde ein Wesen bei lebendigem Leibe verbrannt. Das Feuer bäumte sich wie ein wütendes Tier auf und fraß brüllend die letzten Reste von Lalisa auf. Der Feuerwind zog einen leuchtenden Funkenschleier bis hinauf in den kobaltblauen Himmel und bot für Minuten ein grandioses Farbschauspiel.

Lisa sah versteinert zu, wie ihr Elternhaus sich in Todesqualen wand. Mit beiden Händen schützte sie ihr Gesicht gegen den tödlichen Atem des Feuers, ihr Schluchzen verebbte, als würde die Hitze sie austrocknen. So stand sie da, während die rußgeschwärzten Wände einbrachen, die Balken wie Fackeln loderten, die geborstenen Scheiben schmolzen.

Mick Robertson stand hinter ihr und überlegte fieberhaft, was er unternehmen konnte, um sie von diesem Horror wegzubringen. Vorsichtig berührte er sie an der Schulter, um sie nicht zu erschrecken. »Lisa …«

Trotzdem fuhr sie zusammen. Mit trüben, aber trockenen Augen und ausdruckslosem Gesicht sah sie ihn an. Sie wirkte völlig gefasst. »In der Kühltasche dort ist die Hand«, sagte sie und wies auf die rosa Tasche. »Ich habe zwar Kühlelemente hineingepackt, aber sie muss schleunigst auf Eis gelegt werden. Ihr … Zustand ist nicht gut.« Für einen Moment starrte sie wieder ins Feuer. »Ich muss meinen Vater erreichen«, sagte sie dann leise. »Bitte gib mir dein Handy. Meins ist da drinnen.« Mit einer kurzen Bewegung zeigte sie auf das Inferno.

Wortlos reichte er es ihr. Was sollte er sonst auch tun?

Sie vertippte sich drei Mal, ehe die Nummer stimmte und es klingelte. Sofort erklang die sattsam bekannte blecherne Frauenstimme, die ihr mitteilte, dass der Teilnehmer nicht zu erreichen sei. Frustriert brach sie den Anruf ab.

»Er hat sein Telefon ausgestellt, verdammt! Ich kann ihn nicht erreichen, und Mama … Mama …« Sie stockte und holte tief Luft, zwang sich, das Unfassbare auszusprechen. »Mama ist tot.«

»Da kommt der Boss«, sagte der große Zulu, in dessen Pranken sich noch immer die beiden Brandstifter krümmten.

»Boss?« Lisa sah über die Schulter. »Roderick«, rief sie erstaunt. »Wo kommst du denn her?« Sie lief ihm entgegen.

Mick konnte von Roderick Ashburtons Gesichtsausdruck unschwer ablesen, welchen Schock ihm die Szene, die sich ihm darbot, versetzte.

»Herr im Himmel, das ist ja grauenvoll«, flüsterte er entgeistert. »Was ist hier passiert?«

Lisa hustete anhaltend, und offenbar bemerkte Roderick erst jetzt ihren Aufzug, das zerfetzte Hemd, die Brandlöcher, das Blut, das in der Strahlungshitze getrocknet war und sich in schwarzen Rinnsalen über ihre Arme schlängelte. Langsam dämmerte Verstehen in seinen Zügen.

»Mein Gott, Lisa, bist du da drin gewesen, als es losging?«

Lisa nickte. »Im Wohnzimmer. Und wenn Phika Khumalo«, ein schwaches Lächeln erschien in ihren Mundwinkeln, als sie den Zulu ansah, »wenn er nicht die Eingangstür eingetreten, mich wie einen Mehlsack über die Schulter geworfen und hinausgetragen hätte, wäre ich da jetzt noch drin, mittlerweile zweifellos zu einem Häufchen Asche verbrannt.« Sie machte einen Schritt auf den Zulu zu, sah ihm in die Augen und legte eine Hand an seine Wange.

»Ngiyabonga kakhulu, mein Freund. Ich verdanke dir mein Leben.«

Der Zulu grinste verlegen. »Ich werde für den Rest meines Lebens die Verantwortung für Ihr Leben haben, so will es unsere Tradition«, antwortete er. Dann wandte er sich an Roderick. »Boss«, sagte er und schüttelte seine strampelnden Gefangenen mit einer Leichtigkeit, als wären sie schwache Kätzchen. »Diese Herren habe ich hinter dem Haus eingefangen. Hab sie dabei erwischt, wie sie Molotowcocktails durch die Fenster geworfen haben. Ich werde sie bei der Polizei abliefern.«

Plötzlich blitzte etwas wie teuflisches Vergnügen in seinen Augen auf.

»Oder sollte ich mich erst persönlich mit euch unterhalten?«, fragte er die beiden Schwarzen mit übertrieben hochgezogenen Brauen und schüttelte sie noch einmal.

Von den beiden Gefangenen war lediglich ein panisches Wimmern zu hören. Der bullige Zulu zeigte seine kräftigen weißen Zähne.

»Offensichtlich wollen sie lieber mit der Polizei reden. Hat jemand ein Seil da, damit ich sie verschnüren kann? Ich brauche meine Hände für wichtigere Dinge.«

»Ich hab eins im Wagen, warte hier.« Roderick sprintete in weitem Bogen um das immer noch lodernde Feuer herum und erschien kurz darauf mit einem kräftigen Seil.

»Also, hamba shesha, meine Herren, im Gleichschritt, marsch!«, röhrte Phika Khumalo. Er stieß die beiden Gangster zu Rodericks Auto und zwang sie, sich dort flach auf den Boden zu legen. »Rühr dich ja nicht«, knurrte er den einen an, dem anderen setzte er einen Fuß in den Nacken und begann ihn fachmännisch zu fesseln.

Erst band er die Handgelenke auf dem Rücken zusammen, dann führte er das Seil zu den Füßen. Mit einem kräftigen Tritt bedeutete er dem Mann, dass er die Beine anwinkeln solle, zog das Seil stramm und verknotete es um die Fußgelenke. Die gleiche Prozedur musste der andere Gangster über sich ergehen lassen.

»Sie passen nicht in mein Auto, Boss. Ich muss sie in den Geländewagen packen, damit wir sie zur Polizei bringen können.« Auf ein Nicken von Roderick hin warf er die Männer nacheinander wie zwei Kartoffelsäcke auf die Ladefläche des Landrover und knallte die Klappe zu. Mit der flachen Hand schlug er auf das von Sonne und Feuerhitze glühende Metall. »Vielleicht sollten wir sie ein wenig darin kochen lassen?« Wieder zeigte er ein wölfisches Grinsen.

Lisa hatte der Szene ohne äußerliche Regung zugesehen. »Welcher Engel hat dich rechtzeitig geschickt, um mich da herauszuholen? Wie bist du durchs Tor gekommen? Es ist abgeschlossen.« Sie blickte Phika Khumalo an.

»Miss Benita hat mich hergeschickt. Sie hat versucht, Sie anzurufen, aber keine Antwort bekommen. Dann hat sie auf Inqaba angerufen, da waren Sie auch nicht, also hat sie mich hierhergeschickt, um Ihre Eltern zu fragen, wo sie Sie erreichen kann. Sie will Sie zum Essen in ihr Haus einladen. Und ich bin über den Zaun geklettert, weil niemand aufgemacht hat.« Der Zulu grinste.

»Ein Hoch auf Benita«, sagte Mick und nahm sich vor, Phika Khumalo eine nette kleine Entschädigung für seine Anstrengung zukommen zu lassen. »Phika Khumalo«, murmelte er dann mehr zu sich selbst. »Warum kommt mir der Name so bekannt vor?«

Ein dickes Lachen rumpelte in Phika Khumalos Bauch. »Man nannte mich auch Imfene, den Pavian, dem kein Fenster zu hoch ist, der überall hineinkommt.« Spöttisch beobachtete er, wie bei Mick Robertson langsam der Groschen fiel.

»Imfene ... das war ein Verbrecher, der unzählige Raubüberfälle begangen hat, der jahrelang von der Polizei gesucht wurde, weil er beim Ausbruch aus dem Gefängnis einen Wärter erschlagen haben soll, was sich dann aber als unwahr herausgestellt hat. Der Imfene? Der geholfen hat, den Vice-Colonel zu erwischen?«

»Yebo!« Phika Khumalo trommelte sich stolz auf die Brust. »Der Imfene!«

Mick reichte ihm die Hand zum traditionellen Dreiergriff der Afrikaner. »Ich bin stolz, dich kennenzulernen! Mein Name ist Mick.«

»Und wer sind Sie?« Roderick stand mit den Händen in den Hosentaschen etwas abseits und hatte der Szene interessiert zugesehen.

Lisa stellte sie vor. »Roderick, das ist Mick Robertson, Jurist aus Umhlanga, der …«

»Der Sohn von Neil Robertson, natürlich«, unterbrach sie Roderick. »Hi, Mick, ich bin Roderick. Wir haben ja schon wegen der ›Verlorenen Seelen‹ miteinander telefoniert. Schön, dich endlich kennenzulernen. Du bist hier, um die Polizeiakten im Nyathi-Fall zu durchforsten?«

»Genau. Eine staubige Angelegenheit. Wir sollten uns zusammensetzen.«

Lisa hatte der Unterhaltung nur mit halbem Ohr zugehört, während sie den muskelbepackten Phika genauer musterte. Irgendwie kam er ihr bekannt vor. Dann fiel es ihr ein. Das war der Mann, den sie gestern auf Inqaba gesehen hatte. Nun war ihr auch klar, warum der Zulu so geduldig vor dem Empfangshaus gewartet hatte.

»Ich hab dich gestern auf Inqaba gesehen. Du bist der Bodyguard der Ashburtons, habe ich Recht?«, sagte sie.

Phika Khumalo konnte sich sein zähneblitzendes Grinsen nicht aus dem Gesicht wischen. Er nickte. »Von Miss Benita.«

»Kennst du die Männer, die das Haus angezündet haben?«, fragte ihn Lisa. »Ich muss wissen, wer sie sind. Wer sie geschickt hat. Sie sehen zu dämlich aus, um den Überfall allein geplant zu haben.« Sie krümmte sich in einem heftigen Hustenanfall.

»Lisa, überlass das der Polizei. Ich fahre dich jetzt ins Krankenhaus.« Mick Robertson war mit einem Schritt dicht neben ihr. »Du hast offensichtlich eine Rauchvergiftung, und deine Wunden müssen unbedingt behandelt werden.« Behutsam nahm er ihren Arm, um sie zum Auto zu geleiten.

Aber Lisa machte sich los und schob ihn von sich. »Danke, aber ich bin okay. Ich habe nur Husten, aber mir ist nicht schwindelig, und benommen bin ich auch nicht. Das kann warten. Lass mich.« Sie hob beide Hände, als Mick anfing zu protestieren. »Mick, verstehst du nicht, dass ich meine Mutter suchen muss?

Ich muss wissen, ob sie wirklich tot ist … Was man mit ihr gemacht hat. Ich glaube nämlich, dass sie einem Muthi-Mord zum Opfer gefallen ist …«

Ihre Stimme rutschte weg, ihr Atem kam stoßweise, sie krallte sich an Micks Oberarm, um nicht auf der Stelle umzufallen.

Mick war aufs Höchste besorgt. Nur mit Mühe konnte er sich davon abhalten, sie einfach in die Arme zu nehmen und sie in Sicherheit zu bringen, irgendwohin, weit weg von diesem Horror. Aber sie brauchte jetzt all ihre Kraft, das hatte er verstanden. Jede Form von Mitleid würde ihre eiserne Selbstbeherrschung zerstören, würde sie so erschüttern, dass sie vollkommen zusammenbrechen würde, und das wollte er ihr nicht antun. Also hielt er nur ihre Hand, ganz fest, und ließ sie dabei nicht aus den Augen.

»Muthi-Mord! Was geht hier vor?« Roderick Ashburton war unter seiner tiefen Sonnenbräune blass geworden. »Allein der Gedanke jagt mir Eiseskälte durch die Adern. Bei meinen Streifzügen durch Zentralafrika bin ich einmal über ein Opfer eines Ritualmordes gestolpert … Der Anblick hat für jahrelange Albträume gereicht, kann ich euch versichern.«

Lisa hustete wieder. Sie zeigte auf die Kühltasche. »Das habe ich in unserem Eisfach gefunden.«

Mit beklommenem Ausdruck zog Roderick die Tasche heran, öffnete den Reißverschluss und wühlte sich durch die Kühlelemente hindurch, bis er die Plastiktüte ertastete. Er zog sie heraus und hielt sie hoch. Seine Miene erstarrte.

Lisa blieb, wo sie war. Mick Robertson sah, dass ihr Gesicht die Farbe von Roggenschleim angenommen hatte, und stellte sich fürsorglich neben sie, falls sie in Ohnmacht fiel.

Aber Lisa Darling war hart im Nehmen. Sie fiel nicht um, und sie hoffte, dass keiner der Männer merkte, wie nahe dran sie gewesen war. Vorsichtig atmete sie tief ein, spürte, wie ihr das Blut durch die Adern strömte, ihr Herz einen Gang herunterschaltete und ihre Kraft zurückkehrte.

Inzwischen schien Roderick begriffen zu haben, was er da vor sich hatte. »Ist das die ... ist die von ... deiner Mutter?«, flüsterte er rau.

Lisa räusperte sich. »Ich kann nicht mit Sicherheit sagen, dass es ... ihre Hand ist. Sie ist ja völlig ...« Mit einer knappen Geste deutete sie an, was sie meinte. »Aber der Ring ist der Ehering meiner Mutter. Sie hat ihn seit der Hochzeit nicht mehr abgenommen. Ich glaube, dass sie ihn nicht einmal mehr über den Knöchel schieben konnte. Wenn das nicht ihre Hand ist, muss ihn ihr jemand mit Gewalt abgenommen haben ... Jemand muss ihr den Finger ...«

Weiter kam sie nicht. Wieder schossen ihr die Tränen in die Augen, aber sie würgte sie gewaltsam hinunter, kaschierte den Gefühlsausbruch mit Husten.

Mick und Roderick wechselten einen schnellen Blick über ihren gebeugten Kopf hinweg. Mick machte einen Schritt auf sie zu, aber Roderick schüttelte fast unmerklich den Kopf.

»Nicht, lass sie«, flüsterte er.

Mick blieb stehen, schaute ihn aber fragend an.

Lisa hatte die Kopfbewegung wohl wahrgenommen, und auch Micks Reaktion.

»Danke«, sagte sie leise, schlang dabei die Arme um den Leib, als fröre sie. »Im Pool-Haus ist eine Dusche. Ich muss dieses Zeug von mir abwaschen.« Damit lief sie den Weg entlang, der zum Schwimmbad führte.

Roderick und Mick schauten ihr nach. Roderick räusperte sich. »Meine Frau reagiert haargenau so. Stur wie ein Maulesel, tapfer, dass es einem die Tränen in die Augen treibt, und ein Rückgrat, das einem Besenstiel Konkurrenz macht. Falls ich deine Reaktionen richtig interpretiere, ist dein Interesse an Lisa nicht nur beiläufig. Dann ist es besser, wenn du dich schnell daran gewöhnst.«

Mick kommentierte Rodericks Bemerkung mit einem Lächeln. Er wusste genau, was der Engländer meinte.

Lisa rannte die letzten Meter zum Pool und sprang kopfüber hinein, ohne Bluse oder Shorts auszuziehen. Als das gechlorte Wasser über ihre Wunden wusch, schnappte sie vor Schmerz nach Luft. Aber sie ertrug es, tauchte mehrmals unter, ehe sie zum flachen Ende schwamm, über die breiten Treppenstufen den Pool verließ und in das kleine Haus ging, in dem ihr Vater neben dem Raum, in dem Liegen und die dazugehörigen Auflagen gestapelt waren, ein volles Duschbad mit Toilette hatte einbauen lassen.

Nur noch wenige Schritte trennten sie vom Haus, als sie eine Bewegung im tiefen Schatten der Büsche wahrnahm. Abrupt blieb sie stehen, war sich nicht sicher, ob sie sich geirrt hatte oder ihre überreizten Sinne ihr vielleicht einen Streich spielten. Der Wind trug dicke Ascheflocken vom Brandherd herüber, die als sanfter grauer Regen auf die Blätter niedersanken, ein Zweig knackte, Sonnenstrahlen flirrten durchs Grün. Sie blinzelte ins Gegenlicht, konnte nichts erkennen, entschied, dass sie Gespenster sah, und machte einen Schritt aufs Häuschen zu.

»Miss Lisa.« Eine raue Stimme, nicht laut, aber deutlich zu verstehen. Hinter ihr.

Sie fuhr herum, erkannte aber sofort, wer da so plötzlich aufgetaucht war. »Tokoloshe! Was machst du hier?«

»Nichts«, antwortete der Schwarze. »Hab das Feuer gesehen«, setzte er nach einer Pause hinzu, rührte sich aber sonst nicht.

Argwöhnisch ließ sie ihren Blick über seine Gestalt wandern. Er war also hier gewesen, als das Feuer ausbrach. Hatte er etwas damit zu tun? Seine Kleidung war relativ sauber, auf jeden Fall nicht mit Ruß verschmutzt. War er es, der eben noch neben dem Pool-Haus gestanden hatte? Mit dem Handrücken wischte sie sich das Wasser aus dem Gesicht, das ihr aus den Haaren tropfte.

Dabei wurde sie sich der Tatsache bewusst, dass die Bluse, die ihr auf der Haut klebte, durch die Nässe fast durchsichtig geworden war, hoffte nur, dass das nicht auch auf ihren BH zutraf. Sie warf Tokoloshe einen beunruhigten Blick zu, aber der Zulu zeigte keinerlei Reaktion. Vorsichtshalber verschränkte sie aber die Arme vor der Brust.

»Tokoloshe, was weißt du über das Feuer? Wer hat es gelegt?«

Tokoloshe zog eine Grimasse, zuckte die Schultern und hob beide Hände, Handflächen nach oben. Eine internationale Geste, auch ohne Erklärung zu verstehen.

Er weiß etwas, dachte Lisa, während sie den Zulu unverwandt ansah, aber ich werde es nicht herausbekommen. Aber immerhin hatte Phika Khumalo zwei der Brandstifter erwischt, tröstete sie sich, die würden schon irgendwann den Mund aufmachen.

»Tokoloshe, ich brauche deine Hilfe«, sagte sie und überlegte sich genau, was sie als Nächstes sagen wollte. Dabei verdrängte sie die Erinnerung an das Wolfsgrinsen, das er ihr gezeigt hatte, als sie ihn nach der Bedeutung seines Namens gefragt hatte. Yebo, ein ziemlich böser Geist, hatte er bestätigt.

»Meine Mutter ist verschwunden«, fuhr sie fort, »und ich habe große Angst, dass ihr etwas zugestoßen ist. Ich möchte, dass du einige der Farmarbeiter holst und mit ihnen nach ihr suchst. Erinnere sie daran, dass praktisch jeder von ihnen in die Schule gegangen ist, die sie gegründet hat, und erinnere sie daran, wer ihre Arztbesuche bezahlt.«

Eigentlich war sich Lisa im Klaren darüber, dass sie auf Dankbarkeit nicht zählen konnte. Was ihre Mutter für die einheimische Bevölkerung tat und getan hatte, wurde als selbstverständlicher Ausgleich für die Ungerechtigkeiten der Apartheidzeit hingenommen. Natürlich war das zu verstehen, aber wenn sie ihn zur Mithilfe bewegen wollte, musste sie einen größeren Ansporn bieten.

»Wer sie findet oder mir sagt, wo ich sie finden kann, wird von mir zweitausend Rand bekommen.« Sie sah die dunklen Augen von Tokoloshe aufglühen. Der Preis war also hoch genug.

Der Zulu hatte beide Hände in die Taschen seines königsblauen Overalls gesteckt, tänzelte ein paar Schritte und kickte einen Kiesel aus dem Weg. »Wo sollen wir suchen?«, fragte er dann, seine Miene unergründlich.

Innerlich stieß Lisa einen erleichterten Seufzer aus. »Ihr sollt ganz Lalisa absuchen. Fangt beim Tor an, sucht jeden Meter ab, achtet auf Höhlen, Erdlöcher, alles, wo ein Mensch hineinpasst. Durchsucht die Ställe und die alten Schuppen. Und du, Tokoloshe, durchsuchst die Unterkünfte der Farmarbeiter. Du allein. Hörst du? Dir vertraue ich das alles an.«

Zwar hatte sie keinerlei Hoffnung, dass ihre Mutter ausgerechnet irgendwo auf Lalisa versteckt gehalten wurde, hatte eigentlich keine Hoffnung, dass sie überhaupt noch lebte, aber sie musste einfach etwas tun, auch wenn es im Grunde genommen blinder Aktionismus war, sonst würde sie über kurz oder lang durchdrehen.

»Ich höre es«, sagte Tokoloshe und betrachtete dabei intensiv seine hornigen Zehen.

»Heute Abend, eine halbe Stunde vor Sonnenuntergang, kommst du zum Haus … zur Ruine und berichtest mir. Sag den anderen, dass jeder zweihundert Rand bekommt, der hilft. Aber das trifft nur auf unsere Farmarbeiter zu. Verstanden?« Ohne diese Einschränkung würde sie sich Hundertschaften von Freiwilligen gegenübersehen. »Hamba kahle, Tokoloshe.«

Sie wartete, bis sich der Zulu entfernt hatte, dann duschte sie ausgiebig, bis der schmierige Aschefilm von ihrer Haut und aus den Haaren abgewaschen war. Nachdem sie sich gründlich mit einem etwas schimmelig riechenden Handtuch abgetrocknet hatte, riss sie mit einem kräftigen Ruck die Blusenärmel ab und rollte Bluse und Shorts hinterher fest in einem trockenen Handtuch aus, ehe sie beides wieder anzog. Die Enden der Bluse verknotete sie in der Taille. Nach einigem Suchen fand sie im Medizinschrank neben der Duschkabine Pflaster und antiseptische Salbe und behandelte ihre Verletzungen. Zum Schluss schüttelte sie ihr Haar auf, kämmte es mit ihren Fingern nach hinten und machte sich dann auf den Weg zurück zu Mick und Roderick.

Erst jetzt kam ihr wieder Charmaine Todd in den Sinn. Sie musste Mick und Roderick unbedingt von dieser Frau erzählen, von dem, was sie gesagt hatte.

Nach wenigen Schritten kam sie an einem zerstörten Blumenbeet vorbei. Sie wäre achtlos weitergegangen, wenn sie nicht durch einen dichten Schwarm Schmeißfliegen auf etwas aufmerksam geworden wäre, das mitten zwischen den brusthohen orangeroten Cannas lag. Als sie näher kam, schlug ihr süßlicher Verwesungsgestank entgegen. Sie hielt einen Blusenzipfel über den Mund und beugte sich vor. Und erstarrte.

Es war Mac. Jemand hatte so lange auf den Schädel des großen Hundes eingeschlagen, bis dieser nur noch eine blutige Masse war. Das Schlimmste aber war, dass jemand dem Tier die besten Fleischstücke weggeschnitten und nur ein paar Knochen, den Schädel und den Schwanz übrig gelassen hatte. Im ersten Augenblick verstand sie nicht, was sie da sah. Sie starrte mit geweiteten Augen auf die Überreste ihres Hundes, bis ihr auf einmal ein Filmbeitrag einfiel, den sie vor nicht allzu langer Zeit in den Nachrichten gesehen hatte. Da immer wieder Haustiere auf Nimmerwiedersehen verschwanden, hatte ein Privatsender einen Reporter darauf angesetzt. Die Bilder, die er zeigte, verursachten einen Aufschrei im ganzen Land.

»Leute sind hungrig«, hatte der Reporter erklärt. »Deswegen legen sie Schlingen aus, in Parks oder in der Nähe von Einfamilienhäusern mit großen Gärten, wo es meist mehrere Haustiere gibt. So endet halt manche Katze und mancher Hund im Kochtopf.«

Jemand hatte Mac geschlachtet!

Lisa wurde von einer so weiß glühenden Wut gepackt, dass sie anfing, von Kopf bis Fuß zu zittern. Mit geballten Fäusten und gesenktem Kopf blieb sie stehen, zwang sich, tief durchzuatmen, zwang das Zittern unter Kontrolle. Wutausbrüche waren verschwendete Energie, und das konnte sie sich jetzt nicht leisten. Hastig wandte sie sich von dem Gerippe ab. Charmaine Todd und ihre Ankündigung, hier auf Lalisa nach Bongi Rampedis Ehemann suchen zu wollen, hatte sie vergessen.

Mick war indessen ruhelos herumgetigert. Er musste sich zurückhalten, dass er nicht zum Pool lief, um nachzusehen, warum Lisa so lange wegblieb. »Wir müssten Bill Darling suchen. Aber da sein Telefon offenbar ausgestellt ist, können wir eigentlich nur hierbleiben und warten. Irgendwann muss er wieder nach Hause kommen. Dann sollte jemand hier sein.«

Roderick stand so nah am Brandherd, wie es die Hitze zuließ, und beobachtete die Flammen. »Die Rauchwolke ist meilenweit zu sehen, und sie steht direkt über dem Zentrum von Lalisa. Er muss sie bemerken, wenn er im Umkreis von zwanzig Kilometern ist. Vermutlich ist er schon auf dem Weg hierher.«

Mick schüttelte langsam den Kopf. »Lisa hat die Hand im Eisfach gefunden hat. Wer sonst als Bill Darling soll sie da hineingelegt haben? Also wird er entweder auf der Polizeistation sein, oder er sucht Melly.« Hilflos hob er die Schultern.

Die beiden Männer sahen sich an.

»Dann befindet er sich vielleicht auf Lalisa. Wir brauchen ein paar Leute, die das Farmgelände durchstreifen. Kennst du dich hier aus?« Roderick wandte sich vom Feuer ab. Seine hellen Augen waren rauchgerötet.

Phika Khumalo, der auf einem Grashalm kauend an einem Baum lehnte, räusperte sich. »Boss, ich könnte da ein paar Freunde fragen«, sagte er und ließ sein zweideutiges Grinsen aufblitzen.

»Müssen die nicht erst alle aus dem Knast ausbrechen?«, frotzelte Roderick. »Aber Spaß beiseite, das ist eine gute Idee.«

»Was ist eine gute Idee?« Lisa kam über den Weg vom Pool auf sie zu.

Erleichtert drehte sich Mick ihr zu. Ihr nasses Haar schmiegte sich als dunkelgoldener Helm um ihren Kopf. Auf Handrücken, Armen und Beinen klebten mehrere Pflaster. Das Veilchen, das ihr der Gangster im Le Bougainville verpasst hatte, und die Schürfwunde am Hals leuchteten gelbblau. Mick fand, dass sie umwerfend aussah.

»Phika hier wird ein paar Freunde organisieren, die uns helfen können, die Farm abzusuchen«, beantwortete Roderick ihre Frage. »Vielleicht …« Er ließ den Satz in der Luft hängen.

Lisa schüttelte den Kopf. »Das ist nicht nötig. Ich hab Tokoloshe getroffen, der hier eigentlich für alles zuständig ist, und habe ihn gebeten, ein paar Leute aus seinem Dorf zu holen, damit sie meine Mutter suchen. Ich bin mir sicher, dass er irgendetwas weiß. Über die Hand und vielleicht auch über den Brand. Das habe ich im Gefühl.« Dieses Mal stolperte sie nicht über die Worte. »Und irgendwie muss ich meinen Vater finden. Aber er geht nicht ans Telefon, und meins ist verbrannt. Es ist die einzige Nummer, die er von mir hat. Er kann mich also auch nicht erreichen.«

»Vielleicht versucht er dich auf Inqaba zu erreichen?«

Lisa sah Mick dankbar an. Ihre Schultern sackten erleichtert nach vorn. »Das könnte natürlich gut sein. Ich muss Jill sofort anrufen. Sie kann ihm dann deine Nummer geben.«

»Nimm mein Telefon«, sagten Mick und Roderick wie aus einem Mund und entlockten Lisa damit wenigstens den schwachen Abglanz eines Lächelns.

Mick dachte, dass er auf dem Kopf stehen und mit den Beinen strampeln würde, um sie aufzuheitern. »Als Erstes brauchst du ein neues Handy und eine SIM-Karte.« Er lächelte sie an, bemüht, hinter diesem Lächeln zu verbergen, wie ihm ihr Leid ins Herz schnitt. »Dann bist du wenigstens wieder mit der Welt verbunden.« Er nahm sein eigenes Handy aus der Hosentasche und reichte es ihr. Während Lisa wählte, entfernte er sich taktvoll, damit sie ungestört mit Jill telefonieren konnte. Er stellte sich neben Roderick, der gerade mit einem Stock ein verkohltes Metallobjekt aus dem Randbereich der Glut zu sich heranzog.

»Muss ein Spiegel oder ein Bild gewesen sein«, sagte Roderick. »Es ist wirklich nichts übrig geblieben. Bis zur Unkenntlichkeit verbrannt ist hier die korrekte Beschreibung. Der Schock ist noch nicht wirklich bei Lisa angekommen. Wir müssen uns um sie kümmern.«

»Worauf du dich verlassen kannst«, erwiderte Mick leise. »Ich habe vor, sie bei meiner Mutter einzuquartieren. Sie ist eine Glucke von Weltformat. Sie wird Lisa literweise heißen Tee mit Zucker einflößen – ihr Patentrezept gegen Schock – und sie zwingen, etwas zu essen. Und dann wird sie Lisa ins Bett packen und sie nicht wieder herauslassen, ehe sie ganz ausgeschlafen …« Er unterbrach sich, als er am Rande seines Blickfelds einen Schatten zwischen den Büschen bemerkte. Er schaute genauer hin. Der Schatten nahm Gestalt an, und jetzt erkannte er, dass es ein älterer Schwarzer mit eisgrauem Haar war, der aus den Büschen den Weg herunter auf sie zukam.

»Wer ist das?«, fragte er Roderick halblaut.

»Keine Ahnung. Vielleicht einer der Farmarbeiter. Obwohl er mir irgendwie bekannt vorkommt.«

»Ich werde Lisa fragen. Vielleicht weiß sie das.« Mick ging hinüber zu ihr.

Lisa wirkte völlig durcheinander. Sie hatte offenbar noch keine Verbindung zu Jill bekommen. Mit fahrigen Bewegungen tippte sie auf dem Nummernblock des Telefons herum, schimpfte hörbar, drückte die eingegebene Nummer weg, tippte erneut. Mick berührte sie leicht an der Schulter, und sie schreckte zusammen.

»Ach, du bist's. Ich bin so tatterig, dass ich mich dauernd verwähle. Vielleicht habe ich aber auch die falsche Nummer«, sagte sie mit hoher Kinderstimme und streckte ihm mit einer hilflosen Geste das Telefon entgegen. Ihr liefen die Tränen über die Wangen.

Sanft nahm er es ihr aus der Hand. »Gib her, lass mich das versuchen. Es ist kein Wunder, dass du zitterst. Ehrlich gesagt nenne ich es ein Wunder, dass du nicht schreiend am Boden liegst. Kennst du den Mann?«, fragte er leise, während er Jills Nummer eingab, die er im Kopf hatte, und deutete mit einem Nicken auf den Zulu.

Der Mann trug einen altmodischen, schon etwas fadenscheinigen dunklen Anzug, der um seine hagere Figur zipfelte wie ein Sack. Er blieb jetzt vor der Ruine stehen. Seine Arme hingen an den Seiten herab, die Finger gekrümmt wie Krallen. Seine Füße in den ausgetretenen Schuhen berührten fast die rauchenden Ascheränder des Feuers.

Lisa drehte sich stirnrunzelnd um.

»Amos!«, sagte sie erstaunt. »Das ist Amos Nyathi, der Vater von Jack Nyathi«, erklärte sie Mick und Roderick leise. »Was willst du hier, Amos?«, rief sie dem Alten zu.

Amos Nyathi reagierte nicht. Er stand im flimmernden Aschegestöber und ließ seinen Blick langsam über die brennenden Überreste des Hauses schweifen. Seine Miene war undurchschaubar. Schweigend stand er da, ganz nach innen gerichtet, und verströmte eine Kälte, die Lisa unwillkürlich schaudern ließ. Sie vergaß, dass sie Jill anrufen wollte. Irgendetwas an dem alten Mann jagte ihr plötzlich eine furchtbare Angst ein. Sie versuchte dieses Gefühl wegzudrücken, sagte sich, dass es nur Amos war, der da stand, Amos Nyathi, ein alter Mann, den sie schon seit ihrer Kindheit kannte. Niemand, den sie zu fürchten brauchte. Aber es nutzte nichts. Das erschreckende Gefühl von Bedrohung wich nicht. Ihre Muskeln verknoteten sich.

Mick spürte offenbar ihre Anspannung. Er legte ihr beruhigend eine Hand auf die Schulter, ließ aber den Zulu nicht aus den Augen. Phika Khumalo stieß sich vom Baum ab, spuckte den Grashalm aus, auf dem er herumgekaut hatte, und pflückte sich einen neuen. Seine Haltung aber war längst nicht mehr so locker wie zuvor.

»Amos«, wiederholte Lisa unsicher.

Aber der stand weiter bewegungslos da, hager, vornüberge-beugt, den Hals vorgestreckt, wie aus braunem Stein gemeißelt. Die Skulptur eines Raubvogels, der Beute erspäht hat. In seinen Augen, die hart und blank wie lackierte schwarze Kiesel waren, spiegelten sich die züngelnden Flammen. Er strahlte eine so eigen-artige Zufriedenheit aus, dass es Lisa innerlich frösteln ließ.

»Amos«, wisperte sie.

»Ich habe mit unseren Ahnen gesprochen, und ich habe mit dem Herrn Jesus gesprochen«, murmelte der Zulu. »Sie haben mich gehört.«

Lisa meinte, nicht richtig gehört zu haben, und machte einen Schritt auf ihn zu. »Was hast du gesagt?«

»Euer Gott ist gerecht«, sagte Amos, dieses Mal so laut, dass es klar zu verstehen war. »Der Herr Jesus ist gut.«

»Gott? Jesus?«, schrie Lisa auf. »Was haben die damit zu tun, dass unser Haus brennt? Das waren Tsotsis. Zwei davon haben wir erwischt. Sie liegen gefesselt in dem Wagen dort. Du kannst sie dir ansehen, bevor wir sie zur Polizei bringen.«

Amos' Kopf pendelte langsam, aber nachdrücklich hin und her. »Gott hat gesehen, was passiert ist. Gott hat Feuer geschickt.« Nun war sein Gesicht bar jeglichen Ausdrucks, und die Sätze strömten so eintönig aus ihm heraus, als spräche er in einer Art Trance.

Lisa zitterte wie Espenlaub im Sturm. »Was redest du da für einen Unsinn? Ein paar verdammte Kriminelle haben das Feuer gelegt«, schrie sie ihn an, hauptsächlich um die eigene namenlose Angst, die in ihr hochkroch, in Schach zu halten. »Und was soll Gott gesehen haben, he?« Sie beugte sich zu Mick. »Ich glaube, er ist nicht mehr richtig im Kopf«, flüsterte sie ihm zu.

Der alte Mann wandte sich langsam von der Ruine ab, ging auf Lisa zu und blieb ein paar Meter entfernt von ihr stehen, packte sie mit einem Blick, der ihr buchstäblich körperlich weh tat. Sie wich zurück.

Wieder schwieg der Zulu lange, ehe er endlich sprach.

»Bill Darling hat meinen Bruder erschossen.«

Die Worte explodierten zwischen ihnen. Splitter flogen umher, Lisa spürte ihre glühenden Nadelstiche am ganzen Körper, ein ohrenbetäubender Druck legte sich ihr auf die Ohren. Als wäre sie tatsächlich getroffen worden, schwankte sie und verfärbte sich bläulich weiß. Mick griff blitzschnell nach ihr und bewahrte sie davor umzufallen. Sie wehrte sich nicht, schien es nicht einmal zu merken. Roderick stieß ein unflätiges Schimpfwort aus. Phikas Körper spannte sich, seine Muskeln schwollen zu dicken Paketen.

»Was hast du gesagt?« Ein unsicheres Lächeln ließ Lisas Züge kindlich erscheinen.

Mick fasste sich als Erster und bemühte sich, die Situation zu entschärfen. »Ich bin Mick Robertson, der Sohn von Neil Robertson. Ich bin von Ihrem Sohn Jack gebeten worden, mich an der Suche nach Ihrem Bruder und Ihren Söhnen zu beteiligen. Das«, er deutete auf Roderick, »das ist Roderick Ashburton. Er hilft uns dabei, und Phika Khumalo dort arbeitet für ihn.« Er streckte Amos Nyathi die Hand hin.

Der Alte rührte sich nicht, verzog keine Miene. Seine Augen, die wie heiße Kohlen in ihren Höhlen glühten, hatten keinen Fokus, waren auf irgendeinen Punkt in der Vergangenheit gerichtet.

Mick bekam schmale Lippen und zog die Hand zurück. »Wir wissen doch noch nicht einmal, wo die drei sich befinden.« Er suchte Augenkontakt mit dem Zulu. Vergeblich. »Woher wollen Sie wissen, dass Ihr Bruder von Bill Darling erschossen wurde?«

Amos streckte sein Kinn vor. »Er ist auf Lalisa gefunden worden.«

Die Angst legte sich als schwarzer, kalter Schatten über Lisa, löschte alles Licht in ihr aus. *Der Isivivani!* Ihr Herz hämmerte. Fragen wirbelten wie Konfetti durch ihren Kopf. Gab es ihn doch? Lagen die Leichen doch auf Lalisa? Und wie waren sie entdeckt worden? Von wem? Wann? Hatte etwa jemand Lalisa durchsucht, während ihre Eltern an der Südküste weilten?

»Wer? Wann?«, wisperte sie voller Entsetzen.

»Heute«, knurrte Amos. »Jackson hat den Schuss gehört.«

Heute? Lisa stockte der Atem. Nicht vor fünfzehn oder sechzehn Jahren? Wovon redete dieser verrückte alte Mann?

»Moment mal! Wann war das genau?«, fuhr Mick dazwischen, der ebenfalls sofort geschaltet hatte.

»Ekuseni namuhla.«

»Heute Morgen«, übersetzte Mick leise für Roderick Ashburton. »Der Mann ist völlig verwirrt«, setzte er flüsternd hinzu. Laut fuhr er fort: »Von wem reden Sie, verdammt? Ihr Bruder wird seit fast sechzehn Jahren vermisst, so wie Ihre beiden Söhne auch.«

Heute Morgen. Lisa begriff nicht, was Amos' Erklärung bedeutete. Ihr Blick irrte umher, flog über die Ruine und Rodericks Geländewagen, in dem die gefesselten Brandstifter herumtobten, und blieb schließlich an der Kühltasche hängen. Ihr Herz stolperte. Die Kühltasche, in der sich eine vom Arm abgetrennte Hand befand. Ein Gedanke, ein Name schwirrte wie ein flüchtiger Schatten durch ihr Gedächtnis. Mit aufgerissenen Augen starrte sie für lange Sekunden auf die Tasche. Verzweifelt haschte sie nach diesem Namen.

Und dann fiel er ihr ein. Ein Name, der immer wieder mit der Serie von Muthi-Morden in Verbindung gebracht worden war.

Vusa Nyathi.

Sie wirbelte herum und fixierte Amos. »Du redest von Vusa,

nicht wahr? Vusa, dem Sangoma. Nicht von Samuel und deinen Söhnen?«

Verstehen glühte wie ein Funke in den rot geränderten Augen des Zulu auf. Seine Hände ballten sich zu Fäusten. »Yebo. Vusa.«

»Vusa Nyathi?«, unterbrach ihn Mick verblüfft. »Der gehört zu Ihrer Familie? Nyathi ist ja eigentlich kein seltener Name.«

Amos sah ihn grimmig an. »Vusa ist mein jüngerer Bruder, dieselbe Mutter, aber ein anderer Vater. Mein Sohn Jackson hat ihn auf Lalisa mit einer Schusswunde gefunden und ihn ins Krankenhaus gebracht. Dort ist er gestorben.« Wieder kehrte sich sein Blick nach innen. »Jetzt bleibt mir nur noch Jackson, mein Sohn«, flüsterte er.

Lisa wurde für Sekunden schwindelig. Das alles hatte nichts mit den drei verschwundenen Nyathis zu tun, und sie konnte sich nicht vorstellen, welche Verbindung ihr Vater zu Vusa Nyathi haben sollte. Selbst wenn er den Sangoma auf seinem Land erwischt hätte, erschossen hätte er ihn nicht. Verprügelt vielleicht, davongejagt bestimmt, aber nicht erschossen. Mit Sicherheit nicht. Davon war sie überzeugt.

»Das glaube ich nicht«, sagte sie ruhig. »Warum sollte mein Vater deinen Bruder erschießen? Das ist doch hanebüchen. Ich könnte mir keinen Grund dafür vorstellen. Außerdem«, sie sah ihn scharf an, »hast du es gesehen? Gibt es Zeugen?«

»Frag deinen Vater, das sage ich.« Amos verschränkte demonstrativ die Arme vor der Brust.

Jetzt schlug Lisas innere Lähmung schlagartig in weiß glühende Wut um. Sie baute sich dicht vor dem Zulu auf. Er war um ein paar Zentimeter kleiner als sie und musste seine Augen heben, um sie anzusehen.

»Habt ihr deswegen Lalisa abgefackelt?«, tobte sie. »Sind das deine Leute, die wir hier dabei erwischt haben, wie sie Feuer gelegt haben? Ich wäre fast verbrannt!«

Völlig unberührt von ihrer Rage, wanderten Amos Nyathis blutunterlaufene Augen über die brennende Hausruine, langsam von links nach rechts und wieder zurück. Dann wandte er sich wieder ihr zu. »Cha!« Er spuckte ihr die eine Silbe vor die Füße.

»Nein? Wer war es dann?«

Sie hatte so geschrien, dass ihr die Kehle wehtat. Sie konnte nicht anders, musste diesen Überdruck irgendwie loswerden, aber an Amos Nyathi prallte jedes Wort ab wie ein Ball von einer Wand.

»Keiner von uns«, sagte er mit milder Stimme.

Sie beherrschte sich mit Mühe. »Wo – ist – mein – Vater?«, zischte sie.

»Mit dem großen Vogel davongeflogen.« Amos fletschte seine gelben Zahnstummel in einem bösartigen Grinsen.

»Markiere doch nicht den dummen Schwarzen, Amos! Nicht mit mir«, fuhr sie ihn an. »Keiner glaubt dir das. Großer Vogel, was ist das für ein Unsinn?«

»Hubschrauber«, soufflierte Phika Khumalo und feuerte ein paar Sätze auf Zulu ab.

»Spiel hier keine Spielchen, alter Mann, sonst rede ich mit dir, und das könnte wehtun«, übersetzte Lisa für Roderick Ashburton und sah Phika dabei dankbar an. »Welcher Hubschrauber?«

Phikas Drohung verfehlte ihr Ziel völlig. Amos Nyathi zeigte sich gänzlich unbeeindruckt. Er behandelte Phika Khumalo einfach, als wäre der Luft.

»Tokoloshe wird nicht kommen«, sagte er wie nebenbei zu Lisa und spie ihr unvermittelt einen dicken Klecks Spucke ins Gesicht.

Lisa zuckte geistesgegenwärtig zur Seite, und der Spuckeklecks flog haarscharf an ihr vorbei. »Wage das nicht noch einmal«, fauchte sie. Wieder geriet sie gefährlich nahe an einen seelischen

Abgrund. »Was heißt das, Tokoloshe wird nicht kommen? Was geht hier vor, Amos?«

Doch bevor Amos antworten konnte, blitzte wie aus heiterem Himmel ein Bild vor ihr auf, und sie erinnerte sich, dass sie von der Schnellstraße aus einen Hubschrauber gehört und sich danach umgedreht hatte. Er hatte eine Markierung getragen: 911 CROSSCARE. Jetzt verstand sie.

»Auf dem Weg hierher habe ich einen Crosscare-Hubschrauber gesehen«, sagte sie langsam. »Mein Vater ist im Krankenhaus, stimmt's? Was habt ihr mit ihm gemacht, Amos? Habt ihr ihn krankenhausreif geschlagen?« Sie sah ihren Vater vor sich. Am Boden, zusammengeschlagen, blutig, hilflos. Ihr wurde schlecht.

Amos Nyathi warf ihr unter gesenkten Brauen einen blutunterlaufenen Blick zu. Dann hob er die Schultern, blieb aber stumm. Grinste nur wieder dieses unangenehme zähnefletschende Grinsen.

Mick und Roderick hatten die Diskussion mit wachsender Besorgnis verfolgt. Mick schob sich zwischen den Zulu und Lisa.

»Verdammt, Mann, raus mit der Sprache!«, brüllte er den Schwarzen an. Er ballte die Fäuste, musste sich beherrschen, den alten Mann, der mehr als einen Kopf kleiner war als er und der so klapprig wirkte, als könnte ihn der Wind umpusten, nicht zu Boden zu schlagen.

Ohne auch nur mit einem Muskelzucken zu verraten, dass er Mick überhaupt gehört hatte, drehte sich Amos Nyathi um, schaute wieder für eine atemlose Weile mit schwer zu deutender Miene ins Feuer, dann ging er einfach weg. Er marschierte den Weg entlang und war bald im aschebedeckten Grün verschwunden.

Die drei Weißen blickten ihm konsterniert nach. Keiner von ihnen folgte ihm.

»Soll ich ihn zurückholen?«, fragte Phika Khumalo hoffnungsvoll und rieb seine riesigen Pranken aneinander.

Lisa hielt ihn zurück. »Nein, das hat keinen Sinn. Amos ist sturer als eine Herde Maultiere. Wenn er nicht reden will, dann gibt es kein Mittel, ihn dazu zu bewegen. Es ist auch im Augenblick unwichtig. Ich muss jetzt erst das Krankenhaus finden, in dem mein Vater liegt.« Sie packte Mick Robertson am Arm. »Mick, fahr mich ins Krankenhaus. Jetzt! Ich muss mit ihm sprechen. Ich muss wissen, ob er weiß, wo meine Mutter ist, ich muss wissen, warum er Vusa Nyathi erschossen hat. Wenn er es getan hat, was ich einfach nicht glauben kann.«

Glauben will, setzte sie schweigend hinzu.

Roderick Ashburton fing Mick Robertsons zutiefst besorgten und gleichzeitig ziemlich hilflosen Blick auf und schaltete sich ein.

»Lisa, wir sollten zuerst zu mir nach Hause fahren«, sagte er. »So, wie du jetzt aussiehst, kannst du nicht mit deinem Vater sprechen. Wenn er tatsächlich im Hubschrauber abtransportiert wurde, ist er ernstlich krank. Dein Anblick könnte ihm den Rest geben. Benita wird dir frische Kleidung leihen.« Sein Blick glitt abschätzend über ihre Gestalt. »Ihr dürftet in etwa die gleiche Größe haben. Und du kannst bei uns duschen. Außerdem musst du etwas trinken und essen. Du hast einen Schock gehabt, und der wird dich sonst in Kürze einholen, glaub mir. Dann bist du völlig außer Gefecht gesetzt.«

Lisa warf ihm einen verzweifelten Blick zu. Ein Teil von ihr wusste, dass er Recht hatte, der andere Teil verlangte nach Aktion, wollte etwas unternehmen. Jetzt, auf der Stelle. Alles nur, um diese grauenvolle Angst zu lösen, die sie beherrschte, seit sie die abgeschnittene Hand gefunden hatte, von der sie glaubte, dass es die ihrer Mutter war.

»Bitte, Lisa, Darling«, flüsterte Mick. »Ich verspreche dir, dass ich dich hinterher ins Krankenhaus fahre und wo immer sonst du noch hinwillst, aber jetzt nimm Rodericks Vorschlag an. Du tanzt doch seelisch auf einem Hochseil über dem Abgrund. Einem Hochseil, das jede Sekunde zerreißen kann.«

Der letzte Satz und das Bild, das er in ihr hervorrief, gaben den Ausschlag. Ihr lief eine Gänsehaut über die Arme. Die beiden hatten Recht. Es war vernünftiger. »Okay«, sagte sie. »Aber ich rufe jetzt auf der Stelle im Krankenhaus an.«

Mick gab ihr wortlos sein Telefon, das er noch immer in der Hand hielt, und sie wählte die Auskunft, um die Nummern der in der Nähe liegenden Crosscare-Hospitäler herauszufinden. Sie erhielt die Antwort schnell.

»Schreib mal auf. Die Krankenhäuser in Richards Bay und Ballito«, flüsterte sie Mick zu und diktierte ihm zwei Nummern. Anschließend rief sie als Erstes das Crosscare-Hospital in Richards Bay an. Als eine Frauenstimme sich meldete, nannte sie den Namen ihres Vaters. »Er muss heute Vormittag eingeliefert worden sein. Mit dem Hubschrauber. Okay, ich warte.«

Sie verdrehte die Augen, weil es so lange dauerte, während die Frau am anderen Ende ihre Unterlagen durchblätterte.

»Seine Tochter«, antwortete sie auf die Frage der Schwester, in welchem Verwandtschaftsverhältnis sie zu dem Patienten stehe. »Ich will ihn sprechen. Warum nicht?« Mit gesenktem Kopf lauschte sie der Erklärung. »Hat er eine Schusswunde?« Wieder lauschte sie konzentriert, was die Schwester an der Rezeption zu sagen hatte. »Okay, danke.«

Damit beendete sie das Gespräch und wandte sich Mick und Roderick zu.

»Er liegt tatsächlich im Crosscare Richards Bay und wird dort gerade untersucht. Aber angeschossen wurde er offenbar nicht. Was Amos da faselt, ist lächerlich. In zwei, drei Stunden kann ich zu ihm.« Sie schwieg, knetete dabei unbewusst ihre Finger. »Wie es aussieht, ist etwas mit seinem Herzen nicht in Ordnung«, setzte sie hinzu. Es kostete sie große Kraft, nicht in Tränen auszubrechen. Mit zitternder Hand reichte sie Mick das Telefon.

Es war offensichtlich, dass sie nahe daran war zusammenzubrechen.

Energisch nahm er ihren Arm. »Wir sollten fahren. Hier gibt es nichts mehr, was wir tun können. Bei den Ashburtons hast du Gelegenheit, dich etwas zu erholen. Wie Roderick sagt, so kannst du nicht vor deinen Vater treten.«

Lisa wischte sich die Augen trocken und nickte wortlos. Noch einmal drehte sie sich zur Ruine um. Das Feuer war zusammengesunken. Hier und da schossen weiterhin Flammen aus dem Haufen von Mauerbruchstücken, halb verbrannten Balken und verkohlten Möbeln, allerdings erreichten sie bei weitem nicht mehr die Höhe, die sie anfänglich hatten. An vielen Stellen leuchtete nur noch feurige Glut. Es gab wirklich nichts, was sie hier noch ausrichten konnte.

Roderick ging hinüber zu Phika Khumalo, der wieder am Baum lehnte und auf einem frischen Grashalm kaute. »Wo ist dein Auto?«

Phika stieß sich vom Baum ab und schob den Grashalm in einen Mundwinkel. »Vor dem Tor.«

»Gut, gib mir deinen Schlüssel. Du nimmst mein Auto und fährst die Gangster zur Polizei. Erkläre ihnen genau, wo du sie wann unter welchen Umständen gefunden hast, und ruf mich sofort an, wenn du das erledigt hast. Dann komm wieder nach Hause.« Er warf ihm seinen Autoschlüssel zu.

»Yebo, Boss.« Phika fing ihn auf und hielt ihm seinen eigenen hin.

»Und du hältst nicht unterwegs im Busch an und unterhältst dich mit den Typen. Ist das klar? Ich will nicht, dass du wegen Körperverletzung oder Schlimmerem im Gefängnis landest.«

»Yebo, Boss«, sagte Phika, zeigte aber deutlich seine Enttäuschung. Dann joggte er leichtfüßig zum Geländewagen seines Arbeitgebers.

»Phika!«, rief Roderick hinter ihm her und wartete, bis der

Zulu sich zu ihm umdrehte. »Meine Frau braucht den besten Bodyguard, den es gibt, und das bist du, also reiß dich am Riemen!«

»Yebo, Boss!«, brüllte Phika zackig und grinste übers ganze Gesicht.

Roderick hob eine Hand und wandte sich dann Mick zu, dabei fiel sein Blick auf die zerbeulte Motorhaube von Mick Robertsons Geländewagen im Blumenbeet. »Der sieht reichlich ramponiert aus. Fährt der noch? Sieht aus, als hätte der Kühler was abbekommen.«

Mick rannte wortlos zum Auto, steckte den Zündschlüssel ins Schloss, und Sekunden später sprang der starke Motor ohne Schwierigkeiten an. Er glitt vom Sitz und hob den Daumen. »Kein Problem. Steig ein, wir bringen dich zu Phikas Wagen, dann kannst du uns vorausfahren. Lisa.« Er streckte seine Hand nach ihr aus.

Sie stand mit dem Rücken zu ihm, so nah am Feuer, dass der Wind, den die Hitze entfacht hatte, ihr Haar bewegte. Für einen Augenblick sah es so aus, als ob sie ihn nicht gehört hätte. Er ging zu ihr und legte ihr beschützend den Arm um die Schultern.

Sie hob ihr Gesicht. Ihr strömten die Tränen über die Wangen, ihre Schultern bebten. »Was soll jetzt werden?«, flüsterte sie, nahm das Taschentuch, das er ihr reichte, und wischte sich die Augen.

»Jetzt musst du dich erst erholen, dann fahre ich dich zu deinem Vater. Danach werden wir mehr wissen, und erst dann können wir darüber entscheiden, was jetzt wird.« Der knochentrockene Anwalt hatte für einen kurzen Augenblick die Oberhand gewonnen. Erschrocken fing er ihre Hand ein. »Tut mir leid, ich wollte nicht so geschäftsmäßig klingen.«

Sie schüttelte den Kopf, zog aber ihre Hand nicht weg. »Das ist in Ordnung. Wenn man zu nett zu mir ist … Ich hab das vorhin ja schon erklärt. So kann ich mich wenigstens an deinem autoritären Ton reiben.« Ihre Stimme klang, als wäre sie stark erkältet. »Ich nehme meinen Wagen. Er steht hinter dem Haus. Wir treffen uns am Tor.«

Mick hatte nicht vor, sie in diesem Zustand fahren zu lassen. Sie war traumatisiert, am Boden zerstört, und soweit er das beurteilen konnte, konnte sie sich kaum auf den Beinen halten. »Du siehst völlig fertig aus. Steig bei mir ein. Ich verspreche dir, dass ich deinen Wagen holen lasse.« Lisa, mein Darling, fügte er für sich hinzu.

Zu seiner Verblüffung leistete sie keinerlei Widerstand, sondern reichte ihm die Kühltasche. »Stell sie nach vorn, ich halte sie während der Fahrt fest. Meine Tasche liegt noch im Auto. Die hätte ich fast vergessen.« Sie lief ums Haus herum, kehrte aber innerhalb kürzester Zeit wieder zurück, stellte die Umhängetasche neben die Kühlbox und kletterte wortlos auf den Beifahrersitz.

Mick erschrak, als er sah, wie geschafft sie wirkte, als wäre in den letzten Minuten alle ihre Lebensenergie vom Feuer weggetrocknet worden. Es war offensichtlich, dass sie am Ende ihrer seelischen Kräfte war.

Als er den Gang einlegte, legte sie ihm eine Hand auf den Arm und hielt ihn zurück. »Warte noch einen Moment, bitte.«

Sie lehnte den Kopf ans Fenster und blickte hinüber zu den schwelenden Ruinen. Selbst durchs Glas spürte sie die Hitze der Glut.

Der Ort, der das Herz ihrer Familie gewesen war, ihr Elternhaus, ihre Zuflucht, das Paradies ihrer Kinderzeit, lag unter einem Berg von Asche begraben, und ihre Familie gab es nicht mehr. An ihrem Bein spürte sie den rauen Stoff der Kühltasche, und das Bild des grausigen Inhalts stand farbig vor ihren Augen. Bis an ihr Lebensende würde sie dieses Bild nicht loswerden. Es würde in ihre Gedanken sickern und alles vergiften. Es erschien ihr unmöglich, dass sie jemals wieder Licht und Wärme spüren, dass sie jemals wieder glücklich sein würde.

Das Gewebe ihres Lebens, das bisher fest und widerstandsfähig gewesen war, begann zu reißen.

»Bitte fahr los«, sagte sie rau, zog ihren iPod aus der Tasche, steckte die Ohrstöpsel ein, stellte ihn an und schloss die Außenwelt aus.

19

Als beide Autos über die gepflasterte Auffahrt zum Haus der Ashburtons fuhren, kam Benita ihnen bereits entgegen. Roderick winkte Mick auf einen überdachten Parkplatz etwas abseits des Hauses und parkte Phikas Wagen ebenfalls dort. Lisa stieg aus und blieb verwirrt stehen. Der Anblick, den das Haus bot, hielt sie völlig gefangen.

Es war winzig und wurde von einer mächtigen, uralten Würgefeige verschlungen. Der Anblick war bizarr. Wie hellgraue Schlangen wickelten sich die Wurzeln des Feigenbaumes ums Haus, wuchsen an einer Stelle schon ins Fenster hinein und an einer anderen aus dem Dach heraus. Auf dem Hausdach lasteten Äste, die dicker waren als Lisas Taille. Es wirkte, als würde es jeden Moment unter dem Gewicht zusammenbrechen. Das Haus war weiß gestrichen und hatte ein dickes, frisch aussehendes Rieddach, das schätzungsweise drei Meter vor den mörderischen Baumschlangen wie abgeschnitten aufhörte.

Erstaunt sah sie Benita an. »Himmel, habt ihr nicht die Befürchtung, dass die Würgefeige euch eines Nachts im Schlaf einfach verschluckt?«, rief sie, momentan von ihrer eigenen dramatischen Situation abgelenkt.

»Keine Sorge, die spuckt mich sofort als ungenießbar wieder aus«, antwortete ihre Gastgeberin, ohne die Miene zu verziehen. »Das war Gugus Haus, das Haus meiner Mutter. Wir haben uns dort drüben am Fluss ein eigenes Haus gebaut. Das hier ist so etwas wie ein Denkmal. Deswegen achten wir darauf, dass die Feige nicht mehr verschlingt als den alten Teil. Den anderen erhalten wir sorgfältig. Er … er birgt viele Erinnerungen für mich.«

Für einen Augenblick schaute sie hinüber zu dem kleinen Haus. Ihre Züge wurden weich, ihre Augen feucht. Die Anwesenheit von Lisa schien sie vergessen zu haben.

Plötzlich ertönten ein langgezogener Tarzanschrei und manisches Gelächter aus der Tasche ihrer Shorts. Sie holte ihr Handy heraus. Das Gelächter endete in mannigfaltigen Dschungelgeräuschen. Sie nahm den Anruf an.

»Entschuldige mich bitte«, flüsterte sie Lisa zu und ging ein paar Schritte abseits. Das Gespräch war kurz. »Ich komme morgen. Dann besprechen wir alles.« Damit steckte Benita das Handy in die Hosentasche und wandte sich wieder Lisa zu. »Ein Projekt, das ich betreue. Komm, gehen wir ins Haus. Du brauchst frische Kleidung und eine lange Dusche.«

Erst jetzt fiel Lisa auf, dass ihre Reisetasche noch im Mietwagen lag. »Danke, das wäre schön.« Ihre Stimme war kratzig vom Rauch.

»Wir kommen gleich nach«, rief ihr Roderick zu. »Ich zeige Mick nur kurz den Fluss.«

Benita hob eine Hand, um zu zeigen, dass sie ihn verstanden hatte. »Roderick hat mir gesagt, was geschehen ist. Es tut mir entsetzlich leid. Willst du darüber reden?«

Lisa schüttelte den Kopf. »Jetzt nicht. Noch nicht. Tun wir einfach so, als wäre ich ein normaler Gast.«

Nach kurzem Zögern nickte Benita. »In Ordnung, wenn du es so möchtest. Hier entlang«, sagte sie und führte Lisa über eine riesige Terrasse, die teilweise von einer dicken Dattelpalme beschattet wurde, zum Haus. Gläserne Falttüren waren bis an die Wand zurückgeschoben und verwandelten das Wohnzimmer in eine überdachte Terrasse. Lisa trat ein.

Benitas und Rodericks Haus war groß und luftig, sparsam möbliert und strahlte eine Ruhe aus, die Lisa sofort an einen Sommermorgen im Busch denken ließ. Langsam wanderte sie in Benitas Begleitung durchs Haus. Wohnräume und Küche lagen im

Erdgeschoss, die Schlaf- und Badezimmer im Obergeschoss. Der Treppenaufgang war mit einem sehr soliden Scherengitter verschlossen, auch Fenster und Glastüren unten wurden mit solchen Gittern geschützt, die jetzt am Tag allerdings zurückgezogen waren, und in jedem Raum war eine Kamera installiert. Willkommen im Paradies Südafrika, dachte sie.

»Sicher ist sicher«, sagte Benita, die Lisas Blick aufgefangen hatte. »Ich liebe mein Land, aber bin keine Afrikaromantikerin. Es herrscht Krieg hier. Kein ideologischer, sondern ganz einfach Arm gegen Reich, und jeder, der hier ein Haus mit festen Wänden hat, ist reich und ein Ziel von Neid und Begierde. Bei Leuten wie uns ...« Sie zuckte mit den Schultern, und ihre Handbewegung umfasste den Swimmingpool und den kleinen Sportwagen, der neben dem Auto von Mick geparkt war. »Manchmal schäme ich mich.«

»Und deswegen spendest du jetzt, damit du dich nicht mehr zu schämen brauchst?« Kaum hatten die Worte ihren Mund verlassen, hätte Lisa sich ohrfeigen können. Ausgerechnet bei Benita Ashburton, Gugus Tochter, war dieser Sarkasmus völlig unangebracht. »Tut mir leid, das war unfreundlich und wirklich nicht so gemeint, aber ...«

Benita lächelte nur freundlich, vielleicht eine Spur nachsichtig. »Du meinst, dass ein Großteil von Südafrikas reicher Oberschicht Wohlfahrtsprojekte wie eine Art Ablasshandel betreibt? Du hast Recht. Sie kaufen sich von Schuld frei. Zwar verschwinden davon die armseligen Hütten der Slums nicht und die Menschen, die ihr Essen von Müllhalden kratzen, auch nicht, aber dann können sie guten Gewissens wegsehen. Man hat ja schließlich bezahlt. Das meinst du doch?«

Lisa sah ihre Gastgeberin mit neuem Respekt an. »Genau das meine ich.«

»Das eben waren meine Kreditnehmer«, sagte Benita und schmunzelte, als sie Lisas erstaunte Miene sah. »Ich vermittle

Menschen, die in Zululand leben, Mikrokredite wie die Organisation von Nobelpreisträger Mohammad Yunus, mit denen sie sich ein menschenwürdiges Leben aufbauen können. Einige eröffnen bescheidene Läden, von denen es hier auf dem Land viel zu wenige gibt, einige Frauen haben eine Genossenschaft gegründet, die Saatgut kauft, Gemüse und Früchte anbaut und auf den lokalen Märkten verkauft. Andere investieren in einen Hühnerhof und Ziegen. Eine junge Frau mit einem wunderbaren Auge für Form und Farbe hat sich eine Nähmaschine gekauft und macht die herrlichsten Kaftane. Komm mit hinein, dann kann ich dir welche zeigen. Vielleicht möchtest du ja einen kaufen. In dieser Hitze hier sind sie wirklich das Einzige, in dem man einigermaßen kühl bleibt.«

»Und das klappt? Auch mit der Rückzahlung?«

Benita war stehen geblieben. Sie nickte. »Auch mit der Rückzahlung. Es macht ganz andere Menschen aus ihnen. Schenkst du ihnen etwas, Geld oder Dinge, erziehst du sie zu Bettlern, die tatenlos herumsitzen und erwarten, dass immer jemand kommt, der ihnen etwas schenkt. Sie verlieren jedes bisschen Würde, das ihnen noch geblieben ist, und sie verlieren ihre Fähigkeit, für sich selbst zu sorgen. Aber ohne Geld kann man kein Saatgut kaufen oder Stoff, um Kaftane zu schneidern. Der springende Punkt ist, dass keiner von ihnen die geringste Aussicht hat, auch nur einen Cent von einer konventionellen Bank geliehen zu bekommen. Also leihe ich ihnen Geld. Das müssen sie zwar auch zurückzahlen, aber ich schenke ihnen mein Vertrauen. Außerdem habe ich knallharte Konditionen.« Sie lächelte strahlend. »Immerhin bin ich Bankerin. Von jedem geliehenen Rand müssen sie mindestens zwei Cent pro Monat sparen, um Rücklagen zu bilden. Das wird verzinst. Langsam bilden sie so etwas Kapital. Bald können sie sich die Schule für ihre Kinder leisten, medizinische Betreuung und eines Tages auch ein eigenes Haus.«

Lisa musterte Benita verstohlen. Die glänzenden Augen, die

glühenden Wangen. Es war unschwer zu erkennen, dass Benita Ashburton dieses Projekt mit großer Leidenschaft betrieb. Eine warme Welle von Zuneigung zu dieser ungewöhnlichen Frau packte sie.

Benita lachte und schüttelte dabei den Kopf. »Die Frauen haben schnell gelernt. Sie bezahlen ihre Männer dafür, dass sie ihnen die Marktstände bauen und ihre Produkte zum Markt transportieren, rücken aber sonst keinen Cent ohne Leistung heraus.« Wieder lachte sie. »Zwei der Männer haben sich mit dem Geld, das ihnen ihre Frauen geliehen haben, ein Taxi gekauft. Die Autos allerdings laufen auf den Namen der Frauen. Aber davon kann ich dir auch noch später erzählen.«

Sie ging Lisa voraus durchs Haus. Im Vorbeigehen streckte sie den Kopf durch die Küchentür. An der Spüle stand eine junge Zulu von blühender Schönheit. Riesige kohlschwarze Augen, ein voller Mund und die Figur einer vollschlanken Venus. Zu ihren Füßen krabbelte ein Kleinkind, das nichts als dicke Windeln trug. Es nagte eifrig an dem trockenen Zwieback, den es in seinem Patschhändchen hielt. Ganz offensichtlich zahnte das Kleine.

»Darf ich, Thami?«, fragte Benita, und als die Mutter nickte, bückte sie sich, nahm das Baby hoch und zeigte es Lisa. »Das ist Nandi, unser kleiner Sonnenschein. Ist sie nicht wonnig?«

Nandi hatte eindeutig die herrlichen Augen ihrer Mutter geerbt. Sie klimperte mit ihren langen Wimpern und schmiegte sich mit einem winzigen Laut, wie das Maunzen eines zufriedenen Kätzchens, an Benita.

»Ich habe gesehen, dass wir Gäste haben. Soll ich einen leichten Salat machen?«, fragte Thami, während sie die Spüle blankrieb.

Benita strahlte sie an. »Welch eine gute Idee. Mit Crôutons und gebratenen Hähnchenstreifen. Das magst du doch, Lisa?«

Lisa nickte müde. Auf einmal war ihr alles zu viel. Ihre Wunden pochten, ihr Hals war kratzig und ausgetrocknet, wie ihre Nasenschleimhaut und ihre Augen auch, ihre Beine waren so schwer, dass sie sie kaum noch trugen. In ihrem Kopf herrschte dumpfe Leere. Alles, was sie jetzt wollte, war etwas Kaltes zu trinken und dann duschen. An Essen mochte sie nicht einmal denken. An den Besuch im Krankenhaus schon gar nicht, und reden wollte sie auch nicht.

»Gut, dann Salat mit Hähnchenstreifen, aber bring uns bitte vorher Saft, Cola und so weiter auf die Terrasse.«

Thamis schneeweiße Zähne schimmerten zwischen den vollen Lippen, als sie lächelnd nickte und Benita ihr Baby wieder abnahm. Nandi gurgelte vor Vergnügen.

»Thami ist Phika Khumalos Frau, und Nandi ist ihr erstes und bisher einziges Kind«, erklärte Benita, als sie die Tür hinter sich geschlossen hatte. »Ich habe sie zur Köchin ausbilden lassen. Sie ist ein Naturtalent. Was ein Segen ist.« Sie kicherte. »Ich kann nicht einmal ein hartes Ei kochen.«

»Und Phika ist dein Bodyguard?«

Benita machte eine abwehrende Bewegung. »Ach, Phika ist der Meinung, dass die Welt da draußen zu gefährlich für mich ist, und folgt mir auf Schritt und Tritt. Und da Roderick mich ohnehin am liebsten in Watte packen würde, hab ich eben einen Bodyguard.« Sie hob mit einem etwas hilflosen Lächeln die Schultern. »Benita Ashburton, die knallharte Bankerin, die sich durch Londons Großstadtdschungel gekämpft und es erfolgreich mit den blutrünstigsten Geldhaien aufgenommen hat, hat jetzt einen Babysitter.«

Und Brian hat nicht einmal gewartet, bis ich im Haus war, schoss es Lisa durch den Kopf, und oft hatte er sie spätabends allein nach Hause fahren lassen. Nur ein Mal war er ausgestiegen, um sie zur Tür zu bringen. Damals hatte sie sich eingeredet, dass sie als emanzipierte Frau sehr gut selbst auf sich aufpassen konnte.

Jähe Erbitterung schoss in ihr hoch. Überrumpelt von dieser Anwandlung, musste sie erst tief durchatmen. Vermutlich war das eine eigenartige Nachwirkung des Überfalls. Der Begriff »Trauma« kam ihr in den Sinn. Aber das war Unsinn. Sie war nicht der Mensch, der so schnell traumatisiert wurde. Als Reporterin war sie längst konditioniert. Die Leichen, die sie gesehen hatte, konnte sie kaum noch zählen, und einmal hatte sie sogar einer Obduktion beigewohnt, woran sie sich allerdings nicht gern erinnerte. Den Geruch hatte sie tagelang nicht aus der Nase bekommen. Jetzt würde sich alles nach einer Dusche und einer eiskalten Cola wieder einrenken. Der Gedanke bereitete ihr eine gewisse Erleichterung.

Benita stieß die Tür zum Badezimmer auf. »Hier kannst du dich ausbreiten.« Anschließend suchte sie ein paar Jeans und ein marinefarbenes T-Shirt aus ihrem Schrank und hielt es hoch. »Ist dir das recht? Das sollte dir passen. Brauchst du Unterwäsche? Ich nehme an, deine stinkt nach Rauch.«

Lisa nickte. Das tat sie, und nicht nur die Unterwäsche. Ihre Haut, ihr Haar, alles stank nach beißendem Rauch. Dankbar nahm sie das Angebot an, und mit den Kleidungsstücken über dem Arm verschwand sie in der Dusche. Sie schäumte sich drei Mal hintereinander mit Duschgel ein, bevor sie sich selbst wieder riechen konnte. Benita hatte ihr ein flauschiges Handtuch von Bettlakengröße hingehängt. Lisa wickelte sich darin ein und meinte, noch nie so etwas Luxuriöses auf der Haut gespürt zu haben. Ihre Gastgeberin klopfte nach einer Weile an die Tür.

»Ich habe Verbandszeug. Kann ich hereinkommen?«

Lisa öffnete die Tür. Benita stellte einen Erste-Hilfe-Kasten auf den Waschtisch und öffnete ihn.

»Wie ist das passiert? Das sieht nicht gut aus«, sagte Benita, während sie mit zarten Fingern Betaisodona auf die Wunden strich und sie verpflasterte.

»Phika hat die Eingangstür aufgetreten, dabei ist ein Fenster geborsten, und einige der Splitter sind in mir stecken geblieben. Ein kleiner Preis dafür, dass er mich da herausgeholt hat. Sonst wäre ich erst gebraten und dann geräuchert worden.« Ein winziges Lächeln kräuselte ihre Mundwinkel. »Er hat mich wie einen Kartoffelsack über die Schultern geworfen und nach draußen geschleppt. Ich verdanke ihm mein Leben.« Nachdenklich rieb sie ihr Haar trocken. »Dein Bodyguard ist wirklich spitze. Ich würde gern etwas für ihn und seine Familie tun. Kannst du mir da etwas raten?«

Benita warf ihr ein Lächeln zu. »Mir wird schon etwas einfallen. Aber jetzt möchte ich mich erst mal um dich kümmern. Du siehst ziemlich mitgenommen aus. Thami hat den Salat fertig. Sie hat auf der Terrasse den Tisch unter der Palme gedeckt.«

Der Salat war köstlich, die Cola eiskalt, und hinterher stellte Benita ein hohes Glas mit Eiskaffee und einer üppigen Sahnehaube vor Lisa ab. »Koffein, Zucker und Kalorien. Genau das Richtige jetzt. Runter damit!«

»Du klingst wie Tita«, murmelte Lisa und trank das sahnige Getränk gehorsam. Sie war so erledigt, dass ihr Organismus jetzt genau danach verlangte.

»Ich fahr dich ins Krankenhaus«, sagte Mick neben ihr in seinem Vaterton.

Lisa reagierte wie auf Knopfdruck. »Ganz bestimmt nicht. Ich kann allein fahren. Aber du kannst mich auf dem Weg auf Lalisa absetzen. Mein Wagen steht noch da.« Ihr Ton war sanft, ihre Augen blitzten grün im Sonnenschein. Die Wirkung blieb nicht aus.

»Ja, gut, wenn auch ungern«, murmelte er. »Aber nur, wenn du meinen Wagen nimmst.«

»Der hat eine zerbeulte Motorhaube. Ich nehme meinen Mietwagen.«

»Ich begleite dich«, warf Benita ein.

Lisa wollte ihr Angebot schon ablehnen, als Roderick Ashburton abrupt den Kopf hob. »Und ich bin der Ansicht, dass ihr warten solltet, bis Phika wieder hier ist. Er kann euch fahren.«

»Nein«, sagten beide Frauen wie aus einem Mund und tauschten einen amüsierten Blick.

»Es ist helllichter Tag«, sagte Benita, »wir sind zu zweit, und wenn es euch glücklich macht, nehmen wir unser Pfefferspray mit.«

»Liebling …«, begann Roderick.

Sie wölbte ihre so wunderschön gezeichneten Augenbrauen. »Schatz, sei nicht albern. Darf ich dich daran erinnern, dass ich es tatsächlich geschafft habe, weit über dreißig Jahre ohne dein Geglucke einigermaßen unbeschadet durchs Leben zu kommen? Wir sind zurück, bevor es dunkel ist. Das verspreche ich.«

Beide Männer wirkten sehr unglücklich, aber beide nickten, wenn auch deutlich widerwillig und mit sichtbar zusammengebissenen Zähnen.

Roderick passte nach dem Essen einen geeigneten Augenblick ab, als Mick einen Anruf bekam und Lisa die Gelegenheit ergriff, kurz auf die Toilette zu gehen. Er legte den Arm um seine Frau.

»Lisa ist völlig fertig und offensichtlich traumatisiert, auch wenn sie es nicht wahrhaben will. Kannst du sie nicht überreden, mit dem Besuch im Krankenhaus zu warten? Das wird einfach zu viel für sie. Ich befürchte, sie könnte zusammenklappen.«

Benita lächelte ihn beruhigend an. »Da würde ich mir keine zu großen Sorgen machen. Lisa Darling ist eine echte Afrikanerin, widerstandsfähig wie Bambus im Sturm. Sie steht das durch. Glaub mir. Wir sind uns da ziemlich ähnlich.«

Er hatte gerade noch Gelegenheit, ihr einen zweifelnden Blick zuzuwerfen – den sie mit einem Lächeln und einem Luftkuss quittierte –, ehe Lisa wieder erschien. Verstohlen beobachtete er sie, fand, wie er insgeheim zugeben musste, keine Anzeichen, dass Lisa Darling zusammenzubrechen drohte, obwohl sie körperlich stark angeschlagen war.

Benita schleppte kurz vor ihrer Abfahrt eine Kühltasche mit Kühlelementen herbei. »Damit die … Hand nicht … Es ist warm …« Mit einer hilflosen Geste brach sie ab.

»Danke«, flüsterte Lisa.

Wie abgesprochen, setzte Mick Robertson die beiden Frauen auf Lalisa ab. Das Haus war zu einem meterhohen Berg aus Glut und Asche zusammengesunken, hier und da flackerten auch noch kurz Flammen auf. Lisa war ausgestiegen und stand dicht am Rand des glühenden Trümmerhaufens, dort, wo sie die Strahlungshitze gerade noch ertragen konnte. Mick wollte ihr folgen, aber Benita hielt ihn zurück.

»Lass ihr einen Augenblick«, flüsterte sie.

Lisa hatte die Arme vor der Brust verschränkt, die Schultern hochgezogen. Sie stieß einen Gegenstand mit dem Fuß an, der aus der Asche ragte. Erst auf den zweiten Blick erkannte sie ihn als die abgekühlten Überreste des Kühlschranks und dachte, wie gut es gewesen war, dass sie in letzter Minute die Hand aus dem Tiefkühler geholt hatte. Ihr Blick glitt weiter. Über der Glut flimmerte die Luft, verzerrte den Anblick der Palmen und Blumenbüsche im Hintergrund. Im Gegenlicht schien es, als schlängelten sich dort Gespenster in einem Teufelstanz. Mit weit aufgerissenen Augen starrte sie auf das Schauspiel, bis ihr die Tränen in den Augen brannten. Sie blinzelte sie weg und wandte sich ab.

Die Sonne war bereits über den Zenit gewandert, es ging auf den Nachmittag zu. Es wurde Zeit, dass sie ins Krankenhaus fuhr. Sie musste wissen, ob ihr Vater erklären konnte, wie die Hand in das Eisfach gekommen war.

Die Hand ihrer Mutter.

Oder nicht?

War ihr Vater überhaupt imstande zu reden? Die Befürchtung, dass er einen Herzinfarkt erlitten hatte und den nicht überleben würde, unterdrückte sie rigoros, hielt an der Vorstellung fest, dass er zusammengeschlagen worden war, konnte den Gedanken, dass sie vielleicht von nun an allein auf der Welt war, nicht zu Ende denken.

Sie trat so hart gegen die Kühlschranküberreste, dass Funken sprühten.

»Fahren wir, Benita. Sonst wird es zu spät«, sagte sie, während sie von hinten unter den Vordersitz spähte. Als sie ihre Tasche mit der Notausrüstung sah, nickte sie zufrieden. Mick hatte vorsorglich alle Türen des Wagens geöffnet, um die Hochofenhitze im Inneren erträglicher zu machen. Sie gab ihm einen schnellen Kuss auf die Wange. »Danke, und bis später. Ich melde mich.«

Mick schaute den beiden noch nach, bis er nur noch die Staubwolke des Wagens sehen konnte. Er war stolz auf sich, dass er Lisa nicht in den Arm genommen und geküsst hatte, um sie dann von hier fort in Sicherheit zu bringen. Er war stolz, dass er sich die wahnsinnige Angst um sie nicht hatte anmerken lassen. Die Angst war irrational, das wusste er. Vermutlich jedenfalls. Und trotzdem konnte er sie nicht bannen.

Er stieg ins Auto, ließ es an und fuhr langsam weg von der schwelenden Ruine zum Tor, dessen Flügel, die völlig verbeult waren, jemand ausgehängt und ins Gebüsch geworfen hatte. Phika Khumalo, nahm er an. Der Kerl war stark wie ein Zugochse. Er trat aufs Gas.

Der Verkehr war leicht, und Lisa kam schnell durch. Nach einer halben Stunde fuhr sie auf den Parkplatz vor dem Krankenhaus, und sie und Benita stiegen aus. Die Sonnenstrahlen prickelten auf ihrer Haut, der Asphalt war so heiß, dass sie die Hitze durch die dünnen Sohlen ihrer Sandalen hindurch spürte. Sie schob ihre Sonnenbrille aus dem Haar auf die Nase.

»Ist ja wie im Backofen hier«, stöhnte Benita und rieb sich mit abwesender Miene den Bauch.

Zusammen betraten sie das klimatisierte Krankenhaus.

Bei dem Zimmer, in dem Bill Darling lag, handelte es sich um ein Einzelzimmer. Die Tür war geschlossen. Lisa blieb stehen, zögerte mit der Hand auf der Klinke.

»Ich warte draußen auf dich«, sagte Benita und setzte sich ans Fenster, wo eine mäßig bequeme Sitzgruppe für Patienten und Besucher stand. Sie lehnte sich vor und strich Lisa über die Wange. »Viel Glück«, flüsterte sie.

Lisa sammelte sich für ein paar Sekunden, dann ging ein Ruck durch ihren Körper, sie trat vor, klopfte an die Tür und trat ein. Die Temperatur, die ihr entgegenschlug, war einigermaßen erträglich. Ihr Vater lag auf dem Rücken und hatte die Augen geschlossen. Schläuche steckten in seinem Handrücken, einer Armbeuge und in der Halsvene. Mund und Nase wurden von einer Sauerstoffmaske bedeckt. Als sie die Tür schloss, wandte Bill Darling den Kopf, blinzelte erstaunt und nahm die Maske herunter.

»Lisa.«

Seine Tochter verbarg ihr Erschrecken darüber, wie kraftlos seine Stimme klang, wie erschöpft er wirkte. Seine Haut unter den Augen und um Nase und Mund herum schimmerte trotz der tiefen Sonnenbräune bläulich blass. Mit wenigen Schritten war sie neben ihm und nahm seine Hand.

»Was ist passiert, Dad?«

Seine Antwort kam nach kurzem Zögern. »Herzinfarkt.«

Herzinfarkt. Also doch. Lisas Hand krampfte sich unwillkürlich um die ihres Vaters. Brians Vater war kürzlich nur wenige Tage nach einem Herzinfarkt gestorben.

»Bill Darling hat meinen Bruder erschossen.«

Amos' Stimme! Sie zuckte zusammen. Für einen Augenblick biss sie die Zähne so fest aufeinander, dass es schmerzte, und als sie dann sprach, wählte sie ihre Worte sehr sorgfältig.

»Hat irgendetwas die Attacke ausgelöst? Ein Schock?« Sie sah ihn forschend an. Von der Feuersbrunst, die Lalisa zerstört hatte, konnte er noch nichts wissen. Aber der Fund der abgeschnittenen Hand und der Vorfall mit Vusa würden vollauf genügen, um selbst beim gesündesten Menschen eine massive Schockreaktion hervorzurufen.

Deutlicher wollte sie im Augenblick nicht werden. Sie hoffte, dass er von allein darauf zu sprechen kam, scheute sich, ihn geradeheraus danach zu fragen, wollte ihm nicht noch einen weiteren Schock zufügen, egal, was er getan haben mochte.

Ihre Hoffnung wurde nicht erfüllt. Ihr Vater hob nur müde die Hand und schwieg.

»Dad«, flüsterte Lisa. »Bitte.«

Seine blauen Augen, die sonst vor Lebenslust funkelten, waren gerötet und glanzlos, aber sein Blick war fest, als er langsam den Kopf von rechts nach links bewegte. Das Piepen des Herzmonitors beschleunigte sich.

Verdammt, dachte Lisa. Er muss die Hand ins Eisfach getan haben, und ich muss einfach wissen, was los ist. Wenn er die Kraft hat zu lügen, kann er auch meine Frage ertragen. Ihr schoss der Gedanke durch den Kopf, dass es vielleicht ihre einzige und letzte Gelegenheit war, ihn zu fragen.

Also fragte sie ihn, und noch nie war ihr etwas so schwergefallen. »Ich habe eine menschliche Hand im Eisfach entdeckt, die Mamas Ehering trug. Du musst sie dorthin getan haben. Wo hast du sie gefunden? Wo lag sie? Ist es Mamas Hand oder nur ihr Ring?« Sie hielt seinen Blick aus und war stolz, wie fest ihre Stimme klang.

Der kleine Punkt auf dem Herzmonitor begann herumzuhüpfen wie ein wild gewordener Floh. Erschrocken griff sie nach seiner Hand. Er packte zu und drückte sie mit so überraschender Kraft und Heftigkeit, dass sie einen Aufschrei hinunterschlucken musste.

Und dann endlich redete er. »Es war Vusa Nyathi. Er hat sie vors Haus gelegt, so dass sie auf unsere Tür deutete.«

Vusa Nyathi! Also doch. Herrgott, bitte, lass es nicht wahr sein.
Mach, dass er sich geirrt hat.

»Wie bitte?«, sagte sie laut. »Vor der Tür? Einfach so? Aber Dad, warum sollte Vusa Nyathi das getan haben? Das ergibt doch keinen Sinn.«

Sein Blick glitt ab und wanderte aus dem Fenster. Es dauerte eine Weile, ehe er zu ihr zurückkehrte. »Weil Vusa Nyathi ein gottverdammter schwarzer Gangster ist. Er …« Hier stockte er und musste erst wieder Kraft sammeln, um weiterzusprechen. »Er stellt Muthi aus menschlichen Organen her und treibt einen äußerst lukrativen Handel damit«, flüsterte er und nahm einen tiefen Zug aus der Sauerstoffmaske. »Es gibt Gerüchte, dass er in den Krankenhäusern die Pfleger besticht, damit sie ihm Organe beschaffen, die bei Operationen abfallen. Oder Plazentas nach Geburten oder Föten von Fehlgeburten. Das alles verarbeitet er dann in seiner Hexenküche.« Wieder setzte er die Maske auf und atmete mit geschlossenen Augen.

Muthi. Organhandel.

Obwohl sie es tief drinnen geahnt hatte, trafen sie diese Worte wie Keulenschläge. Vor ihren Augen drehte sich ein wahnwitziges Bilderkarussell. Es waren die Bilder, die sie während ihrer Recherche gesehen hatte und die für jahrelange Albträume reichten. Das Blut sackte ihr in die Beine. Ihre Mutter! Ihr wurde anfallsartig übel.

Mit der Hand auf den Mund gepresst, flüchtete sie sich ins Bad und übergab sich in die Toilette. Als es vorüber war, betätigte sie die Spülung, wusch sich Gesicht und Hände und trocknete sich ab. Ein paar Sekunden blieb sie noch stehen, um ihr Gleichgewicht wiederzugewinnen. Als ihre Beine sie wieder trugen, ging sie zurück ans Bett ihres Vaters.

»Ist es wirklich Mamas Hand?«

Ein befremdeter Blick traf sie. »Was meinst du?«

»Kann es nicht die Hand von jemand anderem sein, an die jemand Mamas Ehering gesteckt hat? Ich … kann es nicht erkennen.« Ihre Stimme war wie ein Reibeisen.

Bill Darling schloss die Augen, atmete Sauerstoff, schien zu überlegen. In Wahrheit aber versuchte er zu entscheiden, was er seiner Tochter erzählen sollte. Die volle Wahrheit oder nur Teile davon. Endlich öffnete er die Augen wieder. Er hatte sich für die zweite Variante entschieden.

»Nein, ich glaube, es ist ihre Hand. Sie wollte zur Bibliothek in Mtubatuba. An der Abzweigung dort habe ich sie zum letzten Mal gesehen.« Er musste innehalten, um wieder zu Atem zu kommen, und als er fortfuhr, war seine Stimme deutlich schwächer, eigentlich nicht mehr als ein heiseres, abgehacktes Flüstern. »Ich glaube, dass sie einfach zur falschen Zeit am falschen Ort war. Und ich werde nicht ruhen, bis ich Vusa Nyathi zur Strecke gebracht habe. Ich werde ihn abknallen wie einen räudigen Hund, und wenn es das Letzte ist, was ich in meinem Leben vollbringe.«

Lisa starrte ihn an, konnte nicht sprechen, konnte sich nicht rühren. Amos' Worte kreischten in ihrem Kopf. Unaufhörlich. *»Bill Darling hat meinen Bruder erschossen.«* Sie zwang sich zu sprechen.

»Das hast du doch schon. Du hast ihn doch erschossen.« Ihre Stimme war wie das Rascheln von trocknen Blättern.

»Was?«, schrie er, und der Piepton vom Monitor spielte verrückt. »Ich hab was?«, wiederholte er. Seine Pulsrate war erschreckend nach oben geschnellt.

Die ehrliche Verblüffung in seinem Gesicht verwirrte Lisa. »Amos Nyathi sagt, dass du seinen Bruder erschossen hast.«

Sag bitte, dass das nicht wahr ist, Daddy, bat sie ihn schweigend.

Bill Darlings Finger wanderten nervös über das Laken, das ihm als Zudecke diente. Erst jetzt erinnerte er sich bruchstückhaft daran, dass er mit der Waffe in der Hand aufgebrochen war, um genau das zu tun. Dass er in der Sekunde, bevor der Infarkt ihn traf, einen Schuss gehört hatte. Das war bisher nicht in sein Bewusstsein gedrungen. Die verdammten Ärzte hatten ihn derart mit Beruhigungsmitteln vollgepumpt, dass er kaum klar denken konnte. Hatte er einen Gedanken am Wickel, entfleuchte ihm der vorhergegangene. Fast hätte er gelächelt. Er hatte Vusa Nyathi tatsächlich erschossen. Eine tiefe Befriedigung bemächtigte sich seiner, aber er hütete sich, das seine Tochter sehen zu lassen.

Seine Finger krümmten sich reflexhaft. »Davon weiß ich nichts«, erwiderte er schließlich. »Ich hatte vielleicht vor, ihn zur Rechenschaft zu ziehen, aber ...« Er bewegte den Kopf im Kissen hin und her. »Nein, daran müsste ich mich doch erinnern. Ich weiß nur noch, dass ich hier einen furchtbaren Schmerz gespürt habe.« Er deutete auf sein Brustbein. »Und alles, was danach passiert ist, liegt irgendwie im Nebel, bis ich hier im Bett zu mir gekommen bin.« Das entsprach zwar nicht ganz der Wahrheit, aber es war immer besser, sich ein Hintertürchen offenzuhalten. Über diese Sache musste er erst gründlich nachdenken.

In Lisas Magen ballte sich ein ätzender Klumpen Säure zusammen, ein drängendes Gefühl von drohendem Unheil, das sie im Augenblick nicht analysieren konnte, und sie war zu aufgewühlt, um sich jetzt lange damit auseinanderzusetzen. Also drückte sie das Gefühl mit Macht beiseite.

»Wenn Vusa wirklich ... wenn er wirklich Mama ... wir können es jetzt nicht mehr erfahren, was mit Mama ... wo sie ... wie sie ... warum.«

Tränen verschlossen ihr die Kehle. Sie räusperte sich heftig. Nachher konnte sie weinen, jetzt war die Zeit zu kostbar. Ihr Vater zeigte deutliche Zeichen von tiefer Erschöpfung, der Lichtpunkt auf dem Herzmonitor bildete ein unregelmäßiges Muster, das ihr eine Heidenangst einjagte.

Bevor sie weitersprechen konnte, ging hinter ihr die Tür auf, und mehrere Personen traten ins Zimmer. Drei Ärzte und eine Krankenschwester, registrierte sie.

Der älteste der Weißkittel, ein Mann mit wallender grauer Mähne und randloser Lesebrille auf der Nase, warf einen schnellen Blick auf den Monitor und dann einen besorgten auf den Patienten. Mit schroffer Stimme wandte er sich Lisa zu.

»Bitte verlassen Sie sofort das Zimmer. Der Patient darf nicht aufgeregt werden. Wer sind Sie eigentlich?« Er starrte sie über den Brillenrand zornig an.

»Ich bin Lisa Darling, seine Tochter. Seine … einzige Angehörige.« Lisa vermochte nur mit Mühe die Tränen zurückzudrängen. »Und wer sind Sie?«

»Bob Franks, Chefarzt.« Er nickte ihr knapp zu. »Trotzdem müssen Sie Ihrem Vater jetzt Ruhe gönnen.« Mit dem Kinn wies er auf die Tür.

»Frag Amos«, wisperte Bill Darling und hob die Hand, ließ sie aber gleich wieder auf die Bettdecke fallen. »Sag ihm, ich will es wissen.«

Lisa schluckte. »Was? Ob es Vusa war? Warum? Oder was meinst du?«

»Frag Amos«, wiederholte er. Dann sah er Dr. Franks an. »Meine Tochter soll hierbleiben.«

»Nun gut«, stimmte der Arzt nach kurzem Zögern zu, und dann eröffnete er Bill Darling, dass er keine Chance habe, die nächsten Wochen zu überleben, wenn er nicht ein neues Herz bekomme.

Lisa verschlug es für Sekunden die Sprache. »O mein Gott, ein neues Herz!«, brach es dann aus ihr heraus. Ihr Blick flog zu ihrem Vater, der zerstreut aus dem Fenster starrte. Noch nie war er ihr so alt, so zerbrechlich vorgekommen. So schutzlos. So sterblich. Als wäre er plötzlich geschrumpft.

Mit einem Schritt war sie neben seinem Bett, packte seine Hand und hielt sie fest. Feucht und klamm lag sie in ihrer. In diesem Augenblick war es ihr völlig egal, was er getan hatte. Er war ihr Vater, ihr Daddy, der Held ihrer Kindertage, der fest verwurzelte Baum, der ihr immer Halt gegeben hatte. Sie konnte den Gedanken nicht ertragen, ihn zu verlieren. Sie sah den Arzt an.

»Haben Sie denn hier ein Team, das eine derartige Operation durchführen kann?« In diesem Provinzkrankenhaus, hatte sie eigentlich sagen wollen.

Zu ihrer Überraschung aber strahlte Bob Franks. »Sowie ein Spenderherz verfügbar ist, das mit dem Gewebe Ihres Vaters übereinstimmt, kommt der Transplantationschirurg und sein Team mit einer Privatmaschine aus Durban. Sie werden das Herz des Spenders ernten und es anschließend Ihrem Vater transplantieren.«

Lisa war bei dem Wort »ernten« zusammengezuckt und noch blasser geworden. *Ernten. Ein Herz.* Lisa war der Ausdruck durch und durch gegangen, und sie musste ihre ganze Selbstbeherrschung aufwenden, um äußerlich ruhig zu erscheinen.

»Wir haben bereits in sämtlichen Herzzentren des Landes eine Dringlichkeitsanfrage gestellt«, fuhr Dr. Franks fort. »Noch haben wir keine Rückmeldung, aber mit Glück und wenn sonst kein anderer Patient auf der Warteliste infrage kommt …« Er ließ den Satz mit einer Handbewegung in der Luft hängen. »Und nun, Miss Darling, muss ich Sie bitten, dem Patienten die Ruhe zu gönnen, die er gerade jetzt so dringend benötigt. Rufen Sie uns morgen an, vielleicht können wir Ihnen dann mehr sagen. Und es ist auch besser, wenn Sie nicht ins Krankenhaus kommen. Ich habe den Eindruck, dass Ihr Besuch meinen Patienten ziemlich aufregt.« Das Letzte war mit deutlichem Vorwurf hervorgebracht worden.

»Ich muss … es ist wichtig …«, stotterte Lisa.

»Nichts ist wichtiger als das Wohl des Patienten«, beschied ihr der Doktor und bedeutete der Krankenschwester, sie hinauszubegleiten, worauf die Frau mit kräftigem Griff Lisas Ellbogen packte und sie sanft, aber bestimmt zur Tür schob. Lisa machte sich kurz los, eilte zurück ans Bett und gab ihrem Vater einen Kuss.

»Du schaffst es, Dad, hörst du? Ich brauche dich.«

Er antwortete mit einem Händedruck, und sie ließ seine Hand nur zögernd wieder los.

Ein neues Herz, fuhr es ihr durch den Kopf. Wo ist der Sitz der Seele? Ihr Blick suchte seinen, und sie fragte sich unwillkürlich, ob der Mensch, den sie hier zurückließ, nach einer derartigen Operation noch derselbe sein würde. Mit großer Kraftanstrengung blockierte sie jede weitere Überlegung in diese Richtung und folgte der Krankenschwester zur Tür.

»Dr. Franks, wir müssen reden. Allein«, hörte sie ihren Vater im Befehlston sagen, der allerdings nichts im Vergleich zu dem war, den er für gewöhnlich anschlug.

Sie blieb stehen. Die zwei anderen Ärzte verließen nach der deutlichen Aufforderung sofort das Zimmer und gingen an ihr vorbei den Gang hinunter, doch bevor Dr. Franks die Tür schließen konnte, fing sie noch die Worte ihres Vaters auf.

»Würde eine großzügige Spende meine Position auf der Warteliste signifikant verbessern?«, flüsterte er. »Siebenstellig? Achtstellig?«

Dann fiel die Tür ins Schloss und schnitt jeden Laut aus dem Zimmer ab. Bestürzt sah sie die Krankenschwester an, aber die hatte offenbar nichts mitbekommen. Sie verabschiedete sich mit einem Nicken und verschwand im Schwesternzimmer.

Lisa stand noch immer wie angenagelt da. Ihr Vater hatte vor, sich ein Herz zu kaufen. Ein anderer armer Teufel würde deshalb vielleicht sterben müssen. Gerüchte um solche Machenschaften geisterten immer wieder durch die Medien. Sie hatte sich bisher geweigert, das zu glauben. Für Sekunden lagen die Enthüllungsjournalistin und die Tochter in ihr im heftigen Widerstreit.

Am Ende gelang es ihr, die bohrende Stimme ihres Gewissens zu unterdrücken. Die Flut der Schuldgefühle, die sie überschwemmte, brach fast den Damm. Beinahe wäre sie zurückgegangen und hätte den Arzt und ihren Vater zur Rede gestellt. Aber dann fielen ihre Schultern nach vorn. Es war eine persönliche Niederlage. Die Tochter hatte obsiegt.

Sie bog um die Ecke und gelangte in den Aufenthaltsbereich, wo sie Benita zurückgelassen hatte.

Benita, die in einer Zeitschrift geblättert hatte, sprang auf, als sie Lisas ansichtig wurde. »Lisa, was ist los? Du bist kreideweiß. Geht es deinem Vater so schlecht?« Ihre Hand flog zum Mund. »O Gott, Lisa, ist er …?« Ihre entsetzte Miene drückte das aus, was sie nicht wagte, geradeheraus zu fragen.

Lisa hatte den desorientierten Gesichtsausdruck von jemandem, der gerade aus der Narkose aufwachte. »Nein … Ich meine, ja«, antwortete sie fahrig. »Er ist noch am Leben, aber es geht ihm schlecht. Er muss ein neues Herz bekommen.«

Benita begriff im ersten Augenblick nicht, was Lisa meinte, aber dann weiteten sich ihre Augen vor Schreck. »Ein neues Herz. Um Himmels willen, Lisa!«

Lisa kämpfte gegen die Tränen an. »Es hängt alles davon ab, ob rechtzeitig ein geeignetes Spenderherz gefunden wird. Sonst …« Mit keinem Menschen würde sie je über das sprechen, was sie im Krankenhaus zufällig mit angehört hatte, noch würde sie sich erlauben, ihre Entscheidung zu hinterfragen. Es ging um ihren Vater. *Ihren Vater.*

Benita breitete spontan die Arme aus und zog sie an sich. »Es wird alles gut werden, bestimmt. Dein Vater ist ein Kämpfer. Ich fühle es.« Es muss alles gut werden, dachte sie und presste die Lider zusammen, um nicht daran denken zu müssen, was dem armen Mann im Krankenzimmer bevorstand.

Für einen kurzen Augenblick verharrten die beiden Frauen so, dann machte sich Lisa los und zwang sich zu einem winzigen Lächeln. Es kostete sie ungeheure Kraft, aber sie schaffte es.

»Ja, sicher, das glaube ich auch. Ganz fest.«

Das war eine Lüge. Sie hatte längst erkannt, dass ihr Leben im Begriff war, völlig auseinanderzufallen. Ihr war, als tappte sie mit verbundenen Augen durch ein Minenfeld, starr vor Furcht, dass jede Sekunde eine explodierte und sie zerriss.

»Vusa besticht Leute, damit sie ihm herausoperierte Organe aus den Krankenhäusern beschaffen, die er zu Muthi verarbeitet.«

So deutlich, als würde er neben ihr stehen, hatte sie die angestrengte Stimme ihres Vaters gehört. Verstört flog ihr Blick durch die kleine Halle, den Gang hinunter und wieder hinauf. Aber niemand war zu sehen.

Sein altes Herz? Herausoperiert? Bevor sie es verhindern konnte, stand die Szene vor ihr. Der Operationssaal, grün vermummte Ärzte, eine blutige Brusthöhle, das zuckende Herz in der Hand des Arztes.

Was geschah damit? Würde es verbrannt werden? Würde es …?

»Warte einen Augenblick«, rief sie Benita zu. Sie lief zum Zimmer ihres Vaters zurück, klopfte an und trat ein. Dr. Franks war nicht mehr da. Ihr Vater hatte den Kopf zur Fensterseite gedreht und schien zu schlafen. Leise, um ihre Anwesenheit nicht zu verraten, zog sie die Tür wieder ins Schloss. Sie suchte den Gang nach beiden Seiten ab. Drei Türen weiter entdeckte sie das Schwesternzimmer. Mit wenigen Schritten war sie da, klopfte und öffnete die Tür sofort. Zwei Schwestern standen an einem Tisch und hantierten mit Reagenzgläsern, die offenbar Blut enthielten. Lisa fragte, wo sie Dr. Franks finden könne.

»Gar nicht«, antwortete eine der Frauen und schüttelte eines der Gläser. »Er operiert jetzt, und das kann noch Stunden dauern. Rufen Sie morgen an, gegen zehn Uhr, dann ist er üblicherweise in seinem Arbeitszimmer.«

»Es ist wichtig«, beharrte Lisa.

»Sagen Sie das dem Patienten auf dem Operationstisch.«

Frustriert machte Lisa sich auf den Weg zurück zu Benita.

»Komm, wir gehen, ich kann den Geruch hier nicht mehr ertragen.« Damit strebte sie dem Ausgang zu.

Die riesige Glastür glitt bei ihrem Kommen automatisch zurück, und als sie aus der klimatisierten Halle in die sengende Sonne traten, traf die Hitze sie wie eine glühende Welle. Die Luft über den geparkten Autos schimmerte in Schlieren.

Benita japste. »Ich habe das Gefühl, ich laufe über glühende Kohlen.«

Lisa wünschte sich nichts mehr als einen Platzregen, der anschließend für ein paar Stunden in ein angenehmes kühles Nieseln überginge. Aber das dumpfe Grollen des bereits aufziehenden Gewitters blieb unterhalb ihrer Wahrnehmungsschwelle. Noch lag es hinter den Hügeln, noch war es zu weit entfernt.

»Hast du schon einmal versucht, bei einer solchen Hitze ein Ei auf der Motorhaube zu braten?«, fragte Benita und setzte ein aufmunterndes Lächeln auf. »Es geht. Ehrlich. Ich habe es versucht. Es war ruckzuck durchgebraten.«

Lisa schüttelte stumm den Kopf. Ein neues Herz, dachte sie und sah es plötzlich gebraten vor sich. Fleisch, braun und krustig. Bratengeruch stieg ihr in die Nase. Ihre Gedanken liefen Amok.

Mamas Hand. Verwest. Stinkend.

Sie musste die Hand auf den Mund pressen, um sich nicht zu übergeben.

Benita warf ihr unter den Wimpern einen schnellen Blick zu und legte ihr den Arm um die Taille. »Ich fahre, und versuch es erst gar nicht mit Widerspruch. Gib mir den Schlüssel.« Sie nahm ihn Lisa ab, ging um den Wagen herum, schloss ihn auf und schleuderte ihre Handtasche mit Schwung auf den Rücksitz. Lisa stellte ihre auf den Boden vor den Beifahrersitz und wollte gerade hineinsteigen, als eine grobe Stimme hinter ihr sie in der Bewegung erstarren ließ.

»He, Schlampe!«

Sie wirbelte herum. Ein dichtes Knäuel schwarzer Jugendlicher stand hinter dem Wagen. Die meisten waren mit Stöcken bewaffnet oder mit Isagilas, den Zulu-Kampfstöcken, fürchterlichen Waffen, die aus einem Stück Hartholz geschnitzt waren und in einer massiven Kugel endeten. Ein Schlag damit auf den Schädel, und er würde wie eine Eierschale zertrümmert werden. Aber zu Lisas Entsetzen schwang einer der Kerle auch noch einen stählernen Golfschläger, ein Siebener-Eisen, wie sie registrierte.

»Schlampe, blöde Ausländerschlampe«, röhrte der Größte, der ganz vorne stand, aber er sah nicht sie an, sondern an ihr vorbei zu Benita. »Sieht sie nicht aus wie eine von denen, die über die Grenze aus Mosambik gekommen sind, um uns die Jobs wegzunehmen, die unser Essen essen, die Geld von unserem Staat bekommen? Seht sie euch an!«

Das Geschrei bekam eine Art monotone Melodie, wurde zu einem Sprechgesang mit hämmerndem Rhythmus, der Lisa die Haare zu Berge stehen ließ.

»Ihre Haut ist nicht schwarz, sie hat die Farbe von der Scheiße einer kranken Kuh!« Mit jedem Wort stießen sie den Kopf vor, fletschten die Zähne und schlugen den Takt auf die Motorhaube. »Sie ist nicht eine von uns. Wir leben im Dreck und müssen Dreck aus dem Müll fressen, sie hat ein großes Auto, ein Haus und jeden Abend zu essen …!«

Benita war vor Schock nicht imstande, sich zu bewegen. Mit einer Hand auf dem Türgriff, einen Fuß auf dem Trittbrett, stand sie da und starrte den Schwarzen entgegen.

Die Jugendlichen stießen brüllend ihre Waffen in den Himmel, und der mit dem Golfschläger stampfte einmal mit den Füßen auf die harte Erde und röhrte, sprang hoch, drehte sich, und die anderen machten es ihm nach, stampften auf den Boden, hetzten sich gegenseitig auf, Staub wirbelte, Vögel flogen kreischend auf, als der Toyi-toyi, der Kriegstanz der Zulus, immer bedrohlicher wurde. Langsam, unaufhaltsam rückten sie den beiden Frauen auf den Leib.

»Schlampen, Schlampen«, brüllte der mit dem Siebener-Eisen im Takt zu seinen Schritten. »Schlampen, haut ab, geht zurück in eurer Rattenloch ...«

»Ausländernutte«, schrie der Anführer Benita an. Er holte ein Feuerzeug heraus. »Zündet sie an, zündet sie an! Und die weiße Nutte gleich dazu.«

Dann traf der erste Stockschlag Benitas Rücken. Sie schrie auf und versuchte, sich ins Auto zu ziehen, aber einer der Kerle packte sie am Oberteil, dem hübschen grünen Oberteil mit den dünnen Trägern, und zog sie zurück auf den Asphalt. Schreiend wehrte sie sich mit Fußtritten und Faustschlägen, aber dann stellte ihr einer ein Bein. Sie stolperte und fiel hin.

Ein Dutzend Arme hoben sich, um auf sie einzuprügeln. Blitzschnell zog Benita die Knie an, schlang die Arme um ihren Babybauch und rollte sich zu einem festen Ball zusammen.

Es war dieser Augenblick, als Lisa zu sich kam. In ihr brodelte eine alles verzehrende Wut hoch, und wie ein Vulkan, bei dem der Überdruck zu groß wurde, explodierte sie. Alles kam zusammen hoch, die Tshayimpi, Brian, der Überfall, das, was sie im Eisfach gefunden hatte und was es bedeutete. Ihr Vater. Das, was er gesagt hatte. Das, was er nicht sagte.

»Wir wollen keine Fremden, hier ist Afrika, Afrika gehört den Afrikanern, tötet alle Fremden«, skandierte der Anführer, und die anderen wiederholten seine Aufforderung. »Bulala! Tötet!«

Lisa war nicht bewusst, dass sie schrie. Es war kein Angstschrei, nicht der Schrei einer Verzweifelten, sondern der Urschrei, mit dem schon ihre fernen Ahnen zu Anbeginn der Zeit auf ihre Gegner losgegangen waren. Ein massiver Schub Adrenalin schoss ihr durch die Adern, fegte ihren Kopf klar, gab ihr Kräfte, die sie noch nie gespürt hatte. Schon wollte sie mit bloßen Händen auf ihre Angreifer losgehen, doch mit einem letzten Rest an Geistesgegenwart griff sie in die Tasche, packte ihr Pfefferspray und stürzte sich auf die Jugendlichen, die Spraypatrone hoch in der Hand haltend.

Wie ein Automat kickte und trat sie um sich und stieß diese grausigen Schreie aus. Die Stockschläge, die ihr auf Arme und Rücken niederhagelten, die Hände, die versuchten, ihr das T-Shirt vom Leib zu reißen, nahm sie nicht wahr.

Der Schrei und ihr Anblick ließen die Jugendlichen für eine kostbare Sekunde in ihrer Bewegung einfrieren, und das gab ihr die Gelegenheit, dem Kerl mit dem Golfschläger den Pfeffer direkt ins Gesicht zu sprühen. Aufjaulend ließ der das Eisen fallen, sie fing es auf und schleuderte es weit weg. Es schlitterte über den Parkplatz und landete unter einem parkenden Wagen. Der Besitzer des Eisens, dem die Tränen aus rot angelaufenen Augen strömten, wollte blindlings hinterherhechten, aber sie stellte ihm ein Bein, er schlug lang hin und blieb liegen. Den Arm mit dem Spray weit vorgestreckt, drehte sie sich sprühend im Kreis. Jeder bekam etwas ab.

»Ihr verdammten Schweine, lasst Benita los!«, schrie sie. »Ihre Eltern haben ihr Leben dafür gegeben, dass ihr jetzt frei seid … Ihr seid nicht den Dreck unter ihren Fingernägeln wert! Ihr seid nicht besser als die Apartheidmörder!« Wieder drückte sie auf den Sprühknopf.

Die Angreifer schrien auf und rissen schützend die Arme hoch. Benita kam auf die Beine.

Aus den Augenwinkeln sah Lisa, dass sich der mit dem Golfschläger wieder aufrappelte, und zielte mit dem Spray in sein Gesicht. Heulend schlug einer der Jugendlichen zu, traf ihren Arm, und das Spray flog ihr aus der Hand. Der Kerl fing es auf und zielte auf Lisa, die zwar noch den Kopf abwenden und die Augen zusammenkneifen konnte, damit aber doch nicht verhindern konnte, dass sie einen kleinen Teil Pfefferladung ins Gesicht bekam. Heftig blinzelnd, versuchte sie zu erkennen, ob Benita in

Sicherheit war. Sie erschrak bis ins Innerste, als sie sah, in welchem Zustand sich diese befand.

Benita strömte das Blut aus den Haaren über das Gesicht und den Hals. Ihr Gesicht war in eine blutige Maske verwandelt, aber ihren Kampfgeist hatten die Kerle offenbar nicht gebrochen. Mit einem Tritt und ein paar saftigen Flüchen hielt sie sich einen der Kerle so lange vom Leib, bis sie ins Wageninnere klettern und die Tür zuschlagen konnte. Mit dem Zipfel des zerrissenen Oberteils wischte sie sich das Blut aus den Augen, warf Lisa einen kurzen Blick zu und hob einen Daumen.

»Alles okay«, konnte Lisa von ihren Lippen lesen.

Benita langte quer über den Sitz, stieß die Beifahrertür auf, steckte den Schlüssel ins Schloss, drehte ihn, und der starke Motor sprang an. »Lisa, spring rein, schnell!«, schrie sie gellend.

Lisa trat dem, der gerade mit einer Eisenstange ausholte, zwischen die Beine, traf Weiches und hörte sein Schmerzensgeheul. Zusammengekrümmt presste er die Hände zwischen die Beine. Das Pfefferspray rollte über die Erde. Es verschaffte ihr genügend Zeit, es aufzuheben, die Fahrertür aufzureißen und ins Auto zu springen.

»Rutsch rüber«, keuchte sie, und Benita gehorchte sofort.

Einer der Männer packte Lisas Bein, sie trat wieder zu und setzte das Spray erneut ein. Der Angreifer schlug geblendet beide Hände vors Gesicht und ließ die Tür los. Sie zog am Griff, die Tür knallte zu. Mit einer Hand auf der Hupe fuhr sie mit aufheulendem Motor auf die Stöcke schwingenden Jugendlichen zu und mitten hinein. Stockschläge knallten auf das Metall, erst splitterte ein Seitenfenster und dann die Rückscheibe. Einer der Kerle hatte den Golfschläger wieder geholt und damit zugeschlagen.

Lisa fuhr stur vorwärts, obwohl sie die Umgebung nur schemenhaft durch die Tränenströme wahrnehmen konnte, die ihr aus den Augen flossen.

Und dann waren sie durch. Sie trat aufs Gas, der schwere Wagen schoss vorwärts, und Minuten später schnurrte er die Nord-küsten-Straße entlang. Mit einer Hand versuchte sie mit dem Papiertaschentuch, das Benita ihr gereicht hatte, erst das eine Auge, dann das andere auszuwischen, aber sie brannten und tränten noch immer. Bei der nächsten Mautstelle fuhr sie an die Seite und hielt an. Sie goss eine halbe Flasche lauwarmes Mine-ralwasser in ihre Augen und spülte sie gründlich aus. Als sie end-lich wieder einigermaßen sehen konnte, drehte sie sich zu Beni-ta. Die lehnte mit geschlossenen Lidern im Sitz. Ihr Haar, das Gesicht und das zerrissene grüne Oberteil waren blutdurch-tränkt.

Lisa durchfuhr ein furchtbarer Schrecken. »Benita«, flüsterte sie. »Alles okay?« Sie hörte selbst, wie läppisch das klang, aber et-was anderes fiel ihr jetzt nicht ein. Ihr Herz hämmerte immer noch, und die Augen brannten, als hätte jemand Säure hineinge-kippt. Ihr Blick fiel auf den Boden.

Zwischen Benitas Füßen glänzten ebenfalls Blutflecken, und sie hatte noch immer die Augen geschlossen. Das Baby!

»Benita!« Ihre Stimme stieg in Panik. »Komm zu dir ...!«

Noch während sie redete, zog sie ihr Handy aus der Tasche und drückte die Kurzwahl für Mick Robertson. Mit Mühe zwang sie sich zur Ruhe. Sie erklärte ihm in kurzen Worten, was vorge-fallen war, wo sie sich gerade befanden und dass sie befürchtete, nicht weiterfahren zu können, weil ihre Augen zu stark gereizt seien und Benita sicher nicht dazu imstande sei. Sie verschwieg den Blutfleck auf dem Boden zwischen Benitas Füßen.

»Ich glaube, Benita hat eine Gehirnerschütterung ... Wir brauchen einen Krankenwagen. Schnell.«

»Ich bin okay«, wisperte da Benita neben ihr. »Es ist nur der Kopf ...« Sie blickte auf die kleine Blutlache zwischen ihren Fü-ßen und sah Lisa an. »Es ist nicht das Baby ... Ich bin okay«, rief sie hastig, dann fiel ihr Kopf wieder zurück, und sie musste würgen.

Lisa glaubte ihr nicht. »Bitte, kommt«, flüsterte sie.

»Hör zu«, sagte Mick Robertson. »Fahr durch die Mautstelle durch, dahinter ist eine Tankstelle. Stell dich dort so, dass ihr gut zu sehen seid. Schließ das Auto sorgfältig ab, nimm das Pfefferspray in die Hand, dein Handy in die andere. Lass es an. Wir lassen die Verbindung stehen. Roderick und ich werden alles hören können, was bei euch geschieht. Wir sind in zehn Minuten da. Hast du verstanden, Liebes?«

»Ja«, sagte Lisa, während sie tat, was er ihr gesagt hatte. »Macht schnell.« Sie zitterte so, dass sie keinen Meter mehr hätte weiterfahren können. Schock, analysierte sie mit einem letzten Rest an Nüchternheit. Dann fing sie an zu schluchzen.

»Kommt Roderick jetzt auf einem Schimmel angeprescht, um mich zu retten?«

Lisa wirbelte im Sitz herum. Benita hatte die Augen aufgeschlagen, lächelte sogar ein wenig, während sie das leuchtende Veilchen, das sich um ihr rechtes Auge bildete, vorsichtig betastete. Lisa sackte vor Erleichterung das Blut in die Beine. Offenbar sah die Verletzung Benitas schlimmer aus, als sie tatsächlich war.

Sie schluckte. »Er sattelt gerade seinen Schimmel, und Mick folgt ihm mit der restlichen Kavallerie«, antwortete sie und probierte ebenfalls ein Lächeln, das ihr sogar halbwegs gelang.

Benita kicherte ein bisschen, dann wurde ihre Miene abrupt ernst. »Du warst einfach großartig. Ohne dich …« Ihre Hände flatterten wie aufgescheuchte Vögel durch die Luft. »Ich hoffe, du hast den Kerl richtig gut getroffen.«

»Worauf du dich verlassen kannst. Ich weiß, wohin ich treten muss. Besonders der eine wird in den nächsten Wochen nicht viel Spaß mit seiner Freundin haben, und das Pfefferspray hat ihnen den Rest gegeben. Mir leider auch.« Sie deutete auf ihre tränenden, blutunterlaufenen Augen. »Ich sehe vermutlich aus wie ein rotäugiges Kaninchen.«

Benita sah sie prüfend an. »Genau so. Nur die Ohren sind zu kurz.« Sie kicherte schwach, zog gleichzeitig eine Grimasse und hielt sich mit beiden Händen die Schläfen. »Verdammt. Selbst ein Scherz tut weh«, knirschte sie.

Danach schwiegen sie lange. Lisa starrte aus dem zerborstenen Fenster, dachte an ihren Vater, an die Hand, an das, was morgen geschehen würde. An das, was er zu dem Arzt gesagt hatte.

Sie vergrub das Gesicht in den Händen, als könnte sie so die Welt ausschließen und die Bilder, die sie jetzt heimsuchten, vertreiben. Für ein paar Minuten war nur das Ticken des heißen Motors und das Geräusch der vorbeifahrenden Autos zu hören.

Dann regte sich Benita. »Hast du von dem weißen Ehepaar gelesen, das einer Familie aus Simbabwe Unterschlupf gewährt hat?« Ihre Stimme war nur ein Hauch. »Man hatte den Mann und seine Frau mit Pangas in Stücke gehackt und ihre Schützlinge ebenfalls. Es waren zwei Kinder darunter.«

Lisa nickte. Es war in den Fernsehnachrichten gemeldet worden. »Wie letztes Jahr im Mai, als sie über die Einwanderer hergefallen sind …«

»Nein«, flüsterte Benita. »Nicht wie letztes Jahr. Das war anders. Die Toten letztes Jahr waren ausnahmslos schwarz, und die Wut der Täter richtete sich gegen die, die ihnen angeblich die Jobs wegnahmen. Es hatte nichts mit der Hautfarbe zu tun. Dieser Mann und seine Frau waren weiß, du bist weiß … ich bin … ich bekomme ein Baby …« Ihre Stimme verebbte.

Lisa schaute sie an. Auf Benitas Stirn hatte sich eine hühnereigroße Beule gebildet, unter dem Auge schimmerten die ersten Anzeichen eines massiven Blutergusses, und das Blut auf Gesicht und Oberteil begann in der Hitze zu gerinnen. Etwas von der unbändigen Empörung schoss wieder in ihr hoch.

»Benita, die haben weder dich noch mich gemeint, die waren besoffen oder high oder beides. Die haben nicht gewusst, was sie taten.« Sie wusste genau, dass das nicht stimmte, und verfiel wieder in Schweigen.

Benita sah sie ruhig an. »Ich habe weder Alkohol gerochen noch enge Pupillen gesehen. Die haben uns gemeint.«

Lisa blieb stumm. Benita hatte Recht. Es hatte also begonnen, die Grenze war überschritten worden. Würde von nun an ein Mensch mit heller Hautfarbe im Land der Regenbogennation nicht mehr sicher sein? Die Bilder der Überfälle auf Ausländer, die im Jahr zuvor um die Welt gingen, hatten sie auf unheimliche Weise an die erinnert, die während der schlimmsten Kämpfe am Ende der Apartheidzeit über die Fernsehschirme flimmerten. Auf Druck der UNO hatte die Regierung sichere Unterkünfte eingerichtet, die inzwischen aber wieder aufgelöst worden waren.

Seitdem herrschte gespannte Ruhe. Doch noch immer strömten Flüchtlinge aus dem geschundenen Simbabwe über die Grenze. Sie landeten in Auffanglagern, oft auch in Kirchen, wo sie durch private Spenden notdürftig versorgt wurden. Die Bewohner der großen Slums, die wie Geschwüre um die Städte wucherten, sahen neidisch, dass diese Einwanderer regelmäßig etwas zu essen bekamen und ein trockenes Dach über dem Kopf hatten. Ständig flackerte die Gewalt gegen die Fremden auf, die von den Medien allerdings meist zwischen den alltäglich zahllos vorkommenden Überfällen versteckt oder sogar totgeschwiegen wurden. Manchmal vermutete sie, dass das auf Veranlassung von offizieller Seite geschah. Aber es war nicht von der Hand zu weisen. Die Fußballweltmeisterschaft 2010 war gerade einmal ein Jahr entfernt. Niemand wollte das Ereignis gefährden. Unermesslich viel hing davon ab.

Herrgott, dachte sie. Was passiert mit unserem schönen Land? Es gab Dutzende von kleinen täglichen Wundern, die ihr das Herz warm werden ließen und sie stolz machten, sich Südafrikanerin nennen zu können. In einem Slum in Durban etwa – der ein Slum war, auch wenn die Regierung ihn als eine informelle

Siedlung bezeichnete – hatten sich die Einwohner zusammengetan und eine freiwillige Selbstverwaltung gegründet. Gemeinsam hatten sie den Müll abtransportiert, der sie zu ersticken drohte, und mit Protestaufläufen die Stadt dazu gezwungen, ihnen Wasser und Strom zu liefern. Hier und da hatten sie sogar einen Baum oder Blumen vor ihre jämmerlichen Behausungen aus Wellblech und Plastikplanen gepflanzt. Ihre Kinder wurden dazu angehalten, in die Schule zu gehen. Ein Slum, der keiner mehr war.

Das war das Südafrika, das es geschafft hatte, die Apartheid abzuschütteln. Darauf war sie so stolz, dass ihr das Herz wehtat.

Benita warf ihr einen Blick zu. »Du stimmst mir zu, nicht wahr? Aber in diesem Fall gibt es noch einen anderen Hintergrund. Den mit dem Golfschläger kenne ich. Er hat einen Kredit von mir bekommen, und als der vierte Termin der Rückzahlung verstrichen war, habe ich ihn zur Rede gestellt. Ich weiß, dass alle unter der weltweiten Depression zu leiden haben, aber er hat das Geld einfach versoffen. Ich habe selbst gesehen, dass er ständig in Shebeens herumgegangen und getrunken hat. Er hat mich ausgelacht, mich verhöhnt, ich solle ihm das Geld doch wieder wegnehmen. Phika hat mit ihm geredet … Nein, nicht wie du denkst. Ganz zivil, nicht handgreiflich. Ich war dabei. Aber der Mann musste das Geld wieder herausrücken … Er hatte es auf mich abgesehen, Lisa. Er wollte sich rächen. Das hat nichts mit Ausländerhass zu tun.«

»Doch, ich denke schon, und ich glaube, du weißt es auch.«

Lisa dachte an ihren unfertigen Bericht über die Gewaltbereitschaft im Land. In ihrem Innersten rührte sich wie ein Tier in einer tiefen Höhle Angst, und die feinen Härchen auf ihren Armen stellten sich auf.

Ihr Blick traf den von Benita. »Dieses Mal trifft es wohl zu, dass es persönlich war, aber die Gewalttaten werden trotzdem immer schlimmer. Es lässt sich einfach nicht mehr schönreden.

Obendrein tobt seit einem Jahr der Wahlkampf, und du weißt, dass alle Parteien, auch die neue, den wie einen Krieg betreiben. Alle hetzen ihre Leute auf, reden dem Mob nach dem Maul. Es sind Brandstifter, die, ohne an die Folgen zu denken, an vielen Ecken gleichzeitig Feuer gelegt haben, und jetzt droht uns ein Flächenbrand, der das ganze Land überziehen wird. Manchmal bekomme ich keine Luft vor Angst.«

Neben ihnen donnerte ein Zuckerrohrtransporter vorbei, übertönte ihren nächsten Satz. Sie wartete, bis er vorbei war.

»Südafrika wird das nicht mehr lange überleben, davon bin ich immer mehr überzeugt. Jeder, der ein bisschen mehr hat, lebt doch längst in einem Hochsicherheitsgefängnis, quer durch alle Hautfarben. Ich glaube, unsere Tage hier sind gezählt.« Sie verstummte. Eine abgrundtiefe Niedergeschlagenheit überrollte sie.

Benita hatte die Augen bedrückt gesenkt. Das Schweigen zwischen ihnen wurde bleischwer.

»Nein«, sagte Lisa plötzlich und setzte sich kerzengerade hin. »Ich bin Afrikanerin, du bist Afrikanerin, ich lass mich doch nicht aus meiner Heimat verjagen wie einen räudigen Hund«, hörte sie sich zu ihrem eigenen Erstaunen rufen. »Es gibt so viel hier, wofür es sich zu kämpfen lohnt. Wenn wir auch nur daran denken, das Land zu verlassen, haben wir verloren und die gewonnen.«

Benita hob langsam den Kopf. Die beiden Frauen sahen sich in die Augen und lächelten.

In diesem Augenblick wurden sie Freundinnen.

Lisa Darling, die weiße Südafrikanerin, deren Großvater vor den Nazis aus seinem Heimatland geflohen und deren Vater ein hochrangiger Polizist während der Apartheidzeit gewesen war, und Benita Ashburton, die farbige Südafrikanerin, deren Eltern im Widerstandskampf auf die grausamste Weise durch ebendiese Polizei zu Tode gekommen waren.

Spontan lehnte sich Lisa vor, zog Benita in die Arme und bettete vorsichtig deren blutverschmierten Kopf an ihre Brust. Und so verharrten sie, spürten beide den Herzschlag und die Wärme der anderen und wussten, dass diese Freundschaft für immer sein würde.

Als hinter ihnen ein Geländewagen mit quietschenden Reifen hielt, fuhren sie beide hoch. Lisa drehte sich erschrocken im Sitz um, atmete dann aber erleichtert durch. Mick und Roderick waren da. Hinter ihnen sprang Phika Khumalo aus dem Wagen, der aussah, als könnte er auf der Stelle einen Mord begehen. Gleichzeitig hörte sie die dumpfen Erschütterungen von Rotorblättern, und kurz darauf landete in einiger Entfernung der Rettungshubschrauber. Ein Mann und eine Frau in den roten Westen von Sanitätern rannten auf sie zu.

Danach ging alles sehr schnell. Benita protestierte laut dagegen, in den Hubschrauber verfrachtet und dann ins Krankenhaus gebracht zu werden. Aber Roderick, dem die mörderische Wut auf Benitas Angreifer nur so aus den Augen sprühte und der sich offensichtlich nur unter Aufbietung aller Selbstbeherrschung im Zaum halten konnte, ließ keinen Widerspruch zu. Mit seiner Hilfe legten die Sanitäter sie auf eine Trage und schoben sie zum Hubschrauber. Roderick ließ Benitas Hand dabei nicht los.

»Meine Tasche«, konnte sie Lisa noch zurufen.

Lisa fand sie unter dem Rücksitz und reichte sie Benita. Mit Schrecken sah sie, wie blass und erschöpft ihre Freundin wirkte. »Du musst ins Krankenhaus. Da bekommst du alle Hilfe. Denk an dein Baby. Du würdest dir das nie verzeihen.« Sie lehnte sich über Benita und küsste sie zart auf eine unverletzte Stelle auf der Wange. Dann trat sie zurück.

Die Sanitäter hoben die Trage in den Hubschrauber und sicherten sie mit Gurten. Roderick stieg hinter ihnen ein und schnallte sich an. Lisa winkte, und Benita antwortete mit einem Luftkuss.

463

»Und du gehst auch ins Krankenhaus«, sagte Mick hinter Lisa und machte Anstalten, auch sie in den Hubschrauber zu heben.

»Ich denke gar nicht daran«, brauste sie auf. Allein die Vorstellung, im selben Krankenhaus wie ihr Vater zu landen, erfüllte sie mit Horror. »Sei nicht albern, ich habe ein paar blaue Flecke mehr als vorher, brauche dringend eine Dusche und muss meine Augen auswaschen. Aber sonst bin ich völlig in Ordnung. Was soll ich also im Krankenhaus?« Sie stemmte die Arme in die Hüften und hob das Kinn. »Oder willst du mich mit Gewalt hinschleifen?«

Mick bedeutete dem Piloten, noch einen Augenblick zu warten, und wandte sich wieder Lisa zu, um sie umzustimmen. Aber das Blitzen ihrer Augen und das unnachgiebige Kinn sprachen eine unmissverständliche Sprache. Freiwillig würde sie nicht in den Hubschrauber steigen, das machte sie mehr als deutlich. Mit einem hörbaren Seufzen wandte er sich zum Piloten um und gab ihm ein Zeichen, ohne sie zu abzufliegen. Der Pilot startete den Motor, die Rotoren begannen sich träge zu drehen, wirbelten immer schneller und schneller, ließen Lisa und Mick in einem Gestöber aus Sand, Blättern und Papierfetzen stehen, während der Helikopter sich senkrecht in die Luft erhob, mit der Nase nach Süden drehte und davonknatterte.

Lisa konnte kurz Roderick durch die Scheiben erkennen, der sich offenbar über Benita beugte. Sie hob beide Arme und winkte heftig, aber er hatte nur Augen für seine Frau. Für einen langen Augenblick stand sie so da, sah ihnen nach, die Arme noch erhoben, bis sie langsam heruntersanken, als zögen Bleigewichte sie nach unten. Der Hubschrauber verschwand hinter den Hügeln. Lisa schickte ihm ein Stoßgebet hinterher, dass Benitas Baby nichts passiert war.

»Wo sind die Kerle, Ma'am?« Phika Khumalos Stimme war leise, aber scharf wie eine Rasierklinge.

Lisa schreckte auf, schauderte, als sie daran dachte, was der

Zulu mit den Typen machen würde, sollte er sie finden. Mit diesen außerordentlich kräftigen Händen. Sie würde keinen Pfifferling für deren Leben geben. Auge um Auge, Zahn um Zahn. Das Gesetz der Wildnis. Sie zögerte mit der Antwort. Würde sie die Angreifer davonkommen lassen, würde es mit Sicherheit andere Opfer geben.

»Es ist in der Nähe des Krankenhauses passiert. Auf dem Parkplatz, um genau zu sein. Wir sollten das der Polizei mitteilen. Die wird sich darum kümmern.«

Phika antwortete nicht. Er nahm sein Mobiltelefon heraus, wandte sich ab, tippte eine Nummer ein und begann, rasend schnelles Zulu zu sprechen. »Shesha!«, brüllte er zum Schluss. Anschließend schob er sein Telefon wieder in die Hosentasche. »Bitte geben Sie mir Ihre Wagenschlüssel, Ma'am, ich bringe das Auto in die Reparaturwerkstatt.« Er streckte ihr seine Hand mit der gelblich rosa Handfläche nach oben hin.

Sie händigte ihm den Schlüssel aus. »Nimm das Gesetz nicht in deine Hände, lass die Polizei ihren Job machen«, sagte sie.

Die Miene des Zulu war undurchdringlich. Er nickte nur, stieg ein und fuhr mit hoher Geschwindigkeit davon. Irgendein Metallteil am Wagen musste auf dem Boden schleifen, denn er zog einen langen Funkenschweif hinter sich her.

Mick Robertson sah ihm nach. »Ich möchte nicht in der Haut eurer Angreifer stecken. Hoffentlich findet er sie nicht«, murmelte er, während er Lisa die Tür zu seinem Wagen aufhielt. Er half ihr hinein, stellte die Kühlbox, die die Hand enthielt, auf den Rücksitz neben die Box, die ihm Ellen für alle Fälle üppig gefüllt aufgezwungen hatte, und schloss sie an die Autosteckdose an. Die Picknickbox stöpselte er auf den Zigarettenanzünder um.

Lisa ließ sich in den Sitz fallen. Die Auswirkungen der letzten Stunden rauschten wie eine Welle über sie hinweg, raubten ihr jegliche Kraft für eine Antwort.

Einen halben Kilometer hinter der Mautstelle fand Mick die

Möglichkeit, den Wagen zu wenden, und fuhr zurück in Richtung Durban.

»Und wohin fahren wir jetzt? Zu dir?« Die Worte kamen schleppend, verwischt von Müdigkeit und dem Schrecken der vergangenen Stunden.

Mick schüttelte den Kopf und zückte sein Handy. »Du hast einen Tag hinter dir, den kein Mensch so einfach verkraftet. Ich glaube, du bist am besten bei meinen Eltern aufgehoben. Meine Mutter hat eine Gabe, mit Verletzungen umzugehen, seelischen und körperlichen. Dort hast du Ruhe und kannst dich ausschlafen. Morgen ist ein neuer Tag. Morgen sehen wir weiter.«

Von seiner brennenden Sorge um sie redete er nicht. Jeder einzelne Schicksalsschlag, der sie heute getroffen hatte, war für sich allein genug, um lebenslange seelische Verwerfungen auszulösen. Davon war er überzeugt, auch wenn sie selbst bisher noch nichts davon merkte. Die Verletzungen, die sie davongetragen hatte, waren unsichtbar, aber sie blutete innerlich aus, als wären es tatsächlich klaffende Wunden. Wie es in ihr aussah, konnte er sich nicht vorstellen, auch wenn er es versuchte. Morgen war zwar ein neuer Tag, wie er als Trost bemerkt hatte, aber ihre Probleme blieben bestehen. Ihr Vater stand vor einer Herztransplantation, die Leiche ihrer Mutter lag höchstwahrscheinlich irgendwo zerstückelt im Busch, und Lalisa gab es nicht mehr. Jeder Halt in ihrem Leben war weggebrochen. Daran änderte auch die Zeit nichts.

Er warf ihr einen Seitenblick zu und brachte es fertig, seine Angst um sie nicht zu deutlich werden zu lassen. »Einverstanden?«

Lisa nickte teilnahmslos. Sie war zu geschafft, um lange zu streiten, sehnte sich nach nichts mehr, als ein paar Stunden an nichts mehr denken zu müssen. An irgendetwas. Einfach abzutauchen in eine Art Nirwana. Aber noch mussten zu viele Dinge erledigt werden.

»Ich muss ein neues Handy haben, und zwar so schnell wie möglich. Bitte fahr mich zuerst nach Umhlanga Rocks zur Telkom, damit ich mich darum kümmern kann. Und die Tasche muss in die Kühlung. Benita hat mir zwar ein halbes Dutzend Kühlelemente aus ihrem Tiefkühler gegeben, aber wer weiß, ob die Kühlbox kalt genug wird. Außerdem habe ich die Tasche mit meinen Ersatzklamotten schon wieder im Auto vergessen. Hoffentlich ist sie noch da, wenn ich den Wagen von der Werkstatt wiederbekomme.«

Mick sah die die violetten Schatten unter ihren tränenden, geröteten Augen, die Blässe, die ihre sonnengebräunte Haut fahlgelb erscheinen ließ, die unzähligen Blutergüsse auf Armen und Schultern. »Unterschreib mir eine Vollmacht, dann erledige ich das mit dem Handy für dich. Auch um deinen Koffer werde ich mich kümmern.« Seine Stimme war sanft, als spräche er zu einem verschreckten Kind.

Lisa setzte zum Protest an, klappte den Mund dann wieder zu und nickte nur. Und das erschreckte Mick Robertson mehr, als wenn sie lautstark widersprochen hätte. Offenbar war sie restlos am Ende und hielt sich nur durch schiere Willenskraft auf den Beinen. Er überholte ein völlig überladenes Sammeltaxi, aus dem zwei Dutzend schwarze Gesichter herausschauten, deren dumpfer Ausdruck ihn an die Insassen eines Gefängniswagens erinnerte, und beschleunigte. Mit einem Seitenblick kontrollierte er, wie es Lisa ging. Sie hatte die Augen geschlossen. Ihr Kopf fiel ständig nach vorn, aber schon bei der nächsten Bodenwelle oder dem nächsten Schlagloch kam sie immer wieder mit einem Ruck zu sich.

»Auf dem Rücksitz ist ein Kissen. Leg dir das unter den Kopf«, sagte er und deutete nach hinten.

»Es geht schon, danke. Wenn ich jetzt schlafe, bin ich für den Rest des Tages nicht mehr zu gebrauchen. Ich muss meine Sinne beisammenhaben, ich muss …«, murmelte sie, während ihr schon wieder die Augen zufielen.

Und das, dachte er, war genau das, was er beabsichtigte. In

einer Stunde würden sie bei seinen Eltern sein, und dort würde sie das bekommen, was sie so dringend brauchte. Ruhe. Liebe und Fürsorge. Seine Mutter war in einer Notsituation die Beste.

Zähneknirschend zuckelte er hinter einem klapprigen Pritschenwagen her, der schwarze Wolken und merkwürdige Geräusche ausstieß, hupte aber nicht, um Lisa nicht zu wecken. Kurz darauf landete sein Vorderreifen in einem Loch im Asphalt, und ihr Kopf zuckte wieder hoch. Verschlafen blickte sie ihn an.

»Ich muss Roderick anrufen, um zu hören, wie es Benita geht. Hoffentlich hat sie wirklich nur eine Gehirnerschütterung, hoffentlich ist mit ihrem Baby alles in Ordnung«, setzte sie mit Inbrunst hinzu.

Schweigend reichte er ihr sein Mobiltelefon, sie drückte auf die Kurzwahl für Roderick und wartete, bis er sich meldete.

»Roderick, Lisa hier, wie geht es ihr?« Sie hielt den Atem an, während sie das Telefon umkrampfte.

»Eine Gehirnerschütterung und ein paar schmerzhafte Prellungen«, antwortete Roderick, und die grenzenlose Erleichterung war seiner Stimme anzumerken. »Heute Nacht soll sie noch hierbleiben. Ich habe mir ein Bett in ihr Zimmer stellen lassen und passe auf sie auf.« Es war zu hören, dass er lächelte. »Aber wie geht es dir? Wo seid ihr? Ich hatte angenommen, dass du ebenfalls ins Krankenhaus fährst.«

Lisa erklärte es ihm, sagte ihm, dass Mick sie zu Tita und Neil bringen würde, und verabschiedete sich dann. Sie reichte Mick das Telefon. »Mit Benita und dem Baby ist alles okay.« Sie berichtete ihm kurz die Einzelheiten, dann schloss sie wieder die Augen.

Ihre Ankunft in dem Haus der Robertsons und Titas liebevollen Empfang nahm sie nur durch einen Nebel wahr. Auch dass Titas Hausarzt, der schon auf sie gewartet hatte, ihre Schnitte und Brandwunden versorgte und ihr ein Schlafmittel spritzte, bekam sie nicht mehr wirklich mit. Mick zu sagen, dass sie morgen einen Suchtrupp für ihre Mutter organisieren wollte, vergaß sie. Ohne ein Wort fiel sie wie ein Stein ins Bett im Turmzimmer und war eingeschlafen, bevor Tita ihr das leichte Laken übergelegt hatte.

Ein Schutzmechanismus ihres überlasteten Organismus, vielleicht in Kombination mit dem Schlafmittel, ließ sie in einen Zustand der Bewusstlosigkeit sinken und verhinderte, dass sie durch die grauenvollen Albträume wandern musste, die in den schwarzen Schatten lauerten.

20

Die Schreie der Hadidahs kitzelten ihr Unterbewusstsein, wurden lauter und durchdringender, bis sie sich endlich aus den klebrigen Fängen des Schlafmittels so weit befreite, dass sie langsam aus den schwarzen Tiefen hinauf an die Oberfläche ihres Bewusstseins driftete. Schlaftrunken lauschte sie auf die Geräusche ihrer Umgebung. Die Hadidahs flogen lachend davon, ihre Rufe verliefen sich in der Ferne, und bis auf das hohe Summen von Myriaden von Insekten, die schrille Musik der Zikaden und das schläfrige Gurren einiger Tauben hörte sie nichts. Als würde der Rest der Welt hinter diesem Geräuschvorhang liegen.

Einen verwirrten Augenblick lang glaubte sie, dass sie in Lalisa in ihrem Bett läge. Dass alles nur ein Albtraum wäre. Das mit ihrer Mutter, der Herztransplantation, dem Brand auf Lalisa. Einen schwebenden Augenblick lang glaubte sie das. Sie wandte den Kopf in den Kissen.

Aber es war nicht ihr Zimmer mit dem Balkon, von dem sie hinunter auf den Garten schauen konnte, den ihre Mutter mit so viel Liebe und Fachkenntnis angelegt hatte. Es war ein sechseckiges Zimmer, und außer der Wand hinter dem riesigen Doppelbett waren alle Wände aus Glas. Feine weiße Musselinvorhänge bewegten sich sacht im Wind, ließen das Tageslicht nur gefiltert herein. Sie konnte nicht erkennen, welche Tageszeit es war. Ihr Gehirn war noch immer träge von dem Schlafmittel, die Gedanken surrten in ihrem Kopf herum wie Mücken und ließen sich nur schwer fangen. Was war gestern gewesen? Wo war sie, und wie war sie hierhergekommen?

Sie beschloss aufzustehen, doch allein der Versuch versetzte das Zimmer in schlimmere Schwankungen als ein Boot im Sturm. Sie fiel zurück und blieb liegen, erforschte ihr Gedächtnis stattdessen in dieser wesentlich bequemeren Lage.

Schlief wieder ein.

Ein krachender Donnerschlag weckte sie schließlich endgültig. Sie schoss hoch und fiel aus dem Bett, rappelte sich auf, lief über den dicken Teppich zu einem der Fenster und zog die Musselinvorhänge zurück. Ihr Blick flog über Bougainvilleabüsche, die über einen Abhang schäumten, über rollende grüne Hügel, einen Streifen dicht bebauter Küste hinaus aufs Meer bis zum Horizont. Tiefschwarze Wolken jagten über den Himmel, Blitze zuckten, und über dem Mosambikstrom rauschten dunkle Regenvorhänge herunter. Die Küste hatte der Regen noch nicht erreicht. Hier schien noch die Sonne, überschüttete die Landschaft mit jenem giftigen Licht, das einem Gewitter vorausging, das alle Farben greller erscheinen ließ. Die Bougainvilleen glühten, als würden sie brennen, die Hügel leuchteten in Chromgrün, das Meer war schwarz und grün und ultramarin, als wären die Farbtöne mit breiten Pinselstrichen nebeneinandergesetzt worden, und die Schaumkronen auf den Wellenkämmen strahlten weiß wie jungfräulicher Schnee.

Es war ein Farbenspiel von so atemberaubender Schönheit, dass sie völlig davon gefangen war, ganz vergaß, dass sie nicht einmal wusste, wo sie sich befand. Nur widerstrebend riss sie sich los und nahm die übrige Umgebung in Augenschein. Unter ihr lag eine breite Terrasse mit sandfarbenen Fliesen. Ein Tisch ragte unter einem riesigen, naturfarbenen Marktschirm hervor. Ein Paar lange Beine in Jeans waren zu sehen, ein Teil eines sehr bunten Hawaiihemds, das rechts und links offen herunterhing und ein Stück sonnenbraunen, muskulösen Bauchs freiließ.

Während sie noch verschlafen nachgrübelte, wem der gehörte, vernahm sie eine Frauenstimme, und die erkannte sie sofort. Sie gehörte Tita Robertson, und nun nahm auch alles andere Gestalt an. Mick hatte sie zu seinen Eltern gefahren, sie erinnerte sich an Titas warme, duftende Umarmung, danach allerdings versanken die folgenden Ereignisse im Nebel. Titas Arzt war da gewesen, das war ihr noch im Bewusstsein, und er hatte ihr offenbar eine Spritze gegeben, denn das Pflaster in ihrer Armbeuge hatte eine allergische Rötung hervorgerufen, die unangenehm juckte.

Dann brach die restliche Erinnerung an den vergangenen Tag mit Macht über sie herein. Sie vergrub beide Hände in ihrem Haar. Heute war der Tag, an dem ihr Vater ein neues Herz bekommen würde. Das alte würde man herausschneiden wie aus einem geschlachteten Schwein und wegwerfen. Ihr wurde prompt schwindelig, während die Ereignisse des Vortags unaufhaltsam im Zeitraffer vor ihrem inneren Auge abliefen. Ein Bild jagte das nächste, und jedes traf sie mit zerstörerischer Wucht.

Die Hand ihrer Mutter im Eisfach, der unbeschreibliche Horror, der sich dahinter verbarg, diese unsägliche Detektivin namens Charmaine Todd. Das Feuer.

Ihre Mutter war ermordet worden, ihr Vater dem Tod nahe, ihr Elternhaus war abgebrannt, restlos, und mit ihm alles, was sie mit ihrer Kinderzeit verband. Ihre Wurzeln waren gekappt worden. Sie hatte jeglichen Halt im Leben verloren.

Ein Windstoß blähte die zarten Vorhänge ins Zimmer. Wie ein Schleier legten sie sich ihr vors Gesicht. Sie strich sie beiseite und klammerte sich mit beiden Händen am Rahmen des geöffneten Fensters fest. Aber ihre Hände waren nass von Schweiß und glitten ab. Sie erwartete eigentlich hinzufallen, aber zu ihrem Erstaunen schwankte sie nicht einmal, sondern blieb sicher auf dem Teppich stehen. Vorsichtig lehnte sie sich über die Fensterbrüstung, um zu sehen, wer dort unten saß, als sich die Beine unter dem Sonnenschirm bewegten. Mick trat ins Sonnenlicht. Sein Hemd leuchtete wie ein Blumenbeet.

Er hob den Kopf und schaute hoch, entdeckte sie am Fenster,

und ein breites Lächeln erhellte sein Gesicht. Mit einer Geste bedeutete er ihr, dass er hinaufkommen würde, und verschwand im Haus, ehe sie ihn zurückhalten konnte. Sie hatte gerade noch Zeit, ins Badezimmer zu flüchten, bevor er anklopfte. Jetzt mit ihm zu reden, würde sie noch nicht verkraften.

»Bin im Badezimmer«, rief sie und ließ demonstrativ den Wasserhahn laufen. »Ich muss noch duschen und komm dann runter.«

»Phika hat deine Reisetasche im Auto gefunden und hergebracht. Ich stelle sie dir vor die Tür.«

»Danke.« Lisa war erleichtert. In Titas Kleidung hätte sie nicht gepasst, und Benitas T-Shirt war zerrissen, die Shorts verdreckt.

»Willst du Kaffee oder Tee?«

Gar nichts, dachte sie. Lass mich einfach allein.

Ihr Hals war wie zugeschnürt. Sie konnte jetzt unmöglich etwas hinunterbekommen. »Kaffee«, antwortete sie, um Ruhe zu haben, trat in die Dusche, schob die Glastür hinter sich zu und ließ einen Schwall kalten Wassers an sich herabbrausen.

Tita und Mick warteten auf der Terrasse auf sie. Beide hatten ihr Frühstück offensichtlich beendet. Nur für sie war noch gedeckt. Der Geruch von gebratenem Speck und Rührei hing über dem Tisch. Sie würgte, fasste sich dann aber wieder und zwang sich ein schwaches Lächeln ab.

Tita sah sie kommen, sah das winzige Lächeln, sah die Anstrengung dahinter, und es brach ihr fast das Herz. Sie sprang auf und wollte Lisa in den Arm nehmen und trösten, wie man ein Kind tröstete, das sich verletzt hat. Aber Lisa schüttelte nur den Kopf und wich ihr aus.

»Bitte nicht, Tita«, flüsterte sie. »Es ist zu viel.«

Tita verstand sofort, was sie meinte, und ließ die Arme sinken. »Was möchtest du essen?« Sie lächelte, ihr Ton war fast heiter, ihre Stimmung allerdings nicht. Sie machte sich um Lisa die größten Sorgen.

»Ich krieg jetzt nichts runter, danke«, antwortete Lisa und setzte sich auf einen freien Stuhl. Sie ließ die Hände zwischen den Knien hängen und starrte teilnahmslos auf ihre Füße. Sie kämpfte noch immer gegen die Nachwirkungen des Schlafmittels.

»Ich kann mir denken, dass dir bei jedem Gedanken an gestern kreuzübel wird und du glaubst, nichts essen zu können, aber glaub mir, Liebes, es ist besser, wenn du ordentlich isst. Dein Körper rächt sich sonst sehr schnell, der Kreislauf spielt verrückt, und dann machst du schlapp. Das kannst du jetzt am allerwenigsten gebrauchen.«

Tita hatte unfehlbar den richtigen Ton getroffen. Zufrieden sah sie, wie Lisas trüber Blick über den Tisch wanderte und an einer Schale mit Obstsalat, die in einem Bett aus gehacktem Eis stand, hängen blieb. Sie hatte geahnt, dass Lisa den wählen würde, und Ellen vorsorglich angewiesen, das Obst üppig zu zuckern. Zucker war bei Schock immer gut. Sie reichte ihrem Gast eine kleine Glasschale, und während Lisa sich eine Portion auftat, schenkte sie ihr Kaffee ein, der heute etwas stärker war als sonst. Auch vorsorglich.

»Zucker?«, fragte sie und bemerkte aus den Augenwinkeln, dass ein verstohlenes Lächeln über Micks Gesicht huschte. Offenbar hatte er ihre Aktionen durchschaut.

Lisa nickte. »Ja, danke.« Sie steckte das letzte Stück saftiger gelber Natal-Ananas in den Mund. »Mick, gleich nach dem Frühstück muss ich nach Lalisa, und dazu brauche ich einen neuen Mietwagen. Ich werde die Mietwagenfirma bitten, mir einen zu bringen. Hoffentlich dauert es nicht ewig. Kann ich bitte das Telefon benutzen?«

»Du brauchst dir keinen Wagen zu bestellen. Ich fahre dich. Ich nehme den Wagen meines Vaters. Bei meinem wird heute auf die Schnelle die Motorhaube ausgebeult.«

»Mick, bitte, ich bin kein kleines Kind, und du hast auch noch anderes zu tun. Ich kann sehr gut allein fahren.«

Tita lauschte der Diskussion schweigend. Jetzt unterbrach sie Lisa. »Ich kann dich fahren. Das wäre kein Problem.«

Mick wehrte ab. »Aber das wird nicht nötig sein. Ich habe heute keinen Termin mehr. Heute wollte ich nur Akten aufarbeiten. Dabei lasse ich mich nur zu gern stören«, log er und versuchte seiner Mutter telepathisch zu bedeuten, dass sie den Mund halten sollte.

Es stimmte, dass er heute keinen Termin mehr hatte und für den Rest der Woche auch nicht. Dafür hatte er seine Sekretärin, die sämtliche Termine aus dem Weg schaufeln musste, in eine ernste Krise gestürzt. Lautstark hatte sie ihn gefragt, wie sie wohl die Reaktion von einem Dutzend genervter Mandanten überstehen solle. Ihre Proteste, dass das kaum zu schaffen sei, hatte er mit der kurzen Anweisung abgeschnitten, dass sie verdammt noch mal tun solle, was er ihr aufgetragen habe. Er hoffte nur, dass sie nicht auf der Stelle fristlos kündigen würde. Shakira war eine glutäugige Inderin, deren feuriges Temperament jeden Augenblick ausbrechen konnte. Von der sprichwörtlichen Sanftheit ihrer Landsleute ließ sie nichts erkennen. Aber auch das würde er überleben. Es gab Prioritäten im Leben, und Lisa war im Augenblick das Wichtigste, und er würde alles dafür tun, dass sie das bis zum Ende seines Lebens blieb. Eine Sekretärin würde er ersetzen können, Lisa nicht, und davon hing seine Zukunft ab. Vielleicht konnte er die wunde Seele seiner Sekretärin mit einer saftigen Gehaltserhöhung heilen. Und Pralinen. Sie war eine leidenschaftliche Naschkatze. Und wog achtzig Kilo. Ein Kilo Pralinen würde da nicht mehr viel ausmachen. Oder vielleicht auch zwei? Und Rosen. Er seufzte.

»Was hast du vor?«, fragte er Lisa und wünschte, er könnte sie in den Arm nehmen und festhalten.

Lisa rührte einen Augenblick lang in den Resten ihres Obstsalats. »Meine Mutter finden.« Ihre Stimme war monoton, sie sah weder ihn noch Tita dabei an. »Mit Tokoloshe reden, ob er etwas herausbekommen hat.«

Mick wollte sie gerade fragen, ob sie wirklich glaubte, dass Melly noch am Leben sei, als seine Mutter warnend den Finger auf die Lippen legte und ganz leicht den Kopf schüttelte.

»Es wird heute wieder sehr heiß werden«, sagte sie. »Ich werde Ellen Bescheid geben, dass sie etwas zum Essen und genügend Getränke einpackt. Ein paar Brote, kaltes Fleisch, Sprudel – so etwas. Und Klopapier, eures wird verbrannt sein«, setzte sie mit einem schnellen Seitenblick trocken hinzu. Sie stand auf und begab sich ins Haus.

Merkwürdigerweise war es diese letzte Bemerkung, die Lisa mit schneidender Klarheit das ganze Ausmaß vor Augen führte, was das Feuer zerstört hatte. Obwohl ihr Verstand sehr wohl begriff, dass es kein Haus mehr gab, hatten die einzelnen Räume des Hauses in ihrem Kopf unversehrt weiterexistiert. Versteinert stellte sie sich der harten Realität.

Das Haus war eine rauchende Ruine. Weder gab es ihr Bett noch ihre Schränke, noch deren Inhalt. Ihr Schreibtisch war mit allen Unterlagen verbrannt, die sie hier gelagert hatte, ihre Bücher, die CDs, die Fotos, die sie sorgfältig in Alben geklebt hatte, und die dazugehörigen Negative. Ihre Tagebücher.

Ihre Vergangenheit.

Es gab weder Bad noch Toilette, die Küche war zerstört und der Kräutergarten ihrer Mutter ebenfalls. Das Wohnzimmer, der größte Teil des Gästehauses. Die Familienchronik.

Alles.

Das Wort blähte sich in ihrem Kopf auf wie Montageschaum, bis es sie wie ein monströses graues Gebilde vollständig ausfüllte. Alles.

»Während du geschlafen hast, habe ich dir ein neues Handy besorgt«, sagte Mick, der nicht ahnte, in welcher Hölle sie sich gerade befand. Er streckte ihr ein Mobiltelefon hin. Es war so klein, dass es in seiner Hand fast verschwand. »Ich hatte zwar keine Vollmacht, aber ich habe deine Unterschrift gefälscht. Hoffentlich zeigst du mich jetzt nicht an.« Es war ein schwacher Versuch, ihre Stimmung mit einem Scherz aufzuhellen.

Sie reagierte nicht darauf, sondern nahm das Telefon. »Danke«, murmelte sie abwesend und musterte den Apparat, als wäre er das erste Handy, das sie zu Gesicht bekam. Doch auf einmal fiel ihr etwas ein. Sie hob ruckartig den Kopf. »Wo ist ... wo hast du ... die Hand, wo ist sie?«

»In der Tiefkühltruhe, aber ich bin der Ansicht, dass du die Polizei einschalten musst. Es ist ein Kapitalverbrechen geschehen ... müssen wir jedenfalls annehmen«, setzte er hastig hinzu, als Lisa Anstalten machte zu protestieren. »Wir sind verpflichtet, die Polizei einzuschalten.«

»Captain Fatima Singh ist für Lalisa zuständig. Mit der Dame ist nicht zu spaßen. Das weiß ich aus leidvoller Erfahrung. Sie hat Haare auf den Zähnen.« Neils angenehme Stimme.

Lisa drehte sich um. »Neil!« Sie sprang auf.

Neil Robertson trat aus dem Wohnzimmer auf die Terrasse. Lisa musste Mick Recht geben. Weder seine muskulöse Gestalt noch seine offensichtliche Vitalität ließen darauf schließen, wie alt er wirklich war. Nur sein Gesicht zeigte Spuren von jahrzehntelanger Sonneneinstrahlung. Es war wie ein altes Ölgemälde mit feinen Rissen durchzogen, und hier und da zeugten helle Narben von der Arbeit eines Chirurgen, der offenbar bei Neil, wie bei vielen weißen Südafrikanern, immer häufiger Hautbereiche mit der Vorstufe zum Hautkrebs herausschneiden musste.

Mit wenigen Schritten war Micks Vater bei ihr und legte ihr mit dem Ausdruck tiefster Besorgnis beide Hände auf die Schultern. »Lisa, meine Liebe, mir fehlen die Worte ... Es tut mir so wahnsinnig leid ... Gibt es über den Zustand deines Vaters etwas Neues?«

Sie spürte die Wärme seiner Hände auf den Schultern, hörte seine ehrliche Anteilnahme und hätte sich um ein Haar einfach in seine Arme fallen lassen, um sich in seiner schützenden Umarmung zu vergraben. Aber sie widerstand dem Impuls. Sich so gehenzulassen, wäre in ihrem jetzigen Zustand fatal. Stattdessen trat sie einen Schritt zurück und beschrieb ihm stockend, in welchem Zustand sie ihn verlassen hatte.

»Heute Abend weiß ich mehr …« Sie starrte für Sekunden ins Leere, ihre Augen waren dunkel vor Erregung. »Kannst du dir das vorstellen? Sie nehmen sein Herz heraus und setzen ein neues ein, als wäre es eine Batterie. Wie soll ein Mensch damit fertigwerden? Mir wird ganz anders, wenn ich mir das nur vorstelle. Was muss dann in seinem Kopf vor sich gehen?«

»Mir fällt leider nichts ein, was ich dir als Trost sagen könnte. Nur wenn die einzige Alternative der Tod ist, ist das vielleicht eine sehr starke Motivation, sich damit zu arrangieren«, sagte er und strich ihr dabei mitleidig über die Wange. »Weiß dein Vater schon, dass Lalisa abgebrannt ist?«

Lisa schüttelte den Kopf. »Ich habe nicht gewagt, ihm das vor der Operation zu sagen. Womöglich hätte es gleich den nächsten Infarkt ausgelöst. Er braucht seine Kraft für die Operation.« Wieder starrte sie ins Leere, ehe sie leise weiterredete. »Aber ich habe ihn nach Mamas Hand gefragt. Ich musste es tun. Die Hand lag in unserem Kühlschrank. Ich wollte wissen, wer sie da hineingelegt hatte.«

Neil beugte sich vor. »Und, was hat er gesagt? Weiß er, wer das getan hat? Und warum?«

Lisas Blick war fest auf einen Punkt im Nichts geheftet. »Er behauptet, Vusa Nyathi habe das getan, er behauptet, Vusa sei ein Gangster, der Muthi aus menschlichen Organen herstellt und verkauft, und dass er sehr großen Erfolg damit hat.«

Dass ihr Vater angedeutet hatte, dass Vusa Nyathi von jemandem im Krankenhaus Organe kaufte, um sie zu Medizin zu verarbeiten, dass sie vor Angst nicht mehr ein noch aus wusste, dass jemand sein Herz zu solchen Zwecken stehlen könnte, das konnte sie zum jetzigen Zeitpunkt nicht in Worte fassen. Sie schaffte es einfach nicht. Niedergeschlagen ließ sie sich wieder auf ihren Stuhl fallen.

Neil blickte auf sie hinunter. »Mick hat Recht. Du musst die Hand … Du musst sie zur Polizei bringen.«

Lisa starrte gequält auf den Boden. Ihre Hände hingen zwischen den Knien, waren so fest ineinanderverflochten, dass die Knöchel weiß hervorstanden.

Neil zog einen Stuhl heran und setzte sich so, dass er ihr direkt ins Gesicht sehen konnte. »Soll ich dir das abnehmen?«, sagte er sanft.

Lisa lockerte ihre Hände. »Das klingt sehr verlockend«, flüsterte sie. »Mich jetzt mit einem Haufen unfreundlicher Polizisten herumstreiten zu müssen, wäre unerträglich. Außerdem gibt es zu viele Fragen, auf die ich die Antworten selbst noch nicht habe. Polizisten drehen einem gern einen Strick aus so etwas.«

Nur zu gut war ihr noch in Erinnerung, wie die Polizei mit ihr umgesprungen war, als man Scotts Drogenvorrat bei ihr gefunden hatte, und nur zu gut saß ihr immer noch der säuerlich dumpfe Geruch der Zelle in der Nase, in die man sie für zwei Tage gesteckt hatte, ehe zweifelsfrei erwiesen war, dass sie ahnungslos gewesen war. Und bis an ihr Lebensende würde sie ihre blinde Panik nicht vergessen, als sie glaubte, nie wieder frei zu sein, nie wieder den weiten Himmel sehen zu können, ohne dass er durch Gitter in säuberliche Rechtecke geschnitten war, nie wieder den Sommerduft auf Lalisa riechen zu können. Nie wieder. Die Knöchel knackten, als sie ihre Hände ineinanderverkrampfte.

»Das wäre wirklich sehr lieb von dir. Ich will nachher Lalisa nach einer Spur von meiner Mutter absuchen. Ich glaube nämlich noch nicht, dass es wirklich ihre Hand ist.« Sie krauste die Stirn. »Oder vielleicht will ich es einfach nicht wahrhaben? Egal, wie es ist, ich muss zurück auf unsere Farm. Ich muss Gewissheit haben.«

»Wo willst du anfangen?« Tita war zurückgekommen. Sie goss Lisa Kaffee nach und schob die Zuckerdose in ihre Reichweite.

Lisa hob die Schultern. »Ich weiß es nicht. Vielleicht gelingt es mir, von jemandem zu erfahren, wer meine Mutter zuletzt gesehen hat. Mein Vater hat sich von ihr an der Abzweigung zu Mtubatuba getrennt. Danach hat er sie nicht wieder zu Gesicht bekommen. Er wird die Strecke mehrfach abgefahren sein, da bin ich mir sicher, und auch das Gebiet von Lalisa hat er bestimmt durchsuchen lassen.«

Ohne zu merken, was sie tat, ließ sie nacheinander vier Zuckerstückchen in den Kaffee fallen.

Tita sah zufrieden zu. »Sahne?«, fragte sie.

Lisa schob ihr die Tasse hin. »Irgendjemand muss sie doch gesehen haben. Zumindest die Bibliothekarin. Die werde ich auch befragen.«

»Also, abgemacht«, sagte Neil. »Ich bringe die Hand zur Polizei und stelle in deinem Namen Anzeige gegen unbekannt.«

Lisa blickte hoch. »Wegen Mord?« Ihre Stimme zitterte.

»Und wegen Entführung.«

Lisa verdaute das schweigend, trank ihren Kaffee, zerkrümelte zwei Kekse, aß ein paar Stücke Ananas, die ihr Tita mit listiger Miene auf den Teller legte, trank noch einen übersüßen Kaffee. Dann stand sie auf.

»Es wird Zeit. Ich mache mich fertig.«

Mick stand ebenfalls auf. »Treffen wir uns am Auto?«

Nach einem winzigen Zögern nickte Lisa. »Okay. In zehn Minuten.« Sie verabschiedete sich von Micks Eltern und ging hinauf ins Turmzimmer.

Mick wartete schon am Geländewagen seines Vaters, einem bulligen Jeep, als Ellen den Picknickkorb heranschleppte. Mick nahm ihn ihr ab und hob ihn auf die Rückbank. »Meine Güte, ist der schwer, Ellen. Da ist sicher genug darin, um ein ganzes Dorf zu füttern, hab ich Recht?«

»Du hast genug auf den Rippen. Sie sieht aus wie ein verhungertes Huhn«, war die unwirsch klingende Antwort, aber die Augen der Köchin zeigten Besorgnis und Mitgefühl. Sie deutete auf Lisa, die gerade aus dem Haus kam. »Sieh sie dir doch nur an. Ihr fallen gleich die Jeans herunter, so dünn ist sie geworden, seit ich sie zum letzten Mal gesehen habe.«

Lisa trug ihre Reisetasche in der Hand. »Ich sollte sie mir ans Handgelenk ketten, sonst vergesse ich sie wieder irgendwo«, sagte sie mit einem schiefen Lächeln und kletterte auf den Beifahrersitz.

Dabei hatte Mick Gelegenheit, den Sitz ihrer Jeans und der engen Bluse zu begutachten. Er fand, dass sie anbetungswürdig gut saßen.

»Nicht jede kann einer Venus von Rubens ähneln wie du, Ellen. Du bist einmalig«, sagte er mit breitem Grinsen.

»Hmpf«, machte Ellen und marschierte zurück ins Haus, wiegte sich aber dabei sinnlich in den Hüften.

Die Fahrt auf der Nordküsten-Schnellstraße ging zügig voran, hauptsächlich weil Mick die Überholspur selten verließ. Sie redeten nicht viel. Lisa lehnte am Fenster, ihr Gesicht halb von ihm abgewandt.

»Hast du nicht auch das Gefühl, dass wir uns wie in einer Weltraumkapsel durch unser Land bewegen? Gar nicht Teil davon sind?« Ihre Stimme ging fast im Motorengeräusch des großen Geländewagens unter. »Es ist absurd. Wir leben hinter hohen Mauern, benutzen auch für die kleinste Distanz hermetisch geschlossene Autos, die GPS auf dem Dach haben, damit man uns orten kann, wenn wir entführt werden ... Wir haben unser Leben verloren, Mick, und unser Land ...«

»Hab ich noch nicht drüber nachgedacht«, antwortete Mick

kurz. Er hatte alle Hände voll zu tun, todessüchtigen Fahrern auszuweichen, die unter völliger Missachtung jeglicher Verkehrsregeln rechts und links und auch mal nebeneinander fahrend überholten, die doppelt so schnell fuhren wie erlaubt oder direkt vor seiner Kühlerhaube ausscherten.

Kein Wunder, dass die Zahl der Verkehrstoten ständig anwuchs, dachte er und trat hart auf die Bremse, als eine Kuh gemächlich auf die Fahrbahn trottete.

»Dämliche Kuh«, knurrte er und drosselte seine Geschwindigkeit. Die Fahrweise seiner Landsleute war einfach zu gefährlich.

»Wir sind in Zululand«, sagte Lisa trocken. »Da läuft doch oft allerhand Viehzeug auf der Fahrbahn umher. Mein Vater hat mal fast ein Krokodil überfahren.« Sie bückte sich und krempelte die Hosenbeine ihrer Jeans hoch, verknotete die Enden der weißen Bluse in der Taille und drehte die Düse der Klimaanlage so, dass sie genau im eiskalten Luftstrahl saß. »Ich werde Amos nach meiner Mutter fragen«, setzte sie übergangslos hinzu. »Wenn jemand fast alles weiß, was in der Gegend passiert, ist es Amos Nyathi.« Für die nächsten Kilometer hing sie schweigend ihren Gedanken nach.

Auf Lalisa angekommen, parkte Mick in einiger Entfernung vom Brandherd. Lisa blieb im Auto sitzen. Von hier aus hätte sie das Haus nicht sehen können, auch wenn es noch dort gestanden hätte. Für eine irre Minute war sie davon überzeugt, aus einem Albtraum aufgewacht zu sein, überzeugt, dass ihre Mutter im Garten auf sie wartete, der Duft frisch gebackenen Brotes durchs Haus zöge und ihr Vater in seinem Weinkeller den Wein zum Dinner auswählte und sich Sorgen um die ideale Temperatur machte. Für diese eine irre Minute lief ihr Herz fast über vor Glück.

Dann wehte der Wind beißenden Rauchgeruch herüber, sie

nahm die weiße Ascheschicht auf den umliegenden Pflanzen wahr, und ihr Herz zersprang in kleine Splitter. Mit starrem Ausdruck stieg sie aus und ging mit hölzernen, unsicheren Schritten dem Rauchgeruch nach.

Die ausgebrannte Ruine schwelte noch. Verkohlte Balken und Mauerbrocken lagen verstreut im Garten, aber, wie sie sofort feststellte, die schwarzen Gerippe von Herd und Kühlschrank waren verschwunden, und ein Toilettenbecken war von dem Mauerbrocken abgeschlagen worden, an dem es gehangen hatte. Auch die Badewanne aus dem Badezimmer ihrer Mutter konnte sie nirgends entdecken. Eine seltsame, eisige Leere kroch in ihr hoch.

»Irgendjemand hat hier nach brauchbaren Resten gesucht«, sagte Mick.

»Viel werden sie nicht gefunden haben.« Lisa zuckte mit den Schultern. Sie wusste, dass nach und nach jedes Stück, das man wiederverwerten konnte, verschwinden würde. Die Balkenreste würden als Feuerholz dienen, die Mauerstücke auseinandergeschlagen und beim Hausbau wieder verwendet werden.

Langsam umrundete sie das, was von ihrem Elternhaus übrig geblieben war. Die Sohlen ihrer Laufschuhe knirschten auf dem Schutt. Aus den Mauern, die das Hausgrundstück zum Garten hin abtrennten, waren große Teile herausgeschlagen worden, die Tür zum Kräutergarten fehlte, die Glastüren vom Gästehaus, das nur teilweise niedergebrannt war, waren eingeschlagen, und ein Blick hinein zeigte ihr, dass es leer war. Auch die letzten Reste der Möbeltrümmer waren verschwunden.

»Die müssen mit Lastwagen hier gewesen sein«, sagte sie in einem Ton, als wäre ihr alles gleichgültig.

Mick betrachtete angewidert den Schaden. »Wie die Hyänen sind sie darüber hergefallen. Leichenfledderer! Du solltest Wachen aufstellen.«

»Wozu? Da gibt es nichts mehr zu bewachen. Außerdem wüsste ich nichts mit Mauerbrocken und verkohlten Möbeln anzufangen.« Sie bahnte sich weiter den Weg durch herumliegende Steintrümmer und rauchende Balken, schob ab und zu mit dem Fuß Aschehaufen auseinander, wusste selbst nicht, wonach sie suchte. Irgendwann blieb sie stehen, zog eine zu einem glänzend grünen Gebilde geschmolzene Weinflasche unter einem Balken hervor und hielt sie hoch. Das Sonnenlicht fing sich in dem Glasklumpen und ließ ein tiefgrünes Herz aufleuchten, als wäre es ein kostbarer Edelstein.

»Hier muss der Weinkeller meines Vaters gewesen sein. Die Stichflamme der vielen Liter Alkohol muss erschreckend gewesen sein. Es hat keinen Zweck weiterzusuchen. Es gibt nichts, was ganz geblieben ist. Mir ist egal, wer sich die Sachen holt. Dann muss ich wenigstens nicht dafür sorgen, dass sie weggeräumt werden.« Sie ließ das Glasgebilde fallen und bewegte sich weiter durch das Trümmerfeld, wirbelte mit jedem Schritt Ascheflocken hoch, die sich als feiner weißgrauer Film auf ihre Beine legten. Es war sehr still. Nur von der Hitze gedämpfter Zikadengesang hing in der Luft.

Mick folgte ihr. »Ihr habt doch sicherlich eine Versicherung, die in einem derartigen Fall greift?«

Den Blick gesenkt, wühlte sie mit der Schuhspitze in dem abgekühlten Ascherand. »Ich habe keine Ahnung, aber ich nehme es an. Danach muss ich meinen Vater fragen. Wenn ich je wieder dazu Gelegenheit haben werde.« Sie sagte das ganz nüchtern, ohne Selbstmitleid, und trat dabei einen schwelenden Balken weg, der funkensprühend zerbrach. »Ich werde jetzt Amos Nyathi einige Fragen stellen. Kommst du mit? Wir brauchen nicht lange mit dem Auto. Kommt allerdings darauf an, wie der Weg beschaffen ist. Dann geht's zu Fuß weiter.«

Als Antwort wedelte er mit dem Autoschlüssel. »Du musst mir sagen, wo ich entlangfahren soll.«

»Es gibt eine Strecke, wo Amos' Land an unseres grenzt, aber der Weg auf unserer Seite endet mindestens hundert Meter vor dem Zaun. Irgendwo dort gibt es eine Stelle, wo ich hinüberklettern kann. Als Kind habe ich das oft getan.«

Die Fahrt auf dem hartgebackenen, von Löchern und Rinnen durchzogenen und mit losem Geröll übersäten Sandweg war mühsam und dauerte länger, als sie gedacht hatte. Auf ein Zeichen von Lisa hin hielt Mick an. Sie zog ihren Sonnenhut aus der Tasche und setzte ihn auf. Dann stieg sie aus und schaute sich um. Eine Fläche mit trockenem, kniehohem Grasbewuchs grenzte an den Weg, dahinter lag der Grenzzaun von Lalisa. Langsam ging sie durch das Gras, das unter ihren Schritten raschelte und brach. Bunte Heuschrecken wurden hochgejagt, schwirrten mit knatterndem Geräusch davon, und Lisa meinte, die blitzschnelle Bewegung einer Schlange gesehen zu haben. Vorsichtig ging sie weiter. Dabei bemerkte sie zwar, dass das Gras in der Nähe des Zauns über eine gewisse Fläche heruntergetreten war, maß dem aber keinerlei Bedeutung bei. Sie nahm an, dass sich ein Tier dort gewälzt hatte. Auch die getrockneten Blutflecken an den Grashalmen übersah sie, ahnte nicht, dass sie auf der Stelle stand, wo der Zweikampf zwischen ihrem Vater und Vusa Nyathi stattgefunden hatte. Sie war schon zu lange Stadtbewohnerin, um die Zeichen ohne weiteres erkennen zu können.

Mit abwesendem Blick kratzte sie mit einem Stock zwischen den Grashalmen. »Der Boden ist hart, es hat wohl eine Zeit lang nicht geregnet. Das ist gut, sonst verwandelt sich das Gebiet hier in schmierigen Sumpf, und ein Weiterkommen wäre ziemlich schwierig.« Mit einer Hand beschattete sie ihr Gesicht und spähte hinüber. »Kannst du das Ziegeldach sehen, das dort durch die Blätter schimmert? Wenn sich hier nichts geändert hat, gehört es zu dem Haus von Vusa Nyathi, und der Rauch dort hinten könnte von Amos' Hofstelle stammen. Komm, wir suchen den Übergang.«

Der Zaun war von einem niedrigen Gewirr aus Büschen, trockenem Holz, stacheligen Aloen und harten Grashalmen überwachsen. Sie krempelte die Hosenbeine ihrer Jeans hinunter, um ihre Beine einigermaßen vor Kratzern des dornenbewehrten Gestrüpps zu schützen, und streifte dann suchend am Zaun entlang. Es dauerte nicht lange, und sie fand eine Stelle, wo das Gestrüpp entfernt worden war und neben einem verrosteten Zaunpfahl ein umgefallener Baum als bequemes Trittbrett quer vor dem Maschendraht lag. Sie stieg hinauf, packte den Pfahl und flankte hinüber. Bei der Landung stolperte sie und streckte unwillkürlich die Hand nach Halt aus. Ihre Finger verkrallten sich in Stoff, ihr Kopf flog hoch, und sie blickte in Amos' dunkles Gesicht. Mehr überrascht als erschrocken, ließ sie seine Jacke los und trat zurück.

»Amos!«

Der alte Zulu in abgetragener khakifarbener Jacke und ausgebeulten Hosen stand regungslos vor ihr, schweigend wie eine Statue. Er starrte an ihr vorbei, die Arme vor der Brust verschränkt, das Kinn aggressiv gehoben. Mit der rechten Hand umklammerte er den Pfeifenstiel, der aus seiner Brusttasche ragte.

»Was willst du hier? Das ist mein Land.« Wie einen Fehdehandschuh schleuderte er ihr das vor die Füße, wich aber erneut ihrem Blick aus.

Lisa zwang sich zur Ruhe. »Ich habe nur ein paar Fragen. Ich hätte dich angerufen, wenn ich deine Nummer wüsste. Hast du überhaupt ein Telefon?«

Amos sah störrisch an ihr vorbei und schwieg sie an.

Lisa zähmte ihre Gereiztheit. Schaltete Amos auf stur, dann versprach die Unterhaltung sehr einseitig zu werden, weigerte er sich, sie anzusehen, hieß das, er gab ihr zu verstehen, dass sie ihm als Frau nicht ebenbürtig war. Von früher erinnerte sie sich daran, wie ihre Mutter sich darüber beklagt hatte, dass er ihr gegenüber, wenn es ihm gerade passte, den traditionellen Zulu hervorkehrte. Sie hatte nicht vor, sich das gefallen zu lassen.

»Meine Mutter ist verschwunden. Ich glaube, sie ist entführt worden. Sag mir, ob du weißt, was mit ihr geschehen ist.«

Keine Reaktion. Amos hätte aus Stein sein können. Lisa holte tief Luft, dann zwang sie sich wieder, das Unerträgliche laut zu sagen.

»Ihre abgeschnittene Hand lag vor unserer Tür, mit ihrem Ehering am Ringfinger ...« Ihre Stimme wurde dünn, sie konnte nicht weitersprechen, hoffte nur, dass es der Zulu nicht als Schwäche auslegte.

Überraschend wanderte sein Blick zu ihr zurück. Hasserfüllt maß er sie. »Verlass auf der Stelle mein Land!«

Er hat nicht gesagt, dass er es nicht weiß, fuhr es ihr durch den Kopf, und eine Gänsehaut kribbelte ihr über den Rücken. Schwallartig schoss ihr das Blut in den Kopf.

Er weiß es, er weiß es, er weiß es.

Der Gedanke drehte sich als wahnwitziger Wirbel in ihrem Kopf. Langsam verlor sie jede Zurückhaltung. »Hast du verstanden, Amos? Irgendjemand hat meiner Mutter die Hand abgeschnitten und uns vor die Tür gelegt. Wer war das?«, schrie sie ihn an. »Du kennst jeden hier, jedes Kind, jeden Erwachsenen. Wer kann das getan haben? Es muss einer von euch gewesen sein. Und warum?« Sie stemmte die Hände in die Hüften. »Warum? Verdammt, antworte mir! Du musst es wissen!«

Aber der Zulu rührte sich nicht. »Verschwindet, alle beide!«, wiederholte er. Sein unversöhnlicher Blick flackerte an ihr vorbei hinüber zu Mick.

Während Lisa ihn zähneknirschend musterte, überfiel sie das gleiche Gefühl einer direkten Bedrohung, das sie schon im Krankenzimmer ihres Vaters gespürt hatte. Ihr Herz begann zu hämmern. Was hatte ihr Unterbewusstsein registriert, was sie bewusst noch nicht wahrgenommen hatte? Irgendetwas musste ihr entgangen sein. Etwas, was Amos bekannt war, ihr aber nicht. Ihr sonst so verlässliches Bauchgefühl schwieg hartnäckig. Verunsichert versuchte sie seine Körpersprache zu interpretieren, las aber nichts als Abwehr.

Und Wut. Glühende Wut.

Wut auf was? Auf wen? Sie hatte ihm nichts getan. Ihr Treffen an der Ruine gestern war das erste Mal seit langer Zeit gewesen, dass sie ihm gegenübergestanden hatte. Mit ihr konnte diese Wut nichts zu tun haben. War es Wut auf ihren Vater?

Kaum war ihr dieser Gedanke gekommen, fielen alle Puzzlestücke an ihren Platz. Natürlich! Der Fund der Hand, der Schock des Brandes, der Herzinfarkt ihres Vaters hatte sie gefühlsmäßig derartig erschüttert, dass sie tatsächlich verdrängt hatte, dass ihr Vater vielleicht schuld am Tod von Amos' Bruder Vusa Nyathi war.

Spontan machte sie einen Schritt auf ihn zu, um ihm den Wind aus den Segeln zu nehmen. Mit den Fingerkuppen berührte sie ihn am Ärmel.

»Verzeih mir. Ich hatte vergessen, dass dein Bruder gestorben ist. Sein Tod ist schrecklich, und es tut mir so entsetzlich leid. Ich habe mit meinem Vater gesprochen. Nur kurz allerdings, denn er liegt mit einem Herzinfarkt im Krankenhaus und ist sehr krank. Er sagt, dass er ihn nicht erschossen hat. Er weiß nichts davon.« Dass er vorgehabt hatte, Vusa zu töten, behielt sie für sich.

Als Antwort stieß Amos ein zorniges Schnauben aus und presste die Lippen zu einem unnachgiebig dünnen Strich zusammen.

Lisas Hoffnung, von ihm irgendetwas über ihre Mutter zu erfahren, sank rapide. »Bitte, Amos, ich habe mit ihm gesprochen. Er hat einen Herzinfarkt gehabt, einen massiven, und er weiß nicht mehr, was geschehen ist. Sag es mir. Ich war nicht dabei.« Sie wartete, aber bekam keinerlei Antwort. »Herrgott«, brach es aus ihr heraus, »nun mach endlich den Mund auf, du sturer …« Den Rest des Satzes konnte sie gerade noch verschlucken.

Mick war mit einem Schritt bei ihr und legte ihr die Hand auf die Schulter. »He, ruhig, beruhige dich. So kommst du nicht weiter«, flüsterte er. Sachte streichelte er mit dem Daumen über die verknoteten Muskeln und massierte sie mit kreisenden Bewegungen.

Sie bewegte die Schultern abweisend. »Lass mich, bitte.« Damit entzog sie sich sanft, aber bestimmt seinem Griff. »Er weiß irgendetwas, da bin ich mir sicher, und er soll endlich mit der Sprache herausrücken.«

»Wo liegen meine Söhne und mein Bruder?«

Für sie vollständig überraschend, machte der alte Zulu einen Satz auf sie zu, Speichel traf sie, der üble Geruch von kranken Zähnen, vermischt mit dem von billigem Rasierwasser und scharfem Rauch.

Sie riss schützend einen Arm vors Gesicht, reagierte aber sonst nicht. Amos' Ausbruch war ihr so fremd, in seiner Härte so außerordentlich, dass seine Frage für sie im ersten Moment nicht mehr Bedeutung hatte, als hätte er sie nach der Uhrzeit gefragt.

»Was?« Ein unsicheres Lächeln ließ ihre Züge kindlich erscheinen.

»Er hat gefragt, wo seine Söhne und sein Bruder verscharrt sind.«

Eine weibliche Stimme, etwas rau, wie die einer Gospelsängerin.

Wie aus dem Nichts erschien Charmaine Todd hinter Amos, angetan mit einem wallenden Kaftan in Rot mit grünen Blumen und passendem Turban, der seitlich mit einer großen Schleife gebunden war. Ihre schokoladenbraune Haut glänzte vor Öl.

Lisa stierte sie an, wurde an eine der riesigen einheimischen Heuschrecken erinnert, die ähnlich grellbunt gefärbt waren. Die Insektenaugen waren auf sie gerichtet, die schneeweißen Zähne gebleckt, der Diamant funkelte.

»Wer ist denn das?«, flüsterte Mick neben ihr.

»Sie heißt Charmaine Todd, mehr weiß ich nicht«, flüsterte Lisa zurück. »Sie ist kurz vor dem Brand am Haus aufgetaucht. Sie hat gesagt …«

Weiter kam sie nicht. Hinter der üppigen Figur der flamboyanten Zulu tauchte Sibongiseni Rampedi auf. Im Kontrast zu Charmaine Todds schreienden Farben war sie von Kopf bis Fuß in Schwarz gekleidet. Ein Windstoß ließ das schwarze Kleid um ihren dürren Leib flattern. Alles an ihr war düster und ohne Leuchtkraft, glich aufs Haar der furchtbaren Zauberin, die in einem von Lisas Kinderbüchern ihr Unwesen getrieben hatte. Die fand Lisa damals nur komisch, Bongi Rampedi aber löste jetzt sofort wieder das diffuse Gefühl von Bedrohung in ihr aus. Sie erschauerte. Sie erkannte voller Schrecken, dass sie ihre Reaktionen kaum noch im Griff hatte. Ihre Nervenstärke und Furchtlosigkeit waren immer etwas gewesen, auf das sie sich verlassen konnte. Ihr Mut, ins Unbekannte vorzudringen. Jetzt war da ein leises, schwirrendes Zittern, nicht mehr zu spüren als das zarte Flirren von Schmetterlingsschwingen, aber ihr Organismus reagierte mit Angst. Angst, die in den schwarzen Ecken ihrer Seele lauerte, düstere Vorahnungen von etwas, was sie nicht greifen konnte, die in ihr aufquollen, sie von innen erstickten.

»Und wer ist die schwarze Rachegöttin neben ihr?«, brach Mick in ihre Gedanken.

Lisa brauchte ein paar Sekunden, um in die Gegenwart zurückzukehren. »Das ist unser Hausmädchen Sibongiseni Rampedi. Sie war seit Tagen verschwunden.«

Ein großer Schatten huschte über sie hinweg. Lisa sah hoch. Im Kobaltblau des Himmels segelte die scharfe Silhouette eines Geiers. Langsam zog er seine Kreise. Von irgendwoher gesellte sich ein zweiter Geier dazu. Mit trägen Flügelschlägen, Seite an Seite, flogen die großen Aasvögel über das Gebiet. Die Vögel erschienen ihr symbolhaft für das Gefühl der Bedrohung, das seit Bongis Erscheinen ins Unermessliche zu wachsen schien. Lisa ließ sie nicht aus den Augen. Ihr kam es vor, als würden ihre Kreise allmählich enger werden, als schraubten sich die großen Aasvögel tiefer auf die Erde herab.

Sie haben Aas gerochen, dachte sie. Ein Zittern durchlief sie. Aas. Ihre Mutter?

»Nein«, sagte sie laut. »Nein!« Sie würde nicht zulassen, dass ihr diese Frau und die ganze Situation derartig zusetzten, dass sie so aus dem Gleichgewicht geriet. Der komplette Zusammenbruch wäre dann nicht mehr weit. Sie wartete ein paar Sekunden, bis sie sich wieder einigermaßen im Griff hatte. Dann wandte sie sich an Bongi Rampedi.

»Bongi, was geht hier vor? Diese Frau da«, sie wies auf Charmaine Todd, »ist bei uns auf der Farm aufgekreuzt, und zwar Sekunden bevor unser Haus in Flammen aufging. Sie hat etwas davon gefaselt, dass du sie beauftragt hast, deinen Mann zu suchen. Wer ist dein Mann? Ich habe ja nicht einmal gewusst, dass du verheiratet bist.«

Sibongiseni stand kerzengerade da, die Muskelstränge an ihrem mageren Vogelhals traten hervor. Ihr heißer Blick schnitt durch Lisa hindurch, war auf einen Punkt in der Ferne gerichtet. Ihre verzerrten Züge machten deutlich, dass sie auf etwas zurückblickte, was ihr große Schmerzen bereitete.

Charmaine Todd trat geschäftig vor und setzte zu sprechen an. Aber Sibongiseni Rampedi gebot der Frau mit einer knappen Handbewegung zu schweigen. Ein Ruck lief durch ihren knochigen Körper. Sie wandte sich den beiden Weißen zu.

»Mein Name ist Sibongiseni Rampedi«, begann sie. »Mein Mann war Samuel Nyathi, der Bruder von Amos, der nicht weiter hinnehmen wollte, dass man uns behandelt wie Haustiere. Er wollte nicht mehr hinnehmen, Boy genannt zu werden, obwohl er ein erwachsener Mann mit einem Schulabschluss war, ein intelligenter Mann, einer, der den Zusammenhang von Dingen begriff. Er wollte nicht hinnehmen, dass er nicht einmal Lastwagenfahrer werden konnte, weil der Beruf für Weiße reserviert war. Er konnte es einfach nicht mehr ertragen. Es war zu viel. Verstehst du das, Lisa Darling?«

Lisa schrak auf, wusste nicht, was sie antworten sollte, brachte nicht mehr fertig als ein Nicken. Sibongiseni Rampedi aber hielt sie mit einem Blick tiefster Verachtung fest und wartete. Lisa räusperte sich nervös, wand sich unbehaglich unter diesen unnachgiebigen Augen.

»Natürlich verstehe ich das«, krächzte sie dann.

Die Zulu krümmte den Rücken, zog die Schultern hoch und streckte den Kopf vor, ähnelte verblüffend den Geiern, die über ihnen kreisten. Ihre schwarzen Augen bohrten sich in die von Lisa. Sie beachtete weder Mick noch Amos, noch Charmaine Todd. Nur Lisa hatte sie im Visier.

»Also erhob Samuel, mein Mann, seine Stimme«, fuhr sie fort, »so laut und so lange, bis er gehört wurde. Er sagte viele Worte.« Sie verstummte. Niemand wagte zu sprechen, auch Charmaine Todd hielt sich zurück.

»So viele Worte«, sagte Sibongiseni Rampedi, ihre Stimme ein harsches Raunen. Und nach einer weiteren langen Pause: »So viele, viele Worte.« Sie seufzte tief. »Die Worte waren wie Keulenschläge, und ihr Weißen hattet große Angst davor. Samuel wurde von euch wie ein Stück Wild gehetzt, über zwei Jahre lang, bis er es schaffte, verletzt und halbverhungert, über die Grenze nach Botswana zu fliehen. Das hat aber nicht gereicht, o nein, die südafrikanische Polizei hat sich einen Dreck darum geschert, dass Botswana ein selbstständiger Staat war.« Sie stieß einen scharfen Laut aus. »Sie haben ihn bis tief ins Landesinnere verfolgt. Aber wieder gelang es ihm, ihnen zu entkommen. Er tauchte unter, fand Freunde, die ihn versteckten und gesundpflegten.«

Die Geier landeten auf der Spitze eines dicht belaubten Baums, spreizten ihre riesigen Flügel, streckten den Hals S-förmig nach unten und beäugten die Menschen.

»Ich hasse sie«, zischte Sibongiseni.

Lisa wich unwillkürlich zurück, glaubte im ersten Augenblick, dass sie gemeint war. Aber dann bückte sich Sibongiseni blitzschnell, hob einen Stein auf und schleuderte ihn auf die Vögel. Die Geier stießen harsche, gackernde Laute aus und schlugen mit den Flügeln, funkelten mit ihren schwarzen Knopfaugen, ließen sich aber nicht vertreiben. Bongi warf noch einen Stein, die Vögel gackerten, rührten sich aber nicht. Mit einer Grimasse ließ sie von ihnen ab und richtete den Blick auf Lisa.

»Um überleben zu können, war Samuel gezwungen, einen neuen Namen anzunehmen. Damals waren wir schon verheiratet. Ich brauchte drei Jahre, um der Polizei entwischen zu können und ihm nach Botswana zu folgen. Drei Jahre … drei Jahre …« Die Schwarze verstummte, glitt ab in die Vergangenheit.

Niemand sprach. Lisa stand mit gesenktem Kopf und hängenden Armen da, Mick verschränkte die Arme vor der Brust, Amos hatte die Hände in den Hosentaschen vergraben. Charmaine Todd hatte einen Handspiegel herausgeholt und zog ihre Lippen nach.

»Wir lebten zusammen, haben keine zwei Nächte hintereinander im selben Bett geschlafen«, nahm Bongi Rampedi ihre Geschichte wieder auf. »Immer mussten wir uns verstecken. Nur nachts konnten wir uns einigermaßen frei bewegen. Kinder durfte ich keine haben. Kinder hätten uns auf der Flucht behindert.« Ihre Unterlippe zitterte. »Es wären vier gewesen«, flüsterte sie.

Lisa hielt es kaum noch aus. Sie konnte sich nur zu gut vorstellen, welches Leben diese Frau hinter sich hatte. Mehr als einen Film hatte sie darüber gedreht. Frauen von Widerstandskämpfern wurden verfolgt, beobachtet, immer wieder ins Gefängnis geworfen, immer wieder gebannt. Das hieß, dass sie für Jahre in irgendein abgelegenes Kaff geschickt wurden, das sie nicht verlassen konnten und wo sie nie mit mehr als einer anderen Person gleichzeitig zusammen sein durften. Gleichgültig, ob es Kinder, Eltern oder andere Familienmitglieder waren. Nichts durfte von ihnen veröffentlicht werden, kein Wort, das sie gesagt hatten, durfte zitiert werden. Die Strafe, die darauf stand, war empfindlich. Sie wurden zu lebenden Toten.

»Bongi«, flehte sie.

Aber die Zulu war noch nicht am Ende angelangt. Ihr Gesicht war wie aus Stein, ihre Augen trocken und hart. Sie wischte sich übers Gesicht.

»Eines Morgens war er aus meinem Bett verschwunden. Es war im Winter, und ich bin aufgewacht, weil mir seine Wärme fehlte. Ich nahm an, dass er nur aufgestanden und hinausgegangen war, um sich zu erleichtern. Ich schlief wieder ein. Später sagte man mir, dass Agenten der Sicherheitspolizei, die uns, ohne dass wir es je merkten, schon lange Zeit beobachteten, in dieser Nacht zugeschlagen hatten, ihn über die Grenze verschleppt und in ein südafrikanisches Gefängnis geworfen hatten. Mich haben sie an diesem Tag aus irgendeinem Grund verschont. Danach habe ich ihn nie wieder gesehen. Aber ich habe gehört, was sie mit ihm gemacht haben, ehe sie ihn verschwinden ließen. Soll ich es dir beschreiben, Lisa?«

Der Hass, den Bongi Rampedi verströmte, brannte Lisa auf der Haut wie Feuer. »Davon weiß ich nichts, damit hatte ich nichts zu tun«, stammelte sie hilflos, völlig aus dem Gleichgewicht geraten. Erst nachdem die Worte ihren Mund verlassen hatten, merkte sie, dass es genau die waren, die so viele Weiße im Brustton der Überzeugung von sich gaben. Dieselben Worte, die sie immer in ihren Sendungen als so verwerflich angeprangert hatte.

Ich hatte damit nichts zu tun. Ich habe keine Schuld. Es waren die anderen.

Ihr brach der Schweiß aus. »Was hat das mit Lalisa zu tun? Wieso hast du es angezündet?«, wisperte sie, tastete unbewusst nach Mick Robertsons Hand, fand sie und klammerte sich daran fest. »Was hat das mit mir zu tun?«

Sibongiseni Rampedis ausdruckslose Miene ließ nicht erkennen, ob sie Lisas Fragen verstanden hatte. »Dein Vater war bei der Polizei.«

Wie Felsbrocken aus Granit krachten die Worte Lisa vor die Füße. Sie schnappte nach Luft. »Ja, das war er«, stotterte sie, »aber doch nur in der Verwaltung. In der Logistik. Socken zählen und so.« Sie hörte selbst, wie schrill ihre Stimme klang, wie läppisch ihre Erklärung.

Sibongiseni lachte, und ihr Lachen war verheerend. Verheerender, als es Worte hätten sein können. Lisa krümmte sich.

»Was Sibongiseni Rampedi, die Frau von Samuel Nyathi, damit ausdrücken will«, mischte sich Charmaine Todd ein und warf ihr wiederum diesen unverschämten Blick über den Rand der Sonnenbrille zu, »ist die Tatsache, dass Bill Darling ganz oben auf diesem Dreckshaufen gesessen hat. Verstehen Sie das, Lisa Darling, Fernsehjournalistin und Gewissen der Nation? Er war derjenige, der im Verborgenen lauerte. Wie ein Schatten im Wasser, wie die alten Zulus ein Krokodil bezeichnen, und deswegen nannten sie ihn auch so. Das Krokodil.« Die überkronten Zähne blitzten. »Na, klingelt's da?«

Lisa zuckte bei dem Wort heftig zurück. Das Krokodil. Der Mann, der Jacksons Brüder und seinen Onkel auf dem Gewissen haben sollte. Ein Zittern durchlief sie. Mick, der das offenbar gespürt hatte, legte ihr den Arm um die Schulter, und sie entzog sich ihm nicht, sondern lehnte sich an ihn. Mick hielt sie fest, und trotz der furchtbaren Situation huschte ein glückliches Lächeln über sein Gesicht.

Charmaine Todd lachte trocken. »Ich sehe, dass Sie diesen Namen schon vorher gehört haben. Von wem? Wussten Sie vielleicht doch, was Ihr Vater getan hat?«

Lisa Darlings Gesicht hatte jegliche Farbe verloren. Sie hörte, was Charmaine Todd sagte, aber verstand es nicht. Ihr Gehirn weigerte sich, dessen Bedeutung zu erkennen.

Ihr Vater. Das Krokodil. Der Schatten im Wasser. Dreckshaufen.

Die Worte schossen in ihrem Kopf umher wie Querschläger. Krokodil, welch ein alberner, klischeehafter Name, das war alles, was ihr einfiel.

Dumpf starrte sie die Frau in dem rot-grünen Kaftan an. Graue Flecken tanzten ihr vor den Augen, ein tiefes Summen füllte ihren Schädel, ließ sie alle Geräusche nur noch sehr entfernt wahrnehmen. Ihr Kopf drohte unter dem Druck zu zerspringen. Sie presste die Handflächen an ihre pochenden Schläfen. Der Schweiß rann ihr kalt und klebrig den Rücken hinunter. Sie stand kurz davor, das Bewusstsein zu verlieren.

Mit einem letzten Rest an Kraft zwang sie sich, langsam und tief durchzuatmen. Gleichzeitig spannte sie die Muskeln rhythmisch an, um ihren Kreislauf wieder in Gang zu bringen, grub dabei die Fingernägel in die Handflächen und wartete, bis die Reaktion auf den Schmerz endlich die grauen Flecken verschwinden ließ, das Summen schwächer wurde und der Druck in ihrem Kopf nachließ.

Mick Robertson hatte gemerkt, wie es um sie stand, und war bereit, sie jeden Moment aufzufangen. Zwar spürte er schnell, dass sie sich wieder im Griff hatte und die Gefahr vorüber war, stützte sie aber weiter. Er warf Charmaine Todd einen eisigen Blick zu.

»Ich bin der Anwalt von Miss Darling. Wenn Sie uns etwas mitzuteilen haben, dann tun Sie das bitte schriftlich. Miss Darling möchte nicht mehr mit Ihnen reden. Weder mit Ihnen noch mit Miss Rampedi, noch mit Mister Nyathi.«

Mit der freien Hand griff er in die rückwärtige Tasche seiner Hosen, holte eine Visitenkarte heraus und hielt sie Charmaine Todd hin. »Michael Robertson. Meine Kanzlei ist in Umhlanga Rocks. Komm, Lisa, wir gehen.« Mit sanftem Druck schob er sie zum Zaun. Sie wehrte sich nicht.

»He, Herr Kollege«, rief Charmaine Todd und wedelte ihm, als er stehen geblieben war, ihrerseits mit einer Visitenkarte vor der Nase herum. »Ich vertrete Miss Rampedi und Mister Nyathi als deren Rechtsbeistand. Meine Kanzlei ist in Ulundi. Ihre Mandantin erwartet eine Strafanzeige wegen Hausfriedensbruch, Sie im Übrigen auch, und gegen Bill Darling läuft bereits eine wegen mehrfachen Mordes. Unter anderem.«

Mit dem Zeigefinger schob sie die Sonnenbrille zurück auf die Nase, lächelte Lisa und Mick mit blendend weißen Zähnen an und tänzelte dann auf ihren hohen Hacken über den steinigen Pfad davon, agil und elegant, trotz ihrer gewichtigen Größe. Sibongiseni Rampedi und Amos Nyathi folgten ihr schweigend, ihre Gesichter noch immer ausdruckslose braune Masken. Lisa sah ihnen nach, ihr Gesicht ebenso starr wie das von Bongi und Amos.

»Komm«, sagte Mick leise, »ich helf dir über den Zaun.« Er nahm ihren Arm und wollte sie mit sich ziehen, aber sie hielt ihn unerwartet zurück.

»Warte. Sieh doch.«

Mick drehte sich um und sah, dass auch Amos kehrtgemacht hatte. Jetzt kam er langsam ein paar Schritte auf sie zu. Vor Lisa blieb er stehen. Seine Körperhaltung war angespannt, die Hände steckten noch immer in den Hosentaschen, und Mick konnte erkennen, dass Amos die Fäuste ballte. Er lehnte sich weit vor, bis sein Gesicht ganz nah an dem von Lisa war.

»Es gab einen Isivivani. Früher«, flüsterte er. »Auf Lalisa. Am Fluss.«

Damit schwang er herum und war kurz darauf hinter der Wegbiegung verschwunden.

Wie betäubt stierte Lisa auf die Stelle, wo er noch Sekunden zuvor gestanden hatte. Sie öffnete den Mund, brachte aber kein Wort hervor. Ihr Atem kam in kurzen Stößen, sie war sehr blass geworden und schwankte, aber sie wehrte Micks Hand ab, verschränkte die Arme vor ihrem Körper und zog die Schultern zusammen. So stand sie einige Minuten und starrte ins Nichts. Der Klumpen Säure in ihrem Magen hatte sich ausgebreitet, das Gefühl der Bedrohung lastete wie eine Bleidecke auf ihr.

»Glaubst du, dass er so etwas getan hat?«, fragte sie endlich.

Im ersten Augenblick wollte Mick sie trösten, wollte ihr sagen, nein, natürlich nicht, wo denkst du hin, dein Vater hätte das nie getan. Alles, nur damit dieser grausige Ausdruck aus ihrem Gesicht gewischt würde. Aber als Anwalt der »Verlorenen Seelen« wusste er, dass es durchaus im Bereich des Möglichen lag, dass diese Anschuldigungen berechtigt waren. Bill Darling hatte während der Apartheid als Polizist einen sehr hohen Rang bekleidet. Auch wenn er wirklich nur für die Logistik zuständig gewesen war, musste er Kenntnis davon gehabt haben, was die Spezialabteilungen der Geheimpolizei getrieben hatten. Unmöglich, dass ihm das nicht zu Ohren gekommen war.

Er sah Lisa an, und der Schmerz in ihren Augen tat ihm mehr weh, als eine Verletzung es hätte tun können. Er musste sich zusammennehmen, sich innerlich in die nüchterne Welt seines Anwaltsdaseins zurückziehen, in der mit wenigen staubtrockenen Worten die schlimmsten menschlichen Tragödien zu Aktenvermerken reduziert wurden, um ihr ruhig die Wahrheit sagen zu können. Die abgemilderte Wahrheit zumindest. Er sah ihr in die Augen.

»Ich weiß es wirklich nicht. Aber er war ein hoher Polizeibeamter. Unmöglich ist es nicht.«

Zu seinem Erstaunen nickte Lisa, als hätte sie die Antwort erwartet. »Ich muss Gewissheit haben. Finden wir es also heraus«, flüsterte sie und lief blindlings auf den Zaun zu, der Lalisa vom Land der Nyathis trennte. Mick folgte ihr eiligst.

21

Lisa hetzte durch die spärlichen Büsche, schien nicht zu spüren, dass ihr die Zweige ins Gesicht peitschten. Sie wollte nur weg von diesem Ort, wollte allein sein, um das zu begreifen, was sie eben gehört hatte. Aber eigentlich rannte sie vor der Erkenntnis weg, dass es die Wahrheit gewesen sein musste. Wie ein Dämon saß ihr diese Tatsache im Genick. Also rannte sie, als ginge es um ihr Leben.

»Lisa, Itshitshi.« Die Stimme, wie ein Windhauch so schwach, kam von rechts.

Als wäre sie gegen eine Wand gerannt, blieb Lisa stehen. Dann drehte sie sich langsam um. Es dauerte ein paar Sekunden, bis sie die Umrisse einer dunkel gekleideten Gestalt unter den dürren Zweigen eines Büffeldornbaums wahrnahm. Sie kniff die Augen zusammen, um sie gegen das flimmernde Licht der Sonne besser ausmachen zu können, aber das Gesicht lag im Schatten.

Sie tat ein paar Schritte auf die Person zu. Dabei wurde sie von dem merkwürdigen Gefühl erfasst, sie zu kennen. Auf einmal glaubte sie, Holzrauch zu riechen und Honig auf der Zunge zu schmecken. Zögernd ging sie noch näher, bis sie sah, dass es eine Frau war. Ihr Körper war nichts als ein Skelett, überzogen mit stumpfer aschbrauner Haut. Das verwaschene geblümte Kleid, das sie trug, hing als leerer Sack an ihr herab. Arme und Beine waren dünn wie die trockenen Äste des Büffeldorns, an Hals und Ausschnitt konnte Lisa jeden Knochen zählen.

Als würde sie etwas von innen aussaugen, fuhr es ihr durch den Kopf. Sie wollte gerade fragen, woher die Frau ihren Namen kannte, als diese die Augen zu ihr hob. Lisa sackte das Blut in die

Beine. In dem zerstörten Gesicht hatte sie ein fernes Echo von Happy Sibiya entdeckt.

Happy, ihr Kindermädchen, deren Haut glänzend und prall gewesen war wie die einer reifen Aubergine, die schiere Lebensfreude verströmte, deren trillerndes Lachen die Hintergrundmusik ihrer frühen Kindertage war und die aus ihren Geschichten den bunten Teppich webte, auf dem die kleine Lisa davongeflogen war in eine fantastische, fremde Welt voller Licht und Wärme.

»Happy? Was ist geschehen?«, flüsterte sie entsetzt, begriff aber im selben Augenblick, was los war. Die Anzeichen waren unverwechselbar. Im heutigen Südafrika bekam man einen Blick dafür. So wie jeder Weiße in Südafrika während der Apartheid gemischtes Blut in feinster Verdünnung erkennen konnte, traf das heute auf die Symptome von AIDS zu. Happy hatte AIDS. Lisa hatte im Laufe der letzten Jahre zu viele getroffen, die so ausgesehen hatten, und immer waren sie kurze Zeit später gestorben.

»Mein Gott, Happy«, stöhnte sie und wollte ihre alte Nanny in den Arm nehmen.

Happy wehrte sich schwach. »Nicht, Lisa, ich … Mir geht es nicht gut … Ich habe eine Erkältung …« Sie nieste künstlich.

Es trieb Lisa die Tränen in die Augen. Selbst im Angesicht des Todes wagte Happy Sibiya nicht, den Namen der Krankheit auszusprechen, die sie mit rasender Geschwindigkeit zerstörte. Ohne weitere Umstände zog sie die Schwarze an sich. Happys Haut fühlte sich klamm an, die Knochen erschienen so dünn und zerbrechlich wie die eines Vogels, so dass Lisa es nicht wagte, fest zuzupacken. Trotzdem zuckte Happy zurück, als hätte sie ihr wehgetan.

»Wer ist das?«, fragte Mick. Sein Ausdruck machte deutlich, dass er offenbar ebenfalls sofort erkannt hatte, wie es um die Schwarze stand.

Lisa hob ihr tränenüberströmtes Gesicht zu ihm. »Meine alte

Nanny, Happy Sibiya. Mein Gott, Mick, sieh dir nur an, in welch jämmerlicher Verfassung sie ist.«

»Sie hat …«

»Ich weiß«, unterbrach sie ihn hastig. »Sag es nicht.« Ihr war klar, warum Happy das schreckliche Wort nicht aussprechen wollte. In der Gesellschaft der schwarzen Landbevölkerung stellte diese Krankheit ein furchtbares Stigma dar. Es hieß Ausschluss aus der Gemeinschaft, unnachgiebige Verfolgung und oft ein gewaltsamer Tod. Also schwiegen die Betroffenen und trugen so unwissentlich dazu bei, dass sich AIDS immer schneller ausbreitete. Sie ließ Happy los.

»Ich muss sie ins Krankenhaus bringen, jetzt gleich«, flüsterte sie Mick mit erstickter Stimme zu. »Sie braucht dringend Hilfe …«

»Nein«, unterbrach Happy sie schwach, »nicht ins Krankenhaus …« Ein Zittern durchlief den geschundenen Körper, ihre Lider flatterten.

Erschrocken glaubte Lisa, dass Happy das Bewusstsein verlieren würde, aber dann fiel ihr ein, dass die Zulu schon immer unbändige Angst vor Spritzen gehabt hatte. »Niemand wird dir wehtun. Ich verspreche es dir.«

Es war ein Schwur. Sie würde alles daransetzen, dass Happy schmerzfrei und umsorgt dem Übergang zu der Welt ihrer Ahnen entgegensehen konnte. Happy, die fest in dem Glauben ihres Volkes verwurzelt war, sich absolut sicher war, dass sie an dem Ort, wo ihre Vorfahren sich jetzt aufhielten, alle die wiedersehen würde, die sie zu Lebzeiten geliebt hatte. Dass sie dort mit offenen Armen in allen Ehren aufgenommen werden würde.

»Und ich werde die kennenlernen, die vor mir gegangen sind«, hatte sie der kleinen Lisa einmal erklärt. »Dann werde ich über dein Leben wachen. Denk nur daran, dass du mir regelmäßig ein Huhn oder vielleicht sogar eine Ziege opferst, dann wird dein Leben ein gutes werden. Denk daran, Itshitshi.« Dabei hatte sie ihr girrendes Vogellachen hören lassen und war durch den Raum getanzt.

Lisa verspürte eine so scharfe Sehnsucht nach diesen unbeschwerten Tagen, dass sie kaum weitersprechen konnte. »Niemand wird dir wehtun, Happy«, flüsterte sie. »Ich versprech's dir.«

Ihre Hand schwebte über der fahlbraunen Haut der Kranken. Gerade noch rechtzeitig hatte sie daran gedacht, dass manche in diesem Stadium der Krankheit Berührungen wie unerträgliche Schmerzen empfanden.

Aber Happy schlang sich die Arme um den Körper. Leichte Krämpfe liefen in Wellen durch ihre Gestalt, als fröre sie stark. Störrisch schüttelte sie den Kopf. »Ich habe ein Muthi von meinem Sangoma. Er wird mich gesund machen. Jetzt hör zu, was ich dir zu sagen habe.« Mit dem letzten Satz war Happy Sibiya ins Zulu gewechselt.

Lisa schluckte die Übelkeit hinunter, die ihr bei dem Wort Muthi die Kehle verschloss, überlegte aber fieberhaft, wie sie die Zulu überreden könnte, doch ins Krankenhaus zu gehen. Sie setzte an, ihr zu widersprechen, Happy klarzumachen, dass ein Sangoma AIDS nicht heilen konnte, weder mit Rote Bete noch Knoblauch, noch Olivenöl, wie die ehemalige Gesundheitsministerin jahrelang propagiert hatte, aber Happy legte ihr den Finger auf die Lippen, und sie verstummte hilflos.

»Itshitshi yami, mein kleines Mädchen, sei auf der Hut«, flüsterte die Zulu angestrengt, »ich spüre, dass dir von dieser Frau mit den Augen einer Drachenfliege Gefahr droht. Sie ist schlecht, und sie hat das Lachen von diesem Tier … Du weißt schon, du hast es mir im Fernsehen gezeigt, es sieht aus wie ein sehr hässlicher gefleckter Hund und hat ein Gebiss wie ein Löwe … Obwohl es natürlich nicht so groß ist und auch nicht so gelb. Es frisst tote Tiere und solche, die zu lahm oder krank sind, ihm zu entkommen. Weißt du, welches Tier ich meine?«

»Eine Hyäne?«

Lisa fing Micks mitleidigen Blick auf, der das ausdrückte, was auch sie bei Happys Frage empfand.

Happy Sibiya, geboren und aufgewachsen in Zululand, wo sie voraussichtlich auch bald sterben würde, wo sie also ihr gesamtes Leben verbracht hatte, hatte noch nie die Tiere in freier Wildbahn gesehen, die früher dieses fruchtbare, üppige Land bevölkerten. Heute wurden sie hinter sechs Meter hohen elektrischen Zäunen gehalten, wurden von einer Schar von Tierärzten wesentlich besser versorgt als der Großteil der schwarzen Bevölkerung auf der anderen Seite des Zauns. Den Eintrittspreis in diese Paradiese, selbst die der staatlichen Wildreservate, würde Happy sich nie leisten können. Sie würde nie mit eigenen Augen erleben können, wie das Land ihrer Vorfahren ausgesehen hatte.

Lisa schwor sich, dass sie mit ihrer alten Nanny ins Hluhluwe-Umfolozi-Wildreservat fahren würde, sobald dieser Albtraum um ihre Eltern vorbei war. Das staatliche Wildreservat war mehr als zehn Mal größer als Inqaba, so gut wie unberührt seit Shaka Zulus Zeiten. Dort lebten alle Tiere, die Shaka gekannt und gejagt hatte.

Sie sagte es Happy. »Ich bringe dich nachher ins Krankenhaus, und wenn es dir bessergeht, fahren wir beide in den großen Wildpark, und du kannst dir diese Tiere selbst ansehen. Du wirst sehen, was deine Vorfahren gesehen haben.« Lisa zwang sich zu einem Lächeln. Sie war sich nicht sicher, ob Happys ausgelaugter Körper überhaupt lange genug durchhalten würde.

Happys Augen flammten kurz auf. Ein schwacher Widerschein von Lisas Lächeln huschte über ihr Gesicht, verwischte die harten Linien und ließ für einen kurzen leuchtenden Augenblick erkennen, welch ein schönes, fröhliches Mädchen sie einmal gewesen war. Lisa brach es beinahe das Herz.

Jetzt nickte die Zulu langsam. »Eine Hyäne, ja. Ein garstiges Tier. Es kann lachen. Ich habe es selbst gehört. Ein Tier kann lachen!«

Für einen Augenblick verfiel sie in Schweigen und sah ohne Zweifel den Film wieder, den sie vor Jahren gemeinsam mit Lisa im Fernsehen auf Lalisa gesehen hatte.

»Die Hyäne hat ihrem Opfer mit den Zähnen die Kehle herausgerissen, und es wurde gesagt, dass sie Blut auf große Entfernungen riechen kann.« Happys Augen glühten wie schwelende Kohlen. »Gib acht, Itshitshi, dass dieses Hundetier nicht deines trinkt.«

Lisa schluckte trocken. Ihre Zunge klebte ihr am Gaumen, Tausende eiskalter Nadelstiche prickelten ihr auf dem Rücken. Wie immer, wenn sie Zulu sprach, benutzte Happy sehr farbige Vergleiche. Drachenfliege. Libelle. Damit beschrieb sie unzweifelhaft Charmaine Todd mit ihren gläsernen Insektenaugen.

»Unsinn, Happy, das ist nur eine Frau, die sich langweilt und ein bisschen Staub aufwirbelt. Sie ist harmlos.«

Natürlich wollte sie sich eigentlich selbst überzeugen, das war ihr klar, nicht die alte Zulu. Es gelang ihr ganz und gar nicht.

Charmaine Todd war absolut nicht harmlos. Im Gegenteil. Sie vermittelte den Eindruck, als hätte sie diabolische Freude am Kampf und dass sie nicht lockerlassen würde, bis sie erreicht hatte, was sie sich in den Kopf gesetzt hatte. Davon war Lisa überzeugt. Die angebliche Anwältin machte den Eindruck eines Menschen, der immer gewinnen musste, einerlei, was der Kampf kostete, und das Schlimme war, dass Lisa nicht die geringste Ahnung hatte, welches Ziel Charmaine Todd wirklich verfolgte. Die Aussage, es drehe sich darum, Bongis Ehemann zu finden, tat sie als vorgeschobenen Grund ab.

Happy Sibiya wischte sich mit dem Ärmel langsam übers Gesicht. »Ich sag's dir, sie ist wie Impisi, die Hyäne. Was sie zwischen die Zähne bekommt, lässt sie nicht wieder los.«

Womit Happy präzise und farbig Lisas Ansicht über Charmaine Todd in Worte fasste.

Happy hob ihre rot geäderten Augen zu ihrem ehemaligen

Schützling. »Itshitshi, sieh hin, sag ich dir. Erkenne, was du siehst. Diese Frau ist schlecht. Auch Sibongiseni Rampedi wird das lernen müssen.«

Verdutzt sah Lisa ihre alte Nanny an. »Woher kennst du Bongi und diese Drachenfliege eigentlich?«

Happys Knochenhände flatterten durch die Luft. »Samuel Nyathi hatte mal sein Auge auf mich geworfen.« Ein geisterhaftes Lächeln huschte über ihr Gesicht, in ihren Augen glühte sekundenlang ein Funke, dann war er erloschen. »Sibongiseni war die Tochter eines Häuptlings. Ich nur die eines einfachen Bauern.« Ihr Blick glitt ab.

»Und diese Drachenfliege?«

Zögernd wanderte der Blick der alten Zulu zurück aus der Zeit, in der sie noch jung und begehrenswert war und viele jungen Männer überlegten, ob sie genug Lobola für sie zusammenkratzen konnten. »Ich habe sie als Kind gekannt. Heute ist diese Frau immer da, wenn es Beute zu machen gibt. Ich sage dir doch. Sie ist Impisi«, zischte sie.

Happy wechselte wieder zurück zur englischen Sprache. Jetzt veränderte sich ihre Stimme. Sie wurde hart und klar. Verschwunden waren die verschnörkelten Phrasen ihrer eigenen Sprache.

»Sie ist Rechtsanwältin, und wo immer jemand einen Schaden erlitten hat, der groß genug ist, dass es ihre Mühe lohnt, taucht diese Frau auf und bietet ihre Hilfe an, kostenlos. Sie ist gut, meist gewinnt sie vor Gericht, und dann will sie sechzig Prozent haben.« Eindringlich blickte sie Lisa an.

»Mehr als die Hälfte, Lisa. Diese Hyäne ist sehr reich dabei geworden.«

Lisa begriff nicht, was das, was Happy gesagt hatte, mit ihr und Lalisa zu tun haben könnte. Bilder von dem Brand, dem plötzlichen Erscheinen von Charmaine Todd, Bongis Auftreten und ihren und Amos' Anschuldigungen wirbelten ihr durch den Kopf. Aber sie konnte all das nicht in eine logische Reihe bringen. Was hatte sie, was Charmaine Todd Gewinn bringen würde?

Nachdenklich starrte sie über den Zaun. Eine Wolke hatte sich vor die Sonne geschoben und warf ihren Schatten über Lalisa, löschte die Leuchtkraft aller Farben aus. Graubraun lag ihr Land vor ihr.

»Ich werde den Schwalben folgen ...«, flüsterte Happy.

Aber Lisa erreichten die Worte nicht, sie war zu sehr mit dem Problem Charmaine Todd beschäftigt.

»Na, super«, murmelte sie mehr zu sich selbst. »Kaum bin ich Brigitte Tshayimpi los, habe ich schon wieder eine Hyäne am Hals, wieder eine weibliche. Und die sind am gefährlichsten, wusstest du das, Mick?« Sie wartete nicht auf seine Antwort. »Sie sind schlau und stark und jagen lautlos. Hast du sie schon einmal in der Nacht lachen hören, wenn sie Beute gemacht haben? Sie zerreißen sie bei lebendigem Leib, und dabei lachen sie. Wie Happy sagt. Ich hasse sie. Mir läuft es jedes Mal kalt den Rücken hinunter, wenn ich das höre.«

Ihre Hände öffneten und schlossen sich, als hätte sie Charmaines Hals zwischen den Fingern. Bewusst war es ihr allerdings nicht. Zu nervös, um still zu stehen, lief sie herum wie ein gefangenes Tier, hob einen Stock auf und begann systematisch, alle lila-gelben Blütenbüschel eines Buschs zu köpfen. Einen nach dem anderen, bis keiner mehr übrig war. Danach attackierte sie das silbrig glänzende Zittergras. Als auch das zerstört am Boden lag, schleuderte sie den Stock von sich.

»Was will diese Frau, Mick?«

Michael Robertson, der sich schweigend geschworen hatte, seine Kollegin Charmaine Todd von Lisa fernzuhalten, koste es, was es wolle, sah hoch. »Wenn ich deiner Nanny glauben soll, Geld, und davon möglichst viel. Was das mit dir zu tun hat, werde ich schnell herausfinden.«

»Ich hoffe, sie tritt auf eine Mamba, wenn sie auf ihren lächerlichen Schuhen durch den Busch stöckelt, oder läuft einem Leoparden über den Weg«, sagte Lisa giftig. Für einen kurzen, köstlichen Moment überließ sie sich dieser verlockenden Vorstellung. Charmaine Todd Angesicht zu Angesicht mit einer hoch aufgerichteten, fauchenden Mamba oder einer hungrigen Raubkatze. Bedauernd riss sie sich von diesem Bild wieder los. Die Chance, dass eines dieser Ereignisse eintreten würde, war außerordentlich gering. In dieser Gegend gab es zwar genügend Mambas, auch noch vereinzelt Leoparden, aber die Anwältin stammte offenbar von hier. Sie würde wissen, wie sie sich zu verhalten hatte, um derartigen Begegnungen auszuweichen.

»Wir müssen Happy über den Zaun helfen, dann fahren wir sie nach Mtubatuba ins Krankenhaus.« Seufzend wandte sie sich ihrer alten Nanny zu.

Aber Happy Sibiya war verschwunden. Verdutzt umrundete Lisa den Büffeldorn, fand aber keine Spur von der Zulu.

»Happy?«, rief sie. »Happy, wo bist du?« Sie lauschte angestrengt.

Aber nur das Wispern des Buschs war zu hören. Ratlos spähte sie zwischen den dürren Ästen des Büffeldorns den schmalen Pfad hinunter, der zu den Behausungen der Nyathis führte. Der Weg erstreckte sich leer vor ihnen. Sie suchten noch eine halbe Stunde, aber vergebens. Happy blieb unauffindbar.

Verloren starrte Lisa auf den Punkt, wo die alte Zulu gestanden hatte. Sie konnte sich doch nicht in Luft aufgelöst haben.

»Sie hat vorhin etwas gesagt, ganz zum Schluss ...« Mick runzelte angestrengt die Stirn. »Ich bekomme es nicht mehr richtig zusammen, aber sie sagte so etwas, wie dass sie den Schwalben folgen will. Bestimmt habe ich das falsch verstanden.«

»Schwalben?«

Auf einmal ahnte Lisa, wohin Happy gegangen war, und Entsetzen erfasste sie. »Es gibt einen Ausdruck in der Sprache der Zulus«, flüsterte sie. »Folge den Schwalben in die Berge. Happy hat es mir einmal erklärt. Es heißt, dass derjenige, der den Schwalben folgt, seinem Leben ein Ende setzen will.« Sie brach in Tränen aus. »Mein Gott, Mick, sie hat sich irgendwo wie ein verletztes Tier verkrochen, um zu sterben. Allein. Sie wird versuchen, sich umzubringen.«

»Sala kahle.« Das Wort raschelte wie ein Windhauch durch die dürren Zweige.

Erschrocken wirbelte Lisa um die eigene Achse. Sie war sich nicht sicher, ob sie tatsächlich das Wort gehört hatte oder ob sie das Rauschen des Windes in den Blättern getäuscht hatte.

»Happy, bist du das?«, rief sie.

Aber so konzentriert sie auch lauschte, sie erhielt keine Antwort. Stattdessen umfächelte süßer Honigduft ihre Nase, und ein Lachen schwirrte in der klaren Luft, funkelte und strahlte. Sie vernahm es ganz deutlich.

»Hast du es auch gehört?«, wisperte sie Mick zu.

Er lauschte auch und zuckte dann hilflos die Schultern. »Nein, was meinst du?«

In diesem Augenblick durchbrach ein starker Sonnenstrahl die Wolkenwand, traf gebündelt wie das Licht eines Scheinwerfers auf das Land jenseits des Zaunes und ließ an dieser Stelle Lalisas Farben Funken sprühen.

»Happy«, wisperte Lisa. »Hamba kahle.« Sie weinte hemmungslos.

Michael Robertson zerriss ihr Anblick das Herz, aber er wartete schweigend, gab ihr Zeit, zu sich zu kommen. Als der erste Tränensturm abgeebbt war, half er ihr über den Zaun zurück auf das Gebiet von Lalisa. Das Auto stand jetzt in der prallen Sonne, und das Innere hatte sich in einen Brutofen verwandelt. Mick ließ den Motor an und stellte die Klimaanlage auf die höchste Stufe. Er musste hin und her rangieren, ehe er problemlos wenden konnte. Langsam fuhr er den sandigen, zerklüfteten Weg entlang, wobei er ab und zu einen Blick auf Lisa warf, die am

Fenster lehnte und gedankenverloren hinausschaute und dabei ihren Sonnenhut in den Händen zerknüllte. Sie hatte aufgehört zu weinen, wurde nur ab und zu von einem rauen Schluchzen geschüttelt. Er respektierte ihr Bedürfnis, in Ruhe zu sich zu finden und ihre Gedanken zu ordnen, und schwieg ebenfalls. Umso mehr überraschte es ihn, als sie plötzlich hochfuhr.

»Halt, Mick«, rief sie, deutlich aufgeregt.

Er trat hart auf die Bremse, der Jeep rutschte aus der Spur und schleuderte ein paar Meter über loses Geröll, ehe er zum Stehen kam. Er spähte in den Busch, konnte aber nichts entdecken.

»Was ist? Was hast du gesehen?«

Lisa hatte sich in ihrem Sitz umgedreht. »Fahr bitte etwa zwanzig Meter zurück, da ging ein schmaler Pfad vom Weg ab, und da habe ich etwas gesehen. Mehrere Autos, wenn ich mich nicht irre.«

Mick legte sofort den Rückwärtsgang ein und tat, worum sie ihn gebeten hatte. Der Pfad lag so versteckt unter überhängenden Zweigen, dass er ihn vorher übersehen hatte.

»Ich glaub, ich seh nicht richtig! Sieh dir das an, was machen diese Männer hier?«, stieß Lisa hervor und öffnete die Tür.

In einiger Entfernung hielten zwei dreckverschmierte Geländewagen mitten auf dem Weg. Drei Männer beugten sich, wie es schien, über eine Landkarte, die sie auf der Kühlerhaube des vordersten Wagens ausgebreitet hatten. Alle drei Männer trugen großkalibrige Gewehre und Hüte mit Nackenschutz, wie sie beim Militär üblich waren. »Na, die werde ich mir jetzt vorknöpfen«, fauchte Lisa und lief los, ehe Mick sie daran hindern konnte.

»Lisa, warte auf mich!« Er sprang aus seinem Auto und setzte ihr nach, holte sie aber erst ein, als sie die Eindringlinge bereits erreicht hatte. Die Arme in die Seiten gestemmt, hatte sie sich vor den Männern aufgebaut.

»Was machen Sie hier?« Ihr Ton war so aggressiv wie ihre Haltung.

Einer der Angesprochenen war ein Klotz von einem Mann, etwa eins achtzig groß, mit dem kompakten, muskulösen Körperbau eines Rugbyspielers, nicht mehr jung, Haar und Bart ein stumpfes Stahlgrau, die Haut tiefbraun gegerbt. Sein auffälligstes Merkmal aber waren seine Augen. So undurchsichtig tiefschwarz, dass Pupillen nicht auszumachen waren. Jetzt richteten sie sich auf Lisa und verkrallten sich förmlich in ihrer Haut. Selten war sie mit einer so unverhüllten Drohung konfrontiert worden. Gegen ihren Willen erschrak sie, fing sich aber gleich wieder.

Du schüchterst mich nicht ein, beschied sie ihn schweigend, hob das Kinn und hielt seinem Blick stand.

Der Mann schob seinen Hut in den Nacken und fuhr sich mit einer Hand durchs dichte Haar. Er nahm sich Zeit, ehe er antwortete. »Wir haben uns verfahren, Ma'am.« Er verzog den Mund zu einem blendenden Lächeln. »Vielleicht können Sie uns darüber aufklären, wo wir uns jetzt befinden?« Sein Englisch war das der Afrikaander. Hart, flach und gutturral.

Die Erregung, die sich während der Konfrontation mit Charmaine Todd und den Nyathis aufgestaut hatte, brach durch und bündelte sich in einem Wutanfall, der Lisa wie eine gigantische Faust schüttelte.

»Verfahren? Das ist doch Unsinn. Lalisa ist Privatbesitz und völlig eingezäunt. Was Sie hier machen, ist Hausfriedensbruch.« Ihre Stimme überschlug sich. Sie vibrierte vor Zorn.

Mick erkannte, dass er sie gewähren lassen musste, dass sie einen Blitzableiter brauchte. Außerdem hatte sie Recht. Lalisa war vollständig eingezäunt. Die Kerle mussten den Zaun irgendwo zerstört haben.

»Da war kein Tor, kein Name, und wenn es am Tor einen Zaun gibt, ist er von Gebüsch überwuchert und nicht zu erkennen.« Der Ton des Mannes war milde, entschuldigend.

Der Ausdruck seiner Augen aber, dachte Mick, war es nicht.

Der war bar jeder Verbindlichkeit, geradezu bösartig. Ausnahmsweise verwünschte er die Tatsache, dass er keine Waffe trug.

»Was reden Sie da für einen Mist!«, tobte Lisa. Es gab zwar kein Tor mehr, und Lalisas Namensschild lag irgendwo im Gebüsch, und es stimmte, dass der Zaun nicht deutlich zu erkennen war, aber das war ihr egal.

»Verkaufen Sie mich doch nicht für dumm! Sie haben doch genau gewusst, dass Sie nicht über irgendeine Landstraße fuhren, sondern sich auf Privatgebiet befanden.«

Wütend starrte sie erst die Eindringlinge und dann die Autos an. Es waren Pritschenwagen, und auf der Ladefläche beider Wagen befanden sich Spaten, Spitzhacken und andere Geräte. Geräte, die man zum Graben brauchte. Wonach wollten diese Typen hier graben? Sie konnte sich keinen Reim darauf machen, konnte keine Verbindung zwischen den Gewehren und den friedlichen Werkzeugen finden.

»Was wollen Sie eigentlich hier? Wonach wollen Sie graben?« Sie zeigte auf die Gerätschaften.

»Nichts«, antwortete der Sprecher der drei, nachdem er einen schnellen Blick mit den anderen beiden ausgetauscht hatte. »Nichts wollten wir hier. Wir haben uns verfahren, das sagte ich doch schon. Wir haben Bill Darling gesucht.«

Als hätte sie eine Ohrfeige erhalten, flog ihr Kopf herum. »Wie bitte?«

»Wir suchen Bill Darling. Er hat uns angerufen. Wir wollten etwas besprechen. Kennen Sie ihn vielleicht?« Er setzte eine Piloten-Sonnenbrille auf, und seine Augen verschwanden hinter verspiegelten Gläsern. Wie auf Kommando taten es ihm seine Begleiter nach, auch die Gläser ihrer Brillen waren verspiegelt.

»Was wollten Sie mit ihm besprechen?«, sagte Mick ruhig. »Heraus mit der Sprache, und ein bisschen plötzlich, wenn ich bitten darf. Die Dame ist Bill Darlings Tochter.« Mehr denn je wurde er sich bewusst, dass er gegenüber den bis an die Zähne bewaffneten Männern deutlich im Nachteil war. Als Waffe hatte er nur seine Fäuste. Und seine Zunge.

Drei Paar Spiegelaugen richteten sich auf Lisa, schwenkten dann wieder zurück zu Mick.

»Wer sind Sie?«

»Der Anwalt der Familie.« Seinen Namen nannte Mick nicht.

»Aha.« Hinter den blitzenden Gläsern war absolut nicht zu erkennen, was der Mann dachte.

»Also, was wollen Sie von meinem Vater?«, fuhr Lisa dazwischen.

»Privatsache«, sagte der Sprecher. »Nicht wichtig. Wo ist Ihr Vater? Er meinte, es wäre dringend.«

»Nicht hier«, sagte Mick.

»Im Krankenhaus«, krächzte Lisa gleichzeitig.

»Im Krankenhaus?« Für einen langen Augenblick schwiegen die drei, dann tauschten sie wieder einen schnellen Blick aus, ehe der Anführer sich erneut Lisa zuwandte. »Können wir ihn erreichen? Hat er sein Handy mit?«

»Nein, das ist unmöglich. Er wird … operiert.« Welche Operation das war, ging diese Männer nichts an.

Die Spiegelaugen richteten sich auf sie. »Na, morgen wird er ja wohl wieder ansprechbar sein. In welchem Krankenhaus liegt er? Könnten wir bitte seine Nummer haben?«

»Nein. Versuchen Sie es in zwei, drei Wochen wieder«, beschied ihn Lisa. Wenn er dann noch lebt, setzte sie schweigend hinzu.

Der Mann trommelte einen Marsch auf der Kühlerhaube. »Hören Sie, es wird ihm wichtig sein, mit uns zu sprechen. Sie werden ihn doch sicher bald sehen, oder? Können Sie ihm etwas ausrichten?«

Lisa starrte ihn mit zusammengekniffenen Augen an, dann nickte sie zögernd.

»Sagen Sie ihm nur, Kobus und seine Freunde lassen ihn grüßen. Er wird sich freuen, glauben Sie mir. Es wird zu seiner schnellen Genesung entscheidend beitragen. Totsiens, Mevrou.« Damit drehte er sich um, machte eine scheuchende gebieterische Geste, worauf die beiden anderen in ihre Autos kletterten und die Türen zuschlugen. Auch der Anführer stieg in seinen Wagen, ließ ihn an und fuhr los.

»Kobus wer?«, rief sie hinter ihm her. »Wie ist Ihr voller Name?«

Der Mann ließ das Fahrerfenster herunter und lehnte sich heraus, lächelte dabei sein blendendes Lächeln. »Kobus genügt. Er weiß, wer ich bin. He, Anwalt, Sie müssen Ihren Wagen aus dem Weg fahren«, rief er Mick zu. Dann schnurrte das Fenster wieder hoch. Mit aufheulenden Motoren warteten die drei.

Obwohl Mick die Männer liebend gern detailliert befragt hätte, musste er ihrer Forderung wohl oder übel nachgeben. Er hielt Lisa die Beifahrertür auf, fuhr rückwärts auf den breiteren Hauptweg und hielt mit laufendem Motor so, dass die anderen Autos an ihm vorbeifahren konnten.

»Fahr ihnen hinterher«, bat Lisa. »Ich will sichergehen, dass sie Lalisa auch wirklich verlassen. Ich traue den Kerlen nicht weiter, als ich sie werfen kann.« Sie stülpte sich ihren zerdrückten Sonnenhut auf den Kopf.

Die Geländewagen rumpelten hintereinander an ihnen vorbei. Der Anführer hatte seinen Hut wieder aufgesetzt, tippte mit zwei Fingern an die Krempe und grinste.

»Mistkerl«, knirschte Lisa durch die Zähne. »Die wussten genau, wo sie waren. Wenn ich nur wüsste, was sie hier wollten! Na, ich werde das schon herausbekommen.«

Sie sah auf die Uhr am Armaturenbrett. »Es ist noch zu früh, um ins Krankenhaus zu fahren, aber ich werde anrufen. Vielleicht kann mir schon jemand sagen, wie es um ihn steht.«

Die Nummer des Krankenhauses hatte sie noch im Kopf und wählte sie. Sie bat, zur Chirurgischen Station durchgestellt zu werden, und als sich die Stationsschwester meldete, verlangte sie Dr. Franks. Angespannt hörte sie zu, was ihr der Arzt zu sagen hatte. Nach ein paar Sätzen schaltete sie das Handy wieder aus.

»Es scheint alles gut zu laufen. Aber heute kann ich ihn nicht mehr sehen. Ich soll in zwei Stunden wieder anrufen.« Sie griff sich an den Hals. Er war plötzlich wie zugeschnürt.

Mick ließ seinen Blick von der Seite über ihr blasses, angegriffenes Äußeres laufen. Was sie in den letzten zwei Tagen hatte durchmachen müssen, sollte keinem Menschen zugemutet werden. Er nahm ihre Hand und drückte sie.

»Dein Vater ist stark wie ein Ochse, wenn du den Vergleich verzeihst. Wenn jemand das packt, dann er.«

Er erntete ein dankbares Lächeln und drückte ihre Hand noch einmal, bevor er sie loslassen musste, um das Steuer festzuhalten.

Mittlerweile näherten sie sich dem Tor. Von den beiden Geländewagen erhaschten sie nur gelegentlich einen Blick durchs Gestrüpp, sonst ließ Mick sich von der aufgewirbelten Staubwolke leiten, die die Autos hinter sich herzogen. Wie es schien, fuhren die Männer tatsächlich geradewegs zum Ausgang.

»Hast du irgendeine Ahnung, wer die drei waren?«, fragte er.

Sie zuckte mit den Schultern. »Ich meine mich vage daran zu erinnern, dass er mit alten Freunden aus seiner Polizeizeit manchmal jagen geht. Gesehen habe ich sie nie, aber Mamas Beschreibung von den Männern könnte auf diese drei passen. Unangenehme Kerle. Undurchsichtig. Ich möchte wissen, was sie wirklich auf Lalisa wollten.«

Ich auch, dachte Mick, während er ein Schlagloch umfuhr, aber es war sicher nichts Gutes.

Die drei Männer glichen auf das Unangenehmste schon rein äußerlich dem Typ Mitbürger, der das hässliche Gesicht Südafrikas verkörperte, dem Typus, den man zu Apartheidzeiten häufig bei der Polizei oder dem Militär antraf. Brutale Kerle, nicht nur körperlich. Diese Leute waren mit dem Fall des Apartheidregimes ja schließlich nicht über den Rand der Erde gefallen und verschwunden.

Die meisten, die sich nicht von der Truth Commission ihre Weste hatten reinwaschen lassen, hatten den Schafspelz angelegt, um ihren wölfischen Charakter zu verbergen. Immer wieder hatte er in seinem Beruf mit solchen Menschen zu tun und immer als Anwalt der Opfer. Kein Geld der Welt könnte ihn dazu bewegen, einen von denen vor Gericht zu verteidigen.

Dieser Gedankengang führte ihn geradewegs zu Bill Darling und den Anschuldigungen der Nyathis. Bill Darling, dem Vater der Frau, die er liebte und zu heiraten hoffte. Er schickte ein Stoßgebet zum Himmel, dass die Vorwürfe sich als haltlos erwiesen und Bill Darling sich als weißes Lämmchen entpuppte. Aber tief in seinem Inneren saß die Befürchtung, dass diese Hoffnung sich nicht erfüllen würde.

Die Hinterreifen des Autos knallten in ein Loch, und der heftige Stoß schreckte ihn zurück in die Gegenwart. Er sah hinüber zu Lisa. »Wie geht es dir?«, fragte er leise.

Sie schnaubte grimmig und ließ eine Hand wie ein Fallbeil durch die Luft sausen. »Diese Charmaine Todd scheint auch Anwältin zu sein, wenn man ihrer Visitenkarte glauben kann.«

»Unverschämt genug dafür ist sie ja. Die Charaktereigenschaft ist Voraussetzung für unseren Beruf.« Er lächelte schief. »Ich werde meine Sekretärin darauf ansetzen, wer und was sie ist und wo sie herkommt …«

»… und wie sie zu Bongi Rampedi steht. Was sie mit Amos verbindet. Verdammt, Mick, was geschieht hier? Ich soll glauben, dass mein Vater …« Sie zögerte, erinnerte sich an sein Lachen, seine Wärme, die Liebe, mit der er sie stets seelisch aufgefangen hatte.

Das Krokodil? Ihr Vater?

Langsam schüttelte sie den Kopf. »Nein, ich glaube das einfach nicht. Mein Vater ist doch kein Massenmörder. Das Krokodil! Das ist doch hirnrissig! Klingt wie der Titel von einem blöden Verschwörungsroman.« Sie schlug mit der Hand gegen das Armaturenbrett.

Mick Robertson blickte starr geradeaus und konzentrierte sich darauf, die beiden Geländewagen nicht zu verlieren. Er wusste nicht, wie er ihr antworten sollte, was er sagen sollte, um das Entsetzliche einzudämmen. Wenn sie die Wahrheit erfuhr, und das war nur noch eine Frage von Stunden, konnte sie nur ein Mensch auffangen, und das war seine Mutter, und zu ihr würde er sie möglichst auf direktem Wege bringen. Vor ihm fuhren die beiden Wagen hintereinander durch das zerstörte Tor hinaus auf die Straße.

»Sie sind weg«, sagte er und überlegte, wie er sie dazu überreden konnte, jetzt mit ihm zu seiner Mutter zu fahren und für den Rest des Tages und die Nacht dortzubleiben.

»Mein ganzes Leben ist auseinandergefallen«, flüsterte sie neben ihm. »Ich muss mit Tokoloshe sprechen. Irgendwie glaube ich, dass er weiß, was meiner Mutter zugestoßen ist. Außerdem habe ich ihm eine so große Summe Geld geboten, dass er die bestimmt nicht sausenlässt. Bitte kehr um, wir müssen da vorn in den Nebenweg einbiegen, der führt zu den Unterkünften der Farmarbeiter.«

Einen Seufzer unterdrückend, tat er, worum sie ihn bat. Doch als sie auf dem kahlen Platz vor den hässlichen Schuhkastenhäusern hielten, war kein Erwachsener zu sehen, nur zwei kleinere Jungen kickten in der flimmernden Hitze eine zerbeulte Blechdose über den steinigen Boden. Das harte Geräusch kratzte an seinen Nerven.

Lisa öffnete die Autotür. Ein Schwall feuchter Hitze schlug ihr entgegen.

»Ich komme gleich wieder«, sagte sie, stieg aus und lief auf die Jungen zu.

Im selben Augenblick wurde eine der Türen geöffnet, eine Frau schaute heraus und erteilte den Kindern einen scharfen Befehl, worauf die auf die Rückseite des Häuschens sausten und sich versteckten. Die Haustür fiel mit einem Knall ins Schloss. Leergefegt und still lag der Platz vor ihnen.

»Das war deutlich«, murmelte Lisa. »Es hat keinen Zweck, an die Türen zu klopfen. Es wird mir niemand öffnen. Ich muss bis Sonnenuntergang warten. Um die Zeit habe ich mich mit Tokoloshe hier verabredet. Hoffentlich kommt er. Hoffentlich war der Preis, den ich ausgesetzt habe, hoch genug.« Sie kaute auf der Unterlippe. »Vielleicht hätte ich mehr bieten sollen?«

»Wie viel hast du geboten?«

»Zweitausend Rand für denjenigen, der sie findet oder mir sagt, wo ich sie finden kann, fünfhundert für jeden Helfer, aber beschränkt auf unsere Farmarbeiter.«

Mick nickte. »Zweitausend Rand ist praktisch ein Monatslohn. Das sollte reichen, und die Beschränkung auf die Farmarbeiter ist weise.« Und hoffentlich erfolgreich, dachte er. Sonst könnte es Ärger geben. Das Gerechtigkeitsempfinden der schwarzen Bevölkerung deckte sich häufig nicht mit dem der weißen Gesellschaft. Das Motto war: Was der andere bekommt, will ich auch haben. Aber er hatte nicht vor, Lisa jetzt auf diese Eventualität vorzubereiten. Wenn es nötig war, würde er die Sache regeln, selbst wenn er sich mit einem aufgebrachten Mob herumschlagen müsste. Keine sonderlich erbauliche Aussicht. Aber besser, als wenn Lisa damit konfrontiert würde. Während er einen Gang höher schaltete, überlegte er, wie er sie davon überzeugen konnte, es ihm zu überlassen, mit Tokoloshe zu reden. Auf Anhieb fiel ihm nichts ein. Er musste die Augen zu Schlitzen zusammenkneifen. Die Strahlen der hoch stehenden Sonne reflektierten von der Motorhaube, blendeten ihn, obwohl er eine polarisierende Sonnenbrille trug. Er klappte den Sonnenschutz vor die Windschutzscheibe, was aber kaum etwas nutzte. Auch Lisa hatte ihre Sonnenbrille aufgesetzt und den Hut noch tiefer ins Gesicht gedrückt. Unter der Krempe war ihr Haar dunkel vor Schweiß. Die Gluthitze brannte trotz des kalten Strahls der Klimaanlage durch die Scheiben, und auf ihrer Seite des Wagens schien die Sonne so herein, dass ihr linker Arm im prallen Sonnenlicht lag. Er rötete sich bereits. Ein guter Ansatz, ihr das mit Tokoloshe vorzuschlagen.

»Heiß, was?«, bemerkte er. »Kaum auszuhalten.«

»Afrika«, antwortete sie lakonisch und wischte sich die Schweißperlen vom Hals.

Er verzog das Gesicht. Nicht die Antwort, die er erhofft hatte. Anwaltliche Untergrundtaktik wäre hier angesagt oder die Chinesische Wasserfolter. Ein steter Tropfen, einer nach dem anderen, immer wieder. Damit versuchte er es.

»Mir ist brüllend heiß, wir kommen mit unserer Suche nicht weiter, und die Sonne geht erst in über fünf Stunden unter. Ich schlage vor, dass wir jetzt zurück zu meinen Eltern fahren, damit du zur Ruhe kommst. Du brauchst deine Kraft, wenn du deinen Vater besuchst.«

»Das würden wir nicht schaffen. Ich muss spätestens um sieben Uhr am Pool sein.«

»Das könnte ich dir doch abnehmen. Vielleicht ist es besser, wenn ich mit Tokoloshe rede.« Er machte keine Frage daraus.

Sie reagierte, wie er es befürchtet hatte.

»Nein« war alles, was sie dazu sagte.

»Lisa …«

»Nein, versuch's gar nicht erst. Ich rede mit Tokoloshe, und wenn du nach Hause fahren willst, dann tu es. Ich bleibe hier.« Sie wandte den Kopf ab und starrte aus dem Fenster.

Hitzeschlieren tanzten über dem Boden, die Vögel hatten sich in den dichten Schatten des Busch zurückgezogen. Allein die Zikaden fiedelten eintönig vor sich hin. Es war minütlich heißer geworden. Mick trat den Rückzug an. Vorläufig.

»Okay, aber es ist schon nach zwei Uhr, und ein Loch von gefühlter Fußballgröße in meinem Bauch sagt mir, dass wir bisher weder etwas getrunken noch gegessen haben. Es ist an der Zeit nachzusehen, welche Leckereien Ellen uns eingepackt hat.«

»Ich habe keinen Hunger.«

»Aber ich, und ich muss jetzt etwas essen. Innerhalb der nächsten fünfzehn Minuten.«

Das entlockte ihr ein spöttisches Lächeln, wie er mit einem Seitenblick zufrieden feststellte, aber keinen weiteren Protest. Er bog in den Weg ab, der zum Übergang am Zaun führte. Auf der Fahrt zu Amos' Haus war ihm ein idyllisches Plätzchen aufgefallen. Ein breiter Felsvorsprung an einem sanft geneigten Hügelhang, an dessen Fuß ein mit Geröll übersäter Bach über eine malerische steinerne Abbruchkante zehn Meter tief in ein Wasserloch fiel. Wenn der Bach denn Wasser führte. Jetzt war er ausgetrocknet. Nur das Wasserloch war noch etwa zur Hälfte gefüllt, das hatte er bemerkt. Dorthin lenkte er jetzt sein Auto, sehr langsam, weil die Anfahrt für die letzten fünfzig Meter quer über das unebene, steinige Gelände ging. Der Wagen schwankte wie ein Schiff im Sturm, so dass sich Lisa auf der einen Seite am Sitz, auf der anderen am Haltegriff festhalten musste. Kurz darauf parkte Mick im spärlichen Schatten einer Mimose.

»So, ist das nicht ein herrlicher Platz zum Picknicken?«

Er wartete nicht auf Lisas Antwort und stellte den Motor aus. Während die Motorkühlung weitersurrte, öffnete er die Tür. Und japste. Feurige Hitze strömte herein, so dass seine Haut sich prickelnd zusammenzog.

»Hoffentlich hat Ellen genügend zu trinken eingepackt. Ich vertrockne gleich.« Er zog den Stecker aus der Kühlbox, stieg aus und hob die Box heraus.

»Hinten liegen ein paar Schaumstoffauflagen, darauf können wir sitzen«, sagte er und marschierte, ohne sich weiter um Lisa zu kümmern, hinüber zu dem Felsvorsprung, der im sonnengefleckten Schatten einer Schirmakazie lag.

Lisa sah ihm verdrossen nach. Ihr blieb nichts anderes übrig, als die Kissen herauszuholen und ihm zu folgen. Nach ein paar Schritten lief ihr der Schweiß in Strömen herunter, und auf einmal merkte sie, wie durstig sie war. Und hungrig. Merkwürdigerweise. Im Schatten der Akazie angekommen, legte sie die Auflagen auf den harten Untergrund und setzte sich.

Mick hatte inzwischen zwei Gläser mit Cola und Eis gefüllt und reichte ihr eines. Insgeheim musste er über seine Mutter lächeln. Sie verabscheute Cola, aber hatte früher eines der Kinder Durchfall gehabt, durfte es Cola trinken. Koffein und Zucker ist gut bei Schock und Kreislaufproblemen, war ihr Spruch. Bei solchen Gelegenheiten wurde ihm wieder einmal bewusst, wie sehr er seine Mutter liebte. Das Lächeln bog seine Mundwinkel nach oben.

»Was gibt's zu lächeln?«, fragte Lisa.

»Ich musste an meine Mutter denken. Ich finde sie ziemlich gut.«

Lisa verzog das Gesicht, als hätte sie Schmerzen, und er hätte sich dafür treten können, so etwas zu sagen. Ihre Mutter war verschwunden, ihr Schicksal vollkommen ungewiss. In Lisa musste die Vorstellung, wie Melly vermutlich gestorben war, unvorstellbare seelische Verwüstungen anrichten. Er schimpfte sich schweigend einen gefühllosen Idioten.

»Bitte entschuldige«, sagte er laut.

Sie nickte, sah ihn aber nicht an. »Ist schon gut«, flüsterte sie.

Er räusperte sich verlegen und hob den Deckel der Kühltasche. »Willst du kaltes Hähnchen, Reissalat mit Curry oder Roastbeef mit Mayo und Salat auf Baguette?«, fragte er schnell, um sie abzulenken. »Frisch gebackene Brötchen gibt es auch. Ellen bäckt sie selbst.«

»Alles«, erwiderte sie zu seiner Überraschung. »Ich habe seit gestern Morgen kaum etwas gegessen. Tita hat Recht. Ich muss bei Kräften bleiben.«

Er hätte seine Mutter küssen können und nahm sich vor,

ihr bei nächster Gelegenheit einen Blumenstrauß mitzubringen. Leuchtende Anthurienblüten, die sie so liebte. Mindestens zwanzig davon oder auch dreißig, dachte er, füllte einen Teller mit Ellens Leckereien für Lisa und legte ein Brötchen dazu.

Sie aßen und beobachteten dabei einen Eisvogel, der im Wasserloch nach Nahrung tauchte. Lisa entdeckte eine Puffotter, die neben einem großen Stein auf dem sandigen Boden lag. Durch das Diamantenmuster auf ihrem schuppigen Leib, das Sonnenflecken auf Sand ähnelte, war sie so gut wie unsichtbar.

»Sie ist schön«, flüsterte Lisa. »Aber tödlich. Wie so vieles in Afrika.«

Während sie aßen, redeten sie von früher, als sie noch Kinder waren, über ihre Streiche und Erlebnisse, und tauchten für eine herrliche Stunde in eine Welt ein, die es längst nicht mehr gab. Mit keinem Wort streiften sie die Ereignisse, die in den letzten beiden Tagen über sie hereingebrochen waren.

Als sie fertig gegessen hatten, waren die Schüsseln fast leer. Lisa legte sich auf dem Kissen zurück und schloss die Lider.

»Ich kann mich nur an Sonne und Wärme erinnern, leuchtende Farben und Gefühle«, sagte sie nach einer Weile leise. »In der Kindheit, an die ich denke, hat es nicht geregnet, und es war nie kalt. Immer war es hell …«

Ihr Ton war dunkel und warm wie das leise Schnurren einer Katze. »Es gab nichts Hartes oder Scharfes … nichts Lautes …« Sie schlug die Augen wieder auf. Goldene Sonnenreflexe glitzerten auf dem dunklen Moosgrün.

Michael Robertson, der sich über sie gebeugt hatte, ertrank fast in den unergründlichen Tiefen. Er fragte sich, was passieren würde, würde er sie jetzt küssen, hielt sich im letzten Augenblick aber zurück. So egoistisch durfte er nicht sein. Das Letzte was Lisa jetzt vertragen konnte, war, bedrängt zu werden, egal, womit. Was auch immer geschah, musste von ihr kommen. Vorläufig auf jeden Fall.

Als er wieder hinuntersah zu ihr, war sie fest eingeschlafen. Behutsam streckte er sich neben ihr aus. Irgendwo schrie ein Raubvogel, die Zikaden schrillten, die Hitze flirrte. Dann schlief auch er ein.

Die Sonne über ihnen wanderte weiter, und erst als sie schon schräg über den Hügeln stand, wachte Lisa auf, weil sie ihr ins Gesicht schien. Verschlafen setzte sie sich auf und blickte sich verwirrt um. Sie hatte Schwierigkeiten, sich zurechtzufinden. Erst als sie die abgegessenen Teller entdeckte, kehrte ihre Erinnerung zurück.

»Gut geschlafen?«, fragte Mick. Er goss ein Glas Cola ein und reichte ihr das sprudelnde Getränk, das noch so kalt war, dass sofort Kondenswasser vom Glas tropfte.

»Mir ist schleierhaft, wie es hier noch genügend Feuchtigkeit in der Luft für Kondenswasser geben kann«, sagte Lisa und leerte das Glas mit wenigen Zügen. Mit dem Handrücken wischte sie sich über den Mund und gab ihm das Glas zurück. »Das hat gutgetan, danke. Wie spät ist es?«

»Fast sechs Uhr.«

»Ach je. Nur noch eine halbe Stunde bis Sonnenuntergang. Tokoloshe sollte bald kommen. Wir müssen zum Haus, und zwar schnell.« Abrupt setzte sie sich kerzengerade hin. »Gütiger Himmel, und ich muss im Krankenhaus anrufen.«

Hastig zog sie ihr Handy hervor und rief die Nummer des Krankenhauses auf, die sie nach dem letzten Anruf dort gespeichert hatte.

»Lisa Darling hier«, sagte sie, als sich eine Frauenstimme meldete. »Dr. Franks bitte.«

Sie entfernte sich ein paar Schritte. Bei diesem Gespräch musste sie allein sein. Innerlich bereitete sie sich auf einen Schock vor. Bekäme ihr Vater nicht rechtzeitig ein neues Herz, wäre das vermutlich sein Todesurteil. Nervös lief sie hin und her. Als eine weitere Krankenschwester sich meldete, wiederholte sie ihre Bitte. Aber es dauerte noch einige Zeit, bis sie den Arzt endlich am Telefon hatte. Sie holte tief Luft.

»Dr. Franks, Lisa Darling hier. Haben Sie Neuigkeiten? Besteht eine Chance, dass mein Vater ein ... neues Herz erhält?« Sie konnte die Worte kaum aussprechen, schon blitzte das Bild, das sie in einer Fernsehsendung gesehen hatte, vor ihr auf. Das schlagende Herz eines Menschen, blutig, wie von einem Schlachttier, in der Hand des Operateurs. Prompt drehte sich ihr der Magen um.

»Habe ich«, antwortete der Chirurg. »Ihr Vater hat unglaubliches Glück, dass es heute einen Unfall gegeben hat und dass das Unfallopfer ein außergewöhnlich kräftiges, gesundes Herz hat, dessen Gewebe mit keinem der Patienten auf der Warteliste außer mit dem Ihres Vaters kompatibel ist. Und ein Angehöriger hat tatsächlich, nachdem ich mit ihm eindringlich geredet habe, einer Transplantation zugestimmt. Das passiert weiß Gott nicht häufig. Ein unglaubliches Glück für Ihren Vater.« Der Arzt machte eine beifallheischende Pause.

Aber Lisa dachte an das Bestechungsangebot ihres Vaters und hatte nicht die Kraft, das Ego des Arztes zu streicheln. »Wann soll die OP vonstattengehen?«, krächzte sie stattdessen.

»Morgen, gleich morgen früh. Um sechs Uhr. Ihr Vater hat sehr großes Gück, Miss Darling«, wiederholte er. »Eigentlich hatten wir es nicht für möglich gehalten, rechtzeitig ein passendes Spenderherz zu bekommen.«

»Ich bin innerhalb der nächsten Stunde im Krankenhaus. Ich will meinen Vater ... sehen.« Sie vermied die Worte »noch einmal«. Tokoloshe würde warten müssen. Zur Not würde sie ein paar Hunderter drauflegen.

»O nein, das wird nicht gehen«, entgegnete der Arzt bestimmt. »Er muss noch einige Untersuchungen durchlaufen und braucht vor allen Dingen Ruhe. Ich muss darauf bestehen, dass Sie ihn heute nicht besuchen. Nach Ihrem letzten Besuch hat es uns viel Mühe gekostet, Ihren Vater wieder zu stabilisieren. Sie könnten sonst die Operation gefährden.«

»Wann kann ich ihn denn sehen?«, flüsterte sie.

»Das kommt auf den Verlauf der Operation an«, antwortete Dr. Franks. »Rufen Sie morgen Nachmittag an. Dann können wir Ihnen mehr sagen. Und jetzt entschuldigen Sie mich bitte.«

»Ja, ja, natürlich«, stammelte Lisa. Aber der Chirurg hatte bereits aufgelegt. Sie steckte das Telefon ein, und dann brach sie in Tränen aus.

Mick war mit wenigen Schritten bei ihr und nahm sie in die Arme. »Mein Gott, Lisa, was ist passiert? Ist er …?«

»Nein, nein. Aber er bekommt ein neues Herz, morgen früh, und ich habe so furchtbare Angst …« Der Rest des Satzes ertrank in Tränen.

Mick hielt sie im Arm, während sie schluchzte, als wollte sich ihr Innerstes nach außen kehren. Er streichelte ihren zuckenden Rücken, machte beruhigende Geräusche, aber ließ sie sich ausweinen, bis das Schluchzen in gelegentlichem Schluckauf endete. Sie lag in seinen Armen, er wiegte sie sacht und wünschte, dass dieser Augenblick nie vorbeigehen würde.

Aber irgendwann hob sie ihr tränenverschmiertes Gesicht, nahm das Taschentuch, das er ihr reichte, putzte sich die Nase und trat einen Schritt zurück.

»Danke«, wisperte sie. »Tut mir leid. Sonst bin ich nicht so eine Heulsuse.«

Micks Arme fielen herab. »Red keinen Unsinn. Du musst den Überdruck mal loswerden, sonst zerreißt es dich. Die meisten anderen Menschen, die ich kenne, wären längst in der Klapsmühle gelandet. Willst du heute noch ins Krankenhaus fahren?«

Ihr Blick trübte sich. »Der Arzt hat es ausdrücklich untersagt. Ich hätte meinen Vater das letzte Mal zu sehr aufgeregt. Natürlich richte ich mich danach. Ich will schließlich nicht die Schuld daran tragen, dass irgendetwas schiefläuft. Aber ...« Sie warf die Hände in einer Geste des Aufgebens hoch. »Herrgott nochmal, wie soll ich das aushalten? Kannst du mir das sagen? Morgen Nachmittag erst kann ich anrufen, um zu erfahren, wie es weitergeht.«

Es gab nichts, was er ihr als Trost hätte anbieten können. »Ich bin da, wenn du mich brauchst. Immer. Hörst du?« Für immer, hätte er gern gesagt, aber dazu war es zu früh.

Sie nickte stumm.

Sie wurden durch Micks Telefon unterbrochen, das in seiner Hosentasche brummte. »Mein Vater«, murmelte er nach einem Blick auf das Display und nahm den Anruf an. Einen Augenblick lauschte er schweigend. »Das sollte Lisa auch hören. Ich stelle das Telefon auf Lautsprecher.« Er drückte auf eine Taste.

»Hallo, Lisa«, kam Neil Robertsons Stimme leicht verzerrt. »Ich habe eben mit Captain Singh gesprochen. Die Hand ist in die Gerichtsmedizin geschickt worden, und eine Untersuchung wegen Mordes wurde eingeleitet. Captain Singh möchte irgendeinen Gegenstand, von dem die Gerichtsmediziner eine DNA-Probe nehmen können. Zum Vergleich.«

Lisa nickte mit abwesender Miene. »Zahnbürste, Kamm, so etwas?«

»Richtig. Das wäre völlig ausreichend. Wenn ihr heute Abend nach Hause kommt, könnten wir gleich damit zur Polizei.«

Froh, dass sie endlich etwas tun konnte, wandte sich Lisa an Mick. »Fahren wir zum Haus und ...« Abrupt brach sie ab und starrte ihn voller Entsetzen an. »Herr im Himmel, Mick, es gibt nichts mehr, von dem ich eine Vergleichsprobe nehmen kann. Es ist alles verbrannt.«

Neil hatte ihren Ausruf am anderen Ende des Telefons offenbar mitbekommen. »Wenn du tatsächlich nichts mehr findest, könnte der Gerichtsmediziner von dir eine DNA-Probe nehmen. Auch das würde helfen. Wenn sie herausfänden, dass die Proben der Hand und deine nicht übereinstimmen, wüssten wir wenigstens, dass es nicht Mellys Hand ist.«

»Ja, natürlich. Ich rufe dich später an, ich will jetzt zum Haus, vielleicht finde ich doch noch irgendetwas.« Sie reichte Mick das Telefon und fing in großer Eile an, Teller und Besteck in der Picknickbox zu verstauen. »Mick, beeil dich, es wird bald dunkel sein, und dann können wir nichts mehr sehen!«

Mick steckte das Handy weg, klemmte sich die Auflagen unter den Arm, packte die Kühlbox und rannte zum Wagen, warf die Sachen in die offen stehende Heckklappe und sprang auf den Fahrersitz. Lisa saß bereits angeschnallt auf dem Beifahrersitz. Er wendete und fuhr auf Lisas Anweisung eine Abkürzung über einen verwunschenen Pfad. Er fuhr schnell. Überhängende Zweige schrappten auf dem Autodach entlang, gleich darauf aber wurde er durch badewannengroße, ausgewaschene Vertiefungen zu Schritttempo gezwungen. Er fluchte. Die Sonne sank schnell, schon lagen die Senken in tiefem Schatten. Bald aber füllte stechender Rauchgeruch die Luft, und Minuten später hielten sie in einiger Entfernung von der rauchenden Ruine und stiegen aus.

Konzentriert stocherten sie mit langen Stöcken in den verkohlten Resten herum. Die obersten Balken, die so brüchig geworden waren, dass sie schon bei der geringsten Berührung auseinanderbrachen, waren bereits abgekühlt, aber darunter schwelte der Brand weiter. Mehr als einmal zuckte Lisa zurück, weil sie dem Feuer zu nahe gekommen war.

»Hier müssen die Badezimmer meiner Eltern gewesen sein.« Sie war stehen geblieben und zeigte mit dem Stock auf ein paar verrußte Porzellanscherben. »Das muss ein zerbrochenes Toilettenbecken sein.« Sie ging in die Knie und hielt sich einen Zipfel ihrer Bluse vors Gesicht, um den Aschestaub nicht einatmen zu müssen, während sie jedes Teil sorgfältig wendete und dann beiseiteschob. Mick half ihr. Immer tiefer gruben sie sich durch die

Trümmer. Immer größer wurde der Haufen der Dinge, die sie ergebnislos untersucht hatten, und je höher der Haufen wuchs, desto deprimierter wirkte Lisa.

Sie fanden nichts, was sie der Polizei hätten präsentieren können. Keinen Kamm, keine Zahnbürste, nichts, was etwas mit Melly zu tun gehabt hätte.

»Na ja, vermutlich sind in diesem Höllenfeuer sämtliche DNA-Spuren sowieso verbrannt.« Lisa stemmte sich aus der Hocke hoch. Bluse, Jeans und auch ihre ehemals weißen Laufschuhe waren mit Ruß und roter Erde verschmiert. Müde fuhr sie sich mit ihren geschwärzten Händen durchs Haar und dann übers Gesicht.

»Jetzt siehst du aus wie ein Schornsteinfegerjunge«, sagte Mick und lächelte sie aufmunternd an.

»Du auch«, gab sie mit einem halben Lächeln zurück. »Deine Nase ist ganz schwarz.« Unschlüssig schweifte ihr Blick über die Umgebung, als hätte sie etwas vergessen. Vergeblich versuchte sie, sich zu entsinnen, aber im Augenblick fand sie es fast unmöglich, sich zu konzentrieren.

In den letzten Minuten war die Sonne hinter den Bäumen versunken, und ein trügerisches Zwielicht breitete sich über allem aus. Die mit Asche bedeckten Büsche und Bäume verwandelten sich in geisterhafte Schattenwesen, die im sachten Wind einen lautlosen Reigen tanzten. Es war der Augenblick zwischen Tag und Nacht, wo die Vögel, die tagsüber sangen, schon schwiegen und der Chor der Nachttiere noch nicht zum Leben erwacht war. Die verkohlten Balken knackten und knisterten, als wären sie lebendig. Ein Nagetier quiekte, der Ziegenmelker klagte. Dann war es wieder still.

Lisa überlief eine Gänsehaut. Schon als Kind war ihr diese kurze Zeitspanne unheimlich gewesen. Ihr kam es so vor, als würde die Natur auf etwas warten, als lauerte in der schnell tiefer werdenden Schwärze das Böse. Mick war ebenfalls aufgestanden und wischte sich die Hände an seinen Hosen ab. Sein Gesicht war rußgeschwärzt. Nur seine Zähne und das Weiß seiner Augen reflektierten das wenige Licht. Eine Schrecksekunde lang erkannte sie ihn nicht. Dann schrie eine Nachtschwalbe, und sie kam wieder zu sich. Ihr fiel ein, dass sie um diese Zeit eigentlich Tokoloshe hätte treffen sollen.

»Tokoloshe ist nicht gekommen«, sagte sie.

»Wie Amos angekündigt hat.« Mick ging hinüber zu seinem Wagen und schaltete die Scheinwerfer ein. Eine Lichtschneise erhellte die Ruine.

Frustriert schaute sich Lisa um. »Statt mich auf ihn zu verlassen, hätte ich selbst nach meiner Mutter suchen sollen. Jetzt ist es zu spät. Im Dunkeln hat es keinen Sinn, selbst mit Taschenlampen können wir nicht genug erkennen.«

»Lass uns nach Hause fahren. Meine Mutter wartet bestimmt schon mit einem guten Essen auf uns.«

Ihr Blick rutschte zur Seite. »Ich bleibe hier. Morgen will ich möglichst schon bei Sonnenaufgang hier sein, und die Fahrt von eurem Haus dauert mir zu lange. Ich müsste mitten in der Nacht aufstehen.«

Mick starrte sie an, als hätte er sie nicht richtig verstanden. »Du kannst doch nicht hierbleiben! Wo willst du schlafen? Und du musst schlafen, sonst klappst du zusammen.«

»Im Poolhäuschen. Gib mir eine von deinen Auflagen, ich komm schon zurecht. Und wenn du die Reste vom Picknick hierlässt, verhungere ich auch nicht. Cola ist auch noch da.«

Mick bemühte sich sichtlich um Fassung. »Lisa, Darling, jetzt rede keinen Unsinn. Du glaubst doch nicht ernsthaft, dass ich dich hier alleinlasse? Sag mir, dass du einen Witz gemacht hast.«

Lisa verschränkte die Arme, setzte ihre sture Miene auf und hob kriegerisch das Kinn. Ihre moosgrünen Augen funkelten.

Er knirschte mit den Zähnen. »Es war kein Witz? Das kannst

du vergessen. Das lass ich nicht zu, und wenn ich dich im Auto festbinden muss. Aber ich mache dir einen Vorschlag. Ich bringe dich nach Inqaba, einverstanden? Von da aus ist die Anfahrt wesentlich kürzer als vom Haus meiner Eltern. Du kannst also bei Sonnenaufgang hier sein, ohne kurz nach Mitternacht aufstehen zu müssen. Denk doch nur daran: ein gemütliches Zimmer, ein Bad mit Dusche, ein schönes Bett und am nächsten Morgen das berühmte Frühstücksbuffet von Inqaba …«

Selbst der leichte Wind, der am Tag eine gewisse Erleichterung gebracht hatte, war in den letzten Minuten eingeschlafen, Dunkelheit umhüllte sie wie ein stickig warmes Federbett, Mücken stiegen in Schwärmen aus den Pfützen in den Niederungen, und irgendwo schnaufte etwas. Ein Mensch? Ein Tier?

Lisa spürte den Stich einer Mücke, die sich auf ihrem Arm niedergelassen hatte. Sie erschlug sie mit der flachen Hand. Ein nasser roter Fleck, in dem die Mückenleiche klebte, blieb zurück. Dabei fiel ihr ein, dass sie sich nicht mit Anti-Mückenspray eingesprüht, geschweige denn die Malariaprophylaxe genommen hatte. Die Nacht in dem Poolhäuschen verlor rapide an Anziehungskraft. Jählings wurde sie von einer bleiernen Müdigkeit überfallen, und das Bild, das Micks Worte vor ihr entstehen ließen, war auf einmal ungeheuer verlockend. Das Zimmer in Jills schönem Haus, das kühle, weiche Bett. Die Dusche. Sie senkte ihr Kinn und ließ die verschränkten Arme herabfallen.

»Okay, okay, du hast gewonnen. Fahren wir nach Inqaba.«

Mick hob die Augen und murmelte ein Dankesgebet, während er sein Telefon herausfischte und Jill anrief. Er erzählte ihr schnell, dass sie auf dem Weg nach Inqaba waren und dass sie eine Unterkunft für die nächsten zwei Tage brauchten. Dann lauschte er ihrer Antwort. »Ich frage sie«, sagte er, legte die Hand über die Sprechmuschel und warf Lisa einen Blick zu.

»Das Zimmer, in dem du letztes Mal geschlafen hast, ist noch frei.« Er machte eine Pause und überlegte, ob er den nächsten

Satz überhaupt sagen sollte, sagte ihn dann aber, weil er einfach nicht anders konnte. »Wir könnten allerdings auch zusammen einen der älteren Bungalows haben. Sie haben zwei Schlafzimmer«, setzte er schnell hinzu, als er sah, wie sich ihr Gesichtsausdruck verfinsterte. »Wir wären etwas entfernt von dem Trubel der anderen Gäste.«

»Wir schlafen in getrennten Zimmern«, sagte Lisa knapp. Ohne ein weiteres Wort kletterte sie in den Wagen.

»Getrennte Zimmer, absolut.« Er nickte und bemühte sich, seine davongaloppierende Fantasie zu stoppen.

»Okay«, murmelte Lisa. Den Kopf an die Kopfstütze gelehnt, starrte sie mit abweisendem Schweigen hinaus.

Er nahm das Telefon wieder hoch. »Jill, wir nehmen den Bungalow, und wir würden gern zu Abend essen. Gut, danke. Bis dann.« Er beendete das Gespräch mit Jill, ohne ihr von den jüngsten Ereignissen zu berichten. Das musste bis später warten. Außerdem war es nicht an ihm, ihr von Mellys Verschwinden, dem Fund der Hand, dem Herzinfarkt von Bill Darling und dem, was offenbar dazu geführt hatte, zu erzählen.

»Ich sage nur eben meiner Mutter Bescheid, dass wir heute nicht mehr kommen«, sagte er zu Lisa und entfernte sich so weit, dass sie nicht mithören konnte. Als seine Mutter sich meldete, erklärte er ihr, warum sie heute auf Inqaba schlafen würden. »Hast du Jill erzählt, was passiert ist?«

»Nein, nur dass Lalisa abgebrannt ist. Das hätte sie auch durch die Buschtrommel erfahren. Den Rest soll ihr Lisa erzählen.«

Mick war erleichtert. »Gut. Ich melde mich, sobald es etwas Neues gibt.« Er schaltete das Telefon aus, setzte sich hinters Steuer und schlug die Tür zu.

Der letzte Widerschein der versunkenen Sonne färbte den Himmel rötlich gold, verlosch zu einem geheimnisvollen Schimmer, und dann zog der Samtvorhang der afrikanischen Sommernacht auf, und es wurde stockdunkel. Lisa schaute hinaus. Das

Scheinwerferlicht strich über die vorbeifliegende Landschaft, und das Grün wogender Zuckerrohrfelder leuchtete auf, aber sie sah es nicht. Sie nahm weder die drei Frauen wahr, die mit schweren Lasten auf dem Kopf hintereinander wie aus dem schwarzen Nichts am Straßenrand erschienen und sich dabei lauthals unterhielten, ehe sie wieder von der Dunkelheit verschluckt wurden, noch die halbwüchsigen Jungen, die ihre Ziegen neben vorbeirasenden Autos nach Hause trieben. Auch die streunenden Hunde, deren Augen im vorbeihuschenden Licht wie Taschenlampen aufglühten, sah sie nicht.

Sie sah nur ihr spukhaftes Spiegelbild und daneben eine abgetrennte menschliche Hand mit einem schimmernden Goldring, die rauchende Ruine ihres Elternhauses und das graue Gesicht ihres todkranken Vaters. Sie schloss die Augen, aber die Bilder verschwanden nicht.

Erst als sie über das Wildgitter von Inqaba ratterten, merkte sie, dass sie eingenickt sein musste. Mit einem Ausruf der Überraschung setzte sie sich auf und rieb sich ihr Genick. Im Schlaf war ihr Hals abgeknickt und tat jetzt weh. »Sind wir schon da? Ich bin wohl eingeschlafen.«

Im Scheinwerferlicht tauchte das Tor von Inqaba auf. Der Wärter trat heraus, tippte die Finger grüßend an die Stirn und ließ die Schranke hoch, um sie dann für die Nacht zu schließen. Lisa sah im Rückspiegel, wie er die Kette über die Schranke legte und das Licht im Wächterhäuschen ausschaltete. Gleich darauf tanzte der Lichtstrahl seiner Taschenlampe über die Büsche. Offenbar hatte er sich auf den Weg zum Haus seiner Familie gemacht.

»Muss ein herrliches Leben sein, mitten auf Inqaba zu leben«, sagte Lisa und klappte den Rückspiegel wieder hoch.

Als Mick den Wagen auf den Parkplatz lenkte, wartete Jill schon in Begleitung von Ziko, der sein Gewehr geschultert hatte. Als Lisa ausstieg, nahm Jill sie wortlos in die Arme.

»Mein Gott, Lisa, das mit dem Haus tut mir so entsetzlich leid. Wie geht es deinen Eltern?«

Lisa wurde steif in ihren Armen, öffnete den Mund, um zu antworten. Aber es ging nicht. Sie bekam keinen Ton heraus. Nicht jetzt, nicht hier. »Lass uns nachher reden«, flüsterte sie.

Ihr Ton schien Jill deutlich zu beunruhigen. Sie suchte kurz Blickkontakt mit Mick, der leicht den Kopf schüttelte. Mit einem Nicken gab sie zu erkennen, dass sie verstand, was er ihr zu sagen versuchte. Sie drückte Lisa kurz an sich.

»Natürlich. Wann immer du willst. Ich nehme an, ihr wollt als Erstes duschen«, sagte sie. »Ihr seht aus wie eine wandelnde Kohlenhalde. Habt ihr irgendwelches Gepäck?«, fragte sie.

»Ich habe meine Notfalltasche dabei.« Lisa machte sich los, griff sich erst ihre Umhängetasche und holte dann ihre Notausrüstung vom Rücksitz.

»Mein Gepäck passt in die Hosentasche. Gibt es bei euch eine Zahnbürste zu kaufen?« Mick ging hinter ihnen. Der Weg zum Haupthaus war recht schmal.

»Zahnbürste, Shampoo, alles, was du willst. Und deine Klamotten kann ich waschen lassen«, sagte Jill. »Lisa kann für die Nacht T-Shirt und Unterhose von mir leihen, und du solltest in etwa die gleiche Größe haben wie Nils. Kein Problem also. Thabili!«, rief sie, als sie die Stufen zum Haupthaus hinauflief.

Thabili erschien im Laufschritt, und Jill befahl ihr in schnellem Zulu, dafür zu sorgen, dass die Kleidung der beiden sofort gewaschen und getrocknet würde.

»So, und nun bringe ich euch zu eurem Bungalow.« Ihr Blick sprang zwischen Mick und Lisa kurz hin und her. »Er hat zwei Schlafzimmer, wie versprochen.«

Der Bungalow war auf eine Felsplatte gebaut, die wie ein breiter Nasenrücken aus dem Hang hervorsprang. Aus dem dicken Rieddach wuchs merkwürdigerweise ein Baum. Jill fing Micks Blick auf.

»Der Baum ist uralt. Ich konnte es nicht übers Herz bringen, ihn fällen zu lassen.«

Mick vergewisserte sich sofort, dass ein anständiger Blitzableiter vorhanden war, und war zufrieden, als er ihn entdeckte. Jill öffnete die Bungalowtür, schaltete das Licht ein und ließ Mick und Lisa eintreten.

Während Lisa völlig teilnahmslos stehen blieb und den Eindruck erweckte, dass sie jeden Augenblick umfallen und auf dem Boden einschlafen könnte, sah Mick sich um. Der Wohnraum war hoch und luftig. Das Gerüst der Dachsparren, die das dicke Rieddach hielten, lag frei, und er konnte das leise Kichern der Geckos hören. Der dicke Baumstamm erhob sich mitten im Raum aus den Terracottafliesen und verschwand im Dach.

»Der lebt, nicht wahr?« Er strich über die glatte hellbraune Borke.

»Allerdings. Wie er auf dem felsigen Untergrund Halt gefunden hat, ist mir rätselhaft. Ich glaube, die Wurzeln reichen bis nach China. Wir haben unsere liebe Mühe, sein Wachstum zu bändigen, und müssen ihn ständig auslichten.«

Lisa war ihnen gefolgt und suchte mit den Augen den Kranz kleiner Felsen ab, die um den Fuß des Baumes lagen. »Schlangen?«, fragte sie lakonisch.

Jill sah sie von der Seite an. »Nun ja, gelegentlich. In diese Bungalows, die als einzige Rieddächer haben, lasse ich meist nur einheimische Gäste, die mit solchen Hausgenossen umgehen können. Überseetouristen regen sich doch ein bisschen auf, wenn eine Schlange im Wohnzimmer von den Balken hängt.« Als ein schnelles Lächeln über Lisas blasses Gesicht huschte, lächelte auch sie. »Ab und zu verirrt sich auch eine in den Steinen, die verzieht sich aber meist hinauf in den Baum, wenn hier Leute wohnen. Zu viel Unruhe für die Sensibelchen.«

»Na, das ist ja tröstlich«, sagte Lisa mit einer staubtrockenen Grimasse.

Jill grinste. »Du sagst es. So, nun zeige ich euch die restlichen Räume. Dort sind die zwei Schlafzimmer, beide haben jeweils ein privates Badezimmer en suite. Und hier habt ihr sogar eine kleine Küche, falls ihr selbst kochen wollt.« Sie schob eine Schiebetür auf, ging zum Kühlschrank, sah hinein und nickte zufrieden. »Thabili hat ihn aufgefüllt. Draußen auf der Terrasse ist ein schöner Essplatz, sonst könnt ihr auch drinnen essen.« Sie zeigte auf eine gemütliche Essecke, die unter dem Baum im Wohnzimmer stand.

»Selbst kochen fällt aus«, sagte Mick. »Kannst du uns irgendetwas zum Abendessen organisieren?«

»Ich habe keinen Hunger.« Lisa verschränkte wieder widerborstig die Arme.

»Das ist mir egal, du isst etwas, und wenn ich dir Happen für Happen hineinzwingen muss«, drohte er, nur halb im Spaß. »Wie bei einer Stopfgans!«

Etwas von Lisas rebellischem Temperament blitzte in den moosgrünen Augen auf. Dann aber hob sie die Schultern. »In Ordnung. Wenn schon, denn schon. Gibt's hier Pommes?«

Jill zog eine gespielt gekränkte Miene. »Ja, natürlich, ganze Berge davon. Willst du Steak dazu und vielleicht ein wenig Butternussmus und Salat?«

Lisa stimmte dem Vorschlag zu, und Mick grinste Jill glücklich an. »Das Gleiche für mich, und Jill – danke!«

»Da nich für, wie Nils immer sagt. Angeblich sagen das alle Hamburger.« Sie kicherte. »Die in Norddeutschland, meine ich. Er ist Hamburger«, setzte sie hinzu. »Abendessen lasse ich euch in etwa einer halben Stunde servieren. Oder ist das zu früh?«

Mick und Lisa schüttelten den Kopf, und Jill machte sich auf den Weg, um die Bestellung in der Küche aufzugeben.

Lisa und Mick machten ausgiebig Gebrauch von den Duschen. Als sie endlich wieder herauskamen, lag in ihren Zimmern auf jedem Bett ein kleiner Stapel frischer Kleidung und auf Micks Bett auch noch eine Zahnbürste und ein Nassrasierer.

»Erstklassiges Haus«, kommentierte Mick.

Mick war zuerst angezogen und reichte Lisa das Anti-Mücken-Spray herein, das zur Grundausrüstung der Bungalows gehörte. Sie sprühte sich gründlich ein.

»Hoffentlich vertreibe ich mit dem Gestank nicht auch dich«, sagte Lisa, als sie ins Wohnzimmer kam.

»Ich bin keine Mücke«, sagte er grinsend und steckte den Kopf in die Küche. »Es gibt einen Barschrank.« Zufrieden öffnete er ihn. »Was willst du zu trinken, etwas Langes, Kühles oder etwas Hartes, Kurzes?« Abwechselnd hielt er eine Cola und eine Flasche Wodka hoch.

»Lang und kühl mit einem Kick, der etwa so viel Wumm hat wie der Fußtritt eines Elefanten.« Lisa ging hinaus auf die hölzerne Terrasse, die unter dem tief heruntergezogenen Rieddach lag. Der mächtige Felsvorsprung, auf dem das Haus gebaut worden war, fiel unmittelbar hinter der Terrasse ziemlich steil ab. Sie zog einen der Rattansessel direkt an die Brüstung, setzte sich und legte die Beine aufs Geländer.

Aus der Küche ertönte das Geräusch eines Mixers, und kurz darauf kam Mick heraus und stellte ein hohes, beschlagenes Glas neben sie auf den Abstelltisch. »Pfirsich-Daiquiri für dich, mehr Rum als Pfirsich, wie gewünscht, Campari-Soda für mich. Jill hat einen gut gefüllten Barschrank.«

Lisa nahm einen Schluck vom Daiquiri und prustete. Er besaß einen ernstzunehmenden Kick. Mick hatte offensichtlich den doppelten Anteil Rum hineingeschüttet. Mit geschlossenen Augen trank sie einige Schlucke und spürte bald, wie sich ihre Muskeln allmählich lockerten. Sie beschloss, so viel davon hinunterzuschütten, bis alles, was in den letzten zwei Tagen passiert war, in einem Alkoholnebel verschwunden war. »Campari-Soda – wie altmodisch«, sagte sie und stellte das Glas auf den Tisch.

Er schmunzelte. »Ich bin ja schließlich auch Jahre älter als du. Zu meiner Zeit war der Drink heftig in Mode.«

»Methusalem!« Lisa kicherte. »Ganze drei Jahre, das ist natürlich beeindruckend.«

Mick setzte sich in den anderen Rattansessel, lehnte sich zurück und legte ebenfalls die Beine aufs Geländer. »Die Aussicht bei Tag muss phänomenal sein. Welch ein Paradies. Jill ist zu beneiden. Cheers!« Er hob sein Glas.

Lisa nahm ihr Glas, prostete ihm zu und kippte den Rest hinunter. »Noch einen«, sagte sie und hielt ihm das leere Glas hin.

Mick grinste in sich hinein, nahm es und ging in die Küche.

Lisa legte den Kopf in den Nacken und schloss die Augen.

»Besser als Valium«, sagte Mick und stellte ihr einen frischen Daiquiri auf den Tisch.

»Kannst du den Ziegenmelker hören?«, flüsterte sie nach ein paar tiefen Schlucken.

»Und die Ochsenfrösche«, flüsterte er zurück.

Schweigend lauschten sie gemeinsam der Nachtmusik Afrikas.

»Es kommt mir so vor, als wäre ich auf einem anderen Stern.« Lisas Stimme war schläfrig. »Als wäre das, was in den letzten achtundvierzig Stunden vorgefallen ist, nie wirklich passiert. Hab ich geträumt, Mick? Bitte, sag mir, dass ich nur einen schlechten Traum gehabt habe …«

Mick wusste offensichtlich nicht, was er ihr antworten sollte. Stattdessen stand aus dem Sessel auf, kniete sich neben ihren, legte die Arme um sie und zog ihren Kopf an seine Schultern.

Zu ihrer eigenen Überraschung ließ sie es geschehen, und so saßen sie noch, als Jill und Thabili, unter bewaffnetem Begleitschutz von Ziko, mit dem Essen ankamen. Der Tisch war schnell gedeckt. Jill hob die silbernen Wärmeglocken von den Tellern und stellte die Schüssel mit den Pommes frites bereit.

»Guten Appetit und gute Nacht«, sagte Jill und verließ mit Thabili und Ziko den Bungalow.

Lisa und Mick füllten sich auf und schaufelten das Essen mechanisch in sich hinein, ohne wirklich zu schmecken, wie gut es war. Beide waren nach den Drinks so müde, dass sie wie in Trance aßen.

Über ihnen funkelte die Pracht des afrikanischen Sternenhimmels. Ein zarter Klangschleier aus Zikadengesang, entferntem Vogelgezwitscher und dem geheimnisvollen Knistern des Buschs schwebte in der Luft. Als der Mond die Sterne überstrahlte, fielen sie in ihre Betten.

In dieser Nacht wurde Lisa Darling vom zweiten Albtraum ihres Lebens heimgesucht. Wirres Zeug von einem Krokodil, das Mick Robertsons schreienden Kopf im zähnestarrenden Maul hielt.

Mick, der nicht schlafen konnte, hörte sie aufschreien, glaubte, jemand wäre in ihr Zimmer eingedrungen, sprang aus dem Bett, war wie ein Blitz an ihrer Tür und drückte die Klinke hinunter.

Aber sie war allein, und sie schlief. Für eine lange Minute stand er neben ihrem Bett, hatte die Hand schon ausgestreckt, wollte sie streicheln, in den Arm nehmen und dann einfach das Schicksal seinen Lauf nehmen lassen, dann aber hörte er wieder unversehens seinen Vater, der über die Technik des Angelns dozierte.

»Du darfst den Fisch nicht verschrecken. Du brauchst viel Fingerspitzengefühl, sonst verlierst du ihn. Eine zweite Chance gibt er dir nicht.«

Lisa, sein Fisch an der Angel. Er zog die Hand zurück, schlich aus dem Zimmer und schloss lautlos die Tür. Es kostete ihn alle Selbstdisziplin, die er aufbringen konnte, und die nächsten Stunden verbrachte er damit, im Wohnraum aus dem Fenster in die mondhelle Nacht zu starren.

Noch bevor die Dunkelheit dem sanften Schimmer des neuen Morgens wich, zerriss der erste Blitz den schwarzen Samtvorhang der Nacht. Es krachte, dass die Wände vibrierten. Dann folgte Blitz auf Schlag, ohrenbetäubend und ohne Unterlass, aber der erlösende Regen fiel nicht.

Es war selbst für ihn beängstigend. Überall auf Inqaba ging das Licht an, Stimmen schallten vom Haupthaus herüber. Gerade als er beschloss, Lisa zur Vorsicht zu wecken, falls ein Blitz trotz des Blitzableiters im Rieddach einschlug, tappte sie hohläugig und mit zerzaustem Haar in den Wohnraum. Er hatte gerade Kerzen und Feuerzeug aus einer der Küchenschubladen geholt und auf dem Tisch zurechtgelegt, als ein Blitz herabfuhr, der ihn an die Apokalypse und Gottes Zorn denken ließ. Das Licht flackerte, dann war es pechschwarz um sie herum. Das Abbild des Blitzes brannte sich in seine Netzhaut ein, so dass er vorübergehend blind war und nur noch grelle Lichtflecke sah. Er streckte die Hand nach ihr aus, griff aber ins Leere.

»Ein Kurzschluss«, rief er. »Bleib, wo du bist, ich zünde die Kerzen an.« Er tastete sich hinüber zum Tisch.

Lisa hörte das Ratschen des Streichholzes, dann geisterte der Schein der Kerzenflamme über Möbel und Wände. Sie stöberten in den Schubladen und fanden schließlich eine Taschenlampe. In ihrem Schein suchten sie ihre Kleidungsstücke zusammen und zogen sich an. Autoschlüssel, Handys, Papiere und Geld legten sie in Griffnähe, dann schob Mick zwei Sessel ans Fenster.

»Wir sollten hier relativ sicher sein, und da wir nichts weiter machen können, sollten wir dieses Schauspiel einfach nur genießen.«

Blitze zischten über den pechschwarzen Himmel, oft mehrere gleichzeitig, Zululands Hügellandschaft wurde in unzählige grelle Einzelbilder zerhackt. Donner rollte, erfüllte das Universum, ließ die Erde erzittern. Lisas Herz hämmerte. In jeder Faser ihres Körpers spürte sie die Schallwellen wie Stöße. Nach einer besonders spektakulären Folge von Blitzen und erderschütternden Donnerschlägen tastete sie nach Micks Hand und hielt sich an ihr fest. Ihre Finger lagen auf seinem Handgelenk. Auch sein Puls hatte sich deutlich erhöht. So warteten sie, bis das Gewitter vorbei war und der erste Widerschein der aufgehenden Sonne den Horizont gold aufleuchten ließ.

Regen fiel wieder nicht. In dieser Nacht brannten mehrere Zulu-Rundhütten ab, und zwei Frauen und ein Kind wurden vom Blitz erschlagen, als sie Wasser für ihre Familie aus dem Krokodilfluss holten.

Und es wurde noch heißer. Die sonnengebackene Erde war ziegelhart, jede Erschütterung erzeugte einen tiefen, vibrierenden Ton wie der Schlag auf eine straff gespannte Trommelmembran. Die Luft lud sich elektrisch auf. Lisas Haar knisterte, und winzige Funken sprühten, als sie es vor dem Zubettgehen bürstete.

22

Erst als die Sonne bereits über den Baumkronen stand, waren Lisa und Mick schlafen gegangen. Sie schliefen so fest, dass auch die lauten Rufe der Hadidahs, die auf dem Terrassengeländer saßen, sie nicht weckten. Die großen Vögel murrten, ließen sich vom Geländer in die Tiefe fallen und schwebten davon. Bald hatten sie ein neues Opfer gefunden, landeten auf dem Dach des Bungalows der hageren Helga und trompeteten voller Inbrunst.

»Wie wunderbar, so unglaublich afrikanisch«, jubelte die hagere Helga und schoss Unmengen von Fotos.

Die Hadidahs putzten ihr Gefieder und äugten neugierig auf sie hinunter, ehe sie lachend davonstrichen.

Lisa und Mick schliefen, bis die Sonnenhitze den Bungalow unerträglich aufgeheizt hatte und sie in Schweiß gebadet aufwachten. Verschlafen tappte Lisa aus der Terrassentür in den warmen Morgen.

Ziko kam vorbei und fragte, ob sie und Mick ihr Frühstück mit den anderen Gästen oder lieber allein auf ihrer Terrasse einnehmen wollten.

»Hier«, beschied Lisa den Zulu. »Ein Haufen Leute, die lautstark mit ihren Safari-Erlebnissen angeben, wäre heute mehr, als ich ertragen kann.«

Mick stimmte ihr mit allen Anzeichen von Erleichterung zu.

Sie schaute auf die Uhr, holte ihr Handy heraus und prüfte den Empfang. »Ich muss schleunigst im Krankenhaus anrufen.« Damit entfernte sie sich ein paar Schritte und drehte ihm den Rücken zu. Ihr Herz schlug wie ein Schmiedehammer, während sie darauf wartete, mit dem Arzt verbunden zu werden. »Lisa Darling hier«, sagte sie, als er sich meldete. »Wie ... geht es ihm?«

Mick zog einen der Stühle heran und setzte sich ans Geländer, beobachtete sie gespannt aus den Augenwinkeln, bereit, ihr beizustehen, falls die Auskunft schlecht war. Aber ihr Rücken erwies sich als nicht sehr aussagekräftig. Wie es ihre Art war, lief sie nervös hin und her. Dann drehte sie sich so, dass er ihr Gesicht sehen konnte, und er sah, dass sie schlagartig kreideweiß wurde. Er sprang auf. Lisa hielt den Kopf gebeugt und umklammerte den Hörer. Sie wirkte wie jemand, der darauf wartete, sein Todesurteil zu erhalten. Die Nachricht musste schlecht sein. Mit ein paar Schritten war er neben ihr, aber sie bedeutete ihm mit einer schroffen Handbewegung, sie allein zu lassen.

»Es schlägt«, hörte sie den Arzt sagen. »Alles ist gut verlaufen. Wir sind alle sehr froh. Rufen Sie heute Nachmittag noch einmal an. Morgen früh können Sie ihn vielleicht schon sprechen. Je nachdem, wie er sich erholt.«

Im ersten Augenblick begriff sie nicht. »Was heißt das?«, stammelte sie.

»Es heißt, dass es Ihrem Vater sehr viel besser geht, als wir erwartet haben. Es heißt, dass er sich aller Erfahrung nach wieder gut erholen wird. Es heißt, dass er noch viele schöne Jahre vor sich hat. Ihr Vater wird wieder gesund.«

Lisa konnte nicht antworten. Ihr wurde heiß und kalt und wieder heiß, gleichzeitig fing sie an zu zittern.

»Um Himmels willen, was ist los?«, fragte Mick.

Es dauerte einige Zeit, ehe sie überhaupt reden konnte. »Alles okay. Es schlägt«, schluchzte sie. »Alles ist okay, er wird wieder gesund.«

Dann brach ihre Tränenflut alle Dämme. Weinend und lachend, fiel sie ihm um den Hals und drückte ihn, dass er nach Luft schnappte.

Irgendwann holte sie das Klingeln ihres Handys unsanft zurück in die Wirklichkeit. Beide fuhren zusammen, und Lisa wand sich aus seinen Armen. »Es hat doch niemand außer dir und deinem Vater meine neue Nummer, oder?«, fragte sie Mick leise. Als er den Kopf schüttelte, meldete sie sich mit einem kurzen Hallo.

»Lisa Darling?«, fragte eine weibliche Stimme, klar und schneidend wie Glassplitter.

»Wer will das wissen?«, fragte Lisa zurück.

»Captain Fatima Singh von der Mordkommission.«

»Captain Singh? Wer ... wer hat Ihnen meine Nummer gegeben?«, stotterte sie überrumpelt. »... oh, natürlich, Neil Robertson, in Ordnung. Ja, hier ist Lisa Darling. Was wollen Sie von mir?«

»Wie Sie bestimmt schon wissen, leite ich die Untersuchung im Falle von Amelia Darling, Ihrer Mutter. Wo sind Sie jetzt gerade, Miss Darling?«

»In der Lodge im Wildreservat Inqaba, das ist ...«

»Ich weiß genau, wo das ist«, unterbrach sie Captain Singh. »Ich möchte gegen Mittag mit Ihnen reden. Am besten bleiben Sie auf Inqaba. Wir treffen uns dort.«

Ihr herrischer Ton ging Lisa gründlich gegen den Strich. »Das passt nicht. Ich wollte gleich auf unsere Farm Lalisa fahren.«

»Das geht jetzt nicht. Im Augenblick haben Sie dort keinen Zutritt. Ich habe einen Suchtrupp dorthin geschickt, der das Gelände nach Spuren vom Verbleib Ihrer Mutter durchkämmt. Sie wären da nur im Weg.« Es war keine Erklärung oder Bitte, es war ganz klar ein Befehl.

Lisa hob in jäher Auflehnung das Kinn, zwang sich aber zu einer ruhigen Antwort. »Dagegen protestiere ich. Sie können mir nicht verweigern, dass ich unser Land betrete.«

Mick richtete sich auf. »Soll ich mit ihr sprechen?«, flüsterte er.

Als Antwort hob Lisa eine Hand und schüttelte gleichzeitig den Kopf.

»Ich kann, Miss Darling, beziehungsweise, das habe ich gerade angeordnet. Um ein Uhr nachmittags bin ich auf Inqaba. Pünktlich. Und Sie sind am besten auch da.« Damit legte Captain Singh auf.

»Verdammt«, murmelte Lisa.

»Was wollte sie?« Mick stand auf und trat neben sie. »Soll ich als dein Anwalt tätig werden?«

Sie schüttelte den Kopf. »Nein, danke.« Sie wiederholte, was Captain Singh ihr gesagt hatte. »Ich sitze hier also fest. Außerdem hat mich ihr arroganter Ton einfach wütend gemacht.«

In verbissenem Schweigen lief sie von einer Seite des hölzernen Verandageländers zur anderen und wieder zurück. Und noch einmal dasselbe. Ihre Schritte hallten hart von den Holzbohlen wider. Schließlich blieb sie stehen. »Bis Captain Singh kommt, kann ich nichts machen, außer hier herumsitzen und Däumchen drehen«, stieß sie hervor. »Ich werde noch verrückt!«

Wieder tigerte sie über die Terrasse, Fäuste geballt, Lippen zusammengepresst. »Himmelherrgott, ich muss Tokoloshe finden, ich muss wissen, warum er nicht gekommen ist und warum Amos das gewusst hat! Ich leih mir ein Auto von Jill und fahre zum Umuzi der Nyathis. Irgendjemanden werde ich schon zum Reden bringen! Bis mittags bin ich längst wieder hier.«

»Die Zeit wird nicht reichen, und Captain Singh würde ich nicht warten lassen. Geduld, Einsicht und Humor gehören nicht zu ihren hervorstechendsten Eigenschaften.«

»Du kennst sie also?« Sie war vor ihm stehen geblieben.

»Ich habe sie einmal kurz kennengelernt. Im Zuge ihrer Ermittlungen bei den zwei Morden, die hier auf Inqaba geschahen, tauchte sie bei uns zu Hause auf, um meinem Vater einige Fragen zu stellen. Eins der Opfer war Twotimes, einer seiner ältesten Freunde und Weggefährten, als er noch im Untergrund als Journalist arbeitete. Benita Ashburtons Vater, ein alter Studienkollege meines Vaters, bat ihn um Personenschutz für seine Tochter. Sie hatte herausgefunden, dass der Vice-Colonel der Mann war, der ihre Eltern zu Tode gefoltert hatte. Mit eigenen Händen. Benita war dem Mann dicht auf den Fersen, es wurde höchst gefährlich für sie, und Dad schickte Twotimes, um sie zu schützen. Aber der kam dem Vice-Colonel in die Quere und hat mit seinem Leben dafür bezahlt.«

»Twotimes habe ich bei euch mal kennengelernt. Ich dachte, er wäre irgendein Angestellter. Dass er ein so enger Freund gewesen ist, habe ich nicht gewusst.«

»Twotimes gehörte zur Familie, ich kannte ihn von klein auf. Solange ich denken kann, hat er über uns gewacht. Ich mochte ihn sehr.« Seine Stimme war rau geworden.

»Ich hoffe, sie haben den Schlüssel zur Zelle von diesem menschlichen Schwein weit weggeworfen«, sagte Lisa voller Inbrunst.

»Worauf du dich verlassen kannst. Er sitzt im Hochsicherheitsgefängnis in Pretoria. Da kommt er nur wieder heraus, wenn sie ihn mit den Füßen voran tragen müssen, und bis dahin geht er durch die Hölle, das kann ich dir versichern. Nur die brutalsten Kerle überleben das. Er hat es bisher überlebt. Die Männer, die dort einsitzen, sind das Schlimmste, was du dir in Menschengestalt vorstellen kannst.«

Lisa vermied es nachzufragen, was sie sich darunter vorstellen sollte. »Möge er in der Hölle schmoren«, murmelte sie und benutzte damit unwissentlich dieselbe Phrase wie ihr Vater.

»Mein Vater, der dabei war, als der Vice-Colonel gefasst wurde, hat erzählt, dass Benita wie eine Furie auf ihn losgegangen ist. Wenn man sie so sieht, traut man ihr das gar nicht zu.«

»Oh, das täuscht. Du hast selbst gesehen, wie sie zugerichtet wurde. Die Kopfwunde, die Blutergüsse. Trotz der Schmerzen hat sie keinen Ton gesagt. Im Gegenteil, sie konnte immer noch Witze reißen. Jede andere hätte geheult und gejammert. Glaub mir, Benita Ashburton ist richtig taff. Zäh wie altes Hosenleder, würde meine Mutter sagen.« Bei diesem Wort lief ein Schatten über ihr Gesicht, und ihre Kiefer verkrampften sich.

»Ihr seid aus einem Guss. Dein Zustand scheint mir auch nicht gerade der beste zu sein.«

»Jammern kostet nur Kraft. Meist nutzt es gar nichts«, sagte Lisa trocken. »Übrigens kann ich mich jetzt auch daran erinnern, dass ich Captain Singh einmal während einer Fernsehpressekonferenz gesehen hab. Sie ist klein, aber oho! Eine formidable Frau.«

»Kann man wohl sagen, und deswegen sollte man sie sich nicht zur Feindin machen, glaub mir. Du hast nichts getan. Versuch einem Streit aus dem Weg zu gehen. Sie wird am Ende gewinnen.«

»Na gut, du hast Recht. Aber ich kann es nicht ertragen, hier gemütlich in der Sonne herumzusitzen, während meine Mutter ... während mein Vater ...« Ihre Hände flatterten fahrig. »Ich dreh noch durch!«

»Warum willst du durchdrehen?« Jill erschien zusammen mit einer der Serviererinnen mit zwei Tabletts, beladen mit lauter Köstlichkeiten. »Frühstück, meine Lieben. Und nun sag mir, was ich tun kann, damit du nicht durchdrehst.«

Lisa hob die Schultern. »Captain Singh kommt gegen ein Uhr hierher, um mit mir zu reden. Bis dahin sitze ich hier fest.«

Ein Schatten flog über Jills Gesicht. Ihr Miene wurde übergangslos ernst. Die letzte Begegnung mit Fatima Singh war ihr nur zu gut in Erinnerung. Sie warf Lisa einen Blick zu. »Sieh dich vor dieser Frau vor. Sie ist clever, geduldig und in etwa so harmlos wie eine gereizte Mamba. Was will sie von dir?«

»Wir haben eine Anzeige wegen Brandstiftung gegen die beiden Kerle gestellt, die wir bei der Tat auf Lalisa erwischt haben, und sie untersucht den Mord ...« Lisa stockte. »Sie untersucht das Verschwinden meiner Mutter«, verbesserte sie sich.

Jill zog die Brauen zusammen. Ihre dunkelblauen Augen erschienen fast schwarz. »Wovon redest du?«

Lisa deutete auf einen Stuhl. »Setz dich einen Augenblick zu uns.« Sie wartete schweigend, während das Mädchen aufdeckte und eine Vase mit glühend roten Bougainvilleazweigen auf den Tisch stellte.

»Ich wusste nicht, ob ihr Tee oder Kaffee trinkt. Ich habe beides gebracht.« Jill blickte sie fragend an.

Lisa und Mick entschieden sich beide für den ausgezeichneten Kaffee, der stark genug war, um auch den labilsten Kreislauf anzukurbeln.

Nachdem das Mädchen gegangen war, legte Lisa die Hände in ihren Schoß und klammerte sich mit den Augen daran fest, während sie Jill Rogge mit monotoner Stimme erklärte, was inzwischen vorgefallen war. Sie fing mit dem Fund der Hand an, so wie sie es auch erlebt hatte, und endete mit der Herztransplantation ihres Vaters. Nach kurzem Zögern erzählte sie auch, dass er angeblich Vusa Nyathi erschossen haben sollte, sie erzählte ihr von Bongi Rampedi und den Vorwürfen von Amos Nyathi. Nur den Besuch von Charmaine Todd ließ sie aus, ganz spontan.

»Captain Singh weiß übrigens nichts von Vusa Nyathi und dem, was Amos Nyathi ihm vorwirft. Nicht von mir jedenfalls.«

Jill verstand ihre Bemerkung richtig. »Aus mir bekommt sie kein Wort heraus, darauf kannst du dich verlassen. Ich werde Ziko rechtzeitig auf dem Parkplatz postieren, damit er sie abfängt. Ich rufe dich an, wenn sie da ist. Ziko wird sie zu dir bringen. Madame Singh hat die Gabe, meine Gäste mit einem einzigen Blick derart zu verschrecken, dass alle sofort abreisen. So, und nun macht euch übers Frühstück her. Man sollte Fatima Singh nicht mit leerem Magen gegenübertreten.« Sie stand auf und wandte sich zum Gehen, doch dann fiel ihr etwas ein, und sie machte noch einmal kehrt.

»Habt ihr Lust, mit mir ins Gelände zu fahren? Ich bringe euch rechtzeitig wieder zum Bungalow. Ubuhle und Themba sind unten am Fluss vor der großen Felswand gesichtet worden. Ich fahre selbst. Wir sind also ganz unter uns.«

Lisa stimmte sofort zu. »Gerne. Langsam habe ich nämlich das Gefühl, dass mein Kopf kurz davor ist zu zerspringen. Die Aussicht, für ein paar Stunden diesem Albtraum zu entrinnen, ist sehr verlockend.«

Auch Mick schaute hocherfreut drein. Ihn allerdings lockte die Tatsache, dass er für ein paar Stunden Lisa praktisch ganz für sich haben würde. »Wann fährst du los?«

Jill schaute auf ihre Armbanduhr. »In einer Dreiviertelstunde. Wir treffen uns auf dem Parkplatz.«

Als sie auf dem Parkplatz erschienen, saß Jill schon im Wagen. »Die letzte Sitzbank ist am höchsten. Von dort aus könnt ihr das Terrain am besten überblicken«, sagte sie.

Mick setzte einen Fuß auf den Kotflügel, schwang sich hinauf und reichte Lisa die Hand, um ihr hinaufzuhelfen. Jill langte unter den Vordersitz, förderte zwei flache Sitzkissen zutage und warf sie Mick zu. Anschließend vergewisserte sie sich, dass ihr Gewehr gesichert war, und schob es in die Haltevorrichtung an der vorderen Ablage.

»Zwar liegen Löwen und Leoparden bei der Hitze nur faul herum, und die Büffel dösen irgendwo im Schatten, aber niemand darf Inqaba zu Fuß durchstreifen, ohne dass er ein Gewehr bei sich hat. Wollt ihr einen Sonnenschutz?« Als beide erfreut bejahten, reichte sie zwei Baseballkappen nach hinten, die sie aus dem Handschuhfach genommen hatte. Lisa zog ihre Kappe tief bis auf den Rand ihrer großen Sonnenbrille.

Jill startete den Wagen, setzte zurück und bog auf den Hauptweg ein. Die Sonne brannte vom Himmel, der Busch knisterte vor Trockenheit, und außer einem mitten auf der Straße dösenden Zebra, auf dessen Flanke kopfüber ein Madenhacker herumturnte, war nirgendwo ein Tier zu sehen. Jill lenkte den Wagen sehr langsam um das Zebra herum, das unwirsch mit dem Kopf schlug, sich aber sonst nicht von der Stelle rührte. Auch der Madenhacker ging ungerührt seinem Geschäft nach, sein Wirtstier von Ungeziefer zu befreien.

Lisa war froh, dass der Wagen ein Sonnendach hatte. Trotz der Baseballkappe spürte sie, wie das Sonnenfeuer auf ihrer Haut prickelte, spürte, wie diese austrocknete und sich zusammenzog. »Langsam glaube ich an die globale Klimaerwärmung«, murmelte sie.

Jill warf ihr im Rückspiegel einen Blick zu. »Ich auch. Nachdem wir uns einigermaßen von der Dürre im Jahr 2003, die die schlimmste in über fünfzig Jahren war, erholt hatten, spielte El Niño letztes Jahr verrückt und bescherte uns eine weitere Rekorddürre. Wir haben ein Vermögen für Futter ausgeben müssen, trotzdem starben uns die Tiere weg. Sie starben so schnell und zahlreich, dass wir es nicht schafften, die Kadaver alle zu verbrennen. Hier stank es wortwörtlich gen Himmel. Nach Verwesung und geröstetem Fleisch.« Sie verzog das Gesicht. »Die Hyänen und Schakale wurden fett, die Geier hatten ungewöhnlich zahlreiche Nachkommenschaft, und für Aaskäfer und Schmeißfliegen muss es das Paradies gewesen sein. Aber nur für die. Die einheimischen Farmer hatten kein Geld für Futter und mussten ihre Rinder notschlachten. Die Dämme trockneten aus, so dass die Familien gezwungen waren, ihr Wasser jeden Tag aus der nächsten Stadt zu holen, meistens zu Fuß. Die Krokodile, die sich in die wenigen Wasserlöcher zurückgezogen hatten, hungerten. Einige Frauen, die aus Verzweiflung aus diesen Wasserlöchern schöpfen wollten, haben es nicht überlebt.« Sie zuckte resigniert mit den Schultern.

Lisa schwieg betroffen. Die Szenen, die sie vor sich sah, waren grausam. Sie erinnerte sich dunkel, mit Freunden bei einem Picknick am Strand von Camps Bay mit einem kühlen Getränk in der Hand in der Zeitung von diesen Vorfällen gelesen zu haben.

Von den Frauen war außer ein paar Kleidungsstücken und einem einzigen Fuß, der noch im Schuh steckte, nichts übrig geblieben. Damals hatte sie über diese Notiz fast hinweggelesen.

Afrika, dachte sie. Hier ist nichts gemäßigt, die Kontraste sind hart und so scharf, dass sie schmerzen. Unvermittelt entstand Kapstadt vor ihrem inneren Auge. Edle Restaurants, schick gekleidete Menschen, die durch sündhaft teure Läden der Waterfront schlenderten, Autos, die auf hundert Kilometer für mehr Geld Sprit schluckten, als die meisten Bewohner des ländlichen KwaZulu-Natals im Monat verdienten. Eine Stadt, die durch glasfunkelnde Hochhäuser und Kolonialbauten geprägt wurde, durch luxuriöse Hotels unter Palmen, prächtige Villen mit manikürten Gärten. Eine südeuropäische Fata Morgana in Afrika.

Jill bremste hart, weil plötzlich ein Gnu aus dem Busch auf den Weg trottete, und Lisa musste sich am Vordersitz abstützen. Das Gnu hob den Schwanz, und ein paar Kotballen kullerten über die Straße. Dann schritt das riesige Tier so dicht an Lisa vorbei, dass sie nur die Hand hätte ausstrecken müssen, um es zu berühren. Eine Wolke intensiven Wildgeruchs stieg ihr in die Nase, und sie musste daran denken, dass sie im Augenblick nichts von dieser Welt trennte, die von Raubtieren bevölkert war, tierischen und menschlichen, in der Giftschlangen durch die Bäume glitten und in den Flüssen menschenfressende Riesenechsen lauerten, eine Welt, die im Osten von einem Meer begrenzt wurde, in dem die größten Haie und giftigsten Fische aller Ozeane schwammen.

Spontan glitt ihr Blick übers verbrannte Grün, suchte angespannt nach dem verschwommenen Ockergelb eines Löwen, der massiven grauen Wand, die kein tonnenschwerer Felsen war, sondern ein im Busch verborgener Elefant, oder dem perfekt getarnten Leib einer Puffotter im rötlichen Sand des Weges. Zwar entdeckte sie nichts, doch war ihr bewusst, dass sie von vielen Augen beobachtet wurden. Bei dieser Vorstellung kribbelte es zwischen ihren Schulterblättern. Verwirrt schaute sie hinaus in die ungezähmte Landschaft. Die Glitzermeilen des Kaps schienen Jahrhunderte entfernt zu sein.

Jill bog auf einen sandigen Pfad ab, der nichts als parallel laufende Reifenspuren war, die mitten durch den Busch führten. Als ihnen die ersten überhängenden Zweige ins Gesicht schlugen, mussten Lisa und Mick sich auf den Boden ducken. Am Rand des freien Sandplatzes hielt Jill an und drehte den Motor ab.

»Wir durchqueren die Furt zu Fuß. Bei dieser Trockenheit sollte das keine Schwierigkeit darstellen. Wie ich sehe, habt ihr einigermaßen vernünftige Schuhe an.« Sie lachte auf. »Manche Touristen verwechseln das Reservat mit ihrem heimischen Stadtpark und gehen mit Flipflops auf Safari.« Damit löste sie ihr Gewehr aus der Halterung und stieg aus.

Lisa sprang mit einem Satz vom Wagen herunter und streckte sich. Die Federung des Safariautos war hart, die Wege waren steinig und von Furchen durchzogen. Sie war gehörig durchgerüttelt. Vor ihr erstreckte sich eine von Büschen gesäumte Grasfläche bis zum Abhang, der zum Fluss abfiel. Blattschneiderameisen hatten große kahle Kreise ins Gras gefressen, fliegenumschwärmte Kotballen lagen herum, und im lockeren Sand erkannte sie den Abdruck eines Elefantenfußes. Es war sehr still, nur das Summen des Buschs und das leise Knistern des überhitzten Motors waren zu vernehmen. Am Abhang stand eine Holzbank unter den herabhängenden Zweigen einer uralten Weinenden Burenbohne. Eine Familie munterer Meerkatzen hatte es sich darauf bequem gemacht, schäkerte und lauste sich dabei gegenseitig ausgiebig.

Lisa fühlte, wie die Anspannung der letzten Tage von ihr wich. Schon als sie noch ein kleines Mädchen war, war dieser Ort hoch über dem Hluhluwe-Fluss ihr Lieblingsplatz gewesen. Sie erwartete, das Rauschen des Wassers zu hören, aber da war nur das Rascheln der Ilala-Palmen, die entlang dem Flussbett wuchsen. Etwas beunruhigt ging sie an den Rand der Abbruchkante und schaute über den struppigen Busch und die Palmwedel dort hinunter, wo sonst der Fluss im Sonnenlicht funkelte. Jill und Mick waren ihr gefolgt. Für ein paar Sekunden sagte niemand etwas.

»O mein Gott«, flüsterte Jill dann entsetzt. »Nicht schon wieder!«

Es gab keinen Fluss mehr. Er war ausgetrocknet. Es gab nur noch dichtes gelbgrünes Ried und schlammige Flächen. Aus einer dieser Schlammkuhlen ragte ein Felsen, den Lisa aber unter der getrockneten, rötlichen Lehmkruste als den Körper eines Flusspferdes erkennen konnte. Es musste ein Jungtier sein. Eifrig pickende Madenhacker turnten auf dem verkrusteten Rücken herum, bohrten die Schnäbel in die empfindlichen Ohren, um die begehrten Zecken zu finden. Das Flusspferd zuckte schwach.

»Es ist noch am Leben«, flüsterte Jill.

Lisa fiel ein, dass sie das romantische Gurgeln des flachen Bachs auf Lalisa, der sich unweit der Grenze am neu angelegten Weg zum Land der Nyathis dahinwand, nicht gehört hatte, als sie über den Zaun zu Amos geklettert war. Vermutlich war auch der eingetrocknet.

»Die Furt ist heute ein gemütlicher Wanderpfad«, sagte Jill bitter und deutete nach links. »Sonst ist der Übergang meist überflutet.«

Lisa sah hinüber. Der gemauerte Übergang ragte hoch aus dem trockenen Sand. Rechts beschrieb das Flussbett eine weite Biegung. Früher hatte sie gern die ortsansässigen Krokodile beobachtet, die sich auf einer wasserumspülten Sandbank mitten im Fluss sonnten. Heute war sie verschwunden, geblieben war nur eine lehmgelbe Erhebung im lehmgelben Flussbett. Mannshohe, gelb verfärbte Riedgrasfelder und Dattelpalmen, deren verdorrte Spitzen im Luftzug rasselten, säumten die Ufer. Dazwischen wuchsen wilde Bananen, deren riesige, lappige Blätter schlaff herabhingen.

Wo sonst saftiges Grün wucherte, Schlingpflanzen Stämme und

Äste umwickelten und ihre meterlangen Ranken wie zarte grüne Schleier im Wind wehten, gab es nur totes Gestrüpp. Lisas Blick wanderte langsam über die sonnenverbrannte Vegetation hinauf zu dem schroffen Felshang am anderen Ufer, dessen buschbewachsene Kuppe sich in etwa dreihundert Metern aus den Baumkronen erhob.

Plötzlich leuchteten die vielfarbigen Schichten der steilen Wand in der Morgensonne auf. Goldener Ocker glänzte über verwittertem Grau, dann wieder zeugte eine kohlschwarze, feine Schicht unter spärlichem Grün von einem Brand, der in fernen Zeiten hier gewütet haben musste. Vor diesem Hintergrund funkelten zwei karminrote Bienenfresser wie fliegende Juwelen.

Es war so überwältigend schön, dass ihr plötzlich die Tränen in den Augen brannten.

Jill folgte ihrem Blick, sah aber offenbar nicht die Schönheit des Schauspiels, sondern nur die Folgen der langen Trockenheit. »Leider hat die Hitze die meisten Vögel in die Büsche getrieben. Für gewöhnlich nisten in dieser Gegend die schönsten und seltensten.« Mit einem Taschentuch wischte sie sich den Schweiß vom Hals. »Die Sonne wird noch alles verbrennen«, murmelte sie. »Sie ist wie ein Feuer am Himmel, und alles, was sie berührt, stirbt. Gehen wir«, forderte sie ihre Gäste auf.

Im selben Augenblick entdeckten die drei eine Hyäne am Ufer. Als das hundeähnliche Tier die Witterung des sterbenden Flusspferdes aufnahm, schwang der Kopf herum. Mit geiferndem Maul trabte es zielstrebig darauf zu. Die Madenhacker flatterten erschrocken auf. Die Hyäne umschlich das Flusspferd, schnüffelte, und dann schlug sie ihre messerscharfen Zähne in die dicke Haut. Das Flusspferd warf den massigen Kopf hoch und stieß einen blökenden Laut aus.

»Ich kann's nicht mit ansehen«, flüsterte Jill, hob ihr Gewehr und nahm die Hyäne ins Visier, ließ es aber gleich wieder sinken.

»Die Natur ist so«, murmelte Mick neben ihr.

»Ich weiß, trotzdem bringt es mich schier um, dem so völlig tatenlos zusehen zu müssen.« Sie wandte sich ab und stieg ihnen voran hinunter zur Furt.

Der steile Pfad war von losen Steinen übersät, und immer wieder mussten sie sich an überhängenden Zweigen festhalten, um nicht den Rest des Hangs auf dem Hosenboden hinunterzuschlittern. Am anderen Flussufer stieg der Weg ebenso steil an. Ihre Schritte knirschten auf der harten Oberfläche, Zikaden schrillten, gelegentlich gurrte ein Vogel, sonst blieb alles still.

Lisa und Mick gerieten ins Schwitzen, rutschten mehrmals weg, konnten sich gerade noch mit den Händen abfangen. Nach fünfzehnminütigem Fußmarsch fand Jill die Stelle, die sie suchte. Sie legte einen Finger auf die Lippen, nahm ihr Gewehr von der Schulter und glitt zwischen zwei vielstämmigen Bananenstauden hindurch ins Dickicht. Die beiden anderen hielten sich dicht hinter ihr.

Sorgfältig achtete jeder auf seine Schritte. Abrupt blieben sie stocksteif stehen. Ein glänzend grüner, schuppiger Körper schoss blitzschnell vor ihnen über den Weg. Dann gingen sie weiter. Große, zu Widerhaken gebogene Dornen griffen nach ihnen, rissen blutige Kratzer in ihre Haut. Der Wag-n-bietje-Busch, Wart-ein-wenig-Busch, machte seinem Namen alle Ehre, dachte Lisa und wischte das Blut ab, das durch einen Riss ihres Ärmels sickerte.

Das Unterholz war zundertrocken, das sonst mannshohe Gras dazwischen lag flach, und durch die großen Lücken im Blätterdach flimmerten Sonnenstrahlen. Ein größerer Ast lag quer vor ihnen. Nach einem prüfenden Blick, ob sich in seinem Schatten eine Schlange versteckte, stieg Jill hinüber. Sie strauchelte, fiel und landete geradewegs in einem großen Dunghaufen.

Lisa prustete los, worauf der Busch um sie herum explodierte.

Krachend brach drei Meter vor ihnen ein Wasserbock durch die Bäume. Jill fluchte, irgendwo quiekten Warzenschweine, die

Büsche rauschten, Äste zerbrachen knallend unter den Hufen unsichtbarer großer Tiere. Kreischend kreiste ein Finkenschwarm über ihnen, ihre Warnrufe wurden von der Kolonie der Weber-vögel im Ried aufgenommen, und in kürzester Zeit herrschte eine ohrenbetäubende Kakophonie. Lisa bekam vor Schreck kein Wort heraus.

»Verdammt.« Jill war sichtlich wütend. »Jetzt haben wir den Salat. Ebenso gut hätten wir uns vorher anmelden können. Wenn Ubuhle und Themba hier waren, sind die jetzt über alle Berge. Tut mir leid, ich hoffe, ihr habt euch nicht zu sehr erschreckt. Leider haben wir keine Zeit mehr, weiter nach Ubuhle zu su-chen. Wir müssen zurück ins Haus. Du kannst die Singh nicht warten lassen.«

»Das war knapp.« Mick grinste. »Stellt euch vor, es wäre ein Löwe gewesen.«

Lisas Herz raste noch immer von dem Schreck. »Hör auf«, flüsterte sie und schaute sich unwillkürlich um. »Allein bei der Vorstellung bekomme ich Schweißausbrüche.« Sie lächelte ihn kurz an, als Mick ihr einen zurückschlagenden Ast vom Gesicht weghielt.

Jill musste daran denken, dass Philani, ihr bester Ranger, vor einigen Tagen die Tatzenabdrücke von zwei Löwen im nassen Sand der Furt gefunden hatte. Der Durst hatte die Tiere wohl zur letzten Wasserpfütze der Umgebung getrieben. Aber es war un-wahrscheinlich, dass die Raubkatzen sich in der heißesten Tages-zeit hier aufhalten würden.

»Ihr braucht euch keine Sorgen zu machen, Löwen sind hier bisher sehr selten gesichtet worden. Sie mögen die Gegend nicht.« Gäste mussten nicht immer mit der ganzen Wahrheit konfron-tiert werden.

»Welch eine Erleichterung, hoffentlich ist das den Löwen auch bekannt«, murmelte Lisa sarkastisch und folgte ihr. Mick bildete die Nachhut.

Sie erreichten das Haus so rechtzeitig, dass Lisa ihre Kleidung wechseln konnte. Mick hatte darauf bestanden, bei ihr zu bleiben, und so saßen sie beide bei einem Kaffee, den Thabili ihnen gebracht hatte, und warteten auf Captain Fatima Singh.

Captain Singh war klein und rund und erinnerte Lisa sofort an Brigitte Tshayimpi. Ihre Haut war mahagonibraun, die Augen leuchteten ebenso lackschwarz wie ihr Haar, das in einer glänzenden Glocke um ihr Gesicht schwang. Es lenkte etwas von dem ausgeprägten Damenbart ab. Captain Singh lächelte nicht. Sie nickte Lisa knapp zu und wies gebieterisch auf einen der Stühle, als wäre sie hier im eigenen Verhörzimmer. Lisa hatte nicht vor, sich von dem barschen Verhalten der Polizistin verunsichern zu lassen, und blieb stehen. Kurz und erfolgreich wehrte sie sich innerlich gegen jenes vage schlechte Gewissen, das wohl jeden normalen Bürger angesichts eines Polizisten überfiel.

»Möchten Sie einen Kaffee?«, fragte sie süß, um gleich klarzumachen, wer hier die Hausherrin war.

Ein rasches Lächeln entblößte vorstehende Zähne. Captain Singh ließ sich auf einem Stuhl nieder und legte den linken Fuß auf das rechte Knie. Die lässige Haltung verlor etwas von ihrer Wirkung, da ihre Beine ziemlich kurz waren. »Ich bin nicht hier, um Ihnen etwas vorzuwerfen«, sagte die Polizistin, zog ein zerfleddertes Notizbuch hervor und schlug es umständlich auf. »Ich möchte nur genau von Ihnen wissen, was Sie mir über diese Hand erzählen können. Allein, bitte.« Ihr Blick spießte Mick Robertson auf, der in der Verandatür lehnte. »Mit Ihnen spreche ich später, falls es nötig ist.«

Lisa entspannte sich etwas. Sie nickte Mick bittend zu, der sich zögernd in den Wohnraum zurückzog, und setzte sich der Polizistin gegenüber.

Captain Singh unterzog Lisa schweigend und ohne Eile einer genauen Musterung. Dabei vermittelte sie den Eindruck, intensiv über etwas nachzudenken. Lisa ertrug es mit stoischem Gesichtsausdruck. Derartige Machtspiele, die den einzigen Zweck hatten, das Gegenüber einzuschüchtern, waren auch ihr nicht fremd. Außerdem hatte sie schließlich nichts zu befürchten oder zu verbergen. Sie erlaubte sich ein kleines Lächeln.

Captain Singh starrte sie an. »Ihr Vater war bei der Polizei.«

Ihr Tonfall erwartete keine Antwort, also schwieg Lisa, nickte nicht einmal, sondern wartete einfach ab. Warum Fatima Singh das Offensichtliche ansprach, war ihr nicht klar.

»Bei einer Spezialeinheit, nicht wahr?«

»Logistik«, sagte Lisa. Langsam wurde sie doch unsicher, was die Frau tatsächlich von ihr wollte.

Die kräftigen Augenbrauen von Captain Singh schossen in die Höhe. Die kohlschwarzen Augen bohrten sich in Lisas. »Hat er das so genannt? Logistik?«

Lisa schwieg.

»Logistik, aha«, wiederholte Captain Singh, und dieses Mal war es eindeutig keine Frage. Sie kritzelte etwas in ihr Notizbuch.

»Was hat die Position meines Vaters bei der Polizei mit dem Fund der Hand zu tun?« Lisa ließ ihre Stimme metallen klingen.

Die Polizistin riss ihre Augen auf. »Keine Ahnung. Sagen Sie es mir. Hat es das?«

Lisa presste die Kiefer aufeinander, dass ihre Zähne knackten, ließ sich nicht zu einer Antwort verleiten.

Captain Singhs Hasenzähne blitzten. Dann fragte sie den Ablauf der Geschehnisse ab. Wann und wo Lisa die Hand gefunden habe, in welchem Zustand und wie es zum Brand auf Lalisa gekommen sei.

»Brandstiftung«, antwortete Lisa. »Wir haben zwei Männer dabei erwischt, sie dann der Polizei übergeben und Anzeige erstattet. Das wissen Sie ja sicherlich.«

»Ach ja, richtig«, sagte Captain Singh, als fiele ihr das gerade ein. »Und mit ›wir‹, wen meinen Sie da genau?«

Lisa gab ihr die vollständigen Namen von Mick, Roderick und Phika. Die Polizistin notierte sie.

»Sind die Männer in Haft?«, fragte Lisa.

Captain Singh tippte mit der Spitze ihres Kugelschreibers auf den Tisch, blätterte dann im Notizbuch, als suchte sie etwas. »Wir haben ihre Personalien festgestellt. Es gab keinen ausreichenden Grund, sie festzuhalten.«

»Wie bitte?« Die Empörung trieb Lisa das Blut ins Gesicht. »Heißt das, dass Sie die Kerle freigelassen haben? Wir haben sie in flagranti erwischt. Einer hatte noch einen Molotowcocktail in der Hand. Sie haben unser Haus in Schutt und Asche gelegt, verdammt!« Aus den Augenwinkeln bemerkte sie Mick, der wieder an die Verandatür gekommen war. Offenbar hatte er alles mitgehört. Seine Augen funkelten vor unterdrückter Wut. Mit einem raschen Kopfschütteln bat sie ihn, sich zurückzuhalten, während sie Captain Singh nicht aus den Augen ließ. »Ich wäre im Feuer umgekommen, wenn mich Phika Khumalo nicht gerettet hätte. Das war ein versuchter Mord, und Sie lassen die Leute laufen?«

»Das wird erst noch zu beweisen sein«, war die ungerührte Antwort.

Lisa gelang es nur schwer, sich zu beherrschen. »Wer waren diese Leute? Ich will ihre Namen wissen. Werden sie überhaupt vor Gericht gestellt?«

Captain Singh schaute amtlich drein. »Weder das eine noch das andere kann ich Ihnen mitteilen. Dazu habe ich keine Befugnisse.«

Lisa war aufgesprungen und tigerte auf der Veranda hin und her. Die Frau brachte sie zur Weißglut. Für lange Augenblicke war nur das hohle Geräusch ihrer Schritte auf den Holzbohlen zu hören. Schließlich blieb sie vor Captain Singh stehen. »Was ist mit dem DNA-Test? Wir haben in der Ruine nichts gefunden, was meiner Mutter gehörte. Es ist alles verbrannt. Sie könnten doch gleich jetzt von mir eine Speichelprobe nehmen.«

Captain Singh musste den Kopf in den Nacken legen, um sie anzusehen. »Setzen Sie sich bitte. Diese Maßnahme werden wir ergreifen, wenn die Zeit dazu gekommen ist.«

Lisa blieb stehen. »Heißt was?«

Captain Singh stand ebenfalls auf, klappte das Notizbuch zu und verstaute es umständlich in ihrer Hüfttasche. »Wie ich schon sagte: Wir sind an diesem Punkt unserer Ermittlungen noch nicht angelangt. Wir werden uns bei Ihnen melden.«

Lisas Herz galoppierte. Sie war kurz davor, völlig die Beherrschung zu verlieren. »Captain Singh, wenn Sie jetzt eine Vergleichsprobe von mir nehmen, würde das ungeheuer viel Zeit sparen. Meine Mutter könnte noch am Leben sein, und dann wäre jede Minute kostbar.«

»Ich habe nicht die nötige Ausrüstung bei mir.« Wieder dieser aufreizend nebensächliche Ton.

»Ich komme mit, dann kann das in Ihrem Labor erledigt werden.«

»Die sind leider augenblicklich sehr überlastet. Wir werden uns bei Ihnen melden, wenn Kapazitäten frei sind.«

»Aber Sie lassen doch nach meiner Mutter suchen?«, presste Lisa zwischen den Zähnen hervor.

»Ich kann Ihnen versichern, dass die Polizei alles in ihrer Macht Stehende tut, um das Schicksal Ihrer Mutter zu klären.«

Lisa erschien dieser Satz wie eine Nebelwand. Frustriert versuchte sie, irgendeinen Hinweis in dem glatten honigbraunen Gesicht zu entdecken, aber es blieb ausdruckslos.

»Hat es etwas damit zu tun, dass mein Vater bei der Polizei war?«, fauchte sie. »Gibt es jetzt Sippenhaft?«

Ein schwer zu deutender Blick aus schwarzen Augen streifte sie. »Zu gegebener Zeit hören Sie von uns.« Damit marschierte die Polizistin über die Veranda. Überraschend drehte sie sich noch einmal kurz zu Lisa um und musterte sie. »Es gibt keine Sippenhaft bei uns«, sagte sie und ging.

Lisa sah ihr verwirrt nach. Hatte Captain Singh gelächelt?

»Es ist zum Kotzen, nicht?«, sagte Mick hinter ihr.

Sie fuhr herum. »Was meinst du damit?«

»Mit welchem Eifer polizeiliche Untersuchungen in diesem Land geführt werden. Herrgott, müssen sie uns Weiße hassen!« In einem jähen Wutausbruch schleuderte er den Stuhl, auf dem Lisa gesessen hatte, über die Veranda. Er knallte gegen das Geländer. »Du glaubst nicht, wie viele meiner Fälle als nicht geschlossen, also nie geklärt, auf dem Haufen landen, auf dem die Polizei diese Akten entsorgt. Muss inzwischen der höchste Berg in Südafrika sein.«

Blicklos starrte sie in die Wildnis, während die Worte von Captain Singh in ihr nachhallten. Ein Friedensangebot? Oder einfach nur eine zurechtweisende Bemerkung? Unwillkürlich schüttelte sie den Kopf. Das Letztere traf sicher zu. Das Lächeln war eine Illusion gewesen.

»Lisa?« Mick berührte ihre Schulter.

»Suchen sie nach ihr? Oder lehnen sie sich einfach zurück und warten?« Auf einmal stürzten ihr die Tränen aus den Augen. »Es macht mich so furchtbar wütend«, wisperte sie. »Unser Land erhielt eine Chance, sich selbst am Schopf aus dem Sumpf zu ziehen. Wir sind von den Teufeln der Welt mit einem Schlag zu den Engeln aufgestiegen. Die Regenbogennation! Ha!« Tränenüberströmt hob sie das Gesicht zu ihm. »Mick, was soll ich nur tun? Vielleicht ist sie noch am Leben und stirbt in diesem Augenblick. Ich muss Amos fragen. Er ist der Einzige, der immer alles weiß …« Sie drehte ihr Handgelenk, um auf die Uhr zu sehen, und erschrak. »Meine Güte. Ich muss das Krankenhaus anrufen!«

Sie lief in ihr Schlafzimmer, nahm ihr Mobiltelefon vom Nachttisch und wählte die Nummer des Krankenhauses. Die Leitung war sehr schlecht, und sie musste jede Frage mehrfach wiederholen, verstand selbst nur Fragmente der Antworten.

»Kann ich heute kommen?« Sie drückte ihr anderes Ohr mit einem Finger zu, um andere Geräusche auszuschließen. Es half nicht sonderlich. Sie fing nur einzelne Worte auf. »Okay, morgen also ... ich sagte, morgen?« Das letzte Wort musste sie schreien. »Ja ... okay. Bye.« Sie schaltete das Telefon aus.

Während er der zerhackten Unterhaltung lauschte, war Micks Beunruhigung sichtlich gewachsen. »Was ist geschehen? Hat es Komplikationen gegeben?«

»Soweit ich bei der katastrophalen Verbindung verstehen konnte, nicht.« Sie wischte sich die Augen trocken. »Er ist wohl inzwischen ansprechbar, braucht aber noch Ruhe. Heute kann er noch keinen Anruf entgegennehmen. Ich soll morgen Vormittag kommen.«

»Das sind doch gute Nachrichten!«

Langsam ließ sie den Kopf hin- und herpendeln, als müsste sie einen Schlag abschütteln. Sie setzte sich schwer auf einen Stuhl. »Das muss ich erst mal verdauen.«

»Versuch deine Gedanken abzuschalten. Dein Vater hat die OP überstanden, er ist wieder wach, also schlägt das Herz, wie es soll. Alles ist gut gelaufen. Gönn dir selbst mal einen Augenblick Ruhe.«

»Dazu habe ich weder die Zeit noch den Anlass, solange meine Mutter noch immer verschwunden ist.« Sie warf einen Blick auf die Uhr und drückte sich aus dem Stuhl hoch. »Wenn ich meinen Vater nicht sehen darf, gibt mir das wenigstens heute Nachmittag Zeit und Gelegenheit, zu den Nyathis zu fahren.«

»Du bist da nicht willkommen«, warnte Mick, »das hat Amos ja wohl deutlich gemacht. Willst du wieder über den Zaun klettern und dich seinem berechtigten Zorn aussetzen?«

»O nein, dieses Mal werde ich ganz offiziell zur Vordertür hineinmarschieren.«

Mick warf ihr einen bestürzten Blick zu. »Das bedeutet, dass du einen großen Bogen um Lalisa machen und mitten durchs dicht besiedelte schwarze Herz von Zululand fahren musst. Allein. Das ist einfach nicht sicher. Ich kommte mit.«

Lisa sprang so heftig auf, dass der Stuhl umfiel. »Ich brauche niemanden zum Händchenhalten«, fuhr sie ihn an, fing sich aber sofort wieder. »Entschuldigung«, sagte sie zerknirscht, »ich wollte dich nicht anschnauzen, aber diese Singh hat mir den Rest gegeben. Meine Geduld ist restlos aufgebraucht, da ist mir das rausgerutscht. Ich muss allein zu Amos, sonst macht er den Mund nicht auf, davon bin ich überzeugt. Himmel, Mick, ich bin für meine Reportagen mutterseelenallein mitten hinein nach Khayelitsha gefahren und hab die härtesten Gangster interviewt«, rief sie, als sie seine zweifelnde Miene sah. »Mir ist nie etwas zugestoßen, also sei jetzt bitte nicht albern. Wir haben die Steinzeit hinter uns. Du musst keine Drachen erschlagen, und ich brauche nicht in der Höhle zu hocken und zu warten, bis mein Herr und Gebieter zurückkehrt. Mit einem fetten Wildschweinbraten natürlich.« Sie setzte ein versöhnliches Lächeln auf.

»Wenn ich mich recht erinnere, sind deine Kochkünste nicht einmal für einen steinzeitlichen Wildschweinbraten ausreichend«, brummte Mick, aber auch ihm zuckten die Mundwinkel. »Ist dir mal aufgefallen, dass du stur wie ein Esel bist?«

Jetzt musste Lisa tatsächlich lachen, aber es geriet mehr zu einem Schluchzen. »Für meinen Beruf ist das eine notwendige Eigenschaft.«

»Gibt es kein Argument, das dich überzeugen könnte?«

»Nein, gibt es nicht. Allein bin ich Itshitshi Lisa, das kleine Mädchen Lisa, das alle seit seiner Geburt kennen. Ich stelle für Amos' Sippe keine Gefahr dar. Sie werden mir nichts tun, ganz sicher nicht. Im Gegenteil, ich bin davon überzeugt, dass sie mich beschützen würden, sollte mir irgendeine Gefahr drohen. Eine Dreiviertelstunde fahre ich hin, eine Dreiviertelstunde zurück, etwa eine Stunde bin ich da … demnach sollte ich in zweieinhalb bis drei Stunden wieder hier sein, also vor Sonnenuntergang. Danach kannst du meinetwegen keulenschwingend hinter mir herjagen und mich an den Haaren wieder in deine Höhle schleifen.«

Mick bemühte sich, auf ihren leichten Ton einzugehen, was ihm aber nicht ganz gelang. »Okay, ich bleibe hier. Versprichst du mir, dass du dein Handy griffbereit hast? Und dein Akku ist hoffentlich aufgeladen?«

»Ich verspreche es, und ich lade den Akku sofort bis zum Anschlag auf«, sagte sie erleichtert. »Mach dir keine Sorgen.«

Es war ein ganz ungewohntes Gefühl, zu wissen, dass es jemanden gab, der sich um sie Sorgen machte. Es verursachte ihr, obwohl sie erreicht hatte, was sie wollte, ein höchst angenehmes, warmes Kribbeln im Bauch, und das löste wiederum so widersprüchliche Empfindungen in ihr aus, dass sie für einen Augenblick lang völlig verwirrt war. Aber dann rief sie sich zur Ordnung. Jetzt war nicht die Zeit, sich damit auseinanderzusetzen. Unter den Wimpern warf sie ihm einen versonnenen Blick zu. Es blieb die Frage, ob das Kribbeln der Tatsache galt, dass sich jemand um sie kümmerte, oder ob Michael Robertson selbst das auslöste. Nein, dachte sie, keine Zeit. Nicht jetzt. Ein anderes Mal.

»Kann ich den Jeep haben?«, fragte sie stattdessen.

Wortlos fischte er die Autoschlüssel aus seiner Hosentasche und reichte sie ihr. Ihm war wesentlich wohler bei der Vorstellung, dass sie den PS-starken Wagen seines Vaters als irgendeinen Pkw fahren würde, gleichzeitig wurde ihm klar, dass er so lange auf Inqaba festsitzen würde. Er nahm sich vor, Roderick anzurufen, um herauszufinden, in welche Werkstatt Phika Khumalo den Leihwagen gebracht hatte und ob der abholbereit war.

Lisa war inzwischen in ihr Zimmer gegangen und kam jetzt, Tasche unter dem Arm, Sonnenbrille auf der Nase und Sonnenhut auf dem Kopf, wieder heraus. Mick begleitete sie bis zum Parkplatz.

»Hast du dein Pfefferspray?«

»Ja, Papa, und mein Mobiltelefon ist eingeschaltet und deine

Nummer auf Kurzwahltaste eins einprogrammiert. Du hast mich also immer an der langen Leine.« Sie grinste, stellte sich auf die Zehenspitzen und küsste ihn schnell auf die Wange. »Bis bald.«

Er winkte ihr nach, bis sie um die Wegbiegung verschwunden war. Die Hände in den Hosentaschen versenkt, ging er zurück zum Haupthaus, stieg die Treppen zur Restaurantveranda hoch und zog sein Telefon heraus, um Roderick anzurufen. Hier war ein guter Empfang garantiert.

»Ist sie allein gefahren?« Jill war hinter ihm aufgetaucht.

Er drehte sich um. »Ja, leider. Sie will zur Hofstelle ihres Nachbarn.«

Jill, in knappen Shorts und schwarzem T-Shirt, trug einen Aktenordner unter dem Arm. Offensichtlich war sie auf dem Weg zu ihrem Büro. Sie musterte ihn mit schräg gelegtem Kopf. »Und das passt dir nicht? Das kann ich verstehen. Die Gegend ist nicht ungefährlich. Willst du ihr nachfahren? Ich kann dir so lange mein Auto leihen. Heute Nachmittag brauche ich es nicht.« Sie blies sich ihr schwarzes Haar aus den Augen.

Für einen kurzen Moment schwankte er, ob er Jills Angebot annehmen sollte, doch dann besann er sich auf sein Versprechen. »Danke, aber sie will das allein erledigen, und ich habe ihr versprochen, sie in Ruhe zu lassen. Wenn ich ihr nachfahre, reißt sie mich in Stücke. Sie ist stur ...«

»... wie ein Maulesel, der den Kopf zwischen die Vorderbeine steckt«, ergänzte Jill und lachte vergnügt. »Das muss uns Frauen in dieser Familie irgendwie im Blut liegen. Du weißt, dass Lisa und ich weitläufige Cousinen sind?«

Erstaunt sah er sie an. »Tatsächlich? Das hätte ich vielleicht wissen müssen. Aber die verwandtschaftlichen Verknüpfungen zwischen den alten Familien in Natal sind oft verwirrend. Außerdem haben Lisa und ich uns jahrelang nicht gesehen, und früher haben wir davon nicht gesprochen. Ich dachte, ihr seid nur befreundet.«

Jills Augen strahlten tiefblau. »Das sind wir auch. Aber obendrein waren ihre Ururgroßmutter Johanna und mein Ururgroßvater Stefan Geschwister, und es ist überliefert, dass Johanna ihre Sturheit und Durchsetzungskraft geradewegs von ihrer Mutter Catherine geerbt hat, die wiederum mit ihrem Mann Johann einst Inqaba dem afrikanischen Busch abtrotzte. Lisa hat ihren Charakter also in schnurgerader Linie geerbt.«

»Na, das kann ja noch heiter werden«, murmelte er in komischer Verzweiflung. »Dein Dickschädel ist ja auch legendär.«

»Du kannst dich ja mal mit Nils unterhalten. Er hat sicher einige Tipps auf Lager. Gib nur nicht auf.« Ihre Augen tanzten. Dann wurde ihre Miene wieder ernst. »Lisa Darling kann sehr gut auf sich allein aufpassen, glaub mir. Außerdem ist sie in Zululand aufgewachsen, viele Menschen hier werden sie seit ihrer Kindheit kennen, viele gehen oder sind in Mellys Schule gegangen. Mach dir nicht zu viele Sorgen.« Sie sah auf die Uhr. »So, und jetzt muss ich mich sputen. Die Steuererklärung ist fällig.« Sie verdrehte ihren Blick himmelwärts. »Lieber würde ich zum Zahnarzt gehen. Sag mir bitte Bescheid, wenn Lisa wieder zurück ist. Ihr bleibt doch noch die nächste Nacht?«

»Ich gehe davon aus, aber ich habe es noch nicht mit ihr besprochen.«

Jill entfernte sich ein paar Schritte, blieb dann aber doch noch einmal stehen. »Was ist bei dem Besuch von Captain Singh herausgekommen?«

»Verdammt wenig, um nicht zu sagen, so gut wie gar nichts. Du kennst doch die Floskeln: Die Polizei tut alles in ihrer Macht Stehende … wir kümmern uns darum …«

»… wenn die Zeit dafür gekommen ist, wann immer das sein sollte«, fiel Jill ein. »Hat sie vor, eine DNA-Analyse von der Hand zu machen?«

Mick verzog das Gesicht, als hätte er eine Zitrone zwischen den Zähnen. »Ursprünglich war ich davon ausgegangen, aber jetzt heißt es plötzlich: Das Labor ist im Augenblick völlig überlastet.« Er machte Fatima Singhs schneidenden Tonfall nach.

»Es ist zum Verrücktwerden. Kein Wunder, dass sich die Fälle von Selbstjustiz in unserem Land häufen.«

Mick schnaubte. »Vielleicht sollten wir das wirklich einfach Phika Khumalo überlassen. Er war dabei, als Roderick und ich Lisa und Benita nach dem Überfall abholten, und bei ihrem Anblick ist er richtig in Rage geraten. Ich glaube, wenn die Gangster in der Nähe gewesen wären, hätte er kurzen Prozess mit den Herren machen.« Mit der Handkante zog er eine Linie über seine Gurgel. »Sehr kurzen Prozess.«

Resigniert hob Jill die Schultern. »Wenn wir nicht aufpassen, versinkt das Land in Anarchie ...«

Ein helles Stimmchen unterbrach sie. »Mami! Wo ist mein Schlafteddy? Ich will ihn in meinen Koffer packen.« Kira kam mit wippenden schwarzen Locken den Weg vom Privathaus heruntergerannt. Unter ihrem Arm hing eine getigerte Katze mit panischem Gesichtsausdruck.

Jill warf Mick einen schnellen Blick zu. »Sie weiß noch nicht, dass wir vielleicht unsere Reise aufschieben müssen. Benita sollte eigentlich meinen Platz auf Inqaba einnehmen, aber Roderick hat mir gesagt, dass sie für die nächsten Wochen ausfällt. Dem Baby ist bei dem Überfall zwar nichts passiert, aber sie muss sich schonen. Er überlegt sogar, sie bis zur Entbindung in die Schweiz zu bringen. Offenbar traut er den englischen Krankenhäusern ebenso wenig wie denen in Südafrika. Hallo, Schatz«, rief sie laut und fing die Kleine in ihren Armen auf. »Meine Güte, du wirst bald zu schwer für mich sein.«

Die Katze maunzte kläglich, Kira lachte und packte das Tier mit beiden Armen, legte ihr Kinn auf den Katzenkopf und richtete ihre dunkelblauen Augen auf Mick. »Hallo, Onkel Mick, warst du schon mal in Europa? Wir fliegen da nämlich hin.«

»Hallo, Kira, das ist ja toll. Ich war auch schon da. Das wird eine ziemlich aufregende Reise, kann ich dir versprechen.«

»Kennst du Schnee? Der ist kalt, sagt Papa. Wie Eis in der Cola. Und die Luft ist kalt, sagt Papa.«

Mick sah sie mit todernstem Ausdruck an. »Steck einfach deinen Kopf in eure Tiefkühltruhe, dann weißt du, wie kalt es ist.«

Kira riss ihre herrlichen Augen auf. »Echt? Das muss schrecklich sein. Warum leben Menschen denn da?« Sie kicherte und drehte sich dann lebhaft zu ihrer Mutter um. »Es ist so, Teddy kann nicht allein einschlafen, deswegen muss ich ihn mitnehmen.«

»Na klar, mein Kleines, aber wir haben ja noch ziemlich viel Zeit, bis dahin finden wir ihn sicherlich«, versuchte Jill sie abzuwimmeln.

»Hoffentlich«, murrte Kira und kniff die Augen zusammen. »Sonst muss ich Lulu mitnehmen.« Eine gewisse Drohung schwang in ihrem Ton mit. Sie drückte ihre Katze fester, die daraufhin flehend zu Jill hinaufschielte.

»Wir finden deinen Schlafteddy, das verspreche ich dir«, sagte Jill schnell. »Katzen fliegen nicht gern, das weiß ich. Sie schreien die ganze Zeit, und das willst du sicher nicht, oder?« Ihre Tochter schob die Unterlippe vor, und Jill seufzte verhalten. »Weißt du, ich rufe einfach die Fluggesellschaft an und sag denen, dass wir erst fliegen können, wenn wir deinen Teddy gefunden haben, was sagst du dazu?«

Kira schaute skeptisch drein. »Tun die nie. Die haben einen Fahrplan wie unser Schulbus, und der wartet auch nie auf mich.«

Mick beschloss, Reißaus zu nehmen. Die Diskussion schien sich in die Länge zu ziehen. »Jill, ich muss herausfinden, ob ich Lisas Auto von der Werkstatt abholen kann«, warf er ein, »wenn du etwas von ihr hören solltest, ruf mich bitte an.«

Er beugte sich hinunter, drückte Kira einen Kuss auf die Wange und kraulte die Katze hinter den Ohren. »Bye-bye, meine Süße, ich muss langweilige Erwachsenensachen erledigen. Hoffentlich findest du deinen Schlafteddy bald, damit er nicht allein schlafen muss. Und glaub mir, Katzen mögen gar nicht fliegen. Sonst hätten sie ja wohl Flügel, oder?«

Mit einem Winken flüchtete er sich ans andere Ende der Terrasse, wählte schon im Gehen Rodericks Nummer. Als der sich meldete, erklärte ihm Mick sein Dilemma. »Ich sitze hier fest, und das bereitet mir Unbehagen.«

Roderick konnte seine Sorge um Lisa ohne weiteres nachvollziehen. »Phika holt dich vom Parkplatz von Inqaba ab und fährt dich zur Werkstatt. Innerhalb einer halben Stunde ist er bei dir. Ich rufe inzwischen dort an und sorge dafür, dass der Wagen fertig ist, wenn du kommst. Der Inhaber der Werkstatt ist mir etwas schuldig.«

»Das wäre wirklich nett«, antwortete Mick erleichtert. »Ich warte also am Parkplatz auf Phika.«

23

Der Verkehr auf der R 618 war dicht und vielfältig. Klein-laster, klapprige Pkws mit abgefahrenen Reifen, Sammel-taxis, teure große Geländewagen mit getönten Scheiben, deren Insassen wie in einem Raumschiff durch die raue Wirklichkeit von Zululand glitten, Kühe, Hunde, Hühner, Ziegen, alles tummelte sich auf der von aufgebrochenen Wülsten und hinterhältigen Schlaglöchern durchzogenen Straße. Lisa fuhr hoch konzentriert und schnell, meist auf der Überholspur, und kam einigermaßen gut voran.

Sie kreuzte die N2 und nahm an der nächsten Kreuzung eine Abkürzung durch Mtubatuba. Auf der rechten Seite lugten die Kronen prachtvoll blühender Bäume über mit Stacheldraht gekrönte Mauern, links lag, von einem spärlich bewachsenen Mittelstreifen getrennt, eine Reihe von Geschäftsgebäuden. Vor einer Wimpy-Bar bemerkte sie einen roten Mercedes-Geländewagen und musste unwillkürlich an Charmaine Todd denken.

Zu ihrer Überraschung tauchte die Anwältin in diesem Augenblick tatsächlich auf. Passend zu ihrem Wagen trug sie heute einen blutroten Hosenanzug, einen Turban aus dem gleichen Stoff und rote Stöckelschuhe.

Aber es war nicht ihr Aufzug, der sofort Lisas Interesse erregte. Es waren die zwei Zulus in bunten Madiba-Hemden, auf die Charmaine Todd heftig gestikulierend einredete. Das Hemd des einen war rot-grün gemustert, auf dem des anderen leuchteten gelbe Blumen, und die Gesichter der Männer würde sie nie vergessen. Es waren die beiden Brandstifter, die Phika erwischt und zur Polizei gebracht hatte.

Sie trat mit solcher Wucht auf die Bremse, dass die Reifen über den Straßenbelag rutschten. Der Motorradfahrer hinter ihr konnte sich nur mit einem gewagten Ausweichmanöver retten. Als sie ihr Gefährt wieder unter Kontrolle hatte, lenkte sie es abseits in den Schatten eines Baumes. Sie ließ das Fenster heruntersurren und beobachtete die drei auf der anderen Straßenseite. Natürlich war sie viel zu weit weg, um von der Diskussion etwas verstehen zu können, aber eines war eindeutig: Charmaine Todd hatte etwas mit diesen Brandstiftern zu tun, auch wenn Lisa das Ganze völlig unwahrscheinlich vorkam. Sie starrte angestrengt hinüber. Miss Todd schien sehr unzufrieden mit ihnen zu sein. Aber warum?

Wer zum Teufel war die Anwältin? Oder, was viel wichtiger war, was hatte sie vor? Lisa rekapitulierte: Miss Todd vertrat Bongi Rampedi, das hatte sie gesagt. Bongi suchte ihren Mann und vermutete, dass seine Leiche auf Lalisa vergraben war. So weit war ihr alles verständlich. Aber was hatte das mit den Brandstiftern von Lalisa zu tun?

Sosehr sie sich auch den Kopf zerbrach, sie fand einfach keinen Zusammenhang. Mittlerweile war die Diskussion auf der anderen Straßenseite so laut geworden, dass sie einzelne Wörter auffing. Der Zusammenhang blieb ihr jedoch weiterhin verborgen, sosehr sie sich auch bemühte, etwas zu verstehen.

»Suka! Haut ab!«, schrie Charmaine Todd jetzt sehr laut und sehr wütend.

Die beiden Männer murrten, aber nachdem die Anwältin sie abermals anschrie, zogen sie von dannen, Hände in den Hosentaschen, Schultern hochgezogen.

Lisa beobachtete noch, wie Charmaine Todd in ihren schicken roten Wagen stieg und losbrauste, dann fuhr sie das Fenster wieder hoch. Sie ließ einen riesigen Transporter vorbei, der Eukalyptusstämme zur Papierfabrik brachte, ehe sie sich wieder in den Verkehr einreihte.

Bald bog sie von der Hauptstraße auf eine Nebenstraße ab. Hier musste sie mit der Geschwindigkeit drastisch heruntergehen. Schon nach den ersten hundert Metern war sie froh, Neils Jeep zu fahren. Eine Panne oder ein Unfall im ländlichen Zululand barg ein hohes Risiko, dass man überfallen wurde, und bei einem Überfall stand ihr Leben auf dem Spiel. Selbst wenn sie mit dem Leben davonkam, war die Chance, dabei durch Vergewaltigung oder eine Verletzung AIDS zu bekommen, so groß, dass ihr schon bei dem Gedanken die Haare zu Berge standen.

Die Hitze hatte nicht nachgelassen, und die Klimaanlage fauchte wie ein wütender Drache. Sie richtete alle Düsen direkt auf ihren Körper und klappte das Sonnenschild am Fenster herunter. Es half nur unwesentlich. Die Sonne stand schon hoch und brannte durch die Frontscheibe.

Barfüßige Kinder lungerten am Straßenrand, kauten auf Zuckerrohrstängeln und starrten stumm dem luxuriösen Geländewagen mit der weißen Frau entgegen. Die Landschaft zu beiden Seiten der Straße wirkte von den zahllosen Hofstellen der Zulu-Kleinfarmer wie mottenzerfressen. Meist waren es Rundhütten mit Blechdächern, die auf den Höfen standen, seltener wellblechgedeckte Steinhäuser. Manche der Hütten waren noch mit Gras gedeckt, aber von den ursprünglichen, halbkugelförmigen Bienenkorbhütten entdeckte Lisa nur zwei oder drei. Vor wenigen Jahren hatte es die noch in großer Zahl gegeben. Die Gebäude waren in der traditionellen Form eines ursprünglichen Umuzi angeordnet. Fast auf jedem Hof gab es einen mit soliden Tambotipfählen eingezäunten Pferch, in dem Rinder unter einem Schattenbaum dösten. Rinder waren auch heute noch der Reichtum eines schwarzen Farmers. Mit Rindern bezahlten sie Frauen und Land.

Nach einigen Kilometern erreichte Lisa die Schotterpiste, die zum Land der Nyathis führte. Sie musste das Steuer herumreißen, um zwei lebensmüden Hühnern auszuweichen, die aus dem hüfthohen trockenen Gras auf den Weg gerannt waren. Die Bewohner in dieser Gegend reagierten meist sehr unangenehm, wenn man eines ihrer Haustiere überfuhr, auch wenn sie direkt vor den Kühler gelaufen waren. Empört gackernd, floh das Federvieh zurück ins Gras. Kurz darauf wurde der Feldweg von einem Tor blockiert, nichts weiter als ein Metallrahmen, der kreuz und quer mit dünnem Draht bespannt war. Auf der anderen Seite gab es statt des Weges nur zwei undeutliche Reifenspuren mit einem Streifen hohen Grases in der Mitte.

Sie stieg aus, schob das Tor auf, fuhr hinein, schloss es gleich wieder und folgte den Reifenspuren. Sie gabelten sich alsbald. Rechts führten sie, wie sie sich erinnerte, zu Amos' Haus, links zu dem von Vusa. Im ersten Gang schaukelte der schwere Geländewagen die Sandspur entlang hinunter, bis sie zu einem hübschen Steinhaus gelangte. Im Schatten der Süßdornakazie parkte sie den Wagen und stieg aus.

Als sie sich dem Haus zuwandte, sah sie sich Amos Nyathi gegenüber, der mit verschränkten Armen vor seiner Tür stand, als hätte er sie erwartet.

»Sawubona, Amos«, grüßte sie.

Der alte Zulu antwortete nicht. Seine dunklen Augen glühten feindselig unter dem Brauenwulst hervor.

Lisa dachte nicht daran, sich von ihm einschüchtern zu lassen, und beschloss, das einfach zu ignorieren. »Ich bin hergekommen, um dich zu fragen, was mit meiner Mutter passiert ist. Weißt du es? Ich habe dich das schon einmal gefragt.«

»Und ich habe dich gefragt, wo meine Söhne und mein Bruder liegen.« Amos' Stimme war schwer vor Hass und Schmerz.

»Ich weiß es doch nicht«, rief sie. »Ich hatte nicht einmal eine Ahnung, dass du außer Jackson noch weitere Söhne gehabt hast! Also kann ich dir auch nicht sagen, wo sie sind. Aber meine Mutter ist verschwunden, vor unserer Haustür lag eine abgeschnittene Hand, unser Haus ist abgebrannt. Weißt du etwas darüber?«

Ihre Frage prallte an seinem unüberwindlichen Schweigen ab wie Bälle von einer Wand.

Lisa machte einen erneuten Anlauf. »Ich weiß nicht, was hier vor sich geht. Sag es mir! Weißt du was von der Hand?«

»Von welcher Hand redest du?« Eine angenehm volle Stimme.

Lisa war sie unbekannt. Als sie sich umdrehte, stand ein gut aussehender Schwarzafrikaner vor ihr. Er trug lediglich knielange Shorts und Laufschuhe, sein Oberkörper war beeindruckend muskulös. Mit einem Finger schob er seine schnittige Sonnenbrille auf den Kopf und betrachtete Lisa neugierig.

Im selben Augenblick erkannte sie ihn. Es war Jackson, Dr. Jackson Nyathi, der Herzen verpflanzte, ehemals Gärtner auf Lalisa, wo er Bougainvilleen ausgrub und verpflanzte.

»Hi, Jackson«, grüßte sie ihn mit einem vorsichtigen Lächeln. »Wir haben uns ziemlich lange nicht gesehen.«

Jackson zögerte nur ein paar Sekunden, dann wusste auch er offenbar, wer sie war. »Das war in einem anderen Leben. Hi, Lisa. Schön, dich zu sehen.« Es klang, als meinte er es ehrlich. Auch er lächelte.

Na, das ist ja mal eine Abwechslung, dachte Lisa. Ein Nyathi, der sich freut, mich zu sehen.

»Von welcher Hand redest du?«, wiederholte Jackson seine Frage, bevor sie weiterreden konnte.

Lisa holte tief Luft und erklärte es ihm, von dem Augenblick an, als sie die Hand im Tiefkühlfach gefunden hatte. Während sie sprach, versteinerte sich Jacksons Miene zusehends.

»Der Ehering meiner Mutter steckt am Finger dieser Hand«, sagte sie. »Aber ich weigere mich zu glauben, dass es wirklich ihre ist … Ich kann sie nicht einwandfrei erkennen, und das bringt mich fast um.« Sie musste schlucken, um ruhig weiterreden zu können. »Ich habe Amos schon einmal danach gefragt.«

Jackson schwang zu seinem Vater herum. »Baba, was weißt du davon?«

»Nichts«, knurrte Amos, aber sein Blick glitt ab und landete auf seinen Schuhen. »Schick sie weg.«

Jack Nyathi nahm die Hände aus den Hosentaschen. »Ich werde sie nicht wegschicken. Lisa hat keine Schuld am Tod meiner Brüder und meines Onkels. Das muss dir doch klar sein. Was geht hier vor?« Diesen Ton hätte er wohl auch einer Krankenschwester gegenüber verwendet, die ihm ein falsches Instrument reichte.

Sein Vater presste die vollen Lippen aufeinander und betrachtete stur weiter seine staubigen Schuhe. Schweißperlen rollten ihm von der Stirn in den Hemdkragen.

Sein Sohn starrte ihn mit zunehmendem Unmut an. »Ich will eine Antwort. Was geht hier vor?«

»Hast du in Kapstadt bei den gelehrten Herren gelernt, dich so respektlos deinem Vater gegenüber zu benehmen?« Sibongiseni Rampedi trat aus der schattigen Tiefe von Amos' Haus in die grelle Sonne. Auch heute war sie ganz in Schwarz gekleidet. Sie trug ein kurzärmeliges Kleid, das in seiner Schlichtheit elegant an ihr wirkte, ein Eindruck, der allerdings von ihren nackten Füßen wieder zerstört wurde. »Früher hättest du dafür Schläge bekommen.«

Jackson Nyathi, Herzchirurg, sah sie hilflos an. Manchmal glaubte er, dass er den Spagat zwischen dieser und seiner neuen Welt nicht mehr schaffte. Manchmal glaubte er, es würde ihn zerreißen. »Tante Sibongiseni, ich bin nicht respektlos. Aber wir müssen Lisa eine Antwort auf ihre Frage geben.«

»Sie soll sagen, wo unsere Angehörigen sind.«

Lisa machte einen Schritt auf sie zu. »Heißt das, dass du weißt, wo meine Mutter ist? Was hat sie dir getan? Hast du dich nicht immer bei uns wohlgefühlt?«

Jetzt schwieg auch Sibongiseni Rampedi. Ihre nackten Zehen krallten sich in den Staub auf dem Hof. Lisa fiel die rötlich verfärbte Haut an den Seiten der verhornten Sohlen auf, die Risse, die sie durchzogen, und sie musste daran denken, wie lang und hart der Weg von Bongi Rampedis Leben gewesen sein musste und wie wenig sie davon in den Jahren, die Bongi bei ihnen arbeitete, erfahren hatte. Wie selten sie danach gefragt hatte.

»Bongi, bitte, rede mit mir«, sagte sie leise.

Aber auch jetzt bekam sie keine Antwort. Sie beschloss, an einer anderen Stelle anzusetzen. »Warum lässt du diese Charmaine Todd für dich sprechen? Sie ist keine gute Frau.«

»Wer ist Charmaine Todd?«, fragte Jackson dazwischen.

»Meine Anwältin«, antwortete Sibongiseni Rampedi kurz. Dann zeigte sie mit dem Kinn auf Lisa. »Frag sie einmal, was ihr Vater getan hat. Frag sie, warum Vusa sterben musste.«

»Vusa?« Jacksons Kopf fuhr herum. Konsterniert starrte er Lisa an. »Was hast du damit zu tun?«

»Nichts natürlich.« Sie kniff die Augen zusammen.

»William Darling hat Vusa erschossen«, stieß Sibongiseni hervor.

Die Aussage traf Jackson Nyathi, als hätte ihm jemand ein Messer in den Bauch gestoßen. Er krümmte sich unwillkürlich. »Sag das noch einmal«, flüsterte er.

Sibongiseni Rampedi wiederholte ihre Worte mit einer Stimme, die so schneidend war, dass Lisa körperliche Schmerzen bekam.

»Kannst du mir erklären, was genau passiert ist?«, fragte Jackson Lisa, ohne die Augen von seiner Tante zu nehmen.

Lisa schüttelte hilflos den Kopf. »Amos hat gestern gesagt, dass mein Vater seinen Bruder erschossen hat. Mein Vater ist vorgestern mit einem massiven Herzinfarkt ins Krankenhaus gekommen. Obwohl ich das nicht für eine Sekunde glauben konnte, habe ich ihn gefragt. Er kann sich an nichts erinnern. Er ist operiert worden … er hat … ein …«

Sie verschluckte den Rest des Satzes, verschluckte, dass er ein neues Herz bekommen hatte. Warum sie das tat, konnte sie selbst nicht sagen. »Ich habe ihn noch nicht sprechen können. Erst morgen früh darf ich zu ihm«, sagte sie stattdessen. »Jack, er kann es nicht getan haben. Er hatte keinen Grund dazu.«

Jackson verfiel in schockiertes Schweigen. Blicklos stierte er ins Leere. In seinem Gesicht arbeitete es, und mehrfach setzte er zu sprechen an, jedes Mal aber schüttelte er nur den Kopf und sagte dann doch nichts.

»Jack, hast du verstanden, was ich gesagt habe?« Lisa fand seine Reaktion befremdlich.

Mit einem Ruck kehrte Jackson aus seiner inneren Welt zurück, musste sich aber stark räuspern, ehe er die Worte herausbekam. »Wo liegt dein Vater?«

»Im Crosscare-Hospital Richards Bay.«

»Wann war die Operation?«

»Heute Morgen um sechs«, antwortete sie erstaunt. »Warum willst du das wissen?«

Die nächsten Worte waren fast unhörbar. »Welcher Art war die Operation? Bypass? Neue Herzklappen?«

Lisa musterte ihn mit steigender Unruhe. »Er hat ein neues Herz bekommen«, flüsterte sie nach einer langen Pause.

Die Worte hatten eine verheerende Wirkung auf Jackson Nyathi. Seine Haut nahm den Ton von nasser Asche an, Schauer liefen in Wellen über seinen Körper, seine Unterlippe begann zu zittern. Er nahm sie zwischen die Zähne und biss hart zu. Ein Blutstropfen quoll hervor. Er wirkte wie ein Mensch, der geradewegs in die Hölle schaute.

»Das Crosscare in Richards Bay. In dem Krankenhaus ist doch mein Bruder gestorben«, ließ sich Amos hören. Sein Blick sprang argwöhnisch zwischen seinem Sohn und Lisa hin und her.

Jackson zwang seinen Blick zurück zu Lisa. Er sah aus, als wäre er einem Geist begegnet. »Du solltest jetzt gehen. Setz dich einfach in dein Auto und fahr weg. Frag nicht, verlass unser Land. Jetzt. Bitte«, setzte er rau hinzu.

Sein Ton und der Ausdruck seiner dunklen Augen sagten ihr,

dass etwas wirklich Entsetzliches passiert war, hier vor ihren Augen, ohne dass sie es mitbekommen hatte. Sie konnte sich nicht den geringsten Reim darauf machen. Aber dass Jackson Nyathi es todernst meinte, war klar.

»Geh!«, wiederholte er. »Jetzt.«

»In Ordnung«, murmelte sie. »Aber ich gebe dir meine Handynummer, falls du mir doch noch sagen willst, was hier wirklich vor sich geht.« Sie riss eine Seite aus dem kleinen Notizbuch, das sie schon von Berufs wegen immer mit sich führte, schrieb ihre neue Nummer auf und gab ihm den Zettel.

»Ich habe das Gefühl, dass wir reden müssen. Salani kahle«, sagte sie zu Sibongiseni und Amos und bekam erwartungsgemäß keine Antwort. Sie zuckte die Schultern, eilte zum Wagen, stieg ein und ließ den Motor an. Ein paar Minuten später rollte sie von Amos Nyathis Land. Kurz bevor überhängende Büsche ihr den Blick verwehrten, schaute sie sich noch einmal um.

Sibongiseni Rampedi hielt ihren Neffen an den Oberarmen gepackt, schüttelte ihn und schrie ihn an wie eine Furie. Jackson aber wirkte noch immer wie erstarrt, schien auf das Geschrei seiner Tante nicht zu reagieren. Lisa war versucht, anzuhalten und zu lauschen, verzichtete aber doch darauf. Das schien ein sehr heftiger Familienstreit zu sein. Sie ging das nichts an. Tief in Gedanken fuhr sie den zweispurigen Sandweg entlang und bog bald auf die Schotterpiste ab.

Die Sonne war schon hinter die Hügel gesunken und malte eine feurige Linie entlang den Kuppen, als sie endlich am Tor von Inqaba ankam. Sie ließ das Fenster herunter und begrüßte den Wächter.

Er tippte mit zwei Fingern an sein Käppi. »Guten Abend, Ma'am. Wir haben schon auf Sie gewartet. Das Tor ist eigentlich bereits geschlossen.« Mit einem vorwurfsvollen Blick ließ er den Schlagbaum hoch.

Auf dem Parkplatz entdeckte Lisa ihren gemieteten SUV. Sie nahm an, dass Mick ihn abgeholt hatte, stieg aus und inspizierte ihn. Die zerschlagenen Seiten- und Rückscheiben waren ersetzt worden, alle Spuren des Überfalls waren behoben. Sie atmete auf. Jetzt war sie wieder unabhängig.

Mick saß auf der Veranda ihres Bungalows, hatte die Beine aufs Geländer gelegt und las Zeitung. Als er ihrer ansichtig wurde, sprang er auf. »Das hast du gerade noch geschafft. Ich hatte schon meine Keule herausgeholt, um dich zurück in die Höhle zu schleifen.« Die Erlösung, sie unversehrt zu sehen, war ihm anzumerken. »Warum hat das so lange gedauert?«

Lisa warf sich auf den anderen Stuhl. »Das ist eine lange und ziemlich unerfreuliche Geschichte. Bei Amos und Bongi bin ich keinen Schritt weitergekommen. Jedes Mal, wenn ich sie nach der Hand gefragt habe, haben sie mit der Gegenfrage geantwortet, wo ihre Verwandten abgeblieben sind. Dafür habe ich Jackson Nyathi dort getroffen. Als ich ihm sagte, dass mein Vater sich einer Herzoperation im Crosscare-Hospital von Richards Bay hat unterziehen müssen, ist er in eine Art Starre verfallen. Er war praktisch nicht mehr ansprechbar. Keine Ahnung, was ihn da gepackt hat. Er hat meine Handynummer, ich hoffe, dass er mich bei Gelegenheit aufklärt.«

Neben Mick stand eine Flasche Mineralwasser in einem Eiskübel. Sie holte sich ein Glas, goss es bis zum Rand voll und trank es in einem Zug aus. Erst jetzt merkte sie, wie ausgetrocknet sie war. Dann wischte sie sich mit dem Handrücken über den Mund.

»Aber da war noch etwas anderes, viel Skurrileres. Du wirst es nicht glauben, aber ich habe Charmaine Todd mit den freigelassenen Brandstiftern gesehen. Erst haben sie miteinander diskutiert, dann hat die Todd sie angeschrien, und die beiden haben sich getrollt.« Sie schlug auf den Tisch. »Mick, da geht etwas vor, was ich nicht kapiere. Kannst du dir das erklären?«

»Ich glaube, das kann ich tatsächlich«, antwortete er zu ihrer Überraschung. »Es ist nur leider keine sehr erfreuliche Erklärung. Willst du noch ein Wasser?«

»Nein, lieber einen Orangensaft oder so etwas.«

»Mit einem Kick?«

»Werde ich den brauchen?«

Er lächelte auf sie herab. »Nein, eigentlich glaube ich nicht, dass du Alkohol brauchst, um mit einer Situation fertigzuwerden. Orangensaft kommt sofort.«

Lisa hörte, wie die Kühlschranktür geöffnet wurde, und kurz darauf erschien Mick mit zwei hohen Gläsern. »Orangensaft mit Eis und sonst nichts«, sagte er und reichte ihr eines der Gläser.

Sie nahm es. »Also, welchen Schock willst du mir verpassen?«

Mick stellte sein Glas auf den Tisch. »Es betrifft Charmaine Todd. Meine Sekretärin ist quer durchs Internet marschiert, hat alle möglichen Leute angerufen, und jetzt ist sie fündig geworden. Nun wissen wir, wer diese Charmaine Todd ist.«

Es hatte ihn seine ganze Überredungskunst, einen sündhaft teuren, riesigen Strauß Rosen und eine ebenso überdimensionale Schachtel Pralinen gekostet, seine Sekretärin zu veranlassen, sich auf die zeitraubende Suche durch die verschlungenen Pfade des Cyberspace zu begeben. Da sie bei Dunkelheit nicht selbst nach Hause fahren wollte, hatte er sogar einen Fahrer für sie engagiert.

Etwas in seinem Ton verursachte, dass Lisa die Säure im Magen zusammenlief. Sie nippte an ihrem Saft und beobachtete dabei eine Giraffe am Wasserloch, die mit gespreizten Vorderbeinen am Rand stand und trank. Sie fürchtete seine Antwort. Aber schließlich wandte sie sich ihm zu. »Und? Wer ist sie?«

Mit bleiernem Herzen suchte er nach den richtigen Worten. Was er ihr sagen musste, fiel ihm verflucht schwer. Sie hatte mehr als genug zu ertragen. Für einen kurzen Augenblick war er versucht, sie in den Arm zu nehmen, während er ihr erzählte, was seine Sekretärin über diese Frau herausgefunden hatte. Aber er ahnte, dass es besser war, es ihr kühl und geradeheraus zu sagen. Er wusste, wie sehr sie es hasste, ihre Gefühle nicht im Griff zu haben. Das wollte er ihr ersparen. Er räusperte sich.

»Charmaine Mabuyakhulus Eltern waren in der Apartheidzeit nach London geflüchtet«, begann er seinen Bericht. »Dort ist sie aufgewachsen, und dort hat sie wohl auch studiert. Zu der Zeit war sie noch bildhübsch und gertenschlank. Kaum zu glauben, dass dieser walzenförmige Leib einmal schlank und sehr ansehnlich war, nicht?«

Lisa, die ihm konzentriert zugehört hatte, rief sich Charmaine Todds Gesicht in Erinnerung. Sie zuckte mit den Schultern. »Unter dem ganzen Fett hat sie eine wunderbare Knochenstruktur. Ich kann mir gut vorstellen, dass sie einmal spektakulär ausgesehen hat.«

»Aha. Nun, sie ist mit Sicherheit für Männer ihres Volkes in ihrem jetzigen Umfang auch sehr begehrenswert. In den neunziger Jahren auf jeden Fall traf sie einen Texaner namens Todd, der von seinem Vater eine Ölquelle und so viel Geld geerbt hatte, dass er es nicht zählen, sondern wiegen musste. Juwelenbehängt geisterte Madame Todd durch alle Klatschspalten und war eine dieser Kiss-Kiss-Ladys, die auf jeder Party auftauchen. Nachdem sie immer voluminöser wurde, hat Mister Todd sich mit einer unanständig hohen Summe von ihr losgekauft und sich wieder nach Texas zurückgezogen. Dort widmet er sich jetzt seiner Ölquelle und einem niedlichen jungen Mädchen, dessen einzige Aufgabe es ist, ihn anzubeten und ihre Figur zu halten.«

Er pausierte kurz, um einen Schluck Orangensaft zu trinken.

»Also, Madame Todd langweilte sich mit dem vielen Geld«, fuhr er fort. »Sie entsann sich ihres abgeschlossenen Jurastudiums, arbeitete für zwei, drei Jahre als Strafverteidigerin und galt als Schrecken aller Staatsanwälte, weil sie ihnen die dicksten Brocken wieder entriss, wenn die dachten, sie hätten sie sicher für Jahre hinter Gittern.«

Abrupt brach er ab, stand auf und begann mit allen Anzeichen von Nervosität hin und her zu laufen. Schließlich blieb er vor ihr stehen.

»Irgendwann einmal kreuzte ein Fall ihren Schreibtisch, bei dem es darum ging, vertriebenen schwarzen Familien in ihrem eigentlichen Heimatland Südafrika wieder zum Besitz ihres Stammeslandes zu verhelfen. Ich glaube sogar, dass sie es in der Zeitung las. Jedenfalls setzte sie sich mit den Vertriebenen in Verbindung, schnappte sich den Fall, zog vor Gericht, siegte und sackte einen Haufen Honorar ein. Damit hatte sie Blut geleckt. Seitdem spezialisiert sie sich auf derartige Fälle. Leider ist sie sehr, sehr gut darin. Offenbar hat sie bei allen großen Fällen der letzten Jahre zumindest im Hintergrund die Fäden gezogen. Das beste Beispiel ist das riesige Wildreservat, das östlich von Hluhluwe liegt und eigentlich ein Zusammenschluss mehrerer großer Ländereien weißer Farmer war. Drei der umliegenden Clanführer reichten ihren Anspruch auf das Land bei Gericht ein. Sie übernahm ihre Vertretung. Lange Rede, kurzer Sinn …«

»Davon habe ich gehört«, unterbrach ihn Lisa. »Obwohl ich nicht wusste, dass diese Frau dahintersteckt. Soweit ich weiß, bekamen die Clans ihr Land zurück und verpachteten es sofort wieder auf zweiundsiebzig Jahre an die Betreiber des Wildparks, richtig?«

Mick nickte. »Genau. Zehn Millionen Rand bekamen sie bei Vertragsunterzeichnung bar auf den Tisch, weit über zweihundertfünfzig Millionen Rand bringt die Pacht. Es hat sie steinreich gemacht. Ich könnte glatt neidisch werden.«

Lisa starrte zum Wasserloch. »Fazit ist, dass Charmaine Todd eine flamboyante Giftschlange ist, die wir nicht unterschätzen dürfen. Also, was treibt sie an? Nur Gier nach Geld? Mir scheint, dass sie längst darin schwimmt.« Sie wandte sich ihm zu und bemerkte mit Unbehagen, dass seine Miene ungewöhnlich ernst geworden war.

»Jagdfieber«, antwortete er mit deutlicher Verdrossenheit. »Sportlicher Ehrgeiz. Schiere Lust, die Beste zu sein. Sie ist bekannt dafür. Es macht sie völlig unberechenbar.«

Sie starrte ihn entgeistert an. »Was? Das kann doch nicht wahr sein. Habe ich das richtig verstanden? Du meinst, es geht ihr gar nicht um die Menschen, die sie vertritt, sondern nur ums Gewinnen?«

Er fing ihre nervös herumflatternden Hände und hielt sie für einen kurzen Augenblick fest, ehe sie sie ihm entzog. »Das scheint leider so zu sein, und ihre Waffen sind ein beeindruckender Intellekt und Bösartigkeit, und obendrein ist sie auf Weiße nicht gut zu sprechen. Mister Todd war zwar weiß, aber ihr ausgeprägter Instinkt für Geld und wo es zu finden ist, hatte sie in seinem Fall offenbar auf diesem Auge blind gemacht. Vielleicht ist sie einfach nur wütend, dass er ihr praktisch ihre einzige Niederlage zugefügt hat.«

Abwesend nahm er das Orangensaftglas und drehte es zwischen den Fingern.

»Angespornt von ihrem Erfolg bei der Rückführung des Wildreservats in Clan-Besitz, befasst sie sich seit einiger Zeit mit den Besitzverhältnissen der großen weißen Farmen. Angeblich hat sie schon einmal nach Inqaba geschielt, und das ist, wie jeder weiß, das Filetstück der Wildfarmen in Natal. Es kursieren Gerüchte, dass sie die Farm in einen Abenteuergolfplatz umwandeln und ein Timesharing-Hotel bauen wollte. Aber sie ist damit glücklicherweise nicht weitergekommen. Jill hat die Zulus, die bei ihr arbeiten, längst an ihrer Farm beteiligt. An Inqaba kommt die Todd nicht heran.«

Noch begriff Lisa nicht, worauf er hinauswollte. Sie hielt es nicht mehr auf ihrem Stuhl aus. Wie eine lästige Schnake surrte ihr ein Gedanke im Kopf herum. Grübelnd marschierte sie über die Veranda.

Ihr Vater hatte im Laufe des letzten Jahres mehrfach Anfragen von Investoren aus Übersee erhalten, die Lalisa kaufen wollten.

Lalisa, das wie Inqaba ein Juwel auf dem überhitzten Immobilienmarkt war. Er hatte die Angebote immer zerrissen. Er hasste die Reichen dieser Welt, die Südafrika abgrasten, um sich eine Großfarm nach der anderen einzuverleiben. Als Heuschreckenschwarm hatte er sie immer bezeichnet. Und nun war er völlig außer Gefecht, ihre Mutter verschwunden, vermutlich tot, das Haus abgebrannt.

Plötzlich blieb sie wie versteinert stehen.

Das war es, natürlich! Die Beute blutete, und eine Hyäne namens Charmaine Todd hatte sie gewittert. Unbewusst fletschte sie selbst die Zähne. Sie wirbelte zu Mick herum, der am Geländer lehnte.

»Die Todd hat es auf unser Land abgesehen, das ist es, oder? Sie will sich Lalisa unter den Nagel reißen!«

Mick antwortete nicht gleich, aber sein Mienenspiel verriet ihn. Sie verstand auch ohne Worte. Charmaine Todd war die wirkliche Brandstifterin. Sie wollte Lalisa haben. So einfach war das.

»Bongi weiß nichts davon, dass die Todd sich in Wirklichkeit einen feuchten Kehricht um sie schert, nicht wahr?«, flüsterte sie. »Sie glaubt, es geht um ihren verschwundenen Mann. Sie ist dieser Hexe ebenfalls in die Falle gegangen.«

Mick nickte. »Das sehe ich auch so, aber sie wird uns nie glauben, wenn wir ihr das sagen. Und es gibt nichts, was wir gegen diese Frau ausrichten können. Was sie tut, ist völlig legal.«

Lisa fuhr herum. »Lalisa abfackeln? Doch wohl nicht!« Ihre Stimme kletterte schrill.

»Wenn du es ihr nachweisen kannst, dann hast du sie. Ohne Beweis bist du aber machtlos, und ich habe keine Idee, wo du den herzaubern willst. Ehrlich gesagt, wird es auch mit handfesten Beweisen sehr schwierig werden. Die Frau hatte mit Sicherheit dafür gesorgt, dass ihr viele Leute in entscheidenden Positionen in den verschiedenen Behörden dankbar sein müssen. Verstehst du, was ich meine?«

Lisa antwortete nicht. Die Hände zu Fäusten geballt, fegte sie über die Holzbohlen, dass das Eis in den Gläsern auf dem Tisch klirrte. Abrupt blieb sie stehen. »Hat sie auch etwas mit dem Verschwinden meiner Mutter zu tun?«

»Ich weiß es nicht, Lisa, Darling, aber das kann ich mir eigentlich nicht vorstellen. Sie arbeitet subtiler.«

Herrgott, wie sehr es ihn danach verlangte, sie in den Arm zu nehmen und alles Böse dieser Welt von ihr fernzuhalten! Aber er widerstand dem Impuls. Im Augenblick. Ihretwegen.

Lisa war weiß vor Wut geworden. »Ich krieg sie, Mick, das schwöre ich. Auf irgendeine Art kriege ich sie. Und Lalisa bekommt sie nicht in ihre rot lackierten Krallen, nicht solange ich lebe!« Voll zornigem Überschwang nahm sie ihre Wanderung von einer Ecke der Veranda zur anderen wieder auf. Ihr Körper vibrierte vor Erregung, ihre grünen Augen schossen Blitze, das blonde Haar flog, ihre Füße hackten einen dumpfen Trommelwirbel auf die Holzbohlen.

Er sah sie an. Diana, die Göttin der Jagd, musste so ausgesehen haben. Ihm wurde ganz schwindelig vor Verlangen, gleichzeitig schämte er sich, dass ihn das ausgerechnet jetzt überfiel.

Lisa merkte nichts davon. Ihre Gedanken gerieten außer Kontrolle, kreisten wie demente Fliegen unablässig um ihren Vater, ihre Mutter, Charmaine Todd, die drei verschwundenen Nyathis. Die abgeschnittene Hand. Auf ihren Wangen glühten hochrote Flecken, immer hektischer wurden ihre Bewegungen, immer schneller und lauter das Staccato ihrer Schritte.

Schließlich griff Mick ein und hielt sie am Arm fest. »Setz dich. Du musst aus diesem Teufelskreis herauskommen.«

Fast überkochend vor Wut, starrte sie ihn an. Sie schien ihn überhaupt nicht zu erkennen und riss sich los.

Mick packte sie an beiden Schultern und schüttelte sie. »He, komm zu dir, ich bin's! Lisa, hör mir zu.« Er hielt ihren Blick mit seinem fest. »Ich werde nicht zulassen, dass diese Frau dir schadet. Hast du das verstanden?« Ihm war klar, dass man eine Frau wie Charmaine Todd nicht einschüchtern konnte, körperlich schon gar nicht, obwohl sie bei ihm genau diese Reaktion auslöste. Er musste die Sache anders anpacken. Eine vage Idee schwamm in seinem Kopf. Er ließ Lisa los.

»Lass uns drüben im Restaurant zu Abend essen. Da gibt es genügend Ablenkung. Ich wette, dass die anderen Gäste nur darauf brennen, von ihren Erlebnissen im Busch zu erzählen. Vielleicht gibt's was zum Lachen.«

Lisa musste sich erst durch die Flut ihrer Emotionen kämpfen, ehe sie antworten konnte. »Ich habe keinen Hunger!«

»Ja, ja«, sagte Mick, »schon gut, aber wir gehen jetzt trotzdem essen. Du kannst dann ja dabei zusehen, wie ich Jills Salat mit geräucherten Hähnchenbruststreifen vertilge. Und die Karamellcreme«, setzte er mit einem listigen Lächeln hinzu und zog sie von der Terrasse hinüber auf den Weg zum Haupthaus.

Ihr Widerstand hielt nur die ersten Schritte, dann ging sie freiwillig mit. Auf einmal verspürte auch sie so etwas wie Hunger.

Jill, die an einem der Tische stand und mit den Gästen sprach, sah sie kommen und merkte sofort, dass etwas vorgefallen war. Sie entschuldigte sich bei ihren Gesprächspartnern, winkte Lisa und Mick zu und führte sie zu dem Tisch, der in der balkonartigen Ausbuchtung der Terrasse unter dem üppigen Schattenbaum stand.

Sie lehnte sich vor und zündete die Kerzen auf dem Tisch an. »Setzt euch. Was kann ich euch zu trinken anbieten?«

Sie winkte Thabili heran, und Lisa und Mick gaben ihre Bestellungen auf. Hähnchensalat, zwei Mal, Karamellcreme, zwei Mal, eine Cola, ein Bier. Die Terrasse war voll besetzt, das Stimmengewirr wurde lebhafter. Immer wieder brandete Gelächter auf, dass sich selbst die Ochsenfrösche kaum Gehör verschaffen konnten und Thabili mehrmals nachfragen musste. Jill sah auf die beiden hinunter. Im Gegensatz zu der vergnügten Stimmung der übrigen Gäste wirkten sie bedrückt und angespannt.

»War dein Besuch bei den Nyathis erfolgreich?«, fragte sie vorsichtig.

Lisas Hände flatterten wie zwei aufgescheuchte Schmetterlinge hoch. »Wie man's nimmt. Aber darüber kann ich im Augenblick nicht reden. Will ich nicht. Ich muss erst selbst mit mir ins Reine kommen.« Die Schmetterlinge fielen mit einem Klatschen auf den Tisch. »Aber hast du einen Augenblick Zeit, dich zu uns zu setzen? Ich ...« Ihr Blick streifte Mick. »... wir könnten ein wenig Ablenkung vertragen. Klatsch und Tratsch zum Beispiel.« Sie lächelte gequält. »Möglichst saftig, und was immer sonst dir einfällt.«

Jill grinste, setzte sich, stützte die Ellbogen auf den Tisch und lehnte sich verschwörerisch vor. »Also«, raunte sie, »seht ihr diese Frau dort, die wie ein getrockneter Fisch aussieht?« Verstohlen deutete sie über ihre Schulter. »Wir nennen sie die hagere Helga. Nun, es begab sich, dass sie unvorsichtigerweise das Schlafzimmerfenster ihres Bungalows offen stehen ließ, während sie sich auszog. Ein Pavian lugte herein und ...«

Mick beobachtete erleichtert, wie die Blässe aus Lisas Gesicht wich, der überschäumende Zorn sich nach und nach legte. Nachdem Jill die Geschichte von der hageren Helga und dem Pavian zu Ende erzählt hatte, lachte sie sogar verhalten und machte sich mit Appetit über den Salat her, den ihr Thabili vorgesetzt hatte.

»Kennst du eine Charmaine Todd?«, fragte sie ihre Gastgeberin zwischen zwei Bissen.

Jill klappte vor Überraschung der Mund auf. Schlagartig war alle ihre Fröhlichkeit weggewischt. »Ach, du liebe Güte. Sag bloß, die hat es auf Lalisa abgesehen? – Du brauchst nicht zu antworten, ich kann es dir ansehen.« Ein Muskel unter ihrem rechten Auge fing an, heftig zu zucken. »Was hat sie getan?«

»Ich gehe davon aus, dass sie Lalisa abgefackelt hat – das heißt, sie hat sich selbst nicht die Hände schmutzig gemacht. Für die Drecksarbeit hat sie ein paar Typen engagiert.« Lisa spießte ein Stück Hähnchen auf, aß es aber nicht. »Unter dem Mäntelchen der engagierten Anwältin für die Unterdrückten. Offiziell sucht sie Bongi Rampedis verschwundenen Mann.« Das Hähnchenstück fiel unbemerkt von der Gabel. »Hast du ein Rezept, wie ich sie mir vom Hals schaffen kann?«

»Gift?« Jill legte den Kopf schräg. »Okay, ich weiß, das war eine dumme Bemerkung. Aber diese Frau spricht meine niedersten Instinkte an.«

»Wen willst du vergiften?« Nils Rogge, heute nicht im Hawaiihemd, sondern einem dunkelblauen T-Shirt, ließ sich neben Jill auf den freien Stuhl fallen, der unter seinem Gewicht in den Fugen krachte. »Hallo, Lisa, Mick. Was ist los? Ihr seht aus, als hätte euch jemand die Lollis geklaut.«

»Charmaine Todd«, antwortete Jill trocken.

»Oh! Ich verstehe. Für die ist Gift zu schade«, sagte Nils. »Aber Spaß beiseite, was hat die Schlange jetzt schon wieder gemacht? Wenn sie einen Fuß auf Inqaba gesetzt hat, begehe ich einen vorsätzlichen Mord.«

»Ich werde dich kostenlos verteidigen«, erbot Mick sich eifrig.

Aber Jill winkte ab. »Alle unsere Leute wissen, wie sie aussieht. Um ungesehen auf unser Land zu gelangen, müsste sie irgendwo über den Zaun klettern. Vielleicht sollte ich unsere Löwen ein paar Tage auf Diät setzen.« Sie lächelte schief. »Nein, an mir hat sie sich die Finger verbrannt. Inqaba lässt sie wohl jetzt in Frieden, aber sie hat Lalisa im Visier.«

Nils kippte seinen Stuhl zurück und wippte hin und her. Dabei starrte er blicklos vor sich hin.

»Er denkt«, informierte Jill Lisa und Mick. »Das kann dauern. Ich hole uns noch etwas zu trinken.« Sie hob die Hand, worauf eine junge Zulu mit einer hochgezwirbelten Igelfrisur an den Tisch kam. Jill bestellte eine Flasche Rotwein und vier Gläser.

Nils Rogge ließ den Stuhl krachend auf die Füße kippen. »Ich kenne Amos Nyathi«, sagte er langsam. »Während der Anhörungen der Truth Commission habe ich mit meinem Kameramann für das Auslandsjournal gedreht. Dabei habe ich ihn getroffen. Bemerkenswerter Mann. Gradlinig, störrisch, erzkonservativ. Wenn er zornig wird, geht man ihm am besten aus dem Weg.«

Lisa nickte. All das traf auf ihren Nachbarn zu. »Was hat das mit Charmaine Todd und Lalisa zu tun?«

Nils erklärte es ihr. »Wenn Amos herausbekommt, dass die Todd die Suche nach seinem Bruder nur als Vorwand benutzt ...«

»... wenn er hört, dass sie die Brandstifterin ist ...«, fiel Mick ihm ins Wort.

Die beiden Männer sahen sich an. »Dann wird er uns die Arbeit abnehmen und die Frau in die Wüste jagen«, sagte Nils, und Mick nickte zustimmend.

»Ja«, flüsterte Lisa, und der Schatten, der ihre Züge verdunkelt hatte, machte einem hoffnungsvollen Lächeln Platz. »Ja, das könnte funktionieren. Das ist brillant!«

Mick Robertson und Nils Rogge grinsten sie an.

»Er wird es nicht ohne Beweise akzeptieren. Die müssen überzeugend sein.« Mick konnte den Anwalt doch nicht ganz verleugnen. »Tut mir leid, dass ich wieder Korinthen kacke, Lisa. Ich arbeite daran, es mir abzugewöhnen. Versprochen.«

Lisa warf den Kopf zurück und lachte schallend. Mick schaute glücklich drein. Sie setzte zu einer Erwiderung an, wurde aber von der Zulu mit der Igelfrisur unterbrochen, die den Rotwein brachte und ihn Jill reichte. Nach einem Blick auf das Etikett nickte die Besitzerin Inqabas.

»Ich öffne ihn selbst, danke«, sagte sie, winkte das Mädchen weg und setzte den Korkenzieher an. Nachdem Nils den ersten Schluck probiert und den Wein für hervorragend befunden hatte, goss Jill Lisa ein.

Lisa nippte daran. »Hm, süffig, genau das, was ich jetzt brauche«, murmelte sie, trank die Hälfte des Weins in einem Zug und lächelte Mick über den Rand des Glases an, bevor sie es abstellte und sich mit der Serviette die Lippen abtupfte. »Ich habe die Todd mit den Brandstiftern gesehen. Es waren die zwei Männer, die wir auf Lalisa erwischt haben, ganz ohne Zweifel, und die Polizei hat deren Namen. Kannst du die in Erfahrung bringen? Die Männer leben offenbar in der Gegend um Mtubatuba herum, die Möglichkeit, dass Amos sie kennt, ist gar nicht so klein. Auf jeden Fall wird es ihn sehr interessieren, wer die Leute sind. Wie Nils sagt, wenn er wütend ist, wird er zum Stier. Wie er sein kann, hast du ja selbst erlebt.« Ihre Augen glitzerten, der Wein funkelte blutrot.

Mick nickte. »Allerdings, und die Namen der Typen bekomme ich heraus ... Ich habe über die Jahre einen Stapel Schuldscheine angehäuft, die ich einlösen kann.«

Nils schlug mit der Hand auf den Tisch. »Bingo! Du lieferst die Namen, den Rest erledige ich, und nun sollten wir dieses konspirative Treffen gebührend begießen! Jill, mein Herz, lass noch eine Flasche von diesem Nektar springen.«

Der Wein wurde gebracht, und bald redeten alle gleichzeitig. Über ihnen funkelte der sternenübersäte Himmel, der warme Nachtwind wisperte in den Blättern, irgendwo flötete ein einsamer Baumfrosch. Die Unterhaltung riss keine Sekunde ab, jeder erzählte Anekdoten aus seinem Leben, und sie lachten viel. Die Kerzen auf dem Tisch brannten herunter, längst waren die vier die Einzigen, die noch auf der Veranda saßen. Es war schon ein Uhr nachts vorbei, als Lisa verkündete, dass sie jeden Moment vom Stuhl fallen würde, wenn sie nicht sofort ins Bett käme.

»Natür... natürlich.« Jill stand auf und hielt sich diskret an der Tischkante fest. »Nils und ich begleiten euch zu eurem Bungalow. Ich hole nur eben mein Gewehr, um die großen, wilden

Löwen zu verjagen.« Sie kicherte und stakste gemessenen Schrittes in Richtung ihres Büros, wobei sie immer wieder irgendwo Halt suchen musste.

Nils sah ihr nach und hob seine leeren Hände. »Ich muss mich auf meine Pranken verlassen. Ich bin nicht so selbstverständlich mit Schusswaffen aufgewachsen wie Jill.« Er lachte trocken auf. »Obwohl ich früher häufiger mal bei meinen Reportagen ins Fadenkreuz geraten bin.«

Seine Bemerkung gab den Anstoß zu einer weiteren lebhaften Diskussion, die in vollem Gange war, als Jill, das Gewehr über die Schulter gehängt, zurückkam, und sie endete erst, nachdem noch eine weitere Flasche Wein daran glauben musste.

Um halb drei schaute Jill auf die Uhr und giggelte. »Jetzt ist die Frage, ob wir einfach durchmachen oder ob ich noch einmal für eine Stunde ins Bett krieche. Um halb vier muss ich wieder aufstehen. Um vier habe ich die erste Morgenfahrt mit einem Ehepaar aus Amerika.« Sie verdrehte die Augen himmelwärts. »Aus Texas. Sie tragen Stetsons und Cowboystiefel.«

Ihre Bemerkung löste wieder eine Lachsalve aus. Aber Lisa wurde bei der Vorstellung, noch vor Sonnenaufgang wieder aufstehen zu müssen, von einer bleiernen Müdigkeit überfallen, jener Müdigkeit, die die Glieder schwer machte und einen traumlosen Schlaf versprach. Etwas, was sie, seit sie Kapstadt verlassen hatte, nicht mehr gehabt hatte. Sie stand auf, schwankte heftig und setzte sich wieder hin. »Ups«, murmelte sie.

Mick grinste. Ausgedehnte Essen mit Mandanten hatten ihn im Laufe der Zeit ziemlich trinkfest gemacht. Er zog sie hoch und legte den Arm fest um ihre Schultern. »Ich pass schon auf, dass du nicht auf die Nase fällst. Lehn dich einfach an mich.«

Lisa sträubte sich nur kurz, dann legte sie mit einem Seufzer ihren Kopf an Micks Schulter und ließ sich stützen. Vor der Tür ihres Bungalows hob sie eine Hand. »Gehduschonhinein«, nuschelte sie. Sie stieß auf und schüttelte sich wie ein angeschlagener Boxer. »Entschuldigung. Ich muss Jill noch was sagen.« Der Satz kam klar heraus.

Mick folgte ihrer Bitte, und nachdem er seine Schlafzimmertür hinter sich zugezogen hatte, nahm Lisa Jill in den Arm und drückte sie. »Danke, ich bin zwar ziemlich angeschickert, aber diesen Abend werde ich nie vergessen. Du kannst dir nicht vorstellen, wie sehr ihr mir geholfen habt, wie gut mir das getan hat.«

Jill legte ihr die Hand auf die Wange. »Doch«, sagte sie. »Das weiß ich ganz genau, glaub mir. Ich habe auch gelernt, dass es für fast alle Probleme Lösungen gibt und dass man alles packen kann, wenn man gute Freunde hat. Du hast gute Freunde. Sehr gute. Also, wenn ich dir sonst irgendwie helfen kann, sag es mir.«

Lisa war so gerührt, dass sie fast geheult hätte. »Seid ihr sicher, dass ich nicht zu viel von euch verlange? Sagt es bitte ehrlich!«

Jill kicherte. »Charmaine Todd auszutricksen, ist mir ein wirkliches Vergnügen, also tust du mir eher einen Gefallen. Mach dir darüber überhaupt keine Gedanken. Schlaf gut.« Sie gab Lisa einen herzhaften Kuss. Auch Nils nahm sie in den Arm und drückte sie fest. Dann wandten sich beide mit einem Winken ab. Die Arme umeinandergeschlungen, verschwanden sie den Weg hinunter. Der Lichtpunkt ihrer Taschenlampe hüpfte immer vor ihnen her, bis auch der im Blättergewirr der Büsche nicht mehr zu sehen war.

Lisa blieb in der plötzlichen dichten Dunkelheit zurück, fühlte sich absurderweise alleingelassen, geriet für eine Sekunde fast in Panik, bis ein Lichtstrahl, der unter Micks Schlafzimmertür hervordrang, ihr auf die Füße fiel und sie daran erinnerte, dass sie doch nicht allein war.

Eine warme Welle wusch über sie hinweg. »Gute Nacht«, rief sie Jill und Nils leise nach, und als Mick seine Tür öffnete und den Kopf herausstreckte, küsste sie ihn schnell auf die Wange.

»Gute Nacht«, wiederholte sie mit schwerer Zunge und schwankte lächelnd in ihr Zimmer.

Sie schlief durch, bis ein Kaffernhornvogel sie mit seinem dröhnenden Ruf aus dem Schlaf riss und sie im ersten Augenblick glaubte, dass ein Löwe in ihrem Zimmer röhrte. Mit einem Satz sprang sie aus dem Bett, worauf sofort ihr Kopf zu platzen drohte.

»Oh«, stöhnte sie und sank mit einer Grimasse zurück. Der Wein hatte es offenbar in sich gehabt. Sie blieb mit geschlossenen Augen in den Kissen liegen und ließ den vergangenen Abend noch einmal an sich vorbeiziehen. Sehr gute Freunde, hatte Jill gesagt. Sie seufzte leise. Das waren die Kopfschmerzen wert. Allemal.

Der Kaffernhornvogel trompetete wieder. Unwirsch schlug sie die Augen auf, stand theatralisch stöhnend auf und ging unter die Dusche. Während ihr das lauwarme Wasser über die Haut strömte, fiel ihr plötzlich ein, dass dieser Hornvogel in Afrika als Verkünder kommenden Unheils galt.

Das wahnsinnige Karussell in ihrem Kopf setzte sich sofort wieder in rasende Bewegung, kreiste um den Zustand ihres Vaters, das Verschwinden ihrer Mutter, um die drei toten Nyathis und die Absichten von Charmaine Todd. Ihr wurde prompt schwindelig. Es half auch nichts, dass sie sich den Plan von Mick und Nils ins Gedächtnis rief. Im klaren Licht des Morgens kam er ihr nicht mehr so erfolgversprechend vor. Amos war ein alter Mann und die Anwältin ein menschlicher Bulldozer, wenn es darum ging, sich durchzusetzen.

Wieder hallte der Ruf des großen Hornvogels durch die Morgenstille. Sie zuckte zusammen, und es gelang ihr nicht, die ganze Sache als dummen Aberglauben abzutun. Ein ungutes Gefühl im Magen blieb. Schnell trocknete sie sich ab und zog Jeans und das letzte frische T-Shirt an. Sie würde Jill bitten müssen, ihre Wäsche waschen zu lassen.

Als sie die Verandatür weit öffnete, um die herrliche Morgenluft hereinzulassen, entdeckte sie den truthahngroßen schwarzen Vogel mit dem roten Gesicht und Kinnsack. Auf Zehenspitzen stolzierte er im lichten Unterholz herum und stocherte mit dem riesigen Schnabel nach Beute. Plötzlich stieß er einen bellenden Laut aus, hackte zu, und schon zappelte ein kläglich quietschender junger Mungo in seinem Schnabel. Im selben Augenblick kam ein noch größerer Hornschnabel aus dem Dickicht gerannt, packte den Mungo am Kopf, und es begann ein grausames Gezerre um das Opfer.

Sie wandte den Blick ab.

24

Es roch bedrückend nach Krankenhaus. Lisa schob eine Haarsträhne unter die unkleidsame grüne Haube, die zum OP-Kittel gehörte, den jeder tragen musste, der einen Patienten auf der Intensivstation besuchen wollte. Sie desinfizierte ihre Hände und band den Mundschutz um, den ihr die Schwester gereicht hatte. Von hier aus konnte sie den von bläulichen Neonleuchten erhellten Raum sehen, in dem ihr Vater lag. Die Tür stand eine Handbreit offen.

Bevor sie eintrat, blieb sie in einiger Entfernung stehen und versuchte einen Blick auf ihn zu werfen, um auf seinen Anblick vorbereitet zu sein. Er sollte nicht gleich von ihrem Gesicht ablesen können, wie schlecht es um ihn stand. Aber die Jalousien vor dem Türfenster verwehrten ihr die Sicht auf sein Bett. Mit einem tiefen Atemzug stählte sie sich, ihren starken, robusten Vater gebrochen, schwach und am Rande des Todes zu sehen. Sie zwang sich ein Lächeln aufs Gesicht, holte noch einmal tief Luft, spreizte ihre behandschuhten Hände ab, um nichts zu berühren, und schlich auf Zehenspitzen auf die Tür zu. Doch direkt davor zögerte sie wieder.

»Gehen Sie nur hinein. Sie brauchen nicht bange zu sein, es geht ihm erstaunlich gut. Aber vermeiden Sie alles, was ihn aufregen könnte«, sagte die indische Krankenschwester hinter ihr.

Lisa warf ihr über die Schulter einen zugleich erstaunten und dankbaren Blick zu. So viel Einfühlungsvermögen hätte sie der sehr resolut wirkenden Frau nicht zugetraut.

»Danke, das sind wirklich gute Nachrichten. Aber ich möchte doch vorher seinen Arzt sprechen.«

»Natürlich ist das kein Problem, aber er operiert noch. Wann er fertig ist, kann ich nicht sagen. Das kann noch lange dauern. Rufen Sie am besten an, und machen Sie einen Termin.« Sie streckte den Kopf durch die Tür und betrachtete ihren Patienten kritisch. »Fünf Minuten, mehr nicht«, sagte sie mit strenger Miene.

»Danke«, flüsterte Lisa, setzte ihr Lächeln wieder auf und ging entschlossen durch die Türöffnung. Mit Erstaunen stellte sie fest, dass er sie erkannte und sogar schon wieder lächeln konnte, wenn es auch nur ein schwacher Abklatsch seines üblichen draufgängerischen Grinsens war. Überall hingen Schläuche aus ihm heraus, sein Gesicht war blass unter der Sonnenbräune, die Linien um die Augen und den Mund traten stärker hervor, aber es war ihr Vater, und er lächelte sie an. Kämpferisch und siegessicher.

Sie starrte ihn an. In dieser Sekunde erschien es ihr einfach unmöglich, dass auch nur ein Quäntchen Wahrheit in dem steckte, was die Nyathis behaupteten. Ihr Herz hüpfte. »Hallo, Daddy«, flüsterte sie.

»He, Kleines.«

Bill Darling verzog das Gesicht. Sein Hals schien ihm mit Sandpapier ausgeschlagen zu sein, was er auf die Folgen der Intubation während der Narkose zurückführte. Er setzte zu einem Räuspern an, ließ es dann aber sein, weil ihm der Schmerz in die Rippen schoss. Mit einem Finger deutete er auf seine Brust.

»Komisches Gefühl, dass da was in mir lebt, was nicht zu mir gehört ...« Er sprach schleppend mit vielen Erholungspausen. »Möchte wissen, wessen Herz mich jetzt am Leben erhält«, fuhr er stockend fort. »Ein fremder Zellklumpen ...« Er versuchte ein Lachen, was ihm allerdings misslang. Es tat einfach zu höllisch weh. Er unterdrückte ein Stöhnen.

Lisa zuckte zusammen. Der Schnitt musste riesig sein. Mit einem Anflug von Panik verdrängte sie das Bild von der blutigen Brusthöhle. Dem schlagenden Herzen darin. Die Übelkeit, die sie verspürte, seit sie sein Zimmer betreten hatte, verstärkte sich.

Ihr Vater schaute sie grübelnd an. »Was meinst du … die fremden Erbinformationen … ob die in meine übergehen …? Ob ich das merken werde?« Seine Stimme kam schleppend.

Lisa hörte ihm fassungslos zu. Im Leben hätte sie ihrem Vater, William Edmund Darling, ehemaliger Polizist, derartig tiefgründige Überlegungen nicht zugetraut. Ganz vorsichtig nahm sie seine Hand. Im Handrücken steckte eine Infusionsnadel. »Bitte sprich nicht, es strengt dich zu sehr an. Du brauchst deine Kraft, um wieder gesund zu werden. Alles andere ist nebensächlich. Nur das zählt.«

»Melly?«, fragte er.

»Wir haben eine Spur.« Als sie das Aufleuchten in seinen Augen bemerkte, war sie froh, dass sie ihm nicht die Wahrheit gesagt hatte. »Ich verspreche dir, dass ich sofort zu dir komme, wenn ich etwas Genaues weiß.«

Noch hatte sie ihm nicht gesagt, dass Lalisa – das Haus, in dem er zur Welt gekommen war, seine Heimat, der Sitz seiner Familie seit vielen Generationen – abgebrannt war, und solange es ihm nicht wirklich besser ging, hatte sie auch nicht vor, das zu tun. Es war abgebrannt, nichts und niemand konnte daran etwas ändern. Auch die Begegnung mit diesem undurchsichtigen Kobus und seinen Leuten erwähnte sie nicht. Es war mit Sicherheit kein Thema, mit dem sich ihr Vater jetzt beschäftigen sollte. Von den drei Männern war eine deutliche Bedrohung ausgegangen, und die hatte nicht ihr gegolten, dessen war sie sich sicher. Vielleicht waren sie doch keine Freunde ihres Vaters. Ein Fünkchen Zuversicht flackerte bei diesem Gedanken auf.

Sie blieb noch eine Weile, hielt seine Hand, lauschte seinem Atem, aber redete kaum. Eine seltsame Art von Befangenheit hatte sie erfasst. In ihr staute sich vieles, was sie ihn fragen wollte, aber nichts davon war für diesen Ort und diesen Augenblick geeignet.

Als die Intensivschwester hereinkam und ihr bedeutete, dass sie jetzt gehen müsse, war sie überrascht, dass tatsächlich nur fünf

Minuten verstrichen waren. Sie verabschiedete sich leise von ihm mit dem Versprechen, spätestens morgen wiederzukommen. Sie war sich nicht sicher, ob er das mitbekommen hatte. Seine Augen waren geschlossen, und er antwortete nicht.

Nachdem sie sich des OP-Kittels entledigt und Jeans und T-Shirt angezogen hatte, erschien der Chirurg ihres Vaters im Gang. Sie stellte sich ihm in den Weg und bombardierte ihn mit Fragen. Auch von ihm bekam sie zu hören, dass alles gut verlaufen sei und dass sie sich keine übermäßigen Sorgen zu machen brauche. Trotzdem zögerte sie, ihm zu glauben. Erst als er ihrem Besuch am nächsten Morgen ohne Zögern zustimmte, war sie etwas beruhigter. Erleichtert verließ sie die Station und fuhr im Aufzug hinunter.

Mit eiligen Schritten lief sie über die glänzenden Fliesen auf den Ausgang zu. Plötzlich konnte sie es nicht erwarten, an die frische Luft zu gelangen. Als sie sich dabei einer Gruppe Kübelpalmen näherte, drangen erregte Stimmen an ihr Ohr. Mehr aus beruflicher Gewohnheit als aus Neugier sah sie genauer hin, um herauszufinden, wer sich da stritt. Hinter den Palmen standen drei Menschen, nur die Köpfe ragten aus den grünen Wedeln hervor.

Im ersten Augenblick erinnerte sie der Anblick an die Giraffen auf Inqaba, und sie wollte schon weitergehen, aber dann erkannte sie, wen sie da vor sich hatte. Wie angenagelt blieb sie stehen.

Die drei waren Bongi Rampedi, Amos und Jackson, und ihr Streit musste wirklich schlimm sein. Amos, der in lose um seine hagere Gestalt hängendem schwarzem Anzug, weißem Hemd und schwarzem Schlips seltsam fremd und steif wirkte, machte den Eindruck, als wollte er seinen Sohn jeden Augenblick zusammenschlagen. Bongi trommelte mit den Fäusten auf Jacksons Brust. Ihre Stimme schnitt durch die gedämpfte Atmosphäre des

Krankenhauses, und Lisa konnte jedes Wort verstehen. Atemlos lauschte sie.

»Ich habe die Naht gesehen«, schrie Bongi, und mit jedem Wort traf ihre knochige Faust auf Jacksons breiten Brustkorb. »Jemand hat ihn aufgeschnitten und wieder zugenäht! Warum? Wer hat die Erlaubnis dazu gegeben?«

Jackson zögerte, sein Blick fiel auf den Boden.

»Antworte, du weißt etwas, ich kann es sehen«, knurrte Amos.

Lisa lehnte nur ein paar Meter von den drei Streitenden entfernt an der Wand und konnte sich nicht rühren. Das blanke Entsetzen hatte sie gepackt. Tief in ihrem Inneren entstand ein heißer Knoten, eine schleichende Ahnung, dass sie jetzt etwas hören würde, was ihr Leben für immer veränderte. Sie hielt den Atem an, als sie Jacksons Stimme vernahm.

»Ich war es, der die Erlaubnis gegeben hat«, stieß er hervor. »Es musste schnell gehen. Zusammen mit dir, Dad, bin ich der nächste Angehörige. Ich habe ihn ins Krankenhaus gebracht, und schon da war absehbar, dass er es nicht schaffen würde, also fragten die Ärzte mich. Du warst nicht erreichbar, offenbar war dein Mobiltelefon mal wieder abgestellt.« Der Vorwurf an seinen Vater war deutlich.

Aber Amos reagierte nicht darauf. Seine Augen waren zwei heiße, flackernde Flammen. »Was wurdest du gefragt, und warum hatte das nicht Zeit, bis du mich fragen konntest?«

Sibongiseni wartete nicht auf die Antwort, sondern schwang ihre Arme und schlug erneut zu, wobei zwei Palmwedel abbrachen, aber Jackson fing ihre Fäuste ab und schob sie von sich. Dann wandte er sich ab und starrte aus dem Fenster. Auf seinen Zügen tobte ein lautloser Kampf.

Lisa beobachtete angespannt das Gewitterleuchten auf seinem Gesicht, sie versuchte zu erahnen, welchen Kampf er mit sich ausfocht. Wofür hatte er seine Erlaubnis gegeben? Was brachte seinen Vater und Bongi so gegen ihn auf? Sie hatte von einer

Naht gesprochen und dass jemand aufgeschnitten und wieder zugenäht worden war.

»O Gott«, stöhnte sie unwillkürlich, weil die Antwort auf einmal klar vor ihr stand. Es ging um Vusas Herz. Jack Nyathi war Arzt, Herzchirurg, er verpflanzte Herzen. Er war mit Haut und Haar dem wissenschaftlichen Fortschritt verschrieben. Aber er war als traditioneller Zulu aufgewachsen, hatte in seiner Jugend gelernt, seine Ahnen zu ehren, hatte nach den Bräuchen seines Volkes gelebt, und dieser Zwiespalt brachte ihn jetzt offensichtlich fast um den Verstand.

Jackson setzte an zu sprechen, und am liebsten wäre Lisa jetzt davongelaufen, um nicht hören zu müssen, was er sagen würde, aber sie konnte keinen Muskel rühren. Wie gelähmt wartete sie auf seine Erklärung.

»Es ging um Organspenden«, begann der Chirurg leise. Sein Blick wanderte ziellos durch die Halle. »Vusa war ein kräftiger Mann, organisch kerngesund, und ich als sein Angehöriger wurde gefragt, ob er als Organspender infrage komme …« Er ließ den Satz versickern.

Amos warf sich auf dieses eine Wort. »Organspender?«, flüsterte er ungläubig. »Dein Onkel lebte noch.«

»Er war hirntot, eindeutig festgestellt von mehreren Ärzten«, hielt sein Sohn ihm entgegen, sah seinem Vater dabei aber nicht in die Augen.

»Ihr habt ihn geschlachtet!«, schleuderte ihm Amos vor die Füße.

Dr. Jackson Nyathi wirkte völlig hilflos. »Er war nicht mehr Vusa. Vusa hatte seinen Körper schon verlassen.«

»Was redest du da? Sein Herz schlug noch, und er atmete. Wie kann er dann tot sein?« Sibongisenis Augen glitzerten in manischer Wut.

»Er wurde nur noch durch Maschinen in … diesem Zustand gehalten.« Jackson atmete, als hätte er einen Spurt hinter sich.

Lisa merkte sofort, dass er in letzter Sekunde die Redewendung »am Leben erhalten« nicht ausgesprochen hatte. Es war leicht zu verstehen, warum.

Amos stand noch in derselben unnachgiebigen Haltung da. »Was habt ihr ihm rausgeschnitten? Seine Augen? Die Lunge? Sein Herz?« Das letzte Wort schrie er.

»Ja«, sagte sein Sohn. Nichts weiter.

Sibongiseni schnappte nach Luft, streckte zitternd ihre Hand aus, um sich an der Wand abzustützen. Amos knickte in den Knien ein, schlug aber Jacksons ausgestreckte Hand wütend weg.

Lisa hatte das Gefühl, in ein Vakuum katapultiert worden zu sein. Sie rang verzweifelt nach Luft. Vusas Herz? Konnte das sein? Es durfte nicht sein! Lieber Gott im Himmel, nur das nicht.

»Wer hat sein Herz bekommen?« Amos' Wispern war so leise, dass sie es erst im Nachhinein verstand.

»Das kann ich nicht sagen«, antwortete Jackson sehr schnell.

Zu schnell, fuhr es Lisa durch den Kopf. Er log. Er wusste, wer der Empfänger war, oder ahnte es zumindest. Sie konnte es von seinem aschfahlen Gesicht ablesen, das um Jahre gealtert zu sein schien. Jede Faser ihres Körpers verkrampfte sich, versuchte sich gegen den kommenden Schlag zu wappnen.

Sibongiseni fixierte ihren Neffen mit einem wütenden Blick. »Kannst du nicht, oder willst du nicht?«

»Kann ich nicht, weil ich es nicht weiß.«

»Aber ich weiß es«, fiel ihm Amos ins Wort. »Im Krankenhaus habe ich gehört, dass der Eigentümer von Lalisa ein neues Herz bekommen hat. Bill Darling.« Er packte seinen Sohn am Hemd und schüttelte ihn. »Bill Darling«, heulte er, »der meine Söhne und meinen Bruder getötet und wie Müll verscharrt hat. Bill Darling, der nun auch meinen letzten überlebenden Bruder umgebracht hat.« Sein sengender Blick ließ kein Entkommen zu.

Der Schlag traf Lisa mit zerstörerischer Wucht. Das Unfassbare war geschehen. Ihr Vater hatte Vusas Herz eingepflanzt bekommen. Ihr Vater, der Vusa erschossen haben soll. Vusa, von dem ihr Vater behauptete, dass er ihre Mutter entführt und ermordet habe. In einer blitzartigen Rückblende sah sie die abgetrennte Hand vor sich, roch sie den süßlichen Verwesungsgeruch. Überfallartig wurde ihr schlecht. Die Hand auf den Mund gepresst, um sich nicht auf der Stelle zu übergeben, wartete sie auf die endgültige Bestätigung von Jack Nyathi.

»Baba, das kannst du nicht wissen, und ich weiß es auch nicht«, beharrte Jackson, aber seine Stimme schwankte. Er konnte seinem Vater noch immer nicht in die Augen sehen. »Abgesehen davon, kann das Herz auch ebenso gut an einen Spender in Johannesburg oder Kapstadt oder sonst wo gegangen sein. Es kommt immer drauf an, ob das Herz passt. Das Gewebe muss übereinstimmen, nur dann kann man transplantieren.«

»Ich weiß es«, wiederholte sein Vater. »Zwei OP-Schwestern haben geredet. Jemand hat Bill Darling im Operationssaal erkannt.«

Als Jack den Kopf senkte, wusste Lisa, dass Amos die Wahrheit sagte. Ihr Vater hatte das Herz des Sangoma Vusa in die Brust gepflanzt bekommen. Ihr eigenes Herz geriet aus dem Rhythmus.

Der junge Herzchirurg fasste sich nur mühsam. »Krankenschwestern reden viel, und davon, dass Bill Darling ein Herz transplantiert bekommen hat, weiß ich nichts. Die Tatsache, dass er in diesem Hospital liegt, beweist doch gar nichts. Ich werde mit dem Leiter des Krankenhauses reden. So etwas verstößt gegen alle Regeln. Weder dürfen die Angehörigen des Spenders erfahren, wer der Empfänger ist, noch darf der wissen, von wem sein Herz stammt«, presste er mühsam hervor.

Sein Vater und seine Tante quittierten seine Erklärung mit heißem Schweigen. Lisas Knie zitterten, als der letzte Akt des Dramas, das sich vor ihren Augen abspielte, begann.

Sibongiseni trat in die Lücke, die durch die gebrochenen Palmwedel entstanden war, und richtete sich hoch auf. Sie streckte ihren mageren Vogelhals, die schwarzen Augen glühten. Wie eine schwarze Rachegöttin stand die alte Zulu vor Jackson, und als sie sprach, war es ein schreckliches eintöniges Flüstern. »Ohne Herz werden sich die Ahnen weigern, ihn aufzunehmen«, zischte sie. »Seine Seele wird ruhelos über die Hügel wandern müssen, bis die Zeit zu Ende ist, bis sie sich in Dunkelheit auflöst und wie Rauch von den Winden zerrissen wird.«

Lisa fröstelte, als sie die Worte hörte.

»Nein, Tante, nein«, wehrte Jackson heftig ab. »Ich glaube nicht, dass unsere Ahnen so grausam sind. Vusa hat mit seiner letzten Tat einer Vielzahl von verzweifelten Menschen geholfen. Manche können nur mit seinen Organen überleben, werden ihre Kinder aufwachsen sehen und Enkelkinder haben, ein anderer wird aus der ewigen Finsternis seiner Welt auftauchen und wieder sehen können. Unsere Ahnen werden stolz auf Vusa Nyathi sein. Sehr stolz. Sie werden ihn wie einen Helden empfangen.«

»Ein Mann ohne Herz, ohne Augen, dessen Leib ausgeweidet wurde wie bei einer geschlachteten Ziege. Sie werden ihn nicht erkennen.« Sibongiseni presste unnachgiebig die Lippen zusammen.

Lisa sah die geschlachtete Ziege vor sich, musste an ihren Vater denken und konnte sich gerade noch an der Wand festhalten. Wie hypnotisiert starrte sie auf die drei Menschen im Grün der Palmen.

Amos fixierte seinen Sohn. »Erkläre mir, wie es sein kann, dass ein Mörder mit dem Herzen seines Opfers weiterleben darf?«

Lisas Puls hämmerte in ihren Schläfen, das Atmen fiel ihr schwer, während sie sich vorbeugte, um kein Wort von Jacksons Antwort zu verpassen.

»Hör auf, Baba, wir wissen nicht, an wen Vusas Herz gegangen ist. Und Bill Darling ist nicht sein Mörder. Vusa ist nicht an der Schusswunde am Kopf gestorben«, sagte der leise.

Es dauerte eine Ewigkeit, bis Lisa begriff, was Jackson gesagt hatte.

Ihr Vater war nicht der Mörder von Vusa Nyathi!

Selbst wenn die Kugel in Vusas Kopf aus seiner Waffe stammen sollte, war Bill Darling nicht der Mörder. In letzter Sekunde hielt sie sich zurück, hinauszustürzen und Jack zu fragen, woher er wisse, woran der Sangoma wirklich gestorben sei.

Amos starrte seinen Sohn fassungslos an. »Was redest du da? Das ist eine Lüge! Bill Darling hat ihn erschossen! Du hast selbst gesagt, dass du ihn mit einer Kugel im Kopf auf Lalisa gefunden hast. Wer kann mit einem Loch im Gehirn weiterleben? Er hat ihn getötet. Wer sonst soll es getan haben?«

»Er hatte eine Kugel im Kopf, das stimmt, aber die Verletzung war nicht tödlich. Zwei der geschmiedeten Eisenstacheln von seinem Halsschmuck sind in seinen Hals gedrungen und haben ihm die Halsschlagader aufgeschlitzt. Der Blutverlust war massiv. Sein Gehirn hat nicht mehr genügend Sauerstoff bekommen. Das war am Ende die Todesursache. Der Blutverlust aus der Halswunde.« Jackson streckte die Hand aus, um seinen Vater zu berühren.

Amos wich zurück. »Ich war bei der Polizei und habe Anzeige gegen Bill Darling wegen Mord an meinem Bruder Vusa Nyathi erstattet.«

Lisa hörte es, und ihre Knie gaben nach. Sie tastete mit der Hand hinter sich, bis sie gegen die Wand stieß, und ließ sich langsam daran hinabrutschen.

»Er hat ihn nicht getötet.« Jacksons Stimme hatte das Hilflose verloren. »Ich sage nicht, dass er nicht auf ihn geschossen hat, das weiß ich nicht, aber die Kugel hat Vusas Tod jedenfalls nicht herbeigeführt.«

Amos Nyathi schien die Worte seines Sohnes nicht gehört zu haben. Seine Züge waren steinern, seine Augen hart und flach wie schwarze Steine. Eine Ewigkeit schien zu verstreichen, ehe er endlich sprach, und als er es tat, besaß sein Ton die schreckliche Endgültigkeit eines Fallbeils.

»Ich werde meinen Bruder nicht ohne sein Herz zu seinen Ahnen schicken.«

Lisa verschluckte sich vor Schreck, hielt beide Hände vor den Mund, um nicht aufzuschreien.

Jackson zuckte zurück, als wäre er geschlagen worden. Seine Hautfarbe verwandelte sich in ein schmutziges Grau. »Bist du wahnsinnig?«

Sein Vater antwortete nicht, stand nur da. Unnachgiebig und schrecklich wie ein Richter beim Jüngsten Gericht.

»Baba, wo ist die Frau von Bill Darling?« Jacksons Frage zitterte in der Luft.

Atemlos wartete Lisa auf das, was Amos darauf antworten würde, wartete darauf, dass sie endlich Gewissheit bekam.

Aber Amos reagierte völlig überraschend. Er stieß seinen Sohn zur Seite und marschierte zum Ausgang, vorbei an Lisa, ohne deren Anwesenheit zu bemerken, und weiter durch die Glastür nach draußen in die sengende Sonne. Sibongiseni Rampedi rannte hinter ihm her, lief blindlings an der am Boden kauernden Weißen vorbei. Ihr schwarzes Kleid wehte, der Kopf auf dem mageren Hals war weit vorgestreckt, das Kopftuch flatterte wie eine Fahne im Sturm.

Lisa musste an eine flügelschlagende schwarze Krähe denken. Sibongiseni stürzte durch die Tür und holte Amos ein. Die beiden Gestalten verloren sich im flimmernden Licht. Verwirrt starrte sie ihnen hinterher. Ihr zersprang fast der Kopf. Der Satz, den Amos als Letztes gesagt hatte, hallte in ihr nach. Wie hatte er das gemeint? Er würde seinen Bruder nicht ohne sein Herz zu den Ahnen schicken?

So, wie er es gesagt hat, wie denn sonst?, schrie ihre innere Stimme.

Bevor sie es verhindern konnte, begann sich ein grausiges Kaleidoskop in ihrem Kopf zu drehen. Bilder von blutigen Herzen, ausgeweideten Leichen, verwesten Händen und Blut, Strömen von Blut. Schwarze Nebel zogen durch ihr Blickfeld, Funken blitzten.

Instinktiv steckte sie den Kopf zwischen die Knie, aber auch das half nicht, weil sie ohnehin schon auf dem Boden saß. Unter Aufbietung ihrer ganzen Selbstbeherrschung drückte sie sich an der Wand wieder hoch auf die Beine. An den kühlen Stein gelehnt, gelang es ihr schließlich, sich gegen sich selbst zur Wehr zu setzen, sich davon zu überzeugen, dass Amos Nyathi so verzweifelt und aufgewühlt war, dass er nicht auf seine Worte geachtet hatte, und allmählich verblassten die Bilder.

Vorsichtig teilte sie die Wedel der Kübelpalmen und spähte hinüber, um zu sehen, ob Jackson noch dort stand. Jetzt mit ihm zu reden, ging über das hinaus, was sie bewältigen konnte. Aber von Jackson war nichts mehr zu sehen. Er musste ins Innere des Krankenhauses gegangen sein.

Immer noch wie unter Schock stieß sie die Glastür auf und rannte aus dem klimatisierten Gebäude hinaus. Die Hitze schlug wie eine glühende Welle über ihr zusammen. Sie hastete zu ihrem Auto, ließ den Motor an und drehte die Klimaanlage auf die höchste Stufe. Aufatmend sank sie gegen das Polster. Nach einer Weile schaute sie auf die Uhr. Es war noch vor Mittag.

Mick hatte beim Frühstück gesagt, dass er vormittags nach Umhlanga Rocks in seine Kanzlei fahre, weil seine Sekretärin einen Hilferuf ausgesandt und seine sofortige Anwesenheit gefordert habe. Und danach wolle er noch das Polizeihauptquartier in Durban aufsuchen, um die alten Akten, die die drei Nyathis betrafen, einzusehen. Niemand wartete also auf Inqaba auf sie.

Ohne den bewussten Entschluss gefasst zu haben, schlug sie den Weg nach Lalisa ein. Jetzt musste sie für sich sein, musste das, was sie erfahren hatte, überdenken, musste Wahrheit von Wahrscheinlichkeit und Behauptung trennen. Musste entscheiden, wie sie jetzt handeln sollte. Ob es überhaupt eine Handlungsfreiheit für sie gab.

Das zerstörte Tor von Lalisa lag nicht mehr im Gebüsch. Jemand hatte es offenbar mitgehen lassen. Sie machte sich eine gedankliche Notiz, noch heute Nachmittag ein neues Tor zu organisieren und ein großes, solides Schloss daran anzubringen. Sie hatte es satt, dass Leute wie Kobus und seine Genossen auf Lalisa ein und aus gingen.

Langsam fuhr sie aufs Farmgelände, ließ das Fenster herunter und stellte für einen Augenblick das Gebläse der Klimaanlage auf kleinste Stärke. Der intensive Duft reifer Guaven wehte durchs Fenster, Hitze knisterte im Gras, ein leichter Wind rasselte im Blätterdach der riesigen Mango- und Avocadobäume, ab und zu klatschte eine Frucht auf die Straße. Kein tierischer Laut war zu hören, selbst die Zikaden schienen im Hitzeschlaf zu liegen. Nach und nach fand ihr Herz seinen Rhythmus wieder.

Zwischen den mächtigen Avocadobäumen führte eine ausgefahrene Reifenspur als Abkürzung zum Haus. Die Räder knirschten auf der hartgebackenen Sandoberfläche. Das Gras in der Mitte war so hoch, dass es am Wagenboden entlangkratzte. Lisa fuhr sehr vorsichtig weiter und suchte den Weg und den mit spärlichem Gras bewachsenen Rand sorgfältig nach Schlangen ab.

Ihre Mutter war vor Jahren, ohne es zu merken, über eine Kobra gefahren, die auf der Grasnarbe in der Mitte des Fahrwegs döste. Erst als das Tier sich neben ihrem Fuß zwischen den Pedalen hervorwand, hatte sie es wahrgenommen. Offenbar hatte die Schlange sich aufgerichtet, um das Auto anzugreifen, und war dabei irgendwie in den Motorraum gelangt. Ihre Mutter hatte den Wagen um ein Haar gegen einen Baum gesetzt und Tage gebraucht, sich von dem Schreck zu erholen. Noch heute stieg sie nie in ein Atuo, ohne vorher sorgfältig nachzusehen, ob sich ein blinder Passagier darin befand.

Ihre Mutter. Ihr Magen krampfte sich zusammen. Sie trat aufs Gas.

Minuten später parkte sie in der Nähe des Swimmingpools

und stieg aus. Der beißende Rauchgeruch lag noch immer in der Luft, eine schmierige Ascheschicht bedeckte alle Zierbüsche. In den Zweigen eines Hibiskus hing der verkohlte Leib einer großen Schlange. Sie erkannte den Dreieckskopf einer Puffotter. Das Tier musste in Panik gewesen sein. Freiwillig kletterte diese Art nicht.

Langsam umrundete sie den schwarzen Haufen, der einmal ihr Elternhaus gewesen war. Sie entdeckte weder intakte Balken noch Mauerbrocken, die mehr als faustgroß waren. Die Diebe hatten ganze Arbeit geleistet. Sie wandte sich ab. Es war ihr egal, was mit den Überresten des Hauses geschah. Je weniger sie an das Haus erinnerte, desto besser.

Die Sonne versengte ihr derart die Haut, dass sie das Gefühl hatte, sie würde Blasen ziehen. Sie lechzte danach, in den Pool zu springen, nach kühlem Wasser auf ihrer Haut, der köstlichen Schwerelosigkeit und der Möglichkeit, sich durch ein paar stramme Runden abzureagieren. Im Laufschritt rannte sie den Weg hinunter.

Als sie das Schwimmbecken erreichte, blieb sie entsetzt stehen. Der Pool hatte erheblich unter dem Brand gelitten. Natürlich hatte er nicht gebrannt, aber auf dem Grund des sonst glasklaren Beckens waberte eine dicke Schicht schwarzer Ascheflocken, und auf der Oberfläche drifteten Blätter und allerlei Blüten, die der Wind irgendwo abgerissen und dorthin geblasen hatte. An den Wänden des Schwimmbeckens schimmerte das leuchtende Grün dichten Algenbewuchses. Bougainvilleablüten trieben wie purpurrote Segelschiffchen übers Wasser, was vor der schwarzgrauen Aschewolke am Grund ganz hübsch aussah, aber genauso wenig zum Schwimmen einlud wie die ertrunkenen Insekten, die in dicker Schicht am Rand dümpelten. Als sie am oberen Ende einen jungen Affen entdeckte, der dabei war, eine halbverbrannte Ratte herauszufischen, die sich im Filter verfangen hatte, gab sie ihr Vorhaben endgültig auf. Als einzige weitere Möglichkeit, sich zu erfrischen, blieb die Dusche im Poolhäuschen. Sie ging hinüber.

Als sie sich ihm näherte, ließ der Affe von seiner Beute ab und flitzte davon. Lisa angelte die Ratte mit einem Stock heraus und schleuderte sie weit weg.

Angeekelt stieß sie die Tür zum Poolhäuschen auf, zog sich aus, stellte sich unter die Dusche und drehte den Hahn auf. Es knackte und röhrte in der Leitung, die auf der Rückseite an der Außenwand verlief, aber es kam nicht einmal ein Tropfen heraus. Irritiert drehte sie am Wasserhahn, aber dann bemerkte sie, dass die Kupferrohre, die zum Duschkopf führten, zusammen mit dem Duschkopf fehlten. Das Diebesgesindel, das sich hier herumtrieb, schien die Absicht zu haben, das Häuschen allmählich auszuweiden. Es würde nicht lange dauern, und irgendjemand würde es Stein für Stein davontragen, bis nichts weiter als die Bodenplatte übrig war. Wütend zog sie sich wieder an.

Sie holte sich ein Sitzkissen aus dem Auto und legte es an den Rand des Pools, um sich nicht das Hinterteil zu verbrennen. Sie brauchte unbedingt Kühlung. Die Ratte hatte vergleichsweise frisch ausgesehen, nicht verwest. Mit einer Grimasse zog sie die Schuhe aus und ließ die Beine ins Wasser hängen, nicht weit, nur bis zu den Knöcheln. Dann begann sie, gedankenverloren eine Bougainvilleablüte hin und her zu schubsen.

Vusa Nyathi war tot. Wenn er etwas über das Schicksal ihrer Mutter wusste, wenn er derjenige gewesen war, der die Hand vor die Tür gelegt hatte, hatte er sein Geheimnis mit ins Jenseits genommen.

»… die fremden Erbinformationen … ob die in meine übergehen …?« Die schwache Stimme ihres Vaters drängte sich in ihre Gedanken.

Sie schüttelte sich und zwang ihre Aufmerksamkeit zurück auf ihre Überlegungen. Vusas Geheimnis war für immer verloren. Es sei denn, jemand anderes hatte vorher davon gewusst.

Amos oder Bongi Rampedi? Tokoloshe? Oder Charmaine Todd? Hoffentlich nicht Charmaine Todd, dachte sie. Es erschien ihr im Augenblick so gut wie unmöglich, der Frau einen Hinweis zu entlocken. Die war hart wie Stahl und würde sich ein Vergnügen daraus machen, sie zu peinigen.

Mit den Zehen drückte Lisa die rosa Blüte unter Wasser und sah zu, wie sie langsam und graziös auf den schwarzen Boden sank. Ein rosa Juwel auf schwarzem Samt im Sonnengeglitzer. Das Bild lenkte sie für Sekunden ab, bis ein sachter Windstoß die Oberfläche kräuselte und das Juwel zersplitterte.

Sie blinzelte heftig. Mit kalter Wucht fielen die Probleme wieder über sie her. Allein hatte sie so gut wie keine Chance, ihre Mutter zu finden. Den knochenkalten Gedanken, dass sie eigentlich nur noch nach einer Leiche suchte, ließ sie einfach nicht zu.

Die zweite Bougainvilleablüte wurde auf die Reise zum Grund des Schwimmbeckens geschickt. Mit weit geöffneten Augen starrte sie ihr nach. Wenn sie auf irgendeine Weise das Schicksal der drei verschwundenen Nyathis klären könnte, würde sie Bewegung in die verfahrene Situation bringen. Ihr Gefühl sagte ihr, dass Amos Nyathi der bloße Hinweis, wo sie begraben sein könnten, genügen würde. Ihn würde sie dann auf ihrer Seite haben. Und damit auch Bongi.

Eine weitere rosa Blüte wurde ertränkt und sank aufs schwarze Samtbett. War ihr Vater das gewesen, was Charmaine Todd behauptete? Der Schatten im Wasser? Das Krokodil? War es nur eine Finte der Anwältin? Ein Lügengespinst? Das Krokodil, das klang nach einer dieser Verschwörungstheorien, die in Südafrika von jeher üppig wucherten, es klang nach Spionagethriller. Fiktion. Sie beschloss, am Abend hinüber zum Haupthaus von Inqaba zu gehen. Jill hatte ihr gesagt, dass sie von der Veranda aus über Wi-Fi-Verbindung ins Internet kommen könne. Gründliche Recherche gehörte zu ihrem Beruf. Vielleicht fand sie irgendwo einen Hinweis.

»Bill Darling saß ganz oben auf dem Dreckshaufen.« Charmaine Todd.

Lisa schrak hoch und fuhr unwillkürlich herum.

»Soll ich dir beschreiben, wie sie meinen Mann zugerichtet haben, bevor sie ihn verschwinden ließen?« Bongis entsetzliches Lachen schrillte ihr im Kopf.

Sie hielt sich mit beiden Händen die Ohren zu, wusste aber gleichzeitig, dass sie dieses Lachen bis ans Ende ihres Lebens nicht würde vergessen können. Schlagartig wurde ihr klar, dass ihr seelisches Überleben davon abhing, ob sie die Verschwundenen fand, ob sie herausbekam, was wirklich vorgefallen war. Alles in ihr wehrte sich dagegen, der brutalen Wahrheit ins Gesicht zu sehen, aber es wurde ihr schmerzlich klar, dass sie diesen Weg gehen musste. Für sich selbst. Sie starrte hinunter ins Wasser, und ihre Fantasie spielte ihr einen bösen Streich. Sie meinte das Bild ihres Vaters zu erkennen, das sich auf der Oberfläche spiegelte. Eine Gänsehaut lief ihr über die sonnenheiße Haut.

Für einen schrecklichen Augenblick sah sie ihn vor sich, auf der Flucht, gehetzt von einer geifernden Meute, gnadenlos in die Ecke getrieben. Verzweifelt. Allein. Hastig fuhr sie mit dem Fuß durchs Wasser, und das Bild zersprang. Trotzdem fühlte sie sich genauso elend, als hätte sie ihren Vater zum Abschuss freigegeben. Wie ein Stück Wild.

Über die Gedankenverknüpfung von abgeschossenem Wild zu Gewehren fiel ihr die Begegnung mit den Männern in den Pritschenwagen ein. Kobus und seine Freunde. Noch einmal vergegenwärtigte sie sich, was sie gesehen hatte. Drei Männer mit Gewehren, großes Kaliber, Spitzhacken, Schaufeln, Eimer. Werkzeuge zum Graben. Die Aggressivität der drei war offensichtlich gewesen, und obendrein schienen sie ihren Vater gut zu kennen. Es konnte sich eigentlich nur um ehemalige Polizeikollegen handeln.

Die auf Lalisa nach etwas graben wollten.

Wonach? Nach den drei Nyathis?

Nach Absprache mit ihrem Vater?

Bei diesem Gedanken schoss ihr Puls hoch. Fieberhaft überlegte sie, wo genau sie auf Kobus und seine Freunde gestoßen war. Sie entsann sich, dass Mick und sie sich noch nicht sehr weit vom Zaun und dem Übergang von Lalisa zu Amos Nyathis Land entfernt hatten. Irgendwo in der Nähe des Flusses war es gewesen.

An diesem Punkt musste sie anfangen. Jetzt. Auf der Stelle. Sie sprang auf, erlaubte sich nicht, auch nur eine Sekunde zu zögern, zu überlegen, ob sie das Richtige tat. In Sekunden war sie in ihre Schuhe geschlüpft, zum Auto gerannt, hatte den Motor angelassen und gewendet. Mit hoher Geschwindigkeit fuhr sie die schmale Farmstraße in Richtung Fluss.

Niedrige Palmen, Ried und windzerzauste Baumstrelitzien säumten das Bett des Flüsschens, das sich in der Nähe der Grundstücksgrenze entlangwand. Sie hatte das Fenster weit geöffnet, aber das sanfte Rauschen des dahinfließenden Wassers war nicht zu hören. Ab und zu erhaschte sie einen Blick durch eine Lücke im Gebüsch, und wie sie schon vermutet hatte, war der Bach zu einem dünnen Rinnsal im steinigen Bett eingetrocknet.

Am Ziel angekommen, stieg sie aus und folgte einem kurzen, überwachsenen Pfad durch Gestrüpp und über Geröll, der unter mehreren Dattelpalmen direkt am trockenen Uferbereich endete. Nach erstem Augenschein kam es ihr jedoch so vor, als ob der ursprüngliche Flussverlauf nicht hier gewesen wäre. Irgendwann hatte sich das Gewässer ein breiteres Bett gegraben. Nun verlief es etwa zehn Meter näher an der Straße, die ihr Vater vor vielen Jahren hatte anlegen lassen. Sie schaute über die Geröllwüste und suchte nach einem Beweis für ihre Vermutung.

Es dauerte nicht lange, bis sie ihn fand. Eine Krüppelpalme und ein paar Riedbüschel fristeten auf einer Sandbank ihr Leben, mitten im Flussbett. Dort musste die ehemalige Uferlinie verlaufen sein. Da die Sandbank sonst vom Fluss umspült wurde, war ihr das bisher nie aufgefallen.

Nachdenklich sah sie hinüber. Über das, was der neue Fluss-verlauf bedeutete, musste sie erst einmal nachdenken. Sie wollte sich gerade unter einer der prachtvollen Dattelpalmen hinsetzen, die, wie sie sich jetzt erinnerte, ihr Vater hier vor Jahren hatte pflanzen lassen, als sie ein Geräusch aufschreckte.

Es war ein kurzes, hartes Klingen, so als träfe Metall auf Metall. Es war ein Geräusch, das nicht hierhergehörte. Ein Geräusch, das nur ein Mensch verursachen konnte. Ihr standen die Haare zu Berge. Sie war nicht allein. Wie erstarrt blieb sie stehen und ließ ihren Blick Zentimeter für Zentimeter über den Uferrand gleiten, erst nach rechts, dann nach links, wo der Fluss eine Kurve beschrieb. Sie ging ein paar Schritte um die Biegung, verharrte wieder, sah schärfer hin.

Anfänglich erkannte sie gar nicht, was sie sah, erst als wieder ein leises Klicken ertönte, wandte sie den Kopf in die Richtung, aus der es gekommen war. Ihr Blick traf auf eine Barriere aus staubig grünem Buschwerk. Unverwandt schaute sie hin, bis sie hinter dem Blättervorhang die Umrisse von zwei Pritschenwagen ausmachen konnte, die mit Planen getarnt im Schatten der Baum-strelitzien geparkt waren. Vor Überraschung hätte sie fast aufge-schrien, konnte sich aber in letzter Sekunde noch zurückhalten. Lautlos zog sie sich hinter den Stamm der Palme zurück und lehnte sich weit vor, um freie Sicht zu haben.

Als sie die Szene, die sich vor ihr abspielte, nach und nach in sich aufnahm, sackte ihr buchstäblich der Unterkiefer nach unten.

Mitten im ausgetrockneten Flussbett, dort, wo der Fluss neues Terrain erobert hatte, standen Kobus und seine zwei Freunde. Ihre Gewehre hatten sie in unmittelbarer Nähe an einen Baum gelehnt, ihre nackten braungebrannten Oberkörper glänzten vor Schweiß, und jeder schwang eine Spitzhacke. Zu ihren Füßen gähnte ein großes Loch, neben ihnen wuchs ein beachtlicher Haufen Geröll, der mit Schlamm und kleineren Felsbrocken vermischt war.

Lisa wagte nicht, sich zu rühren, atmete mit offenem Mund,

um ja keinen Laut zu verursachen, und zermarterte sich gleichzeitig den Kopf, wer diese Männer wirklich waren, die sich als Freunde ihres Vaters bezeichneten, ob sie ihnen in der Vergangenheit doch schon einmal begegnet war.

Zumindest der Mann mit dem bösartigen Blick, der sich Kobus nannte, was sicherlich eine Kurzform von Jakobus war, kam ihr entfernt bekannt vor. In Gedanken zog sie ihm einen Anzug an, dunkel, mit weißem Hemd und Krawatte, aber das Bild, das sie daraufhin vor sich sah, löste kein Wiedererkennen aus. Dann versuchte sie es mit einer Uniform und der passenden Schirmmütze in Taubenblau, wie die der südafrikanischen Polizei, Haar raspelkurz, kein Kinnbart, und da rührte sich etwas in ihrem Gedächtnis, und im selben Moment fiel es ihr ein.

Irgendwo existierte ein Bild von ihm, von ihm und ihrem Vater. In Uniform. Also lag der Schluss nahe, dass sie wohl zur selben Zeit bei der Polizei gewesen waren.

»In der Logistik«, spottete Charmaine Todd in ihrem Kopf, und Bongis Lachen kreiste in einer schrillen Endlosschleife um die Worte herum.

Am liebsten wäre sie jetzt vor sich selbst davongerannt. Sie verfluchte den Tag, an dem dieser vermaledeite See-Elefant Sultan die Kette von Ereignissen ausgelöst hatte, die sie letztlich dazu veranlasste, Kapstadt den Rücken zu kehren, um nach Hause zu fahren.

Aber natürlich war das Unsinn. Auch ohne ihre Anwesenheit wäre alles so gekommen, wie es jetzt war, und selbst wenn sie bis zum Ende der Welt rannte, konnte sie nicht wirklich davonlaufen. Früher oder später hätte die Wahrheit über ihren Vater sie unweigerlich eingeholt. Diese Sache musste sie zu Ende führen. Also wartete sie stoisch, bis der leichte Schwindelanfall vorüber war. Sie musste einfach Klarheit haben, auch wenn es sich herausstellen sollte, dass ihr Vater Bill Darling tatsächlich in Verbrechen verstrickt gewesen war.

Angespannt beobachtete sie, wie Kobus einen Stein aus dem Loch wuchtete, zur Seite schob, sich hinkniete und dann wie gebannt in das Loch hinunterstarrte. Sie reckte den Hals, aber über den Rand der Grube konnte sie nicht sehen. Den Impuls, einfach zu Kobus und seinen Freunden hinüberzumarschieren und Auskunft zu verlangen, was sie hier zu suchen hatten, verwarf sie so schnell, wie er ihr in den Sinn gekommen war.

Diese drei waren gefährlich. Ihre Wachsamkeit, die harten Augen, die ihre gesamte Umgebung immer im Blick hielten, die sparsamen, kontrollierten Bewegungen, alles strahlte intensive Bedrohung aus. Und wenn ihre Vermutung stimmte, waren sie alle Expolizisten. Keine Verkehrspolizisten, das bestimmt nicht. Ihr Gehabe deutete eher auf eine Spezialeinheit hin, und solche Männer würden alles tun, um sich zu schützen. Ihr Blick ruhte auf den großkalibrigen Gewehren.

Ja, dachte sie, die würden alles tun.

Während ihr das durch den Kopf raste, sammelte sich im Zentrum ihres Körpers ein schweres, brennendes Gewicht, die instinktive Gewissheit, dass diese Männer die drei Nyathis suchten und dass nicht nur sie genau wussten, wo sie zu suchen hatten, sondern dass auch ihr Vater im Besitz dieser Information sein musste.

Ihr Vater, Bill Darling von Lalisa, musste etwas mit dem Tod der drei Nyathis zu tun haben, und das, was Bongi und Amos und auch Miss Todd behaupteten, kam den Tatsachen offensichtlich gefährlich nahe. Obendrein lag die Vermutung auf der Hand, dass die Männer die drei Leichen nicht nur ausgraben, sondern anschließend auch verschwinden lassen wollten, und da das auf Lalisa geschah, musste ihr Vater sein Einverständnis dazu gegeben haben. Oder den Auftrag? Hatte er Kobus und den beiden anderen aufgetragen, die Leichen zu beseitigen?

Nachdem sie diese Fragen in Gedanken gründlich durchgekaut hatte, begriff sie, dass das Verschwinden ihrer Mutter damit zusammenhängen musste. Die abgeschnittene Hand hatte auf ihren Vater gedeutet.

Auf einmal hatte sie das entsetzliche Gefühl, als hinge sie an den Fingernägeln über einem bodenlosen Abgrund. Sie klammerte sich am rauen Stamm der Palme fest, bis sie den Boden unter sich wieder spürte, bis er aufhörte wie ein sinkendes Schiff zu schlingern. Als sie ihr Gleichgewicht wiedererlangt hatte, löste sie die Hände von der Palme und zog sich zurück. Sehr langsam und sorgfältig darauf achtend, dass kein Zweig unter ihren Sohlen knackte, kein Blatt raschelte, bemüht, nur flach und lautlos zu atmen, bis sie ihr Auto erreicht hatte. Sie hielt den Atem an, als der Motor ihres Wagens ansprang, betete, dass der Krach, den die drei mit ihren Spitzhacken verursachten, das Motorengeräusch überdecken würde. Schließlich hatten die Männer ihre Ankunft ja auch nicht bemerkt. Langsam fuhr sie davon.

Versteckt unter hohen Bäumen, zweihundert Meter von der Stelle entfernt, wo einst das Herrenhaus, der Stolz von Lalisa gestanden hatte, befanden sich die alten Pferdeställe. Unter der ausladenden Krone einer Weinenden Burenbohne hielt Lisa an. Sie stieg aus, öffnete das quietschende Tor des größten Stalles und fuhr ihr Auto anschließend hinein. Sie sprang aus dem Wagen und beeilte sich, das Tor zuzuziehen. Jetzt war sie sicher. Hier würde sie niemand entdecken.

Aufatmend setzte sie sich auf den Fahrersitz. Durch die Ritzen der Bretter sickerte Sonnenlicht, malte lange flimmernde Striche über den verdreckten steinernen Boden und die halbhoch gemauerten Wände der ehemaligen Pferdeboxen. Ein Lichtstrich fiel auf eine Leiter, die an der hinteren Wand des Stalles lehnte. Ihr kam eine Idee. Sie lief hinüber und prüfte durch kräftiges Rütteln an jeder einzelnen Sprosse, ob sie ihrem Gewicht standhalten würde. Dann schulterte sie die Leiter und trug sie nach draußen.

Dort legte sie sie an den meterdicken Stamm der Weinenden Burenbohne, kletterte hinauf, wuchtete die Leiter hoch und machte es sich in einer Astgabel bequem. Nun war sie für jeden, der nicht direkt zu ihr heraufblickte, unsichtbar, während sie durch den Blättervorhang fast die gesamte Gegend übersehen konnte. Sie schaute hinunter. Schräg unter ihr lag die Voliere, die ihre Mutter einst hatte bauen lassen. Den Draht hatte man längst gestohlen, und der einst winzige Ficus war zu einem üppig grünen Baum gediehen. Eine Meerkatzenfamilie turnte durch die Zweige. Lisa beobachtete die putzigen Tiere und wartete, bis sich ihr Puls etwas beruhigt hatte, ehe sie ihr Mobiltelefon hervorzog und die Notrufnummer der Polizei wählte.

Aber schon nach dem ersten Wählton brach sie den Anruf ab und überlegte. Es bestand durchaus die Möglichkeit, dass dieser Kobus und seine Gefährten noch einige Freunde bei der Polizei hatten. Die Gefahr, dass dann alles vertuscht wurde und die Leichen und Beweise für immer verschwanden, war einfach zu groß. Und auf welche Loyalitäten konnte ihr Vater zurückgreifen? Wie tief reichten seine Kontakte in die Strukturen? Plötzlich hatte ihr Vater einen Krakenkopf, unzählige Arme, die sich in alle Bereiche der Organisation hineinschlängelten. Ihre Fantasie lief Amok. In den Enden der Krakenarme wanden sich schreiende Gestalten.

Sie schüttelte sich so heftig, dass der Ast wackelte. Um nicht völlig durchzudrehen, musste sie ihre Gefühle abschalten. Sie musste den Mann, der die drei Nyathis und weiß Gott wie viele Menschen noch auf dem Gewissen hatte, mit einem scharfen Messer von der Person trennen, die der Vater ihrer Kindheit gewesen war. Ein schneller, brutaler Schnitt. Ihr Vater würde davon nichts merken, aber ihr tat es weh, als würde man ihr ein Glied abhacken.

Es dauerte eine Weile, bis sich der Tumult in ihrem Inneren gelegt hatte, bis sie den Schmerz aushalten konnte. Ihr ging es nicht darum, diese Männer, ihren Vater eingeschlossen, hinter

Gitter zu bringen, dafür waren andere zuständig. Ihr ging es darum, Amos, Jackson und Bongi die verlorenen Familienmitglieder zurückzugeben, wenn auch nur, um sie erneut zu beerdigen. Mit keiner anderen Lösung würde sie in Frieden weiterleben können.

Aber vor allem ging es darum, eine Spur zu ihrer Mutter zu finden, und die führte über die Nyathis. Eine andere Möglichkeit fiel ihr nicht ein, also klammerte sie sich an dieser fest.

Aber sie brauchte Hilfe. Jetzt. Automatisch wählte sie Micks Nummer. Es klingelte ewig, und sie befürchtete schon, nur mit seiner Mailbox sprechen zu können, als er sich mit einem ungewohnt kurzen »Ja« meldete.

»Mick, ich bin's«, flüsterte sie mit vorgehaltener Hand, obwohl sie sich längst außer Hörweite von Kobus und seinen Leuten befand.

»Lisa, Darling. Tut mir leid, ich hab wenig Zeit. Es ist etwas dazwischengekommen. Ich bin bei einem Mandanten in Pietermaritzburg.«

»Ich bin in der Klemme. Hör einfach zu, ich mach's kurz.« Und dann erzählte sie ihm in zwei Sätzen, was sich einen halben Kilometer entfernt im Flussbett abspielte.

»Moment«, sagte er laut, dann hörte sie, wie er sich bei jemandem entschuldigte, Schritte und das Schließen einer Tür.

»So, und nun etwas ausführlicher, bitte. Ich bin auf den Flur gegangen. Du sagst, Kobus und seine Leute sind wieder auf Lalisa?«

»Im Flussbett«, bestätigte sie und erklärte es ihm dieses Mal umfassender. »Ich bin mir sicher, dass sie die Leichen ausgraben und beseitigen wollen«, schloss sie.

Mick hörte konzentriert zu, bis sie mit ihrem Bericht fertig war. »Die Polizei würde ich auch nicht rufen. Noch nicht jedenfalls. Erst mal müssen wir herausfinden, ob deine Vermutung richtig ist und die Leichen tatsächlich dort verscharrt sind. Wir müssen die Kerle irgendwie vom Grundstück jagen, bevor sie erfolgreich waren, und selbst nachsehen. Ich sitze hier dummerweise noch eine Zeit lang fest, ich kann meinen Mandanten jetzt nicht hängenlassen. Vertragsverhandlungen, du weißt schon, und Sudip Maharaj ist mein größter Mandant. Bei ihm haben die Millionenbeträge immer mindestens zwei Nullen. Das mit dem Polizeihauptquartier kann ich auch noch morgen erledigen. Ich mache dir einen Vorschlag. Ich rufe jetzt meinen Vater und Roderick an. Wenn Roderick zu Hause ist, kann er in zwanzig Minuten bei dir sein. Wo bist du? Könnten die drei Typen aus Versehen doch über dich stolpern?«

»Nein«, beruhigte sie ihn und beschrieb ihm, wo die Pferdeställe lagen. »Neil und Roderick rufe ich selbst an, dann kannst du zurück zu deinem Mandanten, rettest deine Millionen, bist eher fertig und hast hinterher noch genügend Zeit für die Recherche in den alten Akten.«

»Das kann warten …«

»Nein, Mick, kann es nicht. Es hat offenbar etwas mit meinem Vater zu tun, und ich werde verrückt, wenn ich nicht bald weiß, was damals wirklich vorgefallen ist. Bitte.«

»Aber wenn du weder Roderick noch meinen Vater erreichst, musst du die Farm verlassen. Das musst du mir versprechen.«

»Versprochen.«

»Und dass du mich in dem Fall sofort anrufst …«

»Auch versprochen.«

»Okay. Pass auf dich auf, Lisa, Darling.«

Sie verabschiedeten sich schnell. Minuten später hatte Lisa die Zusicherung von Roderick, sich sofort zu ihr auf den Weg zu machen.

»Am besten macht ihr viel Krach, dann hauen die Kerle von allein ab. Unverrichteter Dinge hoffentlich.«

»Ich bringe Phika mit«, sagte Roderick und legte auf.

Auch Neil sagte zu, sich sofort ins Auto zu setzen. Aber sein

Weg war natürlich wesentlich weiter. Selbst wenn er Höchstgeschwindigkeit fuhr, würde er wohl zwei Stunden brauchen, das war ihr klar. Zudem war der Verkehr nach Norden um diese Zeit immer ziemlich lebhaft. Sie verabredeten, regelmäßig Telefonkontakt zu halten.

Erleichtert verkeilte Lisa sich gegen den rauen Stamm und zwang sich, an alles zu denken, nur nicht an die drei Nyathis, ihren Vater und ihre Mutter.

Unter ihr huschte eine Ratte aus dem Gebüsch und verschwand in den Ställen, und durch den Blättervorhang ihres Baumes beobachtete sie eine Familie Paviane, die mit Geschrei und beeindruckenden Drohgebärden die Meerkatzen aus dem Ficus verjagten. Einer der großen Affen hantierte mit einem langen, biegsamen Zweig und amüsierte sich, damit Blätter abzuschlagen, die in grünen Schnipseln auf den Sandboden regneten.

Lisa sah ihm zu, ohne wirklich etwas zu sehen. Der grüne Blätterregen flirrte vor ihren Augen. Der Affe zog die Lippen hoch, klapperte vor Vergnügen mit dem Gebiss und ließ den biegsamen Stock immer wieder heruntersausen. Irritiert fokussierte sie ihren Blick. Irgendetwas an der Szene versetzte ihrem Gedächtnis einen Stoß, und übergangslos befand sie sich in der Zeit ihrer frühesten Jugend, als sie noch zu wissen glaubte, wer sie war und was sie mit ihrem Leben anfangen wollte. Lisa Darling, weiß, Tochter von Melly und Bill, geliebt, verwöhnt, ziemlich intelligent, eine sonnige Zukunft vor sich. Einen Mann wie ihren Vater wollte sie heiraten und eine Menge Kinder bekommen, weil sie wusste, wie langweilig es war, ein Einzelkind zu sein. Ihr Mann würde sie lieben und verwöhnen und ihr auf Lalisa ein großes Haus bauen, und die ganze Familie würde glücklich sein. Bis in alle Ewigkeit. Amen.

Ungläubig schüttelte sie den Kopf. Das hatte sie ehrlich geglaubt, es war nicht zu fassen! Herrje, wie ungeheuer naiv sie doch gewesen war. Nichts vom Leben hatte sie verstanden, nichts, aber auch gar nichts von dem, was sich in jenen Zeiten unter der glänzenden Oberfläche ihrer schönen Heimat abspielte.

Der große Affe unter ihr schlug wieder mit dem Stock zu, und wie eine Stoßwelle durchfuhr es sie, als sie erkannte, was er in seinen Krallen hielt. Einen Sjambok. Eine lange, biegsame Peitsche. Früher, so hatte sie gelernt, wurde die Peitsche aus der dicken Haut eines Nilpferdes oder auch Rhinozeros gefertigt. Das Leder wurde in Streifen geschnitten und zu einer schlanken, spitz zulaufenden Peitsche gewickelt. Anschließend wurde sie getrocknet, geölt und poliert, und fertig war eine Waffe, die gefürchtet wurde wie eine Schwarze Mamba. Ein Schlag damit öffnete einen scharfen Schnitt bis auf die Knochen. Aus Plastik in Massenherstellung gefertigt, machte sie als jene widerwärtige Waffe Karriere, mit der die Polizei des Apartheidstaates die Aufständischen auseinandertrieb. Manch einer trug die Spuren noch heute als wulstige Narben auf seinem Körper. Manch einer war an den Wunden verblutet.

Ihr Blick klebte an dem Sjambok in der Pfote des Affen, in ihrem Kopf wirbelten Erinnerungsfetzen durcheinander, und dann brach aus ihrem tiefsten Inneren das klare Bild eines Erlebnisses hervor, dessen Existenz sie völlig verdrängt hatte.

Plötzlich sah sie sich an einem Abend im Jahr 1982, zwei Tage nach ihrem zehnten Geburtstag, hier bei den Pferdeboxen. Sie war, noch in ihrer Schuluniform, im Stall gewesen, um mit ihrem Pony zu schmusen, und wollte sich gerade wieder zum Haus trollen, als sie Jackson entdeckte, den jüngsten Sohn von Amos Nyathi, der auch manchmal für ihren Vater arbeitete. Hinter einem Holzstapel blieb sie stehen und spähte neugierig hinüber, um zu sehen, was der schwarze Junge hier zu suchen hatte.

Er schlich sich geduckt an den Ställen entlang zum schützenden Busch. Fest unter den Arm geklemmt, trug er zu ihrem Erstaunen einen großen Vogel, der wütend um sich hackte. Während Jackson mit dem strampelnden Federvieh kämpfte, schaute sie genauer hin und erkannte das Tier sofort. Es war ein Papagei, ein Prachtexemplar von einem hellroten Ara. Aufgeregt lehnte sie sich vor. Jackson musste ihn aus der Voliere geklaut haben, die die momentane Leidenschaft ihrer Mutter darstellte. Ihr wurde ganz anders, als sie sich vorstellte, was ihre Mutter mit dem Vogeldieb anstellen würde. Trotzdem konnte sie ihn nicht einfach so davonkommen lassen.

Mittlerweile war es Jackson gelungen, dem Vogel den Schnabel zuzuhalten, und er wollte sich durchs dichte Gebüsch davonstehlen, als sie wie ein Blitz hinter dem Stapel hervorkam und sich ihm in den Weg stellte. Er blieb stocksteif stehen und riss die Augen so weit auf, dass sie wie schwarze Oliven auf weißem Käse aussahen.

Sie stemmte die Arme in die Seiten und baute sich vor dem schwarzen Jungen auf. »Was willst du mit Mamas Papagei, he?«, fauchte sie.

Jackson lockerte vor Schreck seinen Griff, der Papagei bekam den Schnabel frei und kreischte. Lisa zuckte zusammen. Immer wenn genau dieser Vogel ihrer ansichtig wurde, kreischte er wie ein angestochenes Schwein, was zur Folge hatte, dass sie nie heimlich ihr Pony aus dem Stall holen konnte, um ohne Sattel in die Wildnis zu reiten. Ihre Eltern hielten das für zu gefährlich, nicht dass sie ohne Sattel ritt, das konnte sie wirklich gut, sondern dass sie allein unterwegs war. Das wiederum hielt sie für Unsinn. Wer sollte ihr schon etwas antun!

Sie erklärte das ihren Eltern. Trotzdem bestanden sie darauf, dass sie nur in Begleitung des einen oder anderen reiten durfte, und das war unsäglich öde.

»Also, raus mit der Sprache!«, befahl sie noch einmal.

Jackson druckste herum und malte mit seinen knochigen Zehen Kringel in den Sand. Erst als sie ihn hart schubste und die Frage noch einmal stellte, stotterte er, dass er das Huhn dem Sangoma geben wolle, damit der es seinen Ahnen opfern könne, die er wiederum bitten solle, Jackson ein Paar Fußballschuhe zu besorgen.

»Ich habe kein Geld, ich kann das Huhn nicht bezahlen«, setzte er leise hinzu und schaute hinunter auf seine nackten Füße.

»Das ist kein Huhn, du Idiot, das ist ein Papagei!«

»Kein Huhn?« Jackson musterte den Vogel verständnislos.

»Du solltest Fußballschuhe klauen und nicht diesen blöden Papagei.« Sie deutete auf seine nackten Füße. »Du hast ja nicht mal richtige Schuhe. Deine Ahnen spuren wohl nicht richtig! Woher weißt du, dass deine Ahnen dir Fußballschuhe schicken werden? Was sind eigentlich Ahnen? Tote Leute? Tanten? Onkel?«

»So ungefähr«, sagte Jackson, dem es offensichtlich zu umständlich war, einem dummen weißen Mädchen zu erklären, wer und was seine Ahnen waren und dass die bei Laune gehalten werden mussten, damit sie ihn immer beschützten und ihm halfen. Er holte tief Luft.

»Es ist ein Notfall«, sagte er. »Ich bin ins Fußballteam der Schule gewählt worden. Aber ich habe keine Fußballschuhe, und ohne die wollen die mich nicht haben. Normale Schuhe brauche ich nicht.« Er hob einen Fuß. »Hier sieh, die Hornhaut auf meinen Füßen ist richtig dick, die schützt so gut wie eine Schuhsohle.«

Lisa starrte ihn überrascht an. Noch nie hatte sie Jackson so flüssig und viel reden hören. Und offenbar waren die Fußballschuhe das Eintrittsgeld zu seinem persönlichen Paradies. Ihr kam unvermittelt eine blendende Idee. »Ich sag dir was, ich geb dir Geld für deine Schuhe, und du klaust auch noch den anderen Papagei, den blauen. Dann drehst du beiden den Hals um. Zu deinem Sangoma brauchst du dann nicht mehr zu gehen.«

Der blaue Papagei hatte sich angewöhnt, Macs Bellen nachzuahmen, was Mac zum Wahnsinn trieb, ihren Vater in schlechte Laune versetzte und abgesehen davon wieder denselben Effekt hatte, dass sie ihr Pony nicht heimlich reiten konnte. Das Geld für Jackson würde sie ihrem Vater unter irgendeinem Vorwand schon abschwatzen. Für gewöhnlich war er Wachs in ihren Händen, und meist genügte ein einschmeichelndes Lächeln und schelmisches Blinzeln mit ihren grünen Augen.

Jackson ließ sich das nicht zweimal sagen. Er erledigte den roten Ara gleich jetzt und hier, und Lisa half ihm, die Vogelleiche zu verbuddeln. Danach versteckte sie sich wieder hinter dem Holzstapel, um zuzusehen, wie Jackson den blauen Papagei klaute. Was sie aber dann mit ansehen musste, verursachte den ersten Riss in ihrer heilen Kinderwelt.

Als der kleine Zulu sich mit dem blauen Papagei unter dem Arm aus der Voliere schleichen wollte, erwischte ihn ihr Vater, der unbemerkt vom Haus her den Weg heraufgekommen war. Er packte Jackson wie ein Karnickel im Genick, schleifte ihn in einen leeren Stall, riss seinen Sjambok herunter, der dort immer griffbereit an einem Haken hing, und prügelte den armen, spindeldürren Jungen, bis der sich nicht mehr rührte und eher einem blutigen Stück Schlachtfleisch als einem Menschen ähnelte.

»Scheißkaffer«, sagte ihr Vater zum Schluss, wischte das Blut an Jacksons Hose ab, polierte den Sjambok und hängte ihn ordentlich zurück. Dann stapfte er davon. Das blutige Menschenbündel blieb reglos im Sand liegen. Seine Tochter hatte Bill Darling nicht bemerkt.

Lisa zog in Panik ihre Uniformbluse aus und breitete sie über Jackson, dann rannte sie zu ihrer Mutter, um Hilfe zu holen. Völlig aufgelöst, hemmungslos schluchzend, erzählte sie ihr alles. Ihre Mutter hörte zu, ohne das Gesicht zu verziehen. Dass ihr die Hände zitterten, bemerkte Lisa zwar, aber registrierte es nicht bewusst, auch nicht, dass sie auf einen Schlag sehr blass geworden war.

»Wer stiehlt, muss bestraft werden«, sagte ihre Mutter nur und ging in ihr Zimmer, um sich für die Party im Country Club umzuziehen.

»Mama«, weinte Lisa.

»Nicht jetzt«, antwortete die.

Lisa blieb zitternd in der Tür stehen, fand, dass ihre Mutter heute zu viel Make-up auflegte, aber zumindest sah sie hinterher nicht mehr aus, als müsste sie sich gleich übergeben.

Als sie sich verabschiedet hatte, hatte Lisa aufgehört zu schluchzen. Stumm und starr hockte sie auf ihrem Bett und hoffte, dass sie bald aus diesem Albtraum aufwachen würde. Das sind nicht meine Eltern, dachte sie immer und immer wieder, das sind fremde Leute. Irgendwelche Gestalten aus einem Horrorfilm, wie sie einmal einen heimlich im Fernsehen gesehen hatte.

Happy fand sie in diesem Zustand, nahm sie in den Arm und wiegte sie. Nach und nach entlockte sie ihr die ganze Geschichte. Dann braute sie einen Tee für ihre Kleine, zerbröselte die getrocknete Borke der Rauwolfia, warf eine Handvoll vom wilden Cannabis dazu, wilden Baldrian, und schnitt die Wurzeln einer Pflanze hinein, von deren Wirkung schon ihre Großmutter überzeugt gewesen war. Anschließend süßte sie das Getränk stark, um den bitteren Geschmack zu überdecken, und goss Lisa einen großen Becher ein.

Lisa merkte nicht mehr, dass Happy bei ihr blieb, bis sie keine zehn Minuten später fest eingeschlafen war. Sie schlief wie ein Stein, bis die Sonne schon heiß vom Himmel strahlte und ihre Mutter sie wach rüttelte, damit sie den Schulbus nicht verpasste. Lisa lächelte sie an und stand auf. Sie fühlte sich etwas merkwürdig, leicht wie eine Feder, die im Wind schwebte, und alle Farben schienen stärker zu sein und der Duft der Engelstrompeten betörender als je zuvor. Daran, wie sie ins Bett gekommen war, konnte sie sich nicht mehr erinnern. Aber sie hatte geträumt, das spürte sie, eine verschwommene Erinnerung lief ihr wie Eiswasser durch die Adern, aber was sie geträumt hatte, konnte sie nicht mehr greifen. Je mehr sie es versuchte, desto weiter entfernte sich der Traum und versank so schnell im Nebel wie ein Schiff im Ozean.

Bald hatte sie vergessen, dass sie überhaupt geträumt hatte. Weder ihr Vater noch ihre Mutter erwähnten den Vorfall. Jackson ließ sich nie wieder auf Lalisa blicken, bis Melly ihn Jahre später als Gartenboy einstellte. Da er stets seine Gärtneruniform tragen musste, sah niemand die Narben, die er davongetragen hatte. Nur Lisa erhaschte einmal einen Blick auf seinen nackten Rücken, sah die Hautwülste, die sich kreuz und quer über seinen Oberkörper zogen. Der Anblick versetzte ihr einen Stoß und wühlte etwas in ihr auf, dunkles, schmutziges Sediment, so als regte sich ein Ungeheuer tief in ihrem Inneren. Erschrocken blieb sie stehen und wartete, dass das, was immer sich da in ihr rührte, an die Oberfläche kam.

Aber das aufgewirbelte Sediment setzte sich bald wieder, und sie hatte den Vorfall schnell vergessen.

Bis zu diesem Augenblick.

Unter ihr vergnügte sich der Affe mit dem Sjambok, sie hörte auf, auf dem Ast herumzurutschen, hörte auf zu atmen, zu denken und gnädigerweise auch zu fühlen. Wie festgewachsen hockte sie auf der Astgabel, als wäre sie ein Teil des Baumes. Die Bilder, die aus ihrem Gedächtnis heraufgespült wurden, hielten sie auf grausame Weise gefangen.

Die Zeit schien stehenzubleiben.

Da vorn unter dem großen Baum scheinen die Pferdeställe zu liegen.« Roderick schlug das Lenkrad ein, lenkte den Landrover über den kurzen Sandpfad hin zu den kaum sichtbaren Ställen und hielt direkt davor. Er drückte mehrfach auf die Hupe, worauf die rückwärtigen Türen des Wagens aufflogen und Phika und vier weitere muskelbepackte Zulus heraussprangen.

Er stieg aus und umrundete suchend den ersten Stall. »Lisa?«, rief er. »Wo bist du? – Sie wollte hier auf uns warten«, sagte er zu Phika, der ihm gefolgt war. »Kannst du ihr Auto entdecken?«

Phika steckte die Hände in die Hosentaschen. Langsam ließ er seinen Blick über den leeren Platz schweifen, fand Lisas Reifenspuren und verfolgte sie bis zum Tor des größten Stalls. Mit wenigen Schritten war er dort und zog am Tor, das knarrend aufschwang. Sonne flutete hinein und wurde von Metall reflektiert.

»Da ist es.« Phika ging um das Auto herum und spähte durch die Fenster, öffnete die Fahrertür und eine der Hintertüren. Er schüttelte den Kopf. »Da ist niemand drin, Boss. Vielleicht ist sie zum Fluss gelaufen?«

Roderick runzelte die Stirn. »Glaub ich nicht. Allein wäre sie da nicht wieder hingegangen.«

In diesem Augenblick entdeckte einer der Zulus, ein älterer, drahtiger Mann mit tiefen Nasenfalten, der nur aus dünnen Knochen und knotigen Gelenken zu bestehen schien, die Spuren, die entstanden waren, als Lisa die Leiter quer über den Sandplatz zum Baum geschleift hatte. Langsam verfolgte er die zwei tiefen Furchen im Erdreich und landete am Stamm der Weinenden Burenbohne. Er legte den Kopf in den Nacken und kniff die Augen zusammen. Im Baum leuchtete ein heller Fleck.

»Sie sitzt auf dem Baum, als wäre sie ein Affe«, sagte er dann und zeigte nach oben.

Roderick sah hoch. Lisa saß in etwa fünf Metern Höhe auf einem Ast, der den Umfang ihrer Körpermitte hatte. Ihre Beine baumelten rechts und links vom Ast herunter, den Rücken hatte sie an den Stamm gelehnt, ihre Arme vor der Brust verschränkt. Wie er schnell feststellte, maß die Entfernung vom Boden zum untersten Ast sicherlich drei Meter, und er fragte sich, wie sie dort ohne Leiter hinaufgelangt war. Er setzte an, ihren Namen zu rufen, um sie auf sich aufmerksam zu machen, doch etwas an ihr hinderte ihn daran. Ihre schönen moosgrünen Augen waren weit aufgerissen, waren direkt auf ihn gerichtet, aber sie sah ihn nicht, auch nicht, als er heftig mit den Armen wedelte.

Ihr Blick war völlig leer, als gäbe es hinter diesen Augen keine Seele mehr, leer wie der einer Toten, und reglos wie eine Tote hockte sie dort oben. Sie schien in eine Art Starre verfallen zu sein. Er erschrak bis ins Mark.

»Lisa«, rief er leise, konnte aber keine Reaktion erkennen.

Rasch rief er sich ins Gedächtnis, was sie ihm am Telefon berichtet hatte. Drei Männer, Freunde ihres Vaters oder vielleicht nur Exkollegen, waren damit beschäftigt, mit Spitzhacken den Flussgrund aufzugraben, und zwar genau dort, wo Amos Nyathi behauptete, dass es früher einen Isivivani gegeben habe. Einen Isivivani, unter dem die Leichen der drei Nyathis liegen könnten.

Herrgott, es musste ihr einen furchtbaren Schlag versetzt haben, somit praktisch die Gewissheit zu haben, dass die drei tatsächlich auf Lalisa vergraben waren! Kein Wunder, dass sie buchstäblich völlig außer sich war.

»He, Lisa, ich bin's, Roderick«, rief er sanft.

In den leeren Augen glühte etwas auf. Lisa sah ihn mit einem Ausdruck an, als würde sie aus einer fremden, kalten Welt zurückkehren. »Er hat es getan, Roderick«, kam ihre Stimme aus dem Baum. »Mein Vater hat die drei Nyathis getötet und auf Lalisa vergraben.«

Ihm lief eine Gänsehaut über den Rücken. Lisas Stimme war klar und leidenschaftslos, als würde sie ihm eine Straßenkarte erklären. Besorgt blickte er zu ihr hoch. Er war überzeugt, dass sie kurz vor dem Zusammenbruch stand. Aber sie machte einen völlig gefassten, unaufgeregten Eindruck, während sie eine Leiter aus den belaubten Zweigen zog, auf den Boden hinabließ und dann aus dem Baum kletterte.

»Ngiyabonga, Phika«, sagte sie jetzt zu dem Zulu, der die Leiter festhielt, und stand kurz darauf neben ihm. »Wie heißen deine Freunde?«

Phika blinzelte einmal. »Sawubona«, murmelte er verunsichert. Aber dann beantwortete er ihre Frage, indem er seine Begleiter mit dem Zeigefinger abzählte. Er begann mit dem Älteren, der sie im Baum entdeckt hatte. »Toyota, Zolani, Simon, Muzi.«

»Sanibona«, grüßte Lisa, quittierte die Antwortfloskel der Männer mit einem flüchtigen Lächeln. Dann wandte sie sich Roderick zu. »Hallo, Roderick, gut, dass du gekommen bist. Mein Auto ist im Stall, ich fahre voraus. Dann zeige ich dir, wo die Nyathis liegen.«

Von ihrer Sachlichkeit bis zur Sprachlosigkeit überrumpelt, folgte ihr Roderick. Ihm kam es vor, als trüge sie einen Eispanzer. Er hatte erwartet, sie zitternd und schluchzend vorzufinden, geschockt und total verängstigt. Aber wie es schien, hatte er sich gründlich geirrt, und Benita hatte Recht gehabt. Lisa Darling war eine starke Persönlichkeit, widerstandsfähig wie ein junger Bambusstab. Afrika schien diese Art Frauen hervorzubringen. Überall auf dem Kontinent waren sie ihm begegnet. Furchtlos, zäh, voller Kraft und Ausdauer. Schwarze Landfrauen schufteten auf den Feldern, zogen dabei Kinder groß, setzten sich gegen eine patriarchalische Männerwelt durch, obwohl sie selten eine Schule von innen gesehen hatten, weiße Frauen, oft Töchter von ehemaligen Kolonialherren, arbeiteten ebenso hart, um sich ihr Afrika zu erhalten und um das wiedergutzumachen, was ihre Eltern dem Land angetan hatten. Benita war so, und Jill Rogge ebenfalls. Aber vielleicht hatte das auch etwas mit Catherine und Johann Steinach zu tun und mit jenem Stückchen Afrika, das sie Inqaba nannten. Auch Lisas Wurzeln waren dort tief in der warmen Erde vergraben, reichten zurück bis zu Catherine und Johann.

Während ihm diese Gedanken durch den Kopf gingen, stiegen er und die Zulus in sein Auto. Lisa hatte ihren Wagen bereits rückwärts aus dem Stall gefahren, gewendet und wartete jetzt, dass er ihr folgte.

Als sie am Fluss ankam, lenkte sie den Wagen bis ans Ufer, sprang heraus und rannte ins trockene Flussbett und über die Sandbank. Roderick, der vorgehabt hatte, sich dem Bereich mit großer Vorsicht zu nähern, erschrak vor ihrer ungestümen Unvernunft und lief ihr nach. Die fünf Zulus folgten ihm im Laufschritt.

Lisa war in einiger Entfernung von der Sandbank stehen geblieben, ihr Körper gespannt wie eine Geigensaite. Roderick hob eine Hand, und Phika und seine Freunde stoppten ebenfalls. Keiner sagte ein Wort.

Von Kobus und seinen beiden Freunden waren nur die Oberkörper zu erkennen. Sie standen bis zur Hüfte hinter der Sandbank in einem Loch im Flussbett. Ströme von Schweiß liefen ihnen über den Rücken in die verdreckten Shorts. Sie schwangen die Spitzhacken hoch über den Kopf, ließen sie heruntersausen, dass es knirschte, wuchteten den gelockerten Boden mit Schaufeln heraus und warfen ihn hinter sich, fluchten und hackten und schaufelten verbissen, während am Rand der Grube drei Haufen Erdreich, Steine und Geröll stetig in die Höhe wuchsen.

»Lass mich machen«, flüsterte Roderick und wollte Lisa zurückhalten.

Entschieden schüttelte sie den Kopf und wies auf die Gewehre. »Du bist ein Mann, du würdest nur Aggression hervorrufen«, flüsterte sie zurück. »Das sind Expolizisten, stockkonservativ, und vermutlich alle afrikaans, zumindest Kobus. In denen wallt noch der Pioniergeist. Für die sind Frauen Wesen von einem anderen Stern, die sie nicht verstehen und deswegen nicht ernst nehmen, die man aber beschützen muss, weil man ohne sie auch nicht sein kann.« Mit jedem Satz redete sie sich weiter in Rage. »Außerdem werde ich das Überraschungsmoment auf meiner Seite haben. Pass mal auf!«

Ohne seine Antwort abzuwarten, marschierte sie energisch hinunter zum steinigen Ufer. Dabei holte sie ihr Mobiltelefon heraus, drückte den Videoknopf und hielt das Gerät hoch wie ein Banner. »He, Sie da, Kobus oder wie Sie heißen!«, schrie sie.

Die Köpfe der drei Männer flogen herum. Ihre Gesichter zeigten blanke Überraschung, während ihre Blicke an ihrem Handy kleben blieben, als wäre es eine aufgerichtete Kobra.

Lisa benutzte die Schrecksekunde und zoomte ruhig auf die Szene an der Grube. Ihre Hand zitterte nicht. Mit einem schnellen Blick auf das Display prüfte sie, dass sie den richtigen Ausschnitt filmte. Jede Einzelheit war zu erkennen. Die drei bestürzten Männer, die Spitzhacken, die Grube, die drei Aushubhaufen.

»Wussten Sie nicht, dass ich Journalistin bin?«, lachte sie den Männern ins Gesicht. »Fernsehjournalistin? Wenn Sie nicht in genau zwei Minuten verschwunden sind, bekommen Sie mehr Ärger, als Sie sich vorstellen können! Zum Auftakt werde ich das Video hier an sämtliche Fernsehstationen schicken! Sie sind alle bestens darauf zu erkennen.« Sie machte eine halbe Drehung und filmte das Heck der beiden Pritschenwagen mit den Nummernschildern, dann schwenkte sie zurück zu den dreien in der Grube. »Tolle Sache, die moderne Technik, nicht wahr?« Sie bleckte die Zähne.

Kobus fand als Erster die Fassung wieder, kraxelte aus dem

Loch, rutschte aus, fiel hin, stand wieder auf und stürmte auf sie zu. Im selben Augenblick erschienen Roderick und die fünf Zulus hinter ihr. Phika trug ein riesiges Messer an seiner Seite, und in seinem Gürtel steckte eine Pistole. Seine Freunde waren mit Knüppeln und Eisenstangen bewaffnet. Kobus erkannte offenbar schlagartig, dass ein schneller Rückzug angesagt war. Er stieß einen gellenden Pfiff aus und rannte zu seinem Wagen, die beiden anderen hievten sich eiligst ebenfalls aus dem Loch, schnappten sich ihre Gewehre, sprangen in den zweiten Wagen und röhrten in einer Staubwolke davon.

Lisa sah ihnen zufrieden nach. »Die kommen nicht wieder!« Sie speicherte den kurzen Film auf der Speicherkarte, nahm sie sofort aus dem Gerät und verstaute sie in der rückwärtigen Tasche ihrer Shorts.

Roderick, der während der Geschehnisse vor Spannung kaum atmen konnte, brachte mühsam ein Lächeln zustande. »Gut gemacht, aber ein bisschen riskant war das schon. Sie hatten sehr unfreundlich aussehende Gewehre.«

»So schnell schießen die nicht auf eine Frau, und überdies haben die mich anfänglich gar nicht ernst genommen. Erst als ihnen bewusst wurde, dass ich sie filme, haben sie gemerkt, dass sie in der ... Tinte saßen. Außerdem bin ich die Tochter von Bill Darling, ihrem ehemaligen Vorgesetzten, und das hier«, sie klopfte sich auf die Tasche, in die sie die Speicherkarte gesteckt hatte, »ist jetzt meine Lebensversicherung.«

Sie ging die paar Schritte bis zu dem ausgehobenen Loch und spähte lange hinein. Schließlich trat sie zurück.

»Noch kann ich nichts erkennen, aber ich bin mir völlig sicher, dass die drei Nyathis hier liegen. Wir müssen weitergraben, bis wir sie gefunden haben. Netterweise haben die Kerle ihre Schaufeln und Hacken liegen lassen, und bei den Pferdeställen sollten noch mehr Grabwerkzeuge zu finden sein. Ich fahre hin und hole sie.« Sie schwang herum und setzte sich in Trab.

Roderick hielt sie zurück. »Einer von Phikas Freunden fährt mit dir. Es könnte sein, dass die drei Lalisa noch nicht verlassen haben. Du darfst nicht riskieren, ihnen in die Arme zu laufen.«

Lisa riss sich los. »Ach wo ...«

Roderick unterbrach sie. »Bitte sei vernünftig, du musst mir nichts beweisen.« Als Lisa bei diesen Worten spöttisch eine Augenbraue hob, schmunzelte er. »Meine Machotage sind lange vorbei. Ich bin wirklich handzahm. Denk dran, ich bin mit Benita verheiratet. Aber jetzt das bockige Maultier zu spielen, ist unvernünftig und dumm.« Er deutete auf den knochigen Zulu, der sie im Baum entdeckt hatte. »Toyota kann dir tragen helfen.«

Lisa verdrehte die Augen, dann aber willigte sie ein. »Okay, okay, gib schon Ruhe. Also, Toyota, hamba shesha.« Sie sprintete los, und der Zulu folgte ihr in mühelosem Trab.

Es dauerte über eine halbe Stunde, ehe Lisa und Toyota mit einem Bündel von Schaufeln und einer weiteren Spitzhacke zurückkehrten. Roderick hatte sein Hemd ausgezogen und schaufelte den Aushub, der zunehmend schlammiger geworden war und wieder in die Grube zu rutschen drohte, vom Rand des Lochs weg. Phika und seine Freunde waren bis zum Oberkörper darin verschwunden und beförderten den Schlamm so schnell heraus, dass Roderick kaum nachkam.

»Da ist was!«, schrie Phika plötzlich und hob einen Arm.

Wie elektrisiert ließen alle ihre Werkzeuge fallen und beugten sich hinunter. Lisa ging in die Knie, um besser sehen zu können.

Ganz unten im feuchten Grund ragte ein Schuh teilweise aus dem Erdreich, und es war deutlich zu sehen, dass der Fuß des Trägers noch darinsteckte. Plötzliche Stille senkte sich über die sieben Menschen.

»Herrgott, wir haben sie gefunden«, wisperte Lisa nach einer Ewigkeit.

Eine Welle von unterschiedlichen Empfindungen schlug über

ihr zusammen, sie wurde kalkweiß, gleich darauf flutete ihr die Röte ins Gesicht. Tränen glitzerten an ihren Wimpern. Sie stemmte sich auf die Beine, lief ein paar Schritte zur Seite und wandte sich ab. Ihr Rücken zuckte.

Roderick sah es, unterdrückte aber den Impuls, ihr zu folgen. Ihre Welt hatte sich in der Spanne eines Lidschlags unwiderruflich verändert. Das musste sie jetzt erst einmal für sich allein verarbeiten. Jetzt hatte sie den Beweis, dass ihr Vater all das war, was Amos Nyathi und die Frau seines Bruders Samuel ihm vorwarfen. Vermutlich war dieser Fuß im übertragenen Sinn nur die Spitze des Eisbergs. Waren die drei Nyathis die einzigen Opfer, die aufs Konto von Bill Darling gingen? Beklemmung überfiel ihn. In der Geschichte hatte es schon oft Menschen gegeben, die der Welt ein gütiges Gesicht zeigten, hinter dieser Maske aber unvorstellbare Gräueltaten verübten. Jählings sah er die Gestalt von Bill Darling vor sich. In Handschellen. Hinter Gittern.

Er ballte die Fäuste. Hoffentlich blieb Lisa wenigstens das erspart.

Er starrte hinunter auf den Fuß. Was würden sie finden, wenn sie den Leichnam und vermutlich noch die beiden anderen Vermissten ausgegraben hatten? Im Laufe seiner Arbeit für die »Verlorenen Seelen« hatte er bis zum Erbrechen von den unaussprechlichen Scheußlichkeiten gelesen, die den Opfern der Geheimpolizei zugefügt worden waren. Er hob einen Arm.

»Okay, Phika, graben wir ihn aus. Aber sehr vorsichtig. Ich habe zwei Handschaufeln im Rover. Alle anderen müssen ihre Hände zu Hilfe nehmen. Wir dürfen die Leiche nicht weiter verletzen. Klar?«

»Klar.« Phika ging vor dem Fuß in die Knie und begann die Erde sanft davon wegzustreichen. Je tiefer sie gegraben hatten, desto sumpfiger war der Grund geworden. Jetzt sammelte sich sogar eine flache Pfütze um das Bein. Schmierige, aufgeweichte Erde klebte an den Fasern der Jeans, die inzwischen zum Vorschein gekommen waren. Behutsam schabte er den Schlamm von dem Stoff.

Roderick, der ihm konzentriert zugesehen hatte, vernahm unterschwellig das Knirschen von Autoreifen, das sich allmählich gegen die Buschgeräusche durchsetzte. Von irgendwoher näherte sich ein Gefährt. Das Motorengeräusch wurde lauter, und kurz darauf hörte er, dass ein Wagen hielt. Argwöhnisch spähte er durch die Palmen hinauf zum Weg.

Ein älterer Mann in sandfarbenen Baumwollhosen und Hemd mit aufgekrempelten Ärmeln, den Buschhut tief ins Gesicht gedrückt, kletterte aus einem Geländewagen. Er wandte sich dem Fluss zu und stieg den flachen Hang zum Ufer herab. Roderick erkannte mit großer Erleichterung, dass es Neil Robertson war. Er ging ihm rasch entgegen.

Neil blieb stehen, sein bestürzter Blick zuckte zwischen Roderick und der Szene im Flussbett hin und her. »Roderick, was geht hier vor? Lisa war am Telefon sehr unbestimmt.«

»Hallo, Neil. Wir haben sie offenbar gefunden.«

»Wen? Doch nicht etwa die drei Nyathis?« Neil Robertson schob den Schlapphut aus dem Gesicht und musterte sein Gegenüber ungläubig.

Roderick nickte. »Wir haben erst ein Bein freigelegt. Phika Khumalo und seine Freunde graben gerade den Rest aus. Aber die Umstände weisen stark darauf hin, dass das Bein tatsächlich einem der drei Nyathis gehört.«

»Verdammt«, knurrte Neil, sein Gesicht eine düstere Maske. Er biss sich auf die Unterlippe. »Herrgott, das ist ein Horrortraum. Ich kenne Bill Darling seit meiner Kindheit. Ich hätte ihm das nie zugetraut. Im Leben nicht. Er ist mein Freund, verflucht nochmal!«

Die Hände in den Hosentaschen, begann er hin und her zu laufen, trat Steine aus dem Weg, schüttelte ungläubig den Kopf, trat einen größeren Stein los, der loses Geröll mit hinunter ins

Flussbett riss. Brütend starrte er ihm hinterher, bis der Stein in einer Vertiefung landete und dort liegen blieb. Neil wandte der Ausgrabungsstelle den Rücken zu. Erst jetzt schien er Lisas verloren wirkende Gestalt zu bemerken. Seine Miene verdüsterte sich. »Hast du mit ihr gesprochen? Sie braucht jetzt allen Beistand, den wir ihr geben können.« Er machte einen Schritt in Lisas Richtung, aber Roderick hielt ihn auf.

»Lass sie am besten in Frieden, sie versucht damit klarzukommen. Ihre Seele ist in einem Eispanzer verschlossen, und sie ist stachelig wie ein Kaktus und lässt keinen an sich heran.«

»Ach, Unsinn, mich schon«, sagte Neil, ging hinüber zu Lisa und nahm sie ohne viel Federlesens in den Arm.

Roderick hatte erwartet, dass Lisa sich heftig losreißen würde, aber zu seinem Erstaunen ließ sie sich in Neils Arme fallen und barg den Kopf an seiner Brust. Kein Laut war zu hören, nur das krampfhafte Zucken ihrer Schultern zeigte, was sich in ihr abspielte.

Neil sagte nichts, er hielt Lisa nur fest mit beiden Armen umschlungen, streichelte sanft ihren Rücken und wartete, bis sich ihre Schultern langsam etwas entspannten.

Nach einer Weile hob sie ihr tränenüberströmtes Gesicht. »Er ist mein Vater. Vielleicht hat er sie tagsüber umgebracht und mich abends in den Arm genommen und mit mir gespielt, hat mich gestreichelt. Mit denselben Händen ... Wie soll ich je damit fertigwerden?«

Neil, der in einem langen Leben erfahren hatte, dass der Mensch außerordentlich widerstandsfähig war und dass die Zeit tatsächlich eine gnädige Schicht über alle Wunden wachsen ließ, murmelte Beruhigendes. Eine Antwort auf Lisas Frage hatte er nicht. Selbst er konnte die Implikationen des Ganzen überhaupt noch nicht abschätzen.

Ein Ruf aus dem Loch veranlasste Lisa, sich von ihm zu lösen und ins Flussbett hinunterzulaufen. Neil und Roderick folgten ihr schleunigst. Gemeinsam beugten sie sich über den Rand. Die Zulus hatten das Loch deutlich vergrößert, so dass sie sich ungehindert darin bewegen konnten. Phika und Toyota schälten gerade das zweite Bein aus seinem Schlammmantel.

Roderick hob eine warnende Hand. »Nicht an der Leiche zerren. Wir müssen sie komplett freilegen und dann herausheben. Wir sollten ein Brett oder etwas Ähnliches darunterschieben, damit der Körper nicht auseinanderfällt.«

»Wir können Bretter von den Stallwänden hernehmen. Die sind gerade und kräftig genug, um daraus eine Art Trage zu zimmern«, schlug Lisa vor.

Gebannt beobachtete sie, wie Phika mit einem Stein, ähnlich einem Faustkeil mit breiter, aber messerscharfer Seite, das nasse Erdreich von dem Stoff schabte. Nur das schwere Atmen von Toyota, der das freigelegte Bein halten musste, war zu hören, während Solani den Matsch darunter wegkratzte, der mit kraftvollen Schwüngen von Simon, dem kräftigsten der Zulus, aus dem Loch befördert wurde.

Es stellte sich heraus, dass der Rest der Leiche in eine schmierige graubeige Stoffbahn gewickelt war. Fieberhaft, aber mit großer Umsicht gruben Phika und Toyota weiter.

Neil trat vom Loch zurück und zog sein Mobiltelefon hervor. »Ich habe völlig vergessen, Nils Rogge Bescheid zu sagen. Er kann auch gleich seine Kamera mitbringen. Wir müssen das Ganze hier dokumentieren.« Er entfernte sich noch ein paar Meter, wählte und begann leise zu sprechen.

»Wie viele wir sind?«, hörte sie ihn fragen. »Warte mal.« Er zählte die Anwesenden durch. »Acht. Warum? Gute Idee.« Damit legte er auf und steckte das Handy weg. »Nils kommt, und er bringt etwas zum Essen mit«, raunte er ihr zu.

Lisa musterte ihn verständnislos. »Essen? Ich kann mir nicht vorstellen, jemals wieder etwas essen zu können.«

»Menschen müssen essen«, kommentierte er trocken.

Der Erste, den sie heraushoben, war Samuel Nyathi. Wie Lisa vorgeschlagen hatte, waren einige Bretter aus den Stalltüren gebrochen und zu einer Art provisorischer Bahre miteinander verbunden worden. Roderick sprang hinunter in die Grube und half Phika und Toyota, den Toten behutsam auf die Bretter zu heben.

Der Nächste war Bheki, Amos Nyathis mittlerer Sohn, und der Letzte Mkhonto, der Jüngste der drei. Die Gesichtszüge waren nicht mehr zu erkennen, Mkhontos Gesicht war eingedrückt, und bei allen dreien hatten sich Haut und Muskeln mehr oder weniger aufgelöst. Aber alle drei trugen noch ihre Ausweise bei sich. Neil nahm sie von Phika entgegen, prüfte sie und legte auf jede der Leichen das zugehörige Dokument.

Schweigend standen alle mit gesenktem Kopf um die jämmerlichen Überreste der drei Nyathis herum. Die Hitze knisterte im Busch, sonst herrschte Stille. Tonnenschwer. Hart. Unerträglich schmerzhaft.

»Wir müssen Amos und Jackson holen«, wisperte Lisa. »Sie müssen als Erste erfahren, dass wir sie gefunden haben.«

Sie wollte sich zum Gehen wenden, aber Neil hielt sie zurück. »Ich hab Jacksons Mobilfunknummer. Du kannst ihn anrufen. Oder soll ich das tun?«

Sie streckte schweigend die Hand nach seinem Handy aus. Jackson meldete sich fast sofort.

»Jackson, hier ist Lisa. Lisa Darling.« Sie musste sich räuspern. Es fiel ihr entsetzlich schwer, das zu sagen, was sie ihm jetzt sagen musste. Sie holte tief Luft und stieß die Worte schnell hervor. »Wir haben sie gefunden, Jackson. Samuel, Mkhonto und Bheki. Es wäre gut, wenn du und dein Vater herkommen könntet.«

»Woher wisst ihr, dass es die drei sind?« Jackson hätte ebenso gut nach der Tageszeit fragen können, so gleichgültig klang er.

Sie erklärte ihm, dass sie die Ausweispapiere gefunden hatten. »Es gibt keinen Zweifel. Es tut mir so leid.« Sie wischte sich die Nässe unter den Augen weg.

»Aha«, sagte Jackson immer noch mit völlig neutraler Stimme, als hätte er nicht begriffen, was er gerade gehört hatte. »Wir kommen«, setzte er hinzu. »Wo ist es?«

Sie beschrieb ihm genau, wo sie zu finden waren. »Der Fluss ist fast ausgetrocknet. Das … Grab ist etwa zehn Meter vom Ufer entfernt. Ich kann euch abholen. Wenn ihr allerdings über den Zaun klettert, sind es keine dreihundert Meter zu laufen.«

»Wir kommen über den Zaun«, erwiderte Jackson und legte auf.

»Sie kommen«, sagte Lisa laut. »Wir müssen warten.«

Alle zogen sich in den spärlichen Schatten der Palmen zurück. Roderick verteilte Wasserflaschen, Phika aß aus einem Plastikbehälter mit genießerischer Miene Mopaniraupen in Tomatengemüse.

»Die sind in scharfer Tomatenzwiebelsoße gekocht. Meine Frau ist eine richtig gute Köchin«, teilte er Lisa mit und bot ihr die Mopaniraupen an.

Lisa schüttelte den Kopf. »Ich krieg jetzt nichts runter, danke.« Aber sie nahm die Flasche Wasser, die ihr Roderick hinhielt, und trank.

Endlich vernahmen sie sich nähernde Schritte, und kurz darauf kam Amos Nyathi, begleitet von seinem letzten überlebenden Sohn Jackson, langsam den Weg herauf. Er trug seinen schwarzen Anzug und ein weißes Hemd. Sein Gang war aufrecht, das Kinn gehoben, der Blick auf einen Punkt im Nichts gerichtet. Keinen der Anwesenden schien er zu bemerken.

Die vier Weißen und die Zulus hatten sich aus dem Schatten erhoben und waren hinunter zur Grube gestiegen. Als sich Amos und Jackson näherten, traten alle respektvoll zurück und bildeten eine Gasse, durch die die beiden zu den drei reglosen Gestalten gingen, die im lichten Palmenschatten lagen. Amos blieb zu ihren Füßen stehen. Er strahlte große, stille Würde aus. Jackson kauerte sich nieder und entfernte behutsam die Stoffplanen, eine nach der anderen, und legte sie zur Seite.

Endlich, nach so vielen quälenden Jahren der Ungewissheit, blickte Amos seinen Söhnen und seinem Bruder in die zerstörten Gesichter. Seine einzige Reaktion war, dass er mit einem langen Zischen die Luft zwischen den Zähnen einsog. Ein schreckliches Geräusch in der Grabesstille.

Lisa wurde von Mitleid geschüttelt, als sie beobachten musste, wie der jahrelang aufgestaute Schmerz die Oberfläche der maskenhaften Züge durchbrach. Für Sekunden glaubte sie, Amos würde in Tränen ausbrechen. Aber dann fing sich der alte Zulu, und sein Gesicht erstarrte wieder zu der harten, ausdruckslosen Maske, hinter der er alle Gefühle verbarg. Seine Hände hatte er gefaltet, Lisa war sich sicher, dass er nicht betete. Das einzig Lebendige an ihm waren die glitzernden schwarzen Augen. Der Anblick schnürte ihr die Kehle zu. Sie wollte zu ihm gehen, ihn um Verzeihung bitten, ihn berühren und trösten, aber das wagte sie nicht.

Jäh überfiel sie das Verlangen, Micks Hand halten zu können, seine Nähe zu spüren, seine Wärme, die ihr helfen würde, die große, leere Kälte in ihrem Inneren zu vertreiben. Sie lehnte sich dicht zu Neil hinüber. »Ich muss Mick anrufen«, flüsterte sie ihm ins Ohr. »Der sitzt noch im Polizeihauptquartier und wühlt sich durch die Akten. Er weiß noch nichts von unserem Fund.«

Während sie die Nummer auf ihrem Mobiltelefon aufrief, ging sie ein Stück abseits, um außer Hörweite der Nyathis zu sein. Ungeduldig wartete sie.

Mick meldete sich mit einer Stimme, die so klang, als hielte er sich die Nase zu. »Hi«, sagte er. »Ich sitze noch unterm Dach, meine Stauballergie blüht, die Nase trieft, die Augen tränen, außerdem werde ich langsam gargekocht.« Im Kontrast zu dem, was um sie herum geschah, klang das schmerzhaft fröhlich.

Sie verzog das Gesicht. »Das hat sich erledigt, du kannst deine Suche beenden …«

»Was meinst du damit?«, unterbrach er sie. Seine Fröhlichkeit wirkte wie weggewischt.

»Wir haben die drei Nyathis gefunden. Komm so schnell wie möglich her.«

Für einen Augenblick war nur statisches Rauschen zu hören. Mick hatte die Nachricht offenbar die Sprache verschlagen. Lisa hörte, wie Papier hin und her geschoben wurde, ein Stuhl scharrte, und dann ertönte das Geräusch von Schritten auf Holzboden durch den Hörer.

»Seid ihr euch hundertprozentig sicher?«, fragte er endlich, seine Stimme war rau.

»Hundertprozentig. Wir haben ihre Papiere.«

»Herrgott im Himmel!« Er atmete hörbar. Ein Stuhl knarzte, als er sich hineinwarf. »Wo habt ihr sie gefunden? Wie …?«

»Im Flussbett. Ich habe Kobus und die beiden anderen Kerle dabei erwischt, wie sie dort gegraben haben.« Monoton berichtete sie ihm von den Ereignissen der letzten Stunden. »Amos und Jackson sind gerade gekommen … Es ist schrecklich, Mick, kannst du herkommen? Schnell?«, setzte sie leise hinzu.

Stuhlbeine schurrten über den Boden, Papier raschelte. Mick nieste heftig. »Ich bin schon dabei zusammenzupacken. Gib mir maximal eineinhalb Stunden, dann bin ich bei dir. Und Lisa, Darling, denk nur immer daran, dass du nichts, aber auch gar nichts damit zu tun hast. Hörst du?«

Wieder blinzelte sie Tränen weg. »Ich versuch's. Fahr vorsichtig«, krächzte sie, beendete das Gespräch und drehte sich zu Neil, um ihm Bescheid zu sagen. »Mick wird in spätestens eineinhalb Stunden hier sein.«

»Das ist gut.« Neil strich ihr stumm über die Wange. »Möchtest du dich ins Auto setzen?«

»Auf keinen Fall.« Sie schickte einen hilflosen Blick hinüber zu den beiden Nyathis, die vor den Leichen hockten. »Ich kann sie doch nicht allein lassen. Das muss ich durchstehen, das bin ich ihnen schuldig.«

»Du«, stieß Neil überraschend heftig hervor und packte sie an beiden Oberarmen, »du bist niemandem etwas schuldig. Du hast überhaupt nichts getan, im Gegenteil, was du getan hast, um die drei endlich zu finden, wird dir die ewige Dankbarkeit der Nyathis eintragen, das garantiere ich dir.« Er musterte sie liebevoll. »Hast du verstanden, Lisa? Ich werde den Nyathis diese Sache haarklein erklären. Ich werde nicht zulassen, dass du für die Verbrechen deines Vaters geradestehen musst. Das hat allein er zu verantworten«, fuhr er fort. »Wir pflegen in unserem Land keine Sippenhaft. Nicht mehr zumindest.«

»O Gott«, stöhnte sie erstickt. Sie war weiß wie eine Wand geworden, ihre Augen schwammen in Tränen. »Wir müssen weitergraben, ist dir das klar? Mein Vater muss den Fluss umgeleitet haben, um sie hier zu begraben. Vielleicht …« Ihre Hände flatterten. »Mir graut davor, was wir noch alles finden könnten. Wen.«

Er legte ihr einen Arm um die Schultern. »Ich bin bei dir, und ich lasse dich nicht allein.« Damit führte er sie hinüber zu Roderick, der sich von dem Grab zurückgezogen hatte, und bedeutete auch den fünf Zulus, zu ihnen zu kommen.

»Wir werden weitergraben müssen«, sagte Lisa so leise, dass die Nyathis sie nicht hören konnten.

Roderick sah sie finster an. »Das ist mir auch klargeworden. Wir können nicht annehmen, dass hier nur die Nyathis gelegen haben. Wir sollten uns diesen Kobus und seine Spießgesellen vorknöpfen. Sicherlich könnten die uns mehr erzählen. Außerdem sollten wir jetzt, wo wir die drei tatsächlich gefunden haben, der Beweis also mehr als eindeutig ist, die Polizei informieren. Sie müssen die Spurensicherung schicken.«

Neil nickte. »Ich mach das. Ich weiß, an wen ich mich wenden muss. Einen Augenblick.« Er entfernte sich ein Stück, zog sein Telefon hervor und wählte. Nach einem kurzen Gespräch kam er zurück.

»Sie kommen, und bis dahin müssen wir mit dem weiteren Ausgraben warten. Ich habe sie gebeten, genügend Leute und Geräte mitzubringen.« Er warf Lisa einen besorgten Blick zu. »Wie ich meine Kollegen, besonders die vom Fernsehen kenne, wird jemand den Polizeifunk abhören, und hier wird bald die Hölle los sein. Lisa, bist du dir sicher, dass du das ertragen kannst?«

Ihre Augen blitzten, ihre Wangen bekamen wieder Farbe. »Das kann ich, keine Sorge. Die kommen hier nicht rein. Dafür werde ich sorgen. Phika«, schrie sie und wartete, bis der Zulu vor ihr stand. »Es könnte sein, dass hier bald ein Haufen Reporter mit Kameras auftauchen. Die werden über uns herfallen wie ein Schwarm Heuschrecken. Könntet ihr euch ans Tor stellen und verhindern, dass sie reinkommen?«

Phika Khumalo grinste und ließ seine Muskelpakete spielen. »Darauf können Sie sich verlassen, Miss Lisa. Kann ich das Auto haben, Boss?«, fragte er Roderick, der ihm als Antwort wortlos die Schlüssel zuwarf. Phika fing sie geschickt auf, stieß einen gellenden Pfiff aus und zeigte auf den Landrover. »Hambani shesha, wir haben zu tun«, rief er und trabte seinen vier Freunden voraus.

»Phika!«, rief Lisa hinter ihm her.

Er blieb stehen und drehte sich fragend um.

»Mein Name ist Lisa.«

Phikas blendend weißes Grinsen spaltete sein Gesicht. »Yebo, Lisa von Lalisa.« Damit schwang er herum und rannte hinter den anderen her.

Lisa, die sich etwas abseits auf einen Felsen gesetzt hatte, der halb verdeckt vom Gras im Palmenschatten lag, beobachtete Amos und Jackson. Sie hatten sich aus der Hocke aufgerichtet und sprachen leise miteinander. Impulsiv stand sie auf und ging zu den beiden Zulus hinüber.

Amos Nyathi wandte den Kopf und sah ihr entgegen, sein Gesicht völlig ausdruckslos. Lisa schluckte. Eine Welle der Feindseligkeit brandete ihr entgegen, aber sie ging weiter. Sie blieb vor Amos stehen und streckte ihm ihre Hand entgegen.

»Amos, es tut mir so unendlich leid. Ich weine mit dir um deine Söhne und deinen Bruder.« Die Tränen, die sie mühsam zurückhielt, machten ihre Stimme heiser.

Amos sah sie unnachgiebig an. Dann wandte er sich ab. Lisa ließ die Hand sinken.

»Es ist noch zu früh, Lisa, geh lieber«, flüsterte Jackson und vermied es dabei, sie anzublicken.

Lisa stolperte hinauf zu Neil und Roderick, setzte sich wieder auf den Felsen und vergrub das Gesicht in den Händen.

Roderick lehnte ein paar Meter weiter reglos an einem Baum, die Hände in den Hosentaschen vergraben, seine Miene versteinert.

Kurz darauf rasten Mick und Nils hintereinander in halsbrecherischem Tempo den Weg herunter. Ihre Wagen kamen in einer Staubwolke Seite an Seite im Schatten einer struppigen Baumgruppe zum Stehen. Mick, in Anzughosen und blauem Hemd, zog seinen Schlips herunter und knöpfte das Hemd auf, während er schnurstracks hinüber zu Lisa rannte. Er beugte sich zu ihr. »Wie geht es dir?«, fragte er überflüssigerweise. Ihr tränenverschmiertes Gesicht, die verzweifelte Miene sprachen Bände.

»Beschissen«, antwortete sie und wischte sich mit dem Handrücken die Nässe vom Gesicht.

Er fand keine Antwort, stattdessen ließ er sich dicht neben ihr auf dem Felsen nieder und wollte sie an sich ziehen, aber sie wehrte sich.

»Nicht, kann jetzt nicht.« Ihre Augen flackerten hinüber zu Amos und Jackson, die noch immer neben der Grube standen.

Mick fing ihren Blick auf. »Du hast versucht, mit ihnen zu reden? Was haben sie gesagt?«

Wortlos schaute sie weg und zuckte dabei mit den Schultern. Auch diese Geste sprach Bände. Sein Herz zog sich vor Mitleid zusammen.

Nils kam im Eilschritt an. Er trug einen Fotoapparat am Riemen um den Hals und seine kompakte Videokamera in der Hand. Im Laufen nahm er die Kappe von der Fotolinse. »Im Wagen sind genug Essen und Getränke für mindestens zwanzig Leute. Thabili hat fast unsere gesamten Vorräte ausgeräumt«, verkündete er. »Oha!«, stieß er hervor, als er Amos und Jackson entdeckte. Er deutete mit dem Kinn hinüber auf die drei verhüllten Gestalten zu Füßen der beiden Zulus »Sind das die drei Toten?«, fragte er leise.

»Ja, keine Zweifel möglich. Ihre Ausweispapiere steckten noch in ihren Taschen«, antwortete Mick ebenso leise.

Nils schaltete den Fotoapparat an, drückte auf den Auslöser und hielt ihn gedrückt. Der Verschluss des Apparats surrte, als er mehrere Bilder schoss. »Habt ihr aufgehört zu graben?«

Neil, der dazugekommen war, nickte. »Ja, mussten wir. Wir haben die Polizei benachrichtigt und erwarten sie in der nächsten Viertelstunde. Sie bringen den Gerichtsmediziner gleich mit.« Er berichtete ihm kurz, was er außerdem mit der Polizei besprochen hatte.

Beide wandten den Kopf, als erneut Motorengeräusch laut wurde. Kurz darauf bog ein Geländewagen mit Segeltuchdach und der Aufschrift *Inqaba* auf den Seiten um die Biegung und hielt neben Nils' Auto an. Die Türen flogen auf, und Jill und Benita stiegen aus.

»Das darf doch nicht wahr sein«, murmelte Roderick und setzte sich in Bewegung. »Benita, was um alles in der Welt tut ihr hier?«, rief er. »Du solltest dich doch hinlegen!«

»Ach, hör auf, Liebling. Der Arzt hat gesagt, ich soll mich bewegen. Und genau das tue ich, wie du siehst. Mir geht es gut, und du glaubst doch nicht ernsthaft, dass wir Lisa jetzt alleinlassen?« Sie nahm ihre Sonnenbrille ab. Der Bluterguss um ihr rechtes Auge schimmerte in allen Regenbogenfarben, mehrere Pflaster zierten ihre nackten Arme. »Alles in Ordnung, wirklich.« Sie lächelte ihrem Mann zu, ein schnelles, intimes Lächeln, das nur für ihn bestimmt war. Dann eilte sie hinüber zur Palmengruppe und ging vor Lisa in die Hocke. »He, Lisa, Liebes. Wir sind jetzt hier und passen auf dich auf.«

»Welcher Engel schickt euch denn?«, stieß Mick erleichtert hervor und machte den Platz neben Lisa für Benita frei. »Lisa braucht euch wirklich. Vielleicht könnt ihr dafür sorgen, dass sie mit euch nach Inqaba fährt. Es bringt ihr nichts, wenn sie bleibt, außer noch mehr unerträglichen Stress. Die Polizei und der Gerichtsmediziner sind auf dem Weg. Ihr könnt euch vorstellen, was hier in wenigen Minuten los sein wird. Sie wird das nicht mehr packen können.«

Jill nahm die Szene im Flussbett in sich auf. Das Ausgrabungsloch, die Nyathis und die drei Bündel zu ihren Füßen. Sie sah Mick an. »Lisa kann hier jetzt nicht weg, und das verstehe ich sehr gut. Lass sie, wir kümmern uns um sie. Wenn ihr etwas essen und trinken wollt, bedient euch. Die Sachen sind in Nils' Wagen.«

»Lisa.« Nils stand vor ihr und hob die Kamera. »Darf ich?«

»Nein!«, zischten Jill und Benita wie aus einem Mund.

»Ja«, sagte Lisa. »Ist schon okay, Jill. Es ist sein Beruf. Niemand versteht das besser als ich. Lieber Nils als irgendeiner meiner anderen Kollegen.« Sie hob das Gesicht zu ihm. Das Haar hing ihr in die geröteten, geschwollenen Augen, über eine Wange lief ein Streifen blutroter Erde.

Nils schoss in schneller Folge ein paar Bilder. Dann senkte er den Apparat. »Danke. Du kannst dich darauf verlassen, dass ich ohne dein Wissen kein Bild von dir machen werde.«

Sie nickte abwesend und sah dann zu Jill hoch. »Habt ihr etwas zu trinken da? Ich bin völlig ausgetrocknet.«

Jill streckte ihr die Hand hin und zog sie hoch. »Nils hat Essen und Trinken mitgebracht. Wir können uns in meinen Wagen setzen. Hier sind wir nur im Weg.«

Sie holte eine schwere Isoliertasche und Kaffeebecher aus Nils' Wagen und goss Kaffee aus der Thermoskanne ein. »Milch ist in der anderen Kanne«, sagte sie. »Wer möchte auch Wasser?« Als Lisa und Benita nickten, schraubte sie eine Flasche Mineralwasser auf und füllte drei hohe Gläser.

Zusammen kletterten sie auf die Aussichtssitze des Geländewagens. Jill und Benita nahmen Lisa in die Mitte, ließen ihr aber Platz genug, damit sie sich nicht bedrängt fühlte. Einen Augenblick lang trank jede schweigend und hing dabei den eigenen Gedanken nach.

Lisa drehte ihr Glas in den Händen und verfolgte konzentriert die Kondenswassertropfen, die an den Seiten herableckten. »Elf Monate im Jahr jage ich Menschen, einen Monat mache ich Ferien. Dann jage ich Tiere«, flüsterte sie.

Jills Kopf flog hoch, ihre Augen wurden schwarz. »Was sagst du da?«

Lisa sah sie an, als bemerkte sie erst jetzt, dass sie nicht allein war. »Ich habe einmal gelesen, dass das einer der Apartheidmörder gesagt hat. Ich frage mich nur, ob es mein Vater gewesen ist.« Wieder wirbelte das Glas in ihren Fingern.

Jill runzelte die Stirn. In einer blitzartigen Rückblende landete sie fünfzehn Jahre zurück in der schwärzesten Zeit ihres Lebens, hörte diese Worte, gesprochen von ihrem schlimmsten Feind.

»Nein«, sagte sie nach einer Weile. »Nein, das war nicht dein Vater. Das Schwein, das diesen Ausspruch getan hat, hieß Len Pienaar. Die Verkörperung des Bösen, das war sein Spitzname. Er war Kommandant einer der Elite-Foltereinheiten im damaligen

Südafrika gewesen, bis er selbst für die nicht mehr zu ertragen war. Er … ist mir einmal sehr nahe gekommen.«

»Ach, du lieber Gott«, wisperte Benita und musste ihrerseits an den Vice-Colonel denken, der ihre Eltern auf dem Gewissen hatte und sie dann jagte, als ihm klarwurde, dass sie die einzige Zeugin gewesen war. Ihre Haarwurzeln prickelten, als sie daran dachte, dass sie ihm erst in letzter Sekunde entwischt war.

»Na, wenn schon, vielleicht hat mein Vater es nur anders ausgedrückt«, sagte Lisa mit einer Stimme, die Benita einen Schreckensschauer über den Rücken jagte. Lisas lebloser Blick wanderte hinüber zu den Toten. »Ob er sie wohl eigenhändig ermordet hat oder ob er jemand anders die Drecksarbeit hat machen lassen?«

»Lisa, hör auf«, sagte Benita. »Das hilft niemandem, am wenigsten dir. Sonst versinkst du noch in Selbstmitleid, und das ist zerstörerisch.«

Lisa sah sie an. Die Tränen strömten ihr ungehindert über die Wangen. »Wie geht man damit um, dass der eigene Vater ein Mörder und Folterer ist? Wie soll ich das Bild …« Ihre Augen glitten wieder zu den schlammverschmierten Leichen hinüber. »Wie soll ich das je wieder aus dem Kopf kriegen?«

Benita schlang sich die Arme um den Leib, als wollte sie ihr Baby vor all dem Bösen schützen. »Irgendwann verblasst es, das kann ich dir garantieren, irgendwann drückt es dir nicht mehr die Luft ab«, flüsterte sie.

Jill nickte abwesend, noch immer von den Bildern gefangen, die aus ihrer Vergangenheit aufgetaucht waren. »Da hat Benita Recht. Irgendwann merkst du, dass die Sonne scheint, der Himmel blau und dein Leben wieder in Ordnung ist.«

»Bei euch war das anders.« Lisa malte Kringel in das heruntergetropfte Kondenswasser. »Du bist Gugus Tochter, Benita, deine Eltern waren die Guten, Lichtgestalten, auf die du stolz sein kannst … Gugu, deren Name bis heute einen besonderen Klang hat.« Mit einem hilflosen Flattern einer Hand verstummte sie.

»Du bist eine von den Guten«, sagte Jill leise und strich ihr die wirren Haare aus dem Gesicht. »Du bist diejenige, die mit ihren Berichten Südafrika den Spiegel vorhält und nie zulässt, dass wir unsere Vergangenheit oder die Wirklichkeit verdrängen … Denk an die ›Verlorenen Seelen‹.«

Lisa blinzelte sie durch Tränen an. »Die Reportage war wohl lausig recherchiert, oder? Kein Wort darin über meinen Vater. Ich wundere mich, dass mir das noch niemand um die Ohren geschlagen hat. Meine Berufsgenossen sind doch sonst schlimmer als Wühlmäuse, wenn's darum geht, Dreck über einen Kollegen auszugraben und ihm eins auszuwischen.«

»Da hast du es doch!«, rief Benita triumphierend. »Wenn es so leicht gewesen wäre, das herauszubekommen, dann hätten sie das längst getan. Es zeigt doch nur, dass es schier unmöglich war, in diesem Zusammenhang irgendetwas über deinen Vater zu erfahren.«

»Genau!«, sagte Jill.

»Ich hätte es sehen müssen, hätte doch irgendetwas merken müssen. Mein Gott, ich hab mit ihm jahrelang unter einem Dach gelebt, er ist mein Vater … Habe ich weggesehen und mich taub gestellt?«

»Rede dir das bloß nicht ein!«, rief Jill.

»Für dich war er nur dein Vater«, sagte Benita. »Es stand ihm doch nicht ins Gesicht geschrieben, oder? Zu Hause wird er sich doch bestimmt ganz normal benommen haben.«

Beide sahen sie liebevoll an. Lisa brach erneut in eine Tränenflut aus und vergrub ihr Gesicht in den Händen. »Mist, verdammter, diese Heulerei«, schluchzte sie erstickt durch ihre Finger. »Tut mir leid, ich kann einfach nicht anders …«

Benita zog sie an sich, und Jill streichelte ihr den Rücken. Gemeinsam hielten sie ihre Freundin fest, bis sie sich ausgeweint hatte.

Aus der Ferne war das unterschwellige Wummern von Hubschrauberrotoren zu vernehmen. Lisa hob den Kopf.

»Die Polizei ist im Anflug«, flüsterte sie. Ihr Gesicht war rot und fleckig, die Wimperntusche hatte sich unter den Augen abgesetzt.

Jill goss Mineralwasser auf ein Taschentuch und reichte es ihr. »Hier, das kühlt etwas.«

Das Geräusch schwoll schnell zum Knattern an, wurde ohrenbetäubend laut, und kurz darauf landete der Polizeihubschrauber. Blätter und Gras wirbelten durch die Luft, die Palmen rauschten. Mehrere Personen stiegen aus, unter ihnen Captain Fatima Singh. Sie bellte ein paar harte Kommandos, und Lisas Puls schoss hoch.

»Jetzt geht's los«, murmelte sie und konnte ihre Nervosität kaum verbergen.

»Nichts geht los«, korrigierte Jill. »Du bist wie Neil und Roderick nur Zeuge, und wenn die Singh frech wird, haben wir Michael. Solange der hier ist, kann dir nichts passieren, das weißt du. Er frisst die kleine dicke Singh doch als Vorspeise. Ungebraten.« Zufrieden sah sie, dass ein geisterhaftes Lächeln über Lisas Gesicht huschte.

Und tatsächlich kümmerte sich für die nächste Stunde niemand von der Polizei um sie. Als Erstes sperrten sie den Fundort ab und beorderten sogar Amos und Jackson hinter die Absperrung. Captain Singh stolzierte am Ufer entlang, scheuchte ihre Männer herum, feuerte Anweisungen ab und telefonierte unablässig.

Lisa sah zu, wie die Polizistin einen weiteren Teil des Flussbetts mit rot-weiß gestreiftem Plastikband absperren ließ. »Ob sich der Fluss davon abhalten lässt, in sein Bett zurückzukehren, wenn es genügend regnet?«

Benita kicherte. »Sie kann die Wellen mit Ketten peitschen wie Xerxes. Vielleicht gehorchen sie ja.«

Captain Fatima Singh rannte aufgeregt auf und ab und schrie dabei weiter ins Telefon.

»Gleich spuckt sie Feuer.« Jill bemühte sich offensichtlich, Lisa auf andere Gedanken zu bringen. »Ich bin mir sicher, dass ihr schon Drachenflossen auf dem Rücken sprießen.«

Und tatsächlich versiegten Lisas Tränen. Sie schluckte und rieb sich das Gesicht trocken. »Ach, sie macht nur ihren Job, und ich glaube, sie ist gut darin.«

»Ist sie«, gab Jill zu. »Unangenehm gut.«

Die drei Frauen schwiegen eine Weile.

Aus den Augenwinkeln beobachtete Lisa, wie Captain Singh entschlossen vom Flussbett aus auf Mick zumarschierte. Sie konnte nicht verstehen, was die Polizistin sagte, aber es war offensichtlich, dass sie ziemlich erregt war. Mick antwortete ruhig, Roderick, Nils und Neil nickten wie drei Papageien ihre Zustimmung. Die Polizistin schaute zornig drein, diskutierte noch etwas und stapfte dann, immer noch sichtlich aufgebracht, davon.

»Ich muss herausfinden, worum es da ging«, murmelte Lisa und stand auf. »Lass mich mal bitte vorbei.« Sie stieg über Jills Beine und sprang vom Wagen, streckte ihre Glieder und schaute hinüber zu Captain Singh. Die hockte neben dem auf dem Boden knienden Gerichtsmediziner, der die Planen von den Leichen entfernt hatte und dabei war, sie genauestens in Augenschein zu nehmen. Mick, Neil und Roderick standen zusammen an der Absperrung und unterhielten sich leise. Sie ging zu ihnen hinüber.

Lisa blickte in die Runde. »Was wollte die Singh gerade eben?«

Mick antwortete ihr. »Sie hat uns zur Schnecke gemacht, weil wir die Leichen nicht in der Grube gelassen haben und dadurch wertvolle Spuren vernichtet wurden. Wir haben ihr klargemacht, dass wir auf Grundwasser gestoßen sind, die Grubenwände unterspült wurden, nachgaben und einzustürzen drohten, worauf wir, geistesgegenwärtig, wie wir sind, die Leichen schleunigst herausgeholt und somit sichergestellt haben. Sie hat es akzeptiert. Ach, bevor ich es vergesse: Sie bittet darum, dass du morgen zu ihr ins Büro kommst. Wohlgemerkt, sie bittet! Ich habe ihr gesagt, dass du heute nicht mehr dazu in der Lage bist, ihre Fragen zu beantworten.« Mick schaute zufrieden drein.

Im ersten Augenblick wollte sie ihn wegen seiner Eigenmächtigkeit anfahren, stoppte sich aber rechtzeitig und nickte dankbar. Er hatte Recht. Sie fühlte sich so zerschlagen, als wäre sie von einem Lastwagen überrollt worden. »Was passiert mit D... meinem Vater?« Das vertraute »Dad« bekam sie einfach nicht mehr über die Lippen. »Ein Verhör steht er nicht durch. Noch lange nicht.«

Mick steckte die Hände in die Taschen und wippte auf den Zehen. »Captain Singh ist sich darüber im Klaren, dass sie erst mit ihm reden kann, wenn seine Ärzte das erlauben. Außerdem sind die Leichen lediglich auf Lalisa gefunden worden. Inwiefern dein Vater damit zu tun hat ...« Er hob die Schultern. »Das muss erst noch ermittelt werden. Vorläufig ist sie darauf versessen, mit Kobus und Genossen zu sprechen. Wie heißt es so schön? Sie glaubt, dass die ihr bei den polizeilichen Ermittlungen helfen können. Das heißt, dass sie auf Hochtouren nach denen fahnden lässt. Du solltest Lalisa jetzt am besten verlassen. Sonst fällt Captain Singh noch ein, dich jetzt gleich durch die Mühle zu drehen, wenn du den flapsigen Ausdruck verzeihst. Obwohl du natürlich nichts zu befürchten hast, würde das seelisch sehr anstrengend werden, glaube ich. Einverstanden?«

Lisa nickte. »Einverstanden, und danke.«

»Am besten fahrt ihr drei zusammen nach Inqaba. Dann kommt Captain Singh gar nicht erst auf dumme Ideen.«

Lisa sah hoch zu ihm. »Ich würde dich gern als meinen Rechtsbeistand engagieren. Bist du teuer?«

Sein glückliches Lächeln ließ seine Augen strahlen. »Ich werde dir einen Rabatt gewähren«, flüsterte er, nahm ihre Hand und drückte einen schnellen Kuss darauf. »Wir Männer kommen bald nach. Mach dir keine Sorgen, Lisa, Darling.« Damit gab er sie frei.

Benita und Jill hatten die Szene aus einiger Entfernung mit höchstem Interesse verfolgt und sahen ihr nun mit erwartungsvollem Lächeln entgegen.

»Was liegt an?«, fragte Benita. »Er hat deine Hand geküsst.« Ihre Augen funkelten.

»Mein Rechtsanwalt zeigt nur gute Manieren.« Lisa lächelte schief. »Mein Rechtsanwalt meint, ich sollte die Farm verlassen, damit Captain Singh mich heute nicht mehr ausquetschen kann. Und er meint, ihr solltet mitkommen.«

»Machen wir«, sagte Jill. Sie hievte die Kühltasche mit den Getränken aus dem Wagen und stellte sie im Baumschatten ab. »Nils, wir Mädels fahren zur Farm. Ich lass die Getränke hier«, rief sie ihrem Mann zu, der das mit einem Kopfnicken quittierte. Sie nahm drei Wasserflaschen aus der Tasche und stieg ein. »Fahren wir. Benita, soll ich dich nach Hause bringen, oder kommst du mit uns nach Inqaba? Du kannst dich auch bei mir hinlegen.«

»Ich komme mit, sehr gerne sogar. Manchmal ist es ein bisschen einsam in unserem Haus.« Sie klopfte sich liebevoll auf ihren Babybauch. »Nicht mehr lange hoffentlich.« Dann lächelte sie. »Inqaba. Der Ort der Zuflucht. Unser Ururgroßvater hätte keinen besseren Namen finden können.«

Lisa ließ ihre Unterhaltung an sich vorbeirauschen. Sie war völlig erledigt. Körperlich erledigt, als wäre sie einen Marathon gelaufen oder hätte Gewichte gestemmt. Außerdem brachte sie es nicht mehr fertig, einen zusammenhängenden Gedanken zu fassen. Die Hände hinter dem Kopf verschränkt, schaute sie hinaus. Jeden Baum, jeden Strauch kannte sie hier, jeder Meter barg Erinnerungen. Ihr Blick verschwamm, sie verlor sich in der Vergangenheit. Nur am Rande nahm sie wahr, dass ihnen der Leichenwagen hinter einer Biegung entgegenkam und Jill ihren Wagen hart an den Rand lenkte, um ihn passieren zu lassen. Erst als Jill etwas zu ihr sagte und abrupt die Fahrt verlangsamte, kehrte sie widerwillig in die Wirklichkeit zurück.

»Was hast du gesagt?«

»Ich habe gefragt, ob du den kennst. Den Mann da.« Jill zeigte auf einen Schwarzen in einem verschmutzten blauen Overall, der auf der Grasnarbe stand und winkte, dass sie anhalten sollten.

Lisa sah genauer hin und richtete sich wie elektrisiert auf. »Halt bitte mal an! Das ist Tokoloshe, unser Farmfaktotum. Ich muss ihn etwas fragen.«

Kaum dass der Wagen zum Stehen gekommen war, sprang sie auf die Straße und rannte hinüber zu dem Zulu, der unter einer Süßdornakazie stand, ein selbstzufriedenes Grinsen im Gesicht, Hände in den Taschen seiner Overallhosen vergraben, einen Grashalm zwischen den Zähnen. Seine Kleidung verströmte den beißenden Geruch kalten Rauchs.

Lisa nieste und putzte sich die Nase, während sie ihn wütend fixierte. Sie hätte ihn am liebsten geschüttelt. »Warum bist du nicht gekommen, wie du es versprochen hast? Ich habe auf dich gewartet. Und jetzt willst du mir sicher erzählen, dass du meine Mutter gefunden hast, was?« Ihr Ton triefte vor Sarkasmus.

»Ich habe sie gefunden«, sagte der Zulu und feixte.

Lisa starrte ihn konsterniert an. »Was hast du gesagt?«, stieß sie hervor. Sie musste sich verhört haben.

»Ich habe Madam gefunden. Ich bekomme zweitausend Rand.« Die schwarzen Augen tanzten, der Grashalm wanderte von einem Mundwinkel zum anderen. Tokoloshe amüsierte sich offensichtlich bestens über die Wirkung seiner Bemerkung.

Lisa rang nach Luft, und ihr Mund klappte mehrfach auf und zu, ohne dass sie ein Wort hervorbrachte. »Wenn du versuchst, mich hinters Licht zu führen, um die Belohnung zu kassieren, dreh ich dir eigenhändig den Hals um, hast du das verstanden?«, fuhr sie ihn schließlich hitzig an.

Aber Tokoloshe grinste unerschütterlich. »Zweitausend Rand, Miss Lisa.«

Er wirkte so verdammt siegessicher, dass Lisa nun doch Zweifel kamen. Sollte er ihre Mutter tatsächlich gefunden haben? Sie schob ihr Gesicht dicht an seines und versuchte hinter dem Grinsen die Wahrheit zu finden. Aber sie konnte nichts außer unerschütterlicher Siegesgewissheit lesen, die mit einer großen Portion Unverschämtheit gemischt war. Wenn seine Aussage also wirklich stimmte, wo hatte er sie gefunden und vor allen Dingen in welchem Zustand? Ohne Hände? Tot? Sie wagte nicht, den Gedanken zu Ende zu denken, geschweige denn, ihn danach zu fragen, zu sehr fürchtete sie die Antwort. Sie beschloss, es auf einem anderen Weg zu versuchen. Sie legte den Kopf schräg und musterte ihn mit skeptischer Miene. »Wie hast du sie finden können? Die Polizei konnte es nicht.«

Tokoloshe hob nur die Schultern, ließ den Grashalm wirbeln. Das weiße Grinsen wurde noch breiter.

Frustriert presste sie die Zähne zusammen. »Okay, bring mich hin«, blaffte sie ihn an. »Wenn ich sie gesehen habe …« Sie stockte, stemmte sich mit aller Macht gegen die Bilderflut, die sie zu überschwemmen drohte. Energisch räusperte sie ihre Kehle frei. »Dann kriegst du dein Geld, und die anderen auch. Aber nicht eine Sekunde vorher, verstanden?«

Tokoloshe nickte nur, der Grashalm tanzte.

Ihr Blick flog hinüber zu ihren Freundinnen. Aber der Wagen stand viel zu weit entfernt. Die beiden hatten offensichtlich nicht mitbekommen, um was es hier ging. »Warte hier«, befahl sie und lief ein paar Schritte zurück. »Ich komme gleich wieder«, rief sie Jill zu, die sofort die Hand hob, um zu zeigen, dass sie verstanden hatte.

Lisa wandte sich wieder zu Tokoloshe um. »Hamba, geh, ich folge dir.«

Tokoloshe verschwand erstaunlich schnell und geräuschlos im

Busch. Lisa konnte keinen Weg erkennen und hatte Mühe, mit ihm Schritt zu halten. Es dauerte nur ein paar Minuten, und sie wusste nicht mehr, in welchem Teil von Lalisa sie sich befanden, da Tokoloshe immer wieder überraschende Haken schlug. Kurz darauf standen sie irgendwo vor einem Zaun. Jemand hatte ihn an dieser Stelle durchtrennt, die oberen Kanten aber mit einem Draht verbunden, so dass der Zaun nicht auseinanderfallen konnte. Lisa blinzelte in die Sonne, versuchte von ihrem Stand die Himmelsrichtung ihres Standorts zu erfahren, kam zu dem Ergebnis, dass sie sich am Abschnitt des Grenzzauns von Lalisa befinden musste, der oberhalb der Farmarbeitersiedlung entlanglief, aber sicher war sie sich keineswegs. Sie blickte sich um. Von den Schuhkastenhäuschen der Siedlung war nichts zu sehen, und sie war so lange nicht mehr hier gewesen, dass sie nichts wiedererkannte.

Tokoloshe bog den Draht beiseite, stieg hindurch und lief weiter, ohne auf sie zu warten. Sie hatte Mühe, sich durch den entstandenen Spalt zu zwängen, und hastete dem entschwindenden Rücken des Zulu hinterher. Hinter ihr schlugen die Zweige wieder zusammen, die Blätter rauschten leise. Dann war alles wieder still, nicht einmal die Schritte Tokoloshes konnte sie noch hören.

Plötzlich war sie beunruhigt. Ihr Puls beschleunigte sich. Sie rannte los, stürzte durch den Busch, ohne darauf zu achten, dass ihr Zweige ins Gesicht schlugen und Dornen nach ihrer Kleidung griffen.

26

Meine Güte, ist mir heiß«, stöhnte Benita, fächelte sich mit beiden Händen Kühlung zu und rückte ihren Babybauch in den Schatten unter das Planendach des Wagens. »Gib mir mal eine Flasche Wasser, bitte.«

Jill langte unter den hinteren Sitz und reichte ihr das Wasser. Benita schraubte die Flasche auf und begoss ihren Bauch, der sich sofort um ein paar Grade kühler anfühlte. »Ah, das ist besser, auch wenn's piwarm ist«, murmelte sie und trank den Rest des Wassers aus.

Jill sah ungeduldig auf die Uhr. »Wo ist Lisa bloß hingegangen? Sie ist bereits eine Viertelstunde weg. Ich kann sie weder sehen noch hören. Das Ganze ist mir, ehrlich gesagt, unheimlich. Kanntest du den Kerl?«

Benita schüttelte ihre Lockenpracht. »Aber Lisa sagte etwas von Tokoloshe, der das Farmfaktotum wäre.«

»Ja, du hast Recht. Warte hier, ich schaue nach, wo sie abgeblieben sind.« Jill sprang vom Sitz auf den Boden, strich sich das verschwitzte Haar aus dem Gesicht und setzte ihren Safarihut auf.

»Verschwinde du jetzt aber nicht auch noch«, mahnte Benita sie. »Wenn du in fünf Minuten nicht wieder da bist, rufe ich unsere Männer.«

»Das wird nicht nötig sein. Ich bin gleich wieder zurück.« Mit einem Winken joggte Jill hinüber zu der Stelle, wo Lisa verschwunden war, und lief ein paar Meter weiter in den trockenen, lichten Busch. »Lisa?«, rief sie und drehte sich um die eigene Achse. »Lisa!« Sie lauschte. Nichts. »Lisa!«, schrie sie so laut sie konnte.

Aber sie bekam noch immer keine Antwort. Mit besorgter Miene kehrte sie zu Benita zurück. »Sie ist verschwunden. Mein Bauch sagt mir, dass da etwas nicht stimmt. Wir sollten Nils und den anderen Bescheid sagen. Wir müssen Lisa suchen.« Sie langte in ihre Hosentasche und zog ihr Mobiltelefon hervor.

Benita unterbrach sie. »Glaubst du, du tust ihr damit einen Gefallen? Lisa ist beileibe kein Zuckerpüppchen, das kann ich dir versichern. Weder körperlich noch seelisch. In Notsituationen reagiert sie ganz großartig.« Sie berührte ihr Auge. Das Veilchen blühte in allen Regenbogenfarben.

»Sie kann mir dann ja an die Gurgel gehen, das Risiko gehe ich ein«, erwiderte Jill und drückte auf die erste Kurzwahltaste. »Gott sei Dank, wir haben Empfang«, murmelte sie.

Als Nils sich meldete, erzählte sie ihm in knappen Worten, was vorgefallen war.

»Keine Ahnung, was dieser Tokoloshe von ihr wollte. Sie hat nur signalisiert, dass sie gleich wieder zurückkommen würde. Dann ist sie hinter ihm her in den Busch gelaufen. Das war …« Sie drehte ihr Handgelenk, um auf die Uhr zu sehen. »… vor fast einer halben Stunde. Wir sollten ausschwärmen und sie suchen. Kommt so schnell wie möglich her. Ist die Polizei noch da? Wir sind eben dem Leichenwagen begegnet.« Konzentriert lauschte sie seiner Antwort. »Okay, bis gleich dann.«

Sie schaltete das Telefon aus, kletterte zu Benita auf den Geländewagen und ließ sich in den Sitz fallen.

Im selben Augenblick röhrte der Polizeihubschrauber über ihren Kopf hinweg und drehte nach Süden. Jill erkannte Fatima Singh am Fenster, die unverwandt zu ihnen herunterblickte. Plötzlich hob die Polizistin die Hand wie zum Gruß. Jill starrte dem Helikopter mit verblüfftem Ausdruck nach.

»Wo stecken unsere Männer?«, fragte Benita, als der Lärm abebbte.

»Sie sind gleich hier. Wir teilen uns dann auf, um Lisa zu suchen. Mir ist bei der Vorstellung, dass sie völlig allein irgendwo in einem der Dörfer ist, ausgesprochen mulmig zumute. Die Stimmung gegen ihren Vater ist bis zum Siedepunkt aufgeheizt, wie mir Mick heute Morgen erzählt hat. So was kann schnell aus dem Ruder laufen, und da ist es egal, wenn sie nur die Tochter ist. Die würden auf sie losgehen.« Sie schraubte eine Mineralwasserflasche auf, goss zwei Gläser voll und hielt eines Benita hin. »Hier, trink noch ein Glas. Sonst vertrocknen wir noch in dieser Hitze.«

Mick bremste so scharf neben ihnen, dass Erde und Steinchen umherflogen. »Seid ihr euch sicher, dass der Mann Tokoloshe hieß?«, rief er aus dem heruntergelassenen Fenster. »Mittelgroß, kräftig, unverschämtes Grinsen?«

»Das ist er«, antwortete Benita. »Sie haben kurz miteinander geredet und sind dann im Busch verschwunden. Mittlerweile ist das eine Dreiviertelstunde her.«

»In welche Richtung ist sie gegangen?« Mick knallte die Fahrertür zu.

»Ich kann dir nur sagen, wo ich sie zum letzten Mal gesehen habe.« Benita deutete auf die Stelle. »Sie wollte gleich wieder zurückkommen.«

»Mist, verdammter«, knurrte Mick. »Lisa hat Tokoloshe zweitausend Rand geboten, wenn er ihre Mutter findet, egal, ob sie tot oder lebendig ist.«

Beide Frauen sahen ihn betroffen an.

»Ach, du lieber Gott«, flüsterte Benita, ihre Pupillen wurden riesig vor Schreck. »Du meinst, es könnte sein, dass Tokoloshe ihre Mutter gefunden hat und sie jetzt dorthin führt? Dass sie vermutlich eine Leiche vorfindet ... ohne Hände ...?« Sie kletterte vom Wagen. »Wir müssen sie finden, so schnell wie möglich.«

»Wir ja, aber nicht du«, vernahm sie die tiefe Stimme ihres Mannes, der gerade aus seinem Landrover stieg. Nils parkte seinen Wagen unmittelbar daneben, kurz darauf folgte Neil.

»Fang nicht schon wieder an! Wickle mich nicht in Watte!«, protestierte Benita, allerdings ohne große Überzeugung. Als Antwort schickte ihr Roderick einen Blick, vor dem sie mit erhobenen Händen kapitulierte. »Okay, ist ja gut, du hast Recht. Ich bleibe hier und halte die Stellung.« Sie seufzte und stieg wieder zurück auf den Sitz in den Schatten des Sonnendachs und setzte ihre Sonnenbrille auf.

»Lisa hat ihr Handy abgeschaltet, oder sie steckt in einem Funkloch«, knurrte Mick. »Ich habe schon x-mal versucht, sie zu erreichen.« Frustriert trat er gegen einen Stein, der darauf über den harten Sandboden hüpfte und nur knapp ein Chamäleon verfehlte, das, den Schwanz steil in die Luft gestreckt, über den Weg marschierte. Vor Schreck wechselte es seine grüne Farbe und wurde zu einem rot-schwarz gestreiften, fauchenden Miniaturdrachen. Mick beachtete es nicht, drehte sich um und starrte auf die Stelle, wo Lisa im Busch verschwunden war.

»Ich kenne mich auf Lalisa leider nicht gut aus, aber ich habe eine ziemlich detaillierte Karte von dieser Gegend dabei.« Jill langte unter den Sitz ihres Wagens und zog eine Landkarte hervor. Sie faltete sie auseinander und breitete sie auf der sonnenheißen Motorhaube aus. Sechs Köpfe beugten sich darüber.

»Sie ist offensichtlich in Richtung Fluss gelaufen, der verläuft direkt an der Grenze von Lalisa.« Mick lehnte sich tiefer über die Karte und fuhr mit dem Zeigefinger die Linie entlang, die den Fluss darstellte. »Wenn sie über den Zaun geklettert ist, haben wir ein Problem. Sie könnte in irgendeiner der vielen Hofstellen der weiteren Umgebung sein, und deren Bewohner sind traditionell unwillig, irgendjemandem irgendeine Auskunft über irgendetwas zu geben. Da finden wir sie nie. Wir können ja nicht gewaltsam in die Hütten eindringen und sie durchsuchen.« Er schlug mit den Fingern einen dumpfen Marsch auf der Motorhaube.

»Vielleicht solltet ihr erst mit dem Kopf suchen«, warf Benita ein. Als alle sie erwartungsvoll ansahen, fuhr sie fort. »Versucht nachzuvollziehen ...« Sie unterbrach sich sofort und schüttelte den Kopf. »Vergesst es. Das ist Unsinn. Wir können unmöglich nachvollziehen, welches kranke Hirn hinter dem Verschwinden von Melly Darling steckt. Sonst wäre es vielleicht möglich, den Bereich einzugrenzen, wo wir Lisa suchen müssen.«

Die anderen nickten trübe und studierten erneut die Karte. »Hier ist der Hof der Nyathis.« Mick zeigte auf die Stelle. »Liegt ziemlich genau in der Richtung, in die sie offensichtlich gegangen ist.«

»Gehört dieser Tokoloshe zu den Nyathis?«, fragte Neil.

Mick hob die Schultern. »Keine Ahnung. Lisa hatte ein Treffen mit ihm vereinbart, aber Tokoloshe ist nie aufgetaucht. Wir sind dann zum Dorf der Farmarbeiter gefahren und standen vor verschlossenen Türen. Wäre er ein Mitglied der Nyathi-Familie, hätte sie wohl auch dort gesucht. Aber sicher ist das nicht. Die meisten Leute hier sind über Ecken miteinander verwandt.« Der Trommelwirbel auf der Motorhaube steigerte sich.

»Vielleicht sollten wir doch erst in der Farmarbeitersiedlung suchen«, sagte Neil. Seine Haut war gerötet, und ihm lief der Schweiß in Strömen in den Hemdkragen. Er knöpfte ihn auf, nahm den Schlapphut ab und wischte sich Gesicht und Hals mit einem Taschentuch trocken. »Verflucht heiß heute«, murmelte er.

Mick wehrte den Vorschlag mit einem Kopfschütteln ab. »Dann hätte Tokoloshe sie nicht hier in den Busch geführt. Der Weg dorthin verläuft dort hinten entlang.« Er deutete mit dem Daumen nach Norden. »Nein, ich glaube nicht, dass Melly sich noch auf Lalisa befindet ... egal, in welchem Zustand.«

»Auf jeden Fall finden wir sie nicht, wenn wir hier noch lange herumstehen und quatschen«, sagte Roderick. »Ich schlage vor, wir rufen Phika und zwei der anderen vom Tor zurück – zwei sollten weiterhin dortbleiben, um Wache zu schieben –, dann sind wir sieben und können uns in Gruppen aufteilen und ...«

»Du hast mich vergessen«, warf Jill ein.

Roderick bedachte sie mit einem schnellen Blick. »Es wäre gut, wenn du mit Benita hierbliebst. Wenn Lisa hierher zurückkommt, bevor wir sie finden, sollte sie nicht plötzlich allein dastehen.«

Jill murrte, sah dann aber ein, dass diese Regelung vernünftig war. »Okay, prüft bitte alle eure Handys, nicht dass eins davon ausgeschaltet oder auf leise gestellt ist.«

Die vier Männer griffen in ihre Taschen und taten das, worum Jill sie gebeten hatte. Roderick beorderte Phika und zwei seiner Begleiter per Telefon zurück zu ihrem Standort. »Sie sind schon auf dem Weg«, verkündete er.

Jill verteilte Sandwiches und Cola. Alle zogen sich in den Schatten zurück, aßen und tranken und warteten auf Phika. Eine fünfköpfige Meerkatzen-Familie trödelte am Wegrand auf sie zu, hielt sich aber in sicherer Entfernung. Nur ein Junges hüpfte neugierig heran, schnatterte leise, kratzte sich am Kopf und am Bauch und starrte dabei begehrlich auf die Sandwiches. Benita warf ihm einen Krümel hin. Als Phika in einer Staubwolke bremste, floh das Tier mit aufgeregtem Quieken zu seiner Mutter und klammerte sich auf ihrem Rücken fest.

Simon und Toyota begleiteten Phika. »Muzi und Zolani passen aufs Tor auf«, bemerkte Phika.

»Sind denn schon irgendwelche Presseleute aufgekreuzt?«, fragte Jill.

Phika nickte. »Eine ganze Meute, aber wir lassen sie nicht rein.«

Dazu grinste er auf eine Art, die Jill vermuten ließ, dass die Zulus diese Absicht ziemlich nachdrücklich vertreten hatten. Vorsichtshalber fragte sie nicht nach, ob jemand Schaden genommen hatte.

»Ich schlage vor, wir schicken Phika allein los«, sagte Roderick. »Er ist Zulu, da hat er allein sicher eher die Möglichkeit, in die Umuzis zu gelangen, als einer von uns.«

»Neil und ich gehen zusammen«, fiel Nils ein. »Wir sind Journalisten, wir haben von Berufs wegen gute Spürnasen.«

Roderick winkte Phika und seine Freunde heran. »Okay, legen wir fest, wer welchen Bereich absucht.«

Sie beugten sich abermals über die Karte und teilten das Gebiet bis hinunter zum Fluss in drei Teile auf.

Neil legte seine Hand auf den Teil rechts außen. »Nils und ich nehmen dieses Gebiet, das führt uns letztlich zum Umuzi der Nyathis. Ich kenne die ganze Familie sehr gut, nicht nur Amos. Dass er etwas damit zu tun hat, kann ich mir in meinen wildesten Träumen nicht vorstellen, und jetzt ist sicherlich der ungeeignetste Zeitpunkt, ihn nach Melly Darling zu fragen. Vielleicht treffen wir ein anderes Familienmitglied oder einen Nachbarn, bei dem wir nachforschen können.«

»Gute Idee«, pflichtete ihm Roderick bei. »Phika sollte das Gebiet jenseits von Lalisa absuchen. Er soll von Hof zu Hof gehen. Wir nehmen uns erst Lalisa vor, Simon und ich die Mitte, Mick und Toyota links außen. Erst wenn wir wirklich alles durchkämmt haben, besuchen wir die Farmarbeiter in ihrem Dorf. Stimmt ihr da zu?« Er schaute in die Runde. Alle nickten. »Okay, Phika, alles klar?«, fragte er den Zulu.

Phika hob zustimmend die Hand und joggte los. Im Nu war er im staubigen Grün des Buschs verschwunden.

»Hamba kahle! Und sei vorsichtig!«, rief ihm Roderick nach. Aber Phika war nicht mehr zu sehen.

Mick wippte auf und ab und betrachtete dabei mit verschlossener Miene seine Zehenspitzen. Sein Vater musterte ihn von der Seite. »Was ist los? Dir geht doch etwas im Kopf herum.«

»Ich glaube, wir müssen doch auf der Nyathi-Farm suchen. Als das Haus gebrannt hat, tauchte plötzlich Amos auf, und mir ist erst jetzt wieder eingefallen, dass er Lisa mitteilte, dass Tokoloshe nicht kommen würde. Er muss also gewusst haben, dass Lisa mit ihm verabredet war, und vermutlich auch, warum, und auch, warum Tokoloshe seine Verabredung nicht einhalten würde. Daraus folgere ich, dass er weiß oder wenigstens wissen könnte, wo die Leiche …« Er unterbrach sich abrupt. »Ich meine, wo Melly Darling sich befindet.«

»Klingt sinnvoll. Roderick, Nils?« Neil schaute die beiden anderen an. Beide nickten zustimmend.

»Gehen wir«, sagte Nils und schwang seinen Fotoapparat.

Lisa trat in ein von Laub verdecktes Loch und knickte um. Mit einem leisen Aufschrei sank sie in die Knie. »Tokoloshe, warte«, rief sie hinter dem Zulu her, der in lockerem, irritierend mühelosem Trab durchs Gestrüpp lief. Der Schwarze blieb stehen, kam aber nicht zurück, um ihr aufzuhelfen, was Lisa auch in keiner Weise erwartet hatte oder wollte. Vorsichtig befreite sie ihren Fuß, stemmte sich hoch und setzte ihn behutsam wieder auf. Er schmerzte zwar, aber sie hatte sich glücklicherweise nicht ernsthaft verletzt. Mit einer stummen Geste bedeutete sie Tokoloshe weiterzugehen und humpelte im Eiltempo hinter ihm her.

Tokoloshe führte sie über einen schmalen Pfad an mehreren Hofstellen vorbei, dann wieder, soweit sie das vom Sonnenstand beurteilen konnte, in weitem Bogen zurück in Richtung Lalisa, bis sie vor einem dichten Staketenzaun standen, dessen Eingang mit einer Schilfmatte verschlossen war. Sie sah genauer hin. Irgendwie kam ihr diese Hofstelle, die wie praktisch alle Umuzis auf einem sanft geneigten Abhang lag, bekannt vor. Ihr Blick sprang weiter vom Zaun über die Umgebung. Niedrige, vertrocknet wirkende Büsche, vereinzelte Aloen, deren Fackelblüten von Insekten umschwirrt wurden. Der Eingang vor ihr war offenbar der Hintereingang zum Hof, durch den das Vieh getrieben wurde.

Tokoloshe schob die Matte beiseite und hielt sie für Lisa zurück. Zögernd betrat sie den Hof, der im ersten Augenblick wie alle Umuzis von einheimischen Kleinbauern wirkte. In traditioneller Anordnung verteilten sich mehrere Hütten über das Gelände, links von ihr trockneten Maiskolben in einer Vorratshütte, und in der Platzmitte, unter der dünnen Schirmkrone einer einzelnen Akazie, dösten ein paar Rinder, deren einzige Tätigkeit darin bestand, Schwärme von schwarzen Fliegen durch heftiges Schwanzschlagen zu verscheuchen und geräuschvoll wiederzukäuen.

Am höchsten Punkt des Hangs stand das Haupthaus. Das allerdings war keine Zulu-Hütte, sondern ein Haus aus Stein mit Ziegeldach und Schornstein. Davor standen ein chromblitzendes Motorrad und ein Geländewagen. Schlagartig wurde Lisa klar, wo sie sich befand.

»Das ist Vusa Nyathis Haus, oder?« Alle Horrorgeschichten, die sie über Vusa Nyathi je gehört hatte, fielen ihr in diesem Moment ein. »Tokoloshe, ist das Vusa Nyathis Haus?« Sie packte ihn am Arm und schüttelte ihn.

Tokoloshes Augen glitten zur Seite. »Hamba!«, sagte er nur und zeigte auf eine winzige, mit einer lückenhaften Grasmatte gedeckte Hütte, die abseits am Rand des Innenplatzes stand. Die Wände waren aus gelbrotem Lehm, unsauber verputzt, vor dem Eingang hing ein blankgewetztes Kuhfell. Unzählige Fliegen hatten sich darauf niedergelassen, die eine nach der anderen durch den Spalt zwischen Lehmwand und Fell nach innen krabbelten.

Lisa vergaß Vusa Nyathi. Rote Flecken schwammen durch ihr Gesichtsfeld, das Blut sackte ihr in die Beine. Ihr wurde klar, dass ihre Angst davor, ihre Mutter nicht vorzufinden, ebenso überwältigend war wie die, sie zu finden. Wie versteinert stand sie da und starrte die Hütte und die Fliegen an.

Auf der abgeschnittenen Hand hatten Fliegen gesessen!

Als Nächstes musste sie über den von der Trockenheit rissigen Platz bis zu dieser Hütte gehen, die Kuhhaut anheben und ins dunkle Innere treten. Würde ihre Mutter dann dort liegen? Tot? Verstümmelt? Ohne Hand? Von Fliegenschwärmen bedeckt?

Hier prallte sie gedanklich gegen eine Mauer. Weiter konnte sie einfach nicht denken. Es ging über ihre Vorstellungskraft.

Tokoloshe hatte die Hände in den beuteligen Hosentaschen des Overalls vergraben und beobachtete sie mit neugierig funkelnden Augen. »Da drin ist sie«, sagte er und spuckte den Grashalm aus.

Lisa sah ihn an. Er schien sich über sie lustig zu machen. Ihre Wut schoss prompt wieder hoch und fegte ihre Angst vorübergehend beiseite.

»Geh mir aus dem Weg«, fauchte sie und machte den ersten Schritt vorwärts. Dann den zweiten, und dann rannte sie im Laufschritt über den sonnenheißen Sandplatz. Vor der Hütte zögerte sie kurz und atmete mit geschlossenen Augen einmal tief durch, ehe sie die Kuhhaut zurückschlug, sich bückte und durch die Öffnung in den Innenraum kroch. Langsam richtete sie sich auf.

Die Welt hörte auf, sich zu drehen.

Die Hütte besaß kein Fenster, nur durchs dünne Grasdach fielen schmale Lichtstreifen und malten ein verwirrendes Muster auf die festgestampfte Erde. Ein dumpfer Geruch hing in der Luft, faulig, säuerlich, als käme er von einem gärenden Komposthaufen oder frisch Erbrochenem. Ihre Augen wanderten durchs dämmrige Rund, einmal linksherum, dann rechtsherum.

Aber da war nichts. Der Raum war leer. Die Enttäuschung ließ ihre Glieder bleiern schwer werden. Schon wollte sie sich abwenden und durch die niedrige Öffnung wieder hinaus ans Sonnenlicht flüchten, als sie auf der gegenüberliegenden Seite in einer dunklen Ecke unter der Dachschräge einen Schatten wahrnahm.

Es war ein länglicher Schatten, etwa so lang wie ein Mensch! Ihr Herz fing an zu hämmern, das Blut rauschte ihr in den Ohren. Wie gelähmt stand sie da und konnte kein Glied rühren. Angestrengt wartete sie, dass sich ihre Augen ans Dämmerlicht gewöhnten und die unscharfen Formen klarere Konturen annahmen. Fast unmerklich wandelte sich der Schatten am Boden zu einem Bündel. Einem Bündel, das in eine graue Decke gewickelt war.

Und dann sah sie es. Am dickeren Ende lugten ein paar blonde Haarspitzen aus der Decke. Immer noch konnte sie sich nicht bewegen, immer noch wagte sie es nicht, näher heranzutreten, wollte diesen Augenblick bis in die Ewigkeit dehnen, fürchtete sich vor der endgültigen Gewissheit wie sonst vor nichts auf der Welt.

Ihre Mutter. Lebendig. Verstümmelt.

Tot. Verwest.

Ihre Kehle war wie zugeschnürt, sie bekam kaum Luft, aber als würde sie von einer unsichtbaren Kraft vorwärtsgetrieben, setzte sie einen Fuß vor den anderen, bis sie mit den Fußspitzen fast die graue Decke berührte. Langsam ging sie in die Knie, zwang sich, den rauen Stoff zu packen, brauchte ihre ganze Selbstbeherrschung, jedes Quäntchen Kraft, um die Decke zurückzuschlagen. Sie tat es und sah hinunter.

Es war ihre Mutter. Unzweifelhaft. Ihre Augen waren geschlossen. Absolut reglos, ohne ein sichtbares Lebenszeichen, lag sie vor ihr. Lisa hörte auf zu atmen. Ihr Blick verschwamm. Plötzlich maunzte eine Katze, aber sie nahm den Laut kaum wahr.

Die Zeit verrann, lautlos wie Wasser im Sand.

Eine Ewigkeit verstrich.

Lisa fiel auf die Knie, streckte eine Hand aus, zwang sich, mit den Fingerspitzen das Gesicht ihrer Mutter zu berühren.

Dann maunzte die Katze erneut, dieses Mal lauter, durchdringender. Lisa fuhr zusammen.

Ihre Mutter hatte die Augen geöffnet. Ihr Mund stand offen. Sie war es, die maunzte. Klagend wie eine kranke Katze, unaufhörlich. Ihre Pupillen waren riesig, ihr Blick huschte unkontrolliert unter flatternden Lidern über ihre Tochter, durch den Raum, über die Dachsparren, wieder über ihre Tochter, blieb nirgends hängen. Auch nicht an ihrer Tochter.

Lisa bekam am ganzen Körper eine Gänsehaut.

»Nun will ich meine zweitausend Rand.« Tokoloshe war unbemerkt hereingekommen.

Lisa wirbelte herum, sah den Zulu, sprang auf, rannte auf ihn zu und schlug ihm die Faust mit einer Kraft, die von Angst, Wut und Entsetzen angefeuert wurde, mitten ins Gesicht.

»Was habt ihr mit ihr gemacht?«, schrie sie mit sich überschlagender Stimme. »Ihr Schweine ... was habt ihr getan?« Sie schlug wieder zu.

Tokoloshe schien von ihrer Reaktion derart überrascht zu sein, dass er überhaupt keine Abwehr zeigte. Es knirschte hörbar, und er brüllte, während ihm das Blut aus der Nase schoss. Bevor ihre Faust zum dritten Mal in seinem Gesicht landete, kam er zu sich. Seine Augen sprühten, seine Hand fuhr in die Hosentasche, und als er sie herauszog, blitzte Metall in seiner Faust. Er duckte sich und holte aus.

Mick hatte die Öffnung im Tambotizaun als Erster erreicht. Er zog die Grasmatte beiseite und zwängte sich hindurch. Sein Blick fegte über den freien Platz, sprang von Hütte zu Hütte, wieder zurück. Noch konnte er sich nicht entscheiden, wo er zu suchen anfangen sollte, als er plötzlich am Rande seines Blickfelds eine Bewegung erhaschte. Er riss den Kopf herum und erblickte in der Eingangsöffnung einer abseits stehenden, winzigen Hütte zwei Beine in einem blauen Overall. Mick duckte sich, um den Rest der Person erkennen zu können. Was er sah, jagte seinen Puls hoch.

Es war ein Mann. Mittelgroß, glänzend kahlgeschorener Kopf, schokoladenbraune Haut. Den rechten Arm hatte er hoch erhoben und schwang ihn mit der klassischen Bewegung eines Messerstechers. Gleichzeitig wurde das Licht von dem Metall in seiner Faust reflektiert, und Mick blieb fast das Herz stehen, denn vor Tokoloshe stand Lisa. Diese Beine hätte er überall erkannt.

»Tokoloshe, ich glaube, er hat ein Messer«, brüllte er und rannte los.

In Sekundenbruchteilen flog er über den Platz, hechtete aus mehr als zwei Metern Entfernung durch den niedrigen Eingang und warf sich mit einem Rugby-Tackle auf den Mann im Overall. Er erwischte den Zulu an den Knien und warf ihn um. Zusammen krachten sie mitten in der Hütte auf den harten Boden. Für kurze Zeit wälzten sie sich ineinanderverknotet herum, dann konnte Mick dem Zulu das Knie auf den Rücken setzen. Mit einem scharfen Ruck drehte er ihm die Arme auf den Rücken. Der Kampf war vorbei.

Das blitzende Metall stellte sich als ein Schlüssel heraus. Aber auch der war eine gefährliche Waffe, benutzte man ihn mit der nötigen Kraft. Aus Tokoloshes Nase lief ein stetiges rotes Rinnsal und tropfte auf den festgestampften Boden der Hütte.

»Meine Nase«, nuschelte der Schwarze empört. »Sie hat sie mir gebrochen, Mann!«

Er trat um sich und erwischte Mick am Schienbein. Der grunzte und hatte seine liebe Mühe, den Zulu festzuhalten.

Roderick, der hinter Mick in die Hütte gestürzt war, stellte Tokoloshe einen Fuß auf den Rücken. »Ich hab ihn«, sagte er. »Rühr dich nicht«, warnte er den Schwarzen. »Bleib einfach liegen.«

Tokoloshe ließ ergeben den Kopf auf den Sandboden sinken. »Es tut verdammt weh«, murmelte er. »Sie hat angefangen. Sie hat mir die Nase gebrochen. Ich will meine zweitausend Rand.«

Nils streckte den Kopf in die Hütte, hob seine Kamera und drückte auf »Burst«. Für Sekunden war nur das Surren des Auslösers zu hören. Dann wechselte er zum Camcorder und ließ ihn laufen.

Mick gab Tokoloshes Arme frei und richtete sich schwer atmend auf.

Lisa stand mitten in der Hütte, ihre Augen waren starr auf Tokoloshe gerichtet. Weder ihn noch Roderick, noch Nils schien sie zu erkennen. Das Haar hing ihr in die Augen, ihr Gesicht war wutverzerrt, und sie hielt die geballten Fäuste wie ein Boxer vor dem Körper. Die Knöchel ihrer rechten Faust waren aufgeplatzt und bluteten heftig.

Hinter ihr konnte Mick eine bewegungslos daliegende Gestalt ausmachen, die bis zur Taille mit einer grauen Decke verhüllt war. Blondes Haar, registrierte er, weiße Haut. Das Gesicht war abgewandt, trotzdem erkannte er Melly Darling. Mit den Augen tastete er sich weiter, zu den Schultern, die bloßen Arme entlang, die auf der Decke lagen, und wagte es kaum hinzusehen, fürchtete, was er zu sehen bekommen würde, tat es aber trotzdem.

Sein Herz stolperte. Kein blutiger Armstumpf. Beide Hände waren unversehrt.

»Ihre Hände sind intakt«, flüsterte er, machte einen Schritt auf Lisa zu und berührte sie behutsam an der Schulter.

Ihr Blick schwamm. Sie sah ihn an wie eine Schlafwandelnde.

Mick war sich nicht sicher, ob sie ihn überhaupt wahrnahm. »Lisa«, flüsterte er. »Hast du mich verstanden? Ich bin's, Mick. Darling?«

Da kam plötzlich Leben in Lisa. Wortlos zerrte sie ihn hinüber zu Melly. »Sieh sie dir an. Sie blutet nicht, aber …« Ihr versagte die Stimme.

Mick blickte hinunter auf Melly Darling, sah den irrlichternden Blick, die flatternden Lider, das stupide Grinsen, das immer wieder über ihr Gesicht zog. Sanft strich er Lisas Mutter über die Wange. Melly Darling kicherte dümmlich und lallte irgendetwas, wobei sie unkoordiniert mit den Händen fuchtelte. Dann erbrach sie sich. Ein durchdringend säuerlicher Gestank verbreitete sich. Fliegen kamen herbeigesurrt.

Lisa presste sich eine Hand auf den Mund, um sich nicht selbst zu übergeben, während sie ihrer Mutter den Mund mit einer Ecke der Decke abwischte.

Mick richtete sich auf. »Wir müssen sie sofort ins Krankenhaus bringen, damit sie untersucht wird. Ich würde sagen, dass sie bis zu den Augenbrauen mit irgendwelchen Rauschgiften vollgepumpt ist. Sieh dir ihre Pupillen an!«

Lisa beugte sich vor und bemühte sich, den Blick ihrer Mutter einzufangen. »Ach du lieber Himmel, du hast Recht.« Sie fuhr herum. »Was hast du ihr gegeben, du Mistkerl?«, schrie sie Tokoloshe an. »Raus mit der Sprache!«

Tokoloshe zuckte nur die Schultern, so gut es in seiner Lage ging. Keuchend stand Lisa über ihm und musste den übermächtigen Impuls niederkämpfen, ihn zu treten, zu schlagen, ihm wehzutun, bis er ihr gesagt hatte, was sie wollte.

»Ganz ruhig, Lisa«, sagte Roderick leise, ohne seinen Fuß vom Rücken des Schwarzen zu nehmen. »Lass ihn. Wir übergeben ihn der Polizei.« Er machte sich daran, die Hände des Gefangenen mit einem zum Strick gedrehten Bündel Grashalme zu fesseln.

Es dauerte eine lange Minute, bis Lisa sich wieder im Griff hatte. Sie wandte sich ab und ging wieder zu ihrer Mutter. »Sie ist also völlig high«, flüsterte sie.

»Das würde ich auch sagen«, bemerkte Nils hinter ihnen. Die Kamera hielt er gesenkt. Er hatte nicht vor, Melly Darling in dieser Situation zu fotografieren. »Ich rufe den Rettungshubschrauber.« Er zog sein Mobiltelefon hervor und blickte auf das Display. »Der Empfang hier ist lausig. Nur ein Balken. He, Tokoloshe, wo bekomme ich hier eine anständige Verbindung?«

Tokoloshe warf ihm einen verdrossenen Blick zu, entschied sich beim Anblick des blonden Hünen mit den eisblauen Augen dann aber offensichtlich doch dafür, ihm zu antworten. »Draußen, Stück weiter nach rechts«, knurrte er.

Nils verließ umgehend die Hütte.

Roderick nahm den Fuß von Tokoloshes Rücken, der sich langsam und umständlich in die Sitzposition aufrappelte. »Rühr dich nicht, verstanden?«, warnte er den Zulu. Dann steckte er den Kopf durch die Eingangsöffnung. »Ruf unsere Frauen an, und sag Bescheid, dass wir Lisa und ihre Mutter gefunden haben«, rief er Nils nach, der als Bestätigung den Daumen hob, bevor er zwischen den Hütten des Umuzi verschwand.

»Und die Polizei, damit sie diesen Herrn hier mitnehmen kann.« Mick zeigte mit der Fußspitze auf ihren Gefangenen.

»Die rufe ich an«, sagte Roderick. »Bin gleich wieder da.« Mit diesen Worten verließ auch er die Hütte.

Kaum hatte sich Mick Lisa zugewandt, sprang Tokoloshe urplötzlich auf, schoss wie ein Blitz durch die Eingangsöffnung, schlug, behindert durch seine auf dem Rücken zusammengebundenen Hände, einen Haken nach links, zwängte sich durch den Tambotizaun und war weg.

»Verflucht nochmal!«, brüllte Mick und wollte ihm nachsetzen, aber Lisa hielt ihn zurück.

»Lass ihn, den erwischst du doch nicht. Der kennt hier jedes Rattenloch, wo er sich verstecken kann. Außerdem bin ich mir sicher, dass er mit der eigentlichen Entführung nichts zu tun hat. Dazu ist er nicht hinterhältig genug. Tokoloshe ist einer, der von vorn angreift. Für das hier ist jemand anderes verantwortlich. Außerdem hat er Recht. Ich hab ihm als Erste eine reingehauen.«

Sie presste ihr Taschentuch auf ihre blutenden Knöchel und musterte ihre Mutter. »Wem zum Teufel hat die Hand gehört?«, murmelte sie und sah Mick an. »Wem haben die die Hand abgehackt? Mick, irgendeine Frau muss ihre Hand verloren haben. Es war die einer Weißen, soweit man das erkennen konnte.«

Michael Robertson wusste darauf keine Antwort. Stumm ergriff er Lisas Hand und hielt sie fest. So warteten sie neben Melly Darling, bis sie das Geräusch des sich nähernden Hubschraubers hörten.

»Ich geh nach draußen und zeige ihnen, wo wir sind. Bleib du hier bei deiner Mutter. Sie ist so durcheinander, dass sie bei dem Krach große Angst bekommen wird.«

Draußen zog er sein Hemd aus und wirbelte es über dem Kopf, als der Hubschrauber im Tiefflug über sie hinwegröhrte. Der Helikopter drehte und kam zurück. Minuten später landete er auf der freien Fläche vor der Hofstelle, und die Sanitäter sprangen heraus.

Als Melly auf der Trage in den Hubschrauber geschoben wurde, kletterte Lisa hinterher. Sie sah zu Mick hinunter. Er hielt sein zusammengeknülltes Hemd in der Hand. Der Schlips hing ihm über die nackte Brust.

»Bitte komm mit, ich brauch dich.«

Für Mick waren es die schönsten Worte, die er je gehört hatte, die himmlischste Musik, und sein Antwortlächeln war so strahlend, dass Lisa es unwillkürlich erwiderte. Er sprang die zwei Stufen hoch, warf sich sein Hemd über und ließ sich auf den Sitz neben sie fallen. Sie nahm seine Hand, zog sie auf ihren Schoß und klammerte sich während des gesamten Fluges daran fest.

Der Hubschrauber flog zu dem Hospital, in dem auch Bill Darling lag. Lisa hatte das veranlasst.

»Das ist doch praktisch«, murmelte sie mit einem Anflug von Sarkasmus. »Wenn ich sie besuchen will, hab ich's nicht weit zu meinem Vater.«

»Du wirst es deinem Vater sagen müssen«, sagte Mick nach einer Weile.

»Ich habe schon darüber nachgedacht. Er darf sich nicht aufregen, auch nicht über ein freudiges Ereignis. Ich werde seinen Arzt um Rat fragen, und wenn der das erlaubt, werde ich ihn heute behutsam darauf vorbereiten, ihm irgendetwas erzählen, dass wir wissen, wo sie ist oder so. Und morgen sage ich ihm, dass wir sie gerettet haben. Das mit dem Haus werde ich ihm noch nicht sagen. Herrgott, was für ein Tag!« Sie lehnte den Kopf zurück, schloss die Augen und presste seine Hand so fest, dass ihm die Finger schmerzten. Es war der süßeste Schmerz, den er sich vorstellen konnte.

Im Krankenhaus wurde Melly Darling sofort von einem Ärzteteam in Empfang genommen. Ein dicklicher, rothaariger Arzt mit fischweißer Haut und unzähligen Sommersprossen erklärte ihr, dass die Untersuchung lange dauern könne. Sie könne getrost nach Hause gehen.

Aber Lisa wehrte ab. »Das macht nichts, ich warte. Bitte sagen Sie mir Bescheid, sobald Sie etwas Konkretes wissen. Meine Mutter ist … Ich habe das Gefühl, dass man sie auf irgendeine Weise gedopt hat.«

»Ich werde Sie benachrichtigen.« Damit eilte der Arzt davon.

Lisa und Mick setzten sich in eine Ecke des Wartebereichs. Die Polsterstühle waren einigermaßen bequem, auf dem Tisch stapelten sich Zeitschriften. Fahrig nahm Lisa eine der zerfledderten Illustrierten hoch, warf sie aber gleich wieder angeekelt hin. Sie waren speckig von den vielen Händen, die sie bereits angefasst hatten. Plötzlich dachte sie daran, dass sie ihre Mutter berührt hatte, die sich auch im Flugzeug noch mehrmals erbrochen hatte, und wurde sich bewusst, dass auch sie fürchterlich stinken musste.

Sie sprang auf. »Wo sind hier die Toiletten? Ich muss mir auf der Stelle die Hände waschen.«

Mick sah sich suchend um und wies dann den Gang hinunter. »Da hinten. Ich komme mit. Am liebsten würde ich mich unter die Dusche stellen. Danach hole ich uns aus der Cafeteria Kaffee und etwas zu essen.«

Lisa schrubbte sich die Hände, bis sie rot waren und die Haut brannte, und desinfizierte sie hinterher so ausgiebig, dass sie penetrant nach dem Desinfektionsmittel roch, was aber immer noch besser war als dieser grässliche säuerliche Gestank von Erbrochenem.

Mick kam im selben Augenblick mit dampfenden Pappbechern und einer Packung Muffins zurück. »Tolles Parfüm«, murmelte er und reichte ihr den Kaffee.

Eine Stunde mussten sie warten, bis der rothaarige Arzt den Gang herunterkam. Er zog einen Stuhl heran und setzte sich zu ihnen. »Nach einer ersten Untersuchung hat sich herausgestellt, dass Ihre Mutter rein äußerlich tatsächlich unverletzt ist. Es gibt keine Wunde, nirgendwo. Nur ein paar blaue Flecken. Natürlich werden wir sie noch röntgen, aber da erwarte ich keine Überraschungen. Allerdings bereitet es uns noch einiges Kopfzerbrechen, dass wir nicht feststellen konnten, was man ihr eingeflößt oder unter Umständen auch gespritzt hat. Es wurde bisher kein Einstich gefunden, aber Einstiche sind oft so versteckt, dass es fast unmöglich ist, sie zu entdecken. Wir müssen weitersuchen. In der Mundschleimhaut, unter den Nägeln oder in den Haaren. Irgendwie muss ihr das Zeug beigebracht worden sein.«

»Ich muss dringend mit ihr reden. Wann kann ich zu ihr?«

»Heute auf keinen Fall«, beschied sie der Arzt.

»Bitte, nur ein oder zwei Minuten …«

»Es ist einfach nicht möglich, Miss Darling. Ihre Mutter ist völlig weggetreten. Vor morgen früh ist sie nicht ansprechbar. Vielleicht auch dann noch nicht. Außerdem hat sie Brechdurchfall und ist völlig dehydriert. Wir testen unter anderem auf Cholera. Wenn der Test positiv ausfällt, müsste sie in Quarantäne.«

»Cholera! Hier bei uns in Natal?« Sie rieb ihre Hände. Das Desinfektionsmittel brannte in den noch nicht ganz verheilten Schnitten, die sie sich beim Brand zugezogen hatte.

Der Arzt erlaubte sich ein müdes Lächeln. »Miss Darling, die Cholera-Epidemie in Simbabwe kümmert sich nicht um Landesgrenzen, sie ist längst in unser Land übergeschwappt. Täglich kommen mehr Fälle zu uns, und es sind inzwischen solche, bei denen sich keine Verbindung durch Ansteckung bei Reisenden aus Simbabwe herstellen lässt. Die sind hausgemacht.« Sein Lächeln nahm eine maliziöse Schattierung an. »Ihre Mutter ist aus ihrer weißen Welt, in der sauberes Wasser aus chromblitzenden Wasserhähnen fließt, herausgerissen und in die der schwarzen Bevölkerung gestoßen worden, wo die Frauen das Wasser oft noch aus dem Fluss holen und, wenn sie nicht genügend Feuerholz haben, es so verwenden, ohne es vorher abzukochen. Es sind nur wenige Schritte von unserer in ihre Welt, aber tatsächlich trennt uns ein Abgrund, so tief wie die Hölle.«

Lisa schwieg betreten. Sie fühlte sich zurechtgewiesen.

Der Doktor verabschiedete sich kurz darauf, und als er gegangen war, lehnte sich Lisa abgekämpft an die Wand. »Cholera. Das muss ich erst verkraften.« Sie stieß sich von der Wand ab. »Ich muss noch mit meinem Vater sprechen, aber dann möchte ich nach Hause …« Sie stockte. »… Zurück nach Inqaba.«

Während sie den OP-Kittel und den Mundschutz anlegte, tat sie ihr Bestes, die Bilder der toten Nyathis abzuschütteln, um sich auf ihr Zusammentreffen mit ihrem Vater zu konzentrieren. Der Arzt hatte ihr seine Zustimmung gegeben, ihn sanft und allmählich darauf vorzubereiten, dass ihre Mutter gefunden worden sei. Lebend.

Und in allernächster Zeit würde er von dem Leichenfund auf Lalisa erfahren müssen. Ihr war kalt vor Beklemmung, als sie seine Tür leise öffnete.

Ihr Vater wirkte hinfällig, hinfälliger als direkt nach der Operation. Unerwartet wurde sie von Mitleid überschwemmt. Spontan beugte sie sich über ihn, um ihm einen Mundschutzkuss auf die Wange zu drücken, doch im selben Moment verschwamm sein fahles Gesicht mit denen der Toten auf Lalisa, und sie richtete sich ruckartig wieder auf.

»Wie geht es dir?«, fragte sie stattdessen.

»Habt ihr eine Spur von deiner Mutter?«, waren seine ersten Worte.

Im ersten Augenblick war sie zu überrumpelt, um prompt antworten zu können. Dann aber nickte sie langsam. »Es sieht so aus.«

»Was soll das heißen?«, krächzte ihr Vater, und der Lichtpunkt auf dem Herzmonitor hüpfte.

Erschrocken legte sie ihm die Hand auf den Arm. »Bitte, Dad, du darfst dich nicht aufregen. Ich habe … Gerüchte gehört …«

Verdammt, dachte sie, was sag ich ihm nur? Redete sie weiter um den heißen Brei herum, würde er es sofort merken, und sagte sie ihm die Wahrheit, würde er vermutlich aus dem Bett springen. Das konnte sie auf keinen Fall riskieren. Sie zögerte.

»Spuck's aus, Lisa!« In seiner Stimme lag schon fast wieder die gewohnte Kraft, in seinen Augen flackerte für Sekunden das alte Feuer.

Schweigend sah sie ihn an. Nach kurzem Zaudern hob sie schließlich ergeben die Hände. »Okay, Dad, ich habe gehört, dass sie am Leben ist, dass es ihr sogar einigermaßen gutgeht, aber … wir haben sie noch nicht gefunden. Morgen kann ich dir Genaueres sagen.« Sie hatte sehr schnell geredet.

»Wer hat das gesagt?« Der Lichtpunkt auf dem Monitor zappelte wie ein gefangener Käfer.

In diesem Augenblick eilte die indische Krankenschwester herein, warf einen besorgten Blick auf die Instrumente, wirbelte herum und funkelte Lisa an. »Was haben Sie mit ihm gemacht? Wie können Sie so rücksichtslos sein! Ich habe Ihnen doch gesagt, dass wir uns nicht aufregen dürfen, überhaupt nicht! Gehen Sie jetzt bitte. Sofort!«

Lisa sprang auf. Es gab nichts, was sie im Augenblick lieber tun würde. Schnell warf sie ihrem Vater noch einen Kuss zu und ignorierte seinen brennenden Blick. »Natürlich, es tut mir leid.

Bis morgen, Dad, und dann habe ich sicher Neuigkeiten! Erhol dich inzwischen.«

Sie floh aus dem Raum, zerrte sich den OP-Kittel und den Mundschutz herunter, warf beides in den bereitgestellten Wäschebehälter und verließ die Station im Laufschritt.

Mick wartete bereits vor der automatischen Tür. »Und? War's schlimm?«

»Schlimmer«, antwortete sie. »Und jetzt bring mich bitte nach Inqaba.«

»Nils steht unten mit seinem Wagen und wartet auf uns. Unsere Autos haben wir ja auf Lalisa zurückgelassen. Die können wir morgen abholen.«

»Wenn dann noch etwas von ihnen übrig ist, denk an das Poolhäuschen«, murmelte Lisa. Eine Welle der Müdigkeit wusch über sie weg. Mit steifen Beinen ging sie neben Mick über den Gang, die Treppe hinunter und über den Parkplatz. Nils' Geländewagen stand in der prallen Sonne, der Motor lief, alle Türen und Fenster waren geschlossen. Als Lisa und Mick einstiegen, schlug ihnen ein Schwall eiskalter Luft entgegen. Schnell zogen sie die Türen wieder zu.

Nils grüßte sie kurz und feuerte ohne Pause dazwischen eine Frage nach der anderen ab. »Gibt es Neuigkeiten? Weiß man schon, was man deiner Mutter eingeflößt hat? Weiß dein Vater, dass deine Mutter lebt? Hast du ihm von den Leichen der drei Nyathis erzählt?«

»Nein, nein, nein, und verdammt noch einmal, nein!«, fuhr Lisa ihn an.

Mick signalisierte Nils heftigst, dass er den Mund halten solle.

Lisa sah seine Grimasse. »Ist schon gut, tut mir leid, Nils. Ich bin nur etwas durcheinander.«

Herrgott, welche Untertreibung das war! Sie hatte wieder das grauenvolle Gefühl, an den Fingernägeln über einem Abgrund zu hängen. Sie zwang sich, tief durchzuatmen. Dann berichtete sie

Nils in Kurzform, was sie über den Zustand ihrer Mutter erfahren hatte und dass sie ihrem Vater erst morgen die Wahrheit sagen würde. »Und jetzt will ich nicht einmal mehr daran denken, geschweige denn darüber reden.« Damit ließ sie sich auf den rückwärtigen Sitz fallen und verschränkte demonstrativ die Arme vor der Brust.

Der morgige Tag türmte sich vor ihr auf wie der Mount Everest. Oder war es der Nanga Parbat, der tückischer war, wo die Leute reihenweise in Gletscherspalten fielen oder bis in alle Ewigkeiten, von Eisstürmen umtobt, wie tiefgefrorene Schweinehälften in irgendeiner Felswand hingen? Als plötzlich die gefrorenen Schweinehälften vor ihr auftauchten, schön in Reih und Glied hängend, blinzelte sie hektisch. Wie war sie nur von ihrem Vater und seinem zappelnden Herzen auf gefrorene Schweinehälften gekommen?

Stirnrunzelnd grübelte sie darüber nach, gab es aber bald wieder auf. Es war egal. Im Augenblick konnte sie nicht weiter denken als bis zu dem Moment, wo sie ihrer Mutter gegenüberstand und ihr sagen musste, dass ihr Haus abgebrannt war, restlos, und dass die Leichen der drei Nyathis auf Lalisa gefunden worden waren und was es mit diesen Leichen auf sich hatte.

Wie ihre Mutter das verkraften würde, ob sie es irgendwann verkraften konnte, konnte sie überhaupt nicht abschätzen, denn im selben Augenblick müsste ihre Mutter sich ja eingestehen, dass der Mann, mit dem sie seit rund vierzig Jahren verheiratet war, der Vater ihrer Tochter, ein Monster war.

Plötzlich wurde ihr siedend heiß und gleich darauf eiskalt. Oder hatte ihre Mutter es etwa geahnt? Es vielleicht sogar tatsächlich gewusst und weggeschaut, um ihr eigenes Leben nicht zu zerstören? Die Vorstellung war so entsetzlich, dass ihr Gehirn streikte.

Wie sollte sie selbst so etwas aushalten? Die Bemerkung ihres Vaters über die fremden Zellen, die jetzt in ihm lebten, fiel ihr ein, und die Haare auf ihren Armen richteten sich auf, als stünde sie in eisiger Winterkälte.

Sein Blut floss in ihren Adern, seine DNA war Teil jeder einzelnen ihrer Zellen.

Die Mörder-DNA, die Folterer-DNA.

Die des Lügners und Blenders.

Würde sie bis ans Ende ihres Lebens mit der Furcht leben müssen, dass sich auch in ihr ein Monster erheben würde?

Jetzt zappelte ihr eigenes Herz, drohte jeden Augenblick aus der Brust zu springen. Monster, Mörder, Folterer. Diese Worte blähten sich in ihrem Kopf auf, bis sie sich sicher war, dass er unter dem ungeheuren Druck über kurz oder lang zerplatzte.

Sie drückte ihr heißes Gesicht ans kühle Glas und schaute durch den Staubschleier, der auf der Scheibe lag, hinaus in die Landschaft, suchte verzweifelt ein paar Sekunden Erleichterung von diesem Druck.

Draußen begab sich die Natur zur Ruhe. Der azurblaue Himmel glühte im Widerschein der sinkenden Sonne, violette Schatten krochen aus den Ecken, und ein Keil Ibisse strich mit langsamen Flügelschlägen über die Baumkronen nach Norden zu ihren Nistplätzen beim St.-Lucia-See. Sie schaute den eleganten weißen Vögeln nach. Das schwindende Sonnenfeuer sprühte und vergoldete ihr weißes Gefieder, die Staubpartikel auf der Scheibe glitzerten, über ihnen zerfloss das Azur in kühlem Türkis. Das Bild verströmte honigsüßen, süchtig machenden Frieden. Es war so schön, so berauschend schön, dass ihr der Atem stockte.

Ihr Afrika.

Als Kind hatte sie geglaubt, dabei geradewegs in den Himmel zu den Engeln schauen zu können, und schon damals hatte Afrikas Zauber gewirkt, hatte er ihre Seele in der warmen Erde Zululands verankert. Aus diesem Wurzelgeflecht hatte sie ihre Kraft gezogen, wann immer ihr Leben ins Wanken geraten war. Dieses Mal war es anders. Dieses Mal lag ihr Leben in Trümmern.

Sie wartete darauf, dass sich auch jetzt Wärme und Ruhe in ihr ausbreiteten, sie trotzdem ihr inneres Gleichgewicht wiedererlangte. Doch stattdessen packte sie das erstickende Gefühl, in einem pechschwarzen, luftlosen Raum gefangen zu sein und durch ein Loch in diese leuchtende Welt hinauszuschauen, die sich in so rasender Geschwindigkeit entfernte, bis ihr Leuchten nur noch ein schwaches Glimmen in endloser Dunkelheit war. Ein ungeheurer Sog ergriff sie, riss sie hinunter in diese Schwärze.

Mit großer Willensanstrengung stemmte sie sich dagegen, fragte sich entsetzt, ob sie drauf und dran war, einen ausgewachsenen Panikanfall zu bekommen, oder sich womöglich auf einer steilen Rutschbahn in eine tiefschwarze Depression befand.

Unruhig bewegte sie sich in ihrem Sitz. Ihre Haut fühlte sich taub an, wie nach einer Zahnarztspritze. Als hätte sie die Verbindung zu ihrem Körper verloren. Sie bohrte die Fingernägel in die Handflächen, aber sie spürte nichts, und wieder standen ihr alle Haare zu Berge. Mit wachsender Angst schlug sie hart mit der flachen Hand auf den Ledersitz. Es klatschte, ihre Handfläche brannte, es tat wunderbar weh, und endlich wich die Dunkelheit. Aufatmend rieb sie sich die Finger, die knallrot angelaufen waren.

Mick hatte das Geräusch gehört und fuhr alarmiert herum. »Lisa, was ist? Ist mit dir alles in Ordnung?« Impulsiv ergriff er ihre Hand.

»Ja, ja, alles bestens«, murmelte sie abwesend. Ihre Hand lag in seiner wie ein Vögelchen, das Schutz suchte. Es war ein erstaunliches Gefühl, überraschend und wunderbar, und sie erwischte sich bei einem flüchtigen Lächeln, wusste selbst nicht, woher das kam, gleichzeitig war es ihr, als ob es um sie herum heller geworden wäre.

»Danke«, flüsterte sie.

Mick bemerkte das unerwartete Lächeln und wunderte sich verunsichert, was dabei in ihrem Kopf vor sich ging. Aber er verkniff es sich, sie danach zu fragen. In ihrer augenblicklichen explosiven Stimmung schien das nicht die beste Idee zu sein.

Nils musste hart bremsen, weil ihm eine Ziege vor den Kühler rannte. Mick wurde nach vorn geschleudert, und ihre Hände wurden getrennt.

»Ich habe Hunger«, sagte Lisa plötzlich.

Mick war so perplex, dass er um ein Haar laut losgelacht hätte, aber in letzter Sekunde verwandelte er das Lachen in einen Hustenanfall, während ihn das ganz und gar beunruhigende Gefühl beschlich, dass Lisa dabei war, seelisch auseinanderzubrechen. Er wischte sich über den Mund, langte nach oben und klappte die Sonnenblende herunter, auf der ein Spiegel befestigt war. So konnte er sie beobachten, ohne dass es auffiel.

Lisa hatte den Kopf wieder ans Fenster gelehnt und schaute hinaus. Eigentlich wirkte sie völlig normal, fast heiter, stellte er befremdet fest. Aber das konnte nun wirklich nicht sein. Nicht nach diesem Tag. Der hätte den stärksten Mann umgehauen. Selbst ihm war, als hätte man ihn durch die Mangel gedreht, obwohl ihn das alles nicht direkt betraf, wenn man davon absah, dass Lisa Darling für ihn das Wichtigste auf der Welt war.

Jetzt wendete sie den Kopf, und ihre Augen trafen sich im Rückspiegel. Aber ihr Blick war leer, sie schien ihn nicht zu sehen. Jetzt ernstlich beunruhigt, beschloss er, sie nicht aus den Augen zu lassen. Sollte sie wirklich zusammenbrechen, wollte er bei ihr sein, um sie aufzufangen.

27

Am Morgen dieses Tages, von dem sie nicht wusste, wie sie ihn überstehen sollte, war Lisa schon vor den Hadidahs wach. Sie stieg aus dem Bett, öffnete die Glastür ihres Zimmers, die auf die Veranda führte, und trat leise nach draußen.

Die Sonne war noch nicht aufgegangen, aber es war schon ziemlich warm. Die Nachtfeuchte hing noch in der Luft, machte sie seidenweich. Ihre Arme aufs Geländer gelehnt, verlor sich ihr Blick in der Weite. Nirgendwo fand sie einen Punkt, an dem sie sich festhalten konnte. Ihre Glieder schmerzten, als wäre sie gerädert worden. Sie war davon überzeugt, dass sie keine Sekunde geschlafen hatte. Der Mount Everest oder der Nanga Parbat, oder auch beide, waren während der Nacht noch gewachsen, Eisstürme tobten, Dunkelheit umfing sie, und beide ragten noch drohender als vorher vor ihr auf.

Bis Mitternacht hatten sie noch mit Jill und Nils zusammengesessen, zusammen zwei Flaschen Wein geleert, und sie hatte dabei über alles geredet, nur nicht über das, was ihr buchstäblich die Luft abdrückte. Mick hatte sie den ganzen Abend nicht aus den Augen gelassen, so auffällig, dass sie ihn genervt fragte, ob sie plötzlich grün angelaufen sei. Erstaunlicherweise war ihm das Blut ins Gesicht geschossen, und er hatte nur stotternd einen an den Haaren herbeigezogenen Grund angegeben.

Allerdings hatten die Ereignisse der vorausgegangenen Stunden und die, die ihr noch bevorstanden, so sehr auf ihr gelastet, dass sie nicht weiter darüber nachgedacht hatte. Der Nanga Parbat und seine Eisstürme drohten, und sie hatte keine Ahnung, wie sie die durchstehen sollte.

Während der schlaflosen Stunden hatte sie sich auf ihren Grundsatz besonnen, ihr Credo, ihr berufliches Glaubensbekenntnis, dem sie während ihrer Laufbahn als Journalistin noch nie untreu geworden war: Beweise.

Bevor man keine Beweise hatte, hatte man nichts. Hatte sie dieses Prinzip zum ersten Mal außer Acht gelassen? Für die Schuld ihres Vaters hatte sie keine greifbaren Beweise. Nur die Anschuldigungen von Amos Nyathi und Bongi Rampedi.

Und die drei Leichen auf Lalisa.

Und ihre eigene Erinnerung an die Sache mit dem Papagei und Jackson Nyathi.

Wieder saß sie in dem luftleeren schwarzen Raum und geriet auf die gefährliche Rutschbahn, die geradewegs ins Herz der Finsternis führte. Welche Rolle zum Beispiel spielten dieser Kobus und seine Genossen in dem Ganzen? Vielleicht war Kobus der Mörder?

»Sagen Sie ihm nur, Kobus und seine Freunde lassen ihn grüßen. Er wird sich freuen.« Das hatte Kobus bei ihrem Zusammentreffen auf Lalisa gesagt.

Daraus ließ sich folgern, dass ihr Vater diese Männer zumindest kennen musste. Noch hatte sie ihm diese Grüße nicht bestellt. Heute aber würde sie das tun. Tun müssen.

Nachdem sie mit ihrer Mutter geredet hatte.

Der Nanga Parbat!

Sie stieß sich abrupt vom Geländer ab und ging ins Badezimmer. Mick schlief offenbar immer noch. Gepriesen seien die nicht anwesenden Hadidahs, dachte sie, während sie die Dusche anstellte. Bevor dieses Chaos in ihrem Kopf nicht auf irgendeine Weise geordnet war, konnte sie niemanden, auch ihn nicht, ertragen. Kurz entschlossen entschied sie, zu diesem Zweck ein paar Längen im Swimmingpool zu absolvieren. Sie schnappte sich ein Handtuch und lief über die Veranda am Haupthaus vorbei, von dessen Terrasse schon der durchdringende Geruch nach Rührei mit Speck und Pilzen herüberwehte, der ihr prompt den Magen umdrehte, zum abseits hinter Büschen gelegenen Pool. Mit einem Kopfsprung hechtete sie hinein, pflügte durchs warme, klare Wasser, eine Länge nach der anderen, bis es über den Rand schäumte, bis ihr Herz hämmerte und ihr der Atem in der Lunge schmerzte.

Restlos ausgepumpt, kletterte sie heraus. Aber zumindest war der Lärm in ihrem Kopf leiser geworden, rotierten ihre Gedanken nicht mehr ganz so unaufhaltsam. Sie machte sich auf den Rückweg zum Bungalow, um sich fürs Frühstück anzuziehen.

Auf dem Verandatisch fand sie einen Zettel von Mick vor, der ihr mitteilte, dass er bereits hinüber zum Haupthaus zum Frühstück gegangen sei und dort auf sie warte. Nachdem sie kurz geduscht hatte, um das Chlorwasser des Pools abzuwaschen, zog sie sich an und rief im Krankenhaus an, um zu hören, wie es ihrer Mutter gehe und wann sie mit ihr sprechen könne.

»Nach dem Mittagessen«, teilte ihr der Arzt mit. »Sie ist noch ziemlich mitgenommen, zwar etwas klarer, aber noch nicht vollständig. Sie driftet immer wieder ab. Außerdem müssen wir noch einige Tests vornehmen. Ein paar Sachen bereiten uns noch Sorgen.«

»Ist es Cholera?«

»Nein, Gott sei Dank nicht.«

Lisa atmete durch. »Auf was testen Sie dann noch?«

Der Arzt zögerte kurz. »Ach, routinemäßig einmal die ganze Palette rauf und wieder runter.« Sein Tonfall war professionell beruhigend. »Machen Sie sich keine zu großen Sorgen.«

»Okay, ich versuch's, aber geben Sie mir bitte gleich Bescheid, wenn ein Ergebnis vorliegt«, sagte Lisa nach einer kurzen Pause. »Und bitte sagen Sie ihr nichts von dem, was mit meinem Vater passiert ist. Das will ich tun. Ich bin ihr das schuldig.«

»Selbstverständlich, Miss Darling. Ich werde heute Nachmittag da sein. Wenn Sie also noch Fragen an mich haben sollten, teilen Sie die bitte der Schwester mit.«

Sie bedankte sich und bat ihn, sie zur Kardiologie durchzustellen. Es gelang ihr, den leitenden Arzt zu sprechen, und sie erklärte ihm, was sie ihrem Vater heute mitteilen müsse. »Ich kann es nicht länger vor ihm verheimlichen. Das hätte wohl noch schlimmere Auswirkungen.«

Der Arzt sicherte ihr zu, dass man sich dementsprechend vorbereiten würde und dass er während des Gesprächs in unmittelbarer Reichweite sein werde. »Es wird natürlich Stress für ihn sein, aber positiver. Eigentlich sehe ich kein Problem, aber, wie gesagt, wir werden vorbereitet sein.«

Lisa dankte auch ihm und legte auf. Ihr war das kurze Zögern des Arztes ihrer Mutter nicht entgangen. Sie betete, dass er damit nicht AIDS gemeint hatte. Ihr Herz war bleischwer, als sie hinüber zum Haupthaus lief.

Mick stand am Frühstücksbuffet und mischte sich gerade ein Müsli zusammen. Er begrüßte sie mit einem strahlenden Lächeln und einem Kuss auf die Wange. »Guten Morgen! Wo hast du dich denn schon so früh herumgetrieben?«

»Ich bin ein paar Längen geschwommen, ich musste meinen Kopf freibekommen. Mir steht ein fürchterlicher Tag bevor.«

Das war die Untertreibung des Jahrhunderts, aber weder konnte sie mit ihm darüber sprechen, dass sie vor Angst fast verging, dass ihre Mutter mit dem AIDS-Virus infiziert war, noch dass sie keinerlei Vorstellung hatte, auf welche Weise sie ihrem Vater von den drei Leichen erzählen sollte. Um Zeit zu gewinnen, wandte sie sich ab und füllte sich eine Schale mit Fruchtsalat.

»Außerdem muss ich jemanden finden, der mich am frühen Nachmittag nach Lalisa fährt, damit ich mein Auto abholen kann. Von da aus fahre ich gleich weiter ins Krankenhaus. Gegen drei Uhr will ich dort sein, das heißt, ich muss spätestens um ein Uhr hier los.« Sie fischte ein großes Stück goldgelber Ananas aus dem Salat und steckte es sich in den Mund. Wenn sie kaute, brauchte sie nicht zu reden.

Mick häufte sich weiter Müsli in die Schale, obwohl die bereits zum Überlaufen voll war. »Ich würde gerne mitkommen … ich möchte dich in dieser Situation nicht alleinlassen.«

Ich liebe dich, wollte er ihr eigentlich sagen, ich will alles, was dich verletzt, von dir fernhalten. Von jetzt an bis in alle Ewigkeit. Amen, setzte er schweigend dazu und sah sie stumm an. Sie würde derartige Aussagen in ihrer augenblicklichen Verfassung nur wie Käfigstangen empfinden, das war ihm längst klargeworden.

Lisa sah ihn an. Für einen Augenblick verwirrte sie der Ausdruck seiner Augen, wusste sie instinktiv, dass sich mehr hinter seinen Worten verbarg als Höflichkeit. Sie verspürte ein unerklärliches Ziehen in der Herzgegend, ein flüchtiges Glücksgefühl wie ein aufflackerndes Flämmchen, und zögerte. Aber nur kurz. Das musste warten. Dazu war jetzt einfach keine Zeit. Spontan beugte sie sich zu ihm und küsste ihn leicht auf den Mund. »Durch diese Sache muss ich allein durch. Dabei kann mir niemand helfen. Ich verspreche, dass ich zu dir komme, wenn ich dich brauche.«

Er nickte. Es war mehr, als er erwartet hatte. Das Tor zum Paradies hatte sich einen Spalt geöffnet. Trotzdem fiel seine Antwort trocken aus. »Gut. Nils und ich hatten ohnehin vor, bei Captain Singh vorbeizufahren, um uns nach den Ergebnissen der Autopsie und dem Fortgang des ganzen Falls zu erkundigen. Bevor ich das vergesse: Unterschreibst du mir bitte noch eine Vollmacht, damit ich offiziell als dein Anwalt auftreten kann?«

»Klar, kein Problem. Solange es hilft, mir Captain Singh vom Leib zu halten. Die Frau macht mich nervös.«

»Mach dir keine Sorgen, du brauchst dich nicht darum zu kümmern. Nach dem Frühstück setze ich die Vollmacht auf und lasse sie in Jills Büro ausdrucken. Auf dem Weg zur Polizei wird Nils uns nach Lalisa zu unseren Wagen fahren. Somit erledigen wir gleich zwei Sachen auf einmal. Bist du dir auch wirklich sicher, dass du das alles allein durchstehen willst?«

»Bin ich. Völlig«, antwortete sie und war es aber ganz und gar nicht. Geistesabwesend legte sie eine halbe Papaya auf einen zweiten Teller, schnitt eine Passionsfrucht auf und kratzte das gelbe Fruchtgelee mit den schwarzen Kernen darüber aus. »So, ich bin fertig, wo sitzen wir?«

Er führte sie zu einem Tisch im sonnengefleckten Baumschatten und zog ihr einen Stuhl zurecht. Lisa setzte sich, streute einen Löffel Zucker auf die Papaya und begann, sie auszulöffeln. »Auf den Punkt reif und schmeckt, wie ein ganzer Garten duftet«, murmelte sie verzückt. »Jills Früchte sind wirklich etwas Besonderes. Sie stammen alle aus Inqabas Garten, der noch immer an derselben Stelle liegt, wo ihn Catherine Steinach angelegt hat, wusstest du das?«

Mick, der als Kind öfter auf Inqaba zu Besuch gewesen war als Lisa, hatte das zwar gewusst, gab aber vor, es nicht zu tun, um für den Rest des Frühstücks ein unverfängliches Gesprächsthema zu haben, das verhinderte, dass sich Lisa ihr Herz damit zerfleischte, wie ihre Eltern auf die verschiedenen Neuigkeiten reagieren würden.

Auch für die beiden jungen Affen, die über ihnen im Baum herumturnten und Lisa mit ihren Kapriolen ablenkten, war er dankbar. Während der eine Faxen machte, spähte der andere mit neugierigen Knopfaugen auf sie herunter und flitzte in einem Augenblick der Unaufmerksamkeit auf den Tisch, klaute eine Mango aus dem Fruchtkorb und verschwand vergnügt keckernd wieder zwischen den Blättern. Lisa lachte laut, und Mick warf dem Äffchen dafür noch eine Weintraube zu, die das kleine Tier äußerst geschickt auffing und sofort ins Maul stopfte.

»Jill wird dich köpfen«, kicherte Lisa. »Auf Affenfüttern steht die Höchststrafe.«

»Ach wo«, meinte er. Nicht, wenn ich ihr erkläre, warum ich das getan habe, setzte er schweigend hinzu.

*

Auf dem Weg zurück zum Bungalow blieb Lisa abrupt stehen. Blicklos starrte sie in den Busch. Dann sah sie ihn an.

»Sie werden meinen Vater vor Gericht stellen, nicht wahr?«

Mick, der auch stehen geblieben war, nickte stumm.

»Wenn ihn die Nachricht vom Fund der Leichen nicht schon vorher umbringt«, flüsterte sie. Ihre Stimme zitterte. »Vielleicht wäre das besser.«

Ihre Qual spiegelte sich auf Micks Gesicht wider. »Du vergisst, welchen Beruf er hatte. Er ist hart im Nehmen.«

Lisa schnaubte kurz, setzte ihren Weg dann stumm fort. Im Bungalow angekommen, zog sie die Schlafzimmertür hinter sich zu und warf sich rückwärts aufs Bett. Die Frage, in welchen Häppchen sie ihren Eltern die brutalen Nachrichten verabreichen sollte, kreiste unablässig in ihrem Kopf.

Schließlich sprang sie wieder auf. Sie war viel zu nervös, um still liegen zu können. Kurz entschlossen schulterte sie ihr Notebook, um zum Haupthaus zu gehen. Auf dem Weg sah sie Mick in der Küche stehen und seine Socken waschen, was ihr ein erstauntes Lächeln abnötigte.

»Deine Emanzipation macht Fortschritte. Sophie wird es kaum glauben können«, frotzelte sie. »Ich muss ins Internet, um meine E-Mails zu checken. Sag mir Bescheid, wenn du die Vollmacht fertig hast, damit ich sie unterschreiben kann.« Sie schob ihre Sonnenbrille auf die Nase und verließ das kleine Haus.

Nils setzte sie beide auf Lalisa ab. Von Lisas Mietwagen fehlte der Ersatzreifen und von Micks Range Rover die Seitenspiegel, die Scheibenwischer und der massive Kuhfänger. Der war einfach herausgerissen worden.

»Verflucht, diese Mistkerle«, knurrte er. »Wenn wir ein bisschen später gekommen wären, hätte der Wagen wohl nicht einmal mehr Reifen gehabt.«

»Das bezweifle ich«, warf Nils ein. »Ich vermute, dass wer immer es war, erst vor kurzem gemerkt hat, dass hier zwei unbewachte Autos stehen. Wir kommen gerade noch rechtzeitig. Etwas später, und die Wagen wären weg gewesen.«

Lisa und Mick nickten ihre grimmige Zustimmung zu dieser Theorie, während sie jeweils ihr Auto aufschlossen.

»Wenigstens sind beide Wagen fahrtüchtig«, sagte Lisa und kletterte auf den Fahrersitz, zog die Tür ins Schloss und ließ das Fenster heruntersurren. »Wünscht mir Glück.«

Mick stellte einen Fuß aufs Trittbrett und schaute hinauf zu ihr. »Lisa, Darling, bitte lass dein Mobiltelefon an, und bitte ruf mich an, wenn du mich brauchst.«

»Versprochen.« Ihr Gesicht war ganz nah an seinem, und für einen schimmernden Augenblick fühlte sie einen unwiderstehlichen Sog, die Tür aufzureißen und ihm in die Arme zu fallen.

»Mick …«, stammelte sie verwirrt. Unvermittelt flackerte das absurde kleine Glücksflämmchen auf, mitten in der schlimmsten Zeit ihres bisherigen Lebens. »Versprochen«, flüsterte sie endlich. Ein Lachen drängte sich durch ihre Kehle. »Versprochen. Ganz bestimmt!«, rief sie. »Ich melde mich, sobald ich kann. Ich hoffe, ihr trefft Captain Singh in gesprächiger Laune an.« Schon wollte sie die Tür zuziehen, da zögerte sie noch einmal und wurde ernst. »Was immer du von ihr erfährst, ich muss es wissen. Ich muss alles wissen, jedes Detail, egal, wie grausam. Verstehst du? Bitte versuch nicht, mich zu schonen.«

»Du hast mein Wort.« Schnell zog er sich hoch, küsste sie auf den Mund und sprang dann wieder hinunter.

Lisa lehnte sich aus dem Fenster und sah ihn lange schweigend an. »Danke«, flüsterte sie schließlich.

Dann fuhr sie los. Im Rückspiegel sah sie, dass Mick mitten auf dem Weg stehen geblieben war und ihr nachsah. Sie hob eine Hand und winkte. Er winkte zurück, und erst als die Staubwolke, die ihr Auto aufgewirbelt hatte, ihn verhüllte, konzentrierte sie sich voll auf die Straße.

Der Verkehr war nicht sehr dicht, und so erreichte Lisa den kahlen Parkplatz des Krankenhauses schneller, als ihr lieb war. Am liebsten wäre sie die Strecke von Lalisa hierher zu Fuß gegangen, weil sie sich noch immer nicht darüber im Klaren war, was sie ihren Eltern sagen würde. Weil sie sich so sehr vor dem Urteil fürchtete, das das Schicksal ihrer Mutter besiegeln könnte. Reglos beobachtete sie die wabernden Hitzeschlieren über dem Asphalt. Die Worte drehten sich wie ein summender Kreisel. Als eine schwarze Katze aus dem Schatten unter einem der geparkten Autos hervorschoss und an ihr vorbei unter einem anderen verschwand, zuckte sie heftig zusammen.

»Schwarze Katze von links, was Gutes bringt's, schwarze Katze von rechts, bringt was Schlecht's«, murmelte sie automatisch. Ihre Mutter hatte ihr diesen Spruch beigebracht und erzählt, dass ihr deutscher Großvater ihn immer gesagt hatte, wenn eine schwarze Katze seinen Weg kreuzte.

Die Katze war von rechts gekommen. Urplötzlich.

Ebenso plötzlich stieg aus den untersten Schichten ihres Bewusstseins eine pechschwarze Vorahnung an die Oberfläche und verdunkelte ihre Seele. Ihr Puls jagte hoch, ihre Haut kribbelte, die Kehle wurde ihr eng. Die Hände fest ums Steuerrad geklammert, wartete sie, bis sie den Schrecken besiegt hatte. Sie wunderte sich über sich selbst. Abergläubisch war sie doch wahrhaftig nicht.

Aber von rechts war die Katze gekommen. Das hatte sie genau gesehen.

Endlich riss sie sich zusammen und stieg aus. Im Kontrast zu dem klimatisierten Wageninneren war es im Freien schier unerträglich heiß. Der Asphalt war an vielen Stellen weich geworden und aufgebrochen, Gluthitze strahlte von allen Flächen ab, es blitzte und blendete von Windschutzscheiben und Chromteilen. Im Nu brach sie in Schweiß aus. So schnell sie konnte, rannte sie über den Platz, bis sie die Eingangshalle des Krankenhauses erreicht hatte.

Das Zimmer ihrer Mutter sei im dritten Stock, vierte Tür links, ein Einzelzimmer, teilte ihr die Dame an der Rezeption mit. Lisa stieg die Treppen hoch, langsam, mit vielen Pausen. Das dauerte ein paar Minuten länger als mit dem Aufzug, zögerte den Augenblick hinaus, vor dem sie diese Heidenangst hatte.

Und dann stand sie vor der Tür. Nummer 349, cremeweiß lackiert, daneben ein kleines, schlecht zu lesendes Namensschild: Mrs. Amelia Darling.

Lisa holte tief Luft und hob die Hand, um zu klopfen. Ebenso schnell ließ sie sie wieder sinken, machte kehrt und ging zum Schwesternzimmer, an dem sie auf dem Hinweg vorbeigekommen war, klopfte und öffnete die Tür. Zwei Schwestern saßen beim Kaffeetrinken am Tisch und sahen sie fragend an, als sie eintrat. Beide hatten eine Haut wie poliertes Mahagoni und ausdrucksvolle dunkelbraune Augen.

»Wer von Ihnen ist für Mrs. Darling zuständig?«, fragte sie.

»Das bin ich«, antwortete die Jüngere.

Lisa stellte sich vor und fragte sie, wie es ihrer Mutter gehe und ob es irgendwelche Dinge gebe, die sie beachten müsse.

Ihrer Mutter gehe es besser und im Grunde gebe es nichts, was sie zu beachten habe, war die Antwort.

»Sie war wirklich total zugekifft.« Die Schwester kicherte unvermittelt, klappte aber den Mund zu, als die ältere Schwester sie unter dem Tisch gegen den Knöchel trat. »'tschuldigung«, murmelte sie und versenkte sich verlegen in den Anblick ihrer Kaffeetasse.

Lisa verließ den Raum, ohne auf den Ausrutscher der Schwester zu reagieren. Sie klopfte an der Tür von Nummer 349 und trat ein.

Zur gleichen Zeit, etwa einhundertzwanzig Kilometer weiter nordwestlich, marschierte Charmaine Todd, unverkennbar in einem kurzärmeligen Hosenanzug in Zitronengelb, über die Kreuzung der zwei großen Hauptstraßen von Ulundi, und bog in den glühend heißen Parkplatz des Garden Court Hotel ein, wo sie eine Verabredung mit einem Mann hatte, von dem sie lediglich den Namen und die Stimme kannte, und die war so tief und sahnig, dass es ihr ganz heiß über die Haut kribbelte. Nur deswegen hatte sie zu dieser ungewöhnlichen Zeit ihre Kanzlei verlassen. Krankenpfleger sei er, hatte er ihr erzählt, und zwar im Crosscare-Hospital von Richards Bay, und da sei vor Tagen etwas Merkwürdiges geschehen, von dem er ihr erzählen wolle.

Sie stieß die Glastür zum tiefgekühlten Inneren des Hotels auf und ging den Gang hindurch zum Restaurant. Dabei wedelte sie mit einer Hand der älteren Zulu mit der straff zurückgezogenen Zöpfchenfrisur, die hinter der Rezeption stand, einen Gruß zu. Der Geruch von Braten und gekochtem Gemüse hing in der Luft, zur Linken standen mindestens zehn Leute am Buffet Schlange, um sich die Teller zu füllen. Hinter der ersten Säule saß ein einzelner Mann am Tisch, ein breitschultriger Prachtkerl von einem Zulu, und trank Bier. Sie blieb ein paar Schritte entfernt stehen.

»Sozzo Thulo?«, fragte sie.

»Yebo.« Ein breites schneeweißes, ziemlich unverschämtes Grinsen. »Sie sind die Anwältin.«

Charmaine Todd setzte sich und signalisierte dem Kellner, dass er ihr ebenfalls ein Bier bringen solle. »Ich hoffe, deine Geschichte ist so gut, dass ich es nicht bereue, mitten am Tag meine Kanzlei im Stich gelassen zu haben. Also, jetzt verdien dir das Geld, das du gefordert hast.« Sie verschränkte die Arme vor ihrem üppigen Busen.

Ihre Zweifel wurden schnell zerstreut, als er zu sprechen begann. Was er ihr erzählte, ließ sie erst starr vor Staunen und dann fast zitternd vor Aufregung zuhören. Als sie alles gehört hatte, spendierte sie ihm ein Mittagessen und ein weiteres Bier, legte wie abgemacht zweihundertfünfzig Rand in bar vor ihn auf den Tisch und verließ das Hotel, so schnell sie konnte. Unter den Armen zeigte ihr Anzug große nasse Flecken. Sie schwitzte immer, wenn sie aufgeregt war. Noch während sie durch die gleißende Sonne zu ihrem Auto eilte, holte sie ihr Mobiltelefon heraus und wählte eine Nummer.

»Wir müssen reden«, verkündete sie, als sich Sibongiseni Rampedi leise meldete. »Absolut dringend. Ich bin schon auf dem Weg. Bist du zu Hause?«

Sibongiseni bejahte das und legte auf. Sie mochte keine Mobiltelefone, sah aber ein, dass es in Zululand keine bessere Möglichkeit gab, eine Nachricht von hier nach da zu transportieren, seit Trommeln aus der Mode gekommen waren.

Obwohl sie ständig die Höchstgeschwindigkeit überschritt, dauerte es doch eineinhalb Stunden, in denen sie mehrmals haarscharf an einem Unfall vorbeischrammte, bis Charmaine Todd vor dem Haus der Nyathis bremste und ausstieg.

Ihre Klientin wartete bereits vor der Haustür. Wie üblich war Sibongiseni ganz in Schwarz gekleidet und sah mit hochgezogenen Schultern einer übellaunigen Krähe ähnlicher denn je.

»Was gibt's?«, fragte sie und machte keine Anstalten, die Anwältin ins Haus zu bitten.

Charmaine Todd berichtete, was ihr Sozzo Thulo erzählt hatte, und je länger sie sprach, desto höher zog Sibongiseni Rampedi ihre Schultern, und mit jedem Wort der Anwältin entfärbte sich ihre Haut weiter, bis sie so grau wie nasser Zement war. Eine schwarze Krähe mit grauem Kopf und Hals.

»Es gibt keine Zweifel«, beendete Charmaine Todd ihren Bericht.

Sibongiseni schien vor Schock erstarrt zu sein. »Wir müssen mit Jackson reden«, wisperte sie schließlich. »Und natürlich mit Amos. Sie sind beide hinten im Hof und sehen irgendwelche Papiere durch. Es ist Jacksons letzter Tag. Morgen fliegt er zurück nach Kapstadt.«

Sie führte die Anwältin ums Haus herum. Amos sah hoch, und als er Charmaine Todd erkannte, senkte er abweisend die

Brauen. Er sagte nichts, wünschte ihr nicht einmal einen guten Tag.

Äußerlich unbeeindruckt, wiederholte die Anwältin ihren Bericht und wartete auf eine Reaktion.

Amos verfiel in versteinertes Schweigen.

Jackson starrte seine nackten Zehen an. »Scheiße, gottverdammte Scheiße«, sagte er laut und deutlich, und weder seine Tante noch sein Vater rief ihn zur Ordnung, wie sie es sonst getan hätten, da sie der Ansicht waren, dass man nicht fluchen durfte, und schon gar nicht im Namen des Herrn, an den sie, neben ihrer Beziehung zu ihren Ahnen, vorsichtshalber dennoch glaubten. »Sind Sie sich sicher?«

Charmaine Todd schob verschnupft die Unterlippe vor. »Es hat mich zweihundertfünfzig Rand und ein Mittagessen gekostet. Natürlich bin ich mir sicher.«

»Verflucht, wie konnte das passieren? Woher konnte dieser Thulo wissen, wer Vusas Herz bekommen hat?«

Die Anwältin zuckte mit den Schultern. »In Zululand kannte fast jeder Vusa oder hat von ihm gehört. Sein Tod und dessen Umstände haben einen Riesenwirbel verursacht, das wissen Sie selbst.«

»Es muss wieder dahin, wo es war.« Amos' Worte drangen als dumpfes Grollen aus seinem Brustkasten. »Ich will es wiederhaben.«

Jackson verfluchte innerlich die Sturheit seines Vaters. »Baba, sei nicht töricht. Du kannst es schließlich nicht rückgängig machen.«

»O doch!«, brüllte Amos so laut, dass seine Schwägerin einen erschrockenen Satz machte und sogar sein Sohn kurz zusammenzuckte.

»Das kannst du nicht!«, brüllte Jackson zurück. »Vergiss es! Es ist etwas, womit wir werden leben müssen. So einfach ist das!«

»Ich nicht! Ich werde nicht damit leben.« Amos glühte vor Wut.

»Was willst du denn machen? Ihm das Herz herausschneiden? Bist du jetzt völlig übergeschnappt?«

Amos starrte seinen Sohn nur an, und Jackson standen plötzlich die Haare zu Berge, weil ihm blitzartig klarwurde, dass sein Vater genau das vorhatte. Und wenn sein Vater sich in einen seiner Zornesanfälle hineingesteigert hatte, war er genauso wenig aufzuhalten wie ein angreifendes Nashorn.

»Ihr Sohn hat Recht«, sagte Charmaine Todd. »Es ist gelaufen. Sie können nichts ändern.« Ihr Blick ging an Amos vorbei und drückte deutlich aus, dass sie es offenbar gewohnt war, dass Klienten gelegentlich ausrasteten. »Beruhigen Sie sich.«

Jetzt richtete Amos seinen Zorn auf sie. »Halten Sie Ihren großen Mund! Das geht Sie nichts an, das ist eine Familienangelegenheit. Verschwinden Sie von meinem Grundstück, ich weiß, was Sie wirklich vorhaben.«

Seine Rage vergrößerte sich mit jedem Wort, sammelte Kraft, wuchs zu einer unaufhaltsamen Lawine an.

»Sie wollen Sibongiseni nicht helfen! Ihr einziges Ziel ist es, die Darlings von ihrem Land zu verdrängen, um irgendeinen Vergnügungspark darauf zu bauen. Sie haben den Brand legen lassen, ich weiß es. Ich weiß von diesen Halunken, denen Sie Geld gegeben haben, damit sie die Drecksarbeit für Sie tun. Ich hab es aus ihnen herausgeprügelt. Und nun hauen Sie ab, Sie Hyäne, auf Ihren zwei fetten Beinen, sonst werde ich, Amos der Stier, Sie auf die Hörner nehmen!«

Charmaine Todds Augen weiteten sich, bis ihre Iris wie Kaffeebohnen auf Sahne in den Augenhöhlen schwammen. Amos machte einen drohenden Schritt auf sie zu.

»Verschwinden Sie!«, röhrte er.

Aufgrund seines Gesichtsausdrucks und der Lautstärke kam Charmaine Todd der Aufforderung eiligst nach. »Ich schick dir eine Rechnung, Sibongiseni Rampedi«, rief sie. »Eine saftige!« Damit sprang sie in ihren Wagen und brauste davon.

Sibongiseni stierte ihr nach, bewegte ihren Mund dabei auf und zu, wollte offensichtlich etwas vorbringen, bekam aber über zwei Minuten nichts heraus. Aber selbst in diesem aufwühlenden Moment gaben Amos und Jackson ihr die Zeit, sich zu sammeln. In ihrer Kultur tat man das.

»Das wusste ich nicht«, stotterte sie und stellte somit auch nicht infrage, was ihr Schwager behauptete. Auch das hatte etwas mit ihrer Kultur zu tun. »Wer hat dir das gesagt?«

»Ich habe es gehört«, wich Amos aus. »Einer war Bozo, Senzos Jüngster, der mehr Mist im Kopf hat, als ein Elefant am Tag scheißen kann.«

Seine Schwägerin schnalzte empört. »Das ist unsere Jugend!«, rief sie aus. »Alles, was sie kann, ist saufen und Kinder machen. Große Autos und dicke Uhren, das ist es, was sie vom Leben erwarten.« Ihr Blick wurde dunkel und leer. Sie versank in der kalten Hölle ihrer Vergangenheit. »Und dafür hat Samuel sein Leben gegeben und ich auch. Meins war mit seinem Tod zu Ende.« Sie ballte die Fäuste, und die harte Kämpferin, die sie einmal gewesen war, schälte sich aus ihrer müden Hülle.

»Scheißköpfe«, murmelte sie.

»Yebo«, sagte Amos. »Aber jetzt müssen wir über das reden, was diese Frau berichtet hat. Setzen wir uns.«

Jackson verdrehte in stiller Verzweiflung die Augen. Sein Vater hatte offensichtlich vor, ein Indaba abzuhalten. Früher hatte er von ihm verlangt, daran teilzunehmen.

»So wird es bei uns gemacht. Du musst es lernen«, hatte er ihn beschieden.

Die Männer des Dorfes versammelten sich dann unter dem Indaba-Baum. In seiner Jugend war es ein prachtvoller Milkwood-Baum gewesen, dessen grünlich weiße Blüten einen betäubend süßen Duft verströmten. Irgendwann einmal war der Baum eingegangen, und an seiner Stelle breitete heute eine Natal-Feige ihre Zweige über den Platz. Die Feigen schmeckten sogar einigermaßen, wenn sie vollreif waren. Unter diesem Baum nahmen die Männer des Dorfes auf dem Boden Platz. Einer nach dem anderen legte in epischer Breite und Länge seinen Standpunkt dar, der anschließend von jedem einzelnen Anwesenden durchgekaut wurde, immer und immer wieder, stunden- und manchmal tagelang, bis ihm der Kopf schwamm. Das gehörte sich so in Afrika. Ein Indaba hatte keinen festen Zeitrahmen. Ein Indaba dauerte so lange, wie es dauerte.

Dazu hatte er weder Zeit noch Lust, damals nicht und heute schon überhaupt nicht. Jenes Afrika war nicht mehr sein Afrika.

»Nein, Baba, das ist sinnlos. Versteh doch, dass du nicht ändern kannst, was geschehen ist, und das weißt du ganz genau.« Jackson konnte nicht verhindern, dass er gereizt und ungeduldig klang. Es tat ihm leid, aber er hatte die Nase langsam voll.

Amos Nyathi schwang wortlos herum und stapfte davon. Augenblicke später war er hinter seiner ehemaligen Schlafhütte verschwunden, die er heute noch benutzte, wenn er Verbindung mit seinen Ahnen aufnehmen wollte. Hier konnte er mit ihnen reden, hier hielten sie sich auf, nicht in dem glänzenden, gefliesten Haus mit seinen Ecken und Kanten. Eine Zuluhütte hatte keine Ecken und Kanten. Eine Zuluhütte war rund, der Raum wurde von einer Wand umschlossen, die weder Anfang noch Ende hatte. Es gab keine Schatten in dieser Hütte.

Mit gekreuzten Beinen hockte er sich auf den Boden. In seinen Augen brannte ein Feuer, das nie erlöschen würde.

Zimmer 349 war groß genug für mindestens drei Patienten und sehr hell. Hauchzarte Gardinen blähten sich in der Brise, die durchs geöffnete Fenster hereinstrich, filterten die gleißenden Sonnenstrahlen zu einem sanften Licht, das ein Klöppelspitzenmuster über das Bett ihrer Mutter warf. Von einer Tropfflasche sickerte klare Flüssigkeit durch eine Kanüle, die auf ihrem Handrücken befestigt war. Ein dünnes Laken bedeckte ihren Körper, ihre Augen waren geschlossen. Augenscheinlich hatte sie das Klopfen überhört. Lisa räusperte sich leise, und Melly Darling wandte ihren Kopf in den Kissen.

»Lisa. Mein Liebling!«, rief sie erfreut, verzog sofort schmerzhaft das Gesicht und presste die Hände an die Schläfen. »Du darfst nur sehr leise sprechen. Mir platzt sonst der Kopf«, flüsterte sie. Ihre Augen glänzten fiebrig.

Lisa sah das unnatürlich gerötete Gesicht, die blauen Flecken, die am Hals und an den Oberarmen unter dem dünnen Krankenhaushemd hervorschauten, und Mitleid durchflutete sie. Ihre Augen liefen über. Sie flog zum Bett, beugte sich über ihre Mutter und nahm sie behutsam in die Arme, konnte ihren flachen, schnellen Puls fühlen, die trockene, heiße Haut.

»Mama. O Gott, Mama. Was ist passiert? Was haben sie mit dir gemacht?«

Ihre Mutter sah sie wortlos an. Dann zuckte sie mühsam mit den Schultern. »Ich habe keine Ahnung. Ich habe in der Bibliothek in Mtubatuba ein bestelltes Buch abgeholt, das weiß ich noch, und ich weiß noch, dass ich fast schon zu Hause war … dann ist irgendetwas passiert …« Sie fasste sich wieder an die Schläfen und bewegte den Kopf langsam hin und her. »Ich kann mich einfach nicht mehr daran erinnern … Jemand ist auf die Straße gesprungen, und ich musste anhalten … Das war's, mehr kommt da nicht, egal, wie sehr ich mich auch ausquetsche.« Ihre Augen flackerten. Mit deutlicher Anstrengung hob sie ihre Hand und betrachtete das weiße Band in der braunen Haut ihres Ringfingers. »Mein Ehering ist weg«, wisperte sie.

Flüchtig tauchte das Bild der abgehackten Hand, an deren aufgedunsenem Ringfinger der Ehering ihrer Mutter steckte, vor Lisa auf. Morgen würde sie den Ring von Captain Singh zurückfordern. »Wir haben ihn gefunden. Ich bringe ihn dir, so schnell ich kann.« Sie tastete ihre Mutter mit besorgten Blicken ab. »Du hast da … da an den Armen und am Hals … da hast du böse aussehende blaue Flecken. Weißt du, wie die entstanden sind?«

Wieder hob Melly Darling hilflos die Schultern. »Auch keine Ahnung.« Schon diese wenigen Wörter strengten sie offenbar sehr an, und sie brauchte ein paar tiefe Atemzüge, ehe sie fortfahren konnte. »Sag mal, wo steckt eigentlich dein Vater? War er hier, als ich noch … nicht bei mir war? Weder der Arzt noch die Schwestern konnten mir das sagen. Das ist doch nicht seine Art! Er weiß doch, dass ich hier bin, oder?«

Jetzt kommt's, schoss es Lisa durch den Kopf. Jetzt muss ich es ihr sagen. Verzweifelt versuchte sie, ihre Gedanken zu sammeln, sie in Worte zu fassen. »Da ist etwas, was ich dir sagen muss.«

Was genau sollte sie ihr sagen? Mama, man hat Papa sein altes Herz herausgeschnitten und ein neues eingesetzt, weil das alte völlig hinüber war, er hat nämlich einen Infarkt gehabt, nachdem er vermutlich Vusa Nyathi erschossen hat – vielleicht hat er's auch nicht –, der dich offenbar entführt und eine abgeschnittene Hand vor unsere Haustür gelegt hat, von der wir lange glaubten, es wäre deine? Und noch etwas, Mama. Unser Haus ist abgebrannt. Total. Ach ja, und wir haben auf Lalisa die Leichen von Amos Nyathis Söhnen und seinem Bruder gefunden, und so wie es aussieht, hat Papa die entweder selbst umgebracht oder es zumindest befohlen. Das wäre dann alles, Mama, bis auf die nebensächliche Tatsache, dass ich mich entlobt und meinen Job verloren habe.

Sie starrte ihre Mutter an. Ihr Gehirn filterte blitzschnell alle diese Informationen durch, bis sie die eine isoliert hatte, die am meisten erklärte und am leichtesten zu ertragen war. »Papa hat einen Herzinfarkt gehabt und ist am Herzen operiert worden. Es ist ungewöhnlich glatt gelaufen, es geht ihm also erstaunlich gut. Du kannst ihn sicher in Kürze sehen«, stieß sie in einem Atemzug hervor.

»O Gott, wie furchtbar«, krächzte Melly Darling. »Ich hab

doch gesehen, dass irgendetwas mit ihm nicht in Ordnung war. Er hat mir versprochen, zu Dr. Macintosh zu gehen!«

»Dazu blieb ihm wohl keine Zeit.«

»Wo liegt er? Kann ich zu ihm?« Melly versuchte, sich aufzurichten, ließ sich dann aber ermattet wieder ins Kissen fallen.

Und nun sitze ich in der Falle, dachte Lisa. Sie wird darauf bestehen, ihn zu besuchen, um herauszufinden, wie es zum Herzinfarkt kam, und dann knallt's, und hinterher sind vermutlich beide tot. Sie stand von dem Stuhl auf, den sie sich herangezogen hatte, und begann ruhelos im Raum herumzulaufen, während sie fieberhaft überlegte, wie sie dieses Treffen vorläufig verhindern konnte. Dann sah sie einen Weg. Sie lächelte ihre Mutter strahlend an.

»Weißt du was? Ich rufe seinen Arzt an.« Sie zog ihr Mobiltelefon hervor. »Aber ich habe hier keinen Empfang. Ich gehe kurz hinaus, bin gleich wieder da!« Sie floh hinaus auf den Gang, rannte zum Schwesternzimmer und riss die Tür auf. Nur die Schwester, die diese dumme Bemerkung gemacht hatte, war anwesend.

»Ich muss auf der Stelle den Arzt meiner Mutter sprechen. Es ist eine Sache auf Leben und Tod!«

Die Krankenschwester wandte ihr erschrocken ihr rundes mahagonibraunes Zulugesicht zu. »Ma'am?«

»Der Arzt von Amelia Darling. Wo ist er? Ich muss ihn sprechen, und zwar sofort!«

Die junge Frau sprang auf, der Stuhl fiel um. »Ist etwas mit der Patientin passiert?«

»Nein, nein, alles okay, aber ich muss ihren Arzt sprechen.«

»Einen Augenblick.« Die Schwester drängte sich an ihr vorbei. Sie war korpulent, rannte aber erstaunlich schnell den Gang hinunter.

Trotzdem musste Lisa fünf Minuten warten, bis die junge Schwester mit einem Mann in weißem Kittel auf sie zueilte. Der

Arzt war etwa in Lisas Alter, groß und dünn und rothaarig. »Bitte lassen Sie uns allein«, wies er die Krankenschwester an, die mit allen Anzeichen von Erleichterung im Schwesternzimmer verschwand.

»Eine Sache auf Leben oder Tod, sagte mir die Schwester. Klingt dramatisch. Was ist geschehen? Ich bin Simon Savides, der Stationsarzt.«

»Guten Tag«, murmelte Lisa. Sie nahm sich Zeit, erst zu entscheiden, was er wissen musste und was nicht, bevor sie antwortete. Dann holte sie tief Luft. »Meine Mutter hat gefragt, warum mein Vater nicht bei ihr ist. Normalerweise würde er an ihrem Bett sitzen und sie nicht aus den Augen lassen. Aber er liegt ebenfalls hier im Krankenhaus. Vor zwei Tagen hat er nach einem massiven Herzinfarkt ein neues Herz erhalten. Es geht ihm recht gut. Aber da ist noch etwas. Unser Haus ist während der Abwesenheit meiner Mutter abgebrannt … auch mein Vater weiß nichts davon …« Sie stockte.

Sie konnte ihm unmöglich die Sache mit den Nyathis erzählen und dass er vermutlich Vusa Nyathi mit einem Schuss schwer verletzt hatte, dass der jetzt tot war, aber vorher … die Hand …

Benommen schüttelte sie den Kopf. »Meine Eltern dürfen sich erst sehen, wenn sie diese Nachrichten – und da gibt es noch ein paar weitere, die vielleicht noch schlimmer sind, über die ich aber jetzt nicht sprechen möchte –, wenn sie diese Nachrichten verkraften können. Helfen Sie mir, die beiden auseinanderzuhalten. Wenn ich meiner Mutter sage, dass mein Vater eine Herztransplantation gehabt hat und keinen Besuch empfangen darf, wird sie sofort darauf bestehen, zu ihm gebracht zu werden. Und glauben Sie mir, wenn man versucht, meine Mutter von etwas abzuhalten, lässt sie erst recht nicht locker. Meine Eltern sind schon sehr lange verheiratet … glücklich …« Hilflos hob sie die Hände.

Ein dünnes Lächeln huschte über das sommersprossige Gesicht des Arztes. »Keine Angst, Ihre Mutter kann nicht einmal im

Rollstuhl sitzen. Ihr Zustand würde das nicht erlauben, zumindest nicht für die nächsten Tage.«

»Was … fehlt ihr?« Was für eine blöde Wortwahl, dachte sie und sah die abgetrennte Hand vor sich.

»Sie hat eine massive Infektion, und wir haben alle Hände voll zu tun, die in Schach zu halten. Noch testen wir, ob es nur bakteriell oder viral oder beides ist. Irgendjemand hat ihr Spritzen gegeben. Möglicherweise waren die nicht steril.«

Lisa durchfuhr es eiskalt. Eine bakterielle Infektion konnte man mit Antibiotika in den Griff bekommen, aber gebrauchte Spritzen konnten im AIDS-verseuchten Südafrika das Todesurteil sein. Also doch. Mit ihrer Befürchtung lag sie offenbar richtig.

»Genau«, sagte Dr. Savides, der ihr offenbar vom Gesicht abgelesen hatte, was ihr durch den Kopf wirbelte. »Auch das noch. Tut mir leid, aber wir müssen auch diese Möglichkeit bedenken. Die Tests laufen noch. Im Moment pumpen wir sie jedenfalls mit Antibiotika voll. Gut möglich, dass es ihr morgen schon wieder bessergeht. Und selbst wenn es eine Virusinfektion ist, muss es nicht gleich AIDS sein, vergessen Sie das nicht.«

Sie nickte und sah zu ihm hoch. »Würden Sie bitte mit mir zu meiner Mutter gehen und mit ihr reden? Ich kenne sie. Will man sie von etwas abhalten, wird sie mit aller Macht versuchen, ihren Kopf durchzusetzen. Sie bekommt es fertig und steht auf.«

»Dann wird sie eine böse Überraschung erleben. Ich glaube nämlich nicht, dass ihre Beine sie tragen, das heißt, sie würde einfach zusammensacken. Aber ich komme natürlich gern mit hinein und rede mit ihr.«

Und das tat er. Lisa beobachtete, wie ihre Mutter schon nach kurzer Zeit sehr erschöpft wirkte, nur traurig nickte und dann bald die Augen schloss.

Lisa gab ihr einen Kuss. »Ich komme nachher noch einmal wieder«, flüsterte sie und folgte Dr. Savides auf den Gang.

»Jetzt muss ich hinüber zu meinem Vater. Ich komme entweder heute oder morgen früh wieder.«

»Besser wäre morgen früh, Miss Darling. Jede Aufregung schadet Ihrer Mutter. Sie haben ja selbst gesehen, in welch geschwächtem Zustand sie ist.«

Sie nickte, lief mit gesenktem Kopf zum Lift und fuhr hinunter in die Herzchirurgie. Sie hatte Glück, dass sie Dr. Franks über den Weg lief, der gerade die Station verlassen wollte. Stockend erklärte sie ihm, dass ihre Mutter gefunden worden sei und dass sie das ihrem Vater gerne mitteilen wolle.

»Könnten Sie mich bitte ins Zimmer meines Vaters begleiten? Bei meinem letzten Besuch hat er sich sehr aufgeregt. Aber ich weiß, dass ihn die Ungewissheit auch fertigmacht. Er muss es erfahren.« Auf die Frage, in welchem Zustand ihre Mutter sei, beschrieb sie, was Dr. Savides ihr gesagt hatte.

Der Arzt schwieg einen Moment. »Sagen Sie ihm einfach, dass ihre Mutter wieder da ist, dass sie sich einige Tage im Krankenhaus erholen muss, aber sofort, wenn es ihr gut genug geht, zu ihm kommen wird. Dann hat er Gewissheit und kann sich auf etwas freuen.«

Lisa nickte dankbar, und genau das sagte sie ihrem Vater, während Dr. Franks im Hintergrund an der Wand lehnte und ihn nicht aus den Augen ließ. Zutiefst erleichtert sah sie, dass ein Lächeln sein Gesicht überzog, wie dankbar und glücklich er über die Neuigkeit war.

»Danke, dass du mir gleich Bescheid gesagt hast. Wenn du zu ihr gehst ... gib ihr einen Kuss von mir«, sagte er und lächelte wieder. Er sah plötzlich um Jahre jünger aus. »Kauf ihr einen Strauß Rosen ... fünfzig mindestens ...« Er stoppte kurzatmig.

Das versprach sie ihm und verabschiedete sich eilends, bevor er Fragen stellen konnte.

*

Der Nachmittag neigte sich schon dem Abend zu, die Baumfrösche sangen lustvoll, und aus den Flusstälern stieg würzige Feuchtigkeit, als Lisa durchs Tor von Inqaba fuhr. Ihre Stimmung war gereizt, außerdem war sie völlig geschafft. Seelische Anstrengungen hatten sie schon immer mehr geschlaucht als körperliche. Sie parkte ihr Auto und lief durch den grünen Tunnelweg zu ihrem Bungalow. Mick stand auf der Veranda. Seine Augen leuchteten auf, als er ihrer ansichtig wurde.

»Lisa, ich versuche schon seit einer Ewigkeit, dich ans Telefon zu bekommen. Hast du es abgestellt?« Ein leiser Vorwurf schwang in den Worten mit.

Lisa reagierte sofort darauf. »Ja, hab ich«, fuhr sie ihn an. »Ich bin doch kein Hund, den man ständig an der Leine führen muss.« Sie drängte sich an ihm vorbei und stürmte ins Wohnzimmer, hörte aber im Nachhall, wie hässlich ihre Antwort geklungen hatte. Sie kehrte auf den Hacken um. »Tut mir leid, Mick. Ich bin im Augenblick unausstehlich, ich weiß. Aber es war ein unangenehmer Tag, und morgen wird es auch nicht besser. Ich will nicht darüber reden. Wie war es bei Captain Singh? Hat sie schon den Haftbefehl gegen mich beantragt?«

»Red keinen Unsinn.« Auch Mick klang gereizt. »Aber sie will nochmal mit dir sprechen, und auch mit deinen Eltern. Ich habe sie davon überzeugt, dass das jetzt einfach nicht möglich ist. Deine Vernehmung ist für ein paar Tage aufgeschoben, die deiner Eltern auf unbestimmte Zeit.«

Lisa hatte Fatima Singh gut genug kennengelernt, dass ihr klarwurde, was Mick für sie durchgesetzt hatte. »Danke«, murmelte sie. »Tut mir leid, dass ich so krätzig bin, aber ich muss jetzt allein sein.« Sie wollte ins Haus gehen, aber er streckte die Hand aus und hielt sie fest.

»Hast du deine Mutter gesprochen? Wie geht es ihr? Du kannst mich nicht einfach so hängenlassen.«

Widerwillig erzählte sie ihm das Nötigste, auch dass sie ihren

Vater gesehen hatte. »Ich war allerdings zu feige, ihnen etwas über den Brand und die Leichen zu erzählen, und deswegen muss ich mir einen Plan zurechtlegen, wie ich es ihnen sagen kann, ohne dass es sie umbringt.« Oder mich, setzte sie schweigend hinzu. Den Verdacht, dass ihre Mutter vielleicht mit AIDS infiziert war, erwähnte sie nicht.

»Dabei könnte ich dir helfen. Ich mache uns einen Drink, und wir setzen uns auf die Veranda und reden darüber.«

Sie machte eine abrupte Abwehrbewegung. »Bitte, Mick, lass mich heute allein. Ich … ich pack es sonst nicht. Ich muss allein damit fertigwerden.«

Widerstrebend ließ er sie los, verzog aber das Gesicht, als hätte er körperliche Schmerzen. »Das kannst du aber nicht, wenn du seelisch auf Tauchstation gehst«, sagte er eindringlich. »Du kannst deine Gefühle nicht ständig unterdrücken. Lass es heraus. Schrei mich an, wirf irgendetwas Entbehrliches an die Wand, tob dich im Fitnessstudio oder im Swimmingpool müde – aber tu etwas, um diesen innerlichen Druck loszuwerden.«

Einen Moment sah sie ihn an, ohne ihn wirklich zu sehen, marschierte dann steifbeinig hinüber zum Wohnzimmertisch, auf dem eine Kaffeekanne aus Porzellan stand, bückte sich, hob die Kanne hoch über den Kopf und schmetterte sie mit aller Kraft auf den Boden, wo sie mit ohrenbetäubendem Krachen auf dem Fliesenboden zerbarst. Dann trampelte sie die Scherben zu Tonstaub. »Und du meinst, das hilft?«

Er hatte ihrem Ausbruch, ohne mit der Wimper zu zucken, zugesehen. »Das weiß ich nicht, aber ich weiß, dass du ernsthaft krank werden wirst, wenn du dich innerlich so abschottest. Wenn du es allerdings so willst, lass ich dich allein. Wenn du mich brauchst, ich bin drüben bei Nils.« Im Gehen drehte er sich noch einmal um. »Ach, und übrigens, ich würde dich nicht im Traum mit einem Hund vergleichen, den man an der Leine führen muss. Eher … eher …«

Er brach ab, und Lisa merkte belustigt, dass er tatsächlich verlegen war.

»Eher?«

Ein Lächeln blitzte in seinen hellen Augen auf. »Na ja, ich weiß, dass es kitschig klingt, aber du erinnerst mich an eine Schwalbe am Frühlingshimmel. Voller Lebenslust und Ungeduld. Heute allerdings musste ich an eine bösartige Krähe denken.« Er ließ ihr keine Zeit zur Antwort, sondern hastete den Weg hinüber zum Haupthaus.

Lisa sah ihm sprachlos nach. Eine romantische Ader hätte sie bei Michael Robertson, knochentrockener Anwalt, nie im Leben vermutet. Versonnen kehrte sie die Porzellansplitter zusammen und kippte sie in den Mülleimer.

Eine Schwalbe im Frühling. Du lieber Himmel.

28

Der nächste Tag war wie ein sonnenreifer Pfirsich. Golden, süß, verführerisch duftend und absolut unwiderstehlich. Welch eine Verschwendung, fuhr es Lisa Darling durch den Kopf. Ihr stand der schlimmste Tag ihres bisherigen Lebens bevor, davon war sie überzeugt. Sturm und Regen und schwarzer Himmel hätten ihren Gefühlen besser entsprochen. Und Blitz und Donner, dachte sie, während sie ins Badezimmer ging, um sich zu duschen. Kurzum, Weltuntergangsstimmung.

Mit düsterer Miene drehte sie die Dusche auf.

Mick saß schon in einem der Rattansessel auf der Veranda, die langen Beine aufs Geländer gelegt, in der Hand eine dampfende Kaffeetasse, und blinzelte wie eine träge Katze in die Sonne. Als sie aus dem Haus trat, stellte er die Beine auf den Boden und stand auf. »He«, sagte er leise. »Guten Morgen, ich habe Frühstück für uns hierherbestellt. Aber wenn du allein sein willst, gehe ich hinüber ins Restaurant.«

»Nein, bitte nicht«, hörte sie sich zu ihrem Erstaunen antworten. »Aber ich warne dich, ich bin auch heute eher die zänkische Krähe als eine fröhliche Schwalbe.« Sie zwang sich zu einem Lächeln, das ihr aber schnell wieder abrutschte. Die Anstrengung war einfach zu groß. Sie ließ sich auf einen Stuhl fallen. Die Sonne strahlte vom kobaltblauen Himmel, der Holzboden war warm unter ihren nackten Sohlen, und irgendwo im dichten Grün flötete ein Vogel. Sie zog ein Gesicht. Heute ging ihr das auf die Nerven.

Das Frühstück wurde serviert und dazu die Morgenzeitung, für jeden ein Exemplar. Das Rascheln der Zeitungsseiten war meist das Einzige, was zu hören war. Ab und zu wechselten sie ein paar belanglose Worte, mehr nicht. Lisa aß kaum etwas, trank dafür umso mehr Kaffee.

Nicht viel später schob sie ihren Stuhl zurück und stand auf. »So, ich muss mich umziehen und dann ins Krankenhaus fahren. Im Gebäude stelle ich mein Handy ab, aber sowie ich kann, melde ich mich.« Sie sah auf ihn hinunter, erwartete, dass er protestieren würde, dass er darauf bestehen würde, sie zu begleiten, und hatte schon eine heftige Entgegnung auf der Zunge.

Aber er quittierte ihre Ankündigung lediglich mit einem Nicken. Wie viel Anstrengung ihn das kostete, verriet er mit keiner Miene. Du musst dem Fisch genug Schnur geben, hatte sein Vater gesagt, du brauchst viel Fingerspitzengefühl, um ihn nicht zu verschrecken, sonst verlierst du ihn.

Also lächelte er und schwor sich, Lisa so viel Raum zu lassen, wie sie brauchte. Sie zu verlieren würde er nicht überleben, da war er sich sicher.

»Wirst du deiner Mutter alles erzählen, auch das mit dem Brand und den drei Nyathis?« Auch er war aufgestanden.

»Um Himmels willen, nein. Bestimmt nicht. Es genügt vollauf, dass sie mit der Herzverpflanzung fertigwerden muss. Das Gleiche gilt natürlich für meinen Vater. Ihm werde ich gar nichts sagen.«

Gerade als Lisa auf einem Bein hüpfte, um sich einen Splitter aus der Fußsohle zu ziehen, den sie sich auf den grob gehobelten Holzbohlen eingezogen hatte, fuhr plötzlich ein Windstoß durch den Busch. Sie schwankte und fiel gegen Mick. Er griff zu.

»Hoppla«, sagte er. Dann verstummte er. Lisa lag warm und schwer an seiner Brust und machte keine Anstalten, sich von ihm zu lösen. Durch das hauchdünne Oberteil konnte er ihren Herzschlag fühlen. Er war schnell und hart, und ihr Atem ging hastig. »Hoppla«, murmelte er noch einmal, völlig zusammenhangslos, und ertrank in dem betörenden moosgrünen Gefunkel ihrer Augen.

Für einen atemlosen Augenblick starrte Lisa ihn an. Ohne dass es ihr bewusst wurde, hob sie ihr Gesicht zu seinem, bis sein Atem ihre Lippen streichelte. Ein Schauer nach dem anderen lief ihr über die glühende Haut, und gleichzeitig wusste sie, dass sie ihr ganzes Leben nur auf diesen Augenblick gewartet hatte.

»Mick«, flüsterte sie, zog seinen Kopf zu sich herunter und legte ihre Lippen auf seine. Die Träger ihres Oberteils rutschten ihr von der Schulter. Sie spürte seinen Mund, seine Hände auf ihrem Gesicht und wie einen schützenden Umhang seine Liebe, hörte die Worte, die er nicht auszusprechen brauchte, und ihre Welt löste sich in Sternengeglitzer auf.

Sonnenstrahlen malten flirrende Muster auf das Bett, durchs weit geöffnete Fenster strich sanfter Wind und streichelte ihre nackten Körper. Lisa räkelte sich träge in den Kissen.

»Bis in alle Ewigkeit möchte ich hierbleiben. Halt mich fest, und lass mich nie wieder los«, flüsterte sie.

»Kein Problem«, murmelte Mick mit den Lippen an ihrem Hals.

Ihr Blick streifte die Nachttischuhr. Es ging auf Mittag zu. Erschrocken befreite sie sich aus seinen Armen. »Geht aber nicht, ich muss ins Krankenhaus.«

Mit einem ernüchterten Seufzer richtete sie sich auf und stellte die Füße auf die warmen Terracottafliesen. Als sie an das dachte, was vor ihr lag, erlosch das Sternengeglitzer. Bevor sie aber aufstehen konnte, zog Mick sie zu sich hinunter, und als sie wieder aus seiner Umarmung auftauchte, war eine weitere Viertelstunde vergangen.

»Es wird zu spät, lass mich gehen …« Nervös sprang sie auf.

Mick fing ihre Hand ein, hielt sie für eine Sekunde fest, dann drückte er einen Kuss auf ihre Handfläche und ließ sie wieder frei. »Komm bald wieder, Lisa, mein Darling.«

*

Die Sonne stand schon im Zenit, als sie sich der großen Kreuzung näherte. Geradeaus führte die Straße nach Mtubatuba und Lalisa, nach rechts die N2, die sie direkt nach Richards Bay bringen würde. Spontan schaute sie auf die Uhr. Mittagszeit. Im Krankenhaus würde das Essen in vollem Gang sein, und da wäre sie nur im Weg. Einer spontanen Eingebung folgend, bog sie nicht auf die N2 ab, sondern nahm die Straße geradeaus, bis sie durchs zerstörte Tor von Lalisa fuhr. Eine halbe Stunde würde sie sich stehlen, eine halbe Stunde, ganz für sie allein, allein mit dem Singen in ihrem Herzen, dem prickelnden Glück, das ihr durch die Adern schäumte.

In der Nähe des Swimmingpools parkte sie und stieg aus. Sie hatte die Autotür noch nicht geschlossen, als sie durch Stimmengemurmel aufgeschreckt wurde. Im ersten Moment verzog sie nur unwillig das Gesicht, weil sie nicht allein war, bis ihr aufging, dass sie sich hier auf Lalisa befand, ihrem Zuhause. Niemand hatte hier etwas zu suchen. Sie ließ die Autotür offen stehen, um kein Geräusch zu verursachen, nahm ihr Pfefferspray aus der Tasche und schlich in Richtung der Stimmen. Hinter einem Busch, der ihr Deckung verlieh, blieb sie stehen.

Was sie dann erblickte, ließ ihr die Wut in den Kopf schießen.

Um den Swimmingpool herum fand eine Party statt. Als Ersten erkannte sie Tokoloshe, dann die restlichen Leute, die um den Pool lagerten. Es waren fast alle Farmarbeiter Lalisas und ihre Frauen. Mehrere saßen auf einer Bank, die, wie sie unschwer erkennen konnte, aus dem Poolhäuschen herausgerissen worden war, die Übrigen lümmelten sich auf dem Fliesenrand am Becken. Dazwischen tobten ein Dutzend Kinder. Jemand hatte den großen Holzkohlengrill, der unter dem vorgezogenen Dach des Häuschens gestanden hatte, an die Kopfseite des Pools geschoben. Auf dem Grill brieten mehrere große Fleischstücke, deren Duft bis zu ihr zog. Ohne daran zu denken, dass sie sich in Gefahr befinden könnte, stapfte sie aus dem Busch und baute sich, Arme in die Seiten gestützt, vor Tokoloshe auf.

»Was zum Teufel macht ihr hier?«, schrie sie ihn auf Zulu an, war sich der Welle von Feindseligkeit, die ihr entgegenbrandete, unangenehm bewusst.

Tokoloshe schien von ihrer unerwarteten Anwesenheit nicht beunruhigt zu sein. »Wir machen eine Party, Madam.« Er grinste auf unangenehm herausfordernde Art und wendete eines der Fleischstücke, wobei er eine halbleere Bierflasche schwenkte.

Lisa musterte ihn brütend. Das Weiße seiner Augen war blutunterlaufen. Augenscheinlich war das nicht seine erste Flasche Bier. Die Spuren ihres Faustschlages, die geschwollene Nase und der lila Bluterguss, der auf der rechten Wange blühte, waren noch deutlich zu erkennen. Dass Tokoloshe förmlich vor Wut brodelte, war offensichtlich, und warum, war auch nicht schwer zu erraten. Aus seiner Sicht schuldete sie ihm noch zweitausend Rand und jedem der anwesenden Farmarbeiter fünfhundert. So hatte sie es versprochen. Stattdessen hatte sie ihn mit den Fäusten traktiert. Kein Wunder also, dass er zornig war.

Mit einem flauen Gefühl im Magen rief sie sich die Szene in der Hütte, in der sie ihre Mutter gefunden hatte, wieder ins Gedächtnis. Nachdem ihre Faust auf Tokoloshes Nase gelandet war, hatte Mick ihn zu Boden geworfen und Roderick ihm in der Manier eines Eroberers den Fuß auf den Rücken gestellt. Es war gleichgültig, dass sie in diesem Augenblick alle geglaubt hatten, der Zulu wolle sie mit einem Messer angreifen. Im Rückblick verstand sie ihre eigene Reaktion nur schwer. Einen Menschen derart zu erniedrigen war brutal, und Tokoloshe war obendrein Zulu. Ihn hatte sie mehr als nur körperlich verletzt. Eine verbale Entschuldigung würde ihn nicht besänftigen. Nicht im Geringsten.

Tokoloshe schien ihre Gedanken zu lesen. Wieder setzte er ein bösartiges Grinsen auf, das mehr ein Zähnefletschen war, und machte eine weit ausholende Geste mit der Bierflasche. »Wir haben entschieden, uns dieses Stück Land zu nehmen. Wir glauben, es ist ungefähr die fünftausend Rand wert, die wir noch bekommen sollen. Zweitausend für mich und fünfhundert für jeden meiner Freunde hier. Das haben wir entschieden.«

Lisa wusste genau, dass er mit ihr spielte, aber es gab nichts, was sie dagegen tun konnte. Außer ihm die siebentausend Rand zu geben. Die sie natürlich nicht bei sich hatte. Aber bezahlte sie nicht, war nicht vorauszusehen, wie die Zulus reagieren würden.

Immer noch musterte sie ihn schweigend, während die Fantasie mit ihr durchging, unaufhaltsam wie eine Herde wilder Pferde. Vor allem ein Gedanke beherrschte sie, nämlich wie sie dieser Situation mit heiler Haut entkommen konnte. Zu versprechen, morgen mit dem Geld wiederzukommen, würde überhaupt keinen Eindruck auf die aufgebrachten Zulus machen. Sie würden ihr nicht glauben. Obendrein bestand die sehr reale Möglichkeit, dass die Farmarbeiter genau hier im Bereich des Pools Hütten bauen würden, um sich permanent niederzulassen. Illegal natürlich, aber nach den Gesetzen des neuen Südafrikas trotzdem weitgehend vor Zugriffen von ihr als Eigentümerin geschützt. Sie murmelte ein unflätiges Wort.

Endlich aber hatte sie eine Idee, zumindest eine, die es einen Versuch wert war. »Das ist aber schade«, begann sie, während sie ihren Blick nicht von Tokoloshes Gesicht löste. »Gerade wollte ich zur Bank fahren, um das Geld zu holen, wollte aber erst nachschauen, ob hier alles in Ordnung ist. Aber wenn ich so sehe, was ihr hier angerichtet habt, kann ich euch natürlich nicht den Betrag geben, den ich euch schulde. Erst muss ich die Schäden abziehen.«

Er würde es ihr als Schwäche auslegen, sollte sie sofort einknicken, und das konnte gefährlich werden.

»Wenn ein wildes Tier dich angreift, darfst du nicht wegrennen. Damit signalisierst du ihm Schwäche, es würde dich zu Boden reißen und verschlingen. Du musst stehen bleiben, Furchtlosigkeit zeigen. Dann wird es dich respektieren.«

Eine Stimme aus der Vergangenheit, die von Albert, dem schweigsamen Zulu, der schon seit seinem siebten Lebensjahr für ihren Großvater gearbeitet hatte und der mit seiner warmen Persönlichkeit ihre ersten Jahre begleitet und sie fast alles gelehrt hatte, was sie über die Natur ihrer Heimat wusste. Er war schon lange tot, aber noch immer sprach er zu ihr, noch immer half er ihr mit seinen weisen Ratschlägen. Sie hoffte inbrünstig, dass seine Regel auch auf diesen Haufen seiner wütenden Stammesgenossen zutraf. Im Augenblick hätte sie ein angriffslustiges Nashorn oder einen Büffel vorgezogen, die berechenbarer reagierten.

Wort für Wort tastete sie sich vor. »Ihr habt meine Holzkohle verbraucht, die Bank herausgerissen und auf meinem Land gewildert.« Das konnte sie natürlich nicht beweisen, aber sie nahm an, dass die Fleischstücke ehemals einer kleinen Antilope gehört hatten, von denen es noch eine größere Herde auf Lalisa gab. Der verschlagene Blick, den Tokoloshe seinen Kumpanen zuwarf, bestätigte ihre Annahme.

»Wir werden hier unsere Hütten bauen«, trumpfte Tokoloshe auf.

»Dann müsst ihr mir Miete zahlen, und Strom und Wasser, was ihr bisher in eurem Dorf kostenlos von uns bekommt«, schoss sie zurück. Mehr denn je war sie davon überzeugt, dass Tokoloshe mehr über die Entführung wusste, als er zugeben würde.

Die Luft knisterte. Tokoloshes Blick verhakte sich mit ihrem. Es war ein Kampf ohne Körperberührung, und weder sie noch der Zulu zeigten Anzeichen, sich geschlagen zu geben.

»Wenn jedoch«, fuhr sie plötzlich so laut fort, dass alle überrascht verstummten, »morgen hier alles wieder so aussieht, wie es vorher aussah, schicke ich Phika Khumalo mit dem Geld hierher.«

Sie hoffte, dass weder Phika noch Benita etwas gegen diesen

Plan einzuwenden hatten. Phika flößte Leuten einen Heidenrespekt ein, das war ihr längst aufgegangen. Ihm würden sie nicht auf der Nase herumtanzen. Ganz bestimmt nicht. Er würde dafür sorgen, dass alle Arbeiter Lalisa verließen und nicht auf die Idee kämen, wieder zurückzukehren. Oder vorher das Poolhäuschen abzubauen und ein paar der schönsten Bäume für Feuerholz umzuhacken.

Sie fixierte Tokoloshe. »Die gewilderte Antilope kostet euch einhundert Rand, aber ich werde sie euch aus Dankbarkeit, dass ihr meine Mutter gefunden habt, schenken. Wie ist es? Wollt ihr, dass wir es so machen?«

Ein stürmisches Raunen fegte durch die versammelten Farmarbeiter, eine kurze, heftige Auseinandersetzung folgte, hauptsächlich zwischen den Männern und Frauen. Die Letzteren gewannen die Oberhand, und die Älteste, eine imposante Frau von üppigen Körpermaßen, lehnte sich zu Tokoloshe und flüsterte ihm etwas zu.

Der setzte seine Bierflasche an, trank einen langen Schluck und wischte sich umständlich mit dem Handrücken den Mund ab, während sein Blick in die Ferne schweifte.

Lisa sah ihm geduldig zu und wartete darauf, dass er die kleine Unabhängigkeitsdemonstration beendete.

Schließlich tat er es. »Yebo«, sagte er. »Wir wollen es so machen.«

Lisa jubilierte innerlich. »In Ordnung«, sagte sie in geschäftsmäßigem Ton. »Morgen werde ich nachsehen, ob ihr euer Wort gehalten habt. Habt ihr es, wird Phika Khumalo euch euer Geld bringen. Siebentausend Rand. Ins Farmarbeiterdorf. Salani kahle.« Damit drehte sie auf den Hacken um und ging zu ihrem Wagen. Als sie sich sicher war, dass man sie nicht mehr beobachten konnte, rannte sie den Rest der Strecke, sprang ins Auto hinein, schlug die Tür zu und hämmerte den Knopf der Zentralverriegelung herunter.

713

Auf dem Weg durch Richards Bay schlug ihr verzögerter Schreck in Hunger um. Das passierte ihr oft. Dann musste sie auf der Stelle Nahrung zu sich nehmen, sonst wurde ihr schlecht. Auf einem verschlafenen Platz fand sie ein Café. Sie kaufte sich eine Schale mit Hähnchencurry und eine kleine Cola, setzte sich ins Auto und schlang den Curry hinunter. Er war höllisch scharf und brannte ihr die Speiseröhre bis in den Magen hinab. Sie leerte die Cola bis auf den letzten Tropfen. Das Brennen des Currys wurde etwas gemildert. Sie ließ den Motor an. Das Krankenhaus war nur wenige Straßen entfernt, und die Mittagszeit war gerade erst vorbei. Sie musste plötzlich laut aufstoßen. Glücklicherweise konnte es niemand hören.

Und dann stand sie wieder vor der Tür ihrer Mutter. Keine Krankenschwester, kein Arzt war auf dem Gang zu sehen, nur ein schwergewichtiger Schwarzer – offenbar ein Patient –, der am Fenster saß und in sich hineinmurmelte. Aus dem Zimmer ihrer Mutter drang kein Laut. Vermutlich hielt sie einen Mittagsschlaf. Vorsichtig drückte sie die Klinke herunter, setzte ein Lächeln auf und trat ein.

Das Bett war leer.

Ihr Blick flog zur geschlossenen Badezimmertür.

»Mama«, rief sie und klopfte, aber wieder hörte sie nichts.

Mit einem unguten Flattern im Magen schaute sie hinein. Weiße Fliesen, Toilette mit Griffen an der Wand, Waschbecken, Dusche.

Keine Mutter.

Sie brauchte atemlose Sekunden, um das zu begreifen. Ihre Mutter war weg. Schon wieder. Eine Angstwelle warf sie gegen die Wand. Gerade als ein Strudel der Panik sie zu verschlingen drohte, setzte jedoch ihr Verstand wieder ein. Sicher war sie für irgendeine Untersuchung abgeholt worden. Röntgen oder Blutabnehmen oder was auch immer. Sie rannte hinaus zum Schwesternzimmer und platzte hinein. Die junge Schwester, die für ihre Mutter zuständig war, hantierte mit Ampullen, hielt inne und sah ihr fragend entgegen.

»Wo ist Mrs. Darling?«, verlangte Lisa zu wissen. Sie wurde sich sofort bewusst, dass ihr Ton unangemessen war. »Sie ist nicht in ihrem Zimmer«, setzte sie ruhiger hinzu.

»Sie besucht ihren Mann.«

»Was?«, schrie Lisa. »Wer hat das erlaubt?«

»Sie wollte es, und der Arzt im Dienst hat es erlaubt.«

»Dr. Savides?«

»Nein, der hat heute dienstfrei, es war Dr. Mkhulu.«

»Sie kann doch nicht laufen!«

»Nein, sie ist mit dem Rollstuhl hinübergebracht worden. Vor höchstens zwei Minuten, Sie haben sie gerade verpasst. Ihr Vater ist übrigens in die normale Kardiologie verlegt worden«, rief ihr die Schwester noch nach, als Lisa schon aus dem Zimmer stürzte.

Sie raste den Gang hinunter, zwei Treppen hoch, über den Verbindungsgang zur Kardiologie, wo sie schwer atmend vor dem Schwesternzimmer anhielt und die Tür öffnete, ohne zu klopfen.

»Ich bin Lisa Darling«, keuchte sie. »Wo liegt mein Vater? William Darling. Er hatte eine Herztransplantation.«

Eine mütterlich wirkende blonde Krankenschwester mittleren Alters sah von ihrer Schreibarbeit hoch. »Guten Morgen, Miss Darling. Ihr Vater liegt auf Zimmer 556.«

»Ist er allein? Hat er Besuch?«

»Ja, das heißt nein, er hat keinen Besuch. Er ist allein.«

»Danke.« Lisa vergaß die Schwester zu bitten, niemanden zu ihm zu lassen. Sie hastete hinaus, an der langen Reihe von Zimmertüren vorbei, bis sie die Nummer 556 gefunden hatte, blieb aber davor stehen, bis sie sich selbst so weit beruhigt hatte, dass sie ihrem Vater gegenübertreten konnte. Dann ging sie hinein.

Ihr Vater saß in seinem Bett. Es hingen noch immer einige Schläuche aus ihm heraus. Sobald er ihrer ansichtig wurde, zog er seinen Mundschutz herunter.

»Na, was sagst du? Ich bin wieder wie neu.« Er zeigte auf das Tablett mit einem abgegessenen Teller und Besteck, das auf dem schwenkbaren Tisch neben dem Bett stand. »Mein Frühstück, und es hat schon wieder geschmeckt!« Er grinste breit. »Gut, was?« Aber seine Hand zitterte, und seine Haut war von einem Schweißschimmer überzogen.

»Papa, wie absolut wunderbar. Du siehst einfach sensationell aus.«

Das war nicht die Wahrheit. Er wirkte sehr mitgenommen und hager, so als hätte er in den wenigen Tagen einiges an Gewicht verloren. Aber das war wohl kein Wunder. Sie musterte ihn schweigend. Die Frage ist nur, wie viel von meinen Neuigkeiten du auch verkraften kannst, Papa, ohne wieder auf der Intensivstation zu landen. Ich hoffe, der Spender deines neuen Herzens war ein nervenstarker Mensch.

Kaum wurde ihr klar, was ihr da durch den Kopf ging, wurde ihr schlecht. Vusa Nyathis bullige Gestalt stand vor ihr, und bevor sie sich dagegen wehren konnte, lief die Transplantation im Zeitraffer vor ihr ab. Sie sah in Vusas geöffneten Brustkorb, sah zwei behandschuhte Hände sein Herz herausheben, sah in die blutige Höhle in der Brust ihres Vaters, ins leere Loch, wo sein Herz eben noch gewesen war.

Schwarze Flecken schwammen vor ihr Blickfeld, sie musste sich an der Wand abstützen. Krampfhaft schluckend, kämpfte sie das Bild nieder. Sie musste sich jetzt zusammenreißen. Wem das Herz gehört hatte, war zweitrangig, denn ihr Vater würde es mit Sicherheit nie erfahren. Das war Gesetz. Weder der Empfänger noch die Angehörigen des Spenders erfuhren je voneinander. Sowie sie Dr. Franks erwischen konnte, würde sie ihn dringend bitten, mit den Schwestern und Pflegern zu sprechen, damit sich niemand verplapperte. Dieses Krankenhaus war im Herzen von Zululand, und fast jeder kannte jeden.

Vorsichtig nahm sie einen tiefen Atemzug. Ihrem Vater ging es trotz allem besser, das war alles, was zählte. Und offenbar ging es auch ihrer Mutter besser. Die Ärzte hätten sie sonst sicherlich nicht aus dem Bett gelassen. Eine leichte Übelkeit blieb, aber die konnte sie ignorieren, sie würde wohl bald vergehen.

»Nächstes Mal können wir vielleicht schon gemeinsam ein paar Schritte gehen«, sagte ihr Vater lächelnd. »Wo willst du hin?«, setzte er hinzu, weil sie auf dem Weg zur Tür war.

»Ich bin gleich wieder da, keine Sorge«, zwitscherte sie gekünstelt fröhlich. Sie hatte vor, draußen ihre Mutter abzufangen, sie zu bitten, einen Augenblick zu warten, um ihren Vater erst auf das Treffen vorbereiten zu können. Als sie gerade die Klinke herunterdrücken wollte, klopfte jemand. Bevor sie reagieren konnte, antwortete ihr Vater.

»Ja, bitte?«

Eine Krankenschwester steckte den Kopf herein. Sie strahlte ihn an. »Mr. Darling«, flötete sie. »Ich habe hier eine Überraschung für Sie!« Damit schob sie ohne viel Federlesens Melly Darling im Rollstuhl in den Raum.

Lisa konnte dem Geschehen nur hilflos zusehen.

Jackson hatte verschlafen und war mit bleischwerem Kopf aufgewacht. Während er unter der Dusche stand, überlegte er mit Vorfreude, was er als Erstes unternehmen würde, wenn er heute am frühen Abend in Kapstadt landen würde. Sein Dienst begann erst am Montag. Er hatte das ganze Wochenende für sich. Und Vivian.

Caffè Latte mit Vivian an der Waterfront, beschloss er, danach eine kleine Shoppingtour und abends ein üppiges, vermutlich viel zu teures Dinner im Belthazar. Oder sollten sie sich im Mama Africa müde tanzen? Er hielt das Gesicht in den Wasserschwall und spülte den Mund aus. Zu viele Touristen, entschied er. Zu viele liebeshungrige Mädels aus Europa und Amerika, die völlig verdrehte Vorstellungen von Afrikanern hatten. Vivian würde das nicht mitmachen. Und irgendetwas zu unternehmen, was sie verärgern konnte, war das Letzte, was er vorhatte.

Also nicht Mama Africa. Waterfront, Caffè Latte, dann ein gutes Essen, dann nach Haus. Und ins Bett. Er lächelte. Wunderbar! Er drehte das Wasser zu, trocknete sich ab und zog sich an. Jeans, helles Leinenhemd, aufgekrempelte Ärmel, Docksides und ein frisch duftendes Gesichtsgel. Kapstadt-Chic. Das brauchte er nach diesen Tagen mitten im tiefsten Afrika, sosehr er seine Heimat auch liebte. Ihm war erst in den letzten Tagen klargeworden, dass er sie innerlich längst hinter sich gelassen hatte. Erfrischt machte er sich auf die Suche nach seinem Vater.

Der schien nicht da zu sein. Er lief von Zimmer zu Zimmer, aber weder sein Vater noch seine Tante waren aufzufinden. Das war merkwürdig, denn sie hatten verabredet, heute die Särge für die drei Nyathis und Vusa auszusuchen. Die Wahl des Sarges für einen Toten hatte einen hohen Stellenwert in der Zulu-Gesellschaft. Je prächtiger er war, desto höher würde das Ansehen des Toten bei seinen Ahnen sein, wenn er sich zu ihnen gesellte. Er machte die Runde noch einmal, um sicherzugehen, dass sein Vater keine Nachricht hinterlassen hatte.

Hatte er nicht. Ohne große Erwartungen wählte er das Handy seines Vaters an. Als eine blecherne Stimme ihm sagte, dass der Teilnehmer vorübergehend nicht zu erreichen sei, steckte er das Telefon mit einem gemurmelten Schimpfwort wieder ein. Er bezweifelte, dass sein Vater oder Sibongiseni einen derart wichtigen Termin vergessen hatten. Irgendetwas Schwerwiegendes musste vorgefallen sein. Was hatten die beiden vor?

Leicht beunruhigt ging er in die Küche und schaute, was er sich zum Frühstück machen konnte. Er durchsuchte alle Schränke und den vereisten Kühlschrank. Müsli, das er morgens angesichts der vielen verfetteten Arterien, die er in seinem Beruf zu sehen bekam, statt der hier üblichen Eier mit Speck und Würstchen aß, gab es nicht. Pappiges Brot und Margarine gab's, Amasi, die traditionelle Dickmilch, war da, Kohl und ein paar Fleischknochen. Er beschloss, irgendwo in Mtubatuba zu frühstücken und gleichzeitig dort beim Bestattungsunternehmer nachzufragen, ob die beiden dort gewesen waren. Vielleicht hatten sie ihn nicht wecken wollten und waren mit dem Bus gefahren, um die Särge auszusuchen. Er steckte seine Kreditkarte ein und verließ das Haus.

Der Bestattungsunternehmer, ein wohlgenährter, nervend fröhlicher Zulu, der sich ständig die Hände rieb, versicherte ihm, dass er weder seinen Vater noch seine Tante gesehen habe, dabei habe er doch bereits seine Musterbücher bereitgelegt, die wirklich die schönsten und prächtigsten Särge zeigten. Genau richtig für die drei Nyathis und den großen Sangoma Vusa, für den er einen Sarg in Form eines Büffels vorschlage. Mit echten Hörnern. Der Mann strahlte ihn breit an. Es war offensichtlich, dass er sich ein besonders lukratives Geschäft versprach.

Jackson wehrte ihn ab und verließ schleunigst den Laden. Jetzt deutlich mehr als nur leicht beunruhigt, hielt er Ausschau, wo er ein Frühstück bekommen konnte, denn mittlerweile knurrte sein Magen vernehmlich, aber in Mtubatuba gab es kein richtiges Hotel, nur Privatpensionen. Visionen von Müsli mit Früchten, gefolgt von einem pechschwarzen, starken Kaffee, verblassten rapide. Endlich fand er einen kleinen Supermarkt, kaufte vier Bananen und schlang die hinunter. Er kippte eine Cola hinterher, um sein Koffeindefizit aufzufüllen, während er in der Sonne die Straße hinunterschlenderte und überlegte, wo sein Vater und seine Tante wohl steckten.

»Ich will es wiederhaben.«

Als wäre er gegen eine Wand gelaufen, blieb Jackson abrupt

stehen. Er hatte die Worte deutlich gehört. Sein Vater hatte das gesagt und damit das Herz Vusas gemeint, das jetzt in Bill Darlings Brust schlug. Plötzlich wurde ihm eiskalt. Waren sein Vater und seine Tante etwa auf dem Weg ins Krankenhaus? Er drehte sich auf dem Absatz um und rannte zu seinem Wagen. Jetzt war er sich sicher, wo er sie finden würde.

»Verdammt!«, schrie er und hieb mit der Faust aufs Steuerrad, fluchte gleich noch einmal, nur lauter. Es hatte wehgetan, brachte aber nichts. Nicht einmal Stressabbau. Der Stress stieg in alarmierendem Maß.

Aber dann rief er sich zur Vernunft. Nein, dachte er, selbst wenn Amos und Sibongiseni tatsächlich im Krankenhaus aufkreuzen sollten, konnten sie nichts ausrichten. Das Herz gehörte jetzt Bill Darling, und das war's. Die einzige Gefahr war, dass sie den Patienten derartig aufregten, dass dieser dadurch Schaden nahm. Wenn sie es überhaupt schafften, ihm nahe zu kommen, was nicht sehr wahrscheinlich erschien.

Etwas beruhigter startete er den Motor und fuhr los.

»Melly«, keuchte Bill Darling.

Der Lichtpunkt auf dem Herzmonitor neben dem Bett hüpfte wild herum. Lisas eigenes Herz verfiel in einen gestreckten Galopp, beruhigte sich auch nicht, als der Monitorpunkt wieder ein wenig zurückfiel und darauf mit einiger Regelmäßigkeit über den Bildschirm zuckte, wenn auch mit einer deutlich erhöhten Frequenz. Das Gesicht ihres Vaters war gerötet, er schwitzte stärker. Aber die Krankenschwester blieb ruhig, und kein Arzt stürzte herein. Offenbar war die Schrecksekunde vorüber. Vorsichtig, als traute sie dem Frieden noch nicht, atmete sie durch.

Melly Darling streckte ihrem Mann die Arme entgegen, die Krankenschwester rollte den Stuhl neben das Bett, und zum ersten Mal seit den entsetzlichen Geschehnissen der vergangenen

Tage hielten sich Melly und Bill Darling in den Armen. Lisa sah, dass ihrem Vater die Tränen übers Gesicht liefen. Ein Kloß bildete sich in ihrer Kehle. Ihr Vater weinte. Sie hatte nie für möglich gehalten, dass er das konnte.

Auch die Krankenschwester wischte sich eine Träne aus dem Auge. »Ich lasse Sie jetzt allein. Klingeln Sie, wenn Sie etwas brauchen«, flüsterte sie Lisa zu und schlüpfte auf Zehenspitzen hinaus, lehnte die Tür aber nur an.

Ihre Eltern hatten die Köpfe zusammengesteckt und sprachen leise miteinander, was, konnte Lisa nicht verstehen. Melly hatte beide Hände ums Gesicht ihres Mannes gelegt und küsste ihn immer wieder. Bill Darlings Augen glänzten, und seine Gesichtsfarbe sah jetzt wesentlich gesünder aus. Lisa kam es so vor, als pulsierte neues Leben durch seine Adern. Gleichgültig, was sie in den letzten Tagen erfahren hatte, dafür war sie dankbar.

Sie spürte einen Windzug im Rücken und drehte sich um. Die Tür war aufgegangen, und zwei Personen standen im Zimmer. Hinter ihnen fiel die Tür mit einem Klicken ins Schloss. Jetzt wandte sich auch Melly um.

»Amos«, rief sie aus. »Was willst du denn hier?« Ihr Blick lief weiter. »Und Sibongiseni.« Irritiert legte sie die Stirn in Falten. »Für Krankenbesuche ist es noch zu früh. Mein Mann ist noch nicht kräftig genug. Aber es ist nett von euch, danke. Macht die Tür zu, wenn ihr geht.«

Melly richtete ihren Blick, der so intensiv war wie ein Lichtstrahl, wieder auf ihren Mann. Doch dann fiel ihr offenbar noch etwas ein.

»Ach, Sibongiseni, ich muss noch ein, zwei Tage hierbleiben. Inzwischen lüfte bitte die Betten, und wisch die Kühlschränke aus, danach kannst du dir alle Bücherregale vornehmen.«

Amos Nyathi und Sibongiseni Rampedi rührten sich nicht. Lisa wurde von dem verstörenden Gefühl beherrscht, in ein Hochspannungsfeld geraten zu sein, aus dem es kein Entrinnen gab. Ihr Blick flatterte wie ein panischer Vogel von ihrer Mutter zu ihrem Vater und wieder zurück, aber sie brachte kein Wort aus ihrer zugeschnürten Kehle.

Die Lawine war losgetreten. Sie war nicht mehr aufzuhalten.

Melly bemerkte offenbar nichts von der explosiven Atmosphäre. Sie lächelte die beiden Zulus freundlich an. »Nun geht schon, wir sehen uns bald auf Lalisa.«

Lisa japste, öffnete verzweifelt den Mund, um zu verhindern, was gleich über sie hereinbrechen würde. Aber noch immer kam kein Ton heraus. Schockiert musste sie zusehen, wie die Katastrophe vor ihren Augen ihren Lauf nahm. Sie war so gefangen von dem Geschehen, dass ihr nicht in den Sinn kam, nach Hilfe zu klingeln.

Amos' glühender Blick klebte auf Bill Darlings Gesicht.

»Amos, bitte geht jetzt.« Melly klang gereizt.

Amos schien sie nicht einmal gehört zu haben. »Wir haben die drei gefunden. Samuel, Mkhonto und Bheki. Du kannst dich nicht mehr verstecken.«

Lisa stürzte in ein Vakuum, ein pechschwarzen Loch, ohne Luft zum Atmen. Doch dieses Mal war da kein Leuchten in der endlosen Dunkelheit, kein heller Schimmer am Ende des Tunnels. Hilflos war sie dem Strudel ausgeliefert, der sie mit gewaltigem Sog hinunter in die Schwärze zog. Mit letzter Kraft kämpfte sie dagegen an.

»Amos, hör auf!«, presste sie mit übermenschlicher Anstrengung heraus. Sie machte einen Schritt auf den Zulu zu, aber Sibongiseni Rampedis knochige Hand schoss vor und packte sie am Oberarm, fest wie eine Schraubzwinge.

Alles Blut war aus Bill Darlings Gesicht gewichen. Der Herzmonitor piepte nervenzerfetzend. Lisa erkannte sofort, dass er wusste, wovon Amos sprach. Ihr Herz wurde tonnenschwer, und der Strudel drehte sich schneller und schneller.

Schweigend starrten sich die beiden Männer an, Bill Darling, der ehemalige Polizist, und Amos Nyathi, sein Freund aus Kindertagen.

Mellys Gesicht zeigte Verwirrung. »Bheki, Samuel und wie hieß der Dritte? Wer soll das sein?«, fragte sie ihren Mann. »Die kenne ich nicht. Bill, wer ist das?«

Bill Darling antwortete ihr nicht. Seine linke Hand tastete wie ziellos zu dem schwenkbaren Tisch.

Lisa bemerkte es. Sie riss sich aus Sibongisenis Griff los und machte einen Schritt auf ihn zu. »Willst du etwas trinken, Dad?«, fragte sie absurderweise in der Hoffnung, dass sie dadurch den Bann brechen könnte.

Aber er reagierte nicht. Das Glas auf dem Tablett fiel um, Besteck klirrte. Bill stieß den Tisch weg, sagte aber noch immer nichts.

Melly beugte sich im Rollstuhl vor und legte ihre Hand auf seine Bettdecke. »Bill? Was haben diese Leute mit uns zu tun?« Ihre Stimme stieg, zitterte plötzlich, als würde sie die Antwort kennen.

»Es waren Amos' ältere Söhne und sein Bruder, der mein Mann war. Bill Darling hat sie getötet oder töten lassen und sie auf Lalisa verscharrt.« Es war das erste Mal, dass Sibongiseni sprach.

»Bongi, bitte«, stöhnte Lisa. Sie fing den flackernden Blick ihres Vaters ein. Warum?, fragte sie ihn stumm.

»Ich musste es tun«, flüsterte er mit erstickter Stimme. »Die drei haben mich auf Vuurplaas gesehen. Du und Melly hättet es erfahren.«

»Vuurplaas«, wiederholte Lisa mit verständnisloser Miene. Vuurplaas war die berüchtigte Folterfarm der Geheimpolizei gewesen. »Was hast du auf Vuurplaas gemacht?« Die Frage zitterte in der Luft.

Sie bekam keine Antwort.

Melly Darling aber reagierte. Ein Wimmern drang durch ihre blutleeren Lippen, während sie ihren Mann flehend anblickte.

Vor Lisas Augen schien sie zu schrumpfen. Sie verlor jegliche Farbe, wurde buchstäblich aschgrau. Ihr Atem ging so schnell, dass sie wie ein verängstigtes Tier hechelte.

Aber das, was Lisa jetzt in den zerstörten Zügen ihrer Mutter lesen konnte, als stünde es dort mit Großbuchstaben geschrieben, ließ sie endgültig kopfüber in den pechschwarzen Abgrund stürzen.

Melly Darling wusste, wer die drei Nyathis waren, und sie wusste, was ihr Mann getan hatte.

Ihre Mutter hatte alles gewusst. Lisa presste ihre Faust gegen die Lippen, um nicht laut loszuschreien.

Amos machte einen Schritt auf das Bett zu. Ein irres Licht glühte in seinen Augen. »Du hast meinen Bruder Vusa erschossen, und jetzt hast du sein Herz bekommen. Es schlägt in deiner Brust. Ich werde meinen Bruder nicht mit leerer Brust beerdigen.« Seine Stimme war zu einem rauen, hasserfüllten Flüstern gesunken.

Als Lisas Welt endgültig einstürzte, tat sie es leise, ohne Trommelwirbel und Feuerwerk, aber mit brutaler Plötzlichkeit.

Bill Darling schien außer Amos Nyathi niemanden mehr wahrzunehmen, für Augenblicke schwieg auch der Piepton des Monitors. Der Lichtpunkt fiel wie ein Stein herunter, sprang aber kurz darauf unregelmäßig wieder hoch.

Weder Melly noch Lisa, der es vorkam, als spielte sich vor ihr ein Film in Zeitlupe ab, waren zu irgendeiner Reaktion fähig. Eine Krankenschwester, durch die Signale des Herzmonitors alarmiert, versuchte die Tür zu öffnen, aber Sibongiseni warf sich geistesgegenwärtig mit aller Kraft und ihrem ganzen Körpergewicht dagegen und verkeilte dann den Fuß davor. Die Krankenschwester rüttelte wirkungslos am Türgriff.

»Vusas Herz?«, sagte Bill Darling jetzt in einem sachlichen Ton, als wollte er die Uhrzeit abfragen.

»Yebo, das Herz Vusa Nyathis, der mein Bruder war und ein

berühmter Sangoma.« Amos stand hoch aufgerichtet da, das Kinn gehoben, die Augen blitzten. Die Haltung eines Siegers.

Bill Darling ließ einen tiefen Seufzer hören, starrte mit einem Gesichtsausdruck, der Lisa die blanke Panik durch den Körper jagte, für ein paar atemlose Sekunden ins Leere. Gleichzeitig stieg ihr ein Raubtiergeruch in die Nase, und Vusa Nyathi erschien vor ihr. Eine mächtige Gestalt im Leopardenfell, die Krone aus Leopardenohren auf dem Kopf, um den Hals fingerlange Eisenstacheln und in der Hand eine sich windende, wütende Mamba. Sie blinzelte heftig. Als die Halluzination verblasste, blieb eine überwältigende Übelkeit zurück. Hilflos starrte sie auf ihren Vater.

»Vusas Herz«, murmelte Bill Darling. »Vusas Herz?« Zeitlupenlangsam schüttelte er den Kopf. »Du kannst es wiederhaben.«

Während Lisa noch zu begreifen versuchte, ob sie das, was er eben gesagt hatte, tatsächlich richtig verstanden hatte, sah Bill Darling seine Frau mit einem Blick an, in der alle Liebe lag, die er zu geben hatte.

»Verzeih mir, Melly.« Mit diesen Worten riss er sich, bevor irgendjemand Zeit hatte zu reagieren, sämtliche Schläuche aus dem Körper. Flüssigkeiten spritzten ins Zimmer, der Herzmonitor kreischte Alarm, und mit einer heftigen Bewegung rammte sich Bill Darling das Frühstücksmesser, das er in der Hand verborgen gehalten hatte, in die Halsschlagader.

Eine rote Fontäne sprühte in hohem Bogen über seine Frau und verwandelte sie im Nu in eine rot glänzende, bluttropfende Skulptur, deren aufgerissene Augen unnatürlich hellgrün aus der roten Maske starrten.

Und jetzt schrie Lisa, und alles passierte gleichzeitig.

Melly sackte ohnmächtig im Rollstuhl zusammen, Amos und Sibongiseni wurden zur Seite geschleudert. Die Tür flog auf. Zwei Ärzte und drei Schwestern stürzten herein, während Lisa gegen die Wand neben der Tür fiel und zusah, wie das Leben allmählich aus den Augen ihres Vaters wich, die Fontäne aus seinem Hals schwächer wurde.

Sein sterbender Blick flackerte durchs Zimmer, fand ihren und hielt ihn fest. Er bewegte die Lippen, aber die Worte, die er ihr sagte, erreichten sie nicht mehr. Sie ertranken im langsam abebbenden roten Strom, der zu einem Rinnsal wurde und endlich ganz versiegte. Unter halb gesenkten Lidern starrten seine Augen durch sie hindurch ins Jenseits.

Das Bild war das Letzte, was Lisa im Gedächtnis blieb.

Später sollte sie sich nicht mehr daran erinnern, was sie unmittelbar danach getan hatte. Sie hatte sich herumgeworfen, hatte blindlings jeden aus dem Weg gestoßen, war aus dem Zimmer gerannt, über die Gänge, die Treppen hinunter, zu ihrem Auto, war hineingesprungen und davongerast, bekam nicht mit, dass Jackson ihr erst in letzter Sekunde mit quietschenden Reifen ausweichen konnte, als er auf das Krankenhausgelände fuhr.

Im Vorbeifahren erhaschte Jackson einen deutlichen Blick auf ihr Gesicht und trat hart auf die Bremse. Lisa Darling, die sonst so schöne, durch nichts zu erschütternde Fernsehreporterin, sah aus, als hätte sie geradewegs in die Hölle geschaut. Und Bill Darling war ihr Vater, in dessen Brust das Herz von Vusa Nyathi schlug.

Unwillkürlich flog sein Blick an der Front des Krankenhauses hoch. Lisa Darlings Gesichtsausdruck sagte ihm, dass da oben etwas Entsetzliches vorgefallen sein musste. Mit Riesensätzen rannte er über den Parkplatz ins Gebäude zur Anmeldung.

»Bill Darling, in welchem Zimmer liegt er?«

»556, aber …« Die Empfangsdame brach ab. Jackson Nyathi war bereits quer durch die Eingangshalle gerannt und verschwand im Lift.

Als Erstes entdeckte er seinen Vater und seine Tante, die im Gang auf einer Bank saßen. Beider Kleidung war mit Blut bespritzt. Er erschrak bis ins Mark, aber was ihn am meisten verstörte, war der tiefe Frieden, der auf den Zügen seines Vaters lag, das Lächeln, das aus den Augen seiner Tante strahlte.

Sein Herz begann zu hämmern. »Was ist hier geschehen?«, fragte er scharf.

Sein Vater antwortete nicht. Sein Gesicht war entspannt, der Blick abwesend, als wäre er in eine andere Welt entschwunden.

»Sibongiseni, rede mit mir!«, rief Jackson mit zunehmender Hilflosigkeit. »Was – ist – hier – passiert?«

»Wir haben es wieder«, flüsterte seine Tante. »Seine Brust wird nicht leer bleiben.«

Jackson wich entgeistert zurück. Sie konnte nicht gemeint haben, was ihre Worte ausdrückten. Unmöglich. Während er noch um Fassung rang, flog hinter ihm die Tür von Zimmer Nummer 556 auf, und eine blutverschmierte Gestalt wurde auf einer Trage herausgerollt. Eine Frau mit blondem Haar.

Er trat hastig zurück, und erst als er das Gesicht der Frau unmittelbar vor sich sah, erkannte er Melly Darling. Hinter ihr eilte ein Arzt aus dem Zimmer. Jackson trat ihm in den Weg.

»Ich bin Dr. Nyathi.« Er wies auf Amos. »Das ist mein Vater. Was ist hier los?«

Mit einem unterdrückten Fluch stieß ihn der Arzt zur Seite und rannte hinter Melly Darlings Trage her. Für ein paar Sekunden hatte Jackson freie Sicht ins Zimmer.

»O mein Gott«, entfuhr es ihm.

Im Bett lag Bill Darling in einem See aus Blut. Die Augen waren halb geschlossen, der Mund stand offen. Der Bildschirm des Herzmonitors neben ihm war schwarz und still. Eine Schwester zog ihm gerade mit ärgerlichem Ausdruck das blutgetränkte Laken übers Gesicht.

Jackson war es nicht möglich, auch nur ein Glied zu rühren. Die Angst vor dem, was sein Vater möglicherweise getan hatte, lähmte ihn völlig.

»Er hat es uns freiwillig zurückgegeben«, sagte Sibongiseni, die leise neben ihn getreten war.

»Was redest du da für einen Unsinn?«, schrie er sie an. »Was habt ihr Wahnsinnigen da drin gemacht?«

Seine Tante hatte sich abgewandt, Amos von der Bank hochgezogen und untergehakt. »Komm«, sagte sie leise. »Gehen wir. Wir haben erreicht, was wir wollten. Wir gehen nach Hause.«

Arm in Arm gingen die beiden zu den Treppen, zwei schwarz gekleidete, würdevolle ältere Zulus. Sie stießen die Schwingtür auf, die aus der Kardiologie hinausführte und die gleich darauf hinter ihnen zufiel. Fassungslos stand Jackson da, bis sie seinem Blick entzogen waren.

»Treten Sie bitte beiseite.« Zwei Pfleger gingen an ihm vorbei in Bill Darlings Zimmer, während eine Krankenschwester, die ein Bündel blutbesudelter Wäsche im Arm hielt, herauskam. Jackson hielt sie am Arm zurück.

»Bitte, was ist da drinnen passiert? Ich bin Dr. Nyathi. Amos Nyathi ist mein Vater. Der alte Zulu«, erläuterte er, als er sah, dass die Schwester nicht wusste, wen er meinte. »Er war da drinnen, als es passierte, nehme ich an.«

Die Schwester warf ihm einen unfreundlichen Blick zu. »Was genau vorgefallen ist, wissen wir noch nicht. Aber Mr. Darling hat sich umgebracht. Mit dem Frühstücksmesser. Hier rein.« Sie deutete auf ihre Halsgrube. »Hat ein völlig intaktes, gut arbeitendes Herz vernichtet. So eine verdammte Verschwendung!« Damit schob sie ihn beiseite. »Sie stehen hier nur im Weg, verschwinden Sie«, rief sie ihm über die Schulter noch zu.

Jackson stellte plötzlich fest, dass ihn seine Beine nicht mehr richtig tragen wollten. Er ließ sich auf die Bank fallen, auf der eben noch sein Vater und seine Tante gesessen hatten, und vergrub den Kopf in den Händen. Das Bild des blutüberströmten toten Bill Darlings, der bewusstlosen, ebenfalls mit Blut verschmierten Melly Darling füllte sein inneres Blickfeld. Er drückte sich die Handballen in die Augenhöhlen, bis er Sterne sah. Kein Wunder, dass Lisa Darling wie von Teufeln getrieben weggefahren war. Sie musste den Selbstmord und alles, was dem vorangegangen war, miterlebt haben.

Ihm wurde kalt vor Entsetzen, als ihn die Erkenntnis überfiel, dass sich Bill Darlings Tochter in großer Gefahr befand. Sie musste völlig verzweifelt sein, stand ohne Zweifel unter massivem Schock, und sie saß am Steuer eines Wagens. Eine explosive Mischung. Hastig zog er sein Telefon hervor und überlegte, ob er die Polizei informieren sollte, ließ es dann aber. Was sollte er denen sagen? Dass eine junge Frau einen Schock erlitten hatte und jetzt in einem Wahnsinnstempo über die Straßen raste? Die würden es fertigbekommen und ihr Auto mit Schüssen aufhalten, dachte er, während er schon eine andere Nummer eintippte. Ihm war etwas eingefallen.

»Mick, hier ist Jack Nyathi«, sagte er, als sich Mick Robertson meldete. »Ich bin im Krankenhaus. Hier ist die Hölle los.« Mit dürren Worten schilderte er Mick die Ereignisse der letzten Stunde, soweit sie ihm bekannt waren.

Mick Robertson schwieg schockiert, musste offenbar erst verdauen, was er da hörte. »Wo ist Lisa? Ich muss mit ihr sprechen.«

»Deswegen rufe ich an. Sie ist davongerast. Wenn du mich fragst, ist sie völlig kopflos vor Schock. Wo sie jetzt ist, weiß ich nicht. Ich wollte nicht die Polizei anrufen.«

»Wann war das?«

Jackson zögerte. Wie lange hatte er hier bereits gesessen? »Zehn Minuten etwa, vielleicht weniger.«

»In welche Richtung ist sie gefahren?«

Er schloss die Augen und versuchte sich zu vergegenwärtigen, wohin Lisa Darling abgebogen war. »Ich habe es nicht gesehen«, sagte er dann. »Mick, du musst sie finden, bevor sie einen Unfall baut. Sie ist wie eine Verrückte gefahren.«

Aber er redete mit einem toten Telefon.

Mick Robertson, den eine unerklärliche innere Unruhe dazu getrieben hatte, Lisa nach Richards Bay zu folgen, saß in einem Café in der Nähe des Krankenhauses. Er hatte in ihrer Nähe sein wollen, falls sie ihn brauchte. Jetzt spurtete er bereits hinaus zu seinem Auto, während er gleichzeitig Lisas Nummer wählte. Aber er bekam keine Verbindung. Mal wieder.

Er fluchte, steckte das Telefon wieder ein und brauste davon.

29

Ihr Mund war sauer vom Geschmack nach Erbrochenem, obwohl sie sich nicht entsinnen konnte, sich übergeben zu haben. Langsam richtete Lisa sich wieder auf und sah sich mit brennenden Augen um. Sie hatte keinen Schimmer, wo sie sich befand. Irgendwo an irgendeinem Strand, der sowohl im Süden als auch im Norden im Dunstschleier, der von der Gischt herüberwehte, wie ein verwischtes Aquarell verlief und keinerlei markante Kennzeichen hatte. Nur Sand, Meer und Himmel, so weit sie blicken konnte. Im Augenblick konnte sie nicht einmal nachvollziehen, wie sie hierhergelangt war. Erst als sie die grauenvolle Szene im Krankenzimmer ihres Vaters wieder vor sich sah, erinnerte sie sich zumindest in Bruchstücken daran, dass sie mit dem Auto durch die Straßen von Richards Bay und später über den John-Ross-Highway gejagt war.

Ende des Films.

Jetzt war sie hier, wo auch immer.

Ihr Blick glitt über den Strand. Außer ihr konnte sie nur drei junge Zulus sehen, die, im Sand ausgestreckt, im Schatten eines windzerzausten Baumes lagen, aus Flaschen tranken und mit unverhohlener Neugier zu ihr herüberstarrten.

Sie lächelte und hob die Hand, weil sie wusste, dass die Typen das am wenigsten erwarteten und sie darauf eher in Ruhe lassen würden. Auf einmal wurde sie wie von einer gigantischen Faust von Krämpfen gepackt.

Stöhnend klappte sie vornüber, presste die Arme auf den Bauch und wartete mit zusammengebissenen Zähnen, bis die Welle abebbte. Langsam richtete sie sich wieder auf. Ihre Haut war klebrig von kaltem Schweiß. Der kräftige Wind, der übers Wasser wehte, war warm und feucht, ließ sie aber trotzdem vor Kälte erschauern. Taumelnd setzte sie einen Fuß vor den anderen, aber die Krämpfe kamen zurück, schlimmer als zuvor, fielen sie an wie Hyänen, die ihr das Gedärm herausrissen. Sie übergab sich in hohem Bogen.

Danach zitterten ihre Knie derart, dass sie einfach rückwärts auf den Sand fiel. Beim Versuch, wieder aufzustehen, wurde ihr schwindelig. Durch einen Schleier tanzender schwarzer Flecken sah sie, wie die drei Zulus auf sie zukamen. Dann wurden die Flecken dichter, bis sie ihr Gesichtsfeld ausfüllten, sie hörte Stimmen, männliche Stimmen, spürte, wie jemand ihre Arme packte. Instinktiv versuchte sie, sich zu wehren, aber ihre Glieder wogen auf einmal Tonnen. Durch den schnell dichter werdenden Fleckenwirbel blickte sie in die drei dunklen Gesichter über sich. Die Hände packten fester zu. Ein schwarzer Vorhang schien herunterzufallen und verdunkelte ihre Welt.

Mick Robertson war am Verzweifeln. Fast jede Straße in Richards Bay war er abgefahren, aber nirgends hatte er Lisas Auto entdecken können. Sosehr er sich auch nachzuvollziehen bemühte, wohin sie geflüchtet war, es wollte ihm nicht gelingen. Nach Inqaba? Nach Lalisa? Fuhr sie womöglich im Schock ziellos übers Land? Oder lag sie nach einem Unfall irgendwo zermalmt in den Trümmern ihres Wagens?

»Herrgott nochmal«, brüllte er und fuhr in eine Nebenstraße an den Straßenrand, wo er ausstieg, um sich zu orientieren.

Von Süden näherte sich ein zweimotoriges Flugzeug, vermutlich ein Shuttle-Flug aus Durban zu irgendeinem der luxuriösen privaten Wildreservate, drehte eine Schleife über dem Meer und setzte zur Landung auf dem nahen Flughafen an. Im Westen lag das Städtchen Empagneni, das in letzter Zeit wegen der brutalen Überfälle von Straßengangs ständig in den Nachrichten war. Die

Hauptstraße, die er eben verlassen hatte, führte zwischen den Wildreservaten Hluhluwe und Umfolozi und dem Gebiet des St.-Lucia-Sees vorbei nach Norden. Mitten durch finsterste ländliche Gegenden. Ins gefährliche Herz Zululands. Bog man allerdings vorher ab, landete man in Lalisa oder eine halbe Stunde weiter nordwestlich auf Inqaba.

»Verdammter Scheiß«, murmelte er.

Im Osten lag der Indische Ozean. Endlose, leere Meilen Sand, Wasser bis an den Rand der Ewigkeit.

Verlockend. Verführerisch für jemanden, der sich einfach in Nichts auflösen wollte.

Der Gedanke traf ihn mitten ins Zentrum seines Seins, und seine anschließende Schreckreaktion verschlug ihm völlig den Atem. Nein, wehrte er sich vehement, Lisa Darling würde sich nicht umbringen. Niemals. Nie! Diese furchtbare Vorstellung konnte er nicht zulassen. Mit Macht löschte er die Bilder, die ihn überfielen.

Wo sollte er sie also suchen? Langsam drehte er sich um sich selbst. Seine Intuition sagte ihm, dass sie die große Ausfallstraße nach Norden gewählt hatte. Nach Norden, er spürte es. Er stieg ein und fuhr los. Bei jeder Seitenstraße nahm er den Fuß vom Gas und schaute hinein, ehe er weiterfuhr.

Er brauchte eine halbe Stunde, ehe ihn wiederum sein Gefühl vom John-Ross-Highway nach rechts in eine schmale Straße, die in Richtung Meer führte, abbiegen ließ. Mit den erlaubten dreißig Stundenkilometern näherte er sich dem Ende der Uferstraße.

Ein SUV vom selben Modell wie der von Lisa stand kurz vor einem Wendehammer auf der falschen Straßenseite vor der Holzveranda eines düster wirkenden Cafés. Ein Schwarzer mit wildem Haar wie ein Wischmopp, in Achselhemd und ausgefransten Jeans, hockte in der geöffneten Tür und spielte am Autoradio herum. Mick wendete, hielt am Straßenrand, nahm die Pistole aus dem Handschuhfach, steckte sie in den Hosenbund seiner Jeans und stieg aus. Der Zulu hatte ihn bereits entdeckt und beobachtete ihn mit verschleiertem Blick, während er auf einem Stück Zuckerrohr herumkaute.

Durchs hintere Fenster des Wagens konnte Mick Lisas Umhängetasche erkennen. Abrupt blieb er stehen. Als Film im Schnelldurchlauf spulten sich vor seinem inneren Auge die schlimmsten Szenen ab.

Lisa verletzt. Lisa entführt.

Lisa vergewaltigt.

Lisa tot, weggeworfen wie ein Stück Müll.

Die Wut, die Angst, die über ihn wegbrandete, warf ihn fast aus dem Gleichgewicht, aber wie im Gerichtssaal, wenn es ums Ganze ging, gelang es ihm, sich sofort wieder in den Griff zu bekommen. Äußerlich ruhig, innerlich aufs Höchste gespannt, legte er seine Hand auf den Pistolengriff, ging auf den Zulu zu und baute sich vor ihm auf.

»Was machst du in diesem Auto?«, knurrte er.

»Wer will das wissen?« Der Mann kaute weiter, aber seine Oberarmmuskeln schwollen an. Die Augen wurden undurchsichtig wie polierte schwarze Steine.

»Michael Robertson. Anwalt. Dieses Auto gehört meiner ... Verlobten.« Er zog eine seiner Visitenkarten aus der Brusttasche und wedelte sie vor der Nase des Mannes herum.

Der schielte einmal drauf, schaute dann gelangweilt weg und zuckte mit den Schultern. »Kann nicht sein, das ist mein Auto.« Er spuckte ihm einen Kaugummi vor die Füße.

Mick Robertson, besonnener Anwalt, friedliebend, gutmütig, Katzenliebhaber, rastete völlig aus. Er riss die Pistole aus dem Hosenbund und zielte auf die Brust des Zulu. »Wenn das dein Auto ist, hast du die Tasche, die auf dem Rücksitz liegt, gestohlen«, brüllte er. »Die gehört nämlich Lisa Darling, und das ist meine Verlobte. Wo ist sie? Schnell, Mann, ehe mein Finger zittert und die hier losgeht.«

Zu seiner völligen Verwirrung grinste ihn der Mann breit an. »Wenn das so ist«, sagte er gedehnt, »dann wissen Sie sicher, wie man das Handy von Miss Darling anstellt, und dann ist sicher Ihre Nummer darin gespeichert, oder? Als ihr Verlobter?« Er hielt ihm Lisas Mobiltelefon hin.

Mick, dessen Wut durch das entwaffnende Benehmen des Schwarzen etwas abebbte, ließ die Waffe sinken. Wie betäubt nahm er das Telefon entgegen und dankte seinem Schöpfer, dass er tatsächlich Lisa dabei beobachtet hatte, wie sie den Code eintippte. Er gab ihn ein und schickte ein Stoßgebet zum Himmel, dass er sich korrekt an die Ziffern erinnerte.

Das Display wurde hell. Er atmete auf. Dann rief er die zehn letzten angerufenen Nummern auf, sah zu seiner immensen Erleichterung seine eigene und drückte auf Wahlwiederholung. Sekunden später klingelte sein Telefon in der Hosentasche.

Der Zulu strahlte ihn an. »Bingo, Mann, super. Bin ich froh, Sie kennenzulernen, Verlobter von Miss Darling! Mister Anwalt Robertson, Boss, Sir«, setzte er nach einem verstohlenen Blick auf die Visitenkarte hinzu und grinste dabei von einem Ohr zum anderen.

Mick wusste noch immer nicht, wie er das Verhalten des Zulu einschätzen sollte. »Was heißt das, Sie sind froh, mich kennenzulernen? Woher kennen Sie Miss Darlings Namen? Und wo zum Henker ist sie?« Er fuchtelte wieder mit der Pistole und hoffte, dass es nicht offensichtlich war, wie ungeübt er im Gebrauch von Waffen war.

Der Zulu kletterte vom Auto herunter und schleuderte das plattgekaute Stück Zuckerrohr in einen Busch. »Mann, dazu muss ich Ihnen erst berichten, was hier passiert ist.«

Mick konnte seine brennende Ungeduld kaum im Zaum halten. »Ich will wissen, wo Lisa Darling ist, ich will keine Geschichten hören!«, brüllte er.

»Diese schon. Entspannen Sie sich, Mister Anwalt! Wir haben

alles im Griff. Hören Sie einfach zu. Im Übrigen nennen mich meine Freunde King Rat.«

Mit diesen Worten schob King Rat den Fahrersitz ganz nach hinten und stemmte die Füße gegen das Armaturenbrett. »Also, diese blonde weiße Tussi – sorry, Mister Anwalt.« Er zeigte ein zähneblitzendes Lächeln. »Also, diese weiße Frau steht da mitten auf dem Strand und glotzt mich und meine Freunde an, als will sie uns anmachen. Wir machen schon unsere Witze und wollen uns gerade ihrer annehmen, als sie einfach vornüber zusammenklappt. Peng!« Er schlug die Handflächen klatschend aufeinander. »Wie ein Taschenmesser.«

Mick zuckte zusammen, als er sich die Situation vorstellte.

Die Geschichte aber, die der Zulu King Rat dem Anwalt Michael Robertson dann erzählte, verschlug Letzterem nachhaltig die Sprache. Fassungslos lauschte er dem ausführlichen Bericht.

Als die drei Zulus Lisa Darling erreichten, war sie nicht mehr ansprechbar. Sie riefen sie, schüttelten sie an der Schulter, aber mehr als ein Stöhnen bekamen sie nicht als Antwort.

Click, der Jüngste der drei, durchsuchte die Umhängetasche, die neben ihr im Sand gelegen hatte. Kurz darauf zog er triumphierend ein Mobiltelefon hervor. »Abgestellt«, bemerkte er enttäuscht. »Aber wir können ja die PIN-Nummer aus ihr herauskitzeln!« Er wühlte weiter, bis er auf einen Autoschlüssel stieß. »Toyota«, las er. »Hambani, Jungs, sehen wir nach, wo er steht und was für einer das ist.« Er steckte den Schlüssel in seine Hosentasche.

»Lovemore, hör auf, sie zu schütteln«, befahl King Rat dem anderen, der immer noch versuchte, Lisa zu einer Antwort zu bewegen. »Die ist so platt, die antwortet nicht. Ich glaub, die ist krank. Du nimmst ihre Füße. Wir bringen sie zu Ross.« Er bückte sich und packte Lisas Schultern.

Click kicherte. »Was soll das? Bist du zum Samariter mutiert?«

»Halt die Klappe, nimm die Füße, Lovemore! Click, du gehst voraus. Hat sie 'nen Ausweis oder so?«

In diesem Augenblick bewegte Lisa Darling sich heftig, würgte und übergab sich über seine heiß geliebten Reeboks.

»Scheiße, Mann«, brüllte King Rat und hätte sie beinahe fallen lassen.

Lovemore gluckste. »Achjechen, deine schönen Schuhe«, sagte er mit gespieltem Mitleid. Er selbst lief barfuß, und das schon seit einigen Wochen. Die einzigen Schuhe, die er besaß, waren ihm geklaut worden, als er in einer der vielen illegalen Shebeens in KwaMashu versackt war.

»Also, hat sie einen Ausweis?«

Click spähte in die Tasche, fischte Lisas Geldbörse heraus und öffnete sie. Mit geübten Fingern zählte er die Geldscheine durch. »Nee, sieht nicht so aus. Aber hundert Rand sind drin und drei goldene Kreditkarten.« Er leckte sich gierig über die Lippen.

»Steck sie zurück, und lass die Finger davon, sonst gibt's Ärger, verstanden?« King Rat zeigte seine ebenmäßigen weißen Zähne.

»Was ist denn heute mit dir los? Drei Kreditkarten, Mann!«

»Pack sie weg«, röhrte King Rat. »Was denkst du, was wir sind? Gewöhnliche Kriminelle, die eine Kranke ausrauben?«

Eigentlich hätte sich Click bei näherem Überlegen genau so eingestuft, aber er tat seufzend, wie ihm geheißen. Mit King Rat war nicht zu spaßen, und manchmal hatte er eben derartige Anfälle. Er konnte nur hoffen, dass die bald vorbeigingen. Drei Kreditkarten! Mannomann! Ein Glückstag.

Unter Stöhnen und Ächzen hatten sie die Straße erreicht und schleppten Lisa Darling ins stickige Innere des kleinen Cafés.

»Ross!«, brüllte King Rat. »Jungs, wir legen sie auf die Bank.« Vorsichtig ließen sie die Bewusstlose auf die harte Bank gleiten. King Rat schnappte sich ein Stuhlkissen und schob es ihr unter den Kopf. »Ross, beweg deinen Hintern hierher!«

Ein fetter, kleiner Mann schlurfte im Zeitlupentempo aus dem

Dunkel der hinteren Räume in den Gastraum. Ölige Haarsträhnen waren über seinen sonst kahlen Schädel drapiert, seine Haut glänzte fettig weiß und war mit Leberflecken übersät. »Was gibt's?«, fragte er missmutig.

Er steckte die Daumen unter die Hosenträger, die sich über seinem beachtlichen Bauch wölbten, und wippte auf den Zehenspitzen. Dann erblickte er die reglose Gestalt auf der Bank.

»Wen hast du denn da angeschleppt?« Argwöhnisch berührte er Lisa an der Schulter. »He, Sie, was ist los mit Ihnen? Stehen Sie auf! Sie stinkt nach Kotze, schaff sie hier raus, King Rat. Die ist zugekifft.«

King Rat schob ihn beiseite. »Zugekifft? Nee, glaub ich eher nicht. Ich glaub, die ist krank.« Er legte ihr die Hand auf die Stirn und zuckte sofort zurück. »Sie verbrennt! Sie hat Fieber, richtig schlimmes Fieber. Die muss zum Arzt, und zwar shesha!«

Click sah ihn stirnrunzelnd an. »Was? Zu Dr. Hock? Was ist, wenn er sich wieder die Birne vollgekippt hat? Der bringt die doch eher um! Besser, wir rufen unseren Inyanga.«

Der Wirt zog sein Telefon aus der Tasche. »Euren stinkenden Kräuterheiler? Dem gerade fünf seiner Patienten an seiner Höllenmixtur gestorben sind? Quatsch, wenn schon, denn schon. Die Frau gehört in ein richtiges Hospital, zugekifft oder nicht.«

King Rat stach ihm mit dem Zeigefinger in den fetten Bauch. »Unser Inyanga ist gut, das weißt du. Deine Frau kann jetzt Kinder kriegen, seit sie seine Medizin genommen hat.«

»Hmpf«, brummte der Wirt. »Ich rufe 911 an.« Er klemmte das Telefon zwischen Schulter und Kinn. Während er auf Antwort wartete, holte er Eiswürfel aus seinem Kühlschrank und häufte sie auf ein Handtuch, dessen Zipfel er übereinanderschlug und verknotete. »Hier, kühlt ihr damit die Stirn.« Er gab dem Notdienst seine Adresse, beschrieb den Zustand der Kranken und legte auf. »Sie sind gleich da.« Er nahm ein Glas vom Tresen, ließ Wasser hineinlaufen und reichte es King Rat. »Vielleicht muss sie was trinken. Hat sie auch die Scheißerei?««

»Keine Ahnung.« King Rat zuckte mit den Schultern. Er schnüffelte an Lisa und schüttelte dann den Kopf. »Kann nichts riechen.« Er nahm das Glas und hielt es gegen das Licht. Es war mit schmierigen Fingerabdrücken bedeckt. Am Grund hatte sich ein verkrusteter Dreckfleck im Wasser gelöst und waberte als Schliere darin herum. Er knallte das Glas wieder auf die Theke. »Das ist ekelhaft, Ross. Du bist ein Schwein. Machst du in deinem Laden nie sauber? Davon wird die Kleine doch noch kränker!« Er hob einen langen Zeigefinger und fuchtelte damit Zentimeter vor der Nase des Wirts herum. »Sauberkeit ist in einer Küche das Wichtigste! Deine Bude hat eine prima Lage, könnte bombig laufen, mega, sag ich dir, wenn sie nicht so ein Saustall wäre.«

Der Wirt lief rot an. »Bloß weil du in so einer Spelunke Gemüse geschnippelt und richtigen Köchen den Hintern abgewischt hast, glaubst du zu wissen, wie es in einem guten Restaurant zugeht.«

»Restaurant? Ich muss lachen! Hörst du? Hahaha!« King Rat lachte laut und künstlich. »Ich war Koch in einem Restaurant, wenn du blöder Arsch überhaupt weißt, was das ist.« Er hielt die geballten Fäuste vor dem Körper wie ein angriffsbereiter Boxer.

Ross fletschte die Zähne. »Du kannst den Laden ja kaufen, mir steht's ohnehin bis hierhin …« Er zog mit dem Zeigefinger eine Linie über seine Kehle. »Ich hab die Arbeit so satt.«

King Rat starrte ihn eine volle Minute schweigend an. »Wie viel?«, fragte er schließlich.

Ross blies die Wangen auf und schnaubte. »Kannst du dir nicht leisten.«

»Wie viel?« King Rat stand da wie aus Bronze gegossen.

Ross warf die Hände hoch. »Dreißigtausend. So! Was sagst du nun?«

»Mit allen Geräten und der Einrichtung.«

»He, Rat, gib endlich Ruhe!« Der Wirt schaute verunsichert drein.

»Alle Geräte und Einrichtungen inklusive?« King Rats Stimme war ruhig.

»Ja, verflucht, und nun halt die Klappe.«

Die Miene des Zulu, der sich King Rat nannte, verklärte sich. »Ich werd's auftreiben. Verkaufe ja nicht an einen anderen, bevor ich die Mäuse zusammenhabe, sonst zieh ich dir bei lebendigem Leib dein schmutziges Fell über die Ohren ...«

Hinter ihnen erbrach sich Lisa in hohem Bogen, und die vier Männer fuhren herum.

Der Wirt zog eine angeekelte Grimasse. »Na, fantastisch. Wisch den Dreck auf, King Rat! Eimer und Wischtuch sind im Klo.«

»Wisch das auf, Click!«, befahl King Rat.

Seufzend trollte sich Click, holte den Eimer, füllte ihn mit Wasser und machte sich an die Arbeit. Die Kranke hatte die Augen wieder geschlossen und schien nichts von alledem mitzubekommen.

Zum Schluss ging Click zur Tür und kippte das Wasser auf die Straße. Es floss unter den Geländewagen, der verkehrt zur Fahrtrichtung vor dem Café stand. Es war ein Toyota, wie er auf einen Blick erkannte, und da erinnerte er sich an den Autoschlüssel, den er gefunden hatte. Er wühlte in seiner Hosentasche, zog den Schlüssel hervor und zielte auf den Geländewagen. Prompt zwitscherte das Gefährt seine Antwort. Click stellte den Eimer ab, riss die Autotür auf und beugte sich hinein. Auf dem Beifahrersitz lag eine Art Sporttasche. Der Reißverschluss war offen, und ganz obenauf lag ein Camcorder. Er hielt ihn hoch. Seine Augen glitzerten. »He, seht euch das an!«

King Rat schoss aus dem Café, packte ihn an seinem nicht sehr sauberen Hemd und zog ihn zu sich heran. »Hör zu, du Arschgeige, du wirst nichts anrühren, was ihr gehört, verstanden?

In einem Jahr findet hier die Fußballweltmeisterschaft statt, dann ist unser Land Gastgeber für die ganze Welt. Ströme von Geld werden in unser Land fließen, ganze Flüsse, sag ich euch. Es wird Millionen neuer Jobs geben, steht alles in der Zeitung, kannst du nachlesen, aber wenn wir unsere Kriminalität nicht in den Griff bekommen, wird kein Schwein kommen. Kapiert? Leg sofort die Sporttasche zurück ins Auto. Und den Camcorder. Ich werde auf ihre Umhängetasche aufpassen.«

Click starrte ihn mit offenem Mund an. King Rat war sonst ein Mann weniger, prägnanter Worte und meist kurz entschlossener Handlungen. Normalerweise hätte er sich ohne weiteres den Inhalt beider Taschen geschnappt und die Beute aufgeteilt.

»Ob du kapiert hast, was ich gesagt habe?« King Rat schüttelte Click so heftig, dass diesem die Zähne klapperten.

Ströme von Geld. Millionen Jobs.

Solche Worte kapierte Click, und er nickte heftig. Wo King Rat Recht hatte, hatte er Recht. Hastig steckte er den Camcorder zurück in die Tasche, zog den Reißverschluss zu und übergab sie King Rat.

»Ich seh mal im Handschuhfach nach, ob sie ihren Führerschein oder so dabeihat.« Er kletterte auf den Fahrersitz, klappte die Sonnenblende herunter, hinter die einige Leute gern ihre Papiere klemmten, aber da war nichts. Die Klappe vom Handschuhfach hakte, aber nach kräftigem Ruckeln fiel sie auf. Darin lag zusammengefaltet der Mietvertrag für den Wagen.

»Hab was«, rief er und wedelte mit dem Vertrag. »Sie heißt«, er las den Namen von dem Vertrag ab, »Lisa Darling und wohnt in Kapstadt.«

Mick, der bis zu diesem Punkt der ausführlichen Berichterstattung zähneknirschend vor Ungeduld gelauscht hatte, hob eine Hand. »Jetzt reicht's. Den Rest können Sie mir später berichten.« Er schob sein Gesicht dicht an das von King Rat.

»WO IST SIE? BITTE!«, brüllte er.

King Rat grinste. »Easy, Mann. Sie ist im Crosscare in Richards Bay, keine halbe Stunde von hier. Meine Freunde haben sie begleitet, um aufzupassen, dass man sie auch ordentlich behandelt. Man weiß ja, wie es in Krankenhäusern oft so zugeht.«

Mick sah ihn an, entschied, später darüber nachzugrübeln, was hier eigentlich vor sich ging, und rannte zu seinem Wagen.

King Rat setzte ihm nach. »Wir können ihr Auto hier nicht stehen lassen. Zu viele Tsotsis in der Gegend. Die schließen den kurz und sind weg – mit dem Auto«, rief er ihm hinterher. Er wedelte mit den Schlüsseln.

»Können Sie fahren?«, schrie Mick und startete den Motor seines Geländewagens.

»Yebo!«, antwortete King Rat freudig. »Seh Sie im Krankenhaus.«

Mick schaffte es in sechzehn Minuten. In weltrekordverdächtigem Tempo rannte er über den Parkplatz ins Krankenhaus und stoppte vor der Rezeption. »Lisa Darling«, japste er. »Wurde eben eingeliefert.«

Aufreizend langsam blätterte die junge Frau mit der glänzend schwarzen Haut in ihren Unterlagen. »Lisa Darling, Lisa Darling«, murmelte sie. »Das ist doch die Tochter von Bill Darling, der ...« Sie sah neugierig hoch.

»Ja. Aber könnten Sie sich bitte beeilen?« Mick hätte sie am liebsten geschüttelt, aber es blieb ihm nichts anderes übrig, als zu warten.

»Sind Sie ein Verwandter?«

»Ihr Verlobter«, sagte er. »Bitte, beeilen Sie sich doch.«

»Zimmer 201, Sir«, teilte ihm die Empfangsdame endlich mit.

Mit langen Sätzen sprang er die Treppen hoch in den zweiten Stock. Vor der Tür von Nummer 201 hielt er inne, um wieder zu Atem zu kommen. Dann klopfte er und trat ein.

Ihre Augen waren geschlossen, ihre Haut schimmerte durchsichtig blass. Aber zu seiner unendlichen Erleichterung konnte er nirgendwo eine Verletzung erkennen. Durch einen Schlauch, dessen Kanüle in ihrem Handrücken steckte, tropfte glasklare Flüssigkeit.

Hinter ihm öffnete sich die Tür, und eine Krankenschwester kam herein. Sie wirkte streng und abweisend. »Guten Tag, Sir. Sind Sie ein Verwandter?«

»Ihr Verlobter«, sagte er leise in der Hoffnung, dass Lisa seine Notlüge nicht mitbekam. »Was fehlt ihr?«

Sofort änderte sich die Haltung der Krankenschwester. Sie wurde deutlich umgänglicher.

»Lebensmittelvergiftung«, antwortete sie, während sie die Infusion auf eine schnellere Tropffolge einstellte. »Morgen wird es ihr schon bessergehen. Man hat sie rechtzeitig hergebracht. Merkwürdigerweise waren es zwei ziemlich abgerissen wirkende Zulus.« Sie rümpfte die Nase und zog Lisas Bettdecke glatt. »Es ist gut, dass jetzt ein Angehöriger da ist. Sie hat Schlimmes hinter sich. Ihr Vater …« Sie verstummte, und mit einem bekümmerten Blick auf die Kranke verließ sie leise den Raum.

Mick ließ sich auf den Stuhl fallen, der neben dem Bett stand, nahm vorsichtig Lisas Hand und dachte darüber nach, aus welchem Himmel King Rat und seine Freunde herunter auf die Erde gestiegen waren. In den letzten Jahren hatte ihm die schwindelerregende Kriminalitätsrate Südafrikas jeglichen Glauben an das Gute in seinen Landsleuten geraubt. Die unbestreitbare Tatsache, dass die Gangster meist schwarz waren, hatte ihn, wenn er wirklich ehrlich zu sich selbst war, fast zu einem Rassisten werden lassen. Ihn, den Anwalt der Verlorenen Seelen, den Sohn Neil Robertsons, der sein Leben riskiert hatte, um die Apartheid zu bekämpfen. Erlaubte er sich, näher darüber nachzudenken, schämte er sich zutiefst.

Aber die täglichen Meldungen über immer unvorstellbarere

Grausamkeiten, denen Schwarze und Weiße gleichermaßen zum Opfer fielen, das sinnlose Morden für solch läppische Dinge wie ein Mobiltelefon oder ein paar Geldscheine, die Vergewaltigungen, die rituellen Morde, um Körperteile für Zaubermedizin zu erhalten, forderten ihren Tribut. Oft konnte er seine Wut nicht mehr zurückhalten. Stück für Stück war sein Glaube an den großen Traum der Regenbogennation abgebröckelt, bis nur noch kümmerliche Reste davon vorhanden waren. An seine Stelle war ein Zynismus getreten, der ihn in seiner Radikalität oft selbst erschreckte. Vielen seiner Freunde, quer durch alle Hautfarben, ging es ebenso, das wusste er. Darüber wurde oft geredet.

Und nun kamen drei Männer daher, Zulus, die offenbar arbeitslos und so arm waren, wie man nur in Afrika arm sein konnte, und taten nicht, was er von ihnen erwartet hatte. Sie hatten Lisa nicht ausgeraubt, sie hatten ihr kein Leid zugefügt, sie hatten sie in die Obhut des Krankenhauses gebracht, ihr Hab und Gut sicher verwahrt.

Diese drei einfachen schwarzen Männer gaben ihm den Glauben an sein Land wieder, gaben ihm die Hoffnung wieder, dass sie es doch noch schafften, dass sich der Traum erfüllte.

Dass der Regenbogen noch nicht ganz erloschen war. Ohne dass es ihm bewusst wurde, lächelte er.

Ein verhaltenes Klopfen schreckte ihn aus seinen Träumen hoch. »Ja, bitte?«, antwortete er leise.

Die Tür ging auf, und King Rat streckte den Kopf herein. »Alles okay, Mann? Wie geht es ihr? Können meine Freunde und ich mal kurz reinkommen?« Er grinste und zeigte auf die beiden anderen. »Das sind Click und Lovemore« sagte er. »Und das ist Mister Anwalt, Jungs. Sagt Guten Tag.« Er stellte Lisas Taschen neben ihrem Bett ab.

»Sawubona«, sagten Click und Lovemore gehorsam.

»Sanibona. Meine Freunde nennen mich Mick«, flüsterte Mick, legte dann den Finger auf die Lippen.

»Erfreut, dich kennenzulernen, Mick«, flüsterte King Rat zurück und schüttelte ihm die Hand. »Geht es ihr besser? Was hat sie?«

»Lebensmittelvergiftung. Sie hat etwas gegessen, was verdorben war. Aber es geht ihr schon besser, und das hat sie euch zu verdanken. Bald wird sie wieder ganz in Ordnung sein.«

»Sie sieht nett aus, allerdings ein bisschen dünn. Wann heiratet ihr?«, fragte King Rat mit einem schneeweißen Grinsen.

»Wer heiratet wen?«, fragte Lisa mit schwacher Stimme.

Mick fuhr herum. Zu seinem Entsetzen spürte er, dass ihm das Blut ins Gesicht schoss und seine Zunge wie bei einem liebeskranken Teenager vor Verlegenheit am Gaumen klebte.

King Rat strahlte Lisa an. »He, Lady, schön, dass es Ihnen bessergeht. Mein Name ist King Rat. Das sind meine Freunde Click und Lovemore.«

Lisas Blick flatterte hinüber zu Mick, zeigte nichts als Verwirrung. »Wer ist das, Mick?«

»Das sind die drei Gentlemen, die dich ins Krankenhaus gebracht haben. Rechtzeitig. Ihnen hast du es zu verdanken, dass nichts Schlimmeres passiert ist.«

Lisa zog die Brauen zusammen, versuchte sich zu entsinnen, was geschehen war. »Am Strand war das, nicht wahr? Ich hab euch am Strand gesehen?«, fragte sie zögernd.

»Yebo, Ma'am. Richtig. Sie waren sehr krank, und wir haben den Krankenwagen gerufen.«

Lisa registrierte das Äußere der drei Zulus, die abgetragene Kleidung, die Wischmopp-Frisur des größten der drei, und ließ diese Einzelheiten erst einmal sacken.

»Ingelosi ebhekayo wami«, flüsterte sie schließlich und probierte ein Lächeln. »Mein Schutzengel.«

Drei dunkle Gesichter strahlten sie an.

»Ich werde mich richtig bedanken, wenn ich wieder gesund bin. Jetzt würde ich euch gern eine Entschädigung für eure wertvolle Zeit geben. Mick, in meiner Tasche sind hundert Rand.

Kannst du mir nochmal zweihundert leihen?« Schweißperlen erschienen auf ihrer Stirn. Das Sprechen strengte sie noch ziemlich an.

Mick zog ihre Tasche heran. Er hatte die plötzliche Befürchtung, dass die Zulus das Geld genommen hatten und sein Traum doch noch zersplitterte. Aber zu seiner großen Erleichterung war jeder Cent noch da. Er nahm die Scheine, holte fünf Hunderter aus seiner Geldbörse und gab jedem der drei zweihundert Rand.

Click, der noch nie so viel Geld ehrlich erworben hatte, nahm es mit beiden Händen entgegen, strich andächtig über die knisternden Scheine, schwor sich, von nun an nie mehr etwas an sich zu nehmen, was anderen gehörte. Ehrlichkeit schien ein verdammt gutes Geschäft zu sein.

King Rat sah auf die Geldscheine in seinen Händen und küsste sie. »Ich schaff's«, flüsterte er. »Ich werde es schaffen!«

Lisa wendete den Kopf in den Kissen. »Was ... wirst du schaffen?«

King Rats riesige Fäuste schlossen sich um das Geld. Für einen Augenblick versank er ins Grübeln, sein Mund bewegte sich, aber er konnte seinen Traum nicht in Worte fassen.

»Er will das Café kaufen und ein Restaurant daraus machen«, spottete Click.

King Rat schoss ihm einen wütenden Blick zu.

»Welches Café?«, fragte Lisa.

Click beschrieb ihr, wo das Café lag. »Dein Auto stand vor der Tür.«

»Da hab ich den Curry gekauft«, flüsterte sie. »Ein muffiges, kleines Loch. Dreckig. Kannst du denn kochen?«

Wieder antwortete Click. »Er hat als Aushilfe in einem Restaurant gearbeitet ...«

Lovemore unterbrach ihn. »Ja, Mann, und immer wenn der Koch krank war, und das war er oft, sehr oft, hat King Rat gekocht, das weißt du genau. Der Koch hatte doch ständig ...«

Hier gluckste er verächtlich. »... Schnupfen, wenn du weißt, was ich meine ...«

»'ne richtige Koks-Nase war der Kerl«, fiel King Rat ein, »und dann hab ich gekocht, und kein Gast hat es gemerkt.«

»Aber woher soll er wohl dreißigtausend auftreiben? So viel Kies sieht unsereiner doch nicht«, fuhr ihn Click an. Es sei denn, wir hauen euch eins über den Schädel, nehmen euch eure Autos und Kreditkarten weg, setzte er schweigend hinzu, verriet sich aber mit keiner Miene.

Lisa schloss die Augen. Eine Erinnerung schwamm durch den Hintergrund ihrer Gedanken, und es dauerte einige Zeit, bis sie ihrer habhaft werden konnte. Mikrokredite. Benita hatte davon erzählt. Eine gute Sache. Dreißigtausend war keine große Summe. »Hast du dir das gut überlegt?«, fragte sie den Zulu.

King Rat lehnte sich aufgeregt vor. »Yebo, Ma'am, ich habe einen Traum, schon lange ...« Stockend begann er zu beschreiben, wie er das heruntergekommene Café in ein kleines Restauraunt umwandeln wollte. »Ein paar Tische und Stühle, dass sich Gäste hinsetzen können, und für die, die das Essen mitnehmen wollen, eine Ausgabetheke, wo sie einen Drink nehmen können, während sie warten. Und natürlich eine Bar«, setzte er mit leuchtenden Augen hinzu. »Und Click und Lovemore werden meine ersten Angestellten sein.« Er fixierte seine beiden Freunde mit einem Blick, der beide dazu veranlasste, eifrigst ihre Zustimmung zu nicken.

»Und ihr glaubt, ihr könntet so ein Projekt packen?«, mischte sich Mick mit zweifelnder Miene ein.

»Yes, Boss, we can!«, brüllte King Rat und sprang auf. »Yes, we can!« Ein schneeweißes Grinsen spaltete sein Gesicht.

Mick beschwichtigte ihn lachend. »Okay, wir werden einen Weg finden, euch zu helfen, aber jetzt ...«

»Wer wird heiraten?«, fiel Lisa ihm ins Wort. Ihre Stimme klang etwas kräftiger. »Vorhin sagte doch jemand etwas von heiraten?«

Mick bekam keinen Ton heraus, während er spürte, dass ihm schon wieder das Blut ins Gesicht stieg.

King Rats blitzende, höchst lebendige Augen flitzten zwischen ihnen hin und her. Dann warf er den Kopf in den Nacken und lachte laut los, dieses herrliche Lachen der Afrikaner. Es begann wie ein Beben tief in seinem Bauch, bis es seinen ganzen Körper erfasste. Er schüttelte sich vor Vergnügen.

»Sie weiß es noch nicht, was? Sie hat keine Ahnung. O Mann, Mick, sag es ihr einfach! Frag sie!« Vergnügt schlug er sich auf die Oberschenkel, dass es klatschte, als Mick sich vor Verlegenheit schier krümmte. »Oh, yes, you can!«, gluckste er.

Aller Blicke richteten sich auf Mick, aber bevor ihm eine Antwort einfiel, weiteten sich Lisas Augen plötzlich vor Schreck, und sie setzte sich auf.

»Mein Vater … o Gott …« Der Horror der vergangenen Stunden stand ihr ins Gesicht geschrieben. Sie sah Mick flehentlich an. »Meine Mutter, wo ist sie? Ich muss mit ihr sprechen. Dringend.« Sie fiel kraftlos zurück. »Verdammt, ich bin schlapp wie eine ertrunkene Fliege. Was ist mit mir los?«

Mick beugte sich hinüber zu King Rat. »Ihr müsst jetzt gehen. Du hast meine Karte, King Rat, ruf mich morgen an.« Schweigend wartete er, bis die drei Zulus die Tür leise hinter sich geschlossen hatten. Dann nahm er Lisas Hand.

»Deiner Mutter geht es den Umständen entsprechend gut.« Hoffentlich, setzte er schweigend hinzu. »Du hast eine Lebensmittelvergiftung. Hast du außer diesem Curry heute noch etwas gegessen?«

Vorübergehend abgelenkt, dachte sie einen Augenblick nach. »Nein, nur den Hähnchencurry«, sagte sie.

»Das muss eine Bakterienbombe gewesen sein. Ich werde denen die Gesundheitsbehörde auf den Hals hetzen und sie auf Schadensersatz verklagen. Gott sei Dank hat man dir ein Breitbandantibiotikum gegeben. Bald bist du wieder auf den Beinen.«

»Hast du gehört, was passiert ist?« Lisas Stimme war plötzlich tränenerstickt. Sie legte für ein paar Sekunden die Hand über die Augen und wischte sie dann trocken. »Es ist entsetzlich. Alles läuft immer wieder vor meinen Augen ab … als mein Vater sich das Messer …« Sie stockte. »Es war ziemlich schlimm«, wisperte sie.

Die Untertreibung des Jahrhunderts, dachte Mick. Laut sagte er: »Jackson hat mir beschrieben, was geschehen ist.«

»Wo ist meine Mutter?«

»Ehrlich gesagt, weiß ich nicht, wo man deine Mutter danach hingebracht hat. Vermutlich auf ihr Zimmer. Warte einen Augenblick. Ich erkundige mich.« Auf dem Flur traf er eine Schwester, die für ihn im Computer nachsah.

»Sie liegt wieder auf ihrem Zimmer, Nummer 349. Aber sie darf keinen Besuch empfangen, nur ihre nächsten Angehörigen.«

»Danke.« Er ging zurück zu Lisa und berichtete ihr, was er erfahren hatte.

»Ich bin ihre nächste Angehörige – ihre einzige.« Lisas Stimme entgleiste, und sie musste sich erst fassen, bevor sie weiterreden konnte. »Ich muss mit ihr sprechen. Kannst du dir vorstellen, dass sie die ganze Zeit gewusst hat, wer mein Vater war und was er getan hat? Es stand ihr ins Gesicht geschrieben. Sie hat es gewusst! Mick, meine Eltern sind … waren Monster!«

Ihre Hände flatterten wie panische Vögel über die Bettdecke, und ihr Blick glitt ab. Sie verlor sich in ihrer inneren Hölle. »Und ich bin ihre Tochter«, setzte sie leise hinzu.

Mick fing ihre Hände ein und hielt sie fest. Er verstand genau, was sie damit meinte. Er spürte ihren jagenden Puls unter seinen Fingern und wusste nicht, was er sagen sollte, um sie zu trösten.

Es dauerte noch zwei Tage, bis Lisa noch etwas wackelig auf den Beinen in den Lift stieg und ein Stockwerk höher auf die Station fuhr, auf der ihre Mutter lag. Sie meldete sich bei der Stationsschwester an.

»Ich möchte eine Weile ungestört mit meiner Mutter reden. Sie können sich sicher vorstellen, dass wir viel zu besprechen haben.«

Die Schwester sicherte ihr zu, jede Störung von ihnen fernzuhalten. Lisa nickte dankend, klopfte an die Tür mit dem Namensschild *Mrs. Amelia Darling* und trat leise ein. Das Fenster neben dem Bett stand offen, die Gardinen waren zurückgezogen, der Ast eines Flamboyants ragte ins Bild. Ihre Mutter saß zurückgelehnt im Kissen, ihre Hände lagen auf dem Laken, die Knie waren angezogen. Sie schaute hinaus, war offenbar im Anblick der riesigen orangeroten Blütendolden des Flamboyants versunken.

Lisa schloss die Tür geräuschvoll.

Melly Darlings Kopf flog herum. »Lisa!«, rief sie. In ihren Augen stand plötzliche Angst.

Lisa antwortete nicht. Sie lehnte sich an die Wand neben der Tür und beobachtete die Frau im Bett, die sie liebte, von der sie ihr ganzes Leben lang Liebe, Wärme und Schutz empfangen hatte. Ihre Mama.

Sie musste alles gewusst haben. Wer Bill Darling war, was er getan hatte und vermutlich auch, was vor vielen Jahren auf Lalisa vorgefallen war. Wer war ihre Mutter, welche dieser beiden Frauen? Jetzt saß ein Häufchen Elend vor ihr. Glanzloses Haar, allerdings sorgfältig gekämmt, dunkle Ringe unter den grünen Augen, die sonst so lebensfroh blitzten, jetzt aber stumpf wirkten, tiefe Linien klammerten ihren Mund ein. Vielleicht waren sie im Ansatz schon vor diesen Tagen da gewesen, immerhin wurde ihre Mutter sechzig. Vielleicht waren sie ihr vorher einfach nicht aufgefallen, weil das Gesicht ihrer Mutter immer in Bewegung war.

In einer rasenden Rückblende sah sie ihre Mutter, ihre schöne, lebhafte Mutter, inmitten der Schar schwarzer Kinder, die ihre Schule besuchten. Ihre Mutter, die mit Lehrern und Kindern die Nationalhymne sang. Ihre Mutter, die einer kranken Frau Essen brachte. Ihre Mutter, die Samariterin.

Hatte sie es schon immer gewusst? Hatte sie gewusst, wer Bill Darling wirklich war?

Lisas Handflächen, die sie hinter sich an die kühle Wand gepresst hatte, wurden feucht. Wie hatte ihre Mutter damit leben können? Wie hatte sie Amos und Jackson Nyathi je ins Gesicht sehen können? Melly Darling, die so viel Gutes für die Landbevölkerung tat. War das alles nur ein Ergebnis ihres schlechten Gewissens? Mit brennendem Blick fixierte sie die zusammengesunkene Gestalt im Bett.

Melly Darling wandte sich nicht ab, senkte nicht die Augen, sondern ertrug diesen furchtbaren Blick.

Wie jemand, der vor seinem Henker steht und wartet, dass das Schwert heruntersaust, dachte Lisa und musste alle Kraft aufbringen, sich gegen die Woge aus Mitleid zu stemmen, die über sie hinwegrollte. Sie wollte kein Mitleid mit ihrer Mutter haben. Ihre Mutter hatte sie belogen und getäuscht. So zumindest empfand sie es.

»Hast du es gewusst?« Die Worte fielen wie Steine in das Schweigen zwischen ihnen.

Melly Darling presste die Lippen aufeinander. Ihre Züge spiegelten wider, welchen Kampf sie mit sich selbst führte, aber auch jetzt hielt sie dem Blick ihrer Tochter stand. Dann straffte sie den Rücken.

»Ich hätte es wissen müssen, ich hätte fragen müssen. Ich habe es nicht getan. Heute glaube ich, dass ich Dinge geahnt habe und einfach Angst hatte, der Wahrheit ins Gesicht zu sehen. Ich war feige.« Ihre Stimme klang brüchig, und sie redete schnell, ohne auch nur einmal Luft zu holen, als befürchtete sie, dass sie es sonst nicht herausbrächte. Jetzt senkte sie den Blick zum ersten Mal. »Bis ans Ende meines Lebens werde ich mir das nicht verzeihen.« Sie schüttelte langsam den Kopf. »Nie«, sagte sie. »Nie.« Und dann wie ein Echo, das bis ans Ende der Zeit nachhallen würde: »Nie, nie, nie …«

Lisa hatte das Gefühl, in einem zusammenstürzenden Haus zu stehen, als polterten von allen Seiten Gesteinsbrocken auf sie nieder, als verdunkelten Staubwolken die Welt. Aber plötzlich erhaschte sie durch die Düsternis einen Blick auf ein winziges Stück blauen Himmels. An diesem Stückchen Blau hielt sie sich fest, bis der Staub sich gelegt hatte. Bis die Düsternis wieder dem Licht gewichen war.

»Du zitterst ja, Liebes«, sagte Melly leise und streckte ihre Hand aus. »Komm her, setz dich zu mir.«

Lisa verschränkte die Arme vor der Brust. »Ich kann nicht.« Ihre Kiefer mahlten. »Wer war ... mein Vater? Doktor Jekyll und Mister Hyde?«

Melly Darlings Blick glitt ab, irrte durch den Raum, verlor sich dann im Nichts. »Er war mein Fels in der Brandung«, wisperte sie, und als sie weitersprach, tastete sie sich langsam von Wort zu Wort. »Und wie bei einem Felsen konnte ich nur die Spitze sehen, die in der Sonne stand. Der Rest war verborgen.« Hilflos hob sie die Schultern.

»Schöner Vergleich, könnte aus einer meiner Dokus stammen«, entgegnete Lisa bissig. »Du hast vierzig Jahre mit ihm zusammengelebt, du musst gewusst haben, was er tagsüber gemacht hat. Menschen jagen ...« Ihre Stimme brach. Sie keuchte. »Menschen umbringen«, schrie sie. »Das hat er getan! Und du willst es nicht gewusst haben?«

Hektische rote Flecken blühten auf Mellys Haut auf, ihre Hände bewegten sich ziellos über die Bettdecke. Wieder hob sie in einer hilflosen Geste die Schultern.

Lisa hatte sich in kochende Wut gesteigert. »Das Leben als reiche Weiße war wohl zu verführerisch schön und leicht, was? Das hast du nicht zerstören wollen. Wie hast du Amos und Jackson ins Gesicht sehen können?«

»Das habe ich nicht gewusst ...«

»Ich glaub dir nicht!«

Schwer atmend starrten sich Mutter und Tochter an.

»Ich kann dir nicht glauben«, flüsterte Lisa.

Die flammend rote Blütendolde vor dem Fenster wippte auf und ab, ein grüngolden schimmernder Nektarvogel schlürfte sein süßes Frühstück aus den Blütenkelchen. Lisa beobachtete ihn für ein paar Sekunden. Auf Lalisa gab es viele dieser fliegenden Juwelen. Die Sehnsucht nach dieser Welt, die für sie für immer verloren war, zerriss ihr die Seele.

»Lalisa ist abgebrannt«, sagte sie.

Melly schaute sie verständnislos an. »Wie bitte?«

»Lalisa ist abgefackelt, bis auf die Grundmauern. Es ist nichts mehr übrig. Absolut nichts.«

Melly fiel hintenüber in die Kissen, ihre Hände ballten sich zu Fäusten. Ein Beben durchlief ihre Glieder. Das Schweigen zwischen Mutter und Tochter dehnte sich aus, wurde dichter, erstickender.

»Es ist gut so«, flüsterte Melly nach einer Ewigkeit. »Es ist gut.« Als Lisa nicht reagierte, sah sie hoch. »Gereinigt im Feuer«, sagte sie. »Das Land gehört dir. Ich werde dir Lalisa überschreiben und von hier weggehen.«

»Was?«, rief Lisa konsterniert. »Wohin?«

Melly Darling zuckte mit den Schultern. »Nach Deutschland vielleicht.«

»Was willst du in Deutschland, um Himmels willen? Du kennst doch da niemanden, und Deutsch hast du seit Jahren nicht mehr gesprochen!«

Ein schwaches Lächeln huschte über Melly Darlings Züge. »Doch, ich kenne da noch Leute. Die Verbindung zu meinen Studienfreunden habe ich nie abbrechen lassen, und wir schreiben uns immer auf Deutsch. Seit kurzem übrigens per E-Mail. Und vergiss nicht, dass mein Vater Deutscher war. Irgendwo gibt es noch Cousins und Cousinen, wenn auch nur um ein paar Ecken.«

Lisa ließ sich wortlos auf einen der Stühle fallen, die an dem kleinen Tisch an der Wand standen, und starrte ihre Mutter mit offenem Mund an. »Das ist doch verrückt«, flüsterte sie.

»Ich habe etwas eigenes Geld. Wenn ich vorsichtig bin, wird es für einige Zeit dort drüben reichen. Danach werde ich weitersehen. Alles andere gehört dir, und du entscheidest, was du damit anfangen willst. Ich werde von unserem Anwalt alle Dokumente vorbereiten lassen, dann hast du die alleinige Verfügungsgewalt über Lalisa. Geld genug, es wieder aufzubauen, ist noch da, obwohl wir natürlich auch während der Bankenkrise ordentlich Federn gelassen haben.« Mellys Stimme war fester geworden, bebte nicht mehr.

»Aber, Mama ...« Es fiel ihr einfach nichts ein, was sie dazu sagen konnte.

»Es ist gut so«, wiederholte ihre Mutter sanft. »Es ist ein Ende und ein Neuanfang.«

»Aber, Mama, du wirst sechzig ...«

Jetzt blitzte für einen kurzen Moment ein überraschend belustigtes Lächeln über Melly Darlings erschöpftes Gesicht. »Das stimmt, aber tot bin ich noch lange nicht. Unsere Familie wird sehr alt. Ein Drittel meines Lebens habe ich mindestens noch vor mir, und ich habe vor, es nicht zu vergeuden, besonders nachdem mir die Ärzte versichert haben, dass ich keinerlei ... bleibende Schäden behalten werde.«

»Meinst du damit AIDS?« Lisa hielt den Atem an, während sie auf die Antwort wartete. Sie kam umgehend, klar und eindeutig. »Ja.«

Lisa kreuzte wieder die Arme vor der Brust, als wollte sie eine Barriere zwischen sich und der Frau im Bett vor ihr aufbauen. Sie fühlte sich auf eine elementare Weise alleingelassen, wie ein Kind, das von seinen Eltern verlassen wurde.

Und so war es ja auch, fuhr es ihr durch den Kopf. Jetzt bin ich eine Waise. Ein Ende und ein Neuanfang? Eine Befreiung?

Nein, dachte sie. Nicht für mich. »Du machst es dir leicht. Du läufst einfach weg.«

»Es ist das Einzige, was ich tun kann. Ich liebe dieses Land mit jeder Faser meines Herzens, hier bin ich geboren und aufgewachsen. Es ist meine Heimat. Du lebst hier, und dich liebe ich mehr als mein Leben. Deswegen gehe ich. Eine härtere Strafe gibt es für mich nicht.«

Lisa blickte ihr in die Augen und wusste, dass ihre Mutter die Wahrheit sprach. »Bleib hier«, sagte sie nach einer Weile leise und überraschte sich selbst damit. »Wir stehen das gemeinsam durch.«

Melly schüttelte den Kopf. »Es ist besser so, glaub mir.«

Lisa schluckte den Kloß hinunter, der ihr die Kehle zu verschließen drohte. Ich bleibe zurück, dachte sie. Ich muss die ganze Last tragen. Allein. Ich werde für die Sünden meines Vaters zahlen müssen und auch für ihre.

»Dann sag mir, dass du wiederkommst.«

»Ich komme wieder, das verspreche ich. Hilft dir das?« Sie streckte ihr die Hand hin.

Auch Lisa hatte ihre Hand ausgestreckt, und sie berührten sich an den Fingerspitzen. Lisa fühlte die Wärme in ihren Körper strömen, und als hätte ihre Mutter den turmhohen Steinwall eingerissen, der sie in den letzten Tagen von allen Gefühlen getrennt hatte, wurde sie von einem Sturzbach widersprüchlicher Eindrücke überflutet. Sie zog die Hand weg.

»Ich kann das nicht«, sagte sie leise. »Ich kann nicht einfach so tun, als ob ich das ertragen könnte. Dass du mich alleinlässt, damit du das Gefühl ausleben kannst, dein Wegsehen abbüßen zu können. Das ist selbstsüchtig.« Sie war laut geworden. »Zutiefst selbstsüchtig. Grottenegoistisch! Sühne wäre, wenn du bei mir bleiben und dich allem stellen würdest. So ist es doch.«

Melly unternahm keinen Versuch, sie wieder zu berühren. »Du hast nichts getan, weder aktiv noch passiv, im Gegenteil.

Deine Dokumentationen haben das Gewissen von uns Südafrikanern aufgerüttelt. Bliebe ich hier, würde das, was ich *nicht* getan habe, auf dich abfärben. Du kennst das Mediengeschäft in- und auswendig. Die Meute würde sich auf dich stürzen, sie würden jeden Stein umdrehen, bis sie irgendetwas finden, aus dem sie dir einen Strick drehen können. Sie würden dich moralisch vernichten und damit deine Arbeit ebenfalls.«

Lisa starrte auf den Boden. Sie hätte gern geweint, hätte gern allen Dreck aus sich herausgeheult, aber es ging nicht. Noch nicht. Vielleicht später. Noch traute sie sich selbst nicht. Ihre Sehnsucht nach dem, was mit ihrem Vater gestorben war, mit dem, was auf Lalisa in Flammen aufgegangen war, war übermächtig. Widerwillig nickte sie.

Melly hüstelte. »Ach, da ist noch etwas, was du wissen solltest. Ich habe verfügt, dass das Herz aus seiner Brust entfernt wird.«

Lisa begriff nicht, wusste nicht, was sie denken sollte. Es war einfach zu viel auf einmal. »Was meinst du damit?« Dann aber leuchtete ihre Miene auf. »Also wirst du es Amos zurückgeben? Das ... das ist gut.«

Melly runzelte die Stirn. »Wovon redest du? Ich kann doch meinen Mann nicht mit dem Herz von ... diesem Mann zur Ruhe betten. Verstehst du das nicht?«

Lisa rann ein eisiger Schauer den Rücken hinunter. »Mama, gib es Amos zurück, damit er seinen Bruder nicht mit leerer Brust beerdigen muss. Es muss wieder Frieden auf Lalisa einkehren.«

»Wie bitte? Ha! Diesem Mistkerl? Ich meine nicht Amos, obwohl der vermutlich von meiner Entführung gewusst hat«, Melly machte eine wegwerfende Geste, »sondern diesen ... Ich kann den Namen von diesem Schwein nicht über die Lippen bringen ... Wenn ich mir nur vorstelle, was der mit mir gemacht hat ...« Sie schüttelte sich theatralisch. »Nein, ich denke nicht daran. Vergiss nicht, dass dein Vater sich umgebracht hat, weil er mit diesem Herz nicht weiterleben konnte ...«

Lisa musterte sie entgeistert. »Du kannst nicht vergessen haben, was Dad gemacht hat!«

»Das ist überhaupt nicht bewiesen«, fuhr ihre Mutter hoch. »Außerdem war es sein Beruf.«

»Menschen zu foltern und zu töten?«, schrie Lisa, und es klang wie der Schrei eines Menschen, der größte Schmerzen zu erleiden hat. »Jetzt sag bloß nicht, dass er nur Befehle ausführte.«

Mellys Blick wanderte zum Fenster. Abwesend zupfte sie an ihrem ärmellosen Nachthemd. Ihr Gesicht verschloss sich, als wäre eine Tür zugefallen. Sie zuckte mit den Schultern. »Mach, was du willst, mir ist es egal. Lass das Herz verbrennen, oder gib es zurück. Ich überlass das dir. Es ist deine Entscheidung.«

Für einen Augenblick stand Lisa ganz still da, dann geschah es. Urplötzlich, ohne Vorwarnung, wurde sie von einem Zorn geschüttelt, dass es ihr den Atem nahm. Mit einem Schritt stand sie neben dem Bett ihrer Mutter. »Wenn du mich je wiedersehen willst, wenn du willst, dass ich je wieder ein Wort mit dir wechsle, dann rufst du jetzt deinen Arzt und gibst auf der Stelle deine Zustimmung, dass Amos das Herz mit seinem Bruder beerdigen kann. *Er* würde sonst bis ans Ende seines Lebens unter der Vorstellung leiden, dass dessen Seele nie zur Ruhe kommt. Das hat nichts damit zu tun, was Vusa dir angetan hat. Es hat etwas mit Menschlichkeit Amos gegenüber zu tun. Und mit Sühne. Solltest du es nicht tun, werde ich es veranlassen, und dann siehst du mich nie wieder!« Die Worte kamen leise, aber schneidend scharf. »Und das ist *deine* Entscheidung!«

Sie wirbelte herum und knallte die Tür hinter sich ins Schloss. Draußen gaben ihre Beine unter ihr nach, sie fiel gegen die Wand und rutschte daran hinunter, bis sie auf dem Boden hockte. Sie vergrub den Kopf in den Armen, zitterte so, dass ihr die Zähne klapperten.

»Brauchen Sie Hilfe?«, fragte eine weibliche Stimme neben ihr.

Lisa sah hoch. Die Stimme gehörte einer jungen Inderin, einer Ärztin, wie auf dem Namensschild zu lesen war.

»Sie sind Lisa Darling, nicht wahr? Ich kenne Sie aus dem Fernsehen. Mein tief empfundenes Beileid zum Tod Ihres Vaters ... so tragisch. Es muss furchtbar für Sie sein, damit zu leben.« Die Ärztin streckte ihr eine Hand entgegen, um ihr aufzuhelfen.

»Danke«, murmelte Lisa und nahm die Hand. »Ich bin nur sehr müde«, setzte sie hinzu, als sie stand.

Die Ärztin musterte sie besorgt. »Ich habe gehört, dass Sie mit einer Lebensmittelvergiftung eingeliefert wurden. Mir scheint, Sie gehören noch ins Bett.« Sie winkte den Pfleger heran, der gerade aus dem Schwesternzimmer kam. »Holen Sie einen Rollstuhl, und bringen Sie Miss Darling in ihr Zimmer.« Fragend sah sie Lisa an.

»Zweihunderteins«, antwortete Lisa. Sie war zu mitgenommen, um sich zu wehren.

Im Zimmer ließ sie sich aufs Bett fallen und schloss die Augen. Aber der Sturm in ihrem Inneren, diese Unruhe, wollte sich nicht legen. Ohne lange darüber nachzudenken, rief sie Michael Robertson an.

»Hol mich hier raus«, sagte sie, als er sich meldete. »Ich will nach Hause ... nach Inqaba«, verbesserte sie sich. »Bitte, ich brauche dich«, flüsterte sie.

»Ich bin in Ulundi. In einer Stunde bin ich bei dir«, antwortete Mick, »früher, falls mir inzwischen Flügel wachsen sollten.«

Ein erleichtertes Lächeln huschte über ihr Gesicht, als sie das Telefon ausschaltete. Sie legte sich zurück und fiel in einen bleiernen Schlaf.

Während Mick auf der Überholspur nach Richards Bay raste, hörte er ihre letzten vier Worte in endloser Wiederholung. »Bitte, ich brauche dich.«

Und der Himmel tut sich auf, und die Englein singen! Herrgott, ich danke dir, dachte er und konnte sich sein breites Grinsen für die gesamte Fahrt nicht aus dem Gesicht wischen.

»Willst du darüber reden?«, fragte er, als sie zwei Stunden später vom Parkplatz des Krankenhauses fuhren.

Es hatte einiges Hin und Her gegeben, als Lisa darauf bestand, auf eigene Veranwortung vorzeitig entlassen zu werden. Der Stationsarzt versorgte sie mit Antibiotika, nachdem er vergeblich versucht hatte, sie umzustimmen. Erst als Mick ihm zusicherte, nicht von ihrer Seite zu weichen, knurrte er seine Erlaubnis. Danach war Lisa buchstäblich aus dem Gebäude gerannt.

Ihr Blick wurde abwesend, als sie die Szene mit ihrer Mutter noch einmal durchlebte. »Meine Mutter will das Land verlassen«, stieß sie hervor. »Sie will nach Deutschland zu irgendwelchen Typen, die sie mit Sicherheit seit Jahrzehnten nicht mehr gesehen hat. Es ist mir schleierhaft, was sie da will. Und vorher überschreibt sie mir Lalisa.«

Mick wandte erstaunt den Kopf. »Alles?«

»Alles. Übersetz das bitte als megagroßen Klotz am Bein. Das Haus ist abgebrannt, selbst das Poolhäuschen ist so ramponiert, dass ich nicht einmal vorübergehend darin wohnen könnte.«

»Wirst du das Haus wieder aufbauen?«

Lisa zuckte grimmig mit den Schultern. »Ich weiß es einfach noch nicht.« Sie stieß einen harschen Laut aus, der wohl ein Lachen sein sollte. »Meine Familie gibt es nicht mehr, mit meiner Arbeit habe ich meinen Lebensinhalt verloren, meine Wohnung wird verkauft, ich habe keinen Ort, den ich Zuhause nennen könnte … Es ist, als würde ich einsam auf hoher See treiben … ohne Rettungsring …«

Die Worte versickerten. Sie ließ das Fenster herunter, und ein Schwall feuchtwarmer, mit ländlichen Gerüchen geschwängerter Luft strömte herein. Schweigend starrte sie hinaus auf die endlosen Eukalyptusplantagen, die wogenden Zuckerrohrfelder und die Zulu-Hofstellen, die meist noch in traditioneller Anordnung an den sanften Hügelhängen gebaut waren. Viele der mit Gras gedeckten Rundhütten waren in dieser Gegend noch erhalten, sogar Bienenkorbhütten, die rundherum aus geflochtenen Grasmatten bestanden und wie Schwalbennester an den Hängen klebten, gab es hier und da noch. Kinder spielten dazwischen, Hühner gackerten, Kühe blökten, mehrere Frauen trugen ihre Einkäufe vom Markt in Plastiktüten auf dem Kopf heim, lachten und schwatzten miteinander. Ein junger Mann, der im Auto vorbeifuhr, rief ihnen etwas zu.

Die langgezogenen, kehligen Laute seiner Sprache, das vergnügte Lachen, das in einem tiefen Glucksen endete, das so dickflüssig und süß wie warme Schokolade war, die trillernden Stimmen der Frauen, die wie Silberstaub in der warmen Luft flirrten, transportierten Lisa übergangslos zurück in ihre Kindheit. Bildfetzen voller Licht und Farbe wirbelten vor ihr durcheinander, sie hörte fernes Lachen, ein übermütiges helles Zwitschern. Happy Sibiya! Sie sah ihre Mutter riesige goldgelbe Papayas zum Frühstück pflücken, sah ihren Vater mit den vier Hunden der Familie tollen, während ihre drei Katzen wie ägyptische Steinstatuen auf der Terrassenbalustrade saßen und aufmerksam zusahen.

Sie sah sich selbst, ein kleines Mädchen, barfuß in verdreckten Shorts und ärmellosem Top, auf den Mangobaum klettern, der damals einen Teil der Terrasse beschattete, wo sie die reifsten Früchte abdrehte, bevor die Affen sie fraßen. Noch auf dem Baum hatte sie die ledrige Haut mit den Zähnen aufgerissen und das köstlich saftige Fruchtfleisch herausgelutscht.

Ohne dass es ihr bewusst wurde, liefen ihr Tränen aus den Augenwinkeln. Erst als das Blau des Himmels, das satte Grün der Zuckerrohrfelder, das glühende Flammenrot der Flamboyantblüten durch die Nässe zu einem Aquarell wie von Emil Nolde ineinanderflossen, merkte sie es.

Sie ließ das Fenster wieder hochschnurren und wischte sich die Augen. »Bitte fahr mich nach Lalisa, Mick.«

Mick streifte sie mit einem schnellen Blick, sah die Tränenspuren auf ihren Wangen, spürte ihren inneren Aufruhr, verstand sofort, warum sie dort hinwollte, und nickte. An der nächsten Abzweigung bog er rechts ab.

Er parkte in der Nähe des Swimmingpools und stieg aus. Noch immer hing der Rauchgeruch in der Luft, ein schmieriger Aschebelag hatte Büsche und Bäume in grauweiße Gespenster verwandelt. Ehe er Lisa die Tür öffnen konnte, war sie schon herausgesprungen. Ihn schien sie nicht zu bemerken. Mick blieb zurück. Bestimmt wollte sie jetzt allein sein.

Aber sie nahm wortlos seine Hand und zog ihn mit sich. Beim Pool blieb sie so abrupt stehen, dass er fast mit ihr zusammenstieß. Alle Fliesen der Poolumrandung, die Treppen, die ins flache Ende führten, und das blau-grüne Mosaik, das den Innenrand schmückte, waren herausgebrochen worden und verschwunden.

»Diese verdammten Scheißkerle«, knirschte sie durch die Zähne. »Benita hat auf meine Bitte Phika Khumalo mit dem Geld zu ihnen geschickt, das sie dafür bekommen sollten, dass sie meine Mutter gefunden haben ... oder mir zumindest gesagt haben, wo ich sie finden kann. Ich glaube immer noch, dass Tokoloshe von Anfang an wusste, wo sie war, aber ... Na ja«, sie zuckte gleichmütig mit den Schultern, »hätte ich ihnen das Geld nicht gegeben, stünde hier jetzt vermutlich ein Wellblechhüttendorf.«

»Der Pool war nicht mehr zu gebrauchen. Vergiss es einfach.«

Sie nickte und zog ihn weiter zur Ruine ihres Elternhauses. Am Rand des Trümmerhaufens, der schon wieder kleiner geworden war, blieb sie stehen, starrte in die Asche, sagte nichts, presste aber unwillkürlich seine Hand zusammen. Ihre innere Hochspannung floss in diesen Druck, und je länger sie schwieg, desto mehr erhöhte er sich, so dass seine Finger schon zu prickeln anfingen. Der Kampf, bei dem er nicht einmal wusste, worum es ging, spielte sich nur allzu deutlich auf ihren Zügen ab.

»Hier stand einmal ein riesiger Mangobaum«, sagte sie leise und deutete auf einen Fleck, der unweit der einst so herrlichen Terrasse lag. »Wenn die Mangos reif wurden, bin ich hinaufgeklettert und hab den Affen die schönsten weggeschnappt. Aus Rache haben sie uns dann faulige auf den Esstisch geworfen. Mein Vater wollte sie abschießen, aber ich habe sie meist warnen können. Albert, unser Bossboy, hat mir ihre Warnrufe beigebracht.« Für Sekunden erhellte sich ihr Gesicht. »Und ein paar andere Worte der Affensprache.« Sie scharrte abwesend mit den Fußspitzen in der Asche. »Danach fielen oft ganze Affenfamilien tot aus den Bäumen. Albert sagte, dass jemand sie vergiftet hat …«

Immer noch schwieg Mick, wagte nicht, sie zu unterbrechen.

Lisa bückte sich, hob ein rußgeschwärztes Stück Porzellan auf und drehte es in den Fingern. Auf der Unterseite waren zwei gekreuzte blaue Schwerter zu erkennen. »Großmutter Dietrichs Meißenteller. Der war, glaube ich, ziemlich wertvoll.«

Sie warf die Scherbe zurück in die Asche. »Bitte setz ein Schriftstück auf, das den Nyathis den Teil von Lalisa überträgt, wo die drei Toten verscharrt waren. Zieh die Grenzen in einer Entfernung von zwanzig Metern entlang dem Flusslauf.«

»Bist du dir sicher? Es ist ein beträchtliches Gebiet.«

»Ich bin mir sicher. Ich werde nie wieder diesen Teil von Lalisa betreten. Ich kann es einfach nicht.« Sie begann, nervös auf und ab zu laufen, einmal die Länge des Trümmerhaufens hinauf, der einmal ihr Elternhaus gewesen war, militärisch zackige Drehung, und wieder hinunter. »Die Schatten, ich kann noch immer die Schatten sehen«, murmelte sie.

»Was meinst du damit? Welche Schatten?« Er hatte keine Ahnung, wovon sie redete.

Statt einer Antwort hob Lisa einen Stock auf und schleuderte ihn gegen einen aschebedeckten Busch. Eine weißgraue Wolke wirbelte auf und schwebte in dicken Flocken wieder auf den Boden. »Am liebsten würde ich den ganzen Mist hier anzünden. Im Feuer gereinigt.« Sie warf ihm einen Seitenblick zu. »Meine Mutter hat das gesagt.«

»Du kannst Dinge verbrennen, sogar Menschen, aber deine Gedanken und Erinnerungen werden bis zu deinem letzten Atemzug mit dir sein.«

»Na, halleluja, welch tiefschürfende Erkenntnis«, knurrte sie biestig und nahm ihre Wanderung wieder auf.

Plötzlich aber stoppte sie so heftig, dass sie fast ihr Gleichgewicht verlor. Ihre Haltung war angespannt, ihren Kopf hielt sie geneigt, als lauschte sie einer Stimme, die nur sie hören konnte.

»Ich bin gleich wieder da«, rief sie unvermittelt, wirbelte herum und verschwand in Richtung Swimmingpool, ehe sich Mick von seiner Überraschung erholen konnte und ihr nachsetzte. Aber sie war bereits verschwunden, als er den Pool erreichte, auf dessen rußschwarzer Wasseroberfläche Sonnenreflexe wie Diamanten funkelten. Frustriert stand er da, drehte sich einmal um seine eigene Achse, lauschte angestrengt, ob er sie hören konnte, aber da war nichts. Ihm blieb nichts anderes übrig, als zu warten, bis sie wieder auftauchte.

Das Erste, was er vernahm, war ein unterschwelliges Brummen, das langsam anschwoll, bis er das kraftvolle Motorengeräusch eines Traktors erkannte. Von Büschen vor seinen Augen verborgen, tuckerte das Gefährt am Pool vorbei offenbar in Richtung der Hausruine. Er rannte hinterher. Der Anblick, der sich ihm bot, ließ ihn in völliger Verwirrung mit offenem Mund dastehen.

Ein Ungetüm von einem knallroten Traktor wendete gerade und fuhr schnurstracks auf die Hausruine zu. Die riesige Grabschaufel senkte sich und gab den Blick auf Lisa hoch oben auf dem Schalensitz frei. Der Motor brüllte auf wie ein angreifender Stier, und die drei massiven Zähne der Schaufel gruben sich tief unter den verkohlten Haufen. Die Schaufel ruckte, hob sich wieder, voll bis zum Überlaufen, und dann walzte das Ungetüm alles nieder, was ihm in den Weg kam, bis es den Pool erreicht hatte. Dort senkte Lisa die Schaufel, und die erste Ladung klatschte ins Wasser. Sofort legte sie den Rückwärtsgang ein, wendete und fuhr zurück, wo sie kurz darauf die nächste Schaufel auflud.

»Was machst du da?«, krächzte Mick, als sie zum dritten Mal zurückkehrte. Er musste sie mit ausgestreckten Armen zum Anhalten zwingen, ehe sie ihn hörte. »Was zum Teufel machst du da?«, rief er zu ihr hinauf.

»Siehst du doch, ich räume auf!« Damit schaltete sie einen Gang hoch, und er musste hastig zur Seite springen, als die Ladeschaufel sich polternd in die Mauerreste grub.

Fassungslos musste er mit ansehen, wie Lisa Darling allmählich sämtliche Überreste ihres Elternhauses im Pool versenkte. Sie verteilte das, was nicht mehr ins Becken passte, so auf die Umrandung, dass der eigentliche Pool nicht mehr zu erkennen war. Alles war mit einem Gemisch aus glänzender nasser Asche, geschwärzten Steinbrocken und tiefschwarz glitzernder Holzkohle bedeckt.

Anschließend schob sie das Poolhäuschen um, und zum Schluss planierte sie die gesamte Umgebung, indem sie vor- und zurückfuhr, bis nichts mehr an das Gebäude und den Garten erinnerte, in dem sie ihre Kindheit verbracht hatte. Lediglich einige wenige der größeren Bäume ließ sie stehen. Der Traktor war einfach nicht stark genug, auch sie umzulegen.

Endlich drehte sie den Zündschlüssel, der Motor hustete kurz, dann schwieg er, und für einen langen Moment war nichts zu hören als das Ticken der heißen Maschine. Mit steifen Bewegungen kletterte sie vom Sitz und sprang herunter. Ihre Füße landeten auf dem schwarzen Belag, brachen ein, und sie verschwand im kohlschwarzen Aschematsch, der den ehemaligen Pool füllte, tauchte aber gleich darauf, mit den Armen um sich schlagend und prustend, wieder auf.

Keines Wortes mächtig, starrte sie Mick für eine volle Minute an. In dem Bemühen, sich zu befreien, glich Lisa einem glänzenden schwarzen Riesenmolch, der sich heftig im Aschemorast hin und her wand. Sie schrie vor Frustration, ihre Augen funkelten wie grüne Kristalle in dem geschwärzten Gesicht, die in ohnmächtiger Wut gebleckten Zähne glänzten unnatürlich weiß gegen das hellrosa Zahnfleisch.

Der Lachanfall, der ihn überraschend packte, begann tief in seinem Zentrum. Wie ein Beben schüttelte es ihn. Er lachte so heftig, dass ihn jeder Muskel schmerzte, er lachte, bis ihm die Tränen übers Gesicht liefen, er lachte, dass ihm die Knie weich wurden und er wie ein verrückter Derwisch herumtanzte.

»Was gibt's da zu lachen, verdammt nochmal, zieh mich hier raus, aber schnell!«, schrie Lisa erbost und schlug mit den Armen um sich, was nur zur Folge hatte, dass auch noch der letzte Quadratzentimeter ihrer hellen Haut mit Ascheschlamm verschmiert wurde, sie eine Handbreit tiefer absackte und Mick von einem erneuten Lachanfall geschüttelt wurde.

Es dauerte Minuten, ehe er imstande war, eine Rettungsaktion einzuleiten. Noch ganz schwach von seinem Lachanfall, gelang es ihm, die Füße vorsichtig so weit vorzuschieben, dass er unter dem Schlamm den Rand des Pools ertasten und ihre Hand mit seiner packen konnte. Kurz darauf stand sie auf sicherem Boden, barfuß, denn ihre Schuhe steckten irgendwo im Aschematsch. Sirupdicke schwarze Soße triefte an ihr herab und sammelte sich zu einer teerfarbenen Lache.

»Warum … warum bist du da hineingesprungen?«, stöhnte er. Noch immer wurde er von kurzen Lachanfällen geschüttelt, die er vergeblich zu unterdrücken versuchte.

Lisa antwortete nicht, ihr Blick ging ins Leere. Wie betäubt stand sie da und wischte sich nur gelegentlich die Augen frei. Es dauerte eine Weile, bis Mick bemerkte, dass sie weinte. Ganz still, ohne Laut, ohne Bewegung. Die Tränen sammelten sich in ihren grünen Augen, bis sie überliefen, ihr über die Wangen strömten und schmale rosa Rinnen in der kohlegeschwärzten Haut auswuschen.

Sein Lachen erstarb augenblicklich. Er hatte das schreckliche Gefühl, einer Beerdigung beizuwohnen. »Herrgott, Lisa, Darling, was ist?« Er machte einen Schritt auf sie zu, wollte sie an sich ziehen, aber ihre abweisende Haltung hielt ihn in letzter Sekunde zurück.

Langsam sank sie in die Knie. Ihr Rücken beugte sich wie unter einer unerträglichen Last. Sie streckte die Hände aus und tastete über den Boden, bis sie einen runden Stein berührte, der zur alten Gartenmauer ihrer Urgroßmutter gehört hatte. Sie hob ihn hoch und legte ihn vor sich. Nach und nach sammelte sie einen kleinen Haufen dieser Steine zusammen, mit gleichmäßigen Bewegungen und voller Konzentration. Keiner der Steine war mehr als faustgroß, aber alle zeigten, nachdem sie den Schlamm abgekratzt hatte, schöne verschiedenfarbige Schichten, an denen ihre Entstehungsgeschichte abzulesen war.

Mick war es, als hätte sie sich in eine andere Welt zurückgezogen, hinter eine kühle gläserne Wand, unerreichbar weit von ihm entfernt, und das Sammeln der Steine erschien ihm, als vollführte sie eine heilige Handlung. Eine seltsame Scheu packte ihn, er wagte es nicht, sie zu berühren oder anzusprechen.

Endlich sah sie zu ihm hoch. »Hast du eine Tüte da, in der ich die Steine transportieren kann?«

»Wozu …« Aber er unterbrach sich sofort, nickte nur und holte eine geräumige lila-rote Einkaufstasche mit dem Logo einer großen Supermarktkette aus seinem Wagen und gab sie Lisa.

»Danke«, flüsterte sie und packte die Steine sorgfältig in die Tasche. Dann stand sie auf. Die Ascheschicht auf ihrer Haut und der Kleidung war angetrocknet, blätterte durch die Bewegung in Flocken ab. Ohne darauf zu achten, trug sie die Tasche hinüber zum Wagen.

»Es gibt nirgendwo Wasser, wo ich dieses Zeug abwaschen kann«, sagte sie mit einer Handbewegung auf ihre kohlschwarze Erscheinung. »Ich hoffe, du hast eine waschbare Decke, die ich mir unterlegen kann?«

Ziemlich verstört von ihrem völlig normalen Ton, holte er eine Decke vom hinteren Sitz und legte sie über den Beifahrersitz. Dann hielt er Lisa die Tür auf, damit sie einsteigen konnte.

Lisa lehnte sich im Sitz zurück und sah hinaus, und wieder hatte Mick das deutliche Gefühl, dass sie Lichtjahre von ihm entfernt war. Schweigend und konzentriert, steuerte er den Geländewagen durch den Verkehr, behielt sie aber aus den Augenwinkeln im Blick, wurde von der unerklärlichen, eigentlich völlig unsinnigen Befürchtung gepackt, dass sie plötzlich die Tür aufstoßen und hinausspringen könnte.

Aber die meiste Zeit saß sie nur reglos da und schaute auf die vorbeifliegende Landschaft. Irgendwann beobachtete er, dass sie das Wort »AFRIKA« in Blockbuchstaben in den Staub malte, der das Fenster überzog.

»Afrika«, hörte er sie wispern. Sonst nichts. Dann seufzte sie. Ein langgezogenes Seufzen, aber es war nicht schwer, nicht sorgenbeladen.

Oder irrte er sich? Er berührte ihren rußverschmierten Arm mit den Fingerspitzen. »Bitte, lass mich dir helfen«, sagte er, obwohl er eigentlich selbst hilflos war.

»Ich werde Afrika erst verlassen, wenn ich sterbe«, sagte sie unvermittelt und sah selbst erstaunt dabei aus. »Niemand und nichts wird mich aus meinem Afrika vertreiben. Ich werde es nicht zulassen.«

Mick hielt den Atem an, wartete, dass sie weiterredete.

Aber Lisa schwieg. Sie hatte die Stirn ans Fenster gelehnt, das Blau des Himmels spiegelte sich in ihren grünen Augen, die Buchstaben auf dem Glas glühten im Licht der sinkenden Sonne. Fast schien es ihm, als lächelte sie.

Für den Rest des Tages benahm sich Lisa völlig normal. Sie ging nach dem Abendessen, das aus einem sanft gewürzten indischen Reisgericht bestand, bald ins Bett.

Mick war ratlos und rief seinen Vater in der Hoffnung an, dass der eine Erklärung für Lisas eigenartiges Benehmen hatte. Er sprach lange mit ihm.

»Sie hat das Haus in den Pool geschoben?«, fragte Neil Robertson ungläubig.

»Alles«, bestätigte Mick. »Dann hat sie den Garten plattgemacht. Man kann nicht einmal mehr erkennen, dass da jemals etwas gewachsen ist, geschweige denn ein repräsentatives Haus wie Lalisa gestanden hat.«

»Und du sagst, dann hat sie Steine gesammelt?« Auch sein Vater klang verwirrt. »Waren sie irgendwie besonders?«

Mick zuckte mit den Schultern. »Kann ich nicht sagen. Es waren eben Steine, etwa faustgroß, rund ein Dutzend.«

»Hältst du es für möglich, dass Lisa … Ich meine, nach allem, was in den letzten Tagen passiert ist, wäre es möglich, dass sie …«

»… dabei ist, ihren Verstand zu verlieren, meinst du? Erst dachte ich das auch, aber nein, ich glaube nicht … Sie hat ganz ruhig zu Abend gegessen, wir haben noch ein bisschen geredet, über dies und das, allerdings nicht über ihre Aktion auf Lalisa, dann ist sie ins Bett gegangen.«

Neil schwieg einen Augenblick. »Lisa ist stark, stärker als die meisten Menschen, die ich kenne, und ein sehr intelligenter, klar denkender Mensch. Ich bin mir sicher, dass sie damit etwas bezweckt hat. Du musst das respektieren. Halt dich zurück. Sei einfach nur für sie da. Sie hat jetzt nur noch dich.«

Sie besprachen noch kurz das Begräbnis der Nyathis, das für Sonntag angesetzt worden war. »Roderick wird Benita nach Inqaba bringen, er lässt sie ungern allein im Haus. Es liegt einfach zu einsam. Sie und Jill können dann Lisa Gesellschaft leisten. Es wird ein harter Tag für sie werden. Nils und ich wollen dann gemeinsam zur Beerdigung fahren.«

»Gut, ich komme auch nach Inqaba, dann können wir Rodericks Wagen nehmen. Seiner ist der geräumigste«, sagte Neil und verabschiedete sich von seinem Sohn.

Mick schaltete sein Mobiltelefon aus und ging hinaus auf die nachtdunkle Veranda. Er stand noch immer vor einem Rätsel, was da auf Lalisa wirklich vor sich gegangen war und was das Wort zu bedeuten hatte, das man auch jetzt noch klar auf dem Fenster seines Wagens erkennen konnte.

AFRIKA

Er hatte vergessen, seinem Vater davon zu erzählen.

30

Am elften Tag nachdem Vusa Nyathis Herz in die Brust von Bill Darling eingepflanzt worden war, wurden die Nyathis – Samuel, Bheki, Mhkonto und auch Vusa – zu Grabe getragen. Es war ein gewaltiges Ereignis. Eine unübersehbare Menschenmenge hatte sich auf der riesigen, von Geröll übersäten Grasfläche im heißen Herzen von Zululand eingefunden, wogte wie ein vielfarbiges Meer um die neu errichtete Tribüne, auf der in der ersten Reihe Amos und Jackson Nyathi und Sibongiseni Rampedi Platz genommen hatten. Sie waren ganz in Schwarz gekleidet, saßen sehr aufrecht und still da. Jeder von ihnen trug den Zweig des Büffeldornbaums in der Hand, mit dem sie die Seelen ihrer Verstorbenen nach Hause bringen würden. Ihre Lippen bewegten sich ständig, als sie die Geister der Verstorbenen über den Fortgang der Geschehnisse unterrichteten. Die ganze Nacht schon hatten sie zusammen mit vielen Freunden und Nachbarn neben den Toten gewacht und Zwiesprache mit ihren Ahnen gehalten.

Die Särge der Drei, wie Samuel, Mhkonto und Bheki nur noch genannt wurden, standen nebeneinander vor der Bühne. Es waren prunkvolle Särge aus poliertem blondem Holz, mit goldenen Girlanden und Griffen verziert und mit einem üppigen Blumengesteck aus den wilden Blumen Zululands geschmückt. Der Leichnam Vusa Nyathis lag, in das glänzende Fell eines schwarzen Ochsen gehüllt, auf einer blumenbekränzten Bahre. Die Pracht ihres Heimganges würde die Ahnen beeindrucken. Es zeigte, dass sie zu Lebzeiten einen bedeutenden Platz unter ihren Stammesgenossen eingenommen hatten.

Würdenträger aller Parteien waren anwesend, verneigten sich vor den Hinterbliebenen und bezeugten leise murmelnd ihr Mitgefühl. Auch die Presse und das Fernsehen waren gekommen, um den letzten Weg der drei berühmten Widerstandskämpfer zu begleiten und über die makabre Geschichte des verpflanzten Herzens des Sangomas Vusa Nyathi zu berichten, um die sich jetzt schon die wildesten Gerüchte rankten, die allerdings allesamt in keiner Weise der grausigen Wirklichkeit nahe kamen.

Es war heiß, ein gelber Staubschleier hing über der Menge, in den Büschen, die hinter der Tribüne die weite Fläche säumten, duckte sich eine Affenfamilie, die zu verschreckt war, um davonzulaufen. Mehrere Sangomas im vollen Ornat ihres Standes betraten mit würdevollen Schritten die Arena, denn Samuel und Vusa Nyathi sollten nach der Tradition der Zulus zur Ruhe gebettet werden. Danach zogen die weiß gewandeten Mitglieder der Shembe-Kirche, der Amos Nyathis Söhne angehört hatten, hinter ihrem Bischof singend an den Särgen vorbei. Viele von ihnen trugen stark retuschierte Bilder von Bheki und Mhkonto Nyathi. Sie drückten ihre tiefe Trauer auf ihre Weise aus. Trommeln wurden geschlagen, die Trauernden sangen und tanzten, ließen ihre herrlichen Stimmen in den Himmel steigen, bis keiner im weiten Rund sich diesem Rhythmus entziehen konnte.

Etwas abseits, aber doch in der Nähe der Särge, standen vier weiße Männer. Neil Robertson, Michael Robertson, Nils Rogge und Roderick Ashburton. Sie standen dicht nebeneinander, mit gesenktem Kopf.

Sibongiseni Rampedi erhob sich, ging mit hölzernen Schritten zum Sarg ihres Mannes Samuel, warf sich über ihn und brach in lautes Wehklagen aus. Die übrigen Frauen fielen ein. Sie schrien und heulten und schlugen sich auf die Brust.

Während die Klagegesänge der trauernden Frauen hinauf in den Mittagshimmel stiegen, betrachtete Mick seine staubigen Schuhspitzen und dachte mit Unbehagen daran, wie Lisa reagiert hatte, als er ihr sagte, dass sie auf keinen Fall zur Beerdigung kommen dürfe, nicht sie, nicht Lisa Darling, die Tochter von William Darling von Lalisa. Es würde einen Tumult verursachen, und ihr Leben wäre keinen Pfifferling mehr wert.

Einen Augenblick lang hatte sie ihn durchdringend angesehen, aber nichts gesagt. Und das war es, was ihm jetzt die Schmetterlinge im Bauch flattern ließ. Sie hatte sich zu schnell gefügt, hatte nicht diskutiert, nicht protestiert. Nichts. Er zwang sich, ihre Reaktion als Zustimmung zu werten. Sie war hier aufgewachsen, sie kannte die Zulus, sie wusste nur zu gut, was ihr blühen würde. So leichtfertig würde sie sich nie in Gefahr begeben. Hoffte er.

Eine hochgewachsene Gestalt in Leopardenfell trat vor, angetan mit hoher Federkrone und einem Schurz aus Wildkatzenschwänzen, und hob die Hand. Die Sänger verstummten, und ein tiefes, stetig anschwellendes Summen erfüllte die Luft, das erst abebbte, als der Sangoma seine sonore Stimme erhob. Mit großer Aufmerksamkeit und Teilnahme lauschten alle Anwesenden seiner Lobpreisung der Toten, begleiteten sie mit Kopfnicken und lauter Zustimmung.

»Yebo«, schrien sie dann. »Sie waren Helden.«

Nachdem die volle Stimme des Sangomas verklungen war und die Menge sich etwas beruhigt hatte, trat der Shembe-Bischof vor die Menge. Er glättete sein dunkelgrünes Leinengewand und hob beide Hände.

Michael schloss die Augen und lauschte der Predigt. Die Sonnenstrahlen tanzten heiß auf seiner Haut, Schweißperlen bildeten sich auf seiner Stirn, die Worte des Bischofs plätscherten dahin. Das unterschwellige Murmeln der Menge wirkte so einschläfernd wie das entfernte Rauschen des Meeres. Seine Aufmerksamkeit begann zu wandern. Er ließ sich von seinen Gedanken treiben.

*

Es dauerte eine Weile, bis ihm plötzlich bewusst wurde, dass sich der Geräuschpegel geändert hatte. Das Murmeln der Trauergäste wurde lauter, zornig, schwoll schnell zum Grollen an. Der Bischof war mitten in der Predigt verstummt. Mick öffnete die Augen.

Erst sah er nur, dass sich in einiger Entfernung ein Menschenknäuel gebildet hatte, in dessen Zentrum sich offenbar eine einzelne Person befand. Mit mäßigem Interesse beobachtete er, was sich da abspielte. Es wurde heftig gestikuliert, Rufe ertönten, wurden laut und aggressiv, die ersten männlichen Trauergäste wurden handgreiflich.

Dann brach das Knäuel auf, und vor seinen entsetzten Augen stand Lisa. Sie war in Schwarz gekleidet. Ein schmales Leinenkleid, flache Schuhe. In der Hand hielt sie einen schwarzen Beutel, der ziemlich schwer zu sein schien.

»Mein Gott, Lisa«, flüsterte Mick und wollte losstürzen, um sie aufzuhalten.

Aber die Hand seines Vaters schoss vor und packte ihn am Oberarm. »Lass sie. Sie tut, was sie tun muss.«

Lisa bewegte sich langsam auf die Särge zu. Einige versuchten, sie daran zu hindern, Arme schossen vor, packten sie, aber sie schüttelte sie ab, ging unbeirrt weiter.

Mick wehrte sich vehement gegen den Klammergriff seines Vaters. »Ich muss sie hier wegbringen, sonst gehen die ihr an die Gurgel.«

Wie eine Woge brandete die zornig murrende Menschenmenge auf Lisa zu. Aber der Bischof rief etwas. Die aufgebrachten Trauergäste hielten inne und wichen zurück.

Ohne nach rechts oder links zu schauen, durchschritt Lisa Darling mit erhobenem Haupt die schmale Gasse, die sich ihr öffnete. Hinter ihr schloss die Menge auf und bildete einen engen Kreis um Lisa, die jetzt hoch aufgerichtet vor den Särgen stand.

Eine schwarz gekleidete Weiße inmitten eines unübersehbaren, brodelnden Meeres von dunkelhäutigen Menschen.

Wieder rief der Bischof ein paar Worte, und nach und nach verstummte die Trauergemeinde. Es wurde ruhig, bis auf ein unterschwelliges Raunen, ein bedrohliches Geräusch, als würde weit entfernt Donner über den Himmel rollen. Aller Augen richteten sich auf Lisa.

Dann sank Lisa in die Knie, öffnete den Leinensack und nahm einen Stein heraus. Sie legte ihn zu Füßen der Särge. Neben diesen ersten Stein legte sie einen zweiten, dann einen dritten und vierten, bis ein kleiner Steinkreis entstanden war. Nun baute sie aus den restlichen Steinen einen spitz zulaufenden Haufen.

»Ein Isivivani«, flüsterte Mick, und die feinen Härchen auf seinen Armen stellten sich auf

Lisa stand auf, trat zwei Schritte zurück und blieb eine volle Minute bewegungslos stehen, während sich absolute Stille über die riesige Menschenmenge senkte. Sie schloss kurz die Augen, und als sie sie wieder öffnete, erhob sie ihre Stimme. In Zulu sang sie ganz allein zu Ehren der Toten das Lied der Widerstandskämpfer, die Nationalhymne Südafrikas.

»Nkosi sikelel' iAfrika … malupnakanyisw' udomo lwayo …«

Die Worte schwebten wie Tautropfen im leichten Sommerwind, er hob sie höher, wirbelte sie davon in die blaue Unendlichkeit. Eine hohe Frauenstimme fiel ein, nahm das Lied auf, trug es hinauf, sahnige Bässe bildeten den Hintergrund, und nach und nach vereinigten sich alle zu einem einzigen, überwältigenden Chor, der von den fernen Hügeln widerhallte, bis das Lied das Universum zu füllen schien.

Als die letzten Töne verklangen, richteten sich wieder aller Augen auf Lisa Darling. Sie verbeugte sich vor den Toten und wandte sich ab, um den Platz zu verlassen, aber plötzlich stand Amos Nyathi vor ihr und versperrte ihr den Weg. Jackson war neben ihn getreten. Wieder hielt die Trauergemeinde den Atem an. Mick brach der Schweiß aus.

Amos bückte sich, sammelte vier Steine auf und legte sie auf die, die Lisa am Fuß der Särge aufgehäuft hatte. In der darauffolgenden atemlosen Stille wandte er sich zu ihr um, streckte langsam seine Hand aus und nahm ihre, packte erst den rechten Daumen, dann die Handfläche, dann wieder den Daumen. »Ngiyabonga kakhulu, Lisa«, flüsterte er. »Ich danke dir sehr.«

Lisa behielt seine knotige Hand in ihrer, fühlte die trockene, raue Haut, die vom arbeitsreichen Leben des alten Zulus erzählte. Ihr stürzten die Tränen aus den Augen. Sie nahm allen Mut zusammen, um die Frage zu stellen, von deren Beantwortung abhing, ob sie ihrer Mutter je wieder würde ins Gesicht sehen können oder ob sie nach ihrem Vater auch sie verloren hatte.

»Hat Vusa ... wird er ...« Sie musste sich erst räuspern, ehe sie die Worte herauspressen konnte. »Ist sein Herz wieder an seinem Platz?« Ihre Mutter hatte sie nicht mehr fragen können.

Amos' Augen glühten. »Yebo, Lisa Darling. Er wird sich so, wie er lebte, zu unseren Ahnen gesellen.«

Die Erleichterung ließ Lisa fast zusammenbrechen, aber sie fing sich in letzter Sekunde. »Mögen eure Ahnen ihn in Ehren aufnehmen«, wisperte sie.

Amos nickte wortlos, löste sich von ihr und trat zurück. Lisa hob ihr Gesicht zu Jackson, bot auch ihm ihre Hand. »Es tut mir so leid, Jackson, so furchtbar leid ...« Sie konnte nicht weitersprechen. Der Rest der Worte ging in ihrem Schluchzen unter.

Jackson Nyathi nahm ihre Hand nicht. Stattdessen legte er seine Hände auf ihre Schultern, zog sie an sich und streichelte ihren zuckenden Rücken. »Danke, danke, dass du sie gefunden hast«, murmelte er. »Danke, dass du gekommen bist.«

Lisa lag an seiner Schulter und weinte, als ob es ihr das Innere zerreißen würde. Als Jackson sie nach einem langen, warmen

Moment freigab, trat sie zurück, suchte Micks Blick und streckte ihre Hand nach ihm aus.

Den Rest der Zeremonie hielten sich Lisa Darling und Michael Robertson fest an den Händen. Lisas Blick strich über die Trauergemeinde zu den sanften Rundungen der Hügel, die wie ein zartes Aquarell im hitzeflimmernden Dunst verliefen, und verlor sich im Licht Afrikas. Es gab keine Grenzen, nur Licht, einen blau schimmernden Ozean von Licht, und grenzenlose Weite.

Auch wenn ich sterbe, werde ich Afrika nicht verlassen.

Ihr Blick wanderte von Amos über Jackson zu Neil und blieb dann auf Mick ruhen. Das Licht um sie herum schien zu flimmern, ihr Herzschlag verlangsamte sich. Über ihnen schossen Schwalben hinweg. Sie flogen tief. Es würde heute Regen geben. Endlich.

Am nächsten Tag sollte Bill Darling beigesetzt werden, im Familiengrab auf Lalisa, wie alle aus der Familie Darling vor ihm. Am Morgen dieses Tages bekam Lisa einen Anruf von Tita Robertson. Zu diesem Zeitpunkt stand sie auf der Veranda von Inqaba. Sie hatte gerade gefrühstückt. Mit Mick. Die Nacht hatte sie in seinem Bett verbracht, in seinen Armen. Ihre Lippen brannten, ihre Haut glühte, ihr Herz sang, und eine seltsam süße Schwäche strömte durch ihre Adern. Sie fühlte sich wie ein Schmetterling, der schwerelos im Licht schwebte.

»Ist deine Mutter bei dir?«, fragte Micks Mutter.

»Nein«, antwortete Lisa verwundert.

Seit dem Streit im Krankenhaus hatte sie sich von ihrer Mutter, die vorläufig bei den Robertsons untergekommen war, ferngehalten, und diese hatte auch keinen Versuch unternommen, sie zu sehen. Natürlich hatten sie vor, nach der Beerdigung im engsten Kreis ihren Geburtstag zu feiern.

»Vielleicht ist sie ins Einkaufszentrum gefahren? Sicherlich brauchte sie ein neues Kleid für die Beerdigung. Ihr ist ja nur das geblieben, was sie getragen hat, als sie entführt wurde. Wann hat sie denn das Haus verlassen?«

»Das ist das Problem«, antwortete Tita langsam. »Ich weiß es nicht. Seit gestern Abend hat sie offenbar niemand mehr gesehen. Sie ist nicht zum Frühstück gekommen, und ihr Auto ist weg.«

Der Schmetterling taumelte zu Boden. Lisas Herz stolperte. »Hast du nachgesehen, ob etwas von ihren Sachen fehlt?«

»Ja, als wir sie nirgends finden konnten, hab ich das getan. Lisa ...« Titas Stimme wurde rau, fing sich dann aber wieder. »Lisa, sie hat alles mitgenommen. Ihre Handtasche mit den Papieren, Kleider, Toilettensachen, alles. Es war nicht viel, was sie hatte, weil ihre Sachen ja mit Lalisa verbrannt sind, aber das, was sie sich seither gekauft hat, ist weg.«

»Was hat das zu bedeuten?«, flüsterte Lisa entsetzt. Sie konnte sich überhaupt keinen Reim darauf machen. »Meinst du, dass sie einfach so, ohne sich zu verabschieden, nach Deutschland geflogen ist? Das kann doch nicht sein. Das würde sie doch nicht tun! Heute ist schließlich die Beerdigung und obendrein ihr Geburtstag.«

Doch, fuhr es ihr gleich darauf durch den Kopf. Das würde ihre Mutter tun. Weglaufen. Den Kopf in den Sand stecken. Sie musste den Impuls unterdrücken, die Vase mit den Anthurienblüten gegen die Wand zu schleudern, um mit dem Druck dieser Erkenntnis fertigzuwerden.

Hinter ihr klopfte es an die Tür. »Warte bitte einen Augenblick, es hat geklopft«, sagte sie ins Telefon.

Es war Thabili. »Post, Madam«, sagte sie und händigte ihr einen Brief aus.

Lisa drehte ihn herum und japste, als sie die Schrift erkannte. Sie hob das Handy wieder ans Ohr. »Tita, sie hat mir einen Brief geschrieben. Ich rufe dich gleich wieder an.« Damit trennte sie das Gespräch.

Ihre Beine trugen sie noch bis zum nächsten Stuhl. Sie ließ sich schwer darauffallen, schlitzte den Brief mit dem Nagel auf und entfaltete ihn.

Er war kurz, nur wenige Zeilen, aber eindeutig.

»Bitte suche mich nicht«, stand da, und darunter:

»Ich liebe Dich, vergiss das nie. Bis irgendwann. Deine Mama. PS: Es geht mir gut.«

Nachdem Tita Robertson eine halbe Stunde lang nichts von Lisa gehört hatte, rief sie erneut an. Als Lisa sich meldete, stieß sie einen Seufzer der Erleichterung aus.

»Sie … ist fortgegangen«, stammelte Mellys Tochter.

»Was meinst du damit? Fortgegangen … wohin?«, fragte Tita beunruhigt. War das eine Umschreibung von etwas viel Schlimmerem? Hatte Melly Darling sich etwa etwas angetan? Ihr wurde eiskalt vor Schreck.

»Weg, verschwunden, abgehauen«, schrie Lisa ins Telefon, dass Tita am anderen Ende vor Schreck einen Satz machte. Etwas ruhiger las sie Tita den Brief vor. »Wie konnte sie das tun? Hast du eine Erklärung?«, fragte sie am Schluss.

Tita schwieg lange, dachte darüber nach, was ihre Freundin, die sie seit so vielen Jahren kannte, dass sie ihr fast so nah wie eine Schwester war, zu dieser Kurzschlusshandlung getrieben hatte. Denn das musste es sein. Sie konnte sich einfach nicht vorstellen, dass Melly dieses Verschwinden länger geplant hatte.

»Sie hat gesagt, bis irgendwann … sie wird wiederkommen. Ich glaube, sie braucht einfach Zeit, um mit sich selbst ins Reine zu kommen.« Tita hörte selbst, wie lahm diese Erklärung klang. Doch was sonst sollte sie Lisa sagen? Bei der Vorstellung, was Mellys Tochter in der letzten Zeit hatte verkraften müssen, krampfte sich ihr Herz zusammen. Jetzt konnte sie nur helfen, ihr die Bürde leichter zu machen. »Glaube mir, Liebes, deine Mutter kommt wieder. Sie würde dich nicht einfach so alleinlassen. Sie hat Schlimmes durchgemacht und muss auch damit fertigwerden. Du wirst sehen, so plötzlich, wie sie verschwunden ist, so plötzlich wird sie wieder vor dir stehen.«

Lieber Gott, hilf, dass das wirklich so sein wird, betete sie und musste einen Zornesanfall unterdrücken. Wie konnte Melly das ihrer Tochter antun? »Vielleicht kommt sie ja doch zur Beerdigung.«

Die Beerdigung Bill Darlings war für nachmittags um zwei Uhr angesetzt. Innerhalb der letzten Stunde waren schwarze Wolken aufgezogen, alle Schleusen öffneten sich, und es schüttete wie aus Kübeln.

Es war der Regen Afrikas, eine schimmernde silberne Wasserwand, die vom Himmel herabstürzte. Die Natur atmete hörbar auf. Der Regen schlug so heftig auf den hartgebackenen Boden, dass der wie die Membran einer gigantischen Trommel vibrierte. Nach und nach vermischten sich die Wassermassen mit der roten Erde, bis Rinnsale wie blutige Tränen ins offene Grab liefen.

Der Leichenwagen fuhr vor, der Sarg wurde im Beisein des Pfarrers, der ein alter Freund der Darlings war, ausgeladen. Lisa stand stumm daneben, Mick hatte seinen Arm um sie gelegt, sie hielt seine Hand fest umklammert. Neil und Tita, Benita und Roderick und Jill und Nils bildeten einen Schutzwall und schirmten sie gegen die Linsen mehrerer Fernsehteams ab, die sich vor dem Tor des Friedhofs drängten.

Melly Darling erschien nicht.

Lisa schwankte in Micks Arm, und es zerriss ihm das Herz, beobachten zu müssen, wie ihre Hoffnung, dass ihre Mutter doch noch kommen würde, sie doch nicht verlassen hatte, allmählich verrann.

»Gehen wir«, flüsterte Lisa nach langen Minuten und gab das Zeichen, dass die Sargträger sich in Bewegung setzen sollten.

*

Auf Lisas Wunsch hin wurde die Zeremonie schlicht und kurz gehalten. Der Pfarrer sprach ein Gebet am Grab, dann wurde der Sarg in die warme Erde Zululands gesenkt. Zu beiden Seiten häuften sich Blumengebinde und Kränze. Weiße Lilien, Rosen, großblumige Gladiolen, kunstvoll gebunden, die im strömenden Regen schnell an Pracht verloren.

Lisa trat vor und warf die erste Handvoll Erde ins Grab. Sie zuckte zusammen, als der vollgesogene Klumpen mit dumpfem Dröhnen auf den hölzernen Deckel auftraf, verharrte sekundenlang bewegungslos und starrte hinunter auf den Sarg, ehe sie ein paar hölzerne Schritte zur Seite tat, um den anderen Platz zu machen. Sieben Mal polterten Erde und Geröll hinunter, sieben Mal schrak Lisa zusammen. Und dann war es vorbei, und die Totengräber begannen ihre Arbeit.

Mick legte einen Arm um Lisas Schulter und hielt sie fest, während eine Schaufel Erde nach der anderen ins Grab geworfen wurde. Verstohlen bedeutete Neil den anderen, die Grabstelle zu verlassen, damit Lisa in Frieden Abschied nehmen konnte. Behutsam entfernten sie sich.

Lisa schien nicht zu bemerken, dass sie mit Mick allein zurückblieb, stand wie versteinert da, aber Mick spürte ihren hämmernden Puls unter seinen Fingern. Er zog sie noch fester an sich, umschlang sie mit beiden Armen.

Endlich hatten die Totengräber ihre Aufgabe erledigt. Sie ebneten den Sandhaufen ein und glätteten die Oberfläche sorgfältig, danach griffen sie nach den Blumengebinden, um sie auf dem Grab zu dekorieren, aber Lisa hielt sie zurück. Sie überreichte ihnen einen großzügigen Geldbetrag und wartete, bis sie mit Mick wieder allein war. Mit seiner Hilfe ordnete sie die Blumen und Kränze seitlich um das rostrote Rechteck aus Afrikas Erde, das für immer Bill Darling bedecken würde.

Sie beugte sich vor und legte den Strauß, den sie in der Hand gehalten hatte, auf die Mitte. Blutrote Haemanthuslilien, wilder

Krokus in tiefem Gelb, ein Büschel lachsfarbener wilder Gladiolen und die zarten Blüten der Schokoladenglöckchen, die immer nach einem Feuer blühten. Sie waren dort aus der Asche gesprossen, wo ihr Haus einmal gestanden hatte. Auch die anderen Blumen hatte sie auf Lalisa gepflückt. Ihr Vater hatte ihre fragile Schönheit geliebt. Die üppige Pracht der Bougainvilleen war ihm zu viel gewesen. Es war ihre Mutter, die von den prunkenden Farben entzückt war.

»Gehen wir«, sagte sie leise. Sie hatte seine Hand nicht freigegeben. Der Sturzregen hatte nachgelassen, es tröpfelte nur noch.

Kurz vor der Wegbiegung drehte sie sich noch einmal um. Und blieb wie angewurzelt stehen. »Mick, dort …«, wisperte sie. Ihre Hand verkrampfte sich in seiner.

Am Grab stand eine einsame hagere Gestalt.

Erst auf den zweiten Blick erkannte sie Amos Nyathi. In der rechten Hand hielt er einen grünen Büffeldornzweig. Ein paar Augenblicke stand er reglos mit gebeugtem Kopf da, dann bückte er sich, klaubte einige Steine auf und schichtete sie zu Füßen von Bill Darlings Grab sorgfältig aufeinander.

»Hamba kahle, umngane wami …«

Amos' Worte waren nicht mehr als das Seufzen des Windes, aber sie erreichten Bills Tochter. Wärme durchflutete sie, und Amos' Silhouette zerfloss in den Tränen, die ihr in die Augen stiegen.

Als sie wieder klar sehen konnte, schimmerte ein Regenbogen in der regengetränkten Luft, aber Amos Nyathi war verschwunden. Nur der kleine Steinhaufen bezeugte, dass er kein Trugbild gewesen war.

Mit einem Seufzer schmiegte sie sich an Mick und wandte sich wieder zum Gehen. Nach ein paar Schritten stutzte sie erneut, blieb stehen und schaute über die Schulter zurück. Sie meinte in den Büschen etwas gesehen zu haben. Eine Bewegung, ein Schatten, solider und tiefer als der sonnenhelle der Blätter, deutlich wie ein Scherenschnitt. Ihr Herzschlag beschleunigte sich. Sie sah genauer hin, aber das funkelnde Licht täuschte, die Schatten verschwammen vor ihren Augen. Irritiert den Kopf schüttelnd, wollte sie sich wieder abwenden, aber dann veranlasste sie eine verwischte Bewegung, doch wieder stehen zu bleiben. Sie löste sich von Mick.

»Warte, ich bin gleich wieder da.« Damit lief sie zurück zum Grab.

Aber es war niemand dort, nur der Wind spielte mit dem nassen Kranzschmuck, und ein blutroter Oryxwebervogel landete vor ihr auf dem Grab und zupfte Fasern für sein Nest aus den Schleifen der Blumengebinde. Das glühende Rot seines Gefieders lag wie eine Blutlache auf dem Grab. Lisa überlief eine Gänsehaut, und sie trat zurück. Sie musste sich geirrt haben.

Schon wollte sie gehen, als sie zu ihren Füßen etwas entdeckte, was vorher noch nicht dort gewesen war. Einen mit Blüten übersäten Bougainvilleazweig. Wie ein dichter Schwarm hauchzarter rosa Schmetterlinge saßen sie um den Zweig, der Stiel war noch feucht. Er musste vor kurzer Zeit abgebrochen worden sein.

Ihr Kopf flog hoch. Der Webervogel fühlte sich gestört und schwirrte davon. Lisas Blick glitt über die Büsche. Aber da war nichts, nur tanzendes Grün und flirrendes Sonnenlicht und die flimmernde Pracht des Regenbogens.

Langsam sank sie vor dem Grab in die Knie. Die Tränen strömten ihr über die Wangen und fielen auf die Blütenbüschel. Die Tropfen glitzerten auf dem leuchtenden Rosa. Sie legte den Zweig ans Kopfende des Grabes, stand auf und ging zu Mick, der wenige Schritte hinter ihr wartete. Sie schob ihre Hand in seine.

»Meine Mutter ist hier gewesen«, flüsterte sie, und ihr Lächeln trocknete ihre Tränen so schnell wie die Sonnenwärme die Pfützen auf der nassen Erde.

* * *

In der mondhellen Nacht des nächsten Tages glitt ein riesiger schwarzer Schatten vom Strand von Seapoint in die Wellen des Atlantischen Ozeans, tauchte ab und schwamm zielstrebig nach Süden.

Sultan, der Alpha-Bulle, war wieder auf dem Heimweg. Der ewige Rhythmus des Lebens trieb ihn zurück in die eisigen Gefilde des Südatlantiks, aus denen er vor rund vier Wochen aufgebrochen war. Sein Fell war glatt und glänzend und juckte nicht mehr, sein Bauch war voll. Es war an der Zeit, einen neuen Harem um sich zu sammeln.

Stefanie Gercke

Große Afrika-Romane von Stefanie Gercke

»Nehmen Sie die Emotionen von *Vom Winde verweht*
und die Landschaftsbilder von *Jenseits von Afrika*, und
Sie bekommen eine Vorstellung von Gerckes Roman: richtig
schönes Breitbandkino im Buchformat.« *Brigitte*

978-3-453-41999-5

Ich kehre zurück nach Afrika
978-3-453-41764-9

Feuerwind
978-3-453-40500-4

Über den Fluss nach Afrika
978-3-453-40609-4

Schwarzes Herz
978-3-453-40636-0

Jenseits von Timbuktu
978-3-453-40947-7

Nachtsafari
978-3-453-40948-4

Junigewitter
978-3-453-41999-5

Leseproben unter **www.heyne.de**